Staread
星 文 文 化

十四郎 著 上册 十周年典藏版

琉璃美人煞

浙江文艺出版社
Zhejiang Literature & Art Publishing House

图书在版编目（CIP）数据

琉璃美人煞 / 十四郎著 . -- 杭州：浙江文艺出版社 , 2019.12（2025.4 重印）

ISBN 978-7-5339-5833-6

Ⅰ . ①琉⋯ Ⅱ . ①十⋯ Ⅲ . ①长篇小说 – 中国 – 当代 Ⅳ . ① I247.5

中国版本图书馆 CIP 数据核字 (2019) 第 210147 号

LIULI MEIREN SHA

**琉璃美人煞**

十四郎　著

**出版发行**　浙江文艺出版社
**地　　址**　杭州市环城北路 177 号 （邮编 310003）

**责任编辑**　张小苹
**文字编辑**　姜岫玉
**责任印制**　张丽敏
**封面设计**　粉粉猫
**版式设计**　粉粉猫
**封面插画**　舍溪_

**印　　刷**　三河市嘉科万达彩色印刷有限公司
**经　　销**　浙江省新华书店集团有限公司
**开　　本**　710 毫米 ×1000 毫米　1/16
**字　　数**　1232 千字
**印　　张**　60.5
**版　　次**　2019 年 12 月第 1 版
**印　　次**　2025 年 4 月第 5 次印刷
**书　　号**　ISBN 978-7-5339-5833-6
**定　　价**　128.00 元（全三册）

# 目录

全三册

琉璃美人煞

琉 璃 美 人 煞

# 第一章·无心璇玑

她不记得自己是怎么死的了。

到底是被斩首于街市，还是病逝于床榻……她居然想不起来。

四个阴差抓住捆在她身上的铁链，她不由自主地被他们拖着向前飘飘荡荡。

天上脚下无数阴火流窜，偶尔会落在道旁的曼珠沙华上，瞬间腾起半人高的绿色火焰。碧火红花，分外妖娆。

道旁还有无数岔道，许多与她一样穿着白衣的新死之人，被阴差们拉着向前飘。有的哭有的笑，也有人喃喃自语着什么。然而就算是再怎样痛悔自己的死，也会被这死寂的气氛消耗光。

最后，只能默默无声地按照顺序，依次前进，通过那扇遥远的邑都大门。

带领她前进的阴差停了下来，等候入门。

她懒洋洋地抬眼四望，看看灰暗的天空，看看流窜的阴火，再看看血一般红的曼珠沙华。花如龙爪，妖娆之外，还带着一丝狰狞。

她正看得发呆，却听身后几个阴差说道："这下可不知要等多久，几个新鬼聒噪得很，不如先喂他们喝点忘川水吧。反正到轮回的时候还是要喝的。"

忘川？她回头，却见一个阴差从怀里取出一盏漆黑的酒瓮，走到道旁，拨开红花，果然露出一湾清澈的河流。

她说不上那河水是什么颜色，只觉斑斓璀璨，里面包含了不知多少东西。

阴差舀了一瓮，走过来掰开一只新鬼的嘴，不顾他的哭喊，硬给灌了下去。那鬼先是哭得厉害，慢慢地，却不动弹了，面上浮出一种茫然呆滞的神情，犹如初生的婴孩。

这样连喂数鬼，哭声就渐渐歇了。她见酒瓮中还留着一些水，不由得伸出手。

"给我看看。"她说。

那阴差上下打量她一眼，冷笑道："好大胆，敢使唤你大爷。你再说一次试试？"

她只是伸手："给我看看。"

阴差再不说话，抬手抢起板子就要打，却被押解她的那些阴差慌忙拦住。

"歇住！你知晓她是谁？！不可鲁莽！"

那阴差犹自不服，冷笑道："我倒想知道她是谁！倘若是什么贵人星官，又怎会用锁魂链捆住？"

一旁另外几个阴差将他拖到一旁，低声道："只因她死法不为律条所容，否则谁敢捆她？且她神智未开，否则此刻便叫你神魂俱灭。后土大帝都对她忌讳三分，何况是你？"

那阴差倒被唬住了，转头仔细打量她，只觉她姿容秀美，却神情茫然，只是眉宇间偶有煞气出没，着实有些古怪。

见她还伸手问自己要酒瓮，他无法，只得乖乖递了上去。

她丢了盖子，急匆匆地把手塞进去捞，一捞上来，却是零碎的片段，皆是他人生前的回忆。

再捞，却是一个魔头的回忆，烧杀掠夺，无恶不作，最后被斩首于街市。

继续捞，又是一个寂寞宫女，空对满树红花，郁郁而终。

一连捞了几次，总没有欢乐的，不是缠绵病榻就是孤独一生。

她只觉这些片段熟悉而陌生，她想知道自己是怎么死的，她想知道生前的自己是做什么的。但不知为何，就是想不起。

阴差们见她似明非明，心下不由得惶恐。此人天资聪颖，任性乖张，要在此时被她窥破了什么，反而不好对付。阴差只得赔笑道："姑娘，快进门了。不如等到了里面，判官断了生死簿再看吧？"

她乖乖点头，把酒瓮还给那人，四个阴差带着她飘飘忽忽，转眼便来到了高耸华美的邑都城门前。

两只巨大黝黑的怪神守在门口，见了他们，便上前拦住。

"牌子拿来。"

阴差赶紧笑吟吟地掏出朱红色牌子，上面写了她的姓名以及生平要事。怪神大略一看，脸色微变，仔细看了看她，她却丝毫不知，只是低头玩弄自己的衣带。

"还未开智么？怎么能捆得她来？"怪神小声问道。

阴差摇了摇头，把手放在脖子上，轻轻一送。怪神顿时了然，犹带顾忌地看着她，一面向两旁退去，一面说道："请进。"

阴差们提着沉重的锁魂链，将她拉了进去。却见城内亭台楼阁比比皆是，与人间并无二样，只不过居民皆为阴差，偶有老鬼做助手开茶馆，都是没有轮回之人。

她只觉一切都很新奇，左看右看，倒忘了忘川水的事情。

她一直被引到一座华丽的楼台前，楼台的层层青瓦犹如凤凰的翅膀，向上展开。上面祥云笼罩，飞阁流丹，层楼叠翠，真是人世间看不到的奇景。

"姑娘请进。"阴差们恭恭敬敬地将她请了进去，有两人替她松开腰上的铁链，然后先进中门和判官复命去了。另两人留下看守着她，在大厅内等候。

青面獠牙的小鬼慌张地端了茶过来，她看那小鬼头顶的肉瘤长得稀奇，不由得伸手去摸。小鬼吓得面如土色，当场哭了出来，一迭声叫道："饶命饶命！"

阴差赶紧喝退小鬼，强笑道："姑娘莫怪，他刚当值没见过世面。就饶了他一次吧。"

她乖乖点头，又道："我只觉得他头顶的肉瘤有趣，不能摸么？"

阴差只有苦笑，心道：你是众鬼的克星，谁敢让你摸一个指头呢？

当下此间无话。却说那两个去复命的阴差把公文朱牌交给了判官，大胡子判官也沉吟半晌，不知如何是好。

过得一会儿，他才沉声问道："如何铐了她来的？"

阴差道："她既为人，自然是死了之后把魂魄铐了。"

"蠢材。"判官皱眉，"谁问你这个！本官不知道她下世为人么？"

阴差连忙笑道："大人英明。小的原糊涂了。按说不该用锁魂链铐她，但她在人间乃是自裁而死，倘若不铐，则有违律条。好在她神智未开，懵懵懂懂，也乖乖地被带进地府了。倒是要请问大人，此次该让她入何轮回？"

判官摸着胡子，沉思半晌，才道："自裁……看起来她仍未得道啊，戾气太重，还需要磨练才是。这次还是走原路，多加苦厄，直到她悟道开明为止。倘若再不明智，继续自裁……你带话过去，下次便让她投入地狱道，由其自生自灭！"

那阴差得命，正要下去传话，却听判官身后的帷幕里传来一个声音："等等。"

阴差与判官急忙回身拜倒，口中称："见过后土大帝。"

那似男似女的声音说道："寡人思索一番，觉得苦厄未必能悟道。她性格本身就乖张偏激，倘若一直重压，只怕煞气更重。"

判官垂头道："不知大帝有何旨意？"

后土在帷幕后说道："前几世都给她痛加磨难，结果煞气不消，神智不明，只怕不是良策。不如用雅乐安逸感化之，先感其心，再将其投入天道轮回令其修仙，方是上法。"

判官有些为难："她这一世为自裁，要投入天道只怕……何况修仙之路艰辛，成功者何其稀少，到时无法成功，反而浪费了大帝的美意。"

后土沉吟半晌，方道："你且先将她留在地府，每日以修仙养性之书教导她。如此过一段时日，再看该投入哪一道。"

"臣遵旨。"

阴差领了旨意出来，见她坐不住，在大厅里到处乱看乱摸，对什么都好奇无比，不由得在心中暗叹一声。要将这个煞星留在地府，他们以后有的怕了。

他堆了笑，走上前道："恭喜姑娘，后土大帝有旨意，让姑娘先住在地府里，清闲一段时日之后再转世轮回。"

她似懂非懂，怔怔地看着他。阴差心中叫苦，赔笑说："就是……让姑娘先在地府玩几天，看看书散散步，等时间到了再送姑娘转世。"

她便点了点头，手里摸着墙上挂的那幅九天玄女图，道："我喜欢这里，就住这里好

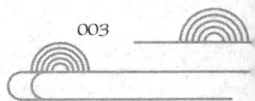

了。”

阴差只得点头：“姑娘既然喜欢这里，是我等的福气。”

他回头吩咐小鬼去二楼打扫客房，回头又道：“姑娘，还有一件好事。大帝怜你神智混沌，忘记世事，便赐你一名。”

她懵懂，茫然不知何事，一旁的阴差早将她轻轻拉得弯腰，嘱咐道：“大帝赐你名，要跪下接受。”

她却不跪，只瞪眼看着阴差，他实在无法，只得说道：“大帝赐汝名为璇玑，日后，唤璇玑者，便是姑娘了。”

她茫然地点头，转头见小鬼从楼上下来，她又笑嘻嘻地去抓他头顶的肉瘤，惹来一阵鬼哭狼嚎。


璇玑就这样懵懂地在地府暂住了下来。表面上是给判官打杂，端茶倒水，实际上有几人敢使唤她？只能由她在邑都里整日游荡，只求她别惹事就万岁了。

判官每日闲下来便会带一些修仙养性、讲世间道理的书给她看，所喜她识字，天分又高，常常举一反三，旁征博引，令人咋舌。

时日久了，判官也不由得感叹后土大帝的英明。倘若当初让那个懵懂的魂魄直接转世，她只会一次又一次无意识地犯错，甚至不知究竟错在何处。如今她博览群书，于修仙一事兴趣浓厚，倒也一扫先前的呆气，露出点天分中的聪颖来了。

她好像一块刚从河底捞上来的顽石，五官轮廓完全模糊一团，灵窍不开。现在用世事道理、仙人圣贤的故事教导她，细心雕琢她，终于渐渐崭露头角，藏在内里的灵秀呼之欲出。

只有一条令人头疼。

她懒，懒得出奇，懒到天怒人怨。

只要能躺着就绝不坐着，能不动心思考就不思考，成日只喜欢坐在忘川边上发呆，一会儿捞一把出来看看，嗅嗅，再抛回去。

众人都知道她想寻找的是什么，但谁也不敢告诉她，她的前世记忆全部被后土大帝收走了。他要她斩断之前的一切戾气，从头再来，获得新生。


这日判官又找了她半天，却不见人影。判官招来看守她的阴差，回说璇玑在忘川岸边看花，待了一下午，都没动一下。

他心中有火，自己提着书去河边找她，打算好好斥责她一顿。这几个月与她共处下来，两人都有了点师徒情分，只因她好学聪敏，判官原本戒备的心态也放松起来，真正把她当作学生来教。天底下没有老师会不为学生的怠懒而生气。

出得邑都城门，果然见那一袭单薄的白色身影在忘川边坐着。他悄悄靠近，却见她盯着岸边如火如荼的曼珠沙华看，两眼发直，不知想些什么。

他正要出言唤她，璇玑却不回头，轻道："老师。"

判官叹了一声，走过去坐在她身边，与她一同看那鲜血凝成的彼岸花。良久，他才道："看什么？"

她淡淡地说道："看那颜色。我有一种很熟悉的感觉，总觉得应当是时常看到的，却想不起来。"

判官心中微惊，口中却道："前世已经过去了，休要再为这些俗事烦恼，否则有违我教给你的那些道理。"

璇玑"嗯"了一声："也对，老师的话总是对的。我一直觉得很有道理。虽然我很明白这些道理，但不知为何我觉得那些道理很遥远，很难做到。"

"哦？你觉得哪些事情是你难以做到的？"

"你告诉我要修身养性，不要着眼于俗事过往，也不要妄想前瞻。那些事情容易让人着魔，心不净，无法修道。六根被污，就望不到形之外，容易沉迷声色。"

她摘了一朵彼岸花，放在手上揉碎，鲜红的汁液顺着她纤细的手指流下。

"可是，人生了心就是要想的。生了眼是为了看，生了口是为了说，生了耳是为了听。如果这些都放弃了，我究竟该看什么呢？我不明白老师说的成仙境界心中空明是什么，成仙了之后……是什么都不知道了么？"

判官委实没想到她会问这种刁钻问题，不由得怔了半晌，方道："非也，心中空明是似是而非，知道却又不知道，明白却又不明白。"

"那他们究竟确实地知道什么呢？"她问得认真，"知道了，难道还能装作不知道吗？仙人们过得快活么？"

判官皱眉："璇玑，你这是在钻牛角尖。快活？你以为声色中的快活是真正的大快活大欢喜么？"

她垂头，轻道："我明白老师的意思。我只是不懂罢了。倘若无为无心，那何必要存在呢？我参不透，想了很久，觉得自己一定做不到。生了心便是要想的，让我不去想因由，那生它为何？老师，你一定对我很失望吧。"

判官见她双目清明，然而里面雾煞煞，似懂非懂，有一种奇异的神情。他不由得心惊更甚，深知此人聪明得过分，若哪天真被她想起前因后果，到时候坠入地狱道成魔，就再也无法翻身，也枉费了天帝和后土大帝的一番苦心。

他沉默良久，心中终于成了一计，忽然拍手道："璇玑的意思为师明白了！"

她急忙瞪圆了眼睛，惊奇地问道："老师明白什么了？"

判官笑道："我便让你看看自己的前世吧！仅此一次，下不为例。"

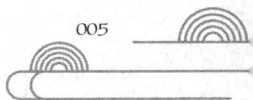

她不禁大喜，手舞足蹈，连话都不会讲了。

判官从岸边捞起一把土，撒进忘川中，道："慢慢地看，下次不许再问这些了。"

她急忙凑身上前，却见忘川中波澜起伏，滟滟水色渐渐凝聚成形，变成一个白衣女子。一见那女子的容貌，璇玑便是一愣。

是她自己。

但似乎又不是。

她面上杀气甚重，双眸犹如碎冰，寒意入骨。她忽然挽了个剑花，裙袂一转，不知刺中什么，鲜血溅了她满身。然后，她收功回剑，将脸一抹，左颊上便留下一道血痕。她忽然露出一个奇异的笑，仿佛痛快淋漓。

璇玑只觉这个场景似曾相识，那笑，那染满鲜血的白裙，那双似碾碎冰雪的双眸……她耳边仿佛响起了熟悉的号角声，金戈铁马，排山倒海的呼喊声。马上的将军三头六臂，周身有火焰围绕。

阿修罗！那是修罗道！

她猛然在黑暗处抓住了一点儿灵感的光辉，正要脱口而出，身后忽然被人大力一推，顿时撑不住，扑通一声摔进忘川里，喝了好几口苦涩的忘川水。

好像落水的大猫，她惊慌失措地往岸上爬，双手刚撑到土地，心中便恍惚起来，前尘后事一下子化成烟雾，从她心中一点点消失了。她茫然地歪头看着岸上的判官，心中有什么想对他说，却又忘了他是谁。

"你……"她喃喃道，"我……"

奇怪，好像有什么重要的事情被自己忘了。到底是什么呢？那到底……

判官唤来阴差，用锁魂链套住她拉上岸，朗声道："璇玑，你在地府待了三月有余，如今神智已清，本官先送你入轮回转世。望你来生勤加修仙，早日回归天庭。"

说罢，众人便架着她来到轮回道上。阴差见璇玑迷迷糊糊，心知是喝了忘川水的缘故，不由得小心翼翼地说道："判官大人，这……要让璇玑姑娘入什么道？还是和以前一样，去修罗道么？"

判官摇头："非也，她已今非昔比，心智马上便要顿开。如此关键时刻，只要把持不定便会成魔。故此本官施计点化她，令她饮下忘川水进入轮回。修罗道不能再去了，否则前功尽弃。如今人世间修仙者众多，以仙人为尊，便放她去人道吧。只要有诚心，来日定得结果。"

人道轮回大门已然打开，里面光华万丈，不可逼视，隐隐然有千万条道路如蛛丝盘结。璇玑受了那光的照耀，整个人渐渐变得透明，最后化成一颗宝珠。

判官亲自拈了那宝珠，走进轮回大门，将她抛进那万丈红尘中，心中默念道："倘若你我师徒有缘，日后自能在天庭相见。望你保重。"

是夜，首阳山少阳峰掌门夫人产下两女，彼时室内光芒万丈，犹如白昼。掌门人褚磊于生产前夜做了一个梦，只见碧玉玲珑，星光璀璨，便为两女取名：玲珑，璇玑。

此时正值盛夏三伏时节，午后热浪滚滚，放眼望去白花花一片，教人透不过气。少阳峰后山别院的小花园里却是凉风习习，参天的大树把毒辣的日光都遮挡了去，风过林间，发出清脆的沙沙声响，仿佛最好的催眠乐曲。

一个年约十岁的小丫头坐在池塘边的大青石上，乌黑油亮的长发没有束，随意地披在背后。她手里捧着一本大册子，正懒洋洋地看着。

"……又南三百里，曰耿山，无草木，多水碧，多大蛇。有兽焉……"

她断断续续地背着万妖名册，没背几句便发懒。她脱了鞋，一面将玉白的脚趾伸到池塘里逗弄里面觅食的金尾大鲤鱼，一面调侃道："有兽有鱼，又猎又捞，做了好吃！"

"什么好吃？"一个少年的声音忽然从背后传来，似乎含着笑意。

小丫头懒洋洋地把脚缩回来，套上鞋袜，也不回头，说了一声："大师兄，好吃什么？"

杜敏行走到她身边，先疼爱地摸了摸她的小脑袋，才笑问："所以，我问你呀。你刚才一个人嘟哝什么呢？"

小丫头把手里的大册子翻给他看："在背万妖名册，好没劲。"

杜敏行见她神色惫懒，不由得失笑："怪不得师父师娘成日说你懒，不肯上进练功。连万妖名册都不愿背，你也懒得过分了。"

小丫头也不说话，只是低头玩着裙带上的玉佩，过了一会儿，才老气横秋地说道："唉，每天都是练功练功，搞得腿疼腰酸，不晓得有什么用。我就不信成仙的人都像那些师兄一样每日大汗淋漓的，臭死了。"

杜敏行听她的孩子话，又笑了起来："练功是为了强身健体，你也没见过成天病恹恹的神仙吧？身体强健了，才能修炼内功仙法，不然你怎么御物飞行、斩妖除魔？"

她倒再也没歪理可辩，心里只觉大师兄说得有道理，但要她舞剑练拳，却是一万个不能。

杜敏行也没打算和一个小女娃讲大道理。

这丫头和玲珑不同。你给玲珑说道理，她不爱听的就会辩，辩不过就会乖乖听话；但你给这丫头说道理，说个三天三夜磨破了嘴皮，她虽连连点头称是，但一转身便忘了，照样我行我素，懒得天怒人怨。

"师娘今天把断金送给玲珑师妹了。"他一边用柳枝逗着池里的鲤鱼，一边说着，"你

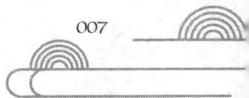

姐姐从今天开始就不必练拳蹲马步，可以练剑了哟。"

"哦。"她反应平平，心不在焉。

"褚璇玑。"他忽然认真地叫她的名字。

璇玑愣了一下，不甘不愿地跳下青石，对他躬身行礼，道："璇玑在，大师兄有何指教？"

杜敏行板着脸，问道："为何不愿练功？"

她咬着嘴唇，面上又是固执又是稚气，过了半晌，才噘嘴道："爹娘和师伯师叔们说的道理我都明白，但明白不等于能做到。我想不通为何要练，你问我一千遍，我还是不通。"

杜敏行只有叹气，他对两个小师妹向来一视同仁，当作自己的亲妹妹一般来疼爱。只是玲珑外向活泼一些，不由得众人多宠她。说实话，以他的好脾气，都几次忍不住想把璇玑揍一顿以泄愤懑，更不用说师父师娘了。谁会对一块小顽石有好感？你骂你吼，她一点儿反应都没有，真叫人挫败。

"师父刚在练武场上大发雷霆。"他露出些许担忧的表情，"说你一连十日都没去练功了，把少阳峰的律条丢在脑后。眼下叫我来寻你，说要重重惩罚你。你自己看看该怎么办？"

璇玑一听爹爹发火，终于有点儿恐惧了。她揪着衣角，嗫嚅了一会儿，才小声道："不能……不去么？就说没找到我……"

杜敏行摇头："师父这次是铁了心的。你双胞姐姐玲珑都继承了师娘的神器断金剑，你却连一套玄明拳都打不完整。他身为掌门人，怎么能一直袒护自己的女儿呢？这次要不重重罚你，让其他弟子心里怎么想？"

璇玑委屈地说道："干吗管别人怎么想……律条律条……我们又不是猎狗，干吗要律条！"

杜敏行从怀里掏出黑铁如意，轻轻抛向空中，那柄足有两尺长的漆黑大如意在半空中晃了两下，便稳稳地停在那里。

他纵身跃上去，弯腰对她伸手："来，别唠叨啦，快去见师父。大师兄和师娘会帮你求情的。下次可不能再这样懒了！"

璇玑心里有一千万个不愿意，然而实在抵不过父亲积日的严威，只得慢吞吞地抓住大师兄的手，一面在心里琢磨着见了父亲怎么说话，一面可怜兮兮地求他："大师兄……我不想被打……"

杜敏行见她说得可怜，心里也一软，柔声道："好啦，大师兄一定帮你说好话！只是你下次再这样连续十日不练功，大师兄也不会再帮你了！"

璇玑没答话，杜敏行心里暗叹，右足微微一沉，黑铁如意顿时掉头往山顶的练武场飞去，一转眼两人便消失成一个小黑点。

首阳山共有大小十几处练武场，分别给不同支派的弟子们修炼用。少阳派乃为天下修仙大派之一，弟子众多，福泽丰厚。从上上代掌门景阳仙人开始，少阳派便分成了七个分堂，首堂曜日由掌门人褚磊执掌，剩下六个分堂如清虚、旭阳等，则由掌门人的其他师兄弟执掌。

少阳派分支既多，弟子又杂，所喜上下齐心，皆以修仙养性为首任，不参与其他门派相争之事，得道之宗师于名利一事看得甚淡。想来这也是少阳峰几百年来固若金汤的缘故。

此时，掌门人褚磊正在峰顶大练武场监督门下弟子练招。其夫人何丹萍也在认真指点女弟子们的拳法招式。午后练武场热得如蒸笼一般，人人挥汗如雨，但偌大的练武场，除了偶尔发招时的呼叫，竟是鸦雀无声，人人自危。只因方才褚磊因为小女儿璇玑不学上进、成日偷懒而大发了一场脾气，弟子们知道这个掌门人脾气暴躁严厉，生怕不小心触了逆鳞，于是只能咬牙苦练，纵然伤了筋骨也不敢呼痛。

何丹萍先看了两个弟子互相喂剑招，见她们练得不错，便径自走到场边喝了一口茶。她抬头看看日色，午时的修炼眼看就要结束了，杜敏行却还没把璇玑带过来。她回头看看褚磊的脸色，青中带黑，想必他也正强压着怒气。

她心中暗叹一声，走过去柔声道："大哥……璇玑这几日总叫心口闷，想必是身体不适。你也别太生气了。她年纪还小，过于强求，只怕不好……"

褚磊却不答话，只是冷笑，抬眼见大女儿玲珑正颤巍巍地捧着她娘亲的断金，认认真真地摆剑招，小脸热得通红，却不叫一声苦，不由得冷笑道："年纪还小？玲珑与她是双胞姐妹，她都能练剑，璇玑呢？！都是你平日太宠她了！宠得她无法无天，不学无术！"

何丹萍知道丈夫这次是真气恼了，否则他平日绝不至于这样对自己说话。既然如此，她再说什么维护的话，也只是火上浇油，只得闭口不谈。

对面，年方十一岁的玲珑刚摆完了姿势，便拖着剑雄赳赳气昂昂地找她六师兄钟敏言，叫道："喂！和我拆两招！"

钟敏言正在那里蹲马步，清秀的脸上湿漉漉的，全是汗水。他皱眉道："我不叫喂！"

玲珑跺脚急道："快点！陪我拆招呀！"

他就是不依，话里却带了一点儿笑意："我也不叫快点！"

玲珑和她爹一样，是个暴躁脾气，说了两遍见他还不动，便火了，急道："你再不陪我拆招，我可直接刺上来了！"

钟敏言见她动气了，便收势回宫，扑哧一声笑道："你叫我一声好人敏言大哥，我才陪你练，否则你就是把我刺成马蜂窝，也别指望我陪你练。"

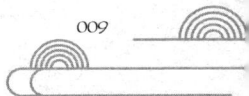

玲珑使劲跺脚，叫道："钟敏言！你就会说混话！你不陪我练，肯定是没把瑶华剑法学好！我不找你了！"

"好啦好啦。"钟敏言向旁边的女弟子借了一把剑，拈了个剑诀，笑道，"陪你练就是了，真是大小姐脾气。"

玲珑是个心急的人，见他摆好了架势，挥剑就上。她人小力薄，这一下差点把剑脱手而出，钟敏言赶紧架住，失笑道："剑都握不紧，拆什么招？"

玲珑脸上一红，正要反驳几句，却听褚磊在后面说道："敏言，你过来。"

钟敏言赶紧收起嬉笑的神情，一本正经过去躬身："师尊有何吩咐？"

褚磊森然道："你大师兄去找你小师妹，到现在还没来，只怕是他心软，被那刁钻丫头说动了。现在你去看看，见了她什么也别说，直接抓过来。"

钟敏言在肚里暗叫倒霉。整个少阳峰，他和谁都能谈得来，偏偏最烦那个褚璇玑，两人总也不对盘，说两句他就想揍人。这会儿偏他去喊人。

他飞快地盘算着要怎么拒绝，支吾道："师父……我……我……在陪玲珑师妹拆招……"

说完师父却没反应，他偷偷抬眼一看，却见他脸色铁青地望着前方的天空，他也跟着回头，却见大师兄杜敏行带着璇玑御物飞了过来。

一时间，练武场的弟子们都停下手里的活，抬头看好戏。璇玑在师兄弟姐妹间名声一直不如玲珑好。她为人古怪，不好相处，所以，此刻看好戏的人还是居多，更有甚者抱着幸灾乐祸的心情，只等看她怎么被罚出丑。

璇玑战战兢兢地跳下黑铁如意，见练武场里气氛不对，父亲冷冷在前看着自己，她蹰躇了半天不敢过去。

杜敏行收起黑铁如意，摸了摸她的头顶，轻声道："别怕，来，快去拜见师尊。"

璇玑实在无法，只得被他拉到褚磊面前，跪下说道："璇玑拜见掌门人。"

褚磊哼了一声，森然道："你居然还知道参拜掌门人！我还当你眼里根本没这个少阳派呢！"

璇玑知道他正在气头上，哪里敢说话，只得低头茫然地玩着衣服带子。这会儿她心里再觉得自己没做错，也不敢倔强了。

"你倒是说说，你成日窝在后山别院搞什么鬼？每日除了偷懒睡觉，可有做一点儿修行之人该做的事情？！"

璇玑不敢抬头，身旁的杜敏行急忙赔笑道："师尊息怒。弟子方才在后山花园内找到小师妹，她正在背诵万妖名册，可见并无偷懒。小师妹还是认真修行的，只是她体质单薄，于练功一事欲速则不达，请师尊明鉴！"

褚磊冷笑道："就是把天下万山民俗总则都背下来又如何？待到下山之日，难道就瞪着妖魔空背书吗？不能御物飞行，不懂剑法不会仙术，修什么仙？！"

杜敏行还要再说，却被他挥手打断："你退下！不用再说！"

他只得垂手退到场外。

褚磊看了璇玑半晌，却不说话。

看着她秀美的仪容，他心中委实对这个女儿充满怜爱。褚磊一辈子专心修行，于夫妻生子之事看得很淡，好容易中年得了一对双胞胎女儿，两个都是冰雪堆成的美人坯子。璇玑长得更像她娘，纤细柔弱，他本来也不忍在练功之事上对她苛求。但一来璇玑太过怠懒，到如今连马步也蹲不好，二来他身为掌门，放纵自己亲女，以后如何服众？

想到这里，他心中又有气，冷道："你且站起来。我要看看你玄明拳练得怎么样了，就在这里练，当着众师兄弟姐妹的面，不用害羞。"

璇玑哪里会练什么玄明拳，只怕连架势怎么摆都忘了，但掌门人吩咐，她只得站了起来。

一时间，场内安静得一根针掉地上都能听见。午后灼热的风拂过璇玑的长发，她背后密密麻麻出了一片汗。成千上百双眼睛都盯在她一个人身上，她竟好似僵住了，一根手指头也动不了。

何丹萍不忍爱女当众受辱，正要上前说话，褚磊却用手势止住。他转头说道："是不是不会练？那我问你，这些年，你究竟做了什么？"

璇玑还是没有说话。强烈的日光直射在她脸上，令她有些发虚。隔得太远，众人看不清她的表情，之前幸灾乐祸的，这会儿也忍不住捏了把汗，她若再这样沉默下去，师尊只会更生气。

"褚璇玑，说话。"褚磊的声音很轻，好像一块薄冰突然碎裂。

璇玑猛然跪倒在地，沉声道："我不会！请掌门人责罚！"

褚磊居然哈哈大笑起来："责罚？！好一个责罚！你竟知道'责罚'二字！"他倏地收住笑声，森然道，"你听着，今晚回家去，收拾一些衣物，明天开始，你就住在北山太阳峰明霞洞里！什么时候让你出来你再出来！"

众人都是大吃一惊。须知那明霞洞足有千丈深，里面漆黑犹如地狱，终年潮湿阴冷，虫蛇众多，平常弟子在里面待上一刻便要发疯，更何况是这种根本不定期限的惩罚！她还仅是个年方十一岁的幼女，无论如何，这种惩罚都过于严重了！

何丹萍当场便落下泪来，玲珑在一旁按捺不住，冲上去跪倒在地，急道："请求掌门人饶妹妹一回吧！她身体不好，进明霞洞会死的！"

杜敏行及钟敏言一千敏字派年轻弟子也跪倒在地，求情道："师尊请收回成命！小师妹年齿尚幼，只怕不堪如此惩罚！请师尊网开一面！"

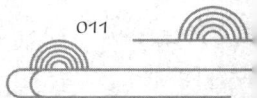

褚磊猛然拂袖，愠道："都起来！此事我意已决，不必再说！"说罢转身望着璇玑，她脸色有些苍白，却并没有什么恐惧之色。

他怒意虽盛，心里到底还是不忍，叹道："璇玑……世上有很多人只能做普通人，生老病死，一辈子平庸地过去。但你不能。你是少阳峰的弟子，修仙是你终生的目标。你……怎能甘心做个普通人？"

她沉默半晌，才轻声道："难道……我们居然不是普通人么？"

褚磊闻言哑然，良久，方道："你……且去吧。"

他望着这个小女儿单薄的背影，心中不知是什么滋味。

朽木不可雕也。

但这块朽木是他女儿，就算不能雕，他也定要雕出个形状来。

杜敏行还想求情，褚磊却拂袖而去，一直走到练武场边，才沉声道："敏行，今晚到我房里来。我要看看你的阳厥功练到第几层了。"

杜敏行一听"阳厥功"三字，不由得欣喜若狂。这是少阳峰最深厚的法术，寻常弟子年满二十方能练习，只有特别出类拔萃的人，掌门人或者山下的师伯师叔们才会提前传授此法。如今他才十八岁，师父所谓看他阳厥功练到第几层，根本是个幌子，其实便是打算传授他此法了！

周围的年轻弟子都羡慕地看着他，纷纷过来道喜。杜敏行更是激动得差点站不住，这下一打岔，便把璇玑的事情忘到脑后了。

当夜，璇玑收拾了一些衣物，准备明日一早就上明霞洞。

何丹萍一边抹着眼泪，一边替她装些可口干粮，又道："以后可要勤奋练功了吧……可别再惹你爹生气了。一个人待在明霞洞里，可别胡思乱想，也别怕，娘一定早点接你下来。"

璇玑闷闷地点头答应。

玲珑手脚麻利地先把她披散的头发盘成丫髻，又孩子气地说道："璇玑你别怕，过两天我也去洞里陪你！乖乖等着我！我来照顾你。"

何丹萍本来在拭泪，听她这话便失笑了，柔声道："傻孩子，明霞洞哪里是人人都能去的！璇玑，你也别怪爹爹无情。那明霞洞乃是先代祖师们为了锻炼自己的意志力而设的地方，专门为不擅长集中注意力的弟子准备的。爹爹让你过去，也是为你好。身为掌门人的女儿，不说要替爹爹面上增光，至少别给他丢脸。像今天在练武场上那样的情况，不能再发生了，明白吗？"

玲珑不等璇玑开口，便抢着说道："爹爹就知道面子面子！妹妹身体明明不好，不适合练功，他都不知道心疼！"

何丹萍皱眉道："玲珑，你少说两句！爹爹的事情你插什么嘴？"

玲珑兀自不服，噘嘴到一旁嘀嘀咕咕去了。

何丹萍握着璇玑的手，又道："洞里阴冷潮湿，记得多穿点。你六师兄会每日给你送饭上去。要是生病了，一定要告诉他，我们好接你下来。"她到底是慈母心肠，絮絮叨叨又交代了许多，都是些烦琐小事。

直到几个小弟子过来喊吃饭，她才停口不说，只叹了一声，摸摸璇玑的脑袋。

"师娘，师父说他今日在小阳峰用饭，顺便和阳师伯他们商量下个月的簪花大会，今晚就不回来了。请师娘和两位师妹自便。"

一个弟子在门外说着，听声音，是老六钟敏言。

玲珑一听是他，便笑嘻嘻地掀开帘子跑出去，道："那小六子今天可以和咱们一起吃饭了。"

钟敏言悄悄对她做个鬼脸，却不说话。何丹萍挽着璇玑走出来，笑道："你这孩子，钟师兄比你大了三岁呢！这样没大没小！敏言，你大师兄和你师父不在别院，今天就把几个师兄弟都叫来家里吃饭吧，大家一起，也热闹。"

钟敏言笑答了个"是"，这才站直了身体。他是敏字辈弟子中排行最小的一个，在他下面便是玲珑和璇玑。他人长得俊，聪明伶俐嘴巴又甜，所以师父师娘都很喜欢他，玲珑更是每日缠着他打打闹闹。

他见璇玑脸色苍白地站在师娘身旁，几乎透明的小脸上一点儿表情也没有，心里不由得一阵厌恶。

他不喜欢褚璇玑，她总是面无表情，从来不笑，好像一个木头人。和她靠近了，也不由自主跟着郁闷起来，空气都变得沉闷凝固。他自己天生能言善道，口才了得，连师父都能说动，但就是没办法给璇玑讲道理。她很可恶，听的时候连连点头，你还以为她多虚心，结果转身依然我行我素。

钟敏言认定她城府深厚，两面三刀，从那以后再也不和她说话了。还是玲珑好，小女娃就该天真泼辣，不然和木偶有什么区别？

他转身要去叫师兄们过来吃饭，忽然想到了什么，又回头，轻道："对了，师父有几句话要转告璇玑师妹。他说，别想着再偷懒耍赖，好好在洞里反省练功。下次再查，你要还不会玄明拳，就别想出洞了。"

璇玑"哦"了一声，依然没多大反应。钟敏言本想看看她痛哭流涕的样子，这会儿觉得好生没趣，只得走了。

结果钟敏言这番传话，让晚饭气氛变得异常沉重。师娘眼圈红红的，想必方才又偷偷哭了一场，连玲珑也苦着脸，一句话不说。钟敏言心中懊悔，便偷偷用脚踢二师兄陈敏觉，要他说点笑话改善气氛。

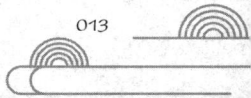

老二陈敏觉在拜师学艺前，是个给说书人做助手的小混混，从小听了一肚子奇谈笑话，嘴上功夫甚是了得。他见众人都不敢说话，在场除了师娘又是自己辈分最大，不由得清了清嗓子，故意神秘兮兮地说道："喂，最近咱们派要出一件大事，你们知道么？"

玲珑最机灵，急忙接口道："我知道！就是下个月的簪花大会嘛！"

陈敏觉笑吟吟地摸着没有胡子的下巴，摇头晃脑道："簪花大会是不假，但你可知这次簪花大会的重头戏在哪里？"

玲珑蹙起眉头想了一会儿，道："重头戏？不是天下五大门派各自派出精英弟子，互相切磋武艺仙法么？敏字辈的师兄们还没到参赛的年纪，难不成大师兄被选上了？"

陈敏觉却不说话，只是摇头，面上挂着那可恶的神秘微笑，性急的玲珑真恨不得抓着他的衣领逼他快说。

何丹萍笑道："你们大师兄是很难得的英才，但也没到参加簪花大会的年纪。那个要年满十八才行的。敏觉别卖关子啦，快说吧。"

陈敏觉不慌不忙，先问道："那你们知道，簪花大会为何要叫'簪花'二字么？"

钟敏言答道："这个我倒是知道。那比武大赛夺魁者，会由点睛谷的容谷主亲自在他衣襟簪上一朵牡丹花，所以名为'簪花'。"

陈敏觉笑道："错啦！那花可不是你夺魁了便能轻易簪上的！否则你看上上次簪花大会，容谷主不是没给那个浮玉岛的夺魁者戴花么？须知这花不光指牡丹花，更是指夺魁者夺魁之后所要面临的最后一个挑战。"

众人都是第一次听说这个所谓的最后一个挑战，不由得纷纷好奇相问，连璇玑也瞪圆了眼睛看着二师兄。何丹萍自然心中了若明镜，她只是笑，也不说穿，让孩子们乐一乐。

陈敏觉吊足了众人的胃口，这才道："所谓最后一个挑战，就是让比武大赛的夺魁者去斗一只大妖魔！当然，那妖魔是前辈们事先捉好了的，已经去了大部分元气，否则寻常弟子再厉害又怎能将它制服？但你们也千万不要小看受伤妖魔的能力，纵然它元气大伤，功力只剩两三成，也少有年轻弟子能独立将它打倒。不然光只切磋武艺，簪花大会又何须弄得那么隆重？自这个比赛开始以来，真正能把牡丹花簪上的，不超过十人。所以，它可没你们想得那么容易！"

众人纷纷唏嘘，这才明白簪花大会居然有如此精彩的内容。玲珑听得津津有味，连声问道："那二师兄你知道这次簪花大会的那只妖魔是什么吗？"

陈敏觉说道："这个暂时还不清楚。但听说之前鹿台山有天狗捣乱，搅得民不聊生，我猜这次十有八九是这个。"

玲珑甚觉有趣，只缠着陈敏觉再多说一些，他苦着脸叹道："小师妹，再多我也不知道啦！你不如问问师娘，她一定比我更清楚簪花大会的事情。"

何丹萍点头道："老二说得对，倘若无法战胜那妖魔，便不能簪花。当年你们师父也参加了簪花大会，他年纪最小，却资质过人，几乎是压倒性地夺魁。结果也在妖魔这一关吃亏，差点送了命。到现在他身上还留着那道长疤呢！"

"那爹爹当年对战的是什么妖魔？他得到牡丹花了吗？"

"那是很有名的妖魔，叫肥遗。它在西北盘踞了整整三年，令那里滴雨未落。最后你们的师公和其他各派的众位长老费尽全力才将它制伏，作为当年簪花大会的压轴戏。你爹爹与它斗了两天两夜，最后才赢了，出来的时候浑身干裂，差点便要死了。然后我……"

她忽然打住不说，面上微微一红。她怎么好对这些小辈说：然后她不顾一切冲过去，抱着他哭。他却抓着那朵好不容易得来的牡丹花，颤巍巍地簪在她发际，笑道："很早就想说了……香花配美人。如今……可算找到能配得上你的花了。"

唉，那些甜蜜的往事，也随着时间的流逝渐渐褪了颜色。只有在她心底，这些珍贵的记忆还是那么鲜亮，仿佛昨天才发生过。

吃完晚饭，众人又闲聊了一会儿，安慰了一下璇玑，便告退各自休息去了。

何丹萍这一夜又不知流了多少心疼的泪水，抱着女儿说了多少担心话，只恨一夜似乎特别短，眼看着天就亮了。

璇玑提着小包裹，打开门，就见半山腰枕霞堂和阳师叔的几个弟子站在门口，身上都整齐地穿着白底红边的长袍。见了何丹萍，他们一面恭敬地行礼，一面说道："参见掌门夫人。我等奉掌门之命，送璇玑师妹入住明霞洞。"

枕霞堂专管对破戒弟子的刑罚，褚磊让他们来接璇玑，可见其铁面无私。何丹萍少不得又落泪嘱咐几句，这才牵着哭成泪人的玲珑站到一旁，眼睁睁看着他们把璇玑用绕金绳捆起来，扶上黑玉轿，四人分四边站在轿栏上，齐齐运法，那沉重的轿子便悬空浮了起来。

"璇玑，一定别怕！娘很快就去接你！"何丹萍在地下使劲向她挥手。

璇玑蹭到轿边，脸色发白，所幸并无悲伤恐惧的神情。她见母亲和姐姐哭得厉害，心中虽然不解，却也微微酸楚，于是大声说道："我会好好的！娘，姐姐！别担心我啦！"

话音刚落，那黑玉轿子便腾空而起，瞬间就成了一个黑点，再也看不到了。

关于明霞洞的传说，璇玑只是有所耳闻，并没有真正去过，故此对这个惩罚也没觉得可怕。相反她还很庆幸，无论如何，关禁闭总比被打强。她可不要挨爹爹的巴掌，那才叫恐怖。

娘给她收拾了两个包袱，一个是衣物一个装满了干粮，她的袖袋和胸口也塞满了东西，那是玲珑给她解闷的小玩具。只可惜她现在被绑着，没办法仔细看。

却说明霞洞在太阳峰上。太阳峰乃是首阳山最矮的一座山峰，奇怪的是这里没多少树木，却是野兽出没最多的地方，而且天然形成的山洞也极多。明霞洞就是其中最深最大的一个。

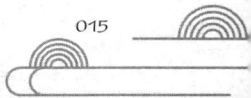

黑玉轿载着她，不出一刻便来到了明霞洞口。璇玑把脑袋伸出轿外，却见这里是一方平地，周围多为松柏，奇怪的是，明霞洞口前三尺的土地寸草不生，颜色深红如同干涸的血液。

那四个枕霞堂弟子将黑玉轿落下，一人替她松了绑，另一人提着她的两个包袱，等她下了轿，才道："璇玑师妹，我们还要送你入洞一程。"

她乖乖点头，却没问为什么要送，难道怕她跑走么？

进了山洞才明白，原来洞内安置了一扇玄铁门，高有十丈，门上的锁比她的大腿还粗，不管是进去还是出来，没钥匙就只能干瞪眼，简直就是地牢，枉费它有个"明霞"的好名称。

打开铁门向里走了不到一刻，光线已然暗了下来，五步内勉强能看清人脸。璇玑四处张望，却见洞顶洞壁生满了青苔，所幸没有蝙蝠，想来是有人定期驱除。

再走一段，忽听前方水声叮咚，想来是有地下泉眼在此。

璇玑万万没想到明霞洞里有这么多名堂，不但洞口有铁门紧锁，进来之后还要划上一刻船，这才到了目的地。此时她已经什么都看不见了，把手放到脸前，使劲瞪也看不到。

那四人啪啪擦亮火石，点了火把，却见这里被人搭了个简陋的石屋，里面床几桌椅都是原始的青石块。所谓的床不过一块平整点儿的石头，上面铺了一层潮呼呼的稻草，连被子也没有。

那四人留了一把火石和几根蜡烛给她，道："那，璇玑师妹便在此静心修炼吧。我等先行离开了。"

璇玑胡乱点了点头，那四人把包袱放在床上，见她满面茫然失落的神色，到底不忍，便将火把留给了她，又道："师妹保重！望你早日得道。"

他们离开之后，洞里很快就恢复了安静，或者说，死寂。

璇玑从来没有在这种安静到可怕的环境里待过，好像待久了，自己的心跳声也成了打雷声，甚至能听见血管筋脉蠕动的声响。

她怔了半天，便转身走进石屋，先摸了摸"床"上的稻草。不出所料，根本就是湿的，也不知放了多久。她只好从包袱里拿了几件衣服铺在上面，试着躺了躺，硬邦邦的，很是难受。

她从小就没怎么吃过苦，眼下环境大异，终于觉得委屈起来。她想哭，但转念一想，这里就她一个人，就算哭破了喉咙也没意义，只好吸了吸鼻子，继续发呆。不知娘什么时候会来接自己，现在她真是不想待在这个地方，一点儿也不想。

不知过了多久，她躺在床上睡着了，光怪陆离地做了许多梦。依稀是爹要打她，娘护着她，再一晃，钟敏言不知从什么地方跑来，讥诮地看着她，说道："活该，谁让你偷懒！"说完，他忽地变做了大师兄杜敏行，摸着她的脑袋，保证一定替她说好话。

她正要求他让爹爹放自己出洞，忽然玲珑提了一桶水朝她迎面浇来，叫道："你又做白日梦，快醒醒！"

她不由得打了个寒战，猛然惊醒，眼前漆黑一片。她花了很久才反应过来，是火把烧光了。好容易摸索着爬起来，只觉浑身冰冷，寒意蚀骨，身下稻草的潮气透过衣服一直透过来，她小小的身躯忍不住阵阵发抖，赶紧找了好几件衣服披在身上。

没有声音，没有一点儿声音。这可怕的安静与黑暗，比死亡更让人难以忍受。她在石床上缩成一团，却总也抑制不了身体的颤抖，她甚至分不清究竟是因为寒冷发抖，还是因为那无边无际的空寂而恐惧。

又过了很久，她才想起枕霞堂的弟子们留了蜡烛和火石给自己。她在床上摸索了半天，终于找到火石，她"啪啪"打了几下，点燃蜡烛。有了光明，她便稍微安心了一些，缩在床上盯着那橘红色的小火苗发呆。

蜡烛只有四根，她不能一直用，所以这样计算下来，一天有大部分的时间她都得生活在黑暗里。其实她可以向钟敏言要，但这个人对自己一直没有好感，肯定不会答应，与其开口自取其辱，不如干脆不说。

洞里的时间是凝固的，根本不动，她不知到底过了多久。

无事可做，她平时也是无事可做整天发呆，但真让她一个人这样待着，她又发不了呆了。只好把玲珑给她的玩具掏出来看，却是弹弓啊、泥巴捏的小鸟啊，还有一个小小的红色拨浪鼓。

这玩意拿来有什么用？真叫人摸不着头脑。

百般无奈之下，只有继续睡觉。可是石床冷得彻骨，她在上面翻来覆去怎么也无法入睡，反而被一种异样的孤寂感冲刷得瑟瑟发抖。

怀里的拨浪鼓落在床上，发出清脆的响声。她摸黑把它抓起来，攥在手里。过一会儿，便轻轻转一下。

咚咚咚，咚咚咚。

小小的拨浪鼓发出响亮的声音。

在这样死寂阴暗的地方，只剩下这么一点儿声音陪着她了。

她继续转。

咚咚咚，咚咚咚。

她好像看到了热闹的新年景象。

大师兄用扎着大红绸的鼓槌擂着夔皮大鼓，玲珑则在后面蹦蹦跳跳，拍着她的小腰鼓。空气里有娘做的甜甜的红豆糕的味道，爹他们指示着年轻弟子们把地窖里藏了一年的好酒拿出来拆封。

她其实也喜欢热闹的景象。她喜欢在热闹的场景里做一抹小小的背景色，而不是被无

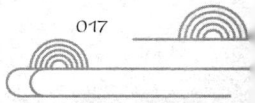

情地剔除，所有人都忘了她，无视她。

璇玑乱七八糟地想了很多，终于再次沉沉睡去。

钟敏言是少阳峰敏字辈男弟子中辈分最小的，而敏字辈又是整个少阳派最年轻的一辈弟子。因此，很多师兄们懒得处理的杂事，都会交给他，他每日比其他弟子要忙碌数倍。

所以，忘事也是在他身上经常发生的。

这天吃完午饭，他早早来到练武场，提着剑还没挥几下，几个师兄过来和他切磋。二师兄陈敏觉最狡诈，剑招上眼看要输给小师弟，忽然开口道："敏言啊，以后是不是你给小师妹送饭？"

钟敏言心中一惊，剑招立即露出一个破绽。陈敏觉乘虚而入，手腕一转，将他的剑击落，笑道："你输了。这就赶紧去送饭吧？不然师娘知道了会心疼的。"

他居然忘了！钟敏言灰溜溜地奔出练武场，去厨房拿饭。只因璇玑极少出现在练武场，他也懒得关注这个小师妹的事情，早上新学的仙法又复杂，他只顾着练招，竟把她被禁闭的事情忘得一干二净。

真烦，褚璇玑一定和他有仇，她关禁闭，害他也跟着倒霉，每天要往那个可怕的明霞洞跑三趟，午后修行的时间也被迫缩短了。

他虽然平时爱开玩笑，什么事都笑眯眯地好像不放在心上，其实却是个心高气傲的人。他辈分最低，平时就不怎么受到重视，总被人使唤做这做那，所以他在练功上对自己极其严格，甚至到了苛刻的地步，发誓一定要超过大师兄，再不让人小看自己。眼下因为要给璇玑送饭，午后修行的时间等于减半，让他怎能不恼？

厨房大娘倒是早给璇玑准备好了饭菜，放在篮子里，见他来了便笑吟吟地递给他，说道："喏，快去吧。可别让璇玑丫头饿着。怪可怜的。"

可怜个鬼！可恨才对！她偷懒受罚，居然还连累别人！

钟敏言走到半路，悄悄把盖子揭开，见里面放着两盘菜，一碗白米饭，还有一杯水果汤。他偷偷捡了一块最大的糖醋排骨塞在嘴里，吃得津津有味。

哼，就不给那丫头片子吃！

明霞洞里没有光线，所以钟敏言早准备了火把。好容易划船到了石屋，里面却黑漆漆的，没有声音。他冷冷地说道："褚璇玑，吃饭。"

没人理他。

钟敏言有些着恼："褚璇玑！"他提高了喉咙。

还是没人理他。

钟敏言终于觉得有些不对劲，赶紧跳上岸奔进石屋，火把一挥，却见那个小女孩在石床上缩成一团，似乎是睡着了，手里还抓着一个拨浪鼓。旁边的石台上有一摊烧尽的烛泪，还有三根没烧的蜡烛和一把火石。

他叹了一口气，伸手去推她，说道："褚璇玑，醒醒，吃饭了。"

璇玑迷蒙地睁开眼，却见眼前火光明亮，钟敏言满面不耐烦地看着自己，他手里还提着一个黑色大篮子。

"吃饭。"钟敏言把饭菜放在石台上，回头一看，她却缩在那里不动，不由得生起气来，"你要是不吃，就说一声，省得我每天飞来飞去，浪费时间。"

璇玑只觉浑身发冷，动都不想动。这人一向对自己恶狠狠的，好像她欠了他一屁股债一样。待要与他吵起来，却又没那精力；待要较真不吃，只怕娘会伤心。她犹豫了半天，只好从床上爬下来，裹着一堆衣服端起饭碗。

好在饭菜还有余温，甚是可口。她吃了大半，抬头见钟敏言盯着自己，便轻声道："你也想吃么？"

钟敏言被她说中心事，脸微微一红，哼了一声："你快点吃吧，我好赶紧回去练功。"

璇玑喝了一口汤，道："你现在就可以走。晚饭的时候再过来收拾旧碗碟，这样就不会浪费你多少时间了。"

他倒没想到她会说这种话，半晌，才说道："你一个人在这里，不想有人多陪你说说话么？"

璇玑却没回答，只是飞快把饭吃完，碗碟放进篮子里递给他："吃好了，你带走吧。"

钟敏言倒不好意思起来了，他讪讪地接过篮子，还想再说什么，见她冷得脸色发青，心中不由得一软，柔声道："我晚上给你带棉被和厚衣服过来吧？"

璇玑正求之不得，他既自己提了出来，她便乖乖点头。

他甚少见到这个小魔女如此柔顺乖巧的模样，与印象中那顽固不化两面三刀的东西倒是大异，这会儿便有些舍不得离开了。左右看看，又道："那……你还想要什么？书？还是玩具？一个人这样待着，很难熬的。"

她摇头："不用了，不麻烦你。"

钟敏言只好上船，没划几下，又跑回来，脱下外套披在她身上，没好气地说道："衣服先借你，不许弄脏了。晚上我会再给你带几本书和蜡烛。小丫头恁地嘴硬。"

璇玑垂头不语，他也确实不擅长和这种阴阳怪气的人相处，只好急急地走了。

到了晚上，他果然遵守诺言，不但带了两床棉被和几件厚衣服，还提了一摞书、一卷宣纸、一些墨块砚台毛笔之类的，甚至还有一个小小的木头笔架。这些东西一摆，清冷的石屋终于有点儿温暖的味道了。

"这些蜡烛你先用着，用完了我再给你带。师娘要我带话给你，说洞里湿冷，你要注意每天练功，否则会落下病患。这是玄明拳的拳谱，千万记得要练。"

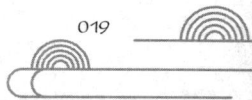

他一面说着，见璇玑又是一个劲点头，不由得微微讥讽地笑道："这会儿答应着，回头又要当作耳旁风了吧？"

璇玑却不隐瞒，说道："是的，我不想练功。但我也不想让别人动不动就对我生气。难道点头不对么？"

钟敏言干笑两声："歪理歪理。要被人知道你两面三刀，说一套做一套，别人只会更生气吧。"

"那也没办法。我不喜欢别人对我吼，我也不想练功。"

"为什么不喜欢练功？你不想成仙吗？"

"想，可是我懒。"

钟敏言觉着自己再和她说下去，只怕又会兴起想掐死她的念头。他真没见过这种人，懒得理直气壮、毫不羞愧，却还妄想成仙。

"哦，那你大约只能成一种仙。"他一边说着，一边把蜡烛放在她床上。

"什么仙？"璇玑到底是孩子，居然没听出这是假话，兴致勃勃地问道。

钟敏言勾起嘴角："懒仙。你就继续这么无所事事下去吧，说不定哪日天庭就派人下来接你，封你做个懒仙了。"

原来他还是在嘲讽她。璇玑有些失望，沉默半晌，方道："我不想练功，但我一定会成仙。"

"是是，你就等着成懒仙吧！"钟敏言转身上船，懒得再和她说了。

石屋又恢复了死寂。璇玑怔怔地看着案上的烛火，继续每日的任务：发呆。

一定会成仙。她刚才好像是这么说的。

其实连她自己也纳闷，这狂妄的自信心到底是从哪里钻出来的，让她口出狂言。她不会拳法，没有仙力，连剑也不会握，可她就是觉着自己应该能成仙。

可能钟敏言说得对，她只能做个懒仙罢了。

别的神仙做不了，这个懒仙，舍她其谁？


却说这边厢璇玑一个人胡思乱想，那边厢忙着办簪花大会的少阳派上下众人早已把她的事情忘在了脑后。

八月十四，中秋节前一天，五大派的掌门及各支派要人齐聚少阳峰顶，为簪花大会做最后的筛选。与往年一样，抽签决定五人去大荒地捉妖魔，作为比武结束后的重头戏。

说起簪花大会，别人都还没什么，玲珑却是最激动的一个。整日里就看她跑出跑进，到处找她爹娘。只因簪花大会五年才办一次，整个少阳派包括最年轻的男弟子钟敏言都曾见识过，故此虽然兴奋却也能控制住。玲珑却是生平第一次参加这种比武大会，难免不满心雀跃。只是她兴奋之余又替璇玑难过，她一个人关在黑漆漆的明霞洞里，这等热闹场面，她可是看不到了。

这天她缠了她娘一个早上，磨着要一起去峰顶看抽签，好容易被何丹萍用一块桂花糕劝住了。谁知她前脚刚走，后脚玲珑就鼓动着钟敏言陪她一起上峰顶。

"不行啦，我马上要给璇玑送饭。再说师娘都说了小孩子别去凑热闹，那里都是得道的长老高人，不小心冲撞了谁都不好。"

钟敏言一口回绝了她的请求。

玲珑急道："那你送完了再去！咱们上去看一眼就下来，好不好？我保证很乖，绝对不闹事。"

钟敏言一面往篮子里装菜，一面道："送完了饭我可要去练功了。你也别急啦，再过半个月什么热闹都尽你看，再不会有人拦着你的。"

玲珑哪里忍得住，抓着他的袖子一顿好哥哥好敏言地叫，都快扭成麻花了。

"就陪我去一下嘛！看看抽签嘛！敏言大哥！好大哥！求你了，带我去啦！"

钟敏言素来对这种死缠烂打的招数没辙，只好叹道："我的小祖宗，你先放手。要让师兄们看到了，我的皮可保不住要被师父揭了。我先给璇玑师妹送饭，回来再去，好不好？"

玲珑见他答应了，不由得心花怒放，又道："咱们先上去看看，很快就下来，然后你再去给璇玑送饭吧！就看一下，省得你怕被人发现！"

钟敏言没办法，只好丢了篮子由她拉着自己往峰顶跑。

少阳峰顶是掌门褚磊执掌的首阳堂，亦是招待来访之人的大厅。要上去只有两条路：要么用放在悬崖边的白玉长圭，驾御着飞上去；要么就乖乖爬楼梯，一圈一圈绕上去，起码要花半个时辰。

这是少阳派的傲气，不轻易接待无能之辈，要么你乖乖回去，要么你就乖乖爬上来。少阳顶峰高耸入云，怪石嶙峋，寻常人一般无不望而生畏了。

"爬上去？"钟敏言的脸色好像苦瓜，望着有一大半隐藏在云雾中的石阶，他的腿就发颤。

"当然是飞上去！"玲珑噘着嘴，"我才不爬台阶！要花好长时间呢！"

"谁飞？你会御物？"

玲珑嘻嘻一笑，指着他的鼻尖说道："别装啦！当然是你！以为我没看到呢！那天是谁在后山背阴的地方偷偷御剑飞行？我可还没问你呢！你要是再装，我就告诉爹爹去！"

钟敏言脸色一红："居然被你看到了……可别告诉师父！师妹乖，别告诉任何人，知道么？"

玲珑奇道："为什么不愿让爹知道？你已经会御物飞行，比四师兄他们厉害多啦。爹听了高兴还来不及呢！"

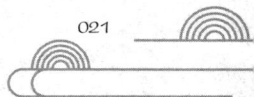

钟敏言正色道："出了这个风头好处不多，坏处却是一大把。师父纵然是高兴了，其他还没学会御物飞行的师兄们却少不得一顿骂。他们被骂了，这怒气朝谁身上出呢？"

玲珑若有所悟，点头道："你说得也对啊……可是这些事好复杂……大人们平时都想那么多吗？"

钟敏言失笑："想的比这个可多多啦！来，别废话了，不是要上去看热闹吗？再不去可就来不及给璇玑送饭了。"

他走到山崖边，不出所料，那里放了一排白玉长圭。他捡了个半旧的，左脚微微一沉，长圭有些迟疑地载着他浮了起来，似乎还不能完全随心所欲地驾驭。他试着飞了两圈，这才回来对大呼小叫的玲珑伸手笑道："上来吧，小祖宗！上去之后可千万不能这样叽叽喳喳了。"

玲珑满心欢喜。要不她怎么就喜欢和钟敏言玩？还是小六子最好，什么都顺着她，说话又好听。

在他御风上行的时候，玲珑忽然想到了什么，抓着他的袖子孩子气地说道："小六子，你可不能像以前的三师兄五师兄那样，受不了苦偷下山逃回家哟。"

钟敏言差点从长圭上一头栽下，好容易稳住身体，他苦笑："你哪只眼睛看到我喊苦要回家了？再说，我家……我也没家可以回啦，爹娘都在瘟疫中死了。少阳峰就是我的家。"

"那我们拉钩。"玲珑伸出小指，眨巴着漆黑的大眼睛，说道，"小六子要和我们永远在一起，我们永远也不分开。"

钟敏言却失笑，轻声道："这都是小丫头片子们的玩意，我们男子汉大丈夫说话算话，就算不拉钩，也会做到。"

玲珑最容不得别人质疑反驳自己，当下皱眉道："不管！就要拉钩！"

钟敏言伸出胳膊："喏，勾勾胳膊吧。拉钩是小女娃的行当，我才不做。"

玲珑笑吟吟地用胳膊勾住他的胳膊，两人都孩子气十足，说道："要是以后不遵守这个誓言偷偷下山，便让小六子满嘴的牙都掉光，做个没牙老公公！"

发过誓，两人都大笑起来，觉得十分好玩。他俩一个十四岁，一个才十一岁，都是天真烂漫尚未完全解世事的年纪，所谓的永远，在他们眼中只是个虚幻的事物。在他们心中，永远就和马上要举办的簪花大会一样，近在眼前，一忽儿就过去了。那里面既没有挫折，也没有悲伤。

却说两人攀上云雾缭绕的峰顶，顶上是一座巨大的碧绿玉石铺成的天台，晶莹温润，十分美丽。二人猫腰在旁边的树丛中穿梭，只见天台周围密密麻麻站了一圈少阳派大弟子，显然是负责看守的人了。玲珑没想到抽签也这么正式，一时倒被唬住了，低声道："这下完了，看守这么严，还怎么偷看？"

钟敏言看这个架式，知道偷看是绝无可能的了。他低头沉吟一番，忽生一计，捏了捏玲珑的手，示意她跟着自己。接着，他咳了一声，从树丛中长身站起，拍拍衣服上的尘土，大摇大摆地朝天台走去。玲珑怀里好像揣了个小兔子，突突跳得厉害，她不晓得钟敏言要搞什么鬼，却觉得够刺激，好玩得紧，便乖乖跟在他身后向前走去。

不出所料，刚要上台阶的时候，迎面便有两个大弟子拦上来，说道："师尊说过，现在正与其他各派掌门举行抽签事宜，任何人不得打扰。"

钟敏言不慌不忙，笑道："是真字辈的两位师兄吧？我们是奉了玉阳堂的影红师叔之命，来给掌门夫人带一句话。"

那二人听得是影红师叔，脸色便是一苦。

原来少阳派共有七个分堂，分管不同职能，而楚影红执掌的是玉阳堂，即为专门订律条的堂口。整日里穿着白衣服系绿腰带在首阳内山来回巡逻，看其他门下弟子是否犯规的，就是玉阳堂的弟子们。楚影红是个笑面虎一样的人，她在同辈的师兄弟中年纪最小，今年也不过三十七，但连掌门也让她三分。

一来她丈夫乃是枕霞堂的和阳长老，专管刑罚；二来她本人虽看上去温柔和善，实则十分难以对付。任何人一旦触犯律条，她便会铁面无私立即加以惩罚。你若见她和善向她求情，她面上笑吟吟地答应你，回头便加重十倍的刑罚给你。

当年少阳峰和南山轩辕派有龃龉，都靠她出面周旋，一个女子将南山轩辕派众多前辈说得哑口无言，最后轩辕派掌门人柱石道人亲自来少阳峰向前任掌门人赔礼，两派许诺永远交好，同气连枝。

这样一个奇女子，让当年的掌门人赞不绝口，保举她做下任掌门的呼声也很高。掌门斟酌再三，却还是放弃了才华横溢的她，选择了稳重寡言的褚磊。好在她并无野心，自甘清闲，做起了玉阳堂主。但一直到今天，老弟子们还说，只要她一振臂说要走，少阳峰起码会有三分之一的人选择追随她。不得不承认她的能力非同小可。

既然是这么厉害的影红师叔要传话，加上掌门夫人与她又素来交好，那二人哪里敢拦，当下便乖乖让开。

玲珑没想到这么轻易便给他们混进去了，使她对钟敏言更是刮目相看。这人说起谎来真是脸不红心不跳，和真的一样。她抬头偷偷看了一眼钟敏言，他还在装正经，可眼底全是调皮的笑意。

玲珑隔着袖子使劲捏一把他的胳膊，正要夸他做得好，却听那两人又追上来，叫道："等一下！"

他二人心中一惊，只当谎话暴露了，不得不硬着头皮把脸转过来。

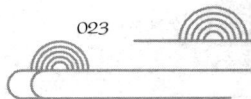

那二人一直跑到面前，才道："方才好像看见影红师叔跟着掌门和掌门夫人进簪花厅了，师叔是什么时候让你们带话的？"

钟敏言强笑道："却是上午的事了，只因我另有事情在身，所以竟没来得及去找掌门夫人。"

那二人道："既是如此，那便不用进去了。掌门夫人和影红师叔既然都在簪花厅，有什么话想必也说过了。你俩回去吧，马上要抽签了，各大门派掌门及长老都在里面呢，可不能打扰他们。"

钟敏言再口舌伶俐心思百转，却也想不到什么借口了，只得灰溜溜地转身要走。谁知玲珑却冷冷说道："真是不知好歹啊。红姑姑若有什么话可以当面和我娘说，用得着我们来传话么？这点道理也不懂，非要人说出来才行！"

那二人听了玲珑这话，不由得气短。转念一想或许是影红师叔和掌门夫人之间有什么不愉快，便让掌门之女玲珑来传话，这也不是不可能的。女人之间，总有一些子麻烦事，就喜欢弯弯绕不说个清楚，厉害如掌门夫人和影红师叔这样的人也不能脱俗。

想到这里，他们又只好再让开，犹豫着放他们过去。

一直穿过碧玉台，绕过前门大厅走到后院，钟敏言才"扑哧"一声笑出来，轻轻敲着玲珑的小脑袋，说道："你还真是胡来！害影红师叔平白无故为你背个多疑的黑锅。"

玲珑嘟着嘴，气鼓鼓地说："谁让他们拿着鸡毛当令箭！就算是抽签又怎么了？又不是见不得人的事，防贼似的。我们能做什么啊！"

说话间，簪花厅已近在眼前。它虽取名为厅，实则为一个高楼。楼前有一湾碧水，一片竹林，修长优雅的白鹤三三两两在水前觅食休憩。大约是因为碧玉台看守十分严密，簪花厅前居然一个人也没有。

钟敏言见玲珑径直要往里面闯，赶紧拉住她，道："可不能惊扰各位。咱们趴在窗下，留个耳朵偷听便是了。"

说着二人猫腰轻手轻脚地走到西厢的一个窗下，那窗户虚掩着，清雅的茶香与沉水香从缝隙里蔓延出来，甚是好闻。

却听里面有人说话，正是少阳峰掌门褚磊。

"……抽签一事，还是按照往年的规矩来吧？诸位请将名字写在竹篾上，然后由内子来抽。前五人便负责摘那朵花了。"

摘花？玲珑一时没反应过来。钟敏言用口型无声地说道：妖魔。她立即会意，原来是抽签定谁去捉那作为重头戏的妖魔。

褚磊话音刚落，却听一个有些沙哑的声音笑道："褚掌门好生小气，这次簪花大会在你们少阳派办也罢了，抽签却也要让贵夫人来抽，真是天时地利啊！"

褚磊被此人不冷不热地说了几句，居然不动声色，只笑道："宋道长言重了，抽签一事自是正大光明安排在这里，内子不在抽签人选之中，故让她来抽。倘若您认为不妥，不如另推举一位抽签人，在下绝无异议。"

那人却道："我们都是客，客随主便，哪里能有什么异议！来来！快些抽签！早些把这簪花大会办完，回家睡觉！"说完，顿了顿，又道，"这少阳派原可不算在内了。前几次摘花人都没有他们的份，这次也罢了吧！"

褚磊听他话里的意思居然是指责他们徇私舞弊，心中不由得大怒。但他修养极好，面上纹丝不动，正要淡淡地把这话堵回去，却听角落里一个浑厚低沉的声音说道："宋道长何须心急，反正签在这里，你还怕它们自己走了不成。你们轩辕派资格老，弟子强，自是不将摘花放在眼里，倒不如把机会让给我们浮玉岛吧？"

宋道长阴阴一笑，却不说话了。褚磊也是一笑，也不说话了。何丹萍便将竹签发到各人案前，笑道："请诸位将姓名写在竹签上，之后放进这大竹篓里。被抽中的前五位，便要麻烦去摘花了。"她自笑语盈盈，仿佛根本没听见宋道长之前的牢骚。


玲珑听得不清楚，还想把脑袋再抬高一点儿，钟敏言赶紧轻手轻脚把她拉下来，低声道："别动，里面都是得道的高人，小心被发现了。现在我且考考你，所谓天下五大派是哪五大派？"

原来他怕玲珑好奇过分，被人发现他们在偷听，于是特地找事情分散她的注意力。她果然中招，摇头晃脑得意扬扬地说道："你连这个也不知道？我告诉你吧。五大派就是中原少阳峰、南山轩辕派、东海浮玉岛、北荒点睛谷、西洋离泽宫。五大派每个都历史悠久，弟子众多，天下人趋之若鹜。只是近来轩辕派有式微的迹象，弟子一年不如一年。但他们毕竟打着天帝天道的旗号，实力深厚，依然不可小瞧。离泽宫是近五十年才兴起的新派，现在势头越来越猛，看起来想赶超咱们少阳峰呢。可我觉得那宫里的人都古怪得紧，搞不清到底是男是女……浮玉岛和点睛谷咱们再熟悉不过了，可不用我给你说了吧？"

钟敏言眉开眼笑，装模作样地连连点头，忽又轻道："别的不说，还记得咱们两年前去浮玉岛玩儿么？没想到一个小岛上居然有那么美丽的花海。可是那岛主夫人一出来，所有的花都没了颜色……"

玲珑斜眼乜他："好啊，原来你们这些师兄们，平日里就注意这些了！改天我告诉爹爹去，说你们心不在焉，美女当前就不顾练功了！"

钟敏言知道她是说笑，这会儿也不好陪她打闹，只能笑道："还说我，当初看呆的人

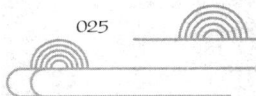

是谁？"

玲珑叹了一声："真是。我再也没见过比她更好看的人了……"说完兀自不服，又噘嘴道，"当然除了我娘之外！"

钟敏言故意要逗逗她，便作势要趴上窗台往里看，口中说道："那我看看岛主夫人这次有没有来，再将她看个够！"

玲珑咯咯一声笑出来，急忙推他，道："小心点睛谷的那帮老爷子们把你拖出去打！"

她还没说完，只听里面传来"咦"的一声。二人吓得急忙缩在窗台底下，屏息等待，动也不敢动。

何丹萍这时说道："请各位将竹签放进这竹篓里吧。"

于是众人纷纷把写上了姓名的竹签投进竹篓里，到了宋道长面前，他却不动，只将那竹签放在手上把玩，弯成各种形状。

何丹萍便笑问："宋道长还未写好么？"

宋道长摇头，怪声怪气地说道："想来轩辕派本是客，不该说什么。但少阳峰既为此次簪花大会举办方，便不该藏私。你少阳派明明还有两人没将名字写在这竹签上，却指派着我们先投，到底是什么意思？"

何丹萍脸色微变，正色道："不知宋道长什么意思？我少阳派七大堂，七人都在这里，宋道长口中的两人不知是谁？"

宋道长冷笑道："原来不是少阳峰的弟子！那想必便是偷窥的鼠辈了！我倒要看看是什么人如此大胆！"

他宽大的道袍微微一摆，袖中急射出数十道寒光剑气，夹杂着凄厉的鸣声，直直朝玲珑他们躲着的窗台那里砸去。这一手叫作袖万剑，乃是轩辕派得意绝技之一。在座众人也没想到他说动手就动手，一出手还是如此凌厉的招式，不由得都一片骇然。

眼看那面墙要被剑气震得粉碎，说时迟那时快，一道灰色人影闪电一般蹿过去，居然抢在了剑气之前！只听"轰"的一声，花厅的墙被剑气砸了个粉碎，烟尘乱卷，众人纷纷惊呼，没想到那一下如此厉害。

宋道长脸色发青，半晌才冷笑道："不愧是褚掌门，好身法，好本事！"他瞪眼看着烟尘中那个天神般的男子。那人毫发无伤，脸色如常，竟仿佛闲庭漫步一般轻松。他手里提着两个脸色发青的小孩儿，正是玲珑和钟敏言。

何丹萍一见爱女无恙，心中激动，竟也忘了责备，赶紧过去抚着她的头颈，连声问道："没事吧？可有受伤？"

玲珑受了惊吓，抖着唇一个字也说不出来，何丹萍心疼得急忙搂着她到旁边安抚去了。一旁的钟敏言则没这么幸运，一见褚磊面无表情地看着自己，他不由自主腿软跪了下来，口里只低声道："师父……"

褚磊皱了皱眉头，沉声说道："先起来，到一边去！待会儿再说。"

钟敏言心中一沉，知道抽签之后师父必然会严究此事。玲珑也就罢了，最多骂她一顿，自己只怕和璇玑一样，得去明霞洞待上一段日子。

一想到璇玑，他才突然想起自己中午还没给她送饭，眼看这天色都快午末了，小丫头想必饿得发慌，她又一个人孤零零地待在那个阴暗无声的地方……他不由得后悔起来，当初便不该答应玲珑的胡闹。

他无声地退到花厅角落，只见何丹萍小声责备着玲珑。她脸上还带着受惊的神情，然而已不如先前那般苍白了，似乎对母亲的责备还有点儿不服气，一会儿嘟嘴一会儿龇牙。

却说褚磊无声无息地在袖万剑的威力下救了两人，这一手自然让在座众人心中赞叹不已，不愧是中原少阳派的掌门，名不虚传！他面上却丝毫不露出来，只是将那装满竹篾的篓子放到红木案上，笑道："小徒顽劣，让各位见笑了。竹篾已经写完，那现在便开始抽签吧。"

众人知道他面冷，素来是个严肃正经的人，面上越是淡淡的，心中只怕越恼火。这次他弟子偷窥抽签，可说是让少阳派出了个丑。众人就算想打趣一番缓和气氛，却也不知该说什么，眼见何丹萍过来要抽签，便都闭嘴沉默了。

谁知那何丹萍刚要把手伸进竹篓里，却听宋道长冷笑道："好啊好啊！这青天白日大庭广众，少阳峰居然也开始耍赖了！你平白无故让两个弟子来偷窥抽签就是管教不严！既来了却又包庇行事不让他们也抽一份，就是不合规矩！我看这簪花大会也不必办了吧！"

褚磊不由得大怒，此人三番五次挑衅，出言不逊，若不是看在他为轩辕派四大长老之一的份上，早就翻脸了。前代掌门和轩辕派掌门柱石道人虽口头应承两派从此上下一体，同气连枝，但上百年的龃龉，又岂是几十年就能消除的！

他当下就森然道："不知宋道长有何指教？"

宋道长摸着自己稀疏的山羊胡子，白皙圆满的面上带着几丝怪笑，说道："指教就不敢当了。但簪花大会一直以来的规矩便是这样订的，但凡到场者都有抽签的权利。倘若有事无法前往，由他人代签名也是可以的。我想问问褚掌门，方才那两个少阳派弟子，难道你便打算当作木头人，剥夺他们抽签的权利么？"

褚磊强压怒气，沉声道："那两个小徒年纪尚幼，一个十四，另一个还只有十一。连御物飞行尚不熟练，又何来抽签的资格！就算抽中了，摘花任务于他们也是白白送死罢了！"

宋道长摇头道："非也非也！褚掌门护犊之心我们也是理解的。那个女娃是你的爱女吧？早听闻褚掌门两个女儿小小年纪便功力非凡，少阳派上下都爱惜不已，想必是青出于蓝而胜于蓝。小娃子更是要磨练一番才能成材，你如何平白无故护着不放，却将这抽签的

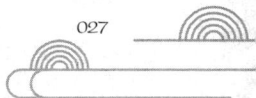

规矩搁在哪里？"

褚磊一直都是忍了再忍，这会儿被他几句酸话一说，哪里还忍得住，厉声道："宋道长的意思是我包庇祖护了？！今日我便……"那话还未说完，却被何丹萍拉住，硬是压了回去。她柔声道："大哥，别发火。别让天下群雄笑话咱们少阳峰！"

褚磊额上青筋都绽了出来，他深吸一口气，正要说话，却听旁边传来一个稚嫩的声音："我写！我要参加抽签！"

众人转头一看，却是玲珑。她小脸有些苍白，可眼里满是跃跃欲试的兴奋，竟是将摘花一事当作刺激的任务了。她见爹娘没反应，不由得急道："我要抽签呀！爹！娘！规矩不是这样的吗？见者有份！我为什么不能参加？"

"胡闹！"褚磊只觉头疼欲裂，真想将闯祸的两个小鬼抛下少阳峰由他们自生自灭去。何丹萍叹道："玲珑，摘花任务不是游戏，上千年的大妖魔，连你爹爹对付起来都吃力无比，何况是你们？快别任性，下山去吧！"

玲珑的犟脾气一旦上来却是不管不顾的，哪里晓得父母的忧心。她跑到竹篓前，急道："不！我要参加！娘，我也有参加的资格呀！前几日你不是把断金都给我了么？难道你都是哄我的？我也不想一辈子都让爹爹来保护照顾呀！"

宋道长拍手笑道："说得好！果然虎父无犬女！褚小姐真真让人敬佩！"

何丹萍见这个势头，若是不让玲珑他们抽签，只怕这簪花大会是办不成了。她心中委实不愿让女儿和爱徒涉险，只得求助地看着丈夫。褚磊沉吟一番，见玲珑的神情兴奋，小脸都涨红了，完全把危险抛在脑后，心中不由得暗叹，忽然生了一计。

他转头唤来钟敏言，道："既是让你们也参加抽签，便把名字都写上去吧。你来写，敏言。"说罢在他肩上拍了两下。

钟敏言仔细揣摩师父的意思，觉着依稀是那个意思，可他自己不能理解又不敢确定，只好犹豫着蹭过去，拿起笔，又抬头看了一眼褚磊。他微微点头，钟敏言终于明白了，心中不由得疑惑更深，却不敢多问，只好埋头写了两个名字，投入那竹篓里。

这下宋道长也没什么可说的了，玲珑更是兴高采烈，自己莫名其妙撞来这么大个机会，说不定就能跟着众人下山去见识传说中的大妖了。

何丹萍心神不宁地把手伸进竹篓，根本不敢碰放在上面的那一层竹篾，生怕一不小心抽到玲珑，好容易从里面拈了一根出来，翻开一看："浮玉岛主东方清奇。"

角落里站起一个大汉，长发垂肩，浓眉剑鼻，身材高大，端的是相貌英武。他哈哈一笑，整了整袖子，上前一揖，朗声道："倒让在下抢先了！各位，承让！"那声音低沉浑厚，却是方才抢白宋道长的那人。

众人纷纷回礼，那宋道长笑道："恭喜东方老弟啊，拔得头筹。"

东方清奇笑回道："不错，托宋道长的福。只盼后面再来几个浮玉岛的才好！摘花任务都由我们包下了。"

说话间，第二根签已经抽出来，何丹萍念道："少阳派玉阳堂主楚影红。"

话音一落，便有一个苗条的身影走到大厅正中四面作揖，脆声道："承让！僭越！"众人恭喜声更响。楚影红年轻时本就是著名的美人，如今年近四十却风韵犹存，雪肤花貌，多年的阅历更让她举手投足间有一种利索干练，当真是巾帼不让须眉。

她一直走到大厅正中那一排五个太师椅旁，对坐在第一把椅子上的东方清奇拱手笑道："这次要多靠东方大侠指点了。"

东方清奇急忙还礼道："楚女侠过赞！在下惭愧。这次剿除妖魔，须得大家齐心协力才是。"

这边他二人在寒暄，那边何丹萍已抽出第三根竹签，翻过来一看，脸色却大变，半晌，才喃喃念道："少阳派弟子……钟敏言。"说完，她求救似的望向褚磊，不知该怎么办。

众人皆哗然，没想到居然真抽中了那小辈弟子。霎时间唰地一下，数十道目光齐齐定在钟敏言身上。好在他脸色虽然苍白，却还维持着气度，听到自己的名字便毫不犹豫走到那一排椅子前，拱手垂眼道："弟子不肖，请诸位前辈见谅！"众人见他如此不慌不乱，倒在心底感叹起来，此子日后必成大才。

褚磊本以为抽到他们的机会渺茫，谁知命运弄人，你越不想让它发生的事情，往往发生得最快。好在这个平时嬉皮笑脸的小徒弟此时倒镇定稳重，为自己长了不少脸面，他心中不由得起了惜才之意，正要过去勉励他一番，却听何丹萍又念到第四根竹签："少阳派掌门褚磊。"

他一听有自己，吊起的一颗心便放了一半，朝那一排太师椅走去。楚影红正摸着钟敏言的脑袋和他温言说话，见褚磊来了，便笑道："掌门，有你在我便放心了。不然只怕保不住这孩子呢。"

钟敏言急忙跪在褚磊面前，不敢说话。褚磊淡然道："起来。你且不用怕，也不用动手，只管跟在我身后就好。这次也算给你开个眼界，只是回来之后要罚你在明霞洞禁闭一个月。"

钟敏言心中感动，含泪道了个"是"，站起来之后便被楚影红笑吟吟地拉着和东方清奇说话去了。

这边众人纷纷说着勉励的话，有的还打趣，说这次的摘花任务都由少阳派包了。那宋道长脸色难看，干脆闭嘴一个字也不说。

何丹萍稍稍放下心来，知道丈夫去了，必然能全力护得钟敏言，他一向是个面冷心热的人。这最后一根竹签，却不知会抽中谁。她两根手指轻轻巧巧从竹篓里捞起一根竹签，翻过来，脸色忽然变得惨白。

她不可置信地瞪着那根竹签，好像要用目光把它看穿一般。

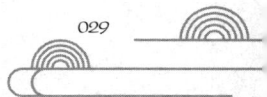

众人终于发现了她的不对劲，楚影红轻问道："萍姐？怎么了？"她心中亦有不良预感，该不会这么倒霉，连玲珑也被抽中了吧？

良久，何丹萍才抬起头来，眼中泪光莹然，纤细的肩膀也在微微发抖，那模样竟好像马上便要支撑不住晕过去一般。她翻过那竹篾，断断续续地念道："少……少阳派弟子……褚……璇玑。"

众人哗然。

钟敏言听到璇玑也被抽中，脸色更白。他偷偷看了一眼师父，他面上虽然没什么波动，眼里却酝酿着风暴。

众人见此次摘花任务只有三个得道高人，另外两个还是孩子，不由得议论纷纷。更兼五人组里有四个都是少阳派的人，这个摘花任务，当真可以说是给少阳派包办了。

却说璇玑的名字被念出来，别人还好，反应最激烈的就是何丹萍。她一是惊二是奇三是怒。惊的是居然真把两个小辈给抽中了；奇的是璇玑的名字怎么会出现在竹篾里；怒的是若非宋道长在那里挑衅，事情原不会发展到这种地步。

想到那孱弱得什么也不会的璇玑居然要接受摘花任务，她做母亲的心里便是钻心一疼。璇玑连马步都不会蹲！这一去分明就是送死。究竟是何人把璇玑的名字放进去的？

楚影红见她神色不对，急忙快步上前扶住，柔声道："萍姐，没事的。我和掌门一定拼死保护璇玑他们，不让这两个孩子受一点儿伤。"

一旁的玲珑却又闹了起来，急道："怎么会是妹妹！妹妹什么也不懂，她怎么能去？！为什么不是我？爹爹，娘亲！我可以替妹妹去呀！让我去吧！"

褚磊脸色难看，缓缓摇了摇头，低声道："你不能去，乖乖留在少阳峰练功。敏言——"他回头唤那个脸色苍白的少年，"去明霞洞，把璇玑带过来。"

钟敏言只得答应了一声"是"，转身走出了簪花厅。

他想不通。

想不通为什么师父会让他把玲珑的名字换成璇玑。同样都是他的女儿，他似乎偏心得太过了。虽然他自己也是平日和玲珑交好，对古里古怪的璇玑没有好感，但想到那个在黑暗中蜷缩在石床上瑟瑟发抖的女孩子，他心里就忍不住难受。难道……难道掌门觉得让璇玑去送死比较能接受吗……

钟敏言一下便为璇玑不平起来，想到是自己把她的名字写在竹篾上，便更加悔恨。他在内心暗暗发誓，就算拼了命也要护住璇玑的安全，她是被无辜牵扯进来的，他也有一份责任。

当然，他还不知道，他心里那个"可怜的在黑暗中瑟瑟发抖的"苦命女孩，因为等不到午饭，便把干粮全吃了，捂着圆滚滚的肚皮躺在床上正优哉游哉地睡午觉呢。

钟敏言声势浩大的划水声和叫嚷声把璇玑从好梦里硬生生拉了出来。她揉着眼睛坐起来，兀自迷迷糊糊的，耳边只听他在嚷嚷："褚璇玑！褚璇玑！快和我出去！"

他喊魂一样的叫法让璇玑慌了神，赶紧点亮蜡烛看到底出了什么事。却见钟敏言从船上跳下来，一溜烟跑过来，拉着她的胳膊就往外拽，嘴里急道："别睡了！有啥委屈晚上再说，随你责骂我绝不反抗。快！现在和我走。"

璇玑以为出了什么大事，被他拽着跟跄几步，小心翼翼地问道："外面发生什么事了？其他四派攻打咱们少阳峰了吗？"

"呸！你这……嘴吐不出象牙的……"钟敏言顺口就要骂她，不知怎么的又缩回去，只道，"这次摘花任务有你。和我上少阳峰顶就知道了。"

璇玑懵懵懂懂，但看他的意思似乎是要带自己离开这里，这下正好，她也受够了这阴冷的山洞了。生怕钟敏言生气了反悔不带她出去，璇玑把嘴闭得死死的，一个字也没问。

却说峰顶簪花厅里还是混乱不堪，何丹萍担心过度晕了过去，楚影红正忙着照料她。玲珑还缠着她爹要替妹妹去，无奈他就是不答应。

褚磊当初让钟敏言把玲珑的名字换成璇玑，自有他的想法。

自己的女儿，他怎会不了解。玲珑好大喜功，爱出风头，而且往往不自量力。倘若写了她的名字，不抽中也就罢了，抽中的话，她若跟去，见了妖魔岂有不动手的道理？以这孩子的性格，肯定不会乖乖躲在后面的。她年纪尚幼，功力还浅，和妖魔对仗那就是死路一条。他怎么可能眼睁睁看着她送死！

而璇玑就不同。这孩子怕麻烦，什么事都喜欢躲在后面，而且她性子懒，不会问东问西找麻烦。他让钟敏言换上璇玑的名字时，当然也不希望会抽到她，但若是抽中，那璇玑和玲珑比起来，却是个好人选。至少她会躲，不会冲上去拼命，这样既可以保住她的小命，他也可以心无旁骛地战斗。

另外，璇玑性子疏懒，不求上进，这次带她出去见见世面，刺激一下她，也是个好处。

一瞬间，他转了许多念头，这才下定决心暗示钟敏言把玲珑写成璇玑。此刻木已成舟，就更无反悔的余地了。

他见玲珑缠得厉害，不由得皱眉道："我还没追究你私自攀上峰顶偷窥抽签的事呢！还敢和我犟嘴！罚你从今晚开始不得出后院，练功也自在家里练，不许踏出院门半步！"

玲珑"哇"的一声哭出来，楚影红急忙过来笑吟吟地劝道："大好日子的，哭什么？留着点精神看簪花大会吧！红姑姑一定给你们抓个最大最好看的妖魔回来！"

玲珑只是不依，扭麻花似的还哭。楚影红推着她，轻道："快，去看看你娘！她都担心得要命呢！不想要妈妈了吗？"

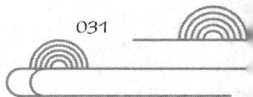

玲珑这才跑到何丹萍身边，搂着她的脖子哭诉委屈，再也不敢闹了。

这时，一个童颜鹤发神采湛然的道人过来施礼道："褚掌门，此次摘花任务非同寻常，带着两个小辈确实不易，不如重新再抽一次吧？妖魔凶猛，如不悉心准备严加防范，恐生不虞。"

褚磊见是点睛谷的恒松道长，不由得还礼道："多谢道长美意。抽签一事想必是上天注定，再来一次也无甚意义。相信以我三人之力，捉拿一只妖魔还不至于过于费力。"

恒松知道他傲骨铮铮，特别是刚才被宋道长那么一闹，这时候要他重新抽签自然是绝不应承的。他叹了一声，又道："少阳派和浮玉岛都是天下大派，贫道绝无轻视的意思。但事关紧要，贫道不得不啰唆两句了。褚掌门可知这次你们要应付的是何种妖魔？"

褚磊道："难道不是天狗么？忽然在鹿台山那里出没，吃了不少人。这次将它捉来，也是替天行道。"

恒松正色道："天狗乃是其一。据贫道了解，如今那里又来了一只名叫蛊雕的妖魔，翅膀张开足有五丈，叫声好像小儿夜啼，平日专躲在水下，趁人不备蹿出来将人抓回巢穴中吃了。鹿台山的人请来了不少猎手与修仙之人，有一次成功抓住了天狗，不防半夜让它逃了，从那日开始它便与蛊雕联起手来。如今已吃了不下百人，再也无人能将它俩收服。如今真正参与这摘花任务的只有三人，三人收服两只大妖魔。褚掌门，请三思！"

褚磊听他这样说，不由得沉吟起来。谁知对面忽然传来一声嗤笑，一个似男似女的声音说道："好谨慎！还道是什么厉害妖魔，原来只是小小的天狗和蛊雕。居然还要重新抽签！可笑可笑！"

他二人望去，却见是离泽宫的副宫主。离泽宫出道极晚，却发展迅速，短短几十年间便取代了原本的青竹山，成为五大派之一。暂且不说他们与众不同的修行方式，光是那衣着打扮便透着十成的诡异。无论长幼上下，统一身着青袍，脸上挂一张修罗面具，既看不出男女，也分不出尊卑。

众人知道离泽宫的人都是这种脾气，其实倒没甚恶意，当下一笑了之，也不计较。倒是玲珑见他们一帮子人戴着鬼怪面具，有高有矮，看上去很是吓人，不由得躲到母亲身后偷看。

恒松道长问道："副宫主既如此说，想必是有什么方法对付了。还望赐教。"

副宫主咯咯怪笑道："本宫哪里有什么可以赐教的！道长折杀本宫了！本宫只是幼时曾听闻一些如何对付凶猛妖魔的偏方，料想道长与褚掌门见识多广必定是听过的，故此不敢献丑。若您二人没听过，那本宫又岂敢吝啬。"

他语速极快，口舌伶俐，话语又婉转刁蛮，分明是个女子作风。可是看他的外表，肩宽腰窄，喉结微颤，又分明是个男子。玲珑哪里见过这等怪人，不由得看呆了。

听他这样说，褚磊与恒松道人互望一眼，不由得都道："请宫主赐教。"

副宫主也爽快，便道："天狗怕醋，只要用一锅醋泼它脑袋，它便会晕过去。那蛊雕平日是躲在水里的，只要用几个麻袋做成人的模样，里面塞满了盐投进水里，它见了便会来啄。盐水会刺伤它的眼，令它看不到东西。等它蹿出水面的时候，便可以捕捉了。"

就连恒松道长这般见多识广的，也是第一次听说这样的偏方，虽忍不住怀疑，但见他说得有条有理，倒是不妨一试。

那副宫主又道："蛊雕狡猾得很，会难抓一些。若担心出了水面还抓不到它，可准备火把，趁夜去它的巢穴捉。它的眼睛三天之内是好不了的，会在巢穴里养伤。那眼睛见不得光，你们只需用火把往它那里丢，封住洞口别让它逃了，这样便手到擒来。"

褚磊对那副宫主深深作揖，道："多谢宫主！在下感激不尽！"

副宫主怪笑几声，却不说话了。

正好钟敏言带了璇玑过来复命。那小丫头懒洋洋的，头发也没梳好，散了一绺在背后，满面困意，想是睡觉的时候被强行叫起来的。她进来谁也不看，只是揉眼睛，忽然见到褚磊在前面，不由得一怔，立即苦下脸和钟敏言一起跪下，道："参见掌门人。"

褚磊虽不待见她这种怠懒模样，但好几日没见，看她脸色苍白，清瘦了许多，想必在明霞洞中甚苦。他也忍不住有些心疼，那火气不自觉地就消了，温言道："起来。璇玑，你从今日起不必待在明霞洞了。明天随我们下山行使摘花任务，晚上赶紧收拾好东西，明白么？"

他只道小孩子都喜欢出去玩，必然欢喜无比。谁知那璇玑愣了半天，才小声道："咦？我也要去？为什么是我……那个……我能不去吗？"

褚磊奇道："你不想下山见识一下么？"

她很痛快地摇头："不想。"

褚磊这才想起这小女儿一贯的德行。她姐姐和其他师兄都下山去过很多地方了，要带她去，每次她只回一句，懒，不想动。他不由得来火，皱眉道："不去也不行，抽签抽中了，岂是儿戏？你若再这样怠懒下去，便住进明霞洞一辈子别出来！"

璇玑一听要一辈子住在明霞洞，吓得赶紧点头答应。褚磊的满腔慈爱都被她激成了一腔怒火，不耐烦地挥手让她下去，自己和其他人商议簪花大会的事情了。

璇玑慢吞吞地走到角落，玲珑正搂着娘撒娇，见她来了，急忙冲过来，抓着她的手叫道："好妹妹！你出来啦！这些日子很辛苦吧？"

璇玑点了点头，又摇了摇头，道："开始挺辛苦，后来也习惯了。每天就是睡觉吃饭，没什么。"

那何丹萍一见璇玑出来，就忍不住泪如泉涌。她又不好和璇玑明说此去有多么危险，只能摸着她的脑袋，默默叹气，心中暗暗埋怨褚磊铁石心肠。

玲珑先亲热地和璇玑说了好一会儿话，忽然想起什么，便拉着她的手，小声道："璇

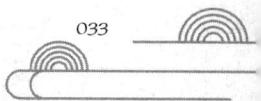

玑，你要是不想下山，就和爹爹说，咱俩换换，我替你去。"

璇玑头摇得和拨浪鼓似的："不行不行，爹刚才说了，我要是不去就得一辈子住明霞洞了！好姐姐，我可不想一辈子都住那种地方，又冷又湿，黑漆漆的。我待了这几天，浑身都疼。"

玲珑听她这样说，急得狠狠跺脚，把手一甩，掉脸跑了。

璇玑不知自己哪里得罪了姐姐，又不好去追，只能坐在角落里发呆。

她本来就是在睡午觉的，这会儿叫她过来也没什么事，不由得靠在娘身上打瞌睡，脑袋一晃一晃，眼看又要睡着了。迷蒙中，脚下似乎有个什么东西在动，她懒得看，闭上眼睛睡自己的。可那东西却顺着裤腿爬了上来，隔着夏天单薄的绸裤，它冰凉而又柔软。

她不由得睁眼一看，却见一条通体银白的小蛇正盘在她的膝盖上，鲜红的信子刺啦啦颤抖着，倒三角的脑袋一会儿歪过来一会儿歪过去，很有些憨厚可爱。璇玑吓了一跳，急忙要喊娘亲，谁知回头却没人，原来大人们正忙着商量摘花事宜和簪花大会。

没办法，她正要把它丢下去，却听头顶一个清冷的声音说道："别碰它，会咬你。有剧毒。"

璇玑早已出手捏住那蛇的七寸，听他这样说，才抬头，只见对面站着一个与自己差不多高的人，穿着青袍，身材瘦弱，脸上还戴着一个修罗面具。

她也不知这是什么地方的人，只好傻傻地看着他的面具。那人见小银蛇被她满不在乎地捏住七寸，眼看就要没命，不由得急道："放开它！"

"是你的呀？"璇玑看了看手里的小蛇，它好像快不行了，于是赶紧丢给那人，"给你了。"

那人赶紧捧着宝贝蛇一顿看，好在没死，还留着一口气。他把蛇小心地放回腰间皮囊，这才回头怒道："为什么，要捏它？！"

璇玑听他说话不甚熟练，都是三个字三个字往外蹦，想必不是中原人，于是学着他的腔调，说道："因为它，是自己，爬过来。我以为，它一定，会咬我。"

那人冷道："没看好，小银花，是我错。但你也，不可以，杀死它。恶女人！"

璇玑无缘无故被骂恶女人，不由得诧异莫名。好在她生性疏懒，根本不想在这事上花精力，被骂了也就耸耸肩膀，完全不往心里去。倘若是玲珑，只怕这会儿早就打起来了。

那人见她不但不说话，反而打起瞌睡，不由得更尴尬，冷道："怎么会，让你去，摘花。"

璇玑忽然睁开眼，奇道："咦？你刚才不是三个字三个字往外说了呀！原来你还会两个字的！"

那人只觉和她完全无法沟通，还道她是故意装傻卖乖，不由得指着自己的面具怒道："你以为，我是谁？！居然敢，嘲笑我！"

璇玑心不在焉地问道："哦，你是谁呀？"

那人怒道："看面具！"

璇玑被他吵得茫然起来，只好乖乖看着他的面具。

那人冷笑道："这下，知道了吗？说说，你对它的，看法。"

离泽宫修罗面具天下闻名，令人闻风丧胆，他就不信有人不认识它。

璇玑很认真地看了半晌，这才小心又小声地说道："好丑。"

刺啦——他听见自己血管爆裂的声音："你……你给我，记住！"他手指颤抖地指着她的鼻子，气得声音都变了，"你……你叫什么，名字！"

璇玑摇了摇头，正要告诉他娘说不能随便让陌生人知道自己的名字，却听前方有个人用古怪的音节叫了一句什么，那人立即转身要走，想想却又不甘心，回来对她厉声道："给我记住！我，叫，禹司凤！褚璇玑，我想起，你的，名字了！你给我，等着！"

璇玑一头雾水地看他跟着那几个同样穿青袍戴面具的人走出簪花厅，还是没明白为什么他要发那么大的火。

奇怪，明明是他自己问她对那个面具的看法的，她也是实话实说呀……

外面的这些人和事，真是好麻烦。


第二日那五人就下山启程去鹿台山了。其他四派的要人告辞的告辞、做客的做客，只等摘花回来，簪花大会正式开始。

却说出发的时候，众弟子都送到山门下，唯独玲珑没到。由于褚磊罚她不得出后院一步，她就真赌气没出来。只是苦了何丹萍，一面要为小女儿担心，一面又心疼大女儿，还要操劳大会的事情。果然贤妻良母难做。

由于璇玑和钟敏言尚不会御物飞行，楚影红和东方清奇便一人带一个，将他二人挟在身前，飞得又快又稳。钟敏言还好，他自己偷偷练过飞行，璇玑就完全是第一次了。楚影红还担心小女娃害怕，两手将她抓得紧紧的，还安慰她："别怕，红姑姑在，绝对摔不下去的。"

她低头看璇玑，却见她眼睛瞪得大大的，好奇地望着脚下轻纱一般浮动的云雾，哪里有一丝害怕的神情。

她心中暗暗称奇，早知道掌门这两个女儿，一动一静，脾气大不相同。玲珑和她熟悉些，每日缠着她说话练功，是个鲜活明快的小妮子，也颇有练功的天分。璇玑她几乎没接触过，时常耳闻掌门为了她的懒惰无赖发脾气，她只当是个刁蛮的讨厌丫头，亲身接触后才知全然不是那么一回事。

她见璇玑看得津津有味，便笑道："你不害怕吗？第一次飞那么高。"

璇玑摇头，说："你不会让我摔下去的。"

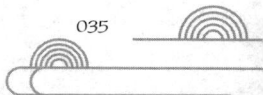

楚影红对她这种带着孩子气的老气横秋很有兴趣，便逗她："你就这样确定？我可不是你爹娘。"

璇玑却不说话了，只低头看着脚下青翠的山峦起伏而过，那乳白色的云雾笼罩在上面，仿佛美人身上的轻纱。

楚影红默然打量着她，忽然想起有一次师兄弟们聚在一起喝酒，桓阳师弟大约是喝多了，拍着手笑道："你们成日说褚师兄的大女儿玲珑是个百年难遇的天才，依我看呀，倒也未必！可有谁见过那小女儿璇玑？不说别的，单那一身遇变不惊，目下无尘的味道，就是个办大事的料！"

她以前只认为是醉话，并没往心里去，然而现在，她想起"遇变不惊，目下无尘"八个字，却意外地觉得贴切。

楚影红忽然笑了起来，一把将不明所以的璇玑扣紧在胸前，笑道："喂，想不想来点好玩的？"

说完，她却不等璇玑回答，左脚向前用力一踏，脚下的吞云剑便如同脱了缰的野马，上蹿下跳，最后猛然一松，从天上直直摔下。眼看快摔到地上，剑身犹如蛟龙一般，翩翩一摆，擦着山顶那榆树顶斜斜飞过，残落的树枝和叶子在剑后飞了满天。

一只在树上休憩的云雀来不及逃，刚刚振起翅膀，便被楚影红的袖子一拂，轻轻巧巧地抓在手里了。

"给你。好玩么？"她笑吟吟地把云雀塞进璇玑的袖子里，一面控制着吞云剑，让它紧紧贴在树顶飞，那些树叶一遇到锐利的剑气，哗啦一下便往两旁退去，好像碧绿的波浪。她们就像在树顶破浪前行，浓密的枝叶就是大海的浪花。

璇玑觉得一切都很新奇。

御剑飞行、这样从高处往下看的感觉、四面八方的风毫无遮挡地吹在脸上的感觉……还有袖子里那只云雀柔软颤抖的感觉，带着小生灵特有的惊惶与稚嫩。她眼前的一切都豁然开朗，连头发尖都可以感受到自由的味道。那是与整日困在少阳峰后山别院完全不同的体会，她觉得自己好像多了解了一些东西，但具体是什么，她却说不上来。

所以楚影红问她喜不喜欢这样玩的时候，她就毫不犹豫地点头了。楚影红摸着她的脑袋，笑道："你若喜欢，便要学会自己来飞。只有自己飞，才能明白其中的妙处。"

璇玑懵懂地点头，心里忽然觉得，就算练功也没什么烦的了。她第一次有了想学会御物飞行的想法。

她喜欢那种自由，那种一切都坦白开来、无拘无束的自由。

当然，她并不知道，晚间在客栈休息的时候，楚影红找到了褚磊，向他要人。

"掌门，我想让璇玑来玉阳堂跟着我学习，您意下如何？"

楚影红这个要求提出来，让褚磊又是惊又是喜。惊的是她居然选中了璇玑，他本以为她会收玲珑为徒弟。喜的是她是个才华横溢、见识广博的高人，璇玑跟着她必然能学到很多东西。

他当下便笑道："如此，真是小女的福气了。只是璇玑从小就怠懒，还望师妹多加督促，不严不足以成才。"

楚影红却正色道："掌门师兄，有些孩子是需要重压才能练成，但有些孩子却是丝毫也不能压。各人有各人修炼的法子。我看璇玑就很好，假以时日，必然能成大才。"

褚磊知道这个师妹稀奇古怪的见解极多，他心中虽不以为然，却也没有反驳，只道："小女便交给师妹来教导了。我去叫她过来行拜师礼吧？"

楚影红忙笑着拦住："不急。等簪花大会过去再说。"

她心中自有一番计较，璇玑这人性子疏懒，却极聪明。这种人绝不能逼她去做什么，她是自有一套想法的，只能引导她，诱惑她，让她对练功一事产生兴趣。所喜璇玑年纪还小，若再大一些，就更难管教了。这会儿若挑明了收她为徒，她反而会产生逆反心理，应当放一放。

楚影红和褚磊在楼上商讨拜师的时候，璇玑他们三人正在楼下喝茶。东方清奇拉着小二一口气点了十几道菜，这才拍着钟敏言的肩膀，笑道："这孩子不错呀，能撑到现在，不容易啦。"

钟敏言被他大掌一拍，整个人就砸在桌上不能动了。璇玑见他脸色发黑，比苦瓜还苦，不由得轻声问道："怎么啦？你不舒服吗？"

他摇了摇头，还没说话，东方清奇就笑道："让他试了试浮玉岛的特技翻若惊鸿，也难为他了。我的那些徒弟，有的年纪比他还大上许多，一遇到这个招数就晕过去了！小子不简单呐！"

璇玑眨巴着眼睛，没听懂。

钟敏言有气无力地说道："东方岛主带着我忽上忽下忽左忽右，最后原地转了一百零八圈……我……呕……我快死了……"

璇玑同情地看着他，说道："那你快去睡觉吧，明天还要赶路呢。"

钟敏言摇头："都撑到这一步了。我就在这儿坐坐就行……"

东方清奇哈哈大笑："有骨气！我喜欢！能撑到这一步不容易啊！褚老弟的徒弟就是不一样，比我那些没用的徒弟好多了！要不你跟我回去，做咱们浮玉岛的弟子吧？我和褚老弟说说。"

钟敏言闻言大急，正想着要怎么拒绝，却听后面传来褚磊的笑声，道："东方大哥爱说笑，浮玉岛的弟子们个个都是人中龙凤，又岂是我这些顽劣弟子能比得上的。"

说着，他和楚影红一起走了过来，笑吟吟地坐下，道："久等了，抱歉。"

东方清奇又道："褚老弟好福气呀。少阳派中人才辈出，真让你老哥我眼红。"

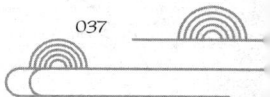

褚磊与他是生死之交，此人说话一向如此豪放直白，他早就习惯了，这下便笑道："这是什么话！你家岛上人还少么？单是翩翩和玉宁两人，就够你夸口了。前阵子还听说他二人在蓝田斩了作恶的蛮蛮妖。这次簪花大会，他们会来吧？"

东方清奇听他说起自己最得意的两个弟子，也不由得自豪起来，点头叹道："岂有不参加簪花大会的道理……这两个孩子，确实是好苗子呀。日后浮玉岛交给他们，我也安心。"

说罢他又拍了拍脸色灰白的钟敏言，道："这孩子也不错！小小年纪，居然能受得住我的翩若惊鸿。不简单！下次的簪花大会，就是他们这一辈出风头喽！"

众人笑起来，却听"咕咚"一声，原来钟敏言还是没能撑下去，被他三拍两拍，一头栽地上晕过去了。

楚影红赶紧扶他上楼休息，让璇玑在房里照料他，好好嘱咐了一番，才下楼去。

楼下传来众人说笑的声音，酒香袭人。璇玑在凳子上干坐了半天，肚子里饿得慌，又心痒痒想下去听他们说些好玩的故事。回头看看钟敏言，他在床上睡得正香，只是脸色苍白，想必那个什么翩若惊鸿的御剑术真的很可怕。

她饿得眼前发黑，所喜桌上放了一些饭菜，是楚影红留给他俩的。她等不到钟敏言醒过来，便自顾自吃了起来。

正吃到一半，忽然觉得有人在看自己，璇玑一回头，只见钟敏言眼睛瞪得大大的，盯着她看。她吞下饭菜，迟疑地问道："你……要吃一点儿吗？"

钟敏言被她说中心事，红着脸摇头，小声道："我头晕，你自己吃吧。"

璇玑"哦"了一声，继续埋头吃。

钟敏言见饭菜都被她吃得差不多了，忍不住又道："那个……汤你一个人能喝完么……"

璇玑终于明白他其实是想吃饭的，只好叹了一口气："想吃怎么不直说呢？这里还有一点儿饭菜，别计较，来吃吧。"

钟敏言本来放不下面子问她要吃的，但刚才头晕，把能吐的都吐了，这会儿他饿得够呛，只好推开被子下床。谁知脚底软绵绵的好像踩着棉花，没半点儿力气，才踏地上就要摔倒。他呆了半天，忽然翻身上床又躺下，闷声道："我不饿，不吃了。"

话音刚落，好像故意和他唱反调一样，他的肚子很响亮地叫了起来，发出一个绵长的呻吟声。

他僵住了。

璇玑呆住了。

半晌，她走到床边，推了推他，道："喂，吃饭吧。"

钟敏言装睡着了，不理她。

她再推："吃饭。明天还要赶路呢。"

他被搞得一肚子火，腾地坐起来急道："不吃！"

一回头，却见璇玑手里端着一个大碗，里面是汤泡着饭，上面还放了一点儿青菜。她坐在床边，用勺子把饭捣碎，道："我喂你吧，张嘴。"她舀了一勺米饭加汤，递到他嘴边。

钟敏言怔怔地看着那个勺子，好像它是什么妖魔鬼怪，他眼睛瞪得溜圆，满身杀气。

"张嘴。"璇玑好像在哄小孩。

钟敏言的脸一下子红了，觉得又羞又恼，又怒又愧，自己居然落魄到要一个小丫头来喂饭的地步了。更可悲的是他居然被那饭菜的香味吸引，控制不住地张嘴把它吞了下去。

唔，好吃。

可问题不在这里！

他把气出在璇玑身上，恶狠狠地瞪她，恶狠狠地吞饭，好像和它们有仇似的。

"好吃吗？"璇玑很迟钝，根本没发现他杀人一样的目光，很好心地问。

钟敏言没理她，他嘴里塞得满满的，吃得狰狞。食物的魅力真的很大，可能是因为吃饱了，心满意足，他现在居然觉得这丫头长得温柔可爱。

他发现她的睫毛很长，好像两把小扇子，又浓又密，在她白得透明的脸上投注了两道弧形阴影。她的眉毛弯弯的，好像新月，据说这是心胸开阔的人才有的眉型。也对，她好像成日就没什么烦恼，永远那么心不在焉。

她和玲珑是双胞姐妹，两人长得很像，但玲珑要比她耀眼许多，也讨喜许多。对于璇玑，感受就复杂多了。

那些师兄们评论女弟子时，说玲珑好像玫瑰花，鲜艳妩媚，长大了必定是个美人，而且是辣美人，有刺的那种。后来又说了几个女弟子，都是门下有名的美女。最后不知是谁说起了璇玑，说她才是个美女，那种风骨和气质，过个两年必定我见犹怜，需知道真正的美人是精致文雅的。玲珑师妹是朵玫瑰花，那璇玑师妹就是琉璃美人，需要仔细品味才能看出风韵。

琉璃美人。

他见到她晶莹剔透的双颊，第一次觉得这称呼用在她身上真是太正确了。当然，倘若她那种疏懒顽劣的脾气能改一改，就更好了。

璇玑把最后一口饭送进他嘴里，忽然发现他的脸犹如滴血一般红，不由得问道："你不舒服吗？是不是发烧了？我叫爹上来看看吧！"

她丢了碗就要下楼去叫人，却被他一把抓住手腕，急道："不用！"

他的手滚烫得犹如烙铁，璇玑心中一惊，只能茫然地瞪着他。

钟敏言飞快地把手抽回来，蒙头就睡，低声道："我好了，想睡一会儿。你下去吧，

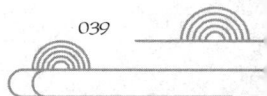

让师父别记挂我。"

璇玑知道他一向是忽冷忽热情绪多变的，也没说什么，径自替他吹了蜡烛便下楼了。

果然第二天钟敏言就像什么事也没发生过一样，对她甚至比以前更冷漠，要不是褚磊在，只怕他是连招呼也不愿打的。

璇玑只当他怕东方岛主再用什么翻若惊鸿来试他，也没当一回事。正好楚影红在说鹿台山的妖魔事件，她的注意力完全被吸引过去了。

"就这两日，鹿台山又被吃了五个人。我就不信，那两只妖魔有那么厉害！"楚影红把早上刚收到的情报摊在桌上，三个大人相顾无言。

良久，东方清奇才道："须得加紧行程赶过去，否则被吃掉的人只会更多。"

褚磊"嗯"了一声，道："这样章台山便不用去了，先往西直奔鹿台山。影红……只有下次再去探望你婶子了。"

楚影红点头道："应当的，除妖才是第一等大事。"

当下诸人又商量了一下分工事宜，吃了早饭正要走，却见客栈门口徐徐走进来一行青袍客，每人面上都戴着一个修罗面具，正是离泽宫的人。

璇玑见了这装扮便是一愣，觉得好像在什么地方见过。

诸人没想到会在这里遇见离泽宫的人，不禁有些惊讶。却见那一行青袍客进了客栈，先把角落里的桌椅用手巾之类的擦个干净，又自取出一套白瓷茶具、一套青竹酒具、两只白玉碗、一双银筷子，放在桌上。这排场惹得客栈中人人盯着他们看，他们好像也不以为意。

过了一会儿，又有人叫："副宫主到。"

只见门外四个青袍客抬着一架凉竹椅走了过来，上面坐着一个人，长发如云，身量修长瘦弱，却正是那日在少阳峰顶指点他们捉拿妖魔的离泽副宫主。

褚磊一行人见这种情势，要装作没看见自己赶路却是不能了，正打算过去拜见，却见迎面走来两个青衣小童，齐声道："褚掌门、东方岛主、楚堂主、钟小侠、褚小姐，副宫主有请。"这般有条不紊，把五个人都说到了。

众人便跟着小童过去，那副宫主早已站在桌旁等候，见他们来了，便拱手笑道："失礼失礼，没想到能在这里遇见诸位。本宫本想悄悄回去的。"

褚磊还礼，道："副宫主莫非是有急事要回离泽宫？"

副宫主叹了一口气，道："按理说本宫应该在少阳峰帮忙处理簪花大会事宜，只是昨日忽然收到宫中急件，有些私事不得不赶回去处理。本宫已经向贵夫人请辞，万望褚掌门不要介意。一旦本宫的事务处理完毕，便立即赶回少阳峰，绝不敢耽误。"

众人都道："不妨事，宫主的事情重要。"

这下又寒暄一番，副宫主极力留他们一同喝酒。楚影红看看天色，快巳时了，便起身笑道："我等赶路去鹿台山除妖，只怕不能陪宫主尽兴了。来日簪花大会，必然陪宫主痛饮三杯！"

副宫主一听，便不再强留，只笑道："好！本宫有要事在身，否则也该陪同你们前去。这样吧，小徒司凤还有些本事，精通治妖门路，诸位带着他一起上路，摘花一事便事半功倍了。绝不至于拖大家的后腿。"

褚磊本欲推辞，但想到这个副宫主向来脾气古怪，如一味拒绝他的好意，到时候反而闹得不爽快，便答应了。

副宫主拍了拍手，道："司凤，你陪褚掌门他们去捉妖。完事后直接回少阳峰，不必赶回离泽宫了。"

话音一落，众人眼前一花，就见一个瘦弱的青袍少年不知从什么地方蹿了出来，半跪在副宫主面前，垂首道："弟子遵命。"

璇玑只觉这个名字很熟悉。司凤……司凤……到底在哪里听过呢？她很努力地回想，忽见那少年转过身来，对爹爹作揖，他面上戴着一个修罗面具，腰上别着一个描金花皮囊。那模样让她一下想了起来，不由得指着他"啊"了一声，道："是你呀！"

副宫主笑道："褚小姐认识劣徒？想必是他曾得罪过您。劣徒脾气古怪，小姐不要与他计较才是。"

璇玑摇了摇头，道："不，也不是……"

司凤对她微微一揖，点了点头，没说话。那冷漠有礼的模样和上次大不相同，让璇玑觉得自己很可能是记错人了。

这边副宫主又说了两句客套话，众人这才告辞出门，御剑往鹿台山飞去。

要往鹿台山，必去鹿台镇。这是一句俗话，许多旅人商贾都爱挂在嘴边。

鹿台镇闻名天下靠的不单是鹿台山的嶙峋怪石，难若登天，更因为鹿台镇盛产的美酒——果子黄。

据说这酒乃是用鹿台山脚下独有的一种果实酿造的，封口后放入地窖中，过得年余再取出来，撇掉浮沫，倒入琉璃碗中，酒色如同琥珀，深黄明艳，更兼果子异香扑鼻，所以古人便取名为果子黄，通俗达意。

众人一行来到鹿台镇的时候，午时已过，镇上只有三三两两的行人，与昔日繁华景象大为迥异，想来便是因为近日妖魔闹事吃人，故而人心惶惶，连摆摊的小贩也愁眉苦脸，大叹近来赚不到钱。

褚磊四下里观望一番，见到这萧条景象，也忍不住叹气："妖魔作祟，连累普通百姓

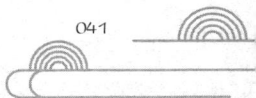

也不得安生。"

东方清奇拍了拍他的肩膀："褚老弟何必愁眉苦脸，我等今日来此，不正是为了斩妖除魔么。"

说话间，楚影红早已在小贩那里打听到了消息，回来笑道："师兄不必忧虑。方才我问了那小哥，他说那两只妖魔通常在夜间出没，白昼甚少伤人。咱们不如先找个客栈休息一下，夜间上山探访也不迟。"

众人点头称是。钟敏言见众人都往前走去，璇玑却还在那个卖小吃的摊位前发呆，便过去推了她一把，低声道："发什么呆！快走啦！"

璇玑"哦"了一声，却不慌不忙，从袖袋里取出一个铜板，指着锅里的蒸糕，一本正经地说道："老板，给我两个。"

钟敏言皱眉道："这会儿吃什么蒸糕！到客栈还要吃饭呢！就你事多！"

璇玑将装着蒸糕的纸袋捧在手里，轻轻咬一口，烫得差点吐出来，嘴里含糊说道："吃饭……和零食是两回事。"

钟敏言被她气得无话可说，只一个劲翻白眼。

璇玑轻轻吹着蒸糕上的热气，忽然发现走在前面的禹司凤时不时回头看自己，隔着一个面具都能感觉到他的眼神很是不善。她把手里的蒸糕举高，以为他也想吃，他却厌恶地抛给她一个白眼，然后悄悄放慢脚步，退到璇玑身边，在她耳边轻道："恶女人，真能吃，像猪。"

她又无缘无故被骂了，可惜嘴里塞满了蒸糕，说不出话，只好瞪圆了眼睛茫然地回望他。

他却仿佛心情突然好了起来，轻轻一笑，加快脚步跟上褚磊，抱拳道："褚掌门，晚辈不才，曾在，鹿台镇，住过一段，时日。如不嫌弃，晚辈，愿为，诸位前辈，指路。"

褚磊还未说话，旁边的楚影红便笑道："那就劳烦你了，你叫……"

"晚辈禹司凤。"

"那好，司凤。"她说道，"带我们去镇上最好的酒家，我们要尝尝闻名天下的果子黄。"

"是，前辈，请随我来。"

咦？不去客栈了吗？璇玑好容易把蒸糕塞完，这才发现他们进了一个门口挂黄旗子的酒家。钟敏言见她呆头呆脑的样子，忍不住在心里叹气。想到自己答应师父，这一路上要多照顾小师妹，只得说道："你啊，要是能有玲珑一半的机智，我也不至于这么辛苦地看管你了。"

璇玑微微一笑，没有说话。

却说众人进了酒家，本以为和外面一样萧条冷清，谁知里面竟是高朋满座，人来人往，甚是热闹。

禹司凤与小二交谈几句，便引着他们上了二楼雅座。他自己又下去，不一会儿便领上来一个中年男子，却是镇上的猎户。听说他们是来除妖的，便答应了禹司凤的雇佣，特来为他们夜间指路。

"这位是，王大叔，在镇上，做了，十几年的，猎户了。他，曾亲眼，见过，那，两只妖魔，也，参与过，前几次的，剿杀，应该，会对咱们，有帮助。"

禹司凤说完，转头对那个王猎户点了点头，那人才道："说起来，这些日子已经没人说要除妖了。前几次实在闹得太大，死了好多人，大伙都寒心了。咱们这些打猎的倒也罢了，白天还能结伴上山，那些过路的商贾就惨了，没路可绕，若是几十上百人的大队伍还好，遇上单个的小商人，那是白往妖怪嘴里送啊！镇上好多人回不了乡，盘缠也快花光了，这不是要把人逼死么！"

楚影红柔声道："这位大哥不要担心，我们此次来，就是为了除妖，还鹿台镇一个安宁。兹事体大，还需要大哥为我们指点道路。"

王猎户抓了抓虎皮帽，憨憨一笑："大妹子说话好听，我是粗人，听不太明白。总之你们是来除妖，帮镇上人的大忙，有什么要我做的，只管吩咐便是。别客气见外！"

褚磊问道："那有劳这位大哥夜间替我们指路，不知那两只妖魔经常出现在何处？老巢在哪里？"

"它们一般是在亥时、子时那会儿出现，子时一过就返巢。经常出没的地方有好几处，不过都在有水的地方，那只老鸹子厉害着呢！专门躲在水里拖人！天狗的巢在后山腰那块儿，老鸹子精得很，一天换一个地方，没准！"

褚磊听说，便沉吟半晌。楚影红道："掌门可是担心一时找不到它们？"

他点了点头："想不到蛊雕如此狡猾，如此就算用盐水刺伤它的眼睛，也不知能否找到巢穴彻底除害。"

楚影红笑道："我倒有一个法子。既然它们躲得隐秘，咱们要找还得花力气，倒不如引它们自己出来。"

她拍了拍手，将对面三个埋头苦吃的小孩子叫过来，一个一个吩咐："璇玑你去买三只锅，另外再买一罐蜂蜜和二十支松脂火把。敏言和司凤两个男孩子一起，到市集去买盐和醋，有多少买多少，再雇一些胆子大的年轻人，晚上替咱们抬上山。"

说完她从荷包里掏出一沓银票，一人分一些，再吩咐："方才来的时候看到拐角那里有钱庄，先把银票换了，再去买东西。账可都要算仔细喽，不许私吞！"

说着，她咯咯笑了起来。

东方清奇见她分工细致、胸有成竹的样子，不由得奇道："楚女侠可是有了妙计？"

楚影红笑道："妙计谈不上。我只是想，那天狗是最有名的馋鬼，咱们与其上下找它，不如在水边烤着肉，用香味让它自己出来。不管蛊雕是否跟着，咱们好歹也是先除一怪。"

她从包袱里取出纸墨，依着王猎户的话，在纸上画了张简易的地图。三人一边喝着果子黄，一边商讨夜间的行动安排。

这边三个孩子已经下楼去钱庄换完银子分头行事了。璇玑一早就买好了楚影红吩咐的东西，怀里抱着一堆东西，艰难地往回走。

走到一半，忽听街角那里梆子一阵乱响，有人大叫："来看呀！活的妖怪！来呀来呀！活妖怪！"

璇玑虽然身在修仙门派，从小就把万妖名册倒背如流，但真正的妖怪她还真是一次都没见过。眼看街上不多的行人都被吸引到那里去，她也忍不住捧着东西往前走，努力伸长脖子往人群里张望。

她个子小，只能勉强看到人头上面多出的一截琉璃边，依稀是个巨大的一人多高的鱼缸，四角包着青铜，里面装满了水。水中不知养了什么东西，在里面疯狂地搅动，水花四溅。周围的人一会儿发出惊呼，一会儿又发出感慨，却没人敢凑近。

"哇……真的是尾巴……鱼尾巴……啊，是个雄的！"

"他看过来了！往这里看了！"

人群惊呼着连连后退。璇玑被撞得七荤八素，手里的东西险些全摔了，周围的人好像都在把她往前挤，她让啊躲啊，只觉后面忽然被人一推，她胳膊上挂着的蜂蜜罐子一下摔在地上，"咣当"一声——碎了。

"啊。"她怔怔地看着满地的蜂蜜，不知如何是好。

正在犹豫，只听头顶一阵水花巨响，她还没来得及抬头，只觉浑身一凉，被琉璃大缸里溅出来的水淋了个湿透。

今天她头顶有霉星飞过么？

璇玑默默地擦去脸上的水，眼角余光瞥到旁边的琉璃大缸里有什么东西在乱舞着，好像是一条巨大的白色的鱼。

鱼一回头，她对上一张苍白的脸。璇玑心中猛然一惊，手里的东西再也捧不住，哗啦一下全掉在了蜂蜜上。

在缸里疯狂翻腾撞击的，居然是个人……不，也不全是人。他上半身是一个普通的男人，宽肩细腰，一头乌黑的长发在水中盘旋，犹如水藻一般，苍白的脸在长发后忽隐忽现，眉目看不太真切，隐约只觉得他目光灼灼，朗若明星。

而从腰往下，便合成一条长长的鱼尾。尾巴上的鳞片是银色的，鳍尾犹如轻纱一般，在水中微微一荡，便掀起无数个气泡漩涡。

他发现了她，缓缓游过来，双手撑在琉璃缸上，隐在水藻般的长发后面的两只眼睛，静静地看着她。

这样看着她，一直看着。

好像从很久很久从前，他就已经熟悉她，了解她，就这样安静地看着她。那里面藏了无数的秘密和千言万语。

璇玑愣在当场，心中又是熟悉又是迷惘，只能眼怔怔地与他对望，一时间忘了周围的所有。

## 第三章·捉妖

"褚璇玑！"

身后传来一声大吼，璇玑猛然回神，转头一看，却是禹司凤和钟敏言，两人手里都捧着一堆东西，身后还跟着几十个人抬着麻袋。

"啊，你们……都买好了？"她怔怔地问。

钟敏言走过来，皱眉看着地上的蜂蜜和那些已经不能用的火把和锅瓢："你到底在干什么？"他质问的声音都有些无力。天啊，早就知道这死小孩什么事都做不好！根本不能指望她！

璇玑摊开手，叹一口气："不是我的错。"她说得理直气壮。

"你还说！"他发飙了。

"那我马上去买新的。"说完她转身就要走，却被禹司凤拦住。

"这是……？"他望着那个巨大的琉璃鱼缸，目光在面具后闪烁。半晌，他伸出手在缸上轻轻一触，却仿佛触到了什么刺人的东西一般，又缩了回来。

璇玑说道："他们说是妖怪……长鱼尾巴的妖怪。"

钟敏言闻言也转过头去看，却见缸中那个人尾巴一甩，游了开去。他下了一跳，倒退好几步，才夸张地叫道："真的是妖怪！带鱼尾巴的！"

禹司凤慢慢摇头，良久，他才低声道："不是妖……这是鲛人，南海中，的鲛人。"

璇玑"啊"了一声："我知道鲛人。据说他们很擅长织布绣花，一到月圆之夜还会唱歌，听到的人都痴如醉。而且，他们哭的时候，眼泪会变成珍珠。"

她如数家珍，说得一本正经，刚说完，只听前面又开始敲梆子，有人在大叫着什么，人群一下子往那里集中过去。

璇玑被撞得东倒西歪，眼看就要摔倒，胳膊忽然被人一拉。她抬起头，却见禹司凤站在面前，手里握着她的胳膊，眼睛却一直盯着那个琉璃缸，若有所思的不知想些什么。

那边敲梆子的人已经开始说话了："各位父老乡亲，可多亏了咱们县太爷英明神武，召集各路英雄豪杰，苦战一个月，终于把山上吃人的妖魔给逮住啦！如今请了法师将此妖孽封在法器琉璃缸里，不日便送上京。大伙要看要砸，可得趁早！"

此话一出，群情激昂。妖魔在鹿台山作祟，害苦了一方百姓，人人都恨之入骨。一听说抓住了妖魔，哪管真假，早有人从地上捡起石头往缸里砸。那只鲛人在水中飘来荡去地躲，看上去甚是可怜。

"咦？作祟的妖魔不是天狗和蛊雕吗？又不是鲛人。"璇玑莫名其妙，眼见那只鲛人被一颗大石头砸中，水中顿时红了一片，也不知砸到了什么地方。她心中颇为不忍。

"他只是，替罪羊，而已。"禹司凤冷冷地说着，"妖魔，作祟一方，衙门，无法，和上面，交差，只能，随便找个，鲛人，来充数，暂时，给上面，一个，交代。"

"那真正的妖魔怎么办？就这样贴出公告说妖魔已除？人们安心上山，还不是会被吃？"钟敏言也觉得不可思议。他们一直在首阳山生活，以修仙为终生目标，于尘世间的一切法律规则人情都不太了解。

禹司凤淡淡地说道："远水，救不了，近火。如今，他们，也只能，先把，上面的，责难，对付过去，至于，再死人，那，就用别的，对策了。"

钟敏言摇了摇头，只见那尊琉璃缸中血水模糊，鲛人也不知藏到了哪个角落，他心中忍不住难过，叹道："希望今晚捉妖顺利，至少……还他一个清白。"

"有我在，必然顺利。"禹司凤说得自傲极了，却换来钟敏言一个冷哼。

璇玑用闪闪动人的眼神崇拜地望着他："你好厉害呀，懂很多东西呢！"

禹司凤咳了一声，隔着面具也看不出他是不是脸红了。

"我不过，是，经常，在外面，走动，见得多，而已。"他把怀里抱着的盐袋往上提了提，"走吧，咱们先把，蜂蜜，火把，之类的，补齐了，再回酒楼。"

说完，他袖子微微一颤，两指夹着一颗浅红的药丸，趁众人不注意，用指力把它弹进琉璃缸里。能不能活到明天，就看这只鲛人的造化了。

他默默转身，走远。


回到酒楼的时候，天色已经暗了下来，红霞万里，映得众人脸上都是火红火红的。

楚影红见璇玑的头发湿漉漉的，袖子还在往下滴水，忍不住奇道："你这孩子，难道是去河里买蜂蜜了吗？怎么弄成这样？"

璇玑摇了摇头："我是在街边看到一个……"

话还没说完，就被禹司凤打断："她，走路，不看人，被人家，当头泼了，一身的，刷碗水。"

不是呀！璇玑讶然地瞪着他，他说谎！

禹司凤淡淡地说道："她简直，和，没有魂，一样。走路，也在发呆。"

璇玑眨了眨眼睛，犹豫着要不要反驳，脑袋上却被楚影红用力一揉，她笑叹："你这孩子，好歹也对其他事情上点心。快把头发擦擦干，咱们马上找个客栈，换身衣服再走。"

璇玑呆了半天，终于"哦"一声，决定不戳破禹司凤的谎话。


临走的时候，禹司凤凑到她面前，低声道："别，和他们，说，鲛人的，事情。"

"为什么？"璇玑很好奇。

他轻声道："这些大人，都不喜欢，异类。如果，说了，咱们就，救不了，他了。"

"啊？你是说打算救他吗？"

他点了点头："我，自有办法。你看、看着吧。"

璇玑嘻嘻一笑，学着他磕磕巴巴的腔调，说："好、好、好咧！"

说完就被他用指节狠狠敲了一下脑门子，痛得她半天说不出话来。他却又是轻轻一笑，袖子微微一拂，转身跟着大人们出了酒楼。

璇玑忽然发觉这个男孩子也没刚开始认识时那么讨厌，不由得追上去，问道："司凤，你多大了？"

他猛然一怔，说话的腔调都变了："你……你叫、叫我、什么？！"

她微微一笑："司凤呀，你不是叫禹司凤吗？我没叫错呀。"

不是这个问题！他无语，半天才道："你、你问、问我这个、做什么？！"

"我们不是同伴吗？不可以问吗？"

他沉默了一会儿，才道："那、那你，先说。"

她很爽快："我叫褚璇玑，今年十一岁。"

"小屁孩，一个。"他嗤之以鼻。

"你也是小屁孩呀。"她笑，"你又不是大人。"

他哼了一声："谁说的？我，十三岁，早就是，大人了。"

喊，才十三岁，有什么好骄傲的？她还没告诉他，大师兄都十八岁了，连钟敏言都比他大一岁呢！

"司凤你脸上为什么一直戴着面具？不闷吗？"璇玑伸手想去摸摸那狰狞的面孔，却被他冷冷地推开了。

"不关，你的事，别碰。"

璇玑有些讪讪地缩回手，说真的，被人这样硬邦邦地拒绝，她还真有点儿下不来台。

他大概也觉得自己说话不好听，顿了一会儿，才道："这个面具，谁也，不能碰。也不能，随便，摘下来。"想了想，他又补充道，"这是，离泽宫的，规矩。"

璇玑耸了耸肩膀："我还没看到你长什么样呢。万一以后在路上见了，你认识我，我却不认识你，多尴尬呀。"

他很久没说话，只是耳朵慢慢地红了。过了一会儿，他才轻声道："我认得你，就行了。"

那是什么意思呢？璇玑一点儿也不明白。

钟敏言一直在前面默不作声地听他们说话，忽然转头说："我听说离泽宫的人满了十八岁就可以摘下面具，只是遇到重大场合还是要戴上。是这样吗？"

禹司凤冷冷地说道："原来你，挺了解的。这是，我派的，规矩。我不想，多说。"

钟敏言见他这么傲气十足的，心中不由得微微厌恶，虽然一路过来对他的广闻博见很是佩服，但此人的品性脾气委实糟糕透顶，恨不得把鼻孔翘到天上去。

刚才听他和璇玑聊天，那种高高在上的语气他就很不爽。璇玑是个心不在焉的货色，她不在乎，他却在乎得很！怎么能让离泽宫的人爬到少阳派头上来！

"反正我也不感兴趣！"他硬邦邦地堵回去，转头不说话了。

禹司凤被他这样一呛，也硬着脖子装哑巴，跟着不说话了。

璇玑无奈地看看这个，再看看那个，想说话，又不知道说什么，只好默默地溜到楚影红身边，听大人们说晚上捉妖的安排。


到了客栈，楚影红便开始仔细交代各人的分工。

捉妖的事情当然是交给三个大人，孩子们只要负责点火把之类的杂活就行了。禹司凤来过鹿台山，看地图指路的任务便交给他了。钟敏言和几个猎户负责点火把和丢盐袋，对天狗泼醋的重要任务也是他来做。

"那我呢？"璇玑听了半天，也没听到她，不由得小声问。

褚磊淡淡地看她一眼："你只要躲在后面看就行了。不许乱跑。"

意思是她什么都不用做？璇玑两眼放光，难得爹爹通情达理一次，什么也不要她做了！

楚影红见小丫头偷偷开心的样子，忍不住笑着摇头，说："璇玑当然有事做。你呀，负责把这两只兔子涂上蜂蜜烤熟。"

她丢给璇玑两只还没剥皮的兔子。看起来是刚猎到的，耳朵上还凝结着血珠。璇玑吓了一跳，苦着脸提着兔子问："连皮也是我剥吗？"

"是呀。来，这个给你。"楚影红塞给她两只陶瓷小瓶子，上面还拴了一圈红绳。

璇玑认得它，不由得奇道："啊，这不是软香酥吗？"

软香酥是少阳派自制的丹药之一，药性相当猛，只要一小匙放进饭菜或者茶水里，便可以让一个有十年以上修真之力的人变得手无缚鸡之力，三天后才能恢复。它本身是没有任何味道颜色的，奇怪的是一旦加入饭菜茶水里，便会散发出一股清甜的香气，诱人食欲，所以取名"软香酥"。

楚影红笑道："你呀，烤兔子的时候别忘了加点料。一瓶软香酥对付一只烤野兔，足够了。"

璇玑脑中灵光一现，道："啊，原来不是咱们吃烤兔子呀！红姑姑，兔子是给那两只妖魔准备的，对吗？"

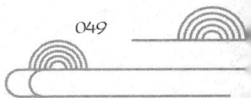

楚影红点了点头："咱们用这两只兔子引它们出来，这样咱们就占据主动啦。"她见璇玑似懂非懂，脑袋点个不停，不由得摸了摸她的头，柔声道，"为什么叫我红姑姑？你姐姐玲珑都要叫我一声师叔呢。"

璇玑淡然道："因为师叔不如红姑姑好听。"

她只怕是不能理解这小丫头的想法。楚影红失笑，又把捉妖任务仔细交代了一下，各人便回房整理东西，待亥时一到便出发。

夜间的鹿台山比白天更难走。早有人说过，要翻过整个鹿台山，比登天还难。从山脚到山腰，都是怪石嶙峋，悬崖陡峭，稍不留神就会摔下去。山腰往上开始有草木，别的不多，地荆棘却多得要死。天色暗又看不清楚，往往一脚踩上去鲜血淋漓，才发觉那是一大片地荆棘。

才走了不到半个时辰，后面挑着盐和醋的挑夫便伤了两个，无奈只能放弃两袋盐和一桶醋。

话说钟敏言见璇玑走得气喘吁吁的，好像马上就要摔下去，忍不住说道："喂，你难道真的一点儿内功心法也不会吗？累成这样！"

璇玑摇了摇头，也不知是承认还是否认。她好像累得话都说不出来了。

"等等啊！别往那里走！"钟敏言见她歪歪倒倒地朝一大片地荆棘那里靠，急忙伸手拉住她，"让你不学功夫！体力简直比普通人还差！"

她有些茫然地抬起头，彼时月色朦胧，她的脸庞也显得模糊，仿佛罩了一层厚厚的纱。只有两只眼睛，湛若秋水，亮得不可思议，深处却雾煞煞，似明非明，简直不像平时的褚璇玑。

钟敏言怔了一下，忽然伸手在她额头上轻轻一摸，变色道："你发烧了！"

璇玑自己也摸了摸额头，轻声说道："我……我只觉得很累……有些喘不上气……是发烧了吗？"

钟敏言想起她浑身湿漉漉的样子。大家都是修真之人，身体比常人强健许多，所以谁也没在意这件事。但璇玑不同，她根本就是个半吊子的修仙者，只怕连完整的心法都背不出来，衣服湿了后又拖了很久才换，难怪会着凉发烧。

"你这样不行！"他急急说着，"还是回去吧！捉妖可不是儿戏，你这么虚弱，万一被伤到了怎么办？"

璇玑没有说话。

前面早有人被他的嚷嚷声吸引了过来，楚影红见璇玑面色有异，立即抬手在她额上一摸——"丫头生病了！掌门，不如把她送回去吧？"她忧心地说着。

褚磊抬头看了看望不见顶的高山，问道："大约还要走多久？"

打头的王猎户道："快了，翻过这个坡子，前面就有个大水塘。"

他叹了一声，回头看看璇玑，目光里又是责备又是爱怜。这个小女儿平日里懒惰不练功的恶果终于出来了，在这种紧要关头拖大家后腿。这会儿又不好派人送她回去，万一路上遇到妖魔，只有死路一条。

他低声道："璇玑，坚持一下吧，马上就到了。"

她点了点头，坚持着往前走了两步，忽听后面钟敏言急道："别往那里走！"

她一呆，只觉脚下一阵剧痛——她踩中地荆棘了！

肩膀忽然被人猛然一扳，她整个人被一股大力带得倒退数步，受了伤的脚踩在地上，痛得她"哎哟"直叫。

"把鞋子脱了。"褚磊抱着小女儿，皱眉说道。

璇玑苦着脸，她今天果真是被霉星附身了，怎么什么霉事都找上她了？她龇牙咧嘴地甩掉鞋子，依言把脚翘了起来，众人只见她雪白的脚底上血肉模糊，也不知被扎了多少个洞，想想都替她疼。

"掌门，让我看看。"楚影红走过来，就着火光细细查看她的伤口，接着便从腰后的牛皮包里抽出一根细长的镊子，柔声道，"别怕，我先帮你把刺挑出来。"

璇玑只能点头。她自己都觉得丢人了，爹爹说得没错，她什么也不会，最擅长的就是拖后腿而已。

回头见钟敏言和禹司凤都站在后面看着自己，她便低声道："抱歉……总是给你们添麻烦。"

钟敏言"哼"了一声，碍于褚磊，他只能小声嘀咕着："你也知道自己是个麻烦啊……"

楚影红替她把刺挑出来，又上了些药，用自己的手绢紧紧包住她的脚，才道："璇玑只怕是不能走路了，得找个人背着她。"

褚磊道："我来吧。"

她摇头："不行。我们三个人不能背她，妖魔不知什么时候会出来，我们不可分心。"

说着，她回头对钟敏言招手："敏言，你来背着你小师妹。待会儿到了水塘边，一定看好周围。只怕血腥味会引得它们突然攻击。"

钟敏言肚子里有一百个不愿意，但师叔的话，他又不好反驳，只能过来轻轻把璇玑背起来，低声道："真是个累赘，早知道你就留在客栈别出来，多好！"

璇玑又是发烧又是受伤，这会儿浑身无力，软软地靠在他背上。听见他抱怨，她不由得轻声道："是我的错……下次，我一定乖乖待在客栈，不出来了。"

钟敏言向来是个吃软不吃硬的脾气，听她这样说，肚子里的怨气也发不出来了，只好低声道："哪里还会有下次！以后也不带你出来了。"

璇玑默然。

她静静地靠在钟敏言的背上，随着他的步伐轻轻起伏，心中忽然想起很多事情。

她一直都不喜欢修行，懒得练武，懒得打坐背心法，觉得那样很傻。她也一直以为自己可以永远待在少阳峰，足不出户，见识不到外面的风浪。但她没有想过，总有一天，她会像这次一样，因为这个那个原因，离开少阳峰的庇护，离开父母的照顾。

她刚刚发现，离开了她赖以生存的一切，自己居然什么都不会，什么都不懂，真正是个麻烦累赘。

唉……她在心中叹了一口气。

到底要怎么做，才能一面懒惰着，一面自保呢？

这是个严肃的问题，她严肃地思考了很久，也找不到答案。

抬头看看苍穹中的一弯明月，璇玑第一次感到迷惘。每个人都有自己追求的东西，爹爹想修炼成仙，玲珑想称霸少阳，钟敏言想得到爹爹的认可……那她呢？她要的是什么？

她不知道。


背上的女孩子慢慢睡着了，鼻息香甜，满脸安详。钟敏言却在肚子里一个劲儿地哀叹。

他从小就是个傲气的孩子，偏偏辈分在少阳一干弟子中最小，就算倾尽全力，也比不过上面的师兄们。这次能参加簪花大会的摘花任务，他委实是很欣喜的，一心想趁这个机会好好表现，获得师父的青睐。

结果他却是来背人的——他回头看看璇玑，她的脸红扑扑的，睫毛微颤，不知做着什么梦。唉，如果来的人是玲珑，一切就不同了。说不定他还能和玲珑来个双剑合璧，与妖魔斗上几招呢！

为什么师父会让他写璇玑的名字？为什么被抽中的是这个一点儿用也没有的璇玑呢？

他向来是看不起她的，但如今这种鄙夷里还掺和了一些怜悯与说不清道不明的复杂情绪。她像一只受伤的小鸽子，温温软软，安静地靠在他背上，让他一句重话都说不出来。

玲珑玲珑……还是玲珑好。这丫头没能来捉妖，这会儿一定在少阳峰大发脾气吧？想到她神采奕奕的模样，他忍不住想笑，郁闷的心情好像也平和了些。


钟敏言正在胡思乱想，忽听头顶一阵利风刮过，唰的一下，树叶翻飞，月色骤然暗了下来。

"不好！"褚磊低叫一声，他身经百战，经验老到，立即将手腕一翻，袖中红光乍现，飞速地闪了一下，发出尖锐的鸣声，猛然蹿了出去。只见一道红光在空中一划而过，留下一串残留的荧光。

那是他养的灵兽——红鸾。少阳峰的人修炼到十年之上，便可驯服普通妖魔，每日喂以后山灵泉水、昆仑山玉枝草果，令其妖气转为灵气，为自己所驱使。

褚磊的红鸾已经养了二十年以上，端的是凌厉无比，从袖子里一冲而出，凄厉地鸣叫着。众人只见那道红光射向空中一团黑影，两下里一撞，眨眼就没了踪影。

钟敏言还在看着发呆，耳边早有人提醒："快！你们两个带璇玑去前面的山洞里躲起来！"

他猛然一惊，这才反应过来是妖魔出现了。眼见前面几步之遥有个山洞，当下再也不做多想，他背着璇玑快步奔过去。正要将她放在地上，自己出去看情况，却见禹司凤从洞口跑了进来。

"别出去！"他沉声说着。

钟敏言心中烦躁，冷道："不用你管我的事！"说完推开他就要走。不防他突然出手，闪电一般抓住他的手腕，一翻一转，手指紧紧扣住了他的脉门。

"我说了，别出去！"禹司凤的声音更冷，"你，不是，它们的，对手！"

钟敏言更不答话，另一只手悄然拂上，中指在他手背上轻轻一点，正要按下去，禹司凤却如同触电一般放开手后退数步。

"少阳派，千万指功！"他有些惊讶，"你居然，会这个！"

据说千万指功修炼方法极其残酷，每日要在沸水与冰水中反复操练，寻常人往往不得要领，一遍下来手掌上的皮肤皆尽脱落，痛不可当。唯有不惧苦楚，反复修炼，才能达到出手如电、柔软如绵的境界。

他一直以为钟敏言不过是个普通弟子，没想到他自有一番本事。

钟敏言一拂不中，身形一转，手指在洞壁上刻意一摸，只听一声轻响，一块凸出的岩石轻轻地裂开，几块碎石滚到了地上。

他不说话，只是看着禹司凤。

禹司凤沉默片刻，道："你，不如，留着力气，帮你的，师父。和我打，没有意义！"

"那就别拦着我！"钟敏言皱眉。

禹司凤淡然道："你现在，出去，有什么用？不过是，扰乱，他们的，心神，害他们，分心，照顾你。等抓到，天狗，再出去，也不迟。"

话音刚落，只听洞外传来一声尖锐的叫声，好像千万只猫聚集在一起叫春，又像一群狗在撒娇，更像满城的婴儿在夜啼。那声音，娇滴滴却又血淋淋，叫人一听就浑身起鸡皮疙瘩。

"蛊雕！"禹司凤叫了一声，一阵风似的跑到洞口。钟敏言不甘示弱，跟着奔过去。

却见洞外火光大盛，猎户们遵循吩咐，把众多火把都插在洞口，防止妖魔冲进洞里伤害三个后辈。红鸾在空中，追着一团巨大的黑影又是啄又是抓，半空中不停有黑色的羽毛掉落。

禹司凤捡起一根，却见那羽毛比寻常树枝还要坚硬，根根漆黑油亮，闪烁着铁质的寒光。从羽毛顶端到根部，足有他两个手掌长。

他忍不住道："这是……！快成精了！好老的、蛊雕！只怕有、危险！"

钟敏言本来就紧张无比，又听他磕磕巴巴地说话，心中更是烦躁，板着脸道："你就不能好好说人话！说的人不累听的人都累！"

禹司凤噎住，想反驳，但自己说中原话委实不流利，到时候还会被他笑，只得装聋子。

红鸾追着那只巨大的蛊雕啄了一阵，渐渐力乏，动作也不如先前灵敏，片刻间被蛊雕瞅准了破绽。它猛然张开翅膀，竟足有十丈多长，铺天盖地，将月色都遮掩了去。红鸾被它用翅膀一逼，被迫让到角落，来不及翻身，眼看蛊雕巨大的倒钩般的爪子对准它抓下来。

楚影红急道："不好！掌门快把它收回来！"

褚磊正要催动咒言，忽见红鸾灵敏地打了个转，巧巧避开了那一抓。众人刚刚松一口气，忽听脑后风动，一团黑影从树林中一扑而上，夜色中看不清楚，似乎是个豹子大小的动物。它足下生风，一跃而起，居然翻过众人头顶，趁着风势扑向红鸾。

红鸾对付蛊雕已然吃力无比，谁想后面冷不丁又杀出个妖魔，它躲闪不及，硬生生被它扑下，红毛散了一地。

东方清奇也禁不住吃惊："是天狗啊！这下可糟了！"

他们还没来得及按照计划行事，这两只妖魔出得太快，盐袋和醋几乎是白准备了。三个人对付两只妖魔，实在有些吃力，何况那只蛊雕，好像……

"影红！"褚磊叫了一声，楚影红何等机灵，立即明白了他的意思，当下一个翻身，从散了一地的杂物里抄起两个醋坛子，当头往那只咬住红鸾不放的天狗身上砸去。

它听得风声，一跃而起，醋罐砸在地上，"咣当"一声碎开，刺鼻的酸味弥漫开来。那只天狗似是十分忌讳醋味，长叫一声，嘴里的红鸾顿时咬不住，脱落下来。

褚磊抢前一步，抄手将红鸾一捞，塞回袖中乾坤。抬头再看，那只天狗已经扑向楚影红了。

这只天狗看上去年岁不高，身上的毛还是浅浅的黄色，龇牙咧嘴，有七八分像豹子。楚影红见它扑来，后面还跟着蛊雕，立即往旁边纵身闪躲，一面又把手里的醋罐丢过去。

天狗晓得这东西的厉害，急忙闪开。醋罐在它脚下碎开，它一跃而起，正中早在一旁守候的东方清奇的下怀。他哈哈一笑，喝了一声："长！"手里的宝剑犹如一道银龙，猛然伸展开，天狗在空中躲避不及，硬生生中了一剑，哀号一声，摔落下来。

褚磊早已提了一个醋罐在旁等候，见它摔下，立即扒开罐盖，哗啦一声罐中的醋正好泼了它一头一脸。

天狗发出一声奇怪的轻吼，软软地摔在地上，爪子抽了两下，便再也不能动了。

三人均是大喜。他们这一连串动作可谓电光火石，配合得天衣无缝，只要中间稍有差池，楚影红便难免重伤。

东方清奇用捆妖绳将这只天狗捆得结结实实，三人这才一起抬头，望着半空中那只发出婴儿般啼鸣的蛊雕。

天狗还是小问题，最关键的是，这只快要成精的蛊雕该怎么对付？

似是知道他们心中想什么，蛊雕发出冲天的鸣声，令人牙酸。它翅膀一挥，竟是要逃走——知道自己孤军奋战，会吃苦头，不如暂避锋芒。

褚磊哪里会让它逃，一扬手，一排闪着蓝光的尖锐暗器无声无息地飞了出去。蛊雕去路被这么一阻，三人早已争取到时间，纷纷御剑飞了起来，三面包抄，断了它的去路。

钟敏言和禹司凤躲在洞口抬头看，怎能看清是什么招式！一来天暗，二来动作太快，只见漫天的剑光闪烁，将蛊雕团团围住。虽然一时伤不得它分毫，却也让它无处可逃。

"没想到这蛊雕这么厉害！"钟敏言也是第一次看到大妖魔，忍不住惊叹，"要是捉不住怎么办？"

禹司凤紧紧盯着那三人的动作，慢条斯理地说道："不。一定能，捉住！"

话音刚落，只听楚影红清叱一声："着！"手里的剑正中蛊雕的左眼，黑血溅了她一身，又腥又烫。那只蛊雕痛得厉声嘶吼起来，声势惊人，简直像平地炸开惊雷。那两片巨大的翅膀狠狠一刷，整个身体猛然拔高数丈，转身就要飞走。

褚磊不等它逃，立即抛出捆妖绳，缠住它的爪子，三人齐力往下拉。然而竟抵不过它的一挣之力，三人险些被它拉得从剑上掉下去。

钟敏言惊呼一声，拔剑就要上前帮忙，谁知禹司凤比他更快，青衣一振，人已在剑上。他足尖在剑上轻轻一点，整个人竟仿佛没有重量一般，轻飘飘地飞了起来！

他袖子一展，竟从里面飞出另一把剑，又被他轻轻一点，飞得更高。

钟敏言目瞪口呆地看着他从袖子里抛出五六把剑，就这样轻轻松松攀了上去。正与蛊雕缠斗的三人猛然见到他，都是一愣。楚影红心中担忧，急道："你上来做什么！快回去！"

禹司凤也不说话，袖子一拢，忽然撒出一大片白色的东西，粉粉絮絮，好像下雪。

三人与那蛊雕都是猝不及防，被泼了满身。楚影红反应最快，伸手在肩上一抹，放在舌尖上轻轻一尝：是盐！

好小子！三人都是大喜。

果然那蛊雕眼睛里被撒了盐，不由得惊痛，厉声啼叫起来。它的一只眼睛被刺瞎，另一只眼睛又被盐蚀伤，瞬间就成了睁眼瞎，翅膀一下失了准头，从半空中倒头栽下来。

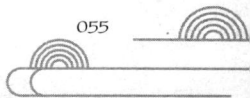

"快拦住！"东方清奇大吼一声，手里的剑猛然伸长，扑哧一下，戳进它柔软没有防备的腹中。他正要大声欢呼，不防蛊雕狂挣乱飞，压低身形到处乱窜，似是想在树林中找个地方躲起来。

它爪子上还套着捆妖绳，绳子分成三股，分别拴在褚磊三人的腰上。受伤的妖兽，横冲直撞起来的力量是极其可怕的，三人拼尽全力居然也拉它不住，一会儿上天一会儿下地，脚下的剑早飞了，直被拖得头昏脑涨。

褚磊见情形不好，正要挥剑斩断捆妖绳，却听楚影红惊叫一声。原来她到底是内力不足，强撑了半天，后继居然无力，被蛊雕这么一拖，狠狠摔在地荆棘上，半个身体流血不止。

后面的东方清奇正要伸手去拉她，后背却被蛊雕的翅膀狠狠一扫，整个人横着飞了出去，"砰"的一声撞在山洞前的石壁上，顿时没了声音，也不知是生是死。

褚磊见一转眼三人伤了两人，心中暗叫不好。他不敢托大，急忙挥手将三根捆妖绳斩断，先将楚影红从地荆棘里拉出来查看伤势。所喜地荆棘没有毒，虽然半个身体一直流血，却不过是皮外伤，不算严重。

"蛊雕呢？"楚影红有气无力地问着，一面咬牙挑出肩上的倒刺。

褚磊摇了摇头："今日只怕捉它不住。先前没想到，原来竟是一头快成精的老妖。准备不足，只有留待下次了。"

楚影红叹道："好歹是……废了它两只招子……掌门不用管我，快去找它的老巢。它如今受了重创，必然不如从前。"

褚磊正要说话，忽听山洞里的钟敏言惊叫起来，两人急忙转头，却见那只满头鲜血淋漓的蛊雕直直朝山洞里飞去！

璇玑还留在洞里！众人都是大惊，楚影红提了一口气要起来，却痛得脸色发白。褚磊按住她："你稍稍歇息，照顾清奇。我去！"

他行动如电，一闪身就追到了洞口，却不见钟敏言和禹司凤。这两个傻小子，想必是慌乱中背着璇玑往洞里跑了。如此只有更糟！洞内狭窄，不好施展手脚，如果被发狂的蛊雕追上，三人便是死路一条！

他心急如焚，当下便飞快往山洞里追去。

却说刚才蛊雕飞进山洞的时候，钟敏言只急得头发都要竖起来。待要冲动拔剑，又怕伤到躺在旁边的璇玑；若想逃出去，这只蛊雕如此巨大，堵着洞口哪里也去不了。

正是焦急的时候，忽见眼前青影一闪，禹司凤飞身而过，一把抄起璇玑甩在背上，回头冲他大吼："愣什么！快跑！"

他一下反应过来，再也顾不得其他，两人甩开膀子朝山洞深处狂奔。

蛊雕瞎了眼，看不到前面的路况，却能闻到璇玑身上的血腥味，这味道对它来说如同最美味的佳肴，当下不由得精神一振，巨大的翅膀挥了两下，紧紧跟在他们后面，追了上来。

"它要追上来了！"钟敏言回头见蛊雕离自己只有不到三丈的距离，只吓得浑身发软。

"叫什么！没用的、东西！"禹司凤恨恨地说，"这里！"他猛然一拐，原来山洞中还有一条小岔路，蛊雕的翅膀在这里伸展不开，如果想吃他们，只有走进来，这样他们就能争取更多的时间了。

钟敏言被他一喝，心中又愧又羞，冲动之下一把将剑拔出来，厉声道："你们先走！我今天非要把这只扁毛畜生杀了不可！"

说完他一跃而上，捏着少阳峰最常见的空明剑诀，脚下一转，手腕一挥，稳稳地刺了出去。但真正作战，谁会等他把剑诀捏全、姿势摆好？蛊雕听到剑风，长啼一声，长隼如铁钩，狠狠啄了下来。

钟敏言万万料不到它动作这么快，只来得及狼狈躲开，胸前的衣裳却已被利风割裂，皮肤微微刺痛。他咬了咬牙，硬是捏出第二式剑诀，斜斜刺上去，直挑蛊雕的腹部。

禹司凤见他这般不要命地攻击，急忙厉声道："不要斗！快过来！"

话未说完，却见蛊雕翅膀一展，在洞内旋起一股飓风，碎石乱飞。钟敏言剑招刚喂了一半，手里的剑就被碎石砸落了，大大小小的石头铺天盖地砸将过来，他左躲右躲，还是被砸中好几块，头上鲜血直流。

他这才明白此等妖兽不是自己的水平能应付的，正要闪身进旁边的岔道，耳后忽生利风，原来是蛊雕的爪子抓了上来。

这一下当真是电光火石，生死不过一念之间。钟敏言眼睁睁地看着爪子上的倒钩抓向自己，那漆黑闪亮的钩爪，每一根都比他的胳膊还粗。

难道今天要命丧于此？

他来不及多想，只觉胳膊被人狠狠一扯，整个人控制不住地斜着飞了出去。眼角余光瞥见一道青影——禹司凤！

他手中不知何时多了两根短剑，精光闪烁，抢到钟敏言身前，双臂一展，稳稳地画了个圆。只听"咔嚓"一声，蛊雕的一根钩爪硬生生被他斩断，而那两根短剑也跟着断了开来。

这只老鸹子，好硬的爪子！

禹司凤趁蛊雕呼痛的时机，回头厉声道："还呆什么！把她、带进去！"

钟敏言这次被他一喝，当真是心甘情愿了，再也不敢犹豫托大，闪身就进了岔道，把璇玑放在岔道最里面的位置。

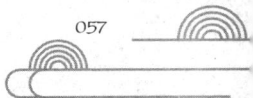

钟敏言正要回头出去帮他，却听禹司凤闷哼一声，被蛊雕的翅膀刷中，整个人倒飞出去，而随着他身体摔落的，还有一张狰狞的修罗面具。

他脸上的面具掉了！

钟敏言见他的情势危险之极，一个不好便要被抓得开膛破肚，当即飞奔过去，扯下腰带抛出，稳稳地缠住他的腰身，再奋力一扯——他忘了控制力道，待禹司凤狠狠撞在自己身上的时候才想起只需用五分力就够了。

已经迟了。两人摔在一处，都痛得大叫。好在这一摔，都落在岔道里，这里空间窄小，蛊雕暂时飞不进来，只能在岔道外面狂吼乱窜，一双翅膀几乎要把山洞给掀翻。

钟敏言逃过大难，还心有余悸，颤声道："没想到……这么厉害！"

身旁的禹司凤"唔"了一声，跟着便是呼痛，想必刚才一摔之力甚大，伤了筋骨。他冷道："它，快成精了！连你师父，也不是，对手。何况你！方才、真是！"

钟敏言脸上一红，自己也觉得惭愧，讪讪地不说话。

禹司凤吃力地坐起来，回头看了一眼躺在里面的璇玑，轻声道："这么闹，她居然，没醒。"

钟敏言顺着他的目光看过去，只见那个小丫头在地上蜷成一团，睡得很香很沉。手指头畏缩地放在脸颊旁，双颊如玉，睫毛微颤，不知做着什么梦，眉头皱得很紧，看上去甚是辛苦。

"真是一只猪。"他叹气，不知怎么的，有些想笑，又有些安心。至少他们还是护得璇玑平安了，这个大累赘。

禹司凤抹了抹脸，忽然僵了一下："我……面具……"他急忙在周围的碎石里翻找，却怎么也找不到。

钟敏言笑道："早掉啦，别找了。"

禹司凤颓然坐回去，半晌，才低声道："师父，会骂死我。"

钟敏言盯着他苍白的脸看。大概是因为常年戴着面具，他的脸色比常人要白许多，而且是有些病态的苍白。然而纵然苍白，却也掩不住他天生的清俊之色，那双眉，那双眼，那鼻子那嘴唇……钟敏言在心中很无语，这小子原来长这么好看！

不是那种女子般柔弱的好看，而是清朗的，丰秀的。清澈的眼和微抿的唇，带着傲气和少年特有的青涩，让人想到青竹，或者是仙鹤，总之是一些很秀气很清雅的东西。

钟敏言见他懊恼个半死，嘴里嘟嘟囔囔说个没完，不由得用力拍了拍他的肩膀，"喂，是不是男人啊？不就是露个脸吗！别和娘儿们似的唠叨！刚才面具不掉，掉就是你的命！你师父不会这么恐怖吧！"

禹司凤恨恨道："你才是、娘们！"

他中原话说得不好，这几个字被他这样咬牙切齿地说出来，听起来更有一种滑稽的味道。钟敏言忍不住哈哈大笑，最后连禹司凤自己也撑不住笑了。他俩经过这一遭，也算是性命之交，早把之前的龃龉给抛到了脑后。在这种危险环境下，他们居然开始谈笑风生，各自说起门派里的趣事来。

这岔道虽然狭窄，却也不深，走几步就摸到顶头的洞壁了。蛊雕纵然一时进不来，情况也实在是很危急的。但他们几个就算把命都拼了也对付不过它，如今也只有窝在这里聊天，等外面的大人过来救他们。

两人谈了一会儿，只觉蛊雕在外面折腾的声音渐渐小了，想来它受了伤，这会儿也终于累了。如果它能自己出洞便是万幸，否则他们还不知要在这里等多久呢。

"你，受伤了？"禹司凤见钟敏言胸前血迹斑斑，忍不住问。

钟敏言在胸口抹了一把，叹道："小伤，被抓了一道口子而已。倒是你，刚才被它翅膀一扇，没事么？"

禹司凤摇头："皮外伤，而已……"

话音刚落，却听身后的璇玑似乎叫了一声什么，两人急忙回头，却见她不知何时满面苦楚之色，脸色赤红，额上汗水涔涔，在地上痛苦地翻滚着。

钟敏言吓得急忙凑过去，伸手在她脸上一摸——烫得要命！他赶紧拍了拍她的脸，低声叫她："璇玑……璇玑？！喂！醒醒啊！能听到我说话吗？"

她全然不闻，仿佛在忍受着什么巨大的痛楚，牙齿把下嘴唇咬出一个深深的血印。

禹司凤飞快地抓住她的胳膊，在她脉门上一搭："心跳好快！"他皱眉，"不像是，生病呀……"这种情况，倒有些像是走火入魔。奇怪，她明明是个什么都不会的小丫头，怎么可能突然走火入魔？

他正要仔细搭脉，不防璇玑的手腕一翻，当真快若闪电，五指如钩，狠狠抓住了他的手腕。他痛得一个惊颤，不可思议地低头，这个小丫头居然睁开了眼！

她目光无神，定定地看着他，却好似穿透了他的身体，穿透了阴暗的洞壁，不知望向远方何处渺茫的地方。

"璇玑！"钟敏言大叫她的名字，谁知她一点儿反应也没有，面上那层可怖的红晕渐渐消退，她的脸色变得犹如新雪一样白，眉宇间煞气出没，看上去甚是诡异。

"……找、死。"她怔怔地望着那不知名的地方，从嘴里极慢极轻地吐出两个字。

"什么？"钟敏言没听清，"你不要吓人了好不好！褚璇玑！"他大吼。

话音刚落，只听外面的蛊雕忽然尖声啼叫起来，犹如一万个初生婴儿同时放声大哭，这种浩大的声势，又是在狭窄的山洞里，一阵阵传过来，简直比潮水还要可怕。

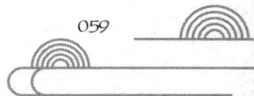

钟敏言、禹司凤二人几乎是立即气血沸腾，张口欲呕，偏偏捂住耳朵也没用，那声音直冲着他们的胸口而来，若不是拼命提着一口真气，只怕当场就要喷血而死。

"不好！"禹司凤勉强叫道，"它！要、要进来了！"

他只叫了一声，整个人便扑倒在璇玑身上，再也动弹不得。原来他被蛊雕的翅膀一扇，还是受了内伤，方才只是强撑，如今经脉再受重创，他纵然有天大的机智本领，也不过是个十三岁的小孩而已。

"喂！不会吧！你怎么也倒下了！"钟敏言慌了，正不知如何是好，却见岔道口黑影一晃，那只蛊雕居然将翅膀收了，贴着墙缝一步一步走进来！

他被吓得不轻，待要拔剑再与它斗，却发现自己的剑早掉在了岔道外面——何况，他哪里能斗得过它！他手足无措，肝胆俱裂……这是……要死了吗？！

他低头看了一眼璇玑，她还是静静地躺着，方才的痛苦神色消失了。

也好，至少不是在痛苦中死去的。

他闭上眼，猛然扑倒在璇玑身上，用身体紧紧护住她。

她的身体简直像烧红的烙铁，烫得不可思议。钟敏言微微一怔，忽见她闭着眼，方才抓住禹司凤的那只手慢慢抬了起来——

璇玑自己对发生的一切没有任何知觉。

她正做着一个古怪的梦，梦里的一切都好像蒙着一层厚厚的纱，让她看不清。依稀是自己在河畔，沿着河畔层层叠叠，不知长了多少鲜红如血的花。

她伸手去摘、揉碎，看着那犹如鲜血般的汁液顺着手掌流到地上，心中竟有一种说不出的快意和熟悉感。

忽然有人坐到了她身旁，唤她："璇玑，如今你可明白了？"

明白什么？她茫然。

"你要看看吗？"他还在问。

看什么？她还是不明白。

"只有这一次，下不为例。就让你好好看看吧！"那人说完，往水里投了一颗小石子。水面渐渐泛起了涟漪，一圈一圈，最后变成无数会动的画面。

她到底是好奇的，忍不住凑过去细细一看——她的心忽然剧烈跳动起来，浑身的血都在往头顶翻涌。

唔……那是……那是？那是！

她猛然怔住，一种熟悉又遥远的感觉席卷而上，她迫不及待地伸手——要抓住什么！

钟敏言怔怔地看着璇玑抬高的那只手，五指尖尖，皮肤白皙得好似透明一般，在黑暗中散发出一种奇异的银光。银光？！

他来不及多想，身后的蛊雕发出惊天动地的吼声，仿佛见到了什么可怖的东西，又是害怕，又是兴奋，只犹豫了片刻，便毅然用利隼啄了下来！

钟敏言紧紧闭上眼，只听耳边一阵奇异的风声，像微风穿过竹林，又像绵绵的风吹翻了树叶，轻柔而且轻快。

他悄悄把眼睛睁开一条缝，只见一道银色的影子忽然蹿了出来，快到不可思议，伴随着它的每一下动作，那风声便响一下。它绕着蛊雕打转，从上到下，从左到右，由于动作极快，乍看上去，简直就像在蛊雕周围套了一只银色的笼子。

那是什么？他骇然地瞪圆了眼睛，被一种奇异的压力压得动也不能动。

眼看那只蛊雕被银色的影子围住，似乎还试图挣扎摆脱，却只是徒劳。银色的影子越收越紧，那蛊雕也渐渐动弹不得。

钟敏言不能确定自己是不是从一只蛊雕的眼睛里看到了恐惧，他正在吃惊，忽见璇玑那只散发着银光的手轻轻一挥，山洞里忽然光芒大作，他眼睛一阵剧痛，急忙用力闭上。

只听耳边"嘶嘶"两声响，背后忽然被什么滚烫的东西泼上来，惊得他一个寒战。

然后便是寂静，无比的寂静。

钟敏言闭目等了很久，再也没有听到半点声音，便迟疑地睁开眼。入目便是璇玑熟睡的小脸，不再苍白，不再赤红，恢复了正常的脸色——不，甚至还要更好，脸颊上两团嫩嫩的红晕，更映得她乌眉红唇，秀丽无比。

可是他心中只觉得恐惧。

刚才的是什么？那是什么？！蛊雕呢？！他猛然回头，却见岔道里空无一物，方才那只巨大的蛊雕，居然凭空消失了！只留下满地的黑血，无穷无尽地蔓延出去，如今看来，简直像个黑色的梦。

他死死地盯着那一大片血迹，怔怔地，心中也不知是什么滋味。

那是什么？璇玑是什么？

他胸口渐渐变得窒闷，眼前慢慢浮起一层层的金星，最后看了一眼躺在地上的璇玑，她脸色红润，正做着好梦，嘴角甜甜地扬起。他却觉得那天真的笑容里带着无尽的杀机。

眼前忽然一黑，他再也支撑不住，倒了下去。耳边依稀听见褚磊的喊声，他动了动嘴唇，却发不出声音，接着便失去了所有的意识。


再次醒来的时候，人已经在客栈里了。钟敏言只觉浑身上下都好像被泡在温暖的水里，暖洋洋的，他忍不住轻轻呻吟了一声。身后立即有人低声道："不要动。"

他急忙睁开眼，发现自己只穿着中衣，盘腿坐在床上，身后似乎有一双手掌抵在背心，那暖洋洋的感觉就是从掌心传递过来的。

他无力地眨了眨眼睛，低声唤道："师父……我……"

褚磊没有说话，一直到将他全身的真气都过了一遍，理顺了纠结的经脉，这才收功。半晌，他才道："我去迟了，找到你们的时候，你们三个人都是满身的血，晕了过去。好在你和司凤受伤不重，也算万幸。"

钟敏言还有些茫然，下意识地问道："璇玑呢？"

"璇玑"这两个字一出口，他心中电光火石一般，在山洞中的那些经历猛然浮现出来：银光、遍地的黑血、璇玑面上心满意足的微笑。

可怕！那情形是如此诡异，如今再回想都觉得恐怖。

他颤声道："师父……璇玑她……还好吗？"

褚磊起身，走到窗边，沉默半晌才道："她很好，烧已经退了。大夫说过一会儿便会醒过来。"说完，他犹豫了一下，低声道，"敏言……山洞中发生了什么事？"

钟敏言听他一问，禁不住便是一颤，抿着唇说不出话来。

褚磊又道："我赶到的时候，全然没有蛊雕的影子。先前看你们满身是血，以为你们受了重伤，如今看来，那些血不是你们身上的……敏言，发生了什么事？蛊雕呢？"

钟敏言呆呆地坐在那里，也不知该不该把璇玑的事情告诉他。想了很久，他才一咬牙，摇头道："师父……我与司凤力战蛊雕却不敌，后来气力不足都晕了过去，我也不知道究竟发生了什么。"

褚磊不疑有他，便叹了一声，拍拍他的肩膀，温言道："你做得很不错，不愧是我的徒弟！"

钟敏言一怔，他第一次被师父这样夸奖，禁不住欢喜至极，含笑揉了揉鼻子。

"司凤已经醒了，如今正和你师叔还有东方岛主在楼下。你也下去吧，给他们说说当时的经过。"

钟敏言答应了一声。


下楼之后，果然看见楚影红他们坐在角落里。禹司凤额头上缠着一圈白布，左手也上了板子，看起来伤得不轻。见到他来了，他还笑："原来，已经能，起来了！我还以为，你，要睡个，十天呢！"

钟敏言摇了摇头，走过去坐到他对面，"璇玑还没醒吗？"他问。

禹司凤道："没。你说得，不错。她真的是，一只猪。"

钟敏言只有苦笑。

"对了，我当时，晕过去了。后来，到底，发生了，什么？"

钟敏言沉吟半晌，还是摇头："……我不知道，我也晕过去了。"

楚影红在旁边笑道："好啦，都别这么死气沉沉的！不管怎么说，你们这些孩子都完好无损。摘花任务也算完成了，只等把那只天狗带回去，看簪花大会的热闹吧！"

她身边坐的是东方清奇，这位仁兄比较倒霉，被蛊雕拖着狠狠地撞上石头，不单右手骨折，还断了好几根肋骨，现在从上到下包得严严实实，动一下就龇牙咧嘴地呼痛。

"哎呀哎呀，我们当真是老了！"他感叹，"这次在老蛊雕身上吃了大亏，以后可不能再托大喽！"

说得众人都笑起来。

楚影红见褚磊神色郁郁，似是满腹心事的样子，便低声道："掌门还在想蛊雕的事么？"

褚磊叹了一声："不知究竟是谁抢先一步把它解决的。如果世上当真有此等高人，比较起来，咱们五大门派之类的说法，无疑是坐井观天……"

东方清奇用那只没断的手用力拍了拍他的背，朗声道："褚老弟，多少年了，你这多疑的性子还是没变。姑且不说我们是不是坐井观天，你我当时都在场，哪里还见到有别人？更何况那山洞深不见底，也不知是不是通到其他地方。那蛊雕也许是顺着山洞逃走了也不一定。你若是担心，待我养几天伤，咱哥俩再去那山洞走一遭，必将那只孽畜杀了不可。"

钟敏言的嘴唇微微一动，似是想说什么，最后还是没说话。

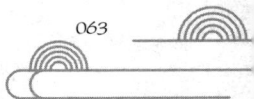

## 第四章 · 珍珠事件

由于簪花大会时间紧迫，不好在路上多做耽搁，褚磊便先自捆着妖魔，御剑送回少阳派。楚影红和东方清奇都带伤，不宜多动，便留在鹿台镇，半月之后再回少阳派观看簪花大会。

褚磊一走，小孩子们顿时觉得轻松不少。这个少阳派的掌门人，从来都是不苟言笑，像一块可怕的石头，有他在，孩子们都不敢放开说笑。留下的楚影红和东方清奇，一个风趣一个幽默，都没什么架子，所以孩子们的胆子也大了不少。

捉妖的事情一解决，便轮到孩子们的秘密行动了——拯救那只被冤枉的鲛人。

先前跟随他们上山的猎户们回来之后，将妖魔已除的消息传了出去。镇上的居民自然是有的信有的不信，之前花了那么多人力物力也没除掉的妖，怎么可能来两三个人就轻松搞定？更何况那尊关着鲛人的琉璃缸还在衙门前面展示着，据说作祟的妖魔中有一只专门躲在水里，必然说的是它了。

猎户们苦于没有证据，争辩数日未果，也懒得说了。

却说璇玑这一觉足足睡了两天，睡到后来，楚影红都急了，以为她又出了什么状况。可是看她的脸色有红有白，请人来把脉也说不是生病，那她为什么还不醒？

就在众人一筹莫展的时候，璇玑终于在第三天中午醒了过来。一直在旁边照料她的楚影红喜得不行，连声问她觉得身体怎么样。

小丫头有些茫然地眨了眨眼睛，眉头忽然一皱，叹道：“红姑姑，我好饿。”

楚影红笑道：“当然会饿！你都睡了三天啦！”她扶着璇玑坐起来，又道，“想吃什么？告诉红姑姑，我叫人给你做。”

“随便什么都可以，只要能填饱肚子。”

璇玑下床穿鞋子，忽然想到什么，问道：“司凤和六师兄呢？对了，红姑姑你们到底有没有捉到那两只妖魔啊？”

楚影红一面替她绾头发，一面道：“早就捉到啦！他们俩在下面吃饭呢，正好你梳洗完了，下去一起吃。”

此时，钟敏言和禹司凤确实在楼下，不过不是吃东西，而是在秘密商讨下午拯救鲛人的计划。本来钟敏言不愿意掺和这事，但被禹司凤一通声调古怪的长篇大论给说动了。

他们虽然以修仙为终生目标，却从来不会忘记行侠仗义。如今鲛人就是落魄的弱者，整个镇子的人只有他们几个知道妖魔的真相，不正是做英雄的大好时机嘛！

说到底，他们还是小孩儿，安分不得，逮着机会就想做一些大事。

"那就，说定了！"禹司凤压低声音，甚至连头都埋了下来，一副"我们在商讨军国大事"的神秘模样，"待会儿，我，先去引开，他们的，注意。你就过去，打碎，那个缸！"

钟敏言连连点头，陪他一起埋着脑袋说英雄伟业："如果有官差过来阻拦，你就放烟幕弹。我带着鲛人离开……对了，别忘了蒙上脸，万一被人认出来，可是个麻烦事！"

"你说得，对！不能被人，认出来！"禹司凤低头在腰间的小皮囊里摸了半天，掏出两块黑布，递给他一张，"你一张，我一张。咱们，吃完饭，就行动！"

"行动什么啊？"后面脆生生响起的问话让两个少年僵了一下。

禹司凤回头勉强笑道："没、没什么……"忽然见到身后的人娇小玲珑，肤泽莹润，不是璇玑是谁？他忍不住惊喜道："你、你醒了呀！"

璇玑点了点头，坐在两人对面："刚才醒的。你们在说什么？"

禹司凤本来就不太想带她一起行动，上回说的那些话都是哄她的。毕竟救鲛人的事情需要有敏捷的身手，这丫头什么都不会，最擅长的就是拖后腿。

于是他想了想，才犹豫着说道："是……唔……是……"

璇玑却一拍手，笑道："你是说去救鲛人吧？什么时候？我也一起去好吗？"

她觉得这事很好玩，居然不想偷懒了。

禹司凤苦着脸，望向钟敏言。谁知他脸色有异，似乎有些紧张，甚至还带着些许恐惧，直勾勾地盯着璇玑。他奇道："你，看什么？"

钟敏言微微一惊，抹了抹脸，轻道："没什么……多一个人多一份力量，带着她也好。"

钟老兄，这不像你一贯的作风呀！禹司凤吃惊地看着他，他却肯定地点了点头："带着吧带着吧。不然留她一个人，说出去给师叔他们知道了，更麻烦。"

禹司凤只好默认了。

璇玑一面笑吟吟地要去拍钟敏言的肩膀，一面说："难得你这么爽快答应……"

话没说完，只见他极恐惧地往后一缩，好像她伸过来的不是手，而是什么怪物的爪子。

璇玑一愣，禹司凤也愣住了。然而反应最大的还是钟敏言，他咳了一声，有些狼狈："我……呃，大概是那天捉妖太紧张了，现在还没恢复……我们吃饭吧！吃完了就行动。"

她手上有什么吗？璇玑忍不住低头看看自己的手，和以前一样，小小的，软软的，没什么区别啊。钟敏言是怎么了？

这时候楚影红点好了菜，坐过来笑道："你们几个小孩儿，好像在商讨什么机密大事

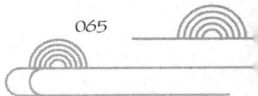

一样。掌门走了，个个都开心得像猴子。"

"咦？爹爹已经走了？"难怪没看到他。璇玑顿时感到一阵莫名的轻松。

楚影红点头："簪花大会更重要，他身为一派之长，相当忙啊。对了，下午我要和东方岛主去先前的那个山洞一趟，蛊雕莫名其妙消失了，一定要查出原因。你们就留在客栈里，别乱跑，别惹麻烦，知道吗？"

天助我等！三个小孩心怀秘密，都强忍着不表现出来，乖乖地点头答应。这下家里彻底没有大人了，鹿台镇还不是他们的天下？

果然，饭后楚影红和东方清奇早早就出门了。

三个小孩在屋里重新部署拯救计划，还为该计划取了个名字：珍珠事件。因为鲛人哭出来的眼泪会变成珍珠。

"计划稍微变一下。我和璇玑躲在琉璃缸不远的地方，司凤你扮成普通路人，趁大家不注意的时候，用你的弹指功把琉璃缸弹碎。这时候大家肯定会惊慌失措，司凤你看准时机，放烟幕弹，我和璇玑就趁乱去把鲛人救走。回头我们在鹿台山脚下那片湖水前会合。"

钟敏言一本正经地计划着，边说还边在纸上画草图。最后三人都把自己该做的事情背个滚瓜烂熟，禹司凤又分给璇玑一块黑布蒙脸。

他自己先试了试，蒙上黑布，回头忽见璇玑盯着自己看，他脸上一红，结巴道："你、你看、看什么！"

璇玑歪着脑袋打量他半天："啊，你什么时候把面具摘下来的？不是说不能摘吗？"

禹司凤脸色一暗："面具，坏了。被妖魔，弄坏的。"他见璇玑亮晶晶的大眼睛还盯在自己脸上，不由得又尴尬又害羞，"你、你怎么、这样看人！中原的，女孩子，真是！"

何况他早就没戴面具了！刚才在楼下她就应该看到了，却一点儿反应都没有，害他忐忑了半天，以为自己长得丑，谁想原来她根本是没注意！天知道这死丫头的眼睛平日里到底在看什么！

璇玑又盯着他看了半天，在他快要恼羞成怒的时候，舒了一口气，笑道："司凤，原来你长得这样好看。我喜欢你这样，以后别戴面具啦！遮住了多可惜！"

此言一出，全场死寂。

禹司凤脸色一阵绿一阵红，这下真的是一个字都憋不出来了。

半响，他吐出一串语调古怪、吐词诡异的话，想必是他家乡那里的方言。他说完起身就走，走到门口，他背对着他们摆手："快、走吧！"

璇玑慢吞吞地跟上去，忽听钟敏言在身后叫了她一声。

"璇玑，你……"他低声说着，话语里有一种说不清道不明的情绪，幽然的，阴郁的。

什么？她好奇地看着他。

"不，没什么。"钟敏言拍了拍她的肩膀，"走吧。这次不要再拖我们后腿了。"

午后的鹿台镇很热闹，大约是因为居民们相信了衙门的公告，妖魔已经被捉住，所以恢复了往日的生机。街边的小杂货摊、杂耍卖艺、小吃等，犹如雨后春笋一般，纷纷冒了出来。

璇玑从这个摊子走到那个摊子，一会儿看看木头玩具，一会儿摸摸各种石头、树根雕刻品，优哉游哉的样子不像是要救人，倒像是来逛街的。

钟敏言在后面拉了拉她的袖子，低声道："喂，先办正事好不好？想逛街以后有的是时间逛。"

璇玑塞了一口蒸糕，含糊不清地说："我知道啊，但你俩看上去好紧张啊，好像要做坏事一样。大家都看着你们呢！"

两人急忙往周围看，果然好多人盯着他们，有的还窃窃私语。

禹司凤脸色都变了，急忙拉着璇玑耳语："那怎么办？他们、他们，是不是，知道，我们要、要做什么？"

璇玑耸了耸肩膀："他们怎么会知道？只要你俩别再鬼头鬼脑的、一副马上要去做坏事的心虚样，当然没人看你们啦！"

她塞了一根糖葫芦给他："喏，吃吧。"

禹司凤迟疑地把糖葫芦塞进嘴里，脸色突然一缓："唔，好吃！"

"真的吗？"钟敏言也拿了一根，"好甜！……不对，好酸！"他苦着脸吐了出来，"哪里好吃啊！"

璇玑和禹司凤哈哈大笑，最后连钟敏言也摸着脑袋呵呵笑了。

"这下不紧张了吧？"璇玑慢条斯理地说，"要做大事，稳重才是关键嘛……这是爹爹常说的。如果紧张，就一定做不好的。"

禹司凤露出向往的神情："褚掌门，说得对。璇玑也，说得对。师父他们，以前，从来没有，和我说过，这些。原来，一个，好的门派，不单是，修仙，还要学，做人的，道理。"

钟敏言每次听到他结结巴巴地说中原话就忍不住要笑他，干脆狠狠地在他背上拍了一巴掌，笑："那你干脆加入咱们少阳派吧！顺便也把中原话好好学学！"

被璇玑这样一弄，他二人再也不如先前那样紧张了。

拐过街角，衙门就在前面了。巨大的琉璃缸还放在那里，围观的人少了许多，但不知为何，周围看守的官差却比上次多了两倍，几乎要把琉璃缸给圈起来。

"官差太多，要尽量避免冲突。"钟敏言躲在暗处仔细观察了一番，"来，璇玑，咱

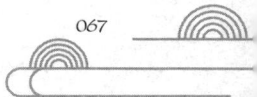

俩先过去。"

他拉着璇玑的袖子，装作普通路人的样子，站在琉璃缸前面踮脚观望。

琉璃缸中的水不比当日清澈，大概是被人扔了太多东西进去，变得浑浊昏黄，水面死气沉沉，没有半点波纹，也不知那只鲛人是不是还活着。

"它……是不是死了呀？"璇玑轻声问道。

钟敏言摇了摇头，正要说话，前面看守的官差便笑道："死不了！小妹妹，你不知道，妖魔没那么容易死的。过两天还要押解上京呢！"

璇玑"哦"了一声，很诚恳地抬头看着他："叔叔，我能靠近一点儿看吗？我还没有见过妖怪呢！"

那官差犹豫了一下："只怕……不好吧。这妖怪丑得很，小妹妹看了会做噩梦的。"

璇玑眉头轻蹙："就看一眼，好不好？"

那官差抵不过漂亮小女孩的哀求，终于还是心软放她进去了。

璇玑走到琉璃缸前面，这是她第二次靠近这只鲛人了。她还记得第一次见到他的时候，他用那双充满智慧的眼睛看着她，眼神里满是哀伤，奇怪的是，这种哀伤是平静的，好像他并不在乎自己被这样对待。

她伸手在琉璃缸上轻轻敲了敲，缸里的水忽然发生变化，似是有什么东西在里面游动。紧跟着，一张苍白的脸显现了出来，紧紧贴在缸壁上。

他好像知道是她来了，也不动，只是静静地看着她。半晌，他唇角一勾，居然给了她一个微笑。

璇玑忍不住"啊"了一声，后面的官差一面急忙把她抱开，一面又道："吓着了吧！这妖魔忒狡猾！"

说完他狠狠地在缸上踢了一脚，那张苍白的脸很快就消失在浑浊的水中。

璇玑惊魂未定，轻声道："他脸上……好多伤！"

官差笑道："早叫你别看啦。好了，乖乖回家吧。"

璇玑恋恋不舍地看了一眼琉璃缸，这才转身走了。钟敏言跟在她后面，两人找了个胡同躲了起来，然后把黑布蒙上。

"你看到他了？"钟敏言问。

璇玑点了点头："他身上好多伤，不过有些不像是被石头砸的。可能有人用铁链捆过他，好像还有鞭子的痕迹……"

"他受过虐待？！"钟敏言有些愤怒了，"这只鲛人也太没用了，如果是妖，怎么能这么轻易被别人虐待！"

璇玑叹了一口气："他看上去很虚弱呀……不说这些了。好像司凤那里要开始了！"

两人屏息躲在墙后观望，不远处禹司凤对他们做了个隐蔽的手势，两人立即会意，把黑布罩在了头上，只留眼前两个窟窿。

禹司凤装作路过的人，驻足在琉璃缸前看了好久，跟着便慢慢退到人潮后面，瞅准了一个空隙，从皮囊里捏出一颗铁弹丸，倾注了真气，无声无息地弹了出去。

众人只听得"嗖"的一响，接着那琉璃缸"啪嚓"一下碎了，浑浊的水倾泻而出。一时间，现场大乱，人们躲的躲，叫的叫，发呆的发呆，连看守的官差也乱了，没头苍蝇似的到处找可疑人物。

禹司凤趁机抢身上前，出手如电，先将紧守在琉璃缸周围的几人点了穴道，跟着把早已准备好的烟幕弹抛在地上。

"噗"的一声，浅紫色的烟雾平地而起，味道辛辣之极。这下人们更是乱成一锅粥，不明所以的官差什么也看不到，只能拼命大叫："看好琉璃缸！看好妖怪！"

就在他们扯直喉咙喊叫的时候，璇玑和钟敏言早已偷偷把躺在地上动弹不得的鲛人抱走了。

待烟雾终于散开，人们揉着满眼的泪水再来寻找时，才发现碎裂的琉璃缸里什么也没有了，只剩缸底大大小小的石头，无声地嘲笑着他们。


鹿台山脚下有一片大湖，据传蛊雕曾躲在里面拖人，所以到现在都没人敢在此逗留。

璇玑二人把鲛人背到湖边，轻轻放在岩石上。钟敏言一路狂奔过来，居然忘了提气，这会儿累得话都说不出来了，只能蹲在地上喘气，断断续续地说："璇玑……你、你先……照顾他……"

璇玑蹲在那鲛人身边，见他浑身是伤，居然没有一块完好的地方，不由得叹道："你……疼不疼？我这里有药，可以给你。"

鲛人只是静静地看着她，仿佛听不懂她的话，连眼睛也不眨一下。

璇玑扯了扯钟敏言的袖子："怎么办，他好像听不懂我的话呀？"

"你……管、管他听不听得懂！该、该敷药敷药、该放生放生！"钟敏言终于躺倒在地上，一句话也不想说了。

璇玑从腰上的皮囊里取出少阳派独门金创药，瞪着他满身的伤痕看了半天，上面又是血又是水，脏兮兮的，有的地方都翻开了皮肉，被水泡得发白。

她赶紧把自己的手绢撕成两半，蘸着湖水替他把伤口洗干净，这才替他上药。好在最近由于捉妖，受伤的人很多，皮囊里还留着剩下的纱布绷带，足够替他包裹结实。

替他上好药，璇玑松了一口气，干脆学钟敏言，坐在草地上，下巴抵着膝盖，呆呆地盯着鲛人看。


这虽然是她第三次近距离观察鲛人，但毕竟前两次他在水里。如今没有水，他看上去

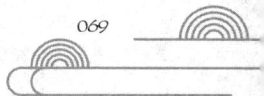

更显苍白颓废。一头水藻一般的长发纠结着垂在胸前背后，和常人的发色不同，鲛人的头发黑得犹如檀木，黑中带紫，在阳光下看来尤为绚丽。

他的眼睛是湖水一般的淡青色，眼眶比常人要狭长，更显目光深邃。挺直的鼻梁下是薄薄的唇，大约是受了太多折磨，唇色苍白，样子很是狼狈。

然而无论怎样看，他都是一个有着独特魅力的"人"。或许不如禹司凤清雅，也不如钟敏言俊朗，但任何人只要见过他一眼，就忘不了他。忘不了那双淡淡忧伤的淡青色眼睛，忘不了他身上独有的那种柔和安宁。

璇玑看着看着就看傻了，隐约觉得他清澈的眼里有了笑意，她猛然一回神，拉着钟敏言的衣服叫："你看你看！他在笑啊！是不是觉得自由了很开心？"

钟敏言撑起脑袋看看他："哪里有笑！你看傻了吧！"

他活动活动筋骨，从草地上一跃而起，左右看了看，道："司凤那小子，怎么还不来！该不会遇到什么麻烦了吧？璇玑，要不你去前面看看？"

璇玑根本没听他说话，她正把蒸糕宝贝兮兮地捧到鲛人面前。

"你饿吗？"她小心地问着，"想吃吗？"

鲛人还是不说话，只淡淡地看着她。璇玑把蒸糕放到嘴边咬了一口，示意这个东西可以吃，然后把那个没咬过的递到他嘴边，充满期待的眼神简直闪闪发亮。

他还是不动，好像木头一样坐在那里。

"他不喜欢吃咱们的东西吧！"钟敏言也被吸引了过来，"他是鲛人，应该吃鲛人的东西。"

璇玑奇道："那鲛人吃什么？"

"呃……"钟敏言很认真地思索一番，"鲛人生活在水里，和鱼差不多……应该是吃小虫子小虾吧！你还不如挖点蚯蚓喂他呢！"

蚯蚓？！璇玑不由得满头黑线，对面的鲛人好像也窘了一下，但还是撑着不说话。

"鲛人，和人类，吃一样的，东西。"禹司凤的声音在后面响起。

钟敏言急忙跳起来："怎么样？有人发现吗？"

禹司凤摇着头走过来，先看了看鲛人，见他身上缠满了绷带，不由得温言问璇玑："是你，做的吗？"

璇玑点了点头："就是不知道人类的金创药对他有没有用了。"

他笑了笑："有用的，放心吧。"

见她手里拿着蒸糕，他又笑："不过，鲛人，不爱吃，这些零食，你就，别费心思，了。"

璇玑"哦"了一声，似乎甚是可惜，只好把蒸糕装好，留着晚上当消夜吃。

钟敏言看了看周围,说道:"怎么办?把他放生在这个湖里吗?会不会被人发现?"

禹司凤蹲在鲛人面前,仿佛看到一个熟悉的朋友一般,抬手替他理好乱糟糟的长发,柔声道:"你别怕。先在这里,住几天。别,让人抓住。一个月,之后,会有人,来接你的。"

那鲛人似乎能听懂他的话,眼睛眨了眨,表示同意。钟敏言不由得大为惊讶:"他能听懂司凤的话呀!咦?难道鲛人听不懂正宗中原腔调,反而喜欢西边方言味的中原话?"

禹司凤无奈地瞪了他一眼,又回头对鲛人说道:"记得,我的话。很快,会有人,来的。"

璇玑问道:"司凤,你怎么知道有人会来接他?"

禹司凤愣了一下,这才淡淡地说道:"我们,离泽宫,有,专门的人,负责处理,这些受伤,和,未成年的,弱妖。不是天下,每个门派,都像,你们少阳,那样,排除异己,的。"

钟敏言听了这话有些光火,但转念一想他说得也确实没错,如果是师父或者师叔他们见到这个鲛人,别说救了,只怕会亲自动手把他抓起来。

他自觉理亏,又不想承认,只好哼了一声,走到旁边不说话了。

璇玑轻声说道:"我不排除异己,我只帮助想帮的人。无论是妖还是人。"

禹司凤默然。过了一会儿,他轻轻在鲛人身上推了一把,道:"你去吧。这瓶丹药,给你,饿了,就吃一颗。对伤口,也有好处。"他把一个紫色陶瓷小瓶子用绳子拴在他腰上。

鲛人深深地看了他一眼,又低头看了看璇玑,忽然抬起头,张开嘴,发出一声清朗的啸声。

那声音简直是他们想象不到的美妙,乍一听,让人浑身鸡皮疙瘩都冒了出来,每个毛孔都在瞬间张开,像被一种舒畅清爽的东西过上了一遍,浑身都松了下来。

他最后看了一眼璇玑,忽然将身体一纵,银色的鱼尾在日光下犹如轻纱,梦幻般地挥了一挥,光华流溢,就这样轻轻巧巧地跳进了湖水里,连水花也没有溅起一滴。

三人怔怔地看着那涟漪越荡越大,鲛人雪白的身影隐没入水,耳边流淌着他的歌声,那样缠缠绵绵,一直飘荡到九天之外去,所有的云彩都在瞬间陶醉了。

不知过了多久,璇玑才从这幻梦一般的歌声里惊醒,再往湖面上看,哪里还有半个人影!

"唔,他……刚才唱的是什么?"钟敏言还有些愣愣的,"真好听啊,我从来没听过这种声音。"

禹司凤淡然道:"他是在,感谢我们。很多人,都说,鲛人,用歌声,迷惑心智。其实,是他们,自己心中,有鬼。对鲛人,来说,声音是,他们,最美的,宝贝。所以,他

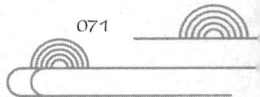

们会把，这个宝贝，献给，恩人。"

璇玑心有余悸地摸了摸胳膊，上面的鸡皮疙瘩还没退。

她呆了半晌，忽然笑道："珍珠事件算不算圆满完成？"

对面二人先是一愣，跟着都笑了，三人极有默契地同时伸出手，一起叫道："完美落幕！我们是英雄！"


我们是英雄！

那天下午，这几个字一直在湖面上飘荡。

三个十几岁的孩子，生平第一次尝到了做英雄的快意。

回到客栈之后，他们还兴奋得脸上泛红。楚影红一个劲儿问他们下午到底做什么了，结果谁也不说话，只是笑。

这是三个人的秘密，从现在开始，一生的友谊的秘密。


楚影红后来和东方清奇又去山洞里找了好几次，都是一无所获。

山洞不像他们想的那样连通了别的地方，走半个时辰也就到头了。他二人找得很仔细，连洞中所有的岔道都查看过，却连一根蛊雕的羽毛也找不到。

只有当初璇玑他们几个藏身的岔道里，地面上有一大摊干涸的黑血，无声无息，看上去那么诡异，仿佛诉说着一个惊天动地的秘密。

东方清奇在附近查找了很久："似乎没有逃走的痕迹。"他说着，一面走到楚影红身边，和她一起蹲在地上静静地看那一摊血迹。

一直不说话的楚影红指着血迹，"发生了什么才能让那只妖魔流这么多的血？"

他想了想："你我一人刺中它一剑，兴许是伤口流出来的。"他自己说完，也摇头，"不，那两个伤口不至于血流成河。"

楚影红出神地看了良久，忽然轻道："会不会……是凭空忽然失踪了？这里的痕迹看起来，就像是一个更大的什么东西把蛊雕给生吃了一样。"

此话一出，两人同时陷入沉默里。

他们都是身经百战的修仙者，见过的妖魔也有成千上万。这只蛊雕虽然不算体型最大的妖，却也能排在最难对付的前十名里。如果世上还有比它更厉害的，甚至能令它毫无反抗之力，被一口吞掉，那——究竟会是什么可怕的东西？


世间众多轮回道，天道为贵，修罗道为煞，饿鬼道最残，地狱道最烈。妖仙人鬼诸多众生，他们没有见识过的确实太多太多，思来想去也不知所以然，但能轻而易举杀妖魔于无形的，六道中唯有天道与修罗。

可是要让他们相信这个小小的山洞里，突然出现一个神仙或者修罗，专门为了杀妖，杀完就消失，那简直比让他们相信母猪能开口说话还要困难。

两人又在山洞里摸索良久，最终叹了一口气，决定放弃。

"回去吧。"东方清奇开口，"咱们在鹿台镇耽误了太多时日，只怕赶不上簪花大会。"

楚影红点了点头，目光却转向他系着木板绷带的胳膊。

知道她的意思，他笑吟吟地把绷带扯了，把木板丢在地上，五指灵活地伸张，忽然摆个架势，往洞壁上一拍。

没有碎石，没有声响，当他的手掌移开时，洞壁上只留下了一道深深的手掌痕迹。他竟是空手在岩石上按出手印，那轻松的模样，就仿佛捏碎一块豆腐似的。

楚影红也禁不住流露出佩服的眼神，笑道："岛主的绵柔掌功力又深厚了。"

东方清奇哈哈笑了几声，用另一只手在受伤的胳膊上敲了两下，道："少阳的金创药果然名不虚传，多亏了它，才能好得这么快。"

楚影红一面随他往洞外走去，一面又道："岛主功力精湛，内息真纯，方能在数日之内痊愈。说起来，本次簪花大会，浮玉岛却不知会派哪位新弟子？"

"惭愧，挑选弟子全由内人决定，在下并不知情。"说起自己的妻子，他阳刚的面上终于露出一丝柔情，平日里略微不羁的神情也变得温和，"不过想来翩翩和玉宁必然少不了的。"

这两人乃是浮玉岛年轻弟子中出类拔萃的人物。浮玉岛功夫与少阳派浑厚古朴的套路不同，讲究绵、柔、轻、巧，更有双剑合璧的功夫，用于男女双修。上次簪花大会上，翩翩和玉宁虽然未能夺魁，但一红一白，红如烈火，白似新雪，双剑合璧的那种风流美妙，委实令在场的所有人记忆犹新。今年的簪花大会，他们也是夺魁呼声最高的人选。

楚影红想起五年前那场美妙绝伦的比试，也露出了微笑："还记得当年小翩翩只有五岁，来咱们少阳峰玩儿，头上扎着大红绸，只追着敏行要苹果吃。如今一晃眼，已经是亭亭玉立的大姑娘了。"

东方清奇忽然露出古怪的神情，咳了两声，才低声道："那是玉宁，楚女侠。"

"呃？"楚影红第一次露出尴尬的神情，"那……翩翩是……？"

"玉宁是女弟子，翩翩是男弟子……"东方清奇也有点儿尴尬，"楚女侠不必介怀，甚至连浮玉岛的同门师兄弟也会弄混。"

谁让他的夫人古灵精怪，非要给一个小男娃取个女孩的名字，搞得翩翩现在听见别人问自己名字就郁闷。二十多岁的大小伙子，成日里被人"翩翩"来"翩翩"去，确实很是个问题。

"呵呵，是我糊涂了……"楚影红赔笑两声，方把一场尴尬化解了去。

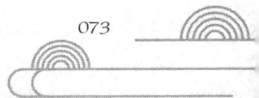

"这次簪花大会，尊夫人也会到场了？"

东方岛主点了点头，笑："上次内子身体不适没能来，这些年一直耿耿于怀。此次必然是要来的，想必这会儿已经带着众弟子到了少阳峰。"

楚影红听他话语里颇有急切的意思，一定是急着赶回去与夫人相聚，不由得柔声道："岛主夫妇伉俪情深，真叫人羡慕。"

东方清奇哈哈大笑："楚女侠与和阳先生何尝不是神仙眷侣！"

楚影红听他提起自己丈夫，心中也不由得一甜。

当年先师挑选继任者的时候，她也是野心勃勃，觉得新掌门舍我其谁。谁想先师叫了她进去，只说了一句："影红，你太聪明了。聪明到令它成为你的弱点。"

她出去之后还茫茫然不知所以，不料三日后先师驾鹤仙去，留下一纸遗书：命褚磊为下任新掌门。

那个时候，她只觉得天崩地裂。生性高傲的她哪里能受这种耻辱？当晚就要召集亲信朋友离开少阳自创门派。

也就是那个时候，师兄和阳来了，与她在少阳峰顶倾心详谈了整整一夜。他那种风轻云淡打动了她。和阳就像天上的云，温和，大度，清雅。如果说这世上还有谁能让她甘心臣服做小的，或许只有他。

第二天从峰顶下来的时候，他们的手是握在一起的。

过了半年，他们成婚了。

这么多年一晃眼就过去了，他们却一点儿也没变，仿佛时光还停留在那个朝阳万丈、光芒四射的清晨，他握着她的手，轻轻跳过拦路的大石。

她也渐渐明白先师的远见，褚磊确实比她更适合做掌门人。

她是一把刀，没有刀鞘的利刃。那种锋利不仅会伤害敌人，也会伤害自己。

和阳就是她的刀鞘，将她满身的尖刺和锐利都柔和地藏了起来。

如果没有他，今日的楚影红会是何等模样？

回忆起这些往事，她不禁又是感慨又是微笑，蛊雕的事也暂时抛到了脑后。

回到客栈，三个小鬼满面得色，不知做了什么好事，一个个神秘兮兮的。

看着他们，好像看到当年的自己。

这些孩子，终有一日也会成人，肩负起光大门派的沉重任务。其间或许会发生误会，甚至决裂。但只要有共同的信念，一定可以一直走下去。

在客栈中休息一晚，第二天众人就启程回少阳峰了。

这次捉妖，花了将近半个月的时间，璇玑还是第一次离家这么久，真有点儿想家了。

不知道玲珑怎么样了，她没能来捉妖，是不是还在生气？

妈妈应该不会再担心了吧，说不定还做了一堆好吃的等她回去呢！

回去之后再也不用住那个可怕的明霞洞了，还有簪花大会的热闹可以看，璇玑忽然觉得日子很美好。

楚影红见她在前面一直偷笑，不由得问道："你呀，从昨天笑到今天了。来告诉红姑姑，到底有什么开心事？"

璇玑把身体靠近她的胸膛，望着脚下流窜而过的云彩，轻声道："什么都开心，我从来都不知道出来玩会这么开心。还有，出来之后想到还能回去，就更开心。"

楚影红哈哈一笑："小丫头想家了呀！这才出来半个月，等你十六岁的时候，要下山历练，那可是出门几年呀！"

璇玑急道："那……我可以不出去吗？或者，出去几个月再回来看看？"

楚影红摇头："璇玑，人总是要长大的，脱离家人的庇护。虽然你是女孩子，但也要学会做个有用的人，不能再像这次一样拖大家后腿了。这不单是对你自己的磨练，也是为了保护你想保护的人，难道你愿意见到自己的亲人为了保护自己而受伤、甚至死去吗？"

璇玑的嘴唇动了动，无话可说。

这次的事情给她的打击确实蛮大的，她以前都生活在自己的世界里，懒得往外看一眼。后来才知道，外面的世界根本不是那么回事。原来她真的什么都不会。

楚影红见她半天没说话，遂也不说话。

有些事说多了反而不好，尤其是她这样的孩子。

隔了半天，小丫头忽然在怀里动了动，像一只温软的小动物，轻轻柔柔地拉住她的手，低声道："红姑姑，我想做个有用的人。不想再拖大家的后腿。"

楚影红心中极是欣喜，反握住她的小手，柔声道："红姑姑会教你很多东西。回到少阳峰之后，就和红姑姑一起学吧。"

璇玑默默点头，半晌，忽然抬头："红姑姑，我想先学踩着剑飞，好不好呀？"

楚影红失笑："好……什么都依你。不过璇玑，这不叫踩着剑飞，叫御剑飞行……"

说着，她有意脚下一重，脚下的剑便犹如蛇行一般在空中扭曲打转起来，忽上忽下，忽左忽右。身边脚下的云雾好像白色的纱，被利剑割开，从她们的头发上擦过去，从手指缝里调皮地钻过去。

璇玑开心得大笑起来。

在笑声中，众人回到了阔别半月之久的少阳峰。


到了少阳峰，楚影红就和东方清奇上峰顶去找掌门人。

算算时日，还有两天簪花大会就要正式开始，各门派的人应该陆陆续续到齐了。这期

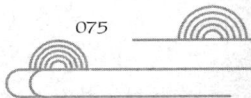

间要忙的事情太多，众人的住宿、比武场的整理、天狗的安置等，都大意不得。

大人们忙正事，小孩子就自己一边玩。

璇玑一下地就急着回家找妈妈和玲珑，钟敏言自然也要去拜见师母。至于禹司凤，他本来想去找师父，却被两人硬拉着走了，说是要介绍玲珑给他认识，从铁三角变成铁四角的好朋友。

无奈拗不过他们，禹司凤只好相随。其实他也不敢那么快找到师父他们，自己的面具坏了，被好多人看到了脸，还不知他们要怎么责骂他呢，能拖一时是一时。

璇玑回到熟悉的院落一面左看右看，一面叫道："娘，玲珑！我回来啦！"

话音刚落，门被人猛地踹开，一个娇小的身影飞快地扑出来，用力粘在她身上，险些把她撞个趔趄。

"璇玑璇玑璇玑！我想死你了！你总算回来了！"玲珑紧紧抱住她的脖子，扯着嗓子喊得震天响。

"玲珑……我喘不过气……耳朵也要聋了……"

璇玑小声的抗议显然没任何效果，玲珑巴在她身上，从头摸到脚，激动得眼泪汪汪，一个劲儿问："危险吗？你没事吧？我担心死了，一直都睡不好！快让我看看胳膊腿是不是好生生的！"

"我没、没事……"璇玑被她折腾得头昏脑涨，玲珑的本事比妖魔可厉害多了。

玲珑又搂着她大喊大叫了半天，这才发现站在璇玑身后两个呆若木鸡的男孩子。

"啊，小六子！"玲珑又开始打了鸡血一样的兴奋，冲过去一把抱住他，也是从头摸到脚，确认他的手脚都还存在。

钟敏言早就知道她的德行，只有苦笑，摸了摸的小脑袋，柔声道："我们都没事，你就别叫了。整个首阳山就听你一个人在吼。"

禹司凤在后面咳了一声，确实！他小声叹气："唉，中原的，女孩子！"

亏那些师兄弟成天向往中原女孩子的温柔腼腆，如果让他们知道璇玑的懒惰、玲珑的泼辣，只怕眼珠子也要掉下来。

玲珑早就看到钟敏言身边这个清秀俊朗的少年了，她耳尖，听到他的嘀咕，不由得柳眉倒竖，喝道："你说什么！中原的女孩子怎么了？！"

禹司凤摸了摸鼻子，很识时务："不，没什么……"

玲珑撇起嘴，学着他的古怪腔调："不，没什么，中原话都说不好，还说什么中原女孩子！喂，你是谁啊？"

禹司凤大感头疼，要躲也不是，要答又不情愿，正郁闷着，钟敏言好心帮他解围了。

"这是离泽宫的弟子，叫禹司凤。我们在半途遇到了离泽宫的副宫主，让司凤过来帮咱们捉妖。他是我们的好朋友，一路上帮了我们好多，玲珑你别这么气冲冲的。"

璇玑急忙点头，她终于找到插嘴的机会了："对啊对啊，玲珑！司凤是好朋友，你会喜欢他的。"

玲珑狠命跺脚，急道："我不喜欢！才不喜欢！讨厌死了，凭什么他能去捉妖，你们都能去，就我要留在家里发呆！讨厌！我都快闷死了！"

璇玑只好一个劲儿劝她。

正闹得不可开交，忽听院门那里传来一个含笑的声音："师妹别闹了，叫师父知道，他又会罚你的。"

玲珑一听褚磊就腿软，只好不甘不愿地揉着眼睛，恨恨道："大师兄就会用爹爹来吓我！"

璇玑急忙回头，来的人果然是杜敏行。半月不见，他气色倒比以前好了许多，一洗先前儒酸书生的味道，出落出一种温雅稳重的气派来。

他见到璇玑，不由得微微一笑，柔声道："璇玑，你们总算回来了。师娘和玲珑师妹成天念着呢。"

璇玑在整个少阳派，除了爹妈和玲珑，最亲的人就是大师兄杜敏行，见他来了赶紧迎上去，不停地叫"大师兄"。

杜敏行疼爱地揉了揉她的脑袋，笑："进去吧，给我们说说捉妖的经历。这位……小兄弟是……？"

禹司凤见他望着自己，再看看璇玑拉着他胳膊的那只手，不知怎么的有点儿反感，当下拱手淡然道："在下，离泽宫，弟子，禹司凤。"

杜敏行微微一笑，并不在意他的冷淡，只劝着几个孩子进屋说。

玲珑一听要说捉妖经历，兴奋得第一个冲进屋子，还回头对他们招手："快进来呀！璇玑，小六子，司凤！我要听你们说捉妖的事情！"这样一高兴，她立马忘了和禹司凤之前的争执，很爽快地接收了这个新的好朋友。


"只见师父袖袍一振——你们道怎么的？原来他放出了那只红鸾！说时迟那时快，红鸾就像一道红色的闪电，嗖的一下就冲向了那只蛊雕！三下两下，红光满天，只见老鸹子的毛下雨一样地往下掉……"

钟敏言说得口沫横飞，简直像在说书。他口才一向很好，不单玲珑听得魂不守舍，连杜敏行都听得津津有味，璇玑更是连连点头，好像她真看到这一幕似的。

只有禹司凤在旁边不冷不热地给他泼凉水："红鸾的毛，掉得更多吧，而且，它后来，被天狗，扑下来，受伤了。"

"我正要说呢！"钟敏言瞪了他一眼，很不乐意他扯后腿的行为，"后来……红鸾到

底修行不足，被天狗咬住了。不过师父和师叔立即行动了！只见千万道剑光乍闪，就好像千万条银龙，齐齐咬向老鸹子的要害……"

"是天狗，而且，不是剑光，是醋罐。"禹司凤很好心地提醒他。

钟敏言继续瞪他："是醋罐！千万只醋罐砸向了天狗的脑袋！"

"两只而已。"

钟敏言跳起来："喂，你什么意思！不带这样扯后腿的！"

禹司凤淡然道："我只不过，说实话。"

"你……"钟敏言好想揍人啊！

"哎呀，好啦好啦！"玲珑等得急死了，连连摆手，"司凤少说两句！让小六子说嘛！我想知道爹爹他们后来是怎么制服那只蛊雕的？没见他们带回来嘛！"

钟敏言掐腰大笑："哈哈哈！你这算是问对人了！他们都没见到，只有我看到了！"

"那快说呀！"

钟敏言清清嗓子，喝了一口茶，才道："那只蛊雕被师父他们重创，逃进了山洞。哎呀，那叫一个惊险啊！你道为何？因为我们几个都在山洞里待着呢！眼看老鸹子飞进来，我立即把璇玑抓在背上，领着司凤掉头往里面跑！"

"是我，背着璇玑。你在发呆。"

不理他，不理他！

他继续说："谁知我们怎么跑，也跑不过老鸹子。眼看它的铁爪要抓下来，我当即把璇玑放进岔道里，回身一招金鹏展翅，一剑把老鸹子的铁爪削断……"

"削断，爪子的，人是我。你差点，被它弄死。"

……

"老鸹子的爪子那叫一个硬，爪子断了，我的剑也断。失去了武器，我看情形不好，立即带着受伤的司凤躲进岔道里。璇玑那丫头最没用，关键时候开始发烧生病，把我们吓死了！幸好后来……！"

他忽然猛地打住，说到精彩的地方断开了。

"后来怎么了？你说呀！"玲珑急得都快冒火了，见钟敏言还在发呆，不由得问禹司凤，"后来到底怎么样了？"

禹司凤摇了摇头："我不知道，我，晕过去了。"

他望向钟敏言，也很想知道后来到底发生了什么事，为什么蛊雕消失了，他们却安然无恙？

钟敏言咬着唇，呆了半天，神色复杂地望向璇玑，她丝毫不知，也在兴奋地等待答案。

他心中一颤，要怎么说，是她杀了蛊雕……不，是吃了它！所以她好得那么快，睡了那么多天……他永远也忘不了当时她那心满意足的笑容，那比一万个噩梦加起来还要可怕。

"后来……后来我也晕了。"他磕磕巴巴地说着，"所以我也不知道发生了什么。应该是师父赶来除了它吧……我醒过来的时候，人已经在客栈了。"

"切——"

大家发出一阵扫兴的嘘声。

钟敏言急道："喂，没看到不是罪过吧！我要是有师父的本领，当然能看到后面！"

玲珑对着他一个劲儿刮脸："不害臊！叫你先前吹牛！没看到就没看到嘛！"

"我……！"他本想争辩，忽又缩了回去，抿着唇再也不说一个字。


众人又说了一会儿闲话，眼看天色暗了下来，杜敏行说道："晚膳时间到了，一起去后山梅亭院吧，师娘刚才说晚上一起在那里用膳。"

说完他看了看禹司凤，又笑："司凤也一起吧。离泽宫还没派人过来，想必明天才能到。"

禹司凤一呆，原来师父他们还没来！他立即松了一口气，点了点头。

玲珑抓着钟敏言的头发，一个劲儿嚷嚷："小六子，你猜娘今天晚上让厨房做了什么好东西来犒赏你们呀？"

钟敏言心情不好，但又不忍让玲珑失望，便勉强笑着猜："是八宝鸭子，还是翡翠鱼船？唔，不会是五彩牛柳吧？"

玲珑刮着他的脸，吃吃地笑，连连摇头，要他再猜。

璇玑灵机一动："是不是桃仁山鸡丁？"

她记得以前一起吃饭的时候，自己和钟敏言都喜欢吃这道菜，往往没两下就吃个精光。娘知道他们的口味，一定会让厨房做的。

玲珑揪了揪她的小辫子："你真是鬼灵精，怎么就让你猜到了！不过今天的菜是娘亲自下厨哦，哼哼，如果有一点儿剩下的，你们知道……"

她瞪着禹司凤，总觉得这中原话说不好的人喜欢和人唱反调。

禹司凤只好低头再摸摸鼻子，告诉自己好男不和女斗。


当下众人一行往后山梅亭走去，路上还遇到了其他师兄弟，一起说笑着谈起捉妖的经历，个个都羡慕钟敏言能有这种机会。

这样说说笑笑，钟敏言的心情终于好了一点儿，兴头一起，又开始说书。

一路说到梅亭院，璇玑最迫不及待，推开门就跑了进去，果然见何丹萍坐在椅子上满脸急色地等他们。

她大叫一声："娘！"

跟着就扑进她怀里，久久都不肯松手。

还是家里好啊！

她暗叹。

何丹萍一见爱女无恙，早已喜形于色，一面将她揽在怀里仔细查看头颈手脚，一面柔声道："早上还和你爹说呢，还不回来。晚上可终于回家了。听说你生了一场病，如今好了没有？"

璇玑一个劲儿点头："早就好了。红姑姑说我睡了三天呢，不过我一点儿感觉都没有。"

何丹萍摸摸她的脑袋，微叹："你这孩子，总让人操心。"

"我这不是没事嘛。"她笑吟吟的，忽然想起什么似的，急忙转身把钟敏言和禹司凤拉过来。

"娘，路上多亏六师兄和司凤照顾我。司凤是离泽宫的人，懂好多东西啊，我很佩服他。"

她夸得禹司凤脸都快红炸了，只好含着带愧给何丹萍行礼："见过，掌门人，夫人。"

何丹萍慈祥地打量着他，柔声道："别客气，谢谢你一路上照顾璇玑。来，都坐下吧。司凤，就像在自己家一样，不用拘束。"

钟敏言撇嘴："他才不会拘束呢，专门和人唱反调。"

禹司凤瞪了他一眼。

何丹萍含笑看着钟敏言，轻道："敏言也长大了许多，不再是以前那个毛头小子了。看来这次捉妖是很好的经验，年轻人还是多出去见识东西才好。"

她还在这边与弟子絮絮叨叨，那边玲珑已经等不及了，连声嚷嚷："娘你就别说那么多啦！快上菜！我们都饿得要死！"

今日爱女无恙归来，何丹萍心情极好，竟然又下厨做了几个小炒，吃得众人舌头都快掉下来了。

而先前被玲珑怀疑会唱反调的禹司凤，吃得比所有人都多，快撑死了。

## 第五章·簪花大会（上）

第二日清晨，何丹萍便去峰顶与丈夫一起置办簪花大会事宜。

一帮小孩睡到日上三竿才起来，吃过早饭便带着禹司凤出去观赏首阳山的风景。

首阳山共有大小七个支峰，最大的便是少阳峰。而曾经幽闭璇玑的明霞洞，则坐落在北面的太阳峰，那里怪石嶙峋，地势险要，寻常人攀爬难若登天。掌管刑罚的枕霞堂也在太阳峰上，由和阳长老执掌。

七峰中，风景最为秀丽的却是小阳峰。它虽不如其他六峰挺拔高耸，却端的是绿意茵茵，景色秀美之极，常有奇珍异兽出没，后山更有灵泉涌现。灵泉周围长满了金黄的昆仑玉枝草果，幽香融融。

楚影红执掌的玉阳堂便坐落在小阳峰上。

其他五峰有清阳、丙阳、季阳、越阳、仲阳，分别由其他五位长老执掌，分管不同的分堂。

六峰六堂紧紧簇拥着最高的少阳峰，门派上下固若金汤，有条不紊。禹司凤逛了一圈下来，也忍不住发自内心的赞叹，总算明白为什么少阳派在五大门派中居于首要位置了。

“师父以前，常说，天时，地利，人和。三者，缺一不可。少阳派，三样都有，难怪，名贯天下。”

他磕磕巴巴地说着，一旁的玲珑没事就冲着他笑，笑他古怪的口音。

璇玑把玲珑拉回来，省得她把禹司凤笑得恼羞成怒。

“玲珑别笑啦，司凤他不是中原人，能这样说话已经很了不起了。咱们连半句西边的方言也听不懂呢。”

璇玑望向禹司凤，笑问：“司凤，离泽宫是什么样子的？好玩吗？”

一提到自己的门派，禹司凤不由自主地挺起了胸膛。

“离泽宫，是建在，大海旁的。”他说，“虽然，不像少阳，那么多，分堂。但宫里，上下齐心，如同，一家人。宫前朝海，建了一支，巨大的，白玉阙。我和师兄弟，经常，爬上去，看海。有时候，还会下海，捉一些，稀奇古怪的鱼虾，打牙祭。”

他满面向往的神情，似是想起什么美好的回忆，唇角微扬。

玲珑拍手笑道：“听起来好好玩啊！司凤，下次我和璇玑去你们离泽宫玩好不好？你捉新鲜的鱼虾，我们一起打牙祭！哦，还要带上小六子！”

禹司凤神色微妙地一变，摇头：“不可。离泽宫，从来不许，女子入内。”

玲珑不服气地噘嘴：“好奇怪的规矩！我就不信离泽宫没有女弟子！”

后面的杜敏行插嘴道："离泽宫确实不收女弟子，而且听说规矩极严，普通弟子不得随意与外界女子接触。想来宫主是个严谨守礼的君子。真叫人钦佩。"

"什么啊！"玲珑就是不服气，"什么君子，根本就是看不起女人嘛！我就不信他们不结婚不生孩子！"

"确实，进了，离泽宫，就等于，一生不得，嫁娶。"禹司凤淡淡的话语，让在场的众人都愣住了。

钟敏言忍不住急道："喂，司凤！难道你也……？"

他默默点头，下意识往璇玑那里看了一眼，她却专注地看着手上把玩的昆仑玉枝草果，好像根本没有在听。他心中一黯，竟觉得酸楚。

钟敏言夸张地叫起来："难怪你们每个人都要戴面具！是为了这个原因？如果让人看到真容，是不是要被责罚？不会吧？难道第一个看到的人要嫁给你？天啊，我……那我……"

他吓得脸都黄了。他可是第一个看到司凤真容的人！两个男人怎么成亲？！

禹司凤狠狠瞪了他一眼："没有，这种规矩！只不过……"

只不过，他失去了再戴面具的资格而已。可是他不愿让他们知道，不想让他们为自己担心。

他摇了摇头，笑道："第一个，看到我，容貌的人。会是我，一辈子的，兄弟。"

钟敏言动容，紧紧握住他的手："好！司凤，我们是一辈子的好朋友、好兄弟！"

璇玑弱弱地扯了扯禹司凤的袖子，指着自己的脸，小声问："那我呢？我呢？"

玲珑笑吟吟地扑上去："对呀！还有我！我们都看到了哟！"

钟敏言哈哈大笑："那还不简单！我们四个都是一辈子的好朋友，好……兄弟姐妹！"

众人笑了一阵，杜敏行早在灵泉附近搭好了火堆，正在上面烤着几条鱼，回头招呼他们："笑够了就来吃东西吧！叽叽呱呱喊了一路，也不嫌口干。"

他们一起跑过去，见架子上只烤着三条小鱼，钟敏言道："这么点东西怎么够啊？大师兄，好歹也多抓两条嘛！"

杜敏行笑道："方才叫你们抓鱼，都偷懒在那边玩，现在吃的时候却嫌少。自己去抓吧！"

玲珑神气地拍拍挂在腰上的断金，皱起鼻子："瞧我们抓来山鸡野兔给你看！小六子，咱们走！"

猎兔子山鸡用断金宝剑？禹司凤无言地摇了摇头，拍拍她的肩膀："等等，我先，做一个，东西。"

众目睽睽之下，他先从树上掰下一段树枝，用手试了试韧度，跟着从小皮囊里掏出几根粗粗的牛筋，牢牢地系在上面。跟着抓起一把小石头，一装，一拉，对准一棵树，手一松。

只听"嗖"的一声，对面的树上立即破了个洞，树皮碎开，露出里面雪白的树干。

玲珑不由得张大了嘴，半天合不上。

禹司凤把自己做好的弹弓递给她，笑道："用这个，更方便。"

玲珑接过来，翻过来掉过去看了半天，才抬头对他甜甜一笑，柔声道："司凤你真的懂好多东西呀！谢谢。"

他只是微微一笑，并不在意。自己又掰了几截树枝，用匕首削好形状，一人分了一把，一起兴冲冲地去林子打山鸡野兔了。


"眼珠子要掉下来了！"钟敏言见玲珑一反常态，跟屁虫似的跟在禹司凤后面，眼睛不离他的脸，心中不由得一阵窝火，"不就是做了把弹弓嘛！我也会！"

玲珑白了他一眼："快打兔子去吧！废话那么多！"

说完她贼忒兮兮地跑到璇玑身边，拉着她说悄悄话。

"喂，那个禹司凤……人蛮不错的。"

璇玑一面努力把石子对准牛筋，一面答道："是呀，司凤是很好的人。"

"你也喜欢他？"玲珑挑眉。

"喜欢呀！"

璇玑说了一声，等了半天，玲珑却没声音了。抬头一看，她肩膀挎着，一脸郁闷。

"你怎么了？"她奇怪。

玲珑跺了跺脚，噘嘴道："算啦，才不和你这丫头抢！让给你就是了！"说完就想跑，璇玑急忙抓住她："你在说什么？我怎么听不懂，什么让不让？"

玲珑红着脸，忸怩半天："就是……你不是喜欢他么……我让给你……"

璇玑茫然地瞪圆了眼睛："我喜欢他，为什么你要让？我也喜欢你和六师兄呀！你怎么把自己让给我……好奇怪……"

玲珑面上登时恢复了神采，咯咯笑着去揉她的脑袋："你真是个小丫头！娘说得没错，你是个永远长不大的小孩儿！好啦，不说这个，咱们打兔子去！"

她拉着璇玑朝禹司凤那里跑，直接把钟敏言丢在脑后，气得他一把丢了弹弓，转身回去和大师兄一起坐着，不和他们胡闹了。

"怎么了？"杜敏行见他神色郁郁，以为打兔子不顺利。

"没事！反正我是不受欢迎的！"他一面冷冰冰地说着，一面使劲往火堆里加树枝。

杜敏行在这方面也是不甚精通，只当几个人闹了口角，没当一回事，当下分给他一条鱼，两人便吃了起来。

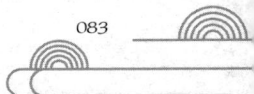

璇玑陪玲珑和禹司凤逮了一会儿兔子，回头忽见钟敏言不见了，不由得奇道："呃，六师兄呢？"

玲珑是小丫头爱俏心性，这会儿突然对禹司凤好感大增，哪里还管钟敏言，只顾追在禹司凤后面，看他拉弹弓打兔子，那模样真是帅呆了。

璇玑问了两声，都没人回答她，对面的玲珑还和禹司凤讨论弹弓要怎么拿才打得准。她只好左右看看，却见远远地，钟敏言和大师兄一起坐在灵泉前，不知说着什么。

她本来就懒得打兔子，干脆把弹弓塞给玲珑，自己跑过去一起偷懒了。

"咦，璇玑怎么也出来了？不打猎了吗？"杜敏行见她从林子里出来，更是奇怪。这四个孩子刚才不是还好好的吗？

璇玑坐到他身边，随手拿起最后一根烤鱼，咬一口，烫得直嘶气："我……不会打，也不好玩。"

杜敏行知道她一贯的德行，便笑道："慢点吃，不够的话，我再抓两条鱼去。"

这边钟敏言已经吃完了一条鱼，他正生着闷气，一听要抓鱼，便撸着袖子自告奋勇："我来抓！"他正没事分散注意力呢。

说着他就跳进了潭里，水面上咕嘟咕嘟升起一串大气泡，半天了都没动静。

璇玑急忙凑到水潭边，等了良久，还是没动静，她不由得急道："六师兄？六师兄！"叫了好几声，还是没人理她，她登时变色，回头拉住杜敏行的衣服，"大师兄！他怎么不出来？！"

杜敏行摸了摸她的头，安抚地说道："没事，敏言精通水性，别担心。"

璇玑盯着潭中央看，不知又等了多久，他还是不出来，这下连杜敏行都有点儿担心了，正要脱了外衣下水找他，忽听水面上"哗啦"一声，钟敏言湿淋淋地冒出一颗脑袋，咧着嘴对他们笑。

"看！我捉到一条肥鱼！"他把胳膊举高，手里果然牢牢地抓着一条活蹦乱跳的鱼，足有两尺多长，确实蛮肥的。

璇玑凑过去："六师兄上来吧，我拉你。"

钟敏言头发衣裳尽湿，大滴的水珠顺着他俊朗的轮廓往下滑落。日光下，竟让她觉得炫目，不禁微微眯起眼。他随手抹了一把脸，对她微微一笑，抬手把鱼轻轻抛到她脚下。

"接住，小丫头。师兄给你抓的鱼。"

他一个猛子又扎进潭里，继续抓鱼去了。

璇玑怔怔地看着在脚下扑腾的肥鱼，半天说不出一个字。她脸上火辣辣的，被日光晒得滚烫。她极轻极缓地在面上摸了一下，仿佛是触到什么刺手的东西，猛然缩回来。最后，她抿了抿唇，把手塞回袖子里。

杜敏行把那条鱼去了鱼鳞内脏，正架在火上烤，忽听树林里传来一阵争执的声音，原来是玲珑和禹司凤两手空空地回来了。

"还男子汉大丈夫呢！都不肯让女孩子！就让我来打有什么不行嘛！"玲珑一面埋怨一面走过来，狠狠往璇玑身边一坐。

禹司凤皱眉："你什么都，不会，怎么，让你打？"

"那你可以教我呀！从头到尾都凶巴巴的，先前还以为你是好人呢！"玲珑瞪他一眼，满脸梦想幻灭的模样。

禹司凤干脆不说话了。他还真不知怎么应付这位大小姐，和她一起简直头疼得很。刚才也是，一晃眼璇玑和钟敏言都不见了，就剩他一人面对这女魔头，他郁闷得要命。

回头见璇玑一个人坐那边对着火上烤的肥鱼发呆，他便凑过去，问她："怎么，一个人，跑回来了？"

璇玑这才回神，笑了笑："我不会打猎，也懒得动。你和玲珑不是玩得蛮开心吗？"

"开心个鬼……"他咕哝一声。

"没抓到，山鸡野兔，可惜。这条鱼，是你们，抓的吗？"他用手指在上面飞快地摸了一下，熟练地翻个面继续烤。

璇玑点头："是六师兄抓的，他说……"

他说这鱼是给她抓的。

她忽然觉得蛮开心的，想笑，可又觉得傻。

"你怎么，总叫他，师兄，太生分了。"禹司凤取出盐巴，敲碎了细细地撒在鱼身上。

璇玑默然。她当然也想像玲珑一样，直接叫他的名字，甚至开玩笑地叫"小六子"。不过估计她刚说出来，钟敏言就会发脾气，然后不理她了。

她知道玲珑是不同的，所有人都喜欢她。她却不同。


"小六子呢？"玲珑发了半天脾气，终于想起钟敏言了，左右看了半天。

"他在潭里抓鱼呢！方才气呼呼地回来的。"

杜敏行这时才把自己那条鱼慢条斯理地吃完。

"他有什么好气的，应该生气的是我才对！"玲珑白了禹司凤一眼，起身跑到潭边，放开喉咙喊，"小六子！小六子！快上来啦！"

话音刚落，钟敏言就抓着两条鱼出来了，抬头似笑非笑地看着她，半天，才慢悠悠地说道："你终于想到我了，怎么，有事？"

玲珑跺脚："你说什么废话！快上来！鱼都快烤焦了！"

钟敏言把鱼丢给杜敏行；一提气就上了岸，浑身上下湿淋淋的，一个劲儿往下滴水。

他也不在意，抹了一把脸，又把衣角拧干，这才坐下来，和禹司凤一起分那条大鱼。

"你刚才怎么不声不响就跑了？"玲珑替他把头发散开，随意用手整理。

钟敏言没说话，玲珑却一拍手，笑道："啊，你一定是猜到我们打不中野兔山鸡，所以回来抓鱼，对不对？还是小六子聪明！"

钟敏言不冷不热地笑了一声："是啊，抓鱼就是为了伺候你这大小姐！"

他一面把鱼肚子上的肉割了一大块，递到她碗里，一面又道："真是拿你没办法，喏！趁热吃！"

玲珑笑眯眯地抓着他湿漉漉的袖子甩啊甩："就知道小六子最好！最聪明最体贴！"

钟敏言被她一笑，哪里还有脾气，当真是心花怒放。

忽然见到璇玑还呆呆地坐在那里，也不动，他便割下另一面的鱼肚子，递给她："快吃呀，傻子。鱼冷了可是有腥味的。"

璇玑勉强一笑，小声道："谢谢……六师兄。"


虽然没有山鸡野兔，钟敏言抓上来的鱼却也够他们吃个饱。

众人正一面吃一面说笑，忽听后面传来一阵说话声，似是有什么人正往这里过来。

他们一齐回头，却见楚影红领着几个玉阳堂中弟子，身后跟着五六个穿青袍戴面具的男子，正一面说笑一面走过来。

"人说首阳山最秀丽的地方是小阳峰，如今有幸一见，果真名不虚传，当真是钟灵毓秀，世外仙境。"

打头的那人含笑说道，语速虽然与常人无异，口音却很古怪，有点儿像禹司凤。

楚影红笑道："宫主太客气，离泽宫连绵数里，雄伟壮丽，见者无不惊叹，那才是真正的鬼斧神工。"

她刚说完，一抬头，却见前面大大小小几个孩子，吃得满面油光，一个个呆呆地和她大眼瞪小眼。

她也是一愣，奇道："璇玑，玲珑，敏言……你们怎么会在这里？"

玲珑最机灵，抢着说道："我们带司凤看小阳峰的景色，他第一次来少阳派，我们当然要尽地主之谊。"

她刚说完，却听那个当头戴面具的青袍男子笑道："多谢诸位热情款待小徒，他涉世未深，不会说话，得罪之处，还请莫怪。"

咦？小徒？

众人的目光齐刷刷地扫向禹司凤。

他脸色苍白，慢慢起身，走过去，屈膝一跪，沉声道："弟子，禹司凤，参见师父。"

那青袍男子尚未开口，身后另一个身量瘦小些的青袍者忽然上前两步，指着禹司凤的鼻尖，厉声道："你的面具呢？！"

禹司凤被他这样森然一喝，心中更是一颤，到了嘴边的话，竟说不出来。

那人冷道："禹司凤，你可知这是犯了离泽宫大忌？我且问你，离泽宫十三戒，你是不是根本不放在眼里？"

禹司凤扑倒在地，颤声道："弟子知错！甘愿受罚！"

那人便道："也罢。待回到离泽宫，再由宫主定夺！"

话未说完，青袍男子却淡然道："莫急。司凤，我问你，面具怎么会掉的？"

禹司凤心中惶恐之极，当下低声道："弟子……奉副宫主，之命，协助，褚掌门，五人，捉妖。与妖魔，互斗时，不慎，面具被毁。弟子、学艺不精，求师尊，责罚！"

青袍男子"哦"了一声，忽然抬头，众人只觉他面上虽然戴着面具，却是目光如电，从每个人脸上扫过去，竟令人心中生畏。

他缓缓开口道："面具被毁之后，你并未做任何补救措施，却让更多人见到了你的真容，是么？"

禹司凤浑身都在发抖，沉默半晌，终于慢慢点头。

方才厉声斥责他的青袍客忽然低声对那青袍男子说道："宫主，虽然他犯戒并非出于自愿，但究其根本依旧是罔视戒律，放任自流。"

宫主点了点头。一时间场上无人说话，也不知禹司凤到底会受怎样的责罚。

谁知身后忽然站出来一个小小的身影，朗声道："司凤他是为了救我们，才犯了律条的。当时情况危急，他也是出于无奈，你们不要责罚他！"

众人一齐回头，却见璇玑面不改色地站在禹司凤身后，一双明澈的眼睛静静地望着宫主狰狞的面具，既不害怕，也不紧张。

玲珑见她不声不响地站出来帮禹司凤说话，又见对面那些离泽宫的人形容诡异，心中不由得发慌，急忙悄悄拉了她一把，示意她不要乱说。

璇玑却淡然道："司凤救了我和六师兄的性命，算来是我们的恩人。怎么能让恩人因为这个受罚？六师兄，你说对不对？"

钟敏言本来就犹豫着要不要上去为禹司凤辩解两句，毕竟师叔在这里，他不敢放肆，这会儿见璇玑当头出来了，又提到自己，哪里还按捺得住，他急忙点头，大声道："是啊！司凤是我们的恩人，更是我们的好朋友！他说了，第一个看到他真容的人就是一辈子的好兄弟。既然是好兄弟，我们就不能看他平白无故被罚！求宫主三思！"

宫主笑了笑，温言道："司凤，你是这样告诉他们的？"

禹司凤沉默片刻，点了点头。

那宫主于是说道："小徒的玩笑话，让二位当真了。此乃离泽宫家务事，本宫不愿多说。多谢二位对小徒的情谊……司凤，起来，回宫再说。"

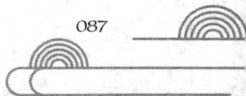

禹司凤立即起身，默默走到青袍面具的队伍里，再也没有把头抬起来。

宫主对楚影红拱手，歉道："让诸位见笑了。事不宜迟，我们这便去拜见褚掌门吧。"

楚影红的嘴唇微微一碰，终于把求情的话吞了回去，展颜笑道："弟子们出言无状，得罪莫怪。宫主请。"

当下众人又往少阳峰顶行去。

"宫主！"有人在后面清脆地叫了一声，"我不明白，究竟是人命重要，还是面具重要。对与错，总是要说个清楚的。与面具比起来，难道放任别人的安危不管，就不算做错了吗？"

宫主听了这句话，忽又停下，回头去看。

果然又是璇玑，直直站在场中，毫不畏惧地看着他。

他若有所思，与她对视片刻，只觉她目光澄澈，只是里面似乎……

"对与错，本就难以断定。"他淡淡地道，"褚小姐年纪尚幼，只怕不明白其中缘故。倘若世间所有的事都可以轻易划分对错，又何来许多争执？"

璇玑摇头："对宫主来说，司凤擅自让我们看到了真颜是错。对我们来说，司凤却是朋友和恩人。就算对错难以划分，总有轻重之分，他救了两条命，还抵不上一条戒律吗？"

"离泽宫的戒律岂由你擅自界定？！"后面尖嗓子的青袍客又吼了起来，还没说完，立即被宫主挥手截断。

"褚小姐重情重义，不愧是褚掌门的女儿。"宫主慢悠悠地说着，"但此事为离泽宫家务问题，外人不便插手。"

楚影红只怕闹得难看，急忙沉声道："璇玑，此事与你无关，莫要乱说！"

璇玑淡然道："离泽宫戒律确实与我无关，但好朋友的事就与我有关。你们人多，我自然不能做什么，总之对与错我心中有数。偌大的离泽宫，居然不让人说实话么？"

"你……！"冲动的青袍客又要吼，终于硬生生地憋回去，转头不看她。

"璇玑，不要说了！"杜敏行面色凝重地把她拉到身后，对宫主抱拳行礼，"小师妹年轻气盛，得罪了宫主，还求宫主莫要放在心上。"

那宫主居然大笑起来，拍手道："好！好！果然是虎父无犬女！楚堂主，少阳派当真后生可畏，让人羡慕啊！"

众人听他话语里并无任何嘲讽恼火的意味，终于松了一口气，好在这个宫主心胸宽大，否则驳了离泽宫的面子，两边都不好看。

"司凤。"宫主忽然唤他名字。

禹司凤急忙垂头出列，跪在地上道："弟子在。"

"你确实与褚小姐、钟少侠成了好朋友？"

他问得奇怪，却让禹司凤一凛。他犹豫半晌，终于说道："是！弟子生平，从未，知晓，朋友，是何物，见到他们，才明白，什么叫，情投意合。"

宫主沉吟半晌，忽然说道："既然如此，那第十三戒从此与你无关。今日本宫令你们心满意足……"

他在禹司凤、璇玑、钟敏言三人身上均凝视片刻，目光灼灼，叫人心底发颤。

"他日便无反悔余地。"

禹司凤浑身战栗，手指在地上用力一抓，竟抓出五道深深的痕迹。他额上汗水淋漓，不知是因为敬畏还是什么别的原因。

不知过了多久，他忽然抬起头，深深地望了一眼宫主，紧跟着便垂下头，低声道："弟子遵命。"

宫主点了点头，袖袍轻轻一挥，将他稳稳地托起来，转身离去。

"褚小姐，世间万事并无绝对的青红皂白。你性情直率，将来难免遭遇挫折。还望你将来不要事事追究对错。须知千万人便有千万对错……言尽于此，谨慎谨慎。"

说罢，众人终于走远了，只剩几个孩子怔怔地站在原地，不解他方才说的究竟是何意。


"璇玑……"玲珑心有余悸地抓住她的手，埋怨道，"你胆子真是太大了！怎么能和那个面具怪人争辩那么多！他还是离泽宫宫主呢！若是让爹爹知道，真是不要命了！"

璇玑垂下眼睫，小声问："我……刚才说错了？可，明明是他们没理。"

杜敏行看她一眼，摇了摇头："宫主最后不是说了，世上并无绝对的对错。你何必还争？"

"黑与白从来势不两立，世上又怎会没有绝对的对错。对就是对，错就是错。"

杜敏行心中一凛，忍不住深深地看着她黑白分明的大眼睛。

璇玑天资聪颖，只是性格乖张，认定了自己的道理，旁人怎么说都没用。

他知道，这样的性子其实很危险。只是一来她年纪小，二来她生性懒惰，让人只顾着恼火她的漫不经心，很容易忽略她这种近乎偏执的想法。

她年纪还这样小，与人争论的时候已经是有条不紊、不卑不亢，眉宇间自有一股狂傲煞气，还不知稍长一些之后会变成何等模样。

他犹豫了一会儿，才道："对错永远只在人心。璇玑，你不是别人，怎知别人心里的对错呢？怎能把自己的想法强加在别人身上呢？"

璇玑愣了一下，接着漫不经心地一笑："那别人也莫要将对错强加在我身上。"

杜敏行一时语塞。

危险，她很危险。再这样下去，一旦遭遇无法挽回的挫折，那便是成魔之兆。

杜敏行叹了一口气，正要好好教导她一番，却听玲珑在前面笑道："好啦好啦！反正司凤也不用受罚了，宫主也没怪璇玑，簪花大会照样开始，你们还苦着脸干吗啊！快，把鱼吃完，回头去房里换新衣服，娘给咱们定做了好几套衣服呐！"

说完拉着璇玑和钟敏言就跑，一面还回头叫他："大师兄，你再不过来，我们可要把鱼都吃光了哟！一片鱼鳞都不留给你！"

杜敏行抬头一看，璇玑在玲珑的叽叽呱呱之下，笑得天真无比，整张小脸仿佛玉雕出来一般，分明只是个单纯的孩子。

他在心中微叹一声，只盼是自己想多了。

"你还好意思说，鱼都是我和敏言抓上来的。"

他笑着，走了过去。


第二日，万人瞩目的簪花大会终于正式拉开帷幕。

据传，簪花大会原身本是少阳派七峰的自家比试。千年之前少阳派并不像今天一样七峰如一家，而是各自划分地盘，形如散沙。

少阳派一直传到五百年前贲阳掌门一代，终于七峰同气连枝，合力抵抗外敌——南山轩辕派。彼时轩辕派势力如日中天，以南山为中心，四面拓展，吞没了大大小小几十个修仙门派。

而他们不可抵挡的势头终于在少阳门前吃了大亏。

兴许谁也没想到，自身岌岌可危、内斗不断的少阳派，在关键时刻竟能团结一致，固若金汤。

轩辕派自然是未能得偿所愿，少阳派也损失惨重，双方都是元气大伤。也是从那时开始，轩辕与少阳的龃龉就此落下，直到今天也未曾冰释。

双方陷入冷战阶段。

贲阳掌门雄才伟略，为了恢复少阳派往日的声威，干脆宣告天下，从此少阳七峰之争不再闭关，邀请天下修仙者一同挑战，胜者可向少阳提一个力所能及的要求。

他还邀请了点睛谷数位德高望重的长老前来评判比武胜负。

渐渐地，七峰比武的名声传了出去，闻者都兴致勃勃前来挑战。五年一次的比武，少阳始终胜多败少，而七峰的比试，也成了天下诸多大派比武交流的时机。

少阳自此重振声威，上下团结一致，七峰合一，再无任何争执。而原先的比武，更名为"簪花大会"，演变成今日的五大派年轻精英弟子比试，胜者可在胸前簪一朵牡丹花的模式。

轩辕派却从那次攻打少阳之后一蹶不振，再也没有扩大过版图势力。


至今簪花大会已经举办过上百次，胜者各派都有，尤其以近两年发展迅猛的浮玉岛和离泽宫为首。

上次的大会胜者出自浮玉岛，所以本次浮玉岛弟子可以免去首轮比试，直接进入第二试。

此时少阳峰顶演武场已经整理干净，七个巨大的擂台周围都挂满了各色绸缎，随风飘飘洒洒，甚是壮观。

五大派掌门人分别坐在场外太师椅上，时不时低声交谈两句。别人倒还好，只有轩辕派掌门人一声不吭，鼻孔朝天谁也不看。褚磊知道他们一贯的德行，也不去搭理，只与其他三派的掌门含笑交谈。

擂台下一圈空白之地，站满了本次参加大会的年轻弟子。其他派倒还算寻常，只有离泽宫，清一色的青袍面具，引得诸多未见过世面的少年弟子们纷纷观望。

再外一圈的空地，便是观战弟子与外人的所在了。由于少阳派敏字辈的弟子都还没到参赛年龄，所以他们也只能作为观战者，和其他各派观战弟子一起，努力伸长了脖子往里面看。时不时还传出说笑声。

"喂，快看那个穿粉色裙子的女孩子！是点睛谷的吧？难得，点睛谷也会出美人啊！"

"呸，狗嘴吐不出象牙！你就知道看哪个女的漂亮！"

"你还不是也在看？哦……你不看美人，你看美男……"

"去死！小心让掌门听见，割你舌头！"

……

璇玑听身后许多人都在议论究竟哪个女的漂亮些，哪个男的俊秀些，不由得抬头问杜敏行："大师兄，你觉得谁好看呀？"

杜敏行苦笑一声："你别和那些无聊的人学。咱们修仙者，容貌是排在最次的。你还不如问我觉得谁最厉害呢。"

"那大师兄觉得谁最厉害？"钟敏言耳朵尖，听见他们说话，立即凑热闹。

"唔……"杜敏行沉吟了一会儿，忍不住望向内场一红一白两个身影，又道，"上次浮玉岛的翩翩和玉宁，双剑合璧的功夫委实惊人。只不过当时年纪还小，气力不足，所以输给了同门的师兄。我觉得这次他们两个获胜希望很大。"

"哪里哪里？什么翩翩玉宁？我也要看！"玲珑手里抱着一大堆零食，狠命地挤进来，刚好听见杜敏行说的话，她立即来了兴趣。

钟敏言一把从她手里抢了一包五香牛肉，一面笑着躲开玲珑的花拳绣腿，一面道："喏，就是浮玉岛弟子中最显眼的两个啦，一红一白，男的俊女的俏。他俩的双剑合璧，当真又厉害又好看。只不过今天第一试没有浮玉岛的人，要到明天才能看到他们呢！"

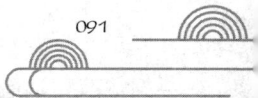

玲珑趴在栏杆上，眯眼望了好久，最后一撇嘴："也没什么好看的。要说好看呀，谁也比不上浮玉岛的那位夫人。"

璇玑奇道："什么夫人？"

钟敏言递给她一包蚕豆，又道："那年叫你一起去浮玉岛玩，你偷懒不肯去，当然不知道。夫人就是东方夫人，东方岛主的妻子。不过她叫什么名字、从什么地方来，没人知道。不过她的美真是艳冠天下，那回我和玲珑回来，一直念念不忘呢。东方岛主有这么个美女做老婆，真有福气。"

璇玑听他说得这样好，忍不住开始向往，也学玲珑趴在栏杆上，一面伸长脖子看，一面又问："那这次大会岛主夫人来了吗？在哪儿？"

钟敏言指着掌门人坐的那块地方："就在东方岛主身边。啊，她这次头上蒙了纱……也对，她这种美女，如果不把脸遮起来，是要造成恐慌的。"

璇玑极目望过去，果然见东方清奇身边坐着一个头戴白纱的窈窕女子。

她穿着浅紫色的外衫，长裙委地，一头黑绸般的长发垂在肩下。也不见她有露出脸或者做什么动作，但单这样一看，便觉移不开目光，心中暖洋洋痒丝丝，巴不得多看她几眼。

玲珑在她耳边轻道："看呆啦？唉，只戴着纱你就看呆了，也不枉上次我和小六子目瞪口呆，差点在吃饭的时候把人家的碗碟给砸了。"

璇玑这会儿只盼来一阵风，好把她的面纱吹开，看看到底是什么模样。

正看得发呆，忽见内场一人走了过去，白袍长靴，宽肩细腰，是个年轻男子。他走到掌门人的那块地方，拱手说了两句什么，转身正要走，那东方夫人却忽然对他招手，似是要他过去。

那人似乎犹豫了一下，却抵不得她一直招手，终于还是过去站在她身边，动也不动了。

"那人是谁？"璇玑看得累了，转头塞了一把五香豆到嘴里嘎嘣嘎嘣咬，和玲珑咬耳朵说话。

"是浮玉岛的一个大管事，上次去岛上见过他，长得还不错咧！就是脸上有道疤，有点儿吓人。他不是浮玉岛的弟子，不会武功的，平时替浮玉岛打理日常生活，听说很能干呢！"

玲珑说到兴头上，干脆把自己从各处听来的关于"江湖名人"的小道消息都倒了出来。

"看到那个没有？穿黑衣服镶白边，那个人是点睛谷的弟子，上次簪花大会打不过翩翩和玉宁，当场痛哭流涕呢！"

"啊，还有那个！轩辕派的混账，上次比武打不过咱们，就放暗器。结果被爹爹当场抓住，他还嘴硬咧！没想到今年还能来参赛。轩辕派果然没一个好东西！"

玲珑恶狠狠地说道，咬牙切齿。

话音刚落，却听演武场四周鼓声雷动，犹如千万层浪潮扑面而来，一阵阵一浪浪，几乎要把人的心都从胸中震出来。

群情立即激昂起来，因为大家都知道，簪花大会正式开始了。

鼓声过后，众人还在纷纷喊着自家门派必胜的口号。一时间场内喧哗声大作，说什么也停不下来。

褚磊缓缓起身上台，右手微微一挥，只这一个动作，便让场内的声音猛然停止，静得连一根针掉地上都清晰可闻。

璇玑知道他又要说一些场面话，大人们不管做什么事情之前，都喜欢说场面话的。

她不爱听这些，干脆拉着玲珑听她说更多的小道消息。

"听说点睛谷的容谷主，年轻的时候是富家子弟，娶了三妻四妾呢！结果他人到中年忽然想修仙，就毅然抛妻弃子，来到了点睛谷。他的三个妻妾带着孩子追了过来，结果他居然狠心一个都不见。男人呀……啧啧！"

玲珑说得摇头摆尾，好像她真看到了一样。

璇玑忍不住问："那后来呢？他始终不见她们吗？"

杜敏行一只耳朵听师父说场面话，一只耳朵听她们说小道消息，听到这里，他便低声道："最后他见了。后来其中两个妻妾居然被他说动，甘愿留在点睛谷一起修炼成仙。剩下的那个……独自带着孩子们回家，听说不到一年就病死了。"

璇玑不由得默然。

玲珑冷笑道："男人都是这样自私的。抛妻弃子居然也想成仙，不知道他成仙的时候那个死掉的老婆会不会来找他！"

杜敏行皱眉："玲珑，你小声点！老一辈的是非，你又清楚多少？"

玲珑被他一吼，瞪圆了眼睛想发作，但一想现在情况特殊，只得把火气憋回去，噘着嘴不说话了。

"大师兄……"璇玑劝了一句。

杜敏行摇了摇头："无论容谷主的做法是否有失妥当，都是他自己的事情。旁人没资格插嘴。更何况他如今已有所成，在各派高手中更是德高望重的人物。人生难免误入歧途，至少他后来走上了正道，我们这些做小辈的，怎能妄论？"

璇玑知道这个大师兄要么不说话，要么就长篇大论，一想到他要和自己就这个问题讨论几个时辰，她就头皮发麻，赶紧打岔："啊……那个，大师兄，你看！爹爹好像讲完了！"

果然褚磊的场面话已经说完，紧跟着四角夔皮大鼓又敲了起来，点睛谷的容谷主取出一个方方正正的小盒子，朗声道："开始取号！"

因为刚才听了玲珑的话，璇玑忍不住多看了他两眼，只觉他头发银白，穿着一袭做工

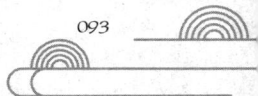

精致、刺花细密的棕色缎面长袍，果然举手投足之间，气派与别家不同，而且面容甚是年轻俊朗，称得上"童颜鹤发"四字。

却不知他那两个跟随来修仙的妻妾还在吗？

璇玑在场上看了一圈，内场靠里的位置安置了一圈软凳，专为各派长老堂主之类的前辈准备的，少阳派剩下的六个堂主都在那里。这些人作为各个分擂台的评判人，拥有判定第一场到第三场比试结果的生杀大权。

她看了半天也没看到想象中的妇人，只得作罢。

当下内场众人纷纷去那盒子里取号，所谓的号就是折叠好用火漆封口的纸片，每人领了号一拆开，记下号码，立即去轩辕派赵掌门那里登记名字。

六十个参赛的年轻弟子很快就取完了号，紧跟着是长老们抽号，选择负责评判哪个擂台。

待抽号完毕，立即有人用黑漆木盘端着早已排好的比试表递了上来。

东方清奇轻轻将它展开，快速扫了一眼，当即朗声报道："甲子，乙丑，两位去赤字擂台。丙寅，丁卯，两位去青字擂台……"

如此这般，将前七个比试的人选一一点出。

璇玑见上去的人一个都不认识，不由得没了兴趣，想回去睡觉，又怕大师兄说自己，何况因为比武正要开始，周围简直人山人海，她不知要到何年何月才能挤出去。

她干脆背靠着栏杆，埋头吃玲珑带过来的零食。

她正把牛肉往嘴里塞，忽听号角声阵阵传来，想必是比试正式开始了。

钟敏言他们看得兴奋无比，一会儿为这个打气，一会儿为那个惋惜。玲珑跟他们叫嚷了一阵，低头一看，自己的妹妹正努力吃东西，头也不抬一下，不由得又好气又好笑，捏着她的脸说道："你好歹也看看吧！里面有咱们的师兄呢！"

"哦，是哪个呀？"璇玑吃得满嘴是红油，腮帮子鼓鼓的，抬头好奇地看。

钟敏言在她脑袋上用力敲了一下，嗔道："你真是猪，就知道吃吃吃，睡睡睡！看赭字擂台！端平师兄在上面呐！"

原来是端字辈的，差了好远，她怎么会认识？敏字辈的她还不是每个都熟呢！

璇玑百无聊赖，一副"我应付应付"的样子，懒洋洋地抬眼看过去。

少阳派参赛弟子虽然没有统一服饰，但袖边领口都绣着少阳特有的凤鸾花纹。想来那个高个子满脸麻子的男子就是什么端平师兄了，他的武器是两柄短剑。

短剑是旭阳堂桓阳师叔那边擅长的武器，这个端平师兄应该是桓阳师叔的得意弟子。两柄短剑当真用得得心应手，一忽儿上，一忽儿下，一忽儿犹如水底蛟龙暗藏锋芒，一忽儿又如同玉凤扬翅锐不可当。

和他比试的那个穿黑衣的年轻人几乎招架不住，不停地往擂台边上退，若不是擂台周围有绳索连着，只怕他早就摔下去了。

"赢定了！"钟敏言兴奋得满头大汗，好像上去的人是他自己一样。

璇玑正看得无聊，捂嘴悄悄打个呵欠，忽见那个黑衣人手腕一扬，袖子里刷地蹦出一个又黑又长的物事，在地上一刷而过，带起一片灰尘。

哦，他是用鞭子的！璇玑来了点趣味，只见那人被逼到角落里，忽然腰肢一扭，从一个极奇怪的角度钻出了空隙，手里那根鞭子好像长了眼睛，直标标刷向端平师兄。

众人齐声惊呼，端平却不慌不忙，手里的短剑骤然合成一个十字，一夹，一带，"嗖"的一声，竟将那根鞭子剪成了两截！

这一招可谓干净利落，观战的桓阳长老不住点头，得意非凡。

"那个用鞭子的，是哪个门派的呀？"璇玑小声问玲珑。

"他是点睛谷江道长的弟子，叫乌童。因为姓乌，所以什么都要用黑色的，也算是个小有名气的人。"杜敏行很好心地告诉她，"可惜他的鞭子，偏遇到了用短剑的克星，这场只怕要惨败。"

璇玑只觉这个叫乌童的人，虽然看上去跌跌撞撞，马上就会倒下，却总也倒不下去。

他躲避的身法十分诡异，像一只滑溜溜的泥鳅，无论如何也抓他不住。

眼看端平手里的短剑又要刺上他的喉咙，他脖子忽然一仰，居然硬生生朝后翻了过去，一旦站稳，忽然从袖中取出数张漆黑的纸片。

"那是什么？"玲珑大声问。

杜敏行忽然皱紧了眉头，那个……好像是……？

"是咒符呀！"钟敏言大叫起来，"他居然连咒符都能用？！"

那可是高深的仙术，年轻的修炼弟子极少能用的，只因咒语一旦念错一个字，咒法往往伤及自身。而且咒法的力量不容易掌握，一旦失控，后果不堪设想。

众人见乌童取出咒符，忽而一举抛向空中，那些纸片好像活的一样，整齐地排在四方五角上，他念动真言，果见那几张咒符越升越高，几乎是一刹那之间，原本晴朗的天空暗了下来，乌云从四面八方汹涌而来，情形甚是诡异。

玲珑第一次见到有人用咒符，不由得有些恐惧，把身体微微缩在钟敏言身后，只露出一双眼睛偷看。

"五雷大法！是五雷大法呀！快躲开！"

有人认出了这个咒法，立即尖叫起来。璇玑他们还懵懂无知，但有知道厉害的人，早就挤成一团拼命往外跑。

五雷大法是召集四方的雷神，轰下天雷万道，乃是极其厉害高深的驱妖之法，谁也想不到有人会在簪花大会上用它。以往的大会也有人用咒符，但不过是些小型的，五雷大法

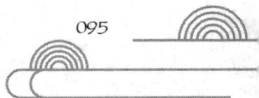

一旦成功，必然祸及场地周围，被雷劈一下的滋味，可绝对不好受！

璇玑看好多人都往外面挤，正要问，胳膊却忽然被杜敏行抓住，他一手抓着她，一手抓着钟敏言，急道："快离开这里！危险！"

璇玑被他拉着，只跑了两步，只听台下的桓阳长老长啸一声，还不明白发生了什么，紧跟着，眼前忽然万道白光劈下，刺眼之极。

她本能地捂住眼睛，耳边听到刺啦啦、轰隆隆几声巨响，地面都开始剧烈震动。她一个趔趄，险些要摔倒，耳边忽又听到娘亲的尖叫、爹爹焦急的喊声，真是乱七八糟一塌糊涂。

她正要抬眼看看发生了什么，忽觉头顶一震，似是被什么东西打中了，不疼不痒，只是有些麻麻的。她不由得一呆，用手去摸，只觉头上一颗珠花碎了开来，落在她掌心，早已变得焦黑扭曲，冒出青烟了。

这是怎么了？她放下手，茫然地望向周围。

却见地上不知何时多了无数个黑漆漆的窟窿，和她可怜的珠花一样，冒着青烟。

很多人都抱着脑袋躺倒在地，玲珑他们也躺在地上，只有她一个人站着，攥着那朵被雷劈焦的珠花，不知所措。

"璇玑——！"

有人叫了她一声，甚是凄厉。

她下意识地要往出声的地方看去，忽觉眼前一花，脚下居然没了力气，膝盖一曲，跪坐在地上。头顶有什么热乎乎的东西流了下来，把眼前的东西都染成了红色。

这是怎么了？好奇怪……

身体忽然被人大力地拉起，杜敏行焦急的脸出现在视野里，隔着一层艳红，他的脸有些看不清。

"流血了！玲珑，快，拿药来！"他的声音听起来嗡嗡的，好像隔了十几层棉花。

紧跟着她的头发被人拨开，什么清凉的东西涂了上去，后来又有人替她包扎好，用湿巾子替她擦脸。

"喂！你说话啊！怎么样了？别吓人！"

钟敏言轻轻拍打她的脸颊，吓得脸都青了。

璇玑眨了眨眼睛，里面那层艳红淡了些，她抬手摸摸包扎完善的脑袋，懵懂极了。

"我……怎么了？"她低声问。

"你被雷劈中了……现在还好吗？"玲珑哭得哽咽难言，抓着她的手不肯放。

"可是……一点儿也不疼啊……"她试着动了动，骨碌一下坐起来，众目睽睽之下动动肩膀动动胳膊，"就是刚才觉得好晕，现在好多了。"

众人目瞪口呆地看着她毫无异常地站起来，除了头顶裹一圈绷带，倒和平时没两样。

杜敏行犹自担心，扶住她轻道："真的没事？如果有什么不舒服，一定要说。"

被雷劈了一下居然还活蹦乱跳的，想来不是她运气好，就是乌童的咒法不到位，杀伤力不强。

璇玑摸了摸头顶的伤处，那里麻麻的，摸上去也没感觉，虽然流了点血，但一点儿都不疼。

她把掌心那颗珠花亮出来："可能是劈到了珠花上，所以我没大碍吧……"

杜敏行摇头，正要说话，忽听赫字擂台上人声躁动，几人一齐回头，却见本门端平师兄躺倒在地，浑身上下的衣服好似被火烧过，又黑又破，好在人没受大伤，只不过晕了过去，一时半会儿醒不过来。

内场的大夫们替他把脉，下面的年轻弟子们心有余悸，有的骂有的叹，更有脾气火暴的，揪住旁边的乌童就要揍。

那乌童被人揪住要打，居然笑嘻嘻的，也不在乎。眼看拳头要落到他脸上，台下桓阳长老猛然喝道："住手！通通退下擂台！不得放肆！"

少阳派诸多弟子纵然不甘，却也不敢违抗上命，只得恨恨地放开他，嘟嘟哝哝地下台了。

桓阳长老铁青着脸，蹲下身子先看了看自己的爱徒，确认他并无大碍，这才抬头，目光如电，在乌童脸上一扫而过。

"年轻人，居然会用五雷大法。点睛谷果然藏龙卧虎。"他冷冷地说着，"这一场，少阳输，点睛胜！"

乌童满不在乎地微微一笑，冲他一揖，在点睛谷弟子们的欢呼声中就要下台。不意桓阳长老在后面森然道："等等！"

他回头，笑吟吟地说道："老爷子还有什么指教？晚辈洗耳恭听。"

此等场合，按照礼数他该叫他一声"桓阳长老"，那一声"老爷子"，委实不尊重。不单台下褚磊脸色一变，连点睛谷的容谷主面子上也不好看，暗暗摇头。

桓阳长老好城府，居然不动声色，凝视他片刻，方道："年轻人有此成就固然可喜，只不过五雷大法乃是杀招，煞气逼人，在此比试场合用来，不免小题大做。好在你有所收敛，否则伤了场外之人，又当如何？"

乌童哼哼一笑："在场都是修仙之人，自然能闪躲开。倘若有人被伤，那也只怪他学艺不精，并非晚辈的过失了。"

桓阳冷然道："簪花大会的本意不是让年轻弟子杀戮，而是点到即止。望你日后慎用五雷大法。"

乌童耸了耸肩膀，未置可否，径自跳下台走了。

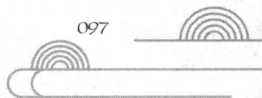

"喂，璇玑……"玲珑抱着她，恨恨地和她说悄悄话，"他拐弯抹角骂你学艺不精，回头我非狠狠治他一顿不可！"

"不、不用了吧……"璇玑知道她向来喜欢生事，"我确实学艺不精，躲不开天雷……不怪他。"

"话不是这么说。"一向做老好人的杜敏行这回也怒了，眉头皱得死紧，"簪花大会是点到即止的友好比试，他却用杀招获胜，此为胜之不武。而且还伤及台下无辜。如此绝非修仙者博爱的行径！"

玲珑恨道："就是！而且还伤了我妹妹，我非剐了他不可！"

钟敏言见她蠢蠢欲动，赶紧拽住她，低声道："你能做什么呀？哪里斗得过他！此事自有师父他们摆平，我们不好插手的！"

玲珑跺脚急道："小六子就会说丧气话！难道天下就他一个人会用咒法！哼，我也会！看谁的咒符多！"

"就算，比咒法。你也，赢不了他。"

禹司凤的声音忽然从旁边传了过来，璇玑急忙转身，却见他站在不远处，脸色苍白，眼神却很温柔，他怜悯地看着她头上裹的绷带。

"啊，司凤……"她叫了一声，忽然想起自己刚被雷劈中的时候，有人叫了她一声，现在想来，应该是他。

"我、我没事的。"她结结巴巴地说着，"不疼不痒，头也不昏，就是流了点血……那个人的雷威力不大……"

禹司凤摇了摇头，走过来看了看她的伤势，目光冰冷，低声道："他居然，伤了你。"

"我没事的……"璇玑还想解释，不知为何，见到他犹如寒冰碾碎的眼神，登时一个字都说不出来了。

"你刚才说的是什么意思？！"玲珑指着他的鼻子吼，"我赢不了他，你能赢？！"

禹司凤也不看她，只在璇玑头上轻轻摸了一下，说道："我也，赢不了。我们几个，都赢不了。何况，场外闹事，你父亲，也难做。"

玲珑听到他提起褚磊，满肚子的邪火登时消了一半，却还不服："你要是真关心璇玑，咱们几个就一起去对付他，不信赢不了！"

璇玑赶紧拉住她的手，急道："好姐姐，我真没事，你可别再惹事了。万一把爹爹惹怒，咱们又要被关在明霞洞了！我是再也不想去那里了。"

玲珑被她这样软语哀求，也只好作罢。


正好眼看那个乌童下了台，不去内场站着，却跳出场外，想来是不想观看其他比试，先回去休息，当真傲气十足。

玲珑一看到他那张充满奸人意味的假笑脸就来火，见他走过来，便铆足了劲用眼神凌迟他。

大概是她眼神太热烈，乌童很快就察觉到有人在看自己，一转头，刚好对上玲珑怒焰滔天的目光。他微微一怔，似是不明白为什么一个漂亮的小女娃要这么看自己。他目光微微一扫，正好看到站在旁边的璇玑，她头上包了绷带，脸上还留着血迹，想必是被自己刚才的五雷大法打伤的。

他登时了然。

再看看玲珑火大的样子，他很欠扁地一笑，用手指在脸上刮了一下，示意他们修行不足，丢人。

"我忍不住了！"玲珑压低声音吼，"现在就要去揍死他！"

她捏紧腰上的断金，恨不得千万剑下去把他刺成马蜂窝。

璇玑死死抓着她的袖子，不给她动。她抬起头，只见乌童对她蔑视地一笑，转身便走远了，她甚至能猜到他嘴里此刻正低声说着什么，比如"少阳派不过如此""掌门人的女儿弱不禁风"之类。

她咬了咬下唇，还是不动。

"我有办法，挫他锐气。"禹司凤忽然低声开口。

话一出口，几个孩子一起看向他。

"反正，簪花大会，还有，好几天，谁也，不知道，未来几天，会发生，什么。"他笑得风轻云淡，"或许，他吃坏了，东西，拉到脱力，也可能，被毒蛇，不小心，咬了一口，不可运功，也或许他，初来乍到，不熟悉，少阳峰的，地形，把腿，摔断了……"

所有人都眨巴着眼睛等他做结论。

"总之，一切，都有，可能。"他冷笑着，像个小小的魔鬼。


第一日的比试终于结束，这一试立即淘汰了一半人数。簪花大会与别家不同，只要输一次，便没有挽回余地，所以弟子们也是使出浑身解数，为自家门派争光，以防太早被淘汰。

到了晚间，终于忍气忙完大会事宜的褚磊夫妇，第一件事就是赶来看女儿璇玑的伤势。

何丹萍忍了一天的眼泪，在看到璇玑满头纱布的时候终于落了下来。

"伤得重不重？痛吗？"她把女儿揽在怀里，眼泪簌簌往下掉。

璇玑正在吃饭，塞了满嘴的小炒肉，含糊不清地说道："娘，我没事，一点儿都不疼。你看！"她用手敲了敲伤口，果然面不改色。

何丹萍急忙抓住她的手，轻嗔："不要乱动！万一伤口又破了怎么办！"

褚磊轻轻地把她的纱布揭开，想查看伤势。谁知纱布上还留着斑斑血迹，她头上却一

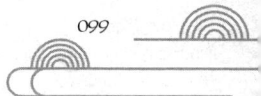

点儿伤痕都没有，只有头顶一片头发被血浸透，结成了饼，下面的头皮好好的，连个小口子都看不到。

他心中不由得称奇，一时搞不清是怎么回事。他沉吟半晌，终于还是叹气："也是你自己学艺不精，该受此劫。倘若你能有旁人一半努力，今日也不至于狼狈至此。"

璇玑一听他又要责怪自己，不由得意兴阑珊，连饭也吃不下去了，只把小炒肉在嘴里嚼了又嚼，不说话。

玲珑噘嘴道："爹爹真偏心，妹妹都被劈伤了，不去怪别人，还要说她……"她话没说完，就被褚磊一瞪，立即住嘴，赌气往嘴里死塞东西。

褚磊替璇玑把纱布包好，温言道："好在伤口不大，身体也无大碍，五雷大法的威力到得场外想必已经被化解了大半，过两天就好了。"说完他皱了皱眉，又道，"那个乌童……小小年纪，居然能用咒符，将来必然不是个简单人物。只是上次簪花大会怎么没见过他？"

何丹萍笑道："大哥你也是关心则乱，那乌童今年才满十八，刚到参赛的年纪呢。上回咱们去点睛谷，江道长还让他为咱们倒茶，你可忘了吧！"

褚磊恍然大悟："哦？！是上次那个倒茶之人？那时他看上去不过是个顽童，当真后生可畏，几年不见，出落得这般厉害了！"

何丹萍叹了一声，替璇玑把脸上的饭粒捻下去，道："咱们这场比试，也算是惨败。但若论拳脚招式，端平未必会输。"

褚磊摇头："修仙之人，拳脚招式不过用来防身，仙术咒法才是关键，端平技不如人，输得也不冤。咱们派弟子，须得年满二十方可修习仙法，那江道长倒是个开明之人，早早便让弟子们学了。"

说到这里，他不禁沉吟。

何丹萍与他老夫老妻，自然知道他在想什么，不由得笑道："大哥可是想提前让弟子们修习仙法？"

玲珑一直拉长了耳朵听他们说话，一听这样说，急忙凑过来叫道："真的？！爹爹要让我们提前修习仙法吗？明天就学好不好？"

褚磊在她额头上一敲，失笑道："偏你是个急性子。此事暂时不用再提，待我与诸位分堂长老商讨之后再做决定。"

玲珑知道他这样说，就表示必然可行了，喜得一把搂住他的脖子，撒娇道："爹爹，你看妹妹被那个恶人伤得这么重，你也该惩罚他一下才对，不然咱们少阳派多没面子啊！"

褚磊板着脸，冷道："你也知道没面子。不过这面子是你们自己学艺不精丢掉的，和人家没关系。"

玲珑急道："那他年纪比我们大嘛！等我和妹妹到了十八岁，比不过人家你再说也不迟呀！"

褚磊笑道："就你们这急懒模样，只怕到了八十岁也不如人家。"

他身为掌门人，事务繁重，来这里说了一会儿话便要走。临走见玲珑还在生气，便道："你莫打什么鬼主意，簪花大会可不许你们胡闹。这次的事情江道长已经道过歉了，暂且放下吧。你要还气不过，就好好修炼，下次簪花大会把他打败也就是了。"

玲珑默不作声装乖小孩，等爹娘一走，立即拉过璇玑，见她吃得满脸是米粒油光，不由得用自己的手绢替她擦，一面老人精似的叹气："真是个小孩儿，真不知是用脸吃还是用嘴吃。"

璇玑把小炒肉吞下去，道："像你刚才说的，我们本来就是小孩儿嘛！"

玲珑往周围看了看，确定没人偷听，这才压低声音道："不说这个啦。司凤不是叫我们晚上去后山吗？东西准备好没有？"

璇玑急忙从门后把铲子麻绳找出来："这些是要做什么？陷阱吗？"

"我怎么知道他有什么鬼主意，反正准备好了就走吧！"

玲珑拉着她就出门，左右看看没人，两人鬼鬼祟祟往后山那里跑。

果然钟敏言和禹司凤早早就到了，正等得不耐烦，见她俩跑来，钟敏言急道："我的大小姐们，这都什么时辰了！怎么才来？"

玲珑噘嘴："爹爹过来训了几句话，人家吓得要死，你还要埋怨！"

钟敏言赶紧赔笑，抓着她的袖子柔声道："被骂了？好啦，是我不对，别气了。苦瓜脸可不适合我们玲珑大小姐。"

玲珑被他哄得扑哧一笑，跺脚道："你就爱乱说！我才不和你掺和。刚才爹爹说啊，要提前教咱们仙法，开不开心？"

钟敏言心花怒放，笑得傻了。

对面的禹司凤见璇玑脸色发白，以为她伤口疼痛，便轻道："我这里，有宫里的，良药。替你，敷上吧？"

璇玑默默摇头，一把将头上的绷带扯下，淡然道："没事了，根本没伤口，一点儿也不疼。"

禹司凤柔声道："你不太，开心。是你爹爹，又说你了？"

璇玑摇头，把手里的铲子麻绳举起来，问道："司凤，你让我们带这些，是要挖陷阱吗？"

他笑道："说对了，一半。看它，你还，认识它吗？"

他从皮囊里掏出一条银色小蛇，只有食指粗细，碧眼银鳞，缠在他手腕上，倒三角的脑袋晃来晃去，鲜红的信子一吐一吐，憨厚可爱之余，又带着一丝狰狞。

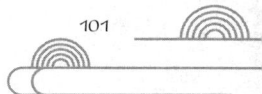

璇玑"啊"了一声，当然记得！是之前差点被她捏死的小银蛇嘛！

"它叫……？"她想不起名字。

"叫，小银花。"禹司凤摸了摸它的小脑袋，有些得意，"它是，我养的，灵兽。从小，一起长大。别看它，个子小，很能干的。"仿佛是听见了主人的夸奖，小银花发出"唑唑"的声音，摇头摆尾，不可一世。

璇玑见它可爱，不由得笑道："我能摸摸它吗？"

禹司凤点了点头，捉住她的手腕，轻轻放在小银花的身上。它大约很少被外人摸，明显地不安起来，脑袋昂起，直直地盯着璇玑。

"嘘……别怕。璇玑是，好人。"禹司凤低声安抚它。

璇玑只觉手指的触感又凉又软，忍不住"咯咯"一笑，问道："司凤，你要小银花做什么呀？"

他微微一笑，漆黑的眸子在月光下闪闪发亮，好像两块上等的黑水晶。

"咱们今晚，挖个陷阱，我保证他，明后天，百分百，会摔进去，跌断了腿。"

旁边一直说笑的钟敏言二人这会儿也被他的话吸引过来了，玲珑奇道："别派弟子很少有来后山的，你怎么能保证他一定会摔到你的陷阱里？"

禹司凤点了点头，招手把他们都凑过来，四颗脑袋聚在一起。

他低声道："这事要，你们帮忙。不是要帮，璇玑，报仇吗？听我说，如此这般……"

他叽里咕噜说了好久，终于商定好了计划，孩子们便甩开手，嘻嘻哈哈地挖起陷阱来了。

# 第六章·簪花大会（下）

第二天簪花大会照常开始，只不过年轻弟子之间讨论的话题变了，从哪派能获胜，变成了到底谁能捉住那条价值百金的小银蛇。

原来一早起来，各派弟子客房门口都张贴了一张寻蛇告示，据说离泽宫某位弟子丢失了自己的灵兽银蛇。说他自己从小与银蛇一起长大，感情深厚，这会儿遍寻不着，心中万分焦急云云。据说他开价黄金一百两，谁要能替他把银蛇找回来，那黄金百两他眉头也不皱，回到离泽宫就双手捧上。

本来各派弟子过来观战的人数为多，闲着没事的人也多，听说有黄金百两可以拿，人人都跃跃欲试，禹司凤的房间从一大早到现在都没断过人。

"口说无凭啊，万一我们找到了那条蛇，你却给不出黄金，那该如何？"

来的人是轩辕派的弟子，在禹司凤房里纠缠好久了。

旁边的玲珑本来就厌恶轩辕派的人，见他们痴缠了一早上，不由得按捺不住，冷喝道："要找就找，不找就快走！别耽误了时辰！"

那几人立即就要发作，禹司凤挥了挥手，淡然道："只要能，找到银蛇，这订金，一半就先，付上。"

他手腕一扬，从袖中取出一个扁平的小盒子，轻轻打开，里面铺着一层浅蓝色丝绒，上面是一颗小指大小的浅绿色珠子，晶莹剔透，十分漂亮。

他捻起那颗珠子，回头对钟敏言使了个眼色，他立即会意，把四面的窗户用黑布蒙上，屋内顿时暗了下来。

然而奇异的是，另一种比日光柔和、比月光明亮的淡淡的绿光从禹司凤手中闪耀出来。他把珠子放在掌心滚了一圈，那绿莹莹的光芒映在他脸上，他的双眼也是晶莹剔透的。

"南海，深处的，夜明珠。"他低声道，"市面价值，黄金，六十八两。就用这个，做订金！"

轩辕派那几个弟子一见到夜明珠，眼睛都亮了，比夜明珠还亮。其中一人伸手就要去摸，却被禹司凤含笑一掩——"找到了，银蛇，才可送上。"

那几人立时点头，恨不得马上飞出去把所有的蛇都抓回来。

刚跑到门口，却听门口一人笑道："唉——！慢慢慢！所谓肥水不流外人田，这里既是我们少阳派的地盘，便该由我们先来找才对。"

后面几人连声称是。

玲珑一听他们的声音，不由得掩嘴一笑。是二师兄他们来捧场了！

果然很快进来几人，是敏字辈的几个年轻弟子，有二师兄陈敏觉，四师兄冯敏声，五师兄欧阳敏离。

陈敏觉手里还抓着先前抢着出去的两个轩辕派弟子，嘴里说个不停："慢来慢来！老兄，你也够笨。首阳山这么大的地方，多少禁忌之地，你乱闯乱跑，万一犯了咱们的规矩，多麻烦不是？倒不如咱们合作，我们指路，你们找蛇。这酬金嘛，就五五分好了。"

那两人本来要发作，听他这样说，倒觉得有点儿道理，只甩开他的手，恼道："说便说，不要动手动脚！五五分我们太吃亏，至少是三七分。"

陈敏觉小时候算是个混混，一个人走南闯北，什么没见过，嘴皮子功夫没人比得过他。他当即一笑，道："老兄也忒贪心了，我们好心为你指路，却只能落个三分。倒不如你们自己去吧，到时候找不到银蛇反而闯了禁地，我可不管喽！"

轩辕派二人犹豫了一下，才道："那便四六分，总之五五分绝对不可以。"

陈敏觉还要再辩，忽听门外一阵喧哗，紧跟着一个声音朗声道："我一人独要十分。"

众人一齐回头，却见乌童靠在门上似笑非笑，围观的人都忌讳他，纷纷为他让路。

据说今日第二试，他又抽了个头号，大胜轩辕派的一个弟子。先前夺冠呼声最高的翮翮和玉宁，如今名声都不如他响亮，甚至有人认定本次簪花大会的胜者必然是他。

陈敏觉见要钓的鱼上钩了，便嘻嘻一笑："我道是谁，原来是点睛谷的乌童先生！先生既然来了，我等哪里还有争执的余地，让给你便是。"

他对四师弟二人挥了挥手，三人一副悻悻的模样，不甘不愿地走了出去。

那两个轩辕派的人还在犹豫，却见乌童笑吟吟地走过来，看了看那颗夜明珠，道："不错！不过我更想知道什么灵兽值得你为它花黄金百两？"

禹司凤还未说话，那两个轩辕派的人便急道："你问这许多作甚！要是不做，就不要碍着别人的好生意！"

乌童回头淡淡地扫了他们一眼，二人立即噤声。

"这桩生意我接定了，二位请回吧。或者，咱们找个时间切磋一下，看谁更合适？"

他淡淡的一句话，很快就让两人灰溜溜地走了。

玲珑见他这样嚣张，心中有气，不由得说道："不要你来接！你昨天伤了我妹妹，还没找你算账呢！"

乌童微微一愣，这才发现禹司凤后面坐着的两个小女孩正是昨天那两个。他见玲珑容色娇艳，更兼言语泼辣，不由得笑道："莫非灵兽是小姐你的？不然与你何干？"

玲珑怒道："当然不是我的！但是我好朋友的！我们不喜欢你，快走开！"

乌童眉头一挑："小姐此言差矣，这种事自然是能者多劳，难不成还能找到比我更合适的人吗？"

玲珑还想再说，却被禹司凤打断："我知道，这位大哥。听说他，昨天今天，连胜。

玲珑，来的人，只有他，本事最大，不如，先放下，恩怨。找到，小银花，最要紧。"

玲珑大怒，一把拉起璇玑，森然道："反正是你的蛇，你爱找谁找谁！我就不待见他怎么了？！璇玑，我们走！"

她拉着璇玑往外疾走，一直绕过回廊，见周围没人，两人不由得都笑出声，两只手一拍。

"成功上钩了！"

原来司凤说，乌童这种人胜负心极重，观其面相，却又是个多疑的人。如果被他认出玲珑和璇玑，只怕会生疑，所以干脆先自己挑明身份，这叫险中取胜。既然此人胜负心重，就证明他世俗得很，见到这种事，必然会插一脚。说不定他方才躲外面看了好久，直到确认不是骗局，才大摇大摆进来的。毕竟黄金百两，对他们这些清贫的修仙弟子来说，是个太大的诱惑。

既然一切按照计划进行，那接下来就是司凤出招的时候了。他会用密音传小银花，让它引诱乌童去后山陷阱那里，接下来就有好戏看了！

玲珑璇玑两人相视一笑，都觉得好玩得紧，赶紧收拾收拾，跑去后山等着看热闹了。


果然，那乌童揭了告示，又怀揣禹司凤画给他的小银花的图，袖子里还装满了小银花爱吃的米果子，胸有成竹地出发了。

禹司凤和钟敏言见他走远，立即关了房门，偷偷找捷径去了后山。

玲珑璇玑二人早就躲在树丛里等着看热闹了，见他二人过来，急忙招手示意他们不要发出声音。

四人一起挤在草丛里，只留出眼睛，滴溜溜地盯着陷阱那块看。

过了不多会儿，忽见前面银光一闪，小银花行动如电，从草尖上一窜而下，在陷阱周围游个不停。

再过一会儿，乌童慢悠悠地寻了过来，他一眼见到在地上游动的小银花，不由得喜形于色，急忙掏出怀里那张画图，对比着看了半天，似乎确定是它，他立即伏低身体，慢慢地从袖袋里掏出米果子，丢了两颗过去。

小银花一闻到自己爱吃的米果子的香味，立即摇头晃脑地游了过去，毫不客气地一口吞俩。乌童不由得大喜，又抛了两粒出去，只是这次近了一些。

小银花毫不怀疑，游过去再吞下。

乌童又抛了两颗。

"原来他是想把小银花引诱过去呀……"玲珑贴着钟敏言的耳朵，低声道。

他点了点头："太狡猾了……要是不过去怎么办？"

禹司凤摇了摇头："不会的，放心吧。"

果然乌童这次抛在那里的米果子受到了冷遇。小银花似乎发现那里有人，一下子警觉

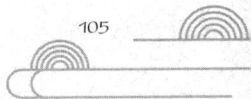

起来，"嗖"的一下，如箭一般退了回去，只在陷阱周围打转，这回无论他怎么丢米果子，它都不上当了。

"死畜生……"他低咒一声，只得收了米果子，悄悄起身。

左右看了看，确定周围没人，他便轻轻一提气，右足在地上一点，双臂一展，整个人轻飘飘地飞了起来，犹如突然被惊起的大雁。

禹司凤见他这种潇洒身姿，也忍不住赞了一声："好功夫！"

话音刚落，他便轻轻地落在了陷阱边上，踏前一步，出手如电，眼看就要捉住小银花。

谁知他快，小银花更快，身体一颤，竟猛退了四五尺。他这一抓没落实，只得往前走两步。刚好踩到了陷阱中心，他毫无知觉，正要再去抓，忽觉脚下一空，整个人不由自主往下掉。

他大吃一惊，左手急忙在草地上抓了一把，双足在陷阱壁上一点，又轻飘飘地飞了起来，居然没摔进去！

"可惜！"钟敏言低叫一声。

璇玑微微一笑："未必哦，看，中了！"

话音未落，只听乌童惊叫一声，身体猛然被什么东西拉了上去，倒挂在树枝间，两手乱挥，袖里的米果子撒了一地，小银花在下面吃了个痛快。

"有陷阱？！有陷阱啊！"他大叫。

原来禹司凤觉得一个陷阱不够，只怕困不住他，便在陷阱周围藏了绳索，踩到陷阱一塌，他定会设法跳起，必然踩中旁边暗藏的绳索，这下他双脚立即被捆了个结实，倒挂在树上，要下来，可没那么容易。

"哈哈，成功了！成功了！"玲珑兴奋得脸蛋通红，憋不住，很想冲过去骂他一顿出气。

钟敏言急忙拽住她："这会儿出去可就前功尽弃了！千万不可让他知道是咱们做的！来，咱们回去吧！"

玲珑嘻嘻哈哈地望着乌童狼狈的模样，心情大爽，勾着钟敏言的脖子，整个人赖在他身上，嘴里直说："我们真是天才！天才呀！"

"是是是，天才小姐。"钟敏言一时兴起，一把将玲珑背在背上，飞快往回跑，喜得玲珑咯咯大笑，没一会儿两人就跑远了。

璇玑蹲在禹司凤身边，轻声道："小银花没事吧？会回来吗？"

他笑着点头，两人一起往回走，一面道："晚上它，自己会，回来的，放心，一般人，捉不住，它的。"

璇玑笑道："司凤真是厉害，好像懂很多东西，又懂计谋。"

他脸上一红，喃喃道："也、也没什么啦！"

璇玑在脸上一刮，笑："就是中原话总也说不好！也、也没什么啦！"

她学他的腔调，倒也有八九分像。

禹司凤脸上更红了，过了一会儿，忽然轻叹一声，低声道："簪花大会，结束后，我要，回去了。"

"以后不能出来吗？对了，你师父还说要责罚你吗？"璇玑想起那个古怪的宫主，觉得不太稳妥。

他轻道："还能，出来。不过，要很久了。师父没有，责罚我。以后也，不会。放心吧。"

璇玑点了点头，"那就好。司凤，你以后要常来看我们呀。随便什么时候都可以来的。"

他嘴唇微微一动，似是想说什么，最终却没说出来，只是温柔一笑，答应下来。

"只要你，不会忘了，我。"他抬手，轻柔地替她捻去发间纠缠的一根野草，"我们以后，一定能，再见的。"

以后，是多远的以后呢？他们说过，要做一辈子的好朋友，难道用一辈子来分别？

璇玑默默地看着他，日光下，少年的脸色犹如新雪一般白皙，双眼狭长幽深，他静静地看着她，只看着她一个人。

那幽幽的风声，那摇曳的青草，那炫目的蓝天白云，他都不看。

整个世界，他只看着她。

她心中没来由地一颤，竟忘了要说什么。

少年却微微一笑，柔声道："回去吧。簪花大会，还有，好几天呢。"

她默默点头，心中某个角落，却轻轻响起了一声叹息，轻得像雨水打在桃花上，很快就消失了。

璇玑抓住他的袖子，一时不想放手，两人就这么慢慢地往回走。

身后忽然起了一阵大风，把她不由自主往前一推，野草树叶飞了满天。

她回头笑道："看，好像要下雨！"

话音刚落，忽见后面一块大石旁边似乎站了一个人，白衣乌发，头上戴着白色面纱。

她不由得一怔，只觉眼熟，一时却想不起到底在哪里见过。

那人似乎在说着什么，只是她对面那人被大石挡住，璇玑看不到。

她仿佛在说什么激动的话，浑身都在颤抖，忽然忍不住，张开双手紧紧抱住对面的人。又是一阵风过来，她白色的面纱被吹了开来，露出鲜红欲滴的唇和光洁如玉的下巴。

璇玑如遭电击，猛然想起这人是东方岛主的夫人——玲珑嘴里的那个大美人。

她在和谁说话？抱的是谁？

难道是东方岛主夫妻俩躲在这里谈情说爱？

璇玑只觉不便多看，正要转身走，忽然大石后面那人闪了出来，两人都穿着白衣，一个窈窕一个修长。两人纠缠在一起，东方夫人忽然仰头，轻轻把面纱揭开，轻轻吻住了那

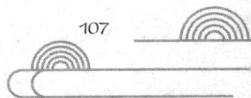

人的唇。

"啊！"璇玑忍不住叫了一声。

不是东方岛主！她吻的是那个浮玉岛的管事！

她吓傻了，脑子里乱糟糟的，一时想不起这是叫"偷情"还是叫"通奸"。

禹司凤见她一惊一乍，不由得笑道："看到，什么了？"

他跟着回头，自然而然，一眼就见到了那两个纠缠亲密的身影，当即脸色大变，急忙拉着璇玑掉头走，低声道："不要看！快走！不然、麻烦！"

他一直拉着她跑回自己的客房，钟敏言和玲珑早就到了，见他俩跑得气喘吁吁，好像后面有鬼在追，玲珑不由得拍手笑道："好哇，你们俩去哪里说悄悄话了？居然这么迟才回来！瞧这满头大汗的样子！"

璇玑摇了摇头，还为刚才看到的那一幕感到震惊。

禹司凤却苦笑一声，道："没……什么。我饿了，去吃饭吗？"

璇玑不记得自己是怎么度过那个晚上的了。她一直处于震惊和茫然的状态，还有点儿怀疑自己看错了。

她不敢想象，东方岛主如果知道自己的妻子和别人偷情，那个别人还是自己的大管事，会有什么表现。这一路上大家去捉妖，璇玑知道他是个随和风趣的好人，他如果晓得这事，一定会很痛苦吧。

大概是因为璇玑很少有心事可想，甚至想到连吃饭也不香。玲珑终于看不下去了，用筷子在她额上一敲，皱眉道："你傻啦？想什么呢！饭也不吃，一个劲儿咬碗干什么？"

璇玑一呆，这才发现自己下意识地捧着碗，没在吃饭，却是在啃碗。

她急忙打个哈哈，夹了一筷子菜塞进嘴里，说道："我……我好饿啊……"

玲珑瞪着她，"你很不对劲哦，下午到底和司凤做什么了？"说完她很怀疑地望向禹司凤，他满脸无辜，猛往嘴里塞白饭。

"我……我是担心，乌童发现是我们设的套。"璇玑终于想出了个好理由。

禹司凤很配合地点点头，"是啊，是啊！他，也算，是个，聪明人。也不是，想不到。"

钟敏言见他俩一唱一和，心中好笑，便说道："怕什么呀？他若是来，咱们来个死不认账，看他能怎样！"

玲珑把鼻孔仰到天上去，哼一声："就是！这里可是少阳的地盘！看他敢怎样！"

话音刚落，忽听外面传来一阵敲门声。玲珑做贼心虚，一下跳起来躲在璇玑身后，急道："是他来了？！好快！"

禹司凤好笑地看她一眼，放下筷子去开门，跟着却是一怔。还真教玲珑说中了，门口站着的人当真是乌童。

也不知他花了多少工夫才脱身，大概一脱身就来找他了，浑身狼狈不堪，头发乱糟糟，衣服上杂草树叶泥巴……什么都有。

然而他外表狼狈，表情却一点儿也不狼狈。

他居然在微笑，冰冷的微笑。

"哟，"他说，"原来是这么回事。离泽宫什么时候和少阳派走这么近了。"

禹司凤见计谋被人识破，便干脆破罐子破摔，直接把话摊开了丢出去。

"少来，这套。你若不服，大可去，你家大人，那里哭诉。让他来找，我师父，惩罚我。"

乌童朝屋子里看了一眼，钟敏言和玲珑挑衅地朝他做鬼脸，只有璇玑，乖乖地低头吃饭，看也不看他。

他冷笑一声，道："少阳派技不如人，原来是把精力花在这些歪门邪道上了。也难怪！"

玲珑登时怒道："你放尊重点！设计整你的人是我，别扯到少阳派身上！你伤了我妹妹，一句道歉也没有，世上哪有这种好事！"

乌童上下看了她一眼，半天没有说话，最后一拱手，冷然道："如此，少阳派大小姐的款待，乌某铭记于心，改日必然加倍奉还！告辞！"

说完他双足一点，整个人犹如一只仙鹤，轻飘飘地飞出了禹司凤的院落。

"我怕你不成！放马过来！"玲珑追过去，破口大骂。

钟敏言一把拉住她，皱眉道："玲珑！不要冲动。我看这个人心胸狭窄，阴险狡诈，你千万小心，不要着了他的道。"

"我才不怕！他来一次我揍一次！"她还在逞强。

"傻子！"钟敏言忍不住在她头上一敲，"说到底，你也是个女孩子。稳重些没坏处的。你看人家璇玑，还是你妹妹呢。你这个做姐姐的该和人家学学才是。"

笨啊……璇玑和禹司凤同时在心头暗叹，这不是火上浇油嘛！

果然玲珑气得柳眉倒竖，当胸狠狠地推他一掌，似是要大骂，不知怎么的，眼眶忽然一红，哽咽道："我就是不如她好！不要你管我！"

她跺了跺脚，转身就跑了。

"呃，玲珑！"钟敏言极少见她这种样子，一时竟呆住，做不得反应。

禹司凤拍了拍他的肩膀："还不，快去追？说你呆，还真是，呆头鹅。"

钟敏言抓了抓头发，叹气："她脾气真坏，怎么每次都这样！"

禹司凤耸耸肩膀，反正一个愿打一个愿挨。

"快去吧。"他推他一把。

钟敏言把脸一沉，道："我才不去呢！每次都不听人劝，凭什么都要我去赔笑讨好！"

他居然也赌气转身走了，不过是朝相反的方向。

这下轮到禹司凤发呆了。

"他们俩，真是。"禹司凤苦笑一下，回头望向璇玑，她又开始发呆啃碗，脸上神情迷迷茫茫，也不知想些什么。

"还在想，下午的事？"他凑过去，柔声问。

璇玑"啊"了一声，如梦初醒，急忙扒了几口饭，连声道："没有没有，我在吃饭！"忽然发现屋里只剩自己和禹司凤，她奇道："咦？玲珑和六师兄呢？"

她果然是一只猪。禹司凤在肚子里暗笑，他在她背上轻轻一拍，笑道："早走啦！在你，发呆的，时候。好奇怪，你怎么，那么容易，就发呆？"

璇玑放下碗，愁眉苦脸："我，我是想，如果东方岛主知道自己的妻子这样……他会怎么办。我不希望他难过，因为东方岛主是个好人。"

禹司凤叹了一声："还能，怎么办？休妻、闭口不谈，或者，杀了奸夫。我看，他现在还，不知道。要是，不想他，难过，就别对，任何人说，这件事。不然，你我，有大麻烦。"

璇玑学他，也叹一口气："你的意思是，东方岛主会觉得丢人，甚至迁怒到咱们身上？"

他点头，忽又摇头，淡然道："岛主，未必，会做什么。但若是，岛主夫人，就什么，都可能。做坏事的人，为了掩盖，自己的，坏事，往往会做，更坏的事，去掩盖。"

璇玑似懂非懂，轻声道："司凤你懂很多东西，好多道理我以前都没听过，从来没人和我说过这些。你会不会觉得我很无知很讨厌很固执？"

禹司凤眯起眼睛，忽然想起那日他见到师尊，六神无主，等待着回宫后的严厉惩罚。所有人都不敢求情，只有她一个人站出来为自己辩护。他再也忘不了那一刻她白色纤细的身影，简直像割破阴霾的锐利阳光，无所畏惧，利索干脆。她的长发在风中飘舞，那样一丝丝一缕缕。柔弱得仿佛用一根指头就可以折断的她。

可是只有她，只是她。他从来也没想过，竟然会是她。

他笑了笑，低声道："固执是，有些的。不过，我一点儿也不在乎。"说完，手指眷恋地在她琉璃晶莹的脸颊上轻轻一触，仿佛触摸到了无价之宝，不敢逗留，很快就缩了回去。

由于第二试上又淘汰了一半的人数，这最后的复试便剩下十五人。于是今日的抽号，有一张是空号。

抽中空号的人，自动进入决赛，而不用参加今天的复试。所以大家都叫它"幸福票"，意味着比旁人多休息一天。

当褚磊把取光了号码的扁平盒子送下去的时候，人人都在翘首等待，看谁抽中了那张幸运的空号。

点睛谷的容谷主一面把纸摊开，一面朗声道："各自报号吧。"

那剩下的十五个弟子纷纷将火漆封好的纸片展开，一时间有人皱眉有人叹气。忽然有人"啊"了一声，众人一齐望去，却见乌童把手里的纸片举高，似笑非笑地说道："我是空号。"

喧哗声四起，众目睽睽之下，他将那张空白的纸片展开，恭恭敬敬地双手捧着，送到了容谷主面前，笑道："谷主，请过目。"

众人见抽中空号的居然是他，说不嫉妒羡慕也不行了。此人当真是本次簪花大会的一匹黑马，之前从来也不知有这么号人物，谁想他前两次初赛轻松而过，本次比试又抽了个空号，当真是老天爷厚待之极。

容谷主虽然面无表情，眼中却有掩不住的欣喜之色，当即把那张纸片接过来，缓声道："你且下去吧。"

乌童嘻嘻一笑，也是得意非凡，转身便走。和前几次一样，他好像对其他人的比试一点儿兴趣也没有，直接跨过栏杆，径自回自己的院落了。

走到一半，他下意识地往玲珑那里望了一眼，不出所料，她还是用那种要杀人的眼神瞪着他。他勾起唇角，眉尖一挑，丢给她一个轻佻的笑容，立即见到了预期中的反应，她涨红了脸，捏紧腰间的那柄宝剑，看样子如果不是旁边的人拉住她，她一定会冲过来的。

有意思，当真有意思。

乌童忍不住哈哈大笑，在众人惊诧的目光中扬长而去。

"玲珑！你冷静点好不好！"钟敏言与她拉扯半天，好容易才制住她，自己倒累得气喘吁吁。

玲珑抬头冷冷地看他一眼，把胳膊抽回来，淡然道："干卿底事？"

钟敏言一时语塞，脸涨得通红。禹司凤怕他俩闹得严重了，正要来劝，却听钟敏言说道："真是个难伺候的大小姐，这世上除了我，想必也没人能忍受你了。"

玲珑急道："谁要你忍受了！我做我的大小姐，你继续做你的钟大侠，谁要你来理我了！"说着眼眶又红了。

钟敏言柔声道："可我就是爱忍受你，自找罪受，可也奇怪得很。"

玲珑啐了一声，背过身去，好半天才道："油嘴滑舌，就讨厌你这样！"

钟敏言笑着过去揽住她的肩膀，在她脑袋上一拍，笑道："还和我斗气么？难道六师兄当真和你赌气过？难道六师兄说的话不是为你好？"

玲珑白他一眼，嘴角却已经染上了笑意，在他手上一挠，娇嗔："什么都不好！死小六子！反正我也不像女孩子，有劳你忍受了呢！"

钟敏言忙道："像！哪里不像了？死气沉沉我说十句她回不了半句的那种才可恶呢！

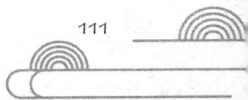

好啦，这次是师兄错了，你可别再和我赌气哭鼻子了。"

"谁哭鼻子了！"她笑吟吟的，眼角还挂着眼泪，脸上却已经笑开了，像一朵朝阳的花，艳丽夺目。她在他鼻子上一刮，道："你才哭鼻子！"

钟敏言见终于哄得这位大小姐笑了，心中也暗松一口气，跟着开心起来，拉着她叽叽呱呱说个不停，满场就他俩说得最多最响。

禹司凤见他二人终于相安无事，便回头对璇玑笑道："他们俩，好像，两个，小孩儿。"

说完，却不见璇玑回答，只见她脸色发白，长长的睫毛垂下，微微颤抖，一双手更是不停地揪着衣角，明显一副心神不宁的样子。

他是何等聪明的人，当即明白了八九分，只是之前一直没想到会是这样，一时竟作声不得，怔在当场。他心中一忽儿甜，一忽儿酸，一忽儿又苦涩，竟不知是什么滋味。

隔了半晌，他才低声道："璇玑，不开心？"

璇玑眨了眨眼睛，摇头："没有……我是觉得，六师兄和玲珑感情真好。"

禹司凤弯起唇角："敏言……是个，好人。我也，很喜欢他。"

璇玑浑身一颤，咬着嘴唇再也不说话了。

他心中喟然一叹，抬手想去摸她的长发，伸出去一半，却犹豫着收了回来。

"还会有，更好的人。"他低声道，"世上，有很多，好人。"

璇玑抬眼，黑白分明的大眼睛定定地看着他，似乎在问，还有更好的吗？还会有比六师兄更好的人吗？

有的！他几乎脱口而出。他很想问问她，在她心中，自己是怎么样的。是真正的好朋友，还是一个戴着面具玩着怪蛇的傻小子，或者，她会有一点点喜欢他？但他最后只是笑了笑，涩然地把眼睛移开，轻道："以后，你长大，一些，就会，知道的。"


这天的比试，四个人都没怎么仔细看。钟敏言和玲珑忙着说笑，禹司凤和璇玑忙着发呆想心事，到最后比试结束，人潮退去，他们才惊觉，慢慢跟着走回自己的院落。

璇玑走到一半，忽听后面有人叫她："丫头！怎么没精打采的？"

她一惊，急忙回头，却见东方清奇笑吟吟地站在那里，对她招手。她一下子就想起那天下午看到的事情，一时呆住，过了好半天，才轻道："东方岛主……"

"什么岛主！叫我叔叔吧！"他走过来疼爱地揉了揉她的头发，笑道，"怎么一个人在这儿晃，方才楚女侠还向我问起你，好像找你有事呢。"

红姑姑找她？璇玑说道："我……我看完了比赛，正要回去。"

东方清奇一听到比赛，眼睛就是一亮："怎么样，看到我家的翮翮和玉宁没有？该不会看傻了吧！哈哈哈！"

那倒是没看到……不过她不敢这么说，只有唯唯诺诺应付两句，忽然想到什么，试探着问道："东方叔叔，您的夫人呢？"

东方清奇笑道："她领着受伤的弟子去治疗了。怎么，小鬼头，想见我内人？"

看样子他果然不知道。

璇玑抿了抿唇，犹豫着说道："是、是啊，我听玲珑说，东方叔叔的妻子是天下第一美人……"

虽然听多了称赞的话，但从小孩儿嘴里说出，他格外受用自豪，柔声道："那晚上去我那儿吃饭，内人刚好带了一些浮玉岛的小菜，你也尝尝。对了，叫上玲珑敏言司凤他们！"

"呃……不，不用了。"她急忙拒绝，"爹爹好像晚上有事，下次我和玲珑他们去浮玉岛玩儿吧，我还没去过那里呢。"

"那好，一言为定。"东方清奇丝毫没有发觉她的怪异，在她头上又是一揉，笑道："我还有事要忙，先走了。你早些回去吧，看看楚女侠有什么事找你。"

璇玑默默地望着他的背影。

这个可怜的男人，一生英雄，偏偏在情路上坎坷。

这会儿见到他挺拔的背影，璇玑心中竟有些哀戚，不知什么缘故。


璇玑回到自己的院子，老远就看到门口站着两个穿白衣镶红边的女孩子。璇玑瞪着眼睛看了半天，才想起那是玉阳堂弟子的服饰。

玉阳堂是红姑姑执掌的，看来红姑姑果然找她有事。

她慢吞吞地走过去，门口那两个女孩子一高一矮，见到她都笑道："新的小师妹来了！师父在里面等你好久了呢！快进去吧！"

新的小师妹？她一头雾水。

那二人见她还在发呆，不由得催促："快进去吧！别叫师父等太久，她发脾气才可怕呢！"

璇玑"哦"了一声，正要进去，想了想，忽然抬头对她们微微一笑，柔声道："谢谢姐姐。"

那二人见她如此可爱可怜，心早已软了，一个个都欢喜玉阳堂要多个美貌的小师妹。

璇玑一推门进去，就听里面传来说笑声，有红姑姑的，还有爹和娘的。她怯怯地探头进去，就见这三人都在，旁边还坐着钟敏言和玲珑。

玲珑眼尖，早就看到了璇玑缩头缩脑躲在门口，一下子跳起来叫道："妹妹来了！怎么躲在那里呀？快过来！"

她说完就跑过去，亲亲热热地把她拉到那三个大人面前，笑着说道："师叔，妹妹来了。"

璇玑安安静静叫了一声："爹爹，娘，红姑姑。"

褚磊眉头一蹙："你怎么没大没小的，什么姑姑婶婶！"

璇玑被他一吼，立即缩着肩膀不说话了。

楚影红急忙笑道："师兄别怪她，是我要璇玑叫我红姑姑的，这样亲切。我也真拿她当亲侄女儿看呢。"

说罢便对璇玑招手："到我这里来，几天不见，似乎长高了呢。"

璇玑被她揽着头颈，整个身体都埋在她怀里，受用得很，像一只猫，就差没甩尾巴喵喵叫了。

何丹萍笑道："什么时候和我家丫头变得这样要好，我这个做娘的竟不知道。"

楚影红揉了揉璇玑柔软的长发，柔声道："我先前竟不知她是这样一个好孩子呢，不由得人不疼她。"

这边玲珑见楚影红对璇玑这样亲热，便拽着她的袖子撒娇："那我呢？师叔，我也叫你红姑姑好不好？"

楚影红正要说话，旁边的褚磊早已皱眉道："一个两个都这样没规矩，不许闹，今日有正事要办，安静点，坐下。"

玲珑是标准的见到老子如同老鼠见到猫，一点儿脾气没有，乖乖地坐了回去。

褚磊清了清嗓咙，低声道："璇玑，算算你也十一岁了，在少阳峰上虚度了这么些年，毫无长进。"

璇玑以为他们这么多人今天聚起来就是要责备自己的，当即就垮下了脸，没心思和楚影红亲热了。

"好在，你师叔觉得你是个好苗子。"褚磊话锋一转，"既然你在少阳峰学不到什么，想必这里不适合你，不如跟着你师父去小阳峰吧，正式拜她为师。以后不许再偷懒懈怠，明白么？"

此言一出，不单璇玑呆住，连钟敏言和玲珑都怔住了。

"爹爹，你要赶妹妹走？"玲珑第一个叫起来，"我不干！为什么要她离开少阳峰！你要赶，不如把我和妹妹一起赶到小阳峰去算了！"

"胡闹！"褚磊脸色一沉，厉声道，"什么赶不赶！都是少阳派的弟子！你闭嘴，坐回去！"

玲珑气得要哭，颤声道："明明就是要把妹妹单独和我们分开，还说不是赶。小阳峰那么远，见一次面都要花上半天，还不知道以后能不能见着呢！"

何丹萍叹道："玲珑，少说两句！这是好事，怎么又哭又闹，真是个孩子脾气。"

钟敏言也拉着玲珑的手，示意她不要激动，好容易才劝得她又坐回去。

"璇玑，愿意和红姑姑一起去小阳峰吗？"楚影红摸了摸璇玑的脑袋，柔声问。

她呆了一会儿，才道："愿意啊，不过……我也舍不得玲珑和六……和大家。"

楚影红笑道："傻孩子，又不是以后再也见不到了。只要你想，每天都可以回来找他们啊。"

她很认真地想了想，终于点头："好，那我就和红姑姑一起去小阳峰。"

楚影红本来怕她不愿意，准备了好多说辞，没想到她答应得这么爽快，不由得喜形于色，回头对褚磊道："掌门，那簪花大会结束后，我就将璇玑带走了。"

褚磊点了点头："璇玑，既然要跟着师叔去小阳峰，就不能再姑姑长姑姑短地叫了。她正式收你做玉阳堂弟子，你当叫她一声'师父'才对。"

璇玑有些不情愿，不过还是小声叫道："师、师父。"

楚影红喜得抓住她的手，笑成了开花馒头。

何丹萍在一旁笑道："光叫师父还不够，拜师要磕头的，还要奉茶，这才是成了拜师礼。大哥，你说呢？"

褚磊点了点头，楚影红忙道："这个不急，等到了玉阳堂，再行正式拜师礼吧。"

她知道璇玑这种孩子，自有想法的，看着很柔顺，但决不能逼迫她做不喜欢的事。如果拜师的事情先让她反感了，那她就算做了师父，也没办法把她教好。

当下这事就算定了，三个大人都心满意足。褚磊与何丹萍一直为这个懒惰的小女儿伤脑筋，罚也舍不得重罚，放任自流又是害了她，好在楚影红愿意收她做正式弟子。楚影红见识广博，多才多艺，相信知道怎么教导璇玑，比他们两个死板的教导好了不知多少倍。

正在欢喜，忽听玲珑说道："爹爹，那我也要去小阳峰，拜师叔为师！"

众人都是一愣，尤其是钟敏言，急得抓耳挠腮，不知怎么办才好。

何丹萍叹道："这孩子今日只管胡闹，少阳峰待得好好的，何必要去小阳峰。"

玲珑急道："那妹妹为什么要去！我不管，我不要和妹妹分开！她去那里我也要去！"

褚磊把脸一板，喝道："不许胡说！这几日忙着簪花大会，没来得及看你剑招喂得如何，却有精力在这里胡搅蛮缠！下回检查你的功课，只要一招不到位，你就去屋子里面壁思过，不叫你不许出来！"

这话说得重了，玲珑受不得，"哇"的一声哭出来，跺脚吼道："爹爹偏心！爹是大坏蛋！"吼完就跑了出去。钟敏言碍于师尊在场，追也不敢追，急得胸口都要烧起来。

褚磊见何丹萍心疼，便道："不用管她！宠得太过，简直无法无天了！冷她几日再说。"

何丹萍见丈夫开口，也只得作罢。

就这样，离簪花大会决赛还有两天，一个风和日丽的下午，璇玑成了楚影红的弟子，从此结束了少阳峰上无忧无虑的日子。

当然，此为后话，暂且不表。

簪花大会到了第四日上，观战的人越发多了，很多是从其他小门派中赶来观看学习的。也有周围的居民喜欢凑热闹，早早就赶来看这最精彩的决赛。

前三场比试刷掉了绝大多数的弟子，如今只剩下七人，加上幸运抽中空号的乌童，一共八人，将在最后这两日决出胜负，进行簪花。

这天早上，璇玑还没睡醒，就被大师兄杜敏行他们拖出了房间，说是早点过去抢好位子，不然被人山人海挤在后面，可就啥也看不到了。

"我好困……"璇玑坐在据说是"绝佳"的好位置上——其实就是在前面堆了几块石头，他们几人坐在上面，又舒服又高。她一个呵欠没打完，身子就开始歪歪倒倒，左右晃，一下撞在杜敏行身上，眼看又要睡着。

"你这时候好歹也振作一下吧。"杜敏行苦笑，"上面有咱们少阳的弟子呐，你也要为他们打气才对啊！"

璇玑揉了揉眼睛，勉强坐直身子，忽然发现有些不对劲。她左右看看，大师兄，二师兄，还有六师兄他们几个都在石头上坐着，唯独玲珑不见踪影。

"玲珑呢？她跑哪里去了？"她忍不住问，玲珑可是一直盼着来看决赛呢！

她不提这名字还好，一提起来，钟敏言的脸就和苦瓜一样，长叹一声，一个劲儿摇头。

杜敏行小声道："你们昨天是不是吵架了？早上我和敏言去叫她的时候，差点儿当头被她泼了一身水，一个字也不说就关门，怎么叫都不出来了。"

难道还是为了昨天那事？璇玑也忍不住想叹气，轻道："我去叫她。"

钟敏言见她跳下石头，急忙跟上："我也去！"

杜敏行到底年岁大一些，这几日也算看出了点儿端倪，当下一把扯住他："敏言就不要去了，坐下。"

钟敏言不敢忤逆大师兄的话，只得不甘不愿地坐回去。

却说璇玑好容易挤出人群，摸到玲珑的房门口。却见她门口地上湿漉漉的，房门紧紧闭着，大师兄说的果然不假。

她微叹一声，走过去轻轻敲门："玲珑，是我。开门呀。"

隔了半天，玲珑的声音才传出来："你别管我！都走！"

璇玑叹道："你到底为什么生气呀……是不是，不想我去小阳峰？"

玲珑闷了半天，才哭叫："谁说我生气了！我才没有！反正……反正你就是不想和我一起，要离开我！你走你的！别管我！"

谁说她是小孩儿？玲珑明明更孩子气！

璇玑推了推门，里面反锁了，推不开。她只好在门槛上一坐，把两手插进袖筒里，慢悠悠说道："我没有不想和你在一起。可是爹爹不喜欢我留在少阳峰，他看到我就生气，我看到他也害怕，这样更没意思。玲珑，我不像你，我对那些剑法啊，武功啊，一点儿兴趣都没有。你说，一个少阳派掌门人，说出去多响亮的名头，却有我这么个没用的女儿，爹爹不觉得丢人，我自己也难堪。还不如去小阳峰，他见不着我，我见不着他，这样都好受些。"

"那你为什么要讨厌学剑法武功？你要是怕学不好，我可以教你呀！从头仔细教你！你不要走嘛！"

玲珑大哭起来。

璇玑抿了抿唇，懒洋洋地靠在门上。

初升的日光已然破开云层，万道金辉落在山顶。那白茫茫的云，无边无际，一圈一圈，一朵一朵，在山头上歇息一下就走，谁也不知道它们要去什么地方，什么时候才会停下慵懒的脚步。

或许它们自己也不知道要去何处，想要什么。它们没有根，孑然一身，自由自在，却也空虚得很。

她记得有一次听见爹爹和娘私下谈话，说起她们姐妹俩。对玲珑自然是赞不绝口，可是提到她的时候，两人只有叹息。

她就这样无缘无故，平白成了一块耻辱。

为什么不肯修行呢？

很多人问过她这个问题。她也永远没有回答，兴许在她的潜意识里，这种修行根本就是无意义的。人就是人，仙就是仙，不同的轮回，不同的众生，没有好坏高低。他们活了这么一辈子，到头来所有的回忆里只有"修仙"二字，生而为人的一生都蹉跎了。

褚璇玑，你简直像个没有心的人——大师兄有一次被她气惨了，无奈吐出这一句话。

"璇玑……你怎么不说话了？"玲珑在屋里怯生生地问。

她怔了一会儿，才道："玲珑，我已经拜师了，一定会去小阳峰。所以我留在少阳峰的日子也不多了，你不想在最后这几天陪我吗？"

屋里没声音了。

她暗叹一声，起身要走，没走几步，忽听房门一响，有人飞奔而出，紧紧扑在她背上，一面哭一面道："好嘛！我陪你，我陪你！每次都是这样，你心里从来都没有我！"

璇玑握住她的手，柔声道："那就不要哭了，你哭起来难看得要命。不是想去看决赛吗？这会儿一定已经开始了，错过了精彩场面，你回头又要埋怨了。"

玲珑那只手狠狠打了她一下，跟着缩回去。璇玑笑吟吟地回头，只见玲珑揉着眼睛，两只眼睛都肿得像桃子了，也不知她哭了多久。她一边揉，一边恨恨地说："你哭起来才是难看得要死！坏丫头！旁人对我都是好言好语的，就你会欺负我！"

璇玑嘻嘻一笑，抓住她的手，摇了摇："别说那么多啦！快走吧！六师兄急得头发都快白了。"

玲珑把脑袋不可一世地扬起来，哼道："他急和我有什么关系！急死他才好！"

璇玑未置可否地弯了弯唇角。


当璇玑终于把玲珑带回来的时候，前两场比试早结束了。人山人海的观战者，喧嚣声震天，想必刚才一定很精彩。

"没事，还有两场呢。"璇玑看玲珑扁着嘴，肯定正在后悔没早点儿来，不由得安慰她。

"璇玑！玲珑！这边这边！"二师兄陈敏觉眼尖，早早见到她俩，赶紧招手让她们过来。

钟敏言一见玲珑终于肯来了，忙不迭地跳下去迎她，却被她一个白眼瞥了回来。

"有你们那样一大早去拉人的么！"玲珑一坐下来就精力十足地开炮了，"正做好梦呢，都被打断了！"

钟敏言笑道："你做什么好梦？难道是梦到你亲亲好敏言大哥？"

玲珑啐他一口，似嗔似喜："谁梦到你，臭美！我是梦到璇玑了！我和她一起去了小阳峰，说不出有多快活。"

钟敏言调笑："你们两个人有什么快活的，加上小爷我，才叫锦上添花！"

玲珑刮着他的脸，说他不害臊。这样一笑闹，总算把先前的龃龉给化解了。

杜敏行笑道："真是有精神，还说起不来。可要小点声音，第三场就要开始了。"

话音刚落，却听四方号角一齐响起，这第三场比试即将开始。玲珑正偏着脑袋看究竟是何人上场，忽见一红一白两道身影齐刷刷跃上擂台，红的如烈火，白的如碎雪，当真抢眼之极。

台下众人轰然叫好，原来这一场竟有玉宁和翩翩。

翩翩玉宁两人是浮玉岛东方清奇的得意门生，从六岁起就修行双剑合璧的功夫，到如今二十余岁，吃住行几乎都在一起，连脾性也几乎一样，所以才能心有灵犀，将双剑合璧使得出神入化。

璇玑之前也听说了这两人的名字，但如此这般近距离相对，还是第一次。

那穿白衣的是玉宁，身量稍矮一些，长发斜斜绾个髻，目光冷澈，面容秀丽，更奇的是她手中的一柄宝剑，足有三尺多长，从剑柄到剑鞘，都是通体雪白，不知是何等材料制成。

璇玑一直觉得女子穿白衣最好看，不单清爽，而且飘逸。此刻见玉宁站在场上，衣衫长袖随风猎猎而舞，说不出的潇洒动人，心中不由得有些羡慕。

翩翩便是旁边那个穿红衣的瘦长男子了，虽然貌不惊人，却生得一双好眼睛，漆黑灵动，硬是为他添了一丝英气，加上红衣乌发，别有一种男子妩媚气息。他手中的剑要粗一些，式样与玉宁的一样，只不过通体艳红，简直像刚从剑炉里拿出来的。

"我以为多好看呢……"玲珑盯着翩翩看了半天，回头和钟敏言咬耳朵，"原来还不如咱们家小六子！小六子，改天你也穿一色红衣，把剑鞘剑柄改成红色的，肯定比他好看多了。"

钟敏言忍不住失笑，一本正经地点头："那你也穿白衣配白剑，咱俩来个双剑合璧，做少阳派的翩翩和玉宁。"

玲珑笑着拍他几下："你会什么双剑合璧！人家那是打小练的！"

话刚说完，却听下面又起欢腾之声，却是翩翩和玉宁这场比试的对手上台了。

"啊！是端正师兄！"玲珑指着上面那个面容憨厚的少年男子兴奋地大叫，"端正师兄！原来他这样厉害！"

当下众人再也顾不得讨论翩翩玉宁好不好看的问题，个个铆足了劲呐喊鼓气。端正似乎听到了自己同门的声音，回头往这里微微一笑，引来更多的叫好声。

"咱们少阳派除了他还剩下谁呀？"玲珑问。

杜敏行想了想，"这次是端字辈的师兄们参加，前三次比试淘汰了大半，还有端慧师兄昨晚吃坏了肚子，不能继续比试，那剩下的就只有端正和端明两个师兄了。"

玲珑一听只剩下两个人，不由得噘嘴道："这些师兄忒不济事，就剩了两个！"

陈敏觉笑着插嘴："小师妹，话可不能这么说。你看先前参赛的六十个弟子，轩辕派的弟子都淘汰光了，浮玉岛也只剩下翩翩和玉宁，咱们少阳派能留两个下来，已经是出类拔萃啦！更何况端明师兄方才赢了点睛谷的弟子，是四强之一了呢！"

玲珑这才稍微舒服了点。

本次比试，判决人是离泽宫副宫主，他还和上次见到时一样，慵懒地靠在椅子上，没骨头似的，所有人都盯着他手里的羽毛扇子，只待他一挥下来，比试就开始。

却见他不慌不忙，先扇了两下，才笑道："比试还没开始，别这么剑拔弩张的，记住点到即止，若是用了超出限制的仙法咒符，我可是会发脾气的哟！"

话一说完，那扇子就挥了下来，众人都没反应过来。连翩翩和玉宁还有端正也愣了一下，这才互相抱拳，摆开了架势。

钟敏言见端正师兄摆的是玄明拳的开门招式，不由得问道："端正师兄没有武器吗？赤手空拳对付两柄剑，很吃力吧！"

杜敏行摇了摇头，他其实也不知道端正用的是什么武器。

一旁的玲珑忽然惊叫一声："啊！快看！"

众人一齐望去，却见翩翩和玉宁二人拔剑在手，双剑搭在一起，摆个十字。他二人面对面站着，一红一白，衣衫猎猎舞动，当真好看得紧。

三人两面，互相对峙，良久，都一动不动。

玲珑等了半天，也不见他出招，低声道："他们怎么不动啊？"

杜敏行还是只有摇头，他自然是不知道的。

又不知过了多久，他们还是不动，台下观战诸人都急了，纷纷发出诧异的噪声。那副宫主摇着扇子，笑道："莫急莫急，肃静肃静。"

话音一落，却见三人行动一致，恍若三道闪电，齐齐出发，在空中撞上，一触即退，谁也看不清他们到底做了什么动作。但见端正的一副袖子被割裂，玉宁的衣衫下摆多了一个脚印。

"哇，这算什么！"玲珑叫道，"根本看不清呀！"

没人回答她，因为大家都和她一样看不清。

于是璇玑很好心地解释："是这样的，端正师兄本来想借势去抢玉宁手里的剑，却被翩翩挡住，一剑削向面门。他为了闪躲那一剑，便用袖子去缠，于是他的袖子就被割断了。玉宁跟着上来要刺他，却被他把招式化解了，还被踹上一脚。"

说完，她眨眨眼睛，见大家都盯着自己，又乖乖地说道："就是这样了。"

玲珑结结巴巴地道："璇、璇玑，你……你能看清？"

她点头："能啊，动作也不快嘛！"

玲珑默然。

钟敏言"切"了一声："别听小丫头乱说，她哪里能看清！连大师兄都看不清呢！"

我确实能看清啊……璇玑在肚子里辩解一句，不过，她懒得说出口。

这下初次交手，双方都对对方的实力有了一些了解。大概知道端正和以往能轻松取胜的对手不同，翩翩玉宁二人面上都多了一丝凝重的神色，忽而将剑一撒，齐齐旋身，竟好似排练好的一般，足尖在地上一点，同时后退数步。

端正却不容他们找时间喘息，一个箭步抢上，身子一侧，巧巧躲过翩翩斜下里刺来的剑，紧跟着手腕一抬，居然还要去抢玉宁的剑。这次她已有准备，哪里容他近身，当即后退，躲过一招擒拿手，那边翩翩的剑又已送到面门，迫得他不得不退。

台下众人哪里能看得清他们究竟有什么具体招式，只见端正的黑影在一红一白两道影子间来回穿梭，有如巧燕，往往一触即退。那红的影子利落刚硬，仿若暗夜魔魅，险险总在意料不到的地方穿插进来，衣袖扬动，剑光藏匿其间，当真是绵里针、海中花。那白的影子飘逸轻扬，轻功绝佳，滴溜溜绕着端正打转，剑光将周身笼罩，仿若金钟罩、花中刺。

一红一白，进退有致，左右错落，飘飘然仿佛两只蝴蝶，果然像别人说的，养眼之极。

虽然看不清他们到底做了什么……呃，也算一个小遗憾吧。

"到底谁占了上风呀？"玲珑根本看不清具体动作，急得直叫。

杜敏行他们只有默默摇头。璇玑轻道："是端正师兄占了上风呀，他把玉宁的剑抢过来了。喏——"

她手一指，果然只见端正倒退好几步，手中闪闪发亮，攥着一柄通体莹白的宝剑，稳稳地捏了个剑诀，而对面的玉宁脸色古怪，手腕上殷红一片，想必被他伤到了。

众人都是哗然。


"端正师兄！"下面少阳派的弟子一迭声地欢呼起来，玲珑更是在大石头上跳来跳去，险些栽下去。

翩翩一见搭档被伤了手腕，立即收剑，将她手上的伤看了看，才问道："如何，伤到手筋了没？"

玉宁脸色苍白，定定地看着端正，仿佛他是什么妖魔，良久，才低声道："没有。只是……两三天不能握剑了。"

翩翩"咣啷"一声，把剑收回剑鞘，对端正一拱手，朗声道："世兄好功夫，我二人甘拜下风。"

此话一出，证明这场比试端正赢了，四强之中又多了个少阳派的人。下面的少阳弟子欢呼声几乎要把天都给掀翻过去。

端正微微一笑，手里的剑轻轻巧巧耍个花式，白光缭乱，紧跟着"嗖"的一声，轻轻抛向对面的玉宁。她抬手一接，神色复杂，嘴唇嚅动，似乎是想说什么，最后却什么也没说。

端正沉声道："上回簪花大会，端正不才，输给二位。这次承蒙二人多让，端正僭越了。"

说完他转过身，对台下朝他齐声欢呼的少阳同门一拱手，憨厚的面上满是笑容。

"这才叫扬眉吐气！"钟敏言激动得脸都发红了，"端正师兄真是好样的！君子报仇十年不晚！"

"报什么仇呀？"玲珑连声问他。

杜敏行笑道："上回簪花大会，你和璇玑还小，没看到。端正师兄第一场比试就输给了翩翩和玉宁，左脚的筋被玉宁挑断一半，几乎要成跛子。幸好和阳师叔细心照料了他半年，这才痊愈。他如今能做出这么快的动作，不光是奇迹，更是端正师兄豁出命去修行才换来的。"

"哇，这个玉宁原来这么狠！"玲珑愤慨了，"端正师兄这次应该也把她的手筋挑断一半才对！"

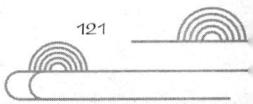

杜敏行摇了摇头："睚眦必报，非修仙者所为。更何况玉宁身为女子，男子汉大丈夫，理应让着些才对。这场比试赢得漂亮，他昔日的努力也不算白费。"

说话间，三人已经下台。端正早早就被群情激动的少阳同门团团围住，连褚磊也被惊动，特地过来勉励他。

玉宁捂着手腕，早有人替她包扎。旁边的同门与她说什么，她似乎都没听见，而是始终用一种复杂古怪的眼神瞪着端正，好像他是什么怪物。

这一次比试，没有任何花样诡计，端正完全是硬碰硬，压倒性地赢了他二人。至此，双剑合璧的美妙，在簪花大会上也要绝迹了，再过五年，翩翩玉宁二人都过了二十五岁。簪花大会规矩，参赛弟子年纪在十八到二十五岁之间，先前夺冠呼声最高的他们，终究也以失败告终。

东方清奇倒是看得开，一个劲儿安抚两个失落的弟子，笑道："天外有天，人上有人。簪花大会不过是个过程，以后的结果是什么，还要看你们自己努力。不用难过了，这次的失败也算一个教训，以后你二人会更强。"

翩翩先前在台上还是满不在乎的模样，然而他到底傲性高，胜负心也重，双剑合璧输给赤手空拳的人，剑还被人夺走，委实难堪。这会儿听见师尊的安抚，眼眶也禁不住红了，颤声道："弟子……遵命。"

一言未了，却见端正排出人群，朝这里走来，手里还拿着一个黑漆木盒子。

"刀剑无情，很抱歉伤了玉宁姑娘的手腕。这是少阳特制的金创药，对伤口极有好处。万望二位能收下。"

东方清奇笑道："你太客气了！呵呵，玉宁，快收下，谢谢你世兄！"

玉宁垂下眼睫，慢慢接过金创药，低声道："谢谢……端正世兄。"

端正又是一笑，温言道："涂上药之后用绷带系紧了，明日就不会再痛。如此，在下告辞了。"

他转身便走，玉宁睫毛微微一动，似是想说什么，最终却没说。

一旁的翩翩见她这种模样，笑道："有什么话要与他说，可要趁早。再过两日，咱们就要回浮玉岛了。这一去，还不知何年何月再见。"

玉宁脸色苍白，半晌，低声道："不用你……操心。"

翩翩只笑了笑，再也没说话。

"依我看呀，端正师兄和那个恶女玉宁，之前大概有什么咱们不知道的龃龉。"玲珑眨着大眼睛，看了半天，才一本正经地得出这个结论。

"你怎么知道？"璇玑很好奇。

玲珑贼兮兮地压低声音："你没看她看端正师兄的眼神！那是正常的看吗？眼珠子

都快掉下来了！依我看呐，肯定是她喜欢咱们端正师兄，结果师兄看不上她，所以上回她恼羞成怒，把端正师兄给伤了。"

"还有这种事？"璇玑觉得不可思议，玲珑的想象力真是丰富，根本不合逻辑嘛！

"怎么不可能！这些大人呀……哼哼！他们的事情要多复杂有多复杂。"

杜敏行见她摇头晃脑说得天花乱坠，不由得笑道："是你的小脑瓜想得复杂吧。成天没事想这些，端正师兄和玉宁从来都没接触过，哪里有什么龃龉？别乱猜了，今天最后一场比试马上要开始了。"

青字擂台已经整理干净，负责这场比试的判决人楚影红也已经站到了擂台边上，朗声道："请二位上青字擂台！"

话音刚落，就见两个黑影同时跃上擂台，玲珑一看清其中一人的相貌，禁不住"啊"了一声："是他！那个混蛋！"

众人定睛看去，却见那人乌发修眉，面色苍白，容貌虽然清秀，眉宇间却另有一种令人不舒服的阴冷狡诈，正是乌童。

他的对手是同门点睛谷的一位师兄，两人都是一身黑衣，长发垂肩，乍一看像一对双胞兄弟。

"点睛谷的弟子都这么阴阳怪气，讨厌死了！"玲珑恨乌及屋，讨厌一个乌童，便连所有点睛谷的弟子都讨厌上了。

"记住，点到即止。不许使用过于强大的咒法仙术，不许伤人性命，一旦这种情况发生，便剥夺参加簪花大会的资格。"

楚影红一面特地把这条规矩强调出来，一面看着乌童。他先前的行为她还心有余悸，为此他们这些长辈特地为簪花大会多订了这条规矩：不许使用类似五雷大法的咒术，防止上次失控的局面再现。

乌童把嘴角撇了一下，露出一个嘲讽的笑，显然并不在意。

楚影红见他顽固狡诈，心中实在不喜。点睛谷也算老资格的大派，向来讲究修身养性、与世无争，教出来的弟子从来都是谦谦君子，她也是第一次见到点睛谷有这种顽劣子弟，却不知几位点睛谷的有德长老如何容得下他。

号角声很快响起，乌童的比试开始了。

少阳派弟子纷纷给他喝倒彩，他先前伤了璇玑的行为让他们很愤慨，这下同仇敌忾，把以前讨厌璇玑的念头都丢到了九霄云外，一个个喊得十分带劲。

# 第七章·告别青葱岁月

"我今天就看看他到底有什么本事！"玲珑把胳膊一抱，打定主意，如果乌童敢再用五雷大法，她就冲上去把他的脸给划花！

"还是靠后些比较保险。"杜敏行是个保守派，不愿惹麻烦。回头看看几个小孩子都不肯退，他只得把身体往前倾一些，护住他们，省得刀剑法术无眼，再伤着哪个都不好看。

号角一停，乌童便对那师兄抱拳，淡然道："请于师兄赐教。"

他今日换了兵器，腰上别着一把乌金剑，细细长长，抽出在手，捏个剑诀，剑尖在日光下熠熠生辉，果然是件利器。

他腾出另一只手，捻住剑尖，轻轻一掰，那剑身登时弯了个圆圆的弧度。手一松，马上弹直，嗡嗡轻响，居然是一柄细长的软剑。

对面那姓于的男子一见他亮出这件兵器，脸色立时有些凝重。他微一抱拳，袖袍一展，手中却多了两柄短剑——他原来也是个用短剑的。

楚影红见他二人互相行过礼，便朗声道："听我号令——开始！"

话音一落，那两道对峙的黑影立时闪动，电光火石一般，眨眼就绞在了一起。乌金剑贴着于剑豪的胸膛往上挑，却被他用两柄短剑一撩，钉在当中，急促间居然抽不出来。

"他师兄更厉害些呢。"钟敏言见乌童的招式略弱，一开始就处于下风，不由得喜形于色，"这下他肯定要输了！"

话未说完，只听场上两声令人牙酸的响声，乌童的乌金剑居然硬是从两柄短剑中抽了回来。他不敢再攻，收剑回防，不料于剑豪比他更快，脚下一沉，回身居然来了个"倒栽杨柳"，短剑凌厉的光芒在他胸前一划而过，倘若躲得慢点，便是致命的重伤了。

"好！"玲珑第一个叫好。

只见乌童狼狈地踉跄几步，终于站稳，抬手在胸前一摸——衣服被挑破一道长口子，隐约还出了一点儿血。他冷笑一声，把血迹随意在身上一抹，森然道："于师兄好快的剑，竟是要杀了我呢！"

那于剑豪微微一笑，道："比武场上刀剑无眼，师弟自己小心。"

乌童心知自己拳脚剑招不如人，他半途入门点睛谷，从小没有这些基础，因此往往落后于人。倘若不是有仙法护身，也得不到江长老的青睐。

上回与少阳派的一个弟子比试，他情急之下用了五雷大法，谁想引来众人不满，竟新立了不许使用此类仙术的法则。此刻台下千万双眼睛都盯着他的一举一动，想必大半都盼着他立时输了，伤在对方剑下才好。

想到这里，他心头便是一狠，更不说话，只将招式一变，手里的软剑登时犹如灵蛇一般，弯弯曲曲地挥了出去。

这不是点睛谷的功夫！于剑豪果然也是一惊，待要急速让过，却不防那柄剑像活的一般，忽上忽下，忽左忽右，一时竟摸不准往哪里避让才好。

这一犹豫，动作便凝滞了一瞬。乌童瞅准时机，腰身一扭，那剑竟擦着他的脸，一刺而出！于剑豪大吃一惊，猛然往后一跃，倒退好几步，一直撞在擂台的栏杆上，这才停下。

他抬手在脸颊上一抹——满手的血。刚才要不是他那一剑没刺准，这会儿自己的眼珠想必已被他挑出来了。

他心下忍不住惊骇。果然师父说乌童此人奸诈无比，只有他对不起别人，绝不许旁人欠他半分，典型的睚眦必报。他用的不是点睛谷的功夫，下的又是诡异杀招，也不知是从什么地方学来的功夫。

当下他说道：“师弟！此为正式比武，怎可用别家的功夫？何况……！”何况刚才他使的那招倒栽杨柳，根本没有用上半分力气，也重伤不了他。他却下了狠手，那一剑没将他眼珠挑出来，却在他脸上开了个极深的口子，血流披面，剧痛无比。

乌童却冷冷一笑，用他方才的话抵回去：“比武场上刀剑无眼，师兄要小心才是。”

于剑豪脸色一沉，厉声道：“我让你三分，你却登堂入室！也罢，那便看看谁的剑快一些！”

他身形一变，却犹如展翅的仙鹤一般，手中的短剑仿佛一瞬间变成了千万把，情急间分不清是真是假。

乌童更不相让，迎上去便是一架。

两道黑影一触即退，忽而又缠斗在一处，一时间只听场上刀剑碰撞声不绝于耳，两人都用了全力。一个是点睛谷的正宗功夫，潇洒自如；另一个却是旁门左道的外家功夫，诡异灵活。

玲珑只见乌童手里的剑点点黑光，好像在他周围开出一朵朵黑色的梅花，两人一时分不出上下风，她急得叫道：“姓于的！加把劲啊！输给你家师弟，丢不丢人？！”

场上兀自缠斗的两人哪里听得见她喊什么，只要一分心，便是杀身之祸。

倒是台下的少阳弟子听见玲珑这样喊，都有模有样地学着她，几十人一齐吼：“姓于的！输给你师弟，丢不丢人？！”

“于家师兄，不要输给他！”

“将这个大逆不道的弟子斩于剑下！”

他们这样一吼，别的门派有喜欢凑热闹的，也跟着吼起来。这下大多数人都为于家师兄鼓劲，剩下的少数人也学着叫起来，一时间，场上竟全是为于剑豪喝彩的声音，各门派的掌门也不好阻止，只得暗自摇头。

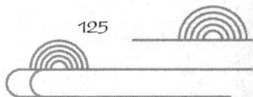

那缠斗在一处的两人忽地骤然分开，乌童连翻两个跟头，袖中忽然抛出数张漆黑的纸。

玲珑眼尖，骇得大声叫道："快躲！他又要放五雷大法了！"

说罢她抓住璇玑，一骨碌滚下大石头，蹲在下面不动了。

杜敏行哭笑不得地把她俩拉起来："不是五雷大法，你看！"

他指向擂台，玲珑战战兢兢地探头出去，却见那几张咒符，有的变成水箭，有的变成火龙，确实不是五雷大法。

"啊！五行术！他能同时放出水和火呢！"玲珑惊奇地瞪圆了眼睛。

杜敏行点头道："确实……而且他的功夫也不像是点睛谷的，看起来倒像是半途入门的弟子，先前不知在何处学了这些杂七杂八的本事。"

这边他们在说话，那边于剑豪为了躲避仙术，委实狼狈之极。

五大门派通规，所有子弟年满二十方可修习仙术咒法，他还没到可以学习的年纪，只懂一些粗浅的召唤之术，哪里能应付乌童这么厉害的水火之龙。普通的兵器招式在它们面前就像豆腐做的，一晃过去，他手里的短剑一个断了一个被烧裂开，再也不能用。

好容易躲过水箭飙射，他躲到擂台角落，声嘶力竭地吼道："乌童！这是犯规！比试不可使用这些法术！"

那乌童面沉如水，竟仿佛没有听见他的惨叫，手指犹如兰花一般，美妙地一摆，在半空中摇首摆尾的火龙立即受了召唤，呼啸着扑向手无寸铁的于剑豪。

这要被它扑中，于剑豪不死也是半死。一时间场上喧哗大作，楚影红立即便要施以援手，阻止这场出格的比试。

谁知她还未动，那火龙却在于剑豪的头顶自己散开了。

乌童放下捻咒的手，捏个剑诀，更不停顿，足下一点，便要刺向还在发愣的于剑豪。

"犯规！他犯规了！"台下忽然传来一个清脆的叫声。

他心中一凛，转头望去，却见又是玲珑，叉着腰，恶狠狠地叫嚷："他犯规！这场比赛应该算他输！太卑鄙了！"

他心中对少阳派这帮小鬼委实厌恶到极致，先前害他被倒吊在树上，出尽洋相，这笔账他还未算呢！

想到这里，他足下一顿，装作被绊倒的样子，剑尖一晃，竟直标标往玲珑那个方向刺了去！

谁也没想到他竟会突然绊了一下，眼看那剑就要刺中玲珑，旁边的人实在来不及救助。

玲珑自己也没想到，她已经吓傻了，僵在那里。

眼前剑光一闪，她本能地眨了眨眼睛，忽然身体被人狠狠一撞，她居然一头从大石头上栽了下去，后脑着地，眼前金星乱蹦。

紧跟着，什么热热的东西滴在她脸上，她猛然一惊，下意识地抓紧挡在自己身前那人的衣服——是璇玑！

"啊！"她低叫一声，眼怔怔地望着那柄乌金剑，它刺穿了璇玑的右肩，狰狞地凸出来，鲜血淋漓。滴在她脸上的血，便是从剑上流下的。

璇玑！她想叫，却叫不出来，从喉咙里发出一声带哭腔的颤音。

璇玑面上全是冷汗，脸色煞白，忽然抬手一把抓住那剑，五指如钩，乌童这会儿已经从地上爬了起来，要抽剑，居然抽不出。他不由得一怔。

璇玑猛然回头，目光灼灼，定定地看着他。他心中一凛，竟没来由地感到一阵寒意。

"你……"她颤声道，"你……莫要太嚣张……"

乌童见她血流如注，脸色如纸，显然已快支持不住，当下一狠心，用力去拔那剑，一面道："误伤了小姐，是我的错！"

谁知这一拔，还是拔不出来。她死死攥着剑尖，森然瞪着他，手腕渐渐用力。

他骇然地望着自己的乌金剑，在剑尖那里弯成一个几乎不可能的弧度，跟着"啪"的一声，他手里的抗力猛然消失，他整个人倒退数步，一屁股坐在地上，再望向乌金剑，却发觉剑尖居然被她硬生生地徒手折断了！

乌童登时呆住。

璇玑用两根手指捏着剑尖，不知是他眼花，还是日光太强烈，他隐约见到她掌心有银光吞吐，连带着那四寸多长的漆黑剑尖，也发出银色的光芒。

"你也死一次试试！"她冷冷地说道，手腕优雅地一转，手里的剑尖犹如闪电一般飞了出来。乌童根本看不清她的动作，只觉眼前一花，那道银光射向自己，待他看清的时候，剑尖已到眼前。

要死！他猛然闭眼，等待那剑尖贯穿自己的头颅。

谁知等了良久，却没有任何动静，他惊骇地慢慢睁开眼，却见那根剑尖早已失却威力摔落在脚下，而这个重伤的小丫头，半边身体都被血浸透，两眼一翻，晕了过去。

"璇玑！"玲珑这时才反应过来，没命地抱住她，"璇玑！璇玑你不要死！"

她叫了半天，璇玑却一点儿反应也没有，死死闭着眼睛，脸色青白，当真如同死了一般。

她只吓得神魂俱灭，失声痛哭起来，哪里还顾得上旁边的罪魁祸首乌童。

直到这时，周围的人才从这一系列的突变中反应过来，叫嚷的叫嚷，看人的看人，把脉的把脉，全部围了过来。

杜敏行见玲珑哭得几乎要晕过去，不由得扶住她，抬手把璇玑抱在怀里，先在她鼻下比一比，这才叹道："璇玑还活着，你不要再晃她，否则伤势会加重！"

他急急从怀里取出金创药，顾不得撕开衣服看伤口，先倒上去堵住血水再说。他的手忽然被人拦住，抬头一看，却是楚影红和褚磊夫妇。

"不要擅动！"楚影红神色凝重，一面点住她伤口周围的穴道，将血止住，一面吩咐呆在一边的玲珑，"不要呆着！快让开！"

褚磊一把将小女儿抱起，三人再也顾不得混乱的现场，急急带着重伤昏迷的璇玑离开了。

玲珑哭得哽咽难言，急急追过去，钟敏言和杜敏行也担心地跟了上去。


谁也想不到这场比试竟是以这个结尾收场，纷纷哗然。

待众人把于剑豪扶下台的时候，才想起要找那个罪魁祸首乌童算账，谁知找遍了整个山顶也找不到他的人。原来他知道事情不好，也深悔自己一时冲动，方才竟偷偷跑了。

于剑豪被扶到点睛谷容谷主面前，抱拳愧道："弟子无用……师父……"

容谷主摇了摇头："不怪你，你已经很好了。江长老！"

一声说完，对面早已排众而出一个须发花白的老者，满面羞愧之色，对他深深一鞠，低声道："属下……管教无方……实在无颜面对谷主……"

容谷主四处看了一下，冷道："乌童呢？"

江长老微微一顿："想是知道自己闯祸，已经……逃了。"

容谷主冷冷一笑："哼，逃了……你还是和以前一样护短啊，江长老！"

江长老垂着头，一句话也不敢说。

"也罢，今日他犯下弥天大罪，从此点睛谷再也没有乌童此人。为了弥补过失，点睛谷退出本次簪花大会！"

点睛谷一干弟子见谷主发怒，谁也不敢说话，只得跪下答应。

这下，乌童被赶出了点睛谷，点睛谷退出本次簪花大会，变故之大，委实让人感慨。


而这一切，璇玑都不知道。

她正做着一个古怪的梦，梦里的自己正对着镜子梳妆打扮。

古朴的青铜镜里映出的人影，又熟悉，又陌生。眉眼看着是她，可是年纪却大上许多，面上表情冷冽凝重，眼中犹如寒冰碾碎一般，寒意瘆人。

那满台的胭脂花粉，满床的绫罗珠翠，她却看也不看，自将长发盘在头顶，然后戴上紫云盔，系上黄金甲。镜中赫然出现一位英气十足的女将。

她是要去做一件事，一件她从生到死都在做的事，没有反悔，没有犹豫。

她就是为了这件事生的。

她来到了硝烟弥漫的战场，千万铁蹄，犹如乌云盖顶。旗手高高举起巨大的旗帜，上面的花纹华丽而古怪，在风中猎猎作响。

冷肃的号角声仿佛是许多人在哭，从四面八方响起，猪婆龙皮做成的大鼓，敲一下天旋地动，轰轰轰轰，有如雨点急落，整个大地都在震撼。

天火崩落，一团一团从苍穹落下，随着天火降落的还有密密麻麻的大军。

他们从天上来，从另一个轮回而来，跨过宽广的天河，一再侵犯神圣的领土。

当头跃过一匹飞马，张开翅膀从她头顶飞过，将她的紫云盔踢翻，三千青丝瀑布一般倾泻而下。马上将军三头六臂，周身有烈火焚烧。

她张口咬住一绺不听话的头发，回手便是一剑。

鲜血四溅。

很好，畅快淋漓。

耳边似乎有人在急急叫她："璇玑……璇玑——"

她手中紧紧握住一个物事，一时竟想不起前因后果。

那声音还在："璇玑……璇玑！醒醒啊！"

她猛然睁开眼，入目是青纱帐，还有两三张流泪而关切的脸。


"啊！她醒了！醒了！"玲珑大叫，喜得紧紧抓住她的手，眼泪流得却更凶，"你……你觉得怎么样？能说话吗？还疼吗？"

璇玑茫然地眨了眨眼睛，半天，才轻道："我……我好像……不疼了。"

说着便要起身，何丹萍急忙按住她："不要动！伤口还没好！"

璇玑这才发觉半边身子都木了，动不得。她颓然地躺回去，正要说话，忽觉手里死死握着什么东西，拿起夹一看，却是一块碎木头，她不由得一呆。

玲珑怯生生地说道："那是……抱你进来的时候，你死死抓着门框不肯松手，最后……门框被你抓裂了……"

璇玑呆住。

"玲珑，你妹妹刚醒来，别总和她说些有的没的。"何丹萍见璇玑脸色不对，急忙把大女儿轻轻推开，自己坐在床边，手里端着一碗药，柔声道，"来，先喝药，喝完再好好睡一觉，就没事啦。"

璇玑确实也没力气想自己哪里来的这么大劲，随手把碎木头一丢，就着母亲的手，喝了一口药。

"娘，好苦哦……"她皱着眉头撒娇。

玲珑笑眯眯地塞给她几颗用纸包好的糖渍梅："就知道你要叫苦，来，吃一颗梅子。真是个小丫头。"

她一面丢了一颗到她嘴里，一面撑在床前，笑问："怎么样？甜不甜？是我自己做的哦。"

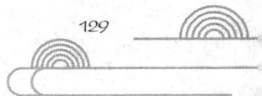

璇玑点了点头："甜……唔，就是太甜了点……"

她赶紧一口气把药都喝了，省得玲珑再喂自己梅子。不晓得她做这个糖渍梅，到底放了多少糖，甜得吓死人。

"现在就睡吧，什么也别想。"玲珑小大人一样，把她扶着躺回去，又替她整理被子枕头，絮絮叨叨，好像老妈妈。

璇玑忍不住笑出声："玲珑你和娘越来越像了。"

玲珑把眼睛一瞪："我是你姐姐，所以你要听我的。乖，快睡。争取早点好起来。"

璇玑刚醒过来，一时还睡不着，见娘端着药出去了，她便拉着玲珑的手，轻道："你没事吧？那个人……没伤到你？"

玲珑眼睛一红，嶥嘴道："我没事。你好好的跑出来做什么！真是……差点被你吓死……"

她揉揉眼睛，把泪水缩回去，又道："我比你结实多了，被刺一剑没什么大不了。你这么虚弱，还要逞强，大家都吓死了，我……我们还以为你会死……"

说着说着，还是忍不住心惊落泪。

璇玑没说话，只轻轻摸了摸她的手，半天，才轻道："我也不知道怎么的，看到他刺过来，就自己冲上去了。你放心，下次不会啦。而且，我也没事嘛！"

"还有下次？！"玲珑瞪她，"才不许有下次！还说没事，你都睡了五六天啦！没事会睡这么久？娘每天都哭，红姑姑他们每天都来看你，都担心得要命。"

"啊，我睡了五六天？"璇玑也忍不住吃惊，她以为只不过做个梦的时间而已。上次在鹿台山也是，他们说自己睡了好几天，可她一点儿感觉都没有。

"那……簪花大会都结束了？"

玲珑点了点头："早结束啦。那个混账乌童刺了你一剑就逃了，点睛谷谷主大概是觉得丢人，所以点睛谷弟子都退出比赛了。最后是咱们派的端正师兄赢了，前天斗了那只天狗，他也赢了，东方岛主亲自给他簪了牡丹花呢！"

璇玑轻轻叹了一口气："想必过程很精彩……我却没看到。"

"谁有心思看呀，我也没怎么看，都在这里看着你呢！"玲珑摸了摸她的脑袋。

"司凤他们……都走了？"璇玑又问。

"昨天才走的。他也是每天来看你，就是不进来，只在门外看着……你一直不醒过来，最后他没办法，只好回去了。"玲珑顿了顿，又道，"司凤好担心你的，临走还嘱咐我们，你好了之后要记得给他写信。"

璇玑闭上眼睛，心中浮起一股淡淡的哀伤。她没来得及和他告别，想必他走的时候一定很难过，就算可以通信，可是，毕竟不知何时才能再见了。

这个有着美丽双眼的少年，既高傲，又善良。下次再见，会是什么样子呢？

玲珑见她闭着眼睛，以为她累了，便轻手轻脚站起来，打算出去。

璇玑忽然拉住她的袖子，柔声道："玲珑，再陪我说一会儿话，好么？我睡了好久，现在睡不着。"

玲珑坐回去，一遍一遍摸着她的额头，叹道："陪你说话是没问题，但你还是多休息吧。这样伤口才能好得快。"

她摇了摇头："我现在一点儿也不疼，就是木木的，动不了。玲珑，爹爹他们……没和点睛谷闹什么不愉快吧？"

玲珑现在提到点睛谷就咬牙切齿，恨道："闹什么不愉快！爹还和他们有说有笑的呢！真不知道他怎么想的！要是我呀，就把他们每个人肩膀上都刺个洞，让他们也尝尝是什么滋味！"

璇玑抓着她的手，道："玲珑，你总是这么冲动。你听我说，那个乌童逃就逃了，以后就算再见，你也别招惹他了。我看这个人心胸狭窄，不是善良之辈。这次他能刺我一剑，下次说不定就能杀人，咱们犯不上和这种人过不去。"

玲珑恶狠狠地说道："不要！难道就这么放过他？！我会好好修行，以后如果见到他，一定卸了他的膀子，给你报仇！"

璇玑叹了一口气，玲珑的性子就是这样，暴躁易怒，一般人劝不动她。她干脆住嘴不说，只道："总之……你小心一点儿。"

两人又说了一会儿话，何丹萍从药房回来，见她俩还在叽叽咕咕，便在门外笑道："玲珑，你妹妹受伤体虚，别和她说那么多话，伤神。出来吧，让她再睡一会儿。"

玲珑答应一声，又把璇玑脸颊上的发丝拨到一旁，柔声道："璇玑，你好好休息。过几天其他师兄们都要来看你呢，他们也急得要死。"

璇玑点了点头，终于也觉得疲乏，渐渐睡了去。


过了几日，她的伤势好得越发快了。

楚影红过来给她换药和绷带的时候，发觉她肩上的血洞居然已结了一层新皮肉，不由得笑道："这孩子，虽然身体弱了些，伤口好得倒真快。平常人这种伤，起码要卧床一个多月呢！"

璇玑试着动了动受伤的那条胳膊，只觉手指有些不灵活，心下惊道："红姑姑，我……我的手好像……被灌了铅。是不是伤到筋脉了？"

楚影红忙道："没有，那一剑刺得倒巧，居然没伤着筋脉骨头。你运气不错呢！现下是没完全长好，好了之后就没问题啦！别多想。"

璇玑点头，正要说话，却听窗外玲珑笑道："红姑姑呀，我们能进来看看璇玑吗？大伙都来啦！"

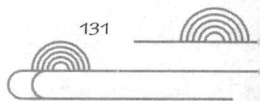

楚影红替璇玑披上衣服，这才道："都进来吧，可别太吵。你们这帮小鬼头，成天吵吵嚷嚷的。"

话音一落，一群人就涌了进来，七七八八，敏字辈的师兄都来了。玲珑打头，她最神气，先冲到床边，看了看璇玑，才道："我们保证不吵，绝不让妹妹累着。"

楚影红把热水和换下的绷带药膏端出去，笑道："好好好，给你们这些小鬼让地方。"

众人听了都"呼"地一下围到床边，看着璇玑，七嘴八舌，这个问疼不疼，那个问晕不晕，一时间房里热闹无比。

璇玑自小以来就没受过这么热烈的对待，这会儿竟不知所措。

还是大师兄杜敏行有眼色，急忙说道："轻点轻点，别吓着小师妹。早说了让你们别凑一天来！"

二师兄陈敏觉笑道："凑一天才热闹。小师妹，一个人在这里闷着很无聊吧？有什么想吃想玩的，告诉二师兄，保证帮你办得妥当。"

众人都"切"一声："又来吹牛！她受了伤，怎么能乱吃东西！再说了，你那里哪有什么好东西！"

陈敏觉却不恼，只说道："你们怎知我没好东西？看看这是什么？"

说着，他从袖子里掏出一个盒子，打开一看，里面放着一根筒状的物事，前后都用透明琉璃封口。

他把那东西递给璇玑，道："你对着这头往里面看。"

璇玑依言看去，只见这东西虽然小，里面却是大有花样，五彩缤纷，光怪陆离，每转一下，里面的景致就变一下，当真稀奇得紧。

陈敏觉得意地笑道："这叫万花筒，早些时候我下山，有个卖古怪货品的老丈给我的。怎么样，很好玩吧？"

众人见璇玑看得有趣，纷纷拿过来看，都大呼有意思。

陈敏觉摇头晃脑，得意之极。

"给我看看，给我看看！"

玲珑叫了半天，终于从钟敏言手上把万花筒抢了过来，对着里面着迷地看了半天，舍不得放手。

"二师兄你稀奇古怪的东西还真多！"她叫道，"还有什么别的呀？"

陈敏觉笑道："多着呢！玲珑小师妹要是喜欢，下次便去我那里看看吧……对了，这些东西只能借，不送人的。"

"什么呀，小气鬼！"

玲珑翻了他一个白眼，终于还是恋恋不舍地把万花筒递给了璇玑。

这边陈敏觉拿出了小玩具，那边其他人也纷纷取出自己带的东西，摊在床上，有木头玩具，有书，还有一个精致的九连环。

玲珑眼尖，忽然发现一堆礼物中，有一把小巧的匕首分外显眼。她一把抓起，翻过来掉过去看了半天。那匕首是镀金的鞘，虽然小，花纹却着实精致。鞘上刻了一个虎头，虎牙虎眼栩栩如生，更可喜的是两只虎眼是用绿色琉璃做的，转动的时候莹莹发亮，像活的一样。

“这个好看！”她把匕首抽出来，用手一弹，嗡嗡轻响，匕首身澄若秋水，吹发即断，倒不是普通玩赏的物事。

“谁送的呀？这把匕首真好！”

玲珑爱不释手。

钟敏言咳了一声，低声道：“是我送的。”

玲珑瞪圆了眼睛：“小六子，你什么时候有这么个好东西？我以前怎么没见过？”

钟敏言脸上一红，眼睛里倒有些得意之色，故意装作很自然的样子笑道：“好东西若轻易被你瞧见，就不是好东西了。你以为六师兄什么都没有吗？”

玲珑轻轻打了他一下，又把匕首看了半天，这才递给璇玑，奇道：“你怎么会送一把匕首呀？”

钟敏言笑了笑：“上回和师父他们去鹿台山捉妖，在镇上武器店看到这把匕首。说是两年前有人来定做的，但一直没人来拿。铁匠师傅没办法，才将它拿出来卖。毕竟用匕首的人不多，价格一降再降，不过我去买的时候，还是嫌贵，和他砍了半天价才买下。这是个好东西呢！”

璇玑仔细端详那柄匕首，放在手里摩挲半天，才抬头笑道：“谢谢六师兄，好漂亮的匕首。”

钟敏言却正色道：“不是送给你玩的。你想想，这次簪花大会，你受了多少次伤？再想想咱们去鹿台山捉妖，你又是什么表现？不说修行如何，好歹你也是个修仙者，身上连个像样的防具都没有，万一遇到什么危险，只有白白送死的份了。匕首送给你，做个防身的兵器，别像这次……被人刺了一剑却没东西抵挡。”

璇玑平时最不耐烦听这些大道理，就算从他嘴里说出来也一样。当下只淡淡“哦”了一声，不再说话。

钟敏言知道她这德行，只能叹一口气，又道：“我才懒得像师父、大师兄那样教导你。送你匕首不过是希望你拿来防身，可没别的意思。你别不耐烦。”

璇玑抿着唇，抬头对他有点儿害羞地一笑，这才真心实意地道谢：“谢谢六师兄。”

钟敏言哼了一声，对她的脾性简直无话可说。

玲珑在他头上一敲，嘛嘴道：“你哼什么！不许你欺负璇玑！”

钟敏言见到她，那是浑身就舒坦呀，立马笑开了：“谁敢欺负玲珑大小姐的妹妹，那才叫活得不耐烦！快，告诉我是哪个不长眼的，师兄替你教训他去！"

玲珑也被他逗笑了，只管抓着他胡闹。

陈敏觉跟着凑热闹打趣："哗，玲珑师妹出招了！好一招鱼过龙门！直取六师弟的一双招子……呃呃？六师弟反击一招猴子偷桃，居然卸去了大部分功力！好哇，好哇！"

众人知道他嘴上功夫向来是一流的，又道璇玑由于受伤，没能看到簪花大会最精彩的部分，便纷纷叫他来讲。

陈敏觉大方得很，更不推辞，当下清了清嗓子，摆个说书的架势，朗声道："如此，便听先生我一一讲来！话说当日决赛，那叫一个精彩……"

他只说得口沫横飞，高潮迭起，比当日钟敏言吹牛皮的功夫简直有过之而无不及。那原本有十分精彩的决赛，从他嘴里出来就变成了一百分，连看过决赛的弟子们都听得津津有味，钟敏言和玲珑更是抓耳挠腮，喜得一个跳起来，一个坐下去。

一整个下午，就在他有声有色的说书里过去了。

最后还是楚影红看不下去了，进来赶人。

"这群小鬼头，不是说叫你们不要吵着小师妹吗？都当作耳旁风！"

众人见师叔进来赶人，只好收声起立。正好陈敏觉也说得口干舌燥，当下便笑道："欲知后事如何，且听下回分解！今天可要收摊回家了，兄弟们，别累着小师妹，咱们都撤吧！"

师兄弟们纷纷点头，又和璇玑道了保重，这才出去。玲珑还意犹未尽，扯着陈敏觉的袖子，连声道："二师兄！二师兄！明儿再来说呀！可别忘了。"

陈敏觉心道，哪里还有下次！面上却连连点头，笑答："好咧好咧！明天继续！"

玲珑这才心满意足地放人。

楚影红进来，笑着在她脑袋上一敲："你也出去吧，留在这里让你妹妹不好睡觉。你娘还等着你去吃饭呐！"

玲珑被她一说吃饭，才发觉肚子早已咕咕叫了。她笑着吐了吐舌头，回头拉着璇玑的手，道："璇玑，我去吃饭了。你也早点休息吧！明天我再来陪你说话！"

说完她一溜烟走了，只留下璇玑对着满床的礼物发呆。

"我看看我看看。"楚影红笑吟吟地坐到床边，拿起那些礼物一一放在手里把玩，笑道，"这帮孩子，挺大方的么！送了这么些好东西。"

璇玑点了点头，忽然又摇了摇头，叹道："这么多东西，我要玩到什么时候呀……"

楚影红一面将那把匕首放在手里看，一面漫不经心地说道："怎么会没时间玩，你才多大？"

"我不是很快就要和红姑姑……不，师父你去小阳峰吗？要开始修行，大概就没时间玩了吧。"

璇玑苦着脸，在她心里，所谓的修行就是饭也没时间吃、觉也没时间睡，哪里还有时间玩玩具？

楚影红一愣："修行是修行，玩耍归玩耍。"她忽地了然，失笑摸了摸她的头发，"你这丫头，不会以为我是恶魔师父吧？成天用鞭子在后面赶着你们修行？"

差不多就是那样吧……璇玑在心里偷偷地说，不过她没敢说出口。

"璇玑，所谓的修行呢，首先是你要去喜欢它才行。人不能做自己不喜欢的事情，那样肯定不长久，也肯定做不好。"楚影红点了点她的鼻子，"你并不是讨厌练功，只是掌门人教导的方法不适合你，所以让你不喜欢修行。倘若红姑姑让你觉得，修行是很有意思的事情，你还会不愿意吗？"

修行怎么会有意思呢？璇玑睁圆一双黑白分明的大眼睛，直直地看着她。

"怎么没意思？"楚影红笑道，"你想想呀，学会御剑，就可以在天上飞，爱去哪儿就去哪儿，一眨眼就到了。你可以上午去鹿台山喝果子黄，中午回少阳峰吃午饭，下午再去浮玉岛看花海。天下五湖四海奇山秀水，都随你看遍玩遍。学会了仙法呢，你可以自己打猎捉妖，遇到看不顺眼的人，还可以小小惩罚他们一下。等你成为有本事的人，就会觉得世上很多东西都那么有趣，以前没看过没听过的事情太多了。你再也不怕别人欺负，也不用担心一点儿小风寒就发烧，喜欢的不喜欢的，都可以大声说出来……这些，还没有意思吗？"

听她这么一说，好像确实蛮有意思的。不过……

"红姑姑，我好懒的。我不想到处玩，我就爱待在家里发呆。我也不喜欢和人争辩、和人家打架什么的……"

她越说越小声，自己也觉得自己实在是够呛了。

楚影红不以为意地一笑："你想要偷懒，也要有偷懒的资本呀。有本事的人偷懒，那叫情趣，没本事的人偷懒，就叫无药可救。等你学成了，再有人叫你做这个做那个，你就御剑，嗖的一下飞走了，飞别处去偷懒，也算理直气壮嘛！"

飞别处去偷懒，这个想法很不错。一下对了璇玑的胃口，她"咯咯"地笑了起来，拉着她的手，道："好呀！红姑姑，那我要修行！你什么时候带我去小阳峰啊？"

"得等你的伤完全好了。"她把放在桌上的药端过来，喂她喝，又道，"眼下你要做的就是好好休息养伤，不要乱动。好得越早呢，红姑姑就越早带你去小阳峰。"

璇玑的伤终于在一个月之后彻底好了，右肩上被贯穿的那个血洞结成了一个粉色的疤，褚磊说可能一辈子也消不掉。但她受如此重伤，居然好得这么快，已经是奇迹了，自然不做奢求。

关于璇玑被乌童刺伤的事情，虽然大人们表面上都风轻云淡，和和气气，但璇玑还是从玲珑那里听来了一些小道消息。

"你知道吗？现在五大派都出了通缉令耶！"

玲珑一来，就神神秘秘地拉着她说悄悄话。

"什么通缉令？"

"通缉乌童啊！爹爹和容谷主都放话了，黄金五百两的悬赏，要捉乌童呢！而且不许其他门派收留他，一旦得知，就是和五大派作对！"

玲珑兴奋得脸都红了："没想到爹爹原来这么厉害！我先前还以为他一点儿都不关心你呢！结果玩了这么大一把！"

璇玑愣了一会儿，才道："这样……不太好吧？他只是一个人，五大派联合起来捉他一个……"

玲珑瞪她，急道："我的小姐啊！你也不能这么做老好人吧？！你怎么不想想自己肩膀上的那个洞？他刺你的时候怎么想不到今天的后果？！都是他咎由自取！"

璇玑摇了摇头："不，我不是这个意思……我是说，乌童给人一种……很不好的感觉。我总觉得把他逼到绝路不是好事。"

玲珑把脑袋一仰，不可一世："他能怎么样？！和五大派作对？我就不信了！"

没有什么不信的……璇玑暗暗皱眉。从乌童的一系列行为来看，他是个有野心、有能力，刚愎自用而又心胸狭窄的人。最可怕的是，他的报复心极强。他们几个不过是小小地惩罚他一下，不伤体肤，他却能做出举剑刺玲珑的举动。

这种人，一定是内心极度自卑扭曲，不容别人对他有一丁点儿轻辱。这次通缉，能捉到也罢了，若是捉不到，以后此人必定是个大患。

"玲珑，你听我说……"

她还想提醒玲珑，却被她一把抱住："好妹妹，别总说这些无聊事啦！你看今天天气多好，咱们出去玩好不好？你都快去小阳峰了，以后还不知能不能常见面呢！"

被她这么有点儿哀怨地一说，璇玑才想起自己确实没几天就要走了。

唉，当真要告别少阳峰的一切了。她的屋子，她写的那些歪七扭八的字，她最喜欢睡在上面发呆的大床……

"还发什么呆！走啦！"

玲珑拖着她跑出了门外。


今天天气确实不错，阳光灿烂，白云如同最轻薄的丝，在天边悬着，天空澄澈，一望无际。

玲珑挽着她的手，两人一直走到后山腰。那里有一片空地，和小阳峰灵泉那块有点儿像，也有一汪潭水，不过小一些，水里也没有灵性。

不过最让璇玑惊奇的是，水潭前现在聚集了好几个敏字辈的师兄，抓鱼的抓鱼，剥兔子皮的剥兔子皮，抬头见她俩来了，纷纷拍手笑道："还当你们不来了呢！怎么这会儿才到？还好还好，东西还没架火上！"

玲珑笑吟吟地拽着璇玑跑过去，问道："二师兄，今天这个聚会，你们准备了什么好吃的东西呀？"

陈敏觉一面把整理好的鱼和兔子串在树枝上，一面道："你就知道吃吃吃。看看就知道啦！你二师兄我，想当年可是跟着天香楼的大厨学过两年厨艺，这会儿保证吃得两个丫头舌头也吞掉！"

旁边早有人插嘴："别听他满嘴胡话！他不把东西烤煳都算不错了！这种事，还是要大师兄来才放心！"

"喂喂，不带这样拆人招牌的！"陈敏觉很郁闷地抗议。


璇玑望了一圈，没见钟敏言和杜敏行，不由得问道："大师兄和六师兄呢？"

"他俩去拿好东西了。"陈敏觉嘻嘻一笑，贼眉鼠眼的，"今儿是为璇玑小师妹做饯别会的，没有那东西，怎么有兴致？"

"到底是什么呀？神秘兮兮的！"

玲珑一头雾水，璇玑却猜到了几分，只是抿嘴笑。

两人干脆蹲下来，帮忙清理鱼鳞，把东西串在树枝上。

忙活了一会儿，就听有人叫："哎呀！来了来了！怎么样？带来没有？"

玲珑和璇玑急忙回头，就见对面杜敏行和钟敏言回来了，两人笑眯眯的，都把手背后面，不知拿着什么好东西。

老五欧阳敏离也是个急性子，急忙跑过去，巴着勾着，硬是把两人藏在身后的东西掏了过来。原来却是两个酒坛子，红色宣纸封盖，一凑近便闻到一股醉人的果香。

"啊，果子黄！"璇玑认得这个味道，当时几个大人在鹿台镇都喝了不少，她还有点儿心动呢！

"大师兄你们去鹿台镇了？"

难道就为了买果子黄？

杜敏行笑道："是呀，早听敏言一直说果子黄果子黄，说得我都馋了。早上便让他指路，一起飞到鹿台镇买了两坛回来尝鲜。"

说罢他拍了拍钟敏言的肩膀，又道："这小子不错，不知什么时候偷偷摸摸把御剑飞行都学会了！飞得还不赖！"

钟敏言脸上一红，却有些顾忌，偷偷朝陈敏觉那里看一眼。二师兄到现在还没学会御剑，只怕他听了会多心，但见他并无什么特殊神色，他才稍稍安下心来。

这边众人把酒打开，登时香飘万里，委实香得心旷神怡。玲珑的口水都要滴下来，连声催促几位师兄生火烤肉，好容易烤得油脂滴下，色泽金黄，众人便围着火堆坐成一团，先把酒斟满，然后举碗碰。

"来，干杯干杯！为咱们的璇玑师妹饯行！"

陈敏觉叫得最响，把碗在璇玑的碗上用力一撞，其他人跟着学，都在她碗上用力撞，险些把她的碗给撞破了。

被他们感染了情绪，璇玑也笑了开来，但她却不敢像那些师兄，一口喝干。她从来没喝过酒，见酒色醇黄，香气扑鼻，她先小小抿了一口，登时苦了脸。

原来这酒闻起来香甜，喝起来却辣得要命，刺喉咙，好容易吞下去了，就在肚子里起了团火，烧得火辣辣的。

玲珑豪气十足，一口喝完，回头见璇玑这副可怜样，不由得哈哈大笑："你这个胆小鬼！喝酒而已，又不是喝毒药！快！喝下去喝下去！"

璇玑没办法，只得把眼睛一闭，心一横，一口喝干了碗里的酒，只辣得眼泪直流。

谁知那酒在肚子里团得久了，滋味居然不同，暖洋洋热乎乎，整个人好像都要融化，轻飘飘的，舒服极了。

璇玑吃了一口烤兔子肉，这边又有人给她加了酒，个个都劝她喝。

这下她再也不推辞，全部答应下来，一碗接着一碗，喝到后来都不知自己在做什么了。

耳边听到钟敏言在说话："……去了小阳峰，也不知何时才能再见。以后可要勤加修炼，我们还等着看你成女侠呢！"

她心中又甜又苦，滋味竟比果子黄还要复杂。这一去小阳峰，虽说同是少阳派，但平时大家都有事，哪里能像住一起的时候这样常见？说不定真的一年只能见一次，甚至一次也见不到。

那天红姑姑问她要不要去小阳峰，她答应得很爽快，要去。或许她潜意识里，也想寻找一种和眼下不一样的生活，更加自由，更加恣意。要做自己想做的事情、喜欢的事情，而不是一直窝在家里，提心吊胆等着爹娘的责罚和眼泪。

"我……我也有追求的……"她小声说着，没有人听见。

"你在说什么？"

玲珑凑过来问她，满嘴酒气，她也喝多了，脸蛋比抹了胭脂还要红。

璇玑摇摇头，举高手里的碗，大声道："等着吧，等我成为女侠！不会让你们失望的！"

大家一齐欢呼起来，纷纷举碗，一口喝干里面的果子黄。

然后把碗一砸，往地上一躺，胡天胡地，乱侃的乱侃，睡觉的睡觉。

璇玑躺在地上，闭着眼睛。果子黄微涩的滋味还留在唇齿间，好像少年人的味道，热辣却青涩，甜蜜却惆怅。

这一切，都要过去的。

她想，然后闭着眼睛，沉沉睡去，再也不知其他的事情。

# 第八章·重返少阳峰

入冬之后，首阳山飘飘扬扬下了三四场大雪，七座峰头都是银装素裹，白雪皑皑。

雪景虽然好看，但在行动上却颇为不便，新入门的小弟子们踩空摔倒而受伤的情况时有发生。

这天一大早，何丹萍就带着十几个年轻弟子，清扫少阳峰各庭院门前的积雪。扫出来的雪统一堆在道旁，足有一人多高，可想而知这几场雪有多大。

这几年少阳派又收了不少新弟子，敏字辈不再是最小的一辈，其下又多了文字辈的，他们俨然是扬眉吐气，翻身做师兄了。

眼下少阳峰积雪严重，何丹萍带出来的十几个弟子有些不够用，于是便吩咐在一旁指导新弟子扫雪的敏字辈老二陈敏觉："敏觉，你去前山入门弟子院那里，再叫几个人，把演武场那块扫一下，不然出太阳结冰，有段时间就不能过去了。"

陈敏觉如今也是年方二十多的青年了，以前他总喜欢装老，去摸没胡子的下巴。这会儿下巴上终于长出了山羊胡子，他又觉得难看，每天首要的事情就是去刮。不过多年的习惯动作，一时还改不了。

当下他又摸了摸光溜溜的下巴，笑道："师娘，不如让六师弟他们去吧？他刚闭关出来，想必闲得很。"

何丹萍瞪了他一眼，似笑非笑："知道你师弟刚出关，你也好意思偷懒。也罢，你去叫他吧。想必玲珑也和他在一起，让他俩带人去清理演武场。"

陈敏觉嘿嘿笑了两声，摸着脑袋走了。

自从四年前簪花大会结束之后，师父就一改以前严谨务实的风格，不论辈分，亲自教导天分高的弟子。不单大师兄提前学到了最高深的心法阳阙功，连这个六师弟钟敏言居然也被看好，不但学会了瑶华剑法，还跟着师娘学了许多咒法仙术。

他这个二师兄反而成了敏字辈里最不出奇的，到现在也只会御剑。仙法什么的，一根毛也没学到。

他不是不嫉妒，有时候夜里忽然梦醒，也会叹息自己天分不高，师父师娘偏心，所以总想着法子去整钟敏言。然而若论真心，他还是替这个小师弟感到高兴的，大家都是一派的人，分什么先后？

一年前师父把阳阙功提前传给了钟敏言，又恐他为杂事分心，耽误了修行，便命他到太阳峰明霞洞闭关修行。

明霞洞的名声，少阳派的人都知道，四年前，小师妹璇玑曾在里面关了几天，出来之后惶恐可怜。然而明霞洞除了用来惩罚犯规弟子之外，还是修行弟子闭关练功的好地方。

钟敏言倒也硬气，足足在里面闭关了一年，三天前才出关，头发都结得不成样子了。听说他冲破了最难的第一关，功力比以前不可同日而语，但到底有多厉害，他却不知道。

陈敏觉一路走到后山别院，用脚趾头想都知道这会儿钟敏言肯定不在自己的院子，肯定和玲珑泡在一起玩。

随着他们几个小孩子年岁渐长，昔日里的天真烂漫也慢慢变成了矜持内敛。唯独玲珑和钟敏言，还是那么没心没肺地闹着笑着。不过看样子，师父师娘很乐意将他俩凑做一对，少阳峰上下也几乎公认这对金童玉女，所以平日里倒没有闲人为这个磕牙，时常谈起，也是问到底何时给他们正名、婚期如何。

果然一走近玲珑的小院子，立即就能听到里面"咯咯"的笑声和叽叽喳喳的说话声，他俩又不知在玩什么，笑得这样开心。

陈敏觉笑吟吟地推门进去，道："你们俩，总这么逍遥呀！又在说什么笑话？也说给我听听？"

屋里两个人一齐抬头，正是玲珑和钟敏言。他俩穿着家常小袄，身边放着火盆，正在下棋。玲珑一见是二师兄，立即笑吟吟地招手："二师兄！正说热闹点儿好呢！你也过来下一盘？"

她如今已年满十五，身量渐成，一扫先前的娇蛮稚气，显露出一些少女的味道来了。一头黑鸦鸦的长发随意在耳后绾个髻，耳珠上两颗拇指大小的珍珠，乌发红唇，笑容可亲，端的是个明艳动人的美人。

陈敏觉见她请，倒也不客气，走过去随意扫一眼棋盘，摸了摸下巴，说道："这一局……师妹是快输了吧？"

玲珑哼了一声："未必。我就不信赢不了小六子！"

她捻起一颗白子，在盘上看了半天，只觉自己式微已成定势，东西南北中都被封死，这颗棋子就是放下去，也没什么用。

但玲珑天生一副不服输的脾性，别人越说她要输，她越不承认。她看了一会儿，干脆随手把棋子往东南角一丢，噘嘴道："就放这里，看你怎么破！"

陈敏觉叹了一声可惜："哎呀，怎么能放这里！可惜可惜，本来还可扳回失地！"

玲珑急道："你怎么不早说！"

她偷偷看一眼钟敏言，只盼他没注意，自己伸手就要把那颗棋子抓回来。那手刚伸出去，就被人轻轻一打，对面的钟敏言似笑非笑地抬头看着她，开口道："落子无悔。"

玲珑后悔死了，又要面子，干脆把胳膊一抱，睪道："你哪只眼睛看到我要悔了？诬陷我！"

钟敏言也不理她，看了看陈敏觉，又道："观棋不语真君子，二师兄，你可别提醒她。"

陈敏觉笑道："我本来就不是君子。说起来，你们别下棋了，有事情做。师娘叫我来找你们呢！"

玲珑这会儿快输了，巴不得耍赖，赶紧跳起来问道："什么事什么事？"

"这几天下大雪，把路都给堵了。师娘怕演武场结冰，叫你们带几个新弟子去清理。"

玲珑听说，立即披上大氅，把狐皮帽子一戴，回头就对钟敏言招手："走吧！还呆着干什么？扫雪去呀！"

钟敏言无奈地一笑，只能起身随她走到门口，嘴里又说："咱们回来接着下那盘棋，你要输了，明天就下厨做饭去。"

原来他俩下棋打赌，谁输了明天就去厨房做饭。

"谁怕谁呀！回来继续！肯定是我赢！"玲珑嘴上是不会服输的。

陈敏觉在后面听他俩斗嘴，也忍不住发笑。眼见钟敏言经过自己身边，竟然比自己都高了半个头，心下倒有些感慨，一年前这小子还没自己高呢，眼下居然全长开了。

钟敏言从小就是个长相清秀的男孩子，加上他聪敏嘴甜，所以很得师父师娘的喜欢。如今他已经十九岁，刚过冠礼年纪。那天从明霞洞出来，没看得仔细，今天凑近了看，只觉他英气逼人。当真十九岁的小伙子，宽肩窄腰，神采飞扬，玉树那个什么临风……

陈敏觉越发觉得嫉妒起来，本想说两句酸话，忽而想起什么，却道："对了，师父前两天说，年关过后打算安排几个弟子下山历练去。这几天师叔师伯他们就要带合适年纪的弟子上少阳峰，听说璇玑师妹也会来呢！"

提到"璇玑"这个名字，钟敏言也罢了，玲珑却立即激动起来，回头急道："真的？！妹妹要来？"

"嗯，师父说的。但具体有没有她，还没定论。"

玲珑喜得几乎跳起来。

自从四年前璇玑跟着红姑姑去了小阳峰，居然就再也没见过她。虽说每年过年，少阳派上下都会团聚在一起，但由于人数过多，她总是和璇玑错开来，加上平日里修行加倍，再也不能随意到别的地方玩，结果她们分开了整整四年，一次都没见过。

这下听到璇玑会来少阳峰，她激动得连蹦带跳，抓着钟敏言的手，连声道："小六子！璇玑要来了！你听见了吗？妹妹要来了！"

钟敏言拍了拍她的肩膀，温言道："我听到了，咱们先去扫雪，回头再说这个不迟。"

他拉着玲珑的手，往演武场那里走。心中忽然浮起一张莹润如雪的脸，微颤的睫毛，永远漫不经心的表情。

四年了……原来过了这么久。

不知这个让人爱也不是恨也不是的丫头，究竟变成了什么模样？

晚饭时候，一直忙得不见人影的褚磊居然回来了。钟敏言正被何丹萍留下来吃饭，塞了满嘴的菜，抬头看到师父，他差点一口全喷出来，赶紧收拾收拾，起身行礼："弟子见过师父。"

褚磊看上去精神不错，面上甚至很罕见地带了一丝笑容，对他摆了摆手："起来，吃饭。"

何丹萍笑道："大哥，这两天都在忙着定年轻弟子下山历练的名册吧？定下了没有？"

玲珑早盼着爹爹回来问他了，这下也忍不住问："爹爹，是不是有璇玑呀？"

褚磊沉吟了一下，才道："初步的名册倒是定下了，只是人数过多。方才和几位师兄弟商量了一下，打算由各峰保举三人下山，各自筛选完毕，年前定下来。过完年就下山。"

玲珑急道："爹，你说了这么多，到底有没有妹妹啊？我都四年多没见着她了！"

褚磊笑了笑："那就看她这几年的修行如何了。倘若算出类拔萃的，楚师妹必定保举她。若还是不行，我也无法干涉。"

何丹萍叹道："那孩子一向疏懒，只怕……"

褚磊也摇了摇头，他何尝不是四年多没见小女儿？但修行者修仙乃是首要，她若是不行，也没办法。

"这次咱们少阳峰，我选了敏言和玲珑两人。本打算让敏行也去的，但想到明年新的簪花大会要开始，敏行兴许要闭关修行，便算了。"

玲珑一听下山历练的人有自己，当下喜得抱住褚磊的脖子，一个劲儿地叫道："好爹爹！好爹爹！我总算可以下山玩儿啦！"

何丹萍笑道："你就知道玩，十五岁的大姑娘了，还像个孩子。这次下山不比从前，你要稳重点，不许惹事。敏言，替我看着她，别纵容她胡闹。"

钟敏言连忙答应下来。

"哼，他敢！"玲珑翻了个白眼。

"敏言是你师兄，怎么可以没大没小？"何丹萍嗔怪地看着女儿，"如今你们不是小孩子了，那骄纵的脾气也收敛些，出门在外，不要给少阳派丢人。"

玲珑只怕娘亲要啰唆下去，赶紧一迭声地答应下来。

当下各峰堂主清点下山历练弟子名册，各自选出三人，于年前把正式的名册交了上去。

楚影红去送名册的时候，褚磊正在演武场，不惧风雪，指导弟子们喂剑招。

"掌门，名册我送来了。"

楚影红走过去，忽见一个新进弟子脚下一滑，眼看要摔倒在地，她便伸手一扶，笑道："注意点，地上有冰。"

褚磊急忙接过名册，只见小阳峰玉阳堂赫然写着"褚璇玑"三字，他心中又惊又喜，问道："璇玑已经可以下山了吗？"

楚影红笑道："自然。璇玑就算回到少阳峰，也可算是出类拔萃的了。"

褚磊大喜："此话当真？"

"影红何时打过诳语？"

楚影红笑了笑，又道："师兄还记得吗？当初接她去小阳峰，我便说了，璇玑是个特殊的孩子，不可用常理待之。"

褚磊一生修行，未曾想过不能以常理待之的问题。他自小就是这么过来的，手下的徒弟也是这么过来，有天分的自然留下，没天分的被淘汰离开少阳。不可否认，他心中一直认为璇玑是个没有天分的，朽木不可雕也。谁知竟然有人将这块朽木雕成了凤凰，说不惊喜是不可能的。


"既然名册已经定下，那么年后就安排他们下山的事宜吧。"

褚磊把名册放进袖子里，心下感慨不已。

楚影红见玲珑他们几个在演武场上挤眉弄眼，朝这里望，知道他们想听到些什么，于是笑道："璇玑也在小阳峰待了四年多，想必掌门一定盼着一家团聚。不如我这就让璇玑上少阳峰，下山前也好趁着过年聚一聚。"

褚磊本欲拒绝，但他亦想见见璇玑，看她是否真如楚影红所说的那般出类拔萃，于是点头道："也好，内子这几日正提到璇玑。便让她回来吧，年后随她姐姐师兄一起下山。"

那边玲珑他们拉长了耳朵听，只听见什么"璇玑，回来，下山"之类的话，喜得叫道："果真有妹妹在！太好了！马上就能见到她了！"

楚影红听到几个年轻人在欢呼，笑了笑，拱手对褚磊道："那我马上便去让璇玑收拾一下回少阳峰。掌门，我告退了。"

她这一走，玲珑他们早没心思练剑了，就连褚磊也没心思再指导弟子，只随意说了两句就让他们自己练。

他坐回椅子上，轻轻吹了吹茶上的热气，眼前一片氤氲。

再过一会儿，离开四年的小女儿就要回来了，却不知她变成了什么样？是否和玲珑一样，变得高挑苗条，成为一个亭亭玉立的少女？会不会稍微开朗了一些？

璇玑和玲珑虽然是孪生姐妹，长得却不像。玲珑更加艳丽一些，璇玑却是琉璃美人一般的精致柔弱。他实在想象不出璇玑眼下已经变成何样，抬头忽见玲珑不练剑，只在那里鬼头鬼脑朝这里看。他今日心中高兴，竟不想责骂她，只是招了招手，温言道："玲珑，过来。"

玲珑赶紧跑过去，急道："爹爹，是不是妹妹她快回来了？！"

褚磊细细打量她一番，眼前的少女身量苗条，神采飞扬，他试图从玲珑身上看到一些璇玑的影子，一时竟看得出神。

玲珑急得头发都快掉了，抓住他的手一顿摇："爹爹！是不是妹妹要回来了呀？你倒是说句话嘛！"

褚磊回神，笑道："确实，你师叔已经去小阳峰叫她了，想必一会儿就到。"

玲珑又惊又喜，连忙问道："那是不是这次下山的弟子里也有她？"

褚磊点了点头，还有些不可思议："你师叔说她在小阳峰出类拔萃，下山的弟子里第一个便是她。这次让她回来，一家人过个年，年后你们就一起下山去吧！"

玲珑猛然跳起来，心中的高兴实在无法用言语形容，竟恨不得当场翻几十个跟头，或者大叫几声才来得舒坦。她回头使劲招手，又笑又叫："小六子！大师兄！你们快过来呀！璇玑她……璇玑她马上要回来了！"

众人一听，纷纷丢下剑，一齐跑过来，高兴的高兴，拍手的拍手。

钟敏言笑道："不知道她是不是成了女侠，这下可要好好看看。"

杜敏行依然是个稳重的人，只微笑着说道："做不做女侠还是其次，却不知小师妹是不是还那么心不在焉的，只盼她开朗些才好。"

"不错不错，"陈敏觉摇头晃脑，"她那个脾气，确实要改改了，不然下山等于没下。"

这边众人在七嘴八舌地说璇玑，那边看山的弟子过来报告："掌门，有人从小阳峰御剑而来。没经过大门也没递牌子，不知是何人……"

话音刚落，众人只见头顶划过一道白光，定睛再看时，早已有一个绿衣少女站在了演武场中央。

彼时又开始下雪，密密麻麻的鹅毛雪花，隔着那么远，居然看不清她的容貌。只觉她衣衫单薄，身形窈窕，一身浅绿色的衣裳在风雪中轻轻摆动，真怕她就这样被风雪吹碎了去。

她将脚底的剑收回剑鞘，缓缓上前几步，肩后的黑发软软地浮起来，耳旁簪的一朵白色珠花也在风中颤颤巍巍。

然而她的脸颊和双手却比那珠花还要白皙，竟像是用琉璃与冰雪堆砌而成的人。

"啊，那是……"玲珑轻轻叫了一声。

那少女走得近一些，盈盈下拜，低声道："玉阳堂弟子褚璇玑，拜见掌门人。"

说罢，她起身含笑。众人只觉她眉眼清俊，观其轮廓依稀像是印象中的那个璇玑，但仔细看去却又不像了。

这少女乌发肤白，笑容温柔，在这样凛冽严寒的天气中，竟让人有如沐春风的舒畅感。

玲珑最先反应过来，大叫一声："璇玑！"可脚下却有些犹豫，不能像小时候那样亲密无间地扑上去。四年的断层，终于显露其峥嵘，她忽然不知该如何与眼前的少女亲近。

璇玑对她微微一笑，把手摊开，柔声道："玲珑，怎么不过来？"

这下她再也没有疑问，满心欢喜地冲过去，一把抓住她的手，急道："你……你是璇玑？你真的是璇玑？！天啊，怎么变成这样了！我、我刚才都不敢确定是不是你！"

她拉着璇玑跑回去，献宝似的一个劲嚷嚷："是璇玑呀！爹爹、小六子、大师兄、二师兄！真的是璇玑！"

嚷完又从头到脚把璇玑摸了一遍，满场就看她最活络。

"长高了！和我一样高呢！"

玲珑和她比了比身高，众人见她俩一银一绿站在雪中，都是豆蔻年华的娇艳少女，此情此景倒也赏心悦目。

褚磊笑咳一声，终于也平息了初见的惊喜波澜，对璇玑招了招手："璇玑，你过来让爹好好看看。方才怎么不通报一声就跑上来，害我们担心。"

璇玑走到他面前，她也是四年未见家人，这次一见，只觉玲珑变得更漂亮，而爹爹却两鬓斑白，有些老了。

她轻声道："我急着上来看大家，忘了通报。下次不会了。"

她倒是没了小时候那种让人无奈的惫懒劲儿，应答也得体起来，惹得众人都笑说："这下看上去倒果真有些女侠的味道了！师叔真会教导人呀！"

杜敏行见她在风雪中衣衫单薄，只穿着一件碧绿春装，袖子被风吹得一晃一晃，不由得温言道："怎么穿这样少，受凉了怎么办？"

她却不甚在意地一笑："没事，一点儿也不冷。"

玲珑把她的手抓起来，果然温暖和软，奇道："你现在身体比以前好了很多吗？"她记得以前一到冬天，璇玑就会裹成狗熊，还一个劲儿喊冷，她本来就懒，于是越发不想动了。

璇玑却不说话，旁边的陈敏觉笑道："师妹这话问得不好，璇玑师妹去了小阳峰四年，一定跟着师叔学到许多本领。内功深厚的话，这点寒冷算什么呀！"

玲珑瞪圆了眼睛："你学了阳阙功？你怎么……学这么快！"

"不知道是不是阳阙功……"璇玑想了想，"我记得到了小阳峰，不是喊热就是喊冷，那儿的气候和少阳峰不太像。后来师父就问我要不要学冬暖夏凉的偷懒法子，我就问冬暖夏凉还有什么偷懒法子？她说有啊，冬天穿衣多最麻烦，学了这个法子呢，就可以偷懒不用穿棉衣，还不会觉得冷。夏天流汗最多，伤神，学这个法子就不会觉得很热……所以我就跟着她学了，开始不觉得，后来确实冬暖夏凉起来了。"

众人闻说都是绝倒，原来楚师叔是用这个方法来勾引璇玑学内功！难怪她说什么不能用常理待之，想想璇玑的德行，要和她说什么修仙内法、平步青云，只怕她早就睡着了。

也只有楚师叔能想出这么刁钻的主意，居然把璇玑教得有模有样。

连褚磊听她这样说，都撑不住边笑边摇头。他委实想不到用这种方法教徒弟，也想不到只有这样教璇玑才能学会。

"那你还学了什么呀？快说说！"玲珑摇着她的手，很好奇。

璇玑又想了想："唔，我去了，第一件事就是学踩着剑飞……师父说叫御剑。开始我飞不快，师父就说，如果我能在一个时辰之内在鹿台山和首阳山之间来回三次，她就给我放假三天。来回的次数越多，放假的天数就越多……"

众人又是绝倒。杜敏行苦笑道："真没想到，师叔居然这样……引诱小师妹学功夫。"

璇玑看着他，似乎在问"这是引诱我学功夫吗？"杜敏行和她的眼神一撞，心中竟然一颤，有些尴尬地赶紧避开，脸上却慢慢红了。

"如此说来，你只学了阳阙功和御剑飞行？"褚磊似是觉得不满，内功和御剑自然是要学，但修仙者往往要斩妖除魔，一点儿防身功夫都没有，等于寸步难行。

璇玑摇头："我还学了很多……不知道名字的。师父也没说过。"

她蹙着眉头，似乎连"阳阙功"都不知道是什么。

"那快说说呀，快！还有什么？"

玲珑比谁都急，印象中什么都不会的妹妹，四年不见，她却突然变得什么都会了，连自己总也学不好的阳阙功都练得像模像样。她又急又想听，她到底还学了什么是自己没学过的。

"哦，还有变法术！"璇玑认真想了一会儿，终于想起来，急忙说道，"我去了之后，屋子里连个烛火也没有，向师父讨，她却告诉我好多叽里咕噜的咒语，说让我自己点火照明。我念了有半个多月，总算能变出火，把蜡烛点亮了。"

众人这次连倒都倒不下去了，一个个听得目瞪口呆。一是没想到楚影红会这样教她学功夫，二是没想到璇玑居然连仙法都学会了。


少阳派弟子，练拳脚功夫只要下下苦功，三五年总会有所小成。练阳阙功这样的内功心法，只要埋头不闻窗外事，每天钻心研究，最后也能突破第一关。但那仙法，却不是人人都能学会的。有人往往穷其一生，每天念咒语画咒符，把嘴皮念破手心磨破，也招不出一粒火星子。这便是各人的仙缘了，没有仙缘者，一生也只能做个半吊子的修仙者，对轻而易举学会仙法的人只能望尘莫及。

褚磊这下才真是又惊又喜，急道："你学会了五行术？！此话当真？"

璇玑为难地扭了扭衣带——她从小一遇到为难的事就有这么个习惯动作，到现在居然也没改。

"五行术是什么我也不清楚……"她慢悠悠地说着，"不过变法术我倒是学会了，师父说也不是很难，只要每天念几遍咒语别忘了就行……"

她见众人脸色奇怪，立即住口，心下茫然不知自己是不是说错了什么。

"口说无凭，你且让我看看。"褚磊还有些不信，大约是小女儿什么都不会的印象太深了，这下变成会了很多，一时不敢接受。

璇玑"哦"了一声，慢吞吞地抬起手，却不见她画符抛咒符，只见她掌心朝天，口中飞速地默念着什么，就见空中飘落的雪花，一靠近她的身体便被吸了过去，纷纷团聚在她手心上，最后凝结成一个巴掌大小的雪球，缓缓落在她掌心，被她轻轻一捏，碎了开来。

褚磊长身而起，朗声道："好！很好！"他哈哈大笑，心中畅快无比，最不成才的小女儿，他多年来心头的一个结，终于在此时解了开来。

"你没有画符，哪里来的法力？"陈敏觉兀自惊讶不已，结结巴巴地问着。

不过问完他就明白了，原来璇玑身上那件绿色的春装，仔细看去，上面用暗银的线密密麻麻绣了无数花纹，从头到脚，不知有多少种类的咒符，她根本不用画符，只需念动咒言，仙法自然随心而动。

他这下终于拜服，笑叹："小师妹当真成了女侠！可喜！可叹！"

璇玑嘿嘿笑了两声。说实话，师父带她去了小阳峰，好像确实教了她蛮多东西，但要她一一说来，却又说不出。反正她杂七杂八地教，她就杂七杂八地学，何况在她心里，有些东西根本不是学，而是玩。所以到后来，她也说不清自己到底会什么，不会什么。

褚磊心情大好，拍了拍她的肩膀，温言道："走吧，去后山梅亭院看你娘。她这几天都在念着你呢。敏觉，你把几个师兄弟也叫来，晚上一起吃顿饭。"

陈敏觉立即答应一声，兴冲冲地去叫人了。

玲珑见妹妹被爹爹揽着朝前走，不知怎的，想过去像以前一样说点笑话，和璇玑亲热亲热，可她脚下居然迈不出去。

那少女苗条纤细的背影居然有些陌生，那么遥远，她似乎赶不上。

她抿了抿唇，垂头跟在后面。肩上忽然被人一拍，她抬头，却见钟敏言微微一笑，柔声道："慢吞吞的，快走吧。有什么悄悄话，晚上再偷偷说也不迟。"

她心中一动，终于含笑点头，和他手牵手，一起往后山走去。


当下回到后山梅亭院，见到何丹萍，自然又是一番欢喜感慨。

到了晚饭时节，众人都来了，话题第一次以璇玑为中心，叽叽喳喳，热闹无比。何丹萍说了一会儿，忽见平时最喜欢热闹的玲珑默默地坐在一旁吃饭，居然一个字也没说，不由得凑过去低声道："怎么了？不舒服吗？天天盼着妹妹回来，现下她回来了，怎么倒成了闷葫芦？"

玲珑勉强一笑："哪里……我、我只是太高兴了……不知道说什么。"

钟敏言在旁边笑道："她姐妹俩向来话最多，师娘不必担心，等晚上睡一起，想必话说得明早都起不来。"

何丹萍于是也没放心上，只笑了笑，便回头继续和他们说笑。

玲珑却没了胃口，拽着钟敏言和他说悄悄话。

"小六子，你是不是也觉得璇玑变了很多？"她问。

钟敏言自从璇玑出现之后，就一直暗中观察她，当下摇了摇头："就是变大了些，脾气倒是一点儿没变。"还是那么漫不经心，目下无尘，看她那傻笑的样子就知道，这会儿一定早就魂游天外，不知发什么呆了。

玲珑却轻声道："我、我觉得她变了好多。变得好漂亮，好厉害……和以前的妹妹好像不是一个人。"

哪里有！钟敏言又看了一眼璇玑，她根本就和以前完全一样嘛！脸庞或许有些不同，是长大了，眉目更加清秀脱俗，至于"好漂亮好厉害"之类的，他委实没看出来。毕竟四年过去了，她要是什么都没学会，才会叫人下巴脱臼。

"你想多了，"钟敏言温言道，"主要是四年不见，你觉得陌生吧。待会儿和她说说话就好了。"

玲珑只是摇头，自己也说不上来那种焦躁烦闷的心情到底是怎么回事。她心底一直盼着见到妹妹，但或许她盼的是那个四年前的、小鸽子一般柔弱无助的妹妹，而不是眼前秀美的少女。

钟敏言说得没错，璇玑确实在发呆。她好像从小就不习惯人多热闹的地方，不知如何应付。眼下人人都在说她的事，为她开心，她却觉得他们嘴里那个威风凛凛的女侠是个陌生人，不是她褚璇玑。

她在小阳峰的四年，并没有像当初想象的那样度日如年，而是"嗖"的一下就过去了。

红姑姑每天都陪她"玩"，每天都过得很开心很自由。后来她终于能在冬天穿着单薄的春装不会发冷，终于能御剑在一个上午来回鹿台山几十次，终于能把法术变得出神入化的时候，红姑姑就摸着她的脑袋，柔声说："璇玑，你真是我见过最聪明的孩子。红姑姑可没什么能再陪你玩的了，以后自己下山去玩吧。什么都不用再怕了。"

所以在她心里，这四年就一直是在玩，至于爹爹他们嘴里说的什么阳阙功、五行术，她是听都没听过。但她又不敢说，爹爹积年的余威让她觉得这时候保持沉默最好，省得被他们知道自己玩了四年，只怕立即就会把她踢回去，任她自生自灭了。

正想得出神，忽听杜敏行笑道："小师妹如今学有所成，师父也可以安心让他们几个下山历练了吧？"

众人都朝褚磊望去，但见他摸着胡子，微微一笑："这事我居然忘了交代，今日欣喜，正事也忘了说。璇玑，玲珑，敏言。"

他叫了三个最小弟子的名字，三人立即答应着起身等候吩咐。

"如今你们都已将本派基本心法练成，师父们也没有什么东西可教你们了，剩下的经验，便靠你们自己去摸索。过完年，你们便随其他分堂的弟子一起下山历练吧，遇到哪里有妖魔作祟歹人作乱，记住修仙者的责任，不可让百姓受苦。一年后记得回来。"

三人都恭恭敬敬说了个"是"。

褚磊笑道："师父以往啰唆多话，想来这些唠叨你们也不爱听。总之下山之后一切注意，记住你们是少阳派的弟子，不可做令门派受辱的事情。其他的，自己修炼吧。"

何丹萍也笑道："大哥今日心情好，难得对这些孩子和颜悦色的。罢了，吃饭的时候，何必说这些？过完年才走呢，璇玑他们还要在山上待个把月，到时候再说也不迟。"

三人这才坐下，继续吃饭。

杜敏行忽然想起什么，说道："师父，这次让徒弟也跟着师弟师妹下山吧，他们年轻气盛，徒弟也好在旁边提点。"

褚磊摇头："不可，明年簪花大会轮到你参加，须得勤加修炼才是。当年你们那些年轻弟子不也是独自下山么，不必找人作陪。年轻人遇到挫折，也是个好事。"

杜敏行只得称是，回眼看了看璇玑，她正垂头吃饭，额发浓密，将一张小脸遮去大半，当真可爱可怜。四年不见，昔日的小孩儿一跃成为亭亭玉立的少女，他竟舍不得把视线移开。

一旁的璇玑仿佛感到有人在看自己，一抬眼，与他对个正着。杜敏行耳根又是一热，只对她微微一笑，随即将目光移了开去。


晚饭后，众人又叙了一会儿旧，这才各自回房休息。

何丹萍揽着璇玑的肩膀，笑道："璇玑今天回来了，是愿意和娘一起睡，还是回你自己以前的院子？那里可是一个椅子也没动过，都给你留得好好的呢！"

璇玑正要说话，玲珑却急道："娘！我要和妹妹一起睡！我、我有好多话想和她说啊！"

何丹萍爱怜地揉了揉她的头发，笑叹："你呀，妹妹变了许多，你却一点儿都没变，还是个小爆竹样的性格。好吧，带妹妹去你那里吧，晚些时候我让人多送一床被褥过去。"

玲珑不由得分说，抓住璇玑的手，笑道："妹妹，和我走。咱们以后睡一起，再给我说说小阳峰的事情嘛！"

说完拉着她就跑，又把钟敏言丢在那里，完全无视了。

不过他也早就习惯玲珑的性格，并不以为意，只对褚磊与何丹萍拱手行礼道："弟子告退，师父师娘请早些休息。"

却说玲珑一个冲动，把璇玑拉到自己的房间里，当着她的面，居然一个字也憋不出来，只干瞪着她的脸发呆。

"玲珑？你怎么了？"璇玑在她眼前挥了挥手。

她一下子回神，犹豫了一下，才道："璇……璇玑，你渴不渴？饿不饿？我这里有茶水和零食。"

璇玑早就自己倒了一杯茶，一边端着喝，一边笑她："什么时候变得这么客套，四年没见你，居然成了大家闺秀呢！"

玲珑白她一眼，终于找回一点儿以前熟悉的感觉："你才是大家闺秀。我只是……太久没见你，不知道说什么。"

璇玑熟门熟路，喝完茶，自己脱了衣服鞋子爬上床，撑着脑袋笑："这有什么不知道的。你还是你，我还是我，就和以前一样嘛！"

真的和以前一样吗？玲珑心中默然，只得也爬上床，和她面对面躺着，久久，居然还是不知该说什么。

"我常常想着你们。"璇玑打了个呵欠，低声说，"小阳峰的弟子房间都好大好空，我一个人睡在一个大屋子里，安安静静的，没一点儿声音。那时候我就总想着你们，不知道你们在做什么。"

黑暗里，玲珑静静地听着她的声音，过去那种感觉依稀又回来了。对面的女孩还是那么柔柔软软，需要自己保护，完全唯自己马首是瞻。

她轻轻地握了握璇玑的手，像小时候一样，贴着她的额头，闭上眼，低声道："我也……时常想着你。怕你在那边不习惯，被人欺负……我又不在你身边。"

"玲珑……"璇玑叫了她一声。两人忽然都笑出声，四年的隔阂仿佛一瞬间被打破了。

"可是你现在已经完全不需要我来保护了。"玲珑幽幽地说着，"四年不见，你好像什么都学会了，我却还是老样子，仙法半半拉拉，阳阙功总也冲不过第一关，连小六子都把我甩了好几条街了。"

璇玑睁开眼，盯着她看了一会儿。玲珑被她看得心里发毛，推她一把，嗔道："看什么！"

璇玑哈哈一笑，翻个身，好像一只懒洋洋的大猫，手脚柔倦地伸展开，白皙的手指在脸上揉了两下，慢吞吞地说道："你学没学会东西我倒是不清楚，不过你变成大美人我却有眼睛能看见。"

玲珑脸上一红，却暗自喜悦，咳了两声故作正经地问她："我……哪有变成什么大美人？我变了很多吗？"

"变了很多。"璇玑猛然坐起来，伸手在她下巴上一摸，粗声粗气地说道，"妞，给大爷笑一个！"

"去你的！"玲珑翻她一个白眼。

两人靠在一起，只觉温暖馥郁，心中喜悦，就像回到小时候无忧无虑的时候。一个犯了错，一个护着对方，悄悄躲在黑暗里面，两手紧紧握着，谁也不想离开谁。

时间过得飞快，转眼就快到新年，少阳派上下从弟子到师父都放下平日里的苦修，把过年当作头等大事来对待。各分堂自有任务来做，下山买东西的买东西，打扫的打扫，做新衣服的做新衣服，个个都忙得不亦乐乎。

敏字辈的弟子们早已不是小孩子了，自然也不能像以前一样偷懒玩耍。一大早钟敏言他们就被安排去打扫峰顶了，璇玑和玲珑也没歇着，她俩的任务是去酒窖，把藏了一年的梨花酿搬出来，给厨房备用。

璇玑向来有个赖床的恶习，以前在少阳峰还不敢明目张胆地睡，结果到了小阳峰没人管她，她乐得睡到天昏地暗。谁知这会儿又回到少阳峰，人人闻鸡起舞，她也不得不被玲珑从床上拖起来，半睡半醒地往酒窖走。

"别揉眼睛了！都红得像兔子了！"玲珑一把拉住她的手，"这些年怎么还没把这个懒惰的毛病改掉！快清醒点！"

璇玑昏昏沉沉地跟她往前走，头点得都快落到地上，差点一头撞上墙。

"看看你！没点样子！"

玲珑又重新抖擞起姐姐的架子，一本正经地说她。还没开口，却听后面有人叫她："玲珑师姐！"

两人一齐回头，见两三个十一二岁的小孩子跑过来，打头的是个大眼睛，满脸神气活现的漂亮丫头，和小时候的玲珑那种神气有七八分像。

"咦，是文英啊！有什么事吗？"

原来这些小孩子就是新收的文字辈弟子，一个个天真烂漫得很，由于玲珑最神气最漂亮，又喜欢扮大姐头，所以很多小女孩都喜欢和她一起玩，平时没事就来找她。

那个叫文英的女孩子正要说话，忽然见到旁边满脸迷惘神色的璇玑，愣了一下。璇玑这四年一直待在小阳峰，所以少阳峰的新弟子都不认识她。

玲珑连忙介绍："这是璇玑师姐，是我的妹妹。她一直跟着楚师叔在小阳峰修行，这次回来过年。"

那几个孩子赶紧恭恭敬敬地请安："见过璇玑师姐！"

璇玑随意点了个头，揉着眼睛一边去了。她还没睡醒呢！

"找我什么事？有人欺负你们？"

玲珑很神气地问，以为又有不长眼的野小子欺负自己的师妹了。

文英急忙摇头："不是呀！玲珑师姐，不是马上要过年了吗？我们想热闹点，正好文玉师妹说她以前学过歌舞，所以咱们商量着，过年搞个歌舞什么的，大伙乐一乐。"

玲珑眼睛一亮，笑道："小妮子倒出得好点子！不错呀！听起来很好玩的样子！"

文英嘿嘿一笑："所以啦，要师姐在师父那里说动说动……我们怕师父不喜欢……他老人家一向比较……那个什么，正经严肃。"

玲珑立马拍了拍胸脯："没事，包在我身上！你们只管排练去！"

文英听她这样说，当即喜道："谢谢师姐！其实就我们这些小孩儿耍子，也没什么意思。师姐师兄们也准备点什么乐子，这才更好玩嘛！"

玲珑是个爱热闹的，岂有不参加的道理，连声道："没错没错！回头我问问钟师兄他们，定然不输给你们这些小鬼头！"

那几个小鬼嘿嘿笑几声，缠着她说了好一会儿话，这才告辞走了。

玲珑回头找璇玑，正要和她说准备点什么玩意来耍，却见她靠在树上——睡着了！

"你这小鬼！还是那德行！"

于是这话让玲珑唠叨了一整天。

好容易搬完了酒，回到院子，璇玑直喊腰疼头疼，要去睡觉，两人吵吵嚷嚷地推开门，却见何丹萍坐在里面，低头缝着什么，见她俩回来了，她便含笑招手："快过来，都试试新衣服。"

她展开手里缝的东西，却是两件新衣裳，一件水绿一件粉红。

玲珑赶紧奔过去，拿在手上左看右看，爱不释手，直道："这是新款的石榴裙呀！娘，是你做的？"

何丹萍笑道："娘只会拿剑，哪里会做衣裳。这是买了布料叫山下的裁缝给做的。我见两条裙子光溜溜没什么花色，便给你们绣些花样子上去。都试试，看合身不。"

玲珑赶紧抢了那条粉红的，一面道："妹妹打小不爱这些娇艳颜色，绿的给她吧！"

何丹萍嗔怪地看了她一眼："妹妹还没选，你怎知她不爱红的？"

璇玑急忙表态："我是喜欢绿色的，我就要那条绿的。"

她俩分别换上了新衣服，身量上倒是很合适，只不过绿色的那条，一朵芍药只绣了一半。

"璇玑先脱了吧，等我把花绣完，明天给你。"

何丹萍见爱女穿上新衣裳亭亭玉立的模样，心中甚是欣喜。

璇玑看看身上的衣服，摇了摇头："不用，我自己来绣。还有咒符没画上去呢！"

说着她就脱下衣服，拿起针线，十分熟练地绣了起来，差点把玲珑的眼珠子看掉下来。

"璇玑，你什么时候学会绣花了？"她不可思议地问，印象中这个小妹妹是个连走路都不长眼睛的小冒失呀！

"哦，因为师父说我懒，肯定会忘了画符，所以让我每买一件新衣裳首要的事情便是在上面把符样绣出来。这么些年，我都习惯啦，连师父都夸我手艺好呢！"

璇玑难得有一件可以夸耀的事情，得意扬扬，果然三两下就把一朵芍药给绣完，精致无比。

跟着再取出暗银线，比了比大小，飞快地把咒符从头到脚绣上去。

二人平常只见剑走偏锋，剑光闪烁，何尝见过下针如飞。璇玑的手简直像被仙人下过咒，快得惊人，十指纤纤，犹如一双白色大蝴蝶，不过两炷香的时间，咒符便全部绣完。

璇玑松了一口气，把衣服一摊，笑道："这下就好了。"

两人都是讶然。


之后几天玲珑都和几个师兄神神秘秘，不知商量着什么，时不时还和几个文字辈小鬼凑在一起叽叽咕咕。

这下没人在璇玑面前耳提面命，一会儿说她太懒一会儿说她没精打采，她乐得成天关门睡大觉。

再过几天就是大年三十，昨晚下了一场大雪，把新扫出来的路又给堵上了。早早就有人来拉璇玑去扫雪，她只躺在床上蒙着头装没听见。

"怎么还是这样懒散。"过来叫她的人忍不住失笑，"璇玑，起床了。"

她模模糊糊答应一声，就是不起来。

没过一会儿，只觉有人在拍拍自己，她发出一声懊恼的叹息，喃喃道："你们去扫就够了……扫雪……还要那么多人……"

那人柔声道："所谓闻鸡起舞，修行之人怎可偷懒？快，起床了。"

璇玑还是懒懒的不想动，但心中只觉有什么不对劲，说话人的声音低沉温和，不像是玲珑。她把被子一拉，却见大师兄杜敏行站在床边，气宇轩昂，正含笑看着她。

她就是再疏懒，这会儿也忍不住脸红了，急忙坐起来，低声道："怎么是大师兄来叫我？"

杜敏行见她起身，便让到了外屋，背对着她，笑道："玲珑这些天忙得不见人影，师娘找不到她，所以便叫我来。"

璇玑不好意思叫他在外面久等，赶紧梳洗一番换了衣裳，这才随他出门，又道："玲珑在忙什么啊？"说完还是忍不住打个大呵欠。

杜敏行见她腮边黏着一簇头发，一时情动，抬手替她捻下，道："大概是打算过年的时候玩点什么来耍，她和你不同，总爱这些热闹。"

璇玑丝毫不觉，径自推门走了出去。

杜敏行眯起眼，怔怔地看着她纤细的背影，一时竟分不出她和四年前那个孩子，谁才是真实的。

他心中的璇玑是值得心疼、偶尔让人无奈生气的小丫头，或许，不是这个慵懒依旧，却如猫一般轻盈柔软的少女。

白驹过隙，时间把很多回忆都淘走，又送来许多新的回忆。乍见她的那一瞬间，她穿着碧绿的春装，漫天的风雪都变作温柔的春风，她便是春风中最悠闲美丽的一朵芍药将离。

"璇玑。"

他在唇间轻轻吐出这个名字，舌尖都有一种醇酒般的酥麻感，令他忍不住战栗。

她却没有听见。

她走远了。

大年三十在众人的期盼下，终于到来了。这天一大早，七峰的师徒们都聚集到少阳峰顶，为迎接新的一年而准备新年仪式。

峰顶的碧玉台早已被人清扫干净，半点残雪都没有。玉台四角各架一面夔皮大鼓，旁边垂着两根龙骨鼓槌，早有人在前面站定，仪式一开始便要敲动。

每年的新年仪式，都少不了玲珑的身影。她最爱出风头，早早就和一群年轻女弟子排演好了，腰上挂着鲜红的小腰鼓，随时准备载歌载舞。

一直到了晌午时分，七峰的人陆陆续续才算来齐了，各自站在分配好的位置上，人头攒动，密密麻麻，互相说话打趣，甚是热闹。

璇玑他们几个敏字辈的弟子站在偏西的位置，刚好能看到西角那面巨大的夔皮大鼓。今年轮到钟敏言来敲鼓。他今天特意换上红白相间的鼓手短打服，不惧严寒，两条胳膊露在外面，双手攥着鼓槌，肌肉偾张，甚是英武。

钟敏言本就生得秀气，近年身量渐长，更是犹如渐渐成形的美玉，往大鼓旁一站，当真是玉树临风，周围的女弟子没有一个不在看他，窃窃私语着关于他的一切隐私秘密。

璇玑也在看他，从回到少阳峰到现在，她好像都没什么机会近距离观察他。不知是他在刻意躲避，还是她漫不经心错过机会，居然连一句像样的话都没说过。

年轻弟子间关于他和玲珑的事情传得很多，都说等玲珑满了十八岁，他二人就会成婚。这一对金童玉女，完全成了首阳山的一段佳话，青梅竹马两小无猜，里面又藏着多少浪漫情怀！

那些传闻对璇玑来说，听了只是淡淡一笑。其实她比所有人都还要早地知道，钟敏言心中喜欢的人是谁。从那个时候起，她就断了自己懵懂迷茫的情怀。

只道当时年少。那时候，他们谁也不懂感情。她眼中只有一个他，他身边却有很多人。他会记得很多人，为很多人动容挂心，却独独没有她。如今，她孑然一身，无牵无挂，他却已经情有独钟……答案，早在四年前、甚至更早的时候，就定下了。

当年那些少女懵懂的心思，淡淡的忧伤失落，现在看来只有涩然一笑。

其实，这样就很好。非常好。

遥远的碧玉台，褚磊将手一拍，所有人都在一瞬间安静下来。紧跟着，四面夔皮大鼓齐齐作响，犹如惊涛骇浪一般，须臾间席卷而来，冲破了所有的隔阂冷淡，众人的心齐齐随着那令人振奋的节奏跃动着。

咚咚咚，咚咚咚咚……

好像那浪潮拍打着四肢百骸，血液飞速流转，脑子里嗡嗡直响，心跳渐渐加快，身体快要不是自己的，快要融化在密密麻麻的鼓点里，成为里面欢腾跳跃的一个响声。

钟敏言浑身是汗，手里沉重的龙骨鼓槌也变成了身体的一部分，他用力将它抛出去，再抛出去，换来激烈的乐章。

他用力敲下最后一声鼓点，筋疲力尽，猛然回首，却见台中央那群着红衣的少女齐齐欢呼，动作一致地敲起腰间的小腰鼓。同夔皮大鼓浑厚低沉的声响不同，她们是这般清脆灵活，像溪水拍过沿岸的岩石。

那么多的人，那么多的红衣，他眼里只有一个人。

玲珑穿红衣最鲜艳，笑成了一朵花，身体柔软地舞动着，手里鼓槌上的红绸翻飞，好像她的一双小翅膀。

咣咣咣，咣咣咣咣……

新雪又渐渐落下，一片片一颗颗，落在红衣上，分外显眼。

她手里的红绸陡然划做一个弧，腰肢弯成一个不可思议的弧度，鼓声歌声舞蹈，同时定在那里。

场上人声鼎沸，叫好声如海。

迎接新年的仪式，就此结束。


璇玑记不得那天自己喝了多少梨花酿，总之到后来，大家都把它当作了水，一海碗一海碗地灌下去。

文字辈小师妹小师弟最活跃，歌舞杂耍样样都来。

玲珑拉着几个师兄准备的秘密节目也崭露头角，引来笑声不断。

红姑姑的剑舞更是让人眼花缭乱。

一切都很美好，美好得像一场梦。

璇玑安静地坐在角落，安静地给自己斟一杯酒，再安静地喝下去。

浑然不觉，有人安静地看了她一天。

## 第九章・与他重逢

新年一过，下山历练的年轻弟子便陆陆续续离开了首阳山。

璇玑玲珑他们也在第三天离开，具体要去什么地方是没有规定的，但一年之中不许回少阳派却是铁打的规矩。

三人先在山下的客栈中住了一晚，商量日后要走的行程。

"不如咱们先去浮玉岛吧？"玲珑很兴奋，完全没有下山历练的自觉，只当是出来郊游。

钟敏言刚练完一套瑶华剑法，头发上滴着汗珠，凑过来看她画的地图，摇头道："还是别去了。咱们又不是出来玩的。不如先定个要去的方向，打听一下哪里有妖魔歹人作祟才是正经。"

玲珑把垂在胸前的小辫子玩了又玩，噘嘴道："可是人家想去看东方叔叔嘛！再说，上回璇玑都没瞧见东方叔叔的妻子，人家还约定了咱们以后有空就去玩呢！璇玑，你也想去，对不对？"

她赶紧拉同盟。

璇玑看了看地图，研究一会儿，说道："浮玉岛在东方，咱们如果御剑去那里，也不过半天的工夫。我有个主意，咱们这一路上，干脆放弃御剑，用脚走过去好不好？这样路上就得几个月的时间，说不定能打听到关于妖魔歹人作乱的消息呢！"

玲珑吓了一跳，急道："这怎么行！用脚走……要走到什么时候啊！路上万一没客栈，没地方洗澡……脏死了，我才不要！小六子，你说啦！"

她又跑去拉钟敏言做同盟。

谁知钟敏言居然不帮她，沉吟了半晌，点头道："璇玑的主意不错，就这么办。只是去那里要跨过大海，到时候再御剑飞上去就是了。有陆地的地方咱们就慢慢走，这才是历练啊，玲珑。"

玲珑见没人帮她，只好沉默，最后赌气不吃晚饭，自己回客房了。


"六师兄，我姐姐的脾气来得快去得也快，一个人憋着倒不好了，你去劝劝她吧！"

璇玑自己倒了一杯茶，一面在地图上添加玲珑没写到的地名，一面说着。

谁知等了半天，没人说话，她诧异地抬头，却见钟敏言正看着自己，她一愣："怎么了？"

钟敏言笑了笑，道："不，我是觉得……其实你确实变了很多，璇玑。"

璇玑下意识地摸了摸脸，奇道："我……人长大了，肯定会变的。"

她以为钟敏言说自己长相变了很多。

钟敏言摇了摇头，轻道："不是说这个。你以前那种让人头疼的脾气好像收敛了不少，好像会的东西也变多了，看来师叔教了你很多东西。"

璇玑没有说话，低头看了看正在画的地图，仿佛忽然惊觉他说得对，自己在无意中似乎真的学了很多东西，以前不明白背地图有什么用，现在才发觉能派上用场。

钟敏言慢吞吞地说道："我还记得上回咱们一起去鹿台山捉妖，你当时狼狈的样子。连司凤都头疼得很呢……"

说到司凤，他二人都有些沉默。

半晌，璇玑才小心问道："六师兄……你们和司凤这几年有联系过吗？"

钟敏言一怔，忽道："没有……你呢？我记得当时司凤提醒了玲珑很多次，让你伤好之后给他写信，你写了没有？"

璇玑的脸一下子变苦，隔了半天，才小声道："我……忘了。"

"你怎么就忘了？！"钟敏言跳起来，终于憋不住斯文，暴露出真正的性格来，"真是个猪脑袋！"

"我去了小阳峰才想起忘了问玲珑怎么给司凤写信……"璇玑撑着下巴，很无奈，"后来忙着和师父学这个学那个，就忘了。"

"真是什么事都不能指望你！算了算了，我还是上去！省得被你气死！"

钟敏言转身就走。

"等等呀……"璇玑叫住他，"那……现在也可以问玲珑嘛！"

钟敏言回头嘲讽地一笑："四年了，她怎可能还记得？你们姐妹俩……"他指了指脑袋，"都差不多一个德行。"

他自己怎么不联系司凤？璇玑很郁闷，这大概就是师父说的迁怒吧。钟敏言总是这样，反正千错万错，他钟大爷是没错的。

她低头把地图补完，也觉得有些倦，自行上楼休息了。


第二天见到玲珑，她果然和没事一样，想来昨天钟敏言安抚得很到位，她大小姐一早就笑成一朵花，破天荒地为他们叫了早点，自己在楼下等着。

见到璇玑下楼，她赶紧招手："璇玑！这里这里！咱们吃完早饭就出发吧？"

璇玑从怀里掏出地图，看了看，道："咱们往东方走的话，就要先渡婆苏河，过了河应该有镇子，看看那里的情况再说。"

"行！都听你的。"玲珑笑得甜蜜蜜，和昨天不可同日而语。

钟敏言还真有点儿本事。她抬头看一眼他，他装作不知，低头努力喝豆浆，结果喝得呛到，拼命咳嗽。

"看看你，吃饭也不老实。"玲珑赶紧帮他拍拍，俨然是个贤妻良母。

钟敏言咳嗽还没停，忽见客栈外走来两三个穿着蓑衣的男子，风尘仆仆的，其中一个走到掌柜那里，问道："请问，从这里去首阳山，还有多少天路程？"

玲珑三人听其口音，像是外地的，不由得都朝那里望去。

掌柜的笑道："客官是要去首阳山呀！不远不远，顺着镇子后面那条路一直上去，大约再走个两三日，便可见到少阳派的大门了。敢问客官，可是贵乡有妖魔闹事，所以来请少阳的仙人们除妖？"

那人叹了一声，连连摇头："正是。我等是东边望仙镇人士，前些日子镇上闹鬼，一到半夜就听见鬼哭狼嚎，吓得人都不敢出门。如此闹了三个月有余，镇上的老弱妇孺病的病死的死，实在不能这样下去了。后来听个云游道士说首阳山少阳派乃是闻名天下的修仙之地，所以我等特来请仙人驱鬼。"

那掌柜的听说，便沉吟道："唔，从来只听说阴阳永诀，鬼神一事不常见。倘若是妖魔作祟，山上的仙人们倒是拿手的。若论到驱鬼，只怕……"

一语未完，却听后面一个清脆的声音说道："那几位大叔，我们愿意为贵镇驱鬼！请过来一叙。"

众人急忙望去，却见大堂里坐着三个年轻男女，眉目俊秀，气质不俗，正是璇玑他们几个。

原来璇玑听说是望仙镇，查了地图，正在东方，与他们的行程一致，玲珑又是个爱热闹的，听说要驱鬼，赶紧将他几人唤了过来。

那几人见他们腰上都佩着剑，想必也是有道之人，赶紧过来唱喏，互相报上姓名，原来他三人乃是兄弟，都姓赵。

钟敏言抱拳道："我们是少阳派下山历练的修行弟子，还请赵大叔将闹鬼情况详细说来，如能相助，我们自然鼎力而为。"

那赵老大便叹道："小哥有心了，方才那掌柜的说，修仙之人于驱鬼一事只怕不太熟悉……"

玲珑笑着打断他："哎，话不能这么说！所谓眼见为实，如果不去看看，又怎么知道我们做不做得来？大叔先把情况说一说吧！"

原来望仙镇后面是一座山，山上长满了一种叫作"祝余"的草，味美鲜甜，平时可以拿来做菜，吃上一顿便可以三天不吃饭。所以望仙镇的人甚少自己种植食材，全靠那漫山遍野的祝余草生活。

谁知三个月前，有人上山采摘祝余的时候，发现后山南面大片的祝余草都被拔光了，有的甚至像恶作剧一般，连根拔出，也没人吃，任由它们枯萎。

后来情况渐渐严重，整片后山的祝余草全部枯死，发展到了前山，眼看就剩一小块地方还留着祝余草。那草对镇上的人来说就是唯一的食物来源，倘若枯死，便没得吃喝了。

吃喝倒还是小事，更诡异的是自从祝余草枯死之后，山上便开始闹鬼，半夜总听见鬼哭，声势浩大，往往闹上一整夜，到天明方休。

青壮年男子也罢了，那些胆小的孩子妇孺，常常被吓得整夜不能入睡，久而久之，便生病。到如今，镇上的人已病倒大半。最可恨的是，有大胆的年轻人三五个成群在半夜时分去后山看到底是怎么回事，去了便再也没回来过，更为闹鬼一事添上一抹恐怖色彩。

璇玑三人听说，哪里会害怕，个个都年轻气盛，跃跃欲试，当即就答应去望仙镇驱鬼，催着赵老大他们赶紧出发。一行人连饭后茶水也没喝，直接奔向东面的渡口，朝望仙镇那里去了。


到了渡口，三人包了一艘乌篷渔船，晃晃悠悠地渡河了。

渔船舱中窄小，加上赵老大三人也挤在里面，玲珑便不高兴了。她嫌那几个老丈腌臜，口气不好闻，于是拽着钟敏言去船尾说悄悄话。

赵老大自己也觉得不好意思，对璇玑赔笑道："应当租一条大些的船，没得连累小姐们陪我们这些糟老头挤这小船。"

璇玑笑了笑，淡然道："赵大叔不要放在心上。出门在外，哪里有许多方便。不如给我说说，镇上到底有没有人见过那鬼长什么样子？"

赵老大想了想，犹豫着说道："没大人见过，倒是我那个小孙子，才四岁，前几天嚷嚷着见到会哭的鬼，说长了三个头，还有翅膀。这……他到底是个小孩儿，我们也不拿他的话当一回事。"

璇玑沉吟半晌，正好这时玲珑拉着钟敏言回来了，听赵老大这样说，玲珑不由得脸色发白，凑过来悄悄拉了拉她的衣服，贴着她的耳朵轻道："璇玑呀……难道真的是长了三个头的有翅膀的鬼？那……多可怕！"

钟敏言早听见她的耳语，当下笑道："怕了？那方才是谁逞英雄先接了下来？要不你到了镇上就找个地方躲起来，我和璇玑驱鬼罢了。"

玲珑急道："乱说！我才不怕！我……我也去！"

赵老大赔笑道："小姐是修仙的，自然不怕。只盼诸位驱鬼成功，还我望仙镇一个宁静。"

钟敏言道："我听老丈方才说那鬼长了三个脑袋，还有翅膀，想必不是什么鬼，兴许是妖鸟。早些年我们在鹿台山，也遇到过叫声像鬼哭的蛊雕。倘若是妖，那么必然手到擒来。"

玲珑干脆把随身行李里的万妖名册拿出来翻，一面道："我倒是记得有记载长了三个脑袋的妖鸟，却想不起叫什么名字了。"

璇玑也凑过去和她一起看，忽然看到什么，立即点住："是不是这个？"

三人往她手指的那张图看去，却是瞿如鸟，三首鸟身。

玲珑赶紧把图递到赵老大面前，问道："老丈您看看，是不是像这个？"

赵老大眯着眼睛看了半天，最后摇头叹气："惭愧，我们并没见过肇事的鬼……只有让我那小孙子来看了。"

玲珑是个急性子，一面出舱看天色，一面又问："那什么时候才能到望仙镇啊？船都渡了一早上了。"

赵老大笑道："还早，下午过了河，还要走上十几里路，脚程快些，也要明早才能到咧！"

玲珑一听说明天才能到，急得在船头走来走去，最后一跺脚，叫道："小六子！璇玑！咱们飞过去吧！这样慢吞吞游啊走啊，要等到什么时候！"

钟敏言和璇玑互看一眼，他们都很了解玲珑，她这个大小姐能撑到这时候大概已经到极限了。

当下钟敏言起身对赵老大拱手，歉意道："抱歉，老丈，我们先行一步了。在望仙镇等候诸位。"

赵老大奇道："船还在水上……小哥！这……怎么先行？"

玲珑笑道："我们自有办法，告辞了！"

话音一落，三人便同时消失在船头，众人追到船头一看，只见三道白光在天空划过，眨眼就没了踪影。他们这些山野之民何曾见过御剑飞行的修仙者，只当是神灵显圣，赶紧跪在船头不停叩首。


而御剑飞走眨眼就到了望仙镇的璇玑三人，自然是没看到有人朝他们跪拜。

玲珑一落到地上，就忙着找人问情况，谁知偌大的望仙镇，大白天的，街上居然一个人也没有，空空荡荡，好像死城。

"不会吧……白天又不闹鬼，怎么没人……"

玲珑在街上走了一会儿，忽见前面有一个挂着半旧旗子的酒家，开了半扇门，三人赶紧跑过去。

玲珑沉不住气，一进去就嚷嚷："掌柜的！掌柜的！"

叫了半天，里面却没人答应，三人定睛一看，却见大堂里桌椅散乱，灰尘遍布，想是客人走得匆忙，连桌上的酒杯茶盏也没来得及收走。

璇玑挑了一条没坏的凳子，用手帕擦去上面的灰，这才坐下轻道："可能因为闹鬼，所以酒家也没了生意，干脆弃店走了。"

说着她打了个呵欠，平常这时间，她都是在午睡，现在出门在外，没办法睡，也蛮头疼的。

玲珑也坐到她身边，摸摸肚子，苦着脸叹气："我……我饿了。这鬼地方一个人也没有……好讨厌……"

钟敏言苦笑道："我的小姐们，出门在外不比家里，都别娇气了成不？"

他从包袱里取出干粮水壶，递给玲珑："喏，先吃点东西吧。回头捉了妖，再去大镇子吃些好的。"

玲珑嫣然一笑，这才乖乖地接过干粮，先分了一大半给璇玑，笑道："妹妹多吃点，你也饿了吧？"

璇玑拿起干烧饼，正犹豫着从哪头啃比较软，忽听楼上一阵脚步声，似是有人在走动。三人立即丢下干粮，身形如电，齐齐跑上楼，只见走廊上人影一闪，见到他们便飞快地躲进了房间，"砰"的一声用力关上门，灰尘洋溢。

玲珑哪里忍得，一个箭步蹿上去，抬脚就把门给踢坏了，厉声道："什么人！是人是鬼，都给我出来！"

话音一落，却听里面传来哭声，有人颤声道："女大王饶命！饶命！"

三人定睛看去，却见屋子里大大小小躲着十几个人，有的甚至趴在床底，只露出个脑袋，满脸惶恐地看着他们。

钟敏言赶紧拉开玲珑，拱手道："抱歉，惊扰了各位。我们是少阳派的修行弟子，听闻贵镇闹鬼，所以前来驱鬼除妖。"

那些人听了，这才颤巍巍地出来。

原来他们都是这个酒家的人，只因镇上闹鬼，没生意可做，又舍不得回乡，所以都留在这里。只盼早日把鬼除了，好继续做生意。

当下众人把误会冰释，那些人知道璇玑他们是来捉鬼的，兴奋得端茶的端茶，做饭的做饭，一面又收拾客房给他们住。

等热腾腾的饭菜终于吃到嘴里的时候，玲珑才满意地叹了一声，笑道："其实出来历练……也蛮好玩的嘛！"

钟敏言只是苦笑，她大约忘了，方才叫苦叫得最响的那个人到底是谁。


饭毕喝茶的时候，璇玑便找到酒家的主人，问道："请问大叔可知镇上有一户姓赵的人家？三个兄弟都姓赵的那户。"

店主想了想，恍然道："哦，莫非是镇北赵家庄那边的？唉，那里的情况比咱们这儿还要糟，还没有田地，连吃饭也成问题呢！"

钟敏言一口喝干茶水，道："那还烦请大叔替咱们指个路，我们要去赵家庄一趟。"

店主忙不迭地答应着，吩咐伙计去后院备马车，一面又赔笑道："三位客官去捉鬼，可需要准备符水狗血？我这便让他们去准备……"

玲珑哈哈大笑，插着腰神气十足地说道："什么符水狗血，那都是无良道人用来骗人的！你们呀，还真当那些东西有用？修仙者除妖驱鬼，只凭一把剑便足矣。以后你们若再遇到那些混账，用狗血符水骗吃骗喝，当用大棒子赶出去才对！"

那店主见她明艳无俦，神采飞扬，早已心驰神摇，连连点头称是。

钟敏言悄悄把她拉下来，低声道："玲珑，各家有各家的窍门，狗血符水未必便是骗人。天下之大，我等见识的能有多少？还是别把话说满了吧！"

玲珑把鼻子一哼，正要和他辩解，旁边的璇玑却笑道："说得是呢！师父也曾和我说过，狗血符水是民间的偏方，都是驱邪的。云游道士常用这个法子，不一定是骗人的哦！"

玲珑见他俩自从出来之后，处处和自己唱反调，搞得自己像无理取闹一样，不由得老大不痛快，冷道："是呀，反正我总是错的，你俩总是对的。干吗还和我一起？你们俩自己走吧！"

说完她自己先跑出去，不管他俩了。

钟敏言把眉头一皱，叹道："多少年了，还是这个倔脾气，旁人怎么说都没用！"

璇玑本想说点什么，但转念一想这种时候自己不好插嘴，便干脆做闷葫芦。一直出得门外，她忽然回头一笑，朝对面还在闹别扭的两人笑道："我先走一步，上山看看状况。咱们晚上在赵家庄会合。"

玲珑还没来得及反对，她便早已化作白光一道，消失在视野之内了。

"都是你不好！"玲珑对钟敏言大发脾气，"把妹妹气得自己跑走了！她要是出什么意外，我一辈子都不原谅你！"

说罢她也御剑而去，只留钟敏言在原地哭笑不得。

有时候，和玲珑在一起快活得无与伦比，但有时候，他也会觉得疲惫。

玲珑像一团跳动鲜艳的火，和她一起总不会腻闷，但和火靠得太近的下场，却是被灼伤。

很多年了，和她一起生活，一起成长。他为了不被灼伤，往往一退再退，直到把自己的身躯埋在土里，甚至忘了自己是谁，似乎他的存在就是为玲珑而活的。

真的，有些累。

他在心中长叹一声，第一次不想追上去，自己慢吞吞地朝北面赵家庄那里去了。


望仙镇北面的山有个很有趣的名字，叫作"海碗山"。只因山的形状像一只倒扣过来的大海碗，因此而得名。

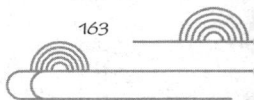

璇玑御剑而飞，不出片刻便到了海碗山，落在后山的半山腰。

这里的情况其实比赵老大说得还要严重。璇玑绕着树林边缘走了一段，发现沿着林子边缘往上的半面山坡堆满了枯草，细长的犹如韭菜一般的叶子，应当就是祝余草了。

那些枯草或被连根拔出，或断成四五截，乱七八糟地铺在地上，厚厚一层。看起来就像是有好几个巨人在这里胡闹玩耍过，恶作剧一般地把大片的祝余草田给毁坏。

她弯腰捡起一截被扯断的祝余草，用手轻轻一搓，上面的泥块簌簌落了下来。看起来这些草不像是被利器斩断，切口这么扭曲不平滑，应当是被扯断的。

她指上加力，试图也扯断一下试试，结果用了七分力才将这截枯草弄断。

她心下有些惊讶，看起来，在这里捣乱的东西不太好对付。

璇玑丢下枯草，正要去别处寻找线索，忽然迎面扑来一阵大风，地上的枯草纷纷被吹得飞了起来，漫天都是，将视线给模糊了。

她急忙用袖子遮住脸，却听头顶一阵凌厉的风声划过，似是有什么巨大的东西飞过去。当下她再也顾不得被风迷眼，抬头望去，只见一道银光如同剑一般闪过，眨眼就没了踪影。

是妖！她嗅到风中的腥味，立即御剑而起，顺着味道追上去。

追得片刻，果然见到前面林中银光闪烁，似是什么东西在飞速地游动前进。见它扭曲盘转，行动间似像条蛇，璇玑忽然一愣，记忆里似乎曾见过这样的景象，一条银蛇……

正想得出神，忽听脑后风动，她急忙拔剑一挡，"叮"的一声，一个东西撞在她剑上，力道极大，手里的剑几乎握不住，虎口一阵酸麻，差点就把剑给丢了。

"谁？！"她叫了一声，急急停在空中四处张望，然而晴空澄澈，脚下绿林万里，哪里见得到半个人影！

转头再看时，那闪烁着银光的妖物早已不见了。

璇玑又找了一会儿，还是没有头绪，只得御剑飞回赵家庄。

一落地就见到钟敏言和玲珑，两人背对着对方，一句话也不说，就站在那里。

她心中苦笑一下，迎上去问道："找到赵老丈的家了吗？"

玲珑和钟敏言齐声道："找到了，就在那边……"

话音未落。两人忽然一愣，又见对方和自己指着同样的方向，不由得讪讪地把手缩回去。

钟敏言淡然道："方才见过了赵老丈的孙子，给他看过了那张图，他一会儿说像，一会儿又说不像。想来小孩子说话总没个准的，咱们还是等晚上自上山看吧。"

璇玑点了点头，又将自己在海碗后山的遭遇说了一遍，他二人听说妖物如此厉害，都只有沉默。

"怎么办？是不是咱们对付不了的老妖？"玲珑怯生生地问着。

钟敏言只是皱着眉头，不说话。

璇玑顺了顺头发，道："晚上看看再说吧……既然它不伤人，想必也不是什么坏妖。把它赶走就行了……"

一语未了，忽然有一个东西从她袖子里滚出来，掉在了地上。

玲珑弯腰拾起，奇道："这是什么？……米果子？"

她把那颗黄澄澄的小零食举高，三个人大眼瞪小眼地看着这颗又熟悉又陌生的米果子，心中都是疑惑迷茫。

璇玑猛然想起那个从脑后袭击过来的暗器，莫非，居然是米果子？

她把米果子拿过来，放在掌心看了又看，一时有些迷惘。

她见过这种米果子，黄澄澄，香喷喷。

曾有一个少年，笑吟吟地玩着它，将它抛给一条小银蛇。少年有着苍白的脸庞，漆黑深邃的双眼，时常摆出一副严肃的样子。

然而她却知道他是个好人。

她后来再也没遇见过这样的人。那么温和却敏感，铁骨又傲气。

是他吗？会是他吗？

"你又发呆……这时候就别发呆了好不好？"玲珑忽然御剑凑过来，拍了拍她的肩膀，"小心摔下去，这可是在天上飞呐！"

璇玑猛然回神，对她微微一笑，道："我在想……"

"在想是不是司凤，对吗？"玲珑嘿嘿笑着打断她，一面抱着胳膊，任由夜风把她的衣衫长发吹得高高扬起。

"想也没用呀！谁叫你四年都不给人家写信！那会儿都告诉你伤好之后给他写信，人家叮咛了好几遍呢！结果你却忘了。真是个猪脑袋！"

璇玑只有苦笑，他们说得没错，有时候自己还真是个猪脑袋。忘了谁都好，怎么会忘了给司凤写信呢？

玲珑看她郁郁不欢的样子，便笑道："算啦，忘都忘了！如果下午那人真是司凤，咱们不就马上能见到了吗？别难过了，他想必也不愿看到你这么没精打采的模样。"

璇玑摇了摇头，怔怔地望着远方深邃幽蓝的夜空。

她不是难过，她只是后悔，自己又一次无缘无故地辜负了一个人。四年里一点儿音讯也没有，他一定很不高兴，否则下午怎么会不愿见她？

"我说，你那颗猪脑袋只适合发呆，不适合想事情。"钟敏言不知什么时候也靠了过来，有些嘲讽地说着，"一脸苦瓜样，还是呆呆的样子更适合你。"

璇玑果然一呆，换来钟敏言和玲珑拍手大笑，纷纷道："就是这样啦！这种样子最适合你！"

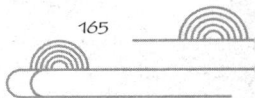

她不好意思地挠了挠脑袋，难道她真的适合呆呆的样子？

当然，这个问题不适合放在现在思考。海碗山就在脚下了，三人一齐降下去，衣袂飞扬，在夜风中猎猎作响。

"什么味道！"玲珑忽然捂住鼻子皱起眉头，"又腥又臭！"

璇玑也捂住鼻子，轻道："还是下午那种味道。是妖怪！"

钟敏言一把拔出剑，浑身戒备，低声道："注意周围，好像有东西。"

三人一齐朝下面望去，然而夜色浓重，下面黑漆漆的，什么也看不清，只觉越往下腥味越重。玲珑实在受不了，张口欲呕，艰难地说道："不行……！我不想下去了！"

璇玑猛然停下来，从怀中取出一根爆竹，手指一撮，招来小小的火苗，点燃丢了下去。

只听"砰"的一声，四下里骤然大亮，满山遍谷犹如白昼，而下面黑鸦鸦地聚集了一群不知名的东西，一见到亮光，齐齐受惊飞起，发出阵阵怪叫。

三人只觉腥风扑面而来，中人欲呕，急忙要往高处飞去，谁知下面那群怪鸟却飞得更快，一眨眼，黑鸦鸦的一大群就围了上来。夜色中只觉它们两眼犹如猩红的火焰，密密麻麻无数点聚集在一起，好不可怕。

玲珑见它们团团围上，吓得尖叫起来，抽出腰间的断金剑，一挥而出。

那断金乃是神兵利器，这么多年被她用在手里，早已得心应手，当下被她这么一挥，登时发出一声清朗的剑鸣，一道弧形的金光激射而出，瞬间就打散一大片怪鸟，腥臭的血犹如下雨一般纷纷落下。

玲珑在慌乱中只觉有什么东西砸在身上，她下意识地一抓——毛茸茸血淋淋，却是一只鸟头。一根脖子上连了三颗脑袋，一时还没死绝，三双血红鬼火般的眼睛死死盯着她。

她叫得越发凄惨了，几乎要哭出来，嘴里只是嚷嚷："小六子！小六子！你在哪里？！"

钟敏言就在她身边刺杀受惊飞扑过来的怪鸟，听她这样哭叫，急忙飞过去，手臂一伸，将她抱过来放在自己身后。忽听脑后风动，他捏了个剑诀，心随意动，剑上登时灌注真气，化作无数道剑光，将那些怪鸟射落在地。

"没事吧？！受伤了吗？"他急转方向，一面避让过大群怪鸟，一面高声问着。

玲珑死死抱着他的腰，哽咽道："我……没事。就是……吓了一跳……"

如今这副可怜模样，哪里还像那个天不怕地不怕的玲珑？她其实只是爱嘴上逞能，本性还是个胆小的丫头。

钟敏言叹了一口气，回头一看，却不见了璇玑的踪影，他出了一身冷汗，急道："璇玑呢？！"

玲珑一听找不到璇玑，登时忘了害怕，四处张望了半天，却不见她的踪影，她急得又哭起来："快……！送我回自己的剑那里！我要找她！她……她一定是被这些怪鸟给扑下去了！"

钟敏言挥剑又驱退一大批怪鸟，横冲直撞地，硬是在空中杀出一条血路。玲珑远远地瞧见自己的剑被一只怪鸟抓在爪子里，发出微弱的青光，立即将身体一纵，抬手抓住剑柄，另一手将断金一挥，那只鸟登时被切成了四五截，嘶吼着摔下去。

她将身体一扭，稳稳地站在剑上，抹去脸上的血水，厉声道："这些鸟要是敢伤了妹妹，我就把它们碎尸万段！剁成肉泥！"

说得这么厉害，刚才又哭又叫的是哪个？

钟敏言也没心情和她打趣，只四处张望，希望能看到璇玑绿色的身影。忽见头顶一团黑影渐渐变大，两人一齐抬头，就见那些怪鸟弃他们于不顾，都往上飞去，聚在一起，吱呱乱叫，震耳欲聋。

眼看它们聚成了一团巨大的黑球，居然还有怪鸟不停朝上飞，挤进去，好像里面有什么诱人的物事一般。两人都看得呆了。

忽听那圆球中心有人清叱一声，紧跟着三道火龙从里面迸发出来，群鸟慌乱地闪躲，却还是有无数只被当场烧死。三条火龙在周围转了一圈，追逐着那些三头怪鸟，一时间焦煳味掩盖了腥臭味，变得更难闻了。

两人只见冲天的火光中心，稳稳地站着一个绿衣少女，正是璇玑。她正闭目念咒，大约是这御火之术过于猛烈，她有些承受不住，额上满是冷汗，双手也在微微颤抖。

"三条火龙！她在玩命？！"钟敏言知道厉害，立即飞身上去帮忙。

奇怪的是，那些怪鸟分明见到玲珑和钟敏言，却不扑上去，璇玑周身有火龙围绕，稍微靠近就会烧焦，它们却依然舍不得离开，嘶吼着绕她打转，就是不肯放弃。

这种情景钟敏言曾见过，他猛然想起四年前的那一幕，那受了重伤的蛊雕，拼死也要进到岔道里来吃璇玑。

她到底是怎么回事？为什么这些妖魔鬼怪总和她过不去？

他放出剑气，射落大片的怪鸟，正要叫璇玑过来，忽见十几只怪鸟冲天而起，从璇玑头顶没有火龙盘旋的地方扑下！

"妹妹小心！"

玲珑尖叫一声，正欲上去，谁知璇玑被那些怪鸟一撞，竟毫无抵抗能力，周身的火龙瞬间熄灭。

二人眼睁睁地看着她从剑上摔落，一头栽了下去。

璇玑掉下去的一瞬间试图抬手抓住宝剑，但绕着她飞的怪鸟实在太多，推搡拥挤，她竟一动也不能动，手指在剑柄上一勾，没勾住，滑了下去。

耳边只听得玲珑尖叫一声，她来不及听仔细，便狠狠朝下坠去。

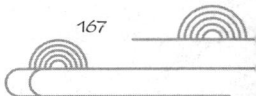

那些怪鸟嘶吼着扑上去，瞬间就把她围在中间，成了个小圆球，一起下落。璇玑在其中左右躲避利爪的袭击，无奈数量实在太多，她腰上的另一柄宝剑又被卡住，死活抽不出来，没几下便觉胳膊背后肩膀剧痛无比，也不知被抓出了多少道血痕。

她只能紧紧抱住脑袋，省得被它们给抓得毁容了，那才叫一个糟糕。这会儿真气不足，又在下坠，再也唤不出半条火龙，只能勉强用剩余的一点儿真气护住周身，摔到地上的时候不至于残废。

怕只怕落到地上之后这些怪鸟还不放弃，来捉咬她，那时候她绝对是任由宰割，没半点力气反抗了。

正胡思乱想着，忽听不远处有人吹了个响亮的口哨，三长一短，她勉强躲开怪鸟的利爪，朝那个方向望去，却哪里能看清！恍惚中只觉一道银光激射而出，快若闪电，在空中扭曲了几圈，好像一条蛇。

她心中猛然一紧，但见那道灵活的银光飞快扑上，在那些怪鸟的背上跳来跳去，只要被它碰一下，那些鸟就会失去力气再也飞不动。

对面的口哨声还在吹动，仿佛在吹着什么调子古怪的歌曲，忽长忽短，时缓时急，那道银光便随着他的调子时而扭转身体，时而腾跃飞起。只是眨眼工夫，绕着她打转的那些怪鸟就被击落大半。

璇玑终于得空，将腰身轻轻一扭，脑袋不经意撞在旁边一只怪鸟身上，头上的束发玉环立即断开，三千青丝倾泻而下，在空中划过一道好看的弧度。这会儿她也顾不上整理，随手将长发一抓，右足在树上一点，化解了下坠的力道，轻飘飘地落在地上。

还有不知死活的怪鸟扑上来要抓咬，她抽出宝剑就要迎上。谁知耳后忽然有利风响起，她急忙将身体压低，只听"噗"的一声，一件物事钉入对面的一只怪鸟胸口，当场击碎胸骨。

紧跟着，破空声连续响动，想是有人在后面用弹弓不停弹射，在这等深夜中，那人眼光居然极毒，打一只中一只。到后来璇玑根本不用出手，只呆呆地在旁边看着就好，眼看那人一会儿工夫就把剩余的十几只怪鸟用弹弓打死了，地上早已积满这些怪鸟的尸体，厚厚地铺了一层，腥臭味血腥味难闻之极。

这会儿就连璇玑也忍不得，赶紧抓起挂在腰上的香囊使劲嗅，生怕多吸一口气晚饭就要全吐出来。


"姑娘没事吧？"

一个声音忽然从旁边的树林里传出，璇玑急忙回头，却见一株白杨树后站着一个穿青袍的男子，手里抓着一根有寻常弹弓两倍大小的黑铁弹弓，想来方才用弹弓射杀怪鸟的人就是他了。

璇玑摇了摇头，走过去几步，喃喃道："我……我还好。谢谢你。"

彼时月色昏暗，她靠近几步，只觉那人身材修长，乌发浓密，听其声音像是个年轻男子，只是脸上模模糊糊看不清。

那人遥遥对她微微一揖，温言道："举手之劳，不足挂齿。姑娘的同伴想必很快就会赶到，在下告辞了。"

说罢他转身就走，璇玑心下一动，急道："等……等一下！你……转过来……你、你是……？"

那人转身，这下璇玑终于看清，他面上赫然戴着一只修罗面具！她浑身大震，猛然抬手指着他，却憋不出一个字。

那人又温言道："在下离泽宫弟子若玉。不知姑娘还有何指教？"

若玉？原来不是他……但不管了，反正都是离泽宫的！

"司凤在哪里？"她问得很直接很简单，连想都没想。

若玉愣了一下，似乎是不知怎么回答，大概也是没想到她会这样问。

"这……姑娘你……"

"你认识司凤吗？"她觉得可能是自己问得不好，于是换个问法。

"姑娘……呃……"

"你见过司凤吗？"再换个问法。

"我……在下……"

"就是那司凤呀……你应该见过的吧？"怎么还听不懂？她都问这么直白了。

树上忽然传来一声嗤笑，两人一齐抬头，却听树上那人说道："我还是第一次见到有人这样问问题呢！真是个怪人。"

那声音软绵绵娇滴滴，似是个女孩子，璇玑正要定睛看个仔细，忽见两个身影从树顶一跃而下，站定在她面前。却是一高一矮，一男一女。

女的应当就是方才说话的那个，穿着白衣，宽袖窄肩，面容姣美，一双大眼睛水灵灵的，正笑吟吟地看着她。

男的……穿着青袍，身量修长，正背着双手背对着她，不知在看什么。

璇玑心中又是一动，只觉那人的乌发，背影，站姿……无一不熟悉。她正要开口，却听那人对着半空轻轻吹了几声口哨，眨眼工夫，方才救了她的那道银光又蹿了回来，被他的袖子一拢，钻进去没了动静。

耳旁只听那人长叹一声，低道："原来，你还记得我。"

说罢，他转身，面上赫然也是个修罗面具。

璇玑几乎要跳起来，一个箭步冲过去，急道："你……那个……你怎么……"

她说话都语无伦次起来，禹司凤轻轻一笑，柔声道："慢点说，怎么四年不见，轮到你结巴了。"

"啊！司凤你会说中原话了！"她指着他的鼻子，大叫。

我本来就会说……他在肚子里无奈地反驳，又道："你怎么会在这里？"

谁知璇玑根本没听见他的问话，她一把抓住他的手，面上犹如春花开放，笑了开来，急道："真的是你！真的是司凤！你怎么又戴着面具？万一我认不出来怎么办？"

禹司凤喉头一颤，半晌，才低声道："你还是认出来了……不是么？"

"没有啊！你要是不说话，我还不敢确定呢！"璇玑拉着他的手摇啊摇，还像小时候那样，一点儿也不顾忌。

禹司凤慢慢把手抽回来，耳根却渐渐红了，又是半天，才道："我认得你，就够了。"

璇玑根本没听他说什么，只是一个劲儿叫着司凤司凤，最后叫得旁边的若玉扑哧一笑，连带着那个姣美的少女也掩嘴偷笑。

禹司凤轻轻地在她脑袋上敲了一下，含笑道："还是没变，和以前一样，没心没肺的。你怎么一个人在这儿？也是下山历练吗？"

璇玑正要说话，却听后面传来玲珑和钟敏言叫她的声音，原来他两人找过来了。

## 第十章·他的面具

"璇玑！璇玑！你在哪里？！"

玲珑喊得最响，还带着哭腔，颤巍巍的，似乎随时会背过气去。璇玑听她这样喊，自己没事都忍不住出了一身冷汗。她好像在喊魂啊……

"我……我在这儿。"她赶紧跑过去，对那两个焦急万分的人招手。

"你怎么样？！"钟敏言一个箭步蹿上来，一把抓住她的肩膀，从头看到脚，她身上的衣服被划破了好几个口子，血痕道道，所幸都不是重伤。他确定了这点之后，才松了一口气，忽然发觉自己情态不对，急忙放开她，自悔方才太冲动。

玲珑完全是个冲动派的，见到璇玑就扑上去抱着不撒手了，哭得一把鼻涕一把眼泪，絮絮叨叨，好像小老太婆。

璇玑一面抱着她，一面苦笑道："我……我没事啦。玲珑……真的没事。你、你看，有人看着呐！别哭了……司凤也在……"

那二人正在激动，听到"司凤"这个名字，这才发觉后面树林里站着三人，其中两人都是青袍面具。钟敏言抑不住激动，急忙上前握住一人的手，道："司凤！四年不见，你过得怎么样？……你怎么会在这里？"

玲珑顾不得还红着眼，也跟过去急急问道："是你救了璇玑？好司凤！谢谢你！"

那人苦笑着道："在下离泽宫若玉……"

禹司凤在旁边咳了一声，佯怒道："一个个都认错人。谁说是我一辈子的好兄弟？"

钟敏言尴尬地放开若玉，回手捶了禹司凤一拳，禹司凤反手给他一拳，两人的手忽然握在一处，一起笑了出来。

"敏言，你长高了，也壮了！这些年修行有成果吧？"禹司凤拍着他的肩膀，赫然是老友见面的模样。

钟敏言笑道："你小子不也一样！个头和我一样了……唔，似乎说话也流利了？！不再是结巴。"

你才结巴！禹司凤在肚子里狠狠反击，面上却不得不风轻云淡，到底是当着同门面前，不好放肆。他说中原话不再结巴，是因为这四年没日没夜地学习……只为了不再像从前那样，拙于表达，从而失去一些宝贵的东西。

他们几个人隔了四年重逢，自然有无数话要说，一时竟也顾不得是在深山老林，月黑风高，恨不得立即席地而坐，说到天亮。

一旁的若玉倒是不在乎，津津有味地听着他们几个叙旧，那白衣少女却忍不得，隔了半天，好容易趁他们停了一个空档，急忙插嘴道："司凤……这里好冷，咱们回去再说吧，好不好？"

禹司凤却没有回答。

玲珑一来就注意这个白衣少女了。女子最喜欢比美，尤其见到和自己差不多姿容的，早就暗地明地打量她不知多少回了，这会儿见她又和禹司凤言谈亲热，心中不由得老大不爽。

在玲珑的心里，司凤是属于璇玑的。她认定了璇玑喜欢司凤，司凤也钟情于璇玑，这会儿居然插进来一个又娇又甜的女人，她怎么能不反感！

她当即就噘嘴道："司凤，这位姑娘是谁呀？"

那少女大约也是个不省事的，见玲珑容貌出众，谈吐中有刺，也不爽起来，轻哼一声。

若玉是个老实人性格，当下笑着介绍："这位姑娘是浮玉岛的陆嫣然陆姑娘，我与司凤出门历练的时候正好与陆姑娘遇上，她和自己的同门走失，所以暂时与我们组队同行。"

玲珑一听"浮玉岛"三字，不由得多看了她两眼，笑道："我们正要去浮玉岛看东方叔叔呢，真巧。不过在这里遇到了闹鬼的事情，所以留下来调查。对了，这位大哥是……？"

若玉只得再自报家门："在下离泽宫弟子若玉，褚大小姐，褚二小姐，钟少侠，多承指教。"

他这般讲究礼数，每个人都报到，俨然又是个杜敏行式的人物。

少阳派三人立即对他产生了莫名的好感。


"好像坐久了确实有点儿冷……不如咱们回去吧？司凤，你们住哪里？"

璇玑起身，拍了拍身上乱七八糟的尘土杂草，问道。

禹司凤笑道："和你们住一个地方……也是赵家庄。我们也是听说这里闹鬼，所以过来看看。"

璇玑猛然想起下午莫名其妙弹过来的米果子，还有那道在林间穿梭的银光，不由得恍然道："噢，那你是不是下午就看到我了？怎么不叫我呀？那道银光……是小银花吧？它现在变得好厉害呢！"

禹司凤顿了一下，半晌，才轻声道："四年没有联系……我想，你可能忘了……我。"

他不想说，自己在离泽宫等了四年，却没有收到只字片语，那样的心情，他不愿再回忆起来，真的不想。

璇玑终于感到货真价实的愧疚，低头歉意道："对不起……我……我就是个猪脑袋，我给忘了……你骂我吧。"

忘了……他在心中苦笑一声，淡淡地在她额头上敲了一下，柔声道："先回去吧，回去再说。"

这番回去，又是一场热闹相逢，几个年轻人只管赵家庄的人借了两盏油灯，就坐在空屋里，说了大半夜。

一直说到天边发白，眼看就天亮了，陆嫣然实在撑不住，打了个呵欠，腻声道："我要去睡了……司凤，你也早点休息吧。明天还要继续调查妖魔作祟的事情呢。"

钟敏言一听妖魔作祟，便道："原来你们也是来调查此事的，怎么样？有头绪吗？那些三头怪鸟到底是怎么回事？"

禹司凤道："那些鸟叫瞿如，是妖的一种，虽然长得狰狞，却没什么害处，也甚少攻击人。听说它们喜欢吃祝余草根，所以我们怀疑可能是这里大片的祝余草把它们引来的。"

玲珑恍然大悟："原来如此！它们嗅到这里有祝余草，所以过来吃呀！不害人就没事了。"

禹司凤摇头："也不能过早下定论，多少年过去了，这里从来也没遇过大规模的瞿如鸟来吃祝余草，不排除有人控制它们。至于目的是什么，我们还没查出来。"

玲珑急忙道："那我们和你们一起查！反正我们也是出来历练的，人多力量大嘛！一起也热闹！"

禹司凤和若玉还没说话，却听一旁打呵欠的陆嫣然呵呵笑了一声，慢悠悠地说道："你们少阳派这次下山的弟子，都没什么特长呢！几只瞿如都对付不了，万一扯后腿，怎么办？"

"呃，陆姑娘，你别……"

若玉赶紧老好人地过来打圆场。结果还是迟了，玲珑跳起来指着她的鼻子，厉声道："你说什么？！再说一遍看看！"

陆嫣然却微微一笑，伸个懒腰，道："没什么好说的。快去睡觉吧，还要调查呢！别到时候起不来，我们可不等你们……"

玲珑哪里忍得住，"咣当"一声抽出断金，森然道："你看不起我们？不如现在就去外面，看谁扯谁的后腿！"

陆嫣然急忙闪到禹司凤身后，"咯咯"笑道："好凶的姑娘……谁和你动刀动枪的……留着点力气对付妖魔吧！"

玲珑是个直脾气，哪里遇过这种刁钻油滑的女子，当即只气得浑身发抖。

钟敏言揽住玲珑的肩膀，淡然道："不必多说，玲珑。日后便见分晓，何必多逞口舌之利。"

玲珑哼了一声，这才收剑回鞘，狠狠瞪她一眼。

"司凤……" 璇玑拉了拉禹司凤的袖子，像一只小猫。

他的表情隔着面具看不到，声音却是温柔的："咱们一起。乖，去睡觉吧。醒了给你看小银花长大的样子。"

璇玑终于被哄得开心点头，脚不沾地，看也不看旁边的两个陌生人，自己去睡觉了。

这一觉璇玑足睡到下午还没起来，而早早就起来的其他五人，终于在天黑前忍不住跑去敲门喊人了。

当玲珑好不容易拽着满脸迷糊的璇玑出来的时候，已经到了晚饭时间。钟敏言只急着要去海碗山再看个究竟，早已不耐烦，皱眉道："出来了还这么惫懒！修行之人怎么能睡这么久？"

璇玑还在半梦半醒之间，隐约听见有人说话，好像还是和自己说，便揉着眼睛抬头朝那里呆呆一笑，钟敏言被她笑得没脾气，只好郁闷地蹲到一边，不说话了。

玲珑噘嘴道："昨天妹妹受了伤，多睡会儿怎么了？就是睡到明天早上也没事！你嚷嚷什么？"

说完璇玑又冲她呆呆一笑。

玲珑叹道："看你这迷糊样！得了，我带你去用冷水洗把脸吧。"

这边玲珑带着璇玑去梳洗，那边赵家庄的赵老大他们已经回来了，正张罗着饭菜，一面叫他们过去上席，一面要听他们说昨天捉鬼的经历。

钟敏言总算逮到发挥口才的机会了，满桌就听他一人在那里绘声绘色地说，只把那些瞿如鸟形容得比蛊雕还厉害，他们几个就是混乱中杀出血路的英雄豪杰，如何艰难，如何凶险。听得赵家庄的村民一愣一愣的，都替他们捏把冷汗。

"那……那些怪鸟突然来袭，到底是什么原因。诸位少侠可有调查清楚？"赵老大总算找到一个可以插嘴的时机，小心翼翼地问道。

"呃，这个嘛……"钟敏言一时不知用什么说辞好，只得愣在那里。

禹司凤淡然道："我们怀疑是有人在后面控制妖魔作乱，只是还没查到是何人。老丈放心，不将此事解决，我们是不会离开望仙镇的。"

钟敏言急忙点头道："不错不错！我们今晚还会去那里查个究竟。赵大叔你只管放心，有我们少阳弟子在，必定不会让妖魔扰乱百姓安乐。"

赵老大听了这番保证，才安下心来，满面笑容地给他们敬酒夹菜。

一旁的陆嫣然听钟敏言说大话，只管低声笑，倘若玲珑在这里，或许早就吵起来了。钟敏言虽然也反感她，但一来她是女子，二来他比玲珑稳重些，当下只是低头喝酒，也不看她。

谁知他越是冷漠，陆嫣然却越来劲，当即娇滴滴地说道："少阳派好大的名头呢，大叔只管安心。我们都不用出场，只'少阳派'三个字放出去，那些妖魔就闻风丧胆了。"

这话说得甚是刺耳，连若玉也忍不住暗暗摇头。钟敏言眉头微微一皱，还是不说话。

"要是咱们浮玉岛，或者离泽宫报上名号，可没这等威风呢！"

她还没说完，却被若玉的咳嗽声打断，他赔笑道："这个……今日月色皎洁，夜凉如水，正是调查妖魔作祟的好时机。咱们也该准备准备出发了。"

"哼，算你有点儿自知之明！"

玲珑的声音从后面传来，众人回头一看，果然是她牵着璇玑走过来了。她刚才也听到了陆嫣然的挑衅，干脆顺着她的话说下来，反将她一军。

陆嫣然于是嫣然一笑，柔声道："浮玉岛不过是个不知名的小派，哪里敢和少阳派争锋呢？"

玲珑把懵懂的璇玑按坐在椅子上，把头一昂，哼了一声："客气客气，承让了。"

陆嫣然心中老大不爽，只觉在玲珑那里占不到什么便宜，回头忽见璇玑额发湿漉漉的，想必是方才用冷水洗了脸，果然比方才清醒了点儿，只是看上去还是一副呆样。

她轻轻笑道："璇玑姑娘起得这样迟，咱们这就要出发了呢！可惜了一顿宴席，要不让大叔给留着，晚上回来了再热给你吃？"

璇玑正夹了一个笋片要送进嘴里，听她这样说，不由得一愣，咬着笋片，抬头看她。

"可是我现在很饿。"她实话实说，又塞了一口饭。

"再迟些就要来不及了……这可怎么是好。司凤……？要咱们先去吧？反正璇玑姑娘昨天受了伤，今天想必也使不了什么力气。"

陆嫣然说得很诚恳。

璇玑看了看天色，咽下饭菜，淡然道："还未到亥时，去得早也没用。你要是急，自己先去吧！"

……陆嫣然见没人响应她，只好闭嘴不说话。

她很不高兴，本来她和禹司凤他们二人组队，只有她一个女孩子，那两个大男人在途中自然对她诸多照顾。谁知这会儿突然冒出什么少阳派弟子，打着老朋友的旗号横插一脚，抢了她的风头。若单有一个钟敏言也罢了，他也是个美男子，偏偏有两个碍事的姐妹，司凤看上去还对她们和颜悦色。在她看来，玲珑可恶，璇玑痴傻，没一个顺眼的。

陆嫣然自小在浮玉岛弟子中算得上容貌出众的，加上她精明讨喜，众多师姐师兄都对她百依百顺。她早已习惯众人把她捧在手心里的日子，容不得别人抢走她的荣耀。

这回和自己组队的同门走失也是由于和她们闹矛盾，一气之下离队出走，谁知在海碗山这里遇到了瞿如袭击，她被路过的禹司凤他们救下。那若玉是个老好人性格的，对她温柔体贴，禹司凤虽然平常沉默寡言，却也从未刻薄过她。她终于找到被人捧在手心照顾的感觉，结果还没得意两天，玲珑他们就来了。

她见玲珑容貌艳丽，言语泼辣，知道是个不好惹的。那个钟敏言似乎还特别护着她，若是和一个大男人闹了矛盾，老没意思。

再看看璇玑，似乎是个文静懦弱的主，看上去还呆呆的，反应奇慢，于是认定了是个软柿子。哪晓得没说几句话就被她风轻云淡地呛回来，果然出来历练前，师父他们说少阳派的弟子不好惹的话是真的。

陆嫣然不好再说话，只撑着下巴坐在椅子上，手指不停地在桌子上敲来敲去，敲得人心浮气躁。

玲珑为了气她，特地吃得慢慢的，还和颜悦色地给禹司凤他们夹菜，笑道："原来这就是祝余草，味道真是不错。敏言，司凤，若玉，璇玑，多吃点。"

她独独漏了陆嫣然，很明显是和她过不去。

若玉见她们几个女孩子斗气，男人们不好插嘴，也只得低头吃饭，再不打圆场。

对面不明所以的赵老大他们听玲珑夸祝余草美味，便都道："姑娘喜欢便好。只可惜了海碗山上大片的祝余草，再过得半月，整个庄里的人可都没得吃喽！"

禹司凤抬头看看天色，一口喝干杯中的酒，起身拱手道："时候不早了。老丈去休息吧，我们几个这便要上山了。"

赵老大忙道："少侠们辛苦！只是真的不需要马匹火把吗？村里许多年轻人都愿意帮忙……"

钟敏言摆手笑道："什么也不用！大叔们只管安心睡觉，我们今日必然将原因调查出来！"

璇玑一听要走，赶紧塞下最后一口饭，抹了抹嘴就站起来。旁边的禹司凤见她匆匆忙忙的样子，不由得一笑，温言道："不急。看看你……"他抬手替她捏下一粒黏在腮边的米饭，"还是个小孩儿。"

我本来就是小孩儿呀……璇玑本来想这么说，但忽然想起自己已经十五岁，实在算不得小孩了，赶紧吞回去。

她看了看禹司凤，忽然发觉他脸上有什么不对劲，左看右看，却也找不出到底有什么不对劲。

昨天遇到他的时候，已经是深夜了，她又是隔了四年才与他相逢，兴奋中没注意他脸上的面具到底有什么不一样。这时屋中火光透亮，她终于发觉了些微的不同。

旁边的若玉，脸上也是修罗面具，和四年前司凤脸上的一模一样。可是现在司凤的面具却变了，依然是狰狞的修罗脸，可是那张脸，左边流泪，右边微笑，如今在火光下一看，委实诡异之极。

"司凤，你的面具怎么……？"她喃喃问着。

话未说完，禹司凤和若玉都是一震。

"他……"若玉张口，想说什么，却没说出来，只是苦笑。

禹司凤抬手，轻轻在面具上一摸，良久，方道："只不过换了个面具罢了。不值一提……不说这些了，咱们准备走吧。璇玑，待会儿就让你看小银花。"


当下六人一齐御剑朝海碗山的方向飞去。鉴于上回没有任何准备，鲁莽地闯过去，结果吃了大亏，这次六人都带齐了所需的东西，一直御剑飞到后山才停了下来。

"又是那种味道。"玲珑捂住鼻子，皱眉，"昨天杀了那么多，今天居然还有。"

禹司凤对璇玑做了个手势，她立即会意，六人散开，在半空围成一个大圈子，个个摆好架势，随时准备开打。璇玑从怀中取出小爆竹，点燃了丢下去。

又是"砰"的一声，四下里亮若白昼，半山腰上密密麻麻攒动着无数黑点，都是三头的瞿如鸟。很显然昨天杀了一大批丝毫没有效果，它们今天又聚在这里了。

瞿如鸟受到光亮的刺激，一齐展翅，扑腾着飞起来。六人正要待它们飞上来杀个痛快，却发觉这些鸟并不像昨天那样扑上，而是在低空盘旋，吱呱乱叫，没一会儿又降下去，没了声息。

"哟，它们也知道厉害呢！"玲珑调笑一句。

一旁的陆嫣然哼哼一笑，娇声道："是呀，都被少阳派的气势吓回去了。"

玲珑装作没听见。璇玑见瞿如鸟不飞上来，干脆又点了好几根爆竹，通通丢下去，噼里啪啦一阵乱响，激起大片的拍打声，众人只觉腥风扑面，那些鸟果然又飞了上来！

"散开！"禹司凤叫了一声，六人齐齐往后退去，将大批飞起的瞿如鸟围在中央，一时间剑光缭乱，就像在上面当头罩了一张铁网，不小心撞上去的瞿如不是死就是伤。

玲珑有了昨天的经验，眼下再也不害怕，简直杀得兴起，手里的断金仿佛也感应了主人的兴奋，发出清朗的鸣声，漫天剑光中，只有她的最华丽，金色弧形的那道光横扫出去，便落下一大片血淋淋的瞿如。

陆嫣然远远地见到她这种模样，又忍不住笑道："玲珑姑娘何不悠着点，这些鸟和母鸡差不多，杀得再多，也没什么用。仔细脏了你的宝剑。"

玲珑被她三番四次挑衅，早已一肚子邪火，当即喝道："你给我闭嘴！怕了就滚回去找你师父！少在这里唧唧喳喳！"

"喂，你说话放尊重点！"陆嫣然也怒了，俏脸上犹如拢了一层寒霜。

"你才要尊重点！"玲珑火气上来，手里的剑用力一挥，那道金光将几十只瞿如碾碎，却不散开，直直飞向陆嫣然。

陆嫣然哪里肯示弱，立即捏了剑诀，手腕一转，十几道剑气飙射而出，与玲珑金色的剑光撞在一起，登时起了个漩涡，将周围熙熙攘攘的瞿如卷了进去。她二人见对方都出手，当下再也不手软，居然顾不得杀瞿如，你来我往，就在空中斗起剑法来。

"玲珑！不要节外生枝！"

钟敏言急急叫着，由六人的圈子忽然多出两个缺口，剩下的四人顿时吃力起来，既要忙着应付乱窜的瞿如，又要防止她二人受伤，简直是手忙脚乱。

玲珑在空中一个漂亮的翻身，一面让过陆嫣然的剑气，一面厉声道："你应当叫她不要节外生枝！陆嫣然，我忍你很久了！"

那边的若玉也忙着劝服陆嫣然："陆姑娘！眼下收拾妖魔是正经，切不可因小失大……"

"你们都见到了，是她咄咄逼人！少阳派好大的名头！莫非我会害怕不成？"

陆嫣然也不肯相让。

这边闹得不可开交，那边璇玑和禹司凤还忙着对付越来越多的瞿如，渐渐吃力起来。璇玑动作渐巨，只觉背上被抓裂的伤口又崩了开来，手腕不由得一软，差点把剑给丢了。眼看后面又飞来几只瞿如抓向自己，她只得咬牙回击，一面暗暗凝聚真气，试图放出仙法。

那些在下面乱飞乱扑的瞿如突然嗅到她身上鲜血的味道，登时兴奋起来，再也不朝其他方向乱窜，纷纷聚集在一起，要像昨晚那样将璇玑裹在当中。

她见情势不好，当机立断丢了宝剑，双手一搭，捏印就要放仙法。

忽听对面禹司凤开始吹口哨，三长一短，紧跟着他袖中跳出一团银光，见风即长，犹如鬼魅一般，在那些瞿如的背上跳来跳去，被它沾一下，瞿如鸟就纷纷脱力往下掉。

禹司凤吹着古怪的调子，控制着小银花的行动，一面腾身而起，袖袍一展，激射出无数道幽蓝暗光，想来是他的暗器，大约还是涂了毒药的，绕在璇玑周围的瞿如鸟被他这样一搅，登时现出个突破口来。他飞身而入，一把拉住璇玑的手，将她提起放在自己身后。

"司凤……"她叫了一声。可惜周围瞿如鸟的声势太大，她说的话想必他听不见。

禹司凤在她身前，反手用力在她手上捏了一下，"看到小银花了吧？"他大声问。

璇玑一愣，急忙点头："看到了！不过……看不清。"

周围的瞿如鸟团团飞过来，将两人围在中间不停抓咬，全靠他一柄宝剑左右抵挡，进退有致。他一面吃力地应付着众多的妖鸟，一面居然还有精神和她打趣："待会儿你就能看清了！"

璇玑见他喘息加剧，想来一个人对付这么多瞿如委实吃力。但她刚才把剑给丢了，这会儿真气又凝聚不起来，帮不了他。耳边忽听得他闷哼一声，左臂上硬生生被利爪抓了几道，连皮带肉扯下来，鲜血登时把他的衣服给浸透了。

她只觉耳朵里嗡嗡直响，心中乱到了极致，又是无助又是茫然。红姑姑的话一下子在她脑中想起，她当日说的：璇玑不能一直做累赘啊，万一将来你的亲人和朋友为了你遇到危险，你就忍心看他们送死？

她当然不忍心！

四年前下山，大醉一场，她在多年的茫然中，终于明白自己追求的是什么。

那么多的人说她没有心，没有目标，但她却希望他们都能幸福。

她不喜欢见到他们难过，不喜欢见到他们受伤流血。

其实她最不喜欢的，是要和他们分开，无论什么原因。她喜欢在幸福的背景中做一抹小背景色，而不是被抛弃，或者……被迫分别。


眼前忽然泛起一种淡淡的银光，兴许是月色，兴许是司凤手里的剑发出的光辉，她不清楚。胸口散乱的真气忽然能够汇聚起来，仿佛千万条江河最终流入大海一般。

她闭上眼，捏印念诀，右手探出，五指微微蜷起，犹如一朵快要绽放的兰花，指尖仿佛涂了一层银沙，闪闪发亮。


在前面苦苦支撑的禹司凤，忽然觉得身后有温暖的风拂过来，与迎面扑过来的腥风两相纠缠，将他的长发卷得高高扬起。

他急急回头，却见璇玑闭目念诀，双手结印，在她身后有十几条火龙蓄势待发，每一条都张牙舞爪，狰狞之极。他不由得一愣，只当这四年中她学了不少东西，于是轻道："先解决东边的。"

她的右手微微一转，身后的火龙呼啸着倾巢而出，几乎是一瞬间，东边聚集的瞿如尽数被烧成了灰烬。

"北面。"他说。

巨大的火龙呼啸着掉头，张开巨口，将惊慌逃窜的瞿如们一口吞下，连渣滓都没剩一点儿。

"西面也是你的。"他笑，也跟着丢了手里的剑，从袖中抽出数张咒符。

火龙们吞下了东西北三面的瞿如，似乎有些不足，呼啸着在四面八方流窜，追逐那些落群的瞿如。忽然半空中落下无数冰箭，每一根犹如牛毫粗细、食指长短，密密麻麻地，

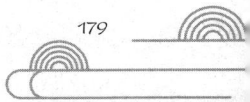

将那些往南方逃窜的矍如们尽数射落在地上。

这南面，自然就是他的了。

残留下来的矍如再也不敢扑上，拍拍翅膀，沉了下去，聚在一起朝北方逃去。禹司凤收了式，急道："快追！果然是有人控制它们！"

璇玑还有些跟不上调子，四处看看，仿佛不敢相信自己的火龙有那么大的威力，居然一下子就把那些可恶的怪鸟给烧成灰了。

禹司凤叫了一声，见没人答应，回头一看，却见玲珑她们还在那边自相残杀，钟敏言和若玉一个忙着劝一个忙着拉，显然忙得要死。

他心中暗叹一声，随手抄起袖中的铁弹珠，用力一弹，将那两个女孩子缠在一起的剑给弹开。玲珑只觉一股大力撞在剑上，虎口一阵剧痛，不由得抬头怒视着禹司凤，叫道："你做什么？！居然要帮这个坏女人？！"

禹司凤淡然道："现在不是打架的时候，等这事解决了，随你们闹。"

陆嫣然早就后悔招惹了玲珑，方才和她斗得一身是汗，听禹司凤这样说，便连连点头，委屈道："是啊，我也一直说大局为重，可是玲珑姑娘……"

"你还说！"玲珑又要上去，却被钟敏言死死拉住，不给她动。

"不要闹了！玲珑！还记得下山的时候你答应过师父师娘什么吗？！"

玲珑被他一吼，便想起下山前，爹爹和娘亲特地找她谈天，都说她脾气直容易冲动，下山之后一定要收敛脾气。她当时很认真地答应了，结果一遇到事情就忘。

她把剑一收，心中的确有些后悔，但兀自不服气，冷道："罢了，不与你计较！浮玉岛原来都是这样的人，我今天算见识到了！"

陆嫣然柳眉倒竖，又要发作，转念一想她少阳派剑法果然厉害，和她斗了半天都没讨到什么便宜，只好闷不做声，御剑飞到禹司凤身边，见璇玑和他站在一把剑上，于是笑道："怎么，璇玑姑娘连自己的剑也弄丢了？"

璇玑正要说话，禹司凤却道："何必再说这些废话？眼下矍如都逃往一个方向，想来是有人在后面控制。你们要是闹完了，就一起去追吧！"

陆嫣然委屈地嘬了嘬嘴，被他冷漠的态度刺伤，干脆掉头去找温柔一派的若玉诉苦了。

璇玑扶着禹司凤的肩膀，稳稳地向前飞。忽然想到什么，连忙问道："司凤，小银花呢？"

他却不说话，只将右手轻轻一挥，璇玑见自己的胳膊上忽然多了一团软绵绵银光潋潋的物事，仔细一看，果然是小银花。它大概刚刚动得过多，显得有些疲惫，银白的身躯软软地蜷成一团，倒三角的脑袋竖起来，懒洋洋地看了看璇玑，吐吐信子，当作打招呼。

这四年它果然长大了些，先前只有小指粗细，如今大约有成人半个手腕那么粗了，身上银色的鳞片密密麻麻，甚是美丽，这样一团团在胳膊上，还真有点儿重。

璇玑抬手要摸摸它，却被它灵活地躲过去，一面仰头，一面疑惑地朝她吐信子。

"它不认得我了。"璇玑轻轻说着。

"认得的。只是……近情情怯。"禹司凤微微一笑。

她并没听出里面的一语双关，只怔怔地看着小银花，它在她胳膊上盘了一会儿，大概觉得舒服，又蜷了起来，把脑袋搁在她的手心，冰冰凉的。

"你看你看！"她高兴得把手举到他面前，"你说得对呀，它果然还是认得我的！"

你这样的人，谁会忘记呢？禹司凤默默地想着，将小银花收回袖子里。只觉她的双手扶在肩上，温软轻柔，心中又是欢喜又是苦涩，一时竟说不出话来。


却说众人追着残余的瞿如，一直追了大半个时辰，只随着它们弯弯绕绕，翻过了大半个海碗山，还没到尽头。最后还是钟敏言发现他们飞了半天，又飞回原地了。

"什么人在后面操纵？！太狡猾了！"他恨恨地骂了一声。

禹司凤忽然将剑一降，落在地上，其他人急忙跟上来，若玉道："怎么？不追了？"

他摇摇头："这样追到天亮也追不上。若玉，你带了判官笔吗？"

若玉微微一愣，半晌，登时了然，笑道："你要用那个法子？"

他没说话，只是将衣带解开，脱去血迹斑斑的外套，若玉把腰上别着的葫芦递给他。他一把将塞子拔下，对着胳膊上的伤口倒下，里面流出来的水带着一股辛辣的酒气，一浇在伤口上，他便疼得一颤。

玲珑见他们行事古怪，一个用酒冲洗身上的血迹，一个用判官笔在地上走圈，画出后天八卦的图形，不由得奇道："司凤……这是要做什么呀？"

若玉轻轻把手指放在唇边，打个噤声的手势："不要说话，看着就好。"

禹司凤将一葫芦的酒液都倒光，反手将葫芦丢给若玉，右手握剑，面向正南方。"刷"的一声，剑走偏锋，踏上震位。

众人只觉他身形诡异，似舞非舞，在八卦各宫进退有致，忽而旋身，忽而挥剑，全无章法，然而行动间又潇洒异常，众人都有些看呆了。


乾宫开天门，

兑卦统雄兵，

巽风吹三乐，

震动五雷兵，

艮寅塞鬼路，

坤地留人门，

坎水涌波涛，
离宫架火轮。

禹司凤在后天八卦中左回右旋，一步三颤，衣衫在空中猎猎作响，恍若游龙。忽然清叱一声，念道："行坛弟子入中宫！"紧跟着身形一闪，翩若惊鸿，从坤到艮，定睛再看时，他已站定在八卦中位。

踏九州，踩九州。
踏到黄河水倒流！

他猛然停住，汗水涔涔而下，身后的白衫早已湿透，忽而脱力，跪在了地上。
璇玑和钟敏言急忙上前搀扶，他却摆了摆手，半晌，才道："我看到躲在后面的操控者了。"
众人都是讶然，他指向正南方："在那边。海碗前山，半山腰的山洞里。"
说完，他再也无力继续，直接躺在了地上，大口喘气。

由于禹司凤几乎脱力，连剑都握不稳，很显然是无法继续追查了，于是众人便商量着留一个人在这里照顾他，剩下的去海碗前山，调查操纵瞿如的人。
禹司凤累得说不出话，钟敏言俨然就成了小头目，他一本正经地吩咐着："璇玑你留下照顾司凤，若是他能动了再飞来援助我们。若玉，咱们好好计划一下待会儿的行动顺序。"
若玉点了点头，一旁的玲珑也不甘示弱，抢着说道："我要打头阵！好好看看是什么人干下这等可恶的事情！"
钟敏言看了她一眼，在肚子里暗暗叹一口气，面上却和颜悦色地说道："你是女孩子，不可以在第一个。万一出了什么事，我会……我怎么和师父交代？"
女孩子怎么了？！玲珑最恨别人看不起自己，动不动就用男女之别来把她划分到弱者那一边。她正要和他争辩一番，却见他神情温柔，大有怜惜容忍之意，那火气哪里还发得出来？早变成了满脸的桃花色，嗫嚅了半天，最后默认了。
一直在旁边装哑巴的陆嫣然忽然哎哟一声，软绵绵地叹道："还是我留下照顾司凤吧……方才似乎岔了真气，胸口有点儿疼呢……"
玲珑白了她一眼，冷笑道："这就岔了真气，浮玉岛的功夫不过如此嘛！"
陆嫣然本想找个借口留下来和禹司凤单独相处，谁知立即被玲珑嘲笑一通。她别的毛病倒也罢，唯独听不得别人说浮玉岛如何不好，当下把脸一板："我没事！去就去！

这次教你好好见识见识什么叫真正的剑法！"言下之意刚才和她斗的时候，没有使出真正的本事。

你就吹吧！玲珑懒得和她做口舌之争，又翻了个白眼。

有时候，女人之间的斗争更加残酷刻薄。钟敏言和若玉互看一眼，纷纷在心中确定了这个想法。

"我们先去了，璇玑，你好好照顾司凤。如果没有意外，我们会在子时左右赶回来。要是出了意外，我们会放信号，见到信号……你就带着司凤赶紧回赵家庄，千万别强撑着过来，知道吗？"

钟敏言语重心长地交代了一番，也不管璇玑是摇头还是点头——反正在他眼里都没差，她肯定是听了就忘的。

四人这才御剑往前山飞去，留下躺在地上半昏半睡的禹司凤，还有捂着伤口发呆的璇玑。

此时夜已然深了，月色如水，透过光秃秃的高高的枝丫，流淌了一地银白。地上堆满了瞿如们四分五裂的尸体，还有大片大片的鲜血干涸在地上，很快就结了一层薄薄的冰。

这幅景象无论如何都不会让人感到愉快的。璇玑觉得寒意瘆人，方才汇聚在胸口的那股浩浩荡荡的真气，这会儿好像跑得没影了。她茫然地对着月光伸出手，指尖惨白，再也没有方才银色的光辉。

她记得学仙法的时候，状态最佳、真气充沛之时，也不过能唤出三四条火龙，那已是极致了，往往要休息好几天才能复原。方才……她真的叫出了十几条巨大的火龙？那不是在做梦吧？

要是师父知道她今天这样出风头，只怕会乐得跳起来，她总算也出息了一回，虽然还没搞清到底是怎么出息的。

想到这里，她忍不住微微弯起唇角。

"你在笑？"躺在地上的禹司凤忽然轻轻开口了。

璇玑一愣，赶紧凑过去，问道："你醒了？现在觉得怎么样？能动吗？"

他摇了摇头，忽然打个喷嚏，叹道："我只觉得好冷……"

璇玑这才发觉他连外套也没穿，自己居然就这样任他躺在地上，忘了照顾。她大是惭愧，一面赶紧给他披上血迹斑斑的外套，一面握住他冰冷的手，把自己不多的真气传过去一些。

"现在好些了吗？"她问。

禹司凤却轻轻一笑，揶揄道："你还是和以前一样啊……如果没人和你说，你就绝不会去做。"

什么意思？她茫然地瞪圆了眼睛看着他。

他这样躺在地上，仰头望着她秀美的轮廓，少女莹润的肌肤在月色下犹如羊脂玉一般洁白细腻。她其实一点儿也没变，那双眼睛，和四年前的一模一样，你永远也分不清，她到底是专注地看着你，还是只在发呆。

"你……"他忽然低声开口，竟然带着一丝魅惑，"你不想看看我不戴面具的样子吗？"

她又是一愣，紧跟着点了点头："我想看，可以吗？"

他的声音忽而含了笑："现在……不可以。"

司凤今天晚上好奇怪啊……璇玑茫然地咬着指甲，呆呆地看着他，一时不知道说什么。

"其实你可以趁我不能动的时候揭开来，我也不会知道。为什么刚才不揭呢？"

那是因为……

"我……我怕你生气。"还有，她压根没想到要去揭面具。

他在心中苦涩地一笑："我对你发过脾气吗？"

璇玑赶紧从善如流："那……那我揭了！"说罢抬手就要去摘面具。

"不要揭。"他说。

到底要不要揭啊？璇玑完全被搞糊涂了，他今天果然很奇怪！难道被瞿如撞坏脑袋了？一会儿这样一会儿那样的。

禹司凤闭上眼，深深吸了一口气，半晌，轻道："你真是个傻瓜。"

好吧，她或许本来就是个傻瓜……璇玑无语地看着他，两人一时都无话。

"璇玑。"他忽然动了动，头顶在她膝盖上轻轻蹭了一下，好像一只受伤的大猫，"你为什么……会忘了我呢？"

她又哽住。今天晚上让她无言的时候太多了，她简直不知道怎么应付这种复杂的局面。睡在脚边的这个少年，明明很熟悉，可是，为什么又觉得他这样陌生，甚至，有一些悲哀？

"我以后一定不会再忘了。"她只有给出保证。

"还会有以后吗？"他不知是问她，还是问自己，"褚璇玑，你真是个没有心的人。"

她还能说什么呢？

他忽然紧紧抓住她的手，那样紧，甚至让她觉得疼痛。璇玑骇然地看着他，他沉默了很久很久，才低声道："不要再忘了我。你若是……我……"

她忽然觉得自己做了一件错事，大错特错的。虽然不明白为什么，可是，她似乎差点就要失去他。她想起四年前那个下午，他用那么专注的眼睛看着她，凝视她，只有她一个。她却轻而易举地忘了那个眼神。

她的心底忍不住一阵战栗，许多说不清道不明的情绪，她竟然就这样风轻云淡地辜负了这个看着她的少年。

"你……我……"她喃喃地，不知该说什么。

"你要说什么？"他的眼睛在面具后亮得出奇，好像两颗星星。

她抿了抿唇，轻道："我、我不知道……"

他沉默，良久，忽然低声道："不说这些了，你能扶我坐起来吗？"

璇玑急忙轻轻托着他的后背，将他扶起靠在树干上，见他浑身都软绵绵的，居然真的连坐起来的力气都没有，不由得奇道："你……方才跳的是什么舞？"好像还念着什么古怪的口诀，司凤总是懂很多她从来没听过见过的东西。

他低声一笑："我不告诉你。"

坏人。她委屈地看着他。

禹司凤似乎心情好了很多，仰头靠在树上，轻轻吹了几声口哨，听起来似乎是他们那边的民谣，调子轻快缠绵。没吹一会儿，他袖里的小银花就憋不住钻了出来，在地上婆娑起舞，银光闪闪，甚是神气。

璇玑见它跳得好看，早就忘了刚才的古怪，忍不住拍手欢笑。

禹司凤静静地看着她的笑容，也跟着轻轻笑起来。

"傻瓜，你真是个傻瓜……"

他喃喃地说着，紧紧握住了她的手。


两人靠着树干坐了一会儿，体力也渐渐恢复了。

禹司凤试着动了动胳膊，一面将外套穿起来，一面道："你这四年好像学了不少东西。方才的御火术，很漂亮。"

璇玑突然被夸，忍不住得意扬扬，嘿嘿笑道："那……那是！"

她没好意思问什么叫"御火术"，更没好意思告诉他其实平时她最多只能叫出三四条火龙。司凤很少夸人的，她才不要再被他笑话。

他又笑了，忽而抬手在她鼻子上一刮："瞧你得意的。"

璇玑帮他将衣带结好，伤口上药包扎起来，一切忙完之后，夜色更深了，银白的大月亮已经攀到了苍穹中央，好像一个玉盘扣在头顶。

禹司凤忽道："现在什么时候了？"

"唔，大概……快过子时了吧。"

"敏言他们怎么还没回来？"

被他这么一说，璇玑才猛然想起钟敏言他们临走前千叮咛万嘱咐的话，禁不住跳起来急道："哎呀！不好！他们说如果过了子时还不回来，就是遇到危险了！我们……我们要怎么……"

"别急。"禹司凤试着站起来，只觉手脚软绵绵的，没一点儿力气，好容易能站直了，但要御剑却是万万不能的，"他有交代什么吗？"

"好……好像是说，如果遇到危险就放信号，叫我们看到信号就赶紧回赵家庄……"璇玑犹豫地说着。

禹司凤沉吟半晌："还没任何信号，想来……"

话音未落，却听天空"砰"的一声，炸开一枚艳红的烟花，絮絮落落淌下来，红得像血。他们都认得这种信号爆竹，是遇到危急时刻才会放的预警。

玲珑他们果然在前山遇到了危险！

两人骇然对望一眼，当下再也顾不得手脚酥软伤口疼痛，急急朝前山御剑飞去。


海碗前山远不如后山那样平缓多树，而是长满了嶙峋的怪石，其间密密麻麻，不知藏了多少山洞。玲珑四人在前山绕了半天，也搞不清禹司凤方才一番怪舞时看到的究竟是哪个，最后都飞得有些累了，只得停在一块大石上暂做休息。

"简直比太阳峰的山洞还多，这样找下去，一年也找不出来。"玲珑捶了捶酸胀的小腿，解下腰间的水袋，仰头灌了一口。

钟敏言四处观察了一番，沉吟道："这里有些不寻常。后山闹得那么厉害，这边居然一点儿声响也没有，未免安静得古怪。想来那幕后操纵者就在附近，还是加把劲继续找吧。"

玲珑听他这样说，便抖擞了精神，再灌一口水，拍了拍衣服上的尘土，道："走吧！咱们继续！今晚非把他找出来不可！"

陆嫣然靠在石头上，软软地叹了一声："这里山洞这么多，怎么找啊……不如今天先回去，明晚再来嘛！"

钟敏言还没来得及说话，却听玲珑嗤笑道："体力如此不济，还修仙呢！"

陆嫣然哼了一下，悠悠说道："是呀，我只是小女子，哪里比得上女野人精力旺盛、活蹦乱跳？"

"你说谁是女野人？！"玲珑指着她的鼻子，柳眉倒竖。

陆嫣然又是嫣然一笑："我是说你吗？干吗这么敏感？"

玲珑又跳了起来。

这边两个小女子斗气耍嘴皮子，那边钟敏言听得不耐烦，只转头问若玉："方才司凤是怎么找出幕后操纵者的？"

若玉笑道："那是巫术的一种，司凤跟着宫主学了几天，只是学得不精，把体力给透支了。"

"他还会巫术？！"钟敏言又讶异又佩服，这个兄弟虽然比自己小那么一岁，但懂的东西还真不少，他满以为自己四年勤勉修行，终于可以超过他，谁知还是被他比了下去。

"若玉也会吗？不如试着找出究竟在哪个山洞？"

若玉急忙摇头，连声道："惭愧……在下不会这些。司凤天赋异禀，我等寻常离泽宫弟子只有望尘莫及。"

玲珑正和陆嫣然斗嘴斗得累了，听他这样谦虚，不由得笑道："若玉太谦虚，说起来，你的铁弹弓很厉害呢。对了，司凤以前也用过弹弓，他是和你学的吧？"

她想起小时候的荒唐事，那会儿因为司凤给她做了个弹弓，她就芳心大动，谁知他居然是个坏脾气，把自己气个半死，那突然冒出来的好感，也顿时消失得无影无踪。小时候的事还真是乱七八糟一塌糊涂。

若玉点头道："不错，司凤一直是个好学的人，他那天见我弹弓做得漂亮，便央求着要拿去玩。谁知他玩了没几天，自己便也会做了。想来宫主和副宫主他们对司凤青眼有加，也不是没缘故的。"

众人听他这么说，都忍不住感慨。陆嫣然更是喜形于色，她本来就对那个神神秘秘古古怪怪的禹司凤大有好感，眼下又听说他这么些厉害事迹，只喜得心头甜丝丝的，恨不得马上就见到他，和他说两句话。

玲珑最见不得她这等春心勃发的模样，当即冷笑道："也不知司凤和妹妹现在在做什么呀……喔，他们四年没见，一定有许多悄悄话要说。哼哼，某些人就不要再妄想了。"

"关你什么事！"陆嫣然恼羞成怒。

"切，你激动什么，又不是说你！"

"你……"

钟敏言只听得一个脑袋三个大，正要叫她们不要再吵，忽听东南边传来一阵翅膀的拍打声，似是有什么大群的鸟在飞动。众人顿时噤声不再吵闹，纷纷躲在大石后面望去，只见先前逃窜而走的几十只瞿如鸟，这会儿又聚在了一起，在一片嶙峋怪石下盘旋徘徊，似乎是想进去，却又不敢，只在那里熙熙攘攘，到处乱飞。

"我记得那边是有个山洞的！"玲珑猛然想起那片尖利的岩石下藏着一个小小的山洞，只因它过于窄小，寻常人要弯腰吸腹才能勉强进入，他们便放弃了在其中的搜索，"坏人肯定是躲在那个洞里！"

钟敏言上下看了看，沉声道："玲珑，你和我去洞前挑衅。若玉你带着陆姑娘绕到后面，看有没有别的洞口连通，不要让他逃了！"

众人一齐答应，当即便分头行动。

玲珑早已忍不得，抢在钟敏言身前，身形如电，直飞了过去。在洞口徘徊的那些瞿如没料到旁边忽然杀出一人，纷纷乱了阵脚，被她手里的断金三两下挥出，登时死伤大半。

钟敏言紧紧跟在她身后，将剩下的十几只正要往洞内逃的瞿如斩于剑下，两人在空中仿佛心有灵犀，同时换了个方位，钟敏言停在洞口，从怀中取出一串爆竹，点燃之后用力丢进洞里。

只听一阵惊天动地的炸响声，青烟弥漫，一道黑影从洞口猛然蹿出，动作快若闪电，眨眼间就要往旁边的山洞里钻。

钟敏言怎会让他逃走？剑光在他手中一挑，卒地射了出去，钉在那黑影身前的岩石上——那人硬生生停住，片刻也不犹豫，身体一纵，便往山后跃去。

两人在那一瞬间大略看清了他的轮廓，只觉矮小佝偻，竟生得不成人样，像猴子多一些，手脚并用，猴子都没他灵活，在弥漫的青烟里飞快跳跃，弹指间就翻过了岩石。

"若玉！"钟敏言高叫一声，与玲珑急急追了上去，只盼守在后面的两人能把那人拦住。

若玉和陆嫣然早已严阵以待，一见到黑影朝这里逃来，若玉立即抓了一把铁弹珠，灌足真气，尽数射出。那人听得身前利风响动，晓得厉害，不敢硬撞，只好放弃下面的山洞，转头朝左边逃去。脚下刚一动，只听"簇簇"几声闷响，那一把铁弹珠，居然弹无虚发，全部钉入了坚硬的岩石里。

那人知晓今天遇到了难缠的对手，只怕情急间是逃不掉，干脆停了下来，转头目光灼灼，朝他们那里看去。

钟敏言和玲珑正好赶了过来，双方会合，见那人攀在岩石上，不再动弹，不由得奇道："如何？将他拿下了？"

若玉摇了摇头："谨慎！只怕是有诈！"

说话间青烟已然散去，那人的面容样貌也在月光下变得清晰了。却见他凸额凹嘴，两眼大如铜铃，黑少白多，整张脸上似乎还布满了伤疤，猛地一看简直和鬼怪无异，尤其现在还是深夜，他这一张脸，足把玲珑与陆嫣然两个少女吓得花容失色。

钟敏言也是心中一颤，却捏了个剑诀，直指着他，厉声道："你是何人？！为何要操纵妖魔作乱，危害附近居民？！"

那人却不说话，只"咯咯"冷笑两声，声音尖利枯涩，仿佛夜枭。

那两个女孩听见他的笑声都是一抖，冷不防他忽然高高跃起，直直朝陆嫣然扑了上来！她一见这怪人猛然凑近，脸上纵横交错的伤疤扭曲着，在月色下分外诡异，不由得惊得浑身僵住，手里的剑无论如何也挥不出去。

那人张开双手，十根指甲漆黑如墨，根根都有两三寸长，也不知是不是喂了毒，一把朝她脸上抓过去。这一抓要是中了，不死也是毁容。

陆嫣然吓得僵了，钟敏言和若玉离得远，待要救急却已来不及。耳边只听得"当"的一声脆响，璀璨的金光在眼前乍然一亮，却是玲珑斜下里插进来一剑，替她挡住了那十根可怕的指甲。

"这种时候发什么呆！不要命了？！"

她大吼，反手一剑将那人逼开，刚好钟敏言和若玉急急赶到，与他斗在了一处。那人身形诡异，也不知使的是什么功夫，观其动作，倒更偏向野兽一些，全无章法，却招招简单致命。三人缠斗在一起，片刻间无法脱身，玲珑本想上去相助，回头见陆嫣然脸色苍白，显然还处于惊吓状态，不由得去拖着她离远一些，省得无故被伤。

"……你……"陆嫣然惊魂未定，神色复杂地看着玲珑，半晌，才低声道，"谢……谢谢你。"

玲珑把手一摆："你别拖后腿就行了，谢什么！"

说罢她纵剑追了上去，和钟敏言他们一起将那怪人困在剑光之下，不容他逃脱。

陆嫣然抿了抿唇，想要恼火地反驳她，就像先前那样，偏又说不出话。她自知理亏，白白被人施舍了一次人情，还是她最不喜欢的那个女人。当下也纵剑飞去，放下先前相争刻薄的心思，再也不闹了。

那怪人见四人上来一起围攻，自知不妙，只怕再过几招迫得他们放仙法，到时候上天入地也逃不走了。正好玲珑手里的断金一挥而出，那道璀璨的金光比月色还要明亮，偏是杀人不见血的死光。

他见玲珑一剑挥出，肋下便存了个破绽，当即一咬牙，不退反而迎上，一张怪脸急冲冲地凑过去，也把玲珑给吓了一跳，手里的剑差点儿掉下去。

然而饶是如此，金光还是将那人的右胳膊齐齐切断，骨肉分离的闷响令所有人都感到牙酸。鲜血犹如泉水一般喷了出来，那人倒也硬气，一声不吭，将身体猛然一低，趁着玲珑发呆，钻了个破绽居然逃了出去。

"不好！"若玉急叫，扬手发了十几颗铁弹珠，试图阻止他的去路，然而那人受了伤动作却更快，在岩石上几个翻身，兔起鹘落，铁弹珠只打中他身后的岩石，随着岩石碎块的飞溅，他也一闪身钻进了洞里，不见踪影。

"要追吗？"若玉回头问钟敏言。

他皱眉看了看附近大大小小的山洞，只怕都是相连的，那人对这里的地形一定比他们熟悉，敌暗我明，只怕不好对付。但若是就此罢手，委实不能，等于前功尽弃了。他一咬牙，沉声道："追！今天一定要捉住他！"

自从被玲珑救下之后就一直不说话的陆嫣然忽然轻声道："我有个办法，可以让他不乱跑。"

说罢她也不等别人相问，便举起了手里的剑，闭目念诀，这一念足足念了有半炷香的时间，好容易念完，却见剑身闪闪，发出动人的青色光芒。她手腕一转，将剑尖依次点向周围大小十几个山洞口，凡是被她剑尖点中的，洞口都染上了一层清辉，薄软稀疏，也不知是什么物事。

若玉倒是有些惊奇："原来陆姑娘会做剑网！浮玉岛的功夫果然厉害！"

陆嫣然自是铆足了劲去做的，这一番消耗极大，额上满是汗水，听他这么说，心中也觉得自豪，笑道："算不得什么厉害，我只会一些皮毛。但也足够让他花上一番工夫才能破洞而出。咱们这就追进去，来个瓮中捉鳖。"

玲珑先前是有些看不起她的，以为她只会动嘴皮子，躲在男人后面作怪，见她露了这么一手，倒也有些佩服。她向来是个直来直去的性子，当下就赞道："好厉害的功夫！下回也教教我吧？"

陆嫣然这时才是真正的嫣然一笑，轻哼道："看你资质如何了，女野人。"

"呸！你才是女猴子！"

玲珑翻她一个白眼，然后两人忽又同时笑了起来，都觉得有些不好意思。这几番变故，不知不觉把两人的敌意消去，看对方顿时觉得顺眼多了。

那两个男人见女人们终于停止战斗，拨云见日，也在心底松了一口气。

钟敏言道："走吧，别再让他逃了！"

当下众人一齐朝那人闪身而入的山洞飞去，陆嫣然留在最后，将这个山洞口也设了剑网，这才放心地朝山洞深处跑去。

山洞中潮湿阴暗，没走几步便黑得伸手不见五指了。钟敏言点了松脂小火把，另一手紧紧地握着剑，浑身戒备，慢慢地往前走。

走了一会儿，陆嫣然忽然轻道："等等……听！那边有声音！"

四人屏息顺着她指的方向听去，只觉远远地似乎是有人在用力撞墙，砰砰直响，然而那声音很轻微，若不是洞中聚声，根本听不见。

"怎么？"玲珑有些没反应过来。

陆嫣然笑道："老鳖上钩了！他这会儿一定是想出去，却撞上了剑网。咱们快去！"

玲珑还有些将信将疑，不知她那个剑网到底能有多大威力，看上去薄薄的，万一被撞破可是大不妙。

四人在山洞里歪七扭八地跑，越往里倒是越宽敞，不知有多少岔道。幸好有陆嫣然在，她设的剑网自有感应，跑得两炷香时间，便觉洞中有了光亮，想必是快近洞口了。

钟敏言用手在火把上一捂，灭了火光，耳边只听得那碰撞声越来越响，还夹杂着骂人的声音，想必是那人出不了山洞，急得骂娘。

他大喝一声："还想跑？！"一个箭步窜上去，果然见那人手忙脚乱地撞着洞口，那无形的剑气网看着薄弱，居然十分坚硬，无论如何也撞不开。

那人见他们追了上来，山洞狭窄，自己再也没有路可以逃，便靠在岩壁上不动弹了。

为了此人，众人都是忙了两天两夜，追得一身臭汗，见到他哪里还能压住火气？玲珑冲上前就想教训他，厉声道："看你还往哪里跑！"说着手里的剑就要刺上去。

若玉急忙拦住："褚小姐莫要冲动！正事要紧！"

那人另一手死死捂着断臂处，鲜血将半边身体都染湿了，居然不喊一声痛，倒也让他们有些佩服。

钟敏言将剑一收，沉声道："你是何人？为什么要操控那些瞿如？"

那人只是呵呵冷笑，半晌，才嘶声道："何必废话，杀过来便是。"

若玉止住其他人的暴躁，上前一步，温言道："阁下未免固执，俗话说识时务者为俊杰，我等只想问一句，为何在此地扰乱民生？有何目的？倘若阁下肯实言相告，我可担保绝不伤害阁下性命。"

那人低笑一声，讥诮道："你们这些人，向来是两面三刀、过河拆桥的。一句话，要杀便杀，老子绝不皱一下眉头。"

"话可不能这么说。"若玉微微一笑，"在下离泽宫若玉，旁边诸位也都是天下名门正派的高徒，从来说一是一。只要你说出幕后是谁主使，究竟有何目的，我等便绝不食言。"

那人惨然一笑："呸！天下名门正派都是藏污纳垢，再没有比你们更脏的！"

"和他说什么！他想死就成全他！"玲珑勃然大怒。

若玉见他如此固执，一时倒不知说什么才好。一旁的陆嫣然娉婷而上，对他微微一福，笑道："这位大哥何必说气话。其实你就咬死了不说，我们也大约猜得到。我瞧你这模样，想必不是人吧？"

此言一出，众人都有些茫然，钟敏言是个反应快的，立即明白这不是骂人的话，那么，意思就是——"不错！他是妖物！"

玲珑"啊"了一声，在她心里，一直以为妖怪不过是瞿如或者天狗那种样子的，倒是没想到也有化成人形能说人话的妖。就着洞口的月光看对面那人，确实有五分像野兽，方才她只当是长得怪异，没想到居然真是个妖。

那人哼了一声，也不说话。

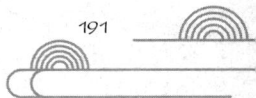

陆嫣然又道："我以前曾听说，世上有许多身为人形也能开口说人话的妖，大多分散开来，各自生活。也有专门捣乱的，霸山称王，霸水成煞，经常被修仙者剿杀倾巢。你虽然不肯说后面的主使是谁，我们也能猜到，想来又是一群乌合之众，试图危害百姓的。本想给你个机会让你活，你却不要。那就不要怪我们不客气了！"

话一说完，众人都举起手中宝剑，剑尖直指着他，剑气充沛，打算将他立毙于剑下。

那人凄然长笑，低声道："该我时运不济。也罢，事到如今，又有什么可怕！"

他忽地伸手入怀，取出一截半长物事，手指一撮点燃了，作势要扔上来。

玲珑他们只当他是要使诈，到底经验不足，齐齐捂着头脸往后急退。却见那人手臂忽然一转，手里的东西却是朝洞口抛去！

那剑网虽然能挡住人和妖，却对死物毫无反应，眼看那东西被抛了出去，"轰"的一声炸开，在半空四溅出星星点点的血红荧光。

玲珑见他放出的居然是预警信号，想必是周围还有其他的同伙，忍不住朝洞口张望过去。

那人厉声吼道："老子今天就是死也要拖一个人走黄泉路！"

吼完，他双手暴长，没命地朝玲珑扑上来，显然是打算拉她同归于尽。玲珑方才一失神，早被他抢了先机，眼看那人就要抓住自己，再也来不及挥剑，只惊得目瞪口呆。

说时迟那时快，钟敏言和若玉两人同时出手，那人惨呼一声，被数枚铁弹珠击中胸口要害，钟敏言手里的剑也准准地贯穿了他的腹部。

玲珑只见眼前那人迅速放大，成了个血人，吓得两腿发软，背心忽然被人大力一拽，回头一看，却是陆嫣然。她一副我来还人情的样子，皱眉道："这种时候发呆，你是想死呀！"俨然把上回玲珑救了她的那套说辞派上了用场。

玲珑呆了一下，那个"谢"字又说不出口，只好垂头装哑巴。


钟敏言收剑，一面将上面的血水甩掉，一面道："这事说到底还是没调查清楚。但好歹除了一害。咱们得把尸体带回去给赵大叔他们看看，交差。"

若玉见那只妖物倒在地上，没了气息，身下一大摊血，看上去有些凄凉，不由得叹道："妖物能成人形直立走路，开了喉咙能说话，实在是不容易。只可惜生性太恶，落得这个下场倒也不冤。但我见他方才的举动，似乎是还有同伙在，看起来倒不像是单纯的作乱，不知后面有什么计划是咱们不清楚的。"

陆嫣然撤了剑网，众人都凑到洞口朝外看，只见外面荒山野岭，也不知还有多少山洞，一时间哪里能找得完，不由得都在叹气。

钟敏言道："算了，看起来操纵瞿如的就是这只妖，他的同伙想必这会儿也已经逃走了，近期是不会再来的。咱们后面再调查吧，总能找出蛛丝马迹。"

他弯腰将那具妖尸提起来，众人纷纷御剑从洞中飞了出去，刚行过一大片岩石，却见前面急匆匆地飞来一剑两人，却是璇玑带着禹司凤赶来了。

玲珑赶紧迎上去，急道："妹妹怎么来了！可是遇到了什么意外？"

璇玑瞪圆了眼睛："咦？不是你们放的预警信号吗？怎么……"

钟敏言笑道："哪里是我们放的！看看，是他！"

他把手里的妖尸晃了晃，鲜血簌簌落了下来，璇玑见他那种狰狞可怖的样子，也忍不住背后发麻，喃喃道："这是……操纵瞿如的人？怎么死了……"

玲珑嘿嘿一笑："什么人！他才不是人，是妖！他自己找死，不肯说出指使人是谁，我们当然要成全他！"

璇玑默然无语，禹司凤问道："那此地的瞿如作乱，可算摆平了？"

钟敏言点了点头："这么说也没错吧。他应当还有同伙，但暂时是不敢来望仙镇了。我想咱们先离开望仙镇，一路再探访消息，总能调查清楚的。"

禹司凤见他手上的妖尸一动不动，奇道："他真的死了？可是……"

钟敏言满不在乎地又晃了晃，笑道："早死绝了！一剑穿心，又被若玉的铁弹珠打个胸口开花，大罗金仙也活不成！"

话音刚落，却见他手上被他三晃两不晃的妖尸忽然手脚一动，在众人的惊呼声中把钟敏言用力一推，从他手上挣脱开来，一头摔了下去。

"啊！"钟敏言自己也吓了一跳，正要急急下去追，却听禹司凤说道："妖没那么容易死的。快去追！"


众人一直追到下面的时候，才发现那妖扎手扎脚仰躺在岩石上，这次又不知流了多少血，眼见是真活不成了。

"你居然还想逃！"玲珑虽然嘴里恶狠狠地骂着，到底也还是第一次见到这种惨状，心中有些不忍，掉头道，"小六子……你……还是给他一个痛快吧！"

那人死死地瞪着铜铃大小的眼睛，瞳孔中泛出幽绿的色泽，惨笑道："你……你们……不用假……假慈悲。到了……如今这个地步……我……自问心无愧。你们这些人……做了……什么事……你们……"

话未说完，钟敏言早已一剑将他的头颅斩了下来，皱眉道："都要死了还在狡辩！你害得望仙镇的人那么苦，还问心无愧！"

陆嫣然见那颗妖怪的脑袋在地上一弹，落在自己脚下，吓得几乎跳起来，叫道："哎呀！你怎么……把他头给斩了！"

若玉上前将那颗头颅提起，扯出一块布方布包好，一面叹道："也是给他个痛快。看他这样子，或许后面有什么咱们不知道的隐情，算了吧。"

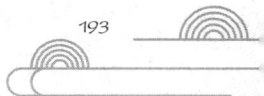

众人见到这种情态，也委实说不出什么话，本来是一场漂亮胜仗，最后却没胜仗的好心情，莫名其妙变得阴郁起来，竟好像做了什么错事一般。

当下无话，六人御剑飞回赵家庄。虽然临走前交代赵老大他们不用担心，只管睡觉，但有谁能睡得着？都是灯火通明，等他们回来。

钟敏言一落地，就将那颗脑袋往地上一放，道："赵大叔，幸不辱命，海碗山闹事的妖，我们给您捉来了。"

赵家庄的老小一听捉到了妖，一齐欢呼着出来看，见到那颗血淋淋狰狞无比的脑袋，都是既恐惧又兴奋。

钟敏言又把经历大略说了一遍，最后笑道："总算将这捣鬼的妖杀了，以后大叔大娘们都可以放心了。我们有时间一定再回来看看。"

众人又是感慨一番，最后将那颗脑袋找地方埋了，说回头找个道士贴符镇邪，也算一件功德。这里的人被瞿如骚扰了三个多月，个个不堪忍受，如今事情终于解决，也算落下心头一块大石，又听说钟敏言他们隔天就要走，便顾不得夜色朦胧，全庄老小都开始准备宴席，酬劳几个年轻弟子，直闹到第二天正午时分，才渐渐散去。

钟敏言他们精神倒还好，三个男人忙着喝酒叙旧，玲珑和陆嫣然忙着听，偶尔插嘴，璇玑忙着靠在玲珑身上睡觉，鼻息轻微。

"陆姑娘昨天说，有妖会聚集在一起，此话是否当真？"

若玉还记着陆嫣然说的话，这会儿忍不住发问。

陆嫣然正自斟了一杯酒在喝，她这一夜喝了不少酒，脸上红扑扑的，当真是一张芙蓉面，两弯柳叶眉，妩媚到了极致。听若玉问，她便笑道："其实我也说不准，只不过有一次听岛主说过，大荒地有妖魔出没，都是成群结队的，所以我就拿话套他，想不到还真说中了。"

禹司凤沉吟半晌，轻道："大荒之地多异人，各国自有各国的风情通俗，未必是妖魔，只不过长得怪异不像常人罢了。"

玲珑奇道："长得不像人，怎么还会是人？"

禹司凤笑了笑，"天下奇闻异事多着呢，很多地方的人长得虽然不像人，却也不是妖。他们有自己的风俗习惯，和咱们也差不多。"

玲珑变色道："那……咱们这次杀的……是不是也……？"

此话一出，众人都沉默了。如果杀的是妖，他们还能理直气壮说为民除害，倘若杀的是个人，那滋味可不太好受。尤其是钟敏言，他亲手把那人的脑袋砍下来的，想到自己是砍了个人的脑袋，他简直恨不得把剑给丢了。

"他做了该杀的事，就算是人，也该杀。"旁边忽然响起一个声音，众人转头，却见璇玑不知何时醒了，脸上还带着一些迷惘的神色，淡淡地说着。

钟敏言皱眉道："话不能这么说，妖和人不一样……怎能因为人做了坏事就去杀……"

"那妖做了坏事就可以杀？"璇玑轻轻问着，漫不经心。

"那个……不一样……"钟敏言一向自傲的口才这会儿不知跑哪里去了，明明心里知道是不一样的，但到底哪里不一样，他居然说不出来。

玲珑道："非我族类，其心必殊！反正不是人，肯定不是好东西！"

璇玑淡然道："没什么不一样的。不是人就不是好东西，那世上不是人的太多了。不管是人还是妖，或者别的，只要做了该杀的事，就该杀。只要没做错事，就不该杀。"

"呃，你……"钟敏言愣住了，好半天才憋出话来，"你……你又怎么知道他们该不该杀？"

璇玑揉了揉眼睛，带着浓浓的睡意，轻声道："我自然知道，心中有数。"

钟敏言无话可说，最后摆了摆手："真是岂有此理！强词夺理！罢了罢了，我困了，去睡觉。明天还要赶路呢！"

玲珑见要闹得不欢而散，急忙拉住璇玑的袖子，低声道："妹妹，你是在故意说气话吗？"

璇玑茫然地摇了摇头："没有啊，我说的是实话。"

玲珑也无语。

若玉连忙打圆场，笑道："何必说这些扫兴的话，来，再喝一杯酒！钟少侠也来喝一杯，歇会儿再去睡吧！难得大家这样高兴。"

钟敏言不好意思驳了他的面子，只得含笑举杯，轻轻一碰。

酒过三巡，方才一场小小的风波也消失无形，禹司凤有些醉了，捏着酒杯笑道："敏言，你们接下来要去哪里？"

钟敏言道："我们是计划一直向东边走，看看沿途的风土人情，顺便解决一些妖魔作祟的事情。最后到浮玉岛看望东方岛主。"

禹司凤听完便沉吟不语，玲珑拍手道："司凤，若玉，陆姑娘，反正你们也是出来历练的，不如咱们一起吧！不要分开行动了，不然多没意思！"

若玉只是呵呵地笑，却不说话，扭头看着禹司凤，显然只听他的意见。禹司凤想了半天，终于点了点头："也好，咱们一起。正好我和若玉也没什么目的地，随你们一起游山玩水也有趣些。"

玲珑见他答应了，不由得喜形于色，又去拉着陆嫣然，两个姑娘不再闹别扭，倒觉得脾味相投起来，有些舍不得分开。

"嫣然也和我们一起吧！人多才热闹嘛！"玲珑握着她的手，很显然说的是真心话。

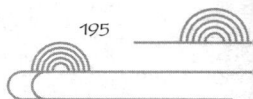

陆嫣然有些感动，柔声道："谢谢你，玲珑。先前对你说了很多不中听的话，你千万不要放在心上。还有璇玑……也很抱歉。"

玲珑很潇洒地一挥手："说这些旧话干什么！我早忘啦！"

陆嫣然微微一笑："不过我想通了一件事，我决定去找我的同门，和他们道歉，然后一起回浮玉岛。所以……我不能和你们同行了。"

众人都是一愣，玲珑急道："你怎么……这会儿说要走？！"

陆嫣然正色道："我以前总觉得别人应当让着我，有些事情我做不好也无所谓，但现在发现大错特错。我不想再做被人照顾的累赘，我希望能像玲珑和璇玑一样，做个独当一面不输给男人的侠女。所以我要回去和同门道歉，从头开始。何况我下山历练的时间也快到了，找到他们就要回浮玉岛。玲珑你们不是也要去浮玉岛吗？到时候我们还会再见的。我请你们吃岛上最美味的佳肴。"

玲珑听她这么说，知道她心意已决，便不再强求，抓着她的手笑问："那好吧，咱们浮玉岛再见。嫣然打算什么时候走？去哪里找同门？"

"我打算先去西边找，他们应当是在太华山附近逗留。刚好和你们要去的东边方向相反。眼下这里的事情已经解决，我明天一早就动身。"

众人不再多说，纷纷斟酒喝干，只当为她送别。

一直喝到下午，这才各自歪歪倒倒地去休息了。

# 第十一章·一路同行

果然第二天一早起来，陆嫣然便已经走了。玲珑早早便起，将她一直送到望仙镇外，才依依不舍地回来。

彼时钟敏言他们都已经起来了，正和赵老大一边吃早饭一边聊天。玲珑左右看看，没见璇玑，不由得叹道："妹妹果然还是没起来吧！"

钟敏言喝了一口粥，哼道："她哪天要是知道闻鸡起舞，太阳就从西边出来了！"

玲珑瞪了他一眼，噘嘴道："你总和妹妹过不去，真讨厌！"说完自己跑去房里叫醒璇玑，拽来吃早饭。

饭毕，禹司凤自从怀里取出地图，轻道："出了望仙镇往东，应当是荒无人烟的森林。咱们没必要从里面徒步走过去，直接御剑飞去高氏山，那附近有洪泽湖，听说风景是绝佳的。"

玲珑听说有玩的，自然忙不迭地点头。若玉笑道："那儿有个钟离城，也算是个有名的大城呢。敏言你们平常都在首阳山修行，没去过繁华地段吧？"

钟敏言点了点头："师父交代过，修行者要心沉如水，不贪恋红尘绚烂。"

"小六子别总没事就师父交代师父交代的嘛！既然出来了，就应当玩个够。若玉，钟离城有什么好玩的呀？"

玲珑一发话，钟敏言就装哑巴，乖乖做言听计从状。

若玉笑道："我只听说每年二月间，那里会搞一场大的祭祀，全城的人都会出来，热闹非凡。算算日子，虽然咱们去得早了几天，倒也无妨。"

玲珑一听有热闹瞧，哪里还坐得住，三口两口就把早饭塞下去，塞得差点噎死，擦了擦嘴就要去收拾东西离开。璇玑见她这么急，只当是有什么要紧事，也赶紧把剩下的半个烧饼塞嘴里，结果硬生生噎住了，急得用手在桌子上一个劲儿拍着。

"慢点，来，喝点水。"禹司凤急忙把茶杯递到她嘴边，给她一点一点灌下去，见她脸色缓和下来，便苦笑道，"真像个长不大的小孩。哪里有你这样吃饭的道理。"

璇玑好容易把嘴里的东西全咽下去，这才张大了眼睛，轻道："有什么急事吗？咱们待会儿要去哪儿啊？"

禹司凤只有继续无奈地笑，见她额发上沾着一些棉絮，忍不住替她捻下来，柔声道："什么时候你可以专心听人说话，那太阳才是真从西边出来了。"

说完，见她还是那样茫然地看着自己，便轻声道："不管去哪儿，你只管跟着我便好。"

她乖乖地点头，又换来他微微一笑："……只要不怕我将你卖了。"

司凤最近很古怪。璇玑一面回屋收拾东西，一面回想自从见到他以来发生的这些事情，他好像一点儿也没变，还是懂很多东西，有条不紊；但又好像变了很多，总是说一些模棱两可的话。虽说隔了四年，她觉得一切如初，没有什么不同的，但或许对他而言，还是有什么不一样的吧！

一旁的玲珑早把自己的东西收拾好了，过来手脚麻利地替她装包裹，见她这样心不在焉地把一件衣服包了又包，裹了又裹，裹成一个布坨，不由得笑着捉弄她："你在想什么心事呀？来，和姐姐说说。"

她一副我是你知音的模样，拉着璇玑的手，坐在一旁，眼睛扑闪扑闪，亮晶晶的。

璇玑犹豫了一下，才道："玲珑，你有没有觉得司凤好像变了很多？"

玲珑早知道她是要说司凤的话题，自己这个妹妹别的方面还好，偏偏某些方面比三岁的小孩还不通，当下调笑道："哪里变了？你先说说。"

"他好像会说一些让人不明白的话，态度也和以前不一样了……是不是我多心了？"璇玑很担心是自己太敏感。

玲珑忍不住偷笑，面上却一本正经地说："确实是你多心了。在我看来，司凤和以前没什么两样嘛。你是不是不喜欢他？"

"怎么会！"璇玑赶紧为自己辩白，"我……我很喜欢他啊！司凤好像什么都懂都会，厉害得不得了，而且对我们又那么好，怎么会不喜欢他呢？"

玲珑叹了一口气："那……可能就是他不喜欢你了。"

呃，难道这才是真相？璇玑恍然大悟，果然是因为自己四年没联系他，所以他很愤怒，所以那天晚上他才会说那么古怪的话，所以……他的态度才会变！

玲珑见她把自己的衣带扭来扭去扭成麻花，肚子差点要笑破，她强忍着笑，又叹了一口气："说起来，他到现在都不肯摘下面具，确实是生疏了呢。大概还在怪你四年不给他写信吧。算了，璇玑，这种事不能强求的。你以后也别再惹司凤生气，多和他说说话，男人嘛，是要女人去讨好才舒服点的。记得要多讨好他，明白吗？"

原来如此！嗯，讨好他，讨好他……

终于把东西收拾完，他们谢绝了赵家庄的人不停的挽留，五人一起同行，御剑飞往更东面的钟离城。

在青冥中御剑，讲究的是心无杂念，否则很容易从剑上摔下去，那可是万丈高空，摔下去的滋味不会好受。以前璇玑御剑飞得最快，又高又稳，只因她心里从来没什么杂念可想，今天不晓得怎么搞的，飞得又慢又低，好几次歪着身子要从剑上摔下去，吓得禹司凤一直守在旁边，一面还回头叫玲珑："今天璇玑状态不佳，玲珑你带着她飞吧？"

玲珑心中有鬼，只装没听见，扯着钟敏言飞在老前面，若玉见这些儿女私事自己不好插手，也干脆装耳聋，早飞得不见踪影了。

"算了，你上来。"

禹司凤将璇玑一托，轻轻放在自己身后，稳稳地往前飞去。飞了一会儿，只觉她紧紧抓着自己的袖子，手指绕啊绕啊，把他袖子上的花纹扭成一团，他不由得失笑："你在想什么心事？"

璇玑嗫嚅了半天，终于抬头，眼睛亮晶晶的，很认真地问道："司凤，我该怎么讨好你，你才会开心呀？"

他猛地一呆，脚下的剑立即打滑，两人差点儿一起摔下去。

为什么会问这个？！禹司凤很郁闷，低头看看璇玑，她果然是一本正经真当个问题来问。他在心中苦笑，面上却淡然道："谁教你这些的？"

璇玑只当他还是不开心，急得扯着他的袖子道："司凤，四年没写信是我错。你别生气好不好？要么你骂我两句吧，打我两下也没问题！"

他在面具下微微一笑，促狭道："打骂两下，就能让我四年的气消了吗？"

那要怎么做？璇玑很无奈。

"我……也没什么值钱的东西可以赔给你。"

他还是笑："钱可以买四年的回忆吗？"

这下她彻底无语了。


四面八方的风一齐吹上来，她的头发拂过他的颈项，酥麻冰凉。她这个人，永远是这样无心，无心犯错，无心留怨，将别人弄得翻天覆地，自己却漫不经心一头雾水。

有时候，真的应该小小惩罚她一下，让她明白自己到底做了什么。

可是……

她的手软绵绵地扶上来，像一只失宠的小猫，还没有喵喵叫，那楚楚可怜的模样便足以让人怦然心动了。

真的不忍心。

即使明知道那种楚楚可怜的背后永远是无心的，但还是不忍心。

兴许真的像师父说的那样，他遇到了命里的魔，甚至连挣扎的余地都没有，心甘情愿入魔了。


他忽然反手握住她的手，紧紧地，低声道："璇玑，其实我一点儿也没生你的气。只要你……何妨四年，就算十四年，四十年，那又如何！"

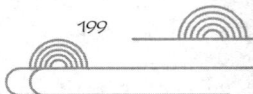

他终于将藏在心底的话说了出来，说完只觉胸口像揣了小兔子，突突乱跳。等了半天，后面的女孩子却不说话，他只得回头看她，却见她低头沉思，良久，才抬头灿然一笑："四十年太久了，司凤，我们以后四天也不要分开。"

真的吗？

他喉头一哽，再也说不出一个字。


正如若玉说的那样，钟离城是个大城，其繁华气派，与先前的鹿台镇望仙镇完全不可同日而语。光看那高耸的城楼，就是一种端丽气派，尽数用巨大的青石垒砌而成，一条宽敞的大道从城门后延伸出去，两旁是各类民居，亭檐飞翘，犹如展开的双翅。

城内人潮熙攘，别有一番红尘喧闹的景象。玲珑和钟敏言都是第一次见到这种景致，什么都新奇，什么都感兴趣，两人是闲不住的，早就跑得没影了，最后还是若玉花了半天工夫才从街边玩杂耍的人群里把他们挖出来。

"那个人好厉害！练的是什么功夫？"玲珑兀自在兴奋，指着那个在攀刀山的卖艺大哥连声问若玉。

若玉只是笑："杂耍的而已，做不得真。"

"话也不能这么说。"钟敏言摸着下巴，直盯着那人攀刀山的动作，怎么看那些刀都是寒光闪闪，不像假的，"师父说民间异人最多，想不到这里就有一个。这等不惧刀枪的功夫要是学来，想必增益不少。"

若玉干脆苦笑起来，连带着旁边的禹司凤也呵呵直笑。正巧这个杂耍班子收场了，方才攀刀山的瘦长男子敲着梆子，一是要钱，二是卖他那些所谓的祖传秘方金刚丸之类的。

钟敏言和玲珑信以为真，一人掏钱买了好些，还向那人询问刀枪不入的秘诀，三人在那里摇头晃脑，说得热烈。

禹司凤扭头，忽然发现璇玑停在一栋两层的民居前，呆呆地看着人家飞翘的屋檐。她今日换上了一身白色春衫，银色绣边，脑后斜斜挽着一个髻，对插一双嫩黄珠花，越发显得肤色莹白，人比花娇。路过的人无一不驻足回首看她，只可惜她丝毫不知自己是多么美丽。

"你在看什么？"禹司凤走过去柔声问她。

璇玑回神，一面抓着垂在胸前的小辫子玩，一面道："我是觉得，好像见过这种房子。"

那种上翘的屋檐，似乎还应该再有好几层，一层层延伸开来，层楼叠翠。下面挂着铜风铃，风一吹应当会发出清脆的响声。屋檐上蹲着的嘲风兽成天张大个嘴，偶尔累了便会从上面溜下来偷懒。

不知为什么，她就是对这种景象感到熟悉，却怎么也想不起到底是在什么地方见过。

她大约不知道自己埋头苦想的神情有多动人，一旁早有心怀鬼胎的人寻找机会上来搭讪了。

　　"这位姑娘，可是第一次来钟离城？"果然，有人过来了，璇玑一转头，就看见一个白衣公子，二十上下的年纪，眉清目秀，大冷天的手里拿着把扇子，做出一副风流倜傥的模样，正对她微笑。

　　她茫然地眨了眨眼睛："是……啊。"

　　那人见她肯和自己搭腔，不由得喜形于色，将扇子"啪"地一收，拱手道："既然如此，在下可有荣幸替姑娘领路赏玩？啊，忘了自报家门，在下……"

　　话没说完，璇玑就蹙眉道："我认识你吗？"

　　那人一呆："这个嘛……我和姑娘就当……"

　　"原来你也不认识我。"璇玑定定望着他，"那……你找我有事？"

　　"呃……姑娘……"

　　他目瞪口呆地看着璇玑转身就走，连个眼神也不留给他。他这样一个终日游荡于本城花丛的豪门公子，哪里受过女人的委屈，当下急急追上去，道："姑娘请留步，在下是诚心……"

　　"哦，那么说来，你是成心的？"一张狰狞的修罗面具出现在他视线里，半边哭半边笑，说不出的诡异。那人吓了一跳，倒退数步，冷不防又撞上一人，回头一看，却见一张俊朗的脸，对着他似笑非笑，正是钟敏言。

　　"你是成心要对我家小师妹做什么？"钟敏言把刚买来的金刚大力神丸放在手上抛来抛去，旁边的玲珑也学他，抱着胳膊恶狠狠地瞪他。

　　那人见她有这些稀奇古怪看上去恶狠狠的同伴，便只得摸摸鼻子不说话了。再看看他带出来的几个据说是武艺高深的随从，都被挤在外面，若玉一只手就挡住了他们，根本过不来。

　　他只得作揖抱拳，惶恐道："在下钟离城方亦真，向各位大侠见礼了。"

　　一听他报上姓名，挤在旁边看热闹的人便发出一阵喧哗，有那好事的人叫道："原来是方老爷的二公子呀！难怪这样当街勾搭人家姑娘家……"

　　方亦真脸上一阵红一阵绿，只恨不得赶紧找个地缝钻进去再也不出来才好。若玉到底是个稳重些的，将那些随从交给钟敏言他们阻拦，自己上前作揖，温言道："方公子既然出自豪门世家，又对我们这般客气礼让，我们便却之不恭了。那么，还烦请公子带路，让我等领略一下钟离风光。"

　　他竟是将计就计，干脆赖上了这个富家公子。此人既然爱出头做小讨好女孩子，便让他讨好个够。

　　果然方亦真的脸比苦瓜还苦，要答应又不愿，要拒绝又不敢，只得唯唯诺诺地点个

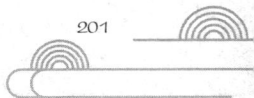

头，躬身道："那……各位请随我来……"

豪门公子到底是豪门公子，出门坐的车都从上到下透出一股财大气粗的味道来。一辆车装了他们六个人，还绰绰有余。

玲珑和璇玑是不管事的，反正威胁强迫应酬之类的苦活交给那些男人，她俩只管拿小案上的时鲜水果和点心来吃。玲珑更是熟门熟路，好像自己家一样，从旁边的大白瓷茶壶里倒了凉茶来喝。

方亦真只在心中哀叹平白无故招惹了一群魔星，由他吃由他喝，他又哪里敢说一个不字？

若玉见他神色惶恐，便笑道："多谢方公子美意，我等感激不尽。还烦请公子指路，咱们这是要去哪里？"

方亦真见他虽然带着可怖的面具，然而言语温和，似乎没什么恶意，这才稍微放宽了心，道："眼下就要到二月，二月间来钟离城的人，都是为了去高氏祠堂祈福。那里依山傍水，风景是最佳的。"

玲珑一听依山傍水，便问道："是在洪泽湖附近吗？"

方亦真见她容貌艳丽，神采飞扬，也是个极出色的少女，一时忍不住心驰神摇，笑道："姑娘说的对，真是广闻博见。"

玲珑又哪里知道他是在讨好自己，是采花的老手段了，她只当被人夸奖，得意扬扬。

禹司凤忽然道："我以前听闻，高氏祠堂祭拜的并非虚幻天神，而是一个真正的神仙。此事当真？"

方亦真点头道："这位大侠果然了解。高氏祠堂拜的是一位女子，夫姓高，于是称为高氏。城里有人遇到苦难，只要诚心去祠堂祷告，往往隔天便见效，所以祠堂一直香火不断。方圆千里的人听说这等神迹，便也闻风而来。那高氏女子是二月的生辰，所以每年二月钟离城这里便会全城聚集起来，做一个供奉大会。"

若玉奇道："怎么不拜她的忌辰？莫非果真是一地自有一方风俗么？"

方亦真与他们说了这许多话，渐渐地不再害怕，当下笑道："这位大侠有所不知，高氏女子尚未仙去，只在高氏山中仙居。每年二月这个供奉大会，还会挑选几个有仙缘的年轻男子去服侍她呢！"

"哇，这可不是大享……"玲珑的话说到一半，赶紧吞回去。她本来想说那个女神仙每年招几个年轻男子过去，当真大享"男"福，但这里的人信仰浓厚，此话说出来也难听，所以急忙闭嘴。

若玉和禹司凤对望一眼，很显然他们也从未听说过有招人去服侍自己的"神仙"，这个热闹，倒一定要看看了。

高氏祠堂就坐落在洪泽湖的岸边，高氏山脚下。

虽然二月供奉大会还没到，但祠堂前早已人满为患，就连湖里都积满了各式画舫小船，岸上更是挤得连路都走不了。

马车远远地停在对岸，众人下了车，只见对岸矗立着一座华美的殿堂，足有两三层楼高，殿前五根石柱，上面张灯结彩，彩绸翻飞，端的是气派非凡，便是寻常豪门贵族，也没有这般景象。

钟敏言见对岸人头攒动，不由得皱眉道："怎么这么多人，供奉大会不是还没到么？"

方亦真笑道："钟少侠有所不知，这几日高仙姑便会显圣，在祠堂内留下名册，点选今年去山中服侍她的人呢！所以大家都聚在这里等待，只盼被仙姑选上，得享仙缘。"

众人听了都默不作声。他们自小都是为了修仙而修行，五大派从古到今，从上到下，真正成为仙人，或者见到仙人的，少之又少。哪里晓得在这高氏山，居然就住了个真神，每年还要挑选年轻男子，当真闻所未闻。

只怕这里面有什么隐秘，或许那根本不是仙人，而是个妖物……又或许根本是吹嘘出来的神奇。但钟离城的人男女老幼都虔诚之极，怀疑的话说出来未免不中听，万一犯了众怒，就太没意思了。

当下禹司凤含笑道："既然仙姑近日挑选有缘人，方公子为何不去呢？"

我本来是要去的，谁知遇到你们这些恶霸……方亦真在肚子里嘀咕一句，面上却愁容道："家父年迈，不敢远行。"白痴都能听出他说的是假话，看他的样子就晓得他肯定也想被选上。

"说这么多干吗！既然有热闹看，怎么不去看！"玲珑把小辫子往后面一甩，拉着璇玑的手就要走。

钟敏言见对岸熙熙攘攘，只怕挤过去要费一番工夫，赶紧拉住玲珑，回头笑道："方公子，这仙缘来了，挡都挡不住。谁叫你遇上了咱们。为了报答你的指路之恩，我们这便把你送进去吧！"

说罢他对若玉丢了个眼色，若玉立即会意，笑吟吟地将一头雾水的方亦真一提，揪着他的背心就朝湖里跳。

"等……等等！大侠！大侠……好汉！大哥！小的知错了！"方亦真只当他们要把自己丢湖里，吓得乱嚷乱叫起来，碧青的湖水在眼前猛然放大，他本能地闭上眼睛，却没感觉到摔进水里，整个身体骤然一轻，竟好像是飞了起来。

他骇然地睁开眼睛，只见自己被人提着，双脚稳稳地站在一把剑上，湖水在脚下波涛粼粼，竟真的是在飞！飞过洪泽湖！

头顶传来一个笑吟吟的声音："方公子，这样虽然鲁莽了些，却比坐马车有趣多了吧？"

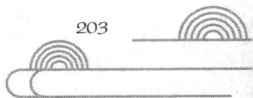

他茫然地点了点头，一时还不敢相信这是真的。

他们会飞……他们难道也是神仙？


祠堂前的人纷纷目瞪口呆，眼见湖上腾云驾雾一般飞来几个人，身形如同鬼魅，只在祠堂门口微微一绕，紧跟着便骤然升上去，停在了祠堂的屋檐上。

若玉将方亦真轻轻一放，他两脚发软，一屁股坐在嘲风兽后面，这体验太刺激，他半个字也说不出来。

钟敏言五人便坐在屋檐上，四处观察，一面笑道："这里当真风景不错，前面是水后面是山，高仙姑真会选地方呢！"

那些还忙着挤在祠堂门口的人纷纷哗然。坐在祠堂屋檐上，那可是大不敬，但那几个人方才是飞过来的，看上去又个个眉清目秀，形容古怪，兴许也是什么山鬼地神，于是谁也不敢出声斥责，只在下面议论纷纷。

"这……大侠们……这里可不好坐啊……"方亦真面色如土，颤声道，"从来没人敢上祠堂屋檐的……"说罢他自己就站了起来，但那祠堂足有两三层楼高，屋檐又是倾斜的，他刚站起便觉头晕，很没用地又抱着嘲风兽的脑袋蹲了回去。

钟敏言哈哈大笑，拍了拍他的肩膀，朗声道："方公子，你可知天地之广阔，天为被地为床，天下又有哪里是不可以坐的呢？"

我是好子民，和你们这些恶霸哪里能相提并论！方亦真在肚子里骂得都快出火了，面上又不敢露出半点，只能惶恐地说道："话虽然是这样说，但冲撞了仙姑，在下委实不能承担……"

可惜没人理他，璇玑和玲珑取出从马车里带出的点心果子，分给众人，居然就坐在祠堂屋檐上，大吃大嚼起来。

此处地势高，前面又是一望无际的湖水，只可惜寒冬腊月，没什么景致可看，只有北风呼呼地吹着，将众人的衣衫长发都拂动起来，也把方亦真冻得瑟瑟发抖。


"仙姑什么时候会来？"璇玑把点心塞嘴里，含糊地问着。

众人都望向方亦真，只有他知道。他脸色发青，也不知是冷的还是气的，颤声道："我……我不知道。诸位大侠，我们……还是下去吧。万一仙姑来了，这、这可是大不敬……"

"怕什么，有我们呢！"玲珑翻他个白眼，她最看不起这种唯唯诺诺的胆小男人了。

"说起来，她要点名来选人，她怎么会知道别人叫什么呢？"璇玑又问。

钟敏言沉吟道："她如果真是神仙，自然什么都知道的。"

难道神仙就什么都知道？璇玑瞪圆了眼睛，心底只觉并不是这样，但至于为什么不是这样，她也说不清。

"大概她每天没事就在城里挨家挨户闲逛吧！"玲珑咬了一口梨子，"神仙反正也没什么事做，就家长里短的喽！没事看看这家，敲敲那家，时间长了当然知道。"

原来如此呀！璇玑恍然大悟。

方亦真听他们几个胡说八道，再也憋不住，大声说："仙姑是得道的圣仙，天底下怎会有她不知的事情！自然一应百灵！你们什么也不知道……别在这里乱说好不好？"

钟敏言见他火了，便笑道："方公子不必动怒，实不相瞒，我等乃是天下修仙……"

话未说完，忽然一阵香风吹过。那香是从来也未闻过的味道，竟像是一千种花的香气，再加上一千种香料的香气，再糅合了春风的柔秋风的清，只嗅得一下，便让人如痴如醉，心中登时澄澈空明，浑身上下说不出的舒坦。

方亦真脸色一变，急道："仙姑来了！"

众人只听脑后一阵环佩叮当，竟真像是有人缓缓行来，纷纷回头，然而身后半个人也没有，只见一团极淡的浅紫色烟雾飘过，祥光笼罩，瑞气团聚，在屋檐那里微微一停留，眨眼便消失了。

空中缓缓飘下一张浅紫色小笺，刚好落在屋檐上，钟敏言拾起，只觉那小笺上也充满了那种兰麝香气，缠绵温软。小笺上的字迹娟秀整齐，却只写了四个人名，想必就是她点选的人名了。

祠堂下面的人喧哗声更大，终于有人忍不住叫道："纸上写的是谁？！快念啊！"

此言一出，下面的人纷纷跟着叫嚷起来。钟敏言清清喉咙，从善如流："那我念了！容良玉。居兆炎。庄景……方亦真……"

众人都是一惊，想不到，里面竟然有方亦真的名字。等在祠堂下的人听说仙姑留了名字，纷纷跪下磕头，而被点中的，或自己来，或有家人朋友来，个个都喜得热泪盈眶，急急回家报讯去了。

方亦真也顾不得自己还在屋檐上，喜形于色，连声道："居然有我！真的有我！天啊……这……"

这边众人闹成一团，那边禹司凤忽见璇玑站了起来，怔怔望向方才那"仙姑"来的方向，眉头微蹙，似乎在想什么。

"怎么了？"他问。

璇玑摇了摇头，抬手作势在空中一抓，似是要抓住风尾，往鼻前一送，轻轻嗅了一下。

"妖气。"她淡淡地说着，"我嗅到了一些妖气。"

鉴于自己被选上做了仙人的侍者，方亦真整个人都容光焕发，与先前大不相同，甚至

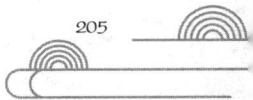

完全忘了钟敏言他们的"恶行"，彬彬有礼地请他们去自家府上一住。

玲珑很不待见他那模样，当即摇头道："不用了！钟离城又不是没客栈，干吗要去你家？"

方亦真被她一通抢白，顿时有些难堪。一旁的若玉急忙笑道："方公子的好意，不能不领。说到底，也是人家一番好客之情。"

方亦真主要还是舍不得那娇滴滴的美貌璇玑，巴望这几天能多和她相处，于是拱手道："客栈虽好，但到底不是自家。在下一片诚心，请各位大侠不要拒绝。"

众人见若玉开口了，便也不再反对。又随他坐那个巨大无比的华丽马车，招摇过市地回去了。

"他是一片诚心，不许璇玑拒绝！"玲珑和钟敏言咬耳朵，每次看到他偷偷摸摸朝璇玑那里看，她就恨不得把他踹下马车。

钟敏言抬眼往璇玑那里看去，她正靠在窗边发呆，窗外的光亮为她柔美的轮廓镀上一层边。或许有不熟悉的人，往往会为这种宁静安详的美丽所吸引，然而在他们这些和璇玑一起长大的人看来，她这种神情只代表两个含义：犯困，或者发呆。

他微微一笑，低声道："不用担心，他什么也做不了。"

或者应该说，面对璇玑这样的人，普通人都是什么也做不了的。


很快就到了方府，虽说之前就知道方亦真是富家子弟，但见到方府的奢侈之后，众人还是忍不住惊讶。可以用玲珑的话来形容方府的奢华：里三层外三层全是房子，好容易走到头了，以为可以出去，掉个脸才发现还有一半没走完。

这一路上遇到了不少钟离城的人，早早得知方亦真被选上给仙姑做侍者，纷纷过来道贺，当真是喜气洋洋，谁知方府居然没有半点喜气，黑压压的，下人过来牵马都垂着头，不敢高声说话。

方亦真见马厩中拴着几匹陌生的马，不由得问道："二虎子，府上来人了？"

那叫二虎子的马童急忙低声道："二少，老爷交代你一回来就赶紧去正厅呐！东城容家，居家，还有城北的庄家都来人了！好像在商量什么不得了的大事呢！"

方亦真奇道："哦？这次被选上的人怎么都来咱们家了？"他回头对钟敏言他们做个请的手势，道，"各位请随下人去偏厅一坐，在下有别的事，马上便回。"

才把客人领到家里就要告退，这是什么规矩？玲珑正要说话，却被钟敏言拦住，他笑道："无妨，方公子请去，不要耽误了正事。"

玲珑见方公子走远了，便道："你们到底在打什么鬼主意？好好的来他家做什么？"

钟敏言眨了眨眼睛，又是一笑："笨，你没看出这里情况很怪吗？外面的人都是欢呼连天的，按说是个好事，可家里却很沉闷。再说了，你不想看看那个所谓的高氏仙姑到底什么模样？"

"哦，原来你们是想把那个仙姑的事弄清楚呀！哼，搞得神神秘秘，其实就是想凑热闹嘛！"

钟敏言被她说中，嘿嘿笑了两声。

正好下人过来领路，带他们去偏厅，坐定上茶，门口便没人了。

玲珑一面凑到门边看看外面，一面对他们招手："快来！这里真的蛮怪异的呀！外面一个人都没有呢！"

若玉沉吟半晌，道："在这里干坐也没用，只怕他家出大事，到时候赶人，咱们可瞧不上热闹了。不如去偷听他们到底在说什么。"

玲珑一听这等好玩事，推门便要出去，却被钟敏言一把拉住："等着，咱们不能全去，只能去两个，万一来人了，也好借口去更衣洗手。"

说罢他回头看了看禹司凤，这几人里他最服的就是他，当即笑道："让司凤和若玉去吧。咱俩都是闲不下来的，万一惹事便麻烦，乖乖坐着等就好。"

若玉摇了摇头："我轻身功夫不行，还是敏言你和司凤去吧。"

禹司凤起身摆手："都别争，我和璇玑去。她的轻身功夫最好，也安静。你们几个都在这里等着，万一有人问，还要多变通。"

当下他就带着璇玑，大摇大摆从门口出去，他俩轻身功夫好，动作又快，一路上遇到许多下人竟没一个发现的。很快就被他们摸到了正厅，两人齐齐跃上房梁，学那些小贼，揭开一片琉璃瓦，拉长了耳朵听里面说什么。

"……这事我们也是刚刚知道。方老爷，你说如何是好？"

一个皂衣老者满脸愁容，连声哀叹。

两人把正厅内的人打量一遍，那几个年纪大的想必是各家长辈，那四个站在一旁满脸茫然之色的年轻人，应当就是这次被选中的幸运者了。

禹司凤见他们四人都是年方二十左右的青年，个个都眉清目秀，气宇轩昂，可算是出众的美男子了，原来那仙姑选侍者，还是看容貌的。他心下忽而起了个不好的念头。

坐在正中太师椅上的，想必就是什么方老爷，腮下长着浓黑的络腮胡子，一边摸一边沉吟，半晌，方道："我也是第一次听说……此话当真？"

一旁有个老妇抹泪道："千真万确！其实仙姑立下大功德，我们本不该有什么不敬。但方老爷您想想，过去几年，每年都送去四个孩子，后来可曾有人再见过？"

说起来，似乎还真没人见过。方老爷越发不知该说什么了，只得掉头问那个皂衣老者："居世翁可否再将经过讲一遍？"

那老者叹道："那人是我的一个远房亲戚，近日投靠我家。听闻小儿被选中去做仙姑的侍者，便说出了三年前他的经历……"

原来城里也不是没人对仙姑每年要求送四个年轻男子给她做侍者的事情感到奇怪。于是便有一些大胆的人，趁少年们被送上去的时候偷偷跟在后面。老者的远房亲戚便是其中一个。

据说那些少年到了仙居，便有吹打弹唱的花鼓队出现，还会突然多出四顶花轿，十几个轿夫。四个少年被强迫换上凤冠霞帔，简直就像嫁娶新妇一样，被人晃晃悠悠抬着飞上山。那些看热闹的人只觉撞破了极可怕的秘密，谁也不敢留在钟离城，于是连夜都逃走了。

若非那个远房亲戚实在穷困潦倒，是不会回来的。

"我等只当小儿是送去仙居修身养性，得道仙缘，哪里知道竟是做这等……事情！想来那仙姑将年轻男人摄去，也不知是用什么法子取他们的精血，难怪再也见不到上山的孩子！"

皂衣老者说完，早已忍不住涕泪交流。

在座众人听他这样说，也相顾骇然。那四个年轻人更是吓得面如土色，浑身抖得如同筛糠一般。

屋顶上的两人互看了一眼，璇玑用眼神问禹司凤该怎么办，他沉吟良久，这才轻道："我有办法。但一来危险，二来只怕这些人不识好歹。"

他想了想，忽然从袖中取出一枚铁弹珠，对准正厅的大花瓶，轻轻弹出。只听"咣当"一声，那花瓶立时碎了一地，唬得厅里的人纷纷叫嚷："不好了！仙姑来了！"

闹嚷了好一阵，还是方亦真大胆些，从花瓶的碎片里摸出那个铁弹珠，登时想到偏厅里还有一些异人在等候，眼睛便是一亮。

禹司凤贴着璇玑的耳朵，轻道："咱们回去吧，明晚就有好玩的事情做了。"

两人轻飘飘地回到偏厅，案上的茶水刚换了一浇，玲珑他们正等得不耐烦，见他俩进门，立即围上去问道："如何？打探到什么？"

禹司凤摆手示意他们轻声，走到里面才笑道："可是不得了的大事。原来那个仙姑竟比男人还厉害，每年要娶四个丈夫呢！"

他便把方才在正厅偷听到的事情转述过来，玲珑听得一个劲儿咋舌，连声道："还有这样的事情？那个仙姑果然是妖怪了？"

璇玑道："说起来，今天早上在那个祠堂，仙姑来的时候，我好像闻到妖气。"

钟敏言皱眉："妖气还能闻到？那你说说到底是个什么味道的？"他可从不晓得妖气可以用闻的。

璇玑愣了一下："呃，味道……"她也说不上来是什么味道，但一闻就应该知道了吧。

"你们从来没闻过妖气吗？"

钟敏言大笑："我是没闻过，也不相信有谁能闻到。"他在璇玑额头上轻轻一弹，又笑，"你怎么总有许多稀奇古怪的事情？真是个怪小孩。"

璇玑摸着额头，一头雾水。

禹司凤轻道："妖气自然是可以闻到的，修行深厚了就能感觉出来。姑且不说那仙姑是不是妖怪，就算是真正的神仙，做这种事，咱们也不能轻易罢休。"

钟敏言点了点头："修仙者就应当斩妖除魔，为民除害！"

他和禹司凤相视一笑，都想起四年前那个珍珠事件，还有那一句欢快的话：我们是英雄！

是的，他们是英雄，现在，也要继续做英雄。


既然确定了要帮钟离城的人，五人便聚起来商量对策，要找一个万全的法子，不被那什么仙姑发现的。

正商量着，只听外面回廊传来一阵喧嚣，众人急忙坐回原位，优哉游哉地端着茶喝，下一刻门被人用力打开，一群人扑进来，倒地不起，一面磕头一面泣道："求诸位大侠救命！救命啊！"

他们几个到底是年轻人，哪里见过这等阵势？赶紧手忙脚乱地把他们一个个搀扶起来，若玉笑道："各位不必这样，有什么苦衷，请尽管说。我们尽力而为就是了。"

当头的方老爷哽咽着，果然又把那仙姑的事情说了一遍，最后又叩首在地，哀求道："那仙姑委实神通广大，我等平民不敢与之相争，只求大侠开恩，救救小儿！"

禹司凤上前轻轻一托，一面将他扶得站起来，一面道："大叔请起。诸位放心，我们必然将事情调查清楚，还钟离城一个清净！"

说罢，他走到那四个年轻人面前，左看看右看看，上下前后打量半天，忽然将哆嗦的方亦真往前一推，回头问钟敏言："我与他身量相似么？"

钟敏言早知他的意思，和若玉两人笑嘻嘻地走过去，一人拉过一个，也问："与他们身量相似不？"

余下诸人不解其意，茫然地看着他们。玲珑一拍手，急道："哎呀，真是的！明天晚上仙姑要来接人，就让她来接咱们好了！你们各自把自己的儿子藏好，别让她看见！"

众人这才恍然大悟，当下感激不尽，磕头的有，流泪的有，语无伦次的也有，一时间厅里乱七八糟，闹得不可开交。


禹司凤他们好容易劝走了激动的老人家，方老爷自然是殷勤留住，连声吩咐下人准备宴席，打扫最好的客房，恨不得把自己的主房都让出来给他们。

只有那庄家老爷还在哭哭啼啼，原来他们五人里只有三个男的，剩下那个庄景没人顶替。玲珑见他家哭得可怜，干脆自告奋勇拍胸道："我来顶替他啦！别看我这样，也是很有本事的哦！"

若玉摇了摇头："不好，玲珑的面相扮男子只怕不像，而且你活泼好动……"

玲珑急得跺脚道："哪里不像！哪里活泼好动！"

"哪里都是……"禹司凤小声嘀咕一句，四年了，这女魔王还是老样子，和爆竹一样，点一下就炸开了。

"你说什么！"果然玲珑瞪了上来，禹司凤继续低头装聋子哑巴，不说话。

"我看，璇玑更合适一些。"若玉把一脸苦瓜色的庄景推到璇玑面前，比了比，"虽然身量上有差异，不过把鞋子垫高一些，夜色浓厚的话，一时也看不出来。"

璇玑正乐得自己没事做，听他把自己提出来，赶紧摇手："我……我才不要！让玲珑去吧，她喜欢这些事……"

若玉正色道："这是行侠仗义的美德，璇玑难道要推脱？"

好大的帽子扣下来啊……璇玑苦着脸，好像不答应就是不行侠仗义似的。

"就这么定下吧！璇玑你扮作庄景，玲珑你做后应，到时候偷偷上山。记得别打草惊蛇，省得那仙姑先发制人，到底是她的地盘，咱们得小心。"

钟敏言很潇洒地摆手，定下了这个计划。璇玑嘴唇动了动，最后还是没反对，默然接受了提议。

这下才是真正的宾主皆欢，一场酒席直开到了月上中天，连璇玑都喝高了，捂着滚烫的脸，懵懵懂懂地跑到中庭去看月亮。

今晚是新月，一弯挂在天涯，弯弯的——很像一张被人啃了大半边的烧饼。璇玑默默想着，身子一歪，顾不得地上冷，靠在回廊栏杆上昏昏欲睡。

忽听前面有人在轻轻说话，似是玲珑的声音，她在笑，甜蜜蜜的。

"……讨厌……懒得理你呢！"

璇玑睁开眼，只见两个人影在廊前晃动，这般花前月下，自然是旖旎芬芳。她自觉不好多待，正要起身回避，却见玲珑站起来伸个懒腰，道："我可困了，你也早些睡吧。明天还有事呢。"

说完她自己回房了。璇玑见钟敏言一个人留在中庭，更觉得不好多留，赶紧悄悄地爬起来往回走，刚迈开第一步，却听钟敏言道："哎，是璇玑？"

她僵了一下，只好乖乖转身，叫了一声："六师兄。"她慢吞吞地走过去，见钟敏言仰面躺在地上，手放在脑后，大约是喝多了，眼神比平日里锐利许多，仿若冷电。

"你怎么知道是我？"她问，刚才她自信没发出一点儿声音。

钟敏言微微一笑："你身上总带着兰花香囊，那味道一闻就知道是你。"

是这样吗？她把香囊放鼻子前闻了闻，也没闻出什么特别的味道。

他大约是觉得刚才的话说得太亲热，低咳了一声，才一本正经地说道："这么晚了怎么还不去睡？你平日里不是早早就上床的吗？"

璇玑"哦"了一声，抓抓脑袋，"喝多了，想吹吹冷风。"

钟敏言没有说话，璇玑也不知道说什么，两人一个躺一个站，呆了半天，终于还是璇玑忍不住，说道："我还是去睡觉了。"

"哎，等等……"钟敏言忽然唤了她一声。

璇玑转身，他的脸在夜色中有些模糊，唯独一双眼，亮煞煞，看上去有些惊人。

"你……那个……"钟敏言想了一会儿，终于找到话题，"明天晚上咱们去高氏山，你就跟在我们后面，别乱闯乱出声，知道吗？"

璇玑乖乖点头。

"如果遇到什么危险，一定要叫我们，晓得吗？"

再点头。

"叫你先跑你就先跑，叫你躲起来你就躲起来，不要逞强，明白吗？"

还是点头。

钟敏言忽然转头瞪她："你总点头，其实根本没听进去吧！"

"没有，"她淡淡地说，"我听着呢。"

钟敏言凝视她半晌，忽而轻轻一笑，一面将手张开，呈大字型躺在地上，一面轻道："你这样的人，哎，你这样的人……世上怎么会有你这样的人呢？"

他摇着头，又是笑又是叹。

璇玑怔怔地，忽然轻声道："你讨厌我吗？"

"不，不是讨厌。"他摇头，眯起眼睛似乎在沉思，过一会儿，才低声道，"我不讨厌你，只是不知怎么和你这种人相处。谁说……我讨厌你呢？"

璇玑默然，隔了一会儿，转身便走，轻道："我困了，去睡觉。六师兄也早点睡吧。"

他大约是喝多了，今晚会和她说这样多的话。仔细想想，从小到大，他都几乎没好好和自己聊过天，他们俩总是说不到几句就没话可讲，不是他生气就是她郁闷。

"褚璇玑。"他又叫了一声，有些含糊，"你那个秘密……放心，我没说……谁也不知道……你、你到底是……"

"什么？"璇玑没听清，转身一看，他却睡着了。

果然是喝多了。璇玑无奈地把若玉他们拽来，送他回房，自己也回房休息去了。

璇玑身上的男子袍服很大，有些不舒服。脚下穿的垫高了底的鞋，很不习惯。大概是因为第一次一个人行动，璇玑很有点儿坐立不安，将桌上的茶水喝了一口又一口。

一旁陪着她的庄家夫人柔声安抚她："姑娘可是身上不适？要不睡一会儿吧？"

睡？璇玑看看窗外的天色，已近黄昏了，仙姑说不准马上就派人来接，哪里来的时间睡？

她束了束宽松的腰带，起身走两圈，脚底厚厚的鞋子非常不舒服，只怕行动上会不便。不过那也没办法了，不能上也要硬着头皮上。

"大婶，仙姑接了人之后，是直接上山吗？中途会和其他被选中的人碰面吗？"

庄家夫人想了想："听说会在半山腰的唤神台停一下，换上……凤冠霞帔，再有花鼓队吹着，抬着花轿上山。"

她还当真是娶新郎啊！璇玑往梳妆台前一坐，镜子里那张脸用东西涂黑了一些，眉毛也画粗了，庄家夫人还怕被人看出来，特地给她在人中上贴了两撇胡子，这样猛地一看，还真和庄景有七八分相似。

庄家夫人见她百无聊赖，便有一句没一句地和她聊天，正聊到一半，却听门外一阵喧哗，紧跟着老管家敲门进来，惶恐地叫道："夫人，姑……公子！仙姑派人来接了！"

那庄家夫人虽一直做着心理准备，但这一时刻当真到来的时候还是不禁慌了神，急道："姑……我的儿，你这一去，可要自己保重，我们……"

璇玑起身，学男人的姿势对她拱手行礼，道："娘，孩儿这便要去了。无法继续侍奉二老，请恕孩儿不孝。"

这话说得老管家和庄家夫人都忍不住垂泪，仿佛真是自家孩子要离开一样。

当下众人熙熙攘攘，领着璇玑出门，只见门口停着一辆油壁车，奇异的是马上居然没人，璇玑刚到，那马车门便自动开了。

璇玑上了马车，车门又自己合上，停了片刻，容得她与庄家诸人告别，这才缓缓驶离庄府。这马车没人驾驶，却行得又快又稳，不出片刻便离开了钟离城。璇玑揭开窗帘，探头出去望了望周围，只觉车身是被一股浅紫色的烟雾包裹着，弥漫着一股香甜的味道。

妖气。璇玑捂住鼻子，微微皱起眉头。和上回在高氏祠堂闻到的味道一模一样，看来那个什么仙姑，真是个妖怪。

马车在山路上跑了一段，忽然慢了下来。璇玑只听顶前面隐约有丝竹之声，竟真的是有花鼓队吹拉弹唱，再过一会儿，马车便全然停下，车门忽然一开，外面有个女声，脆生生地说道："请贵人下车，更衣上轿。"

璇玑这会儿再也躲不得，干脆下去看看到底是什么妖魔鬼怪。却见外面站着一排宫装女子，面戴白纱，每人手里提着一只精致的琉璃灯，另一手捧着白色布匹，躬身等候。四辆大红花轿便靠在一旁，前面各有一只花鼓队，见他下来了，便吹得越发欢快起来。

为首的宫装女子款款迎上，对她一个万福，脆声道："恭迎贵人，请贵人更衣。"

说罢她抖开手里的大红嫁衣，后面两个女子，一人捧着凤冠，一人捧着各类首饰及盖头。其他诸位女子纷纷展开手里的白色布匹，隔离出一个简易的屏风，供她更衣。

此刻虽然夜色昏暗，但那嫁衣凤冠在琉璃灯的映照下，竟是珠翠环绕，美不胜收。璇玑心里咯噔一声，虽有些不情愿，但事到如今也没有回头路了，只得随那些女子去到屏风后面，换上嫁衣凤冠。

不知道司凤他们在这里换上嫁衣是什么心情……璇玑默默想着，这大约可算人生一大奇特体验了，为了除妖，付出的还真不少。

好容易将那复杂的衣服给穿戴整齐了，头上的凤冠足有七八斤重，脖子被压得酸疼酸疼的。璇玑小心翼翼地扶着它，只怕它半途滚下来，那是很糟糕的。

为首的宫装女子见她不哭也不说话，不由得笑道："这位贵人倒是个安静稳重的呢，不比前几年的，个个听说要换嫁衣，都哭着闹着要回去。"

璇玑见她和自己说话，不好不答，只得粗着嗓子道："为何要哭闹？大家不是都盼着被仙姑选上么？"

那女子喜道："正是如此。能服侍仙姑，那是大造化，寻常人求也求不来的，更何况与她做了夫妻，真是三生有幸呢！"

夫妻？她一下娶四个丈夫呢！一年换四个，也叫三生有幸？

璇玑清了清嗓子，正要问她其他三人来了没有，忽听前面又传来一阵花鼓丝竹，方才与她说话的那个女子立即迎上去，把方才对她说的那番陈词滥调又说了一遍。

看起来其他三人是同时到了。

璇玑被人扶进花轿，耳朵里听见钟敏言叫得最响："别碰我……呃，这个别脱……不要碰！好了好了，我自己来！自己换！"

若玉的拒绝很斯文："各位姑娘，请容在下自己更衣。"

禹司凤很冷淡："不必服侍，退下吧。"

璇玑把窗帘揭开一点点，偷偷望出去，就见他三人都穿好了凤冠霞帔，三个修长的身影，乌发红衣，倒也没什么不协调的感觉，竟还别有一种妩媚滋味。禹司凤和若玉的修罗面具还戴在脸上，居然没人提醒他们摘下，真是奇怪。

仿佛感觉到有人在看自己，禹司凤的脸略朝这里转了一下，又很快转回去，背对着她，再也没回头。

他是害羞？璇玑突然有些想发笑，一个大男人，被迫穿上嫁衣嫁给女人，确实蛮郁闷的，更何况司凤他们性子都很高傲，这会儿想必正窝着火吧！


吉时很快便到，四人进了花轿，宫装女子提着灯，居然轻飘飘地飞了起来，在前面引路。

花轿跟着腾空而起，飞过黑鸦鸦的树林，夜风嗖嗖，将轿帘和红盖头都吹了起来，底下的丝竹声听起来突然变得极其遥远。月色惨淡地照映进来，四人见轿子没人抬，却飞得极快，心下都有些骇然，只怕那高氏仙姑是个成精多年的老妖，以他们的实力，不知胜算几何。

这般晃晃荡荡，飞了大约有三刻，荒山野岭中，忽然出现了灯光。璇玑一把扯下盖头，探头出去，却见周围奇峰秀林，在月色中分外雄伟，而最高的高氏山峰上，居然矗立着一座灯火通明的宫殿，一定就是高氏仙姑住的地方了。

她这哪里是什么隐居，分明是占山为王啊！只怕皇帝也没她这般逍遥奢华。

花轿带着四人，稳稳地停在那巨大的宫殿前。殿前也站着一排宫装女子，提着琉璃灯，笑吟吟地说道："四位贵人都接到了？"

方才打头的女子道："接到了。这便可以拜天地送入洞房了。"

那些宫装女子听说，便嘻嘻哈哈地将轿帘拉开，把璇玑四人扶下来，簇拥着往宫殿里去。

璇玑头上蒙着块红布，什么也看不见，只觉身边香风阵阵，里面也不知藏了多少妖气。地上铺着的水晶砖，亮闪闪，晃得人眼花，都不知该往哪里走，幸好旁边有人领着，否则真是要晕头转向了。

又走了一段，依稀是进了一个大厅，里面灯火通明，香味更加足了，闻一下便目涩骨软，轻飘飘的，好似飞在云里。

妖气！璇玑顿了一下，一定是那个仙姑！她就在这里。

领路的人停下来，笑道："仙姑，四位贵人已经带到。吉时也已到，可以成大礼入洞房了。"

上面有人"嗯"了一声，那声音竟是说不出的美妙动人，只听一声，四人的心跳便骤然加快了，仿佛喝下了最甜美的酒，脸上着火。

紧跟着一阵环佩叮当，仙姑走了过来，璇玑垂着头，只看见地上出现一双浅紫色的锦缎鞋，上面还绣着两朵精致的花。

那双鞋在每个人面前停了一下，看来那仙姑是在打量他们。没人说话，大厅里安静得只能听到自己的呼吸声，四人的心跳加速，被这种沉闷的气氛逼得心脏几乎要都从喉咙里蹦出来。

不知等了多久，那美妙犹如天籁一般的声音又响了起来："很好，成礼吧。"

紧跟着后面排山倒海般，吉官一声声唱喏："吉时到——一拜天地！"

后面有人推了她一下，璇玑不由自主跪在蒲团上，成天地之礼。眼角余光瞥到旁边的人，苍白的双手，尾指上套着一个铁指环，正是禹司凤。似乎感觉到她在看自己，那只手微微一动，伸过来，紧紧握住她的手。

璇玑心中一颤，竟不知是不是该缩回来。

# 第十二章·紫狐

正是心神激荡的时候，却听那仙姑曼妙的声音响起，仿佛在唱歌。

"我何德何能，竟惹得天下修仙大派的弟子前来拜天地？"

璇玑和禹司凤都是剧烈一震，钟敏言反应最快，眼见被人识破，抬手便扯下闷气的盖头——他不爽很久了，为了这身可笑而且不伦不类的嫁衣。

眼前忽然紫影一闪，有个人身形如同鬼魅一般，在他面前停了一下。钟敏言只觉脸上被人用手掌轻轻一摸，那掌心柔嫩绵滑，被摸了一下只觉心驰神摇。他猛然一怔，却见面前立着一个紫衣美人，整个人仿佛是被笼罩在一团艳光里，眉目如画，美得令人不敢逼视。

出于男子本能的反应，他一时没有出手攻击，呆了一瞬间。然而只那一瞬间，也没看她如何出手，他忽觉胸口气血翻涌，竟是真气岔了的迹象，大惊之下倒退数步，两脚一软，跌跪在地上，鲜血顺着唇角流了下来。

"敏言！"若玉他们也都纷纷扯下盖头，取出藏在内衣里的兵器，要上前相助。

紫衣美人咯咯一笑，身形转动，像一团紫色的云，滴溜溜在剩余三人面前来回一转，璇玑只听若玉和禹司凤也发出痛呼，竟是还没搞清楚到底发生了什么事，四个人就伤了三个。她也有些不知所措，正要拔剑上前，忽然那团紫云飘到了自己面前，璇玑只见一张美得无法用言语形容的脸在眼前猛然放大，不由得也是一怔。

紧跟着脸上也被她摸了一下，滑腻腻的，还带着一股荡人心魂的香气。璇玑只当自己也要受伤，脚下一动便要逃开，谁知胸口真气却一动不动，没任何反应。她不退反进，一剑挥出，对面的紫衣美人却像烟雾一样散开，显然没受到任何伤害。

璇玑见那团烟雾飘去了台上，也不追赶，赶紧先提着沉重的嫁衣朝禹司凤他们那边跑，拔剑挡住那些围上来的宫装女子与吉官们，想必他们也是成精的妖，为高氏仙姑做事的手下。

"没事吧？"璇玑一剑挡开数人的攻击，回头相问，头顶的凤冠重得要命，她直接丢到了地上。

钟敏言脸色灰白，调息了半天，才低声道："好厉害的功夫……我的真气居然提不起来。"

旁边的禹司凤和若玉虽然戴着面具看不到脸色，但光凭想象也能想得出来比钟敏言好不到哪里去。

"璇玑，你快逃走吧！"禹司凤扶着剑站了起来，替她架住脑后突袭的一刀，由于没有真气，他只觉虎口剧痛，撞击之下差点把剑脱手而出。

"快！快走！"钟敏言和若玉也勉强与那些小妖斗在一起，钟敏言满脸是汗，看上去十分痛苦，他厉声吼着："你快走！玲珑应该还正往这里赶来，你……你带着她快逃！"

璇玑急道："这种时候还说废话！我就眼睁睁看着你们送死不成？"

禹司凤轻道："我看那个妖女不像是要杀我们的样子。你和玲珑先逃走，回少阳派找掌门人他们来对付……她太厉害了，我们都不是对手！"

璇玑只觉他说得有道理，但要自己这会儿趁乱逃走却是一万个不能。

钟敏言怒道："你这个臭丫头到现在还是一副死赖脾气！叫你听话你和没听见一样！你快给我滚！听到没有？！"

璇玑嘴唇一动，正要说话，却听台上那个紫衣女子吃吃笑了起来，柔声道："其实这位少侠说得对，我不会杀你们。不然刚才你们的小命就保不住了。"

她又朝璇玑那里看了一眼，她脸上汗水涔涔，将那些黑色的涂料冲淡，露出莹白的肌肤，人中上的胡子也掉了半撇，分明是个容貌秀丽的女孩子。

紫衣女子笑道："原来竟是个女的，难怪残阳掌对你没作用。"

虽然不知道那个"残阳掌"是什么东西，但一眨眼就能伤了三个人，可见其威力不小。听这个名字，似乎是只对男人有效，璇玑是女的，所以逃过一劫。

禹司凤念及此，立即挥剑逼开眼前的小妖，绕到璇玑身后，用力推了她一把，道："快走！不要留下！"

他如今真气丧失，又哪里推得动她，自己反而一个趔趄要摔倒。璇玑赶紧扶住他，耳边听得那紫衣女子柔声笑道："女的也无所谓，反正都是修仙者，令我事半功倍。都不许走，给我留下。"

她说"给我留下"的时候，音调软绵绵，竟仿佛是在撒娇，让人不由自主想听从她的话，为她留下来。众人只觉眼前一花，那紫衣美人竟然变成了无数个人影，将他们几个团团围住，如同铁圈一般，这下璇玑就是长了三头六臂，也逃不走了。

禹司凤见事情发展到最糟糕的地步，也只有默然叹息，不知这妖女要拿他们怎么样炮制。

璇玑把剑一收，说道："钟离城的人把你当作神仙一样供起来，对你百依百顺。你怎么能做这么过分的事情？"

那紫衣美人咯咯笑了两声，却不搭腔，只吩咐："你们，把他们几个押下去。女的丢进地窖，男的送到我卧房里。"

钟敏言一听"送到卧房"几个字，只惊得脸色煞白，想来这妖怪果然是采阳补阴的那一类，难怪一年要四个年轻男子。这下要是被她送到卧房，着了道，只怕就要变得人不人鬼不鬼。他虽想拼死反抗，无奈手脚都没力气，如今也只有干瞪眼。

周围的小妖一拥而上，抬的抬抢的抢，嘻嘻哈哈地就要把他们几个分开弄走。忽听剑声如龙鸣，剑光骤然闪起，那些小妖有不知厉害的，一撞之下就是头破血流，登时吓得叫嚷着四处逃窜，再也不敢来抬人了。

璇玑捏了个剑诀，收了剑气，瞪着那紫衣美人，半晌，才道："你休想碰他们一下，死妖怪！"

紫衣美人笑道："这位姑娘人长得俊，剑也挺俊的，借我看看好么？"

话音一落，璇玑只见周围无数道紫色的身影扑了上来，她挥剑而上，奈何那些人影一被剑砍中，立即就像烟雾一样散开，过一会儿又聚集在一起，怎么也杀不干净。璇玑左旋右挡，渐渐气力不济，耳边忽听若玉低叫一声："小心背后！"

她急忙挥剑挡住背后，谁知面前突然窜出一个紫影，抬掌一劈，正中她的胸口。璇玑眼前猛然一黑，一口气喘不上来，喉头发甜，只觉这口血要是喷出来，就止不住了，只得硬生生吞回去，手里的剑早被人抢走，抛上了高台。

紫衣美人接住那柄剑，左看看右看看，声音曼妙地笑道："小姑娘，还嫩得很呢！"

璇玑只觉胸口疼得厉害，气也不敢喘大了。禹司凤见她似乎站不住，一面急忙把自己的剑塞进她手里，暂时充当拐杖，一面轻道："莫要和她斗。我看她的身影虚虚幻幻，利器也无法造成伤害，想必真身不在这里，这只是她的虚像。"

只是虚像就这么厉害，那找到真身岂不是死定了？璇玑不由得心灰意冷。

紫衣美人柔声道："其实你们不要害怕，我从不杀人。只是需要借你们一些精血，助我功力大成。"

禹司凤沉吟半晌，道："你是采阳补阴的妖……想必不是蛇就是狐狸了，对不对？"

她微微一笑："这位少侠懂得不少呢。不错，我是紫狐。"

紫狐？众人忍不住多看她两眼，只觉她容姿艳丽，委实不能逼视，更在那艳光之下有妩媚到了极致的风骚，原来这就是赫赫有名的狐妖。

"你既然能修炼得道成为人身，其过程一定无比艰辛。怎么成了人之后反而要做下恶事？"

紫狐只是笑，并不说话，过了片刻，似乎有些倦了，将璇玑的剑丢在地上，轻道："我不爱听大道理，尤其是从人嘴里说出来的。你们自己两面三刀背后拆墙的事情，还会少么？"

禹司凤不由得默然，过了一会儿，又问："你怎知我们是修仙弟子？"

从唤神台到这里，他们自信没有露出一丝破绽，也没人发现他们不是紫狐点名的那四人，谁知拜天地的时候居然被她识破，那破绽到底是露在什么地方？

紫狐柔声道："你问这么多，是想拖延时间吗？"

禹司凤被她说穿心事，顿了顿。这妖果然神通广大，在她面前什么手脚都施展不开，兴许今日真是要丧命于此了。

"罢了，反正也很久没有人与我说过话。"紫狐笑了笑，"我既然是要采阳补阴，自然对那阳是要千挑万选的。人品外貌是在其次，最关键是生辰八字……"

禹司凤何等聪明，她只开了个头，他立即猜到了意思，当即接口道："被你选中的人都是阳时阳刻出生，命中带火！"

"你真是很聪明呀。"紫狐笑吟吟地看着他，似乎有些春情荡漾，"我竟舍不得先对你下手了。不如养在花园里，陪我耍子吧？"

说完她下台来，伸手要去挽他，禹司凤急退数步，躲开了她的手。

紫狐也不逼他，歪着脑袋，盯着他看了一会儿，才道："你的面具我曾见过，原来你们是离泽宫的弟子。你们那个混账宫主，居然还死守着这套规矩，我还当他早已看开了呢！唔，等等……"

她将禹司凤脸上的面具仔细打量一番，忽而露出一丝嘲讽的笑，低声道："难得呀，已经很久没见到这种面具了。想不到……你还真舍得……"

"住口。"他冷冷地打断了她的话，"你既然知道离泽宫，就该明白离泽宫的人不能得罪。你占山为王，恣意作乱，还不速速束手就擒！"

紫狐竟似也有些忌讳，身体轻轻一纵，跳回了高台，笑道："好神气，中了残阳掌，无论是人还是妖，至少三天都会运不了功。你能如何？不过我可以给你个面子，那小姑娘便放她走吧，你们几个却要留下陪我。"

说完她宽大的袖子一挥，璇玑只觉一阵狂风扑面而来，妖气团团将她围住，令她动弹不得。不知过了多久，那妖风终于消散开来，璇玑缓缓睁开眼，发现大殿变得空荡荡的，紫狐也好司凤他们也好，都没了踪影，只剩她一个人，握着禹司凤的剑，孤零零地站在原地。

却说璇玑他们四个人被带上高氏山，只留玲珑一人跟在后面观察情况。先前她还能远远地跟在马车后面，一直到了唤神台，见他们换上了嫁衣，被花轿抬着飞起来，她不由得大急。

空中没有遮挡，她要是御剑上去追，必然会被人发现，那就前功尽弃了。但如果不追上去，她又好生不甘。正在焦急万分的时候，忽听耳后有人轻轻一笑，声音低沉，竟是个男子。

她吓了一跳，急忙转身抽出断金剑摆好架势，谁知身后只有风声，一片黑鸦鸦的参天大树，哪里有半个人影！

玲珑四处看了半天，只当是自己听错了，暗暗吐一口气，却不敢把断金收回去，只在周围走来走去，寻思下一步究竟该怎么办。

没走几步，头顶忽然又传来一声轻笑，还是那个声音。玲珑心中大骇，厉声道："什么人！？"手里的断金毫不犹豫地挥出去，只见金光一闪，对面一株碗口粗的大树立时断成了两截，轰然倒地，枝叶乱飘，却依然没有半个人影。

月色惨淡，林中偶尔有夜枭啼鸣两声，周围十分安静，静得甚至让她汗毛倒立。

"是……是人是鬼？！出来！"她又挥了一剑，对面的大树便遭了殃，被她这样胡乱挥剑，也不知倒了多少株。

玲珑砍了半天，连根毛也没找出来，自己倒累得气喘吁吁。

"还是个火暴脾气，一点儿也没变。"

那声音忽然又在她背后出现，玲珑头也不回，身体猛然一转，将断金用力丢了出去，只见后面一道黑影闪电般让开，断金擦着他的肋下，钉进了一株大树中。玲珑快步上前，正要将剑拔出，忽觉月色一暗，那人竟轻飘飘地飞了起来，仿佛一只乌鸦，无声无息地站在了断金剑上，低头看着她。

彼时林中夜色昏暗，她也看不清此人究竟是何模样，只觉一双眼睛亮若星辰，有些熟悉，一时竟想不起究竟是谁。

那人低声一笑，轻道："想不到他办事倒是利索，你这便随我去吧。"

玲珑大怒，抬手要去抽剑，然而无论如何也抽不出来。失去了断金的玲珑，基本就等于一只鸟被人缚住了翅膀，任人宰割了。她气急之下铆足了劲去抽剑，那人却足尖一点，仿佛没有重量一般，又飞了起来。

玲珑这下用力过大，断金被一把拔出，她却也收不住势，往后急急跟跄，眼看便要摔倒。

肩上忽然被人一扶，她下意识地要用剑刺他，谁知那人出手如电，点了她右肩的穴道，断金"哐当"一声摔落在地。

玲珑惊呼一声，却被那人捂住了嘴。

他贴着她的耳朵，轻轻在她脸上一吻，冰冷的吻。

"可算捉住你了。"他说。

玲珑只觉后颈被人轻轻一击，登时眼前发黑，晕了过去。


璇玑在空荡荡的大殿里找了很久，也没找到出口。这里岔道极多，一排一排的长廊，她几乎把每个长廊里的房间都搜索个遍，里面都是半个人影也没有，不知那个紫狐究竟把人带到了哪里。

当时他们都是蒙着盖头被人领进来的，什么也看不见，只觉这里极大极宽广。不过璇玑很快就发现，就算没蒙着脑袋，她也会分不清路。只因这里的房间全部都是一模一样的，走廊的格局，长短横宽，完全是一个模子，比最困难的迷宫还要难。

她一个人，忍着胸口的疼痛，在殿里找了足有半个多时辰，终于有些忍不住，扶着一尊青铜烛台，缓缓滑坐在地上。胸口疼得厉害，好像要炸开一样，里面似有狂潮澎湃，若不是她强忍着，将那口鲜血咽下去，只怕早已喷血气绝了。

她闭目，缓缓调息真气，将胸前淤积的鲜血慢慢化开。

不知怎么的，想起刚到小阳峰的时候，冬天来得早，她每天都恨不得裹着棉被出门，有时候穿衣服过多，自己都觉得麻烦，于是师父就说教她一个偷懒的法子，可以冬暖夏凉。

现在她明白了，那不是什么偷懒的法子，而是少阳派最高深的内功阳阙功。她大约花了一年多的工夫，终于有了起色，在第二个冬天来临的时候，可以轻松地穿上春装，在漫天风雪中御剑而飞，脸色不变。

得知她学会了阳阙功，师父那天很高兴，拉着她喝了很多酒，最后大约是喝多了，喃喃说道："璇玑呀，看到你，红姑姑就想到自己小时候。好多人都以为我是个笨蛋，只有师父愿意好好教我，最后终于学有所成，好歹没给他老人家丢脸。不过呢，红姑姑那时候可不像你，有许多好朋友，还有个好姐姐。我那时候是独来独往，人称独行侠呢！"

那时她没有听懂，只瞪着眼睛看她，于是师父就笑："夸你呢，傻瓜！一个人在世上孤零零的，其实很可怜。所以，有了朋友就一定要珍惜，好好对他们，绝不要辜负他们。红姑姑在长大以后才明白这个道理，已经有些迟了。所以，你不要学我。世上能找到心甘情愿为你付出的朋友，那是非常难得的。"

后来过了这么久，她也早忘了那天的对话。现在为何会想起呢？

禹司凤、钟敏言、若玉、玲珑、大师兄他们……甚至陆嫣然，是不是都可以算她的朋友？大家一起患难，一起欢笑，危急的时候他们挡在自己前面，这一路过来，自己全靠他们照顾，不求回报的照顾。

她忽然有点儿明白师父的话了，她学了这么久，终于学到了一身本领，那不是用来炫耀的。

正如她当初去小阳峰修行的初衷，是希望大家能永远过这样简单又温馨的生活，她可以有力量保护他们，再也不给任何人添麻烦。

现在应当就是她回报这份友情的时候了。

璇玑睁开眼睛，胸口的剧痛似乎缓和了一些。她咬牙勉强站起来，看看周围，每一处的景色都是一样的，现在被她抓在手里的这根烛台，她记得自己是第四次经过它身边了。

到底要怎样才能找到司凤他们呢？

璇玑提着剑，在大殿中来回走动，经过高台的时候，忽然嗅到一股不同寻常的味道。

妖气！她心中一凛，顺着味道找过去，却见帷幕后面的屏风裂开一道小口子，妖气就是从这里传出来的。

难怪她找了半天都是在走迷宫，原来这大殿根本是用来唬人的，后面自有密道通向老巢，想来紫狐就是把人带到里面去了。她当即精神一振，挥剑将巨大的琉璃屏风劈成两半，果然后面有一道暗门，大约是走得急了，只关了一半，她提剑跳了进去，顺着妖气追上去。


钟敏言他们被紫狐摄走，只觉一路飘飘荡荡，忽明忽暗，完全看不清道路，最后仿佛行至一个阴暗的房间里，身下一软，被人放在了一张大床上。正是惶恐时，只听簌簌几声响，眼前骤然大亮，却是那紫狐将蜡烛点上了。

众人见她姿容艳极，在烛光下更是荡人心魂，禁不住都闭上眼睛，只怕多看下去会乱了心智。

只听那紫狐轻轻一笑，在床边坐下，一面抬手去摸钟敏言的脸颊，一面柔声道："莫怕，如此良辰美景，何不放开心怀，你我做一对逍遥夫妻？"

哪里是一对！钟敏言不敢说话，更不敢动，直挺挺地躺那里装死。脑中想起二师兄陈敏觉说过的那故事，说以前在青丘山附近有狐妖作祟，常常变成绝色的美人，诱得一些好色之徒与她交媾，摄取对方精血，化作自己的功力。而那些被摄取了阳气的男子虽然不死，却也成了废人，瘦得皮包骨，干尸一般，撑不了几年也会一命呜呼。

他那时候年纪小，一听这故事就会浑身发毛，偶尔想到那些变成干尸的男子，就会睡不着觉。后来有一次给师父听到了，将二师兄骂了一通，他犹自害怕，跑去问师父是不是真的，他却没否认，只说以后走江湖，须得提防美貌且狐媚的女子。

没想到今天居然就给他碰到了一个，真是怕什么来什么。这会儿那狐妖的手已经摸到了他的胸口，眼看要探进去，他只吓得浑身都僵了，心中连叫"我命休矣"。

旁边的若玉忽然说道："既然要做夫妇，便当有些诚意。你将我二人放在这里是什么道理？难道就让我们在旁边干瞪着？"

钟敏言只觉狐妖的手缩了回去，心中登时长舒一口气，若玉兄，大恩大德啊！

紫狐柔柔笑道："你这位少侠倒解风情，夫妻还没做，却懂得喝干醋了。只是我与离泽宫有些交情，一时先不动你们。既然你这样说，那我又有何惧？"

说罢她将纱帐一放，把钟敏言隔在了外床，自己钻了进去，也不知在里面捣鼓些什么。

只听禹司凤说道："等等，你方才在大殿还未回答我的问题，如何知道我们是修仙弟子的？”

帐内的紫狐腻声道：“这等时刻，何必说这些煞风景的。罢了，依你，都依你。你等命格八字，在我眼中犹如透明一般，不是阳时阳刻出生，内息又丰泽，上回去祠堂又被我撞见……唔，你说，这岂不是缘分？”

原来她早就知道他们的计划了，居然不拆穿，乖乖等他们自投罗网！果然数千年得道的老妖手段绝不寻常，今日一个美人劫，只怕是躲不过去了。

禹司凤还想与她插科打诨拖延一些时间，忽然喉下被人一点，中了哑穴说不出话来。他心中焦虑，又听紫狐娇滴滴的声音贴在耳边，腻腻的，教人从头发根到脚趾头都要软下来。

“狡猾的人……我的亲亲好相公，少说一点儿吧！”

他只觉那柔软的身体靠上来，鼻息间满是香甜，心下却是越来越冷。

璇玑顺着那条密道走了不到一刻，忽觉前面没路了，摸上去是厚厚的石壁。奇怪，难道密道居然是死路？造出来扰乱视线的？

她不肯放弃，在石壁上来回摸索，指尖忽然触到一个凸起，往上摸索，居然是一根黑铁烛台。以前师父说过，如果遇到死路之类，就多注意周围的物事，用手推一推，兴许便能发现新路。

她将那根烛台用力往下一掰——没反应；往上一推——还是没反应。

原来师父说的也不一定是对的。璇玑颓然地靠在石壁上，只觉密道中暗不见光，阴森森地甚是可怖。她从怀里取出火石，将那个烛台点亮，幸好上面还留了一些油，可以燃烧。

谁知油灯刚被点亮，却听后面“喀”的一声，似是有什么东西被打开了。璇玑急忙回身，只见对面的石壁上开了一道缝，原来那烛台机关是用火来开的，只要点亮了烛台，机关就会被破解。

事不宜迟，只怕司凤他们被妖怪摄去久了，会出意外。当下璇玑就闪身进了岔道，没走一会儿，眼前忽然有了光亮，周围豁然开朗起来，竟似是一个山洞，里面钟乳滴水，地泉清澈，隐约还发出一种淡淡的荧光。

她听前面有水声淙淙，不由得加快了脚步，刚好旁边有一块大石拦路，她心中焦急，顾不得看脚下，轻轻一纵，跃过地下的积水，翻了过去。

只听“哗啦”一声，她一时不查，原来那大石后是一大摊地下泉水，这一纵居然摔进了水里，下半身全湿了，泉水冰冷彻骨，璇玑纵然有阳阙功护身，还是冻得打了个寒战。

前方水潭突然有了动静，似是有人从水底浮了上来。璇玑只当是紫狐发觉了，立即握剑凝气，戒备地瞪着前方，只待她一出来便发招。

幽蓝的水面涟漪渐渐扩大，只听"泼啦"一声水响，一个雪白的身影从水里一跃而起，在空中轻轻一个摇摆，巨大的鱼尾犹如白纱一般，甩了一下，紧跟着又落进潭水，溅起无数水花。

璇玑吃了一惊，那是人？还是巨大的鱼？

正在疑惑，忽听前面有一个人声幽幽响起："你怎么会来这里？"

那声音有些沙哑干涩，甚至可以说是难听，而且说的话也有些含糊不清，听起来不像是中原口音。

紧跟着，水面忽然浮起一人，漆黑的犹如海藻一般的长发纠结在腰下，苍白的肌肤，双眸是极淡的青色。此刻这双狭长深邃的眼睛正温柔地看着她，充满了爱怜喜悦。

"啊！是你！你——"璇玑大叫起来，指着他的鼻子，"你"了半天也你不出个结果。

是他！珍珠事件！鲛人！

璇玑连滚带爬地从水里游过去，一把抓住他冰冷的手，忙不迭地大叫："你怎么样？好久不见了……你、你怎么会在这里？那个狐妖……"

那鲛人微微一笑，抓着她的手，柔声道："你呢？"

"我……我嘛……"璇玑正要把事情经过告诉他，忽然觉得不对劲，又抬手指着他的鼻子大吼，"你会说话了！"

他还是笑，水滴犹如珍珠一般，从他长长的睫毛上落下。他身上有一种只有妖物才有的清丽，那种美，让人如醉如痴。

"我……"璇玑忽然忘了自己要说什么。

"我叫亭奴。"他幽幽地说着，"你可以叫我亭奴。"

原来鲛人也是有名字的。她对他微微一笑，正要叙旧，忽然想到被紫狐掳走的司凤他们，登时垮了脸，叹道："亭奴，我还有急事。下次再和你聊天。我在找那只狐狸，她把六师兄和司凤他们都掳走了。"

亭奴淡然道："我知道，她是采阳补阴的妖。"

璇玑这会儿终于把思路给理清了，问道："你怎么知道？还有，你怎么在这里？也是被她抓来的吗？"

亭奴摇了摇头，用那种生涩的语气低声道："她在做一件大事，迫我相助，我不答应，她便将我囚在这里。"

"什么大事？"

亭奴沉吟半晌，道："先不说这个。你们大约是与她无意撞上的，她近来急需补充功力，遇到修仙者，更是断然不肯放弃。若不快点去救他们，只怕就迟了。"

璇玑一听就急了，掉头就要继续找，却被他轻轻按住，低声道："你……什么都不记得了？"

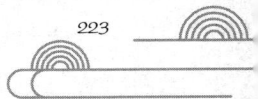

记得什么？她一头雾水地看着他。

亭奴静静地看着她，又是那种熟悉的眼神，好像他们很久很久以前就相识，越过了无数个年头，又在这里相遇一般。

"以你的本事，又怎会被她……"亭奴悄然叹息一声，握紧她的手，"莫急。凝神闭目，仔细去找，你能找到的。"

"我不……"璇玑本想反驳，然而见到他的眼神，却说不出话来，只得依言闭目凝神。

过得一会儿，忽觉原本寂静无声的山洞里充满了各种杂音，有水波涟漪的轻微响动，有对面亭奴细细的呼吸声，还有洞壁上的那些青苔，悄悄伸展身躯的声音。

你要找谁？

心底似乎有个声音在问她。

要找六师兄，司凤，若玉……还有那只强大的紫狐。

仿佛是本能地，她轻轻抬起右手，好像是要捉住什么，所有的意识在一瞬间全部集中起来，穿过石壁，越过无数走廊，望见了青纱薄帐。帐里的人突然受了惊吓，猛然回头，一双惨绿的眸子正对上来。

她看到她了！

璇玑猛然一惊，睁开眼，还是那个山洞，对面一个鲛人，什么也没变。她捏紧了禹司凤的剑，低声道："我……我知道他们在哪儿了！我要去救他们！"

说罢她轻轻跃上岸，将衣服上的水拧干，调头就走。亭奴忽然轻道："带着我一起，好么？"

璇玑呆了一下，下意识地朝他下半身的鱼尾看过去，磕磕巴巴地说道："带你是没问题，可是你……"能走路吗？难道要她背着抱着？呃，鲛人大概是没什么性别吧，可他看上去到底是个男人……

亭奴微微一笑，指着她身后的角落，道："虽然还不能站立行走，但我自有办法。"

璇玑顺着他的手看过去，却见那里置着一副铁轮椅，方才还真没注意。她赶紧把轮椅推到潭边，将亭奴一拽，他轻飘飘地坐在了轮椅上。

璇玑脱下身上的嫁衣，给他套上，所喜那嫁衣十分宽大，他穿着倒也合身，连鱼尾都能盖住。

"我们走吧。"亭奴抬头对她微微一笑，红衣乌发，当真是个妖精。

"你若是要救你的朋友，就得先找到紫狐的真身。不然一切招数仙法对她来说都没用。"

亭奴坐着轮椅，居然还蛮快的，能和璇玑跑个并肩。

璇玑想起刚才在大殿上，她的剑怎么也刺不中紫狐，她简直像一团烟雾做的，飘忽不定。

"那，真身在哪里？"

亭奴想了想："紫狐一向狡诈，对真身极为宝贝。她一定不会放在寻常的地方。我们去天极阁找找，十有八九是在那里。"

那天极阁又是什么地方？璇玑无奈地看着他，妖怪的巢穴，还真是乱七八糟。

"天极阁是安置定海铁索的地方。"他指着头上，"在最上层。"

璇玑很想问问定海铁索又是什么东西，她好像什么都不知道，闻所未闻。不过这会儿也实在不是聊天的时机，干脆闭紧嘴巴，专心往前跑。

这个山洞并不大，很快就跑到了头，回到了密道的另一端。亭奴在黑暗中似乎根本不用点灯就能看清，他指着左上方的烛台说道："点亮这个。有捷径可以去天极阁。"

璇玑依言用火石点亮上面的油灯，果然右边又裂开一道缝，阴风呼啸，里面竟好似一个巨大的空间。

她推着亭奴进去，却见里面幽幽两排烛火，一直往头顶延伸出去，脚下只有一条三尺来宽的道路，还是凹凸不平的台阶。台阶下面是伸手不见五指的黑暗，想必是被挖空的山的内部，也不知有多深，要是掉下去可就死定了。

亭奴的轮椅没办法上台阶，璇玑只得把他背起来，另一手提着轮椅，飞速往上攀爬。周围有一阵阵阴风吹过来，冰冷冰冷的，似乎还带着一股腐朽的气息，令人毛骨悚然。

背上的鲛人轻轻靠着她的后颈，头发还湿漉漉的，带着一丝凉意。

良久，他忽然说道："紫云盔，黄金甲，天池里的那个鲛人……你还记得吗？"

璇玑正跑得满身大汗，摇头喘息："没听过，什么盔甲？天池不是天上的吗？"

亭奴不由得默然。哎呀，她居然全忘了，都忘了，无论是伤心的，还是愤慨的，抑或者是温馨的，通通都忘记了，忘得一干二净。

"没什么，其实……忘了也好。"他淡淡地说着。

璇玑沉默半晌，忽然道："虽然我不知道你在说什么，可是……我好像觉得很久以前就认识你。你让我觉得很熟悉很亲切。"

亭奴没有说话。


禹司凤有一种生不如死的感觉，如今口不能言，身不能动，被紫狐压在身下。她自有一种媚术，令人燥热难耐，恨不得连皮带肉都脱了，与她一亲芳泽。

他咬牙苦苦忍耐，却觉她的手柔若无骨，慢慢地解开衣带，在他胸前轻轻一吻。

罢了，当真是要毁在她手里了。他浑身一颤，正要放弃挣扎，忽听睡在外面的钟敏言叫道："死狐狸！不知廉耻！练这种下流功夫！就算成了也叫你身上烂出脓水，永远成不了仙！"

禹司凤心中一紧，登时又清明了几分，继续苦苦支撑，不为她的媚术所惑。

那紫狐却吃吃笑道："大男人却来张口骂我小女子，好听得紧呢！谁告诉你我要成仙？"

钟敏言本来就是要骂她来拖延时间，见她居然搭腔，心中狂喜，当即又骂道："骂得就是你这种不知廉耻的妖怪！谁管你成不成仙！我只知道你练这种功夫，以后一定不得好死，死了下拔舌地狱永不超生……"

他正骂到兴头上，还没说完，忽觉下巴一紧，被那紫狐捏住了。她眯着眼睛凑上来，烛火明灭间，那瞳仁是野兽一般的惨绿。钟敏言心中一凛，肚子里的一串骂人话都不知跑哪里去了。

"拔舌地狱……你以为人世间就不是地狱？"她恶狠狠地说着，"你闭嘴，否则我便破了戒律，立时将你杀了！"

钟敏言几乎要气炸了肺，无奈他此时功力放不出来，等于是个待宰的羔羊，只有乖乖听话的份。

紫狐放开他，正要翻身进去，忽然背后一寒，一种极可怕的感觉攫住了她。

有人在看她！

她猛然回头，却见一道银光忽闪而过，眨眼就没了踪影。

幻觉？还是真的？

紫狐心中忽然起了一种不好的预感。她的真身与那东西放在一处，倘若被别人发觉，那便是一切都没意义了。可是，人都被她掳来了，还有谁在？他们有后援？还是……

那个小姑娘！

她在心中恨了一声，当初果然不该将她放走！

钟敏言见她起身便走，似是有什么急事，张口想再说两句话气她，转念一想她要是留下坏处更多，便咬紧了舌头，等她闪身出了房间，才勉强坐起来，揭开青纱，只见若玉和禹司凤还好端端地躺在里面，只是禹司凤的外衣被解开，露出里面白色的中衣，想必那事还是没成的。

他松了一口气，叹道："还好……那狐狸突然走了。兄弟们，咱们也赶紧走吧！"

所谓的天极阁不过是一个小阁楼，建在殿顶，璇玑一路背着亭奴跑来，撞开门便已是筋疲力尽了，干脆往地上一躺，艰难地说道："亭……亭奴，你看看……真身在不在这里……"

亭奴推着轮椅，四处看了看，回头笑道："有，你起来就能看到。"

璇玑闻言大喜，挣扎着爬起来，果然见角落里放着一尊半透明的柜子，淡淡的碧绿色，像是用翡翠雕出来的。柜子里静静地躺着一只半人长的狐狸，深紫色的皮毛，像是在睡觉，好像用手拍拍它，它就会醒过来冲人摇尾巴吱吱叫。

她拔剑而出，快步过去，将那价值连城的翡翠柜子用力砸破，抬手就要把狐狸给杀了。

亭奴忽然轻道："别杀她，万物成人形极为不易，给她留一条后路吧。"

璇玑摇了摇头："不行，她做了坏事，一定要死。"

亭奴苦笑一声，喃喃道："你……还是和以前一样……"

"什么？"璇玑又没听清，这个鲛人叽叽咕咕，好像怀着无数个秘密，又不肯说，真叫人郁闷。

"没什么……你先看看这个。"

亭奴指向她身后，璇玑一转身，却见墙上挂着一根黑色的铁链，黑黝黝地，绕着铁链还在墙上贴了一圈古怪的符纸。那铁链垂到地上，拖了老长，墙角特意为它开了个洞，铁链就一直垂到下面去，也不知有多深。

"这是什么？"璇玑走过去，摸了摸，只觉那链子看上去纤细轻巧，抓在手里居然无比沉重，像是用玄铁做的。

亭奴轻道："这个就是定海铁索，天下八方各有一条，用来锁住一只著名的妖魔。"

亭奴顿了顿，又道："从来没有妖放弃过要救他。我猜，你们一路过来，一定也遇到了那些想救他的妖吧？"

璇玑猛然想起海碗山那些肇事的翟如，以及那个生得不成人样的妖怪，犹豫着点了点头："在……望仙镇遇到过……"

亭奴淡然道："望仙镇位于东南，八方之一的铁索就在山下。高氏山位于正东，那第二根铁索，就是这个了。"


定海铁索有八根，分别安置在八方。这八根铁索都是用来锁住一只妖魔的。

亭奴说得大约是这个意思吧？璇玑还有些搞不清楚："那……铁索要多长才行啊？那只妖又被关在哪里？"

亭奴又是一笑，带着一丝淡淡的嘲讽："为了做那铁索，当年也是倾尽天下财富……不过奇怪的就是，谁也不知那妖被关在什么地方。八根定海铁索用先天八卦的格局来镇他，听说除此之外，还用金锁穿了他的琵琶骨，纵然他有翻山倒海的本事，也是逃不走的……"

璇玑慢慢点头，道："这么厉害！想必他以前一定做了很多坏事，罪大恶极。"

亭奴目光一闪，半晌，才喃喃道："什么是好，什么又是坏呢？那些人，又何尝不是为了自己……"

璇玑看了一会儿定海铁索，很快就兴致缺缺，提着剑回到翡翠柜子那里，道："害人，做坏事，就是坏，这样简单的道理。不说这些了，我还是先把紫狐的真身给杀了比较好。"

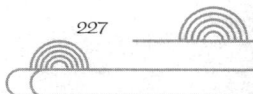

亭奴见她挥剑要刺，不由得颤声道："当真要杀？"

璇玑却不说话，手腕一转，剑尖毫不留情地刺向紫狐的心脏处，却听"当"的一声，那紫狐的身体竟比寻常钢铁还要硬，这一剑非但没戳穿她，反而滑到柜子上，整个翡翠柜子再也承受不住，哗啦啦地碎了一地。

璇玑用了八分力气，没想到还是震得虎口酸麻。她为难地看着躺在翡翠碎片中的紫狐，它的身体这样硬，一时还真没办法伤了它。

亭奴脸色苍白，轻道："你现在的气力……根本伤不了它一根毫发……不如就算了。去找你的师兄他们，逃走吧！"

"不对。"璇玑忽然回头看着他，若有所思，"你刚才在山洞不是这样说的。你是说，依我的本事，怎么会输给她。为什么你现在要改口？你好像……知道很多东西。"

亭奴先前见她迟钝憨然，只当她这一世失了灵性，哪知她如此犀利，心中竟如明镜一般，以为她没在听，其实她都记在心中。

他一时竟找不到任何托词，只得磕磕巴巴地说道："这个……不一样。你还没……"

"还没什么？"

他被逼得哑口无言，只好装聋子。

"亭奴？"璇玑上前一步，还想再问，忽然想到什么，喜形于色，把手一拍，笑道，"对了，我怎么没想到，既然用剑伤不了它，我可以用火来烧！亭奴，你是指我可以用仙法，对吧？"

亭奴被她搞得乱七八糟，一时不知是点头还是摇头，只得苦笑两声。


璇玑捏印念诀，招来两条火龙，都有海碗粗细，在空中来回盘旋，火星乱溅。她手指一动，两条火龙立即发现了躺在地上的紫狐真身，尾巴一甩便飞了上去，绕着它打转，火势熊熊，甚是惊人。

"状态不错。"璇玑只当自己受了伤，唤不出火龙，没想到还是成功了，心中不由得自得，回头看一眼亭奴，望他称赞两句。

他眉头紧锁，抿紧了唇，似有不虞的神色。过了一会儿，他忽然轻道："没用的……她是修行了千年的狐妖，你现在与她不在一个层次。火烧不死，水淹不透……她早已过了三十六劫，凡火对她来说只是小把戏。"

璇玑有些不服，但回头看看那紫狐，果然连根胡子也没烧着，心中不由得气馁，抬手将火龙召回收起，叹道："那怎么办？不是她死，那就是我们死了。"

"何必要赶尽杀绝，她是成精的狐妖，从来不杀人，你为什么要杀她？"

他近乎质问。

璇玑皱眉："谁说她不杀人！钟离城的人不是每年都给她送四个男子吗？她又是什么

采阳补阴的妖怪？如果不杀人，那些人到了什么地方？！"

"那些人……"

亭奴刚开口，却听门口一个曼妙动人的声音响起，打断了他的话："那些人就是被我杀了，你要怎么样？替他们报仇吗？"

话音一落，一团紫色的人影便轻飘飘地飘了进来，仿佛没有重量的烟雾，将地上那只紫狐一团，包裹起来。两人定睛看时，只见那紫衣美人笑吟吟地站在对面，怀里抱着一只睡着的紫狐。

"啊！你……"璇玑见她毫发无伤，那想必伤的人一定是司凤他们了，当即急道，"你把他们怎么了？"

紫狐摸了摸怀里的狐狸，笑道："没怎么，不过是被我采完阳气之后，丢下悬崖了。死没死，就看他们的命喽。"

璇玑见她神色间笑吟吟的，只当是开玩笑，然而心底毕竟快急出火了，颤声道："亭奴说你不伤人……你、你当真杀了他们？"

紫狐神色一正，冷道："我是什么人，我杀几个凡人又如何？我就是杀了他们，如何？呵呵，那个面具小子叫什么司凤吧？死之前还一直叫着你的名字呐，真是个痴情汉子……"

璇玑心中猛然一痛，五脏六腑竟仿佛被一只巨手狠狠抓了一把，紧跟着再放进油锅里煎熬，痛得她快要直不起来。

死了？当真死了？她还是没来得及赶上，她一心想保护的那些人。

眼前忽然一阵模糊，好像回到某个月夜，一个火暴脾气的少年对她嚷嚷：你到底有没有在听？！

又忽然放逐到青冥之上，她笑吟吟地对一个冷淡少年说：我们四天都不要再分开。

而这些人，居然已经死了，再也见不到。最后对她说的话，居然是让她逃走。

亭奴摇头道："紫狐，不要说气话！你不知道，她……"

紫狐脸色一板，厉声道："什么气话！不错，都是我杀的！我还要将钟离城……不，全天下的人都杀了，你们要如何？！哦，我倒忘了，你不是人呢！不想死，就快滚！滚回你的山洞！否则休怪我手下无情！"

"紫狐！"亭奴提高声音，摇头道，"你还是回去吧！那些修仙者，是碰不得的。放他们走，要听话！"

紫狐呵呵一笑，将那只狐狸收进袖子里，腻声道："碰不得也碰了，你要如何？你不过是个落魄的鲛人，她不过是个手无缚鸡之力的小丫头……你们能如何？"

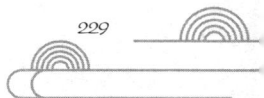

"不如何。"璇玑的声音冷冷响起，她怔怔地盯着紫狐，满脸的泪水，竟是没有任何表情。

"你也死一次试试罢。"她手里的剑轻轻巧巧耍个剑花，稳稳地捏着剑诀，却是少阳派最常见的瑶华剑法。

亭奴见她双眼中银光闪烁，极为可怖，心中知道不好，急道："紫狐！莫要再倔强！快将那几个修仙者放了！"

紫狐嘴唇微微一动，正要说话，忽见眼前银光大亮，那剑尖快若闪电，瞬间就到了眼前。她猛然一怔，那张犹如冰雪琉璃雕刻而成的脸庞凑近了过来，瞳孔深处有火焰般的银光在跳动，冷到了极致，冲天的杀气竟压得她动弹不得。

不如你也死一次试试。

剑光犹如蛟龙般呼啸而过，那团紫色的艳影瞬间化成了粉末，狼狈地逃至角落，好容易才团聚成形，满脸惊骇地望着璇玑，仿佛她是从地狱中杀出来的恶鬼。

她被刺伤了，右边胳膊被削掉了一大块皮肉，然而没有血，只有紫色的雾气，再也凝聚不起来。

那个小姑娘，剑上一定有古怪！紫狐盯着她手里的剑，不知是她眼花，还是那剑的古怪，对面的璇玑身上似乎笼罩着一层薄薄的银光，映着她苍白的脸颊，简直不像是真人。

能伤到她元神的剑，只怕不是凡器，倘若再与她这样斗下去，自己极吃亏，一旦伤了要害，就是元神毁灭的事情。一念及此，紫狐干脆在地上打了个滚，躲过璇玑刺来的又一剑，整个人化作一团紫雾，钻进了狐狸身体里。

一旦回归原身，狐狸就动了起来，灵敏地一纵而起，尾巴一夹，吱吱地慌乱叫着，试图夺门而逃。

璇玑哪里容得她逃走，手指一搭，心随意动，霎时唤出十几条巨大的火龙，呼啸着扑向门口，挡住去路。紫狐仗着渡过三十六劫，不惧水火，眼睛也不眨地往前冲，谁知刚触到火龙身上，只觉一阵剧痛，全身都被烧灼一般。

她尖叫一声，急急躲开，低头看看自己浓密美丽的紫色毛发，已经被烧黑了一大块。

是三昧真火！

紫狐来不及哀号，眼角余光瞥见那道鬼魅般的白色身影眨眼就窜到了身边，她抱头鼠窜，可是周围火龙盘旋，无路可逃，只急得吱吱乱叫。

耳后听得风动，她绝望地回头，那个可怖的白衣少女，衣袂飞扬，在火光中忽隐忽现，双眼幽深不见底，面上更无一丝表情。

她知道人在愤怒的时候会露出什么样的神情，他们会吼叫，或者号哭，要么就涨红了脸过来毫无章法地乱攻。她只是没有见过像她这样的，没有表情，没有感情，冷冷地看着她，好像与她根本没有深仇大恨，她只是要杀她，很简单，只是杀了她而已。

"我没有杀你师兄他们！"紫狐再也忍不住恐惧，尖叫了起来，"没有杀没有杀！我也没杀钟离城的人！我从来都没杀过人！你不要过来！"

可是她好像根本没听见……不，也可能是听见了，她歪了一下脑袋，甚至带着一丝天真意味。下一刻，她手里的剑就举了起来，毫不犹豫就要贯穿她。

紫狐绝望地闭上眼睛等死。

那又如何？她的眼神在问她：那又如何？

不错，要杀人，或者杀妖，再或者杀其他任何的东西，需要理由吗？不需要吗？她比她强，那就是最完美的理由了。


清朗的风声呼啸着穿过耳边，紫狐美丽的皮毛轻轻翻飞。

那是夺命的风。

她马上就会死。

一双手忽然穿过重重火龙，轻轻地将她抱了起来，跟着，亭奴沙哑的声音响起："别杀她，她没做坏事。"

璇玑的动作猛然停下，剑尖抵在亭奴的心口，只差两寸，便足以把他的心脏刺穿。

她眼怔怔地看着他，仿佛不认识他。

亭奴对她微微一笑，柔声道："放过她，好不好？"

"咣当"一声，璇玑手里的剑落在地上，她有些茫然地捂着脑袋，似乎不知身在何方。周围盘旋缠绕的火龙一瞬间全部消失，只留下满地漆黑的烧痕，一道一道，诉说着三昧真火的狠毒。

"我……？"璇玑还有些反应不过来，呆呆地看着缩在亭奴怀里瑟瑟发抖的紫狐，她眼泪汪汪，哭得一把鼻涕一把泪，差点厥过去。

亭奴缓缓地抚摸着紫狐柔软光滑的皮毛，仿佛在教训不听话的孩子，柔声道："这下可知道厉害了吧？总夸口世上没人能收了你。以后可不要再任性了，要救他，可以想别的办法。"

璇玑终于回神，疑惑地四处看看，她好像记得刚才发生的事情，可是仔细想想，居然想不起细节。她指着那只哭哭啼啼的紫狐，喃喃道："是我把她打成这样的吗？"

亭奴苦笑一下，叹道："不管是谁打的，总之她输了。你师兄他们没事，想必这会儿自己也逃走了。上天有好生之德，你给她留条活路吧！"

"不行。"璇玑的话让紫狐又抖了一下，干脆白眼一翻，晕了过去。

"呃……"怎么，和她想象中的妖怪不太一样，她不是应该气势汹汹地嚷嚷"过来杀

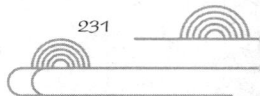

吧！我看你有什么本事"吗？

亭奴道："先前被她抓来的男人，都被养在后山怡心园。你莫看她这个样子，修行了狐媚之术，却胆小得很。成天嚷嚷着要采阳，可是人抓过来却往往不能成事，最后都养在后面，被她教导吐故纳新之法。"

什么？璇玑呆了，这么说来，她不单不是个坏蛋，居然还是个好妖怪？

"那她……之前怎么不说？"而且看她的样子也不像好东西，当真从来没用过采阳补阴的功夫？

亭奴又道："她是狐狸，虚虚实实本来就是她的天性。虽说狐妖精通采阳补阴，但这并不是唯一的法子。若不是近来……那个妖魔有了消息传出来，她怎会将男子掳上山。她生性胆小，人掳来了不敢上，又舍不得放走，所以只能留在怡心园。这次将计就计把你们抓上山，想必也是痛下决心，但我想，就算你最后没找来这里，你的那些师兄朋友也不会有事。"

此话当真？璇玑很怀疑，她可是亲眼见到这死狐狸把人掳走，而且妖妖佻佻的，还不知道司凤他们是不是真的没事呢！

亭奴呵呵一笑："相信我，不会骗你的。"

璇玑这才点了点头："好吧。那先不杀她，把她带着。我先去找六师兄他们，顺便去怡心园看看是不是你说得那样，再说把她放走。"

亭奴将紫狐抱在怀里，一面柔柔地抚摸着她的皮毛，一面道："也好。早些离开这里，走得迟了，只怕有祸事。"

什么祸事？璇玑又开始一头雾水了。

亭奴淡然道："另外一些人，也是要救那个妖魔的。应当快赶来了。"


钟敏言他们趁着紫狐出去，早已偷偷溜出了房间。这狐狸的巢穴无比的大，更兼无数个岔道，每个岔道还长得一模一样，三人走了一会儿，终于发觉迷路了。

"简直就像在走迷宫啊……"若玉感叹，抬手摸了摸黑铁烛台，他们这是第五次经过这里了。

禹司凤中了紫狐的媚术，一时还不能动弹，被钟敏言背在背上，忽然轻道："在这里做个记号。"

若玉依言用判官笔在烛台下划了一道。

"往左走。"遇到了岔路，禹司凤又吩咐。

左边的岔道和方才那个做了记号的岔道一模一样，若玉用判官笔在烛台下划了两道。

如此这般，一有岔道，禹司凤就吩咐往左走，判官笔画得痕迹也从一条变成了六七条。走到最后钟敏言都累了，擦着汗叹道："到底有多少岔道，这狐狸的巢穴还真大！"

禹司凤看了看周围，轻道："快了，很快就能出去。我估计得没错，这是九宫之阵，只不过还没开启，咱们只要一直往左拐，在第九个岔道转右，就能出去了。"

钟敏言知道关键时刻听司凤的准没错，这个兄弟又能文又能武，长得又好看，想到这里，他忍不住开玩笑："我总算知道你们宫主为什么叫弟子们戴面具遮住脸。司凤这样的人倘若行走江湖，还不教那些怀春少女死死相随呀？"

若玉嗤笑一声，禹司凤微微一哼，也不知是害羞还是生气。过了半天，才道："璇玑不知有没有逃出去，倘若能带着玲珑逃走，在钟离城等着咱们，那便最好。"

钟敏言叹了一口气，摇头道："她要是能这么有条理知进退，也不是褚璇玑了。我看她肯定是不会走的，一定在这里晃悠晃悠，说不定也迷路了。"

要真是像钟敏言说的，璇玑还留在这里，那可是大大的不妙。

禹司凤有些急，低声道："等等……不行，我们要先找到璇玑。"

不过这话一说出来，三人只有发呆的份。

怎么找？这里根本是个巨大的迷宫，璇玑也不知是不是和那只狐狸撞上了，就算找到她，他们三人没了功力，又能如何？不过自投罗网而已。

若玉犹豫着说道："还是先出去吧。确定了她们不在，再上来也不迟。"

钟敏言急道："这怎么行？等我们找回来，说不定她俩已经……"

"可是你我现在浑身无力，又能做什么？"

"那也不能眼睁睁看她俩送死啊！"

禹司凤听他二人争执，不由得叹了一声，道："敏言，放我下来。你们先出去，我留下来找璇玑和玲珑。记得出去之后放信号，说不定她们能看到赶来会合。"

钟敏言看他走路都歪歪倒倒的，急道："你这个样子怎么找？算了！若玉你带他出去，还是我来找吧！"

禹司凤摇头："你不懂九宫阵，只怕会困死在里面。还是我……"

三人正在争执不休，忽听右边的岔道传来说话声，依稀还是个女子的声音，不由得心中都是一凛。

是紫狐？！她追上来了？

"……被关押的妖魔到底是什么？怎么大家都要去救他？"

那女子的声音忽然响起，越来越近，眼看就要转过来了。

"和人一样，名声在外，难免有许多是非。先前是单纯为了救而救，慢慢就变成为了出名而救。千百年来，从未有人能成功将他救出，所以，谁能救出来，岂不成就了大名？"

说话的男子声音沙哑干涩，语调古怪。

"呵呵，这个我知道，很多人都想出名。不过，亭奴你还没告诉我，到底被关的是什么妖怪……"

声音骤然停下，从拐弯处走出来的那个白衣少女，此刻正和对面三个少年大眼瞪小眼。

"司凤！六师兄！若玉！"璇玑终于见到了他们，忍不住激动，冲上来，连声道，"怎么样？那只狐狸没伤害你们吧？"

三人还有些没反应过来，呆呆地看看她，再看看后面坐在轮椅上的红衣男子，最后看看男子怀里的那只晕过去的紫狐。

禹司凤喃喃道："璇玑……你又遇到了什么奇怪的事……这人是谁？那狐狸……"

璇玑过于激动，语无伦次地把自己怎么遇到鲛人、怎么上到天极阁找紫狐的真身、又怎么把紫狐打伤、最后和鲛人一起出来找他们的经过说了一遍，只听得三人瞠目结舌。

若玉指着那只狐狸，惊道："你……你能把她打伤？！"那讶异程度，不下于看到猪会飞。

其实璇玑自己也是迷迷糊糊的，但小孩儿总有一种好胜心，好处喜欢往自己身上揽，当下笑道："是呀！我用火烧她来着，结果她就吓昏过去了。"

若玉暗暗摇头，还是有些将信将疑，钟敏言似乎想起了什么往事，抿着唇不说话，于是禹司凤上前，替她拍了拍肩上的尘土，温言道："下次不可这么鲁莽，明白吗？"

璇玑乖乖点头，忽见他胸口衣带散乱，露出里面的白色中衣，隐约还能见到胸口上的红痕，不由得大惊失色，指着那里急道："你受伤了？！那只死狐狸还说不伤人！我……我马上就把她杀了！"

禹司凤一把扯住她的袖子，耳根红透，仿佛雕出的玛瑙，半晌，才低声道："不是伤！我没事……她也确实没害我们。不要乱杀生。"

璇玑还想说话，他却已经走到亭奴面前，低头看了一会儿，轻声道："你……还记得我们吗？"

亭奴静静地看着他，良久，才点了点头："记得……但那时，你没有戴这种面具。为什么？"

禹司凤默然。

亭奴定定地看了他一会儿，眼中渐渐流露出怜悯的神色。

"啊，你是那次的鲛人！你会说话了？"钟敏言终于迟钝地发现了这个坐在轮椅上的红衣男子，正是四年前珍珠事件被拯救的主角，他一时按捺不住激动，奔过来对他上看下看。

亭奴微微一笑，那怜悯的光芒一瞬间便消失了，变成春风一般的柔和，低声道："我还没有谢谢各位的救命之恩。亭奴受此大恩，永世不敢相忘。"

"什么恩，别放心上啦！"钟敏言摆了摆手，忽然想到什么，又道，"对了，后来离泽宫有人来接你吗？你怎么会在这里？"

亭奴犹豫了一下，禹司凤轻道："离泽宫的人去的时候，你已经不在湖里了。是有别人来接你吗？"

他摇了摇头："我是被这紫狐带来这里的。她想知道一些事情，迫我告诉她，但其实我并不知道，她却不信，便将我囚在地下泉水那里。"

"这死狐狸精，真是可恶！"钟敏言想到方才被她恐吓，不由得恨了一声，恨不得从他怀里把那狐狸抢过来扇几巴掌。

璇玑好容易找到插嘴的机会，连忙道："亭奴说紫狐虽然抓人，却因为胆小从来不伤人。先前被她抓来的那些人都养在怡心园，教他们吐故纳新。我正打算去后山看看，大家也一起吧。"

她不害人才有鬼！钟敏言很固执地不愿相信，奈何禹司凤和若玉都点头答应，他也只得陪着一起，去后山看个究竟。

当下众人出了九宫阵，外面却是苍茫的森林，连绵起伏，也不知是高氏山何处。

亭奴指着东边，道："怡心园应该是从这里过去。"

钟敏言道："如果到了那里，发现事实不像你说的那样，又该如何？"

亭奴淡然道："不会，紫狐从未害人，我知道。"

你凭什么说得这么理直气壮？钟敏言皱了皱眉头，"我不管，倘若发现她用了采阳补阴的法子，害了那些男子，我一定不放过她！"

亭奴摸了摸紫狐的皮毛，低声道："可以。但倘若没有害人，还请少侠放过紫狐。妖类修成人形不易，莫要绝了他们的后路。"

奇怪，不是那紫狐把他抓过来的吗？这鲛人怎么是非不分，反而帮着她说话？钟敏言百思不得其解。

禹司凤推着亭奴，走在最后面，过了一会儿，开口轻道："……方才说她要问你一件事，指的是什么？"

亭奴微笑道："据说有一只厉害的妖魔被八方定海铁索锁住，但无人知道他被关在何处。紫狐先前与那妖魔有些过往，所以这些年一直苦苦修行，盼望能救他出来。她抓我，不过因为我是水族，她以为那妖魔被压在海底，所以迫我说出具体地点。"

禹司凤沉吟半晌，忽然道："你当真不知？"

亭奴心中一凛，面上却柔和地笑道："当真不知，何苦打诳语？"

禹司凤看了他一会儿，慢悠悠地说道："其实我们在海碗山也遇到了妖魔作祟，不知与此事是否有关联。"

璇玑耳朵尖，听他俩在后面叽叽咕咕说那妖魔的事情，便凑过来，说道："亭奴说海碗山那些人也是要救那个妖魔的。定海铁索是按照先天八卦的格局排列的，海碗山是东南，高氏山是正东。我刚才在天极阁看到定海铁索了，很长很长……可能海碗山也埋着一根吧。"

禹司凤见她天真烂漫地过来现学现卖，忍不住笑着拍了拍她的头顶。

亭奴又道："眼下不是追究紫狐过错的时候。另外还有一批妖魔聚在一起试图拯救那只妖，海碗山那些想必是他们的同伙。说不定他们这会儿已经在高氏山了，你们如今中了紫狐的残阳掌，起码过三日才会恢复功力，要是与他们撞上，便只有死路一条。依我的看法，去了怡心园，有一条捷径过后山，直接逃走。如果觉得不甘，那等功力恢复之后再来查看也不迟。"

禹司凤只觉他说得有道理，不由得微微颔首。钟敏言也过来凑热闹，笑道："反正紫狐也不行了，咱们不如把怡心园那些人一起带走吧！将他们送回家里，一家团聚。"

若玉也凑了过来："不错，是个好法子。就这么办。"

# 第十三章·突袭

虽然先前亭奴一直说紫狐不害人，反而把人好好养在怡心园，但看到里面的实际景象时，大家还是吃了一惊。

"哇，这里……"钟敏言看着园子里一行行排列整齐的菜地，有些适应不过来。少阳派也有菜地，有专门弟子负责种植收割，但在普通人心里，妖怪是不用种菜的，妖怪的巢穴应当是妖气冲天，血海骷髅……之类的。

这眼前整齐的菜地，整齐的瓦房，干干净净的墙壁，一派祥和景象，让人想起悠闲的农家生活，清贫却安乐。

众人绕着青瓦房走了一圈，人人都有些发懵。若玉见其中一栋瓦房里还亮着灯光，便抬手轻轻敲了两下，没一会儿就出来一个眉清目秀的年轻男子，抬眼见门外站着一群怪人，分不出是男是女，个个身上都套着大红嫁衣，和他大眼瞪小眼，众人不由得一愣。

若玉清了清嗓子，温言道："这位小哥有礼了，我们是……"

"呵呵，是新来的侍者吧？"那人微微一笑，风轻云淡，很有一番修仙者的气派。他看了看钟敏言他们，见他们浑身狼狈，脸上还带着一些惶恐，只当是新人不习惯，于是又道："不用害怕，仙姑是极和气清雅的人。那西北角还有一些新瓦房，你们可以住那里。明早仙姑就会过来了。"

众人见他这样说，更是发懵。看起来，事情还真像亭奴说的那样……

禹司凤拱手道："小哥，我们刚刚上山，什么规矩也不懂，烦请指点。"

那人点头道："住这里的人，都是被仙姑选上有仙缘的。以后每日听仙姑讲道，吐故纳新，也没什么规矩。只不过春耕秋收，不比往日在家有人照顾，清贫些，方显求仙本意。"

钟敏言憋不住，急道："那狐狸……仙姑当真没对你们做什么？她不是采阳补阴的那个什么……怎么又成求仙了！"

那人闻言怫然，道："仙姑是得道圣仙，岂可胡乱污蔑！你们要是没有诚意，趁早下山吧！"

若玉急忙赔笑道："小哥莫恼，我这位兄弟不会说话，我替他给你赔个不是。"

那人这才缓和了神色，道："如今天色已晚，各位先去休息吧。有什么疑问，明早等大伙都在的时候再问。"

众人见此，心下都已明白亭奴说得没错，纷纷往他怀里的那只紫狐看过去，想不到，她还真是个好妖怪，一只胆小又喜欢卖弄的狐狸精。

禹司凤看看周围，这里的瓦房大约也有十几栋了，想来被她接上山的人还真不少。他又道："小哥，如果思念家乡，仙姑会放行吗？"

那人有些不可思议，瞪圆了眼睛："不想修仙，你们还来这里做什么？既然要修仙，便该抛弃俗世的一切牵挂。真是，今年怎么来了一群怠懒之人！罢了罢了，你们去吧！"

说完他就要关门。禹司凤一把拉住，低声道："先回答我，可以回去吗？"

那人冷笑道："你要回去，仙姑还求着你留下不成？反正我是没遇过半途回家的人，你们要是想走，这就可以走，没人会留！"

他"砰"地一声关上了门，隐约还骂了一句，留下门外众人面面相觑。若玉沉吟良久，才道："这些人一心要修仙，都不想走，可是个问题。马上还有其他妖魔会上山闹事，留在这里很危险啊！"

要是强行把他们赶下山，只怕是吃力不讨好，钟离城的人还会怨他们，说不定连自己的门派都恨上了。要软言相劝，这些人如此固执，很可能劝不动。

正为难时，亭奴却道："如此，只有诱得他们自己下山了。"

众人正想问他怎么诱得他们下山，却见亭奴推着轮椅，又过去敲门，那人怒气冲冲地过来甩开门，厉声道："还有什么事？！"

话还没说完，却被亭奴当头轻轻喷了一口气，那人猛然一呆，紧跟着表情变得呆滞，站在那里一动不动了。

钟敏言急道："你对他做了什么？"

亭奴摇头，轻道："莫吵，没有害他。"

他在那人眼前轻轻拍了一下手，吩咐："这里住了很多人吧，全部带来这里。"

那人死板地说了声"是"，转身就走。

禹司凤奇道："把人都吵醒，岂不是闹得更厉害？"

亭奴只是摇头笑，只见没一会儿，那人就把青瓦屋里的人全带出来了，都只穿着中衣，眼睛还闭着，似乎还没睡醒，一个个歪歪倒倒，一声不出，停在亭奴面前。

亭奴吩咐看呆的璇玑："麻烦你，去屋子里把这些人的外衣找来，替他们穿上。夜露深厚，会着凉的。"

璇玑急忙答应一声，过一会儿抱着满怀的衣服过来，禹司凤他们一件一件替那些人披上。终于把事情搞定了，亭奴便抬手从头上拔下一根头发，微微一晃，竟然迎风变成了一根漆黑的小鞭子，在地上轻轻一抽，居然毫无声息。

众人眼看着那些人整齐地往前走，不由得十分惊奇，亭奴的鞭子在地上左右来回抽，那些人便顺着鞭子的节奏，慢慢往前走，很快就下了山坡，走进了山林中。

璇玑只觉发生的一切好像在做梦，喃喃道："亭奴……你怎么能把他们弄走的……"

亭奴只是微笑，却不说话。一旁的禹司凤沉吟道："我听说过赶魂鞭，可以赶鬼和尸体，却没见过可以赶活人的。"

亭奴终于慢悠悠地说道："天下之大，更兼六道轮回，你们没有见过的东西不知有多少。这不是赶魂鞭，却和它出自同一人手中，叫作赶梦鞭，可以驱动睡着的人。"

说完，他却有些赞许地看着禹司凤，笑道："不过你小小年纪，却也算得上见识广博了，很多人修仙修了几十年，也不知赶魂鞭是什么。"

别人听了禹司凤被夸还好，唯独钟敏言和璇玑仿佛是夸了自己一样高兴，连连点头，异口同声地说："是呀！司凤懂好多东西呢！"

若玉见那些人的身影渐渐隐没在山林中，不由得问道："这样是要将他们赶去哪里呢？"

"从后山下去便是洪泽湖，应当有渡口可以回到钟离城。咱们就跟在后面，别让他们发觉，否则醒过来，又有一番折腾。"

众人见识了这等神迹，哪里还会多问，当即跟在那些人后面，一起下山了。

在林中走了一会儿，璇玑只觉越来越暗，抬头一看，却发现月光被乌云遮住了，林中风起，带着一股潮湿泥土的味道。

"要下雨了。"亭奴将鞭子一停，"我带这些人找个地方避雨，你们先下山吧。"

"那你呢？"璇玑有点儿舍不得，亭奴又温柔又好心，她还不想分开。

亭奴微微一笑："雨停了我就下去。放心，我不会走丢的。在渡口那里等我们就好。"

说话间，已经有豆大的雨点落下来，没一会儿就开始噼噼啪啪了。冬天山上的雨，冰冷彻骨，还夹杂着冰雹，他们这些修仙的人都有点儿吃不住，更何况那些普通人？

当下众人急匆匆地交代几句，便御剑下山去了。

亭奴抱着紫狐，转身将那些人赶到半山腰的山洞避雨，自己却静静地坐在洞口，看着石壁上泠泠滴落的水珠。

"你早醒了，怎么不肯说话？"良久，他忽然开口。

怀里的狐狸动了动，睁开眼睛，警惕地看看周围。亭奴笑道："他们已经走了，不用害怕。"

紫狐浑身都松软下来，眼泪汪汪地舔着爪子上被烧伤的痕迹，哭道："那个小丫头，是什么来头？你事先都不告诉我。"

亭奴温言道："不可说，那是禁忌。何况你也确实该吃点苦头了，提升功力非要用采阳补阴吗？没得人身时还肯努力，怎么得道了反而懒起来？"

紫狐含着眼泪吱吱叫："可是他好容易才有点儿消息，我……我急啊！"

亭奴沉默良久，长叹一声，低声道："只有等……妖魔的寿命有多长，你就等多长罢……总有一天，能救他出来的。"

紫狐把脑袋搁在他手心，眼泪簌簌往下掉。

"他……他也和我说过这句话。"

"你们这些老东西，没一个体贴的，都冷酷得要死……"她喃喃地说着，不过口气里却没半点儿怨意。


雨水和冰雹噼里啪啦地打在洞口，响声清脆。亭奴身上嫁衣的下摆早已被打湿，露出那白纱一般的鱼尾。他静静地望着深沉的夜色，不知想些什么。

怀中的狐狸也不知想着什么，胡子一颤一颤，刮在手心，痒而且麻。

还在哭吗？他唇角微微一弯，露出一些爱怜的笑。

她却忽然轻轻开始唱歌了："南山有鸟，北山张罗……"

那歌声清逸袅袅，竟有些哀怨。亭奴苦笑一声："又来了，这个故事我已听过许多遍了，紫狐。"

她不理会，还在唱："南山有鸟，北山张罗。鸟既高飞，罗将奈何！命之不造，冤如之何？"

歌调凄婉缠绵，其声虽低，却足以裂金石。亭奴先是在笑，后来却慢慢敛了神色，眼怔怔地望着外面的雨夜，不说话了。

紫狐叹了一声，幽幽地说道："要是没有千年之前那一捉，我今日何苦如此？总说要修正果，修正果，正果却总也修不来。想来那些不过是骗人的罢了。"

亭奴轻道："他未必记得你，你何必还想？"

紫狐却招摇地晃了晃耳朵和那蓬松的大尾巴，撒娇似的说："我这样漂亮的狐狸，他怎会忘记？"

亭奴只是笑。

紫狐蹭了一会儿，爪子搭在他手上，娇滴滴地问："亭奴，好亭奴，你就告诉我他被关在哪儿吧，好不好？看在我受伤的份上。"

他摇了摇头，声音低沉："我不知道。知道了也不会说。你们这样的妖，去那里不过是送死罢了。"

紫狐急了，跳起来大叫："你又不让我采阳补阴增加功力，又不告诉我他在哪里。存心急死我是不是？！你看人家心里难过，很高兴是不是？"

亭奴柔声道："我不想让你着急，因为你急也没用。那是他自己的劫，当年……他自己要留在那里。他有他的想法，谁也不能强迫。"

"那我也有我的想法！我的想法就可以随便被强迫吗？！"紫狐还在叫，"我就是要救他！就是要他承我的情！"

他只有摇头，紫狐叫了半天，最后终于累了，趴在他腿上，两人都是无话。

"那个小姑娘……"紫狐忽然低声开口，"不是普通人吧？"

亭奴一怔，犹豫着点了点头。

"是什么修罗煞星转世？我从来没遇过那么可怕的人。"她还在心疼自己漂亮的爪子和皮毛，已经被烧黑了。

等了半天，他又装哑巴，紫狐很郁闷，叹道："就算不肯说，你好歹也给点儿面子应付两句吧。"

亭奴轻声道："我也不知道。"

紫狐愣了一下，又听他说道："我从来也不知道，她到底是什么人。神仙还是鬼怪，妖精还是修罗……因为她一次都没告诉过我。"

什么呀，搞得神神秘秘的。紫狐失了兴趣，在他怀里打个大呵欠，喃喃道："你们这些老家伙呀……有点儿秘密就了不得的样子。讨厌极了……"

亭奴又是苦笑。有些秘密，不是因为它神秘，而是因为有人不肯说，久而久之，就成了真正的秘密。


外面的雨势丝毫没有减弱的迹象，反而越下越大，那冰雹也越来越大，方才砸下来一个鸡蛋大小的，要不是亭奴躲得快，只怕紫狐脑袋会被砸出一个大包。

"他们不知道怎么样了，是不是安全下山了？"最关键的是，有没有遇到一些不该遇到的妖。

"你想那么多干吗，他们是人嘛！非我族类，何必关心。就算那小姑娘前世和你有什么瓜葛，这辈子她也早忘了，等于是个陌生人。你操劳什子的心！"

紫狐一向以自己是个妖怪而自豪，怪看不起凡人的。

话可不能这么说……亭奴定定地望着漆黑的夜空，心中有些不好的预感。

"我困了，睡一会儿，你爱看着就看吧。"紫狐又打个大呵欠，把脑袋钻进他怀里，贴着鲛人冰冷的皮肤，眼看就要睡着。

忽然，山下传来一声类似爆竹的响声，隔着声势浩大的雨幕，听不太真切，亭奴心中一惊，探头望出去，却见一条殷红的烟花袅袅上升，刺啦一下炸了开来，拖出万道红痕，在空中缓缓落下，仿佛鲜血。

"那是预警信号啊！"紫狐被惊醒，耳朵一扇一扇，大声说着。

璇玑他们果然是遇到危险了！亭奴把她往地上一丢，一面推着轮椅出去，一面道："我去看看，你留在这里照顾这些人。"

紫狐使劲儿咬住他的衣服，急道："你有什么本事，去了也是送死！肯定是有其他的妖过来破坏定海铁索，就让他们破坏吧！我求之不得呢！"

亭奴皱眉道："就算铁索坏了，他也出不来，何况那些妖所谓的救他，不过是想利用他一身魔力罢了！你若当真关心他，就该阻止！"

紫狐一呆，慢慢张开嘴，放开他的衣服，过了一会儿，才急道："你别去……要不，我和你一起！"

"你留下照看这些凡人，别让其他人发现他们。"

亭奴推开她的爪子，推着轮椅飞快出了洞口，紫狐急得吱吱乱叫，冒着大雨跑出去，纵身跳上他的大腿，叫道："仙姑让他们历练，他们就会乖乖听话！就让他们这样呆着吧！我和你一起去！"

亭奴只好叹了一口气："算了，你先去把那些人身上的术解了，吩咐他们自己回家。"

紫狐只得急急跑回去，就地一滚，元神出窍，紫烟缓缓化作一个绝色美人。她将自己的真身塞进袖子里，这才解开了那些人的术，也不管他们是不是懵懂茫然，飞快地吩咐他们先各自回家，三个月之后再上山继续修仙。

说完她就跑了，又变成一只小狐狸，趴在亭奴腿上，火速往山下赶。


两人赶到洪泽湖边的时候，周围空无一人，亭奴绕着河岸找了一遍，只找到一根拴着碧玉环的如意结，那是钟敏言身上的饰物。

"他们果然遇到那些妖了！"亭奴脸色苍白，也不知是冷得还是由于惊慌。

紫狐浑身湿漉漉的，狠命甩了甩，才道："你干吗这么关心那些凡人？死活都和你我没关系嘛！"

亭奴仿佛没听见她的话，只是怔怔地看着夜间的洪泽湖，喃喃道："只怕是掉进了湖里……最好不要被那些妖抓到。"

话音未落，却听紫狐惊叫："小心！"

她如同闪电一般跳起，张嘴咬住一个激射过来的物事，落在地上，牙齿磕得生疼。她一口吐出，却是一个铁蒺藜。

"快给我滚出来！这里是高氏山，我的地盘，哪个不长眼的在这里放肆？！"

紫狐气势汹汹地大吼，还真有点儿占山为王的气派。

却听林中传来一声轻嗤的笑声，紧跟着里面传来一声犹如呜咽般的呻吟，青光乍现，直冲天斗。

亭奴脸色一变，急道："他们带了毕方鸟！快走！"

紫狐还有些懵懂，回头一看，只见对面那黑黝黝的森林忽然扭曲起来，仿佛有一只巨兽，一口咬掉了边缘，那青色泛绿的怪火渐渐融化了它们，几乎是一瞬间，怪火就蔓延到了眼前。

紫狐只感到一阵彻骨的寒意，终于也想起所谓的毕方鸟到底是什么了。那是上古有名的妖魔怪鸟，可以用怪火焚烧整个山林，使其永远寸草不生。

亭奴一把将她抄起，身体一纵，从那高高的犹如青纱般艳丽的怪火上翻过，扑通一声跳进了洪泽湖，水花四溅，眨眼就没了踪影。


众人到山下的时候，雨势越发大了，鸡蛋大小的冰雹砸在身上，虽说他们是修仙者，不会受伤，却也痛得一个个龇牙咧嘴。奈何湖边宽敞，找不到躲避的地方，只得一起蜷缩在大树下，伸长了脖子看有没有摆渡的人。

"怎样？有人过来没？"钟敏言被冰雹连着砸了十几次，头顶都无数个包了，急得坐立不安。

若玉极目看了一会儿，叹息着摇头："没有，想必夜深了，又是风雨交加，摆渡的人根本不会出来。"

钟敏言低声咒骂两句，更加坐立不安。

禹司凤望了望天色，道："这雨一下，只怕一两天也不会停。咱们在这里干等着也没用。不如分开行动，两个人留下在这里等亭奴，另外两人去找找有没有别的船家，顺便把玲珑找到。"

钟敏言心中早就为了玲珑焦急不已，面上又不好意思露出来，一听他这样说，自己就跳了起来："我去！我去找玲珑和船家！"

说完生怕禹司凤还要用什么有条有理的理由来拒绝他，掉脸就跑。若玉跟在他身后，走了两步，忽然回头，笑道："司凤，你们保重。"

他这样没头没脑的一句话，让禹司凤愣了一下，这才点头。


"不知道玲珑是不是也在淋雨……"璇玑蹲在地上，好像一只无奈的小狗狗，怔怔地望着铺天盖地的雨幕，"她最讨厌下雨了，还怕打雷。这会儿就她一个人，肯定害怕得不知躲在哪里呢。"

禹司凤靠在树干上，低头见璇玑半边身子都被雨水打湿了，便脱下身上的嫁衣，披上她的肩膀。

"你今日，也算做了两次新娘子。"他笑。

璇玑猛然红了脸，结巴道："不、不算的……那是假扮……不是新、新娘子……"

禹司凤轻轻一笑，蹲在她面前，忽然抬手，轻轻将她黏在腮上的一绺湿发拨开，指尖在她滑腻的下颌一滑而过，柔声道："穿上嫁衣，就是新娘子了。"

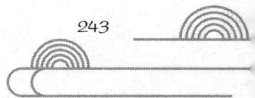

璇玑哽了半天，总算找到一句可以反击的话："那……你们也穿了嫁衣，也做了新娘子呀！"

禹司凤咳了两声，装作没听见。男人嘛，是不同的，他在肚子里说。

她这样披着火红的嫁衣，在雨中蹲着，莹白的脸，漆黑的眸子，看起来有一种被遗弃的小生灵的楚楚可怜，然而那种可怜又因为鲜艳的嫁衣而沾染了一丝妩媚。

他忽然有些被这种妩媚所刺痛。

彼时婚嫁，女子要穿红嫁衣，头戴八根金步摇，鞋底塞满莲花瓣，那样才算正礼。璇玑头上却绑着男人的发式，连胭脂水粉也没涂，穿着不伦不类的嫁衣。

不协调，可是在他眼中却比一切都要美丽。

兴许他一生都没有那种幸运，见到她出嫁成礼的模样。那么，这样就好，至少，在那个蒲团上，他们的手是握在一起的。至少……在某个瞬间，他彻彻底底地拥有过她，穿着嫁衣，成天地之礼。


身后的山林中忽然发出一声轻微的怪响，像是有人在哭，又像夜枭在啼鸣。

各自想着心事的两人都是一惊，急忙回头，林中黑鸦鸦的，什么也没有。

"刚才是什么声音？"璇玑疑惑地问着。

禹司凤摇了摇头，从袖中取出短剑，握在手心，朗声道："什么人？出来！"

璇玑知道他中了残阳掌，其实没有半点儿功力，立时也跟着站起来，挡在他面前，一把抽出禹司凤给她的剑。

等了半晌，里面却一点儿声音也没有，偶尔有夜枭叫嚷两声，声音也犹如呜咽。禹司凤松了一口气，将短剑塞回去，笑道："我们都太紧张了，想必只是夜枭。"

璇玑正要点头，忽见对面的山坡上青光大盛，好像一瞬间被铺上一层厚厚的青纱，她茫然地伸手，喃喃道："你看……那是什么？"

禹司凤急忙回头，却见那青纱一般的光芒翻腾着，仿佛下面藏着什么不得了的大怪兽，逐渐包裹了半边山坡，荧荧闪闪，既美丽又诡异。

"像不像火？"璇玑问，那种不规则的律动，跳跃的欢腾，很像火光，可是火哪里有青色的呢？

禹司凤惊道："我好像见过这种火！师父曾经说过，那是一种叫……"


"叫毕方的妖魔，会喷怪火。小哥还挺广闻博见的呢！"

林中传出一个声音，打断了他的话。两人悚然回身，却见林中缓缓走出五六个人，都穿着黑衣，腰上挂着一串白铁环，每人都用黑布蒙面，只露出一双或惨绿或森蓝的眼睛。

璇玑捂住鼻子，低声道："是妖气……他们是妖。"

禹司凤捏紧了短剑，手心全是汗。他现在毫无功力可言，璇玑一个人也绝对对付不了这么多妖，看他们的步伐轻灵，就知道必然是得道的老妖，先前单一只紫狐就让他们几个狼狈不堪了，如今围上来五六个，简直是死路一条。

他心中有无数个念头飞快转过，最后一咬牙，收了短剑，拱手道："容我失礼，诸位是来破坏那八方铁索的吧？铁索在山顶天极阁，不在山下。"

众妖都呵呵笑了起来，为首的那妖手里抓着一只怪鸟，形如仙鹤，却满身青羽，身下只有一只脚，它就用那单独的一只脚站着，两眼直勾勾地盯着二人，看得人毛骨悚然。

禹司凤知道，它必定是赫赫有名的妖鸟毕方，他从前只在图画上见过，不曾见过真正的毕方。传说见到毕方的人，几乎没有能活着的，它喷出的怪火，足以将一切化为灰烬，是极恐怖的灾难之鸟。这下要是撞上，能不能逃走还得看天命。

那几只妖笑了一会儿，其中一妖便说道："我看你二人身上佩剑，行动利索，想必是修仙之人吧？可曾经过海碗山一带？"

二人心中都是一凛，原来他们果然是那个妖的同伙，想必是在寻找杀害同伴的凶手报仇呢！

禹司凤当即摇头："没有，我们是从西边的庆阳过来的。"

为首那妖怪笑道："年轻人，会说谎！说谎就是要杀头的事！你们没经过海碗山，身上怎么会有祝余草的味道？"

两人大惊失色，原来人的嗅觉不如妖类，他们曾在望仙镇呆过一阵，吃过祝余草，那香味过得几日寻常人便再也闻不到，却瞒不过妖类的鼻子。

禹司凤见他们团团围上，当即拽着璇玑掉头就跑，身后有妖怪大笑："这下可找到杀害老七的凶手了！老大，活捉还是直接杀掉？"

为首的妖低声道："杀了！给老七报仇！"


璇玑跑得两步，只听耳后风动，她下意识地挥剑一拦，"叮"的一声，却是砍在冲上来的一只妖身上。他身上并无任何盔甲兵器，剑却砍他不动，璇玑更是心慌意乱，撒腿就跑。

只听身后一声大喝："不许跑！"

紧跟着那只毕方鸟放声嘶吼，犹如呜咽，青光骤然大盛。璇玑只觉手肘处剧痛无比，低头一看，却是被那怪火点燃了。

她吓得惊叫起来，试图用手把火拍灭，不防身后一只妖冲上来，一脚正中她的背心，她背后猛然剧痛，几乎是要裂开一般，胸口气血翻涌，张口喷出一团血，再也支持不住，两脚发软，跪在地上。

后面有很多人在喊，她却听不清，只觉隔着不远，那青纱般美丽的火焰熊熊燃烧，蔓延过来。

那火，竟是什么都能燃烧的，连泥土沙子也被点燃了。

她只觉两眼发黑，支撑不住要晕过去，忽然腰间被人狠命抱住，紧跟着扑通一声，全身猛然一凉，心下警觉是掉进了湖里，这个念头闪过，便晕了过去，什么也不知道了。

身体很重很重，像一团泡在水里的棉花，吸饱了水，动都动不了。不过……管它的，就躺在这里吧，何必要动？

反正，她也无路可走了。

眼前有许多人影在晃动，有的在吱吱喳喳地劝说她；有的围上来，用刀剑压着她；有的急急用绳索将她捆住。

正闹得不可开交，外面忽然传来一阵更大的喧嚣，脚步声骤然响起，有人急冲冲地跑进来，大叫："圣旨到——！"

那些叽叽咕噜的声音，很烦，吵得耳朵和脑袋都像要炸开一样。她放弃了挣扎，决定做一条死鱼，任人宰割。恍惚中，好像被人领着，晃晃悠悠，来到一个阴暗的所在，对面是胳膊粗细的铁条门，上面刻满了各种古怪的咒文。

她觉得熟悉，又想不起是在哪里。就这样莫名其妙被推了一把，摔在门后。

有许多人隔着铁门来看她，在外面互相低语。

"可惜了……刚刚才上来的呢……"

"……犯下滔天罪恶，身边熟悉的都连坐之罪……"

"死不悔改，天帝想护着也护不了……"

她就是听不清那些人到底在说谁，她只觉得累，无比的累，浑身都充满了累赘的水，每一寸皮肤都懒洋洋的，只想躺在这里。

躺在这里就好，头顶一方小小的光线，偶尔流云变幻，那一刻她觉得十分平静。

"喂，我说……你莫要忘了我。"

有人对她说话，那声音很熟悉，是不是在哪里听过？

"不过，忘了也没关系。我会等你，总会找到你，到时候再把恩怨好好算清楚吧。"

恩怨？什么恩怨？

她心中没来由地一惊，身体里的水好像在一瞬间被抽干，周围的景致好像陷进一个漩涡里，轻轻一卷，扭曲着消失了。

她猛然睁开眼，头顶有光线直射下来，照在她的鼻梁上。这里是一个岩洞，潮湿而且阴暗，没有一点儿声音。

璇玑微微一动，只觉右手传来一阵剧痛，似乎是骨折了。她忍着痛，茫然地坐起来，先四周看了看，这里似乎是个深深陷进地里的洞穴，不大，走两步就会碰到洞壁，但是很深，头顶的洞口有阳光直射进来，洞中长满了各种苔藓，发出一股怪味。

自己怎么会在这里？璇玑绞尽脑汁回忆先前的事情，她记得是和司凤遇到了上山破坏定海铁索的妖魔，对方认出他们是杀害海碗山那只妖怪的凶手，说要杀了他们报仇，还带了可怕的毕方鸟。

她被怪火燎了一下，又被一只妖踢中后背，晕了过去。最后勉强有印象，就是有人抱着她跳进湖里……是司凤！一定是司凤救她的！

璇玑飞快起身，不料右手和后背同时发作起来，痛得她胸口一窒，眼前金星乱蹦，差点儿一头栽回去。恍惚间，她一眼看到洞穴角落那里趴着一个人，青袍乌发，正是禹司凤。她顾不得浑身发疼，挣扎着跑过去，将他翻了过来。

禹司凤的身体软软的，没有任何反应，璇玑叫了他半天，他也没回答。

她心中忽然升起一股不好的预感，颤抖着去抓他的手腕，摸索脉搏——她吐出一口气，还好，脉搏还在，他没死！

"司凤，听得见吗？"

她在他耳边轻轻叫着，可他还是一动不动。他脸上戴着面具，看不见面容，璇玑心急，抬手就想去揭，忽然见到面具边缘有红色的痕迹，像是什么东西干涸了凝结而成的。

她用手沾了一些，放在鼻前一嗅——是血！

璇玑只觉心脏猛然掉了下去，浑身发冷，一时竟不敢去揭他的面具，只怕看到一张七窍流血的脸。他是不是会死？是不是受了无法挽回的重伤？

她浑身都抑制不住地发抖，眼怔怔地盯着那张哭泣的面具……不对，她记得司凤的面具是一半微笑一半流泪的！她迟疑地伸出手，在那张面具上摸索，它现在却变成了哭泣的，微笑的那一半消失了……只剩嘴角的一些笑容。

"司凤！"她尖叫起来，一把就将面具给摘了。

出乎意料，面具下的脸并没有像她想象的五官扭曲或者七窍流血，那还是一张苍白的面容，长眉入鬓，鼻若悬胆，正是她印象中四年前的那个冷漠高傲的少年。他长大了，脱离了少年的那种青涩，轮廓分明，像一株挺拔的苍松或者青竹，正如钟敏言说过的，看到司凤那小子，总会想到一些很清雅的东西，大家都是人生父母养，人家咋就能长那么好看呢？

璇玑伸手在他脸上摸了一下。他紧紧闭着眼睛，睫毛湿漉漉地贴在眼下，可能是撞到了鼻子，鼻血顺着人中一直淌到鬓角，嘴角也有干涸的血迹。

他什么也没变……璇玑又想哭又想笑，看他脸上那个诡异的面具，她以为他出了什么事。臭司凤什么也不告诉她，害她担心得要死。

她上下摸了摸他的胳膊和腿，确定没有骨折之类的伤势，想必他只是昏过去了，没什么大碍。璇玑这才放下心来，忍着右手和后背的剧痛，在身上摸索，找出湿淋淋的手绢，替他把脸上的血痕擦干净。

禹司凤轻轻呻吟了一声，茫然地睁开眼睛，第一眼就见到狼狈不堪的璇玑，她蓬头垢面，脸上全是水，也不知是汗还是哭出来的眼泪，这辈子也没这么丑过。

"你醒了！怎么样，哪里疼？"璇玑见他睁开眼睛，喜得又叫起来。

他怔怔地看着她良久，忽然嘴角一勾，抬手在她脸上抹了一把，轻声道："璇玑，你怎么这么丑？"

璇玑一愣，却见他挣扎着坐了起来，忽然捂着胸肋那里闷哼一声，她急道："怎么了？"

他摇了摇头："肋骨断了，没事……你帮我找些树枝过来好么？"

她答应着，立即在洞穴里摸索着，找来好几根湿淋淋的树枝，堆在他面前，不由得分说揭开他的衣服就要接骨。禹司凤脸上猛然一红，一把抓住她，低声道："我自己来。"

璇玑见他面上红若朝霞，还和小时候一样容易害羞，不由得笑道："脸红什么，大家都是朋友嘛！我帮你接更快一点儿。"

禹司凤却一呆，半晌，慢慢抬手，在脸上一摸，紧跟着变色道："面具呢？"

璇玑举起手边的怪面具，笑吟吟地说："我早摘啦！我看上面有血，以为你受伤了。是不是我又犯了你们离泽宫的规矩？"

禹司凤不可思议地看着她，好像在看一个怪物，喃喃道："你……你能摘下来？"

"这有什么不能的？一张面具而已嘛！"

他眼怔怔地看着她，也不说话，璇玑终于被他看得心里发毛了，小心翼翼地把面具还给他，轻道："我……我是不是做错了？"

他还是不说话，璇玑急道："你……你看，我就是个猪头！总是做错事，不是忘了给你写信就是犯了你们的规矩！你骂我打我吧！别在那里生闷气……"

禹司凤忽然摇了摇头，长舒一口气，眉眼犹如春花初绽，忽然笑了开来，平白无故为这阴暗的洞穴增添无数明媚颜色。

"你……"璇玑有些看痴了，忽然忘记自己要说什么。

下一刻，她忽然被人抱在怀里。他紧紧地抱着她，低头在她乱蓬蓬的发上一吻，良久，才低声道："我没有生气，我是太欢喜。"

面具被她摘掉了，怎么反而欢喜？璇玑想起四年前他面具掉落的事情，那时候他可是沮丧得要命啊，还为了这事被他们那个可怕的宫主责罚。

她微微动了动，禹司凤立即放开她，在脸上抹了一把，幽幽笑道："抱歉，一时兴奋。"

璇玑不解地看着他苍白的脸，那一双秋水般澄澈的眼睛比四年前还要明亮。他专注地看着她，她一时竟被看得心口一窒，想了半天，才想到自己要说的话。

"我擅自摘了你的面具，你们宫主是不是又要怪你？上回……他有责罚你吗？要不你还是戴回去吧，我、我就装作什么都没看见。"

她蒙上眼睛，一副掩耳盗铃的样子，惹得他哈哈大笑起来。璇玑茫然地放下手，怔怔地看着他，他慢慢停了笑声，眼睛微微弯着，抬手在她乱七八糟的头发上摸了摸，道："我没事，他不会再责罚我了。以后……也可以不用再戴面具。"

那又是为什么呢？璇玑想不通，他那个面具，太奇怪，好像自己会变。她总觉得那有些不良的意味，可他什么也不说。

禹司凤自己将面具拿起来，放在手里摩挲了一下，有些不舍的味道，仿佛是要丢弃多年的老友一般，一面用手指在边缘眷恋地滑动着，一面轻道："这个面具，是用昆仑山不死树的树皮做成的，灵力充足，一旦戴上去，寻常人再也取不下来。现在取下，正是时候……"

他将面具一翻，指着它，又道："你看，它是不是在笑？"

璇玑盯着看了一会儿，摇了摇头："没有啊，它是在哭。"

禹司凤笑道："先前是哭，但眼下被你摘了，自然是笑的。"

"不……它是在哭啊……"璇玑为难地说着，那面具明明是苦着脸，一副流泪的样子，哪里是笑？

禹司凤呆滞了一下，自己低头仔细看去，果然那张不死树皮的面具，一副欲流泪的悲哀模样，两边嘴角都是耷拉着，眉头紧锁，丝毫没有半点儿笑意。

他自己也摸不着头脑，只是用手不停地摸着那耷拉下来的嘴角，仿佛要把它将上去，让它变成笑脸。

"……奇怪……"他低声说着，"从来……没有发生过这样的事情。怎会这样……怎会这样……"

璇玑见他方寸大乱，不由得急道："司凤……它要哭你就让它哭吧……你、你别管它了，反正只是一个面具而已。"

禹司凤脸色苍白，低声道："它不只是普通面具……它……为什么被你亲手摘下了，它还在哭？"

"司凤？"她不晓得怎么安慰。

禹司凤怔了半天，终于还是颓然叹了一声，抿着唇，轻道："这面具，是专门为背弃离泽宫第十三戒的弟子准备的。戴上之后，除了自己，只有特定的人才能摘下。它会慢慢变成哭泣的脸，除非被那个人摘下了，否则它会一直哭，直到……"

直到什么？璇玑紧张地看着他。

他却不说了，怔怔地将那个面具翻过来掉过去又看了好久，这才小心用布包裹起来，塞进袖子里，抬头对她微微一笑，柔声道："没什么，离泽宫的小小惩罚而已。既然面具已经摘掉，也就不必想那么多。你放心吧。"

他这个人就是这样，从以前开始就是，只要他不想说的，那就绝对不会说，任何人也问不出个结果。他既不说第十三戒是什么，也不说那面具又哭又笑意味着什么，璇玑自知问不出来，只能陪着他一起发呆。


禹司凤自己沉吟一会儿，脸色很快就恢复如常，先从自己腰后的描金皮囊里取出绷带，全部都是湿淋淋的，展开铺在地上，又挑了两根最直的树枝，对璇玑招手："过来，我替你接骨包扎。"

璇玑乖乖地把右手给他，嘿嘿傻笑，问道："你怎么知道我右手骨折？"

他垂头细心地替她对准断骨，秀长的睫毛忽闪，耳边听得她呼痛，于是轻道："忍着点儿，马上就好。"

过了一会儿，他又道："你当时受伤，我自知对付不了那些妖，于是带你强行跳进湖里。随着湖底的暗流往下，上岸的时候没注意，踩进这个洞，就摔下来了。你的胳膊撞在地上，又不能动，一定是骨折。"

说话间，他已经手脚麻利地替她接骨包扎，用两根树枝紧紧缚起来，确保不会掉下来，这才满脸大汗地松手。

他自己的肋骨也断了，还撑到现在。璇玑无奈地看着他，他又不让她动手替他接肋骨，难道就呆呆在旁边看着？她把手绢拿起来，轻轻地替他擦汗，见他时不时抬头对自己微笑，她忍不住说道："我还以为我们会死，原来还活着。"

禹司凤花了好大的工夫才替自己弄好断了的肋骨，又疼又累，浑身都是汗。他躺回去，望着头顶遥远的洞口，轻声道："只要活着就有希望。眼下先在这里养伤吧，水袋里还有水，足够撑几天的。"

璇玑无事可做，后背也疼得厉害，便跟着躺在他身边，两人一起无所事事地看着明亮的洞口。忽然觉得有人在看自己，她转头，就对上禹司凤含笑的双眸。

"我脸上有什么不对吗？"她下意识地摸了摸，女孩子都是注重容貌的，她也不例外。

他笑着摇头，大概是牵动了伤口，疼得又是汗水涔涔。她从来都是一副风轻云淡、干干净净的样子，白衣乌发，肤色如雪，仿佛不食人间烟火的天仙。这会儿天仙掉在地上，落了满身泥污，头发也像鸟窝一样，脸上还有一道一道的泥泞，说真的，刚开始看到还真让他吓了一跳。

但不知怎么的，他忽然觉得又与她接近了一些，想到自己是第一个见到她这般不修边幅模样的人，他有些喜悦。

有人说过，衣冠楚楚永远只能打动陌生人，不修边幅才是亲密的象征。他在不自觉中，又靠近了她一步，那曾经在舌尖心底虚幻的身影，终于落实成肉身了。


"璇玑。"他勉强凑过去一些，两颗脑袋几乎要撞在一起，"你饿吗？"

他不说还好，一说她就饿了，捂着空空的肚子，垮下脸看他，点了点头："饿了，不过这里也没吃的呀。"

他眯着眼睛笑，抬手在皮囊里掏啊掏，掏了半天，终于掏出一颗水淋淋的馒头，塞进她手里。

"喏，没什么好东西，只有前天剩下的一颗馒头，你吃吧。"

她把那颗馒头放在眼前，瞪着看了半天，好像它不是一颗馒头，而是一朵花。最后她伸手把馒头扯成两半，一大半给他，一小半塞到自己嘴里。

"你也一起吃。"她含含糊糊地说着，肚子饿的情况下，水淋淋的馒头都觉得无比甜美。

可他却不吃，只是撑着脑袋看着她，目光如水，良久，见她不解地望过来，他便咧开嘴，很挑剔地笑："我可吃不下这么粗糙的东西，馒头我只吃永芳阁的。"

他未免也太大少爷了吧……这么个鸟不拉屎的地方哪里来得什么永芳阁肉馒头。

璇玑一赌气，把馒头抢过来自己全吃了，噎得直打嗝，最后好容易伸直了脖子，忽然伸出一根手指，很认真地对他说道："你知道我现在想吃什么吗？"

"什么？"

"上回玲珑他们下山，买了晴香楼的糟鸭掌，好吃得我三天都吃不下其他东西。现在我好想吃啊。"她说得口水都要流下来了。

"这算什么，你知道六凤斋的桂花莲子羹吗？那才叫一个香甜滑糯，闻一下香气，就算你吃再多东西，也忍不住犯馋。"

"啊，我还想吃桃仁山鸡丁。"

"那我要八宝鸭子。"

"我还要……烤鹿肉。"

"那我再要一份牛肉面。"

两人突然很热衷地说起各地美食，在这个荒无人烟的地方，最后说得口水泛滥，肚子叫得更厉害了。

璇玑叹了一口气，闭上眼，喃喃道："我现在……就算只有豆浆油条，也是好的……"

禹司凤等了很久，见她再也不说话，转头一看，她已经睡着了，鼻息香甜。他垂下眼，心中不知是什么滋味，终于忍不住，凑过去轻轻在她脸上吻了一下。

"璇玑……"他轻轻叫着这个名字，声音在空旷的山洞中回响，也在他舌底心头，一圈圈蔓延开。

钟离城有一家远近闻名的食铺，叫作和善堂，每天在他家买肉馒头的客人可以从街这头排到街那头，生意好得同行都眼红。

往常他家卯时左右就开门了，几个大蒸笼放在门口，热气腾腾，肉馒头的香味满城的人都能闻到。可今日有些不同，都过了辰时了，排队的人在这条街打了好几个转，也不见他们开门，有好事的人便过去使劲敲门。谁见过有生意不做的商家？太没道理。

没过一会儿，老板便擦着满脸的汗，铁青着一张脸，出来赔笑道："抱歉……诸位，今日小店的馒头不知被何人全部买走了……各位请去别家买吧。"

众人一听有人把肉馒头全买走了，都只得嘟嘟哝哝地走开。

那老板自己也是十分无奈，听小二说，一大早刚开门，蒸笼还没架上呢，就有两个身影旋风一般地过来，一人抢走一个蒸笼，掉脸就跑，简直穷凶极恶。小二吓得呆了，只当遇上强盗，正要嚷嚷，却见迎面丢过来一锭银子，足有五两重，他一把抓住，就听前面那两个强盗叫道："肉馒头我们全要了，抱歉啊。"

小二说那两个人身影如同鬼魅，根本看不清是男是女是老是少。那老板在钟离城经营十几年，哪里遇过这种事情？听说有些地方会有狐仙显灵，拿走凡人的吃食衣物，而且会留下钱财，想必那两个抢走肉馒头的，也是狐仙吧？呃……饿昏头的狐仙。

至于那肉馒头，此刻都已经进了两位"狐仙大人"的肚子里。

璇玑埋头使劲胡吃海塞，噎得都要岔气了，还舍不得丢，旁边的禹司凤比她好不到哪里，一手拿俩，吃得时候眉头都不皱一下。

他俩委实是饿惨了。先时两人都受了伤，动弹不得，在那个连蜗牛青蛙都没有的洞穴里足足饿了五天，除了水别的什么都没有。后来璇玑的内伤恢复，就出洞摘一些野果回来吃。没办法，他俩身上的火石都被水冲走了，洞里又潮湿，没办法生火烤东西。到最后两人把野果吃到恶心，璇玑饿绿了眼睛，差点儿要捉蚂蚁来吃，还好禹司凤留着一些理智，伤好之后立即拽着她御剑飞出洞口，直奔钟离城，一大早趁人家店门还没开，抢了肉馒头就跑。

鉴于他们俩现在的形象实在是不适合见人，已经和野人差不多了，为了不吓坏城里的人，只得御剑飞回深山老林，就着泉水把两蒸笼的肉馒头都吃了。

璇玑这下才叫心满意足，一面捧着凸起来的肚子，躺在石头上打嗝，一面说："天下果然还是肉馒头最美味。"

禹司凤的形象也好不到哪里去，不过他至少知道在水里洗洗手脸，把乱七八糟的头发梳理整齐，然后对她招手："过来，把自己整理一下。"

璇玑吃得撑死了，动也动不了，懒洋洋地摇手："待会儿再说嘛……反正又没人。"

他只得叹着气，过来替她洗手洗脸，一面沾着水把她乱蓬蓬的头发梳理一下，随便绾了个发髻，不过看起来他很不擅长为女子梳头，那个发髻摇摇欲坠，很危险的样子。

"这下伤势差不多快好了，我的功力也恢复了。咱们这就去找玲珑和敬言他们吧。"禹司凤将她的发髻扶了又扶，最后自己骗自己它不会散，很放心地松手了。

璇玑本来是懒洋洋的，像猫，吃饱了就要睡觉，一听玲珑和敬言的名字，立即跳了起来，道："我们马上就去找！说不定他们还留在高氏山呢！"

禹司凤低头看看自己泥泞的衣服，再看看同样是从泥坑里出来的璇玑，她也发现了自己狼狈的样子，两人都是相视苦笑。然而随身带的包裹衣服都放在方家，一时也找不到可以换的，只得随便用水拍拍上面的泥泞，稍微弄整齐点儿，这才出发去找人。

因为担心半路再遇到那些妖，所以他们决定御剑飞行，贴着树顶飞，一旦遇到突发情况也可以飞快地逃走。

可是他们花了一上午的时间，几乎翻遍了整个高氏山，不但没找到玲珑他们，也没看到半只妖的影子，就连先前亭奴去躲雨的那个山洞里也没一个人。

"我那天，好像见到有人放了预警信号。"禹司凤在洞中找了一阵，没找到半点线索，叹了一口气，说道。

璇玑茫然地靠在墙上，轻声说："一定是玲珑他们……会不会被妖怪抓走了？"

禹司凤摇头："那些妖是要杀咱们报仇，怎么可能留活口。方才找了半天也没找到，想必他们也已经逃走了。我们还是先去天极阁看看定海铁索有没有被破坏。"

璇玑心中也没办法，只得随他一起飞上高氏山顶。紫狐奢华的行宫赫然入目，这次他们有了经验，再也不进那个迷宫，直接飞上殿顶，那里果然有一个小洞，通向后面的天极阁，里面漆黑抹乌，阴风阵阵，好像藏了许多妖魔鬼怪。

禹司凤抽出短剑，走在前面，轻道："你跟紧，只怕那些妖魔还在里面，我们得小心行事。"

璇玑自己的佩剑被紫狐抢走之后就找不到了，这会拿的是禹司凤的剑，重了点儿，用着不太顺手，不过眼下也计较不了那么多，当即抽出来攥在掌心，与他一步一步往里面走。

很快就到了天极阁，禹司凤凝神听了半晌，里面没有任何动静，他对璇玑使个眼色，示意她来掩护，自己一个箭步窜上去，后背猛然一紧，真气灌注于短剑之中，只要有人扑上袭击，他立即可以做出反应。

可是天极阁里也没有一个人影，他缓缓收势，对璇玑招手："进来……这里好像有些不对劲。"

璇玑进来后四处看看："也没什么啊……好像，亮了点儿。"她记得天极阁是阴暗封闭的，因为紫狐把肉身保存在这里。但眼下这里不但不暗，还亮堂得很，居然还有山风吹进来。

"那面墙没了。"禹司凤指着东边，那里一整面的墙全部被卸掉，所以才显得亮堂。

他过去摸了摸墙体边缘，那里光滑无比，就像是用一柄巨大的刀，很仔细地把墙给切开一样。

"啊，我记得这面墙本来钉着定海铁索。"璇玑四面看看，终于确定这里就是印象中拴着铁索、还贴着符纸的墙。

禹司凤眉头深深地皱了起来。按道理说，定海铁索这种神器，绝不是那么容易被破坏的，否则那只被关押的妖魔早就被人救出来了，何必还等那么多年？那些妖到底是什么来头？居然能轻而易举把钉着铁索的墙都给卸了。

那么这样推断下去，海碗山的定海铁索一定也被破坏了，其他六方的情况他们还不清楚，但是按照那些妖的行事方法，过了钟离城，应该就是前往东北方向了。那里群山连绵，到底定海铁索藏在哪里，他是一点儿也不清楚的。

"司凤，你猜，会不会是毕方鸟用火烧的？把墙给烧没了。"

璇玑在光滑的切面上摸了摸，隐约感觉到一些毕方的妖气。

禹司凤慢慢摇头："我不知道，其实……我也是第一次听说定海铁索这东西，更是刚知道……原来世上有这么多成精的妖魔会聚在一起。"

如果那些妖魔的计划是破坏铁索，救出那只大妖魔，那么他们到底该不该阻止此事？不……现在的问题不是该不该，而是能不能了。如今五人分散开来，他和璇玑的本事根本对付不了他们。

他想了一会儿，转头说道："璇玑，这事情只怕有蹊跷，不是我们能对付的。眼下离东海浮玉岛最近，我们不如去找东方岛主。如果运气好的话，若玉和敏言在一起，又找到了玲珑，他们一定也会先去浮玉岛。我们就去浮玉岛跟他们会合吧。"

璇玑点了点头，忽然想到什么，笑道："正好这会儿是确定今年簪花大会名额的时候呢，这次是在浮玉岛开簪花大会，大家这会儿也都在浮玉岛挑选名额，说不定能遇到你的同门哦。嗯，少阳派的那些师兄一定也会去。"

禹司凤默然，在他心中，实在是不愿见到离泽宫的人。他没有办法与任何人解释，那面具被人摘下了，却还在哭。良久，他才低声道："也好……这就动身吧。"

## 第十四章·浮玉岛

当下两人趁夜潜进方家，把留在那里的衣服包裹都悄悄带走。

据说曾被仙姑选中上山的人都回来了，将山上的遭遇说了一遍，果然是先穿上嫁衣嫁给她，新婚之夜她却不来，留他们独守空房，第二日就被遣送到后山怡心园，做所谓的修行了。

紫狐的所作所为到底是好是坏，当真不知如何评价。然而钟离城的人终究念着她显灵助人的恩情，还是保留了高氏祠堂的香火。据说，来祈福的人，常常都能够得偿所愿，至于是不是紫狐的帮助，那就不得而知了。

禹司凤的计划是直接去浮玉岛，先把定海铁索以及妖魔作祟的事情告诉东方清奇，然后在那里等着玲珑他们找来。他们五人本来的计划就是去浮玉岛，眼下分开了，一定都会选择来这里相聚。

从钟离城出来一直往北御剑，是连绵数千里的森林山野，而越过无尽的山峦，入目的却是蔚蓝壮阔的大海。

禹司凤拿着地图，袖子被迎面吹来的风吹得飒飒作响，他看了一会儿，才道："眼下应该要过即墨了，再飞一会儿，就可以到之罘山，我们在那里歇息一天。等候通报。"

璇玑点了点头。她虽然没去过浮玉岛，却也知道那是在大海上的一个孤岛，四面环山，像天然的保护屏障。浮玉岛上设有巨大的剑网，不要说人，就连一只鸟也飞不进去，所以要进浮玉岛，只有先在之罘山下的小镇等候通报，那里就相当于浮玉岛的大门了。

"司凤，司凤。"璇玑在剑上对他鬼鬼祟祟地招手，两只眼睛亮晶晶的，好像一只得意的猫。

禹司凤一见她这种表情，就知道她又想到了什么得意的事情，于是笑道："是不是在想到了镇上要吃什么美味佳肴？"

"啊，被你猜到了。"璇玑怪不好意思的，好像十五岁的大人是不该这么馋嘴的，反正娘和爹没事总教训她，十五岁，大姑娘了，要稳重点。不过想吃东西不算不稳重吧？璇玑觉得自己已经很稳重了，她可是饿了大半天，终于憋不住才开口的。

就算是圣人也会肚子饿，不是吗？

禹司凤忍不住逗她："你知道之罘山有什么美食吗？这样开心。"

"我当然知道。"璇玑得意扬扬，如数家珍一般地列出来，"酱汤狗肉呀，焖子啊，拉面啊……"

她说得肚子更饿了，抬头见禹司凤笑吟吟地看着自己，她赶紧补充："都是玲珑告诉我的，我还没吃过呢……她、她说好吃。"

禹司凤摸着下巴，摇头道："看来你没听过更好吃的。哎呀，可惜可惜。"

还有什么更好吃的吗？璇玑瞪圆了眼睛看他，司凤好像去过很多地方，他说得肯定没错。

他却呵呵一笑，道："带你去你就知道了。"

之罘山下的小镇当真是"小"镇，方圆大约只有十里。然而麻雀虽小五脏俱全，举凡酒家客栈饭馆一应俱全，大多数客栈都是当地居民自家办的，交上几文钱，热汤饭菜暖炕头便都有了。

禹司凤一到了镇上，就带着璇玑弯弯绕，在不算宽敞的街道上拐来拐去。这小镇连名字也没有，不过因为靠近浮玉岛，所以外来的人都叫它浮玉镇。大概因为地方小，所以岔道极多，往往以为前面没路了，拐个弯又是柳暗花明。

原来许多食肆都在小巷子里扎根，不注意找真是晕头转向。璇玑跟着禹司凤走了半天，来到一条小巷里，这里几乎全是食肆，有炸臭豆腐的，有烤肉的，还有卖拉面的，刚好是午膳时分，一进去就闻到阵阵香味，璇玑都快迈不开步子了。

"司、司凤……我们要去哪里啊？"璇玑盯着架子上油亮的烤肉，想着要离开它，心里就难受。

他轻轻一笑："马上就到。跟我来。"他一把抓起她的手，走到小巷尽头，一拐弯就进了一家食肆，璇玑见这里一个穿堂，只摆着两张桌子、几副板凳，对面挂着帘子，一看就是把自家穿堂空出来做食肆的人家。

眼下这里只有一两个客人，低头在吃面，那面味道香得古怪，闻一下就口水泛滥。

"来，你先坐。"禹司凤用袖子将一个油腻腻的凳子擦了擦，按她坐下，自己揭开帘子进去，不知和老板叽叽咕咕说些什么，没过一会儿，他就端着两盘绿油油的东西出来了。

"开胃菜，先吃这个。"他把盘子一放，递给她一双筷子。

那好像是一道凉拌菜，叶子尖尖的，璇玑从来没见过这种菜，迟疑着塞进嘴里，只觉那调料又酸又甜，还带着些微的辣，配上蔬菜清爽滑脆的口感，说不出的美妙。

"唔唔，好吃！"她一边吃一边问，"这是什么菜呀？"

"之罘山的一种野菜，也是没有名字的。当地人就叫它猫儿野菜。"

禹司凤见她吃得欢快，又忍不住要笑。

璇玑很认真地点头道："嗯，以前我一直觉得有名的菜才是最好吃的，现在发现，好吃的都是不知名的。就像爹爹总说，高人都隐居，隐于不知名的地方。这应该是一个道理吧？"

吃饭能联想到隐士高人身上，她的头脑也未免太能想了。禹司凤笑着摇了摇头，正想说话，那老板却端来了两个大木碗，里面盛着雪白的面条，不知用什么高汤煮的，一股异香，上面还放了许多晶莹虾仁。

璇玑再也顾不上说话，吃得两腮鼓鼓的。禹司凤便和老板闲聊，得知这高汤是他家祖传的一个秘方，加入了一方药材，故此有浓香扑鼻，令人神清气爽。

老板见两个年轻人喜欢，不由得又进去做了两道小菜，免费送给他们尝鲜。

禹司凤笑道："多谢大叔。有件事想请教大叔，我们想去浮玉岛，不知该在哪里找人通报？"

那老板听说，却摇手道："小哥还是别去了吧，最近那岛上好像不太安稳，前天才听说那岛主大发一场脾气，将好几个从小跟着自己长大的徒弟给逐出师门了呢。"

两人听说，都停下吃食，狐疑地互看一眼。东方岛主是人中豪杰，更兼胸襟开阔，大有慷慨豪侠的气派，怎么会对自己的徒弟发脾气呢？而且他们曾与他同行过一段时间，知道他这人极护短，自己的徒弟怎么都是好的，何来逐出师门一说？

那老板还在说："不过你们若是有急事，可以去西牌楼旧宅子找他们。想去浮玉岛，去那里通报一下，便有人带你们进去。那些被逐出师门的弟子也都舍不得走，还留在那里呢……唉，作孽啊，从小带到大的孩子，都哭得和泪人似的……"

两人离开了这家食肆，一面走一面回想老板说的话。璇玑忽然拉了拉禹司凤的袖子，低声道："你说……会不会是他妻子……那事……"

两人都想起四年前簪花大会的时候，在后山撞见东方岛主的妻子与岛上大管事的私情，彼时东方岛主完全蒙在鼓里，过了四年，很有可能那私情被他发现了，所以心智大乱，恼羞成怒，把知道此事的弟子都给驱逐了。

禹司凤想了想，摇头道："东方岛主不是那种人，不会因为自己的面子把徒弟都赶走。此事有蹊跷，我们还是先去岛上看看吧。"

"他……会不会不愿意见到我们呀？"璇玑犹豫了一下，毕竟家务事难堪，谁也不想外人知道的。

禹司凤叹道："这也没办法，妖魔与此事孰轻孰重？我们不知道对方来头，万一放出个魔头，祸害世间，那可是罪大恶极的事情。"

璇玑点了点头。两人心事重重地往西牌楼那里赶，却听街角那里梆子乱响，原来是有人卖艺，邀揽路人一起参加。璇玑见那边热闹，忍不住多看两眼，见路人从踏板跳上去，够挂在杆子上的一团玉簪花。

她见许多人都报名参加，但没有一个能成功够到，那玉簪花高高挂在杆子上，迎风摇

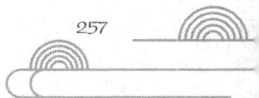

摆，甚是妩媚。之罘山这里少见这种花，所以众人都跃跃欲试。卖艺的更是大声嚷嚷："一文钱一跳啊，一文钱一跳！够上了花就是你的。"

禹司凤忽然拉着她的手跑过去，丢给那卖艺的一文钱，笑道："我来。"

那卖艺的急忙赔笑："这位公子，请上踏板，小心喽，别崴着脚。"

他摇头："不用。"说罢回头对璇玑微微一笑，道，"等着，马上回来。"

璇玑眼怔怔地看着他上前，将身体轻轻一纵，犹如腾龙惊凤一般，袖子一展，轻飘飘地飞了起来。台下诸人放声叫好，他在排山倒海的喝彩声中一手抓住了那杆子，足尖一点，巧巧地捻住了那一团玉簪花。

少年乌发黑眸，指间夹着一团白玉般的玉簪花，一个旋身，潇洒地落在地上，连一滴汗也没出。璇玑见他朝自己走过来，忽然觉得心脏跳得厉害，好像要从心口蹦出来那样。他黑色宝石一般的眼睛暖洋洋地看着她，只看着她，走到她面前，在众人的叫好声和艳羡声中，轻轻将玉簪花别在她耳后，笑道："送给你。"

她喉咙里发出一声含糊的呻吟，脸上猛然烧了起来，终于感觉到一丝羞意，心中又是欢喜又是惊讶，一时竟说不出话来。

一直到了西牌楼，璇玑面上的红潮还没褪下去。她一只手扶着那柔软芬芳的玉簪花，心中似明非明，那欢喜中还带着一丝陌生的悸动，好像在一瞬间明白了点儿什么，但具体是什么，她又说不清。

忽觉禹司凤握住了自己的手，她心中一颤，怯怯地抬头看他。他微微笑着，眼神温暖爱怜，犹如春水一般，过一会儿，柔声道："很好看。"

她还没褪下去的红潮，因为他的这句话，又泛滥了上来，连脖子都红了。

"呃……这、这个嘛……"她语无伦次，简直不知道自己要说什么，好在他也没在听她说话，忽然转头往前看去。

璇玑暗自松了一口气，总算不那么尴尬了。顺着他的目光往前，就见一栋两层的旧房子矗立在街道尽头，整条街只有这屋子建得最高，也只有它有屋檐琉璃瓦，虽然都已经破旧不堪，但气势仍在。

想必这里就是那老板说得西牌楼旧宅子了，要去浮玉岛，得先来这里通报。璇玑见宅子前站了好几个穿白衣绣红边衣裳的人，那是浮玉岛弟子的服饰，不由得说道："咱们过去问问吧，看能不能通报一下。"

禹司凤拉住她："等等，那些人好像有事在说。"

他带着璇玑躲在小巷里，伸长了耳朵听他们说什么，只听有个人在哭，一面哭一面低声道："今天永清和淑风他们也被师父逐出师门了……看来这次师父是铁了心要赶咱们走，回归师门只怕是妄想了。"

这话说得众人纷纷叹息，过一会儿，另一人哽咽道："师父师娘将我们抚养成人，还未报答恩情，却出了这种事……你们到底是谁惹怒了师尊？连累得大家都提心吊胆。"

一人低声道："赤枫师兄是第一个被赶出来的……可是你做了什么？"

立即有人急道："不要胡说！我哪里有做什么得罪师父的事情？那天不过是练功晚了，误了晚膳，回头师父就将我赶出来了！我……我哪里会做对不起师父的事啊？"

"可自你之后，不断有弟子被赶出来。你再仔细想想，那天到底做了什么？想出缘由，我们也好向师父请罪，求他老人家收回成命。"

那个叫赤枫的年轻男子涨红了脸，显然觉得委屈，但迫于众人都看着自己，只得认真回忆道："那天师父刚传了我惊鸿剑法，我在演武场练了好久，不知不觉天色就黑了。我怕回去迟了师父要担心，所以就抄近路从后花园那里出去，然后遇到了师娘。她就问了我练功的进展，没讲两句师父就来了，脸色很不好看，挥手叫我走，我以为他是气我回去迟了，所以赶紧回弟子房，谁知……第二天就……他就写了命状……把我……逐出师门……"

说到这里他已经是哽咽难言，众人寻不出言语来安慰，也只有各自叹息。


璇玑和禹司凤听到这里，心下都已经大约明白了。看起来东方岛主一定是知道了妻子的行径，但或许还不知她的情人到底是谁，所以急怒攻心，杯弓蛇影，看谁和自己妻子走得近就把谁赶走。

他这样胡乱赶人，不单传出去难看，也容易伤了弟子们的心。可见人愤怒起来，理智是完全不管用的。

两人互看一眼，点了点头，便一起走了出去。禹司凤走过去，拱手道："诸位有礼了。"

那些弟子急忙擦去眼泪，纷纷还礼："客气客气。请问两位是……？"

禹司凤道："在下禹司凤，乃离泽宫的弟子，这位是褚璇玑姑娘，乃少阳派的弟子。我们下山历练，沿途得到一些重要线索，一时无法解决，故来求见东方岛主。烦请诸位通报一声。"

那些弟子里有人知道璇玑是褚磊的女儿，都不敢失礼，急忙道："惭愧……现在何来通报？我等早已是……浮玉岛的弃徒了。"

禹司凤微微一笑，温言道："诸位不必难过，东方岛主一向是大人大量的英雄豪杰，想来说逐出师门只是气话，过两天便收回成命的。"

那些人摇头，难过道："你不知道，师父这次是铁了心的……"

璇玑见他们忍着眼泪，心中也不由得同情起来，低声道："别难过啦，要是能帮上忙，我就替你们向东方叔叔求情，求他别赶你们……"

那些人动容道："如果姑娘能劝服师父收回成命，此等恩情我们永世不忘！"

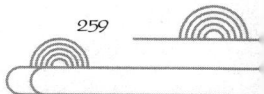

"呃……别，没什么……"璇玑没见过这种场面，慌得急忙摆手，"我……我会尽量劝他的。"

至于成不成功，那是谁也不知道的。他那样骄傲的男人，受此耻辱，想不通是人之常情，究竟如何排解，就看他自己的性格了。

当下这些弟子领他二人进了旧宅子，填了来访表，请守在宅子里的师兄将他们送去浮玉岛。

璇玑见他们一直送到海边，一个个依依不舍，便道："放心吧，东方叔叔一定会把你们接回去的。别走远了，在这里等着。"

那些人拱手相送，眼怔怔地望着他们御剑飞起，眨眼变成了几个小黑点。他们还是舍不得散开，仿佛璇玑他们这一去，是唯一的希望一般。

璇玑是第一次来浮玉岛，先前听玲珑说，这里奇花异葩，景色美不胜收，她也有些向往。如今真真实实踏上这片土地，才知道这里的景色岂是一句美不胜收所能囊括的。

他们现在踏上了巨大的白色大理石台，前面便是浮玉岛的大门，门前两尊高耸入云的华表，上面缠绕着金龙祥云，周围是一望无际蔚蓝的大海，视野极其辽阔，漫天的金色日光，毫无遮挡地撒下来，万点金辉耀目，那种气势，当真无法用言语描绘出来。

璇玑感到一阵炫目，难怪爹娘总说要多出来看看外面的世界，总是局限在首阳山的七峰，那就望不到外面各种瑰丽景色了。

"两位请进。我们送到这里便好。"领路的弟子对他二人拱手行礼，客客气气，又道，"进门右手边，过了花坞，便是正厅，请少待片刻，掌门很快就会到。"

说罢便御剑飞回了浮玉镇。禹司凤见璇玑盯着门前的华表发愣，不由得笑道："里面想必更漂亮，都说浮玉岛景致奇美，如今还不过是大门呢。"

璇玑点了点头，与他进了大门，门前守着一排六个弟子，齐齐拱手行礼，放他们入内。璇玑见里面一条白色大理石铺就的大道，一直蔓延到看不见的地方，两边种满了各类树木。岛上没有冬夏，一年四季温暖如春，所以外面是冰天雪地的严寒气候，这里居然满目青翠，鸟语花香，令人心旷神怡。

大理石的道路很快延伸出无数小道，都铺着圆溜溜的黑色鹅卵石。两人依言往右拐，走了片刻，只见对面一大片花坞，五彩斑斓，无数只蝴蝶在其上飞舞，这种富贵景象，竟不似修仙门派，倒有点儿豪门的味道。

过了花坞，远远地矗立着一座精致建筑，仿古的灰瓦屋顶，雪白的墙壁，门前两排花台，长满了各种颜色的芍药花，鲜艳妩媚。璇玑几乎看花了眼，幸好有禹司凤带路，否则她还不知道一个人逛到哪里去。

正厅前也守着两个弟子，见他们过来，便拱手相让，请进厅内，一人去通报掌门，另一人端来两盏茶。

璇玑见那茶杯是用一整块水晶雕刻出来，晶莹剔透，里面的茶水却是淡淡的赭红色，嗅一下，居然有花香，喝在嘴里一点儿也不苦，只觉满嘴馨香，忍不住一口就喝光了，把水晶杯子拿在手上玩。

那弟子见璇玑欢喜的模样，便笑道："褚小姐可喜欢咱们浮玉岛的花茶？"

璇玑点头，道："花茶我也喝过，但没遇过味道这么好的，是用什么花做的？"

那弟子如数家珍一般说道："那是浮玉岛上才会生长的一种花，叫作玉团雪。这花从来不结果，一年开三季，到了年底自己就谢了，第二年还会再开花。原先弟子们只觉得这花味道香甜，从未想过晒干做花茶，还是掌门夫人来了之后教了咱们这花可以泡茶。润肺明目的。"

他见璇玑明眸皓齿，天真烂漫，不由自主生了好感。这花茶得来不易，寻常客人来，也不过一人一杯，他却忍不住又给璇玑倒了一杯，正想与她多说一会儿话，只听门外传来一阵脚步声，他立即恭恭敬敬地起身行礼，朗声道："弟子拜见掌门。"

东方清奇笑呵呵地走进来，挥手让弟子退下，见对面站着两个少年男女，一个丰神俊秀，一个亭亭玉立，不由得感慨道："是璇玑和司凤吗？四年不见，你们这些孩子都长大啦！"

两人齐齐弯腰行礼，道："参见东方岛主。"

"客气什么，小时候还叫我东方叔叔呢！"他笑着，坐了对面，忽然左右看看，奇道，"玲珑敏言他们没一起来吗？你们不是一起下山历练的吗？"

两人顿了一下，禹司凤说道："这事……说来话长。"

他这就把众人如何下山历练，如何在海碗山遇见，如何除妖，如何在高氏山遇到紫狐，最后遭到袭击……的经历详细说了一遍。

东方清奇听完，眉头微蹙，良久，才道："如此说来，如今有大规模的妖魔聚集起来作乱，试图救出那只被关押的大妖魔？"

禹司凤低声道："晚辈不敢断言，还请岛主释疑。"

东方清奇想了想，道："我年轻时也曾听说过定海铁索的传说，但我也一直以为那只是上古传说而已，没想到竟是真的……你们要知道，先天八卦的格局大小，便意味着所镇之妖的厉害程度。小八卦镇小妖，倘若以天下八方为界，如此大的先天八卦，所镇之妖究竟何如……我也想象不出。只怕不是凡人能插手的。"

难道就放任着不管？璇玑和禹司凤到底年轻气盛，总觉得不甘心。

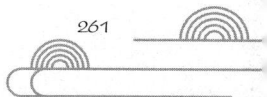

东方清奇见他们神色犹豫，便道："此乃上古神明所镇之妖，寻常妖魔想必也救他不出。你们先不必担忧，以静制动，观察一段时日再说。"

也只有如此了。两人都点了点头。

当下三人寒暄一番，气氛渐渐融洽起来。璇玑见东方清奇虽然看上去还与四年前一样，笑容满面，满不在乎的模样，然而眼底却有深深的黑影，偶尔沉默时，会有抑制不住的悲伤流露而出。

想必他为了妻子的事情，这段时间一定饱受折磨，连素来亲近的弟子都不信任了。

璇玑忍不住轻道："东方叔叔……你……看上去好像很累的样子。"

她本来想说他看上去不开心，忽又觉得这话问出来煞风景，临时改了个问法。

东方清奇一愣，勉强笑着抹了抹脸："大约是簪花大会快到了，岛上有许多需要筹备的。一派之主可没那么好当啊。"

他开了个一点儿也不好笑的玩笑。

璇玑开口想问那些被他赶走的弟子究竟如何处置，是不是真的就此放逐了，谁知禹司凤悄悄捏了一下她的手，示意她不要问，她只好把话缩回去。

又说了一会儿闲话，禹司凤便道："岛主事务繁忙，我们不便多打扰，这就告辞了。"

东方清奇笑道："你这孩子，无端端地总和人这么客气生疏。多少年了，难得来我这儿一趟，还能放你们走不成？都给我住下！过几天其他四派的人都要来定名额呢，何况玲珑他们不是也要来？你们安心住下，就当是自己家一样，别那么客气。"

璇玑和禹司凤相视一笑，于是点头道："好呀，我还没看过浮玉岛的风景呢，这次要好好看看。对了，东方叔叔，您还欠着我一顿浮玉岛饭呢，还有，您那个天下第一美人的妻子。"

她故意提到他老婆，想看看他什么反应。果然东方清奇整个人一愣，咧开嘴似乎要苦笑，又勉强把那个苦笑变成欢喜的笑，看起来别扭极了，连璇玑都替他难受。

"呃……好、好。这便叫内人去准备饭菜，晚上一起吃饭。"

他走了之后，璇玑和禹司凤就借口闲逛，在浮玉岛里面乱窜，试图找出他那个神龙见首不见尾的美人老婆。

谁知御剑在上面飞的时候，只觉浮玉岛不过巴掌大一块地方，站在上面真正走起来，才知道大得不可想象。两人都是第一次来这里，很快就迷路迷得找不着北了。只觉放眼所看之处，全部花团锦簇，绿树青翠，格局之巧妙，简直鬼斧神工。

最后实在走不动了，两人靠在一株杏花树下，极目远眺。微微咸涩的海风，夹杂着各种花草香扑面而来，璇玑舒服地叹了一声，笑道："我一直以为首阳山的七峰风景最好，到今天才知道天外有天，浮玉岛才是真正的人间仙境呢。"

禹司凤又逗她："既然这里这么好，那就留在这里吧，别走了。"

"那、那可不行。"璇玑赶紧表白自己的态度，"千好万好，还是自己家好嘛。在司凤心里，离泽宫也是最好的吧？"

谁知他却怔了一下，随即扬起嘴角，轻喟："是呀……不过，我没有家。"

离泽宫难道不是你的家吗？璇玑默默地看着他。司凤总是这样，平时冷冷淡淡，什么都不放在心上的样子，有任何话也不轻易说出来。可是有时候看上去，又有一种悲哀的感觉，像是一片失去根的落叶，萧索孤独。

仿佛感觉到她的凝视，禹司凤抬手在她肩上轻轻一拍，笑道："别这样看着我。直勾勾的，怪吓人。"

他好像从以前就不喜欢被人这样盯着看，还因为这事和她发过脾气。她把眼光收了回来，一面低头专心地玩落在地上的杏花瓣，一面轻声道："不知道玲珑现在怎么样了，我这几天总觉得心里不安生，就怕六师兄他们找不到她。还有亭奴……他到哪里去了呢？"

禹司凤淡淡一笑："你怎么还叫他六师兄？"

璇玑怔怔地看着粉红的花瓣，良久，才道："不然……我要怎么叫呢？"

他哑然。

"敏言……是很好很好的人。"他轻轻说着，"善良又热情。"

璇玑把手里的花瓣轻轻撒出去，低声道："还有更好的人。司凤你说过的。"

他心中一颤，竟说不出话来。她的手又细又白，柔软娇小，缓缓伸了过来，似乎是想像以前一样，牵住他的袖子，像一只找人陪她玩的小猫。

他忍不住张开手掌握住她的手，心中有千万般浪潮和感叹，平日里的犀利口才此刻消失得无影无踪。

"司凤……我们、我们四个人要永远在一起，一天也不分开。好不好？"

她有点儿撒娇意味的乞求，软绵绵甜蜜蜜。

他怔怔地点了点头，垂下眼睫，轻道："好。"


馨香的风卷着落花，下雨一般地纷纷下落，璇玑指着那些红粉落英，笑道："你看，好像下雨！"

话未说完，却被他用力捏了一下手，她一怔，只听他低声道："噤声，好像前面有人。"

她急忙眯起眼睛去看，却见落花深处，一个淡紫色的身影静静地立在那里，乌云一般的长发委地，星眸半睐。她那样一个扬眉，满园的春花都瞬间失去了颜色。

这个场景似曾相识，四年前她也是无意回首，撞破一件秘密，谁想今日，又见到了她。

虽然这是第一次见到她的真容，但两人几乎是立即就知道了她的身份。若说还有谁能称得上天下第一美人的，非这位紫衣女子不可了。

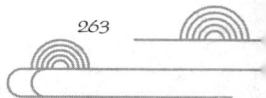

她一定就是东方岛主的妻子，让他寸断男儿肠的毒药。

两人躲在花树后面，大气也不敢出。

其实完全不需要这么做贼心虚，但不知怎么的，一想到自己知道眼前这位美人的秘密，他们就没来由地不敢面对，生怕她发现。

或许他们更怕的是在这里第二次撞破她与那个管事情人的好事。不过看了半天，这里似乎只有她一个人，不知看着什么，怔怔出神。

"咱们还是走吧。"璇玑压低了声音，做了个撤的手势，她怕麻烦。

禹司凤摇了摇头："等等……看她要做什么。"他想收集点证据，防止到时候事发，两人被她反咬一口，那就太难看了。

那美人静静地望着斑斓缤纷的落花，忽然幽幽叹了一声，那声音当真比玉箫还要柔和，里面仿佛包含了无数的苦楚幽怨，听来令人一阵酥麻，只盼为她做点什么，好教美人重展欢颜。

"她好像在唱歌呀……"璇玑凝神去听，隔着一阵阵的海风，她清丽的歌喉简直像深海的鲛人，时遏行云，时而重重落下，散了一地的珠玉之声。

"瞻彼淇奥，绿竹猗猗。有匪君子，如切如磋，如琢如磨，瑟兮僴兮，赫兮咺兮。有匪君子，终不可谖兮。"

那声音渐渐弱了下去，美人倚在树上，拨弄着一树喧嚣花朵，再也不出声了。

她唱的什么东西？璇玑望着禹司凤，本能地知道他肯定有答案。

禹司凤低声道："她唱的是一位君子，像玉雕琢出一般美丽，夸他如何威武，如何气宇轩昂，所以她不能不念着他。"

"情歌呀！"璇玑很震撼，原来这就是传说中的情歌！她还是第一次听到呢。

"真好听，她要是再唱两句就好了。"她感慨。

禹司凤沉吟道："听起来她对那个管事倒是真心的，只是怎么阴差阳错嫁给了东方岛主，所以憋不住玩火。就是不知道那管事待她是否真心……"

璇玑奇道："怎么，你难道想帮他们在一起？"

他摇头："怎么可能？嫁娶婚姻是一辈子的事情，不可儿戏。她当日既然与东方岛主拜过天地，便没有回头的余地。"

"那你刚才说的……"是什么意思？璇玑被他搞糊涂了。

"我是说……"他眯起眼睛，流露出一些怜悯的神色，"倘若那个管事也是真心的，至少不枉费了她这番相思，无论如何，被别人玩弄感情的人，总是很可怜的。"

说得也有道理。璇玑点了点头，心中的天平不自觉往东方夫人身上偏了偏。

东方夫人静默了一会儿，又唱了几句，无非还是夸赞那位君子，倾诉自己的思念。璇玑只觉她的歌调凄婉欲绝，仿佛是极度的欢喜，然而那层欢喜下面却是深深的悲哀。难道爱上一个人，就会变得这么痛苦？她想起上回不小心听见的娘和玲珑说的悄悄话，她们在说钟敏言，娘问玲珑是不是真的欢喜他，玲珑红着脸，憋了半天才说道：见着他了，心里高兴得没办法。可是见不到，那种滋味便难受极了。娘于是点了点头，说：喜欢上一个人，就是这么患得患失，所谓的相爱，都是一半苦楚一半甜蜜的。

她一直都不能理解什么叫一半苦楚一半甜蜜，想和一个人在一起，和他一起很开心，又怎么会苦呢？如果觉得痛苦，那就不要再见他，为什么见了又开心呢？

然而此刻听得东方夫人那般凄婉的歌声，她一时竟有些痴了，想起那些小儿女的事情，似乎已经变得很遥远的回忆，犹如柔丝一般，一丝丝一缕缕，剪不断理还乱。昨日种种，今日重新浮现在眼前，所谓的患得患失、甜蜜与苦楚纠缠不清，她竟仿佛有些明白了。


"我们走吧，不要再看了。"

禹司凤忽然拉了拉她的衣袖。璇玑猛然回神，赶紧点了点头，两人蹑手蹑脚地从花树后面绕了过去，远远地离开了那一片靡靡之地。

璇玑垂头走在禹司凤身后，不知想些什么，两人都不说话。过了一会儿，她忽然轻道："司凤，你还打算和东方叔叔把事情说清楚吗？"

他们本来的计划是把实情间接透露给东方清奇，让那些被冤枉的弟子能回来，但如今这个情形，谁还忍心拆穿呢？

禹司凤长长舒了一口气，低声道："都是可怜人，都不忍心伤害。罢了，晚上吃饭的时候看看那管事到底是个什么人物，再做打算吧。"

璇玑点了点头，两人在浮玉岛七绕八绕，费了很大的力气才找到原路，各自回房不表。


果然晚膳时间，东方清奇派人来请，又是一番穿花拂柳，来到一座雅致的八角小亭。璇玑见亭上垂着青纱，月色映在上面朦朦胧胧，那亭中一个美人，仿佛是画中走出的仙子，美得令人不敢逼视。

两人见她的眉眼，果然就是下午在花树林中唱歌的那个人，只不过她换了一身月白色长裙，发髻上斜斜插了一根白玉簪，不施粉黛，在如水的月光中看来更像是芍药笼烟，清丽而不食人间烟火。

虽说不是第一次见了，但这等美色还是狠狠地震撼了一下璇玑的心，估计禹司凤也有些放不开，两人都讷讷地走过去，不敢放声说话。

东方清奇笑着坐在那美人对面，朝他俩招手："快过来，往日总说果子黄好，今日让你们尝尝浮玉岛的百花清露酒。"

他二人规规矩矩地过去，璇玑朝东方夫人那里看了好多眼，最后讷讷地说道："璇玑见过掌门夫人。"

美人淡淡扬眉，唇角露出一丝微笑，柔声道："是褚掌门的千金吧？原来长成这样亭亭玉立的大姑娘了，是第一次来浮玉岛吗？不如多住些日子，好好玩玩。"

璇玑见她即使和颜悦色的，也难掩那种漫不经心，仿佛对这里的一切都没什么兴趣，难道是因为她喜欢的那个大管事不在这里？

可怜的东方清奇，还要一个人在小辈面前做出什么事都没有的样子，时而劝酒，时而夹菜，只拣一些旧日趣闻拿出来说，东方夫人则是从头到尾都不说一个字，只低头慢慢啜酒。璇玑和禹司凤不忍见他一人唱独角戏，只得陪他谈笑风生，这顿饭吃得无比难受。

"你们这次下山历练，也学到了不少东西吧？"东方清奇不知是故意还是无心，一杯接一杯地喝，饭才吃了一半，两坛百花清露酒就已经空了。

璇玑和禹司凤互看一眼，也不知该怎么办。禹司凤只得笑道："不错，原本只当天下妖物没有智力，愚顽痴昧。如今才知道妖经过数千年修行，也可以与人一样，七情六欲，爱恨恩怨。世界之大，不知道的事情太多了，令人喟叹。"

东方清奇早已喝得两眼朦胧，笑呵呵地点头。

璇玑接着说道："不过就算他们变成人的样子，本质上还是妖，一靠近就能闻到妖气呢。"

东方清奇笑道："小璇玑如今功力已经深厚到能感觉出妖气了？褚老弟果然不简单，真是虎父无犬女啊！"

这个和功力深厚有关系？璇玑吓了一跳，不太敢吹嘘这方面的厉害了。她自己的斤两，自己还是很清楚的，和"深厚"还差着十万八千里的距离，就是运气比较好罢了，每次都能化险为夷。

这时，坐在一旁久久不说话的东方夫人忽然开口淡淡说道："莫要把话说死，不是所有的妖都能让人闻到妖气的。得道高深的妖魔，其实与人无异了。"

众人见她突然插这么一句，不由得都是一愣，那夫人又道："做妖的时候，自由自在，往往梦想着成仙，有了人身才能成仙。可是修到后来，却发现只是修成人，无端端生出一些愁肠风月，所谓的仙，大体也就是镜中花水中月罢了。"

做人不好吗？璇玑很想问她为什么会这样说，不料东方清奇将酒杯一放，道："清榕，你喝多了。"

原来东方夫人的名字叫清榕，果然人如其名，脱俗清雅。

她却微微一皱眉，低声道："你才是喝多了，老爷。"

那两人隔着一张玲珑石桌，定定对望，也不说话，害得两个小辈大气也不敢出，更觉这顿饭是有史以来吃得最痛苦的一次。

良久，东方清奇嘿嘿一笑，摆了摆手，大约是想说些缓和场面的话。清榕却起身道："我乏了，先去休息。二位在岛上不用客气，就当是在自己家，有什么缺的，只管找欧阳管事。"

不知这欧阳管事是不是她口中的那个君子。只见她忽又想起什么，转身吩咐守在亭外的弟子："将欧阳管事叫来，看着你们师父，别让他一时高兴贪杯。"

那弟子答应着下去了，果然没一会儿领来一人，身量修长，白衣乌发，面容倒是很有些俊秀，只是脸上一道血红的伤疤，增添了无数狰狞。

璇玑二人见正是此人，心中不由得都是一紧。耳边又听得东方夫人吩咐："欧阳，陪老爷喝两杯吧，你也注意，不要喝多了，今日两个小朋友难得来一次，莫要坏了兴致。"

欧阳答应一声，长身上前，捞过酒壶，熟练地为众人再添一杯酒。

璇玑见东方夫人站在他身后，静静地望着他脸上的疤痕，目光中又是爱怜又是痛楚，一闪而过。除了她，谁也没看见。

东方夫人走了之后，璇玑和禹司凤的注意力完全集中到了欧阳管事身上，一是想看看让东方清奇这等好男儿在情场上受挫的人物究竟如何；二是想知道他有什么好，令一代佳人如此钟情。

那欧阳面无表情，先一人斟了一杯酒，声音低沉，恭恭敬敬地说道："欧阳敬两位少侠一杯。"

禹司凤笑道："多谢欧阳管事……小弟冒昧，妄称一声欧阳大哥，大哥如此年轻，便身为一岛的大管事，真是让人敬佩。"

他拿话去刺探，见他有什么反应，谁知欧阳整个人竟像石头做的一样，木讷讷，只连连说"不敢""惭愧"，一副老实人模样。他二人先前只当此人面相忠厚，却必定舌灿莲花，所以能周旋于岛主夫妻两人之间，毫无破绽。原来竟是看错了。

东方清奇拍了拍欧阳的肩膀，他正要仰头喝酒，被他这么一拍，杯子晃了一下，立即呛得咳嗽起来，脸上的伤疤更红了。

"哈哈哈，欧阳啊欧阳，别这么拘谨！堂堂一个男子汉，喝酒怎么能呛着？都说了叫你没事跟着我练功，你就是不肯……要知道……那个什么、对了，百无一用是书生！没事还是和我练剑吧！"

欧阳好容易把呛进气管里的酒给咳出来，一面摇头，一面沙哑着嗓子道："谢老爷垂爱，欧阳不是练武之人……"

东方清奇叹了一声，摇头道："你在岛上尽心尽力为我做事，过几天便要走了，我却什么好处也没有给你的。欧阳呀，要知道外面的人大多恃强凌弱，你一介书生，手无缚鸡之力，我怎么能放心让你走？"

对面两人一听他要走，不由得都变了神色。禹司凤急忙道："怎么，欧阳管事要离开浮玉岛吗？"

欧阳讷讷地点头，低声道："家兄得了重病，家母又年迈，实在放心不下，只能归家了。"

原来他是要走了！难怪东方夫人会那么伤感，想必也是因为她近期情绪不稳，才会让东方岛主看出端倪的。只可惜他把欧阳当作亲生兄弟一般，竟没怀疑到他身上去，白白让那些弟子担了冤债。

东方清奇沉声道："叫你把你娘和你大哥接来岛上，我和清榕来照顾，你怎么就是不肯！莫非浮玉岛亏了你什么不成？这么急着离开！"

欧阳急忙拱手垂腰，道："老爷莫要误会！只因祖坟都在家乡，怎好擅自迁移？何况落叶归根，家母他们也不愿离开故乡。浮玉岛虽好，却路途遥远，老人家禁不得折腾……辜负了老爷的厚爱，欧阳汗颜。"

"罢了，都随你吧！"东方清奇摆了摆手，有些意兴阑珊，嗫道，"这些年你助我良多，老爷两个字再也不要提了，叫我一声大哥吧！"

欧阳眼中一痛，喉头哽咽，良久，才低声道："大哥……我……"

东方清奇自拎了酒壶，给他斟满一杯，笑道："何必伤感，男儿志在四方。来，欧阳，干了这杯！大哥愿你来日飞黄腾达，得享利厚功名！"

两人一口喝干杯中酒，都是畅快淋漓。


在东方清奇差不多喝干了十坛百花清露酒的时候，东方夫人又来了。想必还是放心不下，过来看看。一见自己丈夫醉得趴在石桌上，早已神智朦胧，不由得皱眉道："怎么又喝这样多……太不爱惜自己的身体！"

东方清奇隐约听见妻子在说话，不由得抬头呵呵傻笑，喃喃道："清榕……清榕你还是挂心我？你……"

东方夫人叹了一声，回头吩咐亭外的弟子："你们师父喝多了，好生送他去卧房休息，再让厨房做些醒酒汤。"

那几个弟子急忙答应着上来搀扶，东方清奇虽然醉得迷迷糊糊，心底到底有一根弦绷着，自悔在小辈面前酒后失态，一面乖乖地由着弟子们扶走自己，一面回头笑道："司凤，小璇玑……今日尽兴了。下回和你们师父爹爹，再喝三十坛！"

他二人只得勉强答应着，见亭中只剩东方夫人和欧阳管事，一个直标标地看着对方，一个却装作没看见，完全躲避状态地低头收拾残留的碗筷。

"晚辈失礼，不胜酒力，这便去休息了。"

禹司凤见这会儿他们留着也是多余，赶紧撤退，拉着璇玑，两人都装出一副喝多的样子，摇摇晃晃地走出去，自己回房了。

欧阳低头慢悠悠地收拾着杯盏，仿佛根本不知道身后有一个人在盯着自己看。

他永远是一副浑然不觉的无辜模样。你急，他不明白；你怒，他不过无奈地看着你；你哭泣，他也只能无声地安慰你。他就是一团温吞水，在冰冷的时候感觉觉温暖，在火热的时候却让人寒冷。

东方夫人的目光从他沉默无表情的脸上慢慢游离，滑落到他收拾杯盏的手上。他的手有些不稳，偶尔不小心会把筷子摔落。

"你……"她喃喃开口，拖了一个尾音，却不继续下去。

欧阳手上微抖，将杯盏放在桌上，回身行礼，恭恭敬敬地问道："夫人有何吩咐？"

她微微蹙眉，咬着唇，有些为难地低声道："真的要走？"

欧阳讷讷地答道："我离家已有十年，早已该回去照顾老母了。"

她不相信，定定地看着他，双眸比璀璨的星子还要明亮："什么老母……你哪里来的老母……"她的声音轻柔，近乎诱惑。

她这种美色的存在就像一个罪恶，既让人沉迷，又令人害怕。欧阳垂头退了两步："没有父精母血，哪里来的人？夫人说笑，我自然也是有父母的。"

东方夫人哀怨地看着他，伸手拨了一下乌云般的长发，叹道："你还在骗我。那我问你，你的老母和我，谁更重要？你要走了，我会死的。"

你要走了，我会死的。这话她已经说了无数遍，欧阳如今只有苦笑，喃喃道："夫人莫要再说笑，我……承担不起。"

"你有什么承担不起的？你这个骗子。"

一双柔软的胳膊缠上他的脖子，软玉温香依偎过来，足以把钢铁练成绕指柔。

欧阳浑身如同僵住一般，失神地望着远方不知名的地方，仿佛怀里的绝世佳人只是一根木头。她贴着耳朵，说许多呢喃的话，没有意义的，却让人意乱情迷。

他怔了半晌，终于还是将她轻轻推开，低头道："夫人……请自重。岛主是个千载难逢的伟男子，你莫要为了一时贪欢，负了真心。"

她却不恼，咯咯一笑："我偏不要那个伟男子，我偏要你。"

欧阳早已习惯她这般轻佻香艳的说话，也不答她，将石桌上的杯盏收拾好，端起来自出了八角亭。走到一半，却听她在后面笑道："你走也没用，我偏要跟着你。你去哪儿我就去哪儿，你离开浮玉岛，我也离开浮玉岛。"

他顿了一下，轻声道："夫人不要再贪玩了，莫忘了那些无辜被岛主赶走的弟子们。他们现在还不知自己被驱逐的理由。"

亭子里的绝世佳人没有一点儿心肝，轻飘飘笑了一声，道："他们为了我被赶走，也是他们的荣耀呢。"

欧阳没有再说话，快步离开了八角亭。走得老远，却听有人在唱歌，声音凄婉清越，荡气回肠。风声吹过，他隐约只听见"君子""如金如锡，如圭如璧"类似的句子，手腕忍不住又是一颤，杯盏差点儿就要砸碎在地上。

接下来的几天，由于东方清奇忙着准备簪花大会的事情，璇玑和禹司凤也不好总是打扰他，便干脆自己在岛上找乐子，每天都热衷于探索没去过的地方和景色，倒也在岛上找到了许多如诗如画的美景，日子过得很快活。

唯一让他们担心的，就是还留在浮玉镇等候消息的那些弟子们了。鉴于此事不是降妖除魔之类正大光明的东西，涉及人家的家务事，况且他们又是小辈，这几天都找不到可以开口的机会。

好在簪花大会的准备事宜比较多，东面的演武场那里要重新修葺，东方清奇每天都忙着在那里转，倒也暂时与弟子们相安无事，没出现什么赶人的事情。

这日，璇玑和禹司凤又起了个大早，先到北面的山上逛了一圈，饿了就随便吃点儿野果，渴了喝点儿山溪，这一路就没有停脚，很快就爬上了山顶。

山下葱葱郁郁，一片青翠，而青翠外，却包裹着无边无际宝石一般的蓝色，那是大海。这里是浮玉岛最高的地方，四面没有任何遮挡，风是从四面八方吹过来的，冲击在身上脸上，衣袂飞扬，有一种飞在空中的错觉。

"司凤，离泽宫那里的大海是不是也这么好看？"璇玑站在最高点——垛在一块大石上的小石头，那里很有些不稳妥，石头颤巍巍的，随时会滑到下面的深渊里。但她竟然站得极稳，一晃不晃。

禹司凤知道她的轻身功夫厉害，也不担心，只笑道："离泽宫的海更广阔，只不过那里一年大部分时间都是阴天，所以海是灰色的，很少见到这么漂亮的蔚蓝色。"

"那下次我可以去看看吗？"璇玑随口一说，说完突然就后悔了。她想起离泽宫的规矩，好像是任何女人都不能入内，而且弟子也不能随便和女人接触，更不用说婚嫁了。

"呃，你当我没问好了。"她自我解嘲。

禹司凤却微微勾起唇角，道："你若想看，我可以带你去。"

璇玑愣了一下，终于反应过来他答应带她去看离泽宫，不由得拍手喜道："真的可以去？那你以前怎么说不能去？"

他不答，只说道："那里没什么灿烂景色，只怕会让你失望。"

"其实谈不上什么失望希望啦。"璇玑站得累了，从石头上轻盈地翻身跳下来，落在他身边，与他一起看着下面辽阔无垠的大海，"就是想看看司凤长大的地方是什么样的。"

禹司凤一怔，最后摸了摸鼻子，喃喃道："我长大的地方……你再也去不了的。"

"为什么？"璇玑耳朵尖，听见了他的喃喃自语，赶紧问个清楚。

他想了想，笑道："因为那里绝对不给外人进去。嗯，尤其是……"他上下看看璇玑，"尤其是你这样的小姑娘，绝对进不去。"

离泽宫果然有一堆稀奇古怪的戒律，简直闻所未闻。她懒得再问，将双手展开，看着袖子上的绸带飘飘忽忽扭来扭去，很好玩的样子，把她逗得微微笑。

"其实天下有什么地方是不能去的呢？"她说，"只要它存在，就都可以去。很多人都喜欢为自己划分出一个地盘，别人进不来，他也不出去。我以前也是这样。不过现在觉得，也没什么大不了。如果你死守着那块地方，你就只有那么点的自由了。但如果你心里装着整个天地，那你就是最自由的人，你说是不是，司凤？"

禹司凤眉头挑起，给她一个赞许的神色，很是钦佩："这话是你自己想出来的吗？"他直觉不太可能，璇玑可不是那种愿意琢磨什么真理人生道理的人。

果然她嘿嘿一笑，道："是师父说的，我拿来卖弄一下。"

禹司凤伸了个懒腰，看看天色，道："不早了，咱们走吧。"

"去哪里？"

"东方岛主最近忙得很，咱们别事事都麻烦他为自己操劳。午饭去浮玉镇吃好不好？那里还有许多好吃的你没尝过呢。"

说到吃，璇玑自然是举双手双脚赞成，不过……

"要怎么和那些浮玉岛弟子说呢？"他们答应了要求情，结果这么多天都没个好时机开口。

禹司凤摇了摇头："不急。让他们等着，反正离开浮玉岛之前，一定把这事做好。"


两人到了浮玉镇，见到那些被赶走的弟子，自然又是一番劝慰。好在这些年轻弟子虽然伤心，一个个却忠心得很，只说如果师父不招他们回去，便宁可在浮玉镇待一辈子，老死也不离开。

禹司凤又问了几个人被赶的前因后果，安抚几句，才与璇玑离开，去吃她念念不忘的烤肉。

"这些被赶走的弟子，很有些是东方夫人平时偏爱的。"禹司凤一面吃一面说，"这个岛主夫人，功夫是一点儿没有，却喜欢做师娘，得她偏爱的弟子，平日都是嘘寒问暖，照顾周到。所以东方岛主发现自己夫人有……人，第一个便怀疑到自己的男弟子身上。"

"师娘和徒弟怎么可能有事，东方叔叔太多疑了。"在璇玑的想法里，师父师娘那就等于爹和妈，跟"情人"二字根本是八竿子打不着边的。

禹司凤摇头道："话不能这么说。东方岛主今年也四十有余了吧，他的妻子估计连三十都没有。年龄悬殊，加上妻子貌美，他不放心也是男人的正常心理。"

男人的正常心理？璇玑漫不经心地问："那司凤也会有这种心理吗？"

他猛然一怔，咳了两声，故作自然地说道："在说东方岛主呢，别打岔。"

怎么看他都有点儿心虚的味道，换了是玲珑和钟敏言，早就吵起来了，好在璇玑是个无所谓的，不过随口一问。

"不知道东方叔叔是怎么和他妻子认识的。娶了第一美人做妻子，他肯定很高兴吧。"

禹司凤这会儿已经吃饱了，一面低头喝茶，一面沉吟道："我还小的时候，有次听师父他们闲聊，说到了岛主的婚事。那夫人原是子桐山人氏，那会儿子桐山有邪教作祟，不知从何处听来了邪法，经常抓年轻女子去炼丹药，搞得那一带有女儿的人家人心惶惶。东方岛主那会儿便去子桐山平乱，救出了一个被抓走却还没来得及杀的女子，就是东方夫人了。听闻她是孤儿，没有父母，东方岛主一时怜悯，便将她带回浮玉岛，不出半年，就与她成亲了。"

英雄救美人虽说是很烂俗的题材，但放在自己熟悉的人身上，就成了浪漫无匹。璇玑两眼发亮，连声道："原来还有这么一段故事！东方叔叔怎么从来不说？"

禹司凤又道："这是人家私事，好好的说出来干吗？而且，当年我师父说，只怕东方岛主会被美色迷惑，那女子不是普通人……你想，所有被抓走的女孩子都死了，为什么只有她活着？而且听子桐山当地人说，从来不知道附近有这么个人，就算是孤儿，也未免难以自圆其说。"

"啊，你的意思是……东方夫人其实和那些邪教是一伙的？"璇玑有些不相信。

"现在不能下结论。"禹司凤又倒了一杯茶，"不过寻常女子遭难，嫁给了救出自己的英雄豪杰，自当感激不尽更兼拜服仰慕。你看那东方夫人，可是这样的人？"

好像……被他这么一说，确实不太像，而且还和处处都不如东方叔叔的欧阳管事……勾勾搭搭。

"所以我想，咱们如果能把这东方夫人的来历弄清楚，收集好证据，总能为这些弟子洗去不白之冤。"

璇玑拍手笑道："果然还是司凤聪明！我就说，什么都听司凤的，准没错！"

禹司凤脸上一红，顿时无言，正想找些话题打岔，忽听后面有人笑道："瞧瞧，我看到了谁？你们两个小鬼怎么会在这里？"

两人只觉那声音很熟悉，齐齐回头，却见食肆门口站着几个人，头戴斗笠，腰配长剑，都笑吟吟地看着他们。

"爹爹！师兄！"璇玑大叫一声，喜得冲出去，一会儿看看这个，一会儿看看那个，竟说不出话来。

禹司凤也急忙跟出去，拱手行礼："晚辈见过褚掌门，诸位世兄。"

旁边的陈敏觉哈哈笑道："真的是你们！怎么跑来浮玉岛玩了，先前大师兄说看着像，我还不敢确认呢。"

方才说话的人就是他，几个月不见，他倒是把脸上的胡子给留住了，看上去反而稳重些。

褚磊在这里偶遇爱女，自然也是喜不胜收，不过他生性严谨，当下含笑道："莫要在门口嚷嚷，进去再说。"

众人进去将几个桌椅凑起来，围成一圈坐下，又是一番热闹相见。璇玑虽说对爹爹一向有些害怕，但到底是久别重逢，况且他今日和颜悦色的，故而竟不觉得怎么害怕，结结巴巴地说起自己在途中的遭遇。可惜她口才不好，说到最后，就变成禹司凤在说了。

褚磊听闻玲珑和敏言他们走失，便道："在高氏山周围找过了吗？你们如何跑来了浮玉岛？"

禹司凤道："都翻遍了，也没找到。本来我们是说去浮玉岛，所以既然找不到，便来浮玉岛等他们，只盼他们也平安无事，尽早赶来。"

褚磊听这样说，也只得点了点头，这个法子自然是最佳的做法，如果一味找下去，再遇到危险，那就是全军覆没，这才是最糟糕的。眼下也只有抱希望于钟敏言他们没出事，正往这里赶来。

他看了看璇玑，这几月不见，她又长高了一些，也清瘦了，不像还在少阳派那么天真无知的模样，面上颇有风尘之色，也稳重了些，心中不由得喜悦欣慰，道："璇玑，这次下山，知道外面世界的艰险了吧？"

璇玑点了点头，只觉有人盯着自己看，她转头，却见大师兄杜敏行笑吟吟地望着自己。见她看过来，他便温言道："小师妹的伤可好了？骨折不比其他，若是没有悉心养好，遇到阴雨天气是十分受罪的。"

她连忙点头："都好了！一点儿都不疼，比以前还好用呢！"

她特地晃了晃胳膊，表示它真的很好用，这动作惹得其他人都呵呵笑了起来。杜敏行从包袱里取出一个黑色小盒子，递过去："若是不适，便将这药涂在伤处，一日三次，可以去痛活血。"

说罢他看了看禹司凤，神色有一瞬间的复杂，终于还是笑道："司凤也记得要用。"

禹司凤道了谢，把那药放进袖袋里。

褚磊见璇玑腰上的剑不是她常用的那把，再看看禹司凤，身上根本没武器，不由得叹道："你们两个孩子太冒失，怎么连合手的兵器也没准备就闯出来。若不是运气好，只怕……"

璇玑小声道："我的剑被那个紫狐抢走，找不到了。所以司凤把他的剑借给我。他自己还有短剑之类的武器。"

褚磊早已看出这对小儿女之间不同寻常的暗潮，禹司凤出自名门正派，当年跟他们一起捉妖，表现更是卓越，更兼仪表堂堂，他心中很是喜欢，眼见他对自己最头疼的小女儿照顾良多，便有玉成的美意。

他们修仙者没有诸多规矩，当年褚磊自己也是与何丹萍爱恋之极，所以并不干涉儿女们在这方面的事情。

他从行囊里取出一柄通体冰蓝色的剑，递给璇玑："你以后用这柄剑，司凤的剑就还给他。别人用惯了的佩剑，你怎么好用？反而让他陷入危险境地。"

璇玑"哦"了一声，接过那柄剑，轻轻抽出，却见那剑身湛若秋水，上面更刻着水波一般的花纹，美丽之极。她自是没见过这种剑，但大师兄他们却是知道的，与师娘的"断金"一样，都是点睛谷铸剑天台的产物。当年费了巨大的物资人力，才造得两把，其一是断金，其二便是璇玑手中的这把。

"它叫崩玉。"褚磊淡淡地说。

"断金"和"崩玉"是他生得二女之后，容谷主的所赠。玲珑十一岁的时候，何丹萍就将断金送给了她，如今，崩玉就给了璇玑。

"你娘一直挂念着你们，怕在外遇到危险。这次我们来浮玉岛定夺簪花大会名额，她便嘱咐我将此剑带上，如果遇到你们，就把剑送你。"

璇玑见这柄剑造型美丽，与她所见过的各种宝剑都不一样，剑身略窄，然而寒气扑面，令人望而生畏。她心中喜极，喃喃道："谢、谢谢爹爹。"

陈敏觉笑道："小师妹，你还不知这剑有多快，我让你看看。这可是丝毫不输给断金的神兵利器！"

他随手捡起桌上残留的一块南瓜皮，轻轻往剑上一丢，众人眼睁睁地看着那南瓜皮断成两半，摔落在地上。他拔下一根头发，放在剑上，吹了一口气，那根头发也断了开来。

"好锋利！"璇玑赞叹。

褚磊温言道："有了崩玉，遇到海碗山与高氏山那种的妖魔，便再也不用担心了。你要好好待它，不可亵渎神器。"

璇玑自把崩玉拴在腰上，禹司凤的佩剑就还给了他，时而抚摸一下崩玉的剑身，心中喜悦之极。

当下众人又吃了一些东西，听他们说到那个定海铁索与被关押的妖魔，褚磊神色微微一变，张口似是要说什么，最后却没说，只问道："你们说东方岛主将许多弟子驱逐出师门，又是怎么回事？"

璇玑和禹司凤互看一眼，最后禹司凤道："褚掌门，此事说来话长……"

# 第十五章·初情

两人将东方清奇这等私密的事情小声叙述了一遍，听得杜敏行一个劲儿发愣，陈敏觉反复皱眉摸胡子，褚磊沉吟半晌，才道："这事你们小辈不便插手，今日的话只当作没听见。璇玑，司凤，你们也一样。"

璇玑叹了一口气，"那些被赶的弟子怎么办？"

褚磊道："此事我来出面，你们不要再管。"说罢又道，"时候也不早了，先去通报吧。簪花大会到底是第一大事，不可耽误。"

璇玑赶紧接一句："那定海铁索的事情呢？"

褚磊眉头微微一皱，低声道："这事不是你我凡人的力量所能阻止的，勉强插手便是要命的事。暂且冷一冷吧，以静制动方是上策。"

怎么爹爹也说以静制动？这些大人好像都不太愿意讨论定海铁索的事情嘛。莫非还是不相信？

禹司凤见她若有所思，便悄悄拍了拍她的肩膀，低声道："等敏言他们来了，咱们自己去查。"

她灿然一笑，果然还是司凤最好。


褚磊这番与老友相见，自然又是一场热闹。东方清奇见璇玑腰上挂着湛蓝的新宝剑，不由得笑道："先前还说褚老弟偏心，小璇玑连个合适的武器也没有，原来你一出手就是崩玉。这下两柄剑都有了主人，容谷主也会高兴吧。"

褚磊在他面前从来都是谈笑风生，当下便也笑道："惭愧，两个孩子功力尚浅，无法将神器的功力发挥出来，只能慢慢磨练了。"

虽然容谷主当年赠剑是借着褚磊生女的名义，不过孩子还小，哪里能舞刀弄枪？前些年一直都是何丹萍用断金，他自己用崩玉。谁知两柄剑虽然都是出自点睛谷，性质居然不同。何丹萍外家剑法是一流的，断金使来更是如虎添翼，而那崩玉在褚磊手上，却不知怎么的，有些不对劲。

所谓的不对劲就是不合手，这柄剑锋利归锋利，却无法灌注剑气在里面。他只要一运功，这剑就像一块海绵，把他的剑气全部当作水吸进去，无论如何也发不出来。不能放剑气的剑，纵然是神兵利器也没用。

他先前只当是用的方法不对，还特地找容谷主讨教一番。后来经他指点，才知自己的气与此剑不合。也就是说，断金是人人都能使的利器，而崩玉却是挑主人的。气要是不合，纵然你有天大的本事，那剑也只能当作摆设。

他无奈之下，只得将崩玉封起来，期盼以后能找到合适的主人。

"璇玑，你能不能用这剑，还得看因缘巧合了。"褚磊微叹，刚才见到爱女无恙，他心情激动，竟忘了交代，这时才想起嘱咐，"你试着运功，看能不能放出剑气。"

璇玑刚得了喜欢的剑，听他这样一说，不由得有些沮丧，原来给她还不代表真的就是她的。她走出正厅，将崩玉抽出来，握在手中，凝神运功，手腕忽然一转，轻轻巧巧在空中划了个半弧——目标是正厅对面的几株青竹。

众人都瞪圆了眼睛，等了半晌，没有声音，没有剑光，什么也没有，对面的竹子好端端地站着，连片叶子也没掉。

"呃……"璇玑登时大失所望，难道她果然不能用崩玉？

褚磊在心中暗叹，果然璇玑也不是合适的主人。他见女儿满脸失措茫然的模样，有些不忍，过去摸了摸她的脑袋，温言道："罢了，爹爹下回再挑一柄好剑给你吧。"

东方清奇也笑着打圆场："小璇玑不用难过，天底下比崩玉好的宝剑还多着呢！总能找到合适的。"

璇玑只得点了点头，还有些舍不得，看看手里的崩玉。它这样美，她还是第一次对一柄剑一见倾心，谁知落花有意流水无情……她乱七八糟地用着成语，转身和众人一起回正厅。

忽听陈敏觉惊叫："等等！快看！"

众人回头，却见对面几株青竹，缓缓地从中间断了开来，呼啦啦一下，倒在地上。褚磊疾步上前，抬手在那断开的切口上一摸——光滑的犹如镜面一般，而且……冰冷的，带着一股寒意。

他不可思议地转头，看着同样不可思议的璇玑，喃喃道："璇玑，你居然能做崩玉的主人？！"

"啊？哦……呃……"璇玑发出无意识的声音，再次把崩玉放在眼前看了又看。她又能用了，这是不是叫作好剑就该吃回头草……

她还想乱七八糟地用成语，褚磊却明显激动起来，笑道："你当真可以用！这便太好了！想不到你娘和我都无法用的崩玉，却能在你手上放出剑气！"

这下她真正成了崩玉的主人，旁边的师兄和东方清奇以及浮玉岛的弟子们都纷纷过来道贺。璇玑却只是傻傻地笑着，痴痴地望着崩玉。

这下，一剑一人，也可以算神仙眷侣，快意江湖了。她继续乱用成语，心满意足。

闲话说完，小辈们便告退了，各自由浮玉岛弟子带领着，去客房安顿。褚磊和东方清奇留下定夺簪花大会参赛弟子名单，各自把自家门派到了合适年龄的弟子名列出来，商讨筛选。

最后两派各自定下十二人，少阳派的名单上赫然有敏字辈的大部分人。

"哦，敏言也会参加？"东方清奇看着褚磊递过来的名单，有些惊讶。

褚磊点头道："他如今也有十八岁了，正可以试试，与别派的世兄弟们切磋一番，才知道自己的斤两。"

"他不是下山历练么？先前知道自己要参赛？"

褚磊笑道："不，我没告诉他。这孩子外面看上去嬉皮笑脸，实则心高气傲，早早告诉了他，这下山历练他便会心不在焉了。年轻弟子招式上都已学得纯熟，不过缺乏经验，下山就是个学习的过程了。"

东方清奇笑着称是："你最近教导弟子的方法倒是和以前不同，变通了不少。"

褚磊但笑不语。其实璇玑的事情给他的触动很大，自己一直认为是块朽木的女儿，居然能被楚影红教得出类拔萃，以至于他很长时间都在怀疑自己是否太过古板，错失许多有才的弟子。他开始学着了解每个弟子的脾性，因材施教，敏字辈里向来被他无视的二弟子陈敏觉，大约是最大的受益者。

这短短几个月，他居然就能学会基本的五行术，令褚磊也欣喜不已，往往自叹先前过于固执，不知有多少像陈敏觉一样的弟子受不了师父的冷漠而离开的。


"方才接到弟子们的通报，说离泽宫和点睛谷发来信函，最近两日便会到了。至于那轩辕派，至今毫无音讯，真是教人头疼。"

东方清奇揉了揉额角，露出些微的疲态来，眼底的阴影又黑又深，整个人在那一瞬间仿佛老了很多。

"若是不把簪花大会放在眼里，咱们干脆也不招呼他们了。这个轩辕派，总喜欢与人作对，可恨之极。"

褚磊闻言，只是淡淡一笑，轻道："你看上去不太好，和轩辕派应当没关系吧？"

东方清奇猛然一震，手里的茶杯登时翻了，衣衫被泼湿一大片。

"哎呀，果然是老了，连个杯子也端不住。"他自嘲。

褚磊将杯子一放，低声道："清奇，那些被你赶走的弟子是怎么回事？"

东方清奇茫然地望着前方，很久很久，才道："冤孽……当日没听容谷主和你的劝告……可笑我如今还不忍心……"


"还记得子桐山的那个邪教吗？"他问。褚磊点了点头。

当日东方清奇是从子桐山把东方夫人救出来的，美人为了报答恩情，以身相许，与他成婚。但美人的身份遭到褚磊和容谷主的怀疑，东方清奇力排众议，坚持与她结为夫妇。

婚后二人的日子倒也幸福甜美，虽然至今没有子息，但东方清奇毫不在乎，只将她当作掌中宝物一般爱护。

最近听说子桐山邪教余孽又开始在钦山猖獗，东方清奇便派了十几名弟子前往剿除，并生擒了一人回来。

褚磊听到这里，眉头不禁一挑，知道关键便是在此人身上了。

东方清奇低声道："我用了些法子，逼得那人说出一切实情……你可知清榕是何人？她不光是邪教中人，更是类似教中圣女教主般的人物。只因她容姿绝美，被他人当作天仙下凡，故而对她言听计从。美貌女子一生中最大的担心便是老去，她先是要修仙，结果修仙不成，也不知从何处听来用处女炼药可以永固青春，于是……"

如此说来，他的夫人非但不是什么子桐山孤儿，竟是邪教中的骨干人物。可笑他被瞒了十几年，她居然丝毫破绽未露，此女的城府简直深不可测，好生可怖。

褚磊皱眉沉吟，良久，忽然起身。东方清奇微微一惊："你要做什么？"

褚磊淡然道："邪魔外道，人人得而诛之。你还要护着她？"

东方清奇默然，半晌，才道："这事，我要再想几天……"

褚磊叹道："照这样说，被你赶走的弟子都是前去剿杀邪教余孽的了？你怕他们走了风声，竟然把他们赶走……"

"不是怕走漏风声，而是担心清榕知道了会对他们不利。"东方清奇低声道，"她身为他们的师娘，所有的吩咐这些孩子自然不敢不遵。我别无他法，只得暂时委屈他们。"

"荒唐，如此做法伤得可不止被赶走的人！你一向行事端正，怎么会出这等纰漏！你与那妖女做了十几年夫妻，不忍下手我也不怪你，但你也该想想你师父将浮玉岛交给你的时候，嘱咐过什么！"

不得与妖魔歪道勾结，不得为美色所惑。

东方清奇如今也只有苦笑外加沉默，就算她是个天大的恶人，说到底是同床共枕十几年的夫妻，说杀就杀，大约只有铁石心肠才能办到。


褚磊先前说人人得而诛之的话，不过是做个样子，这是东方清奇的家事，他也没什么资格打着招牌把人家老婆给杀了。不过是给他提个醒，让他别再执迷不悟。眼下见他这副魂不守舍的模样，只能在心底暗叹。

"出去走走吧，我已经很久没见过浮玉岛的景色了。"

他拍了拍东方清奇的背："我不逼你，有些事情你需要自己想清楚。"


欧阳身为浮玉岛的管事，平日是十分忙的，偶尔能偷得浮生半日闲，便喜欢去岛上的小山上坐一会儿，靠在树下看书或者闭目养神。

他今天也得了半日空闲，又坐在树下，只不过这次看得不是书，而是一张很小很小的纸条。

不知道纸条上写了什么，他看得很入神。

后面忽然伸出一只雪白的手，将那纸条轻轻抢走，他一愣，只听耳边有人娇媚一笑，腻声道："我瞧瞧，咱们的大管事看什么看得入迷？"

他急忙起身，行礼道："见过夫人。"

那人果然是清榕，见他这么恭恭敬敬，她忍不住把鼻子一皱："又和我装古板，那天的话，你压根没往心里去。"

欧阳默不作声，很显然眼前这位美人也对他闷葫芦一样的性格很无奈，只得叹了两声，握住他的手，低声道："你、你不要走。以前，你不是对我很么？为什么突然要走？"

欧阳沉默良久，才道："我的恩已经还完，是时候离开了。"

"什么恩？我对你有恩？"美人贴着他的脸，睫毛刮他的耳郭，又痒又麻。

欧阳苦笑："夫人明明知道，何苦再问？人妖毕竟殊途，我在岛上待久了，总是不好。"

美人甩开他的手，急道："你只念着他对你的恩！那是什么恩？！不过随手捞了你一把，没让你淹死罢了！可曾有半点真心？我对你却是真心的！我对你的好，难道不算恩情？你就这么急着走？！"

欧阳再次陷入沉默。他遇到为难的事情永远只有沉默。

美人哭了一会儿，又道："你若是要走，就带我走！这个地方，我一刻也不想多待！我管你是人是妖，反正我喜欢你！我就要跟着你！"

她也是无计可施了，这人是一块木头，虽然软，可是你打他骂他作弄他，他却不会有一点儿声音。这种沉默教人发疯一般。


欧阳静静地望着从她手上落下的字条，那上面只画了一些古怪的符号，看起来就像是符咒。

他盯着看了很久很久，忽然说道："好，我可以带你走。"

清榕简直不敢相信自己的耳朵，她怔怔地望了他许久，终于张开双臂将他紧紧抱住，哽咽道："你说得是真的？真的愿意带我走？"

"自然是真的。"

清榕紧紧地抱着他，面上散发出梦幻一般的光芒，低声道："我知道你舍不得离开我的……还记得被我发现你真实身份的时候，你说过什么吗？"

欧阳淡然道："我是以修仙为目的的，虽然是妖，但绝不害人。何况，以我的功力，要害你或者岛主，轻而易举。我来，不过是为了报恩。"

清榕笑道："不错，你当日说的话，我一直记着。好欧阳，你比这里所有的人都强……那些修仙门派，整天妄想着能修炼成神仙，可是没一个方法管用……你带我走，教我如何修炼，我们一起成仙，永远也不分开。"

欧阳怔了一会儿，轻声道："你应当还记得我说过的，成仙不容易。很多妖修仙上千年，也不过修成了人，再也无法前进一步。何况你不是妖，只是一个普通人，你确定自己能成仙？"

"有你在，为了你，我一定能成仙。"

她的誓言永远如此简单，没有说服力。可是谁又规定发誓一定要华丽刻骨？

欧阳沉默许久，终于道："好，我带你走。但你要帮我一个忙。"

"你说。"

"浮玉岛地下有一个密室，希望你帮我找出来。那对我有很重要的意义。"

他见她张口想问，便又道："什么也不要问，带你走了之后，我自然什么都告诉你。"

她面上散发着幸福的光芒，转身跑开了。

那样的幸福，是因为他，还是因为可以修仙？

欧阳在原地站了许久，终于弯腰将地上的纸条捡起来，放在手心一搓，纸条就化成了灰，被风瞬间吹散。

他转身便走，仿佛没有看见，有一个站在遥远树林后的身影，一闪即逝。


过得两日，点睛谷与离泽宫的人也来了，唯独轩辕派，至今没有消息。东方清奇到底放心不下，派了弟子前往送信，回来报说轩辕派大门紧闭，门前铜鼎香灰冷烬，问了南山附近的人，都说好几个月不曾见轩辕派的人出现了。

这自然不是一个好消息，东方清奇眉头紧皱，回头叹道："诸位，这不知是个什么情况。"

容谷主与离泽宫副宫主并褚磊三人坐在对面，都是一脸凝重之色，只是那副宫主戴着面具，看不见表情，从他不停摇羽毛扇的小动作里也能看出他在思考。

"该不会是轩辕派上次输怕了，这会儿不敢再参加簪花大会？"

副宫主开了个一点儿都不好笑的玩笑，别人没笑，他自己却咯咯笑了起来。

其他人都知道这副宫主一贯的德行，并不加以理睬。容谷主沉吟半响，方道："想必是遇到了什么大事，不如再派几个弟子过去就地监视，一有新情况立即通报。"

轩辕派近年虽然式微，但到底是南方一大修仙门派，俗话说瘦死的骆驼比马大，在南边那块还是相当具有影响力的。它若是出了什么状况，对其他四派来说都不是好兆头。

当下容谷主与东方清奇都各自派了一些弟子，继续留在轩辕派观察情况。

东方清奇低声道："你们看这情况，会不会与近来那定海铁索一事有关联？"

话未说完，容谷主便沉声道："清奇！此话休要再提！"

众人都默然，最后褚磊道："无论是否有关系，总之各自戒备便是。兵来将挡，水来土掩。"

他最后那八个字说得极重，众人心中都是一凛，深深明白这事的重要性。

不料那副宫主却咯咯怪笑道："褚掌门，你多虑了。几个杂毛，还算不得兵。我们好歹也是人间修仙大派，不可妄自菲薄。来来来，还是先把参赛弟子名单定下再说。"

褚磊明白副宫主的话是为了消除众人的紧张情绪，当下便也笑道："副宫主说得不错，我和东方岛主已把名单定下了。容谷主，副宫主，您两派的名单可否定好？"

两人都微微颔首，从袖中取出名单，递给东方清奇。容谷主又道："上次簪花大会，点睛谷实在丢人之极。这次老朽亲自审核了参赛弟子，绝不会再出现类似事件。"

他们知道容谷主说得是乌童，他半途拜师点睛谷，自己有一身古怪本领，也不知是其他什么门派的。他师父是点睛谷江长老，一时惜才，将他留下，又因为心软，在他犯下大错之后放他逃跑，最后引咎自责，闭关在点睛谷小月崖下，再也不出世。

当年乌童故意刺伤了褚磊的女儿褚璇玑，成为五大派悬赏黄金五百两的重犯。五大派的通缉，可谓雷厉风行，莫说他是个人，就是一只兔子也躲不过一月。

但偏偏没能抓到他。乌童那次逃窜之后，如同人间蒸发，一点儿痕迹也没有留下。五大派的通缉榜每年都换，此人的通缉价也是一涨再涨，从五百两黄金变成了两千两黄金。重赏之下必有勇夫，到后来，全天下的修仙者都知道了乌童的大名，也都试着翻山倒海地把他找出来，却谁也没有成功。

日子久了，便有人猜测乌童大约畏罪自裁，所以找不到他。最后五大派的掌门也相信了乌童已死的事实，但通缉榜单却不换，只怕将来再生变故。

簪花大会虽然是五大派年轻弟子的比试，但意义重大，各派重要人物都会在场，难免有不轨之心的人前来捣乱。容谷主早已下了决心，倘若乌童有胆再来，这次他必将此孽徒毙于掌下。


正事办完，四人便在正厅中闲聊起来，说到那崩玉有了主人，正是褚磊的小女儿璇玑。容谷主听说，也呵呵笑了起来，摸着胡须道："褚老弟，断金和崩玉两柄剑，你只道它们厉害，却不知造它们的材料才是真正的厉害。"

褚磊听说，连忙问道："此话怎讲？请谷主指教。"

容谷主叹道："那还是我不知几代前的太师祖，某日在铸剑天台熔炼他新采来的玄铁石。忽然天边有光华落下，像是流星，直直砸在天台边缘。你们要知道，那铸剑的材料，从深山里、大海里采来的，虽然可算瑰宝，但若与天上的陨石比起来，真正小巫见大巫。天上的材料，可遇不可求，我那太师祖以为是陨石砸落，赶紧过去观望，只盼石中含有铸剑用的材料，那就当真能造出天下奇剑了。"

"如此说来，断金崩玉竟是天降奇石所铸？"褚磊又惊又喜，他也是第一次听说两柄剑的来历。

容谷主笑着摇头："是天上降的东西铸的，却不是石头。若不是这事情记载于点睛谷历年大事中，我们如今听来，简直是笑话。原来天上降下的不是石头，却是一柄剑，剑身巨大，上下灼灼其华，发出的光芒令人不敢逼视。太师祖以为是天神掉落的兵器，喜不胜收，本想将那剑当作自己的兵器，无奈他肉体凡胎，用不得那剑。他舍不得那柄神器，便探访五湖四海、名山大川，终于找到许多上等的铸剑材料，连同那柄神器，一起在铸剑天台里熔了，历时三年，造得两柄剑，便是断金与崩玉。"

众人听说这等奇闻，不由得都怔住了。东方清奇道："那……天上掉下的，当真是天神所用的兵器？凡火如何能熔它？"

容谷主又道："所以太师祖用了三年才铸出两把剑。他试了无数次，才发现昆仑山脚下采得的冰晶玉石与此剑相熔，大喜之下，便先铸出了崩玉。待要铸造断金的时候，那柄剑剩的却不多了，他只得添上其他材料，所喜铸成了断金。剑成之后，他自己试练，崩玉几乎是那柄神器的精华所铸，他自然钟爱之极，奈何他却用不了，最后只得把崩玉封起来，自己用断金。他临终之时，不知受了什么感悟，留下遗言，此双剑本派弟子一律不得使用。既然太师祖如此交代，后代的掌门也只有将双剑封在铸剑天台里。到了老朽这一代，弟子们都不知道断金崩玉的事。我见那两柄剑封在天台里可惜了，派中也无人能用，便干脆趁着褚掌门喜得双女的时候，赠给了他。想不到，这么多年都无人能使用的崩玉，居然在令爱手上活了过来。太师祖九泉之下有灵，也当瞑目了。"

众人纷纷赞叹，如今才知道断金崩玉居然有这般来头，只是不知当日落在天台上的神器，究竟是什么，莫非当真是天神掉落的兵器？他们修仙者，一生的目标就是修仙，但至于天神是如何模样，谁也不知道，谁也没见过。谁想世间当真有神迹，委实令人感慨万千，顿觉一生的努力，没有白费。

正在闲聊的时候，忽听门外传来呦呦的鹿鸣声，紧跟着是守在门外的弟子们惊慌又尊敬的声音："掌门夫人！掌门他正在招待贵客……不便进入……"

话未说完，那娇媚动人的声音便响起，笑吟吟的："什么贵客，难道连我也不能进去吗？你们这些小弟子，真是好没道理。"

东方清奇眉头微微一皱，目光渐冷。褚磊几人立即知趣地起身告辞，笑道："路途遥远，我们都有些乏了，明日再与岛主痛饮三百杯！"

他大笑，将众人送到门口。众人只见门口站着一位白衣丽人，身旁依偎着两只小鹿，在她手中要松子吃。她见众人出来了，便微微一笑，轻轻一个万福，柔声道："见过诸位掌门。"

那风把她的柔丝吹得凌乱缠绵，长袖广阔，瞳凝秋水，当真美得令人无话可说。众人虽知她身份特殊，生性狡诈凉薄，但见她这等可怕的丽色，纵然是稳重如容谷主，心下也不由自主地一颤，与她微笑抱拳，并不多言，各自告辞了。

东方夫人款款而上，身旁两只小鹿也靠过来，围着她呦呦叫，还要吃松子。

她笑吟吟地挽住东方清奇的胳膊，娇声道："老爷你看我的耳朵。"

东方清奇怔了很久，这才微微一笑，揽住她的肩膀，看向她白玉雕琢出一般的耳郭，柔声道："怎么了？"

心中却是冷冷一叹。

东方夫人笑吟吟地，指着自己的耳朵，娇声细语："你仔细看呀。"

东方清奇只得仔细看了看，没发现任何异状："你要我看什么？"

她俏脸一板，有些恼怒："你一点儿也不关心我！人家这耳朵上的明珠耳环丢了，还是你送的呢，就剩了一只。"

东方清奇这才发觉她那只耳朵上空空的，不由得苦笑："还当你要说什么。耳环怎么会掉？还记得掉在什么地方了吗？"

东方夫人想了一会儿，才笑道："前天还见着它呢，想必是我昨天去地窖里拿酒，掉在那里了。你陪我去找好不好？"

若放在从前，他早就喜滋滋地陪着夫人去了，今日不知怎么的有些呆滞，摇头道："我还有事忙，你自己去吧。"

东方夫人娇嗔了一番，拽着他的袖子大发女儿娇气，谁知他竟仿佛忘了怎么怜香惜玉，轻轻在她肩上一推，淡然道："不要闹，我有正经事要办。"说罢他从腰间取下一串黑铁钥匙，递到她手里，"你自己去找吧。离开的时候别忘了上锁。"

她接过钥匙，眼睛笑得弯了，亮晶晶的，柔声道："放心忙你的去吧，我又不是十几岁的小孩儿。"

说完转身便走，忽听他在后面轻轻叫了一声："清榕。"

"啊？"她回头。

他沉默了一会儿，才道："没事，你……不要贪玩。"

璇玑自从得了崩玉，最常做的事情就是盯着它发呆，呆一会儿，然后傻笑，笑完了继续呆。

禹司凤这段时间与她朝夕相处，知道她发起呆来，什么人也不理的，所以也不去管她。他有自己的事情要烦，而烦恼的根源，就是藏在胸口衣袋里的那块不死树皮面具。

副宫主已经到了浮玉岛，他没有继续逃避的余地，今天有借口不见，明天总要见的。他不知如何交代，对任何人，都无法交代。

不过现在杜敏行陈敏觉他们也来了浮玉岛，就有人给璇玑捧眼了。陈敏觉见璇玑盯着崩玉傻笑的模样，不由得奇道："小师妹这么喜欢崩玉啊，每天盯着看，难道是和它说话？"

璇玑笑了笑，在剑身上轻轻摩挲，半晌，才道："嗯……不知怎么的，与它特别投缘，好像天生就该是我的东西一样。"

陈敏觉笑道："这样可好，兵器就是要选自己满意的。不过，你能做崩玉的主人，也让我们吃了一惊呢。"他回头看了看杜敏行，又笑，"你不知道，大师兄也曾用过它一段时间。"

璇玑好奇地看向杜敏行，他微笑点头："师父曾取出这柄剑，让我用。可惜我的气与它不合，同样放不出剑气，所以只好还给师父了。"

她听说这么多人都用不了，只有自己能用，这下简直得意的鼻子都要翘天上去，把崩玉来来回回摸了几十遍，一点点小灰尘都不放过。

她隐约觉得，自己好像经历过这样的场面，手里的剑灼灼其华，寒气扑面，她手里拿着白布，在上面反复擦拭。剑身往往被她擦得一尘不染。她每天都会擦，因为每天剑上都会凝结许多血迹……

手下忽然一停，她回神一般怔怔地望着自己的手——手里抓着袖子，做着同样擦拭宝剑的动作。

璇玑不由得觉得一阵恍惚。


陈敏觉还在又笑又说："这次簪花大会小师妹还没到年纪，再过五年，你和玲珑师妹带着断金去参加，簪花大会大概就成了你俩的天下了。"

谁知提到玲珑，不光他自己，众人也都在心中暗叹一声。钟敏言他们还没来浮玉岛，璇玑很清楚，他们来得越迟，就证明遇到凶险的可能性越大，可是自己又什么都做不了，干等的滋味实在难受。

最后还是陈敏觉受不了沉闷的气氛，提议大家出去看看浮玉岛的景色，众人这才勉强收起担忧的心情，璇玑和禹司凤负责领路——他俩在岛上鬼混了几天，早已把岛上的风景看了个遍，知道哪里最好。

"我带你们去山上，那里简直美极了，一望无际的大海。大师兄二师兄你们一定没见过这么漂亮的地方。"

璇玑笑吟吟地对他们招手，耳后的一朵玉簪花还是那么鲜艳欲滴，丝毫没有干枯的迹象。

当下众人移步，随璇玑二人往北面山上走。沿途只见鹤飞蝶舞，山上有广阔的绿色林原，间或夹杂着五彩斑斓的野花，异香醉人，时不时还会见到几群小鹿，或者小马，有的吃树叶有的吃草，见了人来也不怕，反而依偎上来舔手蹭腰，甚是亲热。

到了山顶，果然如璇玑所说，视野极其开阔，漫漫蓝天，粼粼碧海，人身处其间，顿时感到自身的渺小，心胸一下子辽阔起来，仿佛全天下也没有什么困难的事情。在广袤壮丽的天地间，又有什么事情让人挂心呢？

杜敏行赞叹道："以前也来过浮玉岛，竟不知还有这等地方。你们俩真是发现了宝地。"

陈敏觉一个箭步踏上最高的大石，对着苍茫的大海一个劲儿挥手，用力叫嚷着，声音一下就被剧烈的海风给吹散了。他笑嘻嘻地回头招手："你们也来！有什么烦心事，就大吼几声，相当痛快！"

璇玑也学他跳上去，两手圈在嘴边做喇叭状，用力大喊："啊——！玲珑！六师兄！若玉！你们早点来呀——！"

她吼得后背都出了汗，果然畅快淋漓，聚集在胸口的烦恼好像一下子全没了。

禹司凤见他们耍得好玩，也跳上去，手放在嘴边，似是要喊什么，却没喊出来。他颓然放下手，任由海风将他长长的乌发冲刷摇摆着，只觉整个人都要被吹化在风中。

璇玑回头对杜敏行招手："大师兄你也来。"

他笑着摇头："不……我没什么烦心事……"

当真没有吗？他垂下眼睫，兴许只有他自己才知道。


陈敏觉和璇玑对着大海鬼喊鬼叫了半天，都累得满头大汗，肚子也饿了，正说要回去吃点什么，忽见山下徐徐上来几人，都是青袍修罗面具，当头那人手里还拿着一把羽毛扇，时不时扇两下，很有些附庸风雅的味道。

禹司凤一见他们，脸色登时巨变，默默地从大石上跳下来，迎上去跪下道："弟子参见副宫主。"

那副宫主嘿嘿一笑，道："你是司凤？你的面具怎么又没了？这回可别告诉本座你又遇到妖魔，面具被弄坏了。"

说完，他眼珠在山顶众人面上一转，最后定在璇玑脸上。他琢磨了一会儿，终于认出眼前这个如花少女，正是四年前当众和宫主争论的小丫头。

这下他顿时了然，哈哈一笑，手里的扇子一摆，道："原来如此，你运气很好呀。是被她摘下了？"

禹司凤顿了一下，才答了个"是"。

璇玑见这些面具怪人又来为难禹司凤，赶紧跑过去，大声说道："你们又要怪司凤不守戒律了对不对？他的面具是被我摘下来的，和他没关系，你来责罚我吧！"

副宫主用扇子捂着嘴，低低笑了两声，轻道："姑娘又不是离泽宫的人，本座岂敢责罚？唔，真的是你摘的……你摘的……"他忽然用力一拍手，大笑道，"摘得好！摘得好！司凤，本座要恭喜你呀！面具能顺利摘下，你可是离泽宫第一人。"

禹司凤没有说话。

璇玑听他的语气，不像上次那些人一样恶狠狠的，便松了一口气，笑道："这有什么不顺利的？随手就摘下来了。这么说来，面具摘了也不是过错？早知道我一见面就摘啦！何必还等那么久？"

那副宫主手里的扇子在面具上轻轻拍着，一直在笑，也不知是笑璇玑说话没遮拦，还是笑禹司凤终于能摘下面具。他虽然是个男人，但一举一动和女人并无二样，看起来很有些诡异。这次他捏着兰花指，笑吟吟地说道："要等那么久……不等时间长一些，怎么叫作苦尽甘来呢？抛弃故土的人，总是要受些责难的。"

他说的是什么意思？璇玑有些茫然。离泽宫很麻烦，规矩多，戒律多，连说话也不干脆，不晓得他到底在说什么。

副宫主又拿扇子扇了两下，最后在袖子上一拍，道："如今你也算圆满了，这样的跪拜大礼以后也不需要了。起来吧。在外面生活可不容易，你自己要小心。日后若是遇到什么困难，虽然不能再回故土，但不要忘了离泽宫还在后面护着你。"

禹司凤恭恭敬敬答了个"是"，慢慢站了起来。他显然心神激荡，双手微微颤抖着，半天也吐不出一个字。

璇玑跑到他身边，扶着他的胳膊，笑道："司凤，这下可好了，再也没人会责罚你。你可以放心了吧？"

他扯着嘴角，勉强笑了一下，"嗯"了一声，道："副宫主，弟子告退了。"

他抓着璇玑的袖子，转身就要下山，似是躲避什么可怕的东西一样，忽听那副宫主笑道："唉，等等——瞧我这记性，总忘事。你那面具既然被摘了，留着也没用，应当交还给离泽宫啦！"

禹司凤浑身大震，猛然松开璇玑的手，眼怔怔地望着莫名的前方，良久，才苦笑道："请副宫主恕罪，弟子在高氏山与紫狐搏斗的时候，面具被她抢走，丢下了深渊。"

他又说谎！璇玑茫然地看着他，心中忽然有些不好的预感。

"丢了？"副宫主的声音升了一个调，眼珠子忽然骨碌碌转了两下，片刻，才笑道，"那也无妨，丢了便丢了吧。司凤，说到底你还是离泽宫的人，和人家姑娘非亲非故的，不好总跟在她身边。你这便和我们一起吧，过两天回一趟离泽宫，和宫主把事情交代一下，再出来也不迟。"

禹司凤脸色灰白，死死咬着嘴唇，眼眸犹如最深的黑夜，望不见底。良久，方道："弟子……遵命。"

璇玑第一次见他露出这种神情，仿佛是绝望与希望、痛楚与无奈浓浓地交织在一起，最后变成不知名的颜色，晕染在他眼眸里，深深地，仿佛要把人的魂魄都吸进去一样。

她心中一惊，喃喃道："司凤……？"

他回头，静静地望着她。还是那种眼神，从某个风和日丽的下午开始，他就用这样的眼神望着她，那碧绿的青草，湛蓝的天空，繁华缭乱的红尘世间，他都不看。他看着她，只看着她一个人。

脸上忽然一热，是他的手抚了上来，手指犹如描绘最细致的瓷器一般，轻轻摩挲着她的眉眼红唇，像是要把她的容貌用手来感受，印进脑海里。

"璇玑。"他声音很低，十分轻柔，就像三月天里的春风，"我暂时离开几天。你自己照顾自己，知道吗？要保重。"

她还是不明白，既然是要离开几天，为什么他的眼神却是诀别一般的深邃。

他忽然凑近她，嘴唇擦着她的耳朵，喃喃道："我告诉你一个秘密。要知道，做人是很困难的。但你……是让我心甘情愿的人。"

他低头在她面上轻轻一吻，像是咸涩的海风擦了过去。璇玑吸了一口气，抬眼看时，他已经和副宫主下山了。


不能让他走。

她心中突然犹如洪水暴发一般，起了这个强烈的念头。

他若是走了，她以后就再也见不到他了。

那个拈花微笑的少年，总是耐心与她说话的少年，偶尔会脸红无语的少年，懂得很多很多她不知道的东西的少年。

不想他离开，真的不想。


杜敏行过来扶住她，轻叹道："璇玑，我们也走吧。你不要再干涉离泽宫的家务事了。"

她没有听到，只是轻轻推开了他的手，快步追上去，大声道："等一下！"

前面几个面具怪人都停了下来，副宫主摇着扇子，吱吱呀呀，笑吟吟地说道："姑娘，你又要像上次一样来争辩一番吗？"

璇玑摇了摇头，慢悠悠地说道："不是。我是来告诉你们，我过几天就去离泽宫接司凤。"

禹司凤浑身一颤，没有说话。

副宫主转了转眼珠，还是笑："姑娘呀，你也应当知道离泽宫的规矩了，女子可不好过去的。"

"那我就在外面等！"她大声打断他的话，"总之他不出来我就等下去，等到为止。"

副宫主手里的扇子终于停止摇晃，隔着面具，他的目光犹如冷电，令人毛骨悚然。身后几个青袍者立即就要上前，却被他抬手拦下，低声道："姑娘，我没有宫主的好脾气。你莫要再争。"

璇玑淡然道："我也没有司凤的好脾气，你不要逼我。"

"大胆！"后面几个青袍者厉喝一声，立即就要纵身上前。璇玑紧紧握住崩玉，只觉心神激荡，体内的真气仿佛与崩玉起了感应，在胸口一阵阵卷起浪潮，无边无际。

"咦？！"副宫主奇了一声，急忙抬手拦住身后的人。他怔怔地望着璇玑，从头到脚，从发梢到指尖，好像她突然变了个人。

良久，他手里的扇子又吱吱呀呀摇了起来，方才一触即发的沉重空气好像一瞬间全部消散了。他用扇子拍了拍禹司凤，呵呵笑道："罢了，小姑娘为了你要拼命。你暂时还是与她去吧。"

咦咦？他怎么这么容易就答应放人了？璇玑还有点儿反应不过来，抓了抓头发。难道这副宫主其实是个天大的好人？

直到禹司凤走到自己身边，紧紧握住了她的手，她才反应过来这是真的，喜得眉开眼笑："原来副宫主你是大好人！谢谢你呀！"

副宫主诡异地一笑，将扇子在面具上拍了两下，才道："好人嘛，倒也未必。你是褚掌门的女儿，我怎好意思对你动粗？小徒司凤蒙你青睐，也是他的福气。不过嘛，说到底你二人还是非亲非故……这样吧，离簪花大会还有几个月，等宫主来了，司凤你自己与他说吧。到时再做决定。"

说完他头也不回，嘴里哼着古怪的小调，自己走了。


璇玑拉着禹司凤的手，笑成了一朵花，"司凤司凤，果然你留下来最好！"

他垂头微微一笑，抬手在她头顶揉了一下，道："你还是那么大胆。罢了，不说这些，我饿了，咱们去吃饭吧。"

璇玑拉着他的手，笑吟吟地与他一起下山。身后的杜敏行陈敏觉都有些发怔，虽然早知道小师妹的固执，但离泽宫副宫主在关键的时候居然让步，委实罕见。刚才还真危险，要是真打起来，他们三人再加三倍也不是人家的对手。

"呵呵，小师妹和司凤那小子眼看就是一对了。依我看呐，回头师父师娘就要商量他俩的事了。说不准玲珑师妹和敏言也一起办呢！"

陈敏觉摸着自己的胡子，对这个双喜临门非常满意。

杜敏行喉头一哽，没有说话。


璇玑走了一半，忽然想起什么，抬头笑得好像天上掉下金元宝一样，道："司凤，你刚才亲我……"

"没有。"还没说完就被他打断了。

"明明有的……"她又开始一头雾水。

"没有。"他脸红了。

"那……你说的秘密到底是什么啊？"

"什么也不是。"

他的耳朵也跟着红了，忽然回头对她微微一笑，拽着她的手开始奔跑，引得路边的小鹿小马们也加入了他们的脚步。

两人的影子被夕阳拉得很长，在地上融成了一个。

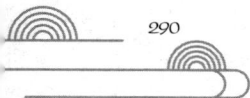

琉璃美人煞

十四郎 著 中册 十周年典藏版

浙江文艺出版社
Zhejiang Literature & Art Publishing House

## 第十六章·变

簪花大会的名额很快就定下了，由于今年没有轩辕派的加入，五大派的比赛只剩下四大派，各方不得不将参赛年龄限制进行修改，各自又加了三人进去。这样一来，许多还未满十八岁的弟子也有机会参加今年的簪花大会了。

这日一早，璇玑和禹司凤就被叫到了正厅，被告知今年簪花大会，他二人也在参加弟子的名单里。

褚磊一面在名单上添加名字，一面道："今年是个例外，就算参加了，也不用抱着必胜的心态，权当体验一下罢了。"

说完，他抬头看了看璇玑。果然不出所料，她先是一愣，紧跟着就露出不耐烦的神态，叽叽咕咕，"我也要参加？可是我一点也不想……"

"不想也不行。"褚磊叹了一口气，"我说过，不在乎输赢，关键是体验一下大会的气氛，对你们修行有好处。"

打架和修仙有联系吗？璇玑想不通，可是大家好像都很喜欢的样子，明明都是凑热闹。

"你姐姐玲珑的名字我也报上去了，"褚磊低声说着，顿了顿，又道："如果……他们还能回来。"

璇玑心中一沉，顿时难过得什么都不想说了。

褚磊心中也是一阵涩然，良久，才挥了挥手："你先去吧，也不用太担心。"

璇玑见爹爹虽然表情平静，可是眼底有深深的黑影，鬓边的白发也骤然多了几根，这才明白他心中其实是最焦虑的，可是身为一派之长，又不能轻易乱了方寸，不过强忍罢了。

她咬着唇，忽然轻道："我再去高氏山找找！"

说罢转身就走，褚磊急忙拦住："你不要冲动！去了也没用，如今情况扑朔迷离，不可再涉险！"

"说不定他们还在高氏山的某个角落里等我们去找呢！"

璇玑一想到玲珑和钟敏言他们几个衣衫褴褛，兴许还受了重伤，生命垂危地等着他们，心中就好像有一把刀在狠狠切割。其实她也明白，再去也是枉然，那天她和禹司凤早已把整个高氏山从头到尾翻了个遍，但心底到底还是存着希望的，只盼在某个没人发现的山洞里，还留着他们的痕迹。

褚磊叹道："隔了这么久，天大的伤也好了。你不要擅自行动！"

他俩的争执很快就引起了旁边人的注意。副宫主正在和禹司凤说让他参加簪花大会的事宜，只回头淡淡看了一眼璇玑，没有说话。容谷主和东方清奇都纷纷来劝。

"小璇玑，听你爹爹的话。你这一去吉凶未卜，难道叫你爹爹要为两个女儿担心？"东方清奇拍了拍她的肩膀，暗暗摇头。

容谷主沉声道："高氏山的妖孽已除，应当没有危险。他们这会儿想必已经在赶来的路上，这当口，莫要节外生枝。"

璇玑怔怔望着褚磊手里的朱砂笔，半响，忽然道："为什么你们都要装作不知道定海铁索的事情？那些妖……能把神器毁了，还带着毕方鸟四处作乱……说不定就是他们把玲珑给……"

她不敢说出那个字，那个字会凌迟她的舌头。

众人都是默然，东方清奇尴尬地咳了一声，笑道："小璇玑，这些事不是凡人能插手的……"

话未说完，却听副宫主咯咯怪笑起来，娇滴滴地说道："岛主谦虚了，修仙者怎么也算不上凡人。褚小姐，不如我告诉你为什么他们要装作不知道，因为事情关系到五大派的根基……"

"胡闹！"容谷主骤然发怒，起身将袖子一拂，厉声道："还请副宫主不要扰乱人心，口下积德！"

他这话可以说厉害之极，几乎就指明了副宫主在妖言惑众，一时间众人都无话可说，场内气氛沉闷之极。璇玑看看这个，看看那个，不知这当口适不适合再继续问下去。

副宫主被他这么一呛，倒也不恼，只拍手笑道："容谷主说得有道理，本座不过是放屁而已，不值一听。褚小姐就当什么也没听见吧。"他嬉皮笑脸，毫无正经，惹得容谷主对他怒目而视，哼了一声，拂袖而去。

"哎呀，怎么走了？莫非是被本座的屁给熏跑了？"那副宫主还在发疯卖痴，褚磊暗暗摇头，东方清奇低声劝他："副宫主，言重了。"

副宫主咯咯笑道："言重的总是本座，以后干脆捏紧鼻子做人，顺便把屁眼也紧紧，该放屁就放，人家不高兴，就赶紧缩回去喽！"

众人见他身为天下大派中有头有脸的人物，说话居然如此粗俗，不由得都无言以对。他一面笑，一面起身，把袖子一拂，学着容谷主的模样，掉脸走了出去，一面又道："司凤呀，你留下陪他们吧，本座先走一步，省得留下来惹人讨厌。"

禹司凤啼笑皆非，又不好接口，只得胡乱应一声。

东方清奇忍不住说道："副宫主，得饶人处且饶人，你何必说那么多。"

副宫主走到门口，还在笑："本座说得多吗？说得好啊，说得多好。总比一声不响做很多的人来得坦率些。眼下这时候，还死守秘密，以为暗地里就能解决一切，等真相大白的时候，那才叫滑天下之大稽。哈哈！哈哈！"

褚磊与东方清奇见他如此口无遮拦，不由得相顾骇然，他人却早已消失在门外了。

到后来璇玑还是什么都没搞清楚，回头见禹司凤朝她微微点头，她也跟着颔首，对褚磊说道："爹爹，我和司凤还是想去高氏山查看一下。很快就回来，您不用担心。"

褚磊正想着心事，竟没听她说什么，只点了点头。璇玑不由得大喜，立即和禹司凤跑了出去。

"司凤你也要参加簪花大会吧？"她边跑边问。

禹司凤点了点头，"派中弟子年纪大的都已参加过，年轻弟子又不好挑选，副宫主便让我试试。不过……"

"不过什么？"

他微微一笑，"不过我觉得赢不了，不可小看了师兄们。"

"你想赢？"璇玑很好奇，"可是我一点都不想，而且我也不想参加簪花大会，和几个人打来打去，有什么意思。"

禹司凤笑道："不想归不想，但既然参加了，就要尽自己的力量做到最好，否则毫无意义。"

璇玑愣了一下，顿时觉得他说得有道理。抱怨归抱怨嘛，既然无法避免要面对一件事了，那就该尽力做到最好，不然就是对不住自己的时间。

"嗯！司凤说的总是对的！"她点头，"那我也尽全力好了。打架我应该不会输。"

那不叫打架啦……禹司凤失笑。

两人跑到浮玉岛大门，却见门前站了足有两三排弟子，个个都腰佩宝剑，警惕地望着周围的情况，与先前他们来时的悠闲神态完全不可同日而语。

禹司凤与她互看一眼，狐疑地走过去，拱手道："世兄，请问是发生了什么事吗？"

那些人一面回礼，一面道："倒也没什么事发生，不过掌门吩咐下来，这几天要多派人严守大门，不得擅自放人入内。"

果然是有什么事情瞒着他们，莫非与定海铁索有关？

禹司凤想了想，又道："我们有些事情，要暂时离开，还请世兄放行。"

那些人摇头道："不可，掌门交代下来，任何人要出入浮玉岛，都必须携带令牌。没有令牌，我们可不能放人。"

璇玑奇道："可我们不是浮玉岛的人啊，难道也要令牌才能出去？"

那些人倒有些为难了，的确掌门的交代不可不听，但这二人不是浮玉岛弟子，只是客人，从来也没有过不让客人离开的道理。

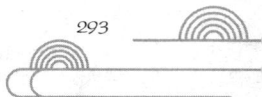

为首的看门弟子沉吟半晌，才道："这样吧，我去问问掌门。你们先在这里等一下。"

"等等……"禹司凤唤住他，"岛主如此戒备，是不是有敌人要来？"

那人为难道："这位少侠莫要为难我们，此为浮玉岛的事情，与两位……没什么关系。"

什么叫没关系？没关系还不让人走，这里的事情怎么也变得诡异起来。

"我们只是想帮忙，五大派同气连枝，若是浮玉岛遇难，不可说无关。还请世兄告知详情。"禹司凤说得不卑不亢，但那人还是摇头，"不可。少侠莫要为难我。既然是要出去，还请等我请示过掌门再说，请二位少待……"

璇玑上前一步，正要找其他人再继续问个仔细，忽觉头顶上有什么密密麻麻的东西急速坠落，周围顿时暗了下来。

众人急忙抬头，只觉浑身猛然一震，险些摔倒，紧跟着周围灰尘飞扬，好像有无数个炸药在身边齐齐炸开，爆裂声不绝于耳。众人都被这惊变给吓呆了，怔怔地站着动也不动，璇玑见十几个黑色的拳头大小的炸药朝门口这里掉下来，立即抽出崩玉，用力往空中挥出，银光犹如凤凰一般展翅飞起，带着冷冷之声，一瞬间就吞没了那些不知何处而来的炸药。

只听半空中骤然响起剧烈的爆炸声，巨大的气浪和声浪将地下的众人都冲击得无法站立，璇玑一个踉跄，眼看就要摔倒，禹司凤急急抓住她的胳膊，厉声道："我们上去看看是什么人捣乱！"

旁边终于有反应过来的弟子，扯住他们，急道："不可！浮玉岛上方密布剑网，人无法通过！"

他们这才想起当时陆嫣然在海碗山布剑网，人和妖都过不去，但是没有生命的死物就毫无问题。想来上面是有人摸透了剑网的弱点，竟然投了无数的炸药下来先乱他们的阵脚。

眼看前一批炸药将这里炸得千疮百孔，空中又暗了下来，第二批炸药接踵而至，如果再这样炸下去，好好的浮玉岛就会变成烂玉岛了。

禹司凤拽着璇玑，冲出前方弟子的封锁线，在白玉台上御剑而起，瞬间就飞到了高空，却见远远地，有许多人在那里缠斗，想必正是前来闹事的人与浮玉岛看守弟子发生了冲突。

他二人急忙赶去帮忙，只见对面密密麻麻围了一圈穿着黑衣，腰上挂白铁环的蒙面男子。璇玑心中一惊，这些人的服饰，正是在高氏山毁坏定海铁索，并把他们打伤的妖！他们脚下也没有剑，居然凌空飘浮不会坠落。每人手里都提着两个大箱子，正往下面投掷炸药。圈子里有好几个人正在挥剑发招，然而却被敌人团团围住，纵然再厉害的招式，也没什么作用，眼看包围圈越来越小，那几人应付起来也渐渐吃力，璇玑将崩玉在手中轻轻一转，剑身立即发出淡淡的银辉，她捏个剑诀，剑气激射而出，前面围成圈的黑衣人毫无防备，一瞬间就被她撂倒数人。

禹司凤趁他们还没反应过来，身形如电，剑如游龙，在那圈子外围飞速地一转，痛呼声登时不绝于耳，包围圈一下子被他们强行打开了个突破口，禹司凤用剑逼开攻上来的黑衣妖，一面高声叫："里面的人快出来！"

被包围在圈子里苦苦支撑的几人反应倒是极快，一见有人来助，不等他说完，便强行从突破口冲了出来，还有人在大声道谢："谢谢啊！兄弟！快去通知东方岛主！"

禹司凤听那声音耳熟，不由得急忙回头，双方打个照面，不由得同时惊叫起来！

"司凤！"

"敏言！若玉……你们……"身后忽然厉风劈下，禹司凤来不及说完，挥剑去挡。周围的黑衣妖越围越多，每个人都是身形快如鬼魅，应付起来吃力无比，显然他们是要新做一个包围圈，将他们几人再次困在里面堵死。

"这里我们应付，你先去通报岛主！"钟敏言浑身是汗，脸上还溅了无数血迹，看上去狼狈之极。更不可思议的是，他背后好像还背了一个人，所以行动不如往常敏捷，刚刚抵挡了两下，很快就被潮水一般涌上来的黑衣妖给逼得退了回去，身上也不知挂了多少彩。

璇玑挥剑砍了半天，见怎么也砍不完，自己却渐渐被那些妖给围在当中，什么也施展不开，心中不由得一阵烦闷，干脆把剑一收，捏着手印要放仙法。

禹司凤厉声叫道："璇玑！不要用御火术！他们身边带着炸药……"还没说完声音就断开了，想必他也被困得很无奈。

御火是璇玑最擅长的法术，其他的比如水箭啊，天雷啊，效果都不怎么的，不能用御火术，那就只有乖乖等死了。

璇玑暗暗一咬牙，管他三七二十一，炸药炸了再飞走就是了！

禹司凤只觉一股滚烫的炙风擦过后颈，他骇然回头，只见数条火龙狰狞而起，带着漫天火星，在空中疯狂地摇头摆尾。

他暗叫不好，急急挥剑逼开面前拦路的数妖，抢先一步飞离包围圈，回头用尽全力大吼："快逃！"

话音一落，只听"轰轰"无数声巨响，半空中突然开出无数朵冒黑烟的花。黑得发亮的炙风，卷着青烟，劈头盖脸砸了过来。人在那剧烈的气流中，简直就像一片破叶子，毫无控制能力，一瞬间就被冲散开来。

禹司凤只觉头昏眼花，耳朵和鼻子里都是剧痛无比，想必是被声音巨浪给撞伤了。他在空中翻了不知多少个筋斗，若不是死命咬牙憋住一口气，只怕早就从剑上摔了下去。

最后那滚滚的炽热的气浪终于渐渐平息下来，他大口喘着气，满脸是血，绝望地抬头

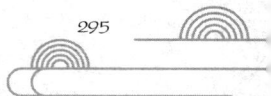

看向半空，那里除了滚滚的浓烟，一个人也没有，那些黑衣妖只怕早就被自己带来的炸药给炸烂了。

但他关心的不是这个。

"璇玑！敏言！"他哑着嗓子，再也叫不高，却不放弃，一直一直叫着他们俩的名字。可是除了面前的浓烟，没有一个人回答他。

胡闹……太胡闹！他简直不知怎么办才好，不敢想，如果他们都死了……

一瞬间，只有一瞬间，怎么会……

"喂！司凤你没事吧？！"前面突然传来钟敏言的大嗓门，紧跟着好几人突破了烟雾，御剑飞到他面前，禹司凤怔怔地看着他们，一时有些反应不过来。

钟敏言浑身都是伤，连额头也被炸得鲜血淋漓，靠在同样狼狈的若玉身上，血淋淋地朝他咧嘴大笑。

而若玉身旁还有几个穿浮玉岛服饰的女弟子，个个都受了伤，当头那女孩子面容姣美，两眼亮晶晶地望着他，嘴里一个劲叫："司凤！司凤！"

居然是陆嫣然。

禹司凤呆呆地看了一圈，最后在最边上看到了浑身都被熏成黑色的璇玑，她连脸蛋都成了黑色的，见他望过来，她兴奋地对他挥手，一面飞过来抓着他的胳膊，一面大叫："你看，我成功了！司凤你看到了吗？"

说完她又回头对钟敏言招手："六师兄！若玉！你们没事吧！"

俗话说，人不可貌相，璇玑就是个不可貌相的典型，看上去最乖，其实最能胡闹。

禹司凤终于回过神来，苦笑一声，只觉手脚都被吓得发软了，最后抬手在她脑袋上一拍，叹道："先下去再说。"


东方清奇早已带着诸多弟子赶来查看情况，见到这几个孩子狼狈的模样，立即上前搀扶，一面问道："什么人在捣乱？"

陆嫣然他们几个出门历练刚回来的弟子先给他行礼，然后才说道："我们也是刚刚回来，见这里围着许多陌生人，便上来查问，谁知他们一言不发先攻了上来。弟子们不查，被他们困在其中。后来钟世兄和若玉大哥也到了，还是不敌。若不是司凤和璇玑帮忙，只怕……"

东方清奇听见爆炸声立即就追了出来，浮玉岛上方的剑网只能挡住活物，却挡不了死物，这个弱点他很清楚。只不过他也没想到居然当真有人胆敢带着大批的炸药，送死一般地过来炸。

"捣乱的人呢？"

陆嫣然看了看璇玑，很有点赞叹佩服的味道："璇玑用火龙引爆了他们的炸药，想来都炸得没痕迹了。"

东方清奇又惊又喜，"这孩子太鲁莽！这可是在空中，万一受伤，可是要命的！"

璇玑只是傻笑，大家不都还好好的么，都躲得很快呀。

东方清奇见钟敏言受伤最重，额头上的鲜血还在滚滚而下，急忙命弟子取药，亲自替他擦拭伤口，包扎好。忽见他背后背着一人，是个年约三旬的男子，双目紧闭，脸色苍白，鲜血从人中一直流淌到下巴上，正不省人事，不由得奇道："这人是谁？"

钟敏言痛得龇牙咧嘴，勉强笑道："这位大哥说要来浮玉岛找亲人，我见他体弱多病，不好长途跋涉，便带着过来了。路上，他对我们照顾良多……唉，不过被炸药的气浪一冲，不知他能不能挺住。"

众人多多少少都受了伤，此处也不是个说话的好地方。东方清奇命弟子们带众人回岛上，自己又带了一些人四处巡逻，看有没有漏网之鱼。


褚磊他们早已焦急地守在大门外观望，终于见到璇玑他们回来，虽然受了伤，但于性命无碍，众人都甚是欣慰。褚磊本想冷脸斥责一番璇玑的胡闹，方才居然趁他不备偷偷逃了出去，但见女儿立下大功，又被熏成了黑炭，再多的责备到了嘴边也变成了抚慰："……没事吧？爆炸震荡不小，可有什么地方不舒服？"

璇玑摇头："我没事，不过六师兄他们都受了伤。"

钟敏言见到师父师兄他们，顾不得身上伤口疼痛，激动得一个箭步上来跪拜在地："弟子参见师父师兄！"

褚磊急忙把他扶起，仔细看了看伤口，确定没事，这才安慰了两句，忽见只他一人来，心中不由得一惊，急道："玲珑没有和你一起吗？"

钟敏言呆了一下，"璇玑他们也没找到玲珑？"

听到这番对话，众人心头都凉了大半。谁也没找到玲珑，她孤零零一个女孩子，想必早已遇到了不幸。

褚磊脸色煞白，一个字也说不出来，璇玑他们几个也是呆若木鸡。一旁的陆嫣然虽然搞不清楚状况，但她也发觉了玲珑没在人群里，想来一定是遇到了危险。想到当时和她冰释前嫌，约定以后在浮玉岛相见，谁知竟是这样的结果，她一时忍不住流下泪来。

钟敏言捏紧拳头一言不发，顾不得伤口剧痛，转身便走。禹司凤急忙扯住他，"你要做什么！"

"找玲珑去。"

钟敏言和若玉一路艰难，好容易到了浮玉岛，只盼禹司凤他们找到了玲珑，谁想对方也在期盼自己带着玲珑过来……玲珑玲珑，怎么独独丢了她一个人？！

禹司凤拉他不住，只得放手。褚磊怔了半晌，忽然沉声道："谁也不许去！"

钟敏言急急回头，眼中已有泪光闪烁，硬是被他咬牙忍住，低声道："师父，弟子没照顾好师妹，非死不能抵过！"

褚磊疲惫地摆了摆手："不是你们的错！都去正厅，把经过好好讲一遍！"

原来钟敏言和若玉在当晚也遭遇了那帮黑衣妖的突袭，那些人看起来像是一个有严谨规范的组织，统一穿着黑衣，腰上挂白铁环，为首的那只妖，也带着毕方鸟。

"毕方是上古妖魔，他们居然能抓得那么多相助？！"褚磊也忍不住震撼。

钟敏言揉了揉额角，继续道："我和若玉都被打伤，无路可逃，只好跳进洪泽湖，被湖底的暗流冲了很远，第二天才勉强能上岸，在山下一户好心人家里养伤……哦，就是这位大哥的家。"

他指向躺在对面长凳上的那个男子，那人还处于昏迷状态，鼻子不停地流血，几个浮玉岛弟子正悉心照顾他。

"等伤差不多快好的时候，我们就开始在高氏山以及附近的地带搜寻，想找到璇玑、玲珑她们的踪影。可是找了好几天都没找到，后来我们就想或许他们带着玲珑先到了浮玉岛。这位大哥听说我们是去浮玉岛的，便央着一起来，说他有个弟弟在浮玉岛做事，许多年都没见了。如今他们的老母亲已经病逝，自己也体弱多病，无人照顾，只能来浮玉岛投奔弟弟。所以便带着一起来了……只是还要麻烦诸位世兄，查找一下这位大哥的弟弟，也好让他们兄弟团聚。"

钟敏言慢慢说完，只觉累极，撑着头难过得一个字也不想再说。

一旁的若玉拍了拍他的肩膀，叹了一声。谁也没想到，管了高氏山的一场闲事，代价竟是丢了玲珑。早知如此，那山上就是住了十个八个仙姑，每年娶百八十个男子，他们也不插手了。

众人也都是默然，不知说什么好。璇玑呆了半天，才道："玲珑肯定是被那些黑衣服的妖怪抓走的！他们的目的是破坏定海铁索！爹爹，你明明知道定海铁索的事情对不对？你们这些大人都知道！为什么不说？我们应当赶紧把玲珑救回来啊！"

褚磊脸色铁青，不说话。一旁的容谷主叹道："褚小姐是伤心过度了，定海铁索一事未必与你姐姐失踪有联系。何况我们确实也不清楚……"

"骗人。"璇玑定定地看着他，低声道，"你们知道，但不想说。"

容谷主被她这样一堵，顿时有些无言。

"璇玑，不要胡闹！"褚磊沉声斥责，他看上去也是心力交瘁，叹道，"倘若玲珑是个有福之人，应当会化险为夷……在这里担心也没用。你们都受了伤，下去休息吧。不要再说废话。"

璇玑默默看了他一眼，转身便要走，忽听旁边躺在长凳上那人呻吟一声，缓缓睁开了眼，茫然地看了看周围，喃喃道："这……这里是？"

钟敏言一见那人醒了，急忙凑过去："欧阳大哥，你没事吧？这里是浮玉岛，我们已经到了。这便委托他们将你弟弟找来。"

原来这人也姓欧阳！璇玑和禹司凤心中都是一动，莫非正是欧阳管事口中那个体弱多病的大哥？

那人虚弱地一笑，握住钟敏言的手，轻道："你……怎么又把自己搞得一身是血。当小心些才对。"他抬手用袖子把钟敏言流到下巴上的血给擦了，颇有长辈的慈爱风范。

钟敏言眼眶一红，颤声道："大哥……玲珑她……我还是没找到玲珑！"

那人怜悯地看着他，叹着气，拍了拍他的手，柔声道："别担心，不会有事的。先把伤养好了，再去找。只要不放弃希望，总有相逢的一天。"

钟敏言竟然极听他的话，当下点了点头，把眼泪逼回去，亲自将巾子拧干了，替他擦去鼻子下面的血。

对面有弟子听说这人姓欧阳，早早便去通知欧阳管事了，过得一会儿，欧阳管事急匆匆地赶来，一见到长凳上躺着的那人，先是一愣，跟着便叫了一声："大哥……你怎么会来。"

果然是欧阳管事的大哥！

他过来将那人扶起，见他脸上满是血，立即回头向弟子们要冰袋。

那人轻道："我若是不来，你便打算一辈子不回家了，是不是？"

欧阳管事怔了一下，低声道："我正打算将岛上杂事处理完毕，便回家。"

"你不用回去了……"那人闭上眼，脸色苍白，"娘已经走了，至死也没能看到你最后一眼。"

欧阳管事咬了咬牙，面上露出悲戚的神色，不知说什么好。那人又道："我原先也不想来，但娘交代过让我替她看看你最近过得如何。我看你脸色红润，想必也没有吃苦，娘的心愿已了。你且留下吧，不用回家了。"

欧阳管事犹豫了一下："那……大哥你呢？"

那人微微嘲讽一笑，轻道："我自然是从哪里来就到哪里去，不劳你操心。"

欧阳皱眉道："此事从长计议，娘既然已经去世，那以后就只有你我兄弟二人相依。大哥身体不好，我应当照顾。你先好好养伤，别的不用烦心。"

那人怔怔望着他，半晌，喃喃道："你……果然变了不少，这些年怎么……"

欧阳脸色有些微妙地一变，正要说话，忽听门外有人轻轻吹着口哨，他起身道："大哥只管养伤，不要胡思乱想。晚间我再来探望你，保重。"

说完他便走了，留下那人独自发呆，钟敏言有些看不过眼，低声道："他怎么这样！大哥受了伤，又千里迢迢赶来看他，有什么急事也可以放下了吧！"

那人摇了摇头，有些疲惫，轻道："他变得越发多了……敏言，我累得很，想睡一会儿。你和你的师兄妹们说说话吧。"

钟敏言见他闭目养神，便不再打扰他，回头见禹司凤他们正定定看着自己，他咧嘴苦涩一笑，招手让他们一起出去说。

"总是要找到玲珑的。"

钟敏言蹲在正厅外花台下，用手指使劲扣着下巴上干涸的血块。他比先前要冷静了许多，然而语气却坚决依旧，看上去更有一种令人不敢拒绝的决绝。

"眼下师父他们都在忙着调查袭击浮玉岛的事，应当没工夫管咱们。咱们把伤赶紧养好，找一天偷偷溜出去，回高氏山再找找玲珑。"他说着，一面坐了下去，谁知花台那里被炸得坑坑洼洼，他没扶稳，一屁股坐塌了下去，甚是狼狈。众人想笑又不敢笑。

"这……娘养的……"钟敏言本想骂句脏话，宣泄一下愤懑的情绪，碍于在场有璇玑她们几个姑娘，只得含糊不清地带过。"那些妖怪到底是怎么搞的！毁坏定海铁索就罢了，还抓走玲珑，袭击我们，这会儿更跑来浮玉岛闹事了！是不是和咱们干上了啊！"

禹司凤把他从地上拉起来，道："此事只怕还没这么简单。我看几个掌门人都支支吾吾言辞闪烁，想必里面还有什么内幕……"

说到这里，他脑中忽然灵光一闪，电光火石一般地，有一个想法就这么跳了出来。

"什么内幕？"钟敏言急得一个劲问。

他摇了摇头，转头问璇玑："你身上带着地图吗？拿出来看看。"

璇玑把地图铺在地上，众人围上去，就见禹司凤的手指在地图上比画了半天，从正北的点睛谷，一圈下来，停在正南的南山轩辕派。

"你们看，咱们五大派都在这个圈里。"他取出一支炭笔，在上面画了个巨大的圈，将东西南北四方的大派都圈在其中，中间却是首阳山少阳派。

"什么意思？"若玉和陆嫣然看了半天也没明白，钟敏言却有些悟了，当即用手把那一圈中，自己去过的地方都报了一遍："东南的望仙镇海碗山，正东的钟离城高氏山，东北是浮玉岛，正北便是点睛谷……"

他越说越小声，众人也在瞬间明白了他的意思。海碗山、高氏山都埋着定海铁索，而定海铁索又是以先天八卦的格局设下的，意味着四面八方都会埋有一根。东北这里是浮玉岛，从那些妖魔的行径来看，第三根定海铁索，必定是在浮玉岛这里了！难怪那些大人们提到定海铁索如此言辞闪烁，他们根本是知道这件事的！兴许定海铁索是祖上千百代之前传下的需要镇守的神物，所以众人才万分谨慎，轻易不谈。

"轩辕派这次没派人来谈簪花大会，而且大门紧闭，无人出入，你们说，会不会是被那些妖魔……"璇玑一下想到了轩辕派，最糟糕的结果，就是轩辕派被那些厉害的不知从哪里聚集起来的妖魔给灭门了，定海铁索也被毁坏。所以……浮玉岛门前派了那么多看守弟子，所以……爹爹他们在浮玉岛待了那么多天，所以，那些人要来袭击浮玉岛。他们的目的是要破坏浮玉岛这里的定海铁索！

想到了这一层，众人都是相顾骇然。这样说来，不单是浮玉岛，就连点睛谷，离泽宫也不能幸免于难！

"可是……少阳派在中间啊……也不在先天八卦的格局上，那里大概没有定海铁索吧。"璇玑点着地图上的首阳山，喃喃说着。

禹司凤皱眉想了一会儿："会不会……他们说的那只妖魔，就在……"

他支支吾吾，钟敏言立即帮他把话说完："就在少阳派下面？！不可能吧！我从来也没听说过这种事！"

禹司凤低声道："到这里都只是我们的推测，事实是否如此还不能确定。想来那只妖魔当真那么厉害，上古的神明应当会将他镇压在灵气充沛的地方。天下仙灵之气最充足的，非昆仑山莫属……罢了，此事不是你我能蠡测的。眼下最重要的还是回一趟高氏山，把玲珑找到是要紧。"

陆嫣然急忙道："我也去找！我和你们一起，多一个人也多一分力量！"

禹司凤见她刚风尘仆仆地赶回浮玉岛，就要离开，也是个重情义的姑娘，心中对她的厌恶不由得去了大半，温言道："先养伤，各自休整。过两天再走。"

陆嫣然起身笑道："那天分别的时候还说呢，下次你们来浮玉岛，我带你们玩，谁知你们都比我到得早。这样吧，晚上我请客，镇上有一家很棒的食肆，咱们去吃点好的。下回等把玲珑带回来了，再好好玩。"

众人都下定决心要去找玲珑，到底人多力量大，心里都不再那么郁闷，各自回房休息不表。


经过这次突袭，浮玉岛的戒备足比先前强了百倍。东方清奇带着子弟们在周围方圆百里御剑飞了许多来回，确定再没有可疑人物，这才回岛。又将岛内弟子编成小队，轮流在外巡视，一旦发现可疑情况，立即回报。

褚磊等几个他派掌门人也不曾歇着，帮忙视察岛上人员伤亡，清点人数，忙得连饭也不曾吃。

璇玑他们几个都或多或少受了伤，故而没人委派任务过来。好容易挨到傍晚，各自逃过岛上严密的监视，御剑飞往浮玉镇。

年轻人聚在一起，纵然各自受伤，又为玲珑和定海铁索的事情挂心，到底还是有说有笑的，很有一番热闹。

原来陆嫣然回来这么迟，是因为在路上寻找同门耽误了不少时间。本以为同门是在太华山逗留，谁知自己一直找到了南山附近，才把他们追到。听说是因为沿途听到轩辕派的一些事，同门便去打探消息的。

"我看啊，那个轩辕派只怕真是出大事了。"陆嫣然喝一口酒，脸红红的，说话也大胆了许多，"听附近的人说，几个月前那里动不动就有大批的人进出，像搞什么庆典似的。谁知没两天派里就没人了，成了个死城。我们本来说要进去看看，但又怕惹来是非，只在门口待了几天，竟然真的没半个人出入，里面也没一点声音。我看……只怕和这个什么定海铁索的事脱不开干系，凶多吉少呢！"

禹司凤摇了摇头："轩辕怎么说也是天下大派，不可能无声无息就被人灭门。这个门派从上到下都有点诡异，这不是好兆头，要小心。"

陆嫣然笑吟吟地丢他一个媚眼，可惜他却像个瞎子，压根没看见，回头替右手受伤的璇玑夹菜。

璇玑右手一根手指的骨头被震裂，包得严实，连筷子都不好抓，只能用左手勉强"戳"点东西来吃。吃不到美食对她来说不亚于酷刑，这顿饭更是吃得愁眉苦脸。

不过比起对面满头都包满绷带，吃饭还要把绷带往下拉的钟敏言，她却悠闲多了。

浮玉镇靠海，陆嫣然更是点了许多他们从未吃过的海鲜，有些连若玉他们这些也在海边长大的孩子都没见过。酒至三巡，老板又端上来一大盆清蒸海蟹，通红的壳子，前面的大钳子看上去像剪刀一样。

禹司凤小心地剥了一根脚递给璇玑，她接过来，却不吃，只是盯着发呆，半晌，忽然叹了一口气，轻道："要是玲珑在，可不知有多开心。她就喜欢吃螃蟹……"

她忽然提到玲珑，别人也罢了，钟敏言刚送到嘴边的蟹肉再也吃不下，慢慢搁在一边，心中酸楚无比。

陆嫣然见状急忙打哈哈，笑道："等她来了，我便请她吃更好的！这次嘛，就当咱们偷偷背着她吃喽！"

钟敏言勉强笑了两声，忽然不知从哪里生出一股豪气，握紧酒杯大声道："我钟敏言若是找不到玲珑，一辈子也不回少阳派！"说罢将杯里的酒一口喝干，催着陆嫣然赶紧再添。众人纷纷叫好，陪他一起喝干。正是热火朝天的时候，钟敏言肩上忽然被人一拍，众人急忙抬头，只见杜敏行和陈敏觉二人戴着斗笠，笑吟吟地站在后面。

"咦？大师兄二师兄你们怎么也来了？是要喝一杯吗？"

钟敏言把自己的杯子递过去，杜敏行笑着推开，道："师父有命，让我和敏觉先回少阳派，通知上下加紧防范，只怕那些妖魔四处流窜作乱，跑去少阳派撒野。"

众人心中都是一动，钟敏言急忙道："那……师父还交代了什么没有？那些妖到底是什么身份……还有那个定海铁索……"

陈敏觉倒是不客气，抢过他的杯子喝酒，道："这个谁知道！定海铁索的事师父不是说咱们不好插手吗？偏你有这样多的问题！"

他又挑了根蟹腿，笑："你们几个，受了伤也不安分，还背着人出来喝酒。等我回少阳峰，再向师父师母告你俩的状。"

众人都拉他二人坐下喝酒吃螃蟹，勉强劝了几杯，杜敏行挂心师父的命令，便催着陈敏觉先走了。几个年轻人又吃了点螃蟹，只觉酒足饭饱，心情也舒畅了许多，又怕回去之后被人闻出酒气，问老板要了许多茶叶，放在嘴里一通嚼，这才偷偷回到浮玉岛。

璇玑喝了不少酒，回到屋里倒头就睡着了。睡到半夜，只觉外面风声越刮越大，隐约有种让人无法安心的波动在蔓延。她被惊醒，发觉半边窗户被风吹开了，外面树影幢幢，随风摇摆，发出沙沙的声响。

夜半醉酒惊醒，最是口干，她揉着眼睛下床倒水，夜风扑面而来，她猛然一惊——妖气！

看来下午果然还是有一些妖魔趁乱混进了浮玉岛。

她披上外衣，提起崩玉从窗台上跳了下去。今夜的风很大，乌云一团团，把月亮遮在后面，四下里安静无比，只闻风声。那风吹得人眼睛都有些睁不开，妖气时隐时现，捉摸不透，璇玑只得一点一点往前找。一直走到对面的庭院，忽见几人坐在树下谈天，抬头见到她，那三人也都是一愣。

"璇玑，"禹司凤急忙走过去，"这么晚了你怎么还不睡？"

璇玑愣了一下："呃……我……你们不是也……"

原来禹司凤他们三个少年男子隔了许久没见，自然有许多话要说，只觉在那食肆里有女人在旁边，聊得不痛快，故而又偷偷带了酒，回浮玉岛继续聊。

钟敏言翻着白眼："问你呐！你问我们干吗？"

璇玑摸了摸鼻子，轻道："我好像感觉到有妖气，所以顺着味道找过来。你们什么也没看见吗？"

禹司凤摇了摇头，钟敏言叹道："又是妖气……浮玉岛怎么会有妖气？你到底是从哪里闻到的……"

若玉却说道："说起来，我好像刚才听到一点什么动静，不过以为是风声，所以没在意。既然璇玑这么说了，咱们不妨找找，万一真有妖类混进来，也好提醒大家警戒。"

钟敏言正喝着酒聊着天，很痛快，突然被打断，也只得闷闷地进屋拿剑。

"喂，要是没有妖，你可得赔我三坛好酒。"钟敏言瞪了璇玑一眼，忽又想起那些他不愿意想起的回忆，神色微微一变，后面的话也说不出来了。

璇玑抓了抓垂在肩上的小辫子，为难地看着他，若玉笑道："璇玑不要理他，他这人就是小孩儿脾气。敏言，回头我买几坛好酒给你就是了，不要对女孩子这么凶。"

钟敏言牵牵唇角，有些烦躁，提着剑走在第一个，道："好了，走吧走吧！妖气在哪里？璇玑你来带路！"

璇玑点了点头，正要走，忽觉头顶上方的天空亮了起来，橘红色的光映在对面钟敏言的脸上，他脸上的表情是惊诧的。

"又是……什么？"他抬头，指着上方火红的光芒，正星星点点地落下，遥远得像是夏天的萤火，但明亮得却像燃烧的星星。

众人都是茫然地看着那些橘红色的光芒缓缓落下，直到西北角火光冲天，一阵阵激烈的敲梆子声响起，有人在大叫："着火了！快取水！"

禹司凤第一个反应过来，撒开腿就跑，一面急道："不好！又有妖来袭击了！"

这回投的不是炸弹，是无数根燃烧的箭头。

众人终于反应过来，齐齐朝大门那里跑去，老远就见到东方清奇和褚磊几人站在那里，他们要躲也来不及了，只得硬着头皮走上去，只听东方清奇有条不紊地吩咐弟子们灭火，他忙了一天都不曾休息，眼里满是血丝。

交代完毕之后，他自带了十几名大弟子御剑上去除妖，却被褚磊拉住，叹道："我和容谷主去，你留在岛上，别让孩子们惊慌。"

东方清奇正要反对，却见守在大门外的众弟子惊慌失措地奔过来，许多人后襟都着了火，疯了一般乱跑，一面嘶声叫嚷："掌门！那些妖攻进来了！"

他心中一紧，被褚磊推了一把："留下！"定睛再看时，褚磊已和容谷主带着那十几名大弟子御剑飞远了。他沉默半晌，抬手扶住一个后背满是火焰的弟子，痛心疾首地叫道："来人！取水来！"

话音一落，后面早有弟子们捧了水桶过来，哗啦啦当头淋下，那些人身上的火焰顿时熄灭了，然而烧伤不可避免。

东方清奇抹了一把湿漉漉的脸，抽出腰间宝剑，厉声吩咐："真兰、润月！你们这一队照顾受伤的师兄弟！翩翩、玉宁，你们这队与我死守大门！"

话未说完，大门那里早已潮水一般涌进无数穿黑衣挂白铁环的妖，当前一队不等浮玉岛众人做出反应，齐齐蹲下拉弓，弓上架的都是点燃的火箭。嗖嗖几下，刚好顺风激射过来，浮玉岛众弟子只得挥剑将那些火箭扫落，落在地上又烧了起来，一时顾不得取水来灭。火是见风就长的，今夜风急，四下里一吹，火苗猛然窜了有一人多高，顿时让众人乱了阵脚。

群妖一齐攻了上来，与浮玉岛弟子们缠斗在一起。东方清奇肩上中了一箭，衣服被烧开一个洞，他挥剑斩断箭尾，咬牙将眼前数个妖魔斩倒在地，一旁有弟子被火烧着，撕心裂肺地惨叫，他忍不住浑身都惊得发抖，嘶声道："守住！都守住！"

背后忽然有数人急急蹿上，禹司凤急道："岛主，我们来帮忙！"

他五人一圈排开，剑气激射而出，立时将群妖冲进来的势头缓了一缓。东方清奇见是他们，心中一宽，咧嘴笑道："不错！小心了！"

先前被那些妖魔狂攻猛烧的浮玉岛弟子们，终于也渐渐回过神来，不再像先前一样乱作一团，不断有更多的弟子从岛上四面八方赶来相助。渐渐地，攻进来的妖魔们吃不住力，纷纷撤退。

"留下三十人，其余的人守在后面，不要在大门附近逗留！"

许久未曾见的翩翩发话了，他依旧是红衣红剑，比先前看上去更是稳重不少，在他周围倒了一圈妖魔，个个都是一剑致命，可见其剑法这些年越发精妙了。

众弟子很听他的话，正好大门附近的妖魔也已击退，便有条不紊地自己组队去各处巡逻救火，猎杀漏网之妖。

东方清奇见天上还不断有火箭射下，数量虽不如先前那么多，但今夜有天助，风急云涌，火箭一落在地上，见风便长，若不及时扑灭，很快就会酿成巨大火灾。想来褚磊和容谷主虽然御剑上去除妖，但对方一定数量众多，一时胶着难以除尽。

"玉宁，你再带一些弟子上去！"他回头对正指挥弟子们取水灭火的那个白衣女子吩咐着。她急忙称是，当即清点了十余人，一路从大门那里杀了出去。

这时陆嫣然这些年轻弟子们也满头大汗地赶来，被翩翩飞快编成十人一组的小队，取水灭火，总算暂时把火势给压了下去。第一批攻进来的妖也被璇玑他们追杀得差不多了。这一场变故，当真是突如其来，令人防不胜防，年轻人们还有些反应不过来，互相看着对方狼狈的模样，有的笑有的呆，有的捂住脸大哭起来。

东方清奇见对方攻势已弱，上方落下的火箭也越来越少，当即便吩咐："快把受伤的弟子们抬去玉水院！请欧阳管事照料！"

所喜被烧伤的弟子不是很多，只有一两个人处于昏迷状态，其余伤者还可以勉强支撑着离开。陆嫣然和几个师姐们把人带走，没一会儿，又惊慌失措地跑来，急道："掌门，找不到欧阳管事！"

东方清奇微微皱眉，"四处都找了？"

"是的，大家……都没见到欧阳管事。"

东方清奇一摆手："请你们的师娘照料！"

陆嫣然又飞快跑走，没一会儿，更加惶恐地跑来，满脸是汗，颤声道："掌门！掌门夫人她……也找不到！"

东方清奇沉默片刻："罢了，你们几个不用再来，都留在玉水院照看伤者。"

火光渐渐暗了下去，暗橘红色的天空阴沉沉的。慢慢地，那暗橘红色也褪了下去，恢复成墨蓝的夜空。所有人心里都明白，褚磊他们已经把剑网上方盘踞的妖清除了。果然很快褚磊他们就带着诸弟子回到大门那里，两位掌门人还好，其余弟子都或多或少受了伤，

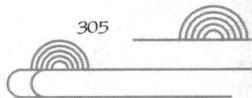

连玉宁的头发和衣服也被烧得不成样子。

褚磊手里提着一个重伤的妖魔，看了看周围，道："这里情况如何？"

东方清奇摇头："无甚大碍，只是受伤弟子众多。这个是……？"

褚磊将手里重伤的妖丢在地上，淡然道："活捉回来的，已经下了软香酥，一根手指也动不了，想自杀更是绝无可能。可以好好问。"

璇玑见那只妖魔脸上的黑布已经被人摘下，露出下面野兽般的脸，上面鲜血淋漓，狰狞之极。此妖虽然动也不能动，但气势上居然丝毫不输，目光灼灼，恶狠狠地瞪着众人，那模样让他们一下想起了海碗山那只被他们杀死的妖，心中都是一紧。

容谷主袖袍一展，放出捆妖绳将他从头到尾紧紧缚住，这才低声道："妖魔向来居无定所，从不成群结队。你们是从哪里来的？受何人指使？"

那妖冷笑一声，却不说话。容谷主一脚踏上他的胸口，足下用力，直将他的肋骨踩得咯吱咯吱响，璇玑听得背后一阵恶寒，不由自主抓紧了禹司凤的衣服。

"你不用与我倔，我自有无数法子炮制你。痛快点说了，我便痛快点了结你。"容谷主的声音一向平板无起伏，平日里听来甚是稳重温和，但在这等场合下说来，竟让人有毛骨悚然的感觉。

那妖受不得，嘴角流下鲜血，低声道："此事本没有你们凡人插手的余地……你们却偏要争强上位……白白，留了笑柄。若是与群妖作对，还得看自己有没有……那个本事。若不是我们相让，十个浮玉岛也……"

声音骤然断开在痛呼里，他的肋骨被人生生踩断数根，一口气上不来，竟晕了过去。

容谷主面不改色，回头吩咐："拿水来。"

几个年轻弟子战战兢兢地取了一桶水，泼在那妖脸上。在场都算是名门正派的弟子，虽然以除妖平乱为己任，但从来也未曾见过残酷的拷问，更兼在他们心目中，妖魔是没有人形不会说话的厉害野兽，眼前这只妖和人几乎没有两样，看在眼里难免不忍。连钟敏言也皱起眉头，心中很是不舒服。

那妖被冷水一泼，又惊醒过来。容谷主蹲下身子，定定望着他惨绿的眼睛，沉声道："其实你就不说，我们也知道。我听闻西方大荒地不周山附近有居群之妖，那里连通阴间之所，常人从不轻易前往。你们是想破坏了铁索，闯入阴间去救那人，对不对？"

他这话说得甚低，只有那妖能听见，果然他听了之后浑身一震，却没有破口大骂，只是嗤笑一声，道："苍鹰之事，蝼蚁也敢插手！关押他的是神明，与他同类的是妖，与你们凡人何干？"

容谷主眉头一皱，褚磊冷道："妖孽之辈，人人得而诛之！何况你们作乱人间，害了多少无辜之人！还在这里夸口！"

那妖低声道："上古起，你们这些凡人就人心不足蛇吞象，造了天梯天树，妄图向上爬……如今又来干涉神明之事……不怕，再遭报应？"

话音一落，却听后面有人咯咯怪笑道："这话说得好，好呀！人心不足蛇吞象……但你们害了许多凡人是真，现在说这些话，不嫌牙酸？"

众人急忙回头，却见一直不见踪影的副宫主摇摇晃晃走了过来，手里还拿着一把羽毛扇，从头到脚又干净又整齐，和这里的狼狈景象简直格格不入。

容谷主哼了一声，将那妖提起，道："清奇，把这妖关在你岛上的地牢中，改天细细审问！"

副宫主又笑道："还地牢！地牢早就空啦！你们仔细算算，莫要着了人家的道！"

东方清奇心中一惊，深深看了他一眼，回头吩咐翩翩几句，他立即会意，转身便走。过得片刻，红影一闪，又赶了回来，惊道："掌门！地牢大门不知被何人打开……里面……空空如也！"

此话一出，年轻弟子们还好，三位掌门人都是悚然变色。容谷主从怀中取出一面铜镜，抬手一拂，整座浮玉岛的景象立即映在其中。他额上满是汗水，似是在艰难地找着什么。

副宫主又道："依我看嘛，大门这里都是人，他们肯定是朝其他可以离开浮玉岛的地方走喽！"

东方清奇拂袖便走，他自然知道所谓别的出口是什么地方——北面的山坡！四面是茫茫大海，要进岛绝无可能，但要从那里出去，只要熟悉地形，绕过看守弟子，轻而易举便可逃离浮玉岛！

谁又熟悉浮玉岛地形?

欧阳！东方清奇恨了一声。褚磊立即随他赶往北面山坡，璇玑他们互相看了看，也跟着跑去。只留下容谷主，慢慢收了铜镜，一掌劈中那妖的胸口，将他打得狂喷鲜血，晕死过去。

"副宫主，你知道的东西可真不少。"容谷主冷冷说着。

副宫主打了个哈哈，抱拳道："不敢不敢，本座一向孤陋寡闻，怎比谷主见识广博，连那人押在阴间都知道……"

容谷主哼了一声，拂袖而去。

东方清奇一行人朝北面山坡狂追过去，一路上却没看见半个人影，最后齐齐停在山崖边。

"掌门，这里没人。"翩翩四处看了一下，立即给出结论。

东方清奇眉头紧锁，盯着两旁浓密的树林，似乎要将它们瞪穿了，将藏匿于其中的人找出来。

海风卷着山风急急吹过，众人的衣衫都被吹得猎猎作响，璇玑忽然捂住鼻子，指向林中，轻道："那边……有妖气。"

她一个小女孩儿的话，本来也没人听，何况妖气这种东西也不是说闻就能闻到的。褚磊皱起眉斥责她："你不要捣乱！什么妖气！"

璇玑眨了眨眼睛，低声道："是妖气！动作很快！要到山崖边上了！"她猛然抬起手指，指向林中黑暗的地方。东方清奇回头道："给我一把弓！"后面立即有弟子把长弓铁箭递了上来，他运足真气，长臂拉开弓弦，手腕稳如铁，一面道："小璇玑，在哪个方向？"

璇玑抬手一指，他箭尖对准那个方向，灌注真气于铁箭，手指骤然一松，只听破空之声乍响，那根箭激射而出，林中果然听见有人闷哼一声，紧跟着又传来女子的惊呼。风声荡过，树顶簌簌几声乱响，两团黑影轻飘飘地从树顶飞了起来。

"想跑？！"东方清奇抽出另一根箭，拉满，"嗖"的一声，正中其中一团黑影，眼见他扎手扎脚地摔了下来。

众人急忙追去，跑到林中，却见对面也急急跑来一人，穿着黑衣短打，背后还背着一个包袱，面容清丽绝俗，居然是东方夫人！她一见到众人，脸色登时苍白，不过看上去倒不怎么害怕，只停在那里，定定地望着东方清奇，只当他要说点什么。

出乎意料，东方清奇似乎早就知道她会出现在这里，什么也没问，只一摆手："看住，不许让她跑了！"

几个弟子虽然诧异莫名，但也不敢不听师尊的，只得过去将她围住。东方夫人脸色一会儿红一会儿白，半晌，才道："老爷，你这样对我！"

东方清奇仿佛没有听见，自去林中将受伤掉落的两个人缚了过来。果然其中一个便是穿夜行服的欧阳管事，他背后中了一箭，脸色犹如白纸一般，倒也硬气，一声不吭地被他拽过来。身后还跟着一个全身上下裹着麻布的人，看不到脸。

众人万万想不到自家人出了内贼，而且一个是掌门夫人，一个是岛上的大管事。大管事平日里是个手无缚鸡之力的书生模样，谁想他竟然藏得极深，方才那腾空而起的轻身功夫，就连岛上修炼十余年的大弟子也做不到。

东方清奇定定地望着两人，良久，将手里的弓箭丢在地上，道："你们……瞒得我好啊。"

欧阳管事垂头不语，那东方夫人被弟子们团团围住，虽然没人敢动她一下，但也休想离开半步，不由得急道："老爷！你怎么这样对我！"

东方清奇仿佛没有听见她的诉苦，只是看着欧阳，低声道："我把你当作兄弟，你却背后插人一刀。不如把前因后果都讲一遍，告诉我，为什么？"

欧阳沉默半晌，才轻道："人妖殊途，哪里来的许多为什么。十二年前你救了我，我为你尽心做事，还了这份恩情。如今恩已还完，你我从此再无干系。”

"你是妖？！"不光是东方清奇，所有人都大吃一惊。

欧阳淡然道："怎么，知道我是妖，就觉得一切理所应当？我抢了你妻子，还带走要犯……就因为我是妖……这个结果你应当能接受吧。"

"欧阳先生！你不要……"翩翩忍不住插嘴，却被东方清奇挥手打断。

"我记不得曾救过你，所以对你也谈不上什么恩情。倒是你尽心尽力为我浮玉岛做事，这十年我很感激。今次我可以放你走，但此人不得带走。"

东方清奇指向那个佝偻着身子缩在欧阳身后的人，他浑身上下裹着麻布，什么也看不到。

欧阳摸索着后背的伤势，一咬牙狠狠拔出了那根铁箭，丢在地上，洒了一地的血。东方夫人在后面忍不住发出一声惊呼，甚是怜惜地唤了他一声："桐郎……不要紧吗？"

欧阳静静望着东方清奇，淡然道："他被你们世世代代押了这么多年，也该重见天日了。按你们凡人的道理，你对我有恩，我本不该做对不起你的事。但你的恩情我已经用十年还完，如今等同于陌生人，我自是要将他带走，而你要杀要剐，也是你的自由。"

说罢他抬手将那人提起，足尖在地上一点，居然轻飘飘地飞了起来，转眼就拔地三四尺。东方清奇哪里能容他在眼前逃走，当下抽出腰间宝剑。那剑名为惊鸿，可以任意长短，随心而变，当年在鹿台山便是靠此剑伤了天狗与蛊雕。

欧阳眼见背后一道寒光直刺过来，晓得厉害，不敢硬撞，当即在空中轻轻一旋，让了过去。忽听下面传来东方夫人幽怨的声音："桐郎，你是要抛下我一个人走吗？你忘了答应过我什么？"

他猛然一怔，动作在空中凝滞了一下，东方清奇立即瞅中破绽，手腕一转，那剑犹如蛟龙摆头，硬生生扭转过来，欧阳待要躲闪已是不及，抓着那人的手腕被惊鸿刺中，手指顿时没了力气，那人直直掉了下来，被翩翩一把捞住，跟着便是一愣——此人不叫不嚷也不动，而且身子重如生铁，险些就要脱手而出。

欧阳见人被夺走，立即落地来抢，东方清奇拔剑与他斗在一处，只觉他身子软绵绵的，剑尖刺上去也是一滑而过，好像刺中一块厚实的油皮。自己与他相处十年，直把他当作亲兄弟一般，又怜他不会功夫，每每好意要教他，却总是被婉拒。如今他也终于明白他为什么要婉拒了。他身法轻灵柔软，简直比浮玉岛的功夫还更软上一层，一拳一脚毫不费劲，赤手空拳就挡去了他所有的攻击。他明白这是在相让，欧阳是道行精深的妖，倘若当真发力，纵然是修行多年的修仙者也恐难抵挡。

想到此处，东方清奇忽然觉得一阵心烦意乱。这世上还有什么是可以完全信赖的？全心爱恋的妻子心有他人，直截了当地背叛自己；当作兄弟的那人瞒了自己十年，临走还要将浮玉岛最大的秘密抢走。自己修仙几十年，天下五大派之一的掌门，何等风光耀眼！到如今才明白坐井观天是什么滋味。

他心神紊乱，手下的招法也跟着乱起来，冷不防被欧阳一把抓住惊鸿剑，他大吃一惊，立即要抽回来，谁知长剑竟犹如铁铸一般，纹丝不动。褚磊见状不妙，当即要上前相助，却被他厉声喝止，电光火石间，惊鸿被欧阳一把抢走，在众人的惊呼声中，刺入东方清奇的右胸。

"得罪了！"欧阳松开惊鸿，右足在地上一点，轻飘飘地让过褚磊的剑，回手用力抓向被翩翩扯在身前的那人。翩翩早已预备了他要来抢，打定主意就是死也不松手，紧紧攥着那人身上的麻布。谁知那麻布吃不住力，两下里一用劲，刺啦一声就裂开了，那人的面目也终于在月光下显露峥嵘。

他身材瘦小，佝偻着背，身上长满了雪白的毛，连脸上都是，看不出是男是女，是老是小。不过最可怕的不是他的容貌，而是他手里攥着两根漆黑有手腕粗细的黑铁棍。两根铁棍分别钉入他的脚背，只能用手扶着，不然动一下便痛彻心扉。

众人也想不到麻布下裹的是这样一个人，见到如此的惨状，都呆住了。

欧阳将那人一把捞起，跃上树顶，道："神明将定海铁索的钥匙封于他体内，将他与那人分隔万里，永生不得相见，却不是让你们这些凡人用酷刑来折磨！他犯的罪，自有神明责罚，与凡人何干？人我今日带走了！告辞！"

"等……等等！"东方清奇捂住右胸，鲜血从指缝里汩汩流出，他被刺穿了肺部，呼吸间疼痛无比，说话也变得十分吃力，"你……说酷刑折磨……然而此事……我并不清楚……浮玉岛祖训……地牢里关押的是上古神明责罚的要犯……谁也不得将他放走……但也绝不许折磨……"

欧阳没有说话，沉默片刻，转身要走，却听树下东方夫人凄声道："桐郎！你答应过我什么？！"

他停了一下，半晌，才低声道："夫人，我负了你。然而你爱的到底是我这个卑鄙的妖，还是爱我可以助你修行，帮你永驻青春？"

东方夫人万万想不到他有此一问，一时忍不住泪盈于眶，颤声道："你原来……从未信过我。你说的话……不过是骗我帮你找到这人……"

什么效仿神仙鸳鸯，从此永生不分离，山无棱天地合乃敢与君绝……那些风花雪月的浪漫，都只是她一人的空想。好大的一出独角戏。她那样喜悦地期盼着，小心翼翼地策划着，帮他找到了这人，带他们相会，从此与过去一切告别，以为知晓了幸福的真谛……谁知她只尝到了反复无常的苦涩。

欧阳低声道："我从不相信任何人。妖就是如此卑劣的，你尽管恨我好了。"

他纵身而起，让过褚磊和翩翩快若闪电的两剑，在空中闪了一闪，再也找不到踪影了。

东方夫人眼怔怔地看着他的身影消失在夜空中，只觉自己整个世界也死了。有匪君子，如切如磋，如琢如磨，瑟兮僴兮，赫兮咺兮。有匪君子，终不可谖兮。那缠绵的歌声还留在耳边，谁也不信她真的动了心，为一个沉默寡言的妖，简直就是回到了少女怀春时代，为了他什么都可以不要。

这位君子却轻飘飘地转身走了，不要她，无视她，忘了她。

是谁说过善恶终有报，她如今终于尝到了苦果。她就是一个坏人，罪大恶极的坏人。

可谁又说过，坏人就不可以爱上一个人呢？

东方清奇右胸受了重创，终于不支倒地，旁边的弟子们慌乱地过来搀扶。褚磊和翩翩追了很久，也没追上欧阳和那只古怪的妖，最后只得悻悻归来，与众人一起把东方清奇抬回房间，止血疗伤。

只是，谁也没有看她，谁也不来招呼她，仿佛她就是一团空气。

她怔怔流了很久的泪，忽而又吃吃笑起来，慢慢地，转身走了。

谁也不知道她要去什么地方，谁也……不再关心了。

这一场妖魔闹事，终是因为出了内奸而让他们占了上风。璇玑他们几个也没想到最后会是这样的结果，原来浮玉岛下面没有定海铁索，禹司凤的那个推测不成立。地牢里关的是一只老妖，体内封有定海铁索的钥匙……事情到这里已经很明朗了，那些妖魔就是为了救出那只上古的大妖魔，而且是不惜任何代价。

至于其他四派的情况，暂时还不好推测。从这些妖魔的厉害程度来看，轩辕派必定难逃此劫，十之八九是被灭门了。点睛谷、离泽宫和少阳派，三派中是否藏有定海铁索，还是一个秘密。如今浮玉岛元气大伤，妖魔们想要的东西也已经抢走了，想必暂时也不会再来捣乱。

不过欧阳管事的事情，还是给了浮玉岛弟子们一个不小的刺激，谁也不知道他十年前来到岛上，究竟单纯是为了报恩，还是为了今日的行为？然而无论如何，他重伤掌门的事情不可否认，浮玉岛弟子与东方清奇的感情极其深厚，不亚于父子，由于欧阳伤了掌门，自己又逃走，所以他们都是满腹怨气。

这日一早，璇玑他们几个跟随翩翩来到浮玉镇，将先前被东方清奇驱逐出师门的那些弟子领回来，并简单说明了一下情况，那些弟子听说掌门重伤，都是痛哭流涕，又听闻被驱逐出师门乃是事出有因，心中先前的那点怨气哪里还会存在，早已变成满腔的感激。

璇玑见他们哭得厉害，便悄悄拉了拉禹司凤的袖子，贴着他耳朵轻声道："他们还不知道是东方夫人的缘故呢。说起来，这几天都没再见东方夫人，你有见过她吗？"

禹司凤摇了摇头，"现在大家都避免提到她，你也别提了。我想她只要还有点脑子，就不会留下，想必这会儿早就离开了吧。"

璇玑叹了一口气，"欧阳管事为什么不把她带走呢？我觉得她其实是很喜欢他的。"

禹司凤微微一笑，低声道："喜不喜欢，也不重要了。感情的事情，从来都是猜忌和多疑混杂在一起，尤其他们身份特殊，要全心去信任别人，不可能吧。"

毕竟所有人都不想被感情伤害。

璇玑挠了挠他的手心，软绵绵痒酥酥，他心头不禁一荡，只听她低柔的声音轻道："如果喜欢一个人，就不要猜忌多疑吧……那样很累，也不会快活。"

他在心中暗叹一声，所谓的喜欢，从来都是一半痛楚一半甜蜜，因为过于在乎，所以患得患失。不知情之苦，便不能尝情之美，然而知晓情之美，那其苦涩缠绵酸楚，便只有自己知道了。

"你还小……还……不懂吧。"他低声一笑。

璇玑急忙道："我、我不小了！我知道的！我喜欢玲珑，六师兄，爹爹，娘亲，师兄们……我从来也不会猜忌啊！好端端的，为什么要多疑？"

真是个傻瓜。他在肚子里偷偷骂。

"不过……"她忽然小小声说着，很有点羞涩的味道，倒让习惯了她心不在焉作风的禹司凤愣了一下，低头看她，只见她脸色红若朝霞，乌溜溜的眼珠在他脸上滚过，长长的睫毛微颤，最后扶住耳后那朵还未干枯的玉簪花。

"我好像更喜欢你多一些。"

扑通一声，他买来的烤肉面饼全掉在了地上。璇玑嘿嘿一笑，忽然觉得有些慌，掉脸就走，只留他一人呆若木鸡地站在原地，脚边躺着可怜的烤肉和面饼。良久，他才回过神来，抱起胳膊，想着想着有些痴了，禁不住一会儿笑一会儿叹。转身想找她，却见那一抹白衣早就走了老远，他竟有些不敢追上去，只得孤零零跟在后面，心中又是甜蜜又是酸楚，一时竟不知是什么滋味。


一行人回到浮玉岛，钟敏言本想找欧阳大哥再说一会儿话，谁知四处找不到人，只得拉住一个经过的弟子，问他："世兄，请问欧阳大哥现在哪里？"

那弟子一听欧阳大哥四个字，脸色登时巨变，用力挣开他的手，冷道："我不知道！"

钟敏言见他神色不佳，不由得奇道："怎么会不知道？就是先前我带来的啊！还和欧阳管事认亲了呢！"

那弟子冷笑道："欧阳那贼人伤了掌门，浮玉岛上下恨不得生啖其肉！什么管事！他也配？！"说罢他上下看了一番钟敏言，又道："那欧阳是个妖，他大哥也不是什么好东西！想来也是个混进来做内奸的。容谷主早就派人将他关押起来，严刑拷问。你若是个好样的，就别被妖言迷惑！"

说完他拂袖而去，留下钟敏言大惊失色地站在那里。

　　关押？！严刑拷问？！欧阳做了什么事，和他大哥有什么关系？他一路和欧阳大哥行来，他哪里是什么妖！分明是个体弱多病的人！

　　想到这么虚弱的人被严刑拷打，他心中忍不住抽痛。容谷主的拷问本事，那天晚上他就见识过了，欧阳大哥被他那么一踩，哪里还有命在！不行，他得找师父去说情！

　　想到这里，他赶紧转身回客房，找褚磊去了。

# 第十七章·打击

钟敏言，男，今年一十八岁，少阳派敏字辈最小的男弟子。

基本上钟敏言平时是个很随和的人，当惯了小师弟，也习惯了笑嘻嘻地答应师兄们的吩咐命令，很少有人会知道，他本身性格有多么固执。很多时候，他都是凭着自己的想法来断定一个人，而且死不回头。

在他心里，只要找到师父，那么基本就等于万事大吉。师父是世上最恩怨分明，公正磊落的人。

可是事实往往令人失望。

在他找到师父，并且把欧阳大哥的事情说了一遍之后，褚磊只是淡淡地皱了皱眉，甚至眼神都没有从手里的书卷上移开一下，只道："容谷主自有分寸，你不用操心。倘若他是个人，问清了并无嫌疑，自然将他安然无恙送回老家。"

呃……不对呀。钟敏言呆住了。难道师父不是应该点头称是，然后立即找容谷主求情吗？

他试着说服："师父，欧阳大哥是个好人。我和若玉受了重伤，多亏他每天榻前熬药照顾，若没有他，弟子如今还不知伤重亡于何处。他是弟子的救命恩人，弟子不能……"

"敏言。"褚磊终于把目光从书卷上移开，责备地看着他，"你涉世未深，如何轻易断定此人是好是坏？退一万步来说，他若是早有预谋，专程在高氏山等你落网，最后混进浮玉岛……也不是没有这种可能。"

他又不是三岁孩子！一个人是好是坏，有没有居心叵测，他难道看不出来吗？

可是多年的习惯让他乖乖闭嘴，选择沉默。

褚磊见他兀自不服的样子，便又道："咱们过两天便要离开浮玉岛。你老实些，不要胡闹！"

钟敏言悻悻地走了。他只觉出来之后很多事情都变了，原本他所以为的，往往结果出乎意料。小时候他整日盼望自己快些长大，快些看看外面的世界，成为一个顶天立地的男子汉，现在才明白，为什么许多大人总是羡慕孩子无忧无虑。

其实，世界还是那个世界，只是看的角度不同了。人们狡诈多疑的心，让这个世界变得无比复杂。所谓的成长，就是渐渐学会用同样的心保护自己，很久之后，也忘记真实的自己究竟长什么样。

回到自己的客房后，他闷头倒床上睡大觉，一会儿想起欧阳大哥一路的照顾，一会儿想起师父说的那些阴谋，只觉心中乱糟糟的。

他很小的时候，爹娘就在瘟疫中死了，唯一的大哥为了照顾年幼的他，也饿死在逃离家乡的路上。后来碰巧被师父救下，带回了少阳峰，再也不用为衣食住行而烦恼，身边又有许多同龄的师兄，不会觉得孤单。然而夜深人静的时候，他也会想起自己在这世上是孤零零的，没有亲人，没有人会发自真心地爱护他、照顾他。师父师娘虽然慈祥，但到底隔了一层敬畏，师兄师妹虽然亲切，但毕竟存在相争之心。他一人来了，最后还是一个人走，想到这里，他往往感到一种深刻的孤独。

虽然后来有了司凤、若玉这些好朋友，但好朋友和兄弟的感觉是不一样的。他在高氏山受了重伤，完全不能动弹的时候，欧阳大哥出现了。他细致地照顾他和若玉，每天都鼓励安慰他们，那种感觉，既熟悉又陌生。有一天，他终于想起，所谓的兄弟，大概就是这样。欧阳大哥虽然不是他的亲大哥，但在他的记忆里，大哥就是这样的。

现在一切突然颠倒了，有人说大哥是坏人，把他关押起来拷问，他那样体弱多病的人，只怕没打两下就要死了。

怎么会这样！怎么会这样！钟敏言想到郁闷处，使劲用拳头捶着床板，把床捶得咣咣响。

若玉刚好推门进来，见他大白天的闷头躺床上拿被子出气，他何等聪明，早就知道为了何事，当下微叹一声，走过去说道："敏言，这些事我们做小辈的不好插手。你也别烦了，如果欧阳大哥不是奸细，相信容谷主一定会把他放走的。"

"哼，欲加之罪何患无辞！"钟敏言猛地从床上跳起来，"现在所有人都因为那个欧阳管事的事情，对欧阳大哥恨到了骨子里。什么放走！我看是要把气撒在他身上，让他做个替死鬼！"

他开始也不过说说气话，但转念一想，或许真有这个可能性。欧阳管事是个妖，居然在浮玉岛藏了十年也没被人发现，欧阳大哥是他的大哥，妖类的大哥自然也是妖。容谷主对人还会手下留情，但对妖，可是绝对狠辣！

"若玉！"他忽然叫了一声。

若玉看着他，道："你要怎么办？去救人？"

钟敏言咬紧下唇，他也不知怎么办，但要他坐等欧阳大哥被人拷打死，却是一万个不能。

若玉眨了眨眼睛，低声道："我方才见到浮玉岛弟子送饭去地牢，晚上应当还会送一次……"

他的话没有说完，但钟敏言已经明白了他的意思。沉吟半晌，终于起身道："好！我们晚上去！就算师父责怪，我也不管了！"

若玉笑道："你师父怎会责怪你，仗义救人，本是美德。他总会明白的。"

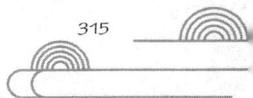

钟敏言下定决心晚上去救人，郁闷的心情顿时一扫而光，只急得抓耳挠腮，坐立不安，恨不得一口气把太阳吹下山，赶紧把人给救出来。

"我去找司凤！我们三人一起……"他转身想走，却被若玉一把抓住，"等等，人多反而不好。何况司凤为了面具一事正被副宫主忌讳，此时他不宜再出任何过错。你我二人就足够了。"

"面具的什么事？"钟敏言愣了一下，顿时想起这次再见，禹司凤的面具确实没了，副宫主一定是为了这事恼他，当即笑道，"我以为什么事呢！当时情况紧急，谁还顾得上面具！也不是什么严重的事情吧，上回宫主也没罚他。"

若玉笑了笑："那是他用永不得回故土的惩罚换来的……"

"什么？"钟敏言没听清，他却摇了摇头："没什么。咱们先去观察一下地牢附近的地形，看晚上怎么行动。"


晚上吃饭的时候，钟敏言和若玉同时因为"伤口疼痛"的问题，缺席了。

"难道是伤口崩裂？"璇玑一面夹菜，一面有些担忧。

禹司凤若有所思，笑道："想必崩裂得还挺严重。待会我给他们送饭吧，顺便看看伤势。"

"我也……"

"璇玑别跟着了，"他笑，有些戏谑意味，"都是要脱衣查看的伤口，女孩子去不方便。"

是这样吗？可是他笑得很不怀好意。璇玑定定看着他，似明非明。

禹司凤知道她一向聪颖，只不过人情世故上不太通，没看出钟敏言对欧阳大哥的信赖，所以这次她抓破脑袋也想不出答案。看着她为难的样子，睫毛一颤一颤，好像两只蝴蝶的翅膀，他不由得笑得更深了。

"我那里有伤药、绷带，司凤待会送过去吧。"一直没说话的褚磊终于开口了，倒让禹司凤一愣。他看了一眼这个平日里古板严肃的少阳派掌门人，心中忽地了然，他们这些人做什么都瞒不过他的眼。眼下褚磊这样说，就代表他默认了钟敏言的胡闹，他心中一松，登时对他更是敬佩。

饭毕，果然褚磊取了绷带伤药让禹司凤带去，一面又道："敏言是个闲不住的性子，喜欢惹麻烦，这次下山历练，司凤还要多看管他一些。"

禹司凤第一次被褚磊这般和颜悦色地对待，有些受宠若惊，心中到底还有些不明白他何以对一个离泽宫普通弟子如此器重，抬头打量他的表情，但见他目光柔和，隐隐含有赞赏之意。

"璇玑……也烦你多照顾了。"

禹司凤脸上猛然一烧，登时悟了。待要解释几句，又显得无聊，客气两句又是矫情。想到自己的秘密被他轻而易举看穿，心中忍不住有些慌乱，然而得到长辈的首肯默认，又令他欢喜，一时间竟然呆若木鸡，半个字也吐不出来。

一向足智多谋冷静自持的禹司凤，终于也有尴尬的时候了。褚磊拍了拍他的肩膀，他很是欣赏这少年，本想与他长谈几句，谁知门外忽然一阵骚动，璇玑砰砰用力敲门，叫道："爹爹！司凤！又有人来浮玉岛了！"

两人都是大惊。


暗地偷袭人这种事，钟敏言以前没做过，以后未必会做，不过今天他却要做一次。

他和若玉两人在地牢附近转悠了很久，终于等到天黑，两个浮玉岛弟子提着饭盒来送饭。若玉对他使了个眼色，两人绕到后面，一人一个手刀，那两个浮玉岛弟子哼也没哼一声就晕了过去。

钟敏言一面脱他们的衣服，一面又急急忙忙从怀里取出软香酥，朝他们脸上喷。若玉飞快地换上了送饭弟子的衣服，一面催促他："快点！那边好像有人过来了！"

钟敏言第一次做坏事，害怕之余还有些兴奋，好容易把衣服换上，提着饭盒，和若玉朝地牢里走。没走两步就被看守的弟子拦下了。

"令牌。"

令牌是什么东西？钟敏言一怔，旁边的若玉却早已气定神闲地从怀里取出一张朱红色的小牌子，递过去。钟敏言有样学样，也掏出令牌递上，耳边听那两人问："中午让你们传话给师父，要些伤药、绷带，可带了吗？"

若玉点头道："带了，还是最好的呢。"

那人叹道："那便好……真是可怜啊，被拷打成那样……依我看分明是个人，可容谷主他……"

另一人急忙拉住他的袖子："别多话，让他们进去送饭吧。"

钟敏言提心吊胆地跟着若玉朝阴暗的地牢里走，抬眼见他气定神闲，手都不抖一下，心中不由得佩服。

浮玉岛地牢潮湿而且阴暗，大约是靠海的缘故，越往里走，地上积水越深。到了顶里面一道铁门处，漆黑发臭的积水已经没过两人的脚面了。看门的弟子把铁门打开，放他们进去送饭，钟敏言只觉一阵恶臭扑面而来，呛得几要呕吐。

定睛一看，里面一条极窄的走廊，漆黑的积水眼看是要没过小腿，旁边是一个个鸽子笼一般的牢房，大多是空的。

钟敏言只觉心跳得厉害，脚下的积水冰冷恶臭，他的心几乎要从喉咙里折腾出来，不知是因为惊骇还是愤怒。旁边一个牢房里忽然传出铁链轻轻碰撞的声音，在空荡荡死寂的地牢里骤然响起，钟敏言仿佛被针刺了一下，猛然回头，眼前的景象令他喉咙中发出一声古怪的呻吟，再也站不住，慢慢跪在了积水中。

"大……大哥？"他喃喃叫着被重重铁索钉在墙上的那个人。或许，他此刻已不算是个人了，浑身上下没有一块完整的皮肉，两个膝盖骨更是白森森地突了出来。鲜血顺着他的脸往下滴，很快又结成新的干涸的血珠。

他微微动了一下，抬头望过来——或者不能说望，因为他两只眼睛的上下眼皮都被人缝合了。钟敏言手里的饭盒再也抓不住，砸在积水里。他狠狠抓住铁栏杆，眼睛里一阵火辣，肚子里仿佛有什么东西在烧，每一寸皮肤都感到了那种剧烈的疼痛。

"我……我马上救你！"他颤抖着从袖子里取出钥匙，一根根地试，可是手抖得太厉害，那钥匙无论如何也抓不住，又落进了水里。钟敏言恶狠狠地咒骂一声，额上青筋暴露，胡乱用手去摸索，总是不得要领。

若玉叹了一口气，弯腰将那串钥匙捞上来，轻道："不要这样，让他心里也难受。"

钟敏言背过身去，用力擦掉脸上的泪水。若玉将牢门打开，他立即冲了进去，掏出宝剑朝那些铁索上狠狠砍，只砍得火星四溅，那铁索上也只留下几道杂乱的白色痕迹，纹丝不动。

"这是什么鬼铁索！"他边砍边骂，最后几乎脱力，也没砍断一根铁索。

"大哥！是我！我来了！你……你能听见吗？我是敏言！你再忍忍，我明天借了崩玉来救你！"

钟敏言满眼泪水，抓住他的肩膀，只盼他能给一点回应。触手的地方满是血污，其实钟敏言自己也知道，他根本撑不住，很快就会死掉。他只是个普通人，还得了重病，为什么平白无故会被关进地牢这样折磨？

欧阳大哥动了动脖子，鲜血淋漓的唇间喃喃念着什么，钟敏言急忙把耳朵凑过去，哽咽道："你说什么？大哥……我是敏言……你大些声音……"

他却只发出类似叹息的声音，眼皮上的血落在钟敏言脸上，烫的他浑身汗毛倒立，他再也忍不住，放声大哭起来。

"容谷主怎么能这么对你！我……我马上去向他求情！求他放了你！"

钟敏言转身就走，若玉死命拉住他，低声道："你疯了！咱们是偷偷进来的！要是让别人知道，十个欧阳大哥也死了！"

钟敏言两眼赤红，声音嘶哑："我……我不明白……他明明是人……不是妖……明明是人……谁都能看出来的……为什么、怎么会这样……我们这些修仙的，不是说要照顾百姓，不让他们受苦么……"

若玉拍了拍他的肩膀，轻声叹息："此事过于复杂，不好说……要犯被人抢走，对内对外都不好交代，容谷主和东方岛主……也有他们的苦衷吧……"

钟敏言紧紧盯着他，喃喃道："你、你的意思是……他们就打算拿大哥做替罪羊了？在他身上迁怒？"

若玉苦笑两声，没有说话。

钟敏言脸色渐渐变得惨白，他忽然觉得浑身都很重，很重，重得他无法站立，只能缓缓蹲下，死死揪住自己的头发，脑子里嗡嗡乱响。

若玉看了一眼外面的铁门，催促道："咱们待得太久了，得赶紧离开。明天再找机会进来吧！"

"不行……"钟敏言轻轻说着，"我……我不能丢下他……"

若玉大急，正要再劝，忽听上面那人低声道："敏言……"

钟敏言暴跳起来，死死扣住欧阳大哥的肩膀，颤声道："是我……大哥你再忍忍……我、我太没用了，今天没办法救你出去！"

欧阳大哥嘴唇动了动，轻道："不用了……欧阳……我弟弟他，走了吗？"

钟敏言死死咬牙："他、他自己一个人逃了！丢下你不管！猪狗不如！"

欧阳大哥喃喃道："他走了……也好。娘生前最挂念的就是他生死未卜……虽然，我……一直觉得他变了不少，不再……像是以前那个活泼的弟弟，但……他总是我的血亲……"

钟敏言忍不住道："大哥！他是妖！他亲口承认的！他怎么……会是你弟弟？"

欧阳大哥怔了很久，才轻道："他……怎会是妖……啊，十二年前那次……难道，那时候他已经死了？被妖物附身？所以……他才变了那么多……才要离开家乡……"

钟敏言见他虚弱不堪，不适合再说话，便低声道："大哥，你也别想那么多了。你再忍忍，明天晚上我一定把你救出去。现在我得走了……你……你保重！"

说罢他又是泪如泉涌，抱着他不肯放手，只觉自己只要一离开，世上唯一的亲情牵挂便要断了。他好不容易找到了亲人的感觉，可一转眼便要失去它。

欧阳大哥喃喃道："别救我，若是真为我好，便杀了我……不用再受罪……"

"大哥！"钟敏言急得几乎要冒火，"不要随便说死！我一定会把你救出去的！"

他只是摇头："你不知……那老者的手段……敏言，给我个痛快，杀了我吧……大哥……求你这一次……"

钟敏言还要再劝，忽听铁门被人飞快打开，外面的看守弟子冲进来，一见他俩与要犯说话，立即拔剑厉声道："原来是奸细！快去通报掌门！"

后面立即有人答应着掉头就走。若玉知道这一闹开，哪里都不好看，当下取出弹弓，对准那些弟子的膝盖，一串铁弹珠嗖嗖弹出，痛呼声登时响起一片，总算把他们缓了一缓。

"快走！不要啰唆！"若玉反手过来抓钟敏言，但那些弟子已攻了上来，他只得勉强招架，一面又要防着有人出去报信，直从牢门这里一直斗到大门，死死守住门口，不让一个人通过。

钟敏言满头是汗，急道："大哥！我……你……"

他再也劝不得什么，这次过来救他被人发现，看守必然严厉十倍，那容谷主也必然认定了他有同谋，拷打一定更加严厉。他依依不舍地抓着欧阳大哥的手，只觉整个世界都在一瞬间分裂成两半。那边若玉在勉强招架着看守弟子，催他快走，这边大哥只是静静看着他，轻道："杀了我，敏言……不要让大哥继续生不如死……"

他痛吼一声，手里的剑举起，无论如何也刺不下去。好像所有的一切都颠倒错乱，他完全适应不过来。

"敏言……"那人柔声说着，"以后又是你一个人了，大哥……担心得很。"

钟敏言闭上眼，狠狠地把剑刺进了他的胸膛，鲜血喷了他一身。那一瞬间，浑身的毛孔都缩紧，毛骨悚然的滋味刻骨铭心。他只觉这一切像是个噩梦，或许醒过来什么也不曾发生。他没有把欧阳大哥带来浮玉岛，也不曾亲手把他带往死亡之路。

很久很久，他才茫然地睁开眼，对面这个血肉模糊的血人，早已断气了，唇边还挂着一抹安心的笑。他给了他一个痛快的死，一眨眼就到了奈何桥。

他好像也跟着死了大半，浑身僵硬，手里的剑再也握不住，咣当一声掉进水里。

冷，很冷。他想把自己紧紧缩起来，又想抱着大哥的尸体大哭一场。他说的没错，从此又只是他一个人了。


若玉渐渐招架不住那些弟子的攻势，只得回头急叫："你……你别发呆！快走啊！"

可他却像个木头人，动也不动。若玉实在无法，正要抽身回去拖着他一起逃，不料门外忽然冲进一人，快若闪电，那些守卫弟子也没料到他们还有援军，一时不备，被他一手点倒一个，一瞬间就对付了大半。

若玉急急定睛，却见禹司凤气喘吁吁地站在对面，低声道："怎么这样慢！快出去！"

"你……"若玉想说什么，却又吞了回去。回头望望钟敏言，他还跪在欧阳大哥的尸体前，一动不动。

"那人……抵不过折磨，求敏言给了他一个痛快。"若玉叹了一声，"他只是个普通人，奈何……"

禹司凤走过去，一把拎起钟敏言，道："你发呆有什么用？快走！莫要让别人发现是你们做的！"他见钟敏言还是怔怔地流泪，便叹道，"你心里难过，可以回去慢慢哭！现在马上走！玲珑回来了！"

玲珑回来了！这五个字简直是惊天霹雳，立即把钟敏言激荡的神智给震了回来。他抬手抹去泪水，急道："当真回来了？！"

禹司凤从水里将他的剑捞起，抬手抛给他，一面又道："只是有些不对劲，你快去看看！"

钟敏言强忍悲痛，回头又看了看欧阳大哥的尸体，禁不住泪盈于眶，颤抖着对他拜了三拜，喃喃道："大哥……黄泉路上走好！小弟不能相送了！"

说完咬了咬牙，收剑回鞘，转身便走，再也不回头。

玲珑回来了。而与她一起来的，还有奄奄一息的杜敏行，和少阳派的端平、端正两个弟子。

所有人都聚集在正厅，每个人的脸上神情都十分凝重。端正站在厅中，正叙述一路过来发生的事情。

"师娘见师父去了浮玉岛久久不归，又听闻浮玉岛出了一些事情，所以派弟子二人前来相助。在高氏山遇到了敏行和玲珑师妹。敏行不知被何人打成重伤，玲珑师妹也……有些不对劲。我二人在高氏山搜索了一番，不见有他人，不敢耽误行程，所以便急急过来了。"

褚磊眉头紧锁，半蹲在一个红衣少女面前。她面无表情，动也不动，简直像个木头人，正是失踪许久的玲珑！璇玑抓着她的手一个劲叫她，她却一点反应也没有，除了偶尔眨眨眼，她几乎就像是石头做的。

"爹爹……玲珑她？"璇玑见褚磊替她诊脉完毕，不由得急急开口相问。

褚磊默然无语，抬手在玲珑眼前挥了挥，低声道："玲珑，听得见爹爹的声音吗？"

她还是不动，面容死板。

璇玑忍不住要哭，死死抓着她的手，不知如何是好。褚磊叹了一声，摇了摇头，一旁的容谷主过来看了看玲珑，在她头上摸了两下，微微一惊："好厉害的手段！"

褚磊急道："谷主知道是怎么回事？"

容谷主点头，正要解释，忽然门外急匆匆跑进来三个人，正是禹司凤他们。钟敏言和若玉刚刚换下浮玉岛弟子的衣服，随便洗了把脸将血迹冲走，顾不得仪容整齐就过来了。

钟敏言一眼就望见了坐在椅子上穿着红衣的玲珑，心中不由得一颤，急忙跑过去："玲珑！你这些天跑哪里去了？"他连问好几声，她却一点反应也没有，连睫毛也不动一下。

他惊诧莫名，望向璇玑，她忍了好半天，终于忍不住哭了起来，喃喃道："玲珑她……她不知道怎么了……又不动又不说话……"

钟敏言这一惊非同小可，只能抬手在玲珑面前不停地挥着，急道："玲珑！你不要吓人！这是怎么了？！"

褚磊沉声道："敏言不要说话！听容谷主说！"

他猛然住口，绝望地望向那个花甲老人，忽而想起地牢中欧阳大哥的惨状，心中对他不由自主起了一些恐惧和避讳。

容谷主自然是没在意这个小弟子有什么异状，接着说道："这个叫作摄魂术，是极高深的一种法术，通常为巫蛊之士用来诅咒或者暗杀。你们知道，人有三魂七魄，有七情六欲，所以能言能舞。但倘若将其中二魂六魄都抽走，只留下一魂一魄，人是不会死的，但不能说话，没有知觉，也和死人差不多了。"

众人听说都是骇然。钟敏言急道："那……可有解救的办法？！"

容谷主沉吟道："办法倒是有，但找不到会如此高深巫术的人。只要将这孩子的二魂六魄取回来，用同样的法子放回身体里，自然就能恢复了……虽然不知是谁这样做，又为了什么目的，但是会这种法术的人少之又少，施法的人自然不会解救她，所以……"

这一下连褚磊也有些撑不住了，微微一晃，一旁的禹司凤急忙将他扶住。钟敏言怔怔地看着玲珑，她完全没有变，乌黑的眼睛，殷红的嘴唇，可是，没有一点生气。那眼睛再也不会恶狠狠地瞪他，那美丽的嘴唇再也不会吐出让他心驰神摇的话语。他不能承受这一连串的变故，先是欧阳大哥，接着是玲珑。他现在只想放声大吼，没命地奔跑，奔跑，然后把自己深深埋在地里，永远也不要出来，这样就永远也不会痛苦了。

"我去找！"一个声音忽然在他耳边响起。众人急忙回头，却见璇玑定定地站在那里，低声道："我去找回玲珑的二魂六魄！我去找人救回她！我一定会把她救回来！"

众人万万想不到这个平时懒懒的，看上去还有些呆板的少女居然有这样大的勇气。褚磊有些动容，最后却摇了摇头："璇玑，这不是儿戏。天下之大，你从哪里找？"

璇玑咬了咬唇，认真地说道："只要慢慢找，一定能找到！不管多少年，我一定要把玲珑救回来！"

禹司凤点了点头："我也一起。"

璇玑感激地看着他，他回她一个淡淡的微笑。就是这样的微笑，让她觉得，无论什么样的困难，有司凤在身边，就一定能过去。他简直就是她仰仗倚赖的神。

钟敏言嘴唇微微一动，起身道："我也去。不管多少年，就算死了，也要找到。"

褚磊正要说话，却听旁边传来一阵呻吟，一人喃喃道："师兄……这里是……？"

正是方才一直重伤昏迷的杜敏行，他醒了过来。褚磊急忙蹲下身子，低声道："敏行，是我。不要动，你的伤口刚刚包扎好。"

杜敏行被端平、端正带回来的时候，几乎是个血人，浑身上下有无数道伤痕，都是又细又薄，像是被什么纤细的武器所伤的。

他眨了眨眼，终于有些回神，忽然一把抓住褚磊的手，急道："师父！高氏山……那帮妖魔……把敏觉抓走……玲珑师妹她失了魂！"

褚磊心中一凛，沉声道："莫急，慢慢说！"

杜敏行大口喘气，紧跟着剧烈咳嗽起来，璇玑急忙把茶水端到他嘴边，喂他喝了两口，只觉他目光融融，定定看着自己，里面似有什么情感在纠结缠绕。她虽然有些懵懂，却也禁不住手腕一颤，茶水泼了大半在他胸口。

好容易顺了气，他才轻道："师父派我和敏觉回少阳派，我们经过高氏山的时候，本想四处找找有没有玲珑师妹，谁知……遇上了那伙妖魔，好生厉害，弟子斗他们不过，险些丧命。然后玲珑师妹……不知从什么地方跑了出来，她似乎与那为首的妖认识，大声斥责他一番，让他放了我和敏觉。谁知……那人只是冷笑，说了一句：是时候了。随后不知对玲珑师妹用了什么法，她顿时变得……好像个木头人。那人把敏觉抓走，又将弟子重伤，让我带话给师父，就说……旧日恩怨只当一笔勾销，他迟早会踏平少阳派……毁了定海铁索……"

众人听说这一番曲折，都有些莫名其妙。那人说旧日恩怨，莫非是褚磊的仇敌不成？但褚磊身为少阳派掌门，生性严谨，处事一向公正磊落，甚少与人结怨，到底是什么人用如此狠辣的手段对付少阳派？无论如何，对方与那些企图破坏定海铁索的妖魔是一伙的，知道了敌方是谁，要救玲珑和陈敏觉，就容易多了。

璇玑忽然望向容谷主，淡淡说道："谷主，你上回和那只妖说，他们的老巢是在不周山，对不对？"

容谷主猛然一怔。他当日的话，近乎耳语，除了那只妖本不该有任何人听见。那副宫主兴许有什么别致的法子可以偷听到，也罢了，眼前这个黄毛丫头居然也听见了，不能不让他吃惊。

她这话一出，褚磊也忍不住望向他，很显然他也是第一次知道群妖的老巢是在不周山。

"你……"他竟然无话可说。

璇玑问道："是不是真的？"

容谷主盯着她看了良久，才缓缓点头："不错……我也是听说的。至于事实如何，那只有去了才知道。"

璇玑道："我就是要去不周山，把二师兄和玲珑的魂魄带回来！"

钟敏言他们纷纷响应，个个摩拳擦掌，恨不得马上就飞到不周山把妖魔的老巢给捣个稀巴烂。

褚磊皱眉道："胡闹！凭你们几个的本事，如何能斗得过妖魔？莫忘了东方岛主都重伤在妖魔剑下！你们几个孩子去了也是白白送死！"

他说得自然也有道理，一想到还重伤卧床不能动弹的东方岛主，他们先前那股豪情好像就不知跑哪里去了。去了也是送死，可是不去，玲珑和陈敏觉又怎么办？

褚磊又道："此事从长计议，不可鲁莽！眼下守住少阳派，不让妖魔猖狂是首等大事。那不周山，谁也不许去！"

璇玑定定看着他，轻道："在爹爹心里，女儿和弟子的命，竟然比不上少阳的面子？"

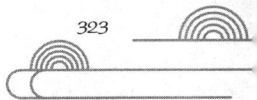

褚磊登时大怒，抬手就要给她一个耳光，然而见到她丝毫不畏惧的眼神，灼灼闪亮，那巴掌却无论如何也挥不下去了。他缓缓放下手，沉声道："不是面子！而是生死存亡的事情！你想少阳派也变得像轩辕派那样，被灭门？数百人的性命，与两人的性命比起来，孰轻孰重？你想不明白吗？"

璇玑低声道："我是不明白。定海铁索的事情你们明明知道，却从来不说。事情发生了，又遮遮掩掩，迁怒在别人身上……我是不知那被关押的什么妖魔有多厉害，更不明白我们为什么要死守着定海铁索不放。但我知道，他们的目的只是破坏铁索，不是灭门。"

褚磊忍无可忍，铁青着脸，一掌拍向旁边的红木烛台，那烛台立即碎成一片一片的，散了一地。

"你不明白的事情还有很多！"他厉声道，"你不明白那妖魔若是被放出来，生灵涂炭会死多少人！更不明白五大派同气连枝，守护的到底是什么！你什么也不懂，却在这里与我争辩，璇玑！你太让我失望了！"

语罢，场内一片死寂。所有人都望着璇玑，盼她服输，说两句软话，将这场尴尬化解掉。谁知她只是淡淡一笑，轻道："妖魔若是杀人了，再将它杀了就好。它没有做坏事，为什么要杀？我不愿意用玲珑和二师兄两条命，去换那些不确定的东西。总之，我一定要救他们。"

"你……"褚磊恨不得将她踢出去，永远也不要再见。

容谷主赶紧过来打圆场："好了，褚老弟息怒，小丫头你也少说两句！兹事体大，不是你们小孩子胡闹的时候。你也见识过那些妖魔的手段，总不能为了赌气，就将整个少阳派弃之不顾。更何况，你们这些年轻弟子当前的任务不是这个，而是簪花大会。在此之前，谁也不要捣乱。夜深了，都赶紧回去休息。让你们大师兄也好好养伤。"

璇玑自己也知道说得过分了，走到门口，才回头轻道："爹爹，我不是要放弃整个少阳派。我是想……大家都能像以前那样，在一起开开心心。所以……玲珑的事我不放弃，少阳派，我也绝对不放弃。"

褚磊脸色铁青，一时间只觉无比疲惫，挥了挥手，什么也没说，颓然坐了下来。

在璇玑心里，玲珑一直是个好姐姐。虽然经常大呼小叫，争强好胜，但这样的她其实一点也不讨厌，她最喜欢玲珑神采飞扬的模样。

她从来也没想过，有一天玲珑会变成木头娃娃一样，乖乖地被人牵着走，乖乖地坐在那里一动不动。无论对她说什么，她的眼神都不再有变化。容谷主说过，被抽走两魂六魄的人，其实与死人无异。

璇玑不愿意相信这个事实，她也不知怎么相信。玲珑还活着，会呼吸，静静地躺在床上，眼睛还眨着，仿佛随时都会跳起来大喊她的名字，然后紧紧拥抱她，扭成麻花一样问她这些日子去哪里了，为什么不去找她。

"我……我找过的……"她喃喃说着，想摸摸玲珑红润的脸颊，可是眼前的那个人如同青烟一样散了开来，那只是个幻象，真正的玲珑还躺在原地，眼皮也不曾动一下。

璇玑眼睛里一阵疼痛，泪水不由自主落了下来，滴在玲珑苍白的脸上。她用手指轻轻擦干，低声说道："玲珑……你不要死……我一定把你救活……"

窗外晨光微蓝，这令人肝肠寸断的一夜，终于慢悠悠地过去了。璇玑眼怔怔地望着晨光中玲珑玉白的脸，终于抬手把满脸的泪水擦干，吸了一口气，起身推开门——不管爹爹他们怎么说，她一定要去不周山把玲珑的魂魄带回来。

门口堵着四名浮玉岛弟子，见她推门出来，便有些神色尴尬，纷纷抱拳行礼，当中一人道："褚小姐是要去哪里？我等可以为你带路。"

璇玑瞪圆了一双哭红的眼睛，像只小兔子，摸不着头脑："我……我认识路啊，为什么要带路？"

那几个弟子都有些为难，只得笑道："掌门吩咐下来，这几日不管褚小姐要去哪里，我们都得作陪。眼下也快点卯了，褚小姐是要去吃早饭吗？"

璇玑不是笨蛋，这时候再反应不过来就真的是个呆瓜了。她涨红了脸，低声道："这算什么？是来监视我吗？我是犯人吗？"

那些弟子见她有恼怒的意思，急忙笑道："褚小姐言重了。只不过昨天岛上又有奸细混进来，将地牢看守弟子打伤，又杀了要犯，现在还没调查清楚究竟何人所为。褚小姐远来是客，所以掌门便命我等前来照应……"

璇玑淡然道："都是借口。我又不是三岁小孩儿，要什么照应。我去什么地方后面都有四个人跟着，很好玩吗？那我去茅房你们也要跟着？"

那四个弟子里有男弟子，听她这样反驳，脸都红了，奈何掌门的命令他们不敢违抗，眼见璇玑大步踏出房门，就算真是要去茅厕，他们也不得不跟着了。

璇玑见他们真的像牛皮糖一样跟上来，心中又恼又郁闷，想到他们说的昨晚奸细混进来刺杀要犯，她顿时联想到了钟敏言他们的"伤口崩裂"问题。难怪司凤昨天晚上说话支支吾吾，原来是他们做的，居然把欧阳大哥给杀了……又是这样，他们什么都知道，只有自己被蒙在鼓里，这种被排斥在外面的滋味，很多年前她就尝过了，很不好受，想不到如今又要再次体验。

她忽然停下脚步，后面四个浮玉岛弟子也急忙停下。璇玑回头瞪着他们，只觉气恼得不行，真想拔剑将他们赶走。

正想得杀气腾腾，却听后面有人叫她："璇玑，你在做什么？"

原来是钟敏言他们，璇玑正要过去和禹司凤诉苦，却见他们每人身后也跟着好几个浮玉岛弟子，大家都尴尬地大眼瞪小眼，不知该说什么。

"原来……你这里也……"钟敏言无奈地揉了揉额角，声音中带着浓厚的鼻音，听起来疲惫无比。他也是一夜没睡，眼中布满血丝，不知有没有偷偷哭过。

禹司凤叹了一声："大概是怕我们一时冲动跑到不周山，居然派人来看管……真没想到。"

若玉见一堆人站在庭院里发呆也不是个办法，便道："我们进去看看玲珑，可以吗？"

璇玑默默打开门，钟敏言在门口怔了良久，终于慢慢走了进去。其他三人都很有默契，把门关上，三人站在门口和其他弟子两两相望，大眼瞪小眼。

钟敏言这两日遭受的颠覆，比以往十几年来的都多，他有些无法承受，肩上仿佛被人一层层加了许多东西，压得他气也喘不过来。

他一直深深信赖的，引以为豪的某种东西，在那个晚上，被轻轻打碎了。他一直深深爱恋的，舍不得伤害的宝贝，在无意间丢失了。

现在他好像失去了一切，一无所有，自己的存在好像也变得毫无意义。

屋子里有些阴暗，床上躺着一个红衣少女，半旧的绸被搭在她的身上，漆黑长发散了一床，在日光下熠熠生辉。

钟敏言慢慢走过去，眼怔怔地望着她，心中好像被人用刀锋狠狠擦刮着，痛得他缓缓跪了下来，紧紧握住她的手，好像这样就能获得一些勇气。

很久很久，他沙哑的声音在静谧的屋子里响起："玲珑……都是我的错……"

他不该在高氏山丢下她一个人，更不该最后放弃搜索跑来浮玉岛。

记忆里那个如花少女，乌溜溜的眼珠，似嗔似喜地看着他，面上红晕乍现，最后一咬牙，嗔道："钟敏言，你倒是给我一个交代！"

是的，他还没有告诉她，自己是多么喜欢她，很早以前他就在幻想，以后一辈子都与她一起过。他应当早早就告诉她，抓着她的手，不管她如何挣扎，也要轻声而且坚定地说给她听，他喜欢她，这辈子也不会离开她。以后成婚，他们要生很多孩子，他喜欢女孩儿，要长得和她一样。

修长的手指拂过少女木然的脸庞，有几滴水轻轻落在她衣服上，很快就晕染开来。

"玲珑，你等着我。我们很快会再见的。"

钟敏言吸了一口气，起身拉开大门，璇玑三人还在门口等着，没有要走的意思。

"进来说。"他低声说着，抬头看了一眼那些浮玉岛弟子。

四人一起走进屋子，将门关上，禹司凤见他脸上还有泪痕，便无言地拍了拍他的肩膀，不知说什么是好。

钟敏言沉声道："这样不行，每天都有人跟着，一直到离开浮玉岛。想必师父也不会让咱们再继续历练了，必然押着一起回少阳峰。我们得想个法子把这些人甩开。"

璇玑早就憋了一肚子邪火，当即道："直接杀出去吧！"

禹司凤按住她："冷静点，这时候不能暴躁。无论如何，这也是各位掌门的好意，怕咱们白白送死，闹僵了反而不好。我想，这些人也不可能一整天都跟着咱们，总有换班疏忽的时候。咱们等到夜深人静，他们都乏了，再偷偷溜出岛。"

"那他们要是一直不疏忽呢？咱们就一直等着？"璇玑近来被这些事弄得脾气很大，倒有点玲珑那种不顾一切的鲁莽劲儿。

"璇玑。"禹司凤叫了她一声，没说别的，只静静看着她。

她垂下头，半天，才低声道："我……我知道啦。我忍着就是。"

禹司凤忍不住摸了摸她的脑袋："乖孩子。很多事情急躁了反而办不好。咱们在屋里待久了，他们肯定也会加强提防，不如出去走走。"

若玉点头道："确实，省得让他们知觉咱们商量着逃跑的法子。对了，说起来……谁知道不周山在哪里？我只听过，却从来没去过。"

众人都摇头，看来谁都是听过不周山的大名，但没事谁会往那个地方跑。

"我有地图。"璇玑赶紧取出地图铺在地上，谁知四人看了半天，几乎看成了斗鸡眼，也没在地图上找到不周山三个字。

若玉揉了揉额角，叹道："上古神话里，水神共工不敌火神祝融，撞倒了不周山，所以人间兴起灭顶洪灾。那不周山既然能顶天，想必是极巍峨雄伟的山脉，怎么地图上居然没有。"

"你……说的是神话啊。会不会……其实根本没有不周山？或者……它现在不叫不周山了？"璇玑还在地图上一点一点搜索着。

禹司凤沉吟道："听说那地方和阴间连通，更有神荼、郁垒两员神将守护阴间大门。传说虽然不可尽信，但也不会是空穴来风。我以前听师父说，不周山是在西方大荒地附近，咱们不如一路西行，到时候再打听吧。"


众人商议完毕，这才开门出去，那些浮玉岛弟子早已等得不耐烦了，见他们出来，赶紧迎上，笑道："世兄们要用早饭么？"

钟敏言老气横秋地嗯了一声，还补上一句："上回吃的那个紫米粥不错，麻烦世兄们帮忙说一声。哦，还有，浮玉岛腌制的那个什么小菜味道不错的。"

那些人面面相觑，心想难道我们是当下人的么。然而师命不敢违抗，只得答应着去办。

璇玑见他们一脸郁闷地走了，忍不住扑哧一笑，钟敏言出了一口恶气，舒坦地伸了个懒腰，一旁的禹司凤和若玉两人只有苦笑摇头。

郁闷归郁闷，说到底这事和浮玉岛弟子也没关系，吃完早饭，四人不好总聚在一起，便各自散开了。

璇玑本想去北面山头那边看看风景，但后面总有四根尾巴黏着，甩不甩都不好，只得沉着脸往回走。过了桥对面是一座杏花林，她记得上次和司凤在这里听见东方夫人唱歌，只可惜才两三日，就已经物是人非。

她正看得出神，不意对面也浩浩荡荡来了几个人，正是禹司凤。璇玑一见到他眼睛就亮了，急忙招手，待看清他后面是那些负责看守的浮玉岛弟子，那脸又垮了下来。

"傻子。"禹司凤笑吟吟地走过来，在她头上敲了一下，"反正也没事做，不如去看看杏花？"

璇玑心不在焉地点点头，抬眼看看他身后跟得死紧的浮玉岛弟子们，越发觉得没兴致了。

禹司凤回头道："我和褚小姐想去杏花林中赏花，不劳诸位世兄陪送。"

立即有人反对道："这……不好吧，杏花林中岔道多，万一迷路……"

然而更多的人早知道禹司凤和璇玑的亲密关系，心想人家小两口大概要找个幽静的地方说情话来着，自己跟着也没什么趣味，当真是吃力不讨好，于是另一人笑道："两位请，我们在外面等候就好。"

璇玑一听他们不跟着，立即笑开了花，抓着禹司凤的手，掉脸就进了花团锦簇的杏花林，一面走一面回头，见他们真的没跟上来，便哈哈笑起来："司凤你好厉害，怎么只说一句他们就不跟着了？"

禹司凤但笑不语，抬手在她鼻子上轻轻一拧，低声道："不是人人都像你这般迟钝的。"

她真的很迟钝吗？璇玑用眼神问他。禹司凤勾起唇角，似是而非地摇了摇头，忽见她耳后的玉簪花有干枯的迹象，他四处看了看，回头对她笑道："你等着。"

他握住一根树枝，轻飘飘地纵身一翻，从树顶上摘下一串开得最艳的粉色杏花。

璇玑怔怔地看着他走过来，抬手将自己耳后的玉簪花拔了，将那细细的花枝插在她发鬓上，柔声道："还是这种颜色适合你。"

她脸上又莫名其妙地红了，眨了眨眼睛，垂头低声道："别把那花扔了……我、我留着做书签。"

禹司凤握着她的手，两人在杏花林中慢慢走着。入眼满是盛开的粉色杏花，斜里横里缭乱枝头，云蒸霞蔚一般的艳丽色彩，似乎要蔓延到天边去，做天上无边无际的云。他们就在那云中漫步，身体和心都轻飘飘醉醺醺。其实，也没什么可以说的，但嘴里的话就是停不住，随便找点什么鸡毛蒜皮的小事也能说个半天。

是不是所有少年都曾经历过这种傻瓜似的阶段？有时候他们自己都觉得傻，于是便不说话了，只看着对方微笑，仿佛用眼睛看着也是一种享受。

最后走累了，就靠在树下歇息。璇玑见四下无人，便道："咱们不如趁着这时候偷偷溜走，肯定没人知道。"

禹司凤摇头："那敏言他们怎么办？何况杏花林这里岔道众多，万一走错了，岂不是前功尽弃。"

璇玑只得放弃这个想法。抬头看着他，只觉他身量似乎又高了不少，司凤本来就长得很好看，修眉星目，平日里神色冷冷的，加上他肤色苍白，令人觉得很不好亲近。不过她知道，他笑起来十分温柔，不管她怎样胡闹，他都不会责怪，更不会暴跳如雷。

她有些看得痴了，心中不知怎么的，很慌，当下的沉默让她有一种透不过气的感觉，只得干笑道："那个……天气真好啊……"

他见璇玑睫毛微颤，脸上红红的，知道她是没话找话讲，心中不由得一荡，忍不住抬手抚向她的脸，忽听身后传来一阵说话声。

"他如今就在岛上，怎么不过去与他说话呢？"这声音清亮柔和，很是熟悉，一时想不起到底是谁。

璇玑和禹司凤互看一眼，都蹲下身子，探出脑袋去看，只见不远处站着两个人，浓密的杏花将他二人的身影遮住了大半，然而一红一白，红的犹如烈火，白的仿佛新雪，一看就知道是翩翩和玉宁两人。

难道他们也来这里谈情说爱？两人又互看一眼，互相从对方的眼神里读出谈情说爱四字，各自心中都有些慌乱，不明白自己为什么要用"也"。

玉宁怔了半晌，忽然冷道："你总在我面前提他干吗？你要是钟情于他，怎么不自己去说！"

这话很有些赌气意味，对面的翩翩立即笑出了声。她急道："你笑什么！有什么好笑的？"

翩翩悠然轻道："我笑一个傻瓜，为一个人牵肠挂肚好几年，却始终不敢与他说上一句话。"

玉宁涨红了脸，急道："和你……有什么干系！"

翩翩忽而正了神色，一本正经地说道："和我没有什么干系，但我会担心。那一年你失手伤了端正，心中懊悔不堪，以为我不知道吗？你不敢去看他，只能偷偷留了伤药在他房门口，面对他的时候又刻意做出一副高傲的模样，让众人说你恃才傲慢，让他恨你入骨，又是何苦？"

玉宁被他说得几乎站立不住，抬手狠狠地推他，却被他一把抓住手腕，动弹不得。

"第二次与他比试，你故意败在他手下，成全他的好名声，令他扬眉吐气，你又是何苦？"

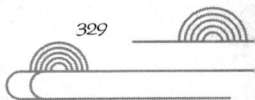

玉宁挣扎了半天，毫无效果，只得颓然放弃，良久，方道："我要怎么做……是我的事，和你没关系吧！你……你应当把你自己的事情管管好！少来烦我！"

翩翩正色道："错！你我从小一起长大，一起练双剑合璧，你却总是这般自作主张，把我放在什么地方？难道你以为我什么事都应当顺着你不成？"

玉宁无话可说，心中忽然觉得无限委屈，忍不住垂泪道："没有考虑到你的想法……是我错了。以后……我、我再也不会勉强你。你若觉得不甘，要打要骂，悉听尊便！"

要打要骂……他眯起眼睛，眼前这个白衣女子，总是傲慢倔强，就连哭的时候都昂着脑袋，死也不认输。这样的她，往往令他有一种冲动，想看看究竟要折磨到什么地步，她才会认输，才能稍微清醒一点。

"既然要我打骂，就该有点诚意。"他笑，"闭上眼，我要狠狠出一口气。"

玉宁恨恨地瞪他，使劲闭上眼，只等他扇巴掌也好，揍她几拳也好，赶紧了事。

翩翩静静看着她颤抖的睫毛，忽然抬手用力将她抱在怀里，不容任何反抗挣扎，吻上她的红唇。

"你真是个混账东西。"他贴着她呆滞的唇，喃喃说着，"为什么总是忘了我在这里。"

他利落地放开她，转身就走。

玉宁眼怔怔地看着他烈火一般的背影消失在云蒸霞蔚的杏花林后，膝盖忽然一软，跪坐在地上，久久不能出声。


璇玑只觉手腕都忍不住微微颤抖，再也看不下去，转身想走，却被禹司凤拉住衣袖，示意她不要出声。

玉宁发呆发了很久，终于还是慢慢起身，走出了杏花林。

两人不知什么因缘巧合，居然看到这么一出戏，心中都跳得厉害，互相看一眼，都是似笑非笑。半晌，禹司凤才清了清喉咙，故作自然地笑道："想不到，关系……还挺复杂。"

璇玑摸着脸，只觉烫手心，呆了半天，才低声道："原来玲珑当时说的是对的，玉宁真的喜欢端正师兄……不过翩翩……"

她想到他低头去吻玉宁的场景，顿时说不下去。

两人在地上坐了半天，都觉得尴尬，干脆起身往回走。禹司凤见璇玑若有所思的样子，眉头苦苦皱起来，仿佛在想什么难题，便奇道："你在想什么？"

璇玑忽然抬头定定看着他，低声道："司凤，你……你是不是……"

是什么？她说不下去，他问不出口。那么多的征兆，那么多的无意触碰、注视，她竟然什么也没发现。这样涩然懵懂的暧昧，实在是美妙又痛苦。

禹司凤看着她新雪一般洁白的面孔，和她似乎面对着什么难题，咬着嘴唇，苦苦思索的模样。心中忽然觉得有些苦涩，胸口有什么东西在慢慢往下掉，坠着心脏，有一点点的疼痛。

他抬手，捻去她发间一片花瓣，轻轻说道："是的。璇玑，我喜欢你。比所有人，所有事情，都要喜欢。"

少年黑玉一般的眼眸晶莹璀璨，那一瞬间她只觉呼吸都要停了，整个世界的声音都停止，她什么也听不见。

吃饭的时候，钟敏言见璇玑夹了一筷子最讨厌吃的生姜放嘴里大嚼特嚼，把肉当作生姜丢在桌上，最后抱着碗慢吞吞地啃，好像那是美味的白米饭一样。

他悄悄拉了禹司凤的袖子，低声道："她受什么刺激了？又和师父吵架了？"

禹司凤摇了摇头，没说话，筷子稳稳地伸出去，夹中一根平时他最讨厌吃的辣椒，镇定自若地丢进嘴里。

这两人都疯了。钟敏言百思不得其解。

对面的端平忽然笑道："说起来，到浮玉岛也有两天了，怎么没见到那对很有名的双剑合璧？叫什么……翩翩和玉宁，对不对？"

璇玑一听到这两个名字，饭粒顿时卡在喉咙里，一通猛咳，脸涨得通红。

一脸老实样的端正倒了一杯水递给璇玑，才道："人家也有自己的事情要做，又不是摆设随时给你参观。"

他不知道！他一定不知道玉宁的心思！璇玑一面低头喝水，一面替玉宁惋惜。

"哎，可不能这么说。端正你和那两人说起来还有些渊源呢，怎么着也该过来招呼一声吧！"端平挤眉弄眼，很有些"看那小娘很不错，你怎么不上"的味道。

端正一本正经地说道："比武切磋，受伤乃是常事，什么叫渊源？我们从头到尾都没说过一句话，哪里来的什么渊源。照你这样说，和一个人比一次武就是一个渊源，哪里记得过来。"

假正经啊，假正经！他被玉宁伤了之后明明恨得要死！这会儿又来装大度。端平翻他一个白眼，不说了。

璇玑还在想着，他们怎么会一句话都没说呢？当时玉宁的手腕被他伤了，他还去送药呢，也算……说过一句吧，呃……"谢谢"两个字应当也算是说的。

一顿晚饭乱七八糟地吃完，众人都各怀心事地回屋休息。钟敏言正要走，忽然袖子被人一扯，禹司凤朝他递了个眼色，他立即会意，当即笑道："哎呀，说起来咱们几个好久都没玩牌了。我那天去镇上，见一副仿造的碧玉骨牌很不错，就买了回来。怎么样，要不要玩几把？"

玩牌？璇玑一时有些反应不过来，他们什么时候玩过牌，她怎么不记得。

若玉很爽快地就答应了，三人一起回头朝她笑，璇玑一下子反应过来，急忙笑道："好、好啊！上次输给你三钱银子，今次一定要赢回来！"

钟敏言嗤之以鼻："切，小丫头痴心妄想！要赢本大爷，再等一百年吧！"

四人说说笑笑地跑到钟敏言房里玩牌了，那些浮玉岛弟子眼巴巴跟了他们一天，见他们根本没有半点要离开浮玉岛的意思，不由得暗地埋怨师父狠心，派给他们这么个无聊的工作。于是也有些漫不经心起来，慢慢跟在他们身后，蹲在房门前开始闲聊。

说起来也巧，钟敏言还当真买了一副骨牌，四人围在桌前，噼里啪啦搓着牌，璇玑忽然轻道："我……我不会打牌啊。"

钟敏言咬着舌头含糊不清地说道："笨……做个样子而已。随便出牌就行了。"

说完他却取出荷包，倒出两锭五钱大小的银子，笑嘻嘻地推上去："来，要赌就来痛快的！放钱放钱！"

他是故意的！璇玑无奈地看着他，明明知道她不会打牌，还来这么多钱的，分明是要捞一笔！她只得取了一锭银子放在桌上，手忙脚乱地堆牌。

钟敏言取出骰子，正要掷，璇玑忽然拍手笑道："这个我知道！清一色一条龙！我胡了！"

说罢把面前的牌一推，正是一色的筒。钟敏言大吃一惊，手里的骰子扑通一声落在地上。果然人说不能欺负新手，她第一把来玩，就来了个天胡！那两锭五钱的银子，还没放冷呢就成人家的了。

那些浮玉岛弟子在门外凄凄清清地干坐着，耳边只听里面大叫什么二筒三条，七万红中……他们倒好，在里面热热闹闹玩牌，还不知要玩到什么时候，自己却要在门口坐一夜，连睡觉都不成。

终于有个人憋不住，也从袖子里取出骰子，笑道："听他们玩怪手痒的，咱们也来赌点大小如何？"

这提议顿时赢得众人的好感，干脆都聚在窗下，大啊小的叫了起来。

正玩得上瘾，忽听窗台上微微一响，似是有人打开窗户来看，众人急忙抬头，只觉一股幽幽的清香扑面而来，顿时目涩骨软，哼都没哼一声就倒了一地。

钟敏言把软香酥的小喷瓶塞回袖子，回头招手："都撂倒了，快走！"

众人从窗口无声无息地跳出去，静悄悄地朝北面山坡那里赶。浮玉岛大门还不知守了多少弟子，根本不能指望从那里走，只有碰碰运气，下海游上一段，离开了剑网的范围再御剑飞走。

北面山坡那里大概是因为欧阳管事的缘故，也增设了许多看守弟子。好在那里有森林做掩护，一路不通可以走其他方向。四人好不容易七拐八绕来到了入海口，周围黑漆漆静悄悄，没有半个人，只有海浪拍岸的声音。

众人把剑缚在背上，卷起衣袖裤脚，正要跳下去，忽听海里一阵扑通扑通的拍水声，似是有什么东西飞快地朝这里游过来。

钟敏言急忙拔出剑，退了两步，见那东西上岸喘气，他举剑就要刺，那团黑影立即发觉，嗖地一下蹦了起来，带着咸涩的水花，跳了老高。

"啊！是你们！我可算找到你们了！"黑影发出欢呼声，娇滴滴软绵绵，听起来像是个女子。

钟敏言本来还想再刺，听她说话，那剑便缓了一缓，众人定睛看去，却见那团黑影毛茸茸湿淋淋，两只大耳朵甩来甩去，眼睛又亮又圆，居然是一只狐狸！

璇玑奇道："呃……是你……你怎么……"

是高氏山的紫狐，她怎么会跑来浮玉岛？

紫狐狠狠抖了抖身上的水，急道："别问为什么了，我可是好不容易才游上来！都是那该死的剑网……我跟你说，亭奴失踪了！我怎么也找不到他！他是个鲛人，又不会走路，万一被什么愚民看到捉住了，他那么心慈手软，肯定舍不得伤人……还不知会被折磨成什么样呢！"

众人都是大惊，钟敏言急忙道："你们怎么会走散？那天你们不是在山洞里避雨吗？"

紫狐叹了一口气，狠狠瞪了一眼璇玑，道："还不都是为了这个小丫头！亭奴见你们在山下放了预警信号，就说要去帮你们。结果到了山下就遇到一群恶狠狠的妖怪，还没说两句话就放出毕方鸟来烧，我们只好跳下洪泽湖避难。他是鲛人嘛，精通水性，我可不行！下水就被暗流给冲得不知道在什么地方了！等好不容易上了岸，我就找不到亭奴了……先前听你们说会来浮玉岛，所以我想一个人找总不如许多人一起找……我、我可是费了九牛二虎之力才找过来！亭奴他……帮了你们这样多，你们可不能不管他！"

众人闻说，都是默然。

紫狐见他们不说话，急得一个劲甩着大尾巴，叫道："你们真的不管他？！太没良心了吧！我还以为你们是好人呢！亭奴要是死了，我……我一定找你们算账！"

说完她自己却忍不住大哭起来——一只狐狸大哭的模样，虽然悲惨，却不知怎么的很有些滑稽。

璇玑叹了一口气，轻道："我们当然不会不管他，可是……我们现在急着去找不周山。"

她将玲珑和陈敏觉的事情大概说了一遍，紫狐听完摇了摇耳朵，得意地笑道："你们去了也是白去嘛！就凭你们几个，连我都斗不过，更不用说那些妖啦！而且他们是要破坏定海铁索，放出那个人，我高兴还来不及呢！"

说完见众人都无言地看着自己，她顿时觉得自己这话好像说得很不看场合，当即咳了两声，又道："摄魂术我听过，确实只要找回她的两魂六魄放回去就没问题。这样吧，我带你们去不周山，不过作为报酬，你们要先找到亭奴！"

钟敏言急道："你知道怎么去不周山？！"

紫狐笑道："那当然，我小时候经常去玩呢！不过，山顶有神荼、郁垒守护阴间大门，谁也不能靠近。只要不去那里，其他地方我都可以带路。"

听她这样说，钟敏言忍不住动容："神荼、郁垒？！当真有神明镇守在那里？我以为……我一直以为……那只是传说。"

紫狐用一副"你真孤陋寡闻"的眼神怜悯地看着他，娇滴滴地说道："凡人嘛，肉眼凡胎，除了自己谁也看不到的。不要说神荼、郁垒了，每座山都有山神土地镇守，昆仑山更是天帝在下方的花园，里面随便捞一个都是神仙。你们要看，以后什么时候都能看，现在咱们先去找亭奴。找到之后呢，我就带你们去不周山。很快的哦，御剑飞也不过半天的工夫。"

璇玑第一个卷起裤脚跳下海，被冰冷的海水刺激得一个寒战，回头对他们招手："快！走吧！咱们去找亭奴！"

## 第十八章·柳意欢

当被软香酥迷晕的那些浮玉岛弟子第二天早上迷迷蒙蒙地醒来，发现屋内空空如也，急急忙忙赶去向诸位掌门汇报的时候，璇玑他们早已游过大海，御剑飞往救助亭奴的途中了。

此刻璇玑鼻头通红，揉着眼睛，到底一夜没睡，大晚上的费劲在海里游了一个多时辰，上岸后又马不停蹄御剑飞行，就是铁打的人也有些吃不消。

"我们……要去什么地方找亭奴？"她问完，突然鼻头一痒，连打好几个喷嚏，差点从剑上摔下去。

"哗……肯定是爹爹在骂我们……"她吸了吸鼻子，鼻头和眼睛红通通的，看上去越发像一只小兔子了。

紫狐趴在她肩膀上，柔滑的皮毛随风飘动，漂亮又神气，听她这样说，便道："我看未必是你爹爹在骂人，你可要小心点，别生病了。"

想了想，觉得这话太亲密，便哼了一声，又道："要是病了，耽误去救亭奴，就是你的错！"

璇玑不以为意，抬手拍了拍她毛茸茸的脑袋，好像在拍一只闹脾气的小狗狗，淡然道："放心啦，我一定会把他找到的。"

紫狐厌恶地把脑袋别过去，气恼极了："小丫头不分尊卑！狐仙大人的脑袋也是你能拍的？"

璇玑不顾她吱吱呱呱乱叫，又揉了揉她软绵绵的耳朵，笑道："为什么不能摸？你本来就是一只狐狸，狐狸就是让人摸的。"她肚子里的道理永远莫名其妙让人摸不着头脑，狗狗猫猫是用来摸的，为什么狐狸也是让人摸的呢？

紫狐尖尖的嘴巴一动，本想和她争辩两句，忽然鼻子嗅了两下，急道："快！下去下去！我好像闻到味道了！"

众人急忙降下云头，只见脚下是一大片城镇，远远望去亭台楼阁，甚是华美，比先前的钟离城又气派了许多。

禹司凤眼睛一亮，笑道："这里是庆阳，我以前来过。还有故人在这里呢。"

紫狐一个劲拍着耳朵，吱吱叫道："你来过那可再好不过了！这里有亭奴的味道！太好了，青耕和当康也在！亭奴一定没事！快下去找他！"

众人依言落在半里外的荒山野郊，步行前往庆阳城，毕竟御剑降落在人烟众多的地方容易引起骚动。

璇玑凑过去问紫狐："青耕和当康是什么？"

紫狐白了她一眼，大尾巴一甩，从她肩膀上跳下，妩媚十足地往前走，一面道："还以为你多厉害呢，这个都不知道……哼！亭奴是很老很厉害的鲛人了，身边当然有豢养的妖物，时刻保护他为他做事。青耕和当康就是他的宠物嘛！"

璇玑奇道："他很老很厉害吗？那怎么会被你抓住关起来？"

紫狐顿时无语，支吾了半天，忽然恼羞成怒，急道："我是拜托他帮忙！谁说我抓他了！再说……他住我那里反而更好！省得一些不相干的神仙妖怪总来找他麻烦！"

"神仙妖怪为什么要找他麻烦？"璇玑很不会看眼色，还在问。

紫狐气呼呼地瞪着她，为什么为什么，她还有完没完？！

"他……他以前遭人陷害，被通缉了一段时间，虽然后来榜单撤下，但仍有许多不解事的东西来烦他。你别问那么多了，人家的事情，你问了干吗？"

璇玑很无辜："明明……是你自己和我说的……"

人说狐狸善变，真是一点不假。本来就是她自己说得欢，她也不过凑个热闹来听，这会儿怎么变成她的错了。

"你真讨厌！"紫狐又气又羞，就算是铁做的罩门，被她这样乱戳，戳啊戳，也会戳破了。她就知道天下长得好看的小姑娘，都不是什么好东西，阴险狡诈得很。

她尾巴一甩，转身滴溜溜跳上禹司凤的肩膀，两只爪子抱住他的脖子，防止自己掉下去，一面不怀好意，娇滴滴地说道："这么讨厌的小姑娘，谁喜欢谁就是没长眼睛！"

禹司凤淡淡一笑，没说话。

"你笑什么？"紫狐对少年男子立即和颜悦色起来，眯着一双妩媚的眼睛，伸出舌头在他脸上轻轻一舔，虽说她没胆子做什么采阳补阴，但这么个极品少年放在眼前，不占点便宜实在和自己的本性不合。上次好事被人打断，她到现在还有些扼腕呢。

禹司凤摇了摇头，抬手抓住她的大尾巴，轻轻提了起来。

紫狐吱吱呱呱乱叫："你要干什么？！臭小贼！老娘的尾巴是你能抓的吗？！放开放开！"

还没叫完，就被禹司凤塞进了宽大的袖筒里。

"这里黑漆漆的，透不过气！"她用爪子抓了抓袖口，硬是给她刨出一个洞来，把尖尖的嘴巴伸了出去。忽然尾巴被什么冰冰凉的东西给缠住了，一股大力把她往回拉。

紫狐急忙回头，只见袖子里黑不隆冬，里面有两点鬼火般的眼睛，盯着自己看，她猛然闭上嘴，只见一圈银光闪烁的蛇尾缠了上来，从尾巴到大腿，然后冰凉的信子吐在了她的鼻子上——

"她终于不嚷嚷了。"钟敏言抹了一把汗，一路上就听紫狐在那里叽叽呱呱，虽然她声音很好听，但总是在聒噪的狐狸还是很烦人的。

"啊啊啊啊啊啊！蛇——！是蛇！！！"

尖利的大叫声从禹司凤的袖子里传了出来，紫狐在里面死命扒啊扒，哭爹喊娘。

"蛇蛇蛇——！"

禹司凤微微一笑，拍了拍袖子，轻道："小银花，要温柔一点，和睦相处。"

钟敏言捂着耳朵，浑身冷汗地看着禹司凤唇边淡淡的笑意，忽然觉得招惹谁都别招惹这个人。

很可怕！

就这样一路吵吵嚷嚷，庆阳城就在眼前了。


庆阳可以说是西边最大的一座城池，比先前的钟离城繁华气派了不知多少倍。

这一路下山历练，经过的城市一座比一座华美，遭遇的事情也一件比一件离奇，虽然璇玑不知道这是不是就是所谓的"开眼界"，但不知不觉中，他们好像确实学到了不少东西。

所以这次来到的庆阳城虽然大，他们几个再也没有像当初在钟离城那么花痴，乡巴佬似的巴在各种建筑前看了。

禹司凤对这里熟门熟路，很快就找到了客栈，众人安顿下来，先回房叫了热水洗澡，换下一身结满盐巴的衣服。他们几个连夜逃离浮玉岛，在海里游了半日，上岸之后又怕被人追上，气也不敢喘一下地御剑飞走，直到现在才稍微歇息下来。

璇玑早就困得眼皮都睁不开，洗好澡连头发也来不及晾干，倒头就睡。禹司凤他们还强撑着，坐在楼下喝酒聊天。

钟敏言见他袖子里安安静静，再没半点声音，不由得担心道："你的小银花有毒吧，别把这狐狸咬死了，咱们可去不成不周山了！"

禹司凤没说话，旁边的若玉笑道："敏言，那可是上千年修行的狐妖，小银花是还没成精的灵兽，毒不死的。不过吓唬吓唬她罢了。"

钟敏言打了个呵欠，他也是差不多两天两夜没睡觉，满脸疲色，但心中有事，总挂念着，就是睡了也不安稳。"那狐狸不是说这里有亭奴的味道吗？快把她叫出来问问，到底在什么地方，我们也好找到他。"他拿根筷子在碗上叮叮当当敲着，很是不耐烦。

禹司凤把袖子一甩，缩成一团的紫狐从里面咕咚一下掉在了椅子上。她双目紧闭，身上还缠着一根手腕粗的银蛇，两个动物都是一动不动，不知死活。

"死了？！"钟敏言手里的筷子吓得掉在了地上。

禹司凤还是不说话，伸手把软绵绵的小银花抓起来，它懒懒地抬头看看主人，在他手腕上依恋地卷了起来，又躲回袖子里睡大觉了。

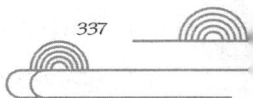

"你要是再装死，我们可不救亭奴了。"

禹司凤淡淡说着，话音刚落，那只狐狸就生气勃勃地跳了起来，刺溜一下钻进他怀里，爪子在他胸前挠啊挠，又哭又叫："你这个没良心的小贼！小贼！臭小贼！居然这样折磨我！"

禹司凤抓着她的后颈皮，把她提起来，这只毛茸茸的动物兀自不服气，四肢使劲地折腾，充满一种"我要抓死你"的气势。

"你不是说闻到了亭奴的味道吗？他是不是在这座城里？"

紫狐一哭二闹三上吊，折腾了半天，发现对方根本不理睬自己，只得偃旗息鼓，怏怏地抹着眼泪，委屈道："我怎么知道……刚才在上面能闻到他和青耕的气味，可是到城里味道又没了。"

"喂喂喂！你不带这样要赖的！骗人也找个好借口吧？"钟敏言又开始愤怒地敲起瓷碗。

紫狐对他可没那么客气，把尾巴一卷，高傲地哼道："我用得着来骗你们这些臭小子吗？没闻到就是没闻到，而且不但闻不到亭奴的味道，其他很多味道都闻不到。这里大概住了一种气味很重的妖，把别人的味道都盖住了。"

"又是妖！怎么到处都有妖！"钟敏言现在一听到妖魔两个字，脑袋就有三个大。

"依你看，那是什么妖？会害人吗？"禹司凤低声问着。

紫狐耳朵动了动，摇头道："我不知道。其实很多妖修成人形之后，就喜欢和人一起生活，做一个真正的人。难道是妖就一定会害人？"

钟敏言懒得和她扯那么多，急道："罢了罢了！该我们要做亏本生意。司凤，咱们先把这味道很大的妖赶走，再找亭奴吧！"

禹司凤沉吟半晌，忽然道："我有个想去拜见的人，就在庆阳城。除妖的事情，我希望等见过他之后再说。"

每个繁华的城市总有一些阴暗的角落，轻易不会让人发现。那里聚集了所有的乞丐、地痞、赌徒、通缉犯……很简单，好孩子是一辈子都与他们无缘的。

禹司凤说要去见一个人，听他那尊敬的语气，众人以为必定是个世外高人，说不定还穿着白色长衫，手里端着竹制茶杯，里面的茶色犹如绿玉一般。谁知他竟带他们在城里拐来拐去，最后来到这么个鬼地方。

钟敏言见这里屋檐低垂，巷子窄得只容一个人侧身过，地下污水垃圾乱七八糟，臭不可闻，当即就皱起了眉头。

"司凤，你那个故人……难道住在这里？"他还不太相信。

璇玑见巷子里还有好多岔道，许多人也不管地上脏不脏，就大大咧咧地蹲坐在那里，有的闲聊有的叼着烟斗，见到他们这一群衣着整洁，容貌俊俏的少年男女，一个个眼睛都看直了，很有那么几个人眼光淫邪，时而吹一下口哨，说两句胡话。

"什么叫兔儿爷？"璇玑耳朵尖，早就听见他们那些不正经的话，转头去问禹司凤。

几个少年都是一呆，又尴尬又恼怒。钟敏言哼了一声，禹司凤装作没听见，若玉只得干笑道："这个嘛……市井荤话，知道了也没意思。"

璇玑见那些人大口抽烟，喷出来的幽蓝烟雾随风飘过来，带着药石的芬芳，还挺香的，那味道有点像少阳派仲阳峰那里的丹房，炼丹药的时候散发出的氤氲香气。

"是五石散！"钟敏言脸色微变，急忙捂住鼻子，见璇玑还抬头去闻，急忙一巴掌拍向她的后脖子，"傻瓜！那是有毒的！上瘾之后就人不人鬼不鬼，你还嗅什么！"

璇玑被他打得"啊呀"一声，后脖子上痛麻一片，不由得捂着痛处，无奈又郁闷地看着他。他肯定是故意的，还记恨那晚输给她一两银子，这是标准的报复！六师兄一向小气！

钟敏言咳了一声，掩饰心虚，见禹司凤来到一座破烂的屋门前，抬手敲了两下——那门很虚弱地被他敲倒了，咣当一声摔在地上，顿时污水溅了老高，吓得众人急忙跳起来躲。

"喂！我说你那个故人不会真住这里吧？！"钟敏言忍不住了，这地方怎么看怎么不正经，司凤的那个故人，不会是个大坏蛋吧？

禹司凤眉毛都没动一下，很自然地踏着腐朽的门板走进去，里面是个同样破烂的小院子，种着两棵快要枯死的松树，周围堆了许多他们连名字都叫不出来的家具和杂物。

"敏言，人不可貌相，世外高人，那个……做事一向不按条理……"

若玉费力为他开脱，冷不防脚下咯噔一声，门板被自己踩空了，他半只脚都浸在污水里，只惊得脸色都绿了。

禹司凤在里屋的门上敲了两下，结果里面没半点声音。他有些不甘心，用力再敲——还是没反应。他急了，抬脚就把门给踹飞，厉声道："柳意欢你给我滚出来！"

又一扇可怜的门死在他脚下，屋里依然静悄悄的。众人忍不住好奇，探头往里面看，只觉一股酸臭味扑鼻而来，里面简直不能叫人住的屋子，应当叫"猪圈"，或许猪圈还比这里干净清香一些。

这下连璇玑也受不了，捂着鼻子倒退好几步，差点被熏得眼冒金星。禹司凤在屋里仔细看了一圈，确定了没人，只得抽身出来，把那扇裂开的门扶起来，让它勉强搭在门框上继续履行它身为"门"的职责。

大概是他们的声响惊动了隔壁的人，一个老者扶着拐杖走过来，道："要找意欢啊，现在这时辰，估计还在河边画舫里睡着呐！你们不如去那里找他。"

画舫？众人都有些奇怪，这玩意应当是只有有钱人才能上去的，看这个人的家简直一

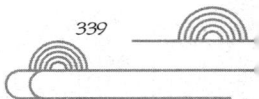

贫如洗得不行了，大概老鼠都不愿光顾，他居然有钱去画舫睡觉？

禹司凤的脸色大变，急道："所谓的画舫……莫不是娇红坊？"

那老者露出很猥琐的笑容，一副"我就知道你们几个年轻人不学好"的样子，嘿嘿笑道："庆阳的画舫，除了那里，还有更出名的吗？"

禹司凤脸上一阵红一阵白，最后恨了一声，只得转身出去。

璇玑悄悄去问若玉："娇红坊是什么东西？有吃的吗？"

若玉为难地想了很久，才干笑着解释："这个嘛……大概、也许、应该……有的吧……不过……那里不是什么好地方。"

那里自然不是什么好地方，因为娇红坊是庆阳最有名的妓院。有名之处不在于里面的妓女绝色，或者服务周到，而是因为那里什么样的人都可以进，哪怕你是隔天就要杀头的囚犯；而且，什么样年纪容貌的女人都可以做妓女，哪怕你是年过七十的老妪。最关键的是，在那里的花销价格低廉得让人无法想象。

禹司凤他们找过来的时候，除了懵懂的璇玑，每个人的脸色都可以用五彩缤纷来形容。

钟敏言好不容易躲过一群莺莺燕燕的凤爪，脸上还不知什么时候被人亲了一口，留下一团胭脂印，看他的样子，简直恨不得脱一层皮似的，急得汗都冒出来了，连声道："找不到就算了吧！回去吧！"

璇玑刚才被一群好心又热情的美女姐姐们抱了又抱，亲了又亲，说她可爱。她说一声饿了立即有人给她端过来一盘点心，她很厚脸皮地接过来吃了，觉得还蛮好吃的，于是她认为这个娇红坊很有意思，是个好地方。

众人上了画舫二楼，当头就一个龟奴迎上来满脸堆笑，热络地招呼："哟，几位少爷面生呐！不是本地人吧？喜欢什么样的姑娘？别客气只管当作是自家！"

说完见璇玑手里端着点心，一面吃一面四处看，她容貌秀丽，肤色莹白，当真是罕见的好货色，那龟奴眼睛顿时亮了，赶紧凑过去嘘寒问暖，一面又问："姑娘，娇红坊从来不苛责这里的姑娘们，客人的打赏，酒水的分红，一概归她们自己。姑娘他日有兴趣了，随时可以考虑过来……"

禹司凤不等他胡说八道完，便冷道："我们来找人。"

那龟奴这才发觉他们几个腰间都佩剑，面上杀气重重，想必是跑江湖的，当即不敢再聒噪，只赔笑道："好说好说！这位少侠要找谁？"

"柳意欢。"禹司凤这三个字几乎是从牙缝里挤出来的，听起来更是杀气十足，只吓得那龟奴腿软，连声道："小的不知道……各位大爷请自便……那啥……不用客气……"

说罢连滚带爬地跑了。

没人带路，众人只得自己一间一间地搜，当中撞破了多少生意也不消说，光是那些光着身体的妓女们的尖叫，就足以让他们耳鸣三日。

一直搜到二楼最后一间雅房，禹司凤的脸色早已和青菜一样青了，他根本懒得敲门，直接一脚踹破纸糊的门，不出所料，里面又传来妓女的惊呼声。

然而那惊呼声还没下去，却听一个懒洋洋的低沉声音响了起来："吵死了，女人没事就叫啊叫，生了一张嘴，除了吃饭就是叫。"

禹司凤一听这声音，登时长长出了一口气，板着脸，踩着门板走进去，冷道："你又来这种地方！叫我好找！"

众人一听这话，晓得是找到正主了，个个都迫不及待跑进去看看他们花了大半天工夫，找的到底是个什么人。

璇玑动作快，先溜了进去，只见屋正中铺着一张羊毛地毯，上面放着一个矮脚桌。桌后半躺半坐着一个男子，长发也不束起来，乱七八糟地垂在肩膀下，连眉目都遮挡了大半。他穿着一件半旧的灰袍子，胸口敞开大半，甚是雄伟。

见璇玑一直盯着自己，那人忽然抬头看了她一眼。他这样懒散无赖的一个人，目光居然锐利如刀，一扫过来，竟让璇玑瞬间感到头皮发麻，不由自主想退一步。

禹司凤走过去坐在他对面，这无赖男人身边还战战兢兢地趴着两个妓女，似乎是想逃的样子，然而被他一手搂住一个，逃也逃不掉，只能惨兮兮地发抖。

"我找你有事。"禹司凤淡淡说着，随手剥了一颗葡萄塞嘴里。

那男子——应当就是柳意欢，懒洋洋地撑坐起来，对后面呆滞的三人招了招手："一起过来坐，别客气。来……吃水果！"

他那种姿态简直就是把妓院当作自己家，两旁的妓女趁他招手，赶紧溜了。璇玑三人也只得坐了过去，呆呆地看着他，不知该说什么。

那人撑着脑袋，定定看了一会儿禹司凤，啧啧两声，咧嘴笑道："不错，面具被摘了。我还要恭喜你呐！"

说罢又朝璇玑那里看去。璇玑一见有吃的就很镇定，听话地拿着一串葡萄往嘴里塞。

必然是她了。柳意欢微微一笑，在桌上轻轻一拍，大声道："好！说吧，你这样大费周章来找我，为了什么事？"

禹司凤轻道："麻烦你开一下天眼，我们要找一个鲛人。"

"哗！天眼？！"柳意欢夸张地做了个手势，"你以为开天眼就是吃葡萄那么容易？"

他见禹司凤纹丝不动，定定地看着自己，只得耸了耸肩膀，叹道："那……什么鲛人值得我去开天眼？就我所知，你们这一派早就……"

"是朋友。"禹司凤打断他的话，"很重要的朋友。"

柳意欢哈哈一笑，摇摇晃晃地站了起来，往门口走去，众人也急忙跟上去，一凑近只觉他身上一股刺鼻的酒臭，忍不住纷纷捂着鼻子让开。

"小凤凰。"他笑着一把揽住禹司凤的肩头，把他带得一个踉跄，一头撞在他胸口，"你要我开天眼，不光是为了看鲛人那么简单吧？"

他问得很小声，似乎晓得有人耳朵尖能听见，还用手捂住嘴。

禹司凤没说话，脸色却有些微妙的变化，苍白的脸颊居然有些泛红，那种俊秀又青涩的模样，惹得柳意欢一个劲去捏他的脸，捏成各种稀奇古怪的形状。

"好好，我知道了……小凤凰还要看看自己的事情。"柳意欢躲过他挥上来的拳头，嘻嘻哈哈地飘下楼了。

钟敏言他们尴尬地凑过来，干笑道："司凤……你那个故人……他、呃……"

他看起来好像比流氓还流氓，比酒鬼还酒鬼，比地痞还地痞……再看看禹司凤，干干净净的青袍，从头到脚又清爽又整齐，完全是一种优质俊秀的好孩子典范，居然会有这种朋友，真让人想象不能。

禹司凤笑了笑，说道："我很小的时候就认识他了，别看他这样，其实是个热心的好人，而且本领很大。要找亭奴，还有接下来去不周山的事情，先来找他是没错的。"

"哦……"既然他这样说了，那么只好姑且相信一下。

谁知下楼后，只见柳意欢被一群龟奴和女人围住，在那里大声嚷嚷着，也不知吵些什么。那柳意欢醉眼蒙眬，笑吟吟地听那些人叫喊，听得一会儿，便回一句："何必发这么大的火，和气生财的道理也不懂？"

说罢大手一伸，将一个花容失色的妓女揽在胸前，低头在她脸上重重亲一口。

那花枝招展的老鸨却嘟着一张血盆大口，口沫横飞地拿着小算盘与他算账，咄咄逼人："我说柳大爷，今儿一声大爷叫出来您也不觉着寒碜！您老也是咱们这儿的常客了，和气生财用在您身上那就是废话。您时常赊账那也罢了，今日还招了一群恶狠狠地强徒来我这里砸场子，我这要是再和气生财，多少个场子都给您砸喽！咱们明人不说暗话，把账都算清，赊的钱都掏出来，不然您今天就别想出这个门！"

柳意欢只是笑，混不在意的模样，后面几个年轻人见老鸨这样蛮横，不由得齐齐走来，禹司凤皱眉问道："他欠了多少钱？"

老鸨见是个俊秀少年，不由得一呆，一旁的龟奴赶紧低声告诉她此人就是今天带头来闹事的强徒，她脸色变了又变，最后强笑道："银子倒还是小事，我们这里做的也是小本买卖，似他这样几月一赊账，老本都要赔光……"

禹司凤懒得听她啰唆，冷道："到底多少钱？"

龟奴急忙取了账本，颤巍巍地算账，最后报了个数："连着这三月的酒水花娘，一共是五十七两四文八钱。"

禹司凤从怀中取出一颗明珠丢在桌上："这东西足够他再来三个月的。莫要再嚷嚷，我们有急事，快让开！"

众人见那明珠璀璨剔透，知道是极品，忍不住眉开眼笑，急忙让出了大道来。柳意欢哈哈大笑，得意扬扬迈开步子摇摇晃晃往外走，好像掏钱的大爷是他自己一样。

璇玑肚子饿得咕咕叫，先前若玉说这里有吃的，她以为大家会在这里吃一顿，谁知这么快又要走了，那早饭怎么办？回头见对面桌上放了一篮精致点心，她盯着看了半天，一旁几个乖觉的姹女急忙提了递给她，璇玑心满意足，回头对他们很友好地笑了笑，摆摆手，当作告别。

柳意欢出了大门，又勾住禹司凤的脖子，笑着低语："这帮东西没眼色，那深海明珠是个极品吧？虽说离泽宫最不缺的就是明珠珍珠，不过那等极品给他们也是浪费，回头我帮你偷出来。"

禹司凤淡然道："不用了。不过你这种毛病，也当改改。省得……"

说了一半却不说了，柳意欢露出很猥琐的笑容，在他脸上轻佻地一捏，笑道："小凤凰是为我担心？这么多年没见，小粉团变成了大粉团，心地倒一点没变，好得很呐！"

禹司凤推开他的手，懒得与他这种无赖劲计较。后面几个人知道他一向是个冷淡高傲的性子，如今竟被一个大无赖当作女子一般戏弄，他居然不恼，不由得纷纷咋舌。

回到柳意欢的住处，还是那么破旧阴暗，他苦笑地看着自己被人踹破的门，叹道："这两扇门好歹还有些功用，你倒粗暴得很！"

"不要废话。"禹司凤扯着他进屋，回头对钟敏言他们招手："进来，我引见一下。"

"这位是我的……亦师亦友的旧识，柳意欢柳大哥。"

还没说完，他就被柳意欢在脸上轻佻地又捏一下，那无赖干脆贴着耳朵，低声道："什么叫旧识？小凤凰太没良心……啊——！"

他惨叫一声，原来是被禹司凤一拳打中鼻梁，痛得捂着鼻子蹲在了地上。

很显然禹司凤对他这种无聊的举动早已习惯了，脸色不改，继续介绍："这位是我的同门，若玉。这两位是少阳派的弟子，褚璇玑，钟敏言。"

"哦哦……天下五大派的弟子……荣幸荣幸啊……"柳意欢捂着鼻梁，鼻音浓重地说着。

众人见他这种模样，招呼也不是，不招呼也不好，只得随意抱拳。冷不防他忽然凑上来，在每人面前停一下，仔仔细细从头到脚看一遍，看到璇玑的时候，还要伸手去摸，吓得她愣愣地退了好几步。

"呃，不用怕……啊哈哈。"他干笑两声，摸着下巴，又道："这位是……若玉？哦，是你同门？"

若玉眼神微微一变，跟着却笑道："若玉见过柳大哥。"

柳意欢只是呵呵笑，拍了拍他的肩膀，"我一看就知道你是个聪明人，不过聪明人往往不会做好事。可别聪明过头喽！"

若玉风轻云淡地笑道："柳大哥的话很深奥，若玉不解。"

"不解就不解吧，啊哈哈，总有解的那天！"

柳意欢摆了摆手，走到钟敏言面前，和他大眼瞪小眼，看了半天。钟敏言被他看得浑身发毛，又兼他身上酒臭酸臭什么味道都有，他憋呼吸憋得脸都快绿了，只得板着脸冷道："你、你看什么？"

柳意欢怔怔看了一会儿，才淡然道："我看一个傻瓜，空有一腔热血真情，最后却被人骗。"

钟敏言心中一凛，狐疑地瞪着他，谁知他一爪子抓上来，拍在他额头上，很疼，耳边听他低沉的声音道："真真假假，虚虚实实，分得清还好。分不清，那就是你的命。"

"什么东西！"钟敏言捂着额头，痛得他想发飙。

柳意欢再也不理他，又绕到璇玑面前，上上下下左左右右看了半天，看得口水都要流出来。璇玑毛骨悚然不说，就连禹司凤也忍不住低声叫他："柳大哥！"

柳意欢冲他摇手，又看了一会儿，才道："不得了啊……这小丫头……"

璇玑奇道："怎么个不得了？"

她见这人神秘兮兮地，每个人都说几句话，像是警告像是预言，不由得好奇他会对自己说什么。

柳意欢摸了摸下巴，口水流了出来，好像眼前这个少女不是人，而是用黄金宝石堆出来的值钱货，他的眼睛充满了一种见钱眼开的神采，亮得吓人。

"唔，不得了嘛……就是不得了。"他喃喃说着，"你这个人，危险得很。以后要出大事的。"

什么意思呀？璇玑一头雾水。柳意欢笑道："天机不可泄露。来来，小凤凰，让我看看你。"

他把禹司凤扯到面前，定定看了一会儿，最后却微微一笑，低声道："你这个傻子。何苦空欢喜一场。"

禹司凤脸色一暗，"我以后……不好么？"

柳意欢摇了摇头："好或者不好，别人怎么说呢？你自己最明白。"

说完他用力一拍手，用脚把周围的垃圾使劲踢开，空出一个空间，一屁股坐下来，笑道："镜中花水中月，一场虚空，一个劫而已。来来，不用愁眉苦脸的，都坐下。我看你们几个，是做大事的人呢！"

众人见地上脏兮兮，根本没地方坐，然而他刚才说了一番话，似明非明，此刻见他便觉得此人深不可测，竟不敢忤逆了，只得蹲下来。

柳意欢又道："那个鲛人嘛，就在城里。不过要把他救出来，需要费点工夫。所以，不能急。"

回到客栈的时候，天色已经晚了，鉴于禹司凤"诚心"地邀请，柳意欢也大摇大摆地跟过来，离开了他那个"猪圈"。

刚进房间，就听见床底传来中气十足的叫骂声："臭小贼！死小贼！敢把老娘捆起来，我抓死你！咬死你！"

柳意欢摸着下巴，转了一圈，奇道："咦？你们这里居然还关了一只千年狐狸精？这可真是罕见呐！"

禹司凤把被捆成麻团的紫狐从床底捞起来，她立即呜呜大哭，咬牙切齿，恨得牙痒痒："死没良心的小贼！我……我什么时候受过这种委屈！等见到了亭奴……都是为了他！我找他算账！"

话没说完，只见一颗脏兮兮的脑袋凑过来，结成饼的头发下面，露出一双亮煞煞的眼睛，眨了眨，很有些不怀好意的味道。她委屈的哭声一下子断开，狐疑地瞪着他。

柳意欢伸出手指，在她耳朵上戳了一下，惊叫："活的！天啊！居然是真的狐狸精！你们怎么抓到的？"

禹司凤将捆在紫狐身上的捆妖绳解下，见她蠢蠢欲动似是要报复，便抬手拍了拍她的脑袋，低声道："别闹了，不是要找亭奴吗？我找了一个人前来相助。"

轻飘飘的一句话，就把紫狐的火气给搞得烟消云散。她兀自有些不甘心，但好像禹司凤在旁边，她的火气就发不出来，只得乖乖点头，把眼泪鼻涕一股脑擦在他袖子上。

"这人是谁呀？一脸淫贼样……能帮上什么忙？"紫狐见柳意欢贼兮兮的样子，打心眼里就反感。

柳意欢挺了挺胸膛——蛮健壮雄伟的，可惜就是太脏："狐仙大美女可不要小瞧人。你鼻子闻不到的东西，我的眼睛可是能看见。"

他指了指自己看不出原本肤色的额头，一副卖弄的模样。

紫狐敷衍地看了一眼，忽然呆住，尾巴一甩，好像看到宝贝似的，一把巴住他的脖子，尖尖的嘴巴在他额头上闻来闻去，一面用艳羡至极的口气叫道："天眼！天眼！！你这淫贼居然有这么个好东西！"

众人先前只听说开天眼，但根本没见他有什么举动，这会儿见紫狐这么激动，不由得都朝他额头上看去。只见那充满污渍的额头上，凸起一道小肉缝，用暗红色的丝线钉了起来，一来他脸上脏，二来他头发太长，先前众人居然没发现。

柳意欢摸了摸额头，笑得依旧猥琐："这玩意可不能随便乱碰，真的全开了，可是惊天地泣鬼神的。"

紫狐眼巴巴地看着他，忽然张口咬住他的衣服，娇滴滴可怜兮兮地开口道："大爷，

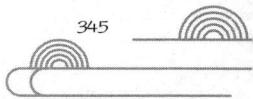

小的有眼无珠，方才冒犯了大爷你，可别怪罪！你……你能帮我看一个人么？"

柳意欢鼻子一哼，不可一世地抱着胳膊，踮个二五八万，道："我一个淫贼哪里能看到什么，狐仙大美人太客气啦！"

紫狐眼泪汪汪，委屈得要死，虽说狐狸性本狡诈善变，但像她这样眼泪说来就来，还真是少见。她见柳意欢始终不为所动，干脆一咬牙，就地一滚。众人只觉眼前一亮，先前在高氏山的那个紫衣美人俏生生立在屋中，怀里抱着自己的狐狸原身。

"大爷，求求你嘛……"她开始色诱，抓着他脏兮兮的袍子，摇啊摇。

柳意欢眼睛都看直了，喃喃道："先前只是随口一说，想不到还真是个大美人……"

众人见他那色眯眯的模样，不由得无语。

柳意欢清了清喉咙，摆出一副一本正经的样子，上下看了看紫狐，也不见他有什么开天眼的动作，最后摸了摸下巴，笑意浓厚："看不出来，你真痴心呐。"

紫狐脸上一红，急道："那……怎么样？他在哪里？有希望救出来吗？"

柳意欢摇头："不可说，那可是犯了神明的禁忌。至于能不能出来，你莫要问我，自有更合适的人可以问。"

"我……我该问谁？"

他把肩膀一耸："该问谁问谁喽！反正不要问我，这事不可说。而且……"

他目光中忽而带了一丝怜悯，柔声道："你何必如此，他心中分明……"

"别说。"紫狐轻轻打断他，笑了笑，"我自己愿意的。"

柳意欢闭上嘴，做了个无奈的手势，转头一屁股坐在椅子上，大叫："开饭开饭！光让老子干活，却没点好处，要饿死老子不成？"


柳意欢开天眼的事，让众人有些心事重重，对他说的那些似是而非的话既觉得害怕，又觉得疑惑，连璇玑都心不在焉，吃饭的时候苦苦皱眉思索。

倒是当事人自己全然不顾，撒开了喉咙猛吃，吃得撑死。

饭毕，他老人家又洗了个澡，美美睡上一觉，直到子时才起来。众人早已在房门外等候多时，见他推门出来，都有些呆愣。原来柳意欢换了装束，乱糟糟的头发也束了起来，衣服也变干净了，所谓人要衣装佛要金装，现在他看来精神十足，倒也有点英武的味道。

他见众人都不说话，眼巴巴地望着自己，便嘿嘿一笑，道："如何，我也算是个美男子吧？"

钟敏言狠狠翻了个白眼，紫狐恹恹地趴在璇玑肩膀上，嘀咕："卖弄什么……就你这样穿上龙袍也还是个淫贼……"

"什么？"

"没什么……我是说，咱们什么时候走呀？"紫狐眼睛亮晶晶，充满了心虚的微笑。

柳意欢打了个响指："就现在，马上，立刻……咱们出发，去庆阳首富周大人家里参观一趟。"

禹司凤对庆阳很熟悉，一听周大人三字，眉头便轻轻皱了起来，低声道："那是官府上的人，惊动了不太好吧。何况，这种官宦人家，自有镇邪的宝物，妖孽很难作祟。"

柳意欢笑道："咱们不偷他家的宝物，也不惊动里面的人。不过是趁夜偷香，见见他家二小姐而已。听闻周府二小姐，艳名远播，不看岂不可惜？"

"喂！你少胡说行不行！"钟敏言终于受不了他口无遮拦的风格，发作起来，"你要做什么坏事，自己去做！我才懒得奉陪！"

柳意欢一点也不恼，还是笑嘻嘻："那个二小姐呀，过几天就要嫁人了，听说是招的入赘女婿呢！天下美人，一旦嫁了人就不能看，不趁着她婚前偷窥一番，将来可不要后悔。"

"你有完没完……"钟敏言怒了，恨不得饱以老拳。

禹司凤倒觉得他话中有话，一把拉住钟敏言，奇道："柳大哥，你的意思是，那二小姐是妖邪？"

柳意欢把手一拍："还是小凤凰聪明，也难怪那叽叽喳喳的傻小子被人骗，当真活该。我告诉你们哦，这个二小姐很有些不简单，今晚过去能不能全身而退还不清楚。至于你们找的那个鲛人，要是再迟来几天，大概就要成人家的上门女婿喽！"

众人都是大惊，紫狐更是慌得差点从璇玑肩膀上栽下去，好容易扶稳了，才惊叫："亭奴他被人逼婚？！他……是个鲛人……怎么成亲……"

柳意欢笑意更深："成亲不过是个幌子，我看那个鲛人很有些不俗，想必是个老妖了，单那几千年的修行精华，也是无价之宝。嗯……这会儿他身边那两只妖怪急得很呐，被那厉害的妖物镇住了……咱们要去周府，还得准备点东西先。"

说罢回头，见钟敏言怒气冲冲地瞪着自己，他哈哈一笑，道："就你了，别看。快去准备两坛滚热的黑狗血，再来两罐滚烫的热油。什么时候准备好，咱们什么时候出发。"


因为柳意欢的一个吩咐，钟敏言一整晚都黑着脸，比锅底还黑。

基本上钟敏言这种脸色，就代表着警告：烦着呢，少惹我！所以熟悉他性格的几个年轻人都很默契地选择无视他，省得不小心引火上身。

柳意欢才不吃他那套，嘻嘻哈哈地走在前面，把准备好的狗血滚油全丢给钟敏言一人提着，自己还在前面催促："快点快点！就是蜗牛也爬得比你快好不好？没吃饱饭么？"

璇玑见钟敏言额头上的青筋都快爆开了，俨然是死死憋住怒火，不由得提心吊胆地走过去，轻道："六、六师兄，我帮你提一罐吧……"

"不、用！"钟敏言从牙缝里吐出两个字，见璇玑还在旁边晃，不由得火道："你还晃什么？！往前走啊！"

璇玑本来想叫禹司凤他们来帮忙，被他一吼，吓得猛然一怔，只得抓着小辫子，为难地看着他。

他有些自悔冲动了，面色稍稍缓和下来，把那四个滚烫的瓦罐搂在胸前，抬手抓了抓头发，低声道："你、不用管我。早点去救出亭奴，就能早点去不周山，然后可以早点让玲珑……"

他没说下去。璇玑见他眉宇间流淌出一种深刻的悲哀，与他平日里精神十足火焰般的耀眼颇为不同。最近发生了太多事情，他也变了不少。月色朦胧，他的脸看起来像是被一团柔光遮蔽住，只有一双眼，烈烈燃烧般的闪亮。这种神情，令她电光火石般地想到四年前小阳峰前，他下了潭水去捉鱼，从水底浮上的那一瞬间，水珠顺着他俊朗的轮廓滑下，双眸璀璨如星，亮亮地看着自己。

她心底猛然一颤，竟似被一只小小的手捏住了什么脆弱的地方，狼狈地别开脸。

"会好的……玲珑和二师兄，都会被救回来的。"她喃喃说着。

钟敏言略带讥诮地一笑："又说这种没边没际的话。你去救？你的本事够用吗？"

"我、我一定能把他们救回来！不是没边没际！我是认真的！就算……拼上命也……"

他的手忽然轻轻拍了上来，按在她额头上，掌心灼热。结结巴巴的话生生断开。

"你不要拼命。玲珑已经……我不能再让……她妹妹出什么事。绝对不能。"

说完他突然一笑，手在她额上轻轻一推，璇玑怔怔地退了一步，见他勾起唇角，露出一个明朗的笑："你是个小丫头嘛，只管跟在我们后面就好！这回应该听话些了，叫你逃就逃，别叽叽歪歪的，明白吗？至少……你逃出去了，还有一些希望可以反击，若是全军覆没……哈哈，那可太丢少阳派的脸了。"

前面的柳意欢又开始在空荡荡的大街上吼叫："你们几个是不是没吃饱饭啊？走快点行不行？照这样走法，天亮了也走不到。到时候没救成，可别怪我！"

钟敏言哼了一声，抱着四个瓦罐加快脚步往前跑。

璇玑眼怔怔地看着他的背影，只觉忽远忽近，不可捉摸。很久很久以前就是这样了，他是如此难以靠近，像一只飞得很远的美丽鸾鸟，从来不会回顾一下。

肩上忽然被人轻轻一拍，禹司凤低头对她微微一笑，低声道："跟上，别发呆。"

她对上他深邃的黑眸，只觉心中有什么东西往下落，不知为何想到那片瑰丽的杏花林，深红浅粉如雨一般跌落，这少年说喜欢她。

她又一次狼狈地别开脸，乱如麻，喉咙里有什么东西在跳动，胸口被很多东西堵着，背后一阵凉一阵热。

"那周府里有件上古神明遗落人间的宝物，想看看么？"禹司凤笑吟吟地问她。

璇玑愣了一下，迟疑地点了点头，"是、是什么宝物？"

禹司凤悄悄拉过她，轻道："嘘……别叫他们听见，否则一定要偷出来。那东西没办法说明，见了才知道。上至九天之外，下至黄泉幽冥，它没有不知道的。"

他故意说得很玄，果然把璇玑的好奇心给勾出来了，眼睛瞪得好像小猫，眼巴巴等他多透露一些消息。

谁知他只笑着拍了拍她的脑袋，柔声道："到了那里我再指给你看，现在打点精神，快走吧。"

璇玑跟着他跑了起来，过了很久才反应过来他是要逗自己开心，方才她的脸色一定很难看，他便岔开她的注意力。

司凤真的很好，她知道。然而这样想起的时候，居然会觉得伤感，自己也不明白为什么。她悄悄伸出手，想抓住他的袖子，他却永远比她快一步，头也不回，将手反转过来，用力握住她的手，回头笑道："害怕？"

她心中狂跳起来，脸上微微发烧，急忙摇了摇头。庆幸这样阴暗的夜色，遮挡住尴尬的一切；庆幸趴在肩头装睡的紫狐，一句话也没说，让她不至于难堪。


深夜的庆阳城，除了小巷里准备收摊的小食摊，没有一个人。风声从小巷里流窜出来，呜呜咽咽，卷起些微的残雪，在地上打转——离开四季如春的浮玉岛，外面的世界依然是晚冬早春，寒冷彻骨。

一直趴在璇玑肩膀上睡觉的紫狐突然动了动，尖嘴巴上的胡须颤颤巍巍，紫色的毛皮随风拂动。

"青耕的味道！"她突然叫了起来，从璇玑肩上猛然跳下，身形犹如闪电，一眨眼就蹿到了老前面。

众人当即转换方向，跟随紫狐往左边跑去。一拐弯，赭红色的高大墙壁便代替了方才的白色矮墙。众人都知道，这代表他们已经在周府外围，赭红色的墙，只有官宦人家才能用。

紫狐就在高墙尽头的角落里堵住一个东西，急切地叫嚷着什么。璇玑只觉一股腥气扑面而来，简直分不清到底是妖气还是臭气，直把紫狐的妖气都盖了下去。

她皱眉捂住鼻子，味道是从周府里飘出来的。看来柳意欢说得没错，周府里果然有妖邪！而且味道很重，难闻之极。

"你除了吱吱叫还会别的吗？！说点有用的东西啊！亭奴在哪里？！"紫狐急得要挠墙，暴跳如雷。

众人跑过去，只见一只青羽白尾的小鸟被她堵在角落里，大小犹如一只喜鹊。大约是因为被紫狐吼了，它也急得直跳，吱吱乱叫，像在辩解。

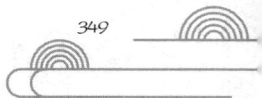

"我看看。"柳意欢走过去，将那只青耕抓在手里，只见它脚上拴着一片鲜红的布条，看起来像是嫁衣的料子。

"那是亭奴的衣服！先前我闻到的味道应当就是这个。亭奴被这里的妖给困住了，当康在护着他，青耕飞出来寻找救兵。"

紫狐跳上璇玑的肩膀，把鼻子埋在她后领里，又叫："这里不晓得住了个什么妖，味道这么大！我都快被熏昏了！别的什么味道也闻不到。"

柳意欢摸了摸青耕，将它放飞，回头笑道："它刚才说，这里住的是一只非常厉害的蛇妖，快成龙了，正到蜕皮的时候，所以味道奇大。它和当康对付不了，亭奴马上就会有危险。"

"蛇妖成龙？！"紫狐唬了一跳，"我活了这把年纪，还从来没见过成龙的蛇！"

那可得多厉害啊！来的这几个小辈，加上她和有天眼的柳意欢，只怕也是过来给人家塞牙缝的！

"你怕什么！"柳意欢笑着朝璇玑那里望了一眼，低声道："死不了的，只怕到时候死的还是那蛇妖。"

紫狐立即明白了他的意思，确实，那个小丫头有点邪门，能放出三昧真火的话，就算真的成了龙，没飞天成功，那小丫头也治得住。

"二小姐的闺房在东南角，咱们得分开行动，省得激怒了她，被一口吞掉。"

柳意欢随手点着："你、你，还有你，你们三个从这边过去。我和大美人还有带着罐子的小子，从那边走。到时候听我号令。"

众人一齐点头，身影一晃，都从墙头跳了进去。


"月黑风高，窃玉偷香……"

柳意欢在前面哼着古怪的小曲，偌大的周府，他如入无人之境，大摇大摆地晃荡，偏偏就是碰不到一个人。天眼就是有这种本事，让钟敏言不服都不行。

紫狐趴在柳意欢的肩头，鼻子一直动啊动，叫苦连天："臭死了臭死了！都快不能呼吸了！"

柳意欢哈哈一笑，"狐狸嘛，也不见得好闻到什么地方去。最后还不是要修炼媚香来引诱人。"

紫狐大怒道："放屁！老娘一根毛都比这里的妖香！"

她见柳意欢在周府里晃来晃去，好像是找不到路一般，又急道："天眼开了没有？你别浪费时间啊！"说罢爬上他的肩膀，鼻子在他额头上戳啊戳。

"别闹。"柳意欢一把将她扯下来，笑道："它若是全开了，你这只小狐狸也别想活。现在这样足够了。"

他忽然停了下来，优哉游哉地从袖子里把手伸出来，指着对面一栋华美的建筑，道："喂，小子，把狗血撒在门前窗下。动作快点。"

钟敏言在肚子里破口大骂，板着脸依言撒了狗血。那是刚刚宰杀的黑狗渗出来的血，浓得好似黑墨，腥气冲鼻，又被柳意欢施了别致的法术，一撒在地上便渗透进去，仿佛活的一样，攀着窗台墙壁，印在上面黑黑的一块，看上去很是恐怖。

"好了，过来吧。"柳意欢见黑狗血都撒完了，便对钟敏言招手，然后往地上一蹲，不动了。

"啊？就这样？！"钟敏言压低了声音对他吼，"不冲进去吗？"

柳意欢蹲在地上，抱着胳膊，把脸一板，冷道："谁冲进去？你？想死的话就冲吧，没人拦你。"

钟敏言被他堵得哑口无言，狠狠地把罐子往地上一丢，掉脸就走了老远。

紫狐趴在柳意欢的袖子上，一个劲咬着他的衣服，急道："我们要等到什么时候？只用黑狗血就够了？"

柳意欢笑道："当然不够，不过嘛，咱们又不能冲进去，也不能白白蹲这里让她出来吃了咱们，只得先想个法子把她困在屋子里出不来，到时候随机应变咯！"

正在蜕皮的蛇对一切温热的东西感觉极其灵敏，她此刻一定能感觉到外面的黑狗血腥气，说不定开始蠢蠢欲动了——动也没什么用，狗血里他加了咒法，她一步也出不来，只能困在屋里，这个嘛，就叫作瓮中捉鳖。

三人又等了很久，里面还是一点声音也没有，好像那黑狗血撒下去没半点效果。钟敏言急得又跑过来，低吼："到底怎么办？就在这里耗到天亮？！"

柳意欢哈哈一笑，正要继续糗他两句寻开心，忽然一阵腥风扑面而来，撒在门前窗下的狗血突然发出血红的光亮，钟敏言和紫狐被这异变惊得退了一步，浑身戒备。

柳意欢稳稳地盘腿坐在地上，拢着袖子，面不改色，咧嘴笑道："二小姐，不要妄动，否则烫伤了你的冰肌玉骨，未免大为不雅。"

屋中传出一个冰冷的声音，仿佛地下十九层的泉水一般，寒冽彻骨："坏我好事，你们是什么人？趁我未发嗔，速速滚出去，否则，休怪我狠毒。"

柳意欢猥琐地咧嘴笑，忽而横肘往地上一躺，抠着鼻孔，哼哼道："你出不来，我进不去，谁也别恐吓谁。你我在庆阳城这几年，彼此相安无事，不过嘛，谁叫你抓谁不好，非抓那个鲛人来成亲，那也别怪我先发制人。快，把鲛人交出来，咱们继续井水不犯河水，好得很嘛。"

那声音冷笑道："原来是你这个淫贼。你有什么本事，居然敢和我叫板，最后也不过是乘人之危的小人而已。区区黑狗血奈何得了我？未免小觑人！"

那腥风更加兴起，左右上下夹攻过来，将众人的衣衫吹得猎猎作响。钟敏言"铿"的一声抽出宝剑，一时犹豫着不知该往哪里砍，下面依旧悠哉的柳意欢嗤笑他："人还没出来呢，你砍什么？这点小小法术也让你慌了神，少阳派弟子就这样啊。"

钟敏言被他说得脸上一红，咕哝一句："要你管！"

柳意欢啧啧摇头："我才懒得管你这傻小子。"他见那妖风不退反而更加炽烈，便大声笑道："二小姐省点力气吧，除非我撤了法术，不然你一步也出不来。美女就应当柔顺些才可爱，快把鲛人放了，两不亏欠。"

果然那妖风渐渐退了下去，屋内沉默半晌，忽然呵呵一笑，森然道："我本是要留个善果，不随意杀生，既然你们不顾性命前来坏我好事，开一次杀戒又有何妨！"

柳意欢神色忽然一凛，从地上一激跳起，转身抓住还在发呆的钟敏言，用力一扯，只见原本他站立的那地方忽然烧了起来，幽绿的火焰足有一人多高，带着森森寒意，令人毛骨悚然。

三人见地上被点燃的青草迅速干枯发黑，最后变成了一片片细碎的冰屑，轻轻地碎了一地，不由得都是大骇。

屋内传来一声轻笑，紧跟着门窗在一瞬全部大开，里面漆黑幽深，仿佛有黑雾团团笼罩。钟敏言浑身绷紧，只待里面的妖一出来他就拔剑砍下去，谁知门口人影一晃，却是一个华服女子，长裾披帛，长发委地，文文弱弱地站在那里，静静看着他们。

"她是……？"钟敏言退了一步，小声问柳意欢。这女子柔美纤弱，一看就是典型的官家千金，他竟不知如何下手。

"说你傻你还真傻，刚才对风砍，这会儿正主来了你却发呆！她不是妖是什么？！"柳意欢忙着在撒出去的狗血上加咒语，懒得给他解释。

钟敏言一时无语，但要他跑过去对一个官府千金喊打喊杀，还真有些难以下手。

那女子一直走到门边，仿佛被什么东西框住，再也前进不了一步。她抬起流云袖遮住樱唇，轻笑道："雕虫小技也敢班门弄斧。"

柳意欢脸色忽然巨变，厉声道："油呢？！快去！"

说话的片刻间，那女子已经一步跨出门框，窗下门前闪着红光的狗血一瞬间全部熄灭，哗哗地聚在地上，滚动不已。她的长裙扫过高高的石阶，身后黑色巨大的雾气团聚起来，蠢蠢欲动，竟像是一条盘踞成一团团的巨蟒。

钟敏言提了油罐，当头就要给她淋下，不防身体忽然被什么东西死死卷住，胸口几乎要炸开，难受得话也说不出来。眼前忽然一花，那女子惨白柔美的容颜凑到了眼前，眼波流转，笑吟吟地看着他，低声道："可怜，还是个漂亮的孩子呢。"

他心下惊恐无比，转身欲逃，然而浑身都被无形的东西给缠住，非但动弹不得，而且渐渐有窒息的倾向。眼见那女子的手伸过来，死人一样的惨白，指甲足有三寸多长，尖利如刀，寒气入骨。他唬得嘶声大吼起来，当头将两个油罐狠狠砸上去。

那女子冷不防他还有气力挣扎，被两罐热油泼在脸上，痛得尖叫起来，整个人化作一团黑色的雾气，发疯一般地盘旋打转。

钟敏言浑身一松，落在地上，只觉手脚都近乎脱力，揭开袖子一看，上面一大片青紫的勒痕，想来自己是被这蛇妖的尾巴给卷住了。

后背心忽然被人大力一拽，柳意欢在后面笑道："干得不错！傻小子。"

他兀自还有些后怕，提了宝剑，与他一起抬头看那一团黑雾，扭曲盘转间，竟似一条巨大无比的蛇，比他们想象的还要大，莫说今天来的几个人，就是再来十倍，它也能一口吞掉。

"这下可难办了。"柳意欢喃喃说着。紫狐一口咬住他的脚脖子，痛得他大叫起来，"喂！你做什么？！"

紫狐眼睛紧紧盯着空荡荡的门口，低声道："你们把她引开，我进去找亭奴！"

说完不等柳意欢答应，她紫色的身影便刺溜一下钻过了空隙，奔进了屋子里。

"别擅自决定啊啊啊啊！"柳意欢眼睁睁地看着她跑进去，拦都来不及，忽听脑后风动，他抓着钟敏言急急让开，只见那盘旋扭曲的黑雾绕了上来，一个低沉的声音森然道："本来还想放你们一马！今次一个也别想逃！"

这下是真的难办了。柳意欢难得开始发愁，钟敏言急道："还呆什么！上啊！"

"你自己上！"柳意欢翻他一个白眼，"没看见人家是蜕皮的蛇？真身都没出来，你去砍啊！看你有没有本事砍中！"

那就在这里发呆不成？钟敏言万分后悔与这个无赖搭档，干脆不理他，自己抽出宝剑朝着那团黑雾乱砍乱刺，结果真的如他所说，半点都伤不了她，反而被她一口绿火喷过来，差点把衣服给烧着了。

"你也过来帮忙啊！"钟敏言回头朝柳意欢怒吼。

柳意欢慢悠悠地站起来，叹道："哎呀哎呀，失算了。没想到真的不能全身而退。不如我先逃走吧……"

卑鄙啊！钟敏言气得差点晕过去，正要恶狠狠地骂他，忽听屋内紫狐尖叫一声，盘旋在屋外的黑雾猛然缩了回去，不知出了什么事。过得片刻，只听那二小姐在里面笑道："那些人与我为难也罢了，你一个狐妖也要为难我。也罢，目前我行动不便，暂时不与你们计较。待我成龙之日，再取你千年功力。"

言毕，门窗瞬间合拢，偃旗息鼓，所有的声音都消失了。

钟敏言惊恐地回头，见柳意欢真的在找路逃跑，不由气得一把抓住他，大吼："你还当真要跑！"

话音一落，却见他从怀中取出一枚黑色小角，放在唇边轻轻吹动——没声音，钟敏言愣了一下，只听柳意欢贼兮兮地笑了起来，把手摊开，懒洋洋地说道："没逃，只不过叫援兵而已。"

禹司凤三人另外一边行动，他们就比较小心谨慎了，没有天眼的本事，不得不随时小心有守卫看见自己。

禹司凤走了一段，忽然左右看看，回头对璇玑招手："过来，这里。"

璇玑和若玉不解其意，都走了过去，若玉奇道："那边不是柳大哥指的方向吧。"

禹司凤轻轻一笑："咱们暂时岔开一下，无妨的，马上便过去。"

若玉不解他究竟要做什么，只得随他走。三人在府内弯弯绕绕，所喜禹司凤对这里的地形似乎极熟，竟没有迷路的时候。

"司凤，你以前来过这里吗？"璇玑忍不住问。她想象不出禹司凤会是个趁夜潜入富豪家的大盗，他一向是个标准好孩子的样板。

禹司凤低声道："我在庆阳和柳大哥住过一段时日，他没事……就喜欢来周府花园赏夜色，我经常陪他来。"

原来还是被那个柳意欢拖累的，此人真是会惹事。

"到了。"禹司凤停在书房前，左右看看，确定没人，便轻轻拔下剑来，无声无息地把门上的锁给绞了，那两扇门吱呀一声被推开，里面冲天的霉味扑面而来。

"哗……这里是不是很少有人来啊？"璇玑捂住鼻子，就着月色朝屋里望去，只见里面灰尘满地，蛛网缠连，也不知多少年没人打扫了。门一推开，里面窸窸窣窣，大概是成窝的老鼠被惊动，纷纷往外跑。

"别看这样，这里可是周府放宝物的地方。"

禹司凤牵着璇玑的手，用剑将头顶的蛛网拨开，三人小心翼翼地潜进去，只见里面所有的家具上都蒙了一层白布，大约是年代久远，早已变成了发黄的灰色。主房窗后有一个小门，门上挂着落满灰的珠帘，珠帘上密密麻麻贴着符纸，不知里面镇着什么。如此夜深人静的时候，忽然在官宦人家旧弃的书房里见到符纸，顿时有一种神秘莫测的感觉。

禹司凤显然也对那符纸极为忌讳，不太敢靠近，只带着两人走到近前，低声道："帘后便是那宝物了。"

璇玑见里面黑不隆冬地，什么也看不见，只得说道："我……我看不到里面的东西。是什么？"

禹司凤点了火折子，屋里多了亮光，便见那帘后空间很小，只放了一个一人高的架子，用白布蒙住，上面同样密密麻麻贴了无数符纸。

那是什么？璇玑忽然觉得心中一跳，仿佛有一种悠远的熟悉的感觉袭上心头——那是什么？

"我也是听柳大哥说的，这是上古神明遗留在人间的一件宝物，叫八荒万劫镜。它知道世间万物的来龙去脉，更通晓苍生的前世因果。可惜这些符纸很有点诡异，不然，偷来看看也是不错的。"

禹司凤灭了火折子，见璇玑看着那镜子发怔，便轻笑道："只能这样看看了。可不能用手摸，不然会有大麻烦。"

璇玑只觉他的声音虽然在耳边，但似乎隔了很远，她听不清。她的所有注意力都被蒙在白布下的那个东西所吸引了。

很熟悉……很熟悉的感觉……似乎又闻到了硝烟的味道，金戈铁马轰鸣的声音，有些埋了很深很深的东西，开始蠢蠢欲动。

是什么？到底是什么？

有人在轻轻召唤她：来……你来……过来……

她被那种魔魅般的声音所惑，慢慢抬起手，揭开了珠帘。

"璇玑不可以碰！"禹司凤急急低叫，声音忽然断开——那些符纸一被她接触，便犹如遭到火烧，轻轻碎开，化成了灰烬。

她揭开珠帘，着魔一般地走了进去，抬手缓缓将那块白布摘了下来。白布下是一面古朴的铜镜，周围纹以四方神兽，青龙白虎，朱雀玄武，正中的青铜镜只有两个盘子拼起来那么大，里面波光潋滟，人就站在它对面，居然连一丝影子也照不出来。

那声音轻轻地，仿佛在唱歌，贴着耳朵，喃喃地告诉她：来看……来看看我……

她抬眼朝那铜镜正中望去，里面的波光云雾渐渐散开，露出一张清晰无比的女子的脸，修眉红唇，肤色犹如冰雪琉璃一般，低头说着什么，忽而一抬眼正望过来，那双眼像是碎冰碾就而成，没有一丝温暖和感情。

璇玑心中仿佛被什么东西狠狠敲了一锤子，无数个声音和画面流水一般地汹涌而来，她立在当场，手足无措，看着那些熟悉的不熟悉的回忆，一时竟分不清是梦境还是现实。

"念你屡立功勋，如今只要低头认罪，便可解脱那万劫之灾轮回之苦，为什么如此固执？"有人冷冷地问她。

"兴许是她成日杀戮，杀得迷了本性，居然……但终究是一大功臣，刚刚修得正果上界，如此时刻，还是不要极刑处置。"

"你自己来说！这种事情，难道还要假借他人之口替你说好话么！"

她心中凛然，眼怔怔地望着那白衣女子，她浑身都被捆牢，然而纹丝不动，竟没有一点狼狈的模样。冰雪般的眸子一扫过来，冰冷地，她张开红唇，低声说了一句话。

璇玑只觉万箭穿心一样的疼痛，脑中仿佛有无数根小剑在刺，她忍不住从喉咙里发出一声低低的呻吟，一把抱住脑袋。

她说："我做的一切，都是你们授意的，连质疑都不允许存在。如今，为何又要问我是对是错？"

镜中其他声音怒吼起来——真是太过放肆，如她这般大逆不道的臣子，应当处以极刑，再受万劫轮回之苦，以警他人。

不明白，真的不明白。她做的那一切，真的错了？什么是对，什么又是错？天道茫茫，冥冥中总有无数个声音告诉她这样对，那样错。你不可以有自己的声音，不可以忤逆，不可以轻慢……不可以这样不可以那样，那，有什么是可以的？

于是只有冷笑："死就死！"

禹司凤二人见她站在铜镜前发呆，不知是看到了什么，忽然抱头痛呼，正要抢进去扶住，冷不防她往后一仰——晕了过去！

禹司凤再也顾不得忌讳符纸，一个箭步上前兜住她，只见她双目紧闭，眉头紧锁，竟是满面痛苦的神色。

"璇玑？！"他急叫，轻轻在她脸上拍了两下，然而她一点反应也没有，沉沉靠在他怀里，像是睡着了。若玉也急急过来看她的情况，捏住脉搏，摸索半响，才道："是晕过去了，似乎受了什么刺激。"

他抬头看了看那面古朴的铜镜，奇道："她到底在里面看到了什么？"

说罢自己站了起来，正要朝里面看，忽觉胸前挂的小龙角簌簌震动起来，发出龙鸣一般低沉的声音。两人都是一惊，互看一眼，明白是柳意欢那里出事了。

## 第十九章·此情须问天

"你又搞什么鬼！"钟敏言抓着柳意欢的前襟，打定主意死也不放手，此人这般狡猾，一放手必定是溜之大吉。先前见禹司凤敬他，紫狐怕他，还以为是个人物，谁想无赖就是无赖，他果然没看走眼！

"好啦好啦……"柳意欢见他发怒，便拍了拍他的肩膀，笑道，"收收火气，我不跑，放手先。"

"不放。"钟敏言执拗起来，老黄牛都比不过他。

他提着柳意欢一直走到门口，才道："不管怎么说，今天不把人救出来你就别想走！"

柳意欢叹道："你当我神仙啊？这么个老妖，你刚才也看到了，还在蜕皮呢都这么厉害，怎么救？"

"就这样救！"钟敏言脑子一热，脱口而出，"冲进去……然后救人！"

柳意欢像看疯子一样瞪着他，道："你冲你冲！别拉上我……我还不想那么快去死！"

"那怎么办？！干等着？等他们俩被吃掉？！"

柳意欢叹了一口气："你这种火烧火燎的脾气哦……不是说了等援兵？等那小丫头来了，就万事大吉。你现在急什么？"

小丫头？是说璇玑？钟敏言白了他一眼："你把璇玑当神仙啊？她哪里能杀得了这只妖怪！"

柳意欢奇道："她怎么不是！她分明……"

话未说完，只听后面急急奔来几人，正是禹司凤他们。钟敏言见禹司凤怀中抱着璇玑，她双目紧闭，竟似晕过去的模样，心下不由得大惊，急道："怎么了？有人袭击？！"

禹司凤自己也是后悔万分，只得把经过讲了一遍，最后道："这里情况如何？我见你们吹了小龙角，是不是有意外？"

谁知没人理他，钟敏言只是皱眉看着璇玑，柳意欢凑过来连声叫可惜："小凤凰太鲁莽！啊呀！我知道了，她还什么都不知道呢！你让她看那个……肯定受刺激了！这下可要完蛋！我们只好等着紫狐和那鲛人死了！"

若玉急道："怎么？紫狐也被抓走了？"

钟敏言恨恨道："都是这人！临阵逃脱！半点义气都不讲！"

禹司凤低声道："柳大哥，那蛇妖是躲回去了？依你看眼下应当怎么办？"

柳意欢摸了摸璇玑的额头，沉吟半晌，只得叹道："没办法了，先退吧。再等下去反而要惊动周府的人，那就是大大不妙。"

众人见那大门紧闭，地上还留着搏斗的痕迹，知道这次的蛇妖不好对付，加上璇玑又莫名其妙晕过去了，此地更不可久留，只得按原路返回。

钟敏言还有些不甘，回头看了一眼，谁知那一眼就闯了大祸，只听那屋里的女声笑道："想这样简单走掉，做梦呢！将那烫伤我的小子留下！"

众人都是大惊，尚未来得及回头，只觉一股妖风扑面而来，天空骤然暗下，那足有百丈多高的巨蟒黑雾从屋里又蹿了出来，这回直奔钟敏言。他慨然不惧，从怀中取出符纸，捏了手印，厉声道："老子本来也不想走！"

他一把将符纸抛出，顿时化作数道雷光，轰鸣着砸向那团黑雾。柳意欢厉声大叫："不要用雷！"然而还是迟了，雷光砸在黑雾上，非但没让她有半点损伤，她身形竟似更大了一圈。他只急得直跺脚，快步上前提住钟敏言的后领子，发火地将他往后一抛，森然道："她就是属雷的老妖！你用雷就是助长她的功力！"

果然那蛇妖长尾蠢动，一圈圈缠绕过来，朝他身上一甩，柳意欢登时被击得倒飞出去，倒在地上生死不卜。

钟敏言心急如焚，用雷也不行，用剑砍也没用，那他只有坐以待毙了？！抬眼见那蛇尾朝自己扫过来，他急忙要躲，还是迟了一步，被蛇尾绊住脚，狠狠摔了个狗吃屎。

头顶猛然一冷，绿光幽然闪起，他知道那蛇是要喷火了，就地一滚，果然方才的草地立即被烧了起来，一寸寸化为冰屑。

禹司凤和若玉也顾不得照顾璇玑，纷纷捏印准备用仙术相助，不料柳意欢从地上爬了起来，咳了两声，艰难地说道："别……别用仙法！你这傻小子，快带着那丫头逃走！小凤凰……你们俩留下！"

钟敏言当即反驳："我也留下！让司凤带着璇玑走！"

柳意欢厉声道："你留下就是自找死路！你又不会克她的法术！快给老子滚！碍手碍脚的！"

钟敏言本想再说，忽觉眼角有银光闪烁，他心中猛然一颤，急忙回头去看，只见璇玑侧身躺在地上，就如同四年多前那个晚上，右手高高地抬起，掌心银光吞吐，仿佛藏了一颗星星在里面。

他倒抽一口气，本能地转头望向其他人，见他们都没注意，当即咬了咬牙，一把扯下身上的外衣，丢头把璇玑盖了起来，弯腰扛起就跑，一面回头急道："我回客栈等你们！"

说罢三两下就没了踪影。

柳意欢哼哼笑道："碍事的总算走了。你这老妖，敬酒不吃吃罚酒，离泽宫的人也是你敢招惹的。"

禹司凤见他唇角有鲜血流下，便急道："柳大哥！我和若玉做掩护，你先走吧！"

他哈哈大笑起来，一把抹去嘴角的血迹，很有些张狂的模样，"走个大头鬼！不让她吃点苦头，就不认识我柳意欢柳大爷！喂，你们俩，到后面躲好了！别抬头！"

他自己很英雄地朝前走两步，一副英勇就义的慷慨模样，谁知走了两步脚下一软，英雄气短——摔了一跤。

禹司凤急忙过去扶住他，叹道："大哥别逞强了。快走吧！"

他将禹司凤推开，忽而抬手扯下钉住额上天眼的暗红色丝线，唇齿流血，咧嘴而笑，看上去竟有一种狰狞的狂态，沉声道："你是第三个尝到天眼滋味的人，应当很荣幸了！"

禹司凤和若玉只觉周围忽然光芒大盛，仿佛有一颗太阳从天涯落下，刺得人眼睛一阵剧痛，就连闭上眼，眼前都有亮亮的鲜红色。他们急忙用袖袍遮住头脸，耳边听得那蛇妖似乎低低叫了声，紧跟着一切都安静了下来，只剩呜咽的夜风，嗖嗖地吹着。

良久，肩上忽然一重，有个人软软地跌了下来，禹司凤一把抱住，睁眼一看，柳意欢满脸是汗，脸色青白，勉强露出一个笑容，低声道："这下……可以回去了。小凤凰……你又欠我一个人情了。"

他眼眶一热，点了点头。


钟敏言一路狂奔，扛在肩膀上的璇玑似乎已经停止了奇怪的躁动，变得安静，软软地靠在他背上。

他终于忍不住，把衣服揭开，见她眉头微蹙，不知做着什么梦，方才高高抬起的右手也垂了下来，那些吞吐的银光更是消失了。

他不知为何，松了一口气，刚才见到她那种模样，本能地想到不能让其他人看见。是的，众人眼里的璇玑是个有点迷糊又漫不经心的小丫头，他也一直强迫自己这样想，他不想她在别人眼里被当作妖怪或者是什么别的可怕的东西。

他一定是太好心了。钟敏言苦笑。

肩上的少女忽然一动，似是醒了过来。他把衣服抽回来，回头道："怎么样？醒了？"

璇玑"唔"了一声，忽然从他肩上一个翻身，似是要坐起，钟敏言急忙把她放在地上，咕哝道："没事的话你自己回客栈吧，我还要回去找司凤他们呢！"

谁知她竟不像平时那样呆呆傻傻地答应，而是双眉紧蹙，不知想着什么心事，半晌，才道："我……我刚才……"

钟敏言急忙道："刚才你晕过去了！什么事也没有！"

璇玑怔了良久，才轻道："我……我觉得自己好像……有点奇怪……"

钟敏言心中有鬼，赶紧拍拍她的肩膀："什么奇不奇怪！根本就是个普通人！你赶紧回客栈！想那么多干吗？"

不防她忽然抬头，黑白分明的眼睛盯着他，他喉头一颤，顿时觉得自己好像说错话了，待要解释，似乎是越描越黑，只得推脱地转身，"我走了！你赶快回去！"

"六师兄！"她叫了他一声，钟敏言只得回头："又什么事？你怎么这么啰唆！"

璇玑怔怔看着他，低声道："你……你是不是知道什么？我真的很奇怪？"

钟敏言有些无语，沉默半响，忽然一巴掌拍上她额头，清脆的一个响声，痛得她"啊呀"大叫。

"没事你不如想想怎么救玲珑！乱七八糟的想什么呢！什么奇不奇怪？你自己是怎样的自己最清楚了，还要别人来说吗？"

璇玑茫然地点了点头。

钟敏言赶紧趁热打铁："可能是那个蛇妖妖气太臭了，把你熏得晕头转向。快回去睡觉吧！"

她果然很乖地"哦"了一声，转身走了。

钟敏言松了一口气，忽而想起四年前那个可怕的夜晚，心中到底还是忍不住发寒。这早春的夜晚，让人从身体到心口，都阴冷阴冷的。

没走两步那小丫头又跟了上来，"六师兄……"她叫。

钟敏言头大如斗，又不好意思凶她，只得把脸一转，冷道："你怎么这样不听话！不是让你回客栈吗？"

璇玑摇头，道："我和你一起去帮司凤他们。"

她怎么能一起！到时候万一再发个什么威，他可没本事制住了！如果其他人知道她是那个样子，不知道心里怎么想呢！

"呃……不用了！你一个小丫头能帮什么？拖后腿罢了！"

钟敏言干脆掉脸就走，再不听她啰唆。没走几步，却见前面迎头慢吞吞走来几人，正是禹司凤他们。柳意欢好像瘫痪了一样，软绵绵地被两人架着抬过来，连脖子都没力气动。

二人急忙迎上，连声道："怎么了？被那妖怪打伤了？"

禹司凤摇头道："回去再说。"

他二人见回来的只有他们三个，紫狐和亭奴都不在旁边，心中不由得一沉，只得闭嘴随他们进了客栈。

柳意欢虽然身体不能动，嘴巴却歇不住，一躺到床上，就开始吱吱呱呱："哎呀哎呀！浑身都没力气！为了这么个破妖怪就开天眼，真丢人！"

钟敏言将信将疑，奇道："你开了天眼？开天眼……会怎么样？"

他见柳意欢额头上暗红色的丝线没了，那个小小的肉缝耷拉着，看起来一点也没有厉害的感觉。额头上一个小口子就能把那老妖给击退？

柳意欢哼哼着："你小子最没见识，和你解释也是白搭！总之开了天眼那蛇妖就没用了……今晚休息一下，明天一早去周府要人！"

他见柳意欢说话也有些虚弱，只得点了点头，出门就把禹司凤拉过去，问道："到底怎么制服那蛇妖的？"

禹司凤抹了抹脸，叹道："天眼不是凡间的东西，只要开一下就是惊天动地。柳大哥这次只开了一小半，倘若全开的话，整个周府都会碎裂。无论如何，那只蛇妖就算不死也已经废了所有功力。明早咱们就去周府要人，谅她也不敢阻拦了。"

不是说周府是官宦人家吗？说要人就要人，哪有这么简单的事！不过禹司凤看上去十分疲惫，他也不好多问，只得应付两句，掉脸回自己房间了。忽听他在后面问："璇玑呢？"

钟敏言心中一凛，喃喃道："……大概回房了吧。"刚才把柳意欢抬上来的时候还见她呢，怎么一眨眼就不见了。算来今晚当真出了不少事，她也有点怪怪的，难不成当真发现自己体质上的奇异之处了？

他回头看看禹司凤，见他没什么表情，只得干巴巴地开了个玩笑："夜深人静，正是说心里话的好时候，你还不快去找她。"

禹司凤嘴唇微微一动，似是要说什么，最后却默然地点了点头，转身走了。

钟敏言回房关了门，抱着胳膊靠在墙上，长长舒了一口气，只觉心中烦乱不堪，像有一堆毛茸茸的小手刮挠着心脏。

玲珑……玲珑……他在心底念了无数遍这两个珠玉般的字，心下不知为什么觉得有些酸楚，最后默默坐在地上，久久无言。


月华如水，凝结了一地的银色如霜，禹司凤找到璇玑的时候，她正一个人孤零零地抱着胳膊坐在客栈屋顶看月亮。纤细的背影，仿佛折一下就要断开，柔丝万缕，随夜风轻轻摇摆着。这幅景象令他微微眯起了眼睛，想起那些久远却鲜明依旧的回忆。

她自然远不像外表看上去的那般柔弱，当年回到离泽宫，宫主曾笑着说她：此女危险。常人固执，撞上了南墙，头破血流，便也停了。她却是那种把南墙撞破，自己奄奄一息，也不回头的人。

司凤，你要明白，她可不是那种路边柔弱的小野花，只会等你呵护爱怜的女子。你要当心，她将来会成为你的魔，你要入魔的。

师父的告诫还响在耳边，但其实他说的，他都知道。璇玑不是她外表那样迷糊单纯的人，接触多了就会明白。她极聪明，而且很多事情在她心底都有自己的判断标准。有时候觉得终于靠她近一些了，可是回头再看，她明明飞得更远，永远无法将她完整地握在掌心。

他想得入神，忽听璇玑在前面轻轻叫了一声："司凤……是你？"

他慢慢走过去，站在她身边，陪她一起抬头看月亮，一面问："怎么知道是我？"

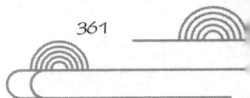

璇玑嘿嘿一笑，低声道："你身上……有海的味道，一靠近就能闻到。"

海的味道……他把袖子举到鼻子前闻了半天，除了汗味和泥土味，什么也没有。这女孩子永远有许多稀奇古怪的道理，让人摸不着头脑。他笑着坐在她身旁，问道："在想什么？"

璇玑摇了摇头，"我没有想事情，我只是有些混淆……"

混淆什么呢？很久很久以前就有这样的端倪了，她似乎拥有另一个回忆，另一种人生，可她从来没有放在心上。这一次却有些不同，那不再是梦里的东西，它真真实实，发生在眼前，那些惊心动魄的事情，那个双眸犹如寒冰碾碎的女子，是她？真的是她？

"你在八荒万劫镜里看到了什么，对吗？"

璇玑轻轻一颤，良久，终于点了点头，"我……我看到很多……可是说不上来那是什么感觉……好像我不是我，很陌生……但是没办法去忽略……"

禹司凤"嗯"了一声，横肘躺在屋梁上，低声道："那个大概就是你的前世吧。每个人都有前世……快乐或者不快乐，的确让人无法忽略。"

璇玑忍不住转身看他，奇道："那……前世的事情对现在有什么影响吗？我……我总是想着，觉得放不开。"

禹司凤闭上眼，笑道："当然没什么影响。前世是前世，今生是今生。如果总是被以前的事情纠缠着，怎么过好今生呢？"

璇玑半天没声音，他不由得睁开眼，见她瞪圆了眼睛盯着自己，黑白分明的眸子在月光下熠熠生辉。他心中一动，抬手拂去她的额发，柔声道："璇玑，现在才是最重要的。"

她眨了眨眼睛，终于露出一丝笑意，明快甜美，轻道："我明白了。以后再也不想了，眼下的生活才是最重要的。"

她一个翻身，和他并肩躺在屋顶上看月亮，心中突然觉得很畅快，好像阻塞了很久的东西突然一扫而空，就像回到小时候，心里无忧无虑，没有任何牵挂一样。

"司凤，我们去不周山救回玲珑和二师兄之后……你、你别回离泽宫好不好？"

他心中又是一动，转身看着她近在咫尺的秀丽脸庞，低声道："不回去……还能怎么办呢？"

璇玑蹙起眉头，急道："和我们一起啊！我们……反正我们做了错事，也不敢回少阳派了……等把玲珑送回去……我们……我们就……"

她也不知道以后该怎么办，脑子里还没想那么远。可是如果要和禹司凤分开，那却是万万不能的。

"就如何？"他的声音低得犹如耳语。璇玑掉过脸，只觉他吐息就在面上，带着清朗缠绵的海风味道。两人几乎是鼻尖对鼻尖。她怔怔看着他的眼睛，一个字也说不出来。

"璇玑，你还没给我一个答复……杏花林的。"他拨去她浓密的额发，半撑起来，手指轻轻划过她秀美的轮廓。

她动不了，呼吸间满是清朗的味道，似乎脚趾也要慵懒地蜷缩起来。

"我……"

似乎不知要说什么，也忘了该说什么。

他的手指轻轻摩挲着她的唇，低声道："别说，我还不想听。"

不想听为什么还要问呢？

她眼睫微微一颤，只觉他嘴唇火热，轻轻覆上来，触得一下，立即退开。

她心头猛然大震，瞠目结舌。禹司凤怔怔看着她，抬手在唇上眷恋一抹，露出一个古怪的笑容。


"啊！"璇玑猛然坐了起来，入目的却是客栈房间的白色帐子。她胸口突突乱跳，忍不住抬手在唇上摸了摸。似乎仍有火热的触感。那不是一个梦，而是真实的。

以后要怎么办？她呆了半晌，在床上几乎把头皮抓破，也想不出个法子。眼看天色越来越亮，楼下也渐渐传来客栈开门招揽生意的声音，今天还有重要的事情得做，她不能一直赖床不起。

啊啊啊……怎么会变成这样！璇玑无奈地下床梳洗，镜中映出一个妙龄少女，双颊似火在烧，可压桃花，眼中似有水波荡漾。这是她褚璇玑？真的是她？

在楼上又磨了半天，她才期期艾艾地下楼去，钟敏言他们几个早已坐在大堂里吃早点，她一眼就见到那个青色的身影，心中就好像被什么东西撞了一下，颤得厉害，本能地想逃避。

不防钟敏言看到了她，当即叫道："等你好久！怎么现在才起来！"

她毫无办法，只得走过去，看也不敢抬头看一眼，嗫嚅道："我……起迟了……"

钟敏言一把将她按坐下来，吩咐小二再送一份早点，又道："我们正商量着今天去周府的事情。柳大哥昨晚将那个蛇妖重伤了，料她今天也不敢妄动。咱们就借着府内有妖的理由，将紫狐和亭奴救出来。"

她点了点头，其实一个字也没听进去，见小二端了一碗豆浆过来，她拿起就喝，结果烫得差点把碗丢了。

"小丫头怎么心不在焉的啊……"柳意欢贼兮兮地故意问，凑过去想摸摸少女被烫红的樱唇，却立即被禹司凤推到后面去了。

"喝点冷水。"他蹲在她面前，递上一杯冷茶，很自然地用手指碰了一下她的嘴唇，又道："没烫伤，过一会儿就好了。"

她眼神飘忽不定，将那杯冷茶攥在手里，最后似是下了决心，抬眼看向禹司凤，他却起身走了。

不知为何她感到一阵失落，垂下眼再也没说话。

"情况呢，是这样的。"柳意欢一面往嘴里塞油条，一面模糊不清地说着，"不才我在庆阳城，也小小有点半仙的名声。所以我这次放下身段，去周府跑一趟，你们呢，就当作我的部下，一切听我指挥，明白不？"

他第一个瞪向钟敏言，这小子是最不听话的。钟敏言翻了个白眼："明白了明白了……什么时候走？"

柳意欢打个响指："现在，马上，立刻——出发。"

谁知庆阳城一早就有流言传开，说是昨晚周府里闹鬼，一会儿是青光一会儿是白光，把那个待字闺中的二小姐吓得至今不敢出门，躺在床上等大夫呢。

众人听说，便知是昨晚打斗留下的痕迹被发现了，那蛇妖被天眼所伤，只能谎称病倒。大家商议一番，都懒得戳破她并非真正二小姐的真相。因为柳意欢说，真正的周府二小姐早几年就因病过世了，不知怎的被这个蛇妖看中了附身其上，这几年在庆阳也没做过什么恶事，倒是经常帮忙祈雨什么的，还算有些功德。周大人夫妇年老体衰，大女儿出嫁远方，独子也早早因病身亡，身边只有这么个二女儿可以依靠，倘若被他们知道真相，老人家想必是接受不了的。

果然因为昨夜"闹鬼"，柳意欢只说了一句府上有妖，于二小姐性命有碍，便轻轻松松被周家二老请进了二小姐的闺房。

"请周大人在门前等候，千万莫要让人擅闯进来。此妖甚是狡诈，万一被他逃脱，于庆阳绝对是一场灾难。"

柳意欢装半仙还真有点像，连说话都变得仙味十足，文绉绉地。

须发花白的周大人知晓他在庆阳略有名气，当下更不怀疑，吩咐众下人锁了门，各自在门前等候。

柳意欢笑嘻嘻地带着禹司凤他们走进内室，只见闺房雅致，层层帷幔轻纱，如梦如幻，纱后躺着一个美人，铜鼎里烧了一大把青木香，也盖不住她身上腥臭的妖气。

"二小姐，如今可愿意放人了？"柳意欢打个哈哈，老神在在地走过去揭开帷帐，往她身边一坐。

本来闺阁隐秘，男子根本不允许随意入内，不过她既然是妖，自然不用讲究那么多，禹司凤他们也毫不客气地呼啦一下冲进去，只见那二小姐脸色发黄，恹恹地躺在床上，双目灼灼，恶狠狠地盯着柳意欢。

"好啦，再瞪眼珠子都要掉出来，可惜了这么个好皮相。快说吧，鲛人和紫狐被你关在哪里？"

那二小姐盯着他看了半晌，唇边忽然露出一丝冷笑，轻道："你这个天眼，来得不容易吧？是从哪里偷来的？也不怕上头的神仙来抓你？"

柳意欢连眉毛都不动一下，嘻嘻笑道："好东西就要给大家分享，这玩意神仙留着也没用，干吗不送给我？"

那二小姐似是对他这种无赖也毫无办法，干脆抿紧了嘴唇装哑巴。

"不要逼我们用难看的手段嘛，合作一点。鲛人到底在哪里？"

柳意欢的手指在床头不耐烦地敲着，二小姐闭着眼睛沉默半晌，才冷道："连我把人藏在哪里都找不出来，居然还妄想我交人。竟然输给你这败类！"

柳意欢微微一笑，正要再与这个美人插科打诨一番，忽听窗口那里传来一阵急促的鸟鸣声。若玉急忙过去将窗推开一条缝，青耕就从缝里刺溜一下钻了进来，拍了拍翅膀，叫声清脆，在屋里转了两圈，便停在那烧香的铜鼎后面吱吱叫嚷。

柳意欢哈哈笑道："我怎么找不到？我这就找给你看！"

他对禹司凤使了个眼色，他立即会意，和钟敏言二人将那铜鼎搬开，果然后面有个暗门，用力一推便开了，众人费尽千辛万苦要找的亭奴，就被关在里面，怀里抱着奄奄一息的紫狐，脚边躺着一只小小的像猪一样的妖怪，放出青光将他全身笼罩，想来是结界之类的物事。

"亭奴！"璇玑一见到他便急急跑过去，所喜亭奴虽然苍白疲惫，但精神还好，见她来了便微微一笑。脚下的当康立即撤了绿光，和青耕二人围着他眷恋地转了一圈，渐渐消失了。

"啊……他们！"璇玑吃了一惊。

亭奴轻道："它们都累坏了，下去休息而已。"

璇玑过去上下将他打量一番，道："你……你没事吧？受伤了吗？这妖怪没欺负你吧？"

他摇了摇头，慢慢将轮椅推出去，谢了众人的解救，才道："她是个快要成龙的蛇妖，这是最后一次蜕皮，抓我来是想用我的妖力助她早日成龙……蜕皮对蛇来说总是不舒服的事情。"

钟敏言奇道："可我们听说是你要被逼婚……"他朝柳意欢狠狠瞪了一眼，看起来一定是他说假话！

亭奴轻笑道："当日她抓我，被周府的人看见了，不得已才编出这么个谎话来。后来她又谎称我趁夜偷偷溜出周府，于是这所谓的婚事，自然也告吹了。"

璇玑见他怀里的紫狐双眼紧闭，一动不动，不由得惊道："她怎么了？是不是……"难道死了？！

亭奴摸了摸紫狐的皮毛，低声道："她昨晚硬闯进来，想把我救出去，谁知却被蛇妖咬了一口，中了毒。不过无妨，过两天就没事了。"

众人见没有任何伤亡，都松了一大口气，钟敏言笑道："还挺顺利的，这下可好了。咱们可以安心去不周山了！"

亭奴微微一怔，"你们去不周山做什么？"

柳意欢道："这里不是话家常的地方。我看那里有个后门，你们带着这个鲛人从那里出去。把狐狸留下，我给周大人一个交代。"

钟敏言和若玉推着亭奴从后门走了，柳意欢提着紫狐的尾巴，她像死透了一样，动也不动。他哈哈笑道："难得见她这种萎靡模样，到底也是千年狐妖，蛇毒都不怕。"

禹司凤问道："现在便出去吧？我怕待久了有变故。"

柳意欢点了点头，转身便走，那二小姐居然有些吃惊，沙哑着嗓子道："你……你们不杀我？"

柳意欢哼哼两声，"杀你干吗？难道让周大人把我当囚犯抓起来？你这几年在庆阳也算做了点好事，这点过错嘛……神仙也会无视的。只要你别乱生妄念，想着用偷懒的法子成龙，正果就在眼前。"

二小姐不由得无言，良久，方道："人妖殊途，今日你对妖类仁慈，他日未必有人领情。"

"切！谁稀罕你们这些妖怪的情面！老子行不更名坐不改姓，庆阳柳意欢大爷是也。哪个妖看我不顺眼，尽管来！"

他拍了拍紫狐的皮毛，再不与她啰唆，推门走了出去。


"周大人，妖我抓到了。"他将那紫狐倒提着在众人面前一晃，唬得他们纷纷倒退。

"这……大仙……闹事的便是此狐妖？"周大人战战兢兢，不太敢靠近。

柳意欢胡乱点头，将紫狐朝袖子里一塞，道："令爱受了些惊吓，不过还好未被妖气所伤。接下来嘛……就是大夫的事情了。我等既然除了妖，就此告辞。"

说罢不顾周大人殷勤的邀请赴宴，飘飘然而去，还真有点大仙脱俗的味道。很多年之后，庆阳还流传着柳意欢仙人除狐妖的传说，传说里，他成了一位丰神俊朗，腾云驾雾的真神仙。至于这个传说有没有让柳意欢笑掉了下巴，暂时也不得而知了。


"你们……怎想起要去不周山？那里不是凡人能随便去的。"回到客栈，亭奴顾不上休息，第一句话问的便是这个。

"这事嘛……说起来有点麻烦……"钟敏言苦笑一下，将离开高氏山之后发生的一切都匆匆说了一遍。

亭奴的脸色渐渐缓和，最后轻道："那是摄魂术，只要将魂魄取回来，我可以施法令玲珑恢复原样。"

众人都是大愣，璇玑急道："亭奴你会这种法术？！"

亭奴点头："这个法术以前学过，虽然算不上精通，但救回玲珑也是绰绰有余了。"

大家都是喜不胜收，他们原先的设想是把那个抽走玲珑二魂六魄的人抓回来，强迫他施法救回玲珑，至于能否成功，还要看天意。如今忽然听得身边有人会这个法术，意味着只要把魂魄取回来就行，兴许连对战都用不上，那成功的几率完全是大大提升。

钟敏言更是高兴得嘴都合不拢，连声道："果然先找亭奴是没错的！"幸好当时他们没有把紫狐的恳求弃之脑后，造化弄人，看来冥冥中果真有天意相助！

柳意欢拍了拍他的肩膀，神秘兮兮地道："这次去不周山，你可要小心点，千万千万。"

钟敏言一怔："柳大哥是担心我？"他傻傻一笑，心中对这个玩世不恭的人突然有了点好感，他倒是知道关心同伴。

柳意欢只是微微一笑，再不与他多言，拍了拍手，朗声道："你们这些小孩儿先安静一下，听我说。"

众人正叽叽呱呱说得欢，见他这样，便都安静下来。柳意欢笑道："这不周山呢，你们去得，我却去不得，只能留在庆阳等你们的好消息了。"说罢看了看亭奴，又道，"鲛人也留下，那里山水险恶，你坐着个轮椅难道推上去不成？让他们几个小孩儿去历练吧，我们这些老人家在家里等着就好。"

大家闻说都呆住了，禹司凤急道："柳大哥……你、当真不和我们一起去吗？"

柳意欢年轻时去过许多地方，天下间几乎没有他不知道的地方，又加上有天眼相助，对他们来说就是如虎添翼。他来庆阳首先找他，原先就抱着请他相助的心思，谁知他突然说不去，单凭他们五人，又怎么找得到不周山，将玲珑的魂魄抢回来？

柳意欢一本正经地点头："嗯，我不去。这次都为你开了个天眼了，小凤凰可不能太不知足哟。"

禹司凤愧然垂首，心下也觉得自己过分了。柳意欢贼兮兮地揽住他的肩膀，在他脸上捏啊捏，又笑道："怎么，难过了？舍不得离开柳大哥？你呀你呀……还和小时候一样嘛……"

和以前一样的分明是他才对，还是那么无赖。禹司凤无奈地把他推开，正色道："那还烦请大哥给我们指一条去不周山的路。"

柳意欢耸耸肩膀："不用我指路，你们带着紫狐就行了。她认得，从小在山下玩大的呢！"

禹司凤见他无论如何也不肯再相助，自己不好再说，只得作罢。

柳大仙在周府除妖的故事一夜之间就传遍了整个庆阳城，他在麻枣胡同的那个狗窝第一次被无数人参观赞叹，可惜大仙不在仙居里住，夜夜流连娇红坊。那老鸨甚会看眼色，晓得他是个奇人，哪里还管他要银两，巴不得他住在娇红坊里，多少人为了看他一眼赖在娇红坊不走，这可是拉拢生意的大好由头。

柳意欢一天到晚在妓院里逍遥，见不到人影，留在客栈的几个人年轻人却急得火燎火烧。紫狐中了蛇毒，一直都没醒过来，还指望她带路去不周山呢。璇玑憋不住跑去问亭奴知不知道路途怎么走，他却摇头，学那个该死的柳意欢，装哑巴。

很奇怪的感觉，好像柳意欢和亭奴知道什么，却一个字也不说，明明是几句话就能讲好的路程，他们非要等紫狐醒来给带路。

"亭奴，那个不周山，听说是破坏定海铁索那帮妖魔的老巢呢。你……你不想去看看？"

哀求不行，干脆引诱。璇玑现在就撑着下巴，坐在亭奴对面，两眼闪闪动人地看着他。

亭奴手里端着青瓷茶杯，面色平静如水，淡然道："不想去。倒是你们，路上小心，不要和他们硬碰硬，能偷得玲珑的魂魄回来是最好。若偷不回来，下次还有机会。你们现在的本领，倘若和他们斗，便是自寻死路。"

璇玑不以为意，笑道："我在浮玉岛也杀了许多妖呢！哪有你说的那么厉害！"

亭奴正色道："那是他们相让，不想和你们修仙大派起生死冲突。若遇上高氏山那帮穷凶极恶的妖魔，莫说你，就连你爹爹也未必应付得了。"

他的话怎么听起来那么玄奥？璇玑很是不解，奇道："你的意思是……这些妖魔也有意见分歧的帮派？有些相让，有些就强硬？"

在她心里，妖就是妖，乌合之众，乱七八糟地聚在一起。一想到他们兴许和凡人一样，也有各个帮派，秩序井然地行动，她就觉得不可思议。

亭奴叹了一口气，轻道："什么都不知道，这样贸然跑去，不亚于送死……你听好，不周山虽然是他们的老巢，但破坏定海铁索的行动是很多力量分散开自己组织。粗粗来分，便是亲善一派与激进一派相争。亲善的那些，只要破坏铁索便好，并不打算与凡人有什么冲突；激进的却不然。依我所见，抽走玲珑魂魄的必定是激进一派做的好事，所以此去一行，以偷得魂魄为主，千万莫要发生冲突，明白吗？"

璇玑怔怔看着他，喃喃道："亭奴……你怎么知道那么多……"

亭奴猛然住嘴，良久，才轻声说："很久以前，他们就开始筹划了。这些计划不是刚刚开始的。"

他见璇玑定定看着自己，便勾起嘴角，在她头上摸了一下，柔声道："这一去自己小心，不要再莽撞冲动了。我在庆阳等你们回来。"

亭奴似乎知道很多东西。璇玑捂着被摸的脑袋，推门走了出去。

回想四年前和他相识的过程，再看看如今，他似乎和当年那个无助苍白的鲛人完全不同。他身边既然有青耕和当康护着，又怎么会被人抓起来伤成那样呢？还是说，这一场相识相认，又是冥冥中注定的？

拐个弯，迎面走来一人，正是她躲避不及的禹司凤。璇玑心下大震，掉脸就想跑，正踟蹰的时候，他却走了过来，一把拉住她的手腕，一言不发，将她拽进了屋子里。

她大吃一惊，一脑子乱麻，被他按坐在椅子上，乖乖地大眼瞪小眼，心里头好像藏了一只小兔子，跳得太厉害。

他……是生气了？要骂她？

禹司凤从怀里取出一个纸袋，塞进她手里，轻道："早上到现在还没吃饭吧？这个是刚做好的。"

璇玑慢慢拆开纸袋，里面却是两个刚出炉的蒸糕，热乎乎地冒着热气，显然是他刚买回来的。他还记得自己喜欢吃蒸糕，当时在鹿台镇……

璇玑垂头咬了一口，心下也不知是什么滋味。禹司凤又倒了一杯茶，放在她面前，低声道："慢些吃，不要噎着。"

说完自己却起身要走，璇玑大急，叫道："你……你要去哪里？"

她一跳起来，桌上茶也翻了，茶水泼了一桌子。禹司凤的袖子被她一把扯住，看她急急切切地，似有千言万语要说。他也有些吃惊，回头看她，只觉她脸上突然红了起来，娇若朝霞。

"你……你也一起吃吧……"她结结巴巴地说完，恨不得把自己舌头咬掉下来。

他笑了笑："我吃过了。现在去找敏言商量去不周山的事宜，你自己玩吧。"

"等……等等！"她另一手也拉住了他的袖子，蒸糕吧嗒一下掉在了地上。

禹司凤定定看着她，似是在问她要说什么。

璇玑支吾了半天，渐渐平静下来，咬了咬嘴唇，轻道："我想过了。咱们把玲珑救回来之后，就找个像浮玉岛一样的地方，一起……一起……再也不要分开，好不好？"

等了半天，他却不说话，璇玑心下又开始慌张，乱七八糟地说道："那个……还有柳大哥……亭奴……没事还可以回少阳峰看看玲珑和六师兄……再去离泽宫……看看你师父师兄弟……"

她的手忽然被人握住，结结巴巴的话一下子断开。璇玑怔怔抬头，怔怔地看着他凑过来，贴着耳边，低语："你心里……真的是这样想的吗？"

她猛然一呆，抓着他袖子的手不由自主松了开来。禹司凤站直身子，淡淡转头，望着窗外氤氲的雾气，轻道："璇玑，我是个自私的人。没有得到绝对之前，我什么也不相信。"

绝对……什么绝对？她深深吸了一口气，静静望着他，他又是一笑，在她唇上轻轻一抹，转身走了。

璇玑独自在屋中坐了很久。坐了很久，还是没有明白。


在钟敏言的忍耐终于到达极限的第三天，紫狐醒了过来，第一句话就是："他奶奶的，居然敢咬老娘！"

一睁眼，发现周围围了一圈人，和她大眼瞪小眼，唬得她差点跳起来。亭奴急忙按住她，笑道："总算醒了，现在觉得如何？"

紫狐龇牙咧嘴，哭丧着脸，闷声道："她咬哪里不好……非咬这么个地方……哎哟……痛死！"

说罢低头看，果然尾巴下面裹着一块纱布。她是被蛇妖咬中了屁股。众人都忍不住闷笑，又将救出亭奴的经过讲了一遍，紫狐心满意足地甩着大尾巴，笑道："救出来就好！这下我就放心了！"

钟敏言道："人救出来了，你就该实现诺言，带我们去不周山吧！"

紫狐叹了一口气，"我自然不会忘记这事，但那蛇妖的毒好生厉害，我手脚酸软，根本走不了远路。余毒未清之前，都走不得啊。"

他一听就急了，正要与她争辩，却被禹司凤拦住，转头温言道："其实只需要你给我们指路，别的也不麻烦你。至于解救玲珑的事情，更是不用你出手。"

紫狐嘀咕道："话虽然是这么说……难道我还当真在旁边袖手旁观吗？"

众人与她相处一段时间，渐渐地隔阂也小了不少，明白她是个典型的刀子嘴豆腐心，虽然身为妖类，又为了行动方便化作狐狸与他们同行，但在他们心中，已经渐渐将她当作一个同伴了。听她这样说，众人都有些感动。

钟敏言揉了揉鼻子，道："那……你就袖手旁观吧！这事真的很急，不能再耽误，只得委屈你了。"

紫狐眨眨眼睛，终于点头："好，那你们收拾一下。咱们马上就可以走。"

众人嗡的一下，欢呼着散开了。亭奴摸了摸紫狐的皮毛，柔声道："当真没事？到了不周山可不要逞强。"

紫狐忽然正色道："我其实也急着要去。虽然你一直都没告诉我，但现在我已经猜到了。"

亭奴不由得一怔，紫狐大声道："他被关在阴间，是不是？！你明明知道却不告诉我！我这次去就是要把他救出来！"

亭奴沉默半晌，方道："不要胡闹，你去了能做什么？多少比你厉害的大妖都救不了他，你怎么救？不要说去阴间，你只怕连大门都没靠近就被神荼、郁垒给杀了。"

紫狐急道："我就是要去救！那些妖怪救不出来是因为他们不诚心！天底下还能找出

比我更诚心的吗？就算粉身碎骨我也会把他救出来的！"

亭奴不由得默然，良久，忽然推着轮椅开门出去，一面淡然道："你已经不是以前天真的小妖了，自己应当有想法，我不会干涉。但是一切后果你自负。"

说罢便关上了门。


由于紫狐余毒未清，手脚还不灵便，璇玑便将她塞在胸前，露出一只脑袋给他们指路。

亭奴推着轮椅将他们一直送到城外荒郊，远远地，只见一个人坐在草丛里，一靠近就是一股刺鼻的酒气。禹司凤又惊又喜地凑过去，果然听那人哈哈大笑一声，从地上跳了起来，那乱七八糟的头发，乱七八糟的衣服，正是柳意欢。

"柳大哥！你……"是改变主意要和他们一起去不周山了吗？禹司凤充满希望地看着他。

柳意欢跌跌撞撞地靠过来，瘫在他肩上，用力抬手一拍，呵呵笑道："我来给小凤凰送行了……此一去……危险得很，千万小心……我还等着你回庆阳陪我喝花酒呢！"

禹司凤哭笑不得，只好点了点头。不防他一把勾住自己的脖子，贴着耳朵低声道："有什么不对的，赶紧回来。千万不要恋战，明白吗？"

禹司凤心中一凛，定定看着他，他却哈哈一笑，拍了拍他的肩膀，转身走了。

"小狐狸，小狐狸呢？"柳意欢喊魂一样地叫，一转头，终于看到了缩在璇玑怀里的紫狐，当下张开一口白牙，猥琐地笑着，走了过去。

"你干吗？"紫狐警惕地瞪着他，只觉他大手一伸，将她提了起来，酒臭味扑面而来，慌得她尖声大叫。

"让我再看看你……以后可难看到了呢！"柳意欢说着，在她毛茸茸的脸上狠狠亲一口，惊得她都僵住了。

"嗯，小丫头也要保重。"他反手把僵硬的紫狐丢给璇玑，对她笑了笑，"人总是能救回来的，不要太急了。"

璇玑茫然地点了点头，见他又朝钟敏言那里走去。钟敏言对他一向是没好脸色的，见他摇摇晃晃走过来，当即就厌恶地想让开，谁知他只抬头看了看他，冷笑一声，并没说话，然后就绕到了若玉那里。

"唔，还是你这个聪明人。"柳意欢拍了拍若玉的肩膀，笑得有点诡异，"聪明人不可以做坏事呀……"

若玉淡然一笑，抱拳道："柳大哥言重了。"

"你有完没完了……"钟敏言嘀咕一声。柳意欢眼睛一瞪，大声道："懒得和你这傻瓜说话！傻瓜最可悲的不是他傻，而是自己明明傻得要命还以为自己是个聪明人！你这个白痴！"

钟敏言登时大怒，涨红了脸要与他争辩，柳意欢却摆了摆手，转身推着亭奴走了，一面道："各自珍重吧！有空回来庆阳，我请你们喝花酒。"

"这人简直可恶至极！"钟敏言气冲冲地自己先御剑飞走了，若玉笑道："柳大哥也是一片好心，敏言不要过虑。"说罢也跟着飞了上去。

地上就剩璇玑和禹司凤面面相觑，紫狐很识相地装睡，不出声。良久，禹司凤才轻道："走吧。"璇玑急忙过去抓住他的衣服，急道："等一下！司凤……你……你上次和我说的话，我还不明白！"

禹司凤没有说话，她又道："我……我不想和你分开！可是你为什么要说什么绝对……我真的不明白你的意思！司凤你是下定决心要回离泽宫吗？我们以后再也不能见？"

想到他以后要回离泽宫，兴许又是十年八年不能见面，她心里只觉得无限酸楚。如果是别人逼迫，她可以毫不犹豫挺身而出，将他抢回来，不管遇到什么艰险，她也不在乎。但，如果是他自己要走呢？要怎样才能让他留下？怎么样……才能让他知道，自己多么希望他留下？

禹司凤眼睫微颤，低声道："真正不明白的人，应当是我。"

璇玑见他转身要走，忍不住纵身上前一把抱住他，急道："不要走！你……你听我说完！"

紫狐被他俩压得差点晕死过去，急得吱吱乱叫："先让我下来行不行？你们两个小情人要谈情说爱，难道还要找旁观者？！"

两人都是一愣，眼看着紫狐艰难地从她怀里爬出来，颤巍巍地走了几步，趴在一旁的草丛里，回头有气无力地说道："什么时候要走……再来叫我。现在……你们随意，当我不存在好了。"

被她这样一打岔，两人还有什么能说的，怔了一会儿，璇玑忽然觉得无比委屈，眼里热辣辣，一肚子的话不知该怎么说，只得转身捞起紫狐就走。

禹司凤忽然在后面低声道："好，我不走。我会留下来。"

她急忙转头，却见他神色严肃，沉声道："只是我留下了，以后就再也不会走。你莫要后悔。"

璇玑眼怔怔地看着他走过来，抬手，将她的下巴抬了起来，眼睛直直盯着她，低声道："就算你要再后悔，我也不会走了。"

璇玑慢慢露出笑意，眼里还含着泪水，可是面上早已笑颜如花，人们往往形容带泪的女子是梨花带雨，如今他才明白这是何等的美态，一时竟呆住。

"谁、谁说我会后悔！我高兴还来不及！"她一把擦掉眼泪，孩子气地抓住他的手，急道，"真的不会走吧？不能骗人！"

禹司凤淡淡一笑，在她额头上轻轻一拍，低声道："不骗人，绝对不走。"

璇玑这下才叫心满意足，恨不得马上飞去不周山，救回了玲珑，从此逍遥自在，再也没有任何可以担心的事情。

紫狐说，不周山在极西的位置，那里曾是上古神明大战的战场。后来因为共工不敌祝融，一怒之下将不周山撞倒，于是天河的水泛滥成灾，祸及百姓。作为曾经的擎天支柱，那里的景致自然是常人想象不到的壮丽巍峨。再加上那里有通往阴间的大门，两位神将夜以继日地守在门口，更为不周山蒙上一层神秘莫测的面纱。

"不过嘛……我小时候常去那里玩，也没什么稀奇古怪的东西。"紫狐说累了，爬上桌子舔了舔杯中的茶水。

他们一路西行，满以为直接御剑就能飞到不周山，谁知才飞了半天紫狐就要他们落下云头，还说从今天开始只能步行上去，别说是御剑飞，就是御仙鹤御金龙，也不允许。

他们几个不认得路，虽然不情愿，但也没办法，只好听她的话，乖乖用双脚走路。不到一个时辰，便来到了一个叫格尔木的镇子上。

这里是西方之地，风土人情自然大异于中原文化。无论男女头上都带着圆顶小帽，上面纹以各类花鸟图画，下面拉开一张两尺长的面纱，遮挡漫天的风沙。

璇玑见这酒馆里的小二、掌柜都是女子，头上也不绾发髻，而是结了三四根长长的辫子，一直垂到小腿那里，更兼她们深目高鼻，面容艳丽婉转，和中土女子更是大不同，不由得看得呆住。她们上身穿着各种颜色的小马甲，下面一条长长的裙子，腰间系着银铃，走起路来欢快得犹如云雀，叮叮当当响，香风乱飘，当真有一种别致的妩媚。

那些女侍者大方爽朗，对他们几个中原来的客人殷勤备至，一会儿端来奶酒一会儿送来葡萄，惹得钟敏言他们头也不敢抬，尴尬得很。

"这里……和咱们那儿还真是有好大的区别……"钟敏言喝了一口奶酒，被那古怪的味道呛得差点喷出来。

紫狐被他的模样逗笑了，道："天下大着呢！瞧你一副乡巴佬的样子！人家把你当作中原来的稀客，你倒把人家当怪物！不就是穿的衣服不同，长得也有区别么，脱了衣服大家都一样！"

钟敏言本来好容易止住了咳嗽，被她这样一逗，不由得咳得更厉害了，脸涨得通红，艰难道："你……你说、乱说什么！"

"哟，我说了什么？脱衣服而已嘛，你难道从来不脱衣服？"

紫狐还在逗他，钟敏言脸红得犹如滴出血来一般，闷了半天，才道："别总这么不正经，说正事！"

若玉笑道："不错，该说正事了。紫狐，为什么不可以直接御剑飞去不周山？我看这里地形凹陷，像是个盆地的样子，离不周山还有很远的距离吧？"

紫狐嘴上白色的胡须颤啊颤，尖尖的嘴巴张开，等璇玑喂她吃葡萄，模糊不清地说道："说你们没见过世面还真是一点不冤枉。你们可曾在凡人的地图上见过不周山？那里根本是禁地好不好，还御剑飞呢！没飞过去就被守山的神将给打落啦！要去不周山，就乖乖用脚走过去，除了神荼、郁垒那里不要靠近，别的地方嘛……和普通高山也没什么两样。"

若玉似乎对神荼、郁垒很感兴趣，连声问道："你见过看守阴间大门的两个神将吗？常听人说阴间在不周山有个入口，却从来不知到底是什么模样。"

紫狐丢给他一个白眼，娇滴滴地说道："那地方谁都不给靠近，你问我，我问谁呀！见过神荼、郁垒的人，也不可能告诉你他们长什么样。"

"为什么？"众人都很好奇。

紫狐"切"了一声："一群笨蛋！因为他们都死了啊！见到神荼、郁垒谁还能活？！生死有命，天道有轮回，无缘无故跑到阴间大门那里的，大多是亡命之徒，要么是想去阴间找人，要么是挑战神的威严，这个就是破坏了天地秩序，只有死路一条！"

说着说着，她自己神色却黯然下来，喃喃轻道："不过……就算这样，我也……我不怕的。若是他们杀了我，我就可以去阴间找他了。杀不死，我还可以将他救出来……"

璇玑低声道："你是说……那个用八方定海铁索锁住的大妖魔吗？他被关在阴间？你、你要去阴间救他？"

难怪她答应得那么爽快，原来她自己来不周山也有目的。

紫狐龇牙咧嘴，恶狠狠地问她："怎么！我不能去吗？！咱们各自行动，不过暂时同行罢了。到了不周山，你们救你们的人，我救我的人，互相不干扰！"

"呃，我不是这个意思啦……"璇玑拍了拍她的脑袋，轻道，"你一个人去，多危险啊。要不，我帮你？"

此话一出，所有人都大惊，钟敏言急道："你乱说什么！那可是妖魔！放出来是要为祸人间的！让师父听到你的话，你这辈子就住在明霞洞别出来吧！"

明霞洞一直是璇玑的弱点，一听这三个字她就抖一下，当即连忙摇头："那……那我还是不去了……"要在明霞洞住一辈子，还不如一刀杀了她痛快点。

紫狐笑道："我才不要你帮忙。这是我自己的事情，我有许多话要和他说……才不要像你们两个，心里话都说给别人听了。我要让他知道，天下只有我对他最好，是我把他救出来的，所以他得永远承我的情……再也不可以离开我。"

她虽然平时嘻嘻哈哈的，没什么正经，但这几句话当真说得缠绵婉转，深情之至，众人一时都默然。钟敏言本来想模她两句，毕竟她的作为在他们眼里是敌对的立场，但这会儿却说不出话来了，只能摸摸脑袋。忽然想到玲珑，只觉就算她是天下人都厌恶的妖魔，被关在阴间，自己也会不顾一切豁出命去救她的。想到这里，顿时觉得可以理解紫狐，心中的愤懑也消失了。

在小酒馆休息了一会儿，众人便催着赶路，既然要用脚走过去，不快点是不行的。

谁知紫狐懒洋洋地靠在璇玑怀里，轻道："等到晚上，我看一下天色。找个合适的时候再走。那里不是说去就去的。"

大家又只好找了客栈先安顿下来，好在这里虽然是边陲之地，但风土人情和中原甚是不同，几个年轻人在镇上逛了一圈，倒也觉得新奇有趣。饮食上味道有些怪，但胜在新鲜好玩，更有一家店，用大铜盆装了菜出来卖，不知放了什么料，香飘万里。

四个年轻人一边玩一边吃，钟敏言见路边有卖女子饰物的小摊子，金灿灿黄澄澄，样式大有不同，想到玲珑向来喜欢这些小玩意，不由得过去挑选起来。璇玑只顾着吃东西，早早就拉着禹司凤跑得不见影了。若玉两头张望一下，只得陪着钟敏言一起挑选那些他一窍不通的女子饰物。

"若玉也有心仪的女子吗？"钟敏言挑了两件，见他手里抓着一个玉镯子仔细端详，不由得笑问。

若玉手上一颤，急忙放下镯子，笑道："没有……不过想到家乡有个小妹子，自从进了离泽宫便再也没见她，这些年她应当也及笄了，买些东西送她也好。"

钟敏言接过包好的饰物，又问："若玉的家乡在哪里？我听说进了离泽宫，等于一生不得嫁娶，也不许随便和女子接触……是不是以后也不能回家乡了？"

若玉道："门规如此，自然是要遵守的。我家乡……在很偏僻的荒山野岭，说出来敏言也一定没听过。不过偶尔家人可以来离泽宫探望，也不算孤零零的了。"

钟敏言见他又把那镯子拿起来看，有些舍不得的意思，当即取出银子塞给老板，笑道："那镯子，我要了！"

若玉急忙要取钱还他，钟敏言笑着拉住，说："你我何必还客气，你的妹子也等于我妹子了。买个东西送她，何必见外。"

若玉便不再勉强，将那镯子攥在手里，若有所思，目光闪烁，不知想些什么。半晌，才淡淡一笑，轻道："敏言一向热情善心，这镯子，我便替小妹子谢谢你了。"

"客气什么！"钟敏言把手一摆，掉脸走了。

若玉看着他的背影，良久，才将那镯子缓缓放进了荷包里。

璇玑拉着司凤满镇子乱跑，见着没吃过的东西就上去买一点来尝尝，吃到后来都撑得走不动路，只得坐在路边休息。

彼时已近黄昏，远方的天空早已被晚霞渲染得如火如荼，大朵大朵金红色的云彩栖息在连绵的山峦上，将两人面上都沾染了艳丽的黄昏红。

璇玑还在啃手里没吃完的酱马肉，吃得满脸都是酱汁。她见禹司凤定定地望着远方，那里已然微微暗了下来，层叠的山峦，一重一重，似是要蔓延去天尽头，令人不由自主想知道那无穷无尽的山峦后，会是什么景致。

"你在看什么？"她终于把那块马肉给啃完了，艰难地从袖子里勾出手绢来擦手擦脸。

禹司凤只是微微一笑，没说话。他的眼神眷恋而又伤感，又看了半晌，才摸了摸鼻子，回头轻笑："以前我也喜欢站在离泽宫高高的钟楼上，眺望远方的山峦，猜想那些山后面会是什么景象，如今终于知道，原来是一个美丽的小镇子。"

璇玑站起来，将手搭在眼帘上，陪他一起看，道："原来那些山后面就是离泽宫呀！是司凤从小长大的地方吧？"

禹司凤摇头；"也不算是从小长大的地方……我的故乡……很远，非常远。"

"有多远？"

"……远到一出来就回不去了。"

听起来很玄妙的感觉。璇玑呆呆看着他，想象不出"一出来就回不去"是怎么个遥远的地方。

"那……我这辈子也没可能去司凤的故乡看看了？司凤家里人不会想念你吗？"

禹司凤勾起唇角，那种微笑令人觉得清冷而又萧索。

"嗯，璇玑你是永远也去不了的。至于我的家人……很早很早就都死了，只有我一个人孤零零地留下来。"

原来是个可怜的孩子。璇玑看向他的眼神顿时充满了怜悯和疼爱，抬手摸了摸他的脑袋，好像安抚一只受伤的小猫猫。

"怎么会是孤零零的呢？"她轻轻说，"我们大家都陪着你呢。"

司凤似乎不太擅长应付这种感性的时刻，有点笨拙，咳了一声，脸上微微发红。不知是不是晚霞过于艳丽的缘故，他比平日里看上去要多了一丝柔倦纤细的感觉。山风吹了过来，他身上带着清朗的大海味道，令人舒畅。

"是时候回去了，紫狐还在客栈。"他拨了一下被风吹到身前的乌发，回眸微笑，眼中晶莹澄澈，仿若黑色宝石。

璇玑忍不住抱住他的胳膊，被他拖着往前走，懒洋洋软绵绵，像一只吃饱的猫。

"司凤，你家乡是什么样子的？"

他想了想："嗯，很美丽。"

"很多人吗？"

"很多。"

"那你以后……会回去看看吗？"

身边的少年忽然停了一下，跟着转头笑道："不是说了，一出来就回不去了吗？"

"我一辈子都回不去了。"

不知为何，璇玑忽然觉得有些伤感，在这快要降临的夜，风声呜咽，带着丝丝的寒意。她抱紧他的胳膊，再也没有说话。

回到客栈的时候，紫狐正一本正经趴在窗台上抬头看天，嘴里念念有词，不知说些什么。

璇玑给她带了不少好吃的，一并提过来丢在桌上，笑吟吟地招呼她："紫狐！这里的酱马肉和麻饼都好好吃哦！我给你买了好多，快过来吃吧！"

紫狐的念念有词突然被打断，很有点不爽，甩着大尾巴走过来，高傲地瞥一眼桌上的食物，香喷喷的，让人流口水。她到底拉不下面子，低声说个谢谢，叼了一块马肉啃了起来。

门突然被人推开，原来钟敏言和若玉他们也回来了。这两人大概还偷偷跑去喝酒，一身的酒气。钟敏言一进来就大声问："怎么样？看好了没有？咱们到底什么时候可以出发？"

紫狐吞下嘴里的马肉，淡然道："明晚是朔月，朔月到满月的这段时间，是去不周山的最佳日子。明天就可以走。"

"啊，真的？！"钟敏言面上登时放出光彩，喜不自禁。

紫狐瞪了他一眼，又道："不周山也算一个圣地，像你们这样风尘仆仆的可不行。到了山脚下，都打理干净点，换个新衣服！省得那地方被你们几个黄毛小屁孩给玷污了。"

众人听说明天就可以去不周山，都高兴得很，连钟敏言都不计较她这么恶劣的话，在她毛茸茸的脑袋上一揉，笑道："知道啦！也希望你能成功！"

紫狐没有说话。这一去，她是抱着必死的心情，无论是人还是妖，连死都不怕的话，也的确没什么可以再说的了。

璇玑洗完澡，在过道上晾头发的时候，钟敏言一个人端着酒壶从屋里出来了，两人相见，都有些无话可说。

最后还是钟敏言笑笑，先开了头："是担心去不周山的事情？"

璇玑默默点头，过一会儿，才道："亭奴说……那里很危险。"

他仰头就着壶嘴喝了一大口奶酒，这酒味道虽然怪，然而喝多了，居然绵绵有劲，肚子里有如火在烧。

"你是担心会死，还是担心救不出玲珑和二师兄？"他笑得有些嘲讽。

"都有。"她吸了一口气，"我不想死，只要没死，总还有机会救出他们的。但如果

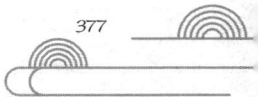

这次救不出来，我会非常难过。"

钟敏言默然端着酒壶，半晌，突然说道："我不会想那么多。我只会拼命。"

璇玑抬眼看他，只觉他双目烈烈灼人，挂在天涯的那一轮银钩映在其中，有一种和禹司凤完全不同的生猛烈性。她喉头忽然一颤，抓着栏杆的手紧了紧，低声道："我……我也会拼命。"

他似乎没听清，眯着眼看过来，璇玑掉脸回房，道："早些休息吧。我睡了。"

关上门，只听他忽然在门外说道："你什么也不用担心，像以前一样就好。"

璇玑怔怔地躺回床上，没来由地更觉得疲惫，良久，终于从胸腔里发出一声低低的叹息。


钟敏言在过道上喝完了奶酒，也有些醉了，摇摇晃晃地准备回自己的房间，忽然过道窗户上"砰"的一响，似是有人用什么东西在轻轻砸上来。

他随意往下看了一眼，没人，于是便也没放在心上。谁知走了一段又有东西砸了上来，簇簇两声。他愣了一下，接着又响两声。

下面有人！他一把推开过道的窗户，只见楼下黑影一闪而过，快若闪电，观其身法，是个有修为的人。钟敏言疑心大起，将酒壶一丢，翻身跳下楼追了上去。

良久，过道上一扇门被轻轻推开，若玉缓缓走到那扇被打开的窗前，往下看了一眼。

新月如钩，朦胧的月光将他的影子在地上拉了很长。

他抱着胳膊，在窗前站了很久很久。

## 第二十章 · 不周山

紫狐指的路都在山里，对不能御剑飞行的几个年轻人来说，山路甚是难走，不过山中景色绝妙，时而薄雾轻云，时而浓翠淡彩，倒也让人心旷神怡，忘却了一些疲惫。这种景色璇玑是十分熟悉的，她自小就在首阳山长大，看惯了万丈悬崖的陡峭，对这里的小矮山简直不屑一顾。

不过禹司凤和若玉就比较吃不消了，他们都是在海边长大的，虽说都有一身本领，不至于摔下悬崖跌死，但走在边上还是有点腿软。禹司凤见璇玑一个人走前面，步伐欢快，视悬崖如无物，不由得叫她：“别走那么快，小心摔下去。”

他自己不太敢过去，只得回头叫钟敏言：“敏言，你跟在璇玑后面，都小心点。”

钟敏言一直在发愣，一连叫了几声，他才反应过来，抹了抹脸上的汗，一声不吭地走到璇玑后面。他看上去很疲惫，而且心事重重，眼底有深深的黑影，大约是昨晚没睡好的缘故。

禹司凤看了看若玉，他和钟敏言睡一个房间，应当知道是怎么回事。若玉淡淡一笑，轻道：“大概是想着去不周山的事情吧，一夜翻来覆去，没怎么睡。”

最后连璇玑都发现了钟敏言的不对劲，本想问是怎么回事，然而想到昨晚他在门后说的话，不知怎么的，居然有点无从问出口的感觉。她以前就不知道怎么和他相处才能恰如其分，靠近不是，避让也不是，只好装作没看见。

一连翻过两座山，来到一片大湖前。紫狐俨然是个带队的模样，中气十足地叫了一声：“停——咱们在这里休息一会儿。”

众人赶了这一路，连口水都没喝，巴不得她说停。若玉早已将各人的水袋提走，去湖里打水了。钟敏言一言不发，往草地上一倒，用手挡着眼睛，没一会儿，居然沉沉睡着了。

他到底是怎么了？璇玑和禹司凤互看一眼，不知想到了什么，两人都是神色一黯，谁也没问出口。

这几个孩子今天好像有点不对劲，往常一路上都是欢声笑语的，今天好像都沉默得过分了。紫狐从璇玑的怀里钻出来，走到钟敏言面前，对着他的脸闻了闻，又用爪子把他的手拨开。钟敏言咕哝了一句什么，翻个身继续睡。他双目凹陷，就连睡觉的时候都眉头紧锁，很显然有心事。

“我说……”紫狐坐在他脑袋旁边，尾巴甩来甩去，一本正经地开口了，“昨天晚上发生了什么我不知道的事情吗？”

对面的两人一齐摇头，很无辜的样子。

紫狐咳了一声，她好歹也算个长辈，这种时候自然是要拿拿架子的，当即正色道："我不知道你们几个小孩子搞什么鬼，不过不周山就快到了，如果想把人救回来，这种时候就应当齐心协力，别闹矛盾，明白吗……"

正好若玉打水回来，听她这样说，便笑道："紫狐倒真有几分师长的味道呢。"

"那当然！"紫狐得意扬扬，"我可是千年狐仙大人，你们几个在我眼里就是乳臭未干的小屁孩，我这个长辈自然是要关照些的。"

若玉把水分给其他人，说："大概是快到不周山了，目标就在眼前，都有些紧张吧，所以不想说话。都在担心对手是不是很强呢。"

紫狐埋头喝水，搞得胡须和胸前都湿了，一面嘀咕："自然是很强的……不要说你们，较真起来，我也未必是对手呢……"

璇玑见附近除了山还是山，连绵不绝的山脉简直像要蔓延天尽头一样，不由得问道："紫狐，不周山还远吗？就在这些山里面吗？"

紫狐贼兮兮地摇头，尾巴一甩，道："怎么会在这里！总之你们跟着我走就是了！这两天应该就到了。"

话音刚落，尾巴上忽然一紧，被人死死抓住了，她尖叫一声，赶紧低头，原来她的尾巴甩来甩去，都是甩在钟敏言脸上，他在睡梦中一把抓住了她的尾巴。

"死小贼！放手！"她大怒，正欲伸出爪子在他脸上抓上几道，不防他忽然低声吐出一个名字，那两个字从他嘴里那样轻柔地说出来，不由自主令她呆了一下。

"你给我放开！"紫狐一爪子拍上他的额头，钟敏言吃痛，猛然惊醒，一个翻身坐了起来，急道："玲珑！玲……"

"玲你个大头鬼啊！"紫狐再抓一下，"看不出你小子还是个花心大少！多情得很呐！睡够了没有？快起来！"

钟敏言还有些茫然，四周看了看，这才想起自己是在赶路途中，当即长长舒一口气，在脸上抹了两下。

"喝点水吧。"若玉把水袋递给他，"昨夜是不是没睡好？要不今天先别赶路了，你把体力养好了咱们再走。"

"不！不用！"钟敏言大口喝水，眉头皱了起来，将溢出唇角的水擦去，道，"早点去把玲珑救回来。"

一旁的紫狐冷笑了一下，也不知她一个人嘀咕什么。禹司凤走过去，低声道："敏言，你有心事？"

钟敏言猛然抬头，目光犹如千年寒冰，森冷冽然，分明是拒绝他继续询问下去的意思。禹司凤微微一愕，却不放弃，又道："若是有什么困难，可以说出来，大家都会帮忙的。"

"我没事。"钟敏言将水袋一丢,起身道,"走吧!休息好了!"

他头也不回。

虽然紫狐说过两天就能到不周山,但很快大家就发现她是在骗人。一连在山中走了不下五六日,走到后面连钟敏言都懒得再问她什么时候才能到目的地,这山路好像是永远走不完的一样,翻过一座还有一座,万里杳无人烟。

眼看着朔月渐渐圆起来,就要变成满月,紫狐说过满月后就不能进入不周山了,众人心下都是焦急无比,但紫狐不发话,他们也不好问。

越接近目的地,众人的情绪仿佛就越焦躁,一点点小摩擦都会引起争吵斗嘴,所以大家都竭力抑制自己的火气,防止因为鸡毛蒜皮的小事伤害感情。

这一日终于来到一座高山脚下,紫狐慢悠悠地说道:"马上就到不周山了。"

没人理她。

"喂,我说马上就到不周山了!"

还是没人理她。

紫狐气恼地跳到地上,回头瞪他们几个,四个人都是满脸风尘仆仆,没精打采的样子,显然对她一路上说了无数次的"马上要到不周山"的谎言习惯了。

紫狐咳了一声:"我的意思是,晚上子时之前,咱们要攀到山顶。山顶有个祭神台,如果没什么意外,今晚就能到不周山。"

终于有人回应了她一声"哦",还是璇玑不忍心看她一个人冷场,好心答了一声。

紫狐急得甩着大尾巴,大叫:"听我说话!我知道之前一直骗你们啦,这次是真的好不好?!好歹你们也趁着天色尚早,商量一下去不周山之后的安排吧?"

那四人这才相信她说的是真的,若玉最先奇道:"不周山和祭神台有什么联系?去那里做什么?"

紫狐见他们都开始关注自己,这才得意扬扬地跳回璇玑怀里,说道:"如果我们这样走下去,一辈子也到不了不周山。因为它不在凡间,平日里是被诸神隐藏起来的。只有在朔月到满月这段日子里,会渐渐在人间现身。满月的时候,阴间大门会敞开,将孤魂野鬼收容进去。所以那时候去不周山是最合适的,神荼、郁垒没那个工夫管咱们,不周山呢,又刚好在人间现形。"

难怪她一直这样拖啊拖,原来是为了等到满月的时候!白白被她拖了这么多天!钟敏言当即哼了一声,按他的性子,必然是要痛骂一顿的,大家都做好了避开火山口的准备,谁知他再也没说话,掉脸上山了。

他这些天真的是有些不对劲。璇玑愕然看着他的背影,快要到目的地了,最开心的应当是他才对,为什么还是心事重重的样子呢?

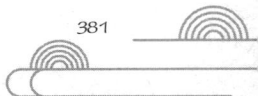

回头看看禹司凤，他也正好看过来，见璇玑漆黑的眸子盯着自己，他微微一笑，冲她做个上山的手势。

璇玑连忙点头，三步并作两步走，赶着在天黑前到达山顶。

正如紫狐所说，山顶果然有一个祭神台，不知是什么年月留下的了，很有些破旧，然而雕栏铜鼎依旧，古老而质朴的气派还在。

彼时天色已然暗了下来，苍穹中一轮圆盘似的明月，月华如霜，静静撒在祭神台的青石板上，那里锃亮犹如镜面，不知有多少巫师道人在这里拜祭过诸神天地。

不知为何，这破旧的祭神台居然让人感到莫测的神圣，周围千山万峰层叠起伏，万籁俱静，仰观幽幽天穹，下看苍茫大地，众人都不由自主起了敬畏之心，不敢嬉笑说话。

紫狐也收敛了平日的不正经，低头不知沉思着什么，半晌，忽然吩咐道："你们去，从正北开始，依次将那八盏长明灯点亮。"

祭神台周围有八根一人多高的石柱，里面灌有秘制的油脂，搓了儿臂粗的灯芯，想必就是她口中的"长明灯"了。

禹司凤点了火把，从正北开始，左右交错开，将那八盏长明灯点燃。八盏分别对应八方，也就是八卦的位置，走错一步都不行。

那长明灯一旦燃烧起来，立即腾空而出半人高的火焰，其色如碧，袅袅扭转，将众人面上都映出一层幽然的绿影。

紫狐轻道："祭神台后有一池净水，将这个撒在里面，都去净身更衣。"

她用尖嘴巴指了指面前巨大的青铜鼎，铜鼎上刻花鸟百兽，却在四面四角分别雕刻着古怪的人脸，似哭似笑，如癫如狂，令人毛骨悚然。鼎内聚集了不知多少年遗留下来的香灰，其色莹白如雪。璇玑回头看看那三个少年，很显然，她只能第一个去净身更衣。

她抓了一把香灰，转到祭神台后，果然那里有一方小小的池水，不知深浅如何，然而山顶严寒，那池水上面结了一层薄薄的冰，要下去洗澡还真有点害怕。

她只得用剑把冰面破开一个洞，将香灰撒进去，紧跟着脱去衣服，把眼一闭，视死如归地跳了下去。

大冷天的，在结冰的水里洗澡无异于自虐，很显然四个人对这种净身方式都不太习惯，洗完之后每个人脸上都被冻得红通通，一个劲发抖，只能勉强运功御寒。

"都好了吗？"

紫狐问了一声，忽然前爪向前一搭，低声道："做这种事，还得变成人形才好。没办法，试试吧。"

众人见她脊背高耸起来，渐渐伸长，尖利的爪子和绵密的皮毛很快就消失，台上的紫狐忽然站了起来，长发倾泻而下，身上穿着紫衣，然而头顶的狐狸耳朵和尾巴却无论如何也缩不回去了。

"唉……那该死的蛇妖……余毒到现在都没清干净……"她摸着耳朵，恨恨地。

平日里她要变成人形，都是就地一滚，脱离了原身，大家还是第一次见她真身变化，不由得都有些吃惊。紫狐猛然回头，面容和那紫衣美人有八分相似，然而口中獠牙尖锐，瞳孔惨绿如野兽，在凄清的月色中看来，竟带了三分的狰狞，四分的可怖。

"把包裹给我。"她哑声说着，伸出手，手上皮毛未消，分明是野兽的爪子，指甲足有三寸多长。

璇玑赶紧将包裹递给她。紫狐在格尔木自己跑出去买了些东西，神秘兮兮地不让他们看，还用个包裹装了起来，谁也不知里面到底是什么。见她将包裹抖开，里面却是五根儿臂粗细的大香，足有半人长，还有五根漆黑的蜡烛——这玩意璇玑倒是见过。听师父说，那是民间秘制的一种香烛，里面有朱砂和黑狗血，还混杂了许多闻所未闻的材料，只有在重大的祭祀上才会用到，具体是干什么的，连师父都不清楚。

正想得出神，不防紫狐将那大香和蜡烛都塞了过来："自己去点了香和蜡烛，再送来给我。"

璇玑只觉蜡烛触手有些粗糙，低头一看，上面不知何时被她刻了字，丙酉乙亥庚寅子时，正是她的生辰。她微微一惊，忽然想起在高氏山紫狐说过，凡人的生辰八字在她眼中就是透明的，一眼就能看穿，她会知道自己的生辰，想来也没什么稀奇。

各自点了香和蜡烛回来，紫狐将大香插进青铜鼎里，又将蜡烛一圈排开放在地上，低声道："香燃尽的时候，就必须回到祭神台。所以我们动作要快。这蜡烛谁也不能动，只要它一灭，我们就会被不周山弹回来，饱受重创。"

想来那不周山不是阳间的地方，他们这些活人要进去，阳间就没有了他们的踪影，势必引起失衡，于是这蜡烛便是代替他们留在阳间的命格。一旦熄灭，看守不周山的神明立即就会发觉，将他们赶出不周山。

璇玑忍不住问道："你……你不是说从小在不周山玩大的吗？怎么也要点这个？"

紫狐喝道："这当口问这些有的没的！我早就离开不周山修成人身了，要再进去只能和你们一样，哪里来的例外！"

璇玑被她一吼，只好乖乖闭嘴。

紫狐又道："月上中天，子时已到，我要开始祭拜了。你们谁也不许出声。"

说罢她翻然而起，长发迤逦，脚不沾地飘向那正北的长明灯，袖袍忽而一展，犹如一只张开翅膀的凤凰，仰首凄厉地长啸一声，如泣如诉。那火焰仿佛被感染，颤巍巍地跳动起来。

四人默默正坐了一圈，面前都放着一只刻着自己生辰的黑色蜡烛。只听紫狐长声清啸，一时竟分不出究竟是唱歌，还是野兽的号叫。八方的长明灯灼灼跳跃起来，地上的影子也向四面八方伸展开，天顶似有乌云团聚，将那冰轮一样的月亮遮挡住，阴风阵阵，夹杂有莫名的鬼哭狼嚎，令人悚然。

紫狐忽而停下，稳稳盘腿坐在正中，双手结印，额上汗水涔涔。左右手骤然分开，一手指天，一手指地，喃喃道："灵之车。"

话音一落，只见四下里白光乍闪，天顶劈下一道银色闪电，竟仿佛将整个苍穹一切为二，轰鸣声震耳欲聋。

她身体微晃，似是消受不得，面色骤然变得煞白，却咬牙硬撑，将双手一合，又念："结玄云！"

天顶的乌云仿佛被一只巨大的手在搅动，急速旋转波动，几乎要将整个苍天撕开一般。众人见到这等异象，也早已忘了说话，都看得瞠目结舌。紫狐大口喘息，再也撑不住，瘫软在地上。

"啊……"璇玑一张口，突然想起紫狐吩咐过不能说话，于是急忙起身去搀扶。

只听头顶刺啦啦传来巨大的雷鸣声，眼前猛然一花，竟是有千万道闪电同时劈在了这个小小的祭神台上。她吃了一惊，竟然忘记搀扶紫狐，不由自主松开了手。

"门、门开了……"紫狐挣扎着坐了起来，低声道："走……到台中央……我们去……不周山。"

那些闪电竟然不退去，刺刺啦啦地横亘在天地之间，就像一个巨大的笼子，将这个祭神台包裹起来，出不去，进不来。

璇玑见禹司凤他们几个还眼怔怔地看着发呆，不由得扯了扯他的衣袖，"我们快走吧！玲珑在等着呢！"

他们正要起身，只听后面有人厉声吼道："都不许去！"

众人大吃一惊，急忙回头，只见那闪电的牢笼外，并肩站着三人，御剑停在半空，居然是褚磊，楚影红与和阳长老。他们每个人都是汗流浃背，气喘吁吁，想来是拼命赶到这里的。

璇玑怔了半晌，才道："爹爹……师父……你们怎么……"

祭神台整个笼罩在闪电之中，他们三人根本无法靠近，只能御剑停在外面。褚磊厉声道："谁也不许去不周山！听到没有？！都给我回来！"

怎么能不去！他们好不容易才来到这里，眼看就可以把玲珑和二师兄救回来了，怎么能放弃！

璇玑正要开口争辩，身后的钟敏言忽然说道："请恕弟子不肖，师父的成命弟子无法接受！我们一定会去不周山将玲珑救回来的！就请师父师叔放心等待！"

他怎么这样说话！璇玑心中大惊。钟敏言虽然平时吊儿郎当的，但在爹爹面前从来都是言听计从，不敢有丝毫不敬，今天这种说话的语气，绝对不像平时的他！

褚磊果然大怒，森然道："你们去了就是送死！还嫌出事的人不够多吗？"

钟敏言大声道："师父莫要小瞧了徒弟们！弟子有自信全身而退。"

褚磊气得脸色铁青，一个字也说不出来。一旁的楚影红急忙接口："敏言，璇玑！不是小瞧你们！而是那地方不属于阳间，甚是凶险，只怕有去无回！璇玑，爹爹娘亲已经失去了玲珑，你忍心让他们再失去你？"

璇玑心头一颤，竟然无言以对。

钟敏言还在争辩："师叔不用再劝！我们去意已定！这次一定能救回二师兄和玲珑！"

褚磊勃然大怒，将袖子一挥，喝道："钟敏言！你要去，可以！你这一去便不再是少阳派弟子！今日起便将你逐出师门！这是你任性妄为的代价！"

逐出师门！众人大惊失色，这是最严重的责罚了！璇玑当即叫道："爹爹！你怎么可以……"

"不要叫我爹爹！我没有你这种女儿！"

璇玑被他堵得一口气闷在心头，剧痛无比，眼中登时有泪水涌出。

钟敏言脸色惨白，怔了半晌，只听紫狐在旁边急道："要快！门快合上了！"

他浑身大震，突然匍匐在地，对褚磊磕了三个响头，颤声道："弟子不肖！就算被逐出师门，也要找回玲珑！不敢求师父收回成命，只是弟子……不能报师恩，终生不得心安！"

说罢昂然起身，掉脸就走向台中央，白光一闪，瞬间就失去了踪影。

"敏言！"空中的三人都忍不住惊呼。

璇玑看了看褚磊，再看看祭神台中央，终于还是一咬牙，跟着走了过去。

白光又闪几下，禹司凤他们几个都走了进去，只剩紫狐，抬头望向空中脸色青白的三人，说道："你们这些修仙者，当真无情！他们是为了谁才这么拼命？！"

说罢身形一转，也投身去向台中央，下一个瞬间，闪电白光轰鸣声尽数消失，只留下那一尊青铜鼎，鼎中插着五根巨大的香，鼎下一圈黑色的蜡烛，烛火摇曳，仿佛刚才那惊天动地的一切都没有发生过。

褚磊三人在空中呆怔了很久，楚影红第一个反应过来，急急冲了过去。和阳见褚磊脸色惨白如纸，知道这件事对他打击极大。

褚磊身为少阳一派之主，深得众人的敬畏，几乎从未有人忤逆过他。他于修仙一事上建树虽然不多，却也是稳扎稳打的类型，将少阳派经营得有声有色，近半辈子都没遭遇过什么大风浪。

谁知近来他饱受重创，先是爱女之一和死人无异，后又为妖魔所胁迫，少阳派能否撑过那一劫还难说，眼下另一个女儿和爱徒又赶着去不周山送死，拦也拦不住。

和阳想到此处，忍不住微微一叹，摇了摇头，没说话。

楚影红忽然叫道："师兄，掌门！你们快过来看！"

褚磊沉着脸落在祭神台上，只见楚影红指着鼎前一圈黑色的蜡烛，面上有不解的神色，说道："掌门，你看……这是什么？"

褚磊弯腰捻起一根蜡烛，用手指细细摩挲一番，翻过来看了看上面刻的生辰，不由得蹙起了眉头："唔……这个，似乎是很古早的法子所制的蜡烛。"

楚影红也拿起一根放在手上看，那烛火灼灼跳跃，山风阵阵，居然吹它不熄。

"我知道是用朱砂和黑狗血调制了一些秘方做出来的蜡烛……可，到底有什么用？"

褚磊缓缓摇头："我也不清楚。"

和阳走过来，看了看，轻道："这是刻有生辰的咒器，代替那些孩子留在阳间的命格，好教不周山的神明不至于发觉他们去了禁地。"

楚影红脑子转得最快，当即眼睛一亮，道："那……吹熄了是不是就可以让他们回来？"

和阳正色道："不可！一旦烛火熄灭，神明立即就会发觉他们是入侵者。纵然他们能回来，但也会受到重罚，有性命之忧！"

楚影红只得将蜡烛放回去，挡在风口上，只怕那烛火被山风给吹灭了。

和阳见青铜鼎里烧着五根巨大的香，青烟袅袅上升，烧得极慢，只有顶端五个红点，忽明忽灭，一时忍不住"咦"了一声，用手摸了一下。

"和阳可是发觉了什么？"褚磊见他神色有异，立即追问。

虽然他方才撂下狠话要将钟敏言逐出师门，不认璇玑这个女儿，但这两个孩子是自己从小带大的，感情何其深厚，又岂是说不认就不认的。倘若他们在不周山有个三长两短，真真让人肝肠寸断。

和阳说道："我是看这个咒法，很古老，想来那些孩子途中不知遇到了什么异人，能用这个法子将他们带去不周山。"

说罢回头，见褚磊和楚影红都是一脸担忧，他淡淡一笑，柔声道："不用担心，我看那些孩子吉人自有天相，不会有危险的。何况身边还跟着一位高人，说不定当真能救出敏觉和玲珑。孩子们年纪大了，总要自己做一番事情，做长辈的又岂能冥顽不化。"

和阳长老在少阳派一直是个德高望重的人物，说话极有分量，那种风轻云淡的态度轻易能将人的焦躁不安平息下来。莫说身为他妻子的楚影红，就连褚磊也对他毕恭毕敬。

见他说得笃定，两人才渐渐平静下来。楚影红笑道："倒看不出敏言，以前是个小猴儿一样的人，如今倒能做大事了。将来指不定能成一个惊天动地的人物呢，咱们也不用操心了，不如就在这里守着他们回来吧。"

褚磊板着脸，冷道："成日家只知道胡闹！插科打诨，回头必要重重罚他二人！"他素来面冷心软，这样的气话一说，等于收回了方才将钟敏言逐出师门的命令。和阳和楚影红相视一笑，很聪明地选择沉默。

和阳看了看铜鼎里的香，说道："我们不必在这里守候，那香一旦点燃，足足要烧十几个时辰，等灭了他们才能回来。我们这一路赶来，也是风尘仆仆，不如找个地方暂做休息，时候差不多了再过来。"

楚影红急道："怎么能走！这蜡烛万一熄了怎么办！"

和阳笑道："这是法器，岂是一点点山风就能吹灭的。何况他们去了不周山，早已不在阳间，你我在这里干等也是无益。这里荒山野岭，又是深更半夜，谁会跑来？你若担心，便施个法，将这些蜡烛护住，别教野兽鸟禽之类的弄翻了便好。"

楚影红听说，只好作罢。抬手从怀里取出手绢，咬破手指在上面写了一些咒文，轻轻朝那几根蜡烛上一丢。那块轻飘飘的手绢仿佛活了一样，像一张长了脚的纱网，稳稳地罩在蜡烛上，纹丝不动。

"唉……我总还有些担心……"她看了看祭神台，依依不舍。

然而他们三人这几日都是不吃不睡极力赶来这里，体力透支极大。当日褚磊在浮玉岛接到消息，说钟敏言他们偷偷溜出了海岛，不知去向，心中便道不好。然而自己此次出来只带了两个敏字辈的年轻弟子，一个重伤，另一个被妖魔抓走，中途为何丹萍遣来的端平、端正两个弟子虽然能干，却没什么经验，不好带去不周山，于是只能匆匆赶回少阳派，找了和阳与楚影红前来寻人。

但不周山在什么地方，他们也不甚清楚，还是一路走一路问，好容易问来的这里。谁知还是迟了一步，眼睁睁看着那些孩子去了不周山，自己却没办法跟过去。

褚磊叹了一声，转身便走，一面道："罢了，是福是祸，看他们的命吧。我这个半老头子，也不能继续操心了。"

三人当即御剑飞回格尔木，找了家客栈休息。


祭神台重新陷入死寂，山风呜呜咽咽，密林之中夜枭悲鸣，天边的明月被乌云遮住了脸蛋，只留下大片的阴霾，青铜鼎前的一圈漆黑蜡烛，稳稳地罩在手绢下，火苗动也不动。

不知过了多久，忽然有轻轻的脚步声传来，似是有人慢慢顺着台阶往上走。月光将他的影子在地上拖了很长，一摇一晃，有些轻佻的味道。终于上到最后一层，见到空空如也的祭神台，他突然发出一个古怪的笑声，慢悠悠地走过去。

乌云渐渐褪去，凄清的月光洒了下来，阴影也从他身上缓缓撤走，那人的轮廓渐渐分明，一袭青衫，手里不伦不类地抓着一柄羽毛扇，脸上带着狰狞的修罗面具，却是离泽宫的副宫主。

他嘴里不知哼着什么古怪小调，摇头摆尾地走到青铜鼎前，闻了闻那五根正在燃烧的巨香，突然打了个喷嚏，笑道："想不到，居然有人帮忙，居然还能成功。"

他蹲下来看了看五根静静燃烧的黑蜡烛，虽然烧了这样久，但那蜡烛竟然丝毫没有减少的趋势，连烛泪也没有一滴。

他看了半晌，忽然慢慢伸手，朝罩在上面的手绢上一摸——"嘶"的一声，仿佛有什么东西突然咬了他一口，指尖麻麻的疼。他缩回手指，嘿嘿笑道："少阳派的法术，却也未必厉害到哪里去。"

说完手腕一翻，也不知用了什么古怪手法，两根手指将那绢子一夹，眨眼就抽了出来，软绵绵地摊在他手上。他得意扬扬，嘴里又开始哼起古怪的小调，反手抓起一根蜡烛，看了看上面的字，笑了笑，放回去，又拿起一根看了看。

如此这般，看到第四根，终于不再放回去。然而面具后的目光灼灼，似乎若有所思。

"有意思……"他喃喃说着，忽然将手一拍，似是决定了什么的样子。

璇玑他们从祭神台中央的"门"穿了进去，只觉周围光芒大盛，竟是不能睁眼，身体完全不能自主，像是在急速下落，过得一会儿仿佛又莫名其妙飞了起来。个中滋味完全莫可名状，不能描述。

众人纷纷闭紧了眼睛，不敢动弹——其实也是不能动，心有余而力不足。

过了不知多久，只觉双脚似乎轻轻踏中了实地，站在了一个稳妥的地方，周围的光芒似乎也渐渐褪去。璇玑这才缓缓睁眼，茫然而又新奇地打量着传说中的不周山。

只觉这里天色阴霾，万籁死寂，竟连一点点声音都听不见。冰轮一样的满月从云后缓缓显露峥嵘，竟是极大极近，仿佛一抬手就能摸到它。那凄清冰冷的光芒洒在大地之上，只觉这里一切都是黑的，黑色的望不到山顶的山峰，延绵了万里的黑色山峦，静静地沉睡着，没有声音，没有呼吸……像一块死去的土地，没有生命。

"啊……这里……"钟敏言喃喃说了一句便再也说不下去，和所有人一样，都震惊又茫然地打量着这块古老而神圣的莫测之地。

不周山！这里就是连通阴间与阳间，自开天辟地以来就横亘在天地之间的不周山！

大家还忙着震惊，紫狐早就不屑与他们这些土包子同行，自己往前面走了，一面道："才在山脚下呢就发呆，到了上面还不知你们要看成什么样！真是一群没见过世面的小鬼！"

众人这才纷纷收回心神，璇玑见紫狐走得极快，不由得赶紧追上，问道："你……你是马上就要去阴间吗？真的要一个人去？"

紫狐淡然道："自然是一个人，我才不要你们跟着，都是累赘。"

若玉见这里极宽广，万里无人，他们四人也不知那些妖魔的老巢在不周山什么地方。

先前只说来不周山就能找到，哪里想过这里如斯广阔，单靠他们几个找，还不知要找到什么时候，于是笑道：“我看这样吧。咱们先陪着紫狐去阴间大门那里，一路上再看看有没有那些妖魔的痕迹。总不能让她一个人先走，大家好歹也是一路同行的伙伴。”

众人听说都点头同意，那紫狐脸上一红，不过这里夜色深沉，也不知是不是看错了，只是别扭道：“谁、谁要你们陪着！我又不是不认路的小孩儿！”

璇玑抱住她的胳膊，笑道：“别这么说，你其实也不想和咱们分开吧？一个人偷偷摸摸上去，总是提心吊胆，人多些就不慌啦！”

紫狐被她说中心事，自己确实有些慌，于是摇了摇头顶那双大耳朵，噘嘴道：“我……反正我不管啦！你们爱跟就跟着好了！”说罢还装模作样叹了一口气，一副恨铁不成钢的模样，“一群小屁孩，总要人照料着！”

被照料的明明是她自己。璇玑忍不住偷笑。

不周山顶便是神荼、郁垒守护的阴间大门了，禹司凤见这不周山方圆足有万里，高耸入天际，根本看不到顶，不由得惊道：“这去到山顶……得要多久？”

紫狐哼了一声：“它早就被共工撞断了，以前可是擎天的柱子呢！不过如果这样走上去，你们这些凡人走上半辈子也走不到。前面有法阵，可以直接去山顶。眼下阴间大门正要开启，神荼、郁垒忙着呐，管不到咱们的小事，偷偷去催动一下就行了。”

真的没事？钟敏言用怀疑的眼神瞪着她，紫狐怒道：“你们爱跟就跟！不跟着就赶紧做你们自己的事去！好像我骗人似的！”

众人只得跟着她往前走，走不到一段，紫狐突然停了下来，耳朵左右摇晃，鼻子嗅了嗅，惊道：“等等！你们听到什么声音没有？！”

璇玑凝神听了半天，除了风声什么都没有，于是乖乖摇头。

紫狐神情惊异，掐指算了算，惊道：“不好！我竟忘了眼下是二月！”突然收回手指，面上似喜似惧，咬牙道，“也好！拼上一次！”

说罢急急向前奔去，众人不明所以，赶紧跟上，璇玑奇道：“二月怎么了？出什么大事吗？”

紫狐一面急急奔跑，一面道：“二月不开偏门开正门！放出地狱恶鬼游荡！你们小心！”

小心什么？众人还不及问，忽见她身体一歪，倒在了地上，心中都是大惊，正要去搀扶，只觉自己也站立不稳，纷纷摔在地上。

地面居然开始剧烈震荡起来，仿佛大海上的波浪，一圈一圈巨大的涟漪扩展开，震得树林中哗哗作响，不要说站，就连躺着都不稳当，从这里滚到那里。

空中忽然响起一种低沉苍凉的鸣声，像是有一个巨人在发出低低的啸声，阴沉的天空乍然闪亮，仿佛被一双巨手撕开了夜幕，劈下万道金光。璇玑在惊恐之中死死抱住了一棵树，终于不再地上乱滚，她抬头怔怔地看着空中洒下的金光，金光中似有人形渐渐团聚，黄金甲、烈云盔，腰上悬着巨大的宝剑，一左一右两人，足有大半个不周山那样高。她吃惊得连呼吸都忘了，只觉那二个金光中的巨人面容冷峻，神情肃穆，与神庙里供奉的神仙像有八分相似，不带一丝感情。

那一瞬间，突然有种熟悉的感觉袭上心头，她胸口仿佛被人狠狠打了一拳，两个名字不由自主脱口而出："神荼！郁垒！"

那二人忽而各自向前一步，青龙靴上腾龙分明，紧跟着一左一右抓住那高耸入云的不周山，仿佛那是一扇巨大的门，他们要将它拽开。

只听一阵惊天动地的巨响，不周山被他们左右相拉，硬生生从中裂开一条缝，巨大的山体竟真的像门一样，被拉开了。

那低低的啸声渐渐消失，空中仿佛有人开始吹着曲调古怪的笛子，阴风席卷而来，带着一种森冷的令人毛骨悚然的寒意，原本就阴暗的天空此刻更是暗得犹如被浓墨重新刷了一遍，几乎伸手不见五指。

璇玑只觉心口突突乱跳，一种久违的感觉在身体里渐渐苏醒过来。肩上忽然一紧，被人抓住，那人凑到耳边，低声道："没事吧？"

是禹司凤。她勉强笑了笑："没事……"

紫狐突然尖声道："你们待在这里！谁也不许动！我……我这就去了！你们绝不可跟过来！"

黑暗中只觉有人行动迅速地蹿了上去，璇玑大急，刚刚站起又被震倒在地，她叫道："你等等！我们一起……我……我御剑送你过去！"

这当口谁还管能不能御剑，她好容易扶住一棵树站直了身体，当即御剑飞起，下面众人纷纷惊叫她也不管，几个纵横就飞到了紫狐身边。紫狐见璇玑来了，干脆破口大骂起来，冷不防被她一把抓住后背心，提了起来放在剑上。

紫狐正欲挣扎，手腕忽然一紧，被她紧紧捏住，竟然犹如铁圈一般，令她动弹不得。

"不要动。我送你过去。"璇玑低声说着。

紫狐猛然想起在高氏山自己被她逼得走投无路的景象，这会儿居然说不出话来，只能乖乖随她去。

谁知后面簌簌几声响，钟敏言他们居然也不甘示弱，纷纷御剑追了上来，一面叫："我们也去！"

她又是惊又是恼又是喜，真的没想到他们几个孩子会为自己做到如此地步，然而阴间正门大开，神荼、郁垒守在门口驱赶恶鬼，又岂是儿戏，总不能白白让他们为自己送命。

"飞低一点！别让他们看到！"她沉声吩咐，令他们贴着树顶无声地飞，只觉越靠近前方，那阴森的寒气越重。

不是寒冬腊月的冰冻，也不是深邃山洞的阴冷……那种寒意，令人浑身的毛孔都感到恐惧，仿佛是活动的，会钻进五脏六腑，像毒液。

璇玑突然"啊"了一声，惊骇地指着前方。她不用说，众人也都看到了，被拉开的不周山，露出一个巨大宽广的深洞，里面漆黑犹如浓墨，什么也看不见，而洞里涌出大批的青色恶鬼，有的头上长满犄角，有的舌头一直吐到胸前……每一个都是奇形怪状，闻所未闻。

这些恶鬼哀号着，哭叫着，抑或者是狂笑着，从洞中推搡着出来，从地狱深处，像火山爆发一样急速涌出，奔向难得一次的自由天地。

神荼、郁垒手中挥着巨大的鞭子，在后面有一下没一下地驱赶着他们，那鞭子的煞响声破空而来，震得耳中嗡嗡作响。

璇玑见他们渐渐朝这里走来，便赶紧钻进树叶中躲藏身形，所喜他们走得甚快，似乎根本也没发现脚底的树林中躲藏着几个不速之客。待他们走远，璇玑立即如箭一般飞了出去，急道："紫狐！你快进去！"

紫狐靠在她身后，什么也没说，只是紧紧捏了一下她的手。她真的什么也说不出来了。

眼看就要飞到那裂开的不周山正中，剑身忽然猛烈晃了一下，两人差点摔下去，紫狐大惊失色，一把抓住她的袖子，急道："怎么了？！"

话音未落，忽觉心口猛然一颤，似乎受了什么感应，怔怔地望向半空。

"有人……灭了我的蜡烛！"她只来得及说了这一句，整个人便如断线的风筝一般从剑上直直飘了出去。

众人眼见紫狐从剑上摔下，都是齐声惊呼，待要去抢救已是来不及，眼睁睁地看着她摔落在地，周围密密麻麻的恶鬼一哄而上，争着撕扯她的衣服头发，张开大口要去啃咬她鲜热的血肉。

前面的恶鬼们还没得手，后面的恶鬼便纷纷拥上，先前整齐的队伍顿时乱作一团，恶鬼们凄厉地吼叫着，为鲜活的猎物大打出手。前面的神荼、郁垒似是有所发觉，回头看了一眼，手里的鞭子骤然举起，"啪"的一下甩了过来，一瞬间将无数聚在一起乱嚷嚷的恶鬼抽成了黑灰。

钟敏言见那鞭子不长眼睛，眼看随时会抽中紫狐。那是神器，又那么巨大，紫狐要是被擦上一点边，只怕不死也要死了。他只急得浑身冷汗，咬咬牙，不知该不该出去救。犹豫了一霎，旁边的禹司凤早已越众而出，闪身让过那巨大的鞭子，落在地上，剑光在手上乍闪，迫开周围犹自不甘心的恶鬼们，另一手将早已恢复成狐狸模样不省人事的紫狐抓起，狠命向上抛。

"璇玑！"

他一声叫完，她早已有了动作，在空中稳稳一转，白色的衣衫下摆划出一道好看的弧度，翩若惊鸿，一扬手，将那只昏迷的狐狸紧紧抱在怀里。

众人见毫发无伤地救了紫狐回来，都不由自主松了一口气。璇玑正要找个空隙藏回去，忽听头顶有人低声地吟唱起来，那声音清越朴质，越唱越高声，渐渐竟犹如千万人在齐声歌唱一般。

她愕然地抬头，只见神荼、郁垒停在那里，纷纷解剑捏印，宝剑上光华万丈，不可逼视，那吟唱声，便是他们念咒的声音。地上的恶鬼们早已吓得破了胆子，没头苍蝇一样地乱窜乱撞，似是要找地方躲避。

那二员神将缓缓抽出宝剑，沉声道："天帝有命，人鬼殊途，此为轮回正业。凡人不可擅闯不周山，违命者，杀无赦！"

璇玑见他二人嗡嗡地说话，声音洪亮，远传万里，还没听懂是什么意思，后面的禹司凤早已倒抽一口凉气，嘶声道："被发现了！璇玑快躲起来！"

她心中一动，待要回头，却已迟了。头顶仿佛有千万斤重的莫名物质狠狠压了下来，她浑身骨骼大动，气血翻涌，眼前骤然一片血红，耳中轻轻嗡鸣，不由自主跪在了剑上。

耳边好像有很多声音，有人在叫她，还有急促的呼吸声，剧烈的心跳声，以及——鬼哭狼嚎一般的风声。她勉力在重压下睁开眼，抬头看去，只见一柄的宝剑朝这个方向挥来，那巨大的神器挥动之时，风云诡变，光是气势便压得她动弹不得。

就算是白痴也知道，被这柄剑挥中，将会是什么后果。不要说飘在空中犹如破树叶的她俩，就连后面的禹司凤他们三人，甚至那一大片树林，都会在一瞬间化为灰烬。

她不可以待在这里，她得动起来，得逃走，不然所有人都会死掉。可是她现在却只能怔怔地跪在剑上，眼怔怔地望着挥过来的、越来越近的宝剑。

那剑身修长，半透明的质地，光华万里，靠近剑柄的位置刻着龙飞凤舞的几个大篆。她甚至不用看，就本能地知道那几个字是什么。

昔日是东方白帝亲自从天河里寻来了两块奇异石，用凤凰涅槃的火焰，诱以深海蛟龙的鳞片，锻造出的两柄诛邪驱魔剑，分别赠予了守卫阴间大门的神荼、郁垒。

诛邪驱魔……诛邪驱魔……她何时成了邪魔？天界苍茫，自有千万种条例死死束缚着众生。她抵不过，逃了出来……既然逃得一次，那再逃一次，又有何妨？！

璇玑只觉胸中似乎蕴藏着无边无际的浪潮，种种复杂的情绪一瞬间侵袭而上。竟是不甘，悔恨，狂妄，冷酷，自负……无数个情绪夹杂在一处。腰间的崩玉在簌簌跳动，发出刺耳的鸣声，像是遏制不住的冲动，渴望将一种力量释放出来。

身上的重压突然消失无踪，她长身站起，一把抽出崩玉，发出珠玉一般的声响，剑身银辉四溢。

狂风肆卷，诛邪剑已到眼前，顿得一顿，似是迟疑。她更是不相让，御剑犹如闪电一般飞起，抵着那诛邪剑，决绝地在空中划了一道巨大的弧线。崩玉在其上切割，绽放出无数火花。她只觉手里极轻松，竟仿佛是切割豆腐一样，没有一丝阻碍，忽而把剑一横，衣袂扬起，在空中停了下来。

回首一看，那巨大的诛邪剑硬生生被她从中切成两段，哐当一声巨响，砸在地上，也不知压死了多少恶鬼，下面狼藉一片。

手里的崩玉仿佛极度兴奋，在她手中不停地剧烈抖动，充满了久违的快感。她手心里一片濡湿，心脏跳得极快，仿佛是要飞出来，只留下空荡荡的胸膛。

坏了诛邪剑的神荼只低头看了一眼，喃喃道："定坤剑……你莫非是那位将军？"

璇玑没有说话，事实上她也不知该说什么。

神荼、郁垒二人互看一眼，齐声道："就算是将军大人，也不得破坏伦理规矩。请回！"

璇玑紧紧握住崩玉，丝毫不退。她自己，也不明白怎会在这个时刻如此固执，对方分明不想和她斗，给足了面子，不怪罪她闯进不周山的罪名，还让她回去。可她一点都不想退，这种固执从身体里每个方寸之地迸发出来，叫嚣着，仿佛退了一步，便是大耻辱，便证明她从头到尾都输了。她毫无办法。

"将军既然视禁律如无物，我等纵然力微，也要强行驱逐！"

璇玑见他二人还要拔剑相斗，一时忍不住冲动，打算继续冲上。身体里有个声音，似是不足，在渴求……渴求更厉害的对手，渴求更多的战斗。应当再来多一些，多一些……

怀里的紫狐突然动了动，猛地从她怀里挣扎而出，璇玑一把没抓住，震惊地回头，只见她从剑上跳了下去，一面喃喃道："留住你自己的命！我一直没说实话……那些妖魔的老巢……在西北方向……保重吧！千万不要死！"

璇玑"啊"了一声，急急倾身去捞，仍是迟了一步，只听耳后厉风尖锐鸣响，郁垒手中的鞭子抽过来。她本能地一让，谁知那鞭头竟微微一扭，硬生生擦过她脚底，蛇行一般，那巨大的气流将她几乎掀翻过去，像一片叶子在空中乱飘。好容易稳住，只见那鞭子往紫狐卷去，紫狐急速下坠，身体渐渐变作了透明的，被鞭子一卷，再放开时，竟消失了。

璇玑心中大骇，只当她是死了，惊得泪水横流，正急急要再去看个分明，忽觉那鞭子掉头抽过来，她避让不及，只觉被一股巨大的力道抽中，浑身骨骼格格作响，竟仿佛在一瞬间全部碎裂开一般，剧痛无比，当即眼前一黑，被那鞭子抽得倒飞出去。

突然有一人用力抓住了她的手，将她狠狠揉在怀里。璇玑胸口窒闷，浑身动弹不得，勉强睁眼，只见禹司凤焦急而苍白的脸映入眼帘中。

她眨了眨眼睛，忽然落下一颗大泪珠，喃喃道："司凤……紫狐死了……"

一言未了，只觉喉头一甜，喷出一大口血来，尽数染在他脸颊和胸前。禹司凤脸色犹如白纸一般，托住她的后脑，将她死死按在胸前，只觉她嘴里的鲜血源源不断涌出，浸透了胸口，仿佛火在烧，灼痛了他。

"她不会死的！你也不会死！"他低声说着，御剑急速飞离这扇可怕的阴间正门，连回头看一下的勇气似乎也消失了。

紫狐只觉身体晃晃悠悠，仿佛灵魂出窍一样，不知要飘向何方。

她死了？真的死了？连阴间大门都还没进，莫名其妙就死了……好不甘心。不过也好，死了之后虽然不能救他，至少可以在阴间陪着他一起受苦，好过他一个人受千万年的孤寂折磨。

正想得入神，忽然眼前一亮，她没反应过来，身体猛然一重，狠狠摔在了地上，差点把牙给磕断。

"没死啊……"她喃喃说着，慢慢从地上爬起来，只觉浑身没有一点力气，腰上隐隐作痛，原来还是被郁垒的鞭子擦了一下，虽然受伤不重，却足以让她动弹不得了。

"唉，到底是哪个混账把老娘的蜡烛吹灭了？回头我一定宰了他……"

她爬不起来，只得躺回去，怔怔望着周围的景色，正是原来的祭神台，青铜鼎好端端地摆在那里，五根巨香还在燃烧，已经烧了一小半。鼎下……鼎下的黑蜡烛没了！

她这一惊非同小可，几乎就要跳起来，忽听头顶一人笑吟吟说道："居然是一只狐狸，毛皮还挺水亮。"

紫狐愕然地看着一颗脑袋伸过来，居高临下地看着自己。那人穿着青袍，长发几乎垂到她脸上，面上却戴着一张狰狞的修罗面具。面具后目光灼灼，堪比天上的星子。

"你……"她有些眼熟，突然想了起来，尖叫道："你是离泽宫的人？！是你把蜡烛吹灭的？！老娘没做过得罪离泽宫的事情吧！再说了大家都是一家人你干吗做这种事！"

那颗脑袋正是副宫主的，他笑吟吟地，抬手将她提起来，放在眼前看了看，笑道："谁和你这种卑微的狐妖是一家人。"

那话语虽然含笑，却是说不出的轻蔑鄙夷。紫狐登时大怒，然而浑身无力，被他抓着毫无还手之力，只能恶狠狠地瞪他。

副宫主又笑道："你留着只会碍事，谁想你命大得很，居然没被神荼、郁垒杀了。"

紫狐怒极反笑，森然道："是啊，他们没杀了我，你要帮忙吗？"

副宫主把她往袖子里一塞，轻道："杀你？未免脏了本座的手。正好簪花大会要开了，你就做那朵被摘的花吧，省了很多工夫。"

紫狐在他袖子里破口大骂，都是一些闻所未闻的脏话，令人匪夷所思。副宫主先时还能含笑听，听到后来却有些厌烦，在袖子上轻轻一拍，紫狐只觉他的真气透过袖子刺过来，一口气顿时堵在喉咙里，眼前一黑，晕了过去。

"大事可不容你破坏。"他低声说着，回头望向被他移到祭神台后的黑蜡烛，看得片刻，终于转身飘然而去。

璇玑从黑甜乡中缓缓醒来，只觉浑身没有一点力气，仿佛是被谁背在背上，摇摇晃晃，那人的脚步放得极轻，像是怕惊醒她。

她微微动了一下，那人立即发觉了，低声问道："醒了？"

是禹司凤的声音。她猛然睁开眼，四处看了看，还是那个阴沉的天，还是那一轮伸手就可撷取的圆月，他们还在不周山。

后面过来一人托住她的脖子，没好气地说道："受伤了就别乱动！乖乖靠着！"

是钟敏言。

她乖乖靠在禹司凤背上，贴着他的长发，心中只觉空落落的，半晌，才喃喃道："我们……这是去哪里？"

禹司凤轻道："紫狐不是说那些妖魔的老巢在西北么？我们就去那里。"

他一提到紫狐的名字，璇玑心中便是一恸，眼里一阵火辣，泪水顺着禹司凤的头发淌了下去。

众人见她这样伤心的哭，想到紫狐生死未卜，也跟着难过起来。过了一会儿，钟敏言吸了吸鼻子，道："我相信她没死，应当是被弹回阳间去了。"

璇玑听他说得笃定，忍不住定定看着他，黑白分明的眸子，似是在问："真的吗？"

钟敏言别过脸去，闷声道："一定是这样了！你哭什么？难看死了！受伤了还哭，本来就长得不好看！"

璇玑被他一吼，立马哭不出来了，只吸了吸鼻子，无奈地看着他。

禹司凤叹道："璇玑，你下次……不可以再这么鲁莽了。那是神……这次能活下来，当真是个奇迹。"

她吐出来的血还印在胸前，触目惊心的一大块，已经干了，贴在胸口上，令人无端端地心悸。眼下这么快能醒，还能说话，不能不说她运气太好。

璇玑沉默半晌，才道："我……我也不知怎么的，一个冲动，就……"

一直不说话的若玉突然笑道："依我看来，璇玑竟不简单呢。你们忘了？神荼、郁垒好像认识她，还叫她将军呢！想来璇玑前世一定是个了不得的人物。"

他这话一出，璇玑登时无话可说，钟敏言脸色大变，只有禹司凤淡然道："若玉，没有根据的事情，这会儿说来干吗？"

若玉轻笑道："怎么没根据？我们方才都看见听见的，不是么？"

钟敏言急道："我什么也没看见！看见了也不相信！那两个神一定是认错人了！"

璇玑勉强接口："是……是啊，不是说这把崩玉是神器吗？可能他们以为我是这个剑以前的主人吧……"

对了，他们口中，这柄剑不叫崩玉，而叫定坤。定坤，定坤……为什么她对这个名字如此熟悉呢？

若玉没有再说话。

禹司凤背着璇玑走了一段，只觉她精神似乎好了很多，便柔声问她："觉得怎么样？哪里还疼吗？"

璇玑摇了摇头："方才胸口疼得厉害，现在已经没事了。"

说完忽觉他转头过来，鼻息温和，吐在她唇上，璇玑面上一红，垂下头去。

"不要再冲动了，否则迟早我会被你……"他喟然一叹，那话说了半截就停了。

璇玑微微点了点头，呢喃道："我……我下次一定听你的话……"

耳边听得他轻轻一笑，像一只酥软的小手，在她疼痛的心口摸了两下，痒痒的，却十分舒服。她忍不住想呻吟，到底脸皮薄，整张脸犹如火烧一般的烫，抬手抱住他的脖子，贴着耳朵轻道："我……很重吧？现在我没事了，自己可以走。"

禹司凤秀长的眼睫微颤，低声道："我不会放开的。"顿了一下，又道，"四年前就开始后悔，为什么不是我背着你。"

璇玑顿时想起四年多前，大伙去鹿台山捉蛊雕的事情，那时候她很没用，什么都不会，被地荆棘刺伤了脚，背她的人是不情不愿的钟敏言。眼下他旧事重提，倒叫她无端生出许多感慨来。那时候，是铁三角，后来玲珑加入，成了铁四角，四个人什么事都在一起，发誓要做一辈子的好朋友。

一辈子……

"就算被爹爹赶出来，我也不后悔来不周山救玲珑。"她低声地，坚决地说着。

禹司凤没有说话。凄冷的月光映在少年的侧面上，长睫修眉，极其动人。一望无际的不周山，蔓延到眼睛看不到的天尽头，天顶的月亮罩在头上，仿佛伸手就可以撷取。

这样阴森的景象，不知为何，却让璇玑有些舍不得。

靠在司凤宽阔的后背上，轻轻摇晃，周围没有一点声音，只有两人的心跳。她只盼这一条路暂时长一点，再长一点，不要那么快走到尽头。让她，可以安静地与他一起，再走多一点的路。


"对了。"钟敏言忽然想起什么，几步追上那两人，正色问璇玑："方才你靠近阴间正门的时候，看到了什么？为什么那么惊慌？"

她本来飞得好好的，眼看就要成功把紫狐送进去，谁知突然晃了一下，似是受到什么惊吓，结果功亏一篑。

璇玑怔了半晌，才低声道："其实，连我自己也不太敢相信自己看到的。当时，我好像看到对面的林子里有几个人在抬头看过来……里面有个人，我以前见过。"

众人闻说都是一愣，不周山这里是不允许凡人随便进来的，当然，自小生活在这里的妖除外。而且这当中似乎有个时间限制，一旦超过多久没有回不周山，那就不能再随意进出了。紫狐就是因为离开了太久，所以也等于是外面的人。如果璇玑说看到了什么奇形怪状的妖怪，他们谁也不会惊讶，但说看到了人，就未免有些匪夷所思了。难道也是趁着阴间大门打开，进来找人的凡人？

"你看到了谁？"禹司凤沉声问。

璇玑想了想，道："天黑，我也看得不真切，但那一眼看过去，有点像轩辕派的人。我记得那年的簪花大会上，有几个轩辕派的人来找咱们，说要帮忙找小银花，这事你们还记得吗？"

当然记得！那是为了报复点睛谷那个乌童的狂妄行为，禹司凤特地想出的妙计来整他。想到小时候这些顽皮的勾当，禹司凤和钟敏言面上都忍不住露出一些笑意，只道当时是年少，他们那会也确实不知天高地厚，顽皮得很。

璇玑轻道："我看到的……就是那个人。穿着黑衣服，挂白铁环……我觉得可能是看错了。"

众人无话可说。他们在浮玉岛的时候，就听说了轩辕派因为定海铁索的事情，被妖魔灭门，其他各派掌门还为了这事感慨万千。如今好像事情突然发生了巨大的转变，从他们来不周山开始，所有之前看到的、相信的事实，好像都隐约在改变。

璇玑从来不会说谎，更不会说没有根据的事情，就连钟敏言都认同这一点，她如果说看到了，就一定是看到。

现在的问题已经摊在眼前：轩辕派明明没有被灭门，他们的弟子甚至出现在不周山，穿着和那些妖魔一样的衣服。为什么？

"可恶！我就知道轩辕派没一个好鸟！"钟敏言咒骂一声，"他们肯定是屈服于妖魔的淫威，成他们的同伙了！"

"呃……也不至于吧……"璇玑抓了抓头发，"他们也算是修仙大派，没那么容易屈服的。"

钟敏言恨恨地说道："呸！和他们一起称为天下五大派，真丢人！都是一群狼子野心的人！"

禹司凤的手指在下巴上抚着，沉吟道："唔，我听说过轩辕派和少阳派的过节。他们以前是想吞并少阳，最后不但没成功，反而搞得元气大伤，到现在都没恢复过来。说不定他们一直怀恨在心，借着这次与妖魔合作，先解决私怨……"

话未说完，璇玑和钟敏言都"啊"地叫了出来，互相骇然地看了一眼。他们都想起了在浮玉岛，杜敏行重伤之后带回来的口信，他说那些妖魔放话，要踏平少阳派！

先前乱七八糟的事情仿佛渐渐连成了一条线，他们为什么要捉玲珑，为什么伤害了她，为什么特意将杜敏行放回来带话……所谓"先前的恩怨一笔勾销，以后必要踏平少阳派"，指的一定是轩辕和少阳多年前的恩怨！

禹司凤见他们心神不宁，不由得说道："这些只是推测，未必是真相。少阳派那么大，岂是说踏平就踏平的。"

钟敏言不知想到了什么，胡乱点点头，脸色却比先前更黑了。

璇玑轻道："我们……我们赶紧把玲珑和二师兄救回来！然后……然后回少阳派。"

钟敏言眸光一动，垂下头去，还是没说话。若玉笑道："我说，你们想太多。名门正派岂当会暗地做坏事。话再说回来，那些妖魔倘若当真要踏平少阳，你们几个回去，又有什么用？"

他一向温文尔雅，今次说话却甚是刺耳，璇玑心中不悦，冷道："就算没用，难道眼睁睁看着别人把自己的家捣毁？同生共死可不是说来玩的！"

若玉摸了摸脑袋，转身走在前面，一面又笑："倒也是，如果璇玑你能回去的话，说不定还真能阻止一场大难。好歹是神荼、郁垒口中的将军呢。"

这话一说出来，她只有哑然。禹司凤眉头微微一蹙，轻叫了一声："若玉。"

若玉摇了摇头，"是我说得过分了，抱歉。但没有根据的事情，还是不要为了这些先乱心神吧？"

他说的确实有道理，璇玑沉默了一会儿，忽然从禹司凤背上挣扎着下来，只觉脚底软绵绵地，好似踩着棉花，胸腔里不要说真气，就连呼吸都困难无比。刚走两步就有些虚浮，禹司凤急忙扶住她，皱眉："不要任性！"

璇玑低声道："不，我自己走。走一会儿就好了。"

不能一直被人背着，这样根本无法将玲珑救回来，很早以前她就发誓，再也不给喜欢的人带来任何麻烦了。她希望这次来不周山，是亲手将玲珑的魂魄带走，而不是眼看着别人来帮忙。

禹司凤见劝不动她，只得作罢。


不周山没有白天黑夜之分，他们走了很久，只觉按照时辰来算，阳间应当已经天亮了，这里的景色却毫无变化。

但远方阴间正门那里传来的喧嚣却似乎渐渐平息了。禹司凤看看天色，低声道："想必是正门合上的时候了，咱们做好准备，别像刚才那样。"

虽说方才他们救了璇玑，御剑飞了很远，但山体开合的力道还是十分强劲，必然引起巨大的震动。璇玑刚刚受伤，不能再让她伤势加重。众人纷纷爬到了树顶，用绳子拴在腰上，这样无论地面怎样震撼，至少人不会受伤。

远远地，传来一阵轰鸣声，璇玑仰面躺在树顶，静静看着那高耸入云的不周山，它从中裂开一道缝，像一张长大的嘴。若是从那门里进去，便可以到阴间。

阴间……阴间是什么样的？听说过了奈何桥，便要喝忘川水，把前世的事情忘得一干二净，重新投入新的轮回。她的上辈子是不是也喝过忘川水？想必是喝的不专心，结果害她这一世总是隐约记起点什么来。不过……还真像她的性格，做事总是心不在焉的。

璇玑嘴角勾起一抹无奈的笑容，闭上眼，眼前仿佛浮现出大片大片如血如火的花朵，开满了整个河岸。随手一捞，那些花仿佛没有根，就这样被她攀到手上，细长的花瓣翻卷开，像一只龙爪，狰狞而又妖娆。

身边仿佛有个人，谆谆善诱，和她说一些似是而非的话。

璇玑，你要记得……

她悚然一惊，身下的大树已然开始震撼，巨大的不周山又被神荼、郁垒二人缓缓合上了。那种剧烈的震荡，撞在她胸口，木木的疼痛。她有些透不过气，用手按在胸前，里面空空荡荡，仿佛什么都被那鞭子的一抽给抽空了。

一只手按上来，和禹司凤的不同，显得更粗糙，掌心滚热，还带着汗。

她愕然地看着身边那人——钟敏言！他紧紧握着她的手，双眼盯着她，犹如最深邃的海水，她看不透。

"难受吧？"他轻声问着，忽而望向远方的不周山，"马上就过去了。"

她一个字也说不出，只觉从发梢到脚尖，都深觉震撼。她从未想过，真的从未想过，他会这样待她。安静地看着她，那种安静甚至于带着一些忧伤。

六师兄？她张口想问，喉咙里却发不出一个声音。

钟敏言低头看她，她从未在他脸上看到过这种表情。似是哀伤，绝望，不舍，为难，平静……许多许多种情绪混杂在一起，他面上仿佛隔了一层琉璃罩，将那些情绪全部封闭在平静冷漠的壳后面。

"璇玑，你……"他声音很低很低，像是夏日午后轻轻刮过庭院的微风，"以后不要再冲动了。多让别人照顾，也没什么不好。"

什么意思？

他放开手，低声道："就那样……懒下去，也没什么不好。谁也……不会真的怪你。"

剧烈的震荡渐渐平息下来，璇玑猛然坐起，他却转身从树上跳了下去，神情平静，仿佛他刚才什么也没有说过一样。

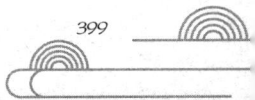

　　"六师兄。"她叫了一声，追上去。

　　忽听树上禹司凤叫道："等等！有人过来了！"

　　她愕然回头，只见远方有几人御剑飞速划过长空，一眨眼就到了头顶。她只看见其中一人腰上挂着白铁环，随风横着飘了起来，心中不由得大惊。

　　钟敏言当即御剑飞起，抽出宝剑，用力投掷出去，下面的禹司凤也不落后，早已放了一把铁弹珠。

　　那些人早已听见脑后风动，纷纷挥剑抵挡，只听叮叮当当一阵响，紧跟着一人的闷哼声响起，想必是被弹珠打中了。钟敏言佩剑被他们打落，立即箭步过去抢夺，待站定时，那几人早已降落到了眼前。其中一人满面怒色地捂着胳膊，手里捏着一颗铁弹珠，恶狠狠地问道："是谁放暗器伤人？！"

　　璇玑看清他们的面容，忍不住"啊"了一声，其他人顿时也发现了这几人十分面熟，正是四年前在少阳派前来询问小银花事宜的轩辕派弟子。

　　禹司凤上前一步，淡然道："暗器是我放的，不过没伤人，伤的是妖。"

　　那人本是勃然大怒，然而看清他们几人之后，猛然一呆，紧跟着竟露出一丝尴尬的神情来。

　　禹司凤笑道："我是刚刚知道，堂堂轩辕派，竟和妖魔是一起的呢。今日算是大开眼界了。"

　　那几人果然更加尴尬，闪过一丝愧色。被弹珠打中的那人顿了一顿，才哑着嗓子问："你们怎么会来不周山？这里不是随便来的！"

　　禹司凤故意奇道："咦？不可以随便来？那你们是怎么进来的？"

　　那人哑口无言，旁边一人厉声道："与他们说那么多干吗？！反正其他四派迟早会被咱们铲平！今日先杀几个做彩头！"

　　说完只听金属声乍响，双方都抽出了宝剑，互相对峙。璇玑手脚无力，自知不能帮忙，只得躲在后面。

　　那人犹豫了一下，才道："不……不用了吧？他们都是小辈年轻弟子而已。虽然不知他们用什么法子来了不周山……眼下不是动手的时候，先回去见堂主要紧。"

　　后面那几人甚是听他的话，当即恨恨地收回了剑，转身欲走，禹司凤急道："慢着！先告诉我，轩辕派到底是怎么回事！"

　　那人冷道："与你们无关！今日暂且饶过你们几个小辈的命，快滚出去！否则休怪我们剑下无情。"

若玉突然轻笑道："才几年不见，轩辕派说话胆气壮了不少，如今有强魔撑腰，真是与众不同。"

那几人又露出一丝愧色，很显然他们对自己与妖魔们合作的事实并不满意，但必定上面有人强迫他们，所以无可奈何。

禹司凤沉声道："外面都在传言，轩辕派为妖魔一夜之间灭门，埋在派中的定海铁索也被破坏……此话当真？你们如今，为何……做妖魔的装扮？"

那人犹豫了一下，没说话，后面有人道："问这么多干吗？！总之天下就是弱肉强食，你们其他四派不懂得为自己牟利，白白得了个修仙大派的名声！须知只有力量才是最重要的！名声再响亮，又有什么用？"

禹司凤道："我倒是明白了。想来轩辕派当真是与那些妖魔联手，对不对？打不过他们，便跪拜求饶，求得他们收留你们来不周山，做人家的狗腿子，高兴了便给根骨头，不高兴随便拖出去杀……"

他这话说得极为刺耳刻薄，那些人哪里忍得，早已攻了上来。此举正中他下怀，当即回头叫道："敏言！"

钟敏言就站在旁边，此时发力挥剑，必然能让他们触得霉头，他的剑气是相当厉害的。

谁知他却一动不动，像个木头人一样站那里。禹司凤大怔之下，那些人早已挥剑砍了上来，他只得拔剑与他们斗在一处。所幸这些人虽然装扮成妖魔的样子，却没厉害多少，剑法平平无奇，没拆几下剑招，便被他和若玉逼得手里的剑也握不住。

禹司凤见他们要逃，当即追上去，抬手抓住一个，把剑架在他脖子上，厉声道："谁也不许逃！妖魔的巢穴在哪里？！快说！"

那些人看同门被抓住，只得停下来，道："你这样恶狠狠地相强，我们若是说了，你们去那里闹事，我们也是个死。你不如干脆一人一剑，给个痛快的！"

禹司凤倒没想到他们会这样说，一时有些发怔。一直站在旁边的钟敏言忽然开口道："我们不去闹事。其实我方才听你们的话，有些意思。不错，弱肉强食，轩辕派识时务为俊杰，与妖魔合作了。我只问你们，那些妖魔当真厉害如斯？"

"敏言！"禹司凤不可思议地瞪着他，好像不认识他一样。

钟敏言神色只是淡淡的，并不理他。那人听他这样说，竟是有些松动的意思，便道："自然是厉害的……莫说轩辕派，便是你们整个少阳集合起来力抗外敌，也抵不过他们。凡人本来就是众生中最为脆弱的生灵，与天斗与地斗……那不过是修仙者的狂言罢了……"

众人早就吃过那帮妖魔的苦头，然而今次听到他这样说，还是忍不住心寒。

钟敏言淡然道："难怪轩辕派退而求其次，大丈夫能伸能屈，倒也是好样的。这样，你们带我们去总部，我有些话，想问你们的堂主。"

那人怀疑地看着他，似是想从他面上看出些什么来，但他一点表情也没有，看了一会儿，那人只得颓然道："诱敌深入内部……这种事我不敢做。你们若是相强，便先杀了我吧！"

副堂主一向是个喜欢折磨人的魔头，自己落到他手里只怕是求生不得求死不能，如今死在这些人剑下倒还是个痛快。

钟敏言笑了笑，道："什么叫诱敌？我是敌人吗？我听你说得有道理，想见见你们堂主，何错之有？其实你便不说，我也知道你们总部就在附近，我如今问，是给你个面子。"

禹司凤见他说话闪烁其词，心下暗暗吃惊，忽而转念一想，登时明白他不愿硬来，是想引诱这些人带他们去总部，省得乱起杀戮，反而不好。他倒没想到钟敏言的脑子能想出这种计谋，心下不由得偷偷称赞，面上当即笑道："不错，倘若见了你们堂主，聊得开心，我们便加入又有何妨？说不定以后大家都是同伴，堂主又岂会惩罚你？"

那些人见他们前倨后恭，态度迥异，心下都是惊疑不定。然而对方厉害，自己实在敌不过，倒不如将计就计，把他们带去总部，让那些妖魔来对付。

想到此处，他们便点头："也罢，带你们去也可以。但事先说明，副堂主脾气不好，你们说话注意点，惹得他发火了，谁也别想活命。"

钟敏言笑道："这个自然。司凤，你放开这位大哥，麻烦他给咱们带路。"

禹司凤立即将剑收回鞘，抱拳道："得罪莫怪！"

那人摸了摸被抓痛的胳膊，回头怀疑地看着他俩，低声道："你们……赶着送死，又是何苦。"

钟敏言摇头道："兄台此言差矣。我们要见堂主，自然是有理由的，相信这理由还不需要解释给你们听吧？"

那人再也不说话，走前面，回头招了招手："那就请随我来。"

钟敏言虽然刚才说就算他们不带路，自己也知道他们的老巢在哪里，但他其实也没想到居然这么近，只不过是从树林这里走出去，拐个弯，就到了。

那是一个方圆大约有半里的巨大洞穴，很夸张地铺在地上张大嘴巴，里面黑漆漆，阴风缭绕，看不到底。任何人只要看到这个洞，一般来说是不会愿意靠近的。

那人在前面做个请的手势，道："就在下面了。"

钟敏言更不怀疑，嗯了一声就带头走了下去。璇玑见这里阴森诡异，心中不由得发怵，轻叫一声："六师兄……"

谁也不知道那洞里有什么等着他们，或许是这些人骗了他们，里面藏着会吃人的妖怪在埋伏；也可能一群妖魔盘踞，进去就要将他们四分五裂……就是因为未知，才分外可怖。

禹司凤悄悄握紧她的手，低声道："下去之后记得路，若遇到变故，什么也别管，立即按原路逃出来，知道吗？"

璇玑沉默半晌，才慢慢点头，然而心中却是打定主意，大家如果没逃出来，她也宁可与他们死在一起。

禹司凤关心则乱，竟没看出她在撒谎，当下安心地牵着她的手，与众人一起进入了那个洞穴。

洞穴中有一道两尺左右宽的台阶，勉强只容一人行走，越往下越是漆黑深邃，渐渐地竟一点光线都没有了。禹司凤拉着璇玑的手，一前一后走在最后面，只听钟敏言在顶前面说道："没有烛火吗？"

立即有人应声："按说是不允许点烛火的，但诸位是第一次来，破例一下也无妨。"

话音一落，前方果然亮起了火折子，那些人随身带着松脂小火把，一人点了一根拿在手里，这洞中的峥嵘，到此刻才初现端倪。这个洞穴比先前在地面上看到的要宽广上数倍，里面空间极大，洞壁上不规则从上到下排列着许多小山洞，每个山洞前都延伸出一条两尺左右宽的石台阶，粗粗看来，竟不下于数百条，密密麻麻，犹如蛛网一般。

禹司凤只当这里只有一条路，谁想里面景象居然大不相同，当即急急抬头，只见那洞口已经远得看不见了，自己脚下走的这条路也不知是第几个岔道，先前想要记住来路的想法眼见是不可能实现的，心中便是一沉。

钟敏言也有些意外这里的广阔气派，愣了一下，才赞道："厉害！"

轩辕派几人听他的称赞是真心的，也有些得意，笑道："厉害的还在下面。现在该明白他们绝不是乌合之众了吧？"

禹司凤低低冷笑，然而到底还是感到骇然。他们果然先前是太小看这些妖魔了。

钟敏言淡然道："如今我才明白为什么轩辕派要投靠他们了，这样的气派，有条不紊，竟比五大修仙门派都来得规划有致呢。"

那几人也不知他的话是什么意思，只得讪笑几声，继续往下走。

这里的道路岔道众多，记了这条，就忘了那条，他们还绕来绕去的，很快璇玑就看花了眼，只得捏了捏禹司凤的手，小声道："我……我记不得路了。"

禹司凤一咬牙："不用记！直接御剑往上飞就行了！"

这些道路就是设来迷惑人眼的，干脆不去看，只要御剑笔直地朝上飞，很快就能到洞口。只是不知道这些密密麻麻的道路尽头的山洞里是什么物事，兴许是通向别处的，也许每一个洞里都有许多妖魔守候着，随时等候号令，出发攻向修仙门派。如果真是这样，那么单凭他们几个，事先怀着雄心壮志闯进来说要抢夺玲珑的魂魄，当真是痴人说梦。难怪柳大哥和亭奴他们分别的时候都一脸凝重神色……

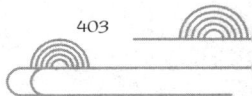

禹司凤只觉冷汗顺着脊背淌下去，又痒又麻。这里不亚于龙潭虎穴，此次跟进来，生死早已不由自己掌控。他心中有些后悔，不该贸然闯入。

回头看看璇玑，她面上倒没有任何恐惧的神色，只是怔怔望着那些山洞发呆。她的这种特有的镇定令他稍微放下心来，用力捏了捏她的手。

在这里转了不知多少圈，最后那几人终于停在一个山洞前，回头说道："这里进去便是了。但火把不可以再点。"

说罢当即熄了火把，闪身进入山洞。璇玑只觉禹司凤手心中汗水淋漓，不由得悄悄贴近他，在他耳边说了一句话。他浑身大震，竟是怔忡了很久很久，僵直的身体才慢慢松弛下来。

"你总是……这样乱来。"他含笑，喉头却是一辣，再也说不出话来。

一言未毕，眼前忽然一亮，竟是走出了那个山洞，对面一片豁然开朗，是一小片坡地。坡地上去是一座岩石的山，山体中央的石缝中，嵌着一座楼阁，角檐斜翘，飞阁流丹，十分精致玲珑。看上去哪里有半点妖魔巢穴的味道，竟分明是帝王贵胄休闲的别院。

轩辕派那几人见他们看得入神，便得意扬扬地介绍："这里曾是神荼、郁垒休憩的小院，如今成我们堂主的大堂了。"

听起来竟是神荼、郁垒也不敢与那妖魔堂主相争的感觉，真不知那所谓的堂主是何等人物。

岩石山上开了一条丈余宽的台阶，一直通向楼阁的大门，每隔十层便有四人提刀守卫，那庄严肃穆的气派，绝不输给少阳。

四人随着他们上台阶，一直走到大门前，璇玑忽然微微一动，疑惑地左右看看——这个建筑，似乎有些不对劲，周围好像被什么东西包裹住一样，硬生生隔离出来，轻易进不去。

轩辕派那几人通报了一声，不一会儿，便从里面出来一人，着黑衣，腰上挂着白铁环，璇玑和禹司凤一看之下心头大震，此人正是那晚在高氏山带着毕方鸟追杀他们的妖魔首领！

那人显然也认出了他俩，唇边噙了一抹冷笑，丢过来几枚指环，道："副堂主在里面等候各位，还请各位戴上指环，随我入内。"

璇玑见那指环漆黑沉重，像是玄铁铸就而成，其上密密麻麻雕刻着文字，约莫一寸宽，不由得用手抠了几下，只觉正反两面都被刻了字，只不知到底是用来干吗的。

"本堂周围有结界守护，防止外敌侵扰。这指环便是信物，戴上它可以自由出入。"

那人说到外敌侵扰的时候，眼光不由自主掠过璇玑二人，可惜他二人反应平平，根本没有任何心虚的表情。

事情发展到这一步，退缩已经是不可能的，只有前进，看看那令人闻风丧胆的妖魔老巢究竟是何模样。禹司凤紧紧握住璇玑的手。正如她方才贴着耳朵低声说的那一句：一起生，一起死。有对方陪在身边，许下这样的誓言，就算是死也没什么好怕的了。

不错，倘若连死都不怕，那世上又有什么地方不敢去呢？

际遇是很奇妙的事情，往往会让人在奇怪的时间，遇到奇怪的人。然后等过去很久了，再回头看，才惊觉这一切的相遇，似乎都是老早就被一双看不见的手安排好了的。所有的一切，都巧合得恰到好处，不多一分，不少一分。

在穿过大厅中长长的回廊之时，众人一直都在猜测所谓的副堂主和堂主究竟是谁，会不会是认识的人。然而在终于见到他的一瞬间，恍然大悟。

这个人坐在偏厅正中的椅子上，厅中燃着两排巨大的火把，火光跳跃着，在他脸上投注了摇晃的阴影。他神情专注得甚至带了一些稚气，低头修着指甲。他的手修长而且苍白，每一片指甲都修得干净整齐，但他还是不满意，手里拿着小刀，一点一点，很细心地刮着。

他的头发也扎得十分细致，拢在后面，露出饱满的额头，没有一点杂乱毛刺，和周围一堆不修边幅的人比起来，真是干净又清爽。他身上穿着一件黑色的袍子，胸襟领口绣着大朵的茶花，如果不是在这个环境，这样的气氛，他看上去真像细雨桥边，坐在酒馆雅座中悠闲的富家子弟。

乌童。

这个几乎被他们忘记的人，很突兀，也万分自然地出现了。

带他们进来的那人低声道："右副堂主，人带到了。"

乌童轻轻"嗯"了一声，随意道："请坐，上茶。都是故人了，好生招待。"

立即有人请他们坐下，没一会儿，就端上一壶好茶，冲出来清香四溢，和这个阴森的大厅真是格格不入。

没人说话，很奇怪，居然没有一个人先开口，大厅里的气氛沉默到让人尴尬。乌童仿佛一点也没察觉，还在那里修整自己的指甲，头也不抬。璇玑端起杯子，看着里面狭长的茶叶翻滚着，一时忍不住，开口打破这诡异的静谧。

"怎么会是你？"

她这话问得更突兀。

乌童慢慢放下手里的小刀，抬头望过来，眸光闪烁，璇玑顿时觉得仿佛是被一只毒蛇盯上了，背脊的寒毛一根根竖起来，直觉很危险。四年多没见，他以前那种外露的尖锐讥诮似乎都被平静圆滑的外表给吞没了，那双眼，像雪，像冰，然而冰雪的下面却有烈焰在燃烧，令人悚然。

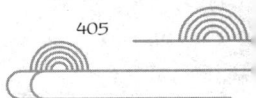

"是我。"他慢吞吞地拍了拍袍子，把指甲的碎屑掸掉，一面微笑，"说起来，我还要感谢少阳派对我的恩惠，出了五百金来通缉我，如果没有你们的关照，乌童不至于有今日的地位。真是谢谢了。"

他一开口，那种刻薄阴狠便再也藏不住，一声谢谢，像是刀尖刺过来一样。

璇玑放下茶杯，冷冷看着他，单刀直入："我知道了，是你把玲珑掳走的，又抽了她的二魂六魄。你一直怀恨在心，时刻想着报复我们，却又不敢正面和整个少阳做对，于是想到这么个下三滥的法子。令人不齿！"

这话说得十分不客气，左右的守卫立即手扶宝剑，只待乌童一声令下，便将这个出言不逊的小丫头乱剑砍死。

乌童居然不恼，只是淡然道："褚小姐言重了，那点小事，我还不至于一直放在心上耿耿于怀。至于不敢和少阳做对么……"他嘿嘿一笑，森然道，"话不好说得太满，褚小姐明白否？"

璇玑张口想反驳，却被禹司凤扯了一下手指，硬生生咬住舌头。

"你应当是人。"禹司凤沉声道，"既然是人，怎么会和妖魔共事？你没想过将那些妖魔放出来的后果吗？"

乌童从鼻子里哼一声，半响，才慢悠悠地说道："天下五大派，何等的名声气派，联合起来对付我一个普通弟子，欲杀之而后快。那种被人逼到绝路上的滋味，想必你是没尝过。凡人要杀我，妖怪却救了我。现在再说什么凡人妖怪，不觉得可笑吗？"

禹司凤有些无语。当日五大派纷纷贴出通缉令，就为了捉拿他一个人，确实小题大做了。宫主也说过，若杀了此人也罢，杀不了的话，必然成后患。真让他说中了，他确实成了后患，还是致命的那种。

场面一时又尴尬了起来，若玉忽然起身，拱手笑道："乌童先生的大名，在下早已如雷贯耳。先生这样的人品，应当是明人不做暗事的。在下斗胆请问一句，将玲珑和陈敏觉抓来不周山，是何目的？"

他一下就问到了重点上，乌童未置可否地挑起眉毛，想了想，才道："没什么，只不过想看看隔了几年没见，那小姑娘变成什么模样了。想不到居然成了美人，一时舍不得放走呢。"

他呵呵轻笑起来。钟敏言的脸色一会儿绿一会儿白，咬牙不出声。

若玉温言道："如今乌童先生已经执掌高位，自然不会将旧日恩怨放进眼里，更不会把我们这些小辈弟子当作一回事。你既然愿意放我们进来，那就代表事情有商酌的余地。大家不如把话摊开了说，简单清楚。"

他这番话说得相当漂亮，乌童颇为赞许地看着他，笑道："想不到，离泽宫果然是出人才的地方。"

"先生过奖了。"

乌童有些懒洋洋地撑着脑袋，扫了一眼他们几个，淡然道："一命换一命吧。你们选两个人出来交给我，我就将玲珑的魂魄与陈敏觉换过去。如何？很公平。"

璇玑按捺不住，高声道："不行！明明是你先把他们抢走的！这种交换，本来就不公平！"

乌童有些柔倦地揉了揉眉间，叹道："那就是不成交了？"

"你不要太……"璇玑话没说完，只见他手腕缓缓一挥，先前一直被他捏在手里把玩的修指甲的小刀朝着他的脸上激射过来。她想不到小刀飞来如此之快，眨眼就到了眼前，待要躲避，一是来不及，二是受了伤提不了真气，居然眼睁睁地站在那里动弹不得。

一直坐在旁边一言不发的钟敏言突然长身而起，动作快若闪电，一抬手，袖子微微一拂，将那飞刀卷在袖中，反手一抛，竟戳向乌童的面门。

"大胆！"

周围的守卫一哄而上，将钟敏言围在其中，乱刀砍下。他神色不动，稳稳地在当中滴溜溜转个圈子，只听铿锵声不绝，他脚步定下，周围那些刀纷纷从中间断开，落在地上。他左右手食中二指分别夹着一根断刀，缓缓丢在地上，抬头静静看着乌童。

乌童露出一丝惊喜的神色，摸着下巴，另一手把玩着被钟敏言掷回来的小刀，一面赞道："好啊，少阳派的千万指功，我还是第一次见到。你的本事倒是不小。"

钟敏言干巴巴地说道："副堂主谬赞了。"

乌童叹道："可惜可惜，好人才都是别人的！褚磊那老匹夫不会识人，手下弟子倒是个个能干！可惜了。"

众人听他骂褚磊是老匹夫，都无话可说。璇玑自知口舌上斗不过他，只能气得脸色煞白，别过头去当作没听见。

钟敏言低声道："不敢，在下早已被逐出师门，算不得少阳弟子了。"

"哦？怎么会被逐出师门？"乌童似乎来了兴趣。

钟敏言咬了咬嘴唇，淡然道："我在浮玉岛救了一个人，是他们的要犯。师父为此大发雷霆。"

他说谎！璇玑和禹司凤都是大吃一惊。

乌童讥笑道："我就说！什么修仙门派，都是背地里不知做多少肮脏事的家伙！你救得好！被逐出师门应当高兴才是！"

钟敏言正色道："一日为师，终身为父。还请堂主莫要侮辱尊师！"

乌童微微一笑，"你倒是个重情义的人。不错，不错！"他拍了拍手，"这样吧！我本是叫你们一命换一命，如今倒有些舍不得了。你无端被逐出师门，想必心中也是愤愤不平，自身又无处可去，不如来我这里。管它什么修仙门规，通通当作狗屎！那些人负了你，男子汉大丈夫，可杀不可辱，何必再留恋！"

钟敏言眸光一动，片刻，才低声道："副堂主抬爱了，敏言愧不敢当。但世上没有师从二门之理，何况经此一事，我心已冷，只有愧对副堂主的盛情了。"

乌童摇了摇头，忽然拍手，吩咐手下："去后面，将酉字牢房的人请过来。顺便……把那东西也拿来。"

众人不知他吩咐手下要拿什么，都看着他。璇玑望着钟敏言，嘴唇微微一动，轻轻叫了一声："六师兄……"

他并不回头，隔了半晌，只轻道："不要叫我六师兄。我已经不是你师兄了。"

她心中一恸，喏喏道："爹爹逐你出去……只是气话！我、我不也一样……"

钟敏言仍然不回头，声音平淡："你是他女儿，怎样逐也轮不到你。你不用安慰，事实如何，我早已接受。"

璇玑急道："你……你刚才说的明明是……"

钟敏言不等她说完，飞快打断，声音甚是冷冽："男子汉大丈夫，既然已被逐出，断不会做那等乞怜哭泣之事！你不要再说！"

"可是你也不能加入这个地方……你忘了？玲珑和二师兄都是被他抓走的！"

璇玑只觉得不可思议，每与他说一句话，都觉得离他越来越远。眼前这个昂然挺立，背对着自己的人，显然是个陌生人。绝不是她认识的那个容易暴躁，却十分善良的钟敏言。

钟敏言沉默良久，忽而转头，目光冷然，灼灼地看着她，低声道："他们技不如人，也没有办法。"

璇玑无话可说，只觉满脑子好像都被他无端端搅乱了，理不出头绪。一旁的禹司凤拉了拉她的袖子，示意她不要再说。

过得一会儿，那些手下缚着一个五花大绑的人推了出来。那人浑身血污，倒甚是有精神，走路还挺快，昂首挺胸，嘴里被麻核塞住，说不出话来，只能发出呜呜的声音，双目犹如喷出火来一般，恶狠狠地盯着乌童，似乎是要用目光将他吃掉。

"二师兄！"璇玑惊叫起来，上前一步就要搀扶，立即被周围的守卫拔刀拦住。

那人果然是陈敏觉，回头见到璇玑他们，登时流露出喜不胜收的神情，然而只得一瞬，又变成担忧。

乌童挥了一下手："让他说话。"

立即有人拔出了陈敏觉嘴里的麻核，他呛了几口，狠命咳嗽，一面含糊不清地破口大骂："操你家祖宗十八代！有种就把老子杀了！老子才不怕你们这帮下九流的东西！"

乌童微微一笑，对他的污言秽语并不在意，只道："敏言，你不用瞒我，你这次来，还是为了救你师兄和师妹吧？如何，只要你留下帮我忙，这人和你师妹的魂魄，我便一并让他们带回去。”

钟敏言并不否认，问道：“玲珑的魂魄呢？”

乌童笑得更开，手指在下巴上划过，柔声道：“我竟忘了，你们是一对小情人呢。你为自己情人真是什么都愿意做，我最欣赏你这种多情男子。”

手下递上一个小小的紫晶瓶子，里面有几簇苍兰的火焰轻轻跳跃，像萤火虫一般，欢快灵动。他将那瓶子捏在手里，轻道：“玲珑的二魂六魄在这里。”

众人一听便按捺不住冲动，钟敏言面上神情大震，情不自禁上前一步，伸手似是要拿过来。

乌童用手一掩，道：“慢！我这里给了诚意，你也应当给我一些诚意吧？”

钟敏言盯着那个小瓶子，仿佛所有的神魂都陪着玲珑一起在瓶子里荡漾游动。良久，他忽然解下腰间的宝剑，将衣衫下摆一拂，利索地半跪下来，沉声道：“副堂主在上！属下钟敏言愿意竭力为副堂主做事！从此绝无二心！如违背今日之誓，叫我七窍流血，不得好死！”

此话一出，乌童哈哈大笑起来，抬手将那水晶瓶子丢过来。璇玑急忙上前抢过，如获珍宝一般捧在掌心，双手颤抖，仿佛捧着一整个生命的沉重，生怕摔坏了。她怔怔望着瓶中那脆弱的二魂六魄，眼中一阵火辣，忍不住落下泪来。

“等一下。”

突然有人开口，众人回头，只见若玉越众而出，走到钟敏言身边，陪他一起半跪下，朗声道：“在下离泽宫若玉，钟敏言与我如同兄弟一般，我们也许曾有福同享有难同当的誓言。今日他既然归顺副堂主，我自然不可违背当日誓言！请副堂主收容！”

这下连禹司凤都震得站不住脚，脸色惨白，不可思议地瞪着跪在大厅中的两人，好像他们突然变成了另外一个人，自己完全不认识，从来就没认识过。


乌童定定看着若玉，眼中精光一闪，冷笑道：“你们竟是将我当作傻子呢……”

话音一落，手里端着的茶杯咣当一声砸在地上，登时四分五裂。众人都是一怔，下一刻，守卫们一拥而上，将他们四人团团围在中间，里三层外三层无数把刀尖对准了他们，寒光闪闪，莫说一个钟敏言会千万指功，就是再来三个，也照样被戳出窟窿。

若玉眼神微变，暗地寻思自己方才是否说了不该说的话。钟敏言苍白着脸，沉声道：“副堂主是什么意思？”

乌童冷道：“应当问问你自己是什么意思。我前日听说了一个有趣的消息，修仙大派也开始堕落到要派出探子潜入咱们这里调查机密了。某人须得装出被逐出师门的样子，混进来。这消息你们有听过吗？”

钟敏言眸光微闪，不动声色，半晌，才道：“如此说来，副堂主方才一番招安，竟是

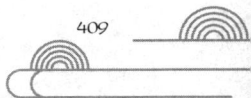

耍我？"

乌童一时没有说话，细细端详他，从上到下，看着他倔犟微翘的唇，因为紧张而微微颤抖的喉结，和深邃的见不到反光的眼。

这样的少年，天生就应当沐浴在阳光下，没有心计，哈哈傻笑着，和心爱的姑娘携手到老。很多事情，一点也不适合他，完全不适合他来做。

他看了半晌，露出一个古怪的笑容，轻道："我并不是不信你。敏言，我只是不喜欢别人把我当傻子。"

他露出一些疲惫的神态，手指忽然一弹，那些守卫手里的刀毫不留情地刺了上来，势必要将他们几个立毙当场。禹司凤将璇玑一把揽进怀里，用脊背护住她。钟敏言和若玉二人见当真要动手，便再也不客气，抽出宝剑一一招架。这二人都是名门正派的弟子，内息醇厚，抢剑之时，剑气充盈，呼呼作响，只划一个圈子，立即便将周围的守卫迫开好几步。

那些守卫并不是妖魔，大多是轩辕派投靠过来的弟子，还多是年轻的小辈，功夫只算平平，只不过仗着人多，先占了上风，谁知对方一旦开始拼命，那一点上风很快也没了。包围圈迅速被破开，禹司凤立即将璇玑一把推出去，吩咐："看着你二师兄！"语毕，立即拔剑相助。

璇玑自知受伤，没办法帮忙，当即朝五花大绑的陈敏觉跑去，将他身上的绳索解开。所喜他身上虽然血污斑斑，但伤口大多已经结疤，没什么大碍，精神也还好，绳索解开之后他活动活动酸麻的胳膊和腿，恨恨道："妈的！居然让老子吃这么个大亏！狗娘养的！"

他小时候就跟着混混跑南闯北，学得一肚子油腔滑调污言秽语，只是后来拜入褚磊门下，师父严威，不得不把肚子里那些别致的淘气收拾起。这会儿正憋着火，便再也忍不住，顾不得璇玑在旁边，一连串的脏话眼睛也不眨就骂了出来。

他见钟敏言三人和那些守卫斗得正到好处，忍不住手痒，唾一口唾沫在手心里，搓两下，捋了袖子就要上前相助。

璇玑急忙拦住他，急道："二师兄，你还受伤呢！不要过去帮倒忙了！"

陈敏觉哭笑不得地回头，"喂，小师妹，不带这么损人的！"

她一本正经地说道："不是损人，是事实。你这个样子，过去本来就是帮倒忙。还是给伤口上药包扎是正经。"

"靠……我就讨厌她说话这么直接……"

陈敏觉嘀咕两声，确实也觉得力不从心，只得乖乖蹲在地上，让璇玑给自己上药。忽然一眼瞥见乌童坐在上位，笑吟吟地看着下面，他对这个人恨之入骨，早知道他不是什么好鸟，这次居然真被他骑到了头上。他一时按捺不住，见乌童笑嘻嘻的完全没有防备，脑中一热，抬手就抢过璇玑腰上挂着的崩玉，一个箭步上前，要将他钉死在椅子上。

璇玑急忙要阻拦，谁知还是迟了一步。乌童眼角都没瞥一下，待他的剑刺到眼前，忽然伸出两根手指，轻轻一夹，用一种抽大烟一般悠闲的姿态，稳稳地将崩玉夹在食中两指之间。

陈敏觉脸色一变，当即抽剑，谁知那两根手指竟比钢铸的还要坚硬，用力连抽几下都回不来。他心知不好，当即丢开崩玉，掉脸就逃，谁知还是迟了一步，被乌童伸长胳膊，狠狠一把抓在他额头上，按住，无论他怎么挣扎反抗，都躲不过去。

"狗娘养的！操你奶奶！有种杀了老子！老子就是做鬼也不饶你！"

陈敏觉半张脸被他一只手掌抓着，像一只被人用布袋套住头的动物，只能四肢乱挥，竭尽全力也毫无办法。他只觉几乎要窒息，本能地就是破口大骂。

璇玑佩剑被他抢走，落在了乌童手上，一时竟不知该怎么办，旁边和众守卫拆招的三人早已大获全胜，回头见陈敏觉被乌童抓住，禹司凤立即上前相助。

乌童冷冷一笑，将陈敏觉用力抛了出去，道："接好了！"

那么大一个人，竟然被他随随便便丢了老远，横冲直撞过来。钟敏言只怕他撞在墙上受伤，只得抬手勉力接住，胳膊上猛然一沉，险些脱手，他死死抓住陈敏觉的腰带，退了好几步，最后用力撞在墙上，才算稳住身形。心下忍不住惊骇，这几年不见，乌童的本事居然大到如此地步！莫非他从妖魔那里学会了什么特殊的本领？

陈敏觉被这样狼狈地一丢，倒再也没骂出个所以然来。不是他不想骂，而是吓傻了骂不出来。

乌童见钟敏言脸色苍白，神情倒还镇定，再看看被他们几个伤得七零八落的守卫，当即鼓掌笑道："果然是好！很好！"

钟敏言定定看着他，没有说话。

乌童便道："你们两个都可算是人才，既然要加入，我自然欢迎之极。但要进来，可不是嘴头说说那么容易。我怎么知道不是那些修仙门派使的诡计呢？"

钟敏言轻声道："既然副堂主存有疑心，那此事便不用再提。"

乌童见他转身欲走的模样，忽而笑道："不提可以，那咱们的交易也不算成功。玲珑的魂魄，还有你那个师兄，都得留下。你们要走，随意。"

卑鄙！钟敏言猛然转头，直直瞪着他。

乌童笑吟吟地看着他光彩灼人的眸子，轻声道："我可不是仁慈的神仙。你们要留下，可以，但要给我看诚意。若是不肯留下，我自然不会强迫，但你们要的东西，万万不要想拿走。"

众人直到这时才发觉不小心中了他的圈套，他先是利诱，后是威胁。钟敏言和若玉如果不加入他那一伙，就别想救人。璇玑不由自主捏紧了手里的水晶瓶子。玲珑的魂魄，就在里面，饱含了整个生命的沉重，她好不容易握在手里，怎么能够再交出去！

钟敏言和若玉互看一眼，发觉对方的脸都是比白纸还白。他们不知不觉就被困在圈套

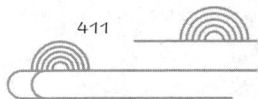

里。从进入不周山开始……不，从四年前五大派通缉乌童开始，大圈套就开始一步一步运作，终于在今天将他们一网打尽！好毒辣的心肠，好阴险的手段！

若玉沉吟良久，才道："副堂主要我们给诚意，不知怎样才算诚意？"

乌童眉头一挑："为了让我相信你们不是修仙门派派过来的奸细，就把这人杀了给我看，我便相信。魂魄嘛，也随你们带走好了。"

众人顺着他手指的方向看去，正是陈敏觉，他脸色苍白，显然还没从刚才的惊险遭遇中清醒过来。然而听到这番话，他的脸色比刚才还要白。回头看了看钟敏言，他突然又开始骂："去你妈的！妖魔邪道！敏言，不要听他胡扯！这里就他一个人，咱们一起上，杀了他，冲出去！"

钟敏言仿佛没有听到一样，怔怔地看着乌童。他端坐在椅子上，笑得很温和，好像刚才不是叫他杀同门，而是让他浇花一样轻松。

"怎么样，敏言，若玉。想好了没有？杀了这个人，你们从此就是我的亲信，玲珑的魂魄也给你们带走。若是不杀他，魂魄就别想要，你们两个嘛……被逐出师门，随意浪迹天涯也可以。"

钟敏言怔了半晌，终于动了动，转身望向陈敏觉，什么也没说。

"杀不杀？"

乌童恶意地笑，仿佛一只在逗弄猎物的猫。

其实他什么都看穿了吧！禹司凤神色凝重。他早就看出钟敏言根本不是真心归顺，他明明什么都知道，却还要装模作样，摆明了是在耍弄。

敏言！你应当能看出来的！不要再被他耍了！倘若大家此刻齐心协力，还有一半的机会能冲出去……倘若，被他这样用言语迷惑，后果不堪设想！

他转头看向钟敏言，他脸色苍白，不知在想什么。忽然仿佛下了决心，转身走向陈敏觉。陈敏觉惊得后退数步，叫道："六子！喂！六子你疯了？！钟敏言！你脑子里想什么呢？！"话音未落，只听"铿"的一声，钟敏言拔剑在手，双眼黝黑，死死盯着自己，面上满是杀气。陈敏觉吃惊得话都说不出来，不可思议地盯着他的眼睛，仿佛是在看陌生人。

禹司凤心下大急，厉声道："敏言！不要被他骗了！他早已……"话音未落，只觉一股大力无声无息地袭来，他先前竟一点也没察觉到，当即就感到胸口和后背的要害仿佛被利器扎入一般，剧痛无比，他神色颓然，喷出一口血来，踉跄数步，狠狠跪倒在地。

对面坐在椅子上的乌童，五指张开，正朝着他的方向，也不知他是用了什么法子来偷袭。"你太吵了，稍微安静些。"他将手指蜷缩回去，继续撑着下巴，又笑，"敏言，心爱的师妹和存有芥蒂的师兄，哪个更重要？无处可去和留在这里享受清福，哪个更舒服？

我不喜欢等待，速速给我一个答复。"

禹司凤嘴唇微微一动，想再提醒钟敏言不要上当，可是身体已然遭受重创，竟是半个字也吐不出来。璇玑含泪半跪在他身边，死死抓住他的袖子，颤声道："你……你不要动……怎么会……事情怎么会变成这样……"

禹司凤失神地看着她苍白的脸，不知怎么安慰她，因为他自己也想不明白，一点都不明白。

钟敏言面上肌肉轻微抖动，忽而将眼一闭，大吼一声，手里的剑决绝地划了出去——一道漂亮完美的弧线。

陈敏觉下意识地用手挡住胸前和头颅的要害，其实他也知道这个动作是没有意义的。剑气一旦射出，自己撞上之后立即会碎开。他只是不能相信，也不敢相信事情怎么会发展到这种地步。

他们明明是来救人的，不是吗？

胳膊上骤然一凉，仿佛是被什么冰冷的东西轻轻擦了过去。除此之外，竟连一丝疼痛都感觉不到。陈敏觉茫然睁开眼，低头一看——他的右手，被齐肘割断了。

鲜血如泉涌，瞬间就染红了他的衣服。他骇然地倒抽一口气，剧痛下一刻汹涌而上，噬骨嚼魂一样的疼，他只觉自己的心口仿佛也被钟敏言这样一剑切断，从里到外，痛得他嘶声狂吼，猛然跪在了地上。

钟敏言仿佛做错事的小孩子，在大难来临时，有令人意外的诡异的平静。他眼怔怔地看着满地的鲜血，手指下意识地松开，宝剑咣当一声落在地上。

他喃喃道："我……我已经、无路可退了……"后面传来大笑和鼓掌声，他眉尖微微一动，身体却仿佛冻僵了一样，定定站在那里。

乌童笑道："你还是太心软了！不过也罢，我就喜欢你这样的人！"

钟敏言闭上眼，仿佛没有听见陈敏觉撕心裂肺的痛呼，他猛然转身，咬牙跪在地上，沉声道："谢副堂主夸奖！"

乌童摆了摆手："还不送你的朋友们离开这里？"

钟敏言茫然回头，一一看过厅中诸人，若玉脸色苍白，禹司凤仿佛不认识他一样地看着他，璇玑……他心中一恸，璇玑抓着陈敏觉的断手，泪如泉涌。

"你们……快滚！"他哑着嗓子。

璇玑怔怔将陈敏觉的断手放下，起身定定看着他。她的目光是钟敏言从未见过的陌生，冷而且木然，仿佛没有一丝感情，漆黑得看不到一丝亮光。

她的身体在微微颤抖，冰冷的目光扫过他身上，转向乌童。

"你是找死……"她喃喃说着，掌心忽而有银光吞吐蔓延。她的崩玉剑方才被陈敏觉抢走刺杀乌童，结果反被乌童夺走。此刻仿佛感应到了主人就在身边，在乌童手中急速地颤抖起来，发出龙吟一般的鸣声。

乌童惊愕地看着掌中的崩玉，只觉它突然变得极热，竟然抓不住，脱手而出，在空中划出一道银色弧线，稳稳落在璇玑手中，一时间光彩大盛。

对了，这个小丫头！他怎么忘了，她身份特殊……乌童趁她尚未发招，霍然从椅上起身，左手在空中微微一勾，璇玑只觉自己的左手不由自主跟着抬起来，原本套在中指上的那根指环飞了出去，为他一把抓住。

"你……"她一语未落，只见他左手又是一挥，自己顿觉一股大力扑面而来，就像是突然身处两座山的夹缝间，狂风吹得人眼睛也睁不开，不由自主被吹得离地倒飞出去。

她心知不好，转头见陈敏觉昏死过去倒在后面，抬手要去抓他，谁知居然没抓到，手指擦过他的衣服，一瞬间就被那股怪风冲出了大厅。

禹司凤大惊失色地拔腿就追，只听乌童在后面厉声高叫："此人活着必成后患，不要让他逃走！杀了他！"他心中猛然一沉，知道对方起了杀意，自己今日只怕是九死一生，耳边听得后面有人追上，回头一看，果然是钟敏言和若玉二人。

他先时只当他们诈降，骗得玲珑和陈敏觉回来，哪知事出突然，他们两个居然是当真的，自己反被乌童反将一军，心中的惊骇有多深姑且不说，他受了厉害的内伤，如果钟敏言和若玉两人当真要动手，自己生还的希望根本是零。

"敏言！若玉！"他一边跑一边叫他俩的名字，只是不明白事情怎么会发展到这种地步。眼看快要到门口，就要追上璇玑，她被乌童吹起的怪风刮出来，狠狠撞在墙上，脸色青白，靠在那里不能动。见到禹司凤，她眸光微动，似是要说话，却说不出来。再见后面追上来的钟敏言二人，他俩脸上满是杀气，很显然不是在玩耍，而是来真的。

"司……司凤……"她勉强叫了一声，眼角滚下泪水，颤声道，"他们……他们一定是中了乌童的什么魔术……怎么办……？"

禹司凤心中难受至极，不知怎么回答她，只得站定下来，护在她身前，转身望着那两人，半晌，才道："为什么？"

若玉没说话，钟敏言沉声道："良禽择木而栖，没有为什么。褚磊有眼无珠，将我赶出来，天下之大，也未必只有一个少阳派！"

禹司凤心中疑惑到了极点，有一肚子的话想问他们，可是这种情况如何相问？他见钟敏言举起手里的剑，上面剑气充盈，显然是要放出剑气将自己乱刀剐死，当下昂首道："好歹是朋友一场！你们要杀，就来杀我一个，不要动璇玑！"

若玉笑了一声，张嘴好像是要说话，谁知下一刻剑光飞起，贴着禹司凤的腰胯，蛇行一般。这是离泽宫的一招剑法，声东击西之用的，那剑眼看就要刺进禹司凤的小腹里，忽而一转，直直刺向后面动弹不得的璇玑。

"你！"禹司凤勃然大怒，本能地转身一把推开璇玑，哪知那剑忽而掉头游过来，他再也避让不及，胸口猛然一凉，被那柄剑贯胸而入。

耳旁传来两声惊呼，是璇玑和钟敏言的。他焕然抬眼，只觉眼前景物变得模糊不清，看看钟敏言，他正死死咬着嘴唇，眼中豆大的泪水滚动，强忍住没流下来。禹司凤嘴唇微微一合，低声道："敏言……璇玑她……"

话未说完，若玉收剑回去，他痛呼一声，胸前鲜血狂飙，当即摔倒在地不省人事。恍惚中，睁眼去看若玉，他面具后的双眼黝黑，里面没有一丝表情，就像是最深的洞穴，望不见底。他只觉浑身的气力都随着汩汩而出的鲜血流失了，终于再也撑不住，昏死过去。

璇玑浑身颤抖，两腿一软，跪在他身边，不可思议地抚着他苍白的脸。

"司凤……？"她喃喃叫着他的名字。这一切一定不是真的，只是个噩梦……是的，一定是个噩梦。

禹司凤的身体渐渐变成透明的，仿佛马上就要消失。她惊叫一声，抬手去捞，却捞了个空，荧光自她怀里溢出来，他真的消失了。

"别！"她猛然站起，拔腿要往外跑，要追上那些消失的荧光。身体忽然被人紧紧抱在怀里，脖子上一凉，有几滴水滴在上面。钟敏言的声音在她耳边轻轻响起："璇玑，我已经没退路了……回去见了师父，就告诉他，钟敏言……幸不辱命！"

她一怔，忽然被他用力推了出去，眼前白光乍现，她叫了一声："六师兄！"回头看他，只觉他的面目渐渐模糊，仿佛被强光笼罩住。她只能看清，他脸上两道纵横的泪水，闪闪发亮。

眼前的白光越来越亮，她的身体仿佛忽然飘浮了起来，终于再也看不见他的脸。慢慢地，白光缓缓退去，她的身体好像触到一个硬物，轻轻摔在上面，耳边听得清朗的山风吹过，她恍然如梦，茫然地往四周一看，原来是回到了祭神台。

禹司凤就躺在她身边，身下已经聚集了一摊殷红的鲜血。璇玑两手发抖，急急探向他的鼻息，只觉他呼吸虽然微弱，却还活着。

她忍不住泪盈于眶，转身死死抱住他。什么叫作物是人非，她此时此刻才算真正解得其中味。明明是五人意气风发地前来救人，最后却只回来两个。

怀里有什么硬物磕着她，她慢慢伸手进去，拿出放在眼前。那水晶瓶子里，玲珑的二魂六魄在日光下闪闪发亮，五彩斑斓的，美丽得像个梦。还好……至少，救回了玲珑。

她泪流满面，只觉眼前慢慢有黑暗降临，很快就昏迷过去，什么也不知道了。


钟敏言怔怔地看着璇玑的身体化作万点荧光，消失在眼前，脸上的泪水冰冷，顺着下巴一直流到胸襟。他并没有伸手擦，他好像已经变成了木头人，动也不动一下。

肩上忽然被人一拍，是若玉。他低声道："走吧。"

钟敏言沉默了良久，才轻道："若玉……你……"

若玉苦笑一声，勾着他的肩膀，把他往前带，低语："你一个人在这里，岂不是太危险。"

钟敏言死死咬着嘴唇，颤声道："你……可是……"

若玉淡然道："他没事，离泽宫的人不会那么轻易死掉，我避开了要害，你莫担心。"

钟敏言再也忍不住，又一次泪如泉涌，他用手挡住了脸，一声不发。

若玉停下来，静静等在旁边，听着他急促的呼吸和哽咽。很久很久，突然开口："那天晚上……我都听到了。"

钟敏言急急抬头，若玉又道："抱歉，我不是故意偷听。但兹事体大，你性子莽撞，稍有不慎就前功尽弃。故此我决定来助你。两个人总比一个人强撑来得好。"

钟敏言终于止住眼泪，用袖子把脸擦干，只是眼睛还红红的，他鼻音浓厚地说道："但你是离泽宫的人，你师父不会怪罪你吗？"

若玉摇头："这时候，还说什么怪罪不怪罪。若玉岂是抛弃朋友于危险中的人！"

钟敏言感激地看着他。他自小和禹司凤一起玩耍，历经危险，是过命的生死之交，故而虽然一路上若玉对自己照顾有加，也没太放在心上。直到这一刻，方明白此人真正是侠肝义胆的真英雄，心中的好感和信赖顿时激增。

"好在玲珑的魂魄总算拿回去了，也不算白做这一场。"

钟敏言听他这么说，好歹舒服了一点，然而想到陈敏觉被自己斩断了右胳膊，生死不明，还留在这里，喉中又是一阵苦涩。

若玉叹道："当时的情况，也没办法。好在你我也留在这里，日后多加照看，事成之后再救他出来也一样。"

他见钟敏言神色茫然，便拍了拍他的胳膊，低声道："走了。正事重要。"

钟敏言又怔忡良久，这才长叹一声，转身跟着他走回偏厅。乌童还坐在椅子上，低头修他的指甲，满地的轩辕派弟子，受伤的受伤，昏迷的昏迷，哀号之声不绝，他却连眉尖都不颤。

见他二人过来，他微微一笑，柔声道："杀掉了吗？"

若玉朗声道："属下当胸一剑贯穿了他，那厮逃得快，不知会不会死。但就算不死，那等重伤，起码也要休养半年多，暂时无法兴风作浪。"

乌童"嗯"了一声，没说话。钟敏言见陈敏觉躺在角落里，断臂搁在旁边，生死不明，心中又是一阵难过，面上忍着不露出来，只把牙咬得格格响。

乌童忽然拍了拍手，却见厅后一瞬间拥出十几个妖魔，先前带他们进来的那只妖魔也在其中。两人心中又是骇然又是庆幸，好在当初没有选择和他拼了，否则他叫出守在后面的这些妖魔，他们所有人都得死。

"把那人的伤口包扎一下，依旧送回去。"乌童气定神闲地吩咐着，"厅中这些人嘛……死的就拖出去喂天狗，还活着的就自己滚出去上药。一群没用的东西！"

众妖魔纷纷听令，很快地，偏厅里就被收拾得干干净净。他们不管那些轩辕派弟子是真死还是昏迷，凡是自己不能走出去的，都当作死人丢去喂天狗了。

钟敏言见他如此残暴，心下也有些发寒。却听乌童笑道："你们会不会很奇怪，用了玄云大法进来不周山，香快烧完了，其他人能回去，你们却回不去？"

若玉和钟敏言互看一眼，齐声道："请副堂主解惑。"

乌童慢条斯理地说道："看看自己手上那个指环。"

他们进来的时候，曾一人被给了一枚黑铁指环。原先不知做什么用的，经他一说，才明白戴上这指环，就可以留在不周山，而不会被神明发觉。

"这是当年东方白帝铸造诛邪驱魔双剑的时候，留下一块未完成的黑铁，为堂主顺手牵羊拿了来，注入了灵气。戴上它，可以任意跨越阴阳两界……不过嘛，去不得天界，所以也算不得什么好东西。"

他把玩着自己手里的指环，话语端的是狂妄无比。

若玉赔笑道："副堂主如此本领，日后必然得成大果，往返六界之间，区区天界又算得了什么。"

乌童呵呵笑了一声，突然懒洋洋抬手，只听清脆的一个巴掌声，若玉捂着被扇的脸颊，一言不发，唇上大约是裂开了个口子，鲜血细细地流下。

"少说这些无聊话。"他淡淡说着。

此人当真是喜怒无常，钟敏言心中更觉骇然。若玉低声说了个是，抬眼见钟敏言担心地看着自己，他勾起唇角微微一笑，表示没有受伤。

乌童慢吞吞地说道："我嘛，只是个副堂主，还是右副堂主。上面有左副堂主和正堂主，只不过他俩不常回来，这里的事情就暂时由我代劳。以后见到其他两个堂主，也要毕恭毕敬，不可得罪，明白么？"

二人齐声说是。

乌童忽然一笑，招手道："过来，我对离泽宫和少阳派很有些兴趣。说些给我听听。"

他是要从他们嘴里探听修仙门派的机密了。钟敏言二人不敢忤逆，只得上前，打定了主意，只捡世人都知的事情来说，别的他问起，一概装作不知道。


璇玑醒过来的时候，只觉身处在一个柔软的所在，温暖馥郁。她缓缓睁开眼，失神地看着眼前垂下的青纱帐，还有屋顶上古怪漂亮的雕花，一时反应不过来到底是哪里。

屋子外似乎有人在低声说话，她身体微微一动，只觉胸口木木的，一阵钝痛。这种疼痛一下刺激了她，认出这里是格尔木镇。只是不明白她怎么会从祭神台回到这里。她挣扎着坐起来，眼前金星乱蹦，胸前又闷又痛，忍不住张口欲呕。

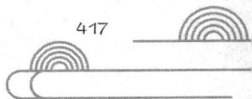

屋外的人立即停止说话声，推门飞奔进来，正是褚磊他们三人。

"璇玑！"楚影红见她醒来，忍不住动容，急忙坐在床边，轻轻将她按回去，"你受了内伤，不要乱动！"

璇玑手指绞着被子，想起不周山发生的那些惨痛的事情，眼泪立即顺着眼角淌了下来。

"司凤呢？"她问，声音沙哑粗嘎，简直不像是自己的。

褚磊叹了一口气："他情况很危险，胸口贴近心脏的地方被贯穿，不知能不能撑过这几天。"

璇玑脸色苍白，怔了很久，才喃喃道："他……他若是死了……我、我……"

楚影红怕她伤痛之下产生自绝的想法，急忙握住她的手，道："那一剑刺得很巧，没伤到要害，只是流血过多。只要撑过今天晚上，必然没事！你自己也是伤痕累累，先不要担心这些了。"

璇玑也不知有没有听进去，只是呆呆地点了点头。

楚影红见她这种模样，心中大痛，却又想不出安慰的话，只得低头抹去眼泪。褚磊走过来，看着她。他们三人一早就赶去了祭神台等候，本来报着不管有没有成功救回人，只要他们安全回来，便一切都好的想法。他甚至想好了怎么对钟敏言说收回逐出师门的话。谁知，五人去不周山，只回来了两人，还都是性命垂危。

他心中知道一定是发生了惨事，但嘴唇微颤，居然问不出口。

璇玑在胸前摸了半天，脸色突然巨变，厉声道："瓶子呢？！"她重伤之后，本来脸色就不好看，这一惊，更是一片惨白，和死人无异。

楚影红急忙从枕头下面取出那个水晶小瓶子，"在这里。"

璇玑接过来，安心地看了一眼里面五彩斑斓的魂魄，这才抬头，看着褚磊，低声道："这是……玲珑的魂魄。还有……六师兄要我告诉爹爹……他说，钟敏言幸不辱命！"

三人听说他们居然将玲珑的魂魄带回来了，不由得又是惊又是喜又是难过。惊的是他们几个小辈当真能做成此事，虽然伤痕累累；喜的是玲珑终于能救回来了；难过的是钟敏言没回来，兴许是死在不周山了，连一抔黄土掩埋他的尸骨都做不到。

褚磊颤声道："你们……敏言的话是什么意思？他怎么样了？"

璇玑疲惫地闭上眼睛，轻声说道："六师兄他……留在了不周山，成了乌童的手下……乌童还活着，做了那些妖魔的副堂主……爹爹，你是不是曾让六师兄做什么？他……这些天一直都很不对劲，甚至……斩了二师兄的胳膊……"

褚磊猛地一下从床前站了起来，面上神色复杂至极，既疑惑，又痛心，还夹杂着一些怒气。

"逐出师门的事……他当真了？"

璇玑低声道："我不知道……可是他从见到你们那天晚上之前就很不对劲了……我、

我走的时候，他哭得很伤心……所以我想，一定是有人逼他这样做……"

她睁开眼，定定地看着褚磊，虽然身在病中，双眼却亮煞煞，令人悚然。

褚磊无话可说，心中疑惑到了极点。他自然不会给小女儿解释自己根本没有让钟敏言潜入妖魔内部，事实上，从她的眼神里就能看出，她已经不信任他了，所以，再多的话语，说来也是枉然。

一直不说话的和阳忽然开口，柔声问道："小璇玑，另一个离泽宫的弟子呢？也没回来？"

他不提若玉还好，一提到他，璇玑立即想到他一剑贯穿禹司凤胸口的景象，面具后，他的眼睛暗若夜空，什么也看不见。这景象令她浑身发抖，胸口剧烈疼痛起来，攀在床边张口呕吐，却什么也吐不出。

楚影红心疼极了，难得用责备的眼神瞪了一眼自己的丈夫，抬手轻轻在她背上抚着，低声道："别急……慢慢说。已经没事了……"

璇玑吐了一会儿，精疲力竭地瘫回去，颤声道："他……若玉他也留下了！是他杀了司凤……是他杀了！"

三人都不知该说什么，事情会变成这样，实在是之前打破脑袋也想不到的。那两个年轻小辈为什么要背叛师门，投身妖魔？难道真像璇玑说的，有人逼他们？可是他们一路从少阳派赶过来，马不停蹄，根本没有在途中见到他们。

那么，到底是谁？到底怎么回事？

楚影红见璇玑双目赤红，脸色却异常煞白，知道不能再问下去，当下柔声道："都过去了。司凤没事……你受了伤，不要乱动，好好睡一觉，明天早上起来呢，司凤就会好好的了。"

璇玑一向极听她的话，于是点了点头，闭上眼睛。楚影红回头示意其他二人，正要悄悄起身出去，却被她用力抓住手。

"红姑姑，我怕……"她软软地说着，这种撒娇似的语气，从她到了小阳峰之后就再也没出现过。楚影红心中一酸，又坐回去，握着她的手，柔声道："红姑姑不走，在这里陪你。"

和阳和褚磊二人悄悄关上房门，走到了外面。褚磊脸色阴沉，一言不发地回了客房。和阳知道他心中极之难受，更何况他素来是个要强的人，就算斩断手脚之痛，他也不愿意让别人见到，于是便不去打扰他，自己去禹司凤那里。

那少年躺在床上，胸前缠了一圈绷带，上面血迹斑斑。他好似没有了呼吸一般，隔很久，胸口才微微起伏一次。他的情况其实非常危险，脉搏时有时无，随时可能一命呜呼。

和阳坐在床边，抓着他的脉门，缓缓往里面灌输真气，只盼能护住他的心脉。三人之中，他最通医理，所以他没有和任何人说，那一剑，其实是中了他的要害，若是寻常人，早已当场死了。因为他是修仙者，身体比旁人强健许多，所以才能撑到现在。

而且，他发现了一件很奇怪的事。和阳缓缓抬起禹司凤的胳膊，在他的肋下两边都嵌着三颗黑色的珠子，非金非玉，上面密密麻麻刻着文字，用手触摸，纹丝不动。

这是什么？以他的见多识广，居然也不知道。

和阳看了一会儿，才放下胳膊，继续为他灌注真气。

希望他能熬过这个晚上吧。他默默摇头。

楚影红坐在床边，周围渐渐暗了下来。床上的璇玑动也不动，紧紧抓着她的手，仿佛那是狂风暴雨中唯一的支柱。过了很久很久，她以为她已经睡着了，轻轻探身去看。

星光下，璇玑紧紧闭着眼睛，泪水纵横。

楚影红在心中暗叹一声，坐回去，久久不知该说什么。

# 第二十二章·情人咒

令人难熬的一夜，终于快要结束。微蓝的晨光透过棉纱纸糊的窗户，映在屋内。矮几上的烛火已然烧尽，大摊结成块的烛泪凝在上面。良久，和阳才想起去换新蜡烛。

床上的少年一夜都没有醒来，也没有让人担心的情况发生。眼下正是晨昏交替的关键时刻，如能无恙撑过这一刻，他便没有性命之碍。

他寻了一根新蜡烛，小心剔亮烛火，走去床边看禹司凤的情况。谁知正对上他漆黑无光的眸子，和阳吃了一惊，轻道："你醒了？"

禹司凤并不答话，只是怔怔睁着眼睛，半晌，脸色越来越红，渐渐地，竟犹如喝醉酒的人一样，面色如血。漆黑的眸子里，也透出一种令人诧异的迷离神采。

和阳心中大惊，知道不好，丢了烛火一把抓住他的脉门，手指扣上，只觉簇簇跳动，快如擂鼓。只得一瞬，忽又黯然下去，细滑缓慢，好像随时会断开停止一样。

危险！他立即按住他的肩膀，低声道："不要动！稳住呼吸！"他的真气透过指尖，缓缓灌注进去，谁知竟像泥牛入海，没一点反应。他心中凛然，立即缩指，在他额上弹了两下。

禹司凤为他一弹之下，浑身猛颤，抬手死死抓住他的胳膊，手劲之大，几乎要将臂骨捏碎。和阳吃痛咬牙，却一动不动，只是柔声安抚："没事了，稳住呼吸，静心凝神。"

话音未落，只觉他喘息粗重，胸前刚换好的伤药绷带，又有血迹渗透出来，迅速染红了一大片。照这样下去，他必定熬不过今早，会因为流血过多而死。细细的血沫从他唇角流下来，证明他的肺部受创极重，呼吸间有血呛住。

和阳正是束手无措的时候，不妨他又睁开眼，这一次，眼中有了一些光亮。胳膊被他捏得越发死紧，骨头格格作响，他口中嘀嘀数声，似是要说话。和阳急道："不要说话！凝神！"

禹司凤一开口，大量的血沫流出来，话语有些含糊不清，但和阳还是听明白了。

他说："肋下……开……两个印。"

印，是说那些古怪的黑色珠子吗？和阳惊疑地抬起他的胳膊，只见他肋下靠近腰腹处的那一颗黑珠微微跳动，竟似活了一般，要跳出来。眼看左右两颗珠子跳出了大半，似乎很快就会脱体而出，他定了定神，在掌中灌注真气，攥住那两颗珠子，轻轻一拔——不是珠子！黑色珠子下，是一根银针！

他心中越发惊骇，又不敢速速拔出来，只得缓缓地用力。那两根黑珠下都连着银针，足有五六寸长，钉在他身体里。肋下是要害，常人把银针钉在这里，无疑是找死，何况是这么长的。

待得两根银针都拔出来，上面居然没有一丝血迹，低头再看他腰腹间，居然也没有一点痕迹，简直就像那里根本没有插过银针一样。和阳心中疑惑，只得先将那两根带着黑珠的银针放在床边，低头去看他的情况。

他的眼睛已经闭上，胸前的血迹没有蔓延开的趋势，面上那种诡异的潮红也渐渐退去，变成了苍白。只是额上汗水涔涔，也不知是痛的还是别的什么。

和阳搭上他的脉搏，愕然发觉方才诡异的跳动已经停止，眼下他的脉搏虽然虚弱，却是稳定之象。他满头大汗，茫然回头，窗外已经大亮，这一夜完全过去了，床上的少年也度过了最危险的阶段，只待静养康复了。

他沉吟良久，终于还是先替他换了伤药，上好绷带，又拿起那两根古怪的银针端详一会儿，没看出什么端倪。离泽宫向来神秘莫测，兴许是他们那里什么不为外人道的别致法子。禹司凤叫它做"印"，开了两个，他就安然从最危险的阶段度了过去。难道竟是什么压抑力量的咒法？

和阳想了很久也没想明白，只得把银针放回他床头，忽听房门外传来一阵声响，紧跟着，是楚影红的声音："璇玑，你受了伤，又一夜没睡，不要任性！"

他起身去开门，就见璇玑扶着墙靠在门外，自己的妻子满脸无奈恼火地站在旁边劝她。一见他出来，璇玑面上登时流露出希望之极的光彩，却不说话，只是殷殷看着他。

和阳微微一笑，柔声道："没事，他挺过来了，现在应当是睡了。放心吧。"

这个小丫头浑身大震，看她的神情，似乎是要哭，却没哭出来。最后淡淡一笑，轻道："那我……晚上再来看他。"说罢，转身要回自己的房间。

楚影红松了一口气，和丈夫相视一笑，悬了一夜的心，终于落下来。和阳突然柔声道："你现在去看也可以，只是别吵醒他。"

璇玑手指轻轻颤抖，忍不得，用力在身上擦了擦，最后死死拽住衣角，良久，才道："不……我怕我进去……一定会吵到他……晚上再去看……"

她觉得自己进去一定会哭，她已经不想让禹司凤见到自己哭了。她这一夜，已经哭得太多。


禹司凤到了第十天上，已经能开口说话了，虽然精神不济，但也不像刚开始那时时昏睡。璇玑每日都在房门前蹲着，偶尔进去看看，也是在他睡着的时候。三个大人对她这种小狗一样的行径很是无奈，但也不好阻止。

眼看禹司凤的伤势有了起色，再也没有性命之忧，璇玑的内伤好得也相当快，没什么让人担心的事情，三个大人便商量着要回少阳派。毕竟簪花大会年底前就要开始，妖魔一事也没有头绪，几个首要人物不能在外多做停留。

"小璇玑，要不要跟着咱们回少阳？"晚饭的时候，楚影红终究是不放心把两个孩子丢在这里，于是开口询问，"对了，还有司凤也带上。"

她以为吃了这么多苦头，按照璇玑的性格，肯定是十分想回家，谁知她愣了一下，当即很痛快地摇头："不，我要留下来照顾司凤。他受这么重的伤，不能赶路。还有……我的历练还没结束，不想那么早回去。"

楚影红愕然地回看褚磊与和阳，他二人倒似早就知道她会这样回答一般。褚磊淡然道："你也大了，自己决定了便去做，我不会再干涉。只是，凡事要记得三思而后行。"

璇玑点了点头，这次是真正的点头，不再敷衍。

和阳笑道："道理都是人悟出来的，可不是听出来的。老人家的唠叨，年轻人都不爱听。自己的路自己走下去就是了。"

楚影红见他二人都这样说，兀自担心了一会儿，倒也释然了。她摸了摸璇玑的头发，道："一个人在外面要小心。你娘让我带话给你呢，让你不用想家，爹爹娘亲身体都好。等你历练结束了回去参加簪花大会，她会做一顿最好吃的饭菜来给你接风。"

璇玑想到远在首阳山的娘亲，念及她每日在屋中发呆，想念她们，眼眶便是一热，默然点了点头。

饭毕，褚磊三人各自回房收拾行李，准备过两天就走。璇玑突然过去，低声道："爹爹，有些事情我要和你说。"

褚磊心中有些讶异，这个小女儿其实和自己并不亲，难得她竟在临行前要找自己单独说话。他心中到底是有些喜悦的，只是脸上不露出来，当即淡淡点头，开门让她进屋。

璇玑走进去，缓缓坐下，良久，才把轩辕派的事情告诉了他。褚磊越听神色越是凝重，待她说完，他本有一肚子的疑问，这会儿偏问不出来了，只觉震撼。

"那么说来，轩辕派没有被灭门？他们是……投靠了那些妖魔？"

他声音有些发颤，始终不敢相信这个事实。轩辕好歹也算天下五大派之一，居然做出这等事，不光是他们的耻辱，更是修仙者的耻辱。

璇玑轻道："我没在那里见到年老的长辈，只有一些小辈弟子。但轩辕派投靠那些妖魔，是他们亲口说的。我觉得乌童他们要的不光是破坏定海铁索，应当还有更深的目标。所以……我、我有些担心……"

严父在前，她从来也不知怎么和他好好说话，怎么表现出自己的关心。好像说出来，反而会遭到斥责。此刻说完，她便缩着肩膀，可怜兮兮地看着褚磊。

他微微一愣，随即却破天荒地笑了起来，笑容温柔慈祥。

"你不用担心。"他头一次爱怜地摸了摸小女儿的头顶，"你爹爹还不至于任由少阳遭人涂炭。"

璇玑受宠若惊，唯唯诺诺又与他说了两句，自己都不知道说的什么，这才退了出去。

褚磊在后面柔声道："你才是爹爹最担心的。璇玑，要保重。"

她喉中一哽，只觉这么多年下来，今夜第一次能和父亲敞开心怀说话，心中真是感慨万千。想把这种感觉与人分享，可是一回头，熟悉的几张笑脸都已不在身边了。

回廊上只有她一个人，月光将那孤寂的影子拉得很长很长。很长，却再也触不到她怀念的一切过往。

璇玑默默在回廊上站了很久，终于转身，走向禹司凤的房间，轻轻推开门。这时候他一般都是睡着的。她只想看看他，静静看一会儿，这样似乎就能凝聚一些勇气。

屋中点着一盏小小的烛火，火光摇曳，那少年却没有睡，靠在床头坐着，双眼亮若星辰，笑吟吟看着她。

她心中一动，僵在那里。良久，才低声道："司凤……"

他的长发披散在肩头，将苍白的脸遮了一半去，以往那种略带悍然的高傲，此刻荡然无存。他轻轻招手："璇玑，过来。"

璇玑的脚好像钉在地上一样，她没想到这时候他居然还没睡，有一瞬间的慌乱。然而还是乖乖走了过去，站在床边，拉住他冰冷的手，喃喃道："你还疼吗？"

他摇头，轻笑："你的眼睛红红的，像小兔子。"

她很是不好意思，揉了揉，嘀咕："也没有多红吧……"这些天她真是把十五年来的眼泪都流光了，眼睛整天都是红通通，自己也觉得尴尬。

他叹了一口气，突然咳了两声，捂着胸口，露出痛楚的神色。璇玑吓得脸色发绿，怔怔看着他，手足无措。他捏了捏她的手，无力地说道："没事……我不会死的。"

"不是死的问题……"她颤声说着，眼泪又开始在眼眶里聚集，她竭力忍者，豁了命去不让它们落下，"我……我不想看到你受伤！我太没用了……说要保护大家，最后却还是连累别人来照顾我！我……"

禹司凤紧紧抓住她的手，掌心里有一丝暖意。

"我渴了，端杯水给我好吗？"他突然的打岔，倒让璇玑愣了一下，赶紧用袖子擦擦眼泪，转身给他倒了一杯热茶，小心翼翼地端着送到他唇边。

"很烫的，小心点喝。"她的手忽然一抖，不小心泼了一点水在被子上，忙不迭地道歉。

禹司凤呵呵笑了起来，伸指在她脸上轻轻一弹，柔声道："还是这样子适合你。大家都喜欢你那种心不在焉，无忧无虑的样子，干吗要逼着自己变呢？"

她乖乖点头，小心坐在床边，不碰到他。两人想到在不周山的那些遭遇，一时都有些无言。很久很久，璇玑看着他被厚厚绷带包裹的胸膛，才轻声问道："还疼吗？伤口……我可以摸摸吗？"

禹司凤笑道："可以。不过要轻一点。"

她颤颤巍巍地伸出手去，在绷带上摸了一下，只觉指尖下他的心脏有力地跳动着，忍不住面红过耳，急忙要抽手回来，却被他一把抓住，放去唇边亲吻。

"啊！"她轻叫一声，不敢大动，只怕触动了他的伤口。他的唇干燥温暖，在手指上缓缓摩挲着，有一种异样的感觉，令人心跳加快。

"你不要难过。"他将她的手贴在面上，秀长的睫毛刮在上面，酥痒极了，"就算敏言他……至少，我永远陪着你，不会离开的。"

璇玑不知该说什么，浑身僵硬地撑在那里，不敢前进不敢后退，后背酸疼无比。

"下一次……"她突然开口，"下一次咱们再去不周山……等我们都变厉害了，再去不周山，把他们抢回来。"

他们可不是东西，可以抢的。禹司凤暗自苦笑一声，怅然道："若玉……这个样子，我还真的无法回离泽宫给他们一个交代了。"

那天和阳长老单独找他谈话，问他若玉的来历，他心中便知不好。原来他那一剑是故意朝自己要害上刺的，所幸分寸没有拿捏准，偏了一些。和阳精通医理，自然一眼就能看出出剑之人的狠辣。

那若玉到底是何人？下手如此精准，显然是有备而来，当真是同门，绝不可能这般狠心。你自己要小心点。

当日和阳长老的告诫犹在耳边。禹司凤自己也是疑惑重重，想起自己和若玉二人虽为同门，本身却并不相熟。他是副宫主带大的弟子，自己是宫主的弟子，两人小时候偶尔见面，因为年纪相仿，说上两句话，长大之后反倒不像小时候那么热络了。这次出来历练，也是凑巧分在一起。

难道说他一路上竟是隐忍杀意，一直在等待此刻吗？

"什么啊……难道你以前还打算要回离泽宫？"璇玑郁闷了。

他微笑："璇玑，我不是浮萍。我也有需要关心的东西，除了你以外的。"

她顿时无言，想想确实如此，她在这方面好像霸道得很，和玲珑有一拼。

想到玲珑，她顿时有了些精神，将胸前那个小瓶子拿出来看了半晌，才道："等你能下床走路的时候，我就可以安心离开，去庆阳请亭奴帮忙救玲珑了。"

"你要一个人走？"这下轮到他意外了。

璇玑急忙摇手："不……我的意思是，我暂时离开。你留在这里好好养伤，等救了玲珑，我和她再一起来格尔木找你。"

禹司凤沉吟一会儿，才道："也好。我这个伤势起码要半年才能痊愈，耽误这么久，只怕那些妖魔有异动，先把玲珑救回来是要紧。"

两人互相订好了下半年各自的计划，这才觉得安心，相视微笑。璇玑红着脸，低声道："司凤……我、我可以抱抱你吗？"

他有些意外，不过还是推开了被子，张开手，笑道："过来吧。"

她轻轻靠过去，双手抱住他的胸膛，把脸小心靠在他胸上。周围满是他那种熟悉的气息，这种气息让她安心。好像终于能够确定那利刃贯穿胸膛的一幕已然还是过去了。他安然无恙，还活着，在她怀里。

禹司凤抱着她的肩膀，在她头发上轻轻抚摸。璇玑像一只被人疼爱的猫，就差舒服得喵喵叫了。她眯着眼睛，轻轻说道："要不，我晚上留下来陪你睡觉吧。我、我不想走。"

禹司凤的手僵了一下，很快又滑下来，将她的长发拨到后面，手指沿着她娇美的颈项曲线划过，最后捧住她的脸。

"璇玑。"他唤了一声。

她不经意地抬头看他，他忽然低头，吻上去。只觉她樱唇香软嫩滑，令人神迷。怀里的少女微微蠕动了一下，似是疑惑，紧跟着，却软了下来，双手软绵绵地勾在他肩膀上，宛转相承。

他的手缓缓梳进她的长发里，一时舍不得放开纠缠的热烈的唇齿。胸口隐隐作痛，不过不是伤口，是因为心跳太快。

"璇玑。"他吻着她的脸颊，喃喃叫着她的名字，"不要离开我……"

她只觉意乱情迷，埋在他怀里，全身都似要融化一般。当即点了点头，怔怔道："好，我不离开……我陪你睡。"

她没有听明白。不过也不要紧了。他低声一笑，紧紧抱着她，再一次深深吻下去。

当然，他肯定不会同意璇玑留下来陪自己睡的建议。长辈们估计都在隔壁的客房里关注着呢，除非他想脱一层皮，否则就算受伤，也最好安分点。


过了两日，褚磊他们便赶回少阳派了。临走时的千叮咛万嘱咐也不必多说，倒是褚磊最后说的那句话，让两个年轻人沉默了很久。

他说，敏言的事，暂时先不要插手。他如果找来，就当作敌人，不得手软。

言下之意，已经将钟敏言当作叛徒了。

送走三个长辈，璇玑和禹司凤脸色都不是很好看。默默坐了一会儿，璇玑才道："他不是叛徒。"

这样没头没脑的一句话，禹司凤却立即明白了，拍拍她的肩膀，安抚道："敏言做事自然也有他的道理。我想，总有一天他能回来，将一切因果告诉我们。我相信他。"

他真的还能回来吗？璇玑没有说话，只觉心口郁闷，抬头望向窗外的阳春丽景。树上已然长出新鲜的嫩芽，天空碧蓝如洗，流云若纱。这样美丽的阳间景色，他很久都看不到了吧。

漫天的云彩仿佛都化作那个莽撞少年的笑脸，嘴角闲闲地扯着，露出满口白牙，漂亮的眼睛炯炯有神，笑骂她：你这个傻子，就不能专心一点？！

璇玑微微叹了一口气，不知道六师兄现在正在做什么？会不会也和他们一样，靠在窗前，望着不周山漆黑的夜空发呆？

"璇玑？"禹司凤叫了她好几声，终于把她的魂喊回来了。

"啊啊，什么事？渴了还是饿了？"她立即走到床边，努力做出贤惠的模样，拿起手绢去擦他额头上不存在的汗水。

禹司凤满脸黑线地推开她的手，叹道："我是说，你也最好尽快动身去庆阳，不要再拖。我的伤势没什么大碍，只需要静养就好。你不用为我操心。"

她失望地"哦"了一声，嗫嚅："可是……你还不能下床……我会担心……"

禹司凤将胸前的绷带轻轻扯下来，很快心口附近的那道伤疤就落入璇玑的眼里。若玉的那一剑刺得极快，以至于外面居然看不出什么严重的伤势，但却致命。

"呃，你不要乱动！快上药再包好！这样的伤不能吹风的！"

璇玑一把将窗户关上，转身给他拿药。眼角瞥到他赤裸的胸膛，脸上忍不住一红，但她并不是扭怩的人，羞了一下便立即过去为他清洗伤口，换上新药。

"我说没事，就没事。"他低声说着，垂头看她洗净双手为自己涂药。吐息拂过她耳边，果然红了一片，她的耳朵看起来就像是半透明的玛瑙做成一般。

他一时情动，忍不住低头又在上面一吻。璇玑手颤得差点把药盒打翻，低语："别闹……万一弄疼了……"

话音未落，忽然见他左右肋下并列着四颗黑色的珠子，约有半个拇指大小。先前他一直裹着绷带，自己没发觉，此时和阳长老走了，轮到她上药包扎，这才发觉。

"这是什么？"她立即发问，伸手摸了摸，只觉硬邦邦的，不知是什么材料做的。

禹司凤脸色微变，隔了很久，才道："这是封印。"

封印？璇玑愕然地看着他。禹司凤勾起嘴角，笑道："比如你们捉妖，捉到之后要用封印封住，不让他们继续兴风作浪。这个嘛，差不多就是类似的。"

妖魔？璇玑更糊涂了。

禹司凤"噗"的一声笑出来，靠回床头，懒懒说道："骗你的。这是离泽宫的一种饰物罢了。你知道，离泽宫古怪的规矩一向很多。"

哦，原来如此！璇玑立即释然，他说的没错，离泽宫古里古怪的规矩特别多，面具青袍，加上不能婚娶，如今再多一条在肋下钉几个珠子，好像也显得没什么大不了的。

她迅速给他上完药，换了新绷带，又瞥见他的衣物放在床头，最上面放着一张面具，苦着脸，一副快要哭出来的样子。

"你还留着它呀。"璇玑把旧绷带随便塞一团丢在桌上，回头坐到床边拿起那个面具看，时不时还用手敲敲，梆梆响。

禹司凤面无表情地接过面具，在上面抹了一下，良久，低声道："还在哭啊……这样没用的东西。"

说完将它随手一抛，丢在床里面。

"司凤……"她默默看着他，"你……你好像不太开心的样子？"

他微微一笑，柔声道："没有，我是想，今晚会不会有个大胆的姑娘再和我说陪我睡。"

璇玑咯咯笑了起来，脱了鞋子跳上床，躺在他身边，道："我现在就陪着你。以前经常和玲珑睡一张床，她睡觉可霸道了，要占大半边，你可别像她那样。"

是这样吗？他苦笑两下，躺下来陪她说话，你一言我一语，说了很多很多话。最后他终于觉得疲惫，闭上眼沉沉睡去，恍惚中觉得旁边的少女靠过来，埋在他怀里，似是要找一个温暖的归宿。

他抬手揽住她的肩膀，希望可以做一个好梦，梦里有她。


过得数日，禹司凤的伤势好得越发快了，自己已经可以扶着墙慢慢走路。璇玑花钱请了一个人来照看他，嘱咐了一番，这才放心离开格尔木，御剑飞往庆阳。

赶紧把玲珑救回来，然后和她两个人一起回格尔木，陪司凤把伤养好。三个人再一起去不周山，把六师兄接回来。璇玑想到这个美好的前景，忍不住喜笑颜开，这段时间的郁闷顿时一扫而光，巴不得前脚到了庆阳，后脚就带着玲珑离开少阳。

鉴于去过一次庆阳，她早已熟门熟路，先去柳意欢的狗窝找一圈，果然不在家，她只得回头找去娇红坊。想来这个人不学好，每天流连花丛，连带着亭奴也遭殃，被迫与他去妓院胡天胡地。

此是正午时分，娇红坊里安安静静，没几个客人。璇玑一进去，立即吸引了众多目光。那老鸨眼力甚好，一下便认出她是上回来闹事的几个强人之一，立即打点精神，赔笑道："这位姑娘，是第二次来了吧？要找几个姑娘陪你喝酒解闷？还是先吃些糕点茶水？"

璇玑心道我又不是男人，找什么姑娘喝酒解闷。然而回头看桌上放的点心，到底有些犯馋。她一路御剑过来，关山万里也不用花费半天工夫，但御剑毕竟也算个体力活，她不由得觉得饿了，不好意思说话，只盯着人家的点心发呆。

一旁有乖觉的立即把点心端给她，璇玑认出其中一个圆脸的女子，上回就是她在她脸上亲一口，说她可爱，于是立即展开笑颜，道："姐姐也吃吧。"

那妓女受宠若惊，回头看看老鸨，见她一个劲丢眼色，便大胆吃两块点心，逗璇玑说话。

"姑娘怎么又来这里？这可不是什么好地方，年轻的小丫头们不该来的。"

璇玑急忙说道："我来找柳意欢，他在这里吧？他身边是不是跟着一个坐着轮椅、面目清秀的男子……"

话未说完，只听二楼传来一个大笑声："我说怎么今日眼皮乱跳，原来是你这小丫头来了！既然来了，怎么不上来找我？"

她一听这是柳意欢的声音，惊喜异常，三步并作两步地跑上楼，果然见柳意欢衣衫凌乱，胸怀大敞，倚在门上咧出一口白牙看着自己，那笑容、那气派，一如既往的猥琐。

"柳大哥！"她叫了一声，扑上前急问："亭奴呢？"

柳意欢朝屋子里努嘴，"在里面坐着呐。给你保管得好好的，连根头发也没掉。"

璇玑往里一看，果然亭奴端端正正坐在屋子里，身边还跪坐着两个年轻貌美的妓女，一个喂他吃葡萄一个帮他倒酒，他看上去倒是一脸平静，没半分不适。

果然被柳意欢带坏了！璇玑瞪了柳意欢一眼，走进去，道："亭奴，我找你有要紧事。"

亭奴抬眼微笑，一派神清气爽，柔声道："玲珑的魂魄拿回来了吧？"

"啊！你怎么知道！"璇玑大叫起来，兴奋得满脸通红，急忙把那水晶瓶子取出来，旁边两个妓女见他们有私事要谈，便都乖觉地走了出去，在门口和柳意欢打情骂俏了好一会儿。

"你看！我们成功了！从不周山把玲珑的魂魄给抢回来了！"

她绝口不提是怎么抢的，只是殷殷看着他，只盼他马上说出"我们去少阳派吧"这样的话。

亭奴接过那瓶子，低头看一会儿，忽然微微一笑，将它放下，问道："敏言他们呢？没一起来吗？"

璇玑面上笑容凝滞了一下，半响，才勉强笑道："他们……没来。就我一个人来了。"

"在不周山出什么事了吗？"他一反先前的温和，问得很有些咄咄逼人。

璇玑心中隐约作痛，咬着嘴唇不说话。

柳意欢在后面冷笑道："我来猜猜吧。那傻小子嘛，自以为英雄无敌，跑人家内部当探子了，对不？那戴着面具的小子也跟着，对不？"

璇玑猛然回头，冲过去一把抓住他的衣领，几乎将他掀翻在地。柳意欢又笑又叫："喂喂！你还是个小丫头……老子对没长开的没什么兴趣……哇，这么热情！好吧！看你这么热情的份上……"

话未说完，他脚下一晃，被她拉扯得仰面摔倒下去。璇玑也跟着摔在他身上，撞得眼前金星乱蹦。

柳意欢龇牙咧嘴地呼痛："喜欢就直说……动什么手……"

脸上忽然落下几滴滚烫的水，他无聊的话立即断开。璇玑撑在他身上，眼泪犹如下雨一般，簌簌砸在他脸上、头发上。她双手死死扯着他的领口，颤声道："你知道！你早就知道！你有天眼⋯⋯什么都事先知道！为什么不告诉我们？！"

柳意欢难得露出正经的表情，抬手拍了拍她的脑袋，轻道："天意不可违。就算我能知道以后会发生什么，难道我说了，你们就不去了？"

"可是⋯⋯至少，他们不会这样⋯⋯"璇玑不知该说什么，心口一阵一阵地紧缩，眼泪怎么也停不下来。

柳意欢正色道："错。小璇玑，我这便告诉你吧，我之所以将这个天眼偷来，便是为了事先得知结果。我曾以为自己能改变命运，最后才知道，无论你怎样改，只能改得了过程，结果却是无法改变的。他们就算今日不去投靠不周山，以后也会机缘巧合之下投靠。结果始终都是那样。"

他推开璇玑，自己站了起来，又道："你心中不舒服，要找一个人来责怪，我明白。如果你怪我，心里就会好受点，你就一辈子都来恨我。只要你心里能舒服点！"

璇玑抹去眼泪，沉默良久，才轻道："不⋯⋯不，我不怪任何人。我只怪自己没本事，只能眼睁睁看着他们走出这一步⋯⋯"

柳意欢笑了一声，走过去，在她额头上轻轻一弹，低语："你要是没本事，天下就没有有本事的人了。将军大人。"

璇玑悚然转头，他却已坐到亭奴旁边，和他一起研究那水晶瓶子里的魂魄。

"你⋯⋯"她不知该说什么。

柳意欢也不理她，抬手抓起那瓶子，轻轻摇两下，里面五彩斑斓的光点也跟着摇晃起来，莹莹絮絮，甚是漂亮。他看了一会儿，笑道："我说，丫头，你们是不是被人骗了？这玩意可能是魂魄吗？"

他的话犹如晴天里突然打个霹雳，震得璇玑眼前发晕，颤声道："你⋯⋯你说的⋯⋯是什么意思？那不是⋯⋯玲珑的魂魄吗？"

柳意欢耸耸肩膀："就我所知，人的魂魄可不是这样。这种斑斓轻盈的魂魄，只有动物才会有。我在这方面也不是很通啦，你要问亭奴。他知道。"

璇玑茫然地望着亭奴，他似是有些不忍心，终于还是点了点头，柔声道："璇玑，这决计不会是玲珑的魂魄。人的魂魄是火焰状，这个魂魄，我看着，像是随处可见的野草野花的精魂⋯⋯花草吸收天地精华露水成长，所以色彩斑斓⋯⋯人的魂魄，只有一种颜色。"

璇玑头晕目眩，眼前阵阵发黑，双脚一软，跪在地上。不周山的那些经历犹如流水一般，一幕幕从她眼前流过。为什么乌童那么轻易地将玲珑的魂魄取出来，为什么要连陈敏觉一并带出来⋯⋯原来、原来一切都是圈套！他太容易答应将玲珑的魂魄还给他们，他们就会疑心，然而和陈敏觉一起送出来，寻常人都会相信瓶子里装的一定是玲珑的魂魄。

随后他再耍点小手段，使得他们感觉到他起了疑心，自然注意力不会放在魂魄真假的问题上。然而实际上，他根本从头到尾就没相信过钟敏言和若玉！他什么也没损失，白白就骗得两人过去为他效命！

璇玑越想越觉得心惊胆战，手脚都是冰冷。

对面两人见她失魂落魄的样子，心中不忍，柳意欢叹道："小璇玑，你不用难过。玲珑的魂魄总会取回来的，不是这次也是下次。你们这些年轻人，初出江湖，没什么经验的菜鸟，被人骗也是正常。骗个一两次就学乖啦！"

璇玑惨然摇头，脸色苍白。这一次，他们输了，彻底输了，输得非常惨，甚至还差点赔上了命。结果，什么也没换来，什么也没有。

亭奴柔声道："你们没见过人的生魂，被糊弄也没什么大不了的。不如这样，下次我陪你们去不周山与他们交涉。对方拿出的魂魄是不是玲珑的，我一看便知。"

璇玑听说他终于愿意陪着一起，忍不住疲惫地抹了一把脸，缓缓点头。

柳意欢点头道："不错，我也与你们一起吧。这庆阳待着久了，也没什么意思，别家的小花娘应当更好看才是……"

说完，他忽然想起什么，问道："小凤凰呢？他也没来？"

璇玑低声道："司凤他……受了重伤，不能赶路。我请了人照顾他，留在格尔木了。"

柳意欢霍然起身，急道："说你傻你还真傻！怎么可以把他一个人留在那个地方？！你难道不知道，他因为面具的事情，已经成了离泽宫很多人的眼中钉？！"

璇玑心中大惊，然而到底还是不明白，只得问道："什么面具？他……他什么也没告诉我。"

柳意欢简直恨得牙痒痒，恨不得打她一顿，把那个木鱼脑袋给打醒。

他厉声道："他那个面具是用昆仑神木做的，被下了情人咒。只有命定之人才能揭开，揭开之后面具含笑，那便等于解开了咒语。你无缘无故揭了他的面具，咒语却没解开，这种情况下，在离泽宫是要受到重罚的！他们一定是时刻寻找机会把他带走，碍于你在旁边，没下手罢了。如今你一走，他又受了重伤，岂不是瓮中之鳖，任人宰割？！"

璇玑大惊失色，从地上一跃而起，转身跑出屋子，对下面老鸨妓女们的招呼视而不见，眨眼就消失在门外。

柳意欢赶紧推着亭奴追在后面，大叫："等等！我也去！"

说罢一溜烟地跑出了妓院大门，当真迅雷不及掩耳，惹得众人都看着那一连串的烟尘发呆，好半天，老鸨才反应过来，他这几个月在妓院里胡天胡地的银子又赖掉了，当下咬牙切齿地痛骂，自也不必多说。


情人咒。命定之人。咒法没解开。

璇玑怎么也想不明白，这些东西怎么联系在一起。她想起在海碗山遇到司凤，他面上那半哭半笑的面具。那就是下了情人咒的缘故吗？当时若玉欲言又止，为的就是这个？那到底是个什么咒语，可以让面具又哭又笑？如果咒语没有解开，会遭遇什么样的反噬？

她听了柳意欢的话，情急之下先跑出来，御剑往格尔木飞，飞了好一会儿才发觉他们没跟上，只得又找回去。只见柳意欢脚下踩着一块一人宽的巨大石剑，亭奴连轮椅带人坐在前面，刚刚好。那么大的剑，难为柳意欢驾驭起来还挺轻松，只是飞得慢了点。

他见璇玑又折回来，便把眉头一竖，叫道："怎么走回头路！你快先去！这么会儿只怕还能把他抢回来！"

璇玑犹豫了一下，才道："你……你先告诉我，面具还有离泽宫……到底是怎么回事？"

柳意欢叹道："也难怪，那小子一向高傲，肯定不会把事实说给你听，只会自己一个人咬牙忍着。我告诉你，离泽宫有个死规定，一旦进了他家的门，就不许出去，更不许嫁娶。为了表示遵守这个死规定，所以人人戴上面具，只有在宫中才允许摘下来。也就是说，能看到真面容的，代表是自己人。对离泽宫来说，自己人只能是同门。"

璇玑想起四年前司凤的面具被妖魔弄坏，沮丧惊恐的模样，当时她还不能理解，与那个大宫主争辩了很久。最后他说不会责罚司凤……结果，并不是那样的，他还是受到了责罚，被下了什么情人咒。

"所以说，当年他被你们这几个小鬼看到了面具下的脸，等于是把外人当作自己人了。不管是谁的过失，总之他都要受罚。本来嘛，也不是什么严重的惩罚，最多关个禁闭，骂两句，或者打两下。大宫主喜欢他，肯定为他着想。哪个晓得你这不省事的丫头非要和人家吵，结果吵得大宫主狠了心，定了永生不给他回故土的责罚。那是最重的惩罚，你明白那代表什么吗？"

璇玑心口砰砰乱跳，茫然地摇了摇头。

"那就代表，他从那一刻起就把一切都舍弃了。再也没有家乡可以回，从此就是一个飘零孤独的浮萍之人。"

她的心头仿佛被什么东西狠狠扎了一下，先时不痛，可是慢慢地，那痛就开始噬心蚀骨，痛得几乎要弯下腰去。所有的一切，他都没有说，他总是淡淡地微笑，满不在乎地陪着自己。她也曾任性地以为理所应当，仿佛他生来就应该陪着她，不可以离开。他当日，下了这样的决心，需要多少勇气？永远地舍弃故土，舍弃曾经拥有的一切……那是为了谁？为了什么？

所以他在那天晚上用那么悲哀的眼神看着她，所以他说要的是绝对，所以他说以后自己后悔也不行，所以他……开着苦涩的玩笑，说自己不是浮萍。

她后悔得无以复加，用手紧紧捂着脸，不知是该把自己的木头脑袋锤烂了好，还是一剑捅死自己。

柳意欢见她的泪水从指缝里溢出来，心中也有些不忍，轻叹道："你要是觉得对不住他……有这份感念的心，也不枉他相思一场了。"

亭奴忽然低声道："有情还似无情……感情的事情，怎么能从表面上看。你一个大老粗，又知道多少。"

柳意欢把眼睛一瞪，佯怒道："我怎么不知道！好歹我也是个风流倜傥的半仙大人！我上过的女人比你见过的女人还多，我怎么不知道！"

荒谬！亭奴摇了摇头，不屑与他说这些无聊的事情。

"璇玑，所谓的情人咒，就是为了这些抛弃故土也要抗命的离泽宫弟子准备的。"亭奴幽幽说道，"其实这个咒语的意思很简单，就是告诉那些选择了外人的弟子，你既然觉得外面比家里好，那么就要经历考验。倘若外面的人对你也如家人对你一般好，甚至更好，那咒语自然就开了，面具也成了无所谓的东西。倘若外面的人对你不好，你心中难受，自然而然就会反应在面具上，所以面具会呈哭相。那是内心的反映，自己无法控制的，哪怕自欺欺人也不行。"

璇玑放下手，脸上湿漉漉地，睫毛上还挂着一颗晶莹的泪珠，怔怔看着亭奴，哽咽着说道："那……司凤是后悔了？他、他觉得我们对他不好……他心里难受？可是，我已经把那个面具摘下了……为什么……"

柳意欢皱眉道："笨啊！昆仑神木虽然是神木，威力怎么比得过真正的神仙！你要去摘，就算是天庭里面金刚玉做的面具也随手摘了，何况一个小小的神木！被谁摘都可以解开咒语，就是被你摘不行！你根本不是真心待他，光凭了自身的优势，咒语怎么能开？！要我说，小凤凰不如回头向离泽宫认错，还有个挽回的余地，不然再这样下去，他迟早会被情人咒给咒得衰竭而死！"

他话说得太直，惹得亭奴一个劲朝他丢眼色，他却只当作看不到。这对小孩儿，折腾来折腾去，谁也折腾不出个结果，是时候给推一把了，不然闷到死都不明白是怎么回事。

若是之前他和自己说这些话，璇玑只会当作一派胡言，有听没懂，可是去了一趟不周山，见了神荼、郁垒，她依稀回忆起了一些什么，也明白自己前世必定身份特殊。

但是司凤说过，前世是前世，不能因为前世而影响了今生的心情。只要眼下过得快乐，那便是最最重要的。所以，前世，和她一点关系也没有。她并不想探究，更不想因此受到任何困扰。

"谁说我不是真心的？"她突然开口，仿佛被抢了心爱之物的小孩子，脸涨得通红，又急又恼，脸上还带着泪水，"我是真心的！我喜欢司凤，我不想和他分开！这种心情怎么会是假的？"

柳意欢冷笑道："好！你是真心的！那我问你，钟敏言算什么？"

璇玑脑中仿佛响了个闷雷，劈得她头晕眼花。她颤声道："你……你说什么……"

柳意欢道："怎么，我突然提到他，你心虚？我问问你，钟敏言和禹司凤，哪个对你更重要？"

这是她从来也没想过的古怪问题，就比如有人问：你母亲和父亲哪个对你更重要一样。她急道："这个怎么比！两个都重要！都是我最重要的人！"

柳意欢笑了笑，"是啊，你有那么多退路。他却为你舍弃了所有退路，你还说自己是真心的？"

亭奴见璇玑脸上的神情，知道她被扰乱了。她心中空明，于情欲一事更无天分，此时强行要她承认什么，无疑是强人所难。他低声道："你少说两句！小儿女的事情，你掺和那么多，很自豪么？"

柳意欢嘟哝道："好好！算我多事！小凤凰是我看着长大的，也算他半个父亲了。哪个父亲会希望儿子为一个根本不喜欢自己的女人神魂颠倒？！"

"事实到底怎么样，你怎么知道。你又怎么知道她不喜欢司凤？难道非得闹得头破血流惊天动地才叫喜欢？"

亭奴犀利起来很要人命，他虽然说话有些别扭，口才居然了得，柳意欢被他说得摸摸鼻子，嘀咕道："反正我是看不出来……现在的年轻人啊……"

"各人自有缘法，你与其过度操心别人的事情，不如想想怎么应付以后天界的捉拿。当真以为他们不追究天眼的事情吗？"

柳意欢被他说得面如土色，最后只得摆摆手，认输："算你厉害！老子闭嘴，再也不说话了！"

璇玑忽然轻道："我会替他解开情人咒，不管怎么样，我都不会让他死。如果……如果他死了……我也不会活着！"

这话说得斩钉截铁，语气中没有一丝犹豫。两人看看她，都没有再说话。

感情的事，各人自有缘法……其实这话也不假。柳意欢摸摸鼻子，专心御剑，再也不打岔了。


很快三人便赶到了格尔木，璇玑见柳意欢先前御着那么大一柄石剑，也不知下来之后他会怎么携带，谁知他在剑身上拍了两下，那玩意居然又自己飞走了。

他回头，见璇玑看着发呆，便得意扬扬地一笑，指着天空狂言道："这是我专有的马，没事就等在天上，只要我一吹口哨，它就跑过来。"

璇玑虽然不是很相信，但此人身上有天眼，加上好像和离泽宫有那么些干系，有些古怪的举动也不值得惊讶。

柳意欢推着亭奴，放开了脚步往前走，一面回头："你再发呆，司凤被副宫主抢走，就等着哭吧！"

璇玑赶紧追上去，奇道："为什么你认定是副宫主？难道大宫主不会怪罪司凤吗？"

柳意欢"切"了一声，压低声音，很神秘地说道："那还不简单，我一看那副宫主的怪样，就知道他不是个好东西！"

原来是没根据的瞎猜……璇玑想起在浮玉岛上，自己和副宫主发生的冲突。他身上确实有杀气，凌厉凶狠，与大宫主的平和完全不同。后来也不知他为何相让，放了司凤一马。柳意欢虽然是胡说八道，但也不是没可能。说不定就是副宫主吩咐若玉暗中杀了司凤。

"他要是敢动司凤一根寒毛，我就……我就……"

"就什么？"柳意欢唯恐天下不乱地接口问。

璇玑厉声道："我就把他碎尸万段！"

小女孩的气话，原本做不得真，但她身份特殊这两人都知道，故此听她这样咬牙切齿地发狠，心中都有些凛然。亭奴微微蹙眉，不知想起了什么事情，最后，轻轻叹了一口气。

虽然心中早已做好了准备，但回到客栈见禹司凤不在屋子里，璇玑还是大受打击。

床上的被子还半拢着，他的包袱还放在床头边，帐子刚钩了一半。没有凌乱，也没有斗殴的痕迹，他好像就那样凭空消失了。璇玑慢慢走到床边，忽然抬手，将被子掀翻——余温还在，只是人不见了。

"哎呀，还是来迟一步！"柳意欢无奈地敲了敲脑袋，在房内四处搜索，想找出一些蛛丝马迹，"东西还都在……小子连佩剑都没带走！哗，衣服也没穿！难道光溜溜的被人架走？！"

话音未落，璇玑早已踢门下楼。两人知道她脾气上来，会翻天覆地，急忙追下去。只见她一路跑到后厨房那里，似是在找人，最后在熬药的炉子旁揪住一个灰衣老汉，厉声喝问他："你在这里做什么？！让你照顾禹公子，你怎么不看住他？！"

那老汉被她一吼，吓得把刚端起来的药罐给砸了，泼了一地的热汤水，苦味四溢。

"姑娘……吩咐小的好生照看禹公子……小的正……给他熬药……"

那撒了一地的药水材料，果然正是给禹司凤的药。璇玑怔了一下，声音涩然，问道："你……熬了多久？"

"半个时辰左右吧……刚熬好，姑娘你就……呃……"

柳意欢见他一个老人家被璇玑提着抓在手里，很是狼狈，急忙上前解围，安抚了受惊的老人家一通，才回头道："你不要冲动！事情和老人家也没关系！"一面将那老人劝着送出去，又问周围的人："可有见过戴面具着青袍的人进来？"

众人都摇头。亭奴沉吟半晌，道："他们真要行事，必然不会闹得人尽皆知。看起来司凤十之八九是被离泽宫的人接走了，兴许还有胁迫，所以佩剑都不许带走。"

柳意欢怪叫道："何止佩剑！外衣都没给他穿！光溜溜地被他们劫走！"

璇玑心中烦乱，不愿听他们闲扯，掉脸跑出厨房，怔怔地望着天空发呆，只盼能看到一点踪影。

柳意欢跟过去，叹道："怎么办，丫头。你是要追到离泽宫吗？"

璇玑没说话。其实什么也不用说，答案是显而易见的。不管是四年前在小阳峰，还是四年后在浮玉岛，她的承诺都绝不会改变。谁也不能强迫禹司凤的意志，无论是离泽宫，还是其他人，否则她就是追到离泽宫，也要把人抢回来。

"总有这么一天的。"亭奴低声道，"只身过千万劫，方明是非曲直。我等这些，也等了很久了。"

柳意欢叹了一口气，蹲地上拨了拨乱蓬蓬的头发，似是在下什么决心。良久，才狠狠对着地面锤上一拳，叫道："好！就去一次，当是回老家看看，又有何妨！"

他见璇玑突然回头看着自己，不由得讪讪笑道："呃……没什么，我自言自语罢了。咱们什么时候走呀？"

璇玑轻道："柳大哥，你有天眼，能看到司凤现在的情况吗？"

柳意欢苦笑道："哪里还能用天眼！那次对付蛇妖，已经让我筋疲力尽，最近这段时间都用不起来了。抱歉，没办法看。"

废话，他现在要是能用天眼看到将要发生什么事，还用这么着急吗？小丫头脑子不会转弯，真是个笨蛋。

璇玑长长出了一口气，轻道："我现在要去离泽宫。当面问司凤，他是要跟我们走，还是留在离泽宫。如果他愿意离开那里，那么，不管是谁出来阻拦，我都不会相让。今日立誓于此，肝脑涂地也在所不惜！"

说罢抬手在灶台上一拍，转身便走。亭奴和柳意欢二人见那被拍过的灶台慢慢凹进去一块，像是被无形的火焰烧软了塌下来，留下一个模糊的手印。两人互相看了一眼，都在对方的眼神中看到了骇然的神色。

苏醒，兴许就在不远的将来。那真是一个……让人兴奋又战栗的期待。


西方山峦连绵，望不到尽头。很少有人知道，在山的那一边，是无穷无尽的大海。海中有一个孤岛，终年是阴雨天气，只有极少数的日子，才能见到一丝灿烂阳光。

今日正是一年之中难得的晴朗好日子，天空万里无云，阳光毫不吝啬地洒满了整个孤岛，岛上一座巨大华美的宫殿，延绵几十里，琉璃瓦在日光下熠熠生辉，景色端妙。

离泽宫的弟子们都很珍惜难得的晴天，很多人都趁着风和日丽，下海捞鱼嬉水，此时的岸边是最热闹的。都是少年人，嘻嘻哈哈，开着各种或大或小的玩笑。更有调皮胆大的孩子，攀上宫前最高的两根白玉阙，眺望遥远的大海，那里海天一线，深蓝浅蓝渐渐融合在一起，令人遐想。也有人会转头望向后面无尽的山峦，想象着山后人世间的繁华红尘景象，心猿意马。

禹司凤站在窗台那里，怔怔地望着外面嬉闹的少年们，不知在想什么。他重伤初愈，脸色还是很难看，明明已经很暖和了，身上还披着一件藏青色的大氅，冰冷的双手时不时搓两下，惹得大氅上的黑色流苏微微颤动。

大约是站得久了，吃不住，他扶着墙，缓缓坐回椅子上。良久，突然开口："师父，这件事弟子不能答应。"

他对面的长凳上坐靠着一个年约四旬的青袍男子，长眉星目，甚是俊伟。那人端起茶杯，喝了一口，长眉一挑，笑道："司凤呀，这件事不是与你商量，而是必须的。纵然你是我的爱徒，却也不能因你一人坏了离泽宫多年的规矩，否则如何服众？"

原来这中年男子便是禹司凤的师父，离泽宫的大宫主。禹司凤脸色越发苍白，秀睫微颤，低声道："可是……弟子的面具确是由她摘下……弟子绝不敢说谎……"

宫主摆了摆手，从怀里取出那枚哭丧着脸的面具，端详一番，道："天下间不能料算到的事情十有八九，更何况这样一张小小面具。更何况，面具被摘下，咒语还在，又有何意义呢？"

他见禹司凤低眉不语，晓得自己说中了他的痛处，当即柔声道："天下人多负心薄义，你年轻未经世事，被骗也是无法。所谓吃一堑长一智，如果此刻你还要固执，宁可抛弃一切去追随那个女孩子，岂不是成了蠢人？"

禹司凤微微一动，低声道："弟子……没有被骗。"

宫主笑道："没有被骗，那咒语为何还在？"

他无言以对。

宫主又道："死不悔改。也罢，你不承认面具一事，我也不来为难你。那封印的事情怎么说？私自在外面开两个印，你知道是何等大罪？"

禹司凤颤声道："弟子当日……身受重创，不得已而为之……"

"呵呵，今日你不得已，明日他不得已，离泽宫的规矩立了是做什么的呢？"

禹司凤又一次无言以对。

宫主柔声道："司凤，我看着你长大。你这个孩子心高气傲，从来不甘落于人后，更不该为了一个女子神魂颠倒。你要知道，她是你的魔，一个人要是入了魔，那是无药可救的。听师父的话，忘了她，好生回来。这里是你的家，人怎么能不要家？你回来，我保你平安，只要在水牢里待上几天，吃些皮肉苦，先前的忤逆我都可当作没发生过。那情人咒，我也会设法替你解开。"

他见禹司凤垂头不语，似乎不为所动，便微微冷了声音，道："你再固执下去，难道不怕众叛亲离？"

禹司凤闭上眼，忽然扑倒在地，对他磕了三个响头，颤声道："弟子辜负师父厚望！但弟子此身……已无后退之路！求师父责罚，弟子不敢有任何怨言！"

宫主冷笑道："你很好！很好！"

禹司凤又道："师父有任何责罚，弟子心甘情愿！但弟子尚有一事不明，求师父听弟子说明！"

宫主冷道："你说。"

"弟子的伤乃是同门若玉所刺……弟子斗胆，请问师父知道此事吗？"

那宫主猛然起身，又是吃惊又是震怒，厉声道："是若玉刺伤了你？！"

话音刚落，却听门外脚步声杂乱，守卫弟子急道："启禀宫主！有三个外人擅闯离泽宫，与正门弟子发生了冲突！"

禹司凤浑身一震，急急冲到窗边，只见那巨大的白玉双阙下，立着一个白衣少女，红颜乌发，正是褚璇玑。


离泽宫坐落在海外孤岛上，地势险要而且隐蔽，就是几百年也未必有一个访客，更是举办簪花大会的五大派之中，唯一一个不提供自家演武场的派别。其他四派知道他家规矩多，又是戴面具又是不能和女子接触，那簪花大会开起来，参加的女弟子众多，不给女子进入，大会还怎么开？

故此离泽宫的年轻弟子们几乎就没在自家门口见过外人，派中有规定，出门在外需要戴面具，在宫里则不必拘泥这些，所以在海边嬉水玩闹的那些弟子们都是真容示人，只把面具挂腰上。

璇玑他们三人是御剑直接闯进来的，速度奇快，待看清的时候，人已经立在白玉双阙下了。那些弟子一见打头的是个年轻女子，后面还跟着一个猥琐又脏兮兮的大叔，大叔手里推着轮椅，椅上坐着一个眉目俊秀的青年人。三个都是外人，他们第一次见到有外人这样毫不客气闯进来，个个都唬得呆住，也有那乖觉的赶紧先把面具戴上。

璇玑一落地，半分也不客气，直接拔出剑来，对着那些光溜溜嬉水的年轻弟子们厉声道："把禹司凤放出来！"

有些年轻弟子从来没出过宫门，今日才是第一次见到女人长什么样，见璇玑虽然满面杀气，举剑威胁，然而面容娇美，身形窈窕，早已看呆了。她连问几声，都没人回答，心中烦乱异常，干脆一剑甩出去，溅起大片的水花，泼在他们身上，终于惊得他们回了神，有的怪叫有的掉脸就跑有的手忙脚乱地戴上面具，还是没一个人回答她的话。

柳意欢见璇玑气得快没了理智，当即叹道："慢慢来慢慢来！这里好歹是人家的地盘不是？你也要按照人家的规矩，客随主便的道理都不懂？"

说罢自己整整乱七八糟耷拉下来的衣领，理理十年没梳理过的乱蓬蓬的头发，很潇洒地走过去，对守在门口的几名发呆的守门弟子说道："外来的客人，求见离泽宫宫主，还烦请小哥们通报一下。"

那几个守门弟子见他形容说不出的猥琐，心中不由自主起了恶感，加上璇玑一来就杀气腾腾的，更是不愿通报，当即说道："宫主出门了，不在宫中。诸位请回，改日再来。"

柳意欢嘿嘿笑道："要骗我？宫主不在宫中，这双阙上的灯怎么会亮着？"

他指着那左边的白玉阙，果然高高的玉阙顶上安置着一个极小的阁楼，阁楼里什么也没有，只有一盏长明灯，灯火闪亮，灼灼跳跃。那些弟子见他居然知道离泽宫的规矩，不由得动容。须知这双阙一左一右，便代表了正副两个宫主，左边灯亮，表示大宫主在宫里，右边灯亮，代表副宫主在宫里。一般来说，只有离泽宫的人才知道这个没有明文规定的规矩，而柳意欢是个外人，居然一清二楚，不能不让人惊疑。

果然他这话一问，众人都警惕起来，用一种看奸细的眼神看着他们三人。其中一人沉声道："宫主吩咐过，不论何人来请，都说不在宫中。还请三位速回！不要在离泽宫前放肆！"

说罢看了看璇玑，又道："女子更是不得进入离泽宫半步！这是铁律！速速回去！"

璇玑正憋着一肚子邪火，强忍不发，见那人如此不客气，更不多话，手中的崩玉嗡嗡鸣叫，剑气充盈，只待主人剑招发出，便要将那人刺个稀巴烂。

众弟子见她要动手，纷纷抽出兵器，一时间双方在场上互相对峙，都不肯让步。柳意欢苦笑道："喂喂！离泽宫最近架子是越来越大了！一个宫主，又不是皇帝，哪里这么难见！我瞧瞧……哦，你们腰上系着紫牌子，是七代弟子了。那宫主也不过是个二代弟子，算来还不如我辈分大呢，没让他迎接出来都算客气的了！"

众人见他又能通过腰牌的颜色来判断辈分，更是怀疑。原来离泽宫不像其他门派，用字来算辈分。比如少阳，分了真字辈、敏字辈之类，而离泽宫则是用赤橙黄绿青蓝紫各色牌子来代表辈分，七代一循环。这些守卫弟子腰挂紫牌，那就是七代弟子，下面的八、九二代则另用新的赤橙色牌。

"你……你是什么人？！"守门的弟子终于忍不住厉声喝问，同时对旁人使眼色，将他们三人包抄起来，准备只要一言不合，便将他们拿下交给赏罚堂的人处置。

柳意欢不甚在意地嘿嘿笑，在身上抓了一把痒，这才从脏兮兮的怀里掏出一块脏兮兮的牌子，"喏，看看，这是什么？"

他掌心摊着一块牌子，色如朱砂，鲜艳夺目，而牌子上更用烫金鋈了字：甲子乙亥。那些人一看之下大惊失色，红色的牌子便表示他是离泽宫一代弟子，也就是比现任宫主的资格还要老。当年那些执红牌的前辈，早已隐世的隐世，做长老的做长老，连宫主都要对他们恭恭敬敬。此人从来没在离泽宫见过，如何拥有牌子？

那些守卫弟子有些动摇，说话声四起，一些说干脆通报宫主，另一些坚决不认同，认为那牌子是他偷来的，建议直接将他拿下。双方争执起来，倒也顾不得他们三人，方才剑拔弩张的气氛消弭于无形。

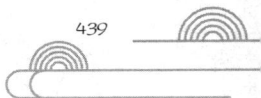

"切，一群没见过世面的东西！"柳意欢撇撇嘴角，"迂腐的人教出来的弟子也都是迂腐不堪，啧啧……果然当年离开这里好哇！妙哇！"

璇玑忍不住奇道："柳大哥……那个牌子难道是真的？你以前是离泽宫的人？"

"难道还有假的不成！"柳意欢把眼睛一瞪，气呼呼地说道，"我当然是离泽宫的人，不过那是以前啦！不然怎么认识小凤凰？我和他的渊源深着呐！"

璇玑很想问问他当年是怎么逃出离泽宫而没被惩罚的，不过还没问出口，只见大门那里一阵喧嚣，紧跟着一个粗嘎的声音厉声喝道："什么人在离泽宫门前放肆？！"

那些还在乱糟糟争执的守卫弟子们立即变色，回身跪下，齐声道："见过罗长老！"

柳意欢定睛看去，只见大门内拥出十几个青袍弟子，当头一人戴着火红的修罗面具，身材瘦弱，姿态却摆得极高，昂首挺胸，一副不可一世的傲然模样。璇玑一见他，不由得"啊"了一声，柳意欢立即道："怎么，你认识他？"

璇玑低声道："上回在小阳峰，就是他跟在那个宫主后面，很凶的，一个劲嚷嚷着要处罚司凤。"

柳意欢笑道："那是自然，他身为赏罚堂的长老，自然要赏罚分明。你别看他这个样子，他可是非常厉害的哟！拿红牌子的老家伙了，两个宫主都要让他三分。他待会儿认出我来，必然要大发雷霆，肯定有好戏看，你等着吧。"

他大发雷霆又是什么好戏了？搞不好就要大打出手，真是唯恐天下不乱的人。

那罗长老走上前来，先看了看璇玑，当即冷道："离泽宫不许女子入内！这位姑娘赶紧离开，不然休怪我们不给少阳派褚掌门面子！"

璇玑心中一惊，急道："你记得我是谁！"

罗长老冷笑道："褚掌门的千金，口才了得，在下怎么会不认得！"

他原来这么小气记仇！璇玑不由得骇然，那次在小阳峰，也不过匆匆数语，那时候自己还是小孩儿的样子，过了四年面容全变他居然一下子就认出来了，可见那事他一直记在心里，真是睚眦必报的典型。

罗长老又道："禹司凤是本派弟子，他的事自有本派做决定，轮不到外人过问。如今他外出历练时间已满，自然回归离泽宫，诸位若是想见，就等以后有缘吧！"

柳意欢见他唧唧咕咕说了半天，还是没认出自己，不由得傻眼。本来他都摆好造型等着看他认出自己大吃一惊的模样了，谁知他居然没认出来。他只好长叹一声，道："老罗啊，多年不见，你的嘴还是一点也不讨喜。"

罗长老听他这样称呼，微微一震，目光在他身上紧紧绕了一圈，从头看到脚，这才失声道："是你！你……你居然还敢回来！"

他的声音本就粗嘎怪异，这样拔尖了嗓子嚷嚷，更是令人牙酸。柳意欢哈哈一笑："可算认出来了！我有什么不敢回来的？我又没做亏心事！"

那罗长老见到他，简直是新仇旧恨一起涌上心头，厉声道："原来是你搞的鬼！哼！有没有做亏心事你自己明白！老宫主到底是被谁气死的，你更是明白！你如今……如今是得意了，回来做什么？找死吗？！"

说罢他看了看璇玑，再看看一旁面无表情的亭奴，只怒得浑身微微发抖，喝道："反了！不说你还有脸面回来，这次回来居然还是闹事的！当年没把你这叛徒斩于剑下，今日我要用你的血祭祀老宫主！"

只听"铿"的一声，他拔出了腰间的宝剑。那剑居然扭曲犹如蛇形，色泽苍蓝，造型精致而且奇妙。柳意欢回头对璇玑很可恶地一笑，低声道："看吧，我就说，好戏来了。"

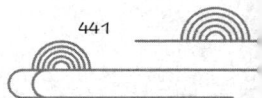

# 第二十三章·执子之手

什么好戏，根本就是打架！璇玑哀怨地看他一眼，不得不应战。用脚趾头想也知道，跟年轻弟子开战，和与长老动手，有什么本质上的区别，搞不好就大家一起完蛋。

柳意欢自己挑衅的人攻上来，他却很欠扁地躲到璇玑身后，大叫："救命啊！小璇玑！恶人打过来了！"

啊，有时候真恨不得用剑柄把这人打昏过去。

璇玑眼见罗长老剑光喂到眼前，当即咬牙接住。崩玉和那剑甫一接触，发出清脆的鸣声，光华大盛，竟有将对方的剑比下去的气势。罗长老也是第一次见到崩玉这种神器，不由得愣了一下，不防她左手拍出，劈向自己的肩膀。

他不得不退开让过去。罗长老自恃为离泽宫长老，岂会愿意和一个小丫头动手，那是有失身份的事情。他背着双手站在对面，怒视柳意欢，喝道："无耻之徒！还不速速出来！躲在小丫头背后，成什么体统！"

柳意欢本身就是个没脸没皮的人，只把他的话当作耳屎，笑道："大男人是人，小丫头就不是人了？我就爱躲在她背后，我就不出来。有本事你来抓我血祭老宫主吧！"

罗长老气得手腕都在抖，然而柳意欢当真老了脸躲在璇玑后面，自己也确实不能对一个小丫头做什么，于是冷道："也罢，你这种卑鄙小人，也不配由我亲自动手。还记得你当年最怕什么吗？今日好叫你知道，它们已经长得很大了！"

他将剑一挥，猛然插进沙地里，手掌在剑柄上一拍，那剑居然被他一拍之下刺溜一声钻进了沙中。柳意欢脸色一变，低声道："不会吧！他把那玩意当作灵兽来养？！"话音未落，只见前面众多弟子大惊失色地朝大门处跑去，似是海里突然出现了什么怪物。

大海里发出雷鸣一般的轰隆声，巨大的浪花拍打有声，海滩上的砂粒也像放在铁锅里的米粒子，被筛过来筛过去。三人骇然回头，只见先前平静的海面犹如沸腾一般，翻卷不休，白沫飞溅，也不知底下藏着什么怪物，似是要腾出水面。

璇玑胳膊忽然一紧，却是被柳意欢狠狠抓住了，他的手在微微发抖，竟不是装出来的，而是真的在恐惧！

"你……你们要小心！那玩意……可怕得很！"

璇玑见他说话声音都开始发抖了，不由得轻道："柳大哥……你那么害怕吗？"

柳意欢怒道："废话！要不是为了你们几个小鬼把天眼给开了害老子现在没有还手之力老子怎么会怕！都是你们不好！都是你们的错！"

他一口气念下来，都不带喘气的。一旁始终保持沉默的亭奴忽然"咦"了一声："是化蛇？"那是一般生活在湖泊里的妖，海里也会有吗？

柳意欢急道："就是它！这玩意很讨厌的！更别提生活在海里的了！比湖里的大上十倍，不小心碰一下就全身腐烂！"

亭奴轻道："不用慌，你们过来。"

他轻轻对空拍掌，轻叫："当康，结界。"话音一落，他脚边立即出现了一只浑身长毛、怪模怪样的小猪。璇玑立即想起当日在周府也见过它，那是亭奴圈养的两只小妖怪之一，还有一只是青耕鸟。

当康听从主人的吩咐，张嘴轻轻叫了一声，三人立即被一层淡薄的青光笼罩住。柳意欢的惊恐之情这才稍减，抬手戳了戳那结界，轻薄犹如无物，手指很顺利地穿了过去。

"这玩意管用吗？"他很怀疑。

亭奴淡然道："若是不相信你随时可以出去自己找地方躲起来。"

"我信我信！都是老兄弟了，我怎么会不信你！"他赶紧勾住亭奴的脖子装熟。亭奴微微一笑，望向那翻腾不休的大海，轻道："要出来了。我也没见过长在海里的化蛇，今日算得上大开眼界。"

他二人在那里唧唧咕咕说话，璇玑只是眉头紧皱，盯着不平静的海面。忽听一阵刺耳粗嘎的尖叫，竟像是千万只乌鸦在一瞬间齐齐发声，海面突然蹿出三四根粗大的黑线，摇摆不休。那就是化蛇！三人都看得发呆。

它们的身体足有千年大树那样粗，漆黑圆滑，油亮亮的。猛地一看，很像蛇，然而靠近脑袋的部位生着一对透明的大鳍，背后倒长出三对巨大的翅膀，獠牙尖利，面相狰狞。套句柳意欢的话：一看就知道不是个好东西。

那些化蛇受到主人的召唤，从海底觉醒过来，一出水面便直扑结界而来。三人只见化蛇们巨大狰狞的脑袋撞上来，獠牙擦过结界，要将他们一口吞下。那口中密密麻麻也不知生了多少倒刺，蠕动挣扎，令人毛骨悚然。

璇玑只觉背后阵阵发寒，虽说当康的结界挡住了化蛇的攻击，可是挡不住那种恐怖的气势和阴寒腥臭的味道，眼看这样巨大的妖兽近在咫尺，大张嘴巴，谁都会吓个半死的。

柳意欢自己也吓得两腿发软，连声道："我的妈呀，长这么大了！这玩意能长这么大？！"话没说完，只觉旁边另一只化蛇张大了嘴扑过来，他赶紧连滚带爬跑到亭奴身边，死死抓住他的衣服，再也不放手。

那些化蛇攻击了一阵，发现无法将结界摧毁，也只得束手无策地在周围徘徊旋转。它们背后虽然生了翅膀，却飞不高，离地不过三尺左右，飞得一会儿便支撑不住，自回海里鸣叫不休。

罗长老在后面冷笑道："不错，有点本事！我倒看看你这结界能撑到什么时候！"

他的手掌又在沙地上一拍，那些化蛇立即像打了鸡血一样兴奋起来，在海里翻腾盘卷，整个海面被它们搅得晃荡不停，也不知死了多少鱼虾。亭奴见它们张开血盆大口，喷出大量漆黑的水，腥臭之气顿时笼罩了整个天空。他急忙拍了拍当康的头，轻声吩咐："再加一层结界。"

那些黑色的水下雨一般落下，落在地上立即腐蚀了沙地，沙滩变成一个又一个的黑窟窿。众人虽然被结界护着，看到这种情形还是心惊胆战。如果稍微暴露一点肌肤在外面，那就是没地方躲的事情，只有死路一条了。

离泽宫一个赏罚堂的长老居然能养这种厉害的灵兽，当真令人害怕。璇玑想起父亲养了多年的灵兽红鸢，只怕两个要相争，红鸢也斗不过这些化蛇。

那些化蛇不停地喷出黑色的水，竟是一刻停歇也没有。亭奴皱眉道："这样不行，不把这些化蛇除掉，我们就会被困死在这里。"

他抬头看看璇玑，她正握着剑，凝视那些化蛇，眉头紧蹙。

亭奴忽然低声道："璇玑，你如今还能唤出三昧真火吗？"

璇玑愣了一下，犹豫道："御火是没问题……可是三昧真火？那是什么？"

"你不用管。"亭奴沉声道，"想不想救出司凤？"

"当然想！"

"那化蛇就由你来对付，让他们看看你的决心。"


璇玑将崩玉收回剑鞘，捏着手印便要使出御火术。亭奴一把抓住她的手腕："用定坤御火！不要放开它！"

璇玑吃了一惊，怔怔看着他。亭奴眉头一皱，似是发觉说错了话，急忙改口："不要放开……你的佩剑……叫什么的？"

她依言，一把抽出崩玉，它仿佛是活的一般，在手中颤动鸣叫，一阵一阵的光华四溢，像在催促她快些动手。她几乎是本能地知道怎么做，伸指在上面轻轻拂过，为她手指拂过的地方，泛出烈火般的色泽。

她袖子一展，捏了个剑诀，道："它叫崩玉——也叫定坤！"

定坤剑似乎一瞬间被火焰吞没，无数条小小的火龙在上面盘卷缠绕，热力惊人。柳意欢吃惊又艳慕地看着它，喃喃道："神器……这就是神器！"

话音一落，璇玑早已冲出结界范围，在密密麻麻腐蚀性极强的黑雨中穿梭。柳意欢看得提心吊胆，连声叫唤："小心！那边那边……呃！小心点！"

亭奴叹道："我越发觉得你不是当爹的人。"

"什么？"柳意欢无辜地回瞪他。

"你是当妈的，还是最啰唆的那种。"

柳意欢居然有点脸红。

亭奴低声道："她没事的，很早之前，她就是这样一个人战斗，一个人对千军万马……就连天帝都惊愕于她的战斗力。"

"你知道的真不少。"柳意欢耸耸肩膀，"以前和她有什么恩怨？牵扯到今生来了。"

亭奴幽幽一笑，良久，才轻轻说道："我只是——想再看看战神将军的风采。"

那种令人目眩神迷的强悍，压倒式的煞气，不可一世的冷酷——他想再好好看看，当年的那个她。

说话间，璇玑已经冲到海中，旋身而起，光华万丈的定坤剑，盘旋在上面的火龙骤然长大数百倍，整个天空都仿佛要被燃烧起来。她为火龙们托起，定坤在空中稳稳画了个圈，清叱："破！"

那些火龙号叫着，争先恐后地扑上前，将那几条化蛇缠了个结结实实。虽然身量不如它们巨大，但那惊人的足以焚天的热力，便已让人呼吸困难。化蛇们惊天动地大吼起来，急急钻回海中，身上的火龙一触水立即熄灭。璇玑没有了火龙的依托，也从半空中落下。

亭奴眉头紧蹙："不对！不是三昧真火！她没明白！"

话音未落，却听海中又传来化蛇们粗嘎刺耳的号叫声，那些凡火虽然厉害，却只能造成皮肉伤，化蛇们又为主人催动，从海中呼啦啦钻出来，张开血盆大口，要将璇玑吞下去。她孤身一人漂在海水里，显然无处可躲。

柳意欢急得头发都要竖起来，大叫："那你快让她明白啊！快点！"

亭奴紧紧抿着唇，没说话。

事实上，他又能说什么呢？

璇玑手忙脚乱地在海水里拼命朝前游，身后那几条化蛇没两下就追上来，猛然蹿出水面，脑袋在她身下一顶，她腾云驾雾一般地飞了起来，那些化蛇一拥而上，伸出长长的脖子，争着先把她吃在嘴里。

她登时急了，无奈在空中实在无法施展开手脚，眼见对面一条化蛇嘶吼着咬过来，口中密密麻麻倒钩一样的牙齿，每一根都比自己整个人都大，心中也是一阵骇然，本能地想闭目等死。

手中的崩玉不甘心地尖声鸣叫，剧烈地抖动着，仿佛在责怪她不该如此无用。璇玑只得再勉力一拼，等那化蛇一口咬下的瞬间，将崩玉竖着插在它腥臭蠕动的口中，抬脚在它牙上一踢，借力反弹起身，双手结印，唤来新的火龙，将自己重新托起。

对了，她还不能死。没见到司凤，没救回玲珑，没把六师兄从不周山带回来。

她还有很多很多事情没做，怎么能死在这种鬼地方！而且——她厌恶地看了一眼对面的化蛇，她宁可自刎也不要死在这些丑陋妖怪嘴里！

不知为何，想到"自刎"二字，她心中忽然一抖，似是有了什么触动。插在化蛇嘴里的崩玉发出光亮，轻灵地蹿了出来，有灵性一般，巧巧落在她掌中。那火热的剑柄，那种触感……仿佛她曾这样死死捏着它，在绝望之地，用它了结了自己的生命。

化蛇们不再惧怕火龙，在她眼前晃来晃去，寻找最好的时机下口。腥咸的海风肆卷，它们口中流下的涎水下雨一般掉落，落在她胳膊上，衣服登时腐蚀出一个大洞，烧得皮肤剧痛无比。

璇玑大叫一声，纵身而起。

拼了！

她反手用崩玉在胳膊上轻轻一划，滚烫的鲜血浇在滚烫的剑身上，白烟嘶嘶而起。她咬牙凝聚起全身所有的真气于指尖，手指缓缓拂过光滑灼热的剑身。一寸一寸，崩玉变成了被焚烧一般的橙红色。

手里仿佛多了一颗小心脏，扑通扑通跳动着，那种意外的沉重，几乎让她掌握不住。亮亮的火焰色从剑身上一丝一缕迸发出来，随着她手指的拂动，犹如柔丝一般被牵扯出，渐渐化作千万道红线，将崩玉裹在其中。

她手腕剧烈颤抖起来，为着那突然增加的重量，终于咬牙提起，用尽全身的气力一挥而出，那些闪烁的火焰色的柔丝抛飞出去，见风即长，骤然变作数丈长短的小火龙，然而密密麻麻，数量不知有多少。

化蛇们似乎对这些小火龙极其戒备，急急退后，要躲回海里，不防它们席卷而来，将这些化蛇的脑袋团团罩住。化蛇们痛得嘶声尖叫，在海中剧烈翻腾，将海水搅得犹如沸腾多时的汤水。

奇怪的是，那些小火龙不像方才的火龙，触水即灭，即使在海水中，依然灼灼燃烧，烧得周围的海水白雾兴起，仿佛一瞬间起了大雾。

眼看那些化蛇的脑袋都被烧没了，显然活不成，璇玑也是筋疲力尽，被火龙们送回岸上，躺在那里不能动弹。忽然想起了什么，她挣扎着爬起来，两眼发亮，回头对亭奴叫道：“看到了吗？我干掉它们了！这次真的是被我干掉的！”

亭奴微微一笑，撤了结界，把轮椅推过去，伸手扶住她，柔声道：“做得很漂亮，但你以后会做得更漂亮。”

柳意欢也屁颠颠地跑过来，两眼发亮地看着崩玉，想伸手拿又不敢，连声道：“好厉害！小璇玑……你的剑……真是漂亮……能给我看看吗？”

璇玑嫣然一笑，正要大方地解剑递出去，忽见面前青影一闪，一直在旁观战的罗长老骤然出手，一把抓住柳意欢的背心，将他带得倒退丈丈，口中不停大叫。

“杀人啦！救命啊！杀人啦！”他叫得比杀猪还凄惨。

罗长老冷哼一声，将他狠狠掼在地上，一脚踏中他的胸口，厉声道：“今日不杀你，带你去赏罚堂——定罪！罪状成立，再让你血祭老宫主！”

柳意欢肋骨被他踩得吱吱响，痛声惨叫，只急得四肢乱挥，却毫无用武之地。璇玑急忙要上前相助，却被亭奴一把拦住，低声道："不要动，看他的。"

罗长老冷笑道："怎么，以前不是一直夸口自己是离泽宫第一勇士？许多年不见，居然变成了手无缚鸡之力的凡人？！你以为装可怜我便会饶过你不成？"

柳意欢被他踩得满头冷汗，脸色煞白，仿佛真的快要断气了一样，但他的口气猥琐得很欠扁，呵呵笑道："哎呀哎呀……那可不是夸口……老罗你自己心里也清楚，当年到底是谁输给谁……啊！"他又惨叫一声，喘了半天气，才又道，"现在你可算找到报复机会了……我知道你会恶整我一番……你这个人，一向睚眦必报……就是因为器量太小，所以老宫主看不上你，哪怕你拼命练功也不成……嘿嘿……宫主还是传给了你的小辈……你现在做个什么堂主……红牌的一代弟子……你丢不丢人……"

虽然罗长老戴着面具，看不到他的脸色，但十丈之内的人都能感觉到他身上那种冲天的怒气。他森然道："你尽管犟嘴，过得今日，以后也没有说话的机会了。"

罗长老弯腰似是要将他提起来，柳意欢突然笑道："你真能把我怎么样？不见得吧！养了那么久的灵兽，都被人家小丫头轻而易举弄死了……我看你比以前是越来越退步喽！"

说罢他不知从何处突然摸出一把匕首，手腕一转，飞快地刺向罗长老的小腿。罗长老反应奇快，当即一跃而起，右足刚刚落地，又借力前冲，试图趁着柳意欢还未起身，将他擒下。谁知这个摇摇晃晃的猥琐大叔，动作居然比他更快，一个晃眼，接住他踢上的一脚，手腕又是一转，劈向他的膝盖。

罗长老心中一惊，虚晃一招，先行退开，柳意欢如影随形，灰色的影子就好像连在他身后一样，无论他怎么躲，怎么打，都拿他没有办法。其实这些年来，罗长老每日豁出命去修炼，功力身手早已不在柳意欢之下，但毕竟曾经惨败给他的阴影还在，见他又使出和当年同样的一招，自己怎么也打不到他，不由得微微慌乱，将袖中乾坤用力一扯，只听"卒卒"几声，他藏在袖中喂了剧毒的暗器直朝身后的灰影射出。

柳意欢执了匕首，在身前画个圈，一阵叮叮当当响，那些暗器尽数被他挡下落在地上。罗长老斯机而动，正要回身抢个破绽攻上，不防脖子上忽然一凉，那柄匕首抵了上来。

柳意欢捏住他的胳膊反剪过来，笑道："老罗，说你退步你还不信。这些年我可是一点没进步，你还是打不过我。老宫主要是知道了，大概气你更多一些吧，啊？"

罗长老心下冰冷绝望，多少年来，他几乎每夜都要被曾经输在柳意欢手下的噩梦惊醒，他没命地修炼，只盼有朝一日雪耻，亲手了结这个叛徒。他也曾无数次设想过两人当真动手，是怎么样的情形，每一个后路每一个招式他都细细研究过，但他始终没有算到，真正动手，自己还是输给了这个滑头。

他败了，不是败给他，而是败给了自己多年的心魔。

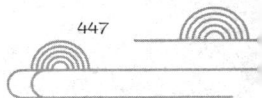

柳意欢见他不言不语，知道不好，骤然抬手捏住他的下巴，终究是迟了一小步，鲜血从他唇边流了下来——他居然学女人咬舌头自尽？！难道败给他，屈辱就这么大？

"师兄啊……"柳意欢叹了一口气，忽然正色改口。

罗长老一听这个称呼，不由得浑身一震，脑海中不由自主回想起当年他们几个师兄弟练武玩耍的情形。柳意欢是最小的师弟，但也最聪明，什么样复杂的招式法术，到他那里最多三天就学会了，师兄们对他是又羡又妒。他这个人，天生无赖的性格，又好色，当年离泽宫规矩还没有那么多，他就时常溜出去找女人，回来的时候带着满身的脂粉香，老宫主一天到晚骂他，可是，到最后还是最疼爱他。

其实他自己对柳意欢也是没什么好感的，但他不喜欢和师兄们一样在背后说他坏话，给他穿小鞋。有一次还在师父面前帮他说话——他并不是想帮他，只是看不过去栽赃陷害。

从那之后，这个无赖滑头就缠上来了，无论干什么事都要和他一起，甚至还强拽着他去找那些个女人……想到这些，他忍不住气结于胸，厉声道："我不是你这种无赖的师兄！你将老宫主活活气死，有什么脸面再叫我师兄？！"

他舌头被咬破小半边，话语含糊不清，然而气势丝毫不减。周围的离泽宫弟子本想上前相助，但又不敢，只得团团围在旁边，静观其变。

柳意欢"啧"了一声，叹道："我就是不喜欢你们这些迂腐的人，迂腐的规矩。既然要做人，就应当开开心心光明正大，否则我做人干什么？师兄你当年与我一起醉卧酒楼，不也曾说过这种日子很痛快吗？"

痛快吗？

是的，那时候陪着他一起放肆，虽然一直抱怨，但自己在这种胡闹一样的日子里，居然享受到了从来没体验过的快活自由。理智始终在提醒他，这样不对，不可以这样，这是有违律条的。可是每每触犯律条，那种危险、后悔又痛快的滋味，令人销魂。

他以为一生都会这样过去，谁知有一天，柳意欢突然走了，不声不响离开了离泽宫。虽然后来被抓回来关进地牢，但他也把对他抱以厚望的老宫主气得吐血，不出几日就死了。

到底什么是对，什么是错，真心地说，他一点也不知道。但是，既然要做人，就一定要有信念，这条路不对，会令很多人伤心，那么就选择另一条路。两全其美的事情，往往不存在，那种痛快的回忆，也只有当作幻梦一场了。

罗长老沉默了很久，才道："你只顾自己的痛快，殊不知这种痛快害了多少人！天底下没有比你更加自私的人！"

柳意欢挑眉道："我怎么自私？我也是为了离泽宫好哇！你们这样的重压铁律，教出来的是人吗？你不如问问这些年轻弟子，他们有几个见过女人，见过外面的世界？连这些最基本的东西都不给他们，到底是谁自私？！"

罗长老颤声道："我不与你争辩！今日败在你手上，也是因缘。你赶紧杀了我！"

柳意欢"切"了一声，道："说不过我，就只会用死来相逼。你和老宫主一个德行。我要为自己活，可不是为了你们的想法过活。你的命在我手里，我想杀就杀，不想杀就不杀，你能拿我怎么办？嘿嘿！"

他将匕首死死抵在他喉咙上，忽然拽着他转身，周围的离泽宫弟子生怕他伤了罗长老，纷纷后退。

柳意欢朗声道："喂！再不把禹司凤放出来，我可真的要把他杀了哦！我柳意欢反正是个狼心狗肺的叛徒，已经气死过一个，如今再杀一个也没区别了！"

他吼完，离泽宫大门后静悄悄的，没一点声音。

柳意欢也不动，只是站在那里等，一面又道："你们要是觉得一个小弟子比长老还重要，我也无话可说。我这个人没什么耐性，我数到五，再不放人，我就真的下刀子了啊！"

他话音一落，只听离泽宫沉重的大门"吱呀"一声，缓缓被人打开了。

里面鱼贯而出无数个弟子，最后出来十几个腰挂橙牌或者红牌的首领人物，最中间两人没戴面具，一个年约四旬，目若朗星，一个少年英俊，丰神俊秀，正是大宫主和禹司凤两人。


璇玑一见到禹司凤，眼中便是一热。她强忍住泪水，咬牙盯着他。只觉他也正定定看过来，两人的目光甫一接触，便胶着在一起，再也分不开。

良久，璇玑终于挥了挥手，张开嘴想说话，仿佛说给自己听一样，声音极低："司凤……我来接你了……"

他也挥了一下手，嘴唇微动，只听不见是说什么。

那大宫主扶着禹司凤，被众人簇拥过来，浑不在意地看着柳意欢，以及被他挟持的罗长老，忽而微微一笑，恭恭敬敬地弯腰行礼，道："晚辈见过柳前辈。"

彼时离泽宫的腰牌是一代一换，红牌的弟子有很多都成了橙牌弟子的师父，按照辈分，他应当叫柳意欢一声师叔，但老宫主临死的时候已经留下遗言，将柳意欢逐出离泽宫，所以他只能叫前辈，不方便叫师叔。

大宫主这样行礼，其他离泽宫弟子有不明白真相的，自然是大吃一惊，却也不得不跟着宫主一起朝柳意欢行礼。一时间，场上几乎所有人都朝这猥琐的无赖行礼，柳意欢得意扬扬，终于扬眉吐气一次，跩得差点把鼻孔翘天上去。

"哎，免礼免礼！你这个小宫主，好像还蛮懂礼数的嘛！不错不错！"

他叫人家小宫主，不三不四的称呼，很有些调戏的味道，离泽宫弟子们大部分露出怒容，碍于宫主，只能隐忍不发。

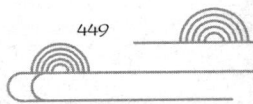

那大宫主一点也不恼，只是温言道："晚辈早就听闻过柳前辈的英名，只是一直无缘得见，今日能够目睹前辈风范，真是三生有幸。"

他这一套文绉绉的空话说得眼皮都不颤一下，好像根本没看到柳意欢手里还挟持着罗长老，用的是最卑鄙的法子。

柳意欢哈哈大笑起来，挤眉弄眼地说道："不错！你说话我爱听！难怪能当上宫主！"

大宫主浅笑道："前辈谬赞。"

亭奴见他二人就是在闲扯废话，便低声道："不要耽误，只怕生变。"

柳意欢但笑不语，他自然心中有数。

"客气话就说到这里吧。"他突然开口道，"咱们也不用虚情假意的了。一句话，罗长老换禹司凤，成不成交？"

大宫主仿佛早就料到他会这样说，微笑道："晚辈失礼，斗胆相问一句，前辈既然已经离开离泽宫，那么离泽宫一切事务，从此应当与您没有半点干系。禹司凤身为离泽宫弟子，您有什么理由让他跟您走呢？"

来了！就知道此人没那么好应付！柳意欢大声道："只凭我与他情同父子一条理由便足够了！你师门再大，还大得过父子？哦，我知道你会用什么离泽宫的规矩来堵我的嘴，那我告诉你，从你在他身上下了情人咒的那一刻起，禹司凤便不算离泽宫的人了！更何况他的面具已经被人摘下，当是完成了此项惩罚，从此与你们再无瓜葛。你强行留人，是什么道理？"

大宫主轻道："面具虽然摘下，咒语却没解开。所以他还是离泽宫弟子，晚辈身为离泽宫宫主，自然不能让外人掳走他。"

柳意欢冷笑起来，"说来说去，你就是要强留住他罢了。你们离泽宫近来很会捣鬼，做了些背地里见不得人的勾当。我看你要留他，不是为了规矩，而是为了私心！若玉刺伤他的事情不要说你不知道，你敢摸着心口说一句此事你事先完全不知情吗？！"

大宫主正色道："晚辈发誓，若玉一事晚辈完全不知情！何况离泽宫有什么事，如今也不该由前辈置喙。罗长老是离泽宫的人，禹司凤也是离泽宫的人，晚辈就是粉身碎骨，也要护得本宫中人的安全！"

他的口气居然这么硬，看起来当真不好对付。柳意欢一时竟也想不到什么说辞来和他辩，搞不好他来硬的，强行动手，他们这边只有三个人，璇玑体力透支，自己天眼无法打开，亭奴更是什么都不会的鲛人，完全处于弱势。若不是他手里拽着一个罗长老，只怕此刻他们三人就被关进地牢了。

他还在沉吟，身旁的亭奴忽然开口道："宫主，何不问问这孩子自己的意思？他虽然是离泽宫弟子，但也是一个人，焉知他不想离开呢？"

大宫主见他突然开口，不由得有些愕然，上下细细打量一番，低声道："这位是……"

"亭奴。"他淡淡报上自己的名字，然后一把揭开铺在腿上的细毯子，鱼尾立即露了出来，"我是鲛人。"

年轻弟子们原本见他文质彬彬，又坐在轮椅上，本以为是个残疾的书生人物，谁知居然是个鲛人，纷纷哗然。大宫主的目光飞快在他的鱼尾上扫过，眼皮微微一颤，这才说道："原来是亭奴先生。先生既然不是我离泽宫的人，不好随意过问。司凤的个人意愿，与本事无关。"

"怎么会无关？！他又不是木头人！"

又是一个清脆的声音响起，大宫主一抬头，就见璇玑走上前来，还是和四年前一样，昂首挺胸，丝毫不惧，定定地看着自己。

璇玑又道："你做宫主的，不给他说话，是什么道理？他的面具是我摘的，咒语我也会给他解开！只要咒语解开，他就不是离泽宫的人了，对吧？我一定会解开的！"

大宫主轻笑一声："褚小姐……"

话未说完，却被她挥手打断，"我不要听你说！我要听司凤自己说！司凤！我们在一起很开心，我、我不知道做了什么，会惹得你不高兴。但是……如果你选择留下，我也不会怪你……可是我会非常痛苦！痛苦得很想死！你若是觉得我死了也不要紧，你就尽管留下！"

她本来是想说得慷慨大方一些，谁知说到后来越说越委屈，忍不住红了眼眶，声音哽咽，到最后居然变成了赌气威逼。想到司凤会留在离泽宫，以后再也不能相见，她的理智顿时全没了，空剩下一肚子委屈茫然。虽说她来之前早已下定决心，不管他做什么选择，自己都会支持，但是事到临头，她到底还是后悔了。

她这份霸占的心情，自己也不晓得是怎么回事。反正禹司凤应当就是她一个人的，谁也不可以抢走他。他们说好了要永远在一起，这个诺言，就是应当到死都该遵守的。

禹司凤没有说话，只是定定看着她，目光中仿佛有漫天的火海在焚烧。他长长吐出一口气，忽然转身，恭恭敬敬地对大宫主磕了三个头，朗声道："宫主，司凤不肖。"他再也不自称弟子，摆明了是要和离泽宫脱离关系。

说罢起身掉脸就走，直直向璇玑走了过来，每一步仿佛都踏在云端，快要支持不住。

在场众人无不大惊失色，从来没有人敢这样当面离开离泽宫！就算是当年的柳意欢，也是挑了个夜深人静的时候偷偷逃走的。如今诸位长老、正宫主都在，他居然毫不顾忌转投他人，这种胆气固然值得敬佩，但也委实无法无天了些。

璇玑喜得眼泪都流了出来，也顾不得擦，扑上去一把抱住他，只觉怀中的少年身体微微发抖，忽而他身体一软，跪坐在地上，轻轻咳嗽起来。

"你的伤！"她手忙脚乱地要取药，却被他用力抓住手腕，也跟着跌坐在地上。他死死盯着她，仿佛看一个陌生人，然而目光炽热得仿佛可以燃烧整个天空。他看了良久，终

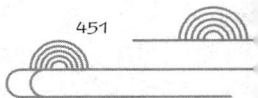

于低声道："你不许死。就算死，也是一起死。"

璇玑张开双手，和他紧紧拥抱，紧得恨不得将对方都揉进自己的胸膛。他们这种不顾一切的情态，让许多年轻弟子都为之脸红心跳，更有些人悄悄羡慕起来，只盼他们能顺利逃走，成就神仙眷侣，也是一桩美事。

过了很久，禹司凤才轻轻放开璇玑，在怀中取出那枚面具，它还是哭丧着脸。这一次，他看着，只是微笑，丝毫不为所动，将它放在地上，抽出剑来，用力斩碎。

"这些只是虚幻的，我到如今才真正明白，什么才是真实。"他淡淡说着，抓起那个碎裂的面具，远远地丢进海里，毫不留恋。

"司凤。"璇玑抓着他的手，轻轻叫他的名字。

他低头微微一笑，拉着她从沙地上起身，柔声道："走，我们离开这里。"


这两个年轻人心意相通，顿时觉得全天下再也没有任何事可以阻拦，再也没有任何事需要担心，哪怕此时此地是无间地狱，也是毫不畏惧。他们对场上的暗潮汹涌显然毫不在意，携手走到后面，笑吟吟地说起话来，完全沉浸在自己的世界里了。

柳意欢突然哈哈大笑起来，笑声欢畅淋漓，感染得亭奴也跟着微笑，两人都觉痛快的很。

"小宫主，君子不夺人所好，你看看这情形，莫非还要做打散鸳鸯的棒子？"

柳意欢问得虽然不客气，但话糙理不糙，纵然宫主身为离泽宫长辈，却也没有无故打散情人的道理，更何况司凤早已被种了情人咒，按规矩来说，也只能算半个离泽宫弟子。

大宫主面无表情，半晌才淡然道："前辈言重了。"

柳意欢笑道："你知道言重就好。这样吧，我们马上就走，你们也不要再苦苦相逼，这罗长老嘛……我到了格尔木就将他放了。从此禹司凤和离泽宫再无瓜葛，你看这交易成不？"

大宫主微微一笑："那离泽宫未免太吃亏了些，前辈这算是欺压小辈吗？"

柳意欢瞪圆了眼睛："怎么！你还想我现在就放了罗长老不成？那可不行，你们这么多人，恶狠狠的，罗长老可是我们的救命伞，这会儿还给你们，老子才是大蠢驴！"

大宫主一时沉吟不语，那罗长老被柳意欢卡住脖子，呼吸也艰难，然而说起话来还是气势汹汹，仿佛被挟持的人不是他自己一样。

"宫主，不用理会这狂徒！也不用担心我。离泽宫是什么地方，怎能容他们如此放肆！"

柳意欢用匕首戳了戳他的脖子，哼哼笑道："师兄，名声气魄都是假的，自己的命才是最重要。想不到这么多年过去，你还是一点没变，整天假装大义凛然，潇洒得很呐！"

罗长老冷道："无耻狂徒！我不屑与你说话！宫主，不用顾忌我，立即将他们拿下！"

柳意欢见大宫主一直不说话，只怕待久了了生变，当即对着天空轻轻吹一声口哨，只见天边迅速飞来一柄巨大的石剑，摇摇晃晃停在海边，竟真的像马匹，随传随到。

"你们几个，先上去。"他吩咐着。

亭奴点了点头，带着禹司凤和璇玑，先上了石剑，远远地等着他。

柳意欢挟持着罗长老，慢慢后退，双眼紧紧盯着对面离泽宫诸人的动向，一个也不放过。由于大宫主始终不下指令，众人都不好动手，也只能眼睁睁看着他把人带到石剑前。

"亭奴，给我捆妖绳。"柳意欢头也不回，定定说着。

亭奴立即从袖中取出早已准备好的绳子。捆妖绳是在绳中加上咒法的一种法器，一旦被它束缚住，纵然有通天的法力那也使不出来，柳意欢用捆妖绳将罗长老捆个结实，他被绳子拴住之后，气力也就和普通人差不多，半点也挣扎不得。

"来！咱们走喽！"柳意欢一声欢呼，转身正要将罗长老提起纵身跳上石剑，忽听对面璇玑一声惊呼，他下意识地将罗长老向前一抛，转身便要迎战。眼前青影乍闪，却是那大宫主趁他转身不备，终于出手。

柳意欢见他身形犹如鬼魅，动作快若闪电，根本看不清，心中也不由得骇然，只将匕首抓起护在身前，待他攻到身前再反击。

谁知那大宫主忽然纵身而起，厉声道："把人留下！"那一团青影一纵之下居然离地丈余，轻飘飘地飞了起来，这等轻身功夫委实让人惊骇。众人见他跃过头顶，急急落下，伸手便要抢罗长老，一连串的动作犹如行云流水，尚未反应过来，他人已到面前。

柳意欢急忙发招攻击，谁知大宫主袖袍轻轻一甩，将他的匕首卷住，再一带，匕首从他手中脱出。他这下吃惊得话都说不出来，抬头见他兔起鹘落，青袍扬袂，足尖在沙地上一点，砂粒上居然一丝痕迹也没留下。

璇玑见他近前，立即抽出崩玉要应战，却被禹司凤一把拉住。略一迟疑，柳意欢已经追了上来，虽然动作不如人家大宫主潇洒流畅，但速度居然也不慢。他抬手去抓大宫主的后背心，大宫主身形一斜，巧巧从他胳膊旁让了过去，五指微张，犹如拨弦弹琴一般，在他肩上一抓而过。

"啊！"柳意欢也不知是真是假，痛叫一声，招式突然一换，两只胳膊抡得风车一般，毫无章法，没头没脸朝大宫主身上打去。那模样看起来不像是比武，倒像是泼妇发狠。

大宫主一时倒也对他这种打法无可奈何，须知柳意欢要是要起无赖来，神仙也一时半会儿没主意，他只得先后退几步，哭笑不得地看着他发疯。

柳意欢只觉被他拂过的地方越来越冷，像是有什么东西钻进了皮肤里，冻住筋脉血管，肩上越来越重，竟像扛了几十斤重的冰块一样。他心知不好，中了他的冰咒，一旦被催动起来，全身的血管都会被冻住，一直冻到心脏，就是大罗金仙也必死无疑。

他舞了半天胳膊，终于支撑不住，咬牙反手在石剑上一拍，厉声道："你们先走！"

那石剑被他一拍之下，立即微微颤动，大有一飞冲天的气势，然而晃得两下，还是稳住了，没飞起来。璇玑见他并不上来，不由得急道："柳大哥！你……你不要一个人留下！"

他恍若未闻，头也不回，肩上的冰寒一寸一寸往下侵袭，渐渐令人不能动弹。他忽然露出一个猥琐的笑容，望着大宫主，道："难怪把宫主的位置传给你，不简单呐。"

大宫主将手一抬，厉声吩咐："都拿下了！"

身后一直按兵不动的离泽宫诸人得令，立即拔剑攻击。一时间锐利剑气充斥整个天空，年轻弟子与长老们混杂在一起，密密麻麻一片剑气的海洋，都是对准了海边的这几人，很显然大宫主是下了决心舍弃罗长老也要维护离泽宫尊严，这片巨大剑气如果放出去，不要说柳意欢，只怕这一片沙滩都会翻天覆地。

柳意欢深深吸了一口气，低声笑道："这下可不好过了，够狠毒，好手段！"

话音一落，忽觉脑后热浪熏天，他茫然地回头，只见璇玑手中的崩玉剑又熊熊燃烧起来，无数条细小的火龙在上面飞快地穿梭，急不可耐。她厉声道："你们不要欺人太甚！"

说罢便要挥剑放出火龙。那大宫主先前在宫内早已见识过她三昧真火的厉害，这丫头很有些古怪，如果逼急了她，那火焰只怕比方才的还要凶猛。三昧真火不同凡火，那是天上的火，离泽宫诸人受不起这等烈火，只怕要死伤惨重。

他心念急转，一瞬间想到无数个法子，脚下一动，青影乍闪，一眨眼就冲到璇玑身边，抬手作势去抢她的剑。璇玑冷不防他动作这样快，不由自主后退一步，他中途招式忽变，袖袍一展，竟是抓向旁边重伤的禹司凤。

众人再也想不到他居然不是来救罗长老，却是抓禹司凤的。柳意欢和亭奴都是大吃一惊，然而一个中了冰咒无法动弹，另一个本来就手无缚鸡之力，也只能干瞪着眼。

那宫主一把抓住禹司凤的领口，轻轻一提，眼看就要将他抛回去。忽然脸旁一炽，像是被火舌舔了一口，剧痛无比，耳边传来璇玑森然的声音："放下他！"

他认定璇玑经验不足，又自负于自己的速度，竟恍若不闻，足下一点，倒退了几丈，正要聚力纵身而起，却见眼前火光大盛，无数条火龙奔腾而来，竟比他还要快上数倍。大宫主心下大骇，再也顾不得禹司凤，一把丢开他，急急后退，却仍是迟了一步，被其中一条火龙咬住胸口，擦过去。天火焚烧，其痛楚无法用言语描述，纵然沉稳如他，也痛得嘶声大吼，被一众火龙掀翻过去，仰面躺在沙地上，生死不卜。

离泽宫诸人见宫主居然被重伤，都是大惊失色，再也顾不得放剑气，纷纷抢上前来查看伤势。

柳意欢不顾自己身上冰咒蔓延，先将禹司凤抢了过来，亭奴顺势将他二人抓上石剑。柳意欢喘息未定，一把将动弹不得的罗长老推下去，他在沙地上滚了好几圈，目光犹如要杀人一般，死死瞪着柳意欢。柳意欢呵呵一笑，低声道："师兄你保重吧，咱们后会无期！"说罢再次勉力拍了拍石剑，道，"快、快走！"

石剑终于微微晃动起来，一飞冲天，霎时隐没在云端天际，再也见不到踪影。


这一番惊心动魄的抢人行动暂时算得上是圆满，只是柳意欢中的冰咒很是毒辣，不知如何消除。好在他甚是硬气，埋头不吭一声，管璇玑借了崩玉剑贴在肩膀那块。崩玉剑性极烈，靠在肩上融融而有暖意，好歹也能让那冰冻速度减缓一些。

他受了伤，御剑再也飞不远，只能先回到格尔木。璇玑见他一落地就晕了过去，不由得急道："怎么办？要怎么解开冰咒？"

亭奴和禹司凤都是神色凝重，过得一会儿，亭奴才道："冰咒隐伏在筋脉内脏之中，最难消除。就我所知，只有两种法子可以解，一是找那下咒之人解开；二是用相克的咒法抵消了去。"

他后面的话没说出来，众人都明白这两个法子可行性几乎为零。先不说大宫主被璇玑的火龙给烧伤，死没死也不清楚，就算没死，他肯定也不会过来解冰咒的。而冰咒属于水行，与水相克的是土，这里谁也不会御土术，也只能干瞪着眼。

三人商量了半天，也想不出个好法子，眼见柳意欢冻得嘴唇乌紫，浑身打战，他们急忙多加了三四床棉被盖在他身上，又唤小二送了四个巨大的火盆，放在屋角熊熊点燃。亭奴解开柳意欢的衣裳，只见他右边从肩膀开始，一直到整条胳膊，都变成了淡淡的青色，那青色又有渐渐往左边蔓延的趋势。

他立即将崩玉靠在那青色的边缘处，只觉蔓延的速度似乎减缓了一些，当即回头道："璇玑，你去格尔木的药铺问问，有没有晒干的玉枝草卖。如果有，先买上二两回来熬汤。"

璇玑一听玉枝草三个字，立即道："是昆仑玉枝草吗？"

亭奴微微一愣，"有昆仑玉枝草自然是极好的，但那种十分珍贵，想来这里是没得卖，普通的玉枝草便也可以。"

璇玑赶紧翻出自己的香囊，从里面掏出一把异香扑鼻的干草，道："我这里有昆仑玉枝草！小阳峰上长了很多，是用来喂灵兽的。我见它很香，所以晒干了拿来装香囊……你看看，能用吗？"

亭奴大喜过望，急忙将那一卷干草接过来，一根根抽出细细端详，只见叶长而纤细，上面螺纹不断，正是极其珍贵的昆仑玉枝草。这种玉枝草还会结出玉枝果，用来喂养灵兽，聚集灵气，是再好不过的。

他笑道："天下像你这样奢侈的人真是少见，居然用玉枝草做香囊，若是教那些药铺老板看见，必然要气得吐血。"

璇玑瞪圆一双妙目，不明所以。

原来玉枝草本身已经是很昂贵的药物，昆仑玉枝草更是可遇不可求的宝物。多少药铺

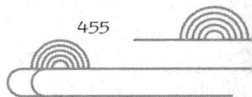

老板为了一两枝昆仑玉枝草削尖了脑袋找门路进货，市价被炒到了离谱的高价，简直比最好的野山参还要贵重。所以璇玑没事拿它做香囊，无异于暴殄天物，那些迂腐的老头子们如果知道，只怕会诅咒天雷劈死她。

既然有了玉枝草，当下众人更不多话，璇玑和禹司凤去楼下熬药，亭奴留在客房里照看柳意欢，打了热水帮他擦身上。

璇玑依照吩咐，先把玉枝草小心洗干净，再放进药罐里兑了一半的水，一半的酒，放在炉子上小火煎熬。忽觉旁边有人盯着自己，她回头，正对上禹司凤含笑的双目，她脸上微微一红，忍不住用手拨了一下黏在腮边的发，低声道："怎么，我脸上有东西吗？"

他摇了摇头，过去紧紧握住她的手，贴近自己的心口。璇玑又惊又喜，只觉他似乎比先前大胆了许多，虽然不明白是怎么搞的，然而心底到底欢喜，隔了半天，才喃喃道："司凤……你、你不会后悔吧？柳大哥说……你以后永远也回不到故土了……是我害的你，我不知道该怎么补偿才好。"

他还是摇头，过一会儿，才道："你我之间，何必说补偿。我一直患得患失，为咒语所困，看不透这件事。直到现在才明白，想不通的是自己。"

他见璇玑似懂非懂，不由得微微一笑，低声道："我们会永远在一起，再也不分开。"

璇玑心中欢喜到了极致，忽然笑道："司凤，我们要赶紧变强！然后去不周山把玲珑、六师兄、二师兄他们统统救回来，救回来之后，我们就四处游山玩水，好不好？"

他只是笑，不知想到了什么，眉间忽而染上愁色，凝神不知想什么。

璇玑低声道："你是在想情人咒的事情？那个面具一直没笑……会有反噬吧？"

禹司凤微微一愣，道："不是。如今我心中再无惶恐，情人咒也奈我不得。我是想……是想……"

想什么？璇玑黑白分明的眸子盯着他。

终于，他叹了一声，低语："我在想师父……他将我带大，如今却……我担心他的伤势。就这样走了，实在辜负他的恩情。"

璇玑想到是自己把大宫主打伤，有些尴尬，摸了摸耳朵，轻道："对不起，是我太冲动……下次……我和你一起去离泽宫向他赔礼道歉，求他原谅，我会说动他的。一定。"

禹司凤"嗤"的一笑，在她头上一揉："你那个口才……还是不能指望你。其实，只要能天天和你一起，我便非常满足了，这一切，都不枉费。"

璇玑忍不住抱住他，耳朵贴着他的心口，听着他稳定的心跳，只觉他的怀抱温暖馥郁。禹司凤张开双手环住她，这样温柔的拥抱，比任何紧密炽热的相拥都要让人心动。璇玑轻声道："司凤，柳大哥曾问我，能为你做到什么地步。他说你舍弃了所有退路，我却有很多条退路。可是他一点也不明白，就算有很多退路，那些路上没有你，也无趣得很。眼下咱们在一起了，就只有一条路可以走，谁也不可以丢下谁，不管是谁，在这条路上走失，都是没有退路的事情。我……也和你一样，没退路了，这下……再也不会有人说我对你不起……其实、其实我……"

她似是说到了什么难题，卡在那里，不知如何继续。

禹司凤抚着她的脸颊，低声笑道："你何时多了这么些小心思，我竟第一次知道。"

璇玑涨红了脸，嗫嚅："有时候……也会想的……我又不是木头人……"

身后的玉枝草咕嘟咕嘟冒着泡泡，异香溢出了好远，惹得客栈里的人都寻香过来问煮什么。璇玑和禹司凤急忙分开，仍有些害羞，耳朵根子都红了。眼看那玉枝草煮得刚好，两人稳稳滗了一碗出来，见对方面上都还留着潮红，不由得相视一笑。


昆仑玉枝草总算将柳意欢身上的冰咒暂时压制住，缩在右肩上，乌青的一大块。亭奴说，半年之内没有大碍，只要在半年内找到会御土术的人，那么柳意欢这条右胳膊还是稳稳挂在那里，不会坏死。过了半年，那便危险了，为了不让冰咒将心脏冻住，他将不得不把右膀子斩断。

"老子才不要断一只手！不然这生意做得太不划算！"柳意欢躺在床上，口沫横飞地说着，他说一句，对面的禹司凤和璇玑就点一下头。禹司凤手里端着一碗汤，小心翼翼送到他嘴边，笑道："柳大哥你放心，我一定替你找到御土之人。来，先把汤喝了。"

柳意欢把眼睛一瞪，理所当然："废话，当然要你们小两口来找。我这伤是为了谁才负的？你们帮忙，那是天经地义，不帮忙才是狼心狗肺！"

禹司凤无奈地点头，将汤勺塞进他嘴里，省得他继续嚷嚷，说难听话。

璇玑说道："柳大哥，你知道哪些帮派有会御土术的人？我和司凤打算明天就动身去找。"

柳意欢喝了大半碗汤，才笑道："明天就走也不必。我嘛，开个玩笑而已。这伤留在胳膊上，不疼不痒的，没大碍。我这段时间还有些私事要办，等不得你们去找人。再过几个月不是要开簪花大会吗？四大派的人都会聚集在浮玉岛，那里面人才济济，必定有会土咒的人，咱们到时候就在岛上见。"

禹司凤微微一惊："你……不和我们一起吗？可是你的伤……"

柳意欢摇头道："半年后才会发作，无妨。我一个大老爷们，才不爱和你们两个小鬼扯一起。别看我这样，也有正经事要做的。"

他的正经事就是嫖妓喝酒吧？璇玑和禹司凤一脸无奈地看着他。

"那，大哥你是回庆阳？"禹司凤想起他先前和离泽宫的恩怨，这次又伤了宫主，他一个人在外面游荡，实在让人放心不下。

"不，我换个地方玩……哦不，我另有要去的地方，你问这么多干吗？"柳意欢又把眼睛瞪成了铜铃。

禹司凤摇头道："大哥，我是担心你。"

柳意欢怔了一下，登时两眼放光，嘴角一咧，露出一个招牌的猥琐笑容，勾住他的脖子一个劲晃，笑道："你这小子你这小子！还以为你有女人就忘了老子呢！"

禹司凤伤势还没好，被他这样三晃两晃，头晕目眩，只得叫道："好好！大哥你自去，我们……不缠着你。"

柳意欢把他放开，道："你们跟着我也没什么用，你伤势还没好，走不得远路，留下来安心养伤就是。回头在浮玉岛见，万事大吉。"

忽然想到什么，又道："我要带着亭奴，有事需要他帮忙。"

他一定又要把亭奴带坏！璇玑怀疑地看着他，想到上次在妓院看到一向温文尔雅的亭奴居然被他教唆得坦然面对妓女，她就觉得眼前此人是个坏蛋。

柳意欢咳了两声："不要这样看我，你已经是小凤凰的人了，要守妇道……"

"大哥！"禹司凤哭笑不得。

柳意欢笑了两声，忽然正了神色，说道："玩笑就不开了。你们两个人留在这里，璇玑好好照顾小凤凰，他的伤势不轻，加上这番颠簸，想必伤了元气，须得好好静养才是。其实我的意思是最好不要留在格尔木，这里离不周山太近，我怕他日生变……但他的伤不适合再走远路，只能留下来。总之，你们一切小心。璇玑你也莫要再冲动，许多事情不是你想的那么简单。所有的事情，都等到簪花大会咱们碰面之后再说，明白吗？"

两人难得见到他这样正经说话，急忙点头。

柳意欢长长吁了一口气，靠回床头，轻道："说起来，小紫狐也是下落不明……盼她逃过这一劫才好呢。"

璇玑心中一颤，急道："柳大哥知道她的下落？"

柳意欢微微一笑，低声道："该来的总会来，该遭的劫躲也躲不过去。各人自有缘法，日后有因缘，自然得以相见。"

两人知道他当日用天眼看过，想必心中有数，只是天机不可泄露，他就算知道，也不能说。听他的意思，紫狐应当没有什么危险，璇玑便松了一口气。

柳意欢喝完汤，把碗一丢，躺回床上用被子把头一蒙，叫道："我要睡觉了！你们快出去吧！非礼勿视啊！"

璇玑和禹司凤忍俊不禁，互看一眼，这才携手走出客房。


自柳意欢和亭奴走了之后，春夏交替，过了差不多小半年的样子。禹司凤的伤势好了大半，只是遭遇阴雨天气时，旧伤会隐隐作痛，但这方面是速求不来的，只有慢慢调理。

伤愈之后，他怕自己长时间卧床静养，耽误了修为，早早便和璇玑约定了每日拆解剑招，修炼法术，不求精进，但求不退步。他二人没事就开始学对方门派里的剑法妙招，居然略有心得，在某些方面对自己功力的缺陷倒是一种弥补。

本来天下修仙招数千变万化，没有毫无破绽的招式，各个门派之间很有些互补，譬如灵动补足了朴拙，稳健补足虚浮。离泽宫的修行套路比浮玉岛还讲究轻、巧、快，然而招式上却并无过多华丽，和浮玉岛双剑合璧的绚丽华美比较起来，黯然失色得多，不过忽东忽西忽左忽右，身形诡异让人摸不着头脑，倒也是浮玉岛万万不及的。更有很多招式非人力所能办到，若非轻身功夫像那大宫主一样出众，发起招来也不过像老鹅拍翅，笨拙得很。

璇玑的轻身功夫在少阳派年轻一辈的弟子中已经算非常出色的了，但这些招式她也学不来，看禹司凤那样轻飘飘一个折身，一个反转，轻松得像吃葡萄，轮到她自己，不是半途跌下来，就是来不及出招。她以前跟着楚影红修行，何曾遇过这种窘境，无论怎样困难的法术招式，从来没有教过三遍以上的，这次却在禹司凤面前丢了大脸，他虽然不在意，只说这套功夫外人学不来，但璇玑自己不这么想。

她执拗起来，谁都掰不过她，简直是铆足了劲，和它们对上了，每天钻进去练，一练就是一整天，连饭都顾不上吃，颇有点走火入魔的味道。最后在禹司凤能把少阳派的瑶华剑法使得如行云流水一般熟练时，她终于可算勉强过关。

"这套剑法，简直是背后有翅膀的人才能学会。"

璇玑苦苦钻研了几个月，最后还是没能大成功，不得不哭丧着脸放弃。想到自己花了这么久的工夫都没能完全驾驭，到底还是不甘抱怨了一下。

禹司凤刚刚练完剑法，额上满是汗水，顺着头发滴下来。听她这样抱怨，便笑着走过来："已经很不错了，你能练到这样的地步。有些人一辈子也学不会。"

璇玑自己也是满身汗水，把剑收回去，往石头上一坐，叹道："爹爹说过，天下间的修仙功夫，有的是大众，有的是小众。所谓大众呢，就像我们少阳派这样的，谁都能学，也能学出个结果，但要真正学精却非常困难。我想，小众大概就是你们离泽宫的功夫了，简直是独门绝技，挑人才能学会的。"

禹司凤但笑不语。两人并肩坐在大青石上，林间微风阵阵，令人通体舒畅。这里是他们找到的秘密修行场所，难得树林中有一块地势宽敞的地方，足够施展开身手。此时正值盛夏，骄阳如火，方圆百里都被那阳光晒得白花花一片，气都透不过来，这里却有绿树成荫，比外面要阴凉多了。

这地方是璇玑找到的，她曾自嘲，自己最大的本事不是别的，而是找享福偷懒的好地方。无论身处什么样的环境，她都有本事第一时间找到最舒服的位置靠上去，如今看来，此话不假。

璇玑刚才练剑出了一身汗，如今被林间的风一吹，顿时浑身清爽。她忍不住往石头上一躺，像一只大猫，把脑袋枕在禹司凤的腿上，一面轻道："不知道柳大哥他们现在在干什么。"

禹司凤想了想，一本正经地说道："大概是在妓院喝酒吧。"

"他……难道没有不在妓院的时候？"

"有的。那大概就是在酒馆里喝酒。"

璇玑默然。过一会儿，又道："为什么你一直不告诉我，柳大哥以前和离泽宫有什么龃龉？"

禹司凤沉默半晌，道："陈年旧事，何必再说。其实我也不是很清楚。很小的时候我就认识他了，不过第一次见他，是在离泽宫的地牢里。那会儿他第一次试图逃出离泽宫，却被人抓了回来。"

璇玑问道："他为什么要逃？"难道也是因为外面有个他放不下的人吗？想到这里，她脸上微微一红。

禹司凤没发现她的小心思，继续说道："是因为他受不了离泽宫的规矩吧。柳大哥是个酷爱自由的人，不喜欢别人管着自己。我第一次见他，被他用一个果子逗了过去，听他说了一下午的笑话，从此觉得这人很好……和师父、师伯们给我的感觉都不一样。"

他似是想到什么有趣的东西，笑了笑，"那以后我天天溜去地牢里找他玩，他每天都说……嗯，说很多有趣的东西。我们就这样渐渐熟悉了。"

其实柳意欢那时候一个人被关在地牢里，无聊得要死，有个小孩儿陪自己玩那是再好不过的。他这个人礼义廉耻的观念全无，根本就是为老不尊，他每天都和禹司凤大说女人经，完全是个急色鬼的模样，居然没把禹司凤教坏成为一代色魔，也算是幸运。

"后来老宫主死了，留下遗言让放他出去，这就算逐出师门了。那天我去找他，他问我，要不要和他走，我……"他忽然顿了一下，眼睛眯起来，半晌，才道，"就是这些了。他的事情我也只知道这么多。"

璇玑奇道："你没说自己有没有答应和他走啊。"

禹司凤低声道："因为我不记得了。那一年所有的事情，发生过什么，我完全不记得。"

两人都是无语。在石头上靠了一会儿，天色渐渐暗了下来，禹司凤拍拍她的脑袋，柔声道："走吧，该回客栈了。晚上这里蚊虫多。"

有时候，他会想起一些支离破碎的片段，关于那一段莫名其妙被削减的回忆。那一年究竟发生了什么事，他到底有没有答应柳意欢的询问。去问他，他也只是笑，卖关子不说话，被问急了，他就会老一套的四两拨千斤，说，有没有答应——不重要。重要的是小凤凰还和我亲密，像小时候一样。这样就足够了嘛！

吃完晚饭，璇玑很乖地回自己房间了。其实刚开始的日子她是缠着要和他睡一起的，可是这次禹司凤说什么都不肯答应，好像她要进来和他睡一张床，她就成了洪水猛兽一样。强人所难向来不是璇玑的专长，磨了一阵子看他还是丝毫不肯松口，也只得乖乖地和他一人一间房。她觉得很可惜，那一夜和他睡在一张被子里，很温暖，偶尔想起要重温，他却不肯了，她也只能在心里小声嘀咕他冷酷无情。

对于这件事，禹司凤甚是强硬，冷下脸拒绝她，其实也是有自己的苦衷。他们一无媒妁之言，二无父母首肯，就算修仙者没那么多世俗规矩，但年轻男女无缘无故住一间房，对自己没什么，对璇玑来说却不算什么好事。更何况他的伤势已然大好，两人又都是血气方刚的少年，万一一个把持不定，自己岂不是害了她。

俗话说，近情情怯，以前两人尚未表露心迹，处于暧昧的时候，他倒是颇为胆大。如今真正放下所有顾虑，他却不敢了，仿佛放纵了自己的欲念，就是亵渎她一样。越是真正靠近那个人，心中千万般狂想反而一一收敛起来，情怯，莫过于如此。


禹司凤剔亮灯火，从包袱里取出皇历细细翻看，算着簪花大会的日子。还有四个月，可以做的事情很多。格尔木这里一直没什么风吹草动，更不见乌童有什么动静，这种现象并不能让人安心。倘若他不停地派人来捣乱，反而更好些。如今的情况，像是暴风雨前的宁静。

前两天收到柳意欢的信，说前段时间闹得沸沸扬扬的定海铁索事件，如今全部销声匿迹，所有的妖魔仿佛都在一天之内消失，就像他们从来没有进行过破坏铁索的事情一样。

"不祥之兆"——柳意欢用朱砂笔在后面写了这四个触目惊心的大字，让他沉吟了很久。

乌童曾说，他是右副堂主，那么在他之上应当还有左副堂主和正堂主两人。如今的情况明显是敌暗我明，他们对四大派的行踪了若指掌，而褚磊他们却连其他两个堂主是谁都不知道，更不用说这个堂中规模如何，目的为何。乌童很明显对定海铁索一事并不上心，他的目标应当是把少阳给铲平，那么，其他两个堂主对他这种野心究竟是清楚呢，还是被蒙在鼓里？

他皱眉沉吟，忽听窗外传来一阵扑簌簌的声音，像是什么东西在拍打着翅膀，纱纸糊的窗面外，透出一团晕染的红光。禹司凤生性谨慎，当即吹灭了烛火，悄声走到窗边，凝神去听，一时竟不开窗。

谁知隔壁却吱呀一声把窗户打开了——璇玑！她这个没戒备心的丫头！他正要出声阻止，却听她欢喜地笑道："呀！是爹爹的红鸾！你怎么会来这里？"禹司凤心头当即一宽，却还是留着一丝戒备，轻轻吹了一声口哨，将袖中的小银花唤醒，然后推开窗户，只要外面有任何异常，小银花便会立即发作。

他二人的窗台是相连的，推开窗户便见到一只火红艳丽的鸾鸟站在上面，昂首傲视，颇有气势，正是褚磊养的灵兽。璇玑见红鸾脚上套着一枚铁环，上面刻着少阳的标记花纹，立即抽了出来，奇道："爹爹怎么会用红鸾给我们送信？太浪费了。"

那红鸾轻轻叫了一声，声如珠玉溅碎，分外好听，跟着把翅膀一拍，钻进了禹司凤的房间里，落在桌上左右走动，最后停在那里不动弹了。璇玑"啊"地叫了一声，"你怎么进司凤的房间啊！呃……司凤……"她的声音突然变得可怜兮兮，"事出有因，我、我能暂时去你房间吗？"

原来禹司凤当时拒绝她的神情甚是严厉，害她以为自己做了什么错事，所以每次提到去他房间，都有些战战兢兢。

禹司凤也是一头雾水，不明白褚磊有什么事情，便答道："你过来吧。"

话音一落，对面那个绿衣少女一溜烟就从窗口钻了过来，笑得眼睛都眯了起来，把取出的那个字条一晃，道："来，看爹有什么事。"

## 第二十四章 · 灵兽腾蛇

然而不看还好，一看之下，两人都是大吃一惊，褚磊劈头第一句话就是：逆徒钟敏言，背弃师门，犯下滔天罪行。即日起逐出师门，从此与少阳派再无瓜葛，特立此状。

璇玑大惊道："他……他居然昭告天下！把六师兄逐出师门了！"

禹司凤一把夺过字条，飞快地看了一遍，脸色登时苍白，轻道："他……把陈敏觉杀了！还将尸体丢在少阳派大门口！所有人都看见了！"

璇玑倒抽一口气，两人怔怔互看了半晌，她忽然低声道："我不相信！六师兄不会做这种事！他、他从小就是嘴硬心软的人……他绝对不会杀二师兄的！"

禹司凤摇了摇头，良久，才道："你爹爹为了此事震怒不已，誓要将他捉拿归案。吩咐我们如果见到他……不许手下留情。还说这次是那些妖魔的挑衅，我们出门在外，要小心谨慎，所以派了红鸢出来寻找咱们，让咱们留下它当做帮手。"

他又看了看字条下的日期：庚子月丙卯日，是半个月之前了。褚磊并不确定他们是否还留在格尔木，故而让红鸢四处寻找，花了这许多时间。

璇玑紧紧攥着衣角，脸色发白，半晌，还是那句话："我不信！"

禹司凤叹了一口气，将那字条摊在桌上，低语："我也不信。我现在就想去不周山，找敏言问个明白！"

璇玑急忙起身道："那我们现在就……"忽然转念一想，当即坐了回去，摇头道，"不，不去。"

她抓住禹司凤的袖子，低声道："你的伤势没有完全好透，我不会再投入任何险境，更何况，以我们俩的本事，闯进去也只有死路一条。"

禹司凤没想到她也有冷静理智的时候，不由得一愣。璇玑的手攥得死紧，似是竭力压抑心中的惶恐，隔一会儿，平静了一些，道："我们还没变强，还没到能毫发无伤把他们救回来的时候。总有一天……总有一天……"她内心显然激动之极，苍白的嘴唇微微颤抖，眼中泪水莹然，却被她用力压抑住，"二师兄的仇，六师兄的仇，玲珑的仇……我一定会找乌童讨回来！"

禹司凤抬手揽住她的肩膀，将她的脑袋按进怀中，柔声道："你能这样想，就证明你长大了许多。这些仇，我陪你一起报，两个人总比一个人要好。"

她默默点头，柔软的头发贴着他的脖子，又麻又痒。他心中又是一荡，然而到底是没心情，只叹了一声，道："咱们明天离开这里吧，去庆阳。看看柳大哥是不是在那里。"

璇玑还是点头，不说话。

463

禹司凤只觉气氛渐渐尴尬起来，虽说两人都为了钟敏言的事情心神激荡，然而到底夜深了，她一个女孩子留在这里，还蜷缩在自己怀里，怎么也不太好。桌上的红鸾抬头看看他俩，低叫了两声，又把脑袋缩回翅膀下，继续睡觉。看起来它和璇玑一样，也很喜欢禹司凤的房间。

"璇玑……夜深了，你回房休息吧。明早咱们还要赶路。"他柔声说着，摸了摸她的头发。

她闷声"嗯"了一下，终于坐直身体，脸上湿漉漉的，几颗泪珠还留在腮边，神情凄然，看上去甚是楚楚可怜。他下意识地用手去擦，谁知越擦越多，她的眼泪簌簌落在他掌心，滚烫的。

"璇玑。"他的声音听起来像一声叹息。

她摇了摇头，可怜兮兮地说道："司凤……我不想回去，心里难受……你……你陪我说说话好不好？"

禹司凤轻道："说什么？"

她哽住，片刻，突然推开他的手，低声道："你是不是很讨厌我？我让你觉得烦了？"

禹司凤心中一惊，急道："没有！你怎么……"

她低声道："你是越来越讨厌我了，以前你不会这样的……难道，我又做错了什么事？我这个笨蛋，总是会犯错，而且自己还不明白到底错在哪里……你会觉得烦也很正常，有时候我自己都会觉得烦……"

"璇玑。"他提高了声音。

她愣了一下，眨眨眼睛，睫毛上的泪珠掉下来，落在手背上："你要是觉得……和我一起不开心，你、你就回……"

"回哪里？"他的声音忽然变得尖锐起来。璇玑一惊，抬头看他，只觉他脸色苍白，双目却幽深，定定望着自己，定定问道："你想说，让我回离泽宫？"

璇玑忽然跳了起来，一把抱住他的脖子，哭道："明明是你不好！为什么每次都说得好像是我的错？司凤！我不要你走的！你……你不要这样好不好？！"

禹司凤不防她突然激动起来，被她这样用力一扑，登时朝后仰翻过去，两人扑通一声摔在地上，璇玑只觉胳膊一阵剧痛，立即忘了哭，只顾着龇牙咧嘴地抱着脖子了。

"别动，我看看。"禹司凤躺在地上，将她的胳膊拉到眼前，捋起袖子，果然手肘那里擦破了油皮，快要流血的样子。他立即从腰间皮囊里找出伤药，细细涂在上面，最后又紧紧扎了一层绷带。

璇玑这时倒也顾不得哭了，扑扇着睫毛，只知道呼疼。忽觉他低头，在她手腕的地方轻轻一吻，炽热的唇，渐渐往上蔓延，最后吻在她手肘里最敏感的那块皮肤上。她忍不住"啊"了一声，脸涨得通红，要抽手，却抽不回来，好像胳膊上那块伤也不怎么疼了。

"璇玑。"他叫她，忽然微微一笑，朝她勾了勾手指，"过来，我有话要说。"

她犹豫了一下，不知为何突然胆怯起来，红着脸摇了摇头，撑着地想站起来，谁知他将她的胳膊一拉，她又摔了回去，撞在他身上，两人摔成一团。

"伤！伤！"她叫着，赶紧撑起身子，就怕压到他胸口，后脑勺忽然被他用力一压，又跌回去，脸颊上一热，却是他贴了上来。两人的脸颊紧紧贴在一起，他的胳膊如此有力，几乎要将她揉进身体里。璇玑只觉胸膛里像被放了一只小兔子，跳得太快，忍不住轻轻叫他："司凤……"

他按住她的后颈项，喃喃道："别说话。这样就好……"

璇玑像个木头人，靠在他脸颊旁一动不动，连呼吸也不敢端大了，心里只觉他俩这样的姿势很怪异，有床不睡非要睡地上，像在玩叠罗汉。可是不知为何，她越来越紧张，好像要窒息一样，隐隐约约有一种本能，像个小钩子，一刻不停地钩着她，提醒她一些说不清道不明的事情。

良久，禹司凤突然沉沉一笑，低声道："我们俩，有时候真像傻瓜一样。"

璇玑转过脸去，嘴唇不小心擦过他的脸颊，脸上一红，急忙道："我……我……"

他偏头，在她颊上也是一吻，轻道："我永远也不会觉得你烦。璇玑，是我自己太笨拙了，和你没关系。"

她怯生生地看着他，像个受了委屈的孩子。禹司凤展眉一笑，道："眼下这样也太不成体统。咱们好好地上床，躺下说话，好不好？"

他将她拦腰抱起，起身走到床边，铺开被子，轻轻把她放上去。璇玑脸上猛然一红，一种怪异的感觉袭上心头，赶紧坐起来，低声道："不、不……还是算了，我回房睡觉。"

他并不阻拦，只笑道："不用我再陪着说话？"

她慌乱地摇头："不、不……我觉得……这样似乎不太好……虽然……不知道为什么……还是回去了。"

她起身就要走，谁知他一把揽住她的腰，天旋地转，她又给带回床上，跌躺在上面。身上忽然一重，却是他压了上来。璇玑只觉心中战栗，舌尖都有些酥麻，怔怔看着他漆黑的双眼，一个字也说不出来。

他忽然低下头，灼热的鼻息，擦过她的唇。璇玑从喉咙里发出一串呻吟，急忙把脑袋别过去，从头到脚似要烧起来一般。只觉他贴着耳朵，低声道："不要这样毫无防备，我不是圣人。"

她紧紧闭上眼，不知是在怕什么，还是在期待什么。等了半晌，身上忽然轻了，耳边传来窸窸窣窣的声音，她急忙睁开眼，却见他一脸轻松，没事人一样地脱了外衣钻进被子里，然后拍了拍身边的枕头，笑道："仅此一次，下不为例。过来吧，我陪你说话。"

璇玑心中又是茫然又是紧张，隐约还有些失落。怔了良久，终于爬过去，大猫一样赖在他身上，低声道："你说的没错，我们俩有时候还真是傻瓜。不过最大的傻瓜还是我。"

他低低一笑，胸膛上传来震动。璇玑只觉浑身上下都泡在温暖的水里一样，舒坦得不行，懒洋洋地玩着他的手指。小银花大概是被他俩刚才那一番"激烈搏斗"给惊动了，迟疑地从他中衣袖口里钻出来，冰凉的信子在璇玑手心一吐，像在询问。

璇玑一见到它，脑中灵光一闪，叫道："司凤！我也养一只灵兽好不好？"

原来她见众多修仙者都有灵兽，关键时刻总能帮上很多忙，自己不如也驯养一个，如虎添翼。

她越想越觉得这个想法不错，如数家珍一般地念道："眼下你会了瑶华剑法，阳阙功也有了起色，我呢，还没把你们离泽宫的剑术给练熟练。以后要去不周山救人，这样半吊子可不行。养一只灵兽，最好是会飞，或者身体轻盈的那种，有它相助，那个剑法应该能比现在威力大上许多。"

禹司凤说道："养灵兽可不是养宠物，一年半载怎么会有起色。除非能捉到厉害的妖魔，如果要像小银花这样从小养到大，不花个十几年工夫，它根本帮不上什么忙。"

"那我们就去捉厉害的妖魔。"

璇玑看了看自己的手，忽然叹了一口气，轻道："如果我能随时随地用三昧真火，像在不周山和离泽宫那样，咱们就什么也不用担心了。可是这法术时灵时不灵，没办法仰仗它。"

禹司凤笑道："那就不要仰仗，踏踏实实修炼。至于灵兽的事，以后总有机会遇到投缘的，一时急着找，未必能找到好的。"

璇玑点了点头，渐渐只觉眼皮厚重，倦意袭来。她打个呵欠，拉过被子钻进去，贴着他的肩膀，蹭两下，低声道："司凤……回头参加簪花大会的时候，咱们一起向爹爹求情，好不好？"

禹司凤微微一愣，才明白她对钟敏言的事情还是耿耿于怀。他笑了笑，点头道："好。他老人家兴许是正在气头上，就像上次在祭神台……我想，你二师兄不会是敏言杀的，他不是那种人。这中间可能有误会或者阴谋。"

璇玑低低答应了一声，鼻息渐沉，竟是坠入了梦乡。禹司凤替她掖好被角，正要将床头的蜡烛吹熄，忽听她低低叫了一声："二师兄……万花筒……你、你别走……"想来她是梦到了小时候在少阳派的情景，陈敏觉在她被乌童刺伤之后，怕她无聊，特地送了个万花筒过来给她玩，以后也没要回去，很长一段时间都是她在小阳峰排遣时间的玩具。

"璇玑？"禹司凤叫了她一声，低头去看，却见她双眉紧蹙，眼睫上凝着大颗的泪珠，似是在做梦，一面喃喃道："万花筒……二师兄……对不起……"

他长叹一声，想起这几个月的剧变，心中竟有一丝苍凉的味道，久不能寐。

第二日，两人便离开了格尔木，御剑直飞庆阳，寻找柳意欢。本来禹司凤料定了柳意欢的性子，肯定是留在庆阳花天酒地的，谁知这次他却算错了，柳意欢的确没在庆阳，问了妓院老鸨，也说他好几个月没出现了。他们扑了个空，顿时不知下一步该怎么走。

"要不先回少阳派吧？我想看看玲珑。"出了娇红坊大门，璇玑立即提议。

禹司凤在心中盘算一番，离簪花大会还有四个月，现在就回少阳派未免为时过早，何况少阳上下如今一定对钟敏言颇多微词，依璇玑的性子，听到那些风言风语，一定会郁闷，到时候两边都闹得不开心。

"你不是想找灵兽吗？"他笑着说，"我知道往西有一座山，叫众兽山，里面妖魔众多。咱们不妨去那里看看，挑选一番。"

璇玑双眼登时一亮，"好呀……可是，你不是说选灵兽的事情不能急吗？"

禹司凤咳了一声，笑道："是不能急。不过去看看也好，有缘的话，转首之间就能遇到属于自己的灵兽。"

璇玑吓了一跳，原来她把"转首之间"听成了"斩首之间"，茫茫然想着如果要斩首才能得到灵兽，那这颗脑袋要不要小小放弃一回。既然要斩首，那为什么爹爹司凤他们有灵兽的人，脑袋还安稳地留在脖子上？真是奇怪也哉……

"发什么呆？走吧。"禹司凤叫了她一声。

璇玑追上去，连声说道："现在就去吗？难道不找个饭馆先吃饭？"

饭毕，两人御剑飞往众兽山的时候，璇玑忽然觉得下面的景色很熟悉，想了半天，突然叫道："啊！鹿台山！司凤，你还记得吗？咱们来过这里！"

禹司凤点了点头，两人都想起四年前和大人们一起来捉妖的场景。那时候他们两人对彼此的第一印象都超级烂，禹司凤还骂过她恶女人，一见面就没好脸色。不知是什么时候开始，他却越来越不想离开她。感情的事情永远是这么奇妙，当时才十三岁的他，或许再也想不到，那个一出手就差点掐死小银花，还侮辱离泽宫面具的女孩子；那个曾让自己在肚子里痛骂的坏女人，最后却成了比自己生命还重要的女子。

"你笑得好怪异。"璇玑见他皮笑肉不笑的模样，诧异极了。

禹司凤揉了揉脸皮，从回忆里抽身而出，突然道："咱们去鹿台镇看看！走！喝果子黄去！"

说罢自己先降下云头，璇玑急忙追上去，只觉他今天很有点怪异，却说不出怪在哪里。

鹿台镇还是四年前古朴的小镇，街边杂耍卖艺摆摊的众多，虽然不如庆阳那等大城繁华，却自有一种令人舒畅的气氛。璇玑眉开眼笑地跟在禹司凤身后，在人潮里穿梭，一会儿买蒸糕，一会儿买糖人，一会儿买肉馒头。一直走到县衙门口，两人很有默契地停下脚步，想起这里曾放着琉璃大缸，他们就是在这里救了亭奴。

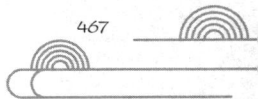

璇玑吃吃笑道："我还记得那会儿，你和六师兄两个人紧张得路都不会走了。好像第一次做坏事一样。"

禹司凤的脸一红，啐了一声："别废话！最后……还不是靠我。"

他和所有少年人一样，喜欢把功劳往自己身上揽，璇玑笑道："没有我和六师兄，你一个人也救不出亭奴。吹牛的家伙！"

禹司凤抓住她的手，走过县衙，想起那个美丽的下午，三个孩子做了一次英雄，将受难的鲛人放生，在湖水边尽情大笑的场景。他们也曾说过要做一辈子的好兄弟，好朋友，不管遇到什么事，都不会分开，不会伤害对方。那时候是多么快乐，不懂得烦恼，盼着长大。如果彼时知道长大后，遇到的事情都不怎么快乐，他们还会盼着长大吗？

他低头看了看和璇玑牵在一起的手，曾经还有两只手搭在上面，四个小孩笑得傻瓜一样。到如今，那两人一个生死不明，一个离开了。世事如此无常，总是不按照心愿来进行，只剩他们俩，还能挽留住小时候的欢乐吗？

"司凤，到了哦。"璇玑的说话声把他拉回现实，抬头一看，果然是到了上回他们去的那家酒馆，果子黄的香气在整条街上洋溢，闻一下便要醉。

两人要了一坛果子黄，两碟下酒菜，坐在窗边闲聊。禹司凤袖中的小银花闻到酒香，蠢蠢欲动，探出一个脑袋，在杯子上来回触碰，似是跃跃欲试。璇玑笑着用筷子沾了一些酒液，送到它面前，不防它一口咬住，她赶紧松手，笑道："哎哟，该不会是要把筷子整个吞下去吧？"

禹司凤轻轻把筷子抽出来，摸了摸小银花的脑袋，道："这玩意对你来说不是好东西，别贪嘴。"

小银花只尝到一滴果子黄，很是不满，嘶嘶地吐着信子，那模样很可爱。璇玑撑着下巴逗它玩，一面问："司凤，你是怎么找到小银花做灵兽的？"

"其实，本来不打算找它的。"禹司凤拍了拍小银花，它不甘愿地钻回袖子里，缩成一团。"我本来是看上一条更凶猛的蛇妖，因为它力量太强，我没办法制服，所以师父说他替我捉来，作为我的灵兽。结果那蛇妖极有灵性，败给了师父之后不吃不喝，没几天就死了。我见它还留下一个蛋，便捡了回去。那就是小银花了。"

璇玑两眼放光，奇道："那小银花以后也会成很厉害的蛇妖……不对，灵兽？"

禹司凤笑着点头，"它现在还只算个孩子，再过好几年才能算合格的灵兽呢。"小银花在他袖子里钻来钻去，显然不满意他的话。他用手轻轻安抚，柔声道："不过这孩子现在已经很能干了，以后一定能成最好的灵兽。"

小银花安静下来，享受着主人的抚摸。璇玑艳慕地看着主人和灵兽之间的互动，只盼望自己也赶紧找到一个厉害的，像小银花和司凤这样，感情深厚的。

两人边喝酒边聊天，不知不觉就喝光了大半坛果子黄，正说着小时候各自的趣事，忽听楼下一阵梆子乱敲，两人都是一愣，对这梆梆的声音很是熟悉。上回县衙抓住了亭奴示众的时候，也是这样狂敲梆子。

二人探头出去，就见县衙前挤满了人，原来告示栏那里贴了一张新告示，大红的底色，不知写了些什么。围观的人议论纷纷，一个个都叹道："近两年风水不好，祸事不断临头。那妖怪吃人的事情才过去没几年，又出来个怪火……"

两人对望一眼，立即从窗口跳了下去。璇玑摸了摸钱袋，里面瘪瘪的，就剩几个铜板，她回头愧疚地望了一眼酒馆，道："我第一次喝霸王酒。"

禹司凤下意识往怀里一掏，荷包里也是空空如也，他俩尴尬地对望一会儿，决定就喝一次霸王酒，偷偷溜走了。

那告示原来说的不是鹿台镇本地的事，而是邻县平凉最近闹怪火，十里的农田庄稼一夜之间被烧得土地漆黑，成了沙地，又兼一整个农庄被烧光，半个人也没活下来，衙门调查不出原因，只得出了告示，求高人来揭。

璇玑见那赏银足有六百两，登时两眼一亮。她向来做惯了大小姐，从来没尝过囊中羞涩的味道，如今两人荷包里都是空空的，莫说吃饭，就连客栈也住不起。她很不喜欢露宿，平日里就是住客栈也要挑个干净舒服的，没钱自然寸步难行。

她一抬手就揭了告示，周围人见她一个娇怯怯的小姑娘，胆子倒不小，纷纷发出赞叹声。禹司凤早就摸透了她的心思，虽觉得没把情况调查清楚，她这样揭了告示有些鲁莽，不过也随她去了。璇玑本身就会很厉害的御火术，遇到怪火的事情，想必正好对她胃口。

门外这番骚动自然惊动了衙门里的总捕快，出来见是璇玑揭了告示，不由得一怔，道："姑娘，这不是玩笑。似你这样的千金小姐，能做什么？"原来他见璇玑唇红齿白，衣着考究，只当是哪家千金小姐出来玩了，一时好奇凑热闹，"这兴许是妖物所为，姑娘莫要冲动才是。"

璇玑对他的误会并不放在心上，只把告示一扬，指着上面一行字，笑吟吟地问道："订金五十两，真的现在给吗？"

那告示上写着，订金五十两，事前赠予。所以她那么快揭下来，生怕被别人抢了五十两。那总捕快又是一愣，正要点头称是，忽听后面一人大叫道："吃霸王餐的两个小鬼！不许逃！给老子站住！"

众人一齐回头，就见对面酒馆里的酒保追了出来，直冲那两个揭了告示的年轻人而来，一把抓起禹司凤的领口，一面恶狠狠地骂道："哪家的小杂种！这般没教养！酒钱给不出，今天就别想走！"

禹司凤和璇玑都是大尴尬，一时无话可说。那总捕快见到这情形，心下早已明白，当即冷笑道："衙门告示岂是儿戏！姑娘先将酒钱付了吧！在衙门口做这等欺心事，你们胆子不小！"

璇玑急道："我当然有本事解决怪火的事情，就看你敢不敢相信我了！修仙者出门在外，一时囊中羞涩，又是什么大不了的事情？回头我有钱了再补上就是！"

总捕快笑道："你们的小算盘无非是骗到这订金五十两。不过我要提醒二位，若是解决不了此事，订金还是要一文不少还给衙门的。"

璇玑点头："那是自然！修仙者一向说一不二，今天我揭了你的告示，一定会把事解决掉。所以……"她很厚脸皮地把手一伸，"订金拿来先！"

总捕头见他二人身上都带着佩剑，虽然衣着清贵，但面上颇有些风尘仆仆，想必当真是有点门路，最后还是点头答应了。

璇玑拿到订金第一件事就是付了酒钱，那酒保忿忿不平地放开禹司凤，厉声道："算你识相！下回再敢吃霸王餐，老子把你们俩小鬼的孤拐都打断！"说罢骂骂咧咧地走了。

璇玑皱眉看着他的背影，低声道："这个人好讨厌，付了钱他还要这么嚣张。"

禹司凤把被他抓乱的领口理好，轻轻一笑，道："看我的，小整他一下。"

他从怀中取出一枚铁弹珠，捏在两指间，作势要弹出，璇玑急忙拉住："不要啦，他就是个普通人，怎么吃得住你弹一下！"禹司凤那一弹珠就可以把琉璃大缸砸碎，她深有体会，要是砸在那人身上，只怕要伤筋断骨。

他摇了摇头，两指一弹，那弹珠却是落在地上，跟着反弹起来，正中那人的膝弯。他大叫一声，摔倒在地，半天才爬起来，左右看看，不知自己到底是怎么摔倒的，最后只能骂骂咧咧地回去酒馆。

"摔他一跤，这是他冒犯你我的回礼。"禹司凤微微一笑，眼底藏着一丝顽皮的味道，很有些孩子气。


虽说璇玑揭下了告示，又拿到了订金，但总捕头对他二人还是很不放心，听说他们马上就打算去平凉，便立即召集人马，选了四个忠心厉害的属下跟着他们，明为照应，实为监视。

"此去平凉，一路有官道，纵马飞驰，一天内就可以到。那怪火一事，就拜托两位小侠了。一个月期限满，此事还没解决，那订金就只能麻烦二位再还给衙门。"

总捕头说得很不客气，其实上面给的时间是半年内，但他总觉得这两个年轻人是骗子，第一印象就不好，所以只给他们一个月的期限，如果不成功，那就乖乖还了订金走人。

禹司凤抱拳道："杂事暂且不提，还请大人将怪火的事情详细说明一下，我们好了解情况。"

那总捕头倒也没想到他有此一问，当下倒有些不敢怠慢，于是详细将情形说了一遍。

原来那怪火第一次并不是出现在平凉，据当地人说，几天前的夜晚，就已出现异相，东边的龙首山顶上火光大盛，一直连通到天上，看起来就像是天火掉落一般。隔天就有人发现整整一座龙首山被烧了大半，漆黑巨大的烧痕从山顶蔓延下来，看起来就像是那火焰自己会走动一般，一直往西，经过龙首山，沿着泾河来到了平凉。鹿台镇的人之所以这般恐惧，是因为离得太近，不知道什么时候那怪火就烧到自家门口，按照那怪火的蔓延趋势，鹿台山这里是避免不了的。

禹司凤听说，沉吟半晌。璇玑拽了拽他的袖子，低声道："听起来像是很大的妖怪，会喷火的那种。"

禹司凤皱眉凝神，想不出体型巨大的妖类，哪一种是带火的。何况听起来被火烧过的地方那般可怕，想来也不是普通的火焰。莫非是天上某个神兽借人间走道不成？

总捕头见他二人默然不语，只当他们是畏缩了，便道："此事确实蹊跷，两位如果不便……"

禹司凤笑着摆了摆手："大人过虑。既然揭了告示，我们不将此事解决是不会离开鹿台镇的。"他回头看总捕头派出帮忙的四个捕快，又道，"四位身边最好都带上两袋水，马匹也请挑脚程最快的。其他东西并不需要准备。"

那四人说了个是，问道："现在就出发吗？多牵两匹马给两位小侠？"

璇玑和禹司凤相视一笑，并不答话，走到衙门口，才回头道："不用，我们先去平凉等候四位。"说罢就在大门口御剑飞起，眨眼就不见了，惊得众人纷纷冲去门口张望，这才明白他二人当真是修仙者。

其实当众御剑飞行是不被允许的，因为怕引起轰动，但他两人恼火对方小看自己，竟不约而同地想到要露一手给对方看。飞起来之后，璇玑才咯咯笑了出来，道："我觉得，其实我们有时候还挺坏的。"

禹司凤也觉得好玩得紧，他们都是少年人习性，这番玩耍，不过是牛刀小试而已。


鹿台镇和平凉相隔不远，两人御剑几乎是一眨眼就到了。璇玑见这里农田众多，一望无际，有水田有泥田，那总捕头说平凉是粮仓，专门出产粮食的，倒也不假。

此时正值午后，太阳最辣的时辰，二人在田埂上走了一会儿，没有任何遮蔽的东西，只热得挥汗如雨。禹司凤吸了一口气，叹道："奇怪，平凉这里夏天从来没有这般炎热，简直让人透不过气来。"

璇玑更是热得脸蛋红扑扑地，四处看了看，又用鼻子嗅嗅，才道："好像没闻到妖气，不过这种热和夏天的热不太一样，地火燎心，应当和那怪火有关系。"

她见对面田埂上有人，立即奔过去，问道："请问这附近是哪里有怪火出没？"

那人冷不防后面有人突然冲上，吓得一趔趄，头上的斗笠也滚了下来，露出银白的须发，原来是个老者。禹司凤急忙搀扶住，柔声道："对不住老人家，吓到你了。"

那人一抬头，却让两人一愣，原来他须发俱白，犹如银霜，然而面容却年轻稚嫩有如青年，更兼双眉斜飞，一双丹凤眼湛然有神，竟是个面容冷峻的美男子。

他淡淡推开禹司凤的搀扶，将地上的斗笠捡起，戴回头顶，低声道："此事我不太清楚，我只是个过路人。"

说罢掉脸就走。璇玑怔怔道："他怎么……我还以为是个老爷子呢。"

禹司凤沉吟道："我听说过有一种病，少年人也会生白发，渐渐脸上皮肤也变白……那种病很罕见，也很可怕。说不定此人就是一个……方才我们确实无礼了。"

说完忽然想到什么，一拍手，叫道："不对！他不是！"

璇玑奇道："什么不是？"

禹司凤顾不得回答，转头寻找那人的身影，却见田埂百道，空空如也，哪里还有半个人影！方才那人明明走得不远，居然一眨眼就不见了！

璇玑也发觉不对劲，急道："他怎么不见了？！这里可没躲的地方！"

禹司凤说道："你看看，天气这样热，我们都是满头汗，可是方才我看那人，脸上却干干净净，什么也没有。何况，他虽说自己是过路人，但你可见他有带包袱？想来有些古怪！"

更何况，一眨眼就消失在平地，此人一定不简单。

"司凤，你说他会不会和怪火有关？"璇玑走了一圈，确定周围没有任何可以躲藏的地方，只得回来问他。

禹司凤摇了摇头："我不知道……算了，往前走吧，找到人再问便是。"


鹿台镇的那四个捕快不吃不喝快马加鞭，总算在傍晚时分赶到了平凉，此时璇玑和禹司凤二人早已找到农庄，细细询问了怪火的事情。

"怪火一直向西行去，当地老人说，昨天晚上烧了李家村的田地，按这个趋势，今晚应当会出了平凉镇，到镇外的黄鸟坡子附近的树林那块。所以，今晚我和褚姑娘守在黄鸟坡子那里，麻烦四位在树林外看守四方动向，一旦有异动，立即放预警弹通知我们。"

说完，禹司凤分给四人一人一根细长的爆竹似的物事，教他们怎么用。

捕快甲听说只有他们两个去对付那怪火，不由得担心道："姑娘和公子不用咱们帮忙吗？只有你们俩……这个……太危险。"

禹司凤摇头道："此事不是你们能应付的，硬要上去，只有送命。安心，我们自有对策。诸位大哥的水袋请随时挂在身上，不要丢弃。"

众人早已在鹿台镇见识了他俩的御剑本事，哪里还会怀疑，当下忙不迭地点头。说话间，投宿的这户农家主人又送来酒菜，平凉是产粮大镇，菜肴倒没什么稀奇的了。众人吃得一会儿，将两坛酒喝完，抬头见月上中天，然而却没有半点夜凉如水的感觉，反倒越发炎热起来，背后的衣衫尽湿。

主人家的一个老爷子叹道："快到时候了，这样热，过一会儿就要火光冲天，谁也不敢过去看个究竟，只怕被烧化。"

窗口吹进一阵风，也是滚烫的，不但没能消除燥热，反而更窒闷了。璇玑正要卷起袖子扇扇风，忽听遥远的地方，传来一阵清啸，像是有什么巨大的动物在低低吼叫，然而却并不难听，清朗悦耳。

那老爷子骇然指着窗外，急道："来了！火光！"

众人连忙回头，只见远远地，有千万道鲜红的火光冲天而起，划破夜空。那火光莹莹絮絮，果然像是天火陨落。禹司凤把桌子一拍，六人飞身纵出窗外，朝发出火光的黄鸟坡子跑去。

璇玑最是心急，等不及跑，当先御剑飞了起来，禹司凤急急交代了四位捕快数句，也御剑跟上去。一到高处，登时将一切都看在眼里，黄鸟坡子那里大片的树林果然已经烧了起来，熊熊烈焰，几欲焚天，那火焰的色泽比一般的火还要鲜红明亮，难怪半边天空都被映亮。

璇玑见那刺目的火光中，似是有什么巨大的同色物事在慢慢移动，几乎有小半个树林那么大，不由得倒抽一口气，轻道："那是什么？"

话音未落，却听那东西又发出一声清啼，紧跟着，从地上轻飘飘地飞了起来，两双巨大的火翼展开，无数火点溅落。禹司凤见那东西生着翅膀，形状像鸟，然而却拖了一条巨大粗长的蛇尾，脑中电光火石一般，脱口而出："是腾蛇！神兽腾蛇！"

璇玑不等他说完，早已御剑追了上去，一把抽出崩玉，"嗡"的一声，它发出愉悦的鸣声，剑气充盈，她捏了一个剑诀，一挥而出。霎时间，无数道银色剑气急急射向那巨大的美丽的火兽。它显然没料到后面有人突袭，硬生生中了剑气，嘶声鸣叫，在空中转了一圈，骤然落地，消失了。

"追上去！"禹司凤叫了一声。

甫一落地，那四个捕快也追了上来。黄鸟坡子那里火焰冲天，火光映在众人面上，都是汗水淋漓。捕快乙见璇玑他们也在，便急忙叫道："有人！我方才跑过来的时候发现林子里有人！"

禹司凤大吃一惊，连声道："你确定没看错？"

这里烧得这么厉害，他们还在森林外围都觉得燥热难当，更何况林子里。

捕快乙点头道："绝对没看错！好像还戴着斗笠，像是赶路的样子。我叫了他几声，他却不应，转眼就消失了。我见林子里火烧得厉害，也没敢追进去。"

想必是迷路的旅人，如果任由他这样在黄鸟坡子里游荡，迟早会烧死。禹司凤和璇玑互看一眼，点点头，解下腰间水袋，倒过来从头到脚淋了一遍，那水被高温烤得也已经发

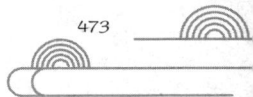

烫，湿衣服贴在皮肤上，被炙风一吹，比方才更热。

"两位少侠？"四个捕快见他们的样子，竟是要进林子，急忙阻止，"烧得这么厉害，进去岂不是送死？！"

禹司凤又从两个捕快那里借了几袋水，挂在腰间，低声道："麻烦几位在这里等候，注意四周动静。我们进去看看就出来。"

说完不等他再阻拦，两人飞快跑进了林子里。黄鸟坡子这块森林烧得越发厉害，连泥土都烧成了红色的，裂开来，两人只捡没烧着的地方跑，不一会儿身上的水就给烤干了，脸上的皮肤几乎要脱落一样的疼。然而这还是其次，最关键地面被烧得犹如铁锅，脚底只怕炙出了许多水泡，疼得钻心。两人只得又浇了两袋水，四处张望，一是寻找那被璇玑射落的火兽，一是寻找方才捕快看到的旅人。

在林中找了很久，还是没半点踪影。四袋水都已经用完，他们再待下去就要活生生成为烤肉。禹司凤见前面满是火焰，没有路可以进去，只得叹道："罢了，回去吧。再逗留下去我们也有危险。"

璇玑点了点头，两人正要按原路返回去，忽听对面火焰燎天的林中，传出一阵清朗的啸声，正是先前那火兽的声音。两人都是一愣，急忙回头，却见鲜红刺目的火光中，隐约有一个人影在走动，这般酷热的环境，他居然还不紧不慢，扶着斗笠，优哉游哉。那啸声渐渐落低，最后却变成了歌唱。

"天不可与虑兮，道不可预谋；迟数有命兮，恶识其时？且夫天地为炉兮，造化为工；阴阳为炭兮，万物为铜。"

那声音清越悠扬，直可达九天。璇玑听了半天，奇道："那只妖兽居然还会唱歌！他唱的是什么？"

禹司凤摇了摇头："好像是说天道不可把握，就算事先知道的事情，那也无法确切预料究竟何时发生。众生就像生活在一个炉子里，阴阳为炭，一一熔炼。"

他忽而想到最近发生的那些事情，不由得默然。歌里唱的其实没错，纵然柳意欢有天眼，能纵观全局，知晓福祸，但冥冥中自有定数，谁又能真正做到趋吉避凶。

璇玑也似有感悟，默然不语。那妖兽唱了一会儿，忽然长声一笑，沉声道："两个小娃娃，胆子不小哇！居然用剑气来刺老子！"

两人都是一惊，只见对面熊熊燃烧的烈火忽而窜了起来，声势逼人，不得不退两步，那火墙从中裂开一道缝，仿佛是被一双无形的巨手撕开一般，先前在火光中缓慢行走的人影，便从那缝中悠然走出。那人身穿玄色衣，头上戴着斗笠，一手扶着腰，另一手捶着肩膀。火光缭乱中，只觉他须发如银，根根飞曳，斗笠下露出半张脸，下巴光滑如玉，嘴角含笑。

"是你！"璇玑指着他，下巴都快要掉下来。居然是下午他们在田埂那里遇到的人！

开始见他头发雪白，以为是老人家，谁知居然是个年轻人！"你……你不会就是……放火的妖怪吧？"

那人哼哼冷笑，并不答话，过一会儿，才道："我借道人间也是迫不得已，以后自有福泽相报。这火过了丑时便会熄灭，你们要是不想烧死在这里，还是赶紧离开吧。"

禹司凤眉头紧皱，低声道："如此说来……那火兽……腾蛇……就是你？"

那人扶了一下斗笠，抬头看他一眼，禹司凤只觉他目光灼灼，犹如冷电一般，心中不由得打个突。腾蛇绝非普通妖兽，乃是天上的神兽，他既然说借道人间，日后有福泽相报，那就绝无虚假。以他和璇玑两个人，想都不用想，肯定斗不过他，人家一根头发就可以戳死两个了。当下立即萌生退意，拱手道："是我等鲁莽了。请腾蛇大人先行，我们马上告退。"

璇玑被他拉着走了几步，还是忍不住回头去看那人，奇道："他就是腾蛇？刚才那个巨大的妖怪？怎么又变成人了……"

禹司凤低声道："不是妖怪，是神兽。这事你我管不了，只能由他去了。"

璇玑这会儿也是被火焰烤得心口疼痛，确实不想多留，于是点了点头。谁知那人在后面忽然冷笑道："你们就这样走？敢对老子无礼，自然是要付出代价的！"

两人大吃一惊，璇玑只觉腰上的崩玉猛然一热，竟变得像是刚从炉子里拿出来的一样，烫得她一个惊颤，下一刻崩玉从剑鞘中腾身而起，在空中划了一道银辉，稳稳落在那人手中。

"就是用这把剑刺伤老子的？"那人甚是狂妄，伸指在崩玉上一弹，登时发出清朗的嗡鸣声，他赞道："凡间倒也有此好剑！难怪能伤到老子！你们两个小娃娃有眼不识泰山，没见过世面，老子也不怪你们。作为惩罚，这剑就留给老子吧！"

他掉过身来，指了指肩胛那块，果然那里衣裳破了个小洞，但是不是伤到皮肉姑且不知道。崩玉的剑气锐利之极，连岩石都可以劈开，两人方才都曾目睹剑气刺中了那腾蛇的身体，结果只把他的衣裳划破一个洞，心中不由得都骇然。

璇玑见崩玉在他手中不断鸣叫，似是不愿离开主人，当即急道："不能留给你！那是我的剑！"

那人笑道："剑不留下，那就留人！你是用哪只手刺伤了老子？自己剁下来吧！"

璇玑见他这样不讲理，本性中那股执拗的蛮劲登时上来了，怒道："明明是你不对！莫名其妙引起火灾，害了多少人！还神兽呢！是假的吧？！"

那人勃然大怒，厉声道："好无礼的丫头！神兽岂容你侮辱！"

璇玑跟着骂道："是你自己自取其辱！"

那人冷笑一声，更不答话，两指夹着崩玉，竟是要发力将它折断。璇玑惊叫一声，抢上去要阻拦，不防他身后的火墙忽然暴涨，似大门开阖一般，挤压过来，她只觉炽热难耐，

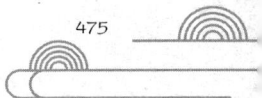

不得不退回去。

那人折了半天，崩玉却纹丝不动，不由得有些惊讶，抬手在上面轻轻抚摸，惊道："定坤？！居然是定坤！怎么变成这种模样了……"说罢忽地又是一惊，抬头朝璇玑打量过来，从头看到脚，喃喃道，"变了很多……难怪难怪……"

璇玑哪里管他什么"难怪"，叫道："把剑还给我！你这只死妖怪！"

那人呵呵一笑，将崩玉往地上一插，抱着胳膊朗声道："老子早听说你的三昧真火厉害，一直想找个机会和你比试比试。天可怜见！今日总算让老子等到了机会！不用客气了，出招吧！让我看看战神将军是怎么样的！"

璇玑见他眼神狂热，神情诡异，心下有些发怵，退了两步，轻道："我……我不和你比……"

那人纵声狂笑，道："不比也不行！看招！"话音一落，却见他身后那火墙"呼"的一下，犹如海潮汹涌一般，铺天盖地砸下来，热浪足以将钢铁熔化。璇玑惊叫一声，再也顾不得狼狈不狼狈的问题，连滚带爬地逃走，好险还是被火舌舔了一下裙摆，一瞬间她的裙子就被烧了半幅。

那人哈哈大笑，声音讯消："哈！露了春光，到底也还是个普通女人罢了！"

璇玑脸色又红又白，抓着裙角，竟说不出话来。肩上上忽然一重，却是禹司凤脱下外套罩在她身上，低声道："穿上。咱们伺机逃走吧，他太强了。"他脱了外套，赤裸着上身，汗水在肌肤上奔腾，映着火光，衍射出动人的色泽。

璇玑先是一愣，跟着却脸红，谢谢两个字卡在喉咙里说不出来，只得掉头就走。

禹司凤见那腾蛇还要唤出烈火，立即抽出符纸，捏印之后抛了出去，登时化作漫天的小水龙，将那烈火挡了一挡。他趁这个空隙转身逃走，忽听那人笑道："离宫为火，变化随心。不战而逃，不如去死。"

禹司凤只觉身后火辣辣的疼痛，一回头，却见那火海罩了上来，一瞬间就将他吞没了去，身后璇玑的惊叫，仿佛也变得很远。

璇玑眼睁睁看着他被火焰吞没，只吓得肝胆俱裂，顾不得那烈焰炽人，扑进去就要救人。只得一瞬间，她的头发眉毛衣裳都被烧焦了，浑身体肤仿佛要裂开一样，剧痛无比。

"司凤！"她叫了一声，伸手去拉，只拉到一个硬物，被火烤得半熔化了，一触到她掌心的肌肤，立即烧焦一片。她顾不得疼痛，用力抽出来——却是他佩在腰间的宝剑，剑鞘和剑柄已经被烧化。

她怔在那里，一动不动。那腾蛇"嗤"的一声，笑道："这样容易就死了。"

璇玑慢慢回头瞪着他，他被盯着有些发毛，冷道："干吗？"

她低声道："我只是奇怪，天上的神仙都是你这样嚣张跋扈的吗？想杀人就杀，想烧哪里就烧哪里。"

腾蛇耸耸肩膀，无所谓地说道："老子不在乎，反正以后有福泽给他们补上。有神仙下凡，凡人应当高兴才对吧。"

璇玑低声道："什么样的福泽，能抵得上一条命呢？"

腾蛇见她神色不对，他本身又是个暴躁没耐性的脾气，当即叫道："你比不比？！老子可要先放火了！"

璇玑摇了摇头，轻道："你回答我。"

她若是放声哭喊，或是上来拼命，腾蛇或许还不会害怕，但见她此刻神色平静，语气冷冽，他竟有些悚然，只得答道："下辈子轮回时让他们投入富贵之家，凡是被我借道的人间地方，都会得三年丰收。还不算福泽吗？"

璇玑轻道："那被你杀死的那些人，他们的亲人怎么办？就这样白白看着他死掉？伤心一辈子？"

"亲人？"腾蛇显然对这个词极为陌生，想了一会儿才想起是指的什么，当下笑道，"人死不能复生，何况所有人最后都是要死的，早死晚死不一样吗？何必在这等小事上和老子纠缠。喂，你打不打？"

她突然厉声道："不对！不一样！只要活着，就有希望，还可以一起欢笑一起度过很长的岁月！谁允许你剥夺他们这个权利！谁给你的权利！"

腾蛇一愣，却见她"铿"的一声拔出禹司凤的宝剑。她的手掌已经和那烧熔化的剑柄黏在一起，想必一时半会也取不下来。他笑道："说了半天，还是要打嘛！早些答应不好吗？这不是定坤剑，老子看你有什么本事放出三昧真火。"

她恍若不闻，手腕一转，捏了个剑诀，在周围熊熊燃烧的火上一撩，剑尖上挽了一团火花，色泽鲜红，簇簇跳跃。她的手指缓缓拂过那光滑的剑身，每一寸被她拂过的地方，顿时发出闪亮的火光，最后，剑尖上跳跃的那朵火花颜色渐渐退去，也变作了发白的亮橙色。

所谓定坤，即为平定乾坤。乾坤自在心中，定坤在不在手，又有何异？

"过来吧。"她轻轻说着，"我看看你有什么本事。"

那腾蛇正要放出漫天火海将她包围，忽见周围的火光骤然大盛，足有百丈高，翻卷跳跃，紧跟着，一团金光从火中急速飞起，清啼一声，在空中打了个转，眨眼就飞得极高极远，眼界中只来得及留下那团闪烁斑斓的金色光芒。

他"咦"了一声，冷不防脸颊忽然一痛，竟像是被火灼伤。他吃了一惊，急忙纵身跳开，却见璇玑那剑花挽到了眼前，剑尖上一点火光，竟是借着他的腾蛇之火化作了三昧真火。

他登时来了精神，两眼放光，叫道："你有这种本事！老子喜欢！"周围的火光一瞬间团聚上来，将他高高托起，渐渐地，越聚越多，他的身体被火焰层层包围住，再也看不见。那一团巨大的火焰忽而发出清朗的啸声，火翼飒飒撑开，竟是变作了腾蛇的原型。

那铺天盖地的火翼缓缓摇摆，斗大的火团从天而降，犹如下雨一般，密密麻麻，落在地上，顿时摊开一大片，像是有生命一般朝璇玑所在的位置蔓延过去。她周围霎时多了一圈两人高的火圈，寸步难行。

腾蛇哈哈笑道："你喜欢火，老子多给你一些！就怕你吃不下！"

璇玑冷道："只怕你给不起！"

她手里的剑转了一圈，那三昧真火竟硬生生将那火圈切成两半。她出手如电，在那火圈上一勾，轻道："疾！化！"那火圈登时重新融合在一起，上下两相里一撞，火点四溅，却变成了亮橙色的三昧真火。手里宝剑犹如腾龙戏凤，上下飞舞，将那火圈一圈圈继续切割开，渐渐舞成一条直线，她手腕一抖，抛飞出去，那些火光登时化作一条火龙，张牙舞爪地朝上扑去。

腾蛇火翼一扬，忽又化作人形，为火焰托着，从空中降下，躲过那条火龙，嘻嘻笑道："也没怎么！"他背后还留着两根火翼，熊熊燃烧，忽而拉长，自空中坠落，划过地面，刻下深深的焦黑痕迹。腾蛇唤来的火焰，与他身上自带的火焰并不相同，尤其那双火翼，更是火之精华所在。

他这番下界，本是因为闹了点小脾气。腾蛇脾气坏，爱使小性子，天界人人皆知，反正天帝纵容他，故而众人懒得管他。他在人间借道，就是故意闹事，折腾给上面的人看，结果还是没人理他，不由得好生无聊。谁知在这里居然遇到曾经的战神将军，他怎么能不要上一要。

要说他真有想杀了她的心，那也未必，然而当真动了手，就没有半途而退的可能。本来神仙是不允许随意杀生的，但这些规矩在他眼里就是狗屁，凡人的轮回如同仙人的生命，是永无止境的，在凡人眼中的一生，也只是漫长轮回中的一小截罢了，随意掐断它，继续另一个轮回，在他看来并不是什么大事。何况有他的福泽庇佑，那些人的轮回生涯只会因祸得福。

璇玑的愤怒，他无法理解，也懒得理解。

炙风一阵阵卷过，她焦煳的发尾微微起伏，眉眼清丽冷漠。他忽而起了玩心，笑道："你这样生气，老子还是不明白。要想让老子明白，何不用你战神的力量来折服？"

说话间，他的火翼已到她身侧，足有十几丈高，地面为他的火翼烧得裂开两道巨大的缝，发出被焚烧的吱吱响声。巨大的火翼骤然一合，将她锁在其中。这双火翼是腾蛇之火的精华，诸神都要畏惧三分的，他就不信她还能反击。

果然，半天，双翼中都没有任何动静，想来这个自恃了得的小丫头已经被烧化了。腾蛇哈哈大笑，张开火翼，得意扬扬："战神也不过如此嘛！"

忽听她在下面低声道："疾，化！"剑光一闪，点中他的双翼。腾蛇一呆，只觉翅膀上一阵前所未有的剧痛，随着她的剑光闪烁，自己的火翼从头到尾，缓缓变成了亮橙色。

他放声大叫，眼睁睁看着自己的火翼被她化成了三昧真火，托在身下的火焰也顿时维持不住，他倒头栽了下来，在地上翻滚，筛糠一样地抖，叫得犹如杀猪一般，却无可奈何。

"死丫头！臭丫头！老子总有一天把这笔账讨回来！"他一边痛叫一边破口大骂，然而两只火翼被她的三昧真火覆盖，火竟然也能燃烧火，那是他从来也想象不到的。他收不回火翼，只疼得脸色惨白，恨不得一剑把自己杀了，了却这种痛楚。

璇玑提剑走过去，并不与他多话，将禹司凤的宝剑举起，那整根剑都化作了三昧真火，足以将天也焚烧殆尽。她一剑挥下，当即就要斩下他的脑袋。忽听身后有人叫道："不要斩首！划一道口子就好！"

两人都是一呆，回头望去，就见禹司凤浑身黑乎乎，裤子也被烧得七零八落，狼狈地站在焦枯的大树旁，挡住要害部位。

"你……"璇玑浑身都僵住了，不可思议地看着他。

禹司凤急道："快，用剑划他一道口子！"

璇玑此时脑中已经是一团乱，完全搞不清楚来龙去脉，竟呆呆地依言，在腾蛇脸上割了一道口子。禹司凤又道："再在自己身上划一道口子！把血……滴进他伤口里！"

璇玑还是呆呆地照做，毫不犹豫在手上割了一剑，抓起腾蛇的领口，就要把血滴进去。那腾蛇自然知道他是要做什么，只惊得头发都要竖起来，厉声叫道："不带这样的！你们这般侮辱神兽，老子绝不放过你们！"

璇玑虽然不知这样做是什么意义，但是禹司凤还活着，他开口让她这样做，不要说是划几个口子，就是立即把她手脚斩下来，她也心甘情愿。

她的血滴进他脸上的伤口中，竟不流出，缓缓地渗透进去。禹司凤低声道："念他的名字，以成契约！"

她轻声道："腾蛇。"

腾蛇心里自然是千万个不愿意，但是血已经渗入体内，他毫无反抗的能力，身为神兽的本能，强迫他低头，以额叩地，恭声道："腾蛇参见主人，从此不离不弃，守卫主人一生。"

"啊？"璇玑莫名其妙，回头去看禹司凤，他找了半天，只在地上找到一片烧煳的衣角，拦腰遮住重要部位，走过来说道："他现在成了你的灵兽了，璇玑。"

灵兽？！她大惊失色，急道："我才不要他做灵兽！他……他杀了你……不对！司凤，你还活着……"她脑中顿时一片紊乱，禁不住放声大哭起来，扑进他怀里，急道，"你没死！你没死！我以为你死了！我就想杀了他然后再自杀！"

禹司凤柔声安抚着她，好容易将她的情绪哄得稳定了，才道："我刚才……躲得快，只烧到了衣服，身上没大碍。不过这样子实在不雅观，所以整理了半天才过来。"

璇玑狠狠吸着鼻子，喃喃道："有什么关系，我一点也不在乎，就是光着身子我也不在乎……我刚才差点气疯了。"

你不在乎，我却在乎得紧……禹司凤在肚子里苦笑一声，拍拍她的肩膀，转头望向一脸灰白的腾蛇，低声道："你不是一直想要灵兽吗？如今抓到了神兽腾蛇，应当高兴才是。这是千载难逢的机会。"

璇玑恨恨地瞪着腾蛇，怒道："我不要他做灵兽！"

腾蛇好容易等到翅膀上的三昧真火退去，呼着疼，听她这样嫌弃自己，当即激发了神兽的傲气，厉声道："老子也不爱做你这臭女人的灵兽！你以为我想？！还不是你自己成了契约！"

璇玑急道："那退了退了！我才不要你！"

腾蛇气得几乎要晕过去，怒道："你当契约是儿戏？！定下来就是定下来了！老子是神兽，一世的英名！毁在你手上！老子恨不得马上杀了你！"

璇玑灵光一闪，叫道："我杀了他！是不是就没契约了？"

腾蛇顿时一抖，惊恐地瞪着她，晓得她说到做到，忍不住在地上缩成一团。

禹司凤叹了一口气，拉住她，低声责备："不要任性，腾蛇做灵兽，多少人梦想的极致了。你不是要救出敏言和玲珑吗？何必还计较这些小事。"

璇玑一听钟敏言和玲珑的名字，心下一凛，登时无话可说。良久，她才厌恶地瞪着在地上缩成一团的腾蛇，道："那……我勉为其难收了你。你要是再乱杀人，我一定先把你杀了！"

"呸！臭小娘！你想得美！"腾蛇骂了一句，忽然晕了过去，原来他翅膀上的伤还是很厉害，加上想到自己不过是一时斗气，下界来玩耍，结果无缘无故成了别人的灵兽，这口恶气怎么咽得下去？

他一晕过去，那火翼自然也收了回去。禹司凤将他从地上抱起，他头上的斗笠掉了下来，一头银光灿灿的长发披垂而下，由于是晕过去，没有方才那凶狠蛮横的气质，看上去倒是很清俊的青年男子。

"璇玑，要和灵兽好好相处，不要吵架。"

禹司凤把腾蛇身上的衣服剥下来穿上，然后扛米袋一样将他扛起来，拉着璇玑的手，走出了这块可怕的炎热地狱。

一场生死相顾，烈焰焚烧，最后居然拐到一只腾蛇做灵兽，这生意也不算亏。

禹司凤正觉得心满意足，忽听璇玑惊道："司凤！你说过斩首之间才能得到灵兽！我……难道我要把脑袋斩一次？"

斩首……之间？他一愕，忽然放声大笑，无论璇玑怎么问，他也笑得说不出话来了。

从昏迷中醒来之后，骄傲的腾蛇一直不说话不吃饭不睡觉，呆呆地蜷缩在农家的饭桌子下面。他显然受不了这个巨大的刺激，到如今依然接受不了这个事实。他，堂堂天界的腾蛇大人，火里来烟里去的神兽，居然成了一个凡人小姑娘的灵兽。虽说她前世是厉害的战神，但她这辈子是凡人啊……更何况她犯了事，被罚下界受尽轮回之苦，以后就是回归天界也当不了将军，完全没前途可言。自己跟着她，也是铁板钉钉子——铁定的没前途没发展。他这一生，就要毁在她手里了。

　　他想着想着，就觉得悲痛万分，翅膀上被烧伤的部位也越发疼得厉害。疼得——好想哭啊。

　　一个大瓷碗忽然递到了他面前，上面堆满了香喷喷的饭菜，璇玑蹲在外面，揭开桌布，黑白分明的大眼睛看着他，说道："喂，吃饭了。今天要赶路呢。"

　　腾蛇厌恶地别过脸去，哑着声音："老子不叫喂。"

　　"哦，那，腾蛇，吃饭吧。事实就是这样了，我勉为其难，愿意收你做灵兽，别赌气了，木已成舟。你我都没有反悔的余地。"她说得很委屈，好像比他还郁闷，收了他这么大一个灵兽，还很不满意。

　　腾蛇只觉怒从中来，厉声道："是谁勉为其难？！老子跟着你才是痛不欲生！"

　　"哦，那你去死吧。"饭碗放在地上，她掉脸走了。

　　"你才要去死！臭小娘！"他气势汹汹地把脑袋从桌布下面探出去，追着骂。谁知她并没走远，只是蹲在桌布外面，他一探头出来，正对上她的脸。两人大眼瞪小眼，互相恶狠狠地看着对方。

　　璇玑伸出手指，在他鼻子上一点，笑道："好像丧家之犬的吼叫。"

　　他大怒，立即就要报以老拳，然而拳头到了她身上，灵兽的本能立即启动，变成了温柔的捶打——简直是帮她锤肩膀！璇玑舒服地晃了晃脖子："诶，这边……靠左一点。嗯，下面一点……你手艺不错嘛。回头也帮司凤捶捶。"

　　啊啊啊啊啊啊啊！为什么会变成这样！？他高傲的自尊再次受到严重伤害，钻回桌布下面，把饭碗踢出去，不管璇玑怎么挑衅逗他说话，他都不理会了。

　　禹司凤坐在桌子旁，见璇玑小孩子气发作，尽和腾蛇闹腾，不由得笑叹："你不要总是欺负他。要和腾蛇好好相处，培养出感情。"

　　"感情？"璇玑一想到要和这个杀人凶手握手言欢，自己摸着他的头，他像小银花一样柔顺听话……这个场景让她出了一身冷汗，立即摇头："不用了。反正他不想做我的灵兽，我也不想要他。回头再找一个我喜欢的就是了。"

　　禹司凤道："你已经定下一个契约了，就没有更改余地。"

　　"那我一辈子就和这鬼东西捆在一起？！"璇玑大吃一惊，顿时觉得前途暗淡。

　　禹司凤叹了一口气，凑到她耳边，低声道："你看他这样不吃不喝缩在桌子下面，像不像刚被人抓来的小狗狗？你把他当作小狗来驯服，当真就那么难以相处？"

这可是禹司凤独家秘诀。璇玑果然眼睛一亮，弯腰揭开桌布，腾蛇登时冲她龇牙咧嘴，露出一脸凶相，真的像刚被抓来的小狗狗，认生又任性。她赶紧坐直身子，回头，两眼亮晶晶地看着禹司凤，方才的郁闷一扫而光。

他很得意地笑道："他再怎么厉害，也是一只兽。不能用人的方法来对待。"

璇玑连连点头，她就说，司凤懂的东西最多，听他的准没错。她赶紧转身继续盛饭夹菜，打算美食诱惑。

缩在桌子下的腾蛇突然闷声说道："臭小鬼有什么资格说老子！你不也是兽吗？"

禹司凤默默揭开桌布，低头去看他，腾蛇一副自尊被辱，恨不得自绝于此的表情，凶巴巴地说道："你也不是人，你那套拙劣的说谎技巧，骗得了臭小娘，骗不了老子！回头要是禀告给上界的人，连皮都剥了你的！"

禹司凤冷冷看着他，淡然道："你自去说，我不会阻拦。"

腾蛇怒道："你当老子是长舌妇吗？！我还偏不说了！"

禹司凤淡淡笑道："做人的好处，你如何懂得。我听你唱歌，倒是很豁达，没想到为人这般古板难缠。"

"你才古板难缠！"腾蛇又怒了，"老子不屑和你说话！你心眼顶坏！"

他还记着是禹司凤教璇玑把他收成灵兽，这梁子结大了，他要怀恨一辈子！下回一定找个机会把他烧烂了。

禹司凤笑道："你应当不是笨蛋，既然已经成了契约，何必闹脾气。她做你的主人，也不至于辱没了你。这么几千年过去了，你也没有什么前途，还指望以后有吗？依我看，上面的人根本没把你当一回事吧？你在人间闹这么大的风浪，都没人追究，足见他们心里不在意你。"

腾蛇被他说中痛处，又不甘心被一个小鬼说教，干脆闭上眼睛装死。

禹司凤又道："你这次下界，应当有别的事要做吧？是什么？"

腾蛇一惊，睁开眼急道："你怎么知道！"

禹司凤微微一笑："你自己说的，借道人间是迫不得已。但你既然身为神兽，应当有能力抑制自己的本事，故意闹这么大，显然是在赌气。让我猜猜，你一直西行，是要去不周山？"

腾蛇骇然道："你……你这小鬼……会读心术不成……"

禹司凤无辜地摇头："读心术自然是不会的。不过下界妖魔异动，试图破坏定海铁索，天界不会无动于衷吧？是派你过来查看了？去阴间看那个妖魔？"

腾蛇咬紧舌头，决定不管他问什么，自己都不说话了。他最不喜欢这类聪明人，比如东方白帝那种，你还没开口他就能说出你心里想的东西，真是叫人毛骨悚然。

禹司凤见他不说话，便不再逼他，低笑道："天不可与虑兮，道不可预谋；迟数有命兮，恶识其时？这是你自己唱的，难道只会唱，却不明白什么意思吗？你既然成了她的灵兽，自然是有了因缘的。何不坦然接受？"

"放屁放屁！臭狗屁！臭不可闻！"腾蛇破口大骂，把耳朵死死捂住。

禹司凤笑着放下桌布，坐直身体，璇玑刚好又装了一碗饭菜过来，奇道："你在和他说什么？"

"没什么……嗯，就是一些宠物经吧。如果做好一只灵兽之类的。"他轻轻笑着，用手轻叩桌面，起身道，"喂他吃完饭就准备走吧，我去收拾东西。"

璇玑钻进桌子下面，见腾蛇戒备地瞪着自己，她努力露出一个和善的笑容，轻道："吃饭啦，腾蛇要乖。"

"乖你个大头鬼！"他又要发作，爪子一拍，就要把饭碗掀翻。璇玑赶紧捧结实了，道："不管怎么样，饭还是要吃的嘛。就算你再怎么恼火，事实都是不可逆转的。我都愿意接受了，你还有什么放不开？"

就是放不开你那种好像收了腾蛇做灵兽反而很委屈很郁闷的语气！他只觉脑子里嗡嗡乱响，真是一团乱，只得抱着膝盖再蜷缩起来，拒绝和她交流。

隔了一会儿，只听旁边窸窸窣窣的声音，他偷偷瞄了一眼，只见她从袖带里翻出纱布伤药，用玉簪子挑了一些药膏，送到他脸旁。

"你干什么！"他戒备的头发都竖了起来，急忙躲开，不防她毫不怜香惜玉，一把抓住他的头发，硬扯过来，痛得他大叫："放手！好痛！"

脸上一凉，玉簪子上的药膏尽数抹在伤口上，这还是她当初定契约的时候用剑划的。腾蛇僵在那里，连声道："你你你不要以为一点点点小恩惠，我我我就会屈服服服！老子是神兽！看不起你你你这种凡人小丫丫丫丫头！"他尴尬得都开始口吃了。

璇玑把纱布贴在伤口上，按结实了，才笑道："这是咱们少阳派的金疮药，很灵验的。你看，昨天我的手灼伤了，涂了药，今天就能动了。"

她两只手上都裹着绷带，显然是昨天徒手抓那被烧灼的宝剑引起的伤痕。而且，她脸上也很是狼狈，两条眉毛都被烧没了，头发也烧得一半焦煳，早上剪了一大把。说实话，这样子很滑稽。腾蛇憋住了，硬是不笑，只冷道："讨好老子也没用。"

璇玑笑道："谁要讨好你！只是咱们这样赌气也不是办法，以后都是要相处一辈子的。好在我这一辈子短得很，一百年呼啦一下就过去了。你以后不就自由了？"

腾蛇瞪圆了眼睛，道："你当真不知道还是装傻啊？你不知道自己是下界历劫的？！劫数过了之后自然要回归天庭啊！还一百年……老子是被你活活拴死了你知不知道啊？！"

他又吼得满腔血泪。璇玑愣了一下，跟着把饭碗放在地上，自己扑通一声，也盘腿坐在了地上，叹道："我知道自己前世很不寻常，不过那都是过去的事了。眼前的一切才最重要，不是吗？一百年也是时间，总不能为了虚无缥缈的未来，让现在的时间不快乐。以后的事情，以后再说。"

腾蛇哼了一声，还是不甘心："凭什么老子要白白搭上一辈子。"

璇玑拍了拍他的肩膀，说道："别难过啦。以后总有办法解开契约的不是？就算一时没有，慢慢找，总能找到的。你做了我的灵兽，其实也挺好啊，大家一起吃一起玩一起说话，很热闹。我亲密的朋友们都不在了，我已经很久没享受过那样的热闹了。"

腾蛇僵直的身体渐渐软了下来，趁她不注意，抓了碗里一块鸡翅膀啃，一面问："什么叫不在了？死了吗？人都有一死，早晚而已。有什么看不开的。"

璇玑摇头道："话这样说也没错，但是我们是人，我们的一生只有短短百年。所以生死离别就是一种永恒了，就算下辈子再遇到，那也是另一种回忆，不同的。我喜欢他们，所以，我不想和他们分开。"

腾蛇干脆大着胆子端起饭碗吃饭，嘴里塞满了饭菜，说话都含糊不清："唔，这还不简单。你身份特殊，要去阴间就是小菜一碟。想他们，去地府找他们的魂魄就是了，只要还没喝忘川水，前世的记忆还在的。喏，你要是想去阴间，咱们就刚好顺路，我也是要去阴间的。"

璇玑摇头："他们没死啦，不过是因为……这些那些的原因，很难再恢复以前的样子。我要找灵兽，也是因为想救他们，我要更多的力量，不能输给那些妖魔。"

"妖魔？"腾蛇眼神一动，问道，"是破坏定海铁索的？"

璇玑惊喜道："你也知道啊！那可太好了！咱们一起，把那些坏蛋打跑，好不好？"

腾蛇狼吞虎咽，把饭吃了个精光，反手将空碗塞进她手里，傲然道："不好。老子才不会自贬身价，和你们这些凡人妖魔搅在一起。"

什么小狗狗，司凤骗人！他根本还是个坏蛋！璇玑郁闷地瞪着他。

腾蛇忽然说道："不过，你若是能每天给我吃这么好的饭菜，老子也许会考虑一下，小小帮你一把也无妨。"

璇玑大喜，一把抱住他，叫道："好！以后有吃的，我分你一半！"

"哈，小丫头。"腾蛇厌恶地戳了戳她的脸，再也没说话。

## 第二十五章·魂分归来

璇玑心满意足地回到客房里，禹司凤早已收拾好行囊，坐在窗边喝茶。她笑嘻嘻地扑上去，喜道："司凤你听我说！腾蛇说他愿意帮我了！你教我的法子真管用！"

禹司凤嗯哼一声，恶劣地笑道："果然兽就是兽，没办法用人的法子来对待。"

他见璇玑刚才在桌子下钻出钻进，弄得满头灰，不由得道："整理一下吧，等那四个捕快大哥收拾好，咱们就出发了。"

她依言洗了把脸，拿着铜镜一照，看到自己那惨不忍睹的脸蛋，两根眉毛被烧得乱七八糟，左边的整条都没了，右边的只留着一小截，难看之极，登时垮了脸，哭丧道："好丑……眉毛还会再长出来吗？"

禹司凤凑过去一看，忍不住要笑，但见她凄凉惨淡的眼神，只得强行忍住，拍了拍她的脑袋，道："别急，我替你画。"

璇玑眼睛登时一亮，喜道："司凤还会画眉？我都不会呢！"

他含糊地应了一声，想起小时候柳意欢每天在他面前大谈女人经，别说眉毛，就连发髻、珠钗、服饰等等，都说得津津有味。后来见司凤听不明白，他便缠着要他送笔墨，亲自画给他看。他这样一个大好少年，清清白白，无缘无故被他灌输了一肚子无聊的玩意。

他见璇玑一脸期待的表情，便轻轻一笑，取了水，将那螺翠泡开。现在，似乎要感谢柳大哥之前的灌输，居然能派上用场。他用笔小心蘸了一些螺翠，一手抬起她的下巴，细细端详。

她是瓜子脸，短粗的眉毛并不适合她。她眉间开阔，额头饱满，是心胸宽广的象征。那么，弯弯的新月眉最合适。他也是第一次实践在女子身上，忍不住有些紧张，手腕微颤，笔尖轻轻划过她光秃秃的眉毛上，勾出一抹漂亮的弧线。

"好痒啊，司凤。"璇玑不敢动，然而那笔尖画在脸上，痒得要命，她忍不住龇牙咧嘴。

"嘘，快好了，别动。"他左右对比了半天，又补了几笔。

璇玑忽然想到了什么，笑道："有一回我一大早去找爹爹和娘，也见到爹爹帮娘画眉呢！不过他可没你这般熟练。"

原来画眉本是夫妻闺房之乐，不足为外人道。璇玑在这些细节上并不通，说得天真。

禹司凤脸上一红，急道："我……我只是——我只是帮忙罢了，下次你可得自己画！"这一急，手腕抖了一下，顿时在她脸上画了一道古怪的长线，赶紧又用棉布蘸了水来擦。

"你会画，我干吗还要自己动手。"璇玑在他脸上摸了一下，笑道，"好烫，你在害羞？”

禹司凤轻轻把她的爪子拍下去，重新替她画好眉毛，这一次两边对称，弯弯的新月眉，完美无瑕。他左右看了半天，终于满意地将笔搁下，笑道：“看看怎么样。”

璇玑朝铜镜里望去，果然是画得天衣无缝，和自己以前的眉形几乎一模一样。她喜得抱住他的胳膊，一个劲说道：“你好厉害！比爹爹给娘画得好多了！娘总说爹爹手脚笨拙呢！”

“我是说……别再说这个了……”禹司凤脸红得似要炸开，正要说点什么别的岔开话题，却听房门被人敲了两下，两人一齐回头，就见腾蛇歪着脑袋，一脸不怀好意的笑容倚在门边，哼哼笑道：“亲热够了？那几个捕快等得很急呢。要是还没亲热够，就记得关上房门哈。非礼勿视也没听过？”

两人赶紧红着脸起身，提了包袱下楼去。


虽说璇玑和禹司凤是将怪火的事情解决了，但没有确实的证据来证明，总不能把腾蛇推到总捕头面前，告诉他：这个就是纵火元凶吧？就算总捕头愿意相信，对腾蛇来说，在凡间暴露身份，总不是好事。

看起来那六百两银子的酬劳是泡汤了，顺带着五十两订金也要还给人家。

璇玑一想到马上又要身无分文，整张脸就忍不住垮了下来。捕快甲见他二人郁郁不乐，知道是为了赏金的事情，便安抚道：“姑娘和公子莫要担心，我等愿意为两位作证，是两位将怪火事件平息的。何况这位公子……”他有些害怕地看了一眼蹲在旁边的腾蛇，“这位公子也是人证，那晚曾目睹两位的神威。总捕头绝非不近人情之人，就算他不相信，我们也力保那订金归属二位。”

禹司凤笑道：“多谢诸位大哥，那就有劳了。”

那几个捕快早已对他们腾云驾雾的本事佩服不已，见禹司凤又这般和善文雅，都忍不住要和他亲近交谈。璇玑过去扯了扯腾蛇的银发，不顾他恼火的反击，低声道：“你好歹也弄点证据，证明是我们平息了腾蛇之火啊！”

腾蛇朝她翻个大白眼，怒道：“没有！这等无聊事不要找老子！”

璇玑眉头一皱，道：“那好，到时候怀里的银子都还给人家，咱们身无分文，可买不起美味佳肴吃了，你别抱怨！”

腾蛇头疼地瞪着她，凡间那美味的饭菜就是他跟着璇玑最大的理由了，如今连这点理由都没有，他还跟着她干吗？

“你不是战神将军吗？”他又开始不怀好意地笑，“召唤点风雨甘露，滋润一下烧焦的土地，应当是很容易的事吧？”

璇玑奇道：“我怎么知道要如何召唤？再说……行云布雨好像是云童雨师的事，我怎么会！"

"你不是将军吗？这点小事都不会？"

"这点小事你都要叫我，神兽原来就是吃白食的啊？"

"呸！你才是吃白食的！老子今天就让你见识一下腾蛇的厉害！闪边去！"

腾蛇的火爆脾气立即被点燃了，跳起来转身就走，一面冷道："扶好下巴，省得待会掉下来！"

"呃？这位公子？"那几个捕快见腾蛇快步离开，一会儿就没了踪影，不由得大是诧异。

"不用理他，闹脾气而已。"璇玑咳了两声，走过去，摆出一副"我是货真价实的大仙"模样，说道，"怪火虽然平息，但这一带土地焦枯，损伤不小，所以我待会儿唤来雨露滋润，来年这里还可以植树长草，不至于成为荒山。"

那几个捕快听她居然有这等本事，更是仰慕得恨不得五体投地，连声道："这是大恩德！女仙人这就要施法吗？需要狗血香烛吗？"

璇玑摇头，"狗血香烛不过是民间的法术罢了，我不用这个。心随意动间，甘露自然而至，等待就好。"

禹司凤晓得她根本没那个本事，当下悄悄拉她到一旁，轻声道："谁能唤来风雨？小心不要把牛皮吹破。"

璇玑笑道："不是我啦，是腾蛇。他要我们扶好下巴，看他怎么呼风唤雨。"

禹司凤将信将疑。腾蛇性属火，呼风唤雨这等事和他是八竿子打不着边的，就算在天界再怎么有人脉，召唤来风伯雨师都不是小事，万一惊动了天帝，发火将腾蛇收回去，可是大大的不妙。

正思忖间，忽见黄鸟坡子上腾起一团巨大的云雾，渐渐地越飞越高，直将整个天穹都遮掩住，周围顿时暗了下来，雷声隐隐。那几个捕快见到这等神迹，激动得差点跪下磕头。就连禹司凤和璇玑两人都很吃惊，没想到他真能办成。

倾盆大雨顷刻而至，方圆百里都是白花花密密麻麻的雨帘，众人浑身尽湿，只觉暑气全消，从脚趾头都感到舒畅之极的凉爽。璇玑正高兴得咯咯笑，忽然想起什么，抬手在脸上一抹，果然摸了满手的墨，她哭丧道："啊，我的眉毛……"禹司凤帮她画的眉，一下子就被雨水给冲干净了。

禹司凤见她没有眉毛的滑稽模样，终于忍不住"噗"的一声笑出来，轻道："没关系，待会儿雨停了我再帮你画。"

暴雨足下了有一个多时辰，才渐渐收住势。雨雾云开，渐渐露出晴朗的天空。璇玑用袖子擦了擦脸，不过其实没什么用，袖子上的水比脸上的还多。腾蛇摇摇晃晃从黄鸟坡子上下来，脸上似有不虞的神色，走到跟前，才冷笑道："如何？下巴扶好了吗？"

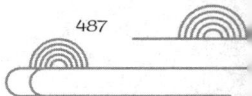

璇玑见他这么大的本事，不由得有些改观，真诚地说道："腾蛇，你真的很厉害。你怎么唤来大雨的？"

他脸色一暗，咬牙切齿地说道："老子……老子的本事大着呢，呼风唤雨哪里轮得到老子……不过是……请了个帮手……"

"你请了风伯雨师？"禹司凤有些吃惊。

腾蛇厌恶地别开脸："谁会叫他们！都是一群马屁精！叫了以前一个兄弟啦！问那么多干吗！"

禹司凤心思玲珑，一点即透，笑道："是叫了应龙吧？"

应龙属水，换来风雨自然是小事一桩。腾蛇说请了个兄弟，自然应当是平辈之交，那十有八九是应龙。

腾蛇好像见了鬼一样瞪着他，嘴里喃喃地不知说些什么。这个小鬼，简直像会读心术的，什么都瞒不过他，真叫人郁闷。他黑着脸，忽而想到方才喊来应龙帮忙，却被他大肆嘲笑一番，笑他做了凡人的灵兽，不由得更郁闷了。

"不过嘛，你也算个有福的，那丫头以前是战神呢！天帝和后土大帝都对她纵容得很。犯下那种滔天大罪，本来是要神魂俱灭的，结果她却安然无恙，足见上面对她的重视。等她这次轮回完结，回归天庭，你这个灵兽也要沾光哟！"

应龙阴恻恻的语气还留在耳边，虽说他一直以来都是这种语气，但听起来就是让人不爽。

"对了，你这次私自下界，上面倒也没打算怪你。白帝要我带话给你，既然你那么想去阴间，那查看定海铁索的事情就交给你了。你事事都要和朱雀争，这次不服气他能下界去调查定海铁索，自己居然偷跑出来，若不是朱雀懒得和你争，上面人又宠着你，几个脑袋都不够你掉的。好啦，现在任务归你了，你却成了什么灵兽，我看看你的好运气能持续到什么时候。"

应龙的话虽然很有点酸味在里面，倒也不无道理。他虽然是气不服朱雀能动不动下界玩，所以这次抢了他的任务，但更深层的原因他谁也没告诉。

那只被关在阴间的妖魔，他已经很久没有见到他了，这次下来，应当可以再见吧？这两个小鬼，似乎也和不周山有点联系，不如跟着他们行动，最后总可以得偿所愿。

"腾蛇！走啦，不要发呆！"璇玑一面在前面叫他，一面小心翼翼套上斗篷，护住禹司凤刚帮她画好的眉毛，省得再来个风吹雨打，露出原形。

无论怎么看，都看不出她是那个威风凛凛杀人如麻的战神将军，这样娇滴滴的小丫头，真能让他"沾光"？腾蛇在肚子里翻个白眼，否定这个想法。

"我知道鹿台镇有什么好吃的东西哦，你再不过来，我就不请你吃了。"

这句话立即打动了他冷若铁石的心，两眼闪闪发亮，很爽快地追了上去。

毫无悬念，六百两白花花的银票顺利到手，璇玑和禹司凤的荷包再次被塞得满满的。总捕头大人的脸不再是阴雨天，灿烂明亮犹如六月骄阳，看他二人的眼神简直就是看活神仙。

璇玑他们三人被热情的总捕头留在鹿台镇，天天摆宴庆功，光是果子黄就喝了十几坛。腾蛇自然是吃美食吃得不亦乐乎，恨不得就留在鹿台镇，什么不周山的都丢到了脑后。

就这样，足足在这里盘亘了一个多月，天天被人款待，连璇玑都觉得不好意思了。正好这天禹司凤要出门办事，腾蛇忙着在衙门里找好吃的，她无事可做，就跟着禹司凤偷偷出去玩。原来禹司凤的佩剑那天被腾蛇烧坏了，他要找工匠重新配个剑鞘和剑柄。

这两人得了赏银，吃喝住又不用花钱，俨然成了小富翁，出手大方得很。禹司凤先去珠宝店买了五颗明珠，又订了象牙手柄，光是这两样就花了二百两银子，加上剑鞘上黄金的分量要足，雕花的细致程度也很讲究——等重新配好的宝剑拿到手上的时候，六百两银子花得就剩下三百两不到了。

禹司凤自己也觉得太奢侈了一些，不过他在离泽宫长大，那里明珠宝石一抓一大把，谁也不当一回事，出手奢侈惯了，眼下见到新配好的剑鞘剑柄十分好看，心里也高兴。

俗话说，好剑好鞍好衣装，少年鲜衣怒马，仗剑江湖，这才叫派头。不过他们不需要骑马，所以只能从衣服上下功夫。这下真是从头到脚焕然一新，璇玑连腾蛇的份都买好了。这一番狂买，又花了一百多银子。六百两的赏银，一天之内就被他们花了四百两。禹司凤是自小奢侈惯了的，璇玑对钱财的事情也没什么概念，自小也是衣食无忧的类型，故而心疼浪费也只是一念之间，回头就忘了。

自从璇玑认识禹司凤以来，他一直都穿着绣着离泽宫标记花纹的青袍，直到今天才脱下这身旧衣，换上了一身藏青色头的长袍，下配包腿长靴。他身量修长，肩宽腿长，这一身服饰若是在旁人身上，便觉得累赘，偏在他身上就是不同，这一路回衙门，不知多少女子的眼睛钉在他身上下不来，只有这两个傻子浑然不觉，只顾着笑嘻嘻地说话。

"你换下那个青袍，以后不会有人来怪罪你吧？"璇玑想起离泽宫那些恶霸一样的人，忍不住担心。

禹司凤笑道："我已经不是离泽宫的人了。一个小小弟子，谁来为难，说不定师父他们早就忘了我。"

璇玑摇了摇头，虽然司凤是个小小弟子，无足轻重，但离泽宫正副两个宫主的反应完全不是如此。大宫主更是宁可牺牲了罗长老也要把他抢回去，不知道为了什么原因，想起这些，她就心慌得很。

禹司凤和她聊了一会儿，忽然想起什么，从怀里取出一根翠玉的簪子，上面雕着一只展翅欲飞的凤凰，生动别致，栩栩如生。

"喜欢这个吗？"他笑吟吟地问着。

璇玑接过来，放在手心里，但见那碧玉犹如一泓绿水，深不可测，委实是上好的佳品。更兼簪头的凤凰精致细腻，工艺了得，心知这是极昂贵的物事，说道："喜欢……不过，是你买的吗？"

他只是笑，将她头上原本那根白银簪子抽出来，熟练地替她挽了个新发髻，将凤凰碧玉簪细细插在其上，左右端详一番，才道："不是现在买的。很早以前就有了。一直装在身上，今天换衣服才发现。你喜欢，便送给你好了。"

很早以前？璇玑忽然觉得心里挺不是滋味，喃喃道："你、你不是男的吗？怎么会有女子用的簪子……"在认识她之前，他还认识什么女孩子？他不是说从来没见过女人吗？

禹司凤咳了两声，面上忽然一红，低声道："我小时候……身体虚弱，师父把我当作女孩养到六岁。他说簪子是我娘的遗物，按理说女子应该过了及笄的年纪才开始挽发髻，但由于这簪子是遗物，所以我到六岁的时候都戴着它……"

当作女孩？璇玑愣愣地看着他，脑海中突然浮现他涂脂抹粉，别别扭扭的女子模样，一时忍不住哈哈大笑。禹司凤愠道："有什么好笑，你难道没穿过男装？"

璇玑笑得话都不会说了，只是摇头，半天，才哎哟哎哟地叫肚子笑疼了，说道："不是……我、我是想起那次在高氏山，你又穿上嫁衣的样子……哈哈哈！原来是积年的扮女人了！"

禹司凤无话可说，只得红着脸往前走，一面咕哝："早知道不告诉你……"

璇玑赶紧抱住他的胳膊，笑道："别气啦，我也不是故意要笑的。不过这凤凰簪子是你娘的遗物，一定很重要吧？我这人一向马虎，万一弄坏了怎么办？"

他低声道："所以你要小心一点，这可是我的心肝宝贝，要是弄坏了，我不饶你。"

璇玑柔声道："你师父有说过，你父母是什么样的人吗？"

禹司凤愣了一下，才道："嗯，他经常提起我娘，我父亲他却说得很少，只说他辜负了我娘这样一个好女子。他在我还没生下的时候就死了，我娘生下我之后伤心过度也死了。师父说，他再也没见过比我娘更温柔美丽的女人。"

话语间，对自己的母亲向往依恋，一一现在了脸上。天下没有哪个人不爱自己的父母，他虽然平时不说，但一定也会伤心自己从小就没有父母。璇玑叹了一口气，拍拍他的胳膊，不知从何说起。

"不过，你弄错了。"他忽然开口，说了一句莫名其妙的话，璇玑一愣，他又道，"那不是凤凰，那是金翅鸟。"

金翅鸟？璇玑忍不住将那根簪子拔下来仔细看，果然是和图画上的凤凰有差异，它的身体更加纤长，头顶没有凤凰那斑斓璀璨的翎羽，背上的一双翅膀，细细数来，有六根巨大的分叉，十分别致。

"金翅鸟是生长在西方的一种鸟类，一般独来独往，不成群结队。它们叫声十分动听，是十分珍稀的一个物种。金翅鸟一般翅后有四根分叉，极少见六根分叉，所以六翼金翅鸟是更为难得的。"

璇玑用手指细细摩挲着碧玉簪子，忽然问道："金翅鸟是妖怪吗？我……好像听说过，但不太记得了。"

禹司凤重新替她挽好发髻，插上簪子，轻道："是妖怪，你会嫌弃？"

"怎么会。"她呵呵一笑，回眸道，"我都没见过，怎么会嫌弃。"

"见过了就会嫌弃？"禹司凤搞不清她的思维方式。

璇玑想了想，笑道："如果长得好看，一般人喜欢都来不及吧？"

长得好看……他揉了揉额角，总是听不到他想要的答案，不由得有些垂头丧气。

"用妖怪神仙去划分，本来就是很没意思的事情。紫狐也是妖啊，可是我很喜欢她。所以，我觉得喜欢或者不喜欢，不能用种类来分，还是了解之后才能下定论吧？"

禹司凤一愣，跟着点了点头，忽然笑道："你倒是个豁达的人。"

"那是！"璇玑把脸一仰，不可一世。


由于总捕头极力挽留，腾蛇又喜欢这里的果子黄，三人又在鹿台镇逗留了半月有余，这才踏上行程。

离开了美食，腾蛇的脸顿时黑了不少，一路上埋怨的话都让璇玑的耳朵听出老茧来了，无非是"就你们的本事赶路也没用啦！""还不如多吃点好东西，那么急干什么？！""老子跟着你，迟早和你一样变成废物！"之类的。

开始她还会回两句嘴，谁知越说他越兴奋，跳得老高，大有"你不服气咱们就干一场"的架势。天底下哪里有灵兽和主人打架的事情？就算璇玑愿意奉陪，他身为灵兽的本能也约束着他，根本没办法放出真正的实力。日子久了，璇玑也就对他的唠叨听而不闻。

还有两个多月才到簪花大会，两个年轻人也不急着回去，于是每日御剑飞行，四处瞎逛，看到一个城镇就下去住两天，看看各处风土人情，倒也新奇有趣。虽然没有了果子黄，但各地美食对腾蛇来说也是个大诱惑，慢慢的，他的抱怨也没了。

盛夏时节就被他们这样嬉笑玩耍着，飞快过去了。眼看簪花大会就要开始，是时候动身回少阳，跟随大部队一起去浮玉岛参加这一次的簪花比赛。

璇玑一想到要回少阳派，能见到爹爹娘亲还有玲珑，就兴奋得睡不着，大半夜的，在客栈客房里翻来覆去，最后干脆起身收拾起包袱，将在各地买来的礼物一一点数分配，想着每个人收到礼物的高兴样子，她更是开心。

而且，她这次回去，还要告诉爹爹，她抓到了一只很厉害的灵兽，什么乌童不周山，再也不用担心。有腾蛇的帮助，她一定能把六师兄和玲珑抢回来。呵呵，爹爹应当也听过腾蛇的，那是神兽呢！

　　想到腾蛇，她忍不住去外屋看了一眼。禹司凤说，灵兽和主人订下了契约，不管什么时候都不可以分开，所以每到客栈住宿，她都不得不叫一个大房间，里外连通，外面给腾蛇住。这时候也顾不得什么男女授受不亲了，反正在璇玑眼里，他已经和"兽"没什么区别，想来在他眼里，自己也是个讨厌的黄毛丫头，理都懒得理的。

　　出乎意料，外间空空的，腾蛇并不在那里睡觉。璇玑奇怪地推开房门，却见楼下大堂灯火微晃，似乎传来说话声，她扶着栏杆一看，却是禹司凤和腾蛇两人，大半夜不睡觉，在下面喝酒。

　　"你们喝酒怎么不叫我？"璇玑赶紧跑下去，笑吟吟地问着。

　　两人见她来了，当即住口不说。腾蛇冷道："身为一个女人，成天喊打喊杀已经是罪过，还要喝酒，简直就是天怒人怨，可恶至极。"

　　璇玑根本懒得理他，装作没听见，禹司凤替她拿了个杯子，斟了一杯酒，笑道："早早见你房里熄灯，以为你睡了，所以没叫你。我们刚才在说去不周山的事。腾蛇也要去那边办事，正好等簪花大会结束，便可以一起去了。"

　　"哦？你怎么没和我说过呀？你也要去不周山？做什么？"璇玑很好奇地看着腾蛇。他的丹凤眼微微一睐，厌恶地扫了她一眼，道："和你无关，问那么多干吗。"说完，他忽然脸色一变，急急探手入怀，"哗"的一下，揪出一个东西。众人定睛去看，只见银光灿灿，居然是小银花。

　　"这小家伙到底是怎么回事！"腾蛇把眉头恶狠狠地拧起来，"不待在你家主人的袖子里，成天往老子这里钻！钻个屁啊！"

　　小银花讨好地朝他吐吐信子，尾巴一卷，依恋地缠住他的手腕，不管他怎么甩都甩不掉，它硬是赖上他了。

　　"放火烧你啊！"腾蛇杀气腾腾。他都被这条小蛇缠得烦死了，自从成了臭丫头的灵兽之后，它就把他当作了自己人，大有惺惺相惜的意思，禹司凤的袖子不再是它依恋的地方，有事没事就溜过来找他。

　　"大概是把你当作同类了吧。"璇玑笑嘻嘻地，"你是腾蛇，它也是蛇，都是蛇嘛！"

　　"啊呸！不要把老子和这种低劣的种类相提并论！再说，谁告诉你腾蛇是蛇？！"

　　禹司凤从他手上把小银花拉过来，它还依依不舍，缠着腾蛇的手腕，大有日日思君不见君的味道。禹司凤对它这种叛徒的行为哭笑不得，只得叹道："你要是喜欢他，就给他做灵兽吧。"

　　小银花一听主人发话了，赶紧屁颠颠地钻回来，缩在他袖子里，只露出个脑袋，幽幽地看着腾蛇，那大概就是君生我未生，恨不相逢未嫁时的哀怨了。正顾着含情脉脉，忽听窗台那里扑簌簌一阵拍打翅膀的声音，小银花登时僵住，死死缩回去，连脑袋也不敢露。众人回头一看，就见窗户外一团红光，是夜巡的红鸾回来了。

褚磊把它派来，就是保护璇玑和禹司凤的，它非常尽职，每天除了吃饭睡觉，就是四处巡逻，查看有没有可疑人物。璇玑打开窗户，果然是红鸾，神气十足地站在窗台上，整理艳丽的羽毛，见到璇玑，它傲然清啼，翅膀一拍，飞了进来，停在禹司凤面前，脑袋一歪，热烈地盯着他的袖子——里面是缩成一团的小银花。

小银花根本不敢见红鸾，它是它的天敌，偏偏这只红鸾爱屋及乌，因为喜欢禹司凤，所以连带着也喜欢上小银花，巡逻回来第一件事就是找它玩。此刻见它躲起来不见自己，急得吱吱叫，尖嘴在禹司凤的袖子上一个劲擦着，想把小银花弄出来。

"死鸟，人家不喜欢你！死乞白赖地缠着，不是好汉行径！"腾蛇在红鸾脑袋上弹了一下，恶意嘲讽。他和这只扁毛畜生两看两相厌，互相都不顺眼，这下他先挑衅，果然红鸾立即发怒了，羽毛张开，扑腾起来没头没脑地来啄他。腾蛇被啄得大叫起来，手忙脚乱地反击，奈何红鸾身体轻巧，动作灵敏，在他脸上啄了好几个洞，立即就飞走睡觉去了。

"一定宰了你做鸡汤！"腾蛇火大，恨不得放火把整个客栈都烧了。

"你安静点嘛。"璇玑无奈地看着他，"每天都是叫叫叫，吵死了。"

腾蛇大怒，正要反驳，忽听栖息在屋梁上睡觉的红鸾"吱"的一声厉吼，全身的羽毛尽数膨胀开，瞬间就大了两倍。它血红的眼睛杀气腾腾地瞪着窗外，似是发现了什么可怕的东西，忽然翅膀一挥，犹如闪电一般，迅速冲破窗户，飞了出去。

"外面好像有动静。"禹司凤轻轻拉了一下璇玑的衣服，跟在红鸾的后面，翻身跳出窗外。


彼时夜色极深，视野昏暗，三人追了出去，只见红鸾身上的红光一闪而逝，朝正北方飞去。那里有一片大湖，因为当地人传闻湖里有神灵，所以平日里人迹绝少。他们这些外来的，更是不给随意过去，如今见红鸾朝那里飞，众人只犹豫了一下，便纷纷御剑追上。

刚追到湖边，就见红鸾浑身羽毛可怖地炸开，在湖面上不断盘旋，喉咙里发出森然的啼声。更为诡异的是，湖面一向平静的水面居然泛起一圈圈的涟漪，像是下面藏着什么东西，马上要探头出来。

腾蛇一落地，立即"咦"了一声，左右嗅嗅，道："这里很古怪。"

小银花缩在禹司凤的袖子里一个劲发抖，无论他怎么安抚也没用，他奇道："难道湖里真的有神灵？"

腾蛇嗤了一声："哪个神会待在这鬼地方！这东西好像是刚过来的……唔，我看看……是用遁水的法术送过来的。挺大的一只，感觉很蠢的样子……"

话音未落，只听红鸾尖啼一声，针一样扎进耳朵里，它骤然飞高，竟也有些害怕，不敢再飞向湖中心，只在岸边急躁地啼叫着，不停转圈。湖面上的涟漪越来越大，最后变成剧烈翻滚的白色泡沫，紧跟着"嚯啦"一声，一个庞然大物从水中蹿出，湖水犹如雨点一般落下，带着腥臭的气息。那东西一出水面，竟陡然拔高百余丈，左右摇晃两下，立即发现湖边艳光莹莹的红鸾，掉头就朝它扑过去。

好在它身体巨大，动作虽然快，却并不敏捷，红鸾一闪身躲过了它的扑击，发疯一样地在它身上不停啄挠，然而身量差距太大，它这番攻击就像是挠痒痒一样，没办法给对方造成任何伤害。那东西掉头又是一口，红鸾拍拍翅膀，发出恐惧的叫声，猛然升高，不敢再与它斗。

璇玑见那东西看上去像是一条巨大的蛇，然而腹下又生了无数条腿，蠢蠢而动，令人毛骨悚然，倒像是条蜈蚣，但蜈蚣没有这般黝黑光滑的皮。她和禹司凤这一年来走南闯北，也见识过不少怪物妖魔，却从没见过这么丑怪的，只看一眼就要做噩梦。就算胆大如她，也忍不住打个寒战，后退好几步，不敢仔细看。

"是蛇妖？"禹司凤抽出佩剑，只待它一扑过来，就发招。

腾蛇抱着胳膊，一副看好戏的模样，笑道："算是吧，最愚蠢的底层妖物罢了。你们听说过巴蛇吞象的典故吧？大荒地会生一种巨蛇，可以一口吞下大象，这玩意，应当就是巴蛇了。生出腿的话，应当年纪不小了，再过个几百年就可以成精变人。"

"变成人？！"璇玑失声，掉过脸大着胆子又看了好几眼，越看越觉得恶心，实在想象不出这种东西变成人是什么样子。

腾蛇耸耸肩膀，一脸轻松，居然还打个呵欠，走到岸边的树下，很惬意地坐下来打盹，一面道："这种东西轮不到老子出手，和它打有失身份。你们自己解决。"

"喂！"璇玑恼火地大叫起来，再也没见过比他更不合作的灵兽了！

那巴蛇似是发觉了岸上还有旁人，一声不吭地倒头朝这里扑过来，璇玑一把抽出崩玉，砍向它光滑紧实的皮肤，谁知竟然出乎意料的柔韧，锋利如崩玉，也只刺进去一点就被弹了回来。巴蛇毫无所觉，窸窸窣窣地从水里游上岸，密密麻麻的细腿爬动着，从腹底到后背足有十几人垒起来那么高，这种景象令人作呕。

禹司凤从袖中取出短剑，用力插进巴蛇的身体里，借力一蹬，轻飘飘地落在它背上。新配的宝剑，今日第一次派上用场，被他用尽全身的气力，狠狠扎进它脊背中，黑色腥臭的血登时如同泉涌，溅得他身前星星点点。

谁知巴蛇身体大，反应迟钝，竟一无所觉，只顾着摇头晃脑追逐着璇玑，幸好它身体不灵便，否则就是十个璇玑，也被它一口吞了。

禹司凤忽觉手腕上一阵奇痒，低头一看，被巴蛇黑血溅到的地方迅速生出许多小水泡，水泡破开，流出黄水，皮肤竟是被腐蚀了。他心中一惊，急忙扯破衣服死死裹住手腕，耳边听得腾蛇在后面笑："它的血可是很毒的，要小心。"

璇玑痛骂道："你少废话！只说不动手的坏蛋！"她忽而转身，绕到巴蛇身旁，抓住方才禹司凤插进去的匕首，也跟着翻身跳上去，用崩玉在它身上乱刺，扎得它身上一个一个血洞。

巴蛇此时才感觉到一些疼痛，在地上筛糠一样地打战翻滚，两个人在它背上一会儿被甩到这里，一会儿撞到那里，晕头转向，若不是死死抓住剑柄，剑又深深插进它身体里，只怕早就被甩飞出去了。谁知它力大无穷，狂甩乱晃了半天，居然力道渐渐加剧，两人终于支持不住，纷纷松手，从它背上跳了下来。眼见它这样一个庞然大物，在岸边竭力扭曲弯转，将后面大片的树林都压平，两人都有些骇然。

"眼睛啊，眼睛！刺它眼睛！"腾蛇在后面，俨然一副师父高人的模样，指点他们两个和巴蛇斗。

璇玑本来要和他翻脸争吵，忽然灵光一闪，转头望向巴蛇，只见它圆圆的脑袋上两只大眼，如同青色琉璃一般，闪闪发光，确实是毫无防备。禹司凤在后面扯了一下她的衣角，她顿时心领神会，咬牙御剑飞起，直朝它的大脑袋撞过去。

巴蛇正为背上的伤口吃痛挣扎，忽然嗅到活人的气息，正在嘴边，不由得欣喜若狂，一口咬了下去。禹司凤从它森利的獠牙间闪过，陡然拔高，和璇玑一左一右，对准了它大而无光的眼睛狠狠刺下。

"噗"的一声，两人只觉是扎破了皮球一般，从那伤口中涌出大量的黑水。他们知道厉害，不敢相迎，闪身让过，拔剑再刺，也不知在它可怜的眼睛上刺了多少剑。巴蛇只疼得浑身上下直抖，密密麻麻的腿胡乱蹬踢，嘴边闻到活人的气息，然而他俩比兔子还灵活，怎么也吃不到嘴，最后只得放弃，在地上滚来滚去，不知怎么才能消除那剧痛。

璇玑将崩玉提在手中，手指缓缓拂过剑身，其上登时绽放出夺目的火光。她现在似乎可以小小地唤出一些三昧真火了，虽然不多，但总比以前时灵时不灵来得好些。

巴蛇感觉到身旁突然窜起的炽热，下意识地躲避，却是迟了。璇玑纵剑飞上它的后背，将燃烧着三昧真火的崩玉狠狠扎入它的背心，犹如斩瓜切菜一般，从头划开到尾。三昧真火是何等厉害的天火，加上崩玉又是极厉害的神器，这一下登时将巴蛇从中劈成了两半。它只来得及扑腾一下，便轰然倒地，一下子就死透了。

璇玑缓缓落在地上，只觉手心里全是汗，呼吸急促，还不太敢相信他们两人能把这么大的怪物给杀了。正在发呆，忽听后面腾蛇拍手道："还不错，虽然比我想的多花了些时间，但还是能把它杀死。真是不错。"

"我……我说你呀！"璇玑回过神，立即转身骂他，"怎么会有这么没用的灵兽！主人在前面和妖怪打架，你就蹲在那里看好戏？"

腾蛇哼道："你若连个巴蛇都对付不了，凭什么做我主人？"

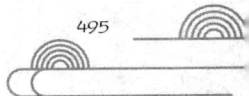

璇玑气得几欲抓狂，恨不得用崩玉在他脸上也戳几个洞。禹司凤过来拍了拍她的胳膊，轻道："算了，其实他说得也有道理，灵兽只是辅助主人，真正战斗的时候还是靠咱们自己。眼下能杀了巴蛇，刚好证明咱们有进步。"

璇玑狠狠地瞪了腾蛇一眼，正要说话，忽听岸边的红鸾又开始尖声啼叫，众人都是一惊，以为水里又有什么怪物要钻出来。刚才杀巴蛇已经是吃力无比，若再来个什么厉害的，真的只有等死了。

红鸾拍翅而起，在湖面上不断盘旋，似是犹豫着要不要钻进水里，只听几声微微的破风响，水里弹出细小的物事，正中红鸾的腹部，将它打得惨叫一声，摔在岸边动弹不得。

璇玑急忙上前相救，只听湖中心有人轻声笑着，很熟悉的声音，跟着水面哗啦一声响，有人从水里一跃而出，御剑高高飞在半空中，居高临下看着他们。那二人都穿着黑衣短打，腰间悬挂白铁环。

璇玑一看清那二人的脸，登时如同被天雷劈中，再也动不了一根手指。

若玉！钟敏言！

他二人低头看了一会儿，若玉忽然笑道："半年不见，璇玑厉害了很多呀。巴蛇可是副堂主的灵兽。本是带来吓吓你们的，结果没看守好，让你们给杀了。"

璇玑一个字都说不出来，只是怔怔地看着钟敏言。他垂着头，谁也不看，朦胧的月光映在他面上，那是前所未有的冷漠的表情，犹如罩了一层冰霜。

禹司凤惊道："你们怎么会在这里？！敏言！若玉！"

钟敏言别过头，一言不发。若玉轻笑两声，又道："对不住，伤了你们的红鸾。它太不客气，我只好先发制人了。司凤，你的伤怎么样？你可真是命大福大，那一剑居然也没能把你给杀了。"

禹司凤眉头紧皱，并不说话。

璇玑嘴唇动了动，终于说道："六……六师兄，你回来吧！"

钟敏言如同不闻。若玉柔声道："这种蠢话说一次就够了。我们来，是打个招呼，顺便给副堂主带话，他问你，玲珑可醒过来了吗？他上次好像一个不小心弄错了瓶子，给错了魂魄。如果玲珑还没救回来，他欢迎你和司凤再去不周山一趟。"

这是完完全全的挑衅。璇玑死死捏着拳头，指甲嵌进掌心里，似乎也不觉得疼了。这种时候，要怎么做呢？质问哀求都是无效的，双方动手更是比打在自己身上还疼。

沉默，除了沉默，她什么也做不到。

"既然到了如此地步，闲话也没什么可说的了。"禹司凤抽出佩剑，剑尖微抬，直指二人，低声道，"拔剑吧！"

璇玑吃了一惊："司凤！"

他冷道："璇玑，抢人不是用嘴皮子的。"

若玉轻笑一声，道："副堂主没交代要和你们动手，抱歉，今天不能作陪。"

"岂是你能决定的！"禹司凤纵身一跳，剑光如电，直取他的面门。这一剑来势汹汹，若玉侧身让过，禹司凤招式一换，变刺为斩，他只得御剑飞开，道："这可不是离泽宫的剑法。"

禹司凤并不答话，虚晃一招，将若玉逼开，反手一把抓住钟敏言的领口，厉声道："敏言！跟我走！"

钟敏言被他一扯，整个人往前跌了一步，还是不动，半晌，才低声道："你……学会了瑶华剑法。"

"你知道我为什么要学！"禹司凤把剑架在他脖子上，"跟我走！否则我宁可在这里杀了你！"

若玉冷道："只怕未必！"他身形如鬼魅，陡然拔高，袖袍展开，像一双翅膀。禹司凤听得而后风声嘶嘶，知道他发了暗器，若玉的暗器之精准毒辣，离泽宫有名。他不敢托大，正要转身相抗，却见璇玑蹿身而上，崩玉微闪，一阵叮叮当当，暗器为她全部扫开。

"你刺了司凤一剑，我还没找你算账！"璇玑对若玉可没那么客气，他那一剑刺得禹司凤差点死掉，到如今想起来都心悸。她捏了个剑诀，崩玉上火光乍亮，热力逼人。若玉对她很是顾忌，退了两步，似是要逃。璇玑一剑挥上，绝了他的去路，暗夜里，只见崩玉化作漫天的火光，一反少阳派稳重扎实的风格，竟是轻灵无比。

她也学了离泽宫的剑法！若玉吃了一惊，然而只有一瞬。毕竟他从小就在离泽宫长大，和师兄弟拆招早已拆得熟练无比，当下拔剑抵住，谁知璇玑手上的崩玉带着三昧真火，"铿"的一声，竟将他的剑斩成两截。

若玉急急后退，连弹数枚铁弹珠，趁她躲闪的时候，一个翻身从剑上跳下，落进水里，竟再也没浮起。璇玑猛力将崩玉投掷下去，湖水一接触到崩玉，立即白烟腾起，也不知有没有扎中他。她跟着也要跳下去，忽听钟敏言在后面说道："用瑶华剑法来对付我，未免太小瞧我。"

跟着是剑刃交接的金属声，禹司凤那剑抵在他脖子上，本来也没有真要杀他的意思，被他一格便格开了。两人见他也要跳下去，不由得纷纷叫道："等一下！"

钟敏言顿了一顿，低声道："替我好好照顾玲珑！我……总有一天……"话说到后来竟有些哽咽，终于还是咬牙跳进了湖水里。璇玑急叫："六师兄！爹爹说他从来没吩咐过你什么！你被骗了！"

然而还是迟了，也不知他有没有听到，湖面上的涟漪渐平，过得一会儿，失去了三昧真火的崩玉从水底浮了上来。璇玑二人在上面怔了良久，才缓缓落地，只觉今日一场相逢像梦一样。

袖手旁观的腾蛇走到岸边，看了看，笑道："不错嘛，用的是遁水的法术，施法的人

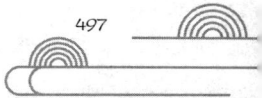

很熟练。能催动这么大的湖，蛮厉害的。"

璇玑已经没力气堵他的风凉话了，在岸边站了良久，终于叹了一口气，仰面朝后栽倒，喃喃道："他自己不肯，这样的话，我们能怎么办呢？"

禹司凤也躺了下来，陪她一起仰头看天，良久，才道："他是被骗的。不知是谁假扮你爹爹，吩咐他做卧底，居然骗得他当真。"

他那种性格，岂是做卧底的料，在战场上当前锋还差不多。而且本身大张旗鼓做卧底这件事就很蠢，只有他会当真，再也没见过比他更天真的人。

禹司凤想到小时候和他一起在鹿台山捉妖的情形，他那种火爆的脾气到今天都没改，说生气就生气，说和好立即就晴空万里。想到这里，他心中忽然一酸，不知是该怪钟敏言的木头脑袋，还是怪自己太没用。

钟敏言的事情还好说，他最搞不清楚的是若玉。他到底是受了谁的指示？那天在离泽宫，宫主的反应明显不知道此事，难道，是副宫主安排的？

想不明白这些复杂的事情。还是小时候好，无忧无虑的，世上只有好人和坏人，两个立场，那么简单。

"接下来怎么办？"璇玑低声问他。

禹司凤呆了半天，才道："算了，先去少阳派吧。不要让你爹娘担心。"

他撑着草地坐直身体，怀中忽然掉出一个东西，落在地上，亮闪闪的。他捞起来一看，却是一个透明的瓶子，里面有两三簇淡蓝的火焰，灼灼跳跃，甚是欢快。

"这是什么？"璇玑也凑过去看，把瓶子拿起来轻轻晃了两下，里面的火焰仿佛有知觉一般，也跟着转两圈。

禹司凤摇头道："不知道……突然就在我衣服里了。"

腾蛇突然过来，一把抢过那个瓶子，对着月光看了一会儿，道："这是魂魄嘛！人的魂魄。喏，你们死了以后，魂魄也是这样的。"

两人都是大吃一惊，忽然福至心灵，齐声道："玲珑的！"

"啊？什么玲珑……"腾蛇一句话还没说完，瓶子就被璇玑狠狠抢了回去，"你别碰！弄坏了怎么办！"

腾蛇又是大怒，但见璇玑脸色苍白，呼吸急促，知道她心神激荡，于是闭嘴不和她吵。

"刚才他们来，是为了送玲珑的魂魄？"璇玑紧紧将那个瓶子抱在怀里，像是失而复得的宝贝。

禹司凤回想方才的情形，怎么也想不起是什么时候被人往怀里塞了这东西。和他有近身接触的只有钟敏言，难道是他趁人不注意偷偷给他的？想到这里，他又是一惊，瞬间明白了钟敏言的意思，当即低声道："是敏言！他发现了乌童给的是假魂魄……我猜他是把玲珑的魂魄偷了出来，然后找了个借口过来见我们，偷偷将魂魄还给我们。"

所以他才说要替他照顾好玲珑……所以他说到后来才会那么难过。他也知道对方是在利用自己，却毫无办法。

"他……他……既然这样，为什么不肯回来？"璇玑还是不明白。

禹司凤摇头道："敏言被人骗了啊。他那么尊重师父的一个人，你爹爹有什么交代，他岂会不听从？这次偷出玲珑的魂魄，想必是瞒着他们的，如果被人知道，还不知他会如何被处罚……"

璇玑思前想后，终于也明白了来龙去脉。她将玲珑的魂魄小心放回胸口，只觉那瓶子温暖跳动，像一颗小小的心脏。啊，真的是玲珑……她眷恋地摸了摸，这种熟悉的感觉，一定没错，真的是她。

"走，我们回少阳派。"她从湖里捞出崩玉，装回剑鞘，只觉浑身充满了勇气。"回去告诉爹爹，六师兄不是叛徒。等把玲珑救活，柳大哥的伤也治好之后，咱们就去不周山！"

禹司凤笑了笑，也起身道："若是能查出到底是谁假扮你爹爹欺骗敏言，抓了去当证据，那就最好。"

"没错！"璇玑恶狠狠地掰着手指头，发出咯吱咯吱的响声，"找出来，把他五马分尸！"

旁边的腾蛇打个寒战，低声道："没一点女人样啊……"

"你说什么？"璇玑回头瞪圆了眼睛问他。

腾蛇咳了两声，道："没……我是问，玲珑是谁？魂魄又是怎么回事？有人愿意说给我听吗？"


本来璇玑以为，自己这次下山历练，过不了几天就会想家，谁知一出来就是快一年，经历了那么多事，开始的时候还会想想爹娘，想念在少阳派无忧无虑的生活，不过越到后来，这种念头也慢慢地消失了。

旧地重游，别有一番滋味在心头。景色没有任何变化，山还是那个山，水还是那个水，演武场依然有很多师兄弟勤奋地练功。变的，只有人的心境。

璇玑站在山脚下，静静看着少阳派壮丽宏伟的大门，忍不住从心底发出感慨，轻声道："司凤，我现在……好像能明白为什么爹爹豁出命去，也要保护少阳派了。"

正如她想要守护心中一片乐土一样，每个人都有自己最珍惜的物事，值得用生命去捍卫。褚磊身为掌门人，在他心中，整个少阳派从上到下，这个整体才是最珍贵的，他的责任感与负担，不是当初还是小孩子的她所能理解。

腾蛇对这里的景色嗤之以鼻，哼道："破烂货！天上随便一个偏门都比这里好看多了。"

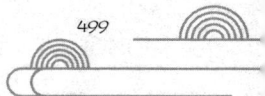

璇玑白他一眼："天上那么好你还不是下来了！"

"你要搞清楚被人赶下来和自己偷偷溜出来是完全不一样的！"涉及神兽的尊严，他立即暴跳出来捍卫，"你，是被赶出来。而我，是自己下来！足以证明你我的档次不同！"

"没错，我是主人，你是灵兽。我俩档次确实不同。"

璇玑懒洋洋，懒得搭理他的大叫大嚷，和禹司凤二人一步一步走上台阶。腾蛇骂了半天，见没人理他，也只得无趣地跟上去。

守门弟子早早就见到了璇玑，欣喜地迎过来，嘘寒问暖。虽然守在这里的人她大部分都不认识，但一见到他们身上熟悉的服饰，打心眼里就觉得温暖。回家的感觉，真好。

上到少阳峰，褚磊与何丹萍早已等在门口，其他几个分堂长老也笑吟吟地看着他们。

璇玑一见到爹娘，忍不住热泪盈眶，叫了一声："爹爹，娘！"就再也说不出话来。何丹萍乍见爱女无恙归来，也是喜得泪流满面，顾不得外人在场，将她抱进怀中，好生爱抚。璇玑这番出去历练，身量长高了不少，几乎与她平头，面上稚气更是大减，看上去稳重了不少。何丹萍又是欣慰又是心酸，细细抚摸她的脸蛋，哽咽道："瘦了好多，在外面过得苦吧？"

璇玑抱着她的脖子，哭得说不出话来。褚磊摸了摸她的脑袋，温言道："到家了，怎么突然伤感起来。各位师伯师叔都在呢。"

璇玑这才止住眼泪，抹了抹脸，有些不好意思，从何丹萍怀里刚出来，就扑进了早已等在后面的楚影红的怀里，依恋地叫了一声："红姑姑！"

楚影红笑吟吟地摸着她的脑袋，"半年多没见，小璇玑又长高了呢。过个两年，就要比红姑姑高了。"

璇玑红着脸，和其他几个长老行礼问好，各自都说了好些勉励关怀的话。和阳见禹司凤站在后面，便走过去，关心地问道："如何，伤势大好了吧？"

禹司凤认出他是当初悉心照料自己的和阳长老，立即抱拳行礼，道："前辈救命之恩，晚辈感激不尽！"

和阳笑道："什么恩情！我于药石一事只是稍通，救命更是谈不上。眼下你大好，并非我的功劳，是你自己身体强健，恢复得快。"

禹司凤微微一笑，想起自己在危急之时，迫不得已解开了两个印，这位和阳长老一定知道，却并不过问，真真是一位至诚君子，心下对他更是钦佩，想着或许应当找个机会，将秘密说给他听。

进屋后，璇玑第一件事就是掏出玲珑的魂魄，低声道："爹，娘，我们把玲珑的魂魄带回来了。这次是真正的魂魄。"

褚磊微微一惊，奇道："上回你们带回来的难道不是？"

璇玑脸色一暗，摇头："不……我们被人骗了。是我们没经验……这个魂魄，是六师兄偷出来的……"

话未说完，只听褚磊冷哼一声，"没有六师兄，他也不是你师兄了！"

璇玑急道："爹！你听我说，六师兄是被人骗的！有人扮作你的模样，骗了他！他一直认为是你的命令！眼下乌童那边利用他，少阳派又抛弃他……那……他不是太可怜了吗？"

褚磊重重叹了一口气，没说话。一旁的桓阳长老沉声道："事实是否如此，还不可下定论。就算真如你所说，他是被人骗了。从小将自己养大的恩师他也能认错，下的命令如此荒谬他也能听从，此人也真是荒谬之极！"

"那是因为他……"因为他太重视玲珑！太重视师父！璇玑不知如何解释，急得脸都涨红了。禹司凤安抚地拍了拍她的袖子，低声道："晚辈失礼，想说几句。我和敏言相交时间不算短，他虽然聪明伶俐，但一遇到大事就容易慌神。当日我等去不周山，本就抱着必死的心情，在这种环境下，有人要冒充褚掌门，蛊惑他，实在是十分容易。更何况敏言今年也才刚满十八，刚刚下山历练，经验不足，被人欺骗虽然无奈，却也情有可原。往诸位前辈酌情处理，逐出师门一事，再斟酌一下。"

褚磊又叹了一声，道："那敏觉的事……怎么说？当日是钟敏言亲自送了他的尸首回来……"

"亲自？"璇玑和禹司凤大吃一惊。

褚磊心中难受，摇了摇头，再也说不下去。和阳于是接道："不错，是钟敏言亲自送回少阳派的。敏觉的尸首被装在一个木箱里，被他摔在少阳派大门前。守卫的弟子怎么招呼，他都不理会，掉脸就走了。你们还未看到敏觉……他……"

他也说不下去，只长长叹了一声。

"二师兄怎么了？"璇玑见诸人神情凝重，心中不好的预感越来越强。

桓阳叹道："掌门，灵堂还在，让这两个孩子给他上炷香吧？"

褚磊点了点头。璇玑急道："等等！二师兄是怎么死的？告诉我啊！"

何丹萍垂泪道："璇玑……你二师兄他被人送回来的时候……没有全尸，从上到下，被切成了十几块……"

璇玑只觉眼前一黑，心脏咚咚乱跳，一口气竟然上不来。

褚磊厉声道："无论他是被人骗也好，没有经验也好，做出这等事，再有天大的理由也不能饶恕！"

众人再也不知该说什么，只纷纷摇头叹息。璇玑怔了半晌，才低声道："我……去灵堂……给二师兄上香。"一语未了，泪如泉涌。


陈敏觉的灵堂就设在他原来的房间，他生前收集了很多玩物，稀奇古怪的，都被何丹萍亲手收拾了，堆在帷帐后面。

璇玑想起以前他送自己一个万花筒，嘴上说心疼自己的宝贝，不肯相赠，最后却没管自己要，显然是怕她寂寞，送给她了。他那时候说自己存了好多宝贝，大家只当他吹牛，原来他还真的收集了不少好东西。她鼻子一酸，想到平日里他对自己的关照，只哭得哽咽难言。

何丹萍本是柔声劝慰，听到后来，也忍不住跟着一起哭，喃喃道："这孩子……上山之后也没过几天好日子。他资质平凡，大家更没给过他什么好脸色……可怜的孩子……竟然就这么去了……"

禹司凤也神情凝重地上了香，恭恭敬敬磕了三个头，正要起身，忽听腾蛇在后面"咦"了一声。他知道腾蛇的脾气，没大没小，对凡人这些生死仪式更是嗤之以鼻，如果在这里闹得不愉快，对两边都不好，于是回头道："腾蛇觉得哪里不对劲？"

众人老早就见到璇玑身后跟着的白发男子，气势彪悍凶狠，神态傲然不羁，但璇玑不介绍，他们长辈也没有过问小辈的道理，只得隐忍不发。褚磊轻声问道："璇玑，这位是……？"

璇玑擦了擦眼泪，急忙起身道："爹，这是我收的灵兽！刚才太激动，忘了介绍。他叫腾蛇，很厉害的！是神兽呢！腾蛇，这是我爹，我娘，还有我师父，师伯师叔……"

她一一介绍一遍，腾蛇早就不耐烦了，摆摆手："那么多亲戚，好烦！"

褚磊惊道："神兽腾蛇？你的灵兽？！"

在座诸人都是修仙者，自然知道腾蛇的大名，但都以为只是传说，谁想真的存在，居然还被小璇玑收了来做灵兽，这真是比太阳从西边出来还让人诧异。

腾蛇笑道："罢啦，你也不用介绍。这些凡人有眼无珠，认不得老子，说了也没用。"

璇玑瞪了他一眼："他是我爹爹，你要客气一点！"

他别过脸，哼了一声，像个闹脾气的小鬼。褚磊半信半疑，拱手道："小女给尊驾添麻烦了……只是……腾蛇……"

腾蛇皱眉道："你这老头好啰唆！腾蛇还有假的不成？不过嘛，你女儿确实给我添了不少麻烦。但老子心胸宽广，不放在心上。哈哈！哈哈！"

楚影红见他傲气十足的，不由得眼珠一转，要想个法子打压他一下，当即笑道："您说自己是腾蛇，可有什么证据？鹤发童颜的人虽然不多，却也不算什么特异之处。神兽腾蛇鼎鼎大名，但世人所见不多，想要冒充，也不是难事。骗一个小姑娘，可不算英雄好汉。"

她见腾蛇脾气暴躁，以为是个好撩拨的，谁知他哼了一声，竟毫不理会，只淡然道："老子不和凡人一般见识。"

楚影红奇道："那你怎么做凡人的灵兽？"

腾蛇一脸"你怎么那么蠢"的样子，叹道："那自然因为她不是凡……"

"你废话真多。"禹司凤打断他的话，道，"方才到底发现了什么不对劲？"

腾蛇被他这样一堵，倒也不恼，只揉了揉鼻子，道："这个人的味道，我闻过。那天晚上，在湖边，其中一个人身上满是他的血腥味。"

璇玑急忙道："是谁？"

腾蛇耸耸肩膀："就是那个用弹珠的人喽！哇，你连这个都闻不到？真没用！"

若玉？！璇玑和禹司凤互看一眼，是他杀了陈敏觉！可是为什么却让钟敏言送尸体呢？

"爹爹，杀了二师兄的不是六师兄。"璇玑回头，正色道，"是另外一个人。"

她迅速将若玉的事情讲了一遍，最后又道："刺伤司凤的，也是他。"

褚磊沉吟半晌，似是无法决断。和阳道："掌门，我也觉得将钟敏言逐出师门的决定有些鲁莽了。不如等簪花大会后，咱们再去不周山一趟。钟敏言毕竟曾是少阳派弟子，总不能置之不理。"

褚磊沉默良久，终于点了点头："也罢，就这样办吧。"

璇玑大喜若狂，回头看着禹司凤，两人傻傻笑了半天，她才道："对了，我还没去看玲珑呢！"

何丹萍将眼泪抹去，露出慈爱的笑容，柔声道："就在她房间里睡着呢。只等你说的那个高人来，替她嵌回魂魄，娘就一切都放心了。"

璇玑笑道："很快就好了！司凤，咱们马上就给柳大哥写信，请他带着亭奴上少阳派，好不好？啊，还有，娘，咱们少阳派谁会御土术啊？"

何丹萍奇道："你爹爹就会啊。傻丫头，连爹爹会什么法术都不知道？"

璇玑又是大喜，立即和禹司凤写了信，托红鸾寻找柳意欢，将信带给他。

褚磊夫妇见这个小女儿一年不见，变了不少，心下都忍不住感慨万千。谁也没想到，小时候顶不讨人喜欢的璇玑，那么怠懒的璇玑，如今居然变成了真正的大姑娘。女大十八变，真真让人刮目相看。

何况她身边又多了一个禹司凤，这少年精明能干，深得褚磊喜爱，而何丹萍女人家心细，早已看出他对璇玑的感情不一般。不可否认，他们做父母的，以前很担心璇玑的终身大事，她这样不讨人喜欢，以后有哪个男子愿意娶她？眼下见到禹司凤这般清俊秀雅的人品，几个老人家心里立即多了一份喜欢，加上他对璇玑一往情深，璇玑对他也是百依百顺言听计从。何丹萍做母亲的早已欣喜地想着何时为他们做大婚了。

可怜天下父母心，儿孙过得好，便是他们最大的幸福了。何丹萍和褚磊互看一眼，只觉心满意足，忍不住相视一笑。

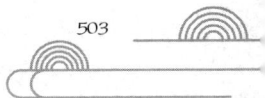

# 第二十六章·幽闭

红鸾飞走送信，过了三天，就把人带回来了。四人久别重逢，又是一番热闹。原来柳意欢和亭奴早就在首阳山附近逗留了，说是要在这里等璇玑他们回来。结果阴差阳错，互相没碰到，若不是红鸾送信，柳意欢几乎就要动身去浮玉岛。

璇玑第一件事就是找褚磊帮柳意欢除掉身上的冰咒。褚磊早就听女儿说过天眼柳意欢的事迹，虽然这人年纪一把了，又胡闹得紧，但确是个胸怀磊落的汉子，于是对他颇有相交之意，当即就答应为他驱除冰咒。

彼时刚好过了半年的期限，柳意欢身上的衣服一除，众人都是大吃一惊，原本盘亘在他右肩头的一块乌紫，已经蔓延到了肩胛下。褚磊神色凝重，用手轻叩那块乌紫的皮肤，只觉触手阴寒，难为他还能撑着强颜欢笑，想必半边身子都是没感觉了吧？

"璇玑，司凤，你们两个出去。我替柳先生驱除冰咒，途中不可以打扰。"

禹司凤见他们几个留在这里也没什么可以帮忙的，只得依依不舍地等在门外。璇玑蹲在亭奴身边，半年多没见，很是想念他，唧唧咕咕地和他说一些废话。亭奴只是含笑听着，时不时插两句话。从刚认识他的时候开始，璇玑就觉得他很熟悉，很亲切，好像很早以前就认识一样，直觉什么废话心里话都可以和他倾诉，他是安全的，可以信任的。

很奇怪，明明是陌生人，根本也没有什么大交情，但她就是觉得他可以信赖。亭奴仿佛也觉得她这种信赖很正常，完全没有一丝突兀。

璇玑说了好一会儿莫名其妙的废话，这才低声道："亭奴，你们这半年是做什么去了？我们去庆阳找过你们，没找到。"

亭奴笑了笑："是柳先生有事，我奉陪而已。他去了一趟少室山，那里好像有他一位故人的墓地，我们在那里住了一段时间。"

墓地？璇玑看了禹司凤一眼，他也是一脸茫然，显然不知道那位故人是谁。

亭奴见她开口想问，便轻轻摇头："别人的隐私，不好过问。他若是愿意说，终有一日会说的。他不想说，便是强人所难。"

璇玑点了点头，半晌，才道："亭奴，你知道的吧，我以前……嗯，我的前世……"

他似是有些愕然，然而还是颔首，轻道："怎么，是想起了一些什么？"

"好像有点印象，每次发火或者激动的时候，有些片段就会闪现，但过后就忘了。我现在知道自己是什么战神将军，崩玉不叫崩玉，叫定坤。好像是前世犯了什么大罪，所以被罚下界的。"这些事从她嘴里说出来，像是说别人的故事，和自己完全没有关系。她苦笑道："虽然知道，不过还是觉得不像我。和我这辈子好像没什么联系……"

亭奴没说话。她又道："我也想过，就算真的想起前世的所有回忆，我也不是那个战神将军。我还是褚璇玑，这一世和前一世是完全不同的。过去的事情应该就过去，做人应当向前看。你说呢？"

亭奴微笑，柔声道："没错。沉溺于往事不是明智之举。你说得很对。"

璇玑得到他的赞同，不由得喜形于色，笑道："亭奴，我前世也认识你，对不对？我们以前也是好朋友，对不对？"

亭奴想了想，才低声道："是的……不过，你是高高在上的战神将军，我只是刚刚得道，被养在天池里的一尾鲛人罢了。好朋友……实在是谈不上。"

"那你说说啊，以前的事情。我想听。"

亭奴顿了一会儿，仿佛沉浸在回忆里，良久，才悠悠说道："那时候……上界战火不断，你时常要披甲出战，日子久了，便觉得身心疲惫，偶尔会来天池旁小憩。你以为我是不会说话没有神识的，所以常常带了食物来送我，说一些关于打仗的话。后来……"

后来，一直是她说，他听。她以为他听不懂，他以为她不愿意别人插口。直到有一天，他听见其他人在天池旁讨论她犯下的滔天大罪，说天帝要处罚她，令她神魂俱灭。他情急之下，才在她面前口吐人言，要她逃离天界。说真的，以她的本领，要安然逃离天界，没有人敢阻拦的，天帝一向宠爱她，也不会与她为难。

可是，她听到他说的话，第一反应不是吃惊或者愤怒。而是……

"后来什么？"璇玑好奇地问。

亭奴笑道："后来我第一次开口说话，你很惊惶，像个做错事的小孩，脸涨得通红，我想你大概是觉得不好意思吧。以为我什么也不懂，所以什么都说出来，结果我却什么都懂。"

真的很出糗，那次。她得知他会说人话，慌得一塌糊涂，手里的食物吧嗒一下落在地上。那时那刻，她一点也不像叱咤风云的战神将军，她只是一个最普通不过的韶龄少女，因为心里的事被陌生人知道了，而感到羞愧难当。

他也是从那一刻知道，就算外表再厉害、再风光的人，内心也并不如看起来那么强大。他们的相识，起源于那个瞬间，也截止于那个瞬间。

她很快就平静下来，淡淡地拨了拨头发，目光犹如冰雪碾碎一般。半晌，才低声道："我不会逃。有任何惩罚，一力承担便是。"

他还想劝说，她却转身走了，忽而停下，回头对他微微一笑，道："不要再为我说话，你也会被牵扯进来的。"

后来事发，她被捉进了天牢，他也被人揭露与她有"密谋"，因为很多人都看到那天晚上她去了天池，和他说话。

很多年过去了，日子像流水一样。她下界历劫做人，他被革了神职，只能从头继续做

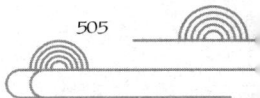

一只最普通的鲛人。他心中一直有一句话没有告诉她，等了那么久，历经千辛万苦，终于再次与她重逢。虽然她已经什么都不知道了，好像变了一个人，但那句话，他无论如何，也要说给她听。

"亭奴，你怎么不说了？"璇玑听到一半，等得心慌，只好又问。

他呵呵轻笑，伸手轻轻抚摸她的头发，轻道："你知道吗？不管你说什么，我都愿意听。以后……也愿意听。"

这种执念，好像炽热的恋情，执著不休。只想弥补那天晚上他没有说完的话，只想继续听她说话。月色下，黄金甲上面的穗子落在水里，少女面上还带着稚气。所有的杀气、阴冷，都消失不见。所谓的战神，像个天真的孩子。

不是恋慕，非关倾心。他只为了她那一刻的惊惶，感到怦然心动，不愿让回忆变成流沙，从指缝间溜走。


柳意欢身上的冰咒很快就被消除了，只需要静养两天，就可以完全恢复。

璇玑见褚磊出来的时候，满头是汗，显然花费了极大的精力，心中又是感激又是愧疚，上前拉住他的手，低低叫了一声："爹爹……"

褚磊拍了拍她的脑袋，温言道："没事了。让你的朋友们也去休息吧，不早了。"

璇玑摇头："不，柳大哥的伤好了我才放心。现在就去救玲珑。"

褚磊早听说她认识一个高人可以将玲珑的魂魄嵌合回去，却不知是谁，当下惊道："现在就可以？不过柳先生刚刚才睡着……"

璇玑笑着把亭奴推过去，献宝一样，道："不是柳大哥，是这位哦！他叫亭奴，一路上帮了我们好多忙呢！"

褚磊一眼就看出他绝非凡人，更是惊疑，低声道："尊驾……"

亭奴淡淡揭开铺在腿上的毯子，露出鱼尾，轻道："在下鲛人亭奴，见过褚掌门。"

妖！褚磊神色一变。璇玑用力抓住他的手，沉声道："爹！他是我朋友！"

和妖类怎么做朋友？！褚磊嘴唇微微一动，似是要说什么，最后只叹了一声，摇了摇头，低声道："他……罢了。那劳烦尊驾，能救回小女，少阳派上下感激不尽。"

"褚掌门客气。"亭奴对他的失态并不在意，回头温言道，"璇玑，带我去看玲珑吧。"

褚磊定定站在原地，看他们走远，心中也不知是什么滋味。他一生所学所闻，无一不是妖类造孽，须得铲除，更兼定海铁索一事，被妖魔所迫，对妖物一直深恶痛绝。如今，找遍天下人，都没有可以救回玲珑的人，偏偏要妖物出手相救。这番滋味，岂是三言两语所能说清的？

也许，他真的老了。

褚磊长叹一声，终于还是转身跟了上去。

少阳派上下听闻有人能救活玲珑，一时间群情大动，玲珑那小小的庭院里，很快就挤满了等待的人。璇玑推着亭奴过去的时候，被吓了一大跳，好容易才从人群里挤到门口。

褚磊正要发话让众人离开，却听屋里有人叫道："哇，你们怎么全来了！"于是急忙闪身进去，只见腾蛇两手都抓满了糕点，嘴里也塞得满满的，正无辜地瞪圆了眼睛。

怪道刚才怎么都找不到他，原来跑到这里吃东西了。璇玑深觉丢人，叹道："你怎么跑这里来了？这些糕点是怎么回事？"

腾蛇咽下糕点，笑道："我看这里桌子上的糕点摆着没人吃，怪可惜的。所以……屋子里那个人反正也不会吃，还不如给我享用。"

原来玲珑丢了二魂六魄，和死人无异，所以她的房间里架了神龛，时常有人过来更换新鲜糕点水果作为贡品放在上面。不知怎么被腾蛇摸到这里，一时肚饿，毫不客气地拿过来全吃了。

"以后不要和别人说我认识你。"璇玑白他一眼，把亭奴推到床边。禹司凤揭开重重帷帐，只见玲珑闭目躺在床上，呼吸平稳，真像睡着了一样，睫毛还微微颤抖，仿佛用手一推，就能醒过来。

"玲珑，我们来看你了。"璇玑坐下来，轻轻替她将额发拨开。腾蛇见有热闹可看，赶紧凑过来，上上下下打量她，道："哦，原来她就是玲珑啊。不错，确实被人抽了魂魄，只要装回去就没事了。哼，她长得可比你漂亮多了，性子必定也比你柔和。"

长得漂亮嘛，是肯定的，不过性子比她柔和？禹司凤和璇玑互看一眼，都是一笑，没说话。腾蛇一定会为他说过的这句话感到后悔。

"尊驾可否需要旁人相助？"褚磊他们几个长辈也走过来相问，毕竟魂魄不是儿戏，一个搞不好她只能一直这样睡下去了。

亭奴摇头："不用，各位莫要出声干扰就好。"

"他就是能施法的人？"腾蛇小声问禹司凤。其实亭奴一进来，他就注意到了他身上与众不同的气息，很显然，这不是人，是妖，而且是很老的妖。腾蛇虽为神兽，但对妖也没什么意见，只觉大家都是众生，不像褚磊那么纠结。不过他身为神仙，却不会招魂御魂的法术，今日让妖怪踩到头上去大出风头，心里很是不爽。

不过……怎么，越看越眼熟，好像在什么地方见过他。

禹司凤低声道："他是鲛人，叫亭奴。先说好，这件事极为重要，中途你不要捣乱。万一出了什么差错，璇玑的脾气你是知道的。"

腾蛇果然脸色一白，安安分分地靠在旁边不动弹了。

亭奴从袖中取出玲珑的魂魄，将瓶口倾斜过来，手指一撮，将盖子打开，那几簇活泼泼的火焰立即落在了玲珑的胸口上，幽幽跳跃。众人都屏住呼吸，看他如何做。亭奴伸指挑起一簇火焰，在玲珑的额头上轻轻划圈，低声吟唱道："魂兮归来！去君之恒干，何为乎四方些？舍君之乐处，而离彼不详些。"

这般吟唱了约有小半刻，只见那几簇火焰忽而蠢蠢欲动，各自在玲珑身上分散开，有的落在额上，有的落在心口，有的落在小腹。亭奴即刻停口不唱，手腕一转，拈在指间的那枚火焰也轻飘飘地落在了她身上，缓缓游动，一直游过她的额头，从天灵盖那里钻了进去。

床上的玲珑忽然微微蹙眉，似是要醒转的样子，口中"嗯"了一声。璇玑大喜，正要过去相问，却被禹司凤一把扯住，示意她不要打断法术进行。亭奴又拈起她左肩上的那簇火焰，反复吟唱那歌谣，最后一丢，那火焰一下钻进了她的左肩。玲珑睫毛一颤，忽而流下眼泪。

剩下的六簇火焰，都被他用同样的方法吟唱，最后钻入玲珑体内。她面上的表情也是千变万化，时而欢喜，时而沮丧，时而忧郁，时而愤怒。众人知道那是因为魂魄回归身体，所以诸般欲念情感也一一回归，直到最后一簇火焰的时候，亭奴已是满头大汗，神情萎靡，终于强撑着将这最重要的一魂拍进她的心口，只听玲珑"哇"的一声，猛然睁开眼，痛哭出声，一面大叫："……不如先杀了我！"

一语未了，忽然发觉身在少阳峰自己的屋子里，不由得呆住，茫茫然不知何年何月。

亭奴筋疲力尽，在她头顶一拍，最后笑道："成功了。"

众人大喜若狂，一齐拥了上来，七嘴八舌地询问玲珑，问什么的都有，她却始终茫茫然，好像还搞不明白自己怎么会从高氏山突然回到了少阳峰。

当下褚磊夫妇揽着她解释前因后果，璇玑心中虽然喜悦到了极致，却并不冲动，只要见到玲珑醒过来，那就比什么都好了。很多话，可以以后再说。她将亭奴推到旁边，笑道："亭奴……谢谢你。"一语未了，两行眼泪还是忍不住落了下来。

亭奴淡淡一笑，拍拍她的手，表示安慰。一旁的腾蛇瞪着他看了半天，见他展颜微笑，脑中登时电光火石一般，跳起来叫道："是你是你！天池里的那个鲛人！我见过你！"

他这一叫，把屋里的人都吓了一跳，纷纷回头看他。腾蛇有些尴尬，摸了摸耳朵，笑道："呃……没事……你们继续。我随便说着玩的。"

说完他蹲到亭奴面前，直直看着他，道："是你吧？因为连坐罪被革去神职，那个鲛人。"

亭奴淡然道："是我……又如何？很久不见了，腾蛇大人。难为你还记得一个微不足道的鲛人。"

腾蛇怒道："少废话！你认识他吧？他还欠老子一顿架没打呢！"

亭奴丝毫不为所动，淡然道："腾蛇大人每日都要和人干架，我不知你说的是哪个他。"

"他啊！就是他！被关在阴间的！无支祁！"

亭奴垂下眼睫，低声道："我不认识。当初不是你们上界将他关押起来的么？何必来问我。"

"喂，你……"腾蛇正要发火，头发忽然被人用力一扯，疼得他大叫一声。璇玑抓着他的头发，怒道："你的声音太大了！你要对亭奴做什么？！"

腾蛇勃然大怒，痛骂道："臭小娘！要你管什么闲事！对了！当初就是你抢了我的架！老子还没找你算账呢！"

话没说完就被她一脚踹上去："不知道你嚷嚷什么东西！闭嘴吧！"她对亭奴一笑，叹道，"抱歉，这是我的灵兽腾蛇。他脾气很坏，要是欺负到你了，一定告诉我。我回头狠狠惩罚他。"

"臭小娘……"腾蛇被她踩在脚底，要反抗，奈何契约束缚，毫无能力反抗，只能破口大骂。

亭奴奇道："他……成了你的灵兽？"

璇玑点头："是啊。不过他真的很讨厌，快被他烦死了。"

亭奴呆了半晌，忽然失声笑了起来。璇玑被他笑得一头雾水，问道："怎么了？你笑什么？"

"没什么……"亭奴用袖子捂住嘴，还忍不住笑意泛滥。他想起以前的事情，腾蛇是天界第一号逞凶好斗的人物，总以为老子天下第一。后来听说战神将军不但是个女子，还厉害得不得了，一个人面对千军万马，毫无惧色，他就成天在天庭里寻找她的身影，一天到晚叫嚷着要和战神将军打一架。

最后战神犯事被罚下界历劫，他无奈之下只能放弃这个雄心壮志。这次不知怎么个因缘巧合，居然遇到了璇玑，想来一定是他先挑衅，两人大战一场，结果必定是他输了，还成了她的灵兽。他心中的不甘，可想而知。

腾蛇被璇玑踩在脚底，终于放弃反抗，只道："无支祁被抓起来，此事我是后来才知道的。我去找天帝老爷子理论，却被他赶出来，还关了一百年禁闭。"

他说得很平淡，亭奴有些动容，低声道："难为腾蛇大人……居然会为了他求情……"

"求个屁情啊！他欠老子一顿架没打！要死要活，至少等和老子打完了再说！"

他吼得很理直气壮，貌似没半点心虚。亭奴笑道："即使如此……还是要替无支祁感谢腾蛇大人的一番关爱。"

璇玑听他们说什么无支祁，什么打架，只觉有些熟悉，一时竟想不起是什么。正努力思索，忽听后面有人叫她："璇玑！"

是玲珑的声音。她又惊又喜地回头，踩着腾蛇的脸，毫不客气地踏过去，奔到床边，只见玲珑关怀又激动地望着自己。她叫了一声："玲珑。"声音忽然哽咽，跟着一把抱住

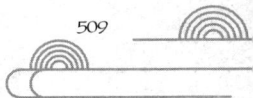

她，再也说不出话来。

她活着回来了，总算将她救活了。璇玑紧紧抱住她，仿佛已经有一辈子不曾见她，就这样互相拥抱，谁也不要先放手。

亭奴救回了玲珑，一时间变成了少阳派上下仰慕敬佩的英雄。谁管他是不是妖物。连褚磊这些老一辈的掌门长老都对他刮目相看，礼遇有加，更何况那些年轻的弟子。

曾经逢妖必杀的修仙门派，今天居然人妖同乐，古旧的观念一瞬间就被打破，不知当年创建少阳派的老祖宗看到这一幕究竟是欣慰还是心痛。

少阳派七峰分别设宴款待亭奴，腾蛇是有的吃就开心的类型，自然屁颠颠跟在后面，也不管人家乐不乐意。禹司凤知道璇玑姐妹久别重逢，必然有许多贴心话要说，自己一个男人，在旁边委实碍事，于是自去照顾柳意欢。

时隔大半年，玲珑的魂魄终于归位，对她的身体来说，也算一个不小的负荷。刚刚醒过来那会儿精神百倍只因心神激动，说了一会儿话之后就渐渐不济了，倒头就睡。这一睡又睡了两天，璇玑片刻不停地在旁边蹲着，只怕她又一睡不醒，好在第二天下午，她终于睁开了眼睛，第一件事就是说肚子饿。

璇玑急忙从桌上端起早已热好的小米粥，用勺子一口一口喂她，一面笑道："这次轮到我来照顾你啦。你做妹妹，我做姐姐。"

玲珑软绵绵地靠在床头，神色慵懒，轻轻抱怨："我顶不爱吃这个……一点味道没有。难道没有什么大鱼大肉吗？"

璇玑轻轻一笑，柔声道："乖啦，你睡了快一年，一直没吃东西。突然吃大鱼大肉，对身体不好的。慢慢来，过几天就可以吃有味道的东西了。"

玲珑的二魂六魄被抽走，身体等于在瞬间就死去，只有心口还留着一些温暖。原本褚磊还担心不给她吃东西会衰竭而死，每天用药草熬汤灌她喝，谁知喂多少她吐多少，喉头都封闭住，一滴水也进不去。后来和阳说魂魄被抽走的人不可进食，对她也无碍，褚磊夫妇才放下心来。眼下她终于醒过来，肠胃虚弱之极，如何能吃大鱼大肉？

璇玑将大半碗小米粥都喂光，还要再盛，玲珑摇头道："我不想吃了……璇玑，小六子呢？他怎么不来看我？"

她一提钟敏言，璇玑手里的碗差点摔地上。她勉强笑道："哦……他、他在闭关修行呢！马上不是要簪花大会了吗？爹爹让他也参加，所以要好好修行。"

"真的吗？"

"自然是真的。"璇玑坐在床边，握住她的手，微笑道，"昨天听说你醒过来了，他还嚷嚷着要来看你呢。爹爹发了一场脾气，他才忍着没来。"

玲珑垂头一笑，苍白的脸上泛起一层红晕，嘟嘴道："他……真是的！爹爹好讨厌，看一下有什么大不了的。"

璇玑心中难受，又不忍让她知道真相，于是轻道："你想他了，对吧？"

玲珑哼了一声，"谁想他！"隔了一会儿，还是忍不住，低声道："是……有一点点啦。我以为醒过来就能见到他呢。我睡了这样久，他不知变成什么样儿了……璇玑，你如今都比我高了呢。"

璇玑笑着拍了拍她的手。这一年玲珑的时间等于停止了，所以身材容貌还是停在十五岁的模样，倒是璇玑自己长高了不少，颇有十六岁少女的亭亭玉立，看上去竟像玲珑的姐姐了。

两人悄声说了一会儿贴心话，玲珑忽然笑问："丫头，说老实话，司凤和你……是不是……"

璇玑愣了半天才明白过来，先摇了摇头，跟着又点头，最后爽朗笑道："嗯，我们商量过了，把你救回来，再……然后就游玩天下，永远也不分开。"她本要说再去不周山把钟敏言抢回来，话到嘴边，赶紧吞回去。

玲珑好生羡慕地看着她，喃喃道："你真大方……胆子也好大。如果……如果我也能……"

璇玑笑道："什么能不能，喜欢一个人，很可耻吗？说出来就是了。"

玲珑红着脸，半晌，才鼓足勇气说道："那、那我也要！咱们四个一起去游山玩水！我、我和小六子也永远不要分开！"

璇玑心中一酸，想到钟敏言倘若能听到这句话，只怕会笑得合不拢嘴，再多的苦，吃下去也甘愿。

玲珑见她目含辛酸，不由得奇道："你怎么了？有什么不开心的？是不是司凤那小子欺负你？告诉我，回头我找他算账！"她虽然虚弱，但做姐姐的火爆架势还是半点不少。

璇玑急忙摇头，支吾道："不……他怎会欺负我！我……对了，我是想问你，那天在高氏山，你怎么突然失踪？乌童怎么又抓住你，抽了你的魂魄？"

玲珑一呆，脸上忽然一阵惨白，紧跟着却泛起红晕，怔了半晌，才道："我……他抓我就是为了那次簪花大会的事啦！报复一下咱们……我、我也没怎么，眼下不是回来了吗？"

璇玑见她神色奇异，竟有些不敢问，只得默默看着她。

玲珑靠在床头，有些疲惫地闭上眼，那些不欲为人知的往事，犹如流水一样从她眼前流过。她心中又是害怕又是愤恨，隐约还掺杂了些说不清楚的情绪，心头一时间突突乱跳，怎么也停不下来。

当日她在高氏山遭遇突袭，被人迷晕，醒过来的时候，身处一个黑暗的洞穴里，周围没有一点声音，也没半个人。洞壁上一盏小油灯，轻轻跳跃。她又慌又怕，下意识地摸了摸腰间——断金还在，这个发现让她松了一口气。

正要起身逃走，手腕和脚踝上却忽然牵动了一串金属碰撞声，玲珑这时才发觉自己四肢都被细细的金色链子拴住了，四根链子钉死在洞壁上，长度只够她在这个山洞里来回走一圈。

她本来就是个冲动的脾气，这时如同被捕获的野兽，用链子拴死，如何能不愤怒？当即抽出断金就砍，谁想那四根链子看上去纤细轻巧，但无论她怎么砍、刺、剁、砸、拽，都弄不断。玲珑只急得浑身是汗，突生一股狠劲，举起断金，这次竟不是砍向链子，而是对准了自己的手腕砍下！

洞口突然传来一声响亮无比的破空声，玲珑只觉手腕一震，断金不由自主脱手而出，她偏有种执拗的狠劲，竟弯腰去捡，还要再砍。洞口那人"咦"了一声，她眼前骤然一花，一个黑影闪电般蹿到了眼前，似是要阻止她砍自己的手腕。

此举正中她下怀，断金中途转道，狠狠朝那人面上砍过去。那人早知她会如此，手腕一转，硬生生将断金抓在手里，任她怎么抽拽都拉不回来。那人低声一笑，抬手去揽她肩膀，突然发觉不对劲，猛地攥住她下巴，手指用力，将她齿关掰开，然而她舌头还是被咬破了一块，口中满是鲜血。

"真是烈性。"他低声说着。玲珑紧紧闭上眼，不看他，恍若不闻。不防他"刺啦"一声撕开她的外衣，玲珑只吓得肝胆俱裂，尖叫起来，猛然抱住自己的身体。

"你若是要自杀，我也随你。只要你不怕死后被我剥光了衣服丢在你们少阳派大门口，叫一百个男人来奸尸给你父亲和小情人看。"

玲珑喉咙里发出惊恐的低吟，失魂落魄地抬眼看他，很显然她被这种恶毒的恐吓给镇住了。那男人见她安静下来，便替她把撕破的衣裳温柔地捋回去，低声道："只要你乖乖的，我便什么也不做。"

他浑身都仿佛被笼罩在黑暗里，大半张脸隐藏在黑布后面，只露出一双精光闪烁的眼，目光如刀似剑，锐利之极。玲珑只觉这双眼依稀在什么地方见过，突然想起什么，双手暴长，一把扯下那块布。

"是你……是你！"她声音陡然拔尖，抬手要去抓他的脸，恨不得将他的眼珠给抓出来。

那人面容冷峻阴郁，正是乌童。玲珑尖叫一声，扑上去乱抓乱挠，却哪里能伤到他分毫，反而被他抓住两个手腕，犹如斗小孩玩一样，一把按在洞壁上，登时动弹不得。

"你要么立即就杀了我！不然只要我活着，总有一天将你碎尸万段！"她厉声嘶吼，手腕被他按在洞壁上，十指扭曲，显然怒到了极致。

乌童低头看她一会儿，忽然放手，在她脸颊上飞快一摸，转身笑道："竟长成了一个美人。我怎舍得杀你。"

玲珑飞扑上去，还想抓他，然而两腿忽然一软，跪坐在地上。她受的惊吓太大，已经超出了承受范围，这时终于感到浑身发软，再也使不出气力。断金孤零零地掉在脚边，她一把抢过，抱在怀里，全身缩成一团蜷在角落。

不敢哭，不敢动，不敢死。她不知自己还能做什么。只有默默地流泪，心中不知将钟敏言呼唤了几千万遍，只盼天可怜见，下一刻他如天神一般降临，将自己救出去。

不知过了多久，她始终维持一个姿势，只觉手脚发麻，极之难受。正要换个姿势，忽听洞口又传来动静，她浑身的寒毛都竖了起来，只将断金抵在脸上，心想只要他有什么不轨，自己立即毁容，再咬舌自尽，这样他那恶毒的恐吓便没作用了。

洞口的帘子被人一掀，乌童端了一盆热水进来，又送上几块崭新的白棉布，也不说话，将东西往地上一放，转身又出去了。

她不知他有什么诡计，只打定主意，不管他做什么，自己都不动。


玲珑在洞中撑了三天不吃不喝不动，到后来饿得眼前发黑，喉咙中有如火烧一般干灼。那乌童也不来逼她，每日准时送饭菜，打来热水供她梳洗，她不吃不用，他仿佛没看到。反正饭菜冷了换新的，水冷了换热的。

这日，到了中午，他又来送饭送水，盖子一掀，却是一盘桃仁山鸡丁，熟悉的色泽香味。玲珑一下子就想起了娘亲何丹萍，娘亲这道菜做得最好，每次端出来都被她和璇玑两人抢光。想到少阳峰的一草一木、爹爹娘亲的温柔、璇玑的可爱，她又忍不住落下泪来。

泪水掉在干裂的嘴唇上，腌着发疼。她用舌头一舔，又苦又涩。她怔怔望着那香喷喷的饭菜，心中渐渐有些蠢动。不吃白不吃，总不能被饿死在这里，真的死了，岂不是顺他的心？脑海里有个声音反复这样说着。她渐渐被说动，两腿微伸，正要拿过来吃，只听帘子被人一揭，他又回来了。

玲珑急忙缩回去，戒备地全身僵硬。

乌童并不理她，只将冷了的饭菜热水端出去。玲珑心中一惊，不由自主开口道："等……等等。"

乌童回头挑眉看她，还是不说话。

玲珑咬住嘴唇，蚊呐一般地说道："山鸡丁……不要端走……"

乌童嘴角一勾，轻笑道："知道了，山鸡丁热一下再送来。"他揭开帘子飞快走了。玲珑靠在冰冷的洞壁上，心中的委屈犹如潮水一般，一波一波涌上来，一时间只觉挫折、耻辱、无奈、怨怒……诸般情绪纷至沓来，最后变成极度的茫然。

过了一会儿，他果然送来了热好的桃仁山鸡丁，并一碗茶汤。玲珑已经先落了下风，再也顾不得尊严面子，扑上去没命地将茶汤往嘴里灌，她渴得都快发疯了。

一碗茶喝完，她意犹未尽，却见乌童手里抓着一个圆肚大紫砂壶，又倒了一碗，道："不要喝那么急，会呛住。"

玲珑心头火起，将茶碗一丢，掉脸又躲回角落里。乌童也不来吵她，将东西一一放在地上，过一会儿，又送来两盆热水，并好几套换洗的小衣汗巾外罩，第三次进来的时候，却是抱来了三四床厚厚的被褥，铺在阴冷的地上，连枕头都准备好了。

玲珑怔怔地看着他出去了，好半天没动静，这才小心翼翼地解开衣服，不敢全脱了，只用热水稍微抹一下脸和手，又将小衣偷偷解了，背过身子去擦洗身体。他新送来的衣裳，她看也不看一眼，全部丢在一旁。

大约是算着她快洗完了，乌童又进来，换了两盆新热水，并皂荚梳子一应俱全。玲珑虽然恨他入骨，但见他这般细心准备了所有的东西，倒也有些松动。又将头发散开洗了，只觉全身清爽，地上铺了褥子，自然比以前舒服百倍，此刻端起饭菜再吃，心头忍不住酸楚万分。她虽是保全了高姿态，令他事事迁就，但实际上，自己却早已惨败了。

如此这般互不干扰又过了好几日，玲珑先前的戒备早已不复存在，虽然每次他进来送东西，她都会举剑抵在身前，但是只要他一走，她就不会再像以前一样缩在角落里哭。

乌童囚禁她究竟是为了什么，她一直到现在都没明白。乌童捉她，一定是计划着要报复少阳派联合其他四派对他的通缉，一定还想了很多阴毒的法子来整治她。

可是，为什么，最后他却什么也没做？或许她心中隐隐约约知道答案，却拒绝去想。世上有很多事情，看得太清楚，反而不好。

想到这里，她忍不住幽幽叹了一声。璇玑一直在旁边看着她，见她面上神色千变万化，最后慢慢平静下来，终于小心翼翼开口道："他有折磨你么？受伤没有？"

玲珑疲惫地闭上眼睛，摇了摇头，低声道："璇玑，我好累。想睡一会儿……"

璇玑点了点头，扶她睡下，将被子掖好，却听她又低声道："告诉小六子……我好想他，他为什么还不来见我？"

璇玑难以回答，喉中酸涩，只得勉强应了一声，这才推门出去。

玲珑合目，缩在被子里，思绪起伏，仿佛又回到那一天。

她被囚禁在那个山洞里，不知年月，身上拴着链子，也出不去。每天只有等乌童给她送饭送水，两人相安无事。她心中始终有一根弦紧绷，时刻提醒自己他囚禁自己必然有目的，然而到底是什么，她也不知道。

后来他不知在忙什么事情，送饭送水的时间渐渐晚了，连着三四天都送来她最讨厌吃的豆腐青菜。她以为这是他想出来折磨自己的新招，终于有一天忍不住和他大吵，将饭菜全部掀翻，厉声道："要么就别送饭菜！我宁可饿死！"

乌童当时脸上的表情很微妙，似笑非笑，眼中仿佛有什么危险的东西在凝聚。他冷笑一声，道："你这位大小姐还真难伺候。真当自己是来享受的吗？有得吃算不错了。"

玲珑先前因为服软，终于开口要饭吃，等于承了他的情，始终是一块心病，此刻被他戳中痛处，再也忍不得，一脚踹翻了热水盆，又抽出断金在褥子上乱砍，将褥子砍成一条一条的棉絮，一面大吼："你现在就可以杀了我！为什么不杀我？！"

乌童一把捉住她的手腕，抬脚一绊，玲珑站立不稳，倒头栽在地上。他跟着蹿身而上，将她压在身下。玲珑大惊失色，只当他要强行非礼，齿关一合，立时就要嚼碎舌头，谁知一咬之下，没咬到舌头，却咬中了他的手指。

他把手指强行塞进她嘴里，令她没办法咬舌。玲珑心中恨极，豁出力死死咬他的手指，恨不得立即咬断。他手指上的血一滴滴流下来，落在她舌头上，又腥又涩。玲珑本以为他必然要残酷折磨她一番，于是死死闭上眼睛，只咬死了他的手指不松口。

等了半天，他却一动不动，玲珑惊疑不定地睁开眼，只见他的脸近在咫尺，目光如冷电一般，定定看着自己，那眼神似是恨到了极致，恨不得将她活剐了，剐成几千块。玲珑心中更是惊悚，颤声道："快……快杀了我！"他的手指卡在她嘴里，这话说得含糊不清。

乌童趁她说话，齿关松了，飞快将手指抽出来。玲珑不由得一怔，不防他拽过一条被她砍碎的棉絮用力塞进她嘴里。她尖叫起来，没命地抵抗，也不知在他脸上抓了多少道血痕，最后还是被他用棉絮塞满了嘴，不要说咬舌头，就连嘴也合不上。

她五内如焚，眼前阵阵发黑，只道这次真要被他折磨至死，手脚顿时发软，被他用力按住，点中穴道，动弹不得。

"你这种高高在上的大小姐，知道什么？哦，我知道了，你从小就是被人当作公主一样捧着，呵呵，世上只有好人和坏人，你爹爹妈妈叔叔伯伯都是好人，凡是得罪你们的都是坏人，对不对？"他尖酸讥诮地问着，捏着她的下巴，左右晃动。

玲珑紧紧闭着眼睛，只等他发怒，将自己一掌劈死，倒也痛快。

"你不知道自己的爹爹妈妈叔叔伯伯对我做了什么吧？嘿嘿，悬赏五百两！我乌童的命，五百两就可以了断？我是杀了谁吗？还是做了什么罪不可赦的恶事？五大门派，好风光！好气派！联手来对付我一个小弟子，令我闻名江湖，没有藏身之处，真是感激不尽呀！"

他说完，忽听刺啦一声，似是撕裂布帛的声音。玲珑心中突突乱跳，以为他狂暴之下要做什么非礼的事，过一会儿，只听他笑道："乖孩子，睁开眼看看。好好看看，你那些好伯伯对我做了什么！"

玲珑哪里肯听他的，不知他会用什么妖邪的法子来蛊惑她，她只死死闭着眼。

他的手忽然抚上她的脸颊，来回抚摸，柔声道："玲珑，睁眼看我。"跟着，解开她身上的一个系结，"你若不看我，就是我来看你了。脱了衣服，好好地，仔细地看。"

玲珑只觉他的手要从领口伸进去，大骇之下，只得睁开眼，对上他的脸。他目中射出奇异的光芒，怔怔看着她，忽而直起身体，惨笑道："如何？看到了吧？"

他上身的衣服已经脱尽，露出精壮的胸膛，上面密密麻麻也不知多少伤痕，更有一道从心口一直划到小腹，还延伸往下，完全是致命伤，那一道粗大的红疤，像一条丑陋的蜈蚣爬在他身上。玲珑低低呻吟一声，不知是因为惊骇还是恐惧。

乌童森然道："我已经死了无数次！每次都从地狱门口爬回来！五百两就能买到我乌童的命？他们未免想得太美！如今，也当让他们来尝尝被人逼上绝路的滋味！"

他抬手在右边小腿上敲了两下，发出空空的声音。原来他的右小腿被齐膝盖斩断，装的是木头假腿。

他见玲珑面上露出恐惧的神色，不由得狂笑道："怎么样，想看看下面的吗？"说完他竟去解裤带，玲珑呜呜尖叫，又紧紧闭上眼睛。

乌童见她面上泛红，色如桃花，心中一荡，忍不住捧住她的脸，低头在她脸颊上一吻。嘴唇所触的地方，无一不是香软细腻。他此时心神激荡，不由得去解她腰带，一面喃喃道："一切才刚刚开始……不如先尝点甜头……"

手掌从她单薄的衣服里探进去，只觉肌肤细腻犹如温玉，这样一个如花似玉的妙龄少女抱在怀里，他哪里把持得住，何况他本来也不是什么正人君子。当下紧紧将她抱在怀里，情热如沸，在她面上细细吻下来，只觉她浑身微微发抖，楚楚可怜，他心中一软，柔声道："别怕。"

见她长长的睫毛犹如蝴蝶翅膀一般，颤动两下，忽然滚出数颗大泪珠。他满腔情欲忽然就消失得无影无踪，然而一时舍不得放手，捧着她的脸，在她发颤的眼皮上吻了几下，低声道："睁开眼，你只要睁开眼，我便什么也不做。乌童说到做到。"

他屏息看着她的长睫毛，一颤，两颤，终于睁开眼，黑白分明的眼珠，怔怔地看着他。那目光似是哀求，又像深恶痛绝，还夹杂着怜悯、恐惧、绝望诸般情绪。

乌童看了她好久，终于缓缓放开手，披上外衣站了起来。

"桃仁山鸡丁是不是？"隔了好久，他的说话声忽然在洞口响起，"呵呵，真是个大小姐。"

玲珑没有说话，其实她嘴里被塞满了棉絮，也说不出来。

乌童揭开帘子，走出去，忽然想起什么，回头对她讥诮一笑，道："这种时候，你那个小情人在哪里？他好像没来救你，更没来找你呢！可怜的孩子……"

玲珑心头大震，仿佛被锤子狠狠锤在心口，泪流得更凶了。

后来他再也没有碰过她一根手指头，三餐也都送来她喜欢吃的饭菜。玲珑却失了魂一样，整日只是坐在那里发呆，谁也不知她到底在想什么。

再后来，大师兄和二师兄不知怎么的，和乌童撞上了。原来这里不止他们两个，山洞外聚集了不下三十个妖魔供他使唤，他从来不让人进来，她从来也不能出去，因此居然不知道。

　　玲珑在床上翻个身，手指忽然死死嵌进被褥里，泪水很快打湿了枕头。

　　这种时候，你的小情人在哪里？乌童的这句话像钉子一样，从那天开始就一直钉在她心头。钟敏言一直没来，她等到完全绝望，直到被抽出魂魄。如今她被璇玑救回来，居然还是见不到他。

　　她陡然之间，觉得所有人都在欺骗自己。其实他是抛弃了她吧？不然为什么他不来见自己？闭关修炼根本是个借口。

　　玲珑用被子蒙住头，痛哭出声。哭了一会儿，忽听房门吱呀一声开了，一个人轻飘飘地走进来。她以为是璇玑又进来看情况，急忙止住哭声，闭上眼装睡。

　　等了一会儿，那人却不进里屋，只在外屋不知翻些什么东西。她悄悄把被子揭开一个角，只见外屋那人露出一袭衣角，穿着长靴，分明是个男人。

　　她心中一喜，以为是钟敏言来了，急忙叫道："小六子！你怎么现在才来看我！"

　　"嗯？"进来偷食的腾蛇差点被她的叫声噎住，瞪圆了一双无辜的眼睛看过去，两人打了个照面，都是一呆。

　　"啊啊！你居然醒着……哦对，亭奴把你救活了！"腾蛇语无伦次地叫着，急忙把手里的糕点塞嘴里，掉头就走，一面含糊不清地说，"我忘了，以为你还睡着。抱歉啊，吃了你的东西。"

　　玲珑见他眼生，不由得叫道："你是什么人？"

　　腾蛇傲气十足地昂起脑袋，笑道："我是谁？我是闻名天下的腾蛇大人！你没听过吗？"

　　玲珑怀疑地打量着他，从雪白的头发看到他煞气十足的脸，越看越觉得不像好东西，皱眉道："少阳派岂是容你乱闯的地方！快滚出去！否则我立即叫人抓你！"

　　腾蛇立即恼了，扭着脖子走过去，恶狠狠地指着自己的脸，厉声道："老子乱闯？！求我来都不来！是那臭小娘逼我来的好不好？话说回来，似你这般孤陋寡闻的小娘也少见，腾蛇啊腾蛇！你都没听过？"

　　"谁管你蟒蛇臭蛇！"玲珑也毛了，"给我滚！"

　　腾蛇哼了一声，掉脸就走。他想起来了！是她！那天看她睡在那里，乖巧可爱的样子，还以为是个好人，结果他大错特错。对了，凡人有句话，叫什么来着的？

　　"物以类聚，人以群分，近朱者赤，近墨者黑！你是那臭小娘的姐姐，果然也不是好东西！"腾蛇气呼呼地抓起神龛上剩下的糕点，一股脑揣进袖子里，踢开门就要走。

　　玲珑叫道："你偷什么？！好大胆！放回来！"

　　腾蛇吃的东西揣在怀里，岂有吐出来的道理，他直接装作没听见。不防她在后面突然尖叫起来："偷东西啊！有贼！快来人啊！"

他立即慌神了，叫来别人还好，万一把那臭小娘叫来了，他还不知要被怎么折磨。"喂！不要叫！"腾蛇冲过去一把捂住她的嘴，恶狠狠地威胁，"你要是再叫……我……我就放火烧你！"说罢手心里立即扬起一小簇指尖大小的殷红火苗，点点蜡烛还差不多，烧人大概只能烧掉几根头发。

玲珑见他凶神恶煞的模样，吓得抓住他的胳膊，一口咬下去。腾蛇疼得怪叫一声，掌心的火苗很没种地瞬间灭了，耳边听得她又尖叫："杀人了！放火了！"害得他一阵手忙脚乱，在她头顶一拍，玲珑登时浑身僵住，莫说喊叫，连眼皮都不能动一下，她用眼神凶狠地活剐他，恨不得把他看出洞来。

腾蛇松了一口气，探头出去看看，很好，外面还没人。他缩回来，把窗户一合，怒道："不就吃你几块糕点，至于叫成这样吗？切，还当臭小娘他们辛辛苦苦救回来的是什么绝世佳人呢，结果是这么个无聊货色！不吃就不吃，还给你还给你！"

他把袖子里的糕点一股脑从她头顶丢下去，糖粉沾了她满脸，一块白一块黑，看上去十分好笑。腾蛇哈哈笑了两声，孩子气地用手沾着糖粉，在她脸上画了一条蛇，一面恶意地说道："你讨厌蛇不是？看我在你脸上画两条蛇，美死你！"

玲珑气得胸口欲裂，偏偏一根手指也动不了，只憋得眼泪都要出来。腾蛇见把她弄哭了，有些尴尬，咕哝道："呸，没用的凡人小娘，只会哭哭哭！"想想，还是不敢让她动，万一她又叫起来，自己岂不是要倒霉。于是在她肩头一推，玲珑应声而倒，他胡乱把被子整整，这才拍拍手，笑道："这点事就哭，某人为了你甘冒大险，豁了命出去才把你救回来，照你这样的哭法，他的眼泪都可以流成海了。"

他见玲珑若有所思的样子，又道："我……我这可要走了。你保证不叫，我就把法术解开。"他在玲珑脸上一摸，解了一部分法术，又道，"你保证不叫，就咧嘴两次。"

玲珑的嘴角微勾，果然咧了两次。腾蛇笑道："那好，我要是解开法术你还叫，这次就真的要放火烧你……嗯，烧掉你的头发！让你做一辈子秃子！"

年轻女孩子哪里有不爱美的，他如果用别的法子来恐吓，她根本不会当真。不过听说要烧掉头发当秃子，果然被吓住了。腾蛇在她头顶又是一拍，玲珑轻轻"啊"了一声，果然没再叫，只是死死瞪着他。

腾蛇得意地笑道："这才好。老子去也。"

"等等！"玲珑忽然叫他。腾蛇警惕地回头："干吗？"

玲珑犹豫了一下，才道："我刚才听你说，甘冒大险把我救回来……是说璇玑他们救我吗？他们……一直都不告诉我怎么把我救出来的。你和他们是一起的吧？你告诉我好不好？"

腾蛇有些发怔，其实这件事他也是一知半解，璇玑只捡了个大概告诉他，具体怎么救的他也不清楚。但他这般自负，怎会愿意直接说不知道，当下清清嗓子，道："这个嘛，我当然知道。是有个人为了救你，跑坏蛋那里做了卧底，然后将你的魂魄偷出来喽！很简单。"

"卧底？"玲珑心中忽然有一股不好的预感。

腾蛇点头："没错。不过他做卧底的这事好像也是被人骗的，开始以为做了卧底就能让你回来，谁知道那魂魄是假的。所以卧底的那个人只好自己偷啦！哦，好像为了获得坏蛋的信任，还杀了人……那个人……叫什么来着的？臭小娘叫他二师兄，死得蛮惨，被人剐成一块一块的……"

"二师兄？！"玲珑失声尖叫，把他吓了一跳。

她一把揭开被子跳下床，抓住他的领口，厉声道："谁？是谁做卧底？你快说啊！"

腾蛇急道："凡人的名字我怎么记得！反正就是那个人啦！臭小娘叫他六师兄嘛！有个人陪他一起，还差点把禹司凤刺死……"

他话还没说完，只觉玲珑软绵绵地瘫了下去，脸色青白，竟是一口气上不来晕死过去的样子。腾蛇急忙在她人中上一掐，拍拍她的脸："喂？没事吧？你别吓我！要是让臭小娘知道了，我可……"

玲珑根本没听见他后面说什么，方才惊怒之下晕厥，现今幽幽醒转过来，忍不住放声大哭。她明白了！为什么所有人来看她的时候都欲言又止，为什么钟敏言始终不出现。她真蠢！居然以为是钟敏言抛弃了她！在他为她肝肠寸断，揉碎了心的时候，她居然还躺在床上小家子气地流眼泪，长吁短叹。

腾蛇见她哭得厉害，心想这地方不能久留，她一哭起来只怕是没完的，还是赶紧闪人要紧。

他走到门口，正要开门，忽听她又问道："他……他在哪里卧底？"

他下意识地回答："不周山……那边可不是凡人能随便去的。"

等了一会儿，她没再说话。腾蛇飞快走了，只怕她再缠上来，麻烦数不清。


却说柳意欢在床上静养了好几日，渐渐康复。常人养病，都盼望早些下床走动，只有他，其实身体完全没事了，还每天找借口赖床上，要禹司凤来照顾。

禹司凤感念他一路上的相助，何况与他一向情同父子，故而明知他是装的，还是没有半句怨言。每天与他讲述这半年来的遭遇，柳意欢最喜欢听收服灵兽那段，每听一次必然要抚掌大笑，一面道："收得好！不过那么大一只神兽，带在身边不方便吧？"

禹司凤笑道："不是说过吗？神兽可以化为人形。说起来，大哥还没见过腾蛇呢。下次我让璇玑带他来给你看看。"

柳意欢两眼一亮，口水都要流出来，垂涎着问："如何？是个大美女吗？"

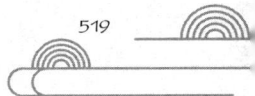

禹司凤无奈地揉了揉额角，"不，是个男人。"而且脾气火爆，凶神恶煞。

柳意欢立即垮下脸，有气无力地叹道："那我没兴趣。还不如看看玲珑小姑娘……我想看她已经想了很久了……"

"大哥！"禹司凤哭笑不得。

忽听门吱呀一声被人打开，璇玑提着饭盒走进来，听见柳意欢说想看玲珑，立即笑道："好啊，等玲珑身体恢复了，我就带她来看柳大哥。"

很显然她一点也没搞清楚柳意欢的邪恶之处。禹司凤见他在床上笑得合不拢嘴，不由得摇了摇头，无话可说。

"亭奴呢？"柳意欢最近几天都很少见他，怪想念这安静温柔的鲛人。

璇玑把饭菜端出来，道："爹爹和几个长老很赏识他的博学多才，这几天都在向他请教修仙之道呢。"

她本来以为亭奴的鲛人身份在少阳派很尴尬，谁知道他不但救回了玲珑，还被长辈们青眼相看。少阳派从上到下没有不喜欢他的，怎么说……这个情况虽然大好，但也是之前万万没想到的。

"嘿嘿，好蠢好蠢！人妖殊途，请教来的经验根本没用！"柳意欢摇了摇头。

璇玑奇道："那照柳大哥这样说，凡人到底该怎么修仙？"

柳意欢笑道："你们都以为杀的妖怪越多，就越能成仙，其实大错特错。人和神本来就是两界不同的众生，越过轮回成仙是何等大事，成功者自然寥寥。要说怎么做才能成仙，我想具体的法子是没有的。关键在于人心，一念成仙，下一念兴许就成魔。"

璇玑猛然一怔，觉得这种道理似乎在何处听过。善恶神魔，不过是一念之间，成与不成，不在天地，自在人心。她心中似有些触动，若有所思。

禹司凤服侍柳意欢吃饭，见他衣衫敞开，胸口坠着一个青色丝囊。以前没见他有挂过这东西，这几天才发现，他问过，不过柳意欢不肯说，问得急了，他就会长吁短叹，一副郁郁不得志的模样。他这人一向风流，说不定是在外面惹的桃花债，对方女子给他的什么信物作为留念，禹司凤想到这层，便不再追问。

不过今日再看，那青色丝囊显然经常被他抚弄，边角都起了毛，囊口丝带有些松弛，露出一卷漆黑的毛发，光泽油亮。禹司凤微微一怔，柳意欢似是发觉了他的动作，随意将那丝囊揣进怀里，不让他再看。

这动作让两人都有些尴尬，禹司凤咳了一声，急忙岔开话题，笑问："大哥这半年不见，是去哪里了？"

他不问还好，一问柳意欢面上神色更加尴尬，半天才道："呃……我、我嘛，也有点秘密私交之类的。这次是去探望一位过世已久的老友，扫扫墓啊，回想一下往事啊之类的……"

禹司凤叹道："大哥，找妓女喝花酒又不是丢人的事，我早习惯了。这种事有什么好扯谎的。"

原来他不相信。看他胸口那丝囊里的东西，分明是一绺女人的长发，摆明了是他惹下的风流债，如今再说什么给老友扫墓，只觉荒谬。

柳意欢这下才是哑巴吃黄连，有苦说不出，哽了一会儿，才道："我真的是去……看望故世老友……"

禹司凤充耳不闻，将吃完的饭碗收拾了装在盒子里。璇玑提着正要走，忽听柳意欢说道："怎么说呢，她好歹……也算是我在世上最喜欢的女人。每年去为她扫墓，住个几天……如今我能做的也只有这个了。"

两人听他说得缠绵无奈，不由得都有些好奇，璇玑急忙放下饭盒，转身问道："是柳大哥以前喜欢的女人？她去世了？"

如果说柳意欢有衷心爱恋的女子，不要说璇玑，就连禹司凤都不相信。他从来也没把女人当作一回事，动辄叫上三四个妓女喝酒作乐，完全是一副急色鬼的模样，这种人也会喜欢真心喜欢一个女人？

柳意欢黑黝黝的面皮居然有点发红，隔了半天，才叹道："……她自是和别的女人不同，大大的不同。"

两个孩子都吃惊得呆住，禹司凤好半天才找到自己的声音，急忙问道："她怎么会死？你……那个丝囊，是她留给你的？"

柳意欢"呸"了一声，骂道："死小鬼！谁让你眼睛那么尖了！"

说罢，却从领口里抓住那个丝囊，摩梭良久，低声道："不错，是她的。不过，不是她给我的。"是他偷偷剪了一绺头发，如获至宝一样放在身边。她是他犯的一个罪，她的存在便足以让他心痛。

"你的意思是，你喜欢人家，人家却对你没半点意思？！"璇玑震惊了。反正柳意欢一向是个没大没小的人，她也跟着没大没小起来，问得毫不客气。

柳意欢叹了一声，幽幽说道："或许，她到死……都不知道我是谁。"

他居然这么痴情！璇玑一把扶住下巴，省得它掉下来。禹司凤震惊的同时，忽然觉得有些不对劲，忍不住问道："等等，大哥，你说的人是你的爱人？"

柳意欢脸色一变，最后惨然一叹，苦笑："就知道瞒不过你这个鬼灵精……她不是我的爱人，她是我……我的女儿。"

"咣"的一声，是过于震撼的璇玑从椅子上栽倒在地的声音。他有女儿！他曾有一个女儿？！璇玑忽然觉得整个世界变得很奇妙，一切都是那么不可捉摸。

柳意欢叹道："那是我年轻时惹下的罪孽。和那妓女一夜狂欢，谁想她居然珠胎暗结，生下个女儿。因为我曾说自己是离泽宫的弟子，所以她请人将那孩子送到宫门口。我曾想，无论她是妓女也好，什么也好，都是孩子的娘，我离开离泽宫，再替她赎身，一家三口找个山清水秀的地方过个一辈子，也是美事。谁知……老宫主得知此事，非常愤怒，连夜派人将那妓女……毒死了。留下这个女孩儿，他本来也想杀，我以命相抗，保证永远也不泄露半点口风，才留得她的命。离泽宫的规矩，女子不允许进入，所以我将她送给一户农家收养。每个月去偷偷看望她。"

"她一年一年慢慢长大，越来越好看，活泼可爱，一看就是我的女儿。我每次躲在暗处看她，都恨不得和她说两句话，捏捏她的小手小脸，听她叫一声爸爸……为人父母，这种心情，我生平第一次了解。"

说到这里，他微微一笑，有些苦涩。

禹司凤轻道："大哥……你后来离开离泽宫……便是为了这事？"

柳意欢点头道："不错……这事除了老宫主和我，还有另外一个师兄，之外谁也不知道。那个师兄……我很感激他，我不能常常去看女儿，所以他总是替我送一些东西给她，一直照顾她。有一次我又偷偷溜出去看女儿，可是等到了天黑，都没见着她。我不敢过去仔细看，怕被人发现。我呆呆站了一夜，没有结果，只好郁郁回到离泽宫。后来那师兄急着找我，我才知道，那孩子得了重病，危在旦夕。她才十岁，那么小的孩子，吃了多少药，看了多少大夫，一点起色也没有。我心急如焚，再也顾不得什么规矩，连夜离开了离泽宫。可是等我赶到她身边的时候，她已经不行了，完全处于弥留状态。我抱着她，哭也哭不出来……我一直都没听见她叫我爸爸……身为一个父亲，却不能亲手将孩子抚养成人，我非但不是个好父亲，连一个人也算不上。"

禹司凤见他越说越恍惚，不由得暗暗心惊，柔声道："大哥……你若是不想说，就别说了。都怪我，不该问你。"

柳意欢如若不闻，继续说道："我用尽了所有的法力去救她，还是没用……她死了，就这样死在我怀里……她到死都不知道我是她父亲……她见都没见过我……既然不能抚养，当初就不该让她白来世上吃这一遭苦。我陪着她的尸体坐了三天三夜，直到老宫主亲自出来找我。我死也不肯回去……我再也不要回去，都是因为那些该死的规矩，我的女儿……等于被我亲手害死的……我怎么还会回去？老宫主大发雷霆，将我重伤，我动也不能动，眼睁睁看着他们将我的孩子放火烧成了灰……那火啊……一直卷到天上去，风吹起来，将她的骨灰吹散开来……他们害死了我的女人，又害死了我的孩子，却连一点留恋的东西也不留给我。大丈夫如此苟活于世，还有什么意义？！我没命地挣脱开他们的桎梏，将她的骨灰一点一点抓回来，埋进泥土里。可是我不知道她的名字！我的女儿！我却不知道她叫什么！这样，我连一座碑都没办法给她立，不过，我又有什么脸面为她立碑，称她是我女儿呢？"

"我被老宫主抓了回去，关在地牢里。很多次，我都想，要不我也跟着去吧，白白来了一趟人世间，一事无成。但我就算死了，又有什么脸面见她们母女？求生不得，求死不能，那种滋味，我这辈子也不想再体会……我这样昏昏庸庸，过了不知多少时日，忽然有一天，地牢里来了个小孩儿，粉嘟嘟的脸蛋，比我那儿还小着几岁，巴在牢门铁条上，好奇地看着我。一见到他，我立即想起了女儿，我和她一句话都没有说过，她这样的小孩儿，心里想的，都是什么呢？我很想知道，所以我逗那孩子过来陪我说话。他很乖，也很聪明，非常听话，我说什么胡话他都相信。从他身上，我找到了教导女儿的乐趣……如果我的孩子还活着，那么，我也会这样逗她玩，给她说笑话听，把所有好吃的留给她……只盼她过得开心，永远无忧无虑……"

说到这里，柳意欢嘿嘿笑了两声，道："小凤凰，大哥如此自私，你是不是怪我？那时候找你玩，完全将你当作了我女儿来看待。"

禹司凤低声道："大哥……在我心里，你已经是我的父亲了……"

柳意欢又笑了两声，忽然长长吁了一口气，躺回床上，手枕在脑袋下面，道："这么多年过去啦！这些事一直憋在心里，今日说出来，真是痛快！我偷了天眼，就是为了看她入了什么轮回，好再次去寻找。可惜啊，她还没有转世。等到她转世……这一世，我一定好好待她，再也不抛弃她。"

禹司凤点了点头，温言道："我陪你一起，大哥。咱们一家人，以后再也不分开。"他也是到今天才知道为什么柳意欢两次离开离泽宫，甚至甘冒奇险，去偷了天眼，曾经居然有这样一段过往，真令人感慨万千。

璇玑一把鼻涕一把眼泪，哭成了泪人，哽咽道："我……我也一起……柳大哥……我以后再也不凶你了……要不你把我也当作你女儿吧……除了叫你爹爹，我什么都可以做……"

柳意欢吓了一跳，连忙摆手："不用不用！我可不想有战神将军的女儿！还是算了！"说着，他和禹司凤两人大笑起来。璇玑抹着眼泪，不明所以，正要开口相问，忽听房门被人用力推开，一个清脆的声音在外面高叫："璇玑！璇玑你在这里吗？"

是玲珑的声音！璇玑急忙起身："我在！玲珑你怎么来了？"

门口人影一闪，玲珑穿着一身红衣，肤色如雪，乌发如云，俏生生地站在那里，唇边微微含笑，两眼亮晶晶的，极为有神。

柳意欢乍见这样一个神采飞扬的美貌少女，方才的伤感情绪登时烟消云散，只看得眼睛都直了，下巴快掉下来也不自知。

"我是来找你们的。"玲珑走过来，朗声道，"等簪花大会结束，我也要和你们一起去不周山，将敏言救回来。"

璇玑大吃一惊，喃喃道："你……你怎么知道了……"

玲珑笑着握住她的手，柔声道："对不起，我以前太没用了，只会发脾气，却什么事也做不好。害得你们这样辛苦，还害得敏言他……"她神色忽然一暗，跟着又道，"所以，这次轮到我来救他了！被囚禁的事情，敏言的事情，我会亲手杀了乌童报仇！"

璇玑怔怔看了她良久，目中渐渐流露出喜不胜收的激动之极的光彩，忽然张手用力抱住她，哽咽道："好！我们一起！这次……一定能把六师兄救回来！"

一直躲在外面不敢进来的腾蛇听他们好像没在发火，晓得自己得罪玲珑的事情没曝光，这才放心大胆地溜进去，偷偷捡了盘子里的糕点塞进嘴里，吃得心满意足。

# 第二十七章·情热

簪花大会还有半个月就要开始，依照惯例，这时候五大派的首要人物都要先去浮玉岛，为摘花进行抽签。褚磊夫妇连同楚影红之外的其他五个长老都已做好出发的准备，谁知浮玉岛忽然送来一纸书信，东方岛主在信上告知今年大会的花早已摘到，故而本次不进行摘花抽签。

"这事倒不常见，但不知早已摘到的花是什么模样。"褚磊将信纸放下，沉声道。惯例是摘到的花应当提前告知所有的人，了解妖魔的属性，才有应付的法子。否则年轻弟子没有经验，纵然是面对重伤的妖魔，也很容易因为怯场导致性命之忧。

何丹萍笑道："大哥何必担心，咱们提早几日上岛，不就清楚了。"

其他几位长老也在旁边附和称是。褚磊沉吟道："不，此非我担心的。这几年委实发生了不少事，人难免变得疑神疑鬼……兴许我真是多想了。"

他想了想，又道："这样吧，影红，和阳，你二人随我夫妇去观战簪花大会，其余人留在少阳。观战的弟子也不要带太多，大家留在这里，多加戒备。我将红鸾留下，一有情况立即让它送信。"

和阳怔了一下，立即明白了，轻道："掌门是担心那些妖魔趁机作乱？"

褚磊点头："不错，那乌童甚是猖狂，还让几个小辈过来放话告知，我岂能大开方便门让他们趁机捣乱？何况轩辕派又降服于他们……我总觉得近期会发生大事。"

正说着，门外忽然有弟子通报，璇玑他们来了。这几个孩子都收拾好了东西，踌躇满志，正准备随大部队一起出发去浮玉岛，一听褚磊说不用摘花，个个都有些发愣。

"今年不会没有簪花大会了吧？"玲珑最忍不得，她就盼着大会赶紧结束，大家好去不周山救人。

褚磊瞪她一眼："胡说！怎么会没有？过两天咱们就出发。今年你妹妹也要参加，你也努力修行，争取参加下次的。"

依玲珑以前的脾气，自己没能参加这种盛会，早早就要跳起来，谁知她只愣了一下，随意道："这不重要啦。大会早点结束，咱们早点走人。"

褚磊知道她是说钟敏言的事情更重要，心下不由得黯然。这次簪花大会，乌童必然要来捣乱，不知钟敏言会不会也在内，真要拿他当作敌人来对付，谁又能下得了手？这孩子是自己一手带大，想到他小时候那顽皮活泼的模样，追在后面叫师父师娘，嘴馋得要命，什么都能塞嘴里。一眨眼他就长大了，孩子大了，就有自己的想法，大人再也无法支配他。但无论他做这件事的理由的是什么，自己都愿意给他一次机会，听他好好说。

既然不用那么早去浮玉岛，璇玑他们只得回去。柳意欢继续躺床上，缅怀过去种种，亭奴继续被腾蛇缠着追问无支祁的事迹。玲珑拽着璇玑的手，问她这大半年来发生的种种事情，见他们遇到了这么多好玩又惊险的事，玲珑更是恨得牙痒痒，连声道："若是我也在多好！白白浪费了这一年的下山历练！"她对乌童的恨又加深了一层，恨不得把他的左腿也斩断，再装个木头假腿。

彼时已经进入十月底，秋风飒飒，少阳派在山顶，更是提早感受到了寒意。一夜过去，地上结满白霜，草木也皆尽枯黄。这几日阴云密布，看着是要下雪的模样，何丹萍见禹司凤衣着单薄，不免心疼，替他量了尺寸，叫山下的裁缝给做几件厚实的衣裳。

俗话说，丈母娘看女婿，越看越欢喜。虽说璇玑和他还没有媒妁之言文定之礼，但修仙者本来也没那么多规矩，她和褚磊心中早已认定这两个孩子将来要在一起的。就只有一个不放心，禹司凤现在好像不算离泽宫的人了。璇玑对他离开离泽宫的事情说得很含糊，大约是因为同门里有个人叛变，刺伤了他，令他心灰意冷，故而离开了师门。

在长辈的心里，一个人总要有个归宿才行，否则女儿嫁给他，以后怎么过日子？璇玑又是过惯了衣来伸手饭来张口的大小姐生活，以后父母不在跟前，她少不了为了生计吃苦，似禹司凤这般飘来荡去可不行。她女人家想得多，寻思着既然他不是离泽宫的人了，那么干脆拜入少阳派门下，褚磊破格收他做直系弟子好了。他为人又能干，年轻弟子中少见，以后少阳派如果交给他，也放心。

她将这想法说给褚磊听，本以为他会满口答应，谁知褚磊沉吟良久，才道："孩子们大了，有自己的决定。看璇玑自己的意思吧，他们也不能一辈子靠父母的庇护活下去。"

"那他俩没个定处，璇玑以后就跟着他吃苦？"何丹萍不解了。

褚磊笑道："吃苦是谈不上吧。我看司凤那孩子不是碌碌无为之辈，不是咱们妄自菲薄，璇玑兴许还高攀了人家。何况你要人家拜入门下，完全是一厢情愿，咱们两个老人家，可不能一把年纪了还讨人嫌。儿孙自有儿孙福，你我何必过多操心。"

何丹萍叹道："说不操心，岂有这般容易。在做娘的心里，他们始终是小孩儿。"

褚磊笑着握住她的手，柔声道："你是怕孩子们长大了，飞走了，自己一个人孤零零的？"

何丹萍和他做夫妻这么多年，感情始终稳定，褚磊私下里不像在外面那么古板严肃，在她面前还是像少年时那般，偶尔说些玩笑话。她的性子也是腼腆依旧，脸上一红，轻道："说的什么话，怎么会孤零零的。"

褚磊笑道："不错，有我这个老头子陪着你呢。咱们两个老人家，凑合着过吧。"

何丹萍轻啐一口，心中那个疙瘩，也被他化解开，决定随孩子们去了。

这日璇玑去找禹司凤玩，见他穿着新衣服，样式甚是漂亮，不由得羡慕地上去摸，一面笑道："是我娘给你定做的吧？她对你真好，我和玲珑还没新衣呢！"

禹司凤本来承了长辈的情，就有些惴惴不安，被她这样一说，更是尴尬。他也是没想到褚磊夫妇拿自己不当外人，这般亲密。他自小到大遇到的长辈不是像师父那样威严的，便是柳意欢这种无赖，几乎没体会过女性长辈细心温暖的关爱，一时间心中又感动又惶恐，不知该说什么。

璇玑在他脸上一刮，嘻嘻笑道："啊啊，又脸红！害羞了不是？司凤有时候像女孩子！"

禹司凤瞪了她一眼："一大早就这么多废话。"

璇玑坐在他身边，玩着他佩剑上的流苏，忽然想到什么，问道："对了，司凤，上回你好像是说要参加簪花大会吧？现在你不是离泽宫的人了，那大会还要不要参加？"

禹司凤摇头："不参加了。若不是要陪你们，我甚至不想去浮玉岛。"

"对啊……"璇玑突然想到这次去浮玉岛，一定会和离泽宫的人撞上，到时候必然有一场尴尬。要是让爹爹他们知道禹司凤是为了自己的缘故离开师门，想必她会被骂得很惨，说不定还会把禹司凤送回去……不行！她不能眼睁睁看着这种事情发生！

"司凤，你别去了吧。留在这里。我保证第一场就输给对手，然后立即回来陪你。"

禹司凤淡然道："不用，我也一起。事情总要有个了结。"

"可是……"

"你不用操心。"他淡淡一笑，笑容里隐约有种决绝的味道，"这次一定要做个了断。"说罢，他抬手在璇玑茫然的脸上轻抚，柔声道，"怎么说，我也是个男人。没有躲在女人身后的道理。"

躲在她身后又怎么了？她很乐意，别人想躲，她还懒得罩呢！不过，她听人说过，关于男人自尊的问题。某些时候，他们的自尊是放在第一位的，比琉璃宝石还脆弱，不能伤害，否则后果很严重。

璇玑呆呆地看着禹司凤，暗自猜想这件事是不是和他的"自尊"有关。如果是这样，那她也只得做一次"好女人"，成全他的尊严了。

于是她乖乖点头，换来禹司凤心满意足的大大拥抱。


五年前簪花大会的时候，璇玑他们几个还是小孩子，只有坐冷板凳在旁边看的份，玲珑更是不止一次幻想着自己长大后参加大会的模样，将所有对手一一击倒在地，那是何等的风光荣耀。谁知五年之后新一轮簪花大会，参加的人偏偏是以前最没兴趣的璇玑，还是因为轩辕派集体缺席，其他门派多加弟子而作为候补进去的。

去浮玉岛的这一路上，玲珑压抑不住兴奋，不停和璇玑说着大会的情。她还是不改以前的本性，不知道从哪里弄来了参赛弟子的小道消息，连人家用什么武器，甚至讨厌吃什么都调查出来了，如数家珍地说给璇玑听。

"今年嘛，浮玉岛的双剑合璧到年纪啦，所以参加不了。新出来的弟子都不太中用，不用担心。倒是离泽宫有几个人剑法精妙……嘿嘿，说到离泽宫，本来司凤也是要参加的吧？不过不参加也好，不然你们小夫妻在台上争高低，岂不是伤了感情？"

玲珑自从知道璇玑和司凤的关系之后，就爱拿这个开玩笑。

璇玑一听到"小夫妻"三个字，不由得红着脸白她一眼，低声道："你别乱说啦！话说回来，你到底从哪里弄来了这么多消息……"

玲珑得意地拍拍胸口，笑道："我自有办法！嘿嘿，爹爹那里有参赛弟子的名单，早被我偷来翻烂啦！本来你和司凤的名字都在上面，不过现在司凤的名字被勾掉了。咱们少阳派，除了我之外，敏字辈的人都在上面呢！大师兄啊，三师兄啊……小六子……啊……"

她说到钟敏言，声音渐渐低了下去。璇玑怕她难过，急忙打岔："都是熟悉的人，这次大会有热闹可瞧呢！我一定把花簪了给你看！"

玲珑扑哧一声笑出来，在她额头上一点，道："不害臊！你就那么大的把握能赢？哼哼，是小六子不在这里，不然哪里轮得到你说大话！"

这女人，是典型的有了情人忘了亲人啊……璇玑无奈地看着她："大师兄也很厉害，话说，我还没见过他的本事呢！爹爹总说他资质好，有才干，万一这次要是和他对上了，我说不定会输哦。"

她这次回到少阳峰，就没见过杜敏行，这次大家一起出发去浮玉岛，他也在人群后面，并不露面，像是故意躲避。他为什么不愿意出来呢？大家像以前一样大声说笑，多好。

"他这大半年都在明霞洞闭关修行吧？刚出来，估计话都不会讲。不过你是小师妹，如果真的对上了，他一定会手下留情的吧？"

如果相让，那还有什么意思？璇玑回头，朝人群后看了一眼，隐隐约约看到那一抹淡蓝的身影，只闪了一下，便隐没在人潮中，她只有失落地转过身来。奇怪，曾经那个温柔慈祥的大师兄去哪里了？

午后，众人御剑抵达了浮玉镇。由于簪花大会的召开，镇上几乎人满为患，到处是来观战的他派弟子。浮玉岛不比他派，整个岛都为剑网所罩，不能随便进入，所以许多闲杂人等都被看守弟子拦在了镇上。质疑、争吵、叫嚷……什么人都有，但东方清奇显然铁了心，除了四大派，其他人一律不许上岛。

"掌门，您看……"楚影红见镇上闹成一团，不由得微微蹙眉。

褚磊微微颔首，低声道："岛主自然有他的见解，此举虽然容易得罪他派的朋友，但总是避免麻烦的良策。"

毕竟有妖魔破坏定海铁索在前，历来观战簪花大会的又都是龙蛇混杂，什么人都有，倘若敞开了大门让人进去，浮玉岛一个海中的孤岛，地势不佳，很容易就会出乱子。

众人走到近前，果然听得那些人在争吵，带头闹事的是近几年来势汹汹的两个新门派，先前每次簪花大会都有他们观战的份，也曾向褚磊示好，希望加入举办簪花大会的行列，不过都被褚磊婉拒。这次他们又来到浮玉岛观战，结果不得其门而入，在这里和众看守弟子吵得不可开交。

"……簪花大会乃是武林盛会，又不是你浮玉岛一家的！人家少阳派都没有拒人于千里之外，你们也未免太抬高自己了吧！"

说话之人满脸络腮胡，正是其中一个新门派的长老级别人物。站在他对面的那几个浮玉岛弟子面不改色，温言道："岛主有令在先，簪花大会尚未正式开始，浮玉岛除了参赛的四大派，其余人一律不得入内。还请诸位在镇上盘桓数日，待大会正式开始，再分批上岛。得罪之处，祈请见谅。"

那闹事的几人哪里管他们文绉绉地说些什么，只管嚷嚷，听得褚磊好不耐烦，眉头一皱，朗声道："少阳派上下来访，烦请通报。"

少阳派三个字砸出去，顿时一片寂静。纠缠的众人立即朝两旁拥去，给他们让出一条道来。浮玉岛弟子一见是褚磊他们，立即满面笑容。当日浮玉岛遭受妖魔突袭，全仗褚掌门和点睛谷谷主从中相助，才使他们逃得一劫，众弟子对他们的感情自然不一般。

那几个弟子立即填好了访客表，派了两人将他们领上浮玉岛，旁边围观的众人虽然不甘，却也不敢在少阳派这个名头下放肆，各自嘀咕着，眼睁睁地看着他们顺利过关。

柳意欢跟在禹司凤身后，笑道："好大的气派，这个浮玉岛可是在得罪人。以后日子可难混呢！"

禹司凤没说话，旁边的玲珑耳朵尖听到了，哼了一声，道："怕这些江湖散人不成？得罪就得罪了，他们能怎么样！"

柳意欢猥琐一笑，道："不怎么样，玲珑姑娘说的话都是对的。我说的都是错的。"

玲珑见他这种无赖样，心头恼火，念着他是璇玑的朋友，不好发作，只得把头一甩，不理他了。

禹司凤说道："虽说浮玉岛是天下五大派之一，但像今天这样得罪人，以后行走江湖就是困难重重。譬如曾经他们的弟子出来历练，各地门派都会相让包容，以后就未必了。"

玲珑奇道："你的意思是，我们以前下山历练，那么顺利，也是因为其他人在相让？"

禹司凤点了点头："不错，与人方便，自己方便。何况他们让的不是咱们几个小辈，而是天下五大派的名头。然而再大的名头，胳膊也扭不过大腿，真要犯了众怒，就是天下独大，人家也不吃你那套。"

玲珑默然，这些问题她想都没想过。

禹司凤又道："眼下就看东方岛主如何安置逗留在浮玉镇的人了。如果招待得好，大

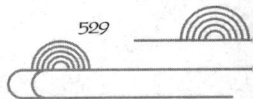

家还是相敬如宾，大会开始之后，开放浮玉岛允许闲人入内，那自是良策。倘若发生冲突，哪怕只是很小的，以后浮玉岛都难做人。"

一直闷在旁边不说话的腾蛇突然哼哼一笑，说道："怕个鸟！全杀了就是！实力才是说话的本钱。"

他永远是这么蛮干……璇玑白了他一眼："司凤在说话，你插什么嘴！"

腾蛇恼火极了，肚子里也不知将她骂了多少遍。"你爱听他说，就让他一直说，说死他！"他嘀咕着，然而到底不敢让她听明白了。

禹司凤说道："整日喊打喊杀，不是修仙者的本分。人家给你面子，尊称你是天下五大派。不给你面子，拿你不当一回事，难不成你还真的杀上门？"

有什么不能的……天大地大，面子最大。腾蛇这话只能在肚子里说说了，省得璇玑又和他过不去。

众人正边走边说，忽听后面一人高声道："师父！等一等！"

璇玑听那声音只觉耳熟无比，一回头，吃惊得倒抽一口气，脑子里"嗡"的一声，像弦突然断开，一下子没了声音。

钟敏言！

他换回了平常的便服，站在人群后，静静看着他们。所有人都呆住，连玲珑也怔怔地，怀疑是出现了白日梦。

钟敏言慢慢从人群后走了过来，走到褚磊面前，屈膝一跪，额头叩地，沉声道："孽徒钟敏言，拜见师父！"

褚磊还犹自反应不过来，一旁的玲珑突然哽咽一声，越众而出，扑在他身上，紧紧搂住他的脖子，哭得话也说不出来了。

璇玑终于反应过来，低低叫了一声，立即要上前。不防禹司凤轻轻抓住她的手腕，慢慢摇头。她怔住，转头见玲珑抱着钟敏言哭得哀切，钟敏言先还强忍，终于还是忍不得，环住她的腰身，低声安抚。

她只得硬生生止住冲动，不打扰他二人。

褚磊冷道："你还有脸回来？"

钟敏言急忙轻轻推开玲珑，低声道："弟子知错，误入歧途。不敢求师父原谅，请师父责罚！"

褚磊嘿嘿一笑，道："谁是你师父？"

钟敏言垂头不语。褚磊森然道："我不杀你已经是恩惠！你居然还有脸回来！"

"请师父责罚！弟子绝不敢辩解！"

褚磊道："好！那我问你，敏觉的事情怎么说？杀人偿命，天经地义！你赔一条命出来？"

钟敏言默然解下腰上佩剑，双手捧着，沉声道："请师父责罚！"

他说来说去只有这五个字，褚磊勃然大怒，森然道："你是在威胁我？"一语未了，早已将他的剑抓起，"铿"的一声抽出来。和阳急道："掌门三思！"一旁众弟子见他动怒，当即哗啦啦跪倒一大片。一时间，场内一片死寂。

玲珑倏地站起来，挡在钟敏言身前，厉声道："爹爹！你明知道敏言是被人骗了！你……你也明知道是他救了我！你要杀他，不如先来把我杀了！"

褚磊冷冷看着跪在她身后的钟敏言，半晌，才道："你自己就没有话要说吗？"

钟敏言直起身体，拍了拍玲珑，以示安抚，低声道："弟子犯下大错，不敢为自己求情。但恳请师父给弟子一个改过的机会，过去的事情，弟子想在受罚前解释一下。"

"还有什么好解释的？敏觉刚刚下葬，灵堂还在，铁证如山，你要什么解释？"

"二师兄不是弟子所杀！"

褚磊沉声道："难道少阳派上上下下几千双眼睛都看错了不成？那天不是你将尸体送回来的吗？"

"是弟子送回的，但弟子事先不知箱子里是二师兄的尸体！"

"狡辩！"褚磊一把推开玲珑，手中宝剑乍闪，在众人的惊呼声中飞快砍下。钟敏言将眼一闭，只觉厉风扑面而来，在他胸口一擦而过，紧跟着地面"轰"的一声裂开，离他的脚边只有几寸距离。

他缓缓睁开眼，抬头望向恩师，一接触到褚磊沉痛的目光，他心中一颤，垂下头去，颤声道："请师父……杀了我！"

褚磊怔怔地看着他苍白的脸，一时间，自己从小将他带大的场景一幕幕从眼前流过。怎么教他念书写字，怎么授他剑术武艺。孩子一年年大了，每年都做新衣，旧衣服何丹萍舍不得丢，都压在箱底，小小的衣裳。一转眼，他就这样大了，毫不留恋地走了。

接下来那一剑，他无论如何也刺不下去，最后长声一叹，咣当一声，那剑落在钟敏言身前。褚磊背着手转身，低声道："好，我姑且听你解释。只有这一次机会。"

钟敏言心中一阵茫然一阵无措，不知是怎样的滋味。最后咬了咬牙，正要开口，却听褚磊又道："跪在这里成什么样子？都起来！不要在外面丢人！"

众人纷纷起身，玲珑又哭又笑，扑过来扶他。她一直在叫："敏言！敏言！"钟敏言涩涩一笑，低声道："不叫我小六子了？"她死死抱住他的脖子，哽咽道："这种时候你还说什么废话！回来就好！"他叹了一声，在她头发上摸了两下，柔声道："先去岛上，以后再说。"

浮玉岛众弟子见他们的私事处理完毕，这才引路，御剑飞向浮玉岛。

璇玑几次忍不住想上去和钟敏言说话，但又都犹豫着退回来。对面那个两人世界，貌似不是自己能插进去的。禹司凤似是看出了她的心思，将她的手一捏，轻道："晚上咱们一起去找他，现在让他俩好好说话吧。"

她点了点头。一旁的亭奴忽然轻道："这事未必简单。上了岛之后，你们要看好他，不能放松。"

璇玑一愣，急道："等等，他本来就是我们这里的人啊！现在回来了！亭奴你怎么这样说！"

亭奴柔声道："你冷静一点。好好想想，他迟不回来早不回来，偏偏在要上岛的时候回来，难免背后有阴谋。阴谋未必是他的，钟敏言为人虽然聪明，但论到为人处事的精明，其实连玲珑都不如。你们想想东方岛主不许闲杂人等上岛的策略，再想想他为什么这时候回来。"

禹司凤皱眉道："你的意思是，乌童那边派他上岛勘察？"

"未必没有这种可能。总之，你们看好他。"

璇玑和禹司凤互看一眼，虽然不情愿，还是点了点头。

一直不说话的柳意欢忽然冷笑一声，揉了揉鼻子，道："傻子啊！傻子！被人骗了一次又一次，天下只有他会做这种傻子了！"

两人想起当日他在庆阳说的那些话，心下都是黯然。

却说众人上了浮玉岛，果然里面戒备比上回前来森严了许多，几乎五步一站岗，十步一盘查。到得正厅前，东方清奇早已笑容满面地等候在那里，褚磊三人急忙上前问候，众人寒暄一番，这才入座上茶。

东方清奇见钟敏言站在人堆里，面上犹有泪痕，心中登时明白，当即笑道："这回是你们少阳派敏字辈的弟子大放光彩喽！人都来了吧？我看看……咦？敏觉怎么不在？"

饶是他聪明，也猜不到个中因由，话一出口，见众人脸色不对，急忙闭嘴，干笑两声，道："小家伙们也都来啦！玲珑，上回可让咱们把你给担心坏了！这次罚你多喝两杯酒！呵呵。"

褚磊笑道："小孩子家喝什么酒！清奇兄莫要宠坏了他们。"

玲珑急忙道："应该的应该的！东方叔叔岛上百花清露酒我一直念念不忘呢！还有岛主夫人做的小菜……对了，东方叔叔，您夫人呢？"

钟敏言暗暗拉了一把她的袖子，示意她不可多言，玲珑一头雾水，浑然不觉。

东方清奇恍若不闻，只笑道："酒有的是！只怕你喝多了，要你爹爹扛回去。"

褚磊问道："容谷主和宫主他们还未到吗？"

东方清奇摇头，"容谷主明日便到，离泽宫那边好像有些私事，再晚几天……咦，司凤也在！呵呵，你家宫主总是这么神神秘秘的，真让人捉摸不透啊。"

禹司凤淡笑，没有答话。褚磊见双方都有些尴尬事互相不知道，说多了反而更尴尬，于是吩咐："我和岛主许久未见，有许多话要说。你们先下去休息吧，吃饭的时候再叫你们。"

孩子们也都散了，各自被领去客房安置。

璇玑在屋子里坐了一会儿，气闷得很，开门一看，外面到处是巡逻的浮玉岛弟子，看来这次东方岛主是下定决心宁可得罪江湖人也要维持住簪花大会的秩序了。

她现在有一肚子话想问钟敏言，然而他现在一定和玲珑在一起，两人久别重逢，自己不好过去打扰。她只好拐个弯，去找禹司凤倾吐一肚子的疑问。刚走两步，忽然头上被什么东西砸了一下，她愣愣抬头，只见对面一株大桃树，腾蛇正坐在最高的枝丫上，优哉游哉啃桃子，方才砸她的就是他吃剩下的桃核。

"喂！你摆着个死人脸，要去哪里啊？"他一如既往的欠扁。

璇玑一见他，气就不打一处来，弯腰捡起那个桃核，对准他的脸砸过去。腾蛇把桃子朝怀里一塞，灵敏地躲闪过去，腰身一翻，从树上跳了下来，嘿嘿笑道："没砸中！"

话音刚落，就被她抓的泥巴砸了个正着，啃了满嘴泥。

"呸呸！臭小娘！放火烧你啊！"他气急败坏地用袖子擦脸，"居然用泥巴砸腾蛇大人！回头去天帝那里告你一状，让你吃不了兜着走！"

璇玑看着他脸上一块黑一块白的狼狈模样，忍不住"噗"的一声笑了出来，一肚子的郁闷好像也消失了。

"被砸傻了？笑个屁啊……"腾蛇掏出桃子，抛给她，"味道不错，赏给你！"

璇玑也不客气，用袖子擦擦桃子上的毛，张口就啃，果然香甜无比。

"这里还不错，比少阳什么的漂亮多啦！有点像天帝的小花园。"腾蛇把手搭在额头上，四处观望。浮玉岛的景致绝美，天下闻名，在他嘴里就成了天帝的花园，还是小的。

"天上很好吗？"璇玑吃完桃子，在地上挖了个坑，将桃核埋进去。

腾蛇想了想："风景还不错吧。不过东西都不好吃，没味道！看着很漂亮，吃起来像泥巴一样，还是人间的东西美味。"

璇玑笑了笑，低声道："看着美丽的，往往是假的。"

腾蛇一拍手："不错！原来你也知道这句话！白帝就常说，看上去美好而且诱惑的东西，往往都不可靠。不管是人还是事，或者食物，只有亲自了解、尝过，才能下定论。"

"他说得真有道理。不过……白帝是谁？"

腾蛇一愣，有些怜悯地看着她，叹道："原来你已经白痴到连白帝都不认识了……转世轮回真是害人啊……"

璇玑用力扯他的头发，扯得他哇哇大叫，大声道："快说！少废话！"

腾蛇心有余悸地摸着自己可怜的头发，离她远远的，才道："臭小娘，孤陋寡闻！我告诉你，白帝就是东方白帝，整个东边都归他管，和天帝就像亲兄弟一样！当初要不是白帝为你求情，你早死啦！还会在这里问老子白帝是谁？"

璇玑隐约觉得有些印象，只是模模糊糊的，终于她还是放弃回忆，叹了一口气，往地上一坐，低声道："他说得很对，看上去越好的东西，往往越可能是假的。眼下玲珑救回来了，六师兄也回来了。司凤也在这里……还有柳大哥，亨奴……大家都这样好，太好了，简直像一个华丽的梦。可我，还是会担心……"

腾蛇第一次听她这样正经地和自己吐露心声，不由得凑过去一点，道："你担心什么？女人家总会咸吃萝卜淡操心。"

璇玑轻道："我不知道……可能是担心有人来破坏这一切，更怕……它是假的。"

"假不假我是不知道啦……"腾蛇也蹲下来，道，"不过如果有人来破坏，你把他们揍回去不就行了？战神将军，还怕那些妖魔鬼怪？你以前可是他们的煞星！"

璇玑笑道："我以前真的这么厉害？"

"那是！不过嘛，比着我腾蛇大人还是差了十万八千里。好啦，眼下我发发好心，愿意帮你一小把，你应当叩谢隆恩才对。"

璇玑难得没发火，想了又想，忽然觉得他这样的直线思考也不错，有人来破坏，揍回去不就行了？想到这里，她豁然开朗，长长吁一口气，仰面躺在地上，道："不错，这个美丽的梦，谁要是来破坏，我就把他们都打跑！"

"还有我！我也要打架！"腾蛇一听有架可打，立即凑上来。

璇玑抬手在他俊秀的脸上拍了拍，像拍一只小狗狗，道："好，坏人来了，就派你做前锋！呵呵。"


禹司凤将东西收拾好，正要去找钟敏言，忽觉对面树丛中人影一闪，"簌"的一声。他急道："是谁？"话音未落，人已追出门，只见那人影又闪了一下，朝西北方跑去，看那背影，不像是浮玉岛的弟子，更不是这次少阳派同来的参赛弟子。

他心中惊疑，忽然想起亨奴的话，钟敏言的回来未必是表面上那么单纯，说不定是乌童的诡计。他从怀中掏出一把弹珠弹了出去，全被那人轻飘飘地躲开了，他猛然发觉那人的身法十分熟悉，竟像离泽宫的人。

难道宫主早早派人潜伏在浮玉岛上了？！想到这里，他更是心惊，拔腿追了上去，随着那人七拐八绕，似是朝偏僻的地方去，他突生警觉，立即止步不追。那人也不来管他，人影晃两下，便消失了。

是谁？到底是怎么上岛的？禹司凤百思不得其解。眼见对面过来一队巡逻的弟子，看到他都亲热地打招呼，他急忙问道："各位仁兄可见到那里有人？"他指向方才那人消失的方向。

那些人都摇头说没有，有人问道："禹公子是看到可疑人物了吗？"

他点了点头，迟疑地说道："岛上戒备森严，兴许是我看错了……不过刚才确实有个人影。"

那些人都道："禹公子说看到必定不会有错，我们去那附近仔细搜索一遍吧。"说罢招手喊人朝那里搜去。禹司凤退了一步，正要走，忽听一个浮玉岛弟子说道："方才我们从正门那里走过，褚掌门又带了几个新弟子来呢，眼生得很，倒是客客气气和咱们打招呼。"

新弟子？禹司凤一愣，旁边另一人说道："少阳派天下闻名，每年都有成百上千的人去投拜，多几个新弟子也正常吧？"

那两人感慨一番，自走远了。禹司凤愣愣地站在原地，回想从少阳峰出来，并没有谁迟来或者掉队，那"新弟子"又是从哪里冒出来的？但既然是褚磊领上岛，想必不是可疑人物。

他想不透其中的奥妙，只得转身往回走，经过钟敏言的院落，正要进去找他，忽听里面传来说话声，娇柔清脆，正是玲珑的声音。这两人想必有什么秘密话要说，他不想做偷听之人，只得再转身，忽见对面一人分花拂柳，袅袅婷婷地走来，是璇玑。她一见禹司凤呆呆站在门口，也是一愣，跟着陡然笑开，花蝴蝶一样扑上来，一把抱住他的胳膊。

"司凤！原来你也在这里！我说怎么找不到你呢。"

禹司凤见她喜笑颜开，神清气爽的模样，不由得摸了摸她饱满的额头，柔声道："有什么开心事吗？笑成这样。"

"找了你半天都没找到，突然在这里遇到，难道不算开心事吗？"她两眼亮晶晶的，像捡到宝贝的孩子。

他低声一笑，在她鼻子上捏了一下，轻声道："玲珑在里面呢，咱们别打扰他们。先走吧。"

璇玑见到他了，自然把钟敏言的事丢在脑后，抱着他的胳膊，两人说说笑笑往回走。忽听庭院里玲珑陡然拔高了声音，厉声道："你就是不愿告诉我罢了！你从心里就是看不起我，觉得我没有用，对不对？！"

两人互看一眼，都想好容易才重逢，可别吵起来，那实在有伤大雅。这样想着，一时又不好走，只得悄悄爬上墙头，看他俩到底为了什么闹别扭，如果闹得不好看，他们也好下去相劝。

小小的庭院里放着一张石桌，两个石凳，钟敏言坐着，玲珑背对他站着，果然是在闹脾气。璇玑眼前挡着一枝槐树花，她用手悄悄拨开，朝下望去，只见钟敏言急急起身，拉住玲珑的手，沉声道："没有瞧不起！我心里是怎样想的，你到今天还不明白？"

玲珑使劲去甩，怎么也甩不开他的手，只得怒道："好！既然你这么说，为什么不让

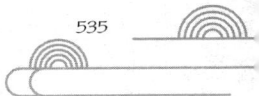

我报仇？！为什么不答应带我也去不周山找乌童？！"

钟敏言正色道："第一，因为我不想你再卷入危险；第二，就算去了不周山你也见不到乌童；第三……我不想再从你嘴里听到这个人的名字！"

玲珑从来没被他这样冷冰冰地斥责过，当下居然呆住，话也说不出来。钟敏言叹了一声，猛然将她揉进怀里，低声道："我不想再见到你被他伤害！"

玲珑一下子反应过来，涨红脸挣扎，急得直叫："你……你这样是耍赖！你还是、还是看不起我！为什么璇玑他们可以去，我就不可以？你……"

他手指点在她柔软的唇上，将她激动的话全部点了回去。

"不要提璇玑或者别人。"他轻声说着，低下头，嘴唇缓缓贴上去，余下的话消失在她唇间，"男人只会保护自己的女人……"

玲珑只觉一阵头晕目眩，所有的火气尽数扑灭在他炽热的亲吻下。


趴在墙头的两人都觉得有些尴尬，两人对看一眼，都是脸红红，互相偷笑一声，跳下墙头。

干得好，敏言！禹司凤在肚子里对他这种对付玲珑的手段大声喝彩。果真像柳大哥说的那样，有时候对女人讲理是没用的，她们就算没理也会给辩成有理，你若不相让，她便会扯到你不够爱她身上去，这样扯来扯去，最后两人到底为了什么辩都分不清，最后的结论就是你不爱她。还不如直接抱住她，狠狠吻下去来得有效。

他回头深有感触地看了一眼璇玑，这丫头还好，傻乎乎的，从来不和人吵，她只会拔出崩玉和人拼命。有时候，倒真的希望她找个由头和自己辩上一辩，好让他试试柳大哥的话是不是那么有效……

"司凤，你怎么笑得那么猥琐？好像柳大哥哦。"璇玑奇怪地看着他。

禹司凤赶紧正了神色，啐道："别瞎说！"一面暗暗心惊自己千万不要变成柳意欢那种样子，那样就太糟糕了。

"看到他们这样，我就放心了。"她忽然笑着说，"之前觉得一切都不真实，我还在想，会不会是幻觉……六师兄真的回来了吗？眼下我明白啦，他真的回来了。"

禹司凤听她声音不对，不由得低头看去，她眼眶有些发红，用手扶住额头，轻道："真的太好了，他回来了……"

他忍不住伸出手，盖在她眼皮上，低声道："璇玑。"

她摇了摇头，"我是很开心，觉得这一切像个梦。司凤，你说，这不是梦吧？"她握住他的手，急切地抬头看他，那神情，像个孩子。

他忍不住伸手将她眼角还没掉下来的眼泪抹掉，放在嘴里尝了一下，忽然一笑，道："有时候还真的羡慕敏言。"

璇玑茫然道："我……我没有……"

他点头："我知道……"那一声犹如叹息。

璇玑怔怔地说道："你们总会用他来说我，你也是，柳大哥也是。难道一定要分个谁高谁低就对了？我今天为你哭，明天不可以为别人哭？我和你一起了，以后就不能和别人说话，对别人笑？"

禹司凤微微皱眉，没说话。

璇玑只觉头疼得厉害，实在说不下去，转身便走："我好累，想睡一会儿。"

刚走了一步，忽然胳膊被他一带，踉跄数步，栽在他胸口上，被他双手一箍，紧紧抱在怀里。璇玑低叹一声，轻道："会有人看见啦……"话音未落，只觉他的唇落在眼皮上，滚烫的。她不由自主闭上眼，将脸靠在他的掌心，想撒娇，又想狠狠大哭一场，把所有的委屈都发泄出来。

他顺着眼皮辗转吻下来，眷恋地停在她的耳垂上，低声说了一句什么，璇玑猛然睁开眼，怔怔地看着他："你刚才……说的是什么？西边的方言吗？"禹司凤微微一笑，未置可否，手指摩挲着她的脸颊，柔声道："我就是这样自私。希望你永远只在乎我一个人，哭或者笑，都为了我。你要讨厌我吗？"

她喃喃道："怎么会……讨厌……"

他轻笑道："讨厌也没关系。总比被你遗忘来得强。璇玑，我要你记得我，永远也忘不掉我。"

他重重吻了下去，和以前截然不同的吻，好似要将她吞噬一般。璇玑甚至能觉到唇上微微的疼痛，下意识地张口欲呼，立即被他撬开唇齿，犹如搜索秘密一般，细密地寻找，彻底地颠覆。

她的心几乎要从喉咙里跳出来，后背密密麻麻出了一片汗，即使隔着衣服，都能感觉彼此滚热的肌肤，有什么东西要呼之欲出。他抱得这样紧，全身的骨节似乎都要断裂开，痛苦之极，可是那种痛苦中还掺杂了说不清道不明的愉悦。

这种陌生的感觉使她从喉咙里发出战栗的呻吟，两脚一软，靠在他身上，没了气力。这样甜蜜又凶悍的深吻，她第一次体会，实在是……令人心慌意乱……而且意乱情迷。她无助地紧紧抓住他肩头的衣服，像落水的人，毫无抵抗能力，只觉他辗转从唇上吻下，顺着下巴，一直吻到脖子上，被他触过的地方，像有火在烧。

耳后忽然被他咬了一口，她惊痛，微微一颤，耳垂上忽又一痒，是他舌头轻轻舔舐。又麻又痒，她"啊"地叫了出来，颤声道："别……别这样……"说话声略带沙哑，连她自己怔住。

禹司凤在她耳后眷恋地轻吻很久，这才轻轻放开她。璇玑一站地上，两腿居然吃不住力，又软绵绵地靠了过去，被他轻轻扶住后脑勺，手指在她滑腻的颈间摩挲。

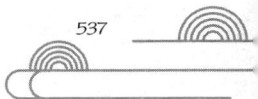

良久，她才低声道：“为什么……不一样……”她想问为什么和以前的亲吻不一样，可是不知怎么搞的，居然问不出口。她全身的毛孔仿佛都浸泡在甜美的东西里，一寸一寸酥软下来，完全不由得自己掌控，她的一举一动，仿佛都被他操纵了。

“因为我要你不一样。”他轻声笑起来，手指在她耳后轻轻抚了一下，“这样，你现在算是我的了。以后，会真正变成我的。”他的话里有一种琢磨不透的玄妙意味，明明不明白的，她却脸红了，第一次羞涩得不敢抬头看他。只觉他的吻又落在脸颊上，她微微缩起肩膀，闭上眼，颤抖着别过脸，却被他捏住下巴，轻轻转过来。

“不……”她心慌意乱，带着十二分的惶恐羞涩，一分的期待，婉转相承。


四唇甫要相接，忽然觉得有什么不对劲，两人同时回头，只见腾蛇一张碍事的大脸近在咫尺，傻傻呆呆地看着他俩。

“啊！”璇玑吓了一跳，忽然觉得羞不可抑，急忙躲在禹司凤身后，把脸埋在他背心，说什么也不敢露面了。

禹司凤肚子里暗骂腾蛇碍事，面上只得干笑道：“怎么，有事？”

腾蛇抠了抠鼻子，哼道：“不用顾忌我，继续继续。哦，这样看着不好？那我转过身去，来吧！继续！”

继续个鬼！禹司凤恨不得一脚将他踹到海里，皱眉道：“到底有什么事？”

腾蛇又哼道：“是我打扰了你们的好事？那可真是抱歉啊。反正在我眼里你们这些男欢女爱只是泥土石头一样……”

“不说？那我们走了。”禹司凤揽着璇玑的肩膀转身就要走。

腾蛇急忙叫道：“是老头子说开饭啦！派人找了一圈没找到你们，正好看到我比较闲，所以委托我来找喽！哼，反正只有我最闲……你们谈情说爱的谈情说爱，叙旧的叙旧……”

禹司凤听他这话说得大有孩子气，忍不住笑出声，凑去他耳边，道：“马上开饭你就不闲了，浮玉岛上的酒菜可比外面的好上一千倍。”

他真是把腾蛇的本性摸得清清楚楚，很满意地看到他眼睛一亮，头也不回地先跑走了。璇玑也忍不住“嗤”的一下笑出来，抬头对上禹司凤的目光，她脸上红晕未退，又添上新的艳色。

“你……你不要这样看我啦！”她把手一甩，心慌意乱地也跟着跑走了。

禹司凤一笑，追上去抓住她的手腕，正要说话，忽听旁边一阵窸窸窣窣，有人分花拂柳过来，两人定睛一看，却是钟敏言。他一见璇玑和禹司凤，立即扬眉笑道：“原来你们在这儿，叫我好找。”

两人都是一呆，均想方才他明明和玲珑在庭院里你侬我侬，怎么这么会儿工夫，就一个人出来了？

钟敏言见他俩发呆，便笑道："干吗？这样看着我。师父让我来叫你们呢，他好像有事要吩咐。"

璇玑奇道："不是让咱们去吃饭吗？"

钟敏言一愣，跟着笑道："啊……对。不过方才他又说有事要说。"

璇玑不疑有他，当下便要跟着他走，禹司凤忽然问道："小六子，玲珑呢？"小六子这个称呼是玲珑专用的，其他人只有在开玩笑或者着恼的时候才会喊出来，禹司凤更是自相识以来从未这样称呼过他。

钟敏言面不改色，道："她先过去了。就等你们。"

禹司凤骤然冷笑道："她先过去？未必吧！"此言一出，钟敏言脸色登时剧变，将身一纵，竟跳起三丈多高，像是要逃。禹司凤早有准备，将攥在掌心中的弹珠一把抛出，只听"扑扑"几声闷响，正中那人背心。他身子一晃，似要摔落，禹司凤手中剑气早已挥出，眼看便要将他重伤，那人忽然抬手抓住树枝，犹如荡秋千一般，在空中一转一折，远远落进树丛里，他二人再追上去的时候，已经迟了，地上只留下几滴血迹，那人逃得极快。

"是假的？"璇玑惊疑不定，想到这个钟敏言与真正的钟敏言从身材到眉眼，甚至说话口气，无一不像，心中更是觉得毛骨悚然。天底下竟有能将别人扮得如此惟妙惟肖的人？

禹司凤用手指沾了一些血迹，放在鼻前一嗅，一股淡淡的腥气，那鲜血红中带青，与寻常鲜血甚是不同。不是人！他微微皱眉，是妖。他回头道："是假的。被我用话一激，现了破绽，自逃了。"

璇玑颤声道："他……他这样会装扮。那扮作爹爹欺骗六师兄的人也是他了？他……他混上浮玉岛了？"

禹司凤陡然想起方才听浮玉岛弟子说的话，他心中一直有一件事挂着，总觉得有什么不对劲，直到此刻才豁然开朗，失声道："我知道了！那些妖魔混了进来！"

他将下午遇到的事告诉璇玑，当时听闻褚磊带了几个新弟子上岛，他并没往心里去，但后来越想越觉得不对劲。褚磊明明正和东方清奇叙旧，怎可能突然又带了什么新弟子上岛？

"是那些妖魔！其中一定有善于变化的妖！只要见过一次的人，他就能变得丝毫不差。我早该想到！亭奴说的不错，敏言这次回来，是他们计划好的！趁着大伙不注意，变化一番混上浮玉岛！"

禹司凤顾不得再解释，转身便走，"快！我们去找你爹和东方岛主！"


两人急匆匆地往正厅那里赶，半途上忽又遇到玲珑，她一见禹司凤和璇玑，立即笑吟

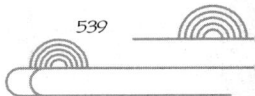

吟地招手："你们在这里呀！走吧，咱们一起去正厅！"

璇玑被那会变化的人吓怕了，只怕玲珑也是假的，当即也不答话，"铿"的一声抽出崩玉。玲珑一怔，道："你干吗？"璇玑作势要当头砍下去，玲珑被吓傻了，动也不动，眼睁睁地看着崩玉从头顶落下。

"当"的一声，却是禹司凤用剑架住了崩玉，他沉声道："等等！"

玲珑脸色煞白，不可思议地看着他二人，半晌，豆大的泪珠在眼眶里滚来滚去，颤声道："你们……你们是怎么了？璇玑？司凤？出什么事了？"

禹司凤温言道："你从哪里来？敏言怎么不在？"

玲珑道："我……刚从敏言的庭院里……那白头发的男人说开饭什么的……"

璇玑长叹一声，赶紧将崩玉收回去，走上前一把抱住玲珑，低声道："对不起……吓到你了。"

玲珑惊惧一过，刁蛮的心性顿时浮现，跺脚厉声道："你们到底在玩什么？！把我当猴子耍？禹司凤！你给我说！"

禹司凤道："那些妖魔混上浮玉岛了。方才变作敏言的样子来叫我们，被我发现破绽，打伤了逃走。方才见你也是一人，所以难免疑神疑鬼。敏言呢？"

玲珑也是唬了一跳，急道："敏言刚才被爹爹叫走了！我本来也要去的，但爹爹板脸不给我去，我只好自己先走……"

"不对！那不是你爹爹！"禹司凤大声道，"是假的！不好！咱们快找！"

璇玑对这个会变来变去的人痛恨无比，想到是他骗了钟敏言，更是恨不得用崩玉将他扎成马蜂窝。玲珑还有些茫然，不过听说他们要找，自然不肯错过，三人当下往回找，顺着钟敏言被带走的那个方向急速御剑飞驰。

绿色的森林像波浪一样，连绵不绝，自脚底翻卷而过。璇玑眼尖，早望见钟敏言深蓝的衣角，他跪在地上，对面站着的正是褚磊。她正要开口呼唤，玲珑早已尖叫起来："敏言！不要听他的！他是假的爹爹！"

钟敏言愕然抬头，只见他三人御剑飞速落地，璇玑不及说话，拔剑便朝褚磊攻去，褚磊朝后退一步，利落地闪过这一剑，口中厉声道："放肆！你们这是做什么？！"

钟敏言不明所以，见璇玑招招狠毒，都朝褚磊要害攻去，不由得急道："璇玑！你疯了？！"话音未落禹司凤也跟上去拔剑相助，他更是被搞得乱七八糟，连声道："这是干什么？你们……都发疯了？"

玲珑拽住他，急道："你被骗了！爹爹说他从来没有吩咐过，让你做卧底！是有人变成他的样子来骗你！"

钟敏言只觉晴空霹雳一般，一下子被她的话炸得脑中空白，半天，才颤声道："你……你说什么？"

玲珑又道："刚才还有人变成你的样子来骗璇玑和司凤，被他们识破而且打伤了！你清醒点吧！爹爹那种人，怎么会让你做卧底这么龌龊的事情？！那个人根本不是爹爹！"

钟敏言哪里能清醒，他脑中一片混乱，加上对面三人斗得激烈，剑器碰撞发出的激烈声响更是让人心烦意乱。他慢慢抱住脑袋，蹲在地上，一个字也说不出来，只觉从前一切过往都像云雾一样，朦朦胧胧，什么也看不清。

璇玑久攻不下，心中烦乱，剑招忽然一换，犹如蛟龙出海一般，环环相扣，崩玉上隐约有火光闪烁，渐渐地，被她越舞越快，像一条狰狞的火蛇吐信摆尾。褚磊先时还能应付他二人的攻击，到如今终于感到吃力，她的动作越来越快，令人眼花缭乱，加上禹司凤身形诡异，往往从意想不到的地方刺剑过来，他勉强接了几招，终于跳开，厉声道："你们两个是反了？！到底搞什么花样！"

玲珑见他的神态、语气、表情与褚磊一模一样，原本还坚信他是假的，这会儿却有些不确定了，小声道："你们……等等！他不是假的吧？"

璇玑冷笑一声，捏了剑诀在手，森然道："你骗得了别人，骗不了我！你背后的血腥气可瞒不过我的鼻子！妖气冲天！"

那人被她点破罩门，当即又纵身而逃。禹司凤将剑用力掷出，那人在空中不及躲闪，只得护住胸口要害，被他的宝剑擦过脸颊。他脸色一变，双足在树顶轻轻一点，整个人像青烟一样袅袅升起，迅速散开，再没了踪影。

"又被他逃了！"璇玑恨了一声，把崩玉狠狠砸回剑鞘里。

禹司凤笑道："无妨，他脸上受伤，是没办法变化了。不管变成谁，看到脸上有疤就知道是他。"

两人回头，见钟敏言茫然失措的模样，不由得都叹了一口气。

"走吧。"禹司凤过去拍了拍他的肩膀，"去找褚掌门，把一切都说个清楚。"


众人立即赶回正厅，急匆匆地，连通报也等不得，一齐闯进去，只见褚磊正和东方清奇喝茶叙旧，对面还坐着亭奴、柳意欢二人，贪吃的腾蛇正在扫荡周围的糕点。一见他们这些孩子没头没脑地冲进来，众人都是一愣，褚磊当即沉下脸，道："这么没大没小的！还不给岛主道歉？"

钟敏言进来之前还抱着一丝侥幸，只盼自己没有犯下这种大错，然而如今一见到褚磊的脸，他心中剧烈一痛，就像被人迎面捅了一刀，几乎喘不过气来。脑子里好像有什么东西碎裂开，他再也支持不住，两腿一软，跪在地上，颤声道："师父……弟子……弟子……"他不知自己该说什么，一语未了，早已泪流满面。

褚磊见他这种样子，不由得吃惊，急道："怎么了？"他望向后面几个年轻人，震惊不已。

禹司凤口齿伶俐，迅速将方才发生的事情说了一遍，最后道："晚辈已伤到那人的脸，此为辨认此人的最大线索。敢情岛主立即排查岛上所有人！"

众人听说这种事，十分震撼。褚磊瞪了钟敏言一眼，道："待会再和你说！先起来，退一边去！"钟敏言不敢抗命，却也不敢起身，跪着蹭到角落，以额叩地，动也不动。玲珑爱怜又心疼地陪在他身边，紧紧握着他的手，说道："爹爹，那人好大胆，居然敢变成你的样子！而且十分像，连我也差点被骗了！也不能怪敏言啊！"

褚磊心中自是恼怒无比，但面上不好露出来，回头道："清奇兄，簪花大会在即，不能让这些邪魔外道来捣乱。你看，如何是好？"

东方清奇沉吟半晌，忽然朗声道："将翮翮、玉宁叫来！"

门外弟子立即答应，过得半刻左右，这两个闻名天下的双剑合璧就出现在了正厅中，依旧是一红一白，只是玉宁将头发挽上去，做妇人打扮，见她和翮翮的神态，这二人似是火速结为了夫妇。璇玑一见到他俩，立即想起当日在杏花林中的情形，忍不住抬头看了一眼禹司凤，他显然也想到了那个，两人目光一撞，璇玑急忙转头，面上慢慢红了。

"通知玉扇堂，将岛上所有人集中起来，一个也不许少。脸上带伤的、眼生的、身上有血迹的，全部带来这里。你二人随玉扇堂一起，去偏僻的角落里搜索一下。"

他怕那妖魔同伙众多，玉扇堂的人对付不了，于是派出最得意的弟子相助。两人得令，立即出去了。浮玉岛虽然是海上一孤岛，然而要进行地毯式搜索，还是需要花上一番工夫的，一时间，正厅陷入古怪的沉寂中。东方清奇知道他们师徒有私密话要说，自己留在这里也不好，便起身笑道："我去看看晚饭准备好了没有，诸位先宽坐。"说罢转身便走了。

如今正厅里全是与此事有关的当事人，除了腾蛇、亭奴、柳意欢三人。不过腾蛇贪吃，亭奴沉默，柳意欢装死，三人都没有要出去的意思。褚磊一时也顾不上管他们，开口道："敏言，你过来。"

钟敏言答了一声，还是不敢起来，跪着蹭过去，趴在他脚下，一声不出。

褚磊沉声道："抬起头！我不记得有教过你如此卑微的样子！"

钟敏言含泪道："弟子愚昧无知，犯下如此大错，无颜面对师尊！"

褚磊揉了揉额角，神色疲惫，低声道："这话我已经听过很多遍了，不想再听。你且将这些日子的经历说来，不可遗漏半点。"

钟敏言轻道："是……当日弟子私自离开浮玉岛，前去不周山救人，途中在格尔木镇住宿的时候……那天晚上，师父你来了。"他刚开始说，还有些语无伦次，又道，"当时弟子不知那人是假，只当真是师父您。那人说如今有一件大事要交给我做，只怕我生性鲁莽，无法完成。师父有吩咐，弟子自然是万死不辞，我当即满口答应下来。他又说，只要我能办成，就不怪罪我们擅自离开浮玉岛的过错，而且事成之后……许诺……"

说到这里，他有些支吾，原来当日那人许诺，只要他办成，便将玲珑和璇玑两人都许配给他，少阳派也由他来继承。钟敏言乍听到这样的许诺，心中的狂喜自然不必说。他心底最隐讳、最不可见人的念头能得到满足，不亚于豁然开朗，至于能不能继承少阳派，都成了次要的。

他又道："那人许诺，如果我能办成，便大加奖励我。弟子一时被惑，应承下来。那人便说，是要我去不周山做探子，因为最近定海铁索的事情闹得不可开交，咱们不能处于被动的局面，要先掌握对方的情报。弟子听这话也有理，但只怕不周山那边的妖魔不相信我，那人便说，等我们进入不周山的时候，他会出现，做戏一番，要将我逐出师门，然后进入不周山之后，无论对方要我做什么，都不可反抗，甚至……是杀了二师兄！"

众人听到这里都是哗然，璇玑和禹司凤立即想起当日的情景，难怪他那么决绝地斩下了陈敏觉的胳膊，原来他当这些都是褚磊的吩咐！

钟敏言继续说道："弟子一听，便觉得这法子虽然好，但太狠了。二师兄怎么说也是同门师兄弟，和我一起长大，一起接受师父教诲，我告诉那人，我下不了手。那人立即发火，说我妇人之仁，倘若我不照做，今日便将我逐出师门。我十分无奈，只得答应下来。于是，才有了在不周山发生的那些事……只不过，我当时没想到若玉会来帮我，后来才知道那天的对话被他听见了，他怕我一人深入龙潭虎穴有危险，于是陪着我一起做此事……"

褚磊皱眉道："那若玉……是离泽宫弟子？他为什么要帮你？"

钟敏言道："若玉与我，情同兄弟……他帮我，自是为了朋友之谊。"

话说到这里，旁人都不出声，只有柳意欢冷笑一声，嘴里嘀嘀咕咕，也不知说些什么。璇玑忍不住低声道："六师兄！他没有你想的那么好！那天，他刺的一剑，是对准了司凤的要害！差点就让司凤送命了！他是真的想杀了司凤！你……你怎么还当他是好人？"

钟敏言怔了半晌，道："当日情形所逼，他也有他的无奈吧？无论如何，在不周山的那段时日，他助我良多。乌童从来也没信任过我们，只派一些最无聊的差事来做，动不动还要从我们这里问五大派的事情……若没有他，我可能早就被乌童杀了……"

璇玑急道："那个假扮爹爹的人很可能就是乌童派去的！他要骗你过去，又怎么会杀你？"

钟敏言脸色苍白，显然心神紊乱之极，被她几句话一说，竟然一个字也吐不出来了。

褚磊一摆手，道："你们不要问，敏言，你继续说。"

钟敏言沉默半晌，终于又说道："我和若玉两人在不周山待了一些时日，突然有一天乌童说时候到了，便命我们将二师兄杀了，把尸体丢到少阳派门口。我自然绝不听从，结果惹得乌童发怒，将我和若玉关了禁闭。等我们出来的时候，乌童就将那上锁的箱子给我，让我丢到少阳派门口。我知道那里面很可能就是二师兄的尸体，死也不肯，结果乌童说，如果我不肯做这事，他就真的将二师兄杀掉。我以为他还没杀二师兄，于是答应了……"

"我提着箱子御剑往少阳派飞，这时候，忽然……师父又出现了。问我箱子里装的是什么，我说不知道，乌童让我把这箱子丢到少阳派门口。他点了点头，说我办事利索，他很满意，随后又问了一些不周山的情况，但我在那里待的时间虽然长，但什么有用的东西也没调查回来，只知道那妖魔的巢穴在哪里，里面何等规模等……那人并不怪我没用，安慰了几句，说另有一件事要我做，让我别在不周山做卧底了，等簪花大会召开的时候，大张旗鼓地回归师门，他将我重新收回去。此举必然引起乌童那里的反弹，前来破坏簪花大会，到时候趁着簪花大会精英云集，可将乌童一举拿下。就算他自身不出面，派人前来，至少也能伤到他的元气，之后由我领路，前往不周山，到妖魔的老巢里剿灭他们。我……虽然觉得此计不甚完美，但不敢提出异议，何况回归师门是我心中所盼，立即便答应了。所以……事情就是如此……下午我和玲珑接到通报，正要走，又遇到师父来找，说有新任务要给我办，我便跟着他走，结果，还没说什么事，司凤他们便来了……说那人是假师父……我被骗了……我……弟子……"

他再也说不下去，泪水滚滚而下，僵在那里不抬头。

众人听到他这番奇遇，心中都是感慨万千。毫无疑问，那扮作褚磊和钟敏言的人必定是乌童那边的，如此费尽心思，委实令人难解。他们也真会挑人，若是挑了禹司凤，以他的精明，必然能看出破绽；挑璇玑的话，她这人懒散，必定要拒绝。只有这个钟敏言，看上去聪明伶俐，其实都是小聪明，遇到大事就呆傻，他是最好骗的。

只是众人不知道那人用来诱惑他的条件太过诱人，实在是他梦里心里藏的最深的秘密，一朝被人点破，给予肯定，莫说是他，就是禹司凤也会昏头。

褚磊怔了半晌，忽然问道："你是怎么将玲珑的魂魄取回来的？"

钟敏言惨然道："我跟在乌童身边，为他办事，像奴仆一样服侍他。无意中得知他当日给的魂魄是假的，真正的玲珑魂魄还留在他的卧室。我当时就沉不住气，想与他当面对质，若不是若玉拉着我……不过我后来还是没忍住，趁乌童给我们派任务，带着他的灵兽巴蛇去找璇玑他们的麻烦时——他的原话是试试那两个年轻人的实力，看到什么地步了——我趁打扫卧室的工夫，偷了玲珑的魂魄，不敢当面交给他们，偷偷塞进了司凤的怀里。回去之后，乌童好像还没发觉此事，正好当时假的师父找我，要我离开不周山，我当晚就和若玉说了此事，他也同意了。我二人趁夜逃离不周山，若玉说他有事要回离泽宫，我们在浮玉岛再见……我便一人赶到了浮玉岛，等了半个多月，才等到师父你们来。"

褚磊面无表情地听完，默然片刻，才道："依你看，此事如何了结？"

钟敏言心中一颤，凄声道："弟子罪不可赦，当自刎谢罪！"说罢抽出腰间长剑，毫不犹豫朝脖子上抹去。玲珑惊叫一声，没命地上前阻拦，只听"铿"的一声，却是禹司凤发出铁弹珠弹开了他手里的剑，不过还是迟了一些，他脖子上鲜血淋漓，割破了一块皮肉，切口甚是锋利。

玲珑痛哭失声，扯下衣带替他包扎伤口，手指沾到他的鲜血，忍不住哭得更厉害，一拳捶到他胸口，厉声道："你想就这样死？！谁让你死的？谁允许了？！"

钟敏言无话可说，唯流泪而已。

褚磊摇了摇头，缓缓起身，背着双手，低声道："你还年轻，不要动不动就说死！今日起，你不是我少阳派的弟子了。不必再叫我师父。"

此言一出，众人都是大惊，璇玑失声道："爹爹！"

这次褚磊甚是强硬，森然道："谁也不许求情！都闭嘴！"

璇玑犹自不服，却被禹司凤死死按住，不给她再动。钟敏言惨然一笑，支起身体，对褚磊恭恭敬敬磕了九个头，低声道："钟敏言不肖，有违恩师厚望。被逐出师门，绝无任何怨言！"

玲珑一反常态，并不为他求情，只是抓着他的手，片刻，忽然坚决说道："我今日起也不做少阳派弟子了！我还是爹爹娘亲的女儿，但不是少阳派的弟子！"

"玲珑！"璇玑更是吃惊，看看跪在地上神色坚决凄婉的两人，再看看背着双手纹丝不动的褚磊，心下忽然一狠，厉声道，"那我也不是少阳派弟子了！今天就开始！大家都好来好散罢了！"

# 第二十八章·情迷

　　她吼完，正厅里一片死寂，没有半点声音。厅里的人一半看着她，一半看着褚磊，不知他要如何处理此事。

　　褚磊深深吸了一口气，正要说话，忽听玲珑清脆的声音响了起来，道："璇玑，我不是赌气。我是认真的。所以，你也不要孩子气。"

　　怎么是孩子气？！璇玑急道："不是这样！我……我也很认真啊！大家本来都好好的……说好了、说好了以后一起，不分开……既然说出了这样的诺言、诺言难道不是用来遵守的吗？"她急得脸都白了，不可思议地看着玲珑。

　　玲珑慢慢说道："世事无常，以后的事谁也不知道，诺言……也不过是曾经求得心安的话语罢了。人力有时穷，岂能事事遵守诺言。"

　　"你……"璇玑顿时说不出话来。

　　玲珑微微一笑，柔声道："璇玑，就算我们不算少阳派的人了，可我依然是你姐姐，敏言也是你好朋友，并不是从此就分开了呀。"

　　璇玑摇头道："可是……六师兄这样……也没办法，你为什么也要退出少阳派？"

　　玲珑紧紧握住钟敏言的手，正色道："因为我明白了自己要的是什么。一定要在少阳派和敏言之间选择一个，我除了他别无选择。离开少阳派，我不会死。可是离开他，我一定会死。"

　　她向来跳脱蛮横的一个人，今日居然能说出这样的话来，简直是举座皆惊。那几句话说得极淡，然而却又缠绵深情之极，令人荡气回肠。她从来没有这样正面表达过自己的感情，始终采取回避羞涩的方式来回应钟敏言，如今突然放开胸怀，将心中想说的话说出来，只觉豁然开朗。

　　钟敏言痴痴看着她，像是从今天才刚开始认识她。他渐渐收紧自己的手，将她柔软的小手包裹在掌心，良久，才低低叫了一声："玲珑。"

　　玲珑低头一笑，目光中爱怜横溢，低声道："我既然能这样说，就一定能这样做。我的心意已决，你去哪里，我便去哪里。"

　　璇玑怔怔看着他二人，忽然用手捂住额头，垂头不语。禹司凤轻轻将她揽着走开，轻道："玲珑说得有道理，这次应当要听她的。"璇玑默然点头，两颗泪水落在衣带上，很快就化了开来。

　　褚磊缓缓转身，目光深沉，看着玲珑，良久，才道："你真的决定了？"

　　玲珑点头："不错，我心意已决。女儿不孝，辜负了爹娘的恩情。"

褚磊吸一口气，长长地吐出来，神情有些疲惫，终于摆了摆手，低声道："我明白了。就依你。你二人今日起不再是少阳派弟子……不过玲珑、敏言，少阳峰永远是你们的家。"

两人含泪叩首称是，这才携手站起来，互相看着，目光溶在一起，似有千言万语要说。

褚磊道："时候不早了，也该……"

话未说完，只听厅外一阵人嘈杂，紧跟着东方清奇面带笑容推门进来，朗声道："可疑人物全部都搜来了。各位随我来。"

众人随他走出正厅，果然见外面站满了人，少阳派弟子团团围住中间十几个人，都是依照条件搜出来的面上有疤、身上带血、面生之人。一行穿着白衣腰间系绿带的人走来，为首那个青年男子说道："弟子名册也带来了，请掌门与诸位贵客清点。"众人见他们年纪、气质、打扮均与寻常弟子不同，想必便是玉扇堂的人。

那人一挥手，后面上来三四个人，手里捧着托盘，里面密密麻麻放满了卷轴，想来就是浮玉岛弟子名册了。东方清奇扫了一眼，问道："搜出来的这些人不在名册上吗？"

那人道："不，有些在名册之上，不过名字是被勾掉的。也有些是不在名册上的。"

东方清奇点了点头，带着众人朝前走，那些弟子纷纷让开一条道，被围在中间的十几个人惶恐不已，个个都缩肩垂头。东方清奇道："都报上名来！"那些人只得一一报出自己的名字，东方清奇见里面有许多是因为犯事被逐出浮玉岛的弟子，不知他们用了什么手段又潜伏在岛上，更有几个是厨房伙夫、菜农等无名小辈，于是回头道："小璇玑，你们来看看。"

璇玑和禹司凤曾和那人正面交锋过，于是过去一个个打量。禹司凤看了一圈，没看出什么可疑之处，面上有疤的倒是有好几人，不过位置长度与他在那人脸上划出来的不一样。他回头望向璇玑，她正停在一人面前，低头和她说着什么。

那是个矮小瘦弱的女孩子，估计是伙夫的家人，站在璇玑对面瑟瑟发抖，甚是可怜。他走过去，只听璇玑问道："你抖什么？很害怕吗？"

那小女孩儿颤声道："不、不……我没有……我见姑娘身上的剑……有点不习惯。"

璇玑笑道："你在岛上待了那么久，这里人人都佩剑，怎么见到我就不习惯了？"

那小女孩儿垂头不语。璇玑抬起她的下巴，细细端详她的脸，那脸上虽然脏兮兮的，却光滑整齐，不要说疤，连个麻子也没有。她左右看了半天，也不说话，禹司凤见那女孩子要哭出来的模样，有些不忍，过去轻道："璇玑，她只是个孩子。"

璇玑放开她的下巴，微微一笑，忽然抽出崩玉，当头对她砍下，厉声道："你就算变成灰尘，也瞒不过我的鼻子！"众人大惊失色，只见那小女孩动作奇快，就地一滚，让过那一剑，两手在地上一拍，直起身子，又要纵身而逃。

禹司凤一把抓住她的后领，那人情急之下用力一挣，只听"刺啦"一声，她整个后背都裸了出来。到底是女人的身体，禹司凤微微一怔，不由自主放开了手。那人顾不得赤身露体，慌不择路找路逃跑，这次却不比下午只有几个小辈，东方清奇和褚磊就在前面，周围还有无数浮玉岛弟子拔剑要上。她左右急看，只见玲珑和钟敏言怔怔地站在另一边，当下朝那里跑去。

钟敏言对这人恨之入骨，都是他害得自己遭遇如此多舛，眼看那人朝自己这方向奔来，当即抽剑在手，和玲珑两人各占两边，要将他截下。

不防她就地一滚，再起身时，却变成了一个男人，眉清目秀，犹带病容，对他微微一笑，柔声道："敏言，又见了。"

钟敏言浑身大震，失声道："……你……欧阳大哥？！"

他明明早就死了！还是死在他剑下的！他心念如电，忽然想起这人擅长变化，必是变作欧阳大哥的模样来欺骗自己。当下咬牙挥剑而上，那人闪身让他没什么力道的一剑，笑道："怎么，大半年不见，不认得大哥了？你当日刺我的一剑，伤疤还留着呐！"说罢将身前的破衣一扯，露出赤裸的胸膛，果然靠近心口那里有一道剑痕，鲜红刺目。

钟敏言厉声道："你是假的！休要骗人！"

然而话虽然这样说，手里的剑招越发绵软无力了。一个又一个疑惑闪过他的脑海，突然，一个可怕的想法攫住了他：难道，从那时候开始，他就被骗了？根本没有什么欧阳大哥，他确实是妖魔变化的，来蛊惑他，利用他。

那人趁他不备，抄手抓起他的宝剑，竟是要抢过来。忽听身后玲珑喝道："撒手！"厉风劈下，朝着他脑后冲过来。她的断金锐利无比，他不敢硬撞，"嗔"了一声，又在地上一滚，狼狈地闪了过去。后背却忽然被一股无声无息的大力击中，那人大惊，待要躲闪已是来不及。兵器也好，掌风也好，能听到声音的他还能躲开，这般无声无息的攻击他却毫无办法了。背心被硬生生击中，他张口喷出一大口血，神情涣散地踉跄几步，回头一看，却是褚磊。

此时周围的人全部围了上来，他再也逃不出去，变化的各种形态也无法持续，原本束在头上的长发呼啦一下散开，颜色一点一点改变，最后变成了浅浅的棕色。原本是欧阳大哥的脸，忽然渐渐拉长，变成了一个貌不惊人瞳仁惨绿的妖物。

他见自己今日断无逃出去的可能，不由得长笑一声，道："你们该庆幸来的是我，而不是拥有排山倒海能力的其他妖。否则，片刻间尔等性命便已不在！"

东方清奇厉声道："还在妖言惑众！"

他挥掌朝他天灵盖上拍去，他的绵柔掌能将岩石拍出个印子，倘若拍在血肉之躯上，只怕当场就头骨碎裂而死。

褚磊急道："莫杀他！留着拷问！"

话音刚落，忽觉狂风肆卷，地下尘埃尽数被卷了起来，嘶嘶的风声刺耳尖利，众人一下子就被迷了眼，什么也看不见。褚磊见这风来的诡异，急忙叫道："看好那妖物！"东方清奇出手如电，抓向面前那妖，谁知一捞之下却抓了个空，耳旁忽然听得一个阴恻恻的声音轻道："我再饶你性命一次，念着你救过我。"

他猛然一怔，只觉周围风声渐息，月光中，两个身影腾空而起，轻飘飘地滑飞过好几丈。其中一人扎手扎脚，动也不动，正是方才被他们重伤的妖物。一个穿着黑衣的男子提他在手，看那背影，甚是熟悉。

那人忽然回头，目光如冷电一般，扫过众人面上，东方清奇倒抽一口气，喃喃道："是他！"

居然是早早离开浮玉岛的欧阳管家！他在褚磊面上横了一眼，忽然说道："你本事不错！"话未说完，手腕忽然一挥，褚磊只觉一股厉风扑面而来，快得惊人，自己躲闪不及，胸腹之间剧烈一痛，像是什么东西硬生生打了进来。

"善自珍重！后会有期！"欧阳管家话音一落，身影便消失在空中，当真是来无影去无踪，令人骇然。


"爹爹！"璇玑和玲珑急忙扶住支撑不住跪倒在地的褚磊。他脸色青白，嘴唇乌紫，显然伤得不轻，强撑着低声道："不要慌！扶我进去。"

东方清奇架住他，小心将他扶进正厅，回头吩咐弟子："取热水来！"

他将褚磊上衣解开，只见他胸腹之间有一片指甲大小的乌紫，甚至连皮也没破，不知那欧阳是用了什么东西打的。用手在上面轻轻一触，褚磊疼得一颤，满头冷汗，忽然晕了过去。

璇玑和玲珑只慌得眼泪汪汪，搂着他的脖子毫无办法。

弟子们将热水端了过来，并伤药绷带之类一应俱全。然而那伤口既无破皮，也无流血，只是一块小印子，要怎么处理？东方清奇看了半天，才沉声道："敏言，司凤，你们几个孩子好好按住他，我仔细看看那是什么。"

禹司凤他们立即过来按手的按手，按脚的按脚，将褚磊抱了个结实。东方清奇浇了点热水在那伤口上，褚磊浑身猛然一颤，似是反应强烈。他低声道："按紧了！"说罢，抬手在那紫印周围反复按揉，缓缓把真气注入，褚磊痛叫一声，醒过来，紧跟着又晕了过去。

随着真气注入越来越多，那紫色的印子也渐渐隆起，看上去就像是被什么毒虫咬了一口，那隆起的顶端，有一个针尖大小的洞。如此小的伤口，居然能让褚磊如此痛苦，众人都忍不住骇然。

东方清奇来来回回放出真气，然而那隆起不再有任何变化，倒是褚磊痛得脸色煞白，齿关咬得格格响，鲜血迸出。

见到这情形，东方清奇也不敢再继续，束手无策，只急得团团转。

忽听后面一人说道："别动啦，让我们来看看。唉，你们这些大门派的宗师，别的就算了，这种歪门邪道的东西可是一窍不通。"

却是柳意欢和亭奴二人。璇玑含泪急道："柳大哥！亭奴！你们能救我爹爹吗？"

柳意欢并不搭腔，弯腰在那紫色的隆起处仔细看了看，用手轻轻摸两下，只觉触手不热不冷，软绵绵地，和寻常皮肤没有二样。饶是他见识多广，这会儿也认不出到底是什么玩意，只是皱眉苦思。

亭奴也凑过来看，过一会儿，摇头道："我能看出是虫子咬得，至于具体是什么，怎么治，我却不清楚了。"

璇玑见连亭奴也这样说，知道绝无救治的可能了，不由得心灰意冷。回头看向褚磊，抬手替他把满脸的汗擦去，伤心欲绝地叫了一声："爹爹！"

亭奴低声道："先别急着难过，我们孤陋寡闻，这里还有人十分广闻博见，必定知道。"

"谁？"璇玑跳了起来，四处打量。

亭奴朝角落里看了一眼，却见那里蹲着一个人，满头银发，方才发生了那么多事，好像都和他无关，他嘴里嚼着糕点，靠在柱子上，似乎在打盹，马上就要睡着。是腾蛇，他听说马上有好吃的，赶紧跑过来，谁知一会儿是师徒苦情戏，一会儿又是妖魔变化戏，好吃的却迟迟不来，不由得无聊之极，干脆蹲在那里睡觉。

正要睡着，忽觉头皮一阵剧痛，有人抓住了他的头发，使劲摇晃。他痛得大叫："做什么？！放手！"下意识地挥拳而出，忽然见到对面那人是璇玑，挥出去的拳头顿时本能地变软，轻轻敲在她胳膊上。

"放手！"他恶狠狠地拽回自己的头发，满脸怒火地瞪她，"你要做什么？"

话音一落，忽然发现璇玑满脸泪水，怔怔地看着自己，他一呆，颇有些搞不清楚状况，起身看了看四周，众人哭的哭，发呆的发呆。他抓抓头发，奇道："怎么了？大家一起被赶出去了吗？没吃的了吗？"

璇玑急道："腾蛇！你是天上的神仙吧？你知道很多东西吧？"

腾蛇第一次被她这样捧，差点把鼻子翘天上去，得意扬扬地说道："那是自然！老子知道的东西比你看到的都多……"

"那好！你过来！"璇玑不等他说完，抓着他的手，将他拽到褚磊面前，"快看看，我爹爹……他怎么了！"

腾蛇无奈地凑过去看一眼，随口道："哦，这不是腔内雀嘛！很常见的。"

众人一听他居然认得，不由得大喜，璇玑连声道："太好了！你认得！快，说说看，怎么治啊？"

"怎么治？"腾蛇挑起眉头，"这又不是病，怎么治？拿出来不就行了！这是刑罚之一啦，专门对付不听话又厉害的神。腔内雀一进入身体，就会引发剧痛，渐渐让人失去神力，被剧痛折磨得生不如死，最后只能乖乖听话。哦，你以前不是也被用过……"

璇玑不等他说完，急道："那……拜托你，把那东西拿出来好吗？"

腾蛇这时才有点回过味来，摸着下巴，先不答话，围着褚磊走两圈，奇道："这玩意凡间应当没有啊。是谁把这东西打进他身体的？凡人哪里受得了这个！"

禹司凤道："是一个妖魔……这些事等会再说，腾蛇，你能取出来吗？"

腾蛇眼珠一转，张狂地笑道："对我来说嘛，自然简单之极。但我为什么要帮你们？有什么好处？"

璇玑想不到他在这种时候来摆架子，只好说道："你是我的灵兽吧？灵兽难道不该听主人的话？"

"啊呸！灵兽是你强迫的，我可没认你为我主人！"腾蛇翻个白眼，摸着下巴，说得甚是冷酷，"没好处，我凭什么要救他？凡人的生死和我有什么关系？"

璇玑吸了一口气，沉声问道："那好，你要什么好处？说吧，只要我能办到，一定满足你！"

腾蛇道："好！一言既出驷马难追！我要你答应我撤销契约，还我自由。以后也不许对任何人说，我做过你的灵兽。"

璇玑一怔，道："可我……不知怎么撤销。"

腾蛇冷笑道："你别管怎么撤销，反正你要答应我，以后不管我什么时候想撤销，你都不许阻拦，同意撤销契约，放我走。"

璇玑沉默半晌，才道："好，我答应你。不管你什么时候想撤销契约，我都一定答应，一定奉陪。"

腾蛇这才喜形于色，笑道："你说过的话，可不许反悔。立誓吧。"

璇玑正色道："我答应过人，就一定会做到。如果做不到，立誓也没用。"

腾蛇想到她的身份，确实不是会说谎的人，于是点了点头，看也不看，反手在褚磊的胸腹之间抹了一把，然后将手掌一摊，说道："看，这个就是腔内雀。"

众人急忙凑过去，只见他掌心躺着一只僵硬的小鸟，已然死去，灰扑扑的，只有常人小指大小，尖隼如针。

腾蛇将那死鸟抛来抛去玩，一面笑道："想不到在凡间也能见到这东西。它相当恶毒，很惹人厌，待我生火把它烤了吃。"

玲珑一听他要吃这个东西，立即皱眉露出厌恶的神色，道："这东西怎么能吃！脏死了！"

腾蛇板着脸道："都是因为你们说要开饭开饭，开到现在也没东西端上来，老子早就饿得受不了啦！"

话音一落，只听褚磊呻吟了一声，缓缓睁开眼。众人大喜，七嘴八舌地问他感觉如何。

褚磊缓缓坐起，在胸腹那里摸了一下，奇道："方才那是……？"

东方清奇呵呵笑着，在他肩上一拍，道："这些事情在席上慢慢说。走吧，宴席已经准备好了。烦人的事情先丢去一旁，咱们先喝它三百杯！"

虽说腔内雀从褚磊体内取了出来，但他还是感到精神恍惚，像三天三夜没睡觉，又翻了无数座高山一样，浑身疲惫之极。最后只勉强陪着喝了两杯酒，玲珑和璇玑便送他回去休息了。

服侍褚磊睡下之后，玲珑携着璇玑的手，走向中庭，似是有话要说。璇玑心下莫名有些忐忑，见她走到栏杆那里，定定望着庭院中一株月桂树。月光如银，玲珑的脸在银辉下泛着一层淡淡的柔光，那种平静温和的表情，她从未在玲珑脸上看到过。

"璇玑，你会不会看不起我？"她突然低声问道。

璇玑一怔，急道："怎么会！你干吗这样问？"

玲珑轻道："其实看不起也无所谓啦，我这样抛弃爹爹娘亲，就为了追随一个男人。叫人家听见了，会说这女孩子一点也不自重，都会看不起我的。"

璇玑摇头，说道："为什么要看不起？你做的是自己喜欢的事情啊，而且……你也没有抛弃爹爹娘亲呀！不了解情况的人乱说……和咱们也没关系。"

"你尽会说这种孩子话。"玲珑笑了起来，摸摸她的头发，"我就喜欢你这样什么都不在乎的性子。真好。我总会杂七杂八地想很多，在少阳派那会儿也是，我明明那么喜欢他，每天都要见他，非得让他陪在身边心里才舒服。不过我又怕其他师兄弟姐妹背后说闲话，还总担心长老他们说我一个女孩儿家不自重，成天和男人混一起。所以我对他忽冷忽热，到最后，他不开心，我也不知自己心里要的到底是什么。我要的到底是我们两人的开心呢，还是保全褚玲珑这个名字的好名声？"

璇玑轻轻叫了一声："玲珑……"

玲珑笑道："不过眼下我明白啦。人言可畏不假，可是患得患失更可怕。他可以为了我不顾性命，那点点人言又算什么呢？璇玑，我这条命是他救回来的，就算再赔给他，我也心甘情愿。"

璇玑说不出什么东西，只能点头，半晌，才道："你和六师兄这样，我很开心。我就喜欢大家欢欢喜喜的，一直在一起。"

一直在一起，就像小时候一样，大家说说笑笑，谁也不会离开，谁也不会死去。她好似一个孤独太久的人，渴望守护住这种温暖，谁也不可以夺走破坏。世上本来就有些东西是值得用生命去守卫的，在旁人眼中可笑之极的东西，很可能就是另一人眼中的至宝。

玲珑见她这样一本正经地说着孩子话，不由得"噗"的一声笑出来，替她将耳旁的碎发挽上去，轻轻取笑她："那司凤呢？在你眼里，他难道不是特殊的？"

璇玑心中咯噔一声，一时面红耳赤，哑口无言。隔了半天，才道："我可没你想的那么多，我不管别人说什么做什么，嘲笑也罢，讽刺也罢，甚至看不起我都没关系。总之，我一定要和他一起的。谁要把他抢走，我的崩玉可不会客气。"

她把崩玉晃了一下，颇有种忠犬护主的味道。玲珑接过崩玉，抽出来细细端详，又将自己的断金拿出来一起比较，但觉一个金光璀璨，一个银辉幽幽，各有各的特色，但崩玉终究是多了一份灵性，与寻常兵器不可同日而语。

玲珑羡慕地叹了一口气，道："真好，你能用得起来崩玉。以前大师兄和我说除了断金之外还有一把利刀，叫崩玉。我就跑去问爹爹要，他也不说不给，就说得看缘法，结果我果然用不起来，爹爹还挺失望，如今你能用得起来，爹爹一定欢喜极了。"

璇玑张口想告诉她崩玉和定坤的渊源，然而话到嘴边，忽然惊觉，急忙转换话题："先去宴席吧，不然待会儿东方叔叔要罚酒，你非醉晕过去不可。"

玲珑点了点头，拉着她的手，两人一起往回走。迎面吹来一阵风，将璇玑的长发拂起，她耳后一块粉红的斑点也露了出来。玲珑"咦"了一声，用手一摸，笑道："岛上不分夏冬，也有蚊虫？"

璇玑猛然涨红了脸，急忙用手捂住，支吾道："不……也不是蚊子咬的啦……我们、我们快走嘛。"话说到后来甚至带着一种小女儿的撒娇意味，央她不要追问。

玲珑第一次见璇玑这种娇滴滴的模样，心下好笑，转念一想，忽然明白那是什么了，自己也有些脸红，暗暗咋舌，低声道："他、他胆子可真够大的。"

璇玑尴尬得无地自容，手指扭着衣带，晚风将她柔软的长发吹得微微舞动，那种娇怯不胜的模样，委实令人怦然心动。

"你……你不要和别人说！"她抓着玲珑的手，悄悄哀求，"好姐姐，千万别和人家说。"

玲珑笑着点头："瞧你这小丫头样，一直像个小孩儿，司凤也一直斯斯文文的。真看不出来呢。"说完突然哼了一声，又道，"小六子看着胆子大，其实闷得很。"

璇玑不由得呆住，也不知该说她大胆还是胡闹。隔了半天，她也道："其实司凤有时候也挺闷的。"

月光下，两人的脸都有点红，互相看了半天，扑哧一声各自笑出来，都觉这样大胆的说话十分好玩，这才手牵手回去。


二人回到小厅，东方清奇和柳意欢胡天胡地吹得正开心，这两人都有些放荡不羁的性子，喝了酒之后居然颇谈得来。亭奴安安静静地吃菜，旁边的腾蛇恨不得爬上桌子，将所有的菜全塞嘴里。钟敏言和禹司凤两人趁着酒兴，也有许多话要说，连玲珑她们回来了都没发觉。

玲珑听说自己的魂魄是亭奴施法嵌回去的，心中好生感激，但一直没机会向他当面道谢，这会儿正是好时机，于是凑到他身边与他说话。一聊之下，只觉他谈吐清雅，为人温和。她认识的男人里，钟敏言飞扬跳脱，不甚稳重；禹司凤虽然稳重，但大有冷淡高傲之意，没什么话好说；大师兄温和端方，但见识又不如他广博；爹爹和其他长老都不是年轻人，没事更不会与她聊天的。如今见亭奴如此柔雅又见多识广，顿时生了无数好感，拉着他絮絮叨叨只是问好玩的事。

璇玑见腾蛇吃相实在难看，自己作为主人深觉丢脸，忍不住把他拉回来，见他脸上沾的都是饭粒菜汤，只得用手绢给他擦，一面擦一面道："神仙怎么能这样吃饭？筷子怎么用你不会？难道天上人人都是用手抓？"

腾蛇本来还想用手抓了甲鱼来吃，听她这样说，事关神仙的面子，只得换了筷子，嘴里塞满食物，含含糊糊地埋怨："天上的东西如果有下面的一半好吃，我也不会这样了。别说我，就是应龙和白帝他们看到这么美味的东西，也一定忍不住要用手抢过来的。"

他为了保全面子，昧着良心把白帝和应龙拖下水。璇玑听得一个劲摇头，一见他脸上沾了菜汁，或者忍不住用手，便立即指正，到后来，自觉不像他的主人，倒像他的奶妈。

东方清奇呵呵大笑，道："小璇玑，做人就是要不拘一格，吃饭嘛，就应当热闹开心。由他吧！你也来喝一杯，今儿认出那妖怪，你的功劳最大。"

众人听到他提起那会变化的妖怪，都纷纷住嘴。东方清奇叹道："可惜，让他跑了。唉，浮玉岛数百年的名声，却养虎为患，我竟没早发觉那欧阳是个妖物……"

钟敏言心中一直有个疙瘩，这会儿忍不住问道："岛主，那天……那个欧阳大哥……他……"话到嘴边，又不知该怎么问了。

东方清奇明白他的意思，说道："他自然是人。事后我也后悔不已，然而于事无补，只得命人将他葬在后面山上，定期扫墓供奉鲜果。你若是想祭拜，明天一早我让人带你去。"

钟敏言松了一口气，苦笑道："原来……罢了，都是我自己不好。"

东方清奇笑道："小小年纪，总要多吃些苦。以后你会明白，年少的时候多些挫折，其实是非常好的经历。那些一帆风顺的人，求也求不来这种宝贵经验。"

玲珑奇道："东方叔叔，你的一帆风顺，不会是说我吧？"

东方清奇哈哈大笑，席间众人也跟着笑起来。

"褚老弟有这两个如花似玉的女孩儿，真让人羡慕。"他摇头感慨，忽而想到自己成婚多年，却无子息，到最后妻子还出了那种事，这人间至乐，天伦之愉，他是一辈子也无法体会到了。

众人说笑一番，直到月上中天，才撤了宴席，各自回房休息。

禹司凤喝得高了，走路都有些不稳，一旁的钟敏言还嘟哝着回去继续把酒言欢，喝到第二天早上。玲珑不等禹司凤点头答应，早已一个爆栗敲上他脑袋，怒道："喝什么？！赶紧去睡觉！"

钟敏言醉得眼睛都眯起来，笑嘻嘻地抓住玲珑的手，喃喃道："你、你陪我睡吗？"

玲珑脸上炸红，啐他一口，用力甩开他的手："你做梦！快走啦！别让人家看笑话！"她见钟敏言实在醉得不行，只得将他半扶半拽，拖着走。忽然想起璇玑，转头一看，禹司凤一个人默默走前面，璇玑垂头跟在后面，两个人默然无语。她不由得一怔，转念又为钟敏言的醉酒烦恼了，将他二人的事丢在脑后。

璇玑默默随着禹司凤走了一段，见他虽然脚步不稳，但并不像钟敏言醉得那么厉害，于是轻道："司凤，你不要紧吧？"

他停了一下，半晌，摇头道："我没事，你回去吧。不用送我。"

璇玑"哦"了一声，不甚放心地回头看他一眼，这才转身自己走开。走了一会儿，忽然觉得有些不对，她猛然回头，却见他站在原地，幽幽看着自己，那样的目光，她从未在禹司凤面上看过，不由得呆住。

但他只笑了笑，摆摆手，转身便走。

璇玑不由自主追上去，想伸手抱住他的胳膊，不知怎么的，却有些不敢。耳后那个痕迹在微微发烫，她自己都不知在恐惧什么，手伸了一半，又缩回去。

禹司凤顿一顿，反手勾住她的胳膊，将她带到身前，低头微微一笑，道："若是坚持送我回去，我自然不会推辞。"

璇玑浑身微微发颤，犹豫着点了点头，然而无论如何也不能像以前一样心无旁骛地抱着他的胳膊，满不在乎。他在她心中，仿佛突然变了个人，不再是那个清雅冷漠的少年，似乎……变得有些危险。

"烦恼都没了，你怎么不开心？"他忽然问。

璇玑沉默半晌，轻道："我、我没有不开心啊？我怕你喝多了，不舒服……"

禹司凤笑了一声，淡然道："我的酒量可比敏言好多了，再喝两坛也不会醉。"

他真会逞强……璇玑无奈地看着他，在他身上推了一把，禹司凤果然踉跄起来，险些摔倒。她笑嘻嘻地扶住他的胳膊，笑道："还吹牛？明明就是醉了。"

禹司凤哈哈一笑，忽然双手插入她肋下，将她一把抱起，转了一圈，道："谁醉了？你再说一遍？"璇玑也咯咯笑起来，抱着他的脖子，只觉酒气冲天，忍不住别过脑袋，道："好臭。"

他哈了一口气，果然酒臭熏天，正要将她放下，她却勾着他脖子不放手。他玩心顿起，将她背在背上，摇摇晃晃往前走。

璇玑依偎在他脖子旁，笑道："可别走错路，我看你快不行啦。"

禹司凤也不理她，只顾往前走，过了片刻便回到自己的客房。璇玑从他背上跳下，道："你到啦，我该走了。"

禹司凤这会儿其实真的醉得厉害，脑子里有些不清楚，眼前的东西都在晃，然而听到她说要走，当即本能地接口："我送你。"说完才发觉不对，这样你送我我送你，送到天亮也没完，不由得失笑，自己推开门进去，倚在门框上，回头对她似笑非笑，柔声道："不如，咱们俩把酒言欢，秉烛夜谈？"

他本来是开玩笑，就算她点头同意，自己也不会答应的，谁知璇玑退了两步，摇头低声道："不、不用了。你早点休息吧。"那神情，大有恐惧之意。

他一怔，抬手去拉她，问道："怎么了？"她又是慌忙一躲，似乎对他的触碰很反感。

禹司凤将手缩回去，抿紧了唇，半晌，才低笑一声，道："是我唐突了。抱歉。"说罢转身进屋，再不停留。

璇玑在屋子外发呆，到底不放心，又不敢直接闯进去，只得偷偷扒在门上，从门缝里往里偷窥。看了半天，里面黑乎乎的，什么也看不见。她凑耳去听，也是什么声音都没有，只急得抓耳挠腮，不知怎么办才好。

正要鼓足勇气推开门，忽然"吱呀"一声，门开了，禹司凤披着外衣，面无表情地低头看她。璇玑大吃一惊，掉脸想跑，却被他抓住后领，飞快拖进屋里，门"砰"的一声关上了。

璇玑被他拽着，跟跄几步，最后跌坐在椅子上，手忙脚乱地要站起来，却被他用力按住肩膀，低喝："坐好！"她被震住，乖乖坐在椅子上，两只眼睛可怜兮兮地盯着他，看他点灯，倒茶，取点心，最后坐在自己对面，面无表情地和她大眼瞪小眼。

良久，他将茶杯递到她面前，低声道："你在怪我，对不对？"

璇玑垂下头，咬住嘴唇，没说话。一时间，气氛沉重尴尬之极。她的目光溜来溜去，从他修长有力的手指上滑到他垂在身前的长发上，然后看到他微微敞开的胸口，赶紧避开目光，不敢多看。

忽然觉得他的手指触摸到自己的耳朵，她又是一颤，紧紧闭着眼睛，躲和不躲都不是。微凉的手指擦过耳后那块痕迹，竟像火一样灼热起来。她吸了一口气，一把抓住他的手，颤声道："别、别碰。"

他的手抚上她的脸颊，只觉烫人，其色可压桃花，心中不由得一荡，低声道："你不是怨我，却是怕我？怕我对你……"

她一惊，推开他的手，猛然起身，道："我走了！"

还没来得及转身，腰身忽然被他从后面搂住，她惊叫一声，立即被他用手按住，在耳边低声道："嘘……别叫，别怕。"他口中的热气喷在她耳上，生起一种可怕的战栗，她低低呻吟一声，死死抓住他卡在腰间的手，只觉他的唇干燥炽热，贴着耳后吻下来，带着酒味的吐息。

他醉了，她好似也要醉过去，化成一摊暖融融的酒水，顺着他的身体流淌下来。他猛然将她转过来，深深吻下去，一手托着她的后颈项，拇指缓缓摩挲着她柔软的耳垂。

他大约是疯了，夜深人静，孤男寡女，他不该这样的。然而，或许是喝高了，或许是她难得的羞涩实在令人心动，他撒不了手，只觉怀中的身躯软得好似没骨头，每一寸曲线都贴上来，他委实把持不住，轻轻将她抱起来，退了两步，将她放在床上，慢慢解开她的衣带。

耳边听得她喃喃说道："司凤……我们、我们会一直在一起吧？"

他迷迷糊糊应了一声："我们永远也不分开。"

说完，脑中忽而泛起一阵清明，他浑身一僵，急忙撑起身体，用尽所有的毅力跳下床，喃喃道："我错了，我不该这样。"

璇玑也渐渐清醒过来，急急坐起，将衣带系好，低头玩着袖子上的流苏，一言不发。

禹司凤深深吸了一口气，坐在床边，抚摸着她的头发，柔声道："对不起。"

璇玑低声道："为什么对不起？"

禹司凤怔了一下，才道："我应当敬重你，等到成婚之后。"

璇玑沉默半晌，才道："真的吗？"

禹司凤笑了笑，低声道："难道你现在就要给我婚后的权利？我自然不会反对……来来，咱们继续好了。"

璇玑涨红了脸，推开他的手，急道："我可没这么说！你这色鬼！"

禹司凤第一次被人骂色鬼，居然还是从自己爱极的女子口中说出来的，不由得大笑，在她脸上轻轻拍了两下，问道："那你今晚还要留下吗？一起睡觉说话。"

璇玑摇头，从床上跳下，道："我……我走了。"

她终于也明白之前缠着要留在他房里的行为是很不正确的。禹司凤替她重新挽好发髻，正要开门送她出去，忽听门外传来一阵喧嚣，像是很多人在急匆匆地奔跑。

两人好奇之下开门一看，却见外面灯火通明，许多浮玉岛弟子手里拿着火把，朝正门那里赶。禹司凤不由得过去问道："请问是出了什么事情？"

一个浮玉岛弟子答道："是离泽宫两个宫主到了，还带来了今年簪花大会要摘的花。"

两人一听离泽宫三个字，顿时变色。璇玑抬头看着禹司凤，低声道："怎么办，要去见吗？"禹司凤缓缓摇了摇头，道："算了，等到明天吧。只是……怎么会如此深夜赶来？"

师父一向讲究礼仪，从来没有深更半夜来访的道理。而且，还说带来了要摘的花，也就是说，今年没有摘花任务，是因为师父他们先抓到了厉害的妖魔？他在离泽宫怎么从来没听说过此事？

他沉吟良久，总是想不出所以然，低头见璇玑呆呆看着自己，他不由得一笑，轻轻推了她一把："快回去吧。明天等我找你。"

璇玑要进来的时候犹豫而且害怕，眼下要离开又有些舍不得，无奈之下只得慢慢转身走了。回头再看，禹司凤还站在原地，看着自己。她心中一暖，对他挥挥手，道："小色鬼，就算继续下去也没什么的！"

说罢，见禹司凤一呆，她忍不住笑起来，飞快跑走了。

第二天璇玑起了个大早，吃了早饭之后果然禹司凤就过来了。两人商量一番，觉得在浮玉岛上，离泽宫未必会对禹司凤有什么过激的行为，即使要处罚，也一定是找个僻静的地方，或者等簪花大会结束后。只要禹司凤不落单，在众人面前，离泽宫再逞凶，也做不出什么。

"咱们先去找玲珑他们吧，把情况说一下。以后干什么都是咱们四个人一起，热闹又安全。"

璇玑说着，推开房门往外走，忽然头顶又被什么东西轻轻砸了一下，抬头一看，果然是腾蛇。他又坐在树上，啃着桃子，将吃剩的桃核朝她身上丢。

"你昨晚回来得好迟。"腾蛇跳下来，懒洋洋地说着，朝禹司凤那里瞥了一眼，"我还以为你不会回来了呢。"

璇玑做贼心虚，很痛快地脸红了。虽说东方岛主给腾蛇也安排了客房，但他和璇玑是订了契约的灵兽，为了遵守契约，他不能离开她太远，因此每天晚上璇玑睡屋子里，他就在外面的大树上过夜，或者偷偷钻进屋子睡在她脚边。昨天晚上，她送喝醉的禹司凤回去，腾蛇在屋子外久等不到，肯定到处找她，指不定他看到了什么不该看的情景……

腾蛇见两人都不说话，于是老气横秋地叹了一口气，道："年轻人嘛，精力旺盛，但要注意节制。"他捅捅禹司凤的胸口，低声道，"小心，二八佳人胜过母夜叉，杀人不见血啊。"

禹司凤干笑两声，摸摸下巴，不说话。璇玑眼睛一瞪，冷道："少废话！野兽懂什么？少来倚老卖老。"

腾蛇"切"了一声，懒洋洋地说道："昨天晚上是不是又有人上岛了？"

璇玑点了点头："原来你也知道。"

腾蛇淡淡说道："嗯。我嗅到了一些不同寻常的味道，要注意。"

他见这两个年轻人都神情凝重，默然无语，便嚷嚷道："一大早的干吗摆死人脸？谁敢破坏你们的前进脚步，就来一个杀一个，来一万杀一万！这种豪情都没有？"

璇玑"嗤"地一笑，"看到你，什么豪情都有了。走吧，别去得迟了他俩不在。"

"咦？你们不是去吃饭吗？"腾蛇很失望地垮了肩膀，看看天色，离中午还有一段时间，确实没到开饭的时候。

璇玑笑道："我们去找玲珑和六师兄，你也一起吧。嗯，玲珑那里应该有吃的，她最喜欢随身带零食了。"

腾蛇先是眼睛一亮，跟着忽然一愣："玲珑……是那个魂魄被人抽出来又放回去的小娘？这会儿你们过去不太好吧？说不定还没起来。"

璇玑奇道："你怎么知道？"

腾蛇很恶意地一笑，低声道："岛上什么事也瞒不过我的眼睛。人家两人狂欢了一夜，你们过去打岔，算什么呀？乖乖去小厅吃饭是正经。"

璇玑和禹司凤先是呆了一下，这才明白过来他的意思，两人都极是窘迫，想到玲珑和钟敏言这般大胆，也不禁为之咋舌。禹司凤更是纠结在那"狂欢一夜"的字眼上无法自拔，不知该夸钟敏言是好样的，还是同情他。

"他俩叮叮当当敲了一夜的剑，害我都没怎么睡好。那么大的声响，也就你们两个心中有鬼的家伙听不见了。"

居然还用上了兵器？！禹司凤怎么也想象不出那是个怎么荒诞的画面。好奇怪，柳大哥有说过那种时候要用兵器吗？

璇玑奇道："怎么是敲剑？他们俩在打架？"

腾蛇"嗯哼"一声，道："差不多啦。那小子喝高了，拉着那小娘不放手，小娘恼了，就拔剑相向。两人先是闹着玩，后来就真打起来，打完了还说什么剑法精妙，以后复仇有望。回头又巴巴地跑山上拜一个坟墓……鬼知道他们大半夜的搞什么。"

原来他嘴里的狂欢一夜是这样的意思！禹司凤松了一口气，无奈地摇头，转身便走，"那让他们好好睡吧。咱们先去找柳大哥和亭奴。"搞来搞去，那一对还是小屁孩，他早该知道钟敏言一向有贼心没贼胆，不能高看他。

璇玑笑嘻嘻地追上去，低声道："干吗，你很失望？"

"没有，自然是没有的。"禹司凤一本正经地摇头。

"嘻嘻，大色鬼。"

禹司凤在心中叹了一口气，看起来，色鬼这个词以后就要成为他的代称了。


三人穿花拂柳，走过小树林，演武场就在对面。

为了办好这次簪花大会，浮玉岛下了大本钱对这个最大的演武场进行修葺。和少阳派硕大的擂台不同，浮玉岛充分利用了自己的地形优势，演武场本来是有好几根粗大的石柱立在中央，非人力所能推倒，以前是用来给弟子们练御剑飞行的。这次东方清奇干脆将这几根石柱修葺装饰一番，顶上铺满砖石，周围装上栏杆，作为擂台。远远望去，四根巨大的石柱立在场中，高有近百丈，气派委实不一样。

璇玑怔怔望着那雄伟的石柱，喃喃道："哇……我们就是在这个上面进行比试？万一掉下来怎么办？"

禹司凤用手搭在眼上，赞叹道："果然是好法子，这样比试的人便不会被周围喧嚣的人群打扰了。"他朝两旁看了看，在四根石柱周围，又搭了一圈巨大的木楼，四下连通，想来便是为观战的人准备的了。东方岛主倒真是个妙人，想得出如此精妙的设计。

两人边走边叹，腾蛇听得不耐烦，嗤之以鼻："这算什么东西！就是泥巴木头堆起来的玩具罢了。哼，天上的不知比这里……"

"是是，天上什么都好。不过你老人家眼下在凡间，所以少说两句废话吧。"璇玑白了他一眼。

三人忽见对面熙熙攘攘拥上一群人，有的穿白衣有的穿青袍，却是浮玉岛和离泽宫的人混在一起。人群中立着一个长宽约有三丈多的巨大笼子，笼子上蒙着黑布，为众人推着往前缓缓滑行。

"怎么办，要不要先躲开？"璇玑见打头的是离泽宫那个阴阳怪气的副宫主，忍不住低声问道。

禹司凤没说话，半晌，忽然迈步向前，迎面走了上去，拱手道："弟子禹司凤，拜见副宫主。"人群停了下来，离泽宫众人都用一种怪异之极的眼神望着他，像是奇怪他为什么不避开，反而要迎上来徒惹尴尬。

副宫主不甚在意地摇了摇扇子，曼声道："不用这么客气。说来你也不算离泽宫的人了，那一声弟子，还是收回吧。"

这话简直是当面给他难堪，丝毫面子都不给。禹司凤面不改色，沉声道，"一日为师，终身为父。禹司凤虽然不再是离泽宫的人，但离泽宫养育之恩永生不忘。"

副宫主咯咯笑了两声，挥挥扇子，低声吩咐："继续走。"他朝前走了几步，忽然想起什么，回头笑道，"一日为师，终身为父。这话说得不错，你父亲是谁，自己知道吗？呵呵……"

禹司凤猛然一呆，回头怔怔看着人群走远。风缓缓吹来，将蒙在笼子上的黑布吹开一个小角，露出一只白皙纤细的手。那只手紧紧抓着笼子上的铁栏杆，在不停地发抖。

隔日点睛谷诸人也到了，小小的浮玉岛热闹起来，那流水般的宴请自不必说。虽然今年少了轩辕派的人，不过他们这一派一直以来口碑都不好，各派对他们都没什么好感，乐得今年没他们。各派的年轻弟子们聚在一处，说说笑笑，倒也热闹。

到今日玲珑的本事就发挥出来了，少阳派一干弟子都是内敛害羞的主，独她一人八面玲珑长袖善舞，和其他各派弟子很快就玩到一起，白天还叫她褚姑娘的，晚上都改口叫玲珑，被她问了不知多少新情报回来。

璇玑对她这种本事一向十分佩服，到了吃完饭回房的时候，玲珑把自己打听过来的关于参赛弟子的事情整理一番，一条一条读给璇玑听，听得她生不如死，连人家头发是多是少，喜欢吃酸还是辣都问出来了。

"切，最后就是离泽宫弟子的没问到。那些面具怪人，看到女人就避如蛇蝎，好像我要吃掉他们似的！"

玲珑气呼呼的，回头见禹司凤坐在一旁，便朝他抱怨："你还笑！就是说离泽宫呐！尽出怪人！"

禹司凤笑道："宫里规矩如此，不可随便与女子接触。何况，你问了那些杂七杂八的东西，对簪花大会也没什么用。真正有用的消息，人家怎会告诉你。"

玲珑挥了挥手里的小册子，哼道："怎么没用！这就看各人的本事了。人家擅长什么兵器招式，我都问到了哦！"说到这里，她眼珠忽然一转，笑嘻嘻地望着禹司凤，道，"你也算离泽宫的人嘛！来来来，透露一点消息怎么样？"

禹司凤哭笑不得，只得说道："具体参加的人是谁我不清楚。不过离泽宫擅长轻身功夫，招式上比较诡异，往往出其不意。若是想赢他们，在剑招上多加力，以刚猛的路子去克，想必会有效果。"

玲珑见他说了半天都是废话，但此人一向难缠，问再多他打定主意不说，那问到死他也不会说的，只得放弃了。

鉴于今年轩辕派没来，其他各派合适年纪的弟子虽然多，但本领好的却很少，最后各派首要人物只能商议着将人数减少，每派出十人，从以往的六十人减成了四十人。如此一来，日程安排便不像以前那么紧凑，更能腾得出时间来观战，好好观察各派弟子的潜力。

明日一早簪花大会第一场比试便要开始，他们这四人中，只有璇玑要参加。本来有钟敏言的名字，不过他如今不算少阳派的弟子了，于是名字自动被勾掉。

虽说参加的人是璇玑，但最紧张的人却是玲珑，一整晚都在絮絮叨叨，怕她输，怕她被人打伤，恨不得自己代她上场。璇玑听得快睡着，一个劲点头，点得头昏。

好容易等她唠叨累了，回去睡觉，璇玑这才舒一口气，正要梳洗一番上床休息，忽听有人敲门。她以为玲珑又要过来说些什么情报，头足足大了三倍，不情不愿地蹭过去开门，却见褚磊站在门外。

"爹爹？"璇玑呆了一下，急忙闪身，"爹爹请进。"

褚磊摇了摇头，道："不进去了，就交代几句话，你也早些休息。虽说大会规则允许使用灵兽，但你的灵兽委实惊人，希望你不要用他。否则容易造成伤亡。"

璇玑急忙答应："好的。我本来也没打算让腾蛇上场，他根本也不会帮我忙。"他只会扯后腿罢了。

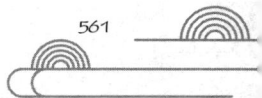

褚磊又道："璇玑，你这孩子……先前我从来不知你有这许多特异之处，不但能用崩玉，还能收了腾蛇做灵兽。如今你的眼界应当已经不在簪花大会这一块，我这次来，并不是劝你全力而为。你须得先明白，簪花大会不是生死相搏的打斗，只是切磋功力的比试。我希望你量力而为，不要因为一时冲动铸下大错。"

原来他是怕璇玑好胜心强，遇到抵死不认输的对手，会下狠招。譬如上次的乌童，也是因为使用了被禁止的仙术，结果成了众矢之的。

璇玑本来以为他是过来说教的，没想到他居然劝自己不要下狠招，愣了半天才道："这……爹爹你放心。我一定会听你的话。"

褚磊点了点头，隔了片刻，忽然微微一笑，柔声道："上回簪花大会，你还是个小孩儿。爹爹真的没想到，最早成才的居然是你。还记得小时候你让人头疼的行径吗？"

璇玑脸上一红，低声道："小时候的事情，爹你还提来干吗。成才两个字，我还不敢当。"

褚磊叹了一声，背过手，走了两步，沉声道："璇玑，我在你娘生你和玲珑的前夜，做了个梦。依稀是有个神人拿着宝珠抛掷过来，我见那宝珠璀璨美丽，圆润可爱，心中大喜。醒来之后，你和玲珑就出生了。因此我一直以为你二人之一必然将来有所为，不是普通人物。你小时候过于怠懒，让人头疼。玲珑却好学激进，不瞒你说，我和你娘一直以为玲珑会是成才的那个，于是从小难免对她多些爱护，忽略了你。你……心中可曾怨过爹爹和娘亲？"

璇玑轻道："如果说没有怨过，爹爹一定以为我作态。然而说实话，我从来没想过这种事情。呵呵，对这件事好像没什么想法。爹你会不会又觉得我漫不经心？"

褚磊叹了一声，道："大凡聪明之极的人，总有乖僻之处。和阳曾这般告诫我，我却是到了近几年才渐渐明白过来。璇玑，你……可曾觉得自己有什么与众不同的地方？"

璇玑大吃一惊，还当他知道了自己的前世身份，一时间心头大乱。如果他们都知道了，会不会排斥她？将她当作怪物？从此就生分了，再也不理她？

褚磊又道："我见你将崩玉用得得心应手，还收服了神兽，想必有什么过人之处。爹爹虽然是看着你长大的，对你这方面居然一点也不了解。"

他回头，见璇玑脸色青白交错，半响，她才颤声道："我……我没什么不同啊……和大家一样……"

褚磊笑道："你这孩子，有什么事还要瞒着爹爹吗？"

璇玑急道："没有！真的没有什么不同！"

褚磊拍了拍她的肩膀，以示安抚，温言道："罢了。你早些休息吧。明天一早还要抽号，不要耽误了。"他转身慢慢走远，璇玑呆呆地看着他的背影，忽然抱着脑袋一顿猛抓。他这样问了，她还怎么能睡着？！完蛋！爹爹是不是发现什么了？她不该把腾蛇带来吗？

还是不该用崩玉？

她杂七杂八想了一夜，直到窗外微微露出晨曦，才累极睡去，没睡一会儿，就被兴奋的玲珑推着起来梳洗，红着眼睛晕晕乎乎去抽号。

演武场早已站满了人，东方清奇终于撤销闲杂人等不得随意上岛的命令，令弟子们将来访的客人一一记下名字和门派，分批带上浮玉岛。故而不到大会正式开始，演武场上已经是人满为患。

老规矩，东方清奇朗声说了一串场面话，紧跟着四角的夔皮大鼓咚咚敲起，四十名参赛弟子开始从匣子里抽号，然后去容谷主那里登记号数。

璇玑忍住打呵欠的冲动，抽了一张纸出来，翻开一看："丁卯。"她将纸片递给楚影红，她看了看，确认无误，这才让容谷主记在册子上。楚影红见璇玑眼睛红红的，看上去十分疲惫的样子，不由得轻道："怎么了，昨晚没睡好吗？"

璇玑摇了摇头，还没来得及说话，忽听身后一人低声道："丙寅。"

簪花大会第一次比试都是按照号数顺着排下来的，甲子和乙丑比试，丙寅和丁卯比试，以下依次。璇玑一听自己的对手出现了，下意识地回头看，却见一抹蓝衫，那人长身玉立，居然是大师兄杜敏行。

"啊，大师兄！"璇玑也不知是该庆幸还是郁闷，怎么第一场就和自己人干上了？那她到底要不要赢他呢？还是不要放出三昧真火，让着他，助他赢了第一场？

杜敏行回头对她微微一笑，柔声道："我的对手居然是小师妹，真是想不到。"

璇玑喃喃道："大师兄承让……你、你可别真让我啊。"

这话说得甚是孩子气，周围众人都笑了起来。杜敏行也笑道："比武场上无亲疏，小师妹也不要相让。"说着像以前一样，在她脑袋上轻轻拍拍，转身便走了。

璇玑忍不住追上去，轻道："大师兄，你最近怎么不理我了？我做了什么事让你不开心吗？"

杜敏行低头微微一笑，柔声道："怎么会。大师兄刚刚出关，你也刚刚回少阳峰，没机会碰上罢了。"说罢，他忽然转头，朝后面那巨大的木楼上看去。人群里，禹司凤相当显眼，丰神俊秀的模样，让许多女子为之脸红，而他却只笑吟吟地看着璇玑一人。杜敏行垂下眼睑，道："你长大了，也不需要大师兄像小时候一样照顾你。自有更好的人来为你担忧。"

这话说得甚是玄妙，璇玑不知该怎么接口，只能怔怔看着他走远。

木楼上，玲珑大声叫道："璇玑！上啊！我们给你鼓气！不要输！"璇玑回头对他们招了招手，忽听点睛谷恒松长老朗声道："簪花大会开始。甲子，乙丑，去东方擂台。丙寅，丁卯，去西方擂台……"

璇玑一听报到自己，立即抖擞精神，御剑而起，闪电一般，眨眼就升到了西边那个巨

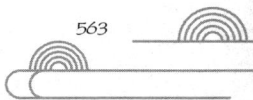

大的石柱上。杜敏行早已站在对面，旁边的则是点判本次比试的点睛谷江长老。

巨大的石台高有百丈，云雾就弥漫在头顶，仿佛伸手就可采撷。璇玑的头发和衣服被风吹得扭曲翻转，猎猎作响，靠在高台边缘，像一朵随风舞动的莲花，仿佛随时都会被风吹走。

那种柔怯娇美的模样，像针一样刺进杜敏行眼里。他终于经受不住，默然垂头，心中百般滋味，她小时候的情景，一幕幕，从脑海里流过。只有那么一瞬间，他疏忽了她，谁知从此就彻底失去了她，再也回不去。那个拉着自己袖子撒娇，软绵绵叫自己大师兄的女孩子，他真正失去了。

江道长朗声道："听我号令——比试开始！"

话音甫落，璇玑"铿"的一声抽出了崩玉，捏个剑诀，与他遥遥相望。这两人谁也不想先动手。

"小师妹，你还记得小时候大师兄陪你练剑的事吗？"杜敏行忽然低声开口。他没有抽出兵器，更没有摆任何招式，只静静站在对面，面带笑容，仿佛他不是来比试，只是来与她闲聊的。

璇玑不由自主想起孩提时代那些青涩朦胧的事情，那时候爹爹对她不求上进的态度十分愤怒，他和娘又忙着指导玲珑，没人来理她，只有大师兄会来陪她拆招，无论她手里的剑掉多少次，也不管她怎么偷懒，杜敏行都是笑吟吟的，并不生气，温言抚慰。

坦白说，他这样温和的态度，实在算不得一个好师长，到头来她去小阳峰的时候，还是什么都不会，都得从头学。但只有他，是她孩提时代唯一一抹温暖的色彩，没有人将她褚璇玑当一回事，甚至爹和娘，眼里都只有玲珑。让她认识到褚璇玑这个人的存在也会很重要的，就是他一个人。

想到这里，璇玑心中忍不住感到一阵温暖，放下崩玉，柔声道："我一辈子都不会忘记的，大师兄，你一直都对我很好。"

杜敏行低声道："我对你实在也算不得什么好，我也是个十分自私的人。为了自己的修行，疏忽了你。眼下你终于成才，和我站在同一个擂台上，大师兄心中又欣慰又后悔。"

璇玑喃喃道："大师兄……我、我一直想着你，你为什么最近都不理我了？"

杜敏行涩然一笑，并不答话。一旁的江道长沉声提醒："比试已经开始了，不要再说话！"

杜敏行抽出佩剑，拱手道："小师妹，开始了。"话音甫落，剑招一换，已经送到她面门前。这是瑶华剑法中的第一招，平平无奇。璇玑轻松地挡住，下意识地递出第二招，剑尖划向他的肩头，杜敏行转身让过，衣襟扬起，剑尖轻轻刺向她的手腕——第三招。

相比较其他三个擂台上水深火热的比试，璇玑这边简直就是温和的互拆剑招，将一套瑶华剑法从头练到尾，再从尾拆到头。江道长也是第一次见到这种比试，打了等于没打，然而说他们没打吧，又是在拆招。他暗叹一声，不知这两个孩子心中到底想什么，把簪花大会当作了什么。

待瑶华剑法拆到第三遍的时候，杜敏行忽然沉声道："小心了！"他的剑招陡然变化，唰唰几声，犹如蛇行，霎时变得凌厉起来，直取璇玑的要害。没有杀气的剑招，他是在试探她的实力！璇玑足尖一点，后退数步，并不打算和他硬撞上，谁知他的剑招却缠着不放，大有你不出手我便不停的意思。

她被缠得没有办法，只得举起崩玉作势一砍，虚晃一招，朝后跳去。谁知他的剑招不退反进，璇玑让得慢了，只听"刺啦"一声，袖子被他划开半幅，她雪白的胳膊登时露了大半出来。两人都是一愣，只听周围木楼上发出巨大的喧哗声，玲珑清脆的声音叫得最响："作弊作弊！大师兄你怎么能撕人家的衣服？！"

杜敏行面上一红，收剑道："小师妹，我不是存心的。没事吧？"

璇玑摇了摇头，将断开的袖子重新扎起来，笑道："没关系，继续吧。"

江道长早已被他们磨叽得够呛，当即大声道："你们两个注意！这是簪花大会，不是自家演武场！不要大惊小怪！"

两人被这样一说，不得不重新抖擞精神，重新开始。若说到剑法招式，两个璇玑也不会是杜敏行的对手，先前他明显是相让，这番用出真本领，璇玑便只有招架的功夫了。她总不可能拿出对付敌人的本领来对付杜敏行，眼看他一步步逼上，自己已经退到高台边缘，无路可退。璇玑犹豫着要不要认输，忽见眼前寒光一闪，他手里的剑竟是毫不留情划过她的颈项。

她若是不抵抗，便有性命之忧；若是躲避……那只有跳下高台。这电光火石之间，她忽而下定决心相让，足尖一点，竟是朝后纵身，打算跳下石柱。谁知手里的崩玉竟剧烈颤抖起来，发出清朗的鸣声，大有鼓舞的意思。

下巴上已经感觉到了剑刃的凉意，璇玑下意识地抬手一格，"喀"的一声，杜敏行手里的剑竟被她一招斩断。两人在那一瞬都是大怔，杜敏行脸色一阵灰白，抬手将断裂的佩剑丢在地上，后退两步，拱手道："小师妹，承让。我输了。"

"啊……"璇玑茫然地张大嘴巴，还没反应过来。

她怎么赢了？就这样赢了？莫名其妙的……她本来是想认输的！怎么会斩断他的佩剑？

她见杜敏行御剑要朝石柱下飞去，急忙叫道："大师兄！我……我没有……"

杜敏行已经探了一半身体出去，听见她叫唤，便回头对她微微一笑，挥手柔声道："你如今变得这样厉害，再也不会被人欺负了。大师兄心里十分高兴。"言毕，再也不回头，御剑飞了下去。璇玑几步追上去，只见到他蓝色的身影晃了一下，便落在地上。

是谁说不会让她的？到最后，他难道不是在让她吗？璇玑怔怔跟着下了石柱，大喜若狂的玲珑早已等在下面，一把抱住她，连声欢呼。禹司凤走在后面，见璇玑望过来，便笑着朝她拱手，表示祝贺。

"我……我觉得自己赢得莫名其妙。"事后，璇玑喃喃说着，"明明那一招是大师兄赢了的，不知道怎么搞的，我就是挡了一下，他的剑居然就断了。如果从招式上来说，根本是我输了呀……"

玲珑向来帮亲不帮理，撇嘴叫道："你想那么多干吗啊！反正是你赢了！谁要是不服气，你明天的比试就用出真功夫，镇住他们！"

璇玑小声道："我……一直在用真本事啊。"

玲珑哪里听她说什么，早将她推进少阳派的人群里，有说有笑了。杜敏行低头和褚磊说了几句什么，转身看了看璇玑，这才默然离开。璇玑怔怔地看着他的背影，心中忽然有一种说不出的难受，自己也不明白是为了什么。

褚磊走过来，说道："璇玑，你赢了第一场。不要掉以轻心，后面还有好几场。"

璇玑低声道："爹爹，是大师兄在让我呀。我赢得也不光彩。"

玲珑急道："你这丫头怎么死脑筋？！你要是没本事，能将他的佩剑斩断吗？你随便叫个人来，看能不能随手把佩剑斩断？"

褚磊温言道："你不用想那么多，敏行方才说了，他使出了看家本领，却没能在五十招之内制服你。你的进步让他也十分惊讶，最后一招居然还能生断铁剑，可见你先前也是在相让。你如此，让他做师兄的怎好意思赢你？"

璇玑无话可说，最后只得点头，承认自己赢了一场。

"你别急着走，留下来看看其他弟子的比试。不可轻敌。"褚磊嘱咐一番，便离开了。他是下场东方擂台的点判人。

禹司凤见璇玑一个人坐在最后面，前面那么多少阳派年轻弟子说说笑笑，她仿佛都没在听，心不在焉的样子，不由得悄悄坐到她身边，握住她的手，低声道："在想什么？"

璇玑轻道："大师兄一定为簪花大会准备了很多，可是却因为和我撞上，让他那么多努力都白费了。"

禹司凤笑道："说得也有道理。不过让他努力白费的不是因为你赢了，而是因为你太不尊重他。"

璇玑奇道："我怎么会不尊重他？"

"这是正式比武，不是儿戏。你却从头到尾都不愿将他当作一个对手来认真对待，处处相让。这样的话，他赢了有什么意义？岂不是让所有人笑话么？师父曾说过，就算是比武，也要尊重对手，所谓的尊重，便是使出你所有的本领来比拼，在比武场上，无谓的相让便是对对方最大的不尊重。"

璇玑还是第一次听到这种论调，不由得呆住，半晌，才道："大师兄是因为我让他，所以才宁可认输？"

禹司凤拍拍她的脑袋，道："既然事情已经过去，纠结在上面也没有意思。以后还有比试，你要使出看家本领，明白吗？"

璇玑摸了摸鼻子，低声道："看家本领……是说腾蛇吗？"

禹司凤一愣，两人都想到了什么，回头张望，就见腾蛇坐在木楼栏杆上，旁若无人地大吃大嚼。他失笑，低声道："不错，你将他放出来，光是那吃功，所有人都要甘拜下风。"

璇玑终于被他逗得咯咯笑起来，玲珑听到她的笑声，急忙凑过来，连声问："怎么？什么好玩的吗？你笑什么？"


说话间，褚磊已经上到东方擂台。这一场比试，是点睛谷和离泽宫弟子之间的。玲珑见那站在擂台上的离泽宫弟子身形高大，穿着一件半新不旧的白袍子，一头长发也不束，任由它们散乱地披在腰下，看起来甚是不拘一格，不由得凑过去问禹司凤："喂，这人是谁？他厉害吗？"

禹司凤凝神看了一会儿，摇头道："我也没见过这人。"奇怪，离泽宫年轻弟子里有这号人物吗？按规矩来说，年轻弟子必须穿青袍，腰上挂各色牌子。这人却不伦不类穿白色衣服，腰间更没有牌子，除了脸上那个修罗面具，他看上去并不像离泽宫的人。

他朝离泽宫弟子集中的地方望去，正、副两个宫主都坐在木楼前的高台上，姿态悠闲，对那人的装扮也不甚在意。

褚磊一声令下，两个弟子的比试开始了。众人见这两个弟子的招数都平平，并没有什么特别出彩的地方，看了一会儿便不耐烦，各自说笑去了。玲珑正连说带笑地比画着上次簪花大会的场景，忽听一旁的亭奴低声道："不好！那人有危险！"

众人都是一愣，紧跟着只听东方擂台上"轰隆"一声巨响，像是什么东西炸开，尘土弥漫开来，那重重尘雾中，依稀有什么庞然大物蠢蠢欲动，忽而绷直了身体，倒竖起来，冲破尘雾，鲜红的鳞片在日光下闪闪发光。

是一条巨蟒！

"谁的灵兽？！好大的家伙！"钟敏言惊讶得都快失声了。禹司凤猛然起身，紧紧盯着擂台上的动静，却见那鲜红的巨蟒摇头摆尾，足有十几人垒起来那么高。蛇是喜欢阴凉的动物，尤其这种灵兽，最受不了日光直射。很显然，这只巨蟒被灿烂的阳光照得十分不舒服，狰狞地张开血盆大口，两根獠牙森然发光，信子乱跳，极为不安分。

擂台上的尘雾渐渐散开，周围的喧哗声也渐渐平息下来。场上所有人的眼睛都盯着那里，只见那离泽宫弟子双手用一种古怪的姿势微抬，手指像波浪一样起伏波动，口中吹着尖锐的曲调，身后的巨蟒便随着他的曲调和手势慢慢舞动，一双金光灿灿的眼死死盯着对

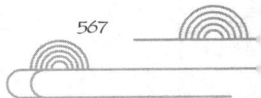

面的点睛谷弟子——那可怜的人早已吓得坐在地上动弹不得了。

离泽宫那人忽而将手指一搓，哨声变得刺耳起来。禹司凤惊道："他要灵兽攻击！那人会死！"话音甫落，却见那巨蟒高高昂起倒三角的脑袋，闪电一般蹿下，它张开的大口，轻易就可以将点睛谷那人吞下去。

众人纷纷惊叫起来，待要救援却已来不及。电光火石之间，只听褚磊大喝一声，连纵数下，飞快挡在点睛谷弟子身前，厉声道："退后！不得伤人性命！"

# 第二十九章·皓凤

离泽宫那人立即吹动口哨，缓缓将巨蟒召回。它看上去还有些舍不得，围着褚磊和点睛谷弟子绕了两圈，可惜地吐着信子，终于盘旋而去，顺着主人的身体打转，最后缓缓陷入他脚底的阴影里，再无痕迹。

那人缓缓拱手，曼声道："得罪了，失礼之处，还望海涵。"

褚磊不由得默然，半晌，回头看了看那吓瘫的点睛谷弟子，低声道："还能继续吗？"那人瞠目结舌，根本一个字也吐不出来，眼看着是要晕过去的模样。褚磊暗暗叹了一声，将手一拍，朗声道："离泽宫获胜！"

木楼上喧哗声一浪高过一浪，赞叹者有之，痛骂离泽宫不守规矩的有之，更多的是好奇那么个庞然大物被那人藏到了什么地方。禹司凤怔怔坐回去，心中惊疑不定。他可从来不知道年轻弟子中有人能养这么大的灵兽！那只巨蟒看起来足有近五百年的修为了，年轻弟子能降伏吗？

胳膊上被人一抓，玲珑兴奋的声音在耳边响起："天啊！司凤！你们离泽宫居然有这么厉害的人物！他养的那只巨蟒好厉害！你的小银花和它比起来根本不够看嘛！"

很显然，蜷缩在袖子里的小银花对玲珑这番言语很不满，挣扎着伸出脑袋，朝她恶狠狠地吐信子。

"哟，你这条小蛇还会发脾气嘛！"玲珑见它十分可爱，忍不住调笑，朝它做个鬼脸。钟敏言哭笑不得，道："你就这么孩子气，和它斗什么。"

对面东方擂台上，点睛谷那个弟子因为晕迷过去，被人抬下了石柱。点睛谷几个长老的表情都不怎么好看，因为输得实在太狼狈。江长老在点睛谷中算年轻些的，火性也大，当即便说道："离泽宫倒真是人才济济，带着这么大的灵兽上台，是要拼命吗？"一旁的恒松长老轻轻拉了下他的袖子，他只当没发觉。

离泽宫大宫主仿佛没听到他的话，倒是副宫主咯咯笑了起来，拱手道："小徒失礼了，我替他给诸位赔个不是。他第一次参加这种比试，难免紧张，好在没有痛下杀手，和当年那个乌童比起来，真是庆幸得多。"

他这会儿提到乌童，很明显是给点睛谷难堪。当年乌童可是点睛谷的弟子。果然江长老的脸色立即变得十分难看，乌童那会儿还是他亲自带的徒弟，他犯了事，被五大派通缉，最后还成了妖魔一伙，最丢人的是他江长老，不是别人。

他厉声道："你这样说，便是……"

话未说完，容谷主便低喝一声："江长老！比试还未结束！"

他硬将后面的话吞了回去，脸色铁青。容谷主淡然道："贵派人才众多，真叫人羡慕。不过簪花大会比试意在切磋，不是抗敌。那么大的灵兽，难免造成伤亡，还请两位宫主重视。"

那大宫主还是不说话，只有副宫主笑道："容谷主说得是，我会教导他不到万不得已不许使用灵兽。"

那话说得并没什么诚意，涵养好如容谷主，也忍不住心头有火，轻轻哼了一声，不再说话。

第一天的比试很快便结束了，刷了一半的人下去，少阳派参赛的十个弟子，只剩下六个，倒是浮玉岛占据了地形优势，留下了八个人。到了晚间，一众年轻弟子聚在一起庆祝璇玑通过第一关，自然又是大吃大喝一通，年轻人聚在一起热闹说笑当然不必多说，倒是璇玑有时想起莫名其妙赢了杜敏行，心中还有些不舒服。

回客房的路上，腾蛇出乎意料地没有说话，沉默得很怪异。璇玑颇不习惯他这种样子，忍不住说道："你……呃，喜欢岛上的菜肴吗？"

腾蛇猛然回神，连忙点头："很不错！相当好吃！这什么大会结束后，我能装点吃的带走吗？"

璇玑干笑两声："可以是可以……不过，带走没两天就会馊掉吧……"

她见腾蛇似乎有什么心事，心神不宁的样子，便问道："你在想什么？好难得，你也会有心事。"

腾蛇"切"了一声："你说什么废话！神仙怎么会有你们那些杂七杂八的小念头小心思！"

"那你怎么心事重重的样子？"

腾蛇皱了皱眉头，犹豫一会儿，才道："我好像……闻到一种熟悉的味道。不过白天没找到究竟在哪里，那味道我以前闻过，虽然想不起来到底是谁的……"

璇玑奇道："你是说岛上有妖怪？会不会是东方叔叔开放关卡放人进来，所以有妖怪混了进来？"

腾蛇摇头，沉吟道："不像人群里的……我要去演武场走一圈，你要跟着吗？"

"这么晚了去什么演武场？"璇玑看看天色，都快三更了，"明天再去也一样。既然是你认识的妖怪，应当不是什么坏蛋吧，你急什么？"

腾蛇白她一眼，懒得理她，掉脸就走，一面道："笨死了，没听过月黑风高好办事吗？你不去我自己去，别跟着！"

璇玑急忙追上去："我也要去！你这头野兽莽撞得很，要是再闹出什么事，丢人的可是我这个主人！"

"呸！少往脸上贴金！"

两人边走边斗嘴，一直走到演武场那里。即使是夜间，演武场也有无数守卫巡逻着，防止有人求胜心切，在擂台上做什么手脚。腾蛇七拐八绕地，似乎不认得路的样子，时不时抬头用鼻子闻闻，紧跟着再走。璇玑绕得头都晕了，扯住他的袖子小声道："喂！你到底要去哪里啊？如果让人发现可难看了！"

　　"那谁让你跟来的，自己滚回去吧！"腾蛇甩开她的手，凑去左边嗅嗅味道，忽然发现了什么，眉毛一挑，拔腿就奔。

　　"等等！"璇玑赶紧跟上，眼见他朝北方擂台后面的一个巨大的高台上跑去，那上面守了一圈浮玉岛弟子，像他这样狂奔，迟早被人发现。她心中大急，偏偏又不能叫嚷，只能咬牙跟在后面，忽然想起什么，摸了摸腰间的小皮囊，心下突然有了个主意。

　　"腾蛇！"她低叫一声，趁他不耐烦回头叫骂，抬手丢给他一个小瓶子，"你动作快，上去把这里面的东西滴在那些人脸上。"

　　腾蛇低头一看，却见掌心躺着一个拇指大小的水晶瓶子，里面有半瓶半透明的水，轻轻嗅一下，他立即打了好几个喷嚏，揉着鼻子道："厉害！这就是他们说的凡间的迷药？"

　　璇玑见上面的人似乎发觉这里动静不对，便推了他一把，低道："快去！"

　　腾蛇见这等好玩的事，哪里肯退缩，足尖一点，眨眼就飞上了高台，只听上面一阵喧哗，不过都是一句话没说完就被迷晕过去了。过了一会儿，腾蛇从高台上探出脑袋，对她轻轻吹个口哨。璇玑笑吟吟地跑上去，却见那高台上横七竖八倒了十几个浮玉岛弟子，她心中微感愧疚，朝他们拱了拱手。

　　"这是什么玩意？"腾蛇奇怪地说着。

　　璇玑回头，顺着他的眼光看去，原来这高台上没有别的东西，只有一个巨大的笼子，正是那天离泽宫副宫主命人带来的。笼子上蒙着黑布，盖得十分严实，边缘似乎还用铁线钉上，不知里面藏着什么东西。

　　两人走到笼子前，腾蛇用手敲了敲，再用鼻子嗅嗅，沉声道："就是这个了！里面的味道很熟悉！我要看看装着什么东西。"

　　璇玑见他抬手就去撕黑布，急忙阻止，"别急！我想起来了！每次簪花大会都要摘花，这一定就是被摘到的花！你别捣乱。"

　　"摘花？"

　　"簪花大会不光是各派弟子切磋，就算赢了所有的人，最后还有一项安排，就是和长老们事先准备好的妖魔互斗，赢了才能有资格簪上牡丹花，簪花的意思就在这里。我想这笼子里关的一定是他们捉到的妖魔，要是不小心放出来，场面一定不好收拾。"

　　腾蛇哼了一声，冷笑道："你们这些凡人就喜欢胡思乱想，全天下妖魔鬼怪都是和你们凡人作对的，都要一网打尽，杀个干净才好！人家妖怪过得好好的，碍着你们什么事了？"

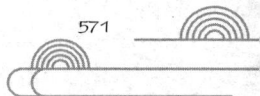

说罢，手上猛然用力，只听"刺啦"一声，黑布被他撕开一个口子。璇玑急得直跺脚，抬手就要去抓他的头发，将他拖走。忽听笼子里一人低呼一声，那声音甚是娇嫩柔媚，十分熟悉。

两人都是一呆，腾蛇奇道："女人？！不是妖魔吗？"

他刚说完，只见一只雪白纤细的手从那口子里探了出来，那娇媚的声音喃喃道："这声音……你、你是不是璇玑？"

璇玑大吃一惊，抢步上前，抽出崩玉将那黑布全部斩裂，只见一个紫衣女子倚着栏杆定定看着自己，那眉眼，那姿容，居然是紫狐！

"璇玑！"紫狐大叫一声，紧跟着眼泪就流了出来，呜呜咽咽说道，"我还以为你们死在不周山了！天啊，你们还活着吧？没人死掉吧？"

璇玑脑子里乱成一团，怎么也不明白紫狐怎么会被关在笼子里，她急道："我、我们没事！倒是你！怎么会在这里？谁抓你的？"

紫狐抹去眼泪，恨恨地说道："是那个阴阳怪气的副宫主！我的烛火也是他熄灭的！他说要我做什么被摘的花……然后就一直将我关在这笼子里。呸！老娘看他就是个变态！璇玑，你可要帮我报这个仇！"

她哭得十分可怜。

璇玑惊道："是副宫主？！果然……我看他就不是好人！你别急，我马上放你出来！"她抽出崩玉，用力朝笼子上砍去，咣当一声巨响，火花四溅，她的虎口被震得微微发麻，那笼子居然纹丝不动，也不知是什么材料做的。

紫狐低声道："你别费事啦，这笼子是天上的玄铁铸成，还被加了咒法，将我的妖力锁住，不能动弹。"

璇玑又用力砍了几下，果然没用。她急道："好奇怪，如果我早知道笼子里关的是你，一定早点来救你！可是我怎么闻不到你的妖气？"

紫狐把手腕举到她眼前，雪白的皓腕上，钉着一个黑色的珠子，深深嵌在她的腕骨里，动弹不得。她哽咽道："就是这鬼东西！一戴上就没妖气了！你看看，怎么把它弄掉啊！难看死了！"

璇玑一见那珠子，心中一动，只觉似乎在什么地方见过，然而一时之间居然想不起来。她低声道："你别急，我砍不断笼子，就烧断它！"说罢她回头叫，"腾蛇，拜托你，把笼子烧了！"

腾蛇还未来得及答应，却听紫狐低呼一声，颤声道："你……你是腾蛇大人？"

腾蛇定定看着她，疑惑道："你认得我？我好像也认识你，但……有些想不起来了，你以前……是这样的？"

紫狐含泪道："我以前只是一只小狐狸，没修成人身。"

"啊！是你！"腾蛇一拍手，终于想起来了，"那只狐狸！一天到晚跟在无支祁屁股后面跑的那只狐狸！"

紫狐颤声道："是我……真想不到会在这里遇到腾蛇大人。我……我有一事请问，无支祁他……他过得还好吗？"

腾蛇皱眉道："你问我我问谁？反正应当还在阴间苟延残喘半死不活吧！"

紫狐落下泪来，哽咽道："我……我总是要去阴间看他的！"

"你还真痴心，无支祁那家伙从来不懂怜香惜玉的啦，你不要妄想了。情欲反而误他修为，阴间刑罚期满了之后，他还有机会飞升得道。被你这样一缠，他还怎么修行？"

紫狐急道："我没有缠着他……我只是……只要看他过得好，我就安心了……"

腾蛇"切"了一声，嘀咕道："这还不是缠着？"他握住笼子的铁条，沉声道，"你退后，我来把这鬼东西烧烂了。他们能弄到天上的玄铁，倒真是不简单！"

紫狐退后几步，感激地说道："今日救命之恩，紫狐来日一定结草衔环相报！"

"报什么报！"腾蛇掌心燃起鲜红的火，一瞬间就将一根铁条烧得通红，被他轻轻一掰，断了。

"不过，腾蛇大人怎么会在这里……璇玑，你认识他？"紫狐这时才发觉这两人好像是认识的，不由得十分好奇。

腾蛇登时涨红了脸，支吾半天，恶狠狠地叫道："问这么多干吗？！闭嘴！"璇玑笑道，"哦，你还不知道呢，紫狐。腾蛇成了我的灵兽……"话没说完，腾蛇就把掰断的铁条朝她投掷过来，叫道："臭小娘少说两句会死啊？！"

"灵兽？！"紫狐不可思议地看着他二人，忽然想起璇玑身份特殊，收了腾蛇做灵兽也不算什么奇怪的事，于是点头道，"那真是……呃，恭喜……"她见腾蛇凶神恶煞的样子，吓得把后面的话吞回去了。

璇玑见腾蛇忙了半天，只拆了两根铁条，便催道："你快点行不行啊？万一让人发现了，咱们可要倒霉的！"

腾蛇抬头正要反驳，忽然一愣，将手从笼子上放了下来，转头不知看着什么。

"知道这样做是犯大错，你胆子也真不小！"身后陡然响起一个低沉的声音，璇玑大吃一惊，急忙回头，只见褚磊阴沉着脸，站在后面。

"爹！"璇玑叫了一声，连声道，"这是误会！紫狐是好人！她从来没害过人，去不周山还帮了我们许多忙！她是我的朋友，我怎么能看着她被关在笼子里？！"

褚磊并不答话，走上前，看了看笼子里的紫狐，半晌，才道："你就是将她救出来，那又如何？"

璇玑呆了一下，才道："呃，救出来……当然是带她离开浮玉岛，不让副宫主再抓到她。"

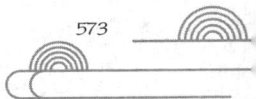

褚磊皱紧眉头，沉声道："姑且不说副宫主为何要抓她，在你心里，簪花大会到底是什么？事先准备好的花被你私自放跑，甚至还迷倒浮玉岛的弟子！你是用什么身份站在这里？又是用什么身份擅自犯下这种大错？！"

"我……"璇玑被他问得瞠目结舌，不知所以。

"你现在是少阳派的人，不是独来独往孑然一身的人！你今日做下的因，明日便是少阳派为你承受那果。你任性妄为的时候，先想一下自己是谁？做的事会不会为别人带来麻烦？"

璇玑满头冷汗，喃喃道："我……没想过。但是我一人所为，和少阳派没关系……"

"你还能再说没关系？"

她的肩膀垮了下来，良久，才轻道："可是，我也不能看着自己的朋友被关在笼子里！紫狐是我朋友，爹你难道可以眼睁睁看着自己朋友被关在笼子里吗？"

褚磊沉声道："朋友这个词岂可随意乱用？你才下山几天？就如此与人推心置腹？"

璇玑道："朋友就是朋友，只要投缘，一个时辰也能成为生死之交。不投缘，一辈子也无法成为朋友！"

"如果她没有犯事，离泽宫的人怎会无缘无故抓她？天下万事，离不开一个理字。你不能为了私情置道理于不顾。"

"她没有犯事！那副宫主不是好人！"

"荒谬！"褚磊勃然大怒，抬手便要给她一耳光。

紫狐忽然在后面叫道："你这老头！真是顽固不化！罢了，璇玑，我不想让你为难。你不用救我了。哼，小小几个修仙门派弟子，想伤害我，那是做梦！喂，老头，我本来不想伤人，但你们把我逼到这份上，到时候什么摘花簪花的，别怪我手下无情！"

褚磊看了她一眼，冷道："你如此做，当真不配做别人的朋友！"

紫狐气急败坏，急道："你少在这里胡说八道！我不动手，难道要我躺在那里被杀掉？！老娘可不是那种孬种！"

璇玑插嘴说道："爹！我反正是一定要救她的，我把前因后果说给你听，你要是还不同意，我……反正不管怎么样，我都是要救她的！"

当下她把众人怎么和紫狐相遇，怎么去不周山救人，紫狐怎么被副宫主掳走的事情说了一遍。她口齿不如玲珑他们伶俐，却也将这事完完整整说了一遍，最后道："爹，离泽宫很古怪！该提防的是他们吧？"

褚磊默然沉吟，没有说话。一旁的腾蛇笑道："你们这些人，就喜欢把事情搞得复杂。照我说，直接把人放出来，谁要是敢来说三道四，来一个杀一个！这才痛快！"

"你闭嘴吧！"璇玑翻他一个白眼，对他这种无聊的建议完全嗤之以鼻。

褚磊开口道："不管此事离泽宫如何打算，今日你绝对不可将她放出。"

"爹！"璇玑急了。褚磊摆了摆手，示意她住嘴，又道："你如果真的将她当作朋友，便不要做这等小偷小摸的事情。正大光明地赢了比赛，到时候你爱救她也好，放她也好，都是你的事情，旁人管不着。但你要是今天就来放她，我绝对不同意！"

璇玑咬了咬牙，沉声道："好！那我就赢了簪花大会给你看！可是，腾蛇我也不会让他坐冷板凳了。"

褚磊背着双手，缓缓下了台阶，一面道："随你喜欢。只要不伤人性命。"

璇玑怔怔地看着他走远，身影消失在浓厚的夜色中，良久，才感到手心里全是汗，湿漉漉的。她在衣服上擦了擦手心，回头愧疚地看着紫狐，低声道："对不起，紫狐。我今天没办法救你出来了。"

紫狐叹了一口气，从栏杆间隙里伸出手，拍了拍她的脑袋，道："这也无所谓。我自从被那个变态抓出来之后，就一直担心你们遭遇祸事，眼下看到你们平安，也安心多啦。你可别为了我这个妖怪和你爹爹闹脾气，他……他说得也有道理啦。"

璇玑低声道："你等着我，我一定赢了所有的比试，然后救你出来。"

紫狐眼圈一红，垂下头，半晌，才柔声道："你……你也别太费劲了。我不过是个妖怪，以前还想害你们。"

璇玑淡然道："不要说这些有的没的。总之你安心在这里等着，最多三四天，我就来带你走！"

紫狐把眼泪抹掉，忽然扑哧一笑，璇玑呆道："你笑什么……"紫狐咯咯笑道："不，我是突然想到……咱们这样，算不算英雄救美？不对，你也是美人，这下没有英雄什么事了，是美人救美。"

璇玑一怔，跟着也笑了起来，又拉着她的手说了好一会儿话，这才带着腾蛇离开这个高台。

"喂，这些人怎么办？"腾蛇指着倒了一地的离泽宫弟子，问道。

璇玑随意摇头："管他们呢！就躺着吧！反正明天一早就会醒过来。"她抿紧唇，满脑子想的就是如何赢得簪花大会，过一会儿，忽然沉声道，"腾蛇，如果限定条件是不杀人，你能大展手脚吗？"

腾蛇眼睛一亮，叫道："终于有架给我打了？"忽然想到什么，急忙摇头，"我才不要！这什么大会，出来的都是小屁孩，一根指头也能戳死了他们，十分没劲。你自己打吧！"

璇玑没说话，飞快下了高台，一面道："好！那你就在旁边看着，看得手痒了就上来一起打！我若是不赢了这个比赛，便不叫褚璇玑！"

腾蛇听她这话说得甚是坚决，不由得转头看了她一眼。见她眼底满是冰冷的光芒，犹如寒冰被碾碎一般，令人悚然。他心中一动，昔日战神将军一战成名，足足杀了近千魔神，那时候的目光，会不会也是这样的？

喂喂，会不会太小题大做？他想这样问，然而在那种目光下，他竟说不出一个字。

第二日的比试只剩下二十人，依旧是抽号，按照号数自去擂台比试。璇玑今日的对手是一个浮玉岛的男弟子，比试点判人是离泽宫副宫主。一见到这个人，她真是新仇旧恨一起涌上心头，恨不得抓住他的脖子，把他捏死在手里。

玲珑他们在木楼上叫得震天响，为她打气鼓舞，那种声势，几乎将其他门派的叫嚷声都盖了下去，最后人人都朝少阳派这里望过来，有的无奈有的愤愤不平。

对面那浮玉岛弟子笑了一声，道："好大的鼓劲声，真让人惊讶。"

璇玑颇感不好意思，连道："对不起……他们叫得太响了……"那人却呵呵笑道："也没什么，叫得震天响也不代表实力强悍。"

这话里面隐隐含着刺，璇玑敛起笑容，疑惑地看着他。那人又道："今天的比试可与昨天的拆招不同。你们同门之间相让，可别指望我也来让你这位大小姐。好好想想，再说开打吧。"

璇玑登时涨红了脸，他的意思分明是说她第一场赢了，是因为杜敏行相让，意指她根本没什么本事，靠人情上位。她不擅长这种口舌之争，当下也不说话，只将崩玉抽出，捏个剑诀。

副宫主手里的羽扇摇啊摇，笑道："现在要说的话，要吵的架，都赶紧讲完。待会儿开始比试，就不许再开口喽！"他笑嘻嘻地看看这个，再看看那个，最后问道，"都没话说了吧？那开始！"言毕，手里的扇子挥了下来。

浮玉岛那个弟子还慢吞吞地抽出佩剑，明显不将璇玑当作一回事，最后摆好架势，低声道："来吧，要不大哥哥也来陪你拆几招。"话还未说完，只见一个人影闪电一般蹿到眼前，快得令人来不及反应，紧跟着"咣"的一声，他手里的剑瞬间就变成了两截，掉在地上滚了好远。

脖子上一凉，正是璇玑的剑抵了上来。他用一种怪异之极的眼神看着她，好像她突然从柔柔弱弱的小白兔变成了青面獠牙的妖怪。

"你输了。"璇玑低声说着。

这一仗，她终于赢得让人心服口服。木楼上的欢呼声一阵高过一阵，像大海里的浪潮，没有休止。

如果说，璇玑赢了前两场还可以说是运气好，那么她又漂亮地赢了第三场之后，再也没人会说她是靠运气了。曾有别派弟子要求借崩玉一观，认为她在剑上搞了什么古怪，否则随手断人兵器，那不是一般臂力的人所能做到的，她看上去那般娇怯怯的，并不是孔武有力的类型。

但结果依然让他们失望，崩玉虽然锋利，但他们用来砍别的兵器，也无法像她那样轻易将之斩断。他们并不明白，崩玉只有在璇玑手上才会发挥其真正的神力，其他人使用起来，也不过是锋利一些的宝剑罢了，没什么不寻常。

如今参赛弟子被淘汰得只剩五人了，少阳派只剩璇玑一人，离泽宫也只剩下那个能唤出灵兽的弟子，另外是两名浮玉岛弟子和一名点睛谷弟子。在玲珑口中那些平凡无奇的浮玉岛弟子，居然在这次簪花大会上大放光彩，兴许是占了地形的优势，也兴许是他们深藏不露，但无论如何，他们确实赢得让人心服口服。

这日一大早，演武场里已经挤满了观战的人群。今日的比试结束之后，再过一天便是决赛，因此来看热闹的人越来越多。或许是因为簪花大会进行到现在都没出什么事情，浮玉岛的管辖也稍微放松了一些，对上岛的访客不再盘查那么严密。虽说璇玑对簪花大会的胜利势在必得，一早上过来看到熙熙攘攘那么多人，还是吓了一跳。

"东方叔叔放了这么多人上浮玉岛！"她趴在木楼的栏杆上，朝下看，密密麻麻全是脑袋，"站在下面其实什么也看不到呀。"

"哼，这世道，反正都是凑热闹的人多啦。以后出去混江湖，夸口自己看过簪花大会，也是个吹牛的好料呢。"玲珑在后面替她把松散的发髻绾得结结实实，又将下面的碎发编起来，好让它们不会被风吹得乱飘，迷了眼睛。

正说着，禹司凤和钟敏言二人也上来了，玲珑急忙招手："这里这里！位置都帮你们抢好了！最好的视野哦！"

钟敏言知道她就喜欢在这些小细节上纠缠不清，当下笑着过去揽住她的肩膀，看着她替璇玑绾头发，柔声道："我竟不知你手这样巧，这发髻绾得不错。"说罢朝她头上的发髻望去，伸手摸了摸。

玲珑翻他一个白眼，嗔道："别闹！你要是想啊，回头我也替你绾一个，保准比璇玑还妩媚！"

"饶了我吧……"他苦笑。见璇玑回过头来，黑白分明的眼睛在自己脸上一掠而过，似乎有一种发麻的感觉。他垂头避开，将玲珑耳边的碎发捋上去，轻道："起这样早，没吃东西吧？我带了糕点，待会一起吃。"

玲珑娇嗔地看他一眼，跟着吃吃笑了起来。璇玑晓得他们两个闹起来是旁若无人的，赶紧退开，不做碍事的人。回头见禹司凤和柳意欢、亭奴坐在一起，三人神色凝重，不知说些什么。她走过去，奇道："柳大哥你难得来这样早，为了看我比试吗？"

柳意欢嘿嘿笑了两声，道："那是自然，小璇玑的比试，我哪一场迟到过？今天也要赢个痛快！"

禹司凤对她招手："璇玑，过来。"璇玑走过去坐在他身旁，只听他沉声道，"如果今天抽号，撞到离泽宫那个人，你不要客气，让腾蛇上去对付他。"璇玑愣了一下，问道：

"怎么？突然这样说……"

禹司凤低声道："那个人，不是普通弟子。离泽宫故意让不符合参赛标准的人来捣乱，虽然不知他们搞什么鬼，但你要小心。"

璇玑看了看亭奴和柳意欢，两人都默默点头。亭奴道："柳兄的天眼尚未完全恢复，不过他看出那不是寻常弟子，只怕是长老级别的人物，上回那个灵兽不过是牛刀小试。这次簪花大会只有你参加，因此我们推测他或许是离泽宫派来找你麻烦的，苦于没有确凿证据。总之，你小心。"

璇玑默然，禹司凤又道："璇玑，抱歉，这本是我惹出的麻烦……"她急忙摇头，死死抓住他的手，急道："你怎么这样说！我、我就喜欢解决你惹出来的麻烦！"

柳意欢"哦哦"叫了几声，起哄道："好亲热好甜蜜！比试开始还有些时间，要不我们几个避让一下给你们说悄悄话？"

璇玑脸上晕红一片，低声道："柳大哥就是这么为老不尊！"

众人都笑了起来，柳意欢正要再占点口头上的便宜，忽听四角夔皮大鼓敲了起来，到了抽号的时间。璇玑起身，准备从木楼上跳下去，禹司凤忽然在后面拉了她一下，她愕然回头，唇上一暖，却是他轻轻吻了一下。

光天化日下，如此大胆的举动，引起周围一阵阵抽气声。璇玑心中突突乱跳，怔怔看着他漆黑的眼，喃喃道："你……你怎么……"他只微微一笑，放开手，柔声道："我只是突然想这样做而已。璇玑，我等你回来。"

璇玑郑重地点了点头，回他一个笑容，这才翻身跳下木楼，与其他五名参赛者一起抽号。

玲珑的下巴还处于快要脱臼的状态，见禹司凤若无其事走回原地，她结结巴巴地说道："你、你可真是、大、大胆！"禹司凤笑着看了钟敏言一眼，伸手轻轻触摸嘴唇，低声道："嗯，确实有些大胆。"

不谈禹司凤这样一说又吓掉了多少人的下巴，反正璇玑是没看到了。她从匣子里抽了号，正要打开，忽听对面那离泽宫副宫主含笑道："可别那么巧，和咱家的弟子撞上了，小璇玑。"

什么小璇玑！她冷冷瞪了他一眼，这三个字从他嘴里冒出来就是让人浑身不舒服。她打开纸片，却见上面端端正正写着"甲子"二字，居然排在第一个。副宫主又笑道："什么号？给我看看。"

璇玑不想搭理他，然而今日登记抽号的人是他，只能不情不愿地把纸片递给他，副宫主瞥了一眼，"哦"了一声，道："瞧我这乌鸦嘴，还真让说中了。"他将登记的册子竖起来，呵呵笑道："看，我派的皓凤排在乙丑呢。"

原来那人叫皓凤。璇玑看了他一眼，低声道："这真的是巧合吗？"

副宫主摇着扇子，笑道："世间万般事情本来就是各种巧合构成的，你不信吗？"

鬼才相信你！璇玑转身就走，他在后面又道："皓凤很厉害的，小璇玑可要小心呀！"

话音一落，只听四角的夔皮大鼓再次敲响，比试正式开始了。璇玑立即要御剑飞上去，谁知腰上突然一紧，像是被人抓住，紧跟着那人纵身一跳，腾云驾雾一般，轻轻松松抓着她跳上了南方擂台。

"腾蛇！"璇玑回头见是这个捣蛋鬼，不由得大感头疼，"你上来干吗？不是说不想插手吗？"

腾蛇揉了揉鼻子，哼了一声，道："老子今天想打架，干吗，你不给？"

璇玑抬脚就要把他踹下去，腾蛇急道："喂！你不要不识好人心！我可是来帮你啊！"

"帮？"璇玑立即捉住了这个敏感字眼。

腾蛇看了看站在对面的那个皓凤，他像一块岩石一样，在风中岿然不动，一头散乱的长发被吹得像蛇一样扭曲。

"这人的影子里养了好些有趣的东西，嘿，我想见识见识。"

里面似乎还有一只很不同寻常的妖魔……他看了看璇玑，虽说她是战神将军，但这一世肉身只是个小女孩，对付那种妖魔，可能承受不住。他可不能让她死了。灵兽契约刚刚订下，她要是死了，他也活不成，这等买卖便做得十分不划算了。

两人正在这里嘀嘀咕咕，却听场中央的容谷主厉声道："比试是单打独斗，不可以带帮手！褚璇玑，速速让这人离开此地！"

璇玑急忙解释："容谷主，他不是帮手，他是我的灵兽！不过平时都化成人形而已。"

容谷主皱着眉道："荒唐！灵兽怎会化成人形！我理解你求胜心切，但这等谎言，未免难以取信于人！"

璇玑还要再说，腾蛇却大笑道："哈哈哈！肉眼凡胎，可怜之极！你认不得老子，罢了罢了！回头再让你大开眼界。"说罢他纵身一跳，从石柱上跳了出去，身体却不落下，轻飘飘地，像一片落叶，凌空站在擂台外一丈左右的地方。这等神技，登时引起巨大的轰动。再厉害的修仙者，也要御物才能飞在空中，像他这样想站就站，想躺就躺，身体却不下坠，完全是闻所未闻。

腾蛇半躺在空中，撑着脑袋，又道："我就在这里看着，不碍事吧？"

容谷主也被他这一手震住了，缓缓点头，沉声道："如果阁下……真的是灵兽，自然无碍。"

腾蛇吹了一声口哨，笑道："开始吧，小璇玑！"

他听大家都叫璇玑为小璇玑，也学得有模有样。璇玑瞪了他一眼，这才转身，缓缓抽出崩玉。

容谷主朗声道："我先说一下比试的禁忌，不许伤人性命，不许使用禁忌的仙术，更不许波及擂台外的观战者。一旦出现这种情况，立即取消比试资格。"

他看了看场上两人，见他们都默然无语，便将手举起："簪花大会是公正公平的切磋，我希望各位都能遵守规则。话便说到这里，准备——开始！"

开始过后，两人都不动。良久，皓凤才缓缓向璇玑拱手行礼，紧跟着手腕一翻，亮出兵器——却不是剑，而是一对双刀，一长一短，一黑一白，造型极为独特。修仙门派大多使用的兵器都是宝剑，很少有人用其他的武器，尤其是这么古怪的，璇玑有些发怔，下一刻他便攻了上来，手里的双刀舞得虎虎生风，甚有气势。

璇玑抬剑一格，只觉对方也并不是多有力的人，轻轻松松就将他的双刀格开了。那人紧步跟上，两人一瞬间拆了三四招。璇玑忽然发力，崩玉朝那黑色的长刀上砍去，只听"铿"的一声，那刀在皓凤手中剧烈晃动着，居然没断。璇玑大吃一惊，面上忽觉寒意袭来，却是他手里的白色短刀照面横砍过来。

她退了两步，心神不宁地和他拆了十几招。他的刀法并不精妙，连她都随时能找出破绽，可是她无论怎么使劲，都无法斩断那对古怪的双刀。招数上明明是她占了上风，但要想将他打败，却绝非片刻之间就能做到的。

刀剑铿锵声不绝于耳，璇玑斗到后来渐渐忘了时间，只觉他一黑一白的双刀时而合在一处，时而像蝴蝶翅膀一般张开，动作诡异却带着一种说不出的美感，看得久了，连心魂都像要被吸进去一样。

日光透过云层直撒在巨大的石柱擂台上，那白色的短刀更是耀眼生花，不可逼视。璇玑只觉头晕目眩，对方加在双刀上的力道越来越强，从开始的轻松格开，慢慢变成了吃力招架，到如今崩玉每和他的双刀碰撞一次，她的虎口便是一阵酸麻。这种持久的拆招显然不适合她这般年纪的盈盈少女，何况对方身材雄伟，是个壮年男子，时间久了，她终于气力有些不足，勉强架开他的双刀，踉跄后退。

那人更不相让，抢上前，似是要趁她微微退缩的时候一鼓作气将她降伏。璇玑怔怔看着他面上的修罗面具，想到禹司凤他们说这人身份可疑，她原先以为一上去他便要放出巨大的灵兽，来一场惊天动地的比试，那样的话，她反而有必胜的把握。但他如此狡猾，先用她最不擅长的拆招透支了她的体力，是要从招式上彻底赢她！

眼看他双刀攻向面门，璇玑不得不向后仰过，谁知脚下忽然被什么东西用力一扯，她登时站立不稳，朝后摔了下去。电光火石之间，她低头瞥了一眼，只见他脚下的黑影蠢蠢欲动，像活的一样，从那影子里伸出一颗巨大的脑袋来。白里透青的面色，容貌极为古怪，两眼倒翻上去，口中獠牙堪比猛虎野兽——这怪物咬住了她的裙子，口水大摊大摊地落在地上，贪婪地看着她，像是在看一顿美餐。

璇玑从来没见过这么可怕的脸，吓得尖声大叫，一屁股摔在地上，手里的剑没头没脑地朝那怪脑袋上剁去。那东西一眨眼又消失在他影子里，崩玉狠狠砍在地上，砸出许多道痕迹。

她刚松了一口气，忽觉头顶利风刮起，晓得是皓凤趁机出招，她就地朝左边滚去，让过那一刀。谁知正要起身，脚后跟又被什么东西咬住，回头一看，又是那可怕的脑袋，它咬着她的鞋子，口中喷出的热气呵在脚上，令她浑身寒毛倒竖。

"腾蛇！"璇玑凄然叫了一声，拼着不要鞋子，光脚跑了几步，一头撞在刚跳进场内的腾蛇身上。她急忙抓住他的胳膊，叫道："有怪物！一颗脑袋！影子里！咬我！"璇玑本来不是胆小之辈，但方才那怪脸委实太可怖，生平未见，她吓得都语无伦次了。

腾蛇嘿嘿冷笑，一把将她推到身后，张狂地说道："臭小娘果然不够看！老子来会会那妖魔！"话音甫落，他纵身而上，动作快若流星，扑到皓凤面前，身形忽然一低，大手在他影子一按——居然穿透了进去！

皓凤手里的双刀当头挥落，重重砍在他背上头上，只觉像打在石头里，毫无反应，腾蛇连一根头发也没被砍断，对他冷笑道："你藏了不少好东西啊！让我看看都是什么！"说罢纵身又是一跳，竟瞬间离地十几丈，影子里被他硬生生抓出一个庞然大物，足有十几人高，血红的鳞片闪闪发光，却是那天皓凤放出来的巨蟒灵兽。如今这般大的怪物，被腾蛇抓住嘴里一颗獠牙，轻而易举地抓起来，竟连动也不敢动一下，浑身抖个不停，尾巴朝皓凤卷过去，似是在求救。

皓凤抬头望向腾蛇，他雪白的长发在日光下极为耀眼，一副老子天下第一，不可一世的模样。皓凤沉声道："阁下是……"

腾蛇背后陡然生出一双巨大的火翼，在阳光下犹如鲜红的薄纱一层层叠起、展开，瑰丽难言。那火翼在巨蟒身上轻轻撩了一下，鲜红的火焰顿时将它团团裹住。"把臭蛇还给你！"腾蛇一把将烈焰焚烧的巨蟒抛了过来，数丈长的巨蟒，他提起抛出，竟毫不费力。

眼看那熊熊燃烧的庞然大物要当头砸上，皓凤和璇玑都急忙闪开，"砰"的一声巨响，巨蟒落在擂台上，挣扎了几下，眨眼就被烧成了黑灰，只留下一条黑色的痕迹。

"哈哈哈！你还有什么妖怪？都放出来让老子耍耍！快！"腾蛇狂妄地大笑起来，身后的火翼时而展开时而蜷缩，美丽得像一个梦，然而如今所有人都知道了，这东西是比噩梦还可怕的杀人烈焰。

周围木楼上先是喧哗不断，渐渐却安静下来，玲珑张大了嘴巴，不可思议地看着腾蛇，她一直以为这白头发男人是个不学无术的坏蛋，谁知道他真的是灵兽！原来这样厉害！

皓凤沉默半晌，才道："这是簪花大会，又不是杀人比赛。似你这样张狂放火，万一伤到旁人怎么办？"

"少废话。"腾蛇对他的陈词滥调根本毫无反应，朝他勾勾手指，"快放出来，你不放，老子自己抓喽！"

皓凤恍若未闻，还在说："簪花大会意在切磋，我不愿与你拼命……"

"啰唆！"腾蛇不耐烦了，一个猛子扎下来，火翼在空中一展，带着焚天的热浪，扑面而来。莫说皓凤被迫得护住头脸蹲下，就连容谷主也不得不退到高台边缘，才勉强稳住气息，叫道："不可伤人！不可伤人！"

他的呼喊在腾蛇耳朵里听来就是废话，他飞快落到地上，又朝皓凤的影子攻去。这次皓凤躲得甚快，使双刀护住要害——可惜他料错了腾蛇的攻击对象，他的目标只在他的影子，而非他这个人。下一个瞬间，腾蛇又巴住他的影子，探手伸进去捞，捞了一会儿，忽然脸色变得极古怪，翻身跳上空中。

皓凤脚下的影子忽然开始扩散，就像墨水晕染在宣纸上一样，缓缓铺张开来，里面似有什么东西要冲破束缚而出。璇玑直觉就是那个古怪的大脑袋，吓得又退了好几步，生怕它又从里面跳出来咬自己。

皓凤忽然将双刀一收，森然道："你既然要拼灵兽，那便拼个够！生生死死，听天由命！"

说罢忽而朝后翻身一跳，那巨大的影子里发出一阵震耳欲聋的吼声，像是千军万马在奔腾，又像是无数个铁块在互相撞击摩擦，浑身的骨骼仿佛都要被这种吼声叫得松散开。紧跟着，那吼声却变成了小儿的呜咽之声，凄凄惨惨，断断续续，好像随时要断气。

璇玑正是惊疑不定的时候，只见那影子中蹿出一个庞然大物，一股腥臭之气也扑面而来。它在擂台上狂奔一阵，忽然纵身而起，直扑空中的腾蛇。日光刺眼，看不清它究竟长什么模样，只觉它身有四足，像野兽，然而脖子上端着一颗硕大的脑袋，毛发蓬乱，头角峥嵘，身后拖着一条又粗又长的尾巴，虎虎挥动，像一根柔软的刺。

腾蛇似乎对它也甚是忌讳，对它的来袭竟第一次没有采取正面回击，而是闪身让过，身后的火翼"哗啦"一下展开，似是要将它裹在其中。那怪物对冲天的火焰竟丝毫不惧，反身跳上，张开大嘴，对着他的火翼一口咬下！腾蛇赶紧展开火翼，在空中灵活地转了一圈，这才迅速收起火翼，落在地上。

璇玑见他躲得甚是狼狈，赶紧跑过去，急道："那是什么东西？你也害怕？"

腾蛇脸色有些发白，语气却硬得要命："你才会怕！天底下有老子会怕的东西吗？！你乖乖躲旁边看着就是！少废话！"

说话间，那怪物也追到了地上，一转身，黏腻的涎水洒了一地，正是方才咬住璇玑裙子的怪脸。它明明长着野兽的身子，脑袋却是人的，五官扭曲诡异，口中獠牙如刀，口水顺着嘴角落在地上，黏黏腻腻。那脑袋比常人的脑袋大了三倍也不止，无论什么样的怪物都没有它这张人脸来得可怕。

璇玑只觉浑身发麻，立即把腾蛇推到前面："你不怕你来对付！"

"臭小娘！"腾蛇大怒，骂了一声，眼见那怪物的尾巴陡然伸长，快若闪电地刺过来。

这要让它刺一下，身上非多个大窟窿不可。他一把捞起璇玑，闪过去，然后抬手将她远远抛在一旁，和容谷主站在一起。"你站着！不要动！"他刚说完，只觉背后传来一阵呜咽之声，紧跟着肩上一痛，那怪脸一口咬上，无数根獠牙都扎进了他硬若钢铁的身体里。

周围传来剧烈的喧哗声，璇玑见那怪物如此凶悍，连腾蛇都不怕，不由得心中栗六。眼见腾蛇一把抓住那怪物的下巴，硬生生将它的上下颚掰开，半个身体鲜血淋漓地跳上半空，那怪物既然尝到了鲜血味，怎肯放过，像影子一样黏在他身后，粗大的尾巴晃来晃去，每次要扎他，都扎不中。

璇玑看得心惊胆战，只怕腾蛇一个不小心真给它咬死了。忽听容谷主在旁边低声道："既然是你的灵兽，你怎么袖手旁观？那怪物不同寻常！不惧水火，腾蛇之火对它没作用！"

璇玑一惊，急道："容谷主知道那是什么？"

容谷主沉声道："那东西长着人脸，显然是生性贪吃无比的饕餮！天底下没有它不能吃的东西！这离泽宫弟子好大胆！居然将饕餮作为灵兽放出来！"

璇玑隐约想起万妖名册上确实有写饕餮，它的贪吃天下闻名，饿的时候连石块泥巴也能吞肚子里。少阳派先代掌门曾用朱砂笔在其上画圈，题曰：与其狭路相逢，速逃。否则必死。

必死！必死！璇玑只觉心头突突乱跳，腾蛇的鲜血随着他的动作像下雨一般落下。饕餮不惧水火，他的腾蛇之火对它没有用处，难怪他对付不了！天下一物克一物，神兽也有被妖魔克住的时候。

她不能眼睁睁看着腾蛇被饕餮吃掉！要怎么办？怎么办？！

正是五内俱焚的时候，忽觉容谷主将她猛地一推，紧跟着背后风声呼啸，兵刃交接的声音刺耳。璇玑踉跄几步，立即回头，却见容谷主用剑挡住那只饕餮——不对！不是追着腾蛇的那只！又出来了一只新的！皓凤的影子里居然养了两只饕餮！

"放肆！簪花大会的规则你们都忘了吗？！不可用灵兽伤人！速速将它收回去！"容谷主一剑将第二只饕餮挥开，厉声喝骂。

皓凤如同不闻，他静静立在场中，脚下漆黑的影子一圈圈蔓延开，足铺满了小半个擂台。"皓凤！离泽宫弟子皓凤！"容谷主气急败坏地叫着他的名字，那饕餮一直挤攘上来，他只能勉强制住不让它上来扑咬，"再不收回，我便宣布本次比试作废！"

皓凤忽然哈哈大笑起来，朗声道："小小簪花大会而已，你宣布便是！"他口中忽然吹个尖锐的哨子，第二只饕餮立即发力，纵身而起，将容谷主扑倒在地，张口便咬。

"喀"的一声，它咬中的却不是人身，而是一截冰冷坚硬的宝剑。璇玑将崩玉塞进它嘴里，叫一声"得罪了"，一脚将昏迷不醒的容谷主踢到了一旁。那只饕餮不辨是非，咔嚓咔嚓咬了几口崩玉，发觉咬不动，只得吐出来，转头见璇玑站在一旁，正是活生生的人，它仰首发出金属摩擦一般的欢呼，口中的涎水一摊一摊滑落，发出腥臭的味道。

璇玑一脚踹上它丑陋古怪的脸，将它踹个趔趄，回头一看，皓凤站在场内纹丝不动。所谓擒贼先擒王，两只饕餮如此难对付，不如先将他捉住！想到这里，她疾步上前，谁知一脚踩上那漆黑的影子，脚下居然一空！璇玑吃了一惊，急忙缩脚——影子下没有实地！是空的！说时迟那时快，另一只饕餮已经从背后扑上，璇玑挥剑将它逼开，却被弄了一袖子口水，恶心之极。

她立即御剑飞起，那只饕餮也紧追不舍，贴着她的剑尾追个不休。总不能一直这样逃跑！她抬头望向腾蛇，他已经放弃了逃跑，和饕餮肉搏在一起，身上也不知又被它咬了多少口，银色的头发上也染满了鲜血，甚是凄惨。她心中大急，脚下不由得一顿，追在后面的饕餮立即一口咬下去——"咔嚓"一声，却是将她用来御剑而飞的宝剑剑柄咬了大半，放在嘴里咯嘣咯嘣咬了几下，毫不在意地吞了下去。

璇玑情急之下忽生一股执拗的狠劲，转身不退反而迎上，照着那张怪脸就刺，它这蠢货不识好歹，反口咬住崩玉剑身，还是咬不动。璇玑连抽数下，都抽不回来，惊怒之中厉声道："作死的畜生！"说罢一脚踹上它的眼珠，饕餮痛得惨叫一声，立即松口，璇玑一剑刺向它面门，为它急速闪躲，只在脸上划了一长道血痕。

饕餮吃痛，掉脸想跑，璇玑扑上前，跳到它背上，揪住它头顶的毛发，竖起崩玉，狠狠扎了下去！不料饕餮皮糙肉厚，崩玉只扎了两三寸，便再也刺不进去。饕餮痛得几欲发狂，在空中翻滚扭转，黏稠的鲜血大团大团滚下来。

璇玑被它甩得头晕目眩，只得松手跳下它的背。转头一看，腾蛇的半个胳膊已经被另一只饕餮吞在嘴里，他满脸鲜血，狰狞无比，正用力掰着它的齿关。璇玑急叫一声："腾蛇！"纵身而上，意图帮忙。腾蛇厉声道："你滚远一点！老子死不掉！"话未说完，却是惨叫一声，显然痛得厉害。

璇玑急道："你不是成天吹牛说自己天下第一吗？怎么连个饕餮都对付不了！以后也不要说大话了！"

腾蛇心中大怒，然而这种关头又没精力和她斗嘴。饕餮不惧水火，他能拿它怎么办？就是放出原身来烧它也烧不死，反而会把这里其他人给烧坏了。他咬牙切齿地瞪着这命中的魔星饕餮，莫说他，天上其他神仙也对它头疼无比，区区一个离泽宫弟子，居然能养了两只饕餮，这事他以后一定要禀告给白帝，让他派人查查。

他忽而发力，用力把胳膊从它咬合的牙齿里抽出来，厉声喝道："先弄瞎你这畜生的眼睛！"他抄起身上的血，甩进饕餮圆溜溜的大眼睛里。腾蛇的血比滚油还要沸腾，对它居然毫无作用，只愣愣地眨了两下。腾蛇并起五指，刺进它眼珠里，这时它才惊跳起来，爪子一推，竟把腾蛇硬生生推了老远，从空中栽下。璇玑急忙迎上，一把抓住他，见他浑身鲜血淋漓，心中也不由得恻然，颤声道："我错啦！不该让你一个人对付饕餮的！"

"你闭嘴！"腾蛇见两只受伤的饕餮一前一后扑上来，哪里有工夫听她伤感，急道："给我一把剑！"

璇玑急忙将崩玉递给他，腾蛇怒道："不是这个！你脚下不是还有一根吗？！"

"这个给你我会摔下去的！"璇玑也急了。

"摔不死！"腾蛇一把将她从剑上推下去，弯腰抄起那柄剑，先将左边那只饕餮一剑逼开，跟着一个翻身，另一手抄起璇玑的腰，将她带起，靠在自己身上。

璇玑只觉他身上的鲜血极烫，烧灼一般地透过衣服渗透过来，惊得她鸡皮疙瘩一片一片的起，实在忍不得，只得叫道："你还是放我下去吧！"

腾蛇大怒道："你这个主人太不负责！一点功力也不渡给我，让我给你做白工啊？！"

"怎么渡功力？你从来没和我说过！"璇玑见那两只饕餮又扑上，当即用崩玉逼开，一面大吼。

"我又不是主人我怎么知道如何渡功力！？"腾蛇吼得比她还理直气壮。

璇玑无话可说，眼见两只饕餮纠缠不休，她心中一狠，厉声道："我就不信收拾不了它们！"她一把将腾蛇手里的宝剑抢过来，御剑飞起，崩玉在手中转了一圈，手指缓缓拂过其上，剑身立即散发出明亮的火光。她几下纵横，挥剑朝饕餮头顶砍去，腾蛇大叫："它们不怕火！没用！"话音甫落，却见崩玉犹如斩瓜切菜一般，扎进了饕餮的背心。

璇玑厉声道："我不烧它！我剁烂它！"手下用力，将那只饕餮从背脊一剑切下，竟剖成了两半。它哼都没哼一声，就滚到了地上，掉进皓凤的影子里，没了动静。

另一只饕餮见势不妙，掉脸也想回影子里，腾蛇急叫："用九天玄火烧它试试！"

什么是九天玄火？璇玑回头想问，不防他一把抓住自己的手，厉声道："快！叫我的名字！"璇玑呆呆地叫了一声："腾蛇。"手里的崩玉立即有了反应，剧烈颤抖起来，像握住了一颗心脏，急速跳动。

"挥剑啊！笨蛋！"腾蛇简直恨铁不成钢。

璇玑心中忽然起了某种感应，本能地举起崩玉，一剑挥出。腾蛇整个身体腾空而起，身后的火翼哗啦一下张开，却不再是鲜血一般的红艳。那熊熊燃烧的火翼，是一种接近透明的苍蓝色，不再有腾蛇之火的霸道，也没有三昧真火的明亮，它那样静静地燃烧，毫不起眼，冰冷的色泽，仿佛没有一丝温度。

头顶团聚的白云在一瞬间全部散开，像是被人用巨手搅乱。他那巨大而美丽的火翼缓缓摇晃，仿佛情人的双臂，轻轻抱住了最后一只饕餮。一声轻响，甚至来不及反应，那只饕餮便化作了青烟，连粒碎屑也没留下，就这样消失了。

这就是九天玄火！璇玑看呆了，心头突突乱跳，耳朵里嗡嗡乱响，最后，化作一片死寂，只有两个人的喘息声，还有剧烈的心跳声，在脑海里不停回旋，回旋……

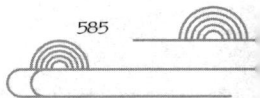

赢了? 她茫然地望着腾蛇, 他似乎也有些茫然, 和她两人大眼瞪小眼。

台中的皓凤忽然轻笑一声, 低声道: "厉害!"

"你他妈在咕哝什么?!"腾蛇被饕餮咬得浑身剧痛无比, 对他没有一点好脸色, 恨不得马上用九天玄火也把他给烧化了。

皓凤并没有搭理他, 只是将双刀收回去, 转身便走, 身下的影子也渐渐缩回正常大小。璇玑叫道: "等等! 胜负还未分出来!"忽然想到容谷主晕过去了, 只怕胜负也没人主持大局, 登时没了主意。皓凤头也不回, 笑道: "这种时候, 还分什么胜负!"

什么叫这种时候? 两人都不明白, 正要开口相问, 忽听演武场上一阵喧哗, 紧跟着, 一个苍老的声音响起: "诸位掌门倒真是悠闲! 没有轩辕派参加的簪花大会, 还叫簪花大会吗?"

璇玑听这声音既陌生又熟悉, 急忙和腾蛇两人凑到高台边上朝下看。只见演武场乱成一团, 许多人将外衣脱下, 露出里面的黑衣, 腰上都挂着白铁环。说话那人脸皮发紫, 正是轩辕派的掌门柱石道人。浮玉岛诸守卫万万想不到这些人是乔装打扮了混进来的, 而且, 居然是轩辕派的人, 当下乱成一锅粥, 拔剑的有之, 呆愕的有之。

"都停住!"东方清奇在高台上大喝一声, 浮玉岛弟子纷纷撤剑, 然而还是将那群轩辕派的人围在中央, 生怕他们妄动。他看了看演武场上密密麻麻的轩辕派弟子, 心下也忍不住惊骇, 自悔后来放松了关卡。但无论怎样放松, 也不可能一时间上了这么多可疑人物, 难道岛上有内应?

"柱石掌门, 贵派来迟一步, 也没有递上参赛弟子名册, 这次的簪花大会, 只怕是没有轩辕派的名额了。"他沉声说着, 并不点破他与妖魔为伍的身份。

柱石道人笑道: "岂有此理! 簪花大会又不是你一家独大! 是天下五大派共同的盛会, 岂有将轩辕派排斥在外的道理!"

"柱石掌门说错了一句话。"一个冷冷的声音打断了他, 众人抬头, 却见褚磊面无表情站在东方清奇身边。"哦? 褚掌门有何高见?"柱石道人不温不火。褚磊冷道: "是天下四大派, 我们寻常修仙门派, 岂敢与得道的轩辕派共列五大派!"他的话是什么意思, 白痴都能听出来。褚磊从来不玩虚与委蛇那一套, 言辞中的鄙夷毫不遮掩。柱石道人登时面上尴尬, 讪笑道: "多日不见, 褚掌门倒学会开玩笑了。哈哈! 哈哈!"

褚磊森然道: "玩笑倒不至于, 不过今年簪花大会没有轩辕派的名额, 以后也不会有! 诸位若要观战, 请自便。若要心怀叵测前来捣乱, 我等四派决不轻饶!"

此话说完, 场内一片死寂。璇玑见气氛不对, 急忙转身去推容谷主, 叫道: "容谷主! 快醒醒! 轩辕派的人来捣乱了!"叫了两声, 他毫无反应, 璇玑实在无法, 只得将他背在背上, 正要跳下石柱擂台, 却听下面有人大声叫她的名字: "璇玑! 你还好吗?"她低头一看，却是禹司凤他们，纷纷御剑而起，柳意欢更夸张地把亭奴连人带轮椅扛在肩上，双脚踩着细细一根铁剑，晃晃悠悠飞了上来。

禹司凤一上擂台，立即将她拉到身前，上下检查伤势，见她并没有什么严重的伤，不由得松了一口气，叹道："那人好厉害！"玲珑满脸是泪，扑上前抱住她的脖子，叫道："我们在下面急死了！见到那人放出怪物，我们都打算上来帮你，可是爹爹和东方叔叔拦着不许，说比试没分出胜负！都打成这样了，叫什么胜负啊？难道叫我们眼睁睁看着你被人欺负？"

璇玑摇了摇头，低声道："不，爹爹做得对。你们别插手，会受伤的！连腾蛇都对付不了饕餮……"她回头看了看，柳意欢和亭奴正在腾蛇面前为他查看伤势，其他的伤也罢了，倒是他方才被饕餮咬住的胳膊很严重，揭开袖子一看，伤口深可见骨，难为他居然叫都不叫一声。

"我说没事就没事！"腾蛇被这两个人上上下下查看伤势搞得烦死了，一把将胳膊抽回来，地上又洒落大团的血。亭奴沉声道："这样的伤，神兽大约要三四天才能痊愈。但眼下岛上情势不太妙，你若是固执己见不肯治疗，到时候只会拖璇玑的后腿。"

"我？！拖她后腿？！"腾蛇指着自己的鼻子，怪叫道，"刚才是谁拖谁后腿啊？！"

璇玑走过去抓起他的胳膊，低声道："行啦，别叫了。我给你上药包扎吧，就算你说没事，伤口也会痛的不是？"

腾蛇一向吃软不吃硬，见她不和自己吵，登时也嚷嚷不出来了，尴尬地任由她给自己上药包扎，一面咕哝："都跟你们说了没事……真是多事！"

璇玑利落地替他弄好伤口，才道："轩辕派这次来捣乱，一定是有预谋的。咱们不能待在这里，先把容谷主背下去吧。"她说完，见禹司凤怔怔看着擂台下方，并不答话，不由得奇道："司凤？怎么了？"

他回头道："不……我是看师父……他方才还坐在那里，这会儿却不见了。"

玲珑怒道："什么师父！离泽宫的人这样坏，你还叫他师父？！话说回来，那个皓凤到底是谁？摆明是要璇玑的命！决不饶他！"

禹司凤摇头道："我不知道他是谁……从来没听过此人。"皓凤，皓凤……虽然他说没听过，可是……为什么，他潜意识里觉得这个名字十分熟悉，到底是谁？他回头看了一眼，皓凤已经跳下擂台，缓缓朝离泽宫弟子聚集的地方走去。

他默然转身，将容谷主负在背上，道："先下去吧。"

话音刚落，却听下面柱石道人忽然纵声大笑起来，笑声粗嘎刺耳，像千万只老鸹在放声大叫，那笑声一阵阵传开来，竟震得人胸口微微发疼。褚磊冷道："柱石掌门何故发笑？"

柱石道人笑声未绝，陡然开口道："既然如此，那就休怪我们不客气，强闯簪花大会了！看看是你们其余四派厉害，还是我们轩辕派的人厉害！"

众人听他这样说，都是大吃一惊，万万想不到轩辕派敢以一派之力挑战其余四派，这等硬话如今听来荒谬之极。柱石道人厉声道："摆阵！离转乾！青龙进朱雀！"话音一落，那聚集在演武场上的黑衣弟子们登时有条不紊地分散开来，举剑来回走动，或三人一伙，或五人一团，辗转徘徊，变幻莫测。从上面往下俯视，只觉无数个黑点忽左忽右，忽上忽下，竟摸不透其变化规律。

众人心知这是轩辕派最厉害的杀手锏。他们弟子单打独斗的本事或许必不其他门派，然而轩辕派讲究阵法妙用，往往十几人组成一个剑阵，便是威力无穷。若果是上百人，那便是大剑阵，杀伤力巨大，倘若不小心陷入剑阵中，饶是有通天的本事也出不来，最后力竭，为持剑弟子杀死。如今混上浮玉岛的轩辕派弟子足有数百人，这剑阵一摆开，立时有许多冲动的浮玉岛弟子被困死其中，黑衣的包围圈一下子扩展开来，从上面看去，只见外圈的穿白衣的浮玉岛弟子莫名其妙被卷进这巨大的黑圈里，然后瞬间消失不见。

东方清奇见势不妙，厉声叫道："不要靠近剑阵！都撤退！退后！"好在那剑阵最大的功用在于防守，而不在进攻，只要不靠近他们，便没有死伤。

柱石道人阴恻恻地笑道："你以为不攻上来我们便没辙？"他右腕忽扬，手里握着一只鲜红的令旗，厉声道："玄武化白虎！心月狐转房日兔！"却见那阵法陡然变化，平地飞起无数黑衣人，御剑飞在空中，每人手里拉开巨大的铁弩，一瞬间也不知射出多少精钢炼制的弩箭，四面八方扩散开，一时间场上惨呼声不断，不知多少人中箭。

擂台上几人见也有十几根铁弩飞上来，虽然式微，然而精光闪烁，显然是极为锋利的利器，立即纷纷举剑挥落。玲珑拾起几根弩箭，叫道："司凤，把你的弹弓拿来！咱们也射回去！"

禹司凤见那弩箭有半个手腕粗细，摇头道："使不得，弹弓用不起来。要用铁弩才有用。"然而玲珑的话提醒了他，当即掏出铁弹珠，用弹弓狠狠射出一把，本以为至少能打中几人，谁知那阵法极其幻妙，不等弹珠砸中人，位置就变了，一把弹珠尽数嵌进地板里。

玲珑他们也狠狠将弩箭掷回去，都没什么作用。忽听东方清奇清喝一声："列队！放箭！"那木楼上一阵靴声橐橐，早已布置好的浮玉岛弟子一圈排开，密密麻麻的弓箭拉开，一声令下，破空之声犹如撕裂一般，无数箭矢像下雨一般射向演武场上的剑阵，这般浩大的声势，料得必能钉死一半的人下来。

只听柱石道人嘶声道："震动五雷兵，巽风吹三乐！"那剑阵呼啦一下并在一起，无数黑衣弟子腾空而起，剑光箭光漫天闪烁，一阵铿锵之声，到底还是钉死了十几人，然而多数的铁箭都为剑阵绞断。众人见箭雨都拿他们没什么办法，不由得心下惊骇。

柱石道人嘿嘿笑道："叫你们无处藏身！角木蛟变亢金龙！"剑阵立时上下分开，无数黑衣人御剑飞起，再次拉开铁弩，这次却不是精钢的弩箭，而是点燃的火箭。东方清奇暗叫一声不好，回头大叫："快离开这里！"话音未落，只听嗖嗖无数声，密密麻麻的火箭扑面而至，却不伤人，都钉在木楼上。木头一遇到火立即点燃，这般连射数次，这一圈巨大的木楼登时成了火楼，烈焰熊熊燃烧，逃得慢的各派弟子被烧得哇哇大叫，有的御剑飞起，有的慌不择路跳下木楼，都被铁弩一一射死。

柱石道人狂笑道："怎么样？你们其余四派认不认输？东方岛主！今日要将你们浮玉岛灭了！四个门派，谁也别想逃走！"

东方清奇正要答话，忽听半空中"刺溜"一声巨响，一枚血红的烟花袅袅升上来，那妖丽的色泽，直像生生划开一道血痕。他脸色剧变，失声道："正门失守！"

喧嚣的声音自正门处传来，密密麻麻的黑衣妖魔如同潮水一般，突破了正门守卫，一直冲了进来。此番剧烈变故谁也想不到，东方清奇几乎连话也说不出来。褚磊沉声道："诸位长老，四派各自分开行动！少阳派诸人截住正门的敌人，清奇兄你熟悉浮玉岛地形，将受伤弟子带去安全的地方！请点睛谷诸位长老镇守附近，剿杀漏网的妖魔。这剑阵过于强大，千万不可硬撞！"

众人遭遇惊变，都是心神激荡，如今见他这样冷静地吩咐安排，有条不紊，纷纷点头答应。褚磊又道："请离泽宫两位宫主通知三派，浮玉岛遭难！"原来岛上来的大多是参赛弟子，不可能把整个门派的人都带过来，精锐的年长弟子大多留守门派之中，要他们去通报，便是请求增援。

谁知他说了两遍，离泽宫都没人答应，回头一看，离泽宫诸人都聚在一边，动也不动，两位宫主都不知去向。褚磊惊愕之下连声问："你们的宫主呢？！"谁知没人回答他，那些离泽宫弟子仿佛没听到一样。

事态紧急，众人也顾不得理会这些古怪的离泽宫弟子，只得先放弃请求增援的事情，各自分配人数，履行自己的义务。忽听柱石道人大笑道："一帮鼠辈！好叫你们知道厉害！"

话音甫落，只听"砰砰"数声响，剑阵里放出无数烟花，直冲天空，一阵青烟弥漫。众人还不解是何意，忽觉脚下剧烈一震，竟是站立不稳，连褚磊也是一个趔趄，险些摔倒在地。紧跟着，地面的震颤居然越来越激烈，好像有一只巨手抓住了这座小岛，在上下左右猛力摇晃。连身在石柱擂台上的诸人也站立不稳，玲珑一个趔趄摔了下去，被钟敏言飞快扶住。演武场上的巨大剑阵也被这股剧烈的震荡晃得乱了队形。四面八方传来震耳欲聋的轰鸣声，狂风卷着尘土，肆卷而来，气流顿时紊乱，像是要把人生生推倒吹跑一样。

有人凄声叫道："炸药！他们在岛上埋了炸药！"

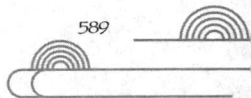

# 第三十章·暴乱

浮玉岛四面都是大海，在岛上安置炸药根本就是自杀，一旦岛体被炸裂，众人只有被卷入大海生生溺毙的份。就算可以御剑飞起，浮玉岛上方的剑网也无法容人通过。谁能想到这原本有强力护卫作用的剑网，到最后反而被人利用得变成了绝路。如今岛上众人就像是被塞进琉璃球里的蚂蚁，不赶快剿杀外敌，就只有死路一条。

褚磊又惊又怒，厉声道："你疯了！居然埋炸药？！你可知一旦浮玉岛被炸毁，你们自己也会死？！"

柱石道人嘶声笑道："大家一起死，倒也痛快！"众人见他面上神情扭曲，双眼血红，说不出的狰狞可怖，不由得都感到一阵心惊胆战。楚影红突然叫道："呸！轩辕派贪生怕死，猪狗不如！你们倘若有这种骨气，怎么不用在对付妖魔身上？！"

柱石道人丝毫不为所动，只是阴恻恻地笑道："楚女侠，我晓得你嘴巴厉害，用不着拿话激我。我轩辕派就算被灭门，也要拉着其余四派一起死。独有我们一派被灭，情何以堪！"

原来他的意思是轩辕派因为定海铁索的事被乌童所迫，不听从便要被灭门。轩辕派不甘心只有自己一派被灭，于是干脆归顺妖魔，做他们的前锋。反正都是要死，大家一起死，总好过他们自己死。这种诡计真是卑劣得令人瞠目结舌，楚影红被他这句话堵住，居然也不知道该说什么。

柱石道人又道："你们以为轩辕派怕死？错！大错特错！我们是怕只有自己死掉。如今大家一起玩完！这样才叫痛快淋漓！"

褚磊见浮玉岛晃得厉害，显然方才炸药的余威仍在，好在岛体甚是结实，一时没有崩裂的迹象。他不再与轩辕派做无谓的口舌之争，先点了少阳派一众，去正门抗敌。

谁知那柱石道人又道："做什么也没用，你们乖乖坐以待毙吧！今日天下五大派的掌门人全部沉溺于海，做了鱼虾肚子里的烂泥，谁也别瞧不起谁！"

话音一落，忽听褚磊身后一人冷道："谁说五大派的人都要陪你做烂泥？只有你们四派罢了！"褚磊心中一紧，急忙回身，只觉眼前寒光一闪，一柄剑瞬间刺到眼前。他当即朝后一仰，那剑擦过他的下巴，带过一阵厉风，削落大片胡须。身旁的楚影红、和阳、恒松长老、江长老、东方清奇等数十个厉害人物当即做出反应，纷纷拔剑朝那人砍去。

眼前突然泛起剧烈的金光，众人只觉眼中剧痛无比，不得不倒退数步，护住头脸。紧跟着，身前一股大力推上，竟完全无法抵抗，数十个长老掌门人物硬生生被撞飞出去。恒松长老强撑着在金光中睁开眼，却见一双巨大的金翼展了开来，那羽翼与寻常鸟类的翅膀颇有不同，尾端有六根巨大的翎羽，极长极粗，每一根羽毛都仿佛是金线织成，没有一点瑕疵，在空中轻轻扇动，竟美得令人窒息。

金光中依稀立着一人，身形高大，只是看不清容貌。他身后两片巨大的金色羽翼忽而微微一扬，仰首高歌，其声犹如春风一般柔媚，像昆岗上的凤凰齐声啼鸣，像海里的鲛人曼然歌唱，到后来渐渐变得高亢激烈，震得人浑身骨骼仿佛要消融一般，足以裂金石。

褚磊咬牙提剑上前攻击，只听一人厉声吼道："褚掌门不要冲动！快躲开！"众人听那人叫得极为惨烈，不由得一顿，却见禹司凤御剑急速从擂台上飞了下来，脸色煞白。和阳急道："你下来做什么？！快带着璇玑他们躲好！"

禹司凤颤声道："不！不……诸位快躲开！那是极厉害的……妖魔！凡人绝不是对手！"

众人见他神色诡异，显然焦急到了极致，又似是恐惧，都有些不明所以。忽然一股劲风扑面而上，将他们逼得又退了几步，那带着巨大金翼的人忽然将两片羽翼扇动起来，轻轻拍在江长老身上，他脸色剧变，惨呼一声，口中鲜血狂喷，倒飞出去，远远地掉进轩辕派剑阵里，一瞬间就被黑衣弟子吞没。

众人见他这等厉害，生平未见，都吓得呆住。眼看那羽翼又朝褚磊拍过来，禹司凤纵身扑上，将褚磊狠狠推出去，那片美丽的金翼轻轻擦过他的脊背，褚磊三人登时惊呼，谁知他只晃了一下身体，口角细细流下一行鲜血，抬头目光灼灼地看着他们，沉声道："快走！"

楚影红最灵活，当下拽着和阳和褚磊掉脸就跑，一面大叫："恒松长老！岛主！先离开这里！将正门处的妖魔堵住！"

那几人这才反应过来，急忙起身奔跑。只听金光深处，那人冷冷道："司凤，你越发不听话了！"禹司凤颤抖着叫了一声："师父！……"后面的再也听不见，众人都是又惊又骇，禹司凤叫他师父，那人难道竟是离泽宫宫主？！离泽宫宫主怎么会生翅膀？怎么会是妖魔？！

然而情况紧急，容不得他们多想，当下各自带领弟子堵住不断从正门涌来的妖魔。双方人马交战在一起，兵刃交接声铿然不绝于耳，剑光漫天飞舞。褚磊他们见来的妖魔并没什么本事，斗上一段时间后才发现，他们根本不是什么妖魔，竟全部是轩辕派的人！那乌童果然用得好计谋，不用己方一人，让他们自相残杀！

虽说轩辕派诸人并不难对付，然而他们是倾巢而出，整个门派的人都出动了，正门那里所有的守卫都被杀死，连同整个浮玉镇都被扫荡一空。原先在岛上看簪花大会的其他门派的闲散人等，有的来不及逃出去，被轩辕派的剑阵立毙，剩下的无处可躲，只得跟随着褚磊他们一起冲杀出去。

褚磊挥剑，斩倒冲上来的三四名轩辕派弟子。脑中忽然电光火石一般，明白了这个阴

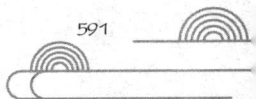

谋的来龙去脉。当日钟敏言在岛上误认了妖魔假扮的褚磊，后来禹司凤又说当天下午有人冒充自己带了几个新弟子进来，东方清奇在岛上排查人数的时候，疏漏掉了一个环节，他们都没想到，对方可以杀死浮玉岛的弟子，将尸首丢进大海，自己扮作浮玉岛弟子。所以当天他们虽然重伤了那可以变化的妖魔，但其实也只对付了他一人，剩下那些被他领上浮玉岛的人却没查出来！

这些妖魔的同伙一定暗中行动，在岛上埋了炸药，想必中途还偷偷又引渡了许多同伙上岛，然后他们扮作浮玉镇上接待客人的弟子，将乔装打扮的轩辕派诸人送进来！他们都以为除了那善于变化的妖物便没什么要紧的，实际上大错特错，他们还是太过疏忽了，谁也没重视那天下午禹司凤听到的小细节。

然而更让人想不到的，是离泽宫居然心怀叵测！难道他们也和乌童那帮妖魔联手了？不、不……难道他们本来就是妖魔？！想到那宫主背后令人恐惧的金翼，褚磊不由得出了一身冷汗。一切都是离泽宫在捣鬼？轩辕派不过是他们手里的棋子？

他们既然身为妖魔，拥有无上妖力，又为什么要变成人形，收敛妖气，甘心做了那么多年安分的修仙门派？

这些问题褚磊始终想不明白，然而现在确实也不适合想那么多。眼见拥上岛的轩辕派弟子越来越多，其他三派的人渐渐应付不了。他们都是适龄参加簪花大会的年轻弟子，本来也没什么深厚的功力，都是仗着本门长老、掌门的神威，才撑到现在。褚磊见大弟子杜敏行对付他们还绰绰有余，剩下的敏字辈老三、老四却都渐渐乏力，心中也不由得焦急起来。

忽听柱石道人长声高呼，手中各色令旗乱舞，那些拥上岛的轩辕派弟子先时还乱糟糟，被他几下呼喝，立即有条不紊地排列起来，唰唰几下，便将褚磊一干人围在当中——糟糕！他们被剑阵困住了！

有不信邪的人带着同门在剑阵里左冲右突，不一会儿就被剑阵分散开来，一一刺倒在地。和阳晓得厉害，朗声道："各位不要慌！都聚集起来！背靠背，不要分开！"

众人依言聚在一起，粗粗一看，少阳和点睛谷只剩下不到五十人了，浮玉岛弟子虽然多，却都被剑阵冲散开，还有人散落在岛上各处，就是来了也是被卷进剑阵的份，而轩辕派足有数百人。他们这样被困在大剑阵里，真真是凶险之极，搞不好就全死在这里。和阳心念急转，搜肠刮肚地想应对方法，忽听后面传来一阵醉人的清啼，转头一看，却见那生着巨大金翼的人轻飘飘地飞了起来，手里还抓着一人，那人正不停地挣扎着，正是禹司凤。

褚磊大喝一声，拾起地上的残剑狠狠朝那人身上投掷，剑身笔直地飞出去，在那人身前丈余的地方忽然停住，硬生生转个圈，被他足尖一踢，夹杂着凄厉的风声掉头扎了回来！

和阳一把推开褚磊，只听"噗"的一声，那剑连头带柄尽数扎进石板地里，周围的石板却连一丝裂缝也没有，看上去那剑仿佛就是生在石板里，力道之精准，令人咋舌。那人翅膀一展，似乎是要降下来找褚磊的麻烦，然而只降了一些，便立即被状若疯狂的柱石道人连声吩咐剑阵散开，铁弩一起拉开，朝他身上射去。

那人不避也不躲，只用双翼包裹住身体，连禹司凤一起包裹在内，弩箭扑扑扎在翅膀上，如同触到铜墙铁壁，半点也刺不进去，叮叮当当掉了一地。那人冷冷说道："柱石老儿！你好大的胆子！"柱石道人狂笑道："你们算什么！哈哈！算什么！原来离泽宫就是妖窝！把道爷当狗耍？！先把你这妖孽除了！"

那人更不答话，羽翼忽然一扬，身形陡然拔高，冲天而起。柱石道人连声厉喝："换位换位！将他钉下来！"话音甫落，铁弩破空之声乍响，剑阵竟不及对付褚磊他们，先将那人当作了首要敌人，弩箭密密麻麻地射向那人，然而于他始终没有半点危害，他羽翼上弥漫的金光也不知是什么东西，弩箭丝毫扎不进去，一触及便立即摔落。

那人似是被不停射来的弩箭感到厌烦，羽翼一卷，将无数弩箭打得掉头飞回去，若不是剑阵变化精妙，只怕当场就有许多人被打回来的弩箭钉死。那人笑道："一群鼠辈！看着就厌烦！"忽而放低身体，俯身飞下来，金翼卷起巨大的气浪，将众人吹得站立不稳。有些倒霉的弟子，被他的翅膀沾了一下，连声也不哼，便内脏遭受重创而死。那人伸出另一只手，朝褚磊抓来。和阳他们都是大惊，大呼小叫地上来阻拦，场上乱成一团。

禹司凤被他抓在手里，百般挣扎不得，眼见他又要来伤褚磊，不由得厉声道："师父！弟子要得罪了！"他用力朝那人肋下戳去，肋下是他们的要害，他很清楚地知道，打中那里是什么感觉。果然一击而中，那人浑身一颤，登时抓他不住，禹司凤用力一挣，从空中摔落。那人低头看他，似是不相信，又似失望伤心。

禹司凤狼狈地别过脸去，不敢再看他，一落地立即翻身跳起，被褚磊用力拉过去，众人一迭声问他有没有受伤。他摇了摇头，吸了一口气，正要开口说话，忽听头顶那人开始放声高歌，金光大盛，那是大开杀戒的前兆，禹司凤心急如焚，掌心全是汗。

他不能让褚磊他们死在这里！可是，他同样不能和那人对抗！那一瞬间，他心头也不知闪过多少应对方法，但全是死路。最后，只能眼睁睁地看着那人越飞越低，双翼轻柔摇摆，六根巨大的翎羽光华万丈，千点流金，美丽得令人叹息。

他们一族信奉至上的美，无论在什么时候，看起来都优雅绝伦。即使——是杀戮的时候。他肋下的封印灼灼惊颤，蠢蠢欲动。他能够不顾一切与他相斗吗？能够放弃刚刚拥有的一切？能够……赢他吗？！

有人在远处尖声叫着他的名字，颤巍巍的，好像马上就要哭出来。禹司凤下意识地望过去，却见璇玑附在腾蛇背上，神色焦急惊恐，正拼命朝这里赶过来，两人身后还跟着玲珑和钟敏言，柳意欢则皱眉在阻拦。

拜托了，一定要将他们拦住！禹司凤狠心闭上眼，正要解开肋下的印，忽听空中一声暴喝："离泽宫可不是你一人说了算！"众人大吃一惊，只见一道黑影快得惊人，从空中扑下，撞在大宫主身上，竟将他撞得摔飞出去，金色的羽毛落了一大把。

大宫主摔在地上，正欲站起，胸前忽然一凉，一柄剑抵了上来。他抬头怒视，嘶声道："是你在反我？！"站在他对面的，正是副宫主。他一手拿着不伦不类的羽毛扇子，另一手抓着剑，剑尖抵在大宫主的胸口，还是那么优哉游哉。副宫主笑道："我不是反你，我是为了离泽宫好。老祖宗的基业，可不能让你任性毁掉。"

大宫主勃然大怒，仗着金光护身，竟不惧他的宝剑，往前一冲，打算起身。谁知胸前一痛，那剑竟然刺破了皮肉，鲜血缓缓流下。副宫主"哎哟"一声，嬉笑道："小心。这可不是寻常的剑，在你身上戳个窟窿轻而易举。你还是安分点好。"

他回头，见璇玑他们飞了过来，便道："小璇玑，你还不快去把你的朋友救出来？站着发呆吗？你连那个假弟子皓凤都能打败，第一名舍你其谁？"

璇玑听他这样说，不由得大奇。方才轩辕派摆了剑阵，他们就想下来相助，谁知禹司凤和亭奴使劲拦着，说那剑阵厉害无比，他们去了也帮不上任何忙。玲珑差点和他翻脸吵起来，双方争执不下，然后那大宫主就突袭了。

说实话，一开始看到大宫主生出翅膀，浑身妖气勃发，大家都不敢相信自己的眼睛。禹司凤脸色更是变得和死人一样，一言不发就跳了下去，无论柳意欢怎么叫他都没用。璇玑当时也要跟着去，最后被柳意欢极力阻拦，见拦她不住，柳意欢忽然抢过玲珑的断金，摆出架势，喝道："谁敢过去，先和我过招！"

玲珑和腾蛇都是冲动的，当即就要动手，还是钟敏言和亭奴拽住，这才罢休。璇玑喃喃道："柳大哥，你为什么要拦着？"柳意欢叹道："以后你会知道的。你如果真的重视司凤，就不要追上去。"

如果真的重视他，就不要追。为了这句话，她强忍住冲动，留在擂台上观望。可是到了如今，她还怎么忍？忍着看这些对她来说最重要的人被杀死？！大宫主仰首高歌，那声音美妙得令人脚趾头都要蜷缩起来，杀意却迫在眉睫。她只是怔怔地，低声道："腾蛇，带我过去！"说罢一把抱住了他的脖子。腾蛇早已等得手痒，欢呼一声，足尖一点，从柳意欢头顶上跃过，跳下了擂台。


副宫主的话让她一头雾水，怔了半天，才道："你……明明是你把她捉来的。"为什么现在又要救她？这人到底在打什么主意？

副宫主呵呵笑道："如果她不是被摘的花，你能决心要赢所有人吗？"

这句话犹如醍醐灌顶，璇玑"啊"的一声，叫道："你是故意的……故意的！"

副宫主道："不错，我是故意的。大哥，你知道为什么吗？"他转头问向自己用剑制住的大宫主。

大哥？！所有人都怔住了。禹司凤急急说道："副宫主！弟子……不明白……"副宫主轻声说道："你不明白的事情太多了。离泽宫的事情，你又知道多少？连自己身世都不明白，你知道什么？"

他回头望向脸色苍白的柳意欢，笑道："前辈果真信守诺言，一个字都没告诉他。"柳意欢顿了一下，低声道："不要废话！你们到底搞什么鬼？"

副宫主缓缓说道："很简单，我来讲个故事给你们听。曾经呢，有两兄弟，弟弟什么都不如哥哥，在心里把大哥当作神一样敬重，认为他是永远不会犯错的。不过有一天，弟弟知道大哥和自己想象中的完全不同。他不但会犯错，而且犯的错十分离谱。不过这些也不算什么，弟弟很快就释怀了。兄弟俩齐心协力，为了同一个目标规划布置，直到弟弟突然发现，两人的想法分歧差了十万八千里。弟弟遵守着上辈、上上辈的遗愿，兢兢业业，小心谨慎地行动，尽力不和其他门派发生冲突。而哥哥呢，却有一种不为人知的狂念。他想借着这个行动，将各大修仙门派除掉……一切的起源是为了什么？大哥，我什么都知道，源于你做的那件错事。我可不能允许祖祖辈辈的基业因为你自己的私念被摧毁，我让了你那么多年，如今再也不会让啦！"

他虽然说得这样含糊，但具体意思众人都大致明白了。原来离泽宫正副两个宫主是兄弟，两人关于某事的意见不一致，而且，听起来，那似乎是很了不得的大事。

禹司凤颤声道："你……你说的基业……难道是说破坏定海铁索的事？那些妖魔……都是离泽宫……"

副宫主点头道："不错。你们不是去过了不周山么？乌童这小子干得倒是不错，只可惜野心太大，不能容他长久。那是另一个离泽宫，内部的，连你们这些年轻弟子都不知道的地方。呵呵，司凤你几番捣乱，险些坏了我们的大事，按说早该将你处死，不过有人死命护着你，你运气不错啊！"

禹司凤脸色煞白，再也说不出一个字。如果这是一个梦，拜托快些醒过来。如果它不是一个梦，那他所做的一切到底是什么？算什么？坚持的，又是什么？

肩上忽然被人扶住，他神色焕然转头，却见璇玑担心地看着他。禹司凤淡淡一笑，低声道："我没事，很好。"骗人，如果很好，为什么他脸色比死人还难看？璇玑抓住他的手，紧紧地握住。

褚磊忽然沉声道："今日副宫主将一切都说了出来，所欲何为？莫非只是叫我们知道，离泽宫一直以来居心叵测，不怀好意，撒下弥天大谎？"

副宫主笑道："褚掌门何必话里藏刀。只是这事既然已经被捅出来，不如索性说个痛快！我是好心，秉承离泽宫上辈遗志，不与凡人发生任何冲突，但不代表我本人愿意这样做。必要的时候，我会做得比大哥更绝对！眼下大哥要杀你们，我却要救你们。天下五大

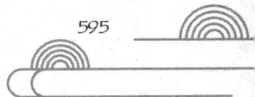

派掌门人都在这里，且听我一言，我要你们从此不再追究定海铁索一事，以后安安分分做你们的修仙门派，继续除你们的妖，咱们离泽宫便也照样好好地做五大派之一，簪花大会一样地参加。点睛谷、少阳派，你们门派里的定海铁索要在三日内解开。今天的事，大家都烂在肚子里，都当作没发生过。那么我便仁慈一些，放你们出岛。否则……嘿嘿，你们便做鱼虾肚里的烂泥吧！"

他吹了一声尖锐的口哨，只听一阵靴声橐橐，先前动也不动的离泽宫弟子们一拥而上，剑尖竖起，杀气腾腾。

褚磊没有说话，只是回头看了看诸人，目光缓缓滑过和阳、楚影红、东方清奇……每个人他都看了一会儿，每个人给他的眼神都是一样的。

决不妥协！

他朗声道："如此，只有辜负副宫主一番好意了！定海铁索锁的是一个作乱大妖，我等决不能让他被放出来兴风作浪。就算是死——修仙之道以守卫百姓安危为己任，我等区区几条贱命，为了苍生安危，又有何惧？！"

这番话说得极是慷慨激昂，众人都感到一阵热血沸腾，就连受伤的人也忍不住再次握住兵器，只觉浑身都是力气，再战三百回合都不是问题。

副宫主倒是一愣，跟着呵呵笑出来，曼声道："话说得真是好听！难怪人家都说做凡人好，不但能说大话，还蠢到以为自己真能维护什么众生安危……蠢货总是很容易感到幸福。"

话未说完，忽觉身侧一道寒光急速刺来，快若流星，他反手用剑一格，"喀"的一声，却是一柄极长的剑，正是东方清奇手里著名的剑——惊鸿。那剑可随主人心念任意伸长缩短，委实是不可多得的神物。东方清奇见一招不中，手腕忽而一抖，惊鸿剑陡然一折，贴着副宫主的剑身蛇行不止，刺向他的胸口。

副宫主长笑一声，却也被逼得不得不后退两步，口中说道："莫要逼我动真格的，呵呵……难道真的想死？"忽见眼前青影一闪，他心中大惊，紧跟着胸口遭受重击，痛彻骨髓，若不是手里的剑死死卡在地上，他险些要倒飞出去。"大哥！"他低低叫了一声，焕然抬头，看着站在眼前已经收敛了妖气的大宫主。大宫主双目黝黑，深不见底，静静看了他一会儿，忽而转头说道："将这里的人全部杀了，一个也不许留。"

那些原本执剑的离泽宫弟子立即撤剑，紧跟着却做出匪夷所思的行为——每个人都将上衣脱了，张开双臂，肋下齐刷刷两排漆黑的珠子。璇玑大吃一惊，猛然想起禹司凤身上也有这东西，紫狐手腕上也被钉了一颗。

当时，他是怎么说的？是装饰品。可是，紫狐却说是用来压抑妖气的东西。到底谁才是真实的？她抬头看着禹司凤，他垂下眼皮，睫毛微微颤抖，面色苍白到几乎是透明的。

"司凤……"她唤了一声。他的睫毛颤了一下，却没有说话，没有看她。

副宫主不可思议地看着那些弟子，颤声道："你……你怎么……"大宫主冷道："从小开始，你肚子里那些小算盘，我便一清二楚。事关重大，容不得你胡闹，安静看着。"

钟敏言正自心神激荡，握紧了佩剑，一触即发，忽然肩上被人一拍，柳意欢低声道："你们两个！快去把小狐狸救出来！带着容谷主躲到安全的地方去！"他一怔，急道："这怎么行！大家都在这里，我怎么可以先走！"柳意欢压低了嗓子，极是严厉："你留在这里也是累赘！能帮什么忙？！要是真觉得对不起自己的师门，就看清自己的愚蠢！做几件能做到的事情吧！"

钟敏言被他一个外人这般严厉地斥责，登时大怒，然而转念一想，忽然垮下了肩膀。柳意欢其实说得一点也没错，是他自己看不清事实。他留下也是帮倒忙而已。玲珑扯了扯他的袖子，两人互相使了个眼色，趁在场众人不注意，背着昏迷不醒的容谷主，偷偷去救紫狐了。

刚跑几步，只觉身后金光大盛，光芒万丈，几乎要将整个天空都映亮。玲珑不由自主停住脚步要回头，钟敏言一把抓住她，"快走！不要看！"玲珑跟着他跳上巨大的石柱擂台，忽而流下泪来，轻声道："小六子，我们都会死吧？离泽宫那些妖怪……"钟敏言心中同样紊乱，却不愿她多想，只柔声道："不会死的！有腾蛇和璇玑在，还有司凤、亭奴、柳意欢大哥……我们绝对不会死！"

"可是……司凤是离泽宫的人……他也是妖怪吧？"玲珑颤声问着。钟敏言浑身一震，急道："他怎么会是妖怪！他是人！再说……就算他是妖怪，也是我们的朋友！"玲珑不再说话。


那些离泽宫弟子一旦去掉封印，立即放出妖气，只见无数道金光在天际盘旋回转，金光中是一个一个与大宫主一样的，背后带翅膀的妖魔，每片翅膀后都拖着三根巨大的翎羽，翎羽上似有金屑洒落，说不出的幻妙。

先前只得一个这样的妖魔，便将江长老毫不费力地弄死了，如今空中飞着几十只这样的妖魔，要说血洗整个浮玉岛，绝不是说笑。他们真的能办到！柱石道人笑得凄厉，尾声犹如呜咽，看上去已经陷入半疯狂状态，手里的令旗毫无章法地挥舞着，只是叫："摆阵摆阵！天下五大派死在一起好了！"那些结阵的弟子看不到有效的令旗号令，也不知该怎么变幻阵型，急得连声叫他："掌门！妖魔来了！摆阵啊！"

话没喊完，那些妖魔便急速扑下，金翼卷起巨大的气流，妖气冲天，一瞬间便将剑阵给冲乱。轩辕派弟子叫嚷的叫嚷，逃跑的逃跑，在妖魔面前却都如纸扎的一般，为他们擒住，随手就扯碎了。柱石道人还在挥着他的令旗，狂呼："摆阵呀！摆阵呀！把他们杀光呀！"一直守在他身旁的几个轩辕派长老实在忍不住，冲上去要抢夺令旗，前辈人物闹哄哄打成一团，此情此景，真是让人又惊骇又无奈。

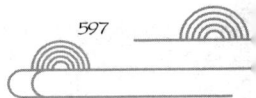

然而没打几下，柱石道人就被妖魔们抓了起来，凌空摇晃。他竟不知道害怕，还在狂呼："大家死在一起好了！"话未喊完，便被这些妖魔扯成好几段，血淋淋地丢在地上。剑阵中有女弟子，吓得尖声大叫，不过叫得几声，也很快没了声音。

褚磊见眼前景象极为惨烈，只觉双手微微发颤，厉声道："妖孽！妖孽！"御剑飞起，与那些妖魔缠斗在一处。众人也不甘落后，纷纷跟上。年轻弟子们固然不是妖魔的对手，但见褚磊剑法精妙，面对诸多妖魔竟毫无惧色，一连将两三个妖魔斩落在地，登时士气高涨。虽说这些妖魔看上去和方才大宫主的变化形态一样，但毕竟还年轻，威势或是妖气都不如大宫主来得迫人，加上褚磊他们完全是豁出命来打斗。一个人如果连命都拼上了，自然能发挥出无穷的潜力。一时间场上竟是褚磊他们占上风，将那些妖魔逼得连连后退。

他们的眼里只有妖魔，而此刻，璇玑的眼里却只有禹司凤。她怔怔看着他，希望他说点什么，同时又希望他最好什么也别说。她不知道应该用什么样的表情来面对他的话语。

半晌，他嘴唇微微一动，低声道："璇玑，对不起。"

她浑身微微一颤，不由自主松开他的手。心里似乎有某个声音在狂喊：不要松手！不要放开他！可是她的身体似乎不听话，双手慢慢垂了下去。禹司凤忽然抬头，对她微微一笑，一瞬间，眼中似有泪光闪过。他转身便走，轻道："我不会让他们继续杀人的。"说罢，轻轻将上衣脱下，肋下赫然两排漆黑的珠子，安安静静地嵌在那里，像一个漆黑的、被揭穿的笑话。

叮叮当当几声，那些珠子从肋下滑落，掉在地上。他的脊背挺拔修长，肌理分明，虽然略显瘦削，其中却藏着一丝彪悍之意。有淡淡的金光从他皮肤上弥漫出来，像一团烟雾，将他笼罩，从头到脚。令她触摸不到。

那些金光渐渐团聚起来，最后，变成了一双丰盈美丽的翅膀，轻轻展开，约有丈余长。每一片金色羽翼尾端，都有六根修长巨大的翎羽。无数道鲜红的纹路密密麻麻布满了他的身体，连脸上也不例外。他现在看起来，再也不是那个苍白又沉默的少年。

他是一个妖，美丽的犹如凤凰一般的金翅鸟妖。

璇玑倒退数步，几下踉跄，险些摔倒，胳膊忽然被人扶住，她茫然失措地回头，正对上柳意欢没有表情的脸。他没有看她，他在看着禹司凤。半晌，他低声道："你要抛弃他吗？"

璇玑没有说话，他的声音好像隔了十万八千里，耳朵里听不清，可是每一个字又狠狠砸在她心头，回响不断。

那双美丽的翅膀微微一展，禹司凤飞了起来，像是要离开她一样，头也不回一下，带着执拗的沉默。十二羽的金翅鸟，最高贵的血统，他翅膀上的光芒比太阳还要耀眼，几乎可以令人落泪。他像一道金光，一瞬间落在场内，那些妖魔们对他甚是顾忌，不敢与之相争，纷纷躲闪。

柳意欢定定看着他，再次沉声问璇玑："你是要抛弃他吗？"

璇玑慢慢摇头，还是说不出话来。连她自己也不知道，究竟是吃惊占了多数，还是失望占了多数。忽然想起那天他送她金翅鸟的簪子，那样款款相同，低语试探：如果是妖，你要看不起吗？他自己如此在意这件事，他是妖，妖类配不上人。怕她失望，怕她排斥，怕她离开自己。她记得那天究竟是怎么回答他了，有没有伤到他的心。她天真的脑袋里从来也没想过他是妖类这样的事情，禹司凤就是禹司凤，她不能离开他，就这样简单。

可是，为什么要放开他的手？她回答不上来，那是身体一瞬间本能的反应：他是妖，不是人。她轻而易举地将他丢弃在指尖。

柳意欢叹了一口气，声音苦涩："他是个不懂得找后路的傻瓜，撞得一头血了还舍不得离开。傻瓜……真是傻瓜……做人这样辛苦……"

做人太辛苦，七情六欲，爱恨纠结，像是极苦的茶汤喝下去，说不出的感觉。可是大家还是想做人。做人好啊，人间繁花似锦，蓝天白云，清歌漫漫，红尘诸多斑斓美妙事物，诱得人眼花缭乱。但那些并不是最重要的。

那什么才是最重要的？

璇玑忽然泪眼迷蒙，脑海中依稀回响起禹司凤含笑的声音：当那个人走近你的视界，有那么一个瞬间，红尘中所有的诱惑都变得微不足道。蓝天白云，青青碧草，你都不会再去看。你的眼里从此只有她一个人，把生命贡献出去都是极其畅快的事情。所以做人再辛苦，也心甘情愿。

她觉得自己从内部一点一点碎裂开，再也支持不住，快要变成无数粒碎屑，化在风中。她颤抖着，想要扶住一些什么，手伸出去却什么也抓不住，只有冷冷的风从指间流过。

耳边听得柳意欢冷道："大宫主，我可不会让你上去捣乱。"她一怔，回头只见柳意欢挡在大宫主身前，手里握着宝剑，面色沉郁。大宫主看也不看他，眼神深邃，似乎怒到了极点，忽然出手，五指犹如拨弦弹琴一样，又要拂过柳意欢的肩头。

"同一招你也用得太多了！"柳意欢大吼一声，挥剑而上，大宫主伸出的手指顿时危险，眼看便要被他一剑削落，谁知他竟退了一步，转身让过剑锋——先前只是虚晃一招！一招未能得逞，柳意欢登时陷入被动局面，反手再要攻击，大宫主却轻飘飘地飞了起来，一面森然道："不懂事的东西太多！"柳意欢"啊"地叫了一声，恨恨地提剑追上，但对方是在飞，他跑步哪里能追上，只气得脸色铁青，嘴里骂个不停。

一直安静坐在旁边的亭奴忽然说道："你怎么不解印？带着封印和他打，怎可能有胜算。"

柳意欢怒道："要你多嘴！老子不爱当众解开封印不行啊？！"

亭奴淡然道："要我来说吧，你因为偷了天眼，所以付出代价，已经失去妖力了，对不对？"

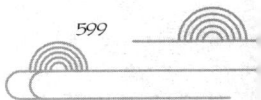

柳意欢脸色一阵青一阵白，嘴唇哆嗦了半天，才道："你……你真他妈的……也有天眼不成……"

亭奴微微一笑："天眼我没有，我只是猜测而已，没想到居然是事实。"

柳意欢大怒之下乱七八糟骂了一堆，最后也觉得于事无补，只能抱着脑袋急道："怎么办？！他要上去了，司凤那傻小子一定不肯和他动手！大家真是要全死在这里？"忽然眼角瞥到旁边有人轻轻走动，他猛然跳起来，一把揪住那人的领口，厉声道，"对了，这里还有一只！你不是不想杀人吗？快去阻止你大哥！"

那人竟是副宫主，他被大宫主击中胸口要害，鲜血从面具下渗透出来，胸前斑斑点点，甚是可怖。柳意欢一抓之下，他身子竟软绵绵的，仿佛站也站不稳，登时一呆。

副宫主呵呵笑了两声，道："抱歉啦，你也看到了，我受了重伤，没精力管这些凡人死活。大哥要他们死，你们看着就好了。"

"你这狗屎东西！"柳意欢恨不得报以老拳，"老子看你就不是好东西！你又耍什么诡计？！刚才说得不是冠冕堂皇吗？你会那么轻易放弃？！"

既然是诡计，又怎会说给你听……副宫主叹了一声，想把这白痴推开，可是手脚无力，只得随他拎着提着，自己不反抗罢了。

旁边忽然响起一个娇柔的声音："腾蛇，你去。"众人齐齐回头，只见璇玑脸色发白，面无表情。腾蛇叫道："你让我去我就去，那多没面子？！老子不去！再说了，那小子是妖怪你也知道了，妖和凡人打架，神仙插什么手！"这当口他还缠着璇玑斗气斗嘴，孩子气十足。刚才还气势汹汹想打架，结果被她一吩咐，他还就是不去了。

璇玑并没发火，只低声道："你去，我允许你大开杀戒，痛快玩一场。"

腾蛇一愣："你允许……"他做什么事哪里轮得到她允许不允许？！正要反驳，抬头见她双目深邃犹如洞穴，一肚子的调皮登时发作不出来了。

"我允许你把那些妖怪全杀了，一个不留！"

腾蛇默然，灵兽和主人之间有一种说不出道不明的默契，她心中的火焰仿佛也烧在了自己的心头，不由得被感染，蹭的一下站起来，叫道："是你说允许我杀的哦！别回头又要想法子来炮制我！"

璇玑顿了一下，又道："不许杀司凤禹和其他凡人。"

"废话！"腾蛇纵身而起，身后的火翼呼啦一下张开，他不再约束力量，那一对血红的火翼张开足有十丈长，道行浅薄的那些小金翅鸟妖，一旦被烈焰擦上，立即烧成了黑炭摔落在地。他浑身上下都笼罩在鲜红的腾蛇之火里，看起来像是一个火人，所过之处，如入无人之境，所向披靡。

然而他的优势占了不到一小会儿，很快就被大群的妖魔围住。有了一定道行的金翅鸟不惧火焰，他的火烧了半天也烧不死他们，急得大叫："臭小娘！过来帮我！"

璇玑缓缓举剑，轻道："腾蛇。"崩玉剑瞬间发出明亮的银色光泽，一阵一阵地震颤，像是在凝聚力量，又像是在默默地吼叫。她手腕一横，将崩玉推了出去。腾蛇大吼一声，像是有些不知所措，背后的火翼呼啦一下猛然暴长，又多出了两根新的火翼，色泽是半透明的苍蓝，直扎入天，将天上一团团的云朵全部烤干，热浪滔天。褚磊他们知道厉害，早已躲在角落里不敢靠近。

不小心撞上他火翼的妖魔，一瞬间就被烧得不见踪影。这种恐怖而又霸道的力量，令他几乎是眨眼工夫就将那些金光灿灿的妖怪给杀光了。璇玑见那大宫主转身似是要逃，立即叫道："杀了他！"

腾蛇很乐意接受这个命令，杀了他总比放过他痛快多了。他背后四根火翼缓缓合拢，正要将他裹在其中，忽然身体晃了一下，那源源不绝的力量猛然消失，四根火翼霎时又变成了两根鲜红的腾蛇火焰，烧在大宫主身上，白痴都知道不痛不痒。

"喂！你搞什么鬼？！"腾蛇愤然回头大骂，却见璇玑的崩玉被副宫主抓在手里，她颇为吃惊地抬头看他。眼看就要将那个坏蛋烧死了，副宫主突然出来一把抓住崩玉，她这样一吃惊，登时断了和腾蛇的感应。

"你做什么？！"璇玑用力一抽，副宫主却忽然松开手，她用了太多的力，结果反而把自己搞得跟跄几步。

副宫主嘿嘿笑了两声，道："做事不要太绝。对你没好处的。"说完足尖在地上一点，轻飘飘地飞了起来，几下纵横，蹿到场内，正要将大宫主抓起来带走，忽听一人剧烈咳嗽起来，紧跟着场内的金光顿时收敛，一人从半空中落下，狠狠摔在地上，晕了过去——是禹司凤！

柳意欢大惊失色，失声道："不好！是情人咒开始反噬了！"他拔腿就跑，狂奔过去，谁知大宫主比他快了数倍，眨眼就将禹司凤抓在手中，和副宫主二人几下兔起鹘落，顿时变成了小黑点再也看不见。

众人正是惊骇未定的时候，忽觉两个人影飞快追了上去，"呼"的一下，眨眼就追得看不见人影。回头一看，场上正少了璇玑和柳意欢两人。


禹司凤此时只觉胸口似有乱刀在搅动，痛得满头冷汗。喉中一股浓厚的腥甜味，被他死死压抑住。心中有一种空落落的茫然感，从璇玑的手放开的那一刻开始。

他本是想好了无论如何也不会后悔的，但或许他心里还是存着一星半点的希望：也许……她知道了真相也不会在乎；也许她根本不当一回事，笑笑说没什么大不了。后来他也想过，找一个合适的时机，把一切都坦白出来，无论她能不能接受，反正他是这样孑然一身的一个人，没什么好后悔的。

但想象终归是想象，一旦真实降临，他想不到自己竟然连回头的勇气都没有。

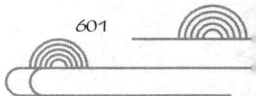

柳大哥说过：你何苦空欢喜一场？

空欢喜……真的是空欢喜。那些忐忑，那些缠绵，那些怦然心动——看起来像是单薄的皮影戏，戏里戏外，从头到尾，只有他一人惶惶。

很想回去问问她，为什么要放手？曾经，不是说过，永远要在一起吗？她说：司凤，你要是不回来，我会死掉！你要是不在乎我会死，你就尽管离开！

很好，真的很好。其实会死的，是他，永远也不会是她。

胸口好像被人挖空了，再塞满辛辣的辣椒，火辣辣的疼，像是要裂开一样。他终于经受不住，轻轻呻吟一声，憋了满嘴的血，缓缓滑了下来。

一直提着他奔跑的人忽然停了下来。他被人轻轻抱在怀里，枕在那人的膝盖上，那人的手在温柔地抚摸自己的脸颊，替他将嘴上的血擦干净。

禹司凤心中一阵狂喜，喃喃叫道："璇玑……璇玑！"

那人叹了一声，声音低沉，却是个男人，他说："她是你的魔，你入魔太深了，孩子。"

是师父！禹司凤努力睁开眼，大宫主清癯的脸庞就在近前，他心痛又慈祥地看着他。这种眼神他一点也不陌生，小时候他要是做错了什么事，被惩罚，打得浑身一块青一块紫，师父替他上药的时候就会这样看着他。

"师父……"他闭上眼，低声说着，"我是不是要死了？"

大宫主柔声道："你放心，我绝不会让你死。这是情人咒反噬的效力而已。司凤，说实话，其实你从头到尾也没有信任过那个姑娘的爱，对不对？"

禹司凤眼睫微颤，没有说话。大宫主叹道："冤孽……你这样连孤注一掷也算不上，只能叫孤勇。既然怀疑她，为什么还一直苦撑？听师父的话，忘了她，把她整个人都丢到脑后去，以后也不要想起。情人咒师父帮你解，以后所有的事情师父都替你安排好，你什么也不用烦恼。"

禹司凤只觉胸口的疼痛似乎渐渐蔓延到全身，他一会儿被烈火焚烧，一会儿又掉入万年玄冰。心里却始终空空的。空，什么都是空，他真的什么也没有了。

他低声道："师父……她说她离不开我，要是我走了，她会死掉的。"

大宫主轻喟："你还在骗自己吗？死的人不会是她，只是你这个傻瓜而已。"

禹司凤微微颤抖，长长的睫毛下，流出两颗大大的泪珠，落在大宫主的手心里，冰冷的。这种冰冷的感觉刺了他一下，令他有些茫然，一瞬间似乎想起了很久远的回忆。

"师父，离泽宫……真的在后面策划一切？"

禹司凤一句问话将他从深沉的思绪里拉出来，他"嘿"地一笑，傲然道："不错，一切都是你师父雄才伟略。那些凡人还妄想修仙，定下许多愚规，我便要叫他们明白自己有多可笑！"

禹司凤喘了几声，才道："你……你别……师父！他们……没有碍着你什么……"

大宫主森然道："没有碍着？他们犯下的罪行罄竹难书！成天自诩正义，对他人指手画脚，轻则横加指责，重则痛下下手！没碍着？没碍着，你娘又怎么会死！"

禹司凤浑身一震，不可思议地看着他，颤声道："你……你说什么？我娘……？"

大宫主仿佛发觉自己说错了话，默然不语。良久，忽然岔开话题："情人咒的事情你不用担心，痛苦也就这一阵，师父马上带你回离泽宫，很快就会好。"

"师父！"禹司凤叫了一声。

大宫主难得露出些微尴尬的神色，半晌，说道："有些事情，我没有告诉你。你现在大了，确实应当说给你听。但我有个条件，你必须和我回离泽宫，并且答应我永远也不见那个丫头。"

禹司凤凄声道："师父……我……不能……"

大宫主冷道："到如今你还念着那冷血无情的丫头！她要是真的在乎你，为什么不追上来？为什么知道你是妖之后马上就离开你？！你就是马上死在她面前，她也不会为你感到难过！说不定心里还会庆幸你这只妖怪死得好！"

他的话其实毫无根据，可是禹司凤正是伤心欲绝的时候，他再拿这些难听话一刺激，当真是生不如死。情人咒的反噬似乎越来越厉害，禹司凤只觉整个人都像是被一把尖刀挖空了，痛得半昏半醒。

大宫主将他抱起来，低声道："好孩子，跟师父回去。什么痛苦都没有了。"

禹司凤又急又痛，一口气上不来，竟晕了过去。

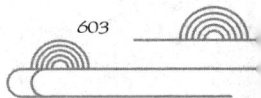

# 第三十一章·伤离别

他走了几步，一直默默在旁边站着的副宫主忽然开口道："你真要将他带回离泽宫？私情也不是这么讲的！他的心根本不在这里！你强行带回去，只是添乱！"

大宫主冷道："我的事轮不到你操心。你心里想着什么，当我不明白吗？"他见副宫主迟迟不语，不由得微微冷笑，道，"你要趁我不备做什么坏事？"

副宫主立即摊开双手，似是苦笑："大哥！你也太绝情了！"

话音刚落，两人忽然警觉，同时向后跳去，回头一看，却见璇玑和柳意欢远远追了上来。大宫主"啧"了一声，副宫主笑道："怎么，你怕那丫头？也是，先前输给她……"

"住嘴。"大宫主面色一沉，说话间，那两人已经追到近前。

璇玑老远见到禹司凤半死不活地被大宫主抱在怀里，心头的怒火不可抑制，厉声道："你把他放下来！"说罢拔剑就要冲上去，却被柳意欢一扯，硬生生拦住。

"不要冲动。"柳意欢冲她摇摇手，转身看着大宫主，沉吟半晌，才道，"如果我没记错，当日去离泽宫我们已经说得很清楚了。禹司凤已经不是离泽宫的人，你凭什么将他抢走？"

大宫主淡然道："你们也不是司凤的什么人，凭什么将他抢走？"

柳意欢笑道："你这个小宫主，嘴皮子不错！那我告诉你，禹司凤呢，已经和这位褚璇玑姑娘有了文定之礼，少阳派从上到下都知道的。你没理由把人家小夫妻拆散吧？"

璇玑一呆，急道："柳大哥……"她什么时候有了文定之礼？

"璇玑，柳大哥说得对不对？"柳意欢大声问着，偷偷对她挤眉弄眼。璇玑吸了一口气，陡然反应过来，急忙点头："是……是啊！"到底还是小女孩儿，羞得脸皮都红透了。

大宫主冷道："文定之礼要双方长辈共同承认，我可不记得有承认过。"

柳意欢叫道："你算什么狗屁长辈！禹司凤早就不是离泽宫的人了！我算他半个爹，我才是正儿八经的长辈吧？他俩的事我和褚掌门做主给定了，你有什么屁话要说？！"

大宫主倒是半晌没说话，似是有些松动的样子，隔一会儿，才道："前辈对司凤的恩情，我真心感谢。"

"老子可不要劳什子的感谢！一句话，把人还给我！"柳意欢瞪圆了眼睛。

副宫主忽然"哧"的一声笑出来，悠然道："正经的爹还没说话呢，你这个半途跳出来的假老爹跹什么？"

柳意欢看他就不顺眼，当即骂道："滚你的！老子说话你个不男不女的插什么嘴？！什么正经的爹？他有叫过一声爹吗？！"

副宫主被他骂得火起，沉声道："你说话放尊重点！他可也没叫过你爹！婚姻大事本来就是父母说了算，无名无分，等同苟合！"

他这话等于把璇玑也骂了进去，她脸色登时一白，无地自容。

大宫主忽然说道："褚小姐，谢谢你对司凤这样关心。但文定之礼，我不同意。你也知道，司凤是妖，人与妖总是走不到一起的。早些放弃，对你对他都有好处。你这般人品，日后不愁有名门弟子联姻，司凤配不上你。"

璇玑嘴唇微颤，慢慢说道："可是他答应过我……我们会永远在一起……"

大宫主笑了笑，道："年少轻狂，谁都会犯错。这些诺言，何苦当真。"

璇玑仿佛不认识他一样，定定看着他，从头看到脚，忽然瞥见他手腕上一道伤痕，猛地一震，颤声道："你……等等！你把手……给我看看！"

大宫主低头，见到手腕上的伤痕，脸色微变，最后还是抬头笑道："好眼力。还是被你认出来了。"

璇玑默默抽出崩玉，剑尖指着他的脸，低声道："你是皓凤！一个宫主居然扮作弟子！"

柳意欢怪叫道："什么？……等等、等等！小璇玑！你是说他就是那个养饕餮的混蛋？！"

大宫主淡然道："是我。我本想借着簪花大会的名头将你除了。褚小姐，你留着是个祸害，极大的祸害。在大事在小事，都碍着我们的路。不过很可惜，你养了一头好灵兽……连我的原身也奈何他不得。血洗浮玉岛的计划功败垂成，你很好！你到底是什么人？"

璇玑剑尖抖了一下，勉强说道："我什么也不是！总之……你不能把司凤带走！"

话音甫落，却听禹司凤呻吟一声，醒转过来。

他低声道："璇玑……"璇玑惊喜交加，快步上前，想要看看他，却被副宫主拦住，"别靠近！除非你想他死！"璇玑挥剑就要攻上，只听柳意欢厉声道："听话！璇玑你不要过去！他这是情人咒反噬！"

璇玑被他一吼，愣在当场。她记得情人咒是什么，还有那个半哭半笑的面具。只是……"面具不是碎了吗？情人咒不是解开了吗？"她回头，像个做错事的孩子，慌张失措地问着。

柳意欢沉着脸，抓住她的袖子，将她拖得倒退数步，才道："面具碎了和情人咒没关系！这东西毒辣得很，在他心神不宁的时候就会跳出来，像是顽疾。这时候你最好别过去，省得他死在你手里！"

璇玑大惊失色，失声道："我怎么会杀他！"

柳意欢抿紧了唇不说话，他并不想过多责备这个小姑娘，她承受的压力委实大了些。

副宫主轻轻笑道："你不是用剑杀他，你是用心杀他。"

"你乱说！"璇玑对他可没那么客气，面上犹如笼了一层严霜。

副宫主道："我怎么乱说？你可知两情相悦是什么意思？你可知情人咒只有在患得患失的时候才会发作？让他患得患失的人是谁？是你吧？你既然不爱他，何不痛快点放手？纠缠不清的人可不是他，是你。"

"我……我没有！"璇玑急得几乎要哭，"我怎么会不喜欢他？！我真的很喜欢司凤！"她再也顾不得矜持，在几个大男人面前吐出心声。

副宫主低声道："小璇玑，喜欢和爱完全是两种事。你喜欢的人很多吧，爹爹妈妈，姐姐妹妹，师兄弟……你可以喜欢很多人，但是爱人却不同，这个世上，你只会爱一个人。"

璇玑张嘴想反驳，却发觉找不到什么语言反驳。

柳意欢也曾这样问过她，在她心里，禹司凤到底算什么，和她喜欢的那些人比起来，到底谁最重要。她一直也不明白这个问题有什么意义，谁都重要，她哪个也不想失去。

可是现在，她隐约有些明白了。

禹司凤说过，只有那么一个人，会让你甘心为她去死。和那个人比起来，所有的一切都不重要，生死与共，就是这样了。你会为了许多许多人伤心难过，甚至产生恨不得也跟着死去的念头，但只有一个人会让你毫不犹豫随他而去。只因那人是比自己生命更重的，失去她，整个世界都等于死去。

那么，禹司凤在她心里究竟是不是这样重要的人呢？她想了很久，想得满头冷汗，也想不出一个答案。她从未真正失去过他，她心里有这样一个卑劣的念头：反正无论如何他都会陪着自己的，他永远也不会离开，只要有他在，自己就永远也不会孤独。

她没有想过，万一他真的离开了，自己会变成什么样。只因她认定了禹司凤决不会走。她仗着他的爱，肆无忌惮。

爹爹妈妈走了，她会悲伤难过。玲珑敏言走了，她会痛苦失落。可是，不要紧，她还有司凤，他就是她藏在最深的那一道屏障，没有任何可能离开。她将这念头埋得如此深，连自己都瞒过。

她为了他上刀山下油锅，不要命地跑到离泽宫去抢人，那其中究竟有几分是因为爱他，她并不知道。他对她这样亲密、拥抱、亲吻，她在那时又有几分真心，她也不知道。

她这样自私，所有一切都是为了自己，她不想一个人，她怕极了孤独。小时候被罚在明霞洞，好像整个世界只剩下她一个人——这种感觉，她再也不要体会。禹司凤的温柔是她抓住的唯一救命稻草，她死也不放手。

那是爱吗？

那会是爱吗？！

璇玑脸色苍白，怔在当场，脑中一片紊乱。

副宫主柔声道："其实你并不爱他，那就不要折磨他啦。早点放手，对你对他都是好事。"

"我……我……"璇玑喃喃说着，忽然觉得无比的委屈，眼泪慢慢流下来。

禹司凤的声音忽然响了起来，他在叫她，声音微弱："璇玑……是璇玑吗？"

璇玑痛哭出声，捂住脸，点了点头，哽咽道："是我……司凤你还好吧？"

禹司凤靠在大宫主怀里，浑身半点力气也没有。他脸色苍白，定定望着远方不知名的地方，良久，才轻道："对不起，一直没告诉你实话。一定吓了你一跳。"

璇玑低声道："没有……我只是有些吃惊……司凤，我不是故意放开你的……你不要生我的气。"

禹司凤缓缓摇头："我没生气……对了，你爹爹他们，没受伤吧？"

"没有。他们很好……司凤，你跟我们回去吧？那个情人咒，我一定想办法帮你解开，你不要担心。"

禹司凤沉默了一会儿，忽道："浮玉岛乱成那样，你怎么跑出来？万一再生不测该怎么办？"

璇玑急道："我是来追你的……你不要岔开话题！司凤！就算你是妖也没什么了不起的！我一点也不在乎！和我们回去！要是爹爹他们计较这个，那我们就离开！世界之大，去哪里都可以！我真的一点也不在乎！"

禹司凤回头看了她一眼，那一眼，淡若玄水，璇玑不由自主退了一步。他低声道："离开了，又如何？永远和大家生活在一起？永远这样嘻嘻哈哈过着？这样，你就不孤单了，对吗？"

璇玑仿佛被晴空一个霹雳打中，脸色登时惨白，颤声道："你……你为什么……这样说……"

禹司凤闭上眼，深深吸了一口气。其实他很早就醒过来了，副宫主和璇玑的对话他听得很清楚。就是因为听得清楚，所以他早就预料到，璇玑一定不会说出爱他的话。她的答案，他很早很早就明白了，只是一直不愿去想而已。

他太了解璇玑，她并不懂情爱，她像个怕孤单的孩子，拉着所有人陪着她，这样她才能安心。他一直骗着她，也骗着自己，如今，他再也骗不下去了。

"璇玑，我要走了。"他淡淡说着，"我累了，不能再陪你玩小孩子的游戏。以后只有你一个人，要好好照顾自己，不要让我为你担心，明白吗？"

璇玑浑身都在发抖，膝盖抖得快要软下来，支撑不住身体。她凄声道："你骗我！你说过我们会永远在一起！你骗了我！"

禹司凤轻声道："是我骗了你，我撑不下去了。璇玑，你该长大一些了。"

璇玑怔怔看着他，忽然茫然地一笑，喃喃道："你骗我……司凤，你不会走的。"

禹司凤摇头："不，我会走。"

"你撒谎！你明明说过……你说过……"他说过他眼里只有她一个人，他也说过，哪怕她后悔，他也不走了。那些，统统是撒谎吗？

禹司凤沉声道："我说过很多，可是现在我做不到了。璇玑，我爱你，以后也会一直爱你。但是我已经不想再与你一起。"

大宫主欣喜若狂，颤声道："好孩子！好孩子！说得好！和师父回离泽宫吧！时间一久，你会把这一切都忘记的！"

禹司凤疲惫地吐出一口气，低声道："师父……弟子给你添了许多麻烦……"

大宫主忍不住热泪盈眶："不麻烦……只要你回来……我心里实在是欢喜极了！"

他转身便走，头也不回。副宫主看了璇玑一会儿，也跟着慢慢走开。璇玑忽然叫道："司凤！求求你！不要走！别……别离开我！"

他似乎没有听到，他不再看她。大宫主腾身飞起，很快就变成了一个小黑点，再也看不见。副宫主站在空中，低头看着璇玑，似是有些怜悯的样子，半晌，才低声道："你们还年轻。以后，等你明白了……未尝不能……"他忽然摇了摇头，轻叹一声，飞远了。

璇玑怔怔地望着空无一物的天空，跟跄追了几步，心底也像空荡荡的苍穹一样，被彻底掏空。

"你骗人……你这个撒谎的坏蛋……"她喃喃说着，大串大串的泪水顺着她莹白的脸庞滑落，一直流到脖子上。她眼睛眨也不眨，慢慢走着，像是失了魂一样。

后面的柳意欢实在不忍，上去扶了她一把，柔声道："小璇玑，你不要紧吧？唉……怎么两个都这样死脑筋，让人担心……"

璇玑失魂落魄地回头，怔怔看着他，低声道："柳大哥，他骗我……他走了。"

柳意欢柔声道："他只是一时想不开，很快会回来的。"

璇玑轻声道："不，我知道的……他受不了我了，他绝对不会回来啦。"

柳意欢见她这种样子，心中有些悚然，拍了拍她的肩膀，温言道："要不柳大哥再陪你去抢人？"

璇玑摇了摇头，轻道："这次他打定了主意，我抢不回来了……他打定了主意，抛弃我……"

说到抛弃这两个字，她心口忽然剧烈一痛，眼前发黑，再也支持不住，往前栽倒。

在醒过来之前，璇玑昏昏沉沉做了许多梦。依稀是从认识禹司凤以来，所有的经历如同流水一样从眼前流淌而过。

那时候她一出手就抓住了小银花，差点把它掐死，结果让禹司凤大发雷霆，一直叫她恶女人。他们俩那时候真是两看两相厌。可是，现在想想，第一次和女孩子接触的他，一定是惶恐又无措的。他未必是真的讨厌她,只是小小少年用恶言恶语来掩饰自己尴尬的方法。

他们一起去鹿台山,一起救出亭奴,一起恶整乌童……他一直陪着她,就在身后不远的地方,回头就能见到那少年纤瘦的肩膀和漆黑的眉眼,对她微微而笑。

大约是因为他的温柔太容易得到,太容易得到的东西总是不会懂得珍惜。在小阳峰的四年,她几乎就没想过他这个人,偶尔修炼累极了,靠在床上,晕晕乎乎,想起那个养着银蛇的少年,心中也是说不出的滋味,有点害怕,有点逃避,因为他对她太好,她却忘了写信,整个将他丢在脑后。

因为无法用同等的好去回报给他,所以在她心里,宁可离他远一些,忘记了便忘记了吧。

可是后来又遇见了。她从来也不知道,因为自己小时候一场任性的斗嘴,害他过得十分辛苦。他也从来不说。他对她实在太好了,好得让她胆怯,有时候隐隐约约会觉得,宁可和钟敏言那样轻松无聊地斗嘴,也好过和他相处。

然而,她还是喜欢他的,像喜欢玲珑、敏言、爹爹妈妈那样喜欢。在她心里,大家都是一个整体,谁也不可以离开谁。可是禹司凤要的不是整体,他要单独一个,时间长了,这种矛盾越来越大。

如今,她再也不会说她不明白这两者有什么不同的话。

她很清楚,禹司凤要的是什么。唯一不清楚的,是她自己的心。她爱不爱他?可不可以像他对她一样,将他看作整个世界上的唯一?他说,爱上一个人,就是生死与共。为了一个人毫不犹豫去死,是怎样的感觉?与自己倾心相爱的人互相拥抱,是怎样的幸福?

小时候她喜欢山下卖的糖人,觉得那是世上最好的。可是大了之后忽然不喜欢了。

她还喜欢过钟敏言,觉得他是世上最好的男孩子,可是禹司凤说:还有更好的。更好的是谁呢?她当时懵懂地看着他,少年没有说话,只是脸上慢慢红了。

现在她明白了,更好的是他。长大之后不喜欢吃糖人了,那么她是不是还需要再长大一次,才能明白自己真正喜欢的是什么?她要怎么样,才能长大?

成长,永远是让人苦恼的事情。未来就像是千万条道路扎在一起的迷宫,你永远也不知道自己走的路是否正确。但是,所有人都要这样走过来,她也必须鼓起勇气,走下去,一直走下去……

璇玑缓缓动了动眼皮,睁开眼——一张大脸横亘在眼前,她不假思索,下意识地一巴掌拍上去,腾蛇痛叫一声,差点跳起来,骂道:"臭小娘一醒过来就打人!真不识好歹!"

璇玑茫茫然起身,却见这里是浮玉岛客房,屋子里围着几个人,都定定地看着她,欲言又止。她见一个柔媚的紫衣美人坐在床边,眼眶红红地看着自己,不由得轻叫一声:"紫狐……"

紫狐先是点了点头，跟着却没憋住，哇的一声哭出来，娇滴滴地说道："你没事吧？可让我担心死了！那没良心的小贼你就别想啦！男人都不是什么好东西！"

柳意欢在后面怪叫道："喂喂！小狐狸你这话说得偏颇了吧！什么叫男人都不是好东西？"

紫狐怒道："你是好东西吗？你就是最坏的东西！老娘说话你插什么嘴！"

柳意欢咕哝一句，大意是她是个绝色美女，于是他好男不和女斗。亭奴叹道："这种时候，你们吵什么？璇玑，你身体还好吧？要不要喝点水？"

璇玑有些疲惫地撑着脑袋，点了点头，亭奴很快替她倒了一杯温热的茶水，递到她手里，柔声道："你不要想太多。我看司凤不是那么绝情的孩子，更不会因为误会赌气离开，过两天就会回来啦。"

她慢慢摇头，声音沙哑地说道："我知道的，他不会再回来。你们……不用劝我了，我没事。司凤……能找到他更喜欢做的事情，我应该为他高兴。"

屋里众人面面相觑，大家都以为她醒过来会哭天抢地要死要活，谁知道居然这么平静。紫狐犹豫着把手放在她额头上捂了一会儿，低声道："没生病啊……璇玑，你真的不要紧？"

璇玑一口气把茶水喝完，抹抹嘴巴，转头看了一圈，问道："紫狐你能出来了？没人会再找你麻烦？"

紫狐点头道："我没事啦。是你姐姐和师兄把我放出来的，真要谢谢他们，弄了好久才把牢门撬开。眼下浮玉岛上人人都忙着照料受伤的人，没人会管我的。"

"受伤……对了，大家都还好吧？我当时……不在，后面没发生什么事情吧？"

紫狐摇头："都很好，没发生任何事。倒是你，被那混账男人背回来，脸色像死人一样，差点吓死我们。"

璇玑笑容苦涩，停了一会儿，忽然觉得有些不对劲，奇道："玲珑呢？我爹爹呢？他们怎么不在？"

一屋子四个人好像都停顿了一下，然后亭奴才长叹一声，道："璇玑，你不要冲动，我告诉你，你追出去之后，红鸾突然飞上了浮玉岛。它身上拴着一块布，布上写着血字，说是少阳有难，你爹爹他们片刻也不敢耽搁，立即就赶回少阳派了。我和紫狐担心你，另外去了也帮不上什么忙，所以留下来等你。"

璇玑大吃一惊，当即从床上跳下来，鞋也来不及穿，提着崩玉就要冲出去。紫狐急忙抱住她，急道："你别急啊！他们去了好一会儿啦！也不急着这么一些时候。你先穿好鞋子，整理一下，吃点东西！你脸色实在太难看了！"

璇玑一声不吭，回头去穿鞋，把散乱的头发一拢，立即推门出去。柳意欢他们只得跟上，谁知门一推，东方清奇和容谷主却站在门口，几个人大眼瞪小眼，愕然看了半天，东方清奇才道："小璇玑急急忙忙的，头发都乱七八糟。少阳派的事，不急在这一时，你先冷静一下。"

璇玑急道："不！东方叔叔，我要赶回去！我……我等不得！"

东方清奇轻轻将她推进屋子，温和又严肃地说道："你不用急。先把自己整理好了，我和容谷主陪你一起去！眼下披头散发的，成什么样子？"

璇玑实在无法，只得让紫狐陪着去外面打水稍微梳洗一下，回来的时候，却听容谷主在说话，他说："……先前觉得那名字十分熟悉，如今才想起，点睛谷曾经有个女弟子也用的是这名字。说到她，倒也是个奇特的孩子……"

她推门进去，听他又道："想来，那孩子应当是那人的旧识了，不然怎会特意用这么个假名来参加大会？点睛谷出了这样的弟子，也令列代祖师爷面上无光。"

东方清奇说道："那女弟子可是做了什么伤天害理的事情？"

容谷主摇头叹道："都是陈年旧事了，那女弟子也早已死去。我不过是突然想起那名字，有些感慨罢了。"

璇玑心中灵光一动，急忙问道："容谷主，你说的那个女弟子，是叫皓凤？"

容谷主点头道："不错……她姓于……或者是姓余，我记不太清了。"

璇玑喃喃道："可是，这次大会上，来的那个皓凤不是离泽宫弟子，是离泽宫大宫主呀……难道是他和那个女弟子之间……"

姓于……于、余……司凤姓禹……副宫主说：正经的爹还没说话，假老爹却跳得很……难道、难道大宫主是司凤的爹？难道司凤的娘是那个女弟子？！

"小璇玑弄好了吗？在嘀咕什么呢，不想回少阳了？"东方清奇的声音将她拉回神，她急忙道："不！我们……马上走！司……"她下意识地要叫司凤的名字，忽然想起他已不在这里，心下顿时一阵黯然，咬着唇，只觉无比酸楚。


红鸾是在众人刚刚放松的时候疾飞上浮玉岛的，惊魂未定的浮玉岛弟子们看到天边一道红光，还以为是敌人又来袭，慌得又是一阵大呼小叫，还没等叫完，那红光便直扑褚磊而去，霎时停在他胳膊上，仰头长啼。

褚磊见它擦头拍翅，十分焦急的模样，不由得暗暗心惊，急忙扯下拴在它脚上的布条，却见那依稀是妻子何丹萍的衣服扯碎开，上面星星点点的血迹，更有触目惊心的数个血字：少阳有难，不要回来。

少阳有难？！莫不是乌童另派了人马去偷袭少阳派？褚磊手一抖，布条掉落在地上。他顾不得许多，匆匆和东方清奇交代了几句便带人要走。东方清奇当即要与他一起去，奈何岛上乱哄哄的，群龙无首，加上容谷主还未醒来，褚磊连连推辞，风尘仆仆地急急赶了回去。

不过盏茶时分，众人就赶回了少阳派，却见正门前空无一人，白色的台阶上只有几丝模糊的血迹。楚影红焦急万状，连叫了好几声切口，都没人答应。首阳山有七峰，众人不知那些妖魔攻到哪里了，只得先去少阳峰查看伤情。

谁知一踏足少阳峰顶的碧玉台，却见尸横遍野，鲜血满地，都是少阳派的弟子。褚磊肝胆俱裂，踉跄几步，茫然四顾，除了尸体，别无一人。楚影红又叫了几声，颤抖的声音在空中回响不断，忽听不远处有人微微呻吟一声，众人急忙赶去，和阳将那躺在地上浑身是血的弟子轻轻扶起来，只见他半个身体都被血浸透了，嘴唇微微开阖，似是要说话。

褚磊急点他身上数个要穴，沉声道："发生什么事了？"

那弟子虚弱地说道："掌门……那伙妖魔……带着喷火的妖鸟……禄阳师叔和……丰阳师伯……都死了……桓阳师叔带着大伙……去……去了……"

话说到这里，已是气若游丝，忽而两眼翻白，倒在和阳胳膊上，无论褚磊怎么点穴，都再也不会醒来了。玲珑和钟敏言见到同门这种惨状，再看看遍地的尸首，都忍不住红了眼睛。

和阳见褚磊脸色青白，双手微微颤抖，不由得低声道："掌门，再去下面看看吧。与桓阳他们会合才是要紧。"

褚磊缓缓点头，正要起身，忽听楚影红惊叫一声："你们看！那是什么？！"众人急忙回头，却见山腰处青光闪烁，其色极为诡异，一片一片，像是一层随风摇摆的巨大的青纱笼罩在上面。钟敏言曾在高氏山见过这种情景，不由得惊呼："是毕方鸟！那是火啊！"

话音一落，青火便迅速布满了整个半山腰，渐渐有往上蔓延的趋势。半山腰和后山是弟子们的住所，以及大演武场所在地，平时人最多的地方，这般怪火烧起来，只怕死伤惨重。

钟敏言见众人有要下去查看的意思，急道："不能去！那不同寻常，是死火！一沾上无论什么东西都会焦枯死去！师父，我想桓阳师叔一定不会把人继续留在少阳峰，我们应当去其他峰看看。"

和阳点头道："敏言说得不错，依我看妖魔来袭的时候，大部分的人都不会留在演武场和院落，应当是躲到妖魔们一时找不到的地方了。咱们先去小阳峰看看。"

褚磊深深吸了一口气，风中充满了焦煳味、血腥味，这种可怕的味道反而让他慢慢冷静了下来，半晌，他冷道："我们走，御剑去小阳峰。路上若是遇到极厉害的妖魔，不可硬拼，立即逃。"

众人都在浮玉岛见识了真正妖魔的厉害，晓得以凡人之力绝无可能抵抗，或许这次来袭的妖魔没有离泽宫那些人厉害，但也绝不是轩辕派那般好对付的敌人。加上钟敏言一路将当日在海碗山和高氏山遭遇妖魔的事情说了，倘若单打独斗，少阳派众弟子绝不是他们的对手，当日钟敏言他们也是集合了好几人的力量才将那妖魔斩于剑下。后来在高氏山遇到的妖魔，又厉害了一个等级。他们在不周山见到那种规模，如果里面的妖魔倾巢而出，加上他们带着可怕的毕方鸟，说要铲平少阳，绝不是妄言！

小阳峰是七峰中最矮小的一个，众人踏足其上，但见鸟语花香，泉水淙淙，没有半点少阳峰的惨烈景象，一时都有些反应不过来。楚影红当即往玉阳堂跑去，只听不远处树林里传来呼喝之声，凑近一看，却是玉阳堂两个女弟子在与十几名黑衣妖魔殊死搏斗。显然她们不是妖魔的对手，被逼得步步后退，鲜血把衣衫都染透了，面上却毫无惧色。

楚影红忍不住叫道："端蕊！端柔！你们退后！"那两个女弟子乍听见师父的声音，心头大宽，同时呼喊："师父！这些妖魔十分凶恶！"楚影红拔剑而上，身后和阳和褚磊二人也冲了上去，与那十几名妖魔斗在一处。

双方一交手，三人心中都是一惊，果然是与轩辕派完全不同！无论是力道还是速度，都不亚于长老级别的人物！那十几个妖魔乍见有生人进来，只拆了几招，便纷纷退开。楚影红见他们虽然用黑布蒙住半个脸，然而瞳仁或惨绿或血红，面容也与常人大异，忍不住"呸"了一声，森然道："妖孽！怎么不打了？！"

那几个妖魔低声交谈几句，其中一人说道："褚磊在这里吧？"

众人都是一愣，褚磊冷道："不错，是我。你们还有什么遗言要交代？"

那人呵呵笑道："副堂主有话让我们带给你。他说，我会把少阳派从上到下杀光烧光，但独独不杀你，好教你尝尝求生不得求死不能的滋味。你是褚磊，那可太好了！还不赶紧夹着尾巴滚走？乖乖看着少阳派被灭门便好了！"

褚磊气得脸色铁青，喝道："妖魔邪道！谁死谁活还未有定论！"他袖袍一挥，似是发火的样子，袖中忽然激射出十几枚白点，扑扑数声贴在那十几个妖魔的身上，不痛不痒，那妖魔忍不住讥笑道："褚掌门连暗器都发得没有力道了，还在说大话！"

话音刚落，忽觉头顶忽然暗了下来，众人抬头一看，却见小阳峰顶上不知何时聚集起一片巨大的漆黑雷云。那浓若黑漆的云朵里，无数白蛇般的雷电隐约吞吐，十分可怖。那一干妖魔脸色一变，下意识地低头寻找方才褚磊打在自己身上的白点，正要将它拔下，四下里骤然一亮，刺得人眼剧痛无比，紧跟着万道粗大的闪电劈下，声势浩大，犹如万马奔腾，这种雷霆万钧的气势，连大地都为之震撼。

这才是真正的五雷大法，与当年乌童在簪花大会上露的那一手完全不可同日而语。雷霆之后，树林里只剩一片死寂，烟尘渐渐散开，露出焦黑翻裂的泥土，地上横七竖八躺着十几个被雷电打成漆黑的妖魔，像是死了。

楚影红长舒一口气，虽然他们干掉了这几个妖魔，心中却并无欢愉之意，谁也不知道少阳派死伤多少，连禄阳和丰阳都死了，可见还有更厉害的妖魔在暗处埋伏。她先将那两个受伤的女弟子扶起来，查看了一下伤口，所幸并没有什么致命伤。

端蕊哭着说道："师父！我们来迟了！玉阳堂里许多姐妹都死在妖魔手上！"

楚影红心中紊乱，只得柔声安抚："没事，你们在这里歇息一下。我和掌门先找桓阳师叔，这个血海深仇，少阳派一定会讨回来！"

端柔稍稳重一些，沉声道："多亏了桓阳师叔。当时妖魔突然来袭，先杀到少阳峰。长老们和掌门夫人正在商量要不要去浮玉岛观战簪花大会的事宜，大家都是措手不及，禄阳师叔先出手，然而一下子就被那些怪鸟喷出的怪火给烧死了！丰阳师伯见那怪火十分厉害，便先护着掌门夫人和其他年轻弟子撤离，结果不小心被怪火燎了一下……那火十分怪异，哪怕沾到一星半点也会一瞬间蔓延开来，丰阳师伯也是这样……桓阳师叔见势不妙，当即派人去其他六峰通报，趁妖魔还没来得及攻上其他六峰，大部分的弟子都躲到了太阳峰明霞洞，桓阳师叔也带着掌门夫人他们从暗道离开了，想来现在应该也到了明霞洞……我、我和端蕊是担心玉阳堂其他没来得及逃走的姐妹们，回来看看，结果……"说到这里，她忍不住呜呜哭出声。

楚影红叹息着摸了摸她的头发，道："好孩子，不要哭！你们也赶紧从玉阳堂的暗道离开，这地方不要多留！"

众人听说大部分的人都躲到了明霞洞，心中多少都安慰了一些。那两个女弟子死活不肯从暗道离开，坚决要留着和他们一起行动，楚影红无法，只得答应。正要离开这里，忽见地上那几个妖魔蠕蠕而动，竟没死透的样子，褚磊不由得大惊。

他那一下五雷大法是用了十成的仙力！如果还没办法杀死他们，那便只有徒手搏斗了。楚影红正要趁他们未爬起来的时候上去了结他们，却被和阳拉住，轻道："别过去，用仙法对付！"


太阳峰的明霞洞究竟有多深，连褚磊也说不上来。只知道当年轩辕派大举进攻的时候，明霞洞里藏满了人，几乎大部分少阳派弟子都藏身其中，仗着里面奇诡的地形才逃过一大劫。

桓阳好容易将大部分弟子都聚集在明霞洞里，匆匆清点一下人数，所喜死伤不算惨重，大约是因为褚磊他们离开少阳之前交代了好几遍，所有弟子心中都存了警戒，所以妖魔袭来的时候，他们迅速做出反应，第一时间来到了明霞洞。

非到生死存亡关头，不可轻易与敌人进行殊死搏斗。这是少阳派一条不成文的规定，无论如何，保全所有年轻弟子才是最重要的，他们才是少阳未来的希望。

此时明霞洞里灯火通明，没有人说话，只有彼此的呼吸声此起彼伏。过得一会儿，忽听有水声和摇船声传来，所有弟子都拔剑警戒，船上传来一人说话的声音："桓阳师叔！桓阳师叔！那些妖魔带了毕方鸟过来！开始烧铁门了！"

众人都是大惊，明霞洞口嵌着一座巨大的玄铁门，无论是什么样厉害的兵器都无法破坏，那些妖魔显然也是试了半天，才想到用毕方鸟来烧。如果这道最坚固的铁门被突破，他们真的只有死路一条！

何丹萍方才与妖魔一场拼斗，披头散发，甚是狼狈，听到这消息，更是面如死灰，双腿一软，坐在石床上，半晌也说不出话来。身子下似乎有什么东西在硌着她，低头一看，却是几个甚是拙劣的玩具，有拨浪鼓，有木头做的小鸟，也不知在洞里放了多少年，上面生了厚厚一层霉。

她拿起那拨浪鼓，鼻子忽然一酸，想起璇玑。这个必然是她当日在明霞洞受罚，留下的玩具。如今两个女儿都不在身边，而自己随时会死。以后若自己不在她们身边，两个半大的女孩儿要怎么办才好？

桓阳也是心急如焚，当即拔剑咬牙道："算了！与其坐以待毙，不如冲出去痛快杀上一场！"

一直没有说话的朴阳长老忽然说道："不行。人太多，不能贸然出去送死。"

他是七峰长老中辈分最小的，平日里沉默寡言，极少开口说话，但一旦开口，就十分有分量。桓阳急道："要我憋屈在这洞里，被他们烧死，怎么能甘心！"朴阳沉声道："等！掌门一定会回来！"

何丹萍摇头道："他不会回来。我让他别回来。那些妖魔如此凶悍，回来也是死。"

朴阳低声道："他是一派之长，一定会回来。"

何丹萍心乱如麻，她一面盼着褚磊回来，一面又希望他们别来送死。最后，她只有长叹一声，表情渐渐平静，朗声道："大家听我说，咱们就守在这里。如果妖魔攻进来了，我们就算抵上一条命，与他们同归于尽，也不能丢了少阳的骨气！"

众人齐声答应，桓阳又道："端字辈、文字辈的弟子统统站到最后！怕死的人也可以退后！其他人死守这里！断头流血也不许他们前进半步！"

群情顿时激荡起来，答应的声音一浪高过一浪，在山洞里回响，震耳欲聋。桓阳回头一看，包括文字辈在内的小弟子，每个人面上都是坚定视死如归的表情，竟没一个人后退。

他心中激动，颤声道："你们……都是好样的！"

话音甫落，却听在洞口观察情况的弟子又急急划船摇了进来，大声道："桓阳师叔！掌门他们来了！正和那些妖魔战在一处！"

何丹萍一听丈夫回来了，心中当真是悲喜交加，顾不得说话，纵身跳上船，低声吩咐："带我去！"桓阳也跟了过去，回头说道："朴阳师弟，这里就拜托你镇守了！"朴阳缓缓点头，抽出佩剑攥在手里。

桓阳知道这个师弟的性子，他答应的事情就算是粉身碎骨也会做到。想到或许下一刻大家都会死在那妖火之下，他心中一阵剧烈的酸楚，嘶声道："快！划船！快去洞口！"他抓起一片船桨，率先用力划动起来。

褚磊他们在小阳峰用了各种仙法，也无法将那几个妖魔彻底杀死，最后还是楚影红干脆拔剑将他们的脑袋斩下，这才算了结。他们几人纵横江湖数十年，第一次见到用仙法无法杀死的妖魔，心下也是惊骇无比。想来他们确实和蛊雕那些普通的妖魔不同，凡人的仙力不及他们的妖力，因此仙法无法造成致命的伤害。

他们几人不敢耽误，当即御剑往太阳峰飞来，谁知所有妖魔都聚集在明霞洞前，小小的洞口，挤满了黑衣的妖魔，足有数百人。他们待要躲闪，已是来不及，只得被迫与他们斗在一处。

谁知妖魔实在太多，一瞬间就将他们冲散开，玲珑一直死死挨着钟敏言，两人年轻力浅，完全不是妖魔的对手，被逼得连连后退。玲珑正要挥剑斩倒一个扑来的妖魔，忽然左手被人紧紧握住。她回头一看，正是钟敏言，他放出剑气将那妖魔击退，低头对她微微一笑，将她的手捏紧。

一起活，一起死。他的眼神在说这六个字。两人的手紧紧握在一起，掌心满是汗水，湿漉漉的，可是谁也不会放开。玲珑咬紧牙关，才能让泪水不落下。临死前终于尝到两情相悦的味道，或许老天待他们真的不薄。

正是心神激荡的时候，忽听明霞洞上许多人高声叫道："掌门！我们来助你！"众人回头一看，却是十几个真字辈的弟子，大约是没来得及逃进明霞洞，又有幸逃过妖魔肆虐的人。他们每人身前都架着三四座巨大的铁弩，想来是从武器库里拖出来的。当下放上数根粗大的弩箭，齐声道："放！"

一阵破空之声，几十弩箭齐齐射出，眨眼就将许多妖魔钉在地上。褚磊大喜道："做得好！不愧是我少阳的弟子！"那些人不及说话，赶紧再换上新的弩箭，继续连击。这番突袭委实让人预料不到，竟也起了一些效果，围在众人周围的妖魔顿时少了许多，众妖魔纷纷跃上洞顶，要将弩车砸烂。那些弟子不及装上弩箭，只得捡身边的石块用力投下去，纷纷叫嚷着。

褚磊足尖在地上一点，正要上前围堵他们，忽听洞内一人叫道："大哥！"赫然是妻子的声音，他停了一停，心中酸楚，却不回头看一下，只朗声道："你们守好明霞洞！不要担心这里！"

他将剑画个弧形，闪亮的剑气飘射而出，瞬间又钉倒几个妖魔。只听桓阳大声叫道："掌门！妖魔在用毕方鸟烧铁门！"他大吃一惊，急忙回头，果然铁门前聚了十几个妖魔，每人手里像提母鸡一样提着那青色怪异的毕方鸟，口中喃喃说着让人听不懂的话，吩咐它们喷火去烧铁门。巨大的玄铁门，竟被他们烧得软了小半边，情况委实危急之极。

他叫了一声："和阳！"和阳立即会意上前，挥剑逼开那些妖魔，然而他们手里有毕方，沾上一点火星就会凄惨无比地死去。他的身影在青色火光中灵活地穿梭，看得人一口气提在喉咙里，只怕一个闪失，他会立即被烧死！

楚影红见丈夫冲进毕方妖火里，心中大骇，想不到那么多，也跟着冲上去，一扬手，袖中登时射出数条水龙，见风即长，呼啸着盘卷而上，水花四溅，将毕方和妖魔们团团围住。

褚磊怕那些毕方鸟不惧水，正要上前相助，忽听后面玲珑惊叫一声，原来那些妖魔见褚磊他们这些老一辈的不好对付，全部转去先对付小辈了。玲珑和钟敏言被逼得步步后退，直退到背贴石壁，再也无路可退，一旁杜敏行几个弟子要相助也是心有余而力不足，通通被妖魔缠住，稍有不慎就有性命之忧。

玲珑头上的簪子被人劈断，或许还伤到了头皮，血流披面，看上去十分可怖。钟敏言将她一扯，护在怀里，用手紧紧抱住，闭眼等死。十几件武器齐齐砸向他们身上，褚磊就算赶去也迟了，正是这电光火石的一瞬，忽听守在铁门前的妖魔们一阵欢呼，原来玄铁门还是被烧化了！为他们一扯，登时弹开一个缺口，妖魔们潮水一般朝洞里涌去。

桓阳与何丹萍执剑，一人斩倒两个。和阳冲上前，一把抓住玄铁门，要将它嵌回去，谁知手一抓到上面，登时痛呼一声，整个手掌一瞬间化成了焦黑！原来玄铁门被毕方鸟从上到下用火烤过，他一抓上去，立时灼伤。和阳满头冷汗，当机立断挥剑斩断自己焦黑的手掌，撕下衣襟将断腕死死缠住，嘶声道："守住洞口！"

话音刚落，却听头顶一个冰冷的声音说道："腾蛇，将这些妖魔全杀了，一个也别留。"

众人又惊又喜，抬头一看，果然是璇玑赶回来了。她面无表情地御剑停在空中，身后的腾蛇早已张开火翼，满脸杀气腾腾的笑容，笑吟吟地望着下面乱糟糟的一团。

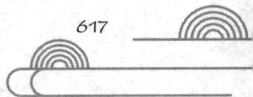

# 第三十二章 · 华梦骤裂

玲珑和钟敏言两人惊魂未定，忽见亭奴被柳意欢扛在肩上，纵身落在眼前，他低声道："你们都靠过来！"年轻弟子们还未反应过来，就被柳意欢一手推两个，通通推到附近。

亭奴轻道："当康，结界。"他脚边立即出现一只小猪一样的怪兽，叫了几声，立即放出青色的结界，将年轻弟子们罩在其中。玲珑和钟敏言见识过，倒没怎么太惊讶，其他弟子们第一次见识到结界，都万分惊奇，端蕊甚至孩子气地用手指去戳，手指一穿而过，毫无损伤，她挂满泪水的脸上终于露出一丝笑意。

亭奴柔声道："大家都留在结界里，不要出去。结界可以保证大家不受任何损伤。"

说罢，他朝璇玑那里看了一眼，她已经从剑上跳了下来，崩玉轻轻一挥，道："爹爹，师父，师伯……你们都去后面，不要过来。"楚影红急道："璇玑！……你小心，那怪火很厉害！"她本想说让她躲起来，然而忽然想起她在浮玉岛上一番作为，维护的话立时吞了回去。

说话间，腾蛇已经张开火翼四处追赶妖魔们了。这些妖魔可比离泽宫的金翅鸟好对付多了，烧一下就死的死伤的伤，一下子就被他烧死了大部分的妖魔。有的妖魔试图用毕方鸟的怪火去烧他，谁知那青色的火焰燎在他身上，好像挠痒痒，他连块衣角都没破。腾蛇哈哈大笑道："遇到御火的老祖宗，这些小母鸡的火只能算小意思啦！"挥翼间，也不知被他烧死多少珍贵的毕方鸟。

褚磊见大部分的妖魔都被腾蛇烧死，剩下的也零星逃窜，再无可能作祟，这才松了一口气，回头隔着玄铁门对满面担忧之色的妻子微微一笑，低声道："你没事吧？"

何丹萍落下泪来，柔声道："我没事……倒是让大哥你担心了。"

褚磊摇了摇头。众人见和阳断腕处血流不止，急忙过去查看。楚影红平日里镇定自若，这会儿也忍不住双手发颤，轻轻将他绑在断腕处的布条解开，唯恐一个动作重了再弄痛他。

和阳脸色苍白，满头都是汗，却还强忍着微笑："……快上好药，去四处查看有没有妖魔余孽要紧。"

楚影红哽咽道："你伤成这样，还怎么走动？存心让我难受吗？"

和阳用剩下的一只手轻轻拍了拍她的脑袋，这是他们年轻时候常做的动作，如今楚影红已是一个年近四十的妇人了，他还拿她当作多年前任性的小女孩儿，柔声道："大事重要。断一只手没什么了不起的。我不是还剩一只右手可以握剑吗？"

楚影红摇了摇头，落下几点泪水在衣襟上，颤声道："要断也该断我的手！"

"傻孩子。"和阳笑了几声。

璇玑怔怔看着他二人，心中忽然觉得一阵空虚。为什么，师父会说宁可断自己的手？为什么，他们第一个关心的永远不是自己，而是对方？这就是相爱吗？将对方看得比自己还要重要。是这样吗？

紫狐见她怔怔地不动，便凑过去，轻道："要是我，也宁可死的是我，只要无支祁过得好。璇玑，你还小呢，不理解这些吧？"

她缓缓摇头，只觉满心茫然，说不出话来。

褚磊见众人都伤得不轻，只怕一时半会儿没办法巡山查看妖魔余孽，便道："丹萍，你们先留在这里别出来，替受伤的人上药。"

何丹萍一惊，"那你呢？你也受伤了！"

褚磊摇了摇头，低声道："我去看看有没有余孽。你们乖乖待在这里。"

何丹萍急道："不！你不要去！太危险了！大家……都先留在这里养伤！谁也不要离开！"

褚磊叹道："我是掌门，这是我应当做的事情。丹萍，盼你理解。"

"大哥！"何丹萍叫了一声。褚磊没有答应，掉脸就走。忽听璇玑说道："我去巡山，我没受伤。爹爹你别去。"

褚磊一怔，奇道："你……你可以吗？"

璇玑心中无比烦乱，一把抽出崩玉，在手里攥紧，低声道："可以！我……要找点事来做，让自己冷静一下……"若是继续站在这里，她觉得自己会做出很可怕的事。心里好像藏着许多浪潮，一潮一潮冲刷上来，像是有很多个声音在说话，又仿佛将要醒悟什么。

她心烦意乱，不等褚磊回答，御剑疾飞而起，眨眼就消失了。

"那么危险，你怎能让她一人去！这孩子……是有什么心事吗？"何丹萍做母亲的第一时间发觉了她的不对劲，忍不住问褚磊，"簪花大会怎么样？她是不是输了才心里不痛快？"

褚磊也是半知半解，摇头道："不，她赢了……簪花大会发生了许多事，你们还不知道……"

他将浮玉岛上发生的所有事情简洁地说了一遍，诸人听完都作声不得。半晌，何丹萍才轻哼："这样说来，司凤那孩子也是……他竟一直瞒着璇玑？"褚磊叹了一声，道："也怪不得他。不过从感情上来说，委实接受不了。璇玑这个样子，应该就是为了他……"

何丹萍低声道："他是妖，我们的女儿怎可与他一起？"

褚磊道："我现在觉得……妖倒也没什么，依我看，璇玑的来历也是大有古怪。你还记得她小时候什么都不会的样子吗？短短四年，她竟变得这样厉害。大有资质的弟子你我并不是没见过，但见过她这样的吗？当日你生产前夜，我做了那个梦，如今想来，难道竟是一种预示？"

何丹萍脸色都变了，急道："你什么意思！璇玑怎会是妖怪！"

"我不是说她是妖怪，我的意思是……"褚磊沉吟了一下，"或许是天上星宿下凡历劫，或者什么别的仙人……总之绝不是普通的凡人。如今她已经比你我都厉害数倍……不，数十倍，甚至数百倍……"

何丹萍见他说话的时候并无欣慰欢喜之情，反而眉头紧皱，似乎心事重重，便道："你真是……女儿变得厉害了，怎么还不开心？少阳派一直修仙修仙，如今终于出了个真正的仙人，还是你褚大掌门的女儿，这可是福气。"

褚磊低声道："怕的就是她真是仙人……我看她最近很不对劲，力量似乎压抑不住的样子，很可能是苏醒的前兆。苏醒过来，她可不是你我的女儿了。丹萍，她再也不会是那个璇玑。"

何丹萍终于说不出话来。那个懒洋洋的、成天只会惹爹娘生气的小女儿，真的要消失了？这时她才真正明白褚磊的顾忌，她是宁可璇玑一辈子都这样懒散下去，也不要成为什么劳什子的女神仙。

"待事情过去后，我会找她谈谈。"何丹萍如是说。然而到底谈什么，她心中也没底。


玲珑的头皮被削去了一小块，不是大伤，不过血流得甚多。先时妖魔肆虐，她还撑着，如今一太平，她立即软了下来，缩在钟敏言怀里撒娇叫疼。

钟敏言笑道："好好……乖，我看看，马上给你上药，马上就不疼。"

玲珑噘嘴道："头皮被削了，那一块岂不是永远秃了？小六子，我不要！好难看啊！"

钟敏言拨开她浓密的头发，小心查看伤口，那是一块拇指大小的刀伤，委实不小，说不定以后真的会秃。玲珑一向爱美，他不愿说实话让她难过，便安慰道："只有指甲那么大小一块的伤，头发拨过来就看不到了。再说了，你就真成了秃头我也喜欢。"

"你才秃头！"玲珑娇嗔一句，然而想到生死关头，两人的手紧紧相握，她心中也十分甜蜜感慨，趁着钟敏言给她上药，她低声道，"小六子，这事儿过去后，你……你会不会向爹爹……嗯……"她脸皮薄，后面的话居然说不出来，憋得粉面晕红。

钟敏言先是一怔，跟着立即明白了，心中也是怦怦乱跳，良久，才轻道："你……你要是不生气，我今晚就向他老人家提亲。"

"谁要嫁给你！"玲珑被他说中心事，突然娇羞起来。

钟敏言笑道："你不嫁给我，还能嫁给谁？只有我能受得了你那小姐脾气啦。"

玲珑大发娇嗔，用力将他推开，怒道："谁要你受得了了！你大可以走嘛！"

钟敏言"哎哟"一声，笑道："别推别推，药要撒出来了！好好，不是大小姐，是好姑娘。"

两人小小闹了一会儿，只觉心中温馨愉快。钟敏言替她上好药，然后握住她的手，轻道："玲珑，咱们永远也不分开。"玲珑"嗯"了一声，过一会儿忽然开口道："璇玑她……"

钟敏言乍听她嘴里提到这个名字，不由得一颤，不知为何，心里最深处竟感到些微的心虚。玲珑继续道："璇玑她一定很伤心，司凤被离泽宫的人抢走了，她却没追上。我方才见她脸色都变了……我说，咱们也得想个办法帮她把司凤给抢回来跟她团聚呀。"

钟敏言怔了一会儿，才道："……好，这里的事情了结之后，咱们一起去不周山，把那帮妖魔的巢穴给捣了，救出司凤。"

玲珑点了点头，忽然蹙眉轻道："可他也是妖怪……我怕爹爹和娘心里不痛快……哎，管他的！谁规定人和妖不能在一起！爹娘要是反对，咱们就据理力争，带着璇玑和司凤离开！"

钟敏言心不在焉地答应了一声，正要换个话题，不要总是提璇玑，忽觉身后被什么东西砸了一下。他急忙回头，只见地上滚落一颗小石子。他以为是上面滚落的碎石，并没在意，转过头继续和玲珑说话，谁知又一颗小石子砸了上来。

他疑惑地回头，却见石壁上枝叶茂密，一人隐在枝叶后，定定看着他。那人穿着青袍，脸上带着修罗面具，正是他好久不见的若玉！

钟敏言心中一惊，若玉对他招了招手，然后转身便走。他急忙起身要追，玲珑奇道："你上哪儿？"他勉强说道："我……好像吃错了东西，肚子痛得厉害。"玲珑"啐"了一口，红着脸道："快去啦！别走太远，我会担心。"

钟敏言点了点头，纵身跃上石壁，眨眼就不见人影。玲珑见他身手如此快速，不由得好笑，看来他真的十分内急。


自从在浮玉岛知道了离泽宫真正的身份之后，钟敏言一直想着若玉的事情。既然离泽宫根本是不周山那边的幕后策划者，那若玉陪自己投奔不周山，就是一场戏？

他真的很想问问他，所有这一切。他将他当作真正的兄弟，他却从头到尾都在骗自己？

钟敏言并不是一个非常相信命运的人，所以柳意欢当时开天眼，对每个人说了一串话，他从来也没往心里去过。但是，今天他却突然想起了那些话。柳意欢说他是个傻子，会被人骗，指的到底是乌童骗他，还是若玉骗他？

若玉远远停在一个乱石堆里，青袍飒飒，身影甚是潇洒。钟敏言放慢脚步走过去，站在他身后，良久，两人都没有说话，只有呼啸的风声穿梭。钟敏言终于有些忍不住，开口正要说话，却听若玉低声道："敏言，镯子我送给了家妹，她十分欢喜。我代她谢谢你。"

钟敏言一呆，好半天才想起是有这么回事，自己花钱买了个镯子，说送给若玉的妹妹。他勉强一笑，道："小事而已，何足道哉。"

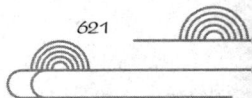

若玉缓缓转身，面具后目光灼灼，定定看着他。这种目光令钟敏言觉得有不好的预感，他不由得退了一步，低声道："你怎么？"若玉摇了摇头，忽然道："你我也算得上生死之交，我还戴着面具对你，也是对你的不尊重。"说罢，他抬手，将修罗面具摘了下来。

钟敏言急道："呃，不用！不是说不可在外人面前摘面具吗？你戴回去吧！我并不在乎。"

话虽然这样说，他还是很好奇地看了一眼，只觉他肤色和禹司凤一样苍白，显然是长久不见日光的后果。然而长眉入鬓，鼻梁挺直，虽然不若禹司凤那般夺人眼球的清贵俊美，却也是个斯文英俊的少年郎。只是那双眼睛太深，太黑，令人不由自主感到危险，不太敢靠近。

钟敏言怔了一会儿，才道："你们离泽宫……是不是都……"

若玉并不否认，点头道："不错，我们都是妖，靠着肋下的印封住妖气，不让修行之人发觉。金翅鸟……你知道吗？本来是独来独往的高傲妖魔，但因为受过一人的大恩惠，于是受过那人恩情的一部分金翅鸟聚集在一起，建了离泽宫，为的就是有朝一日能救出那人——你也应当知道了，那人就是被关在阴间的无支祁。"

钟敏言喃喃道："你和我说这些……何必……你知道的很多，司凤都不知道这些……"

若玉道："那是有柳意欢保护他，曾经让大宫主发下重誓，不许将离泽宫的来历告诉他，作为抽空他一年在外记忆的代价。你知道为什么吗？"

钟敏言几乎听不懂他在说什么，只得摇头。

若玉又道："寻常的金翅鸟一旦成妖，每片翅膀后都会长出三根巨大的翎羽，翅后六羽发出金光，便是妖气了。然而金翅鸟中拥有十二羽的血统，是最为珍贵的血统，即使父母双方都是十二羽，生下的孩子也未必是十二羽。所以，拥有十二羽的金翅鸟，对离泽宫来说，是绝对不会放走的福兆。十二羽比六羽多一倍，妖力也是六羽的一倍……"

钟敏言灵光一动，急道："司凤有十二羽！"他现出原身的时候，众人都看到了，他两片翅膀后都有六根翎羽，是十二羽的金翅鸟。

若玉微微一笑，道："你很聪明。大宫主也是十二羽，司凤作为他的孩子，十分难得，继承了十二羽的血统。司凤出生的时候，老宫主曾想杀了他，因为离泽宫不允许与凡人的混血儿产生。可是翻开襁褓，老宫主看到了他身后的十二羽，立即改变了主意，司凤就此逃过一劫，并被破格允许成为正式的离泽宫弟子。他身负十二羽，自然是学什么都比旁人快，到了七八岁的时候，倘若不收敛力量，他已经能赢过成年的弟子。老宫主，大宫主，对他都十分期待……可惜，千不该万不该，他遇到了当时被关在地牢里的柳意欢。"

"等等！"钟敏言打断了他的话，沉声道，"你和我说这些干吗？司凤的过去我希望听他自己和我说，而不是从别人那里听过来！你来找我，应当还有别的事吧？"

若玉笑道："先把这些说完，再说我为什么来找你。"

"柳意欢刚刚死了女儿，所以对禹司凤简直是宠到了骨子里，只把自己对女儿的爱，全部转移到禹司凤身上。他逃离泽宫那天，把司凤带走了，并且留下一纸书信，说离泽宫规矩害死人，他不能让禹司凤一辈子活活困死在这个牢笼里。你可以想象，大宫主和当时的老宫主有多愤怒，老宫主更是被气得当场吐血，拖了大半年才死。大宫主被任命为新的宫主之后，第一件事就是去找柳意欢，终于在庆阳找到了他。柳意欢自然是斗不过十二羽的大宫主，然而他那时不知从何处偷到了天眼，一旦开了天眼，连大宫主都不是他的对手，被弄得遍体鳞伤。最后柳意欢说，要将禹司凤带走，可以，但定海铁索的事情不许让他知道。他大约是去上界偷天眼的时候听到了什么，认定破坏定海铁索的事情有违天道，以后必然遭致大难，于是要求大宫主答应自己不许让禹司凤涉足这件事。大宫主答应了，交换条件就是抽出禹司凤这一年在外的记忆。因为柳意欢这个大嘴巴已经将一切都告诉了他，禹司凤当时年纪小，自然是叫着要爸爸妈妈。然而他是大宫主的儿子一事除了少数几人知道，其他人都被蒙在鼓里。进了离泽宫就不许嫁娶是铁的规矩，倘若让其他人知道禹司凤是宫主的儿子，那影响会十分糟糕。就这样，大宫主把禹司凤带了回去，收他做自己的弟子，悉心教导，直到他十三岁那年去少阳派观战簪花大会，遇到了你们……"

钟敏言想不到这其中竟有许多曲折，良久，才道："既然……破坏定海铁索是有违天道的事，你们为什么还要坚持？你们大宫主这次把司凤掳走，必然会将一切都告诉他吧？岂不是等于破坏了誓约？"

若玉没有回答，半晌，轻道："既然选择了做人，就一定要有坚持的东西，否则何必做人？敏言，我从来没说过自己家乡的事情……金翅鸟是独来独往的妖魔，离泽宫是因为特殊因由才聚在一起的，不许嫁娶就是为了表示不被红尘诱惑，每年离泽宫都会去海外搜刮有资质的小金翅鸟，作为离泽宫新弟子。很多弟子的家人都不同意离泽宫将人带走，可是他们太强了，没人能反抗聚在一起的金翅鸟。我也是这样……硬生生被他们从父母身边带走。虽然每年离泽宫都允许家人前来探望，然而思乡之苦，岂是一年一次能解的？我们这样与坐牢无异。"

钟敏言低声道："我以前并不知道……原来你也有许多辛苦……"

若玉又道："我的小妹子，按照你们凡人的年龄算法，应当已经十四岁了，已经能化成人身。她本来应该和同龄的金翅鸟一样，在外面欢快地飞翔，寻找倾慕的郎君，繁育自己的孩子。可是她如今只能被关押在暗无天日的地牢里，每天只有望着头顶窗户里的蓝天。她已经连话也不会说了，瘦得可怕。"

钟敏言见他的语气到后来变得凄厉，忍不住心惊，低声说道："那真是太可怜了……为什么会在地牢里？"

若玉笑了笑，忽然轻轻把面具戴上，悠然道："因为她被作为牵制我的工具，只要她

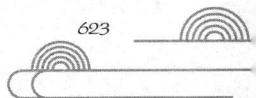

还活着，还在地牢里，我就不得不为了她去做许多我不情愿的事情。比如……做那个愚蠢之极的卧底。比如，去杀禹司凤。再比如，来杀你……"

他话音未落，人已到身前，钟敏言大吃一惊，倒退数步，慌乱地要拔剑抵抗，可他的动作快得惊人，眼前寒光一闪，他的剑已到胸前。

钟敏言在这个瞬间，忽然起了一个乱七八糟的念头，依稀是许多年以后，他娶了玲珑为妻，生了两个孩子。孩子们嘻嘻哈哈地在台阶上奔走，玲珑和璇玑在房里说久别重逢的悄悄话。他穿着纳凉的袍子，和禹司凤、若玉三人，在中庭的石桌上一杯接一杯地喝酒，纵谈天下，畅快淋漓。

如果真有这一天，那真是太好了。


他怔怔盯着自己的手，手按在一柄剑上。剑的大半已经穿透了他的肋下。滴答，滴答，鲜血顺着指缝滴在地上。他执拗地看着自己的手，仿佛还不相信那剑已经穿透了自己，他要辨一辨真假。

若玉轻轻扶住他滑下来的身体，贴着他的耳朵，低声道："这些秘密在我心里已经憋了很多年，找不到人可以说。如今说给你这将死之人听，我真是痛快。"

钟敏言只是盯着自己的手，仿佛没听见他的话。

若玉柔声道："敏言，你真是个好人。一直在骗你，真是对不起。"

说罢将剑一抽，血光四溅，他轻轻甩去剑上的血迹，潇洒地收剑回鞘，慢慢走了几步。忽然想到什么，回头似是不舍，看了他一眼。良久，才轻叹一声，目中像是有什么东西要涌出来，模糊了眼睛。

风，忽然吹了起来，乱石堆后仿佛又站着一个人，青袍长发，双手拢在袖子里。若玉怔了一会儿，才缓缓走过去，慢慢跪下，低声道："参见副宫主。"

话未说完，面上便被轻轻一刷，他一头栽倒，唇角流下血来。他很快跪直了身体，垂头不语。

副宫主轻道："谁让你与他说了那么多？谁让你将面具摘下？在不周山让你探听乌童的事情办得也不好，这件事你又办得拖拖拉拉。你很会惹我生气。"

若玉沉声道："是！是弟子犯错，请副宫主责罚！"

副宫主转身便走，一面道："责罚你什么？你妹妹被我关起来，你是一肚子怨气呢。我要是逼得紧了，你这只狗还不会跳墙？"

若玉没有说话，过了一会儿，才缓缓起身，跟在他身后，很快便没了踪影。


褚磊与何丹萍说了一会儿话，回头见柳意欢他们几个在帮年轻弟子包扎涂药，而玲珑一个人孤零零坐在那里，不停地摸着脑袋上那道伤疤。何丹萍从玄铁门的缝隙里走了出来，扶着她的肩膀，柔声道："给娘看看……嗯，伤得不重，别总摸它。"

玲珑苦着脸道："娘，会不会秃头呀？那可难看死了！"

何丹萍又好气又好笑，嗔道："乱说！那么小的伤疤怎么会秃头！你怎么一个人在这里，敏言呢？"

玲珑笑道："他呀，拉肚子去了……也不知吃了什么，拉到现在还没回来。"

何丹萍也忍不住笑了起来，"这孩子，还是冒冒失失的……玲珑，我听你爹爹说了，你和敏言都不想再做少阳的弟子？"

玲珑脸色一暗，半晌，才点头："嗯……反正爹爹要把小六子赶出去，我是离不开他的，他也离不开我。不管他去哪儿，我都跟着。娘，我是打定主意了，你别劝我。"

何丹萍柔声道："你从小就仗着一股性子冲动到底，你就这么任性地跟着他去了，人家是不是真心待你呢，你清楚吗？"

玲珑急道："娘！你怎么这样说！小六子是怎么样的人你难道还不清楚吗？"

何丹萍顿了一下，才叹道："好，算是娘说错了。那你再想想，你们两个还年轻，除了修仙都没什么一技之长，离开了少阳派，要靠什么谋生？玲珑，你这个年纪的女孩子自然是喜欢风花雪月的东西，娘明白，娘也有过这种年纪。不过人活在世上总要有个稳定的归宿，有事情来做，你们一个冲动，下了山，难道当真一辈子流浪辗转吗？"

玲珑确实没想过这些，不过她的性格里天生带着一股豪爽之气，对这些细节方面考虑得不甚多，当即说道："以后的事以后再说嘛！总不能为了明天的忧虑，让今天也过得不快活吧？娘你喜欢稳定的生活，可是有人也喜欢每天过不同的日子啊。我既然下定决心和小六子一起，那不管以后吃什么苦，我都心甘情愿。"

何丹萍有些震惊，定定望着她的脸。这是玲珑吗？那个任性娇蛮、冲动的大小姐？她原来已经有这样坚定的念头了，她做母亲的，是该高兴，还是失落？她忽然想起褚磊的话：孩子们都大了，有自己的想法，咱们老人家不可以总惹人讨厌。

不错，先前还抱在手里哇哇啼哭的小孩儿，一转眼就亭亭玉立。长大了，他们都长大了，有自己坚持的东西，也有自己追求的东西。何丹萍摸了摸她的头发，柔声道："好，那娘也支持你。不过有件事你必须听娘的，和他离开少阳派之前，先成婚。"

玲珑脸上一红，嗫嚅道："成……成什么婚啦……娘你干吗说那么大声……"

何丹萍呵呵笑了起来，心中一阵喜悦一阵酸楚。喜的是玲珑有了归宿，酸楚的是小女儿璇玑的事情。禹司凤是妖，她和褚磊再怎么开明，一时也没办法接受将女儿的后半生交给一个妖类。不过眼下最让她忧心的不是这个，而是璇玑本身。褚磊的话一直在她心头萦绕不去，她不希望璇玑变成什么仙人。她是她的孩子，哪怕她懒惰、无用，再怎么不出色，也好过成为一个陌生的高高在上的仙人。

她说要找璇玑谈谈，可是，要谈什么呢？她也不知道，难道张口就问她：你是不是天

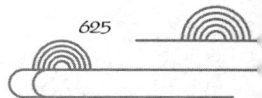

上星宿下来历劫的？对于璇玑，她从来只有疼爱，但其实并不知道如何与她相处，从小时候就是这样。玲珑会把所有的心里话告诉她，母女俩亲亲热热地说上好一会儿话，但璇玑从来不会这样。她所有的事情都放在心里，一个字也不说。

看起来，他们夫妻俩注定要为这个小女儿操更多的心。

褚磊见柳意欢他们帮着年轻弟子们包扎上药，也过去帮忙，一面向亭奴和柳意欢道谢："少阳派遭难，两位施出援手，在下感激不尽。"

亭奴斯斯文文地还礼，柳意欢却笑道："褚掌门太客气啦！对了，东方岛主和容谷主要我带话给你，他们本来说好和璇玑一起来相助少阳派，可是岛上临时有要事分不开身，等事情一处理完，他二人立即赶来。"

褚磊点了点头，叹道："其实……不敢劳烦他两位。"

柳意欢打个哈哈："反正你们讲究什么同气连枝啦……话说回来，这也不是你家少阳派私人的事情。定海铁索事关整个天下，有能力者，自当鼎力相助。"

褚磊知道他有天眼，知常人不知的事情，既然能说出这样一番话，想必是知道更多的东西，不由得虚心请教起来。柳意欢这人是给三分颜色就开染坊的，被人请教更是喜得鼻子都要翘天上去，拉着他口沫横飞地说，将自己当年偷天眼时听到的东西全抖了出来。

原来他当年死了女儿，后悔莫及，一心只想找到她的轮回，重新尽自己做父亲的责任。后来听人说上界有一种宝物叫天眼，有了它可以通彻玄机，天下万物苍生轮回，因缘后果都能在瞬间明了。他顿时起了占为己有的念头。

说来也奇怪，当年他真的有一种不怕死的狠劲，放到现在，再让他跑到天界偷东西，那是打死也不敢了。可那时候，他就有这么一股执拗劲，偷偷潜入昆仑山，趁天光普照，天梯降下的时候爬了上去。

兴许命里就该他得到天眼，天界那么大，他乱摸乱撞，也不知见到了多少神仙，谁也不来问他捉他，个个都目不斜视。最后他胆子也大了起来，居然就被他在一个小阁楼摸到了天眼。听人说天眼是见血就附着的，他怕揣在身上被人发觉，便干脆在头上划了个口子，将天眼放了进去。

本以为会有一番雷鸣电闪，惊天动地的变故，谁知天眼装进额头里之后啥反应都没有，碰上去木木的，也没感觉。他不敢多待，捂着额头就要离开，谁知装了天眼之后他先前不太灵光的眼睛和耳朵变得极敏感，小阁楼外也不知多远的地方，两个仙人闲聊的声音他都能听得一清二楚。

"褚掌门，当日我听了那两个仙人的话，才明白，无支祁被关在阴间是自有他的因缘。如果下界有人强行破坏定海铁索要去救他，则是有违天道，上界一定会派人来惩罚。我虽然不知道诸神的惩罚是怎样严厉，不过那天下第一大妖魔都能被他们抓住给锁在阴间，想来凡人与其他普通妖魔更是不在话下。离泽宫也好，不周山也好，他们做的事情都是有违天道，迟早上面会来神仙收拾他们，所以你放一百二十个心，就算你们收拾不了这些妖魔，以后老天爷也会帮你收拾的。"

褚磊修仙多年，倒也是第一次知道有人能上天界去，惊喜之下，定海铁索的事情也不烦了，抓着他一直问天界的事，景色如何，仙人是不是偶尔会来下界之类。

柳意欢嘿嘿笑道："褚掌门不要怪我直言，凡人修仙，那是可遇不可求。自古以来成功者寥寥无几，更何况发展到现在，已经走上偏路了。众生轮回自有缘法，何来对立之说，千万不要以为杀的妖魔越多，就算是修仙呀。"

褚磊修仙数十年，这样的疑惑不是没有过，可是先代各位祖师爷都留着这样的遗训，他也只有遵守的资格。他低声道："成仙固然是我修仙者的终愿，不过我辈侠义之道更以维护苍生安危为己任。柳先生的话，在下明白了，但是，就算此法不是修仙正道，我等好歹也是维护了世间的安宁，做人也是问心无愧了。"

柳意欢只是笑，笑了半天，才道："如果真的能做到问心无愧，那很好，很好。呵呵……"

褚磊还要再问上界的情况，忽听亭奴急道："有妖气！妖气聚集起来了！是很多妖魔！"

褚磊纵身而起，他功力深厚，也感觉到了风中一丝不平静的波动，头顶的天空似乎也变得阴暗。他当即叫道："所有人都立即进明霞洞去！不要出来！"年轻弟子们还不知道发生了什么事，愣愣地看着他，褚磊皱眉道："快去！"那一声甚是严厉，他以前看到有不上进的弟子时，也是这种口气，吓得众弟子急忙点头答应，一声也不敢吭，掉脸从玄铁门的缝隙里钻进了明霞洞。

何丹萍担忧道："大哥，又出什么事了？"

褚磊没说话，只御剑飞高，却见最高的少阳峰顶黑压压一片，数不清有多少黑衣妖魔。他大吃一惊，顿时明白先前明霞洞前的那些妖魔只是打个头阵，真正的战斗在后面。来的妖魔绝不亚于整个少阳派从上到下的人数，甚至还要多，那个乌童，果然是铆足了劲真的要来报复！

他见那些妖魔腾空飞起，像是一团巨大无比的乌云，直朝太阳峰这里飞了过来，更是惊得险些从剑上摔落。褚磊活了大半辈子，也算是见识过无数风浪的人物了，可从来没有哪次，像此刻这样令他恐惧。

他要怎么做？以一人之力冲上去，将这无数个妖魔阻上一小会儿，还是退回去，和妻子朋友们死在一起？是的，他在这一刻根本想不到有什么活路。面对成千上万的妖魔，还能有什么活路？

这些念头在他心中只闪了一瞬，下一刻他便热血沸腾，拔剑冲上去——褚磊永远不

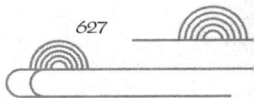

会做躲在后面的懦夫！乌童要他少阳派从上到下都被灭，只留他一人活命，他岂能让他如愿？！褚磊就是死，也是死在和妖魔的殊死拼斗中，绝不会含恨自刎！

他脚下的剑破开云雾，犹如一道激射出的箭，当头迎上那乌云一般密密麻麻铺天盖地的妖魔。忽听身后有人叫了一声："爹，你回去吧。"他猛然一呆，回头只见小女儿璇玑稳稳地站在剑上，离他只有一丈不到的距离。她身形纤细，身上的白衣被风吹得猎猎作响。

明明是这样一个芳华少艾，柔弱得仿佛用手一推就会倒，可是，他却从她身上感到了一种令人不寒而栗的彪悍之气。她是如此陌生，没有表情的脸，深邃的双瞳，脸色白得犹如透明一般。

"你……"褚磊竟然不知该说什么。

璇玑轻道："腾蛇，把他送下去。"

她心里没有声音……腾蛇看了她一眼，也觉得有些畏然，居然破天荒第一次没有和她斗嘴，乖乖地将褚磊一把提起，掉脸就飞了下去。

那么，一切就开始了。璇玑缓缓抽出崩玉，定定地看着眼前的千军万马。

这样的场景，她如此熟悉。跨越天河侵犯圣土的魔神，数不清的敌人，三头六臂，周身火焰焚烧。她就这样，一次又一次，一个人面对千军万马。是的，这里才是她的归宿，她的信仰，她的一切。

她无处可去，只能留在这里。

只有这里了。


她将崩玉轻轻竖起来，贴在额头上，那冰冷的触感让她心里最后一点喧嚣也沉淀下去。

"定坤。"她低低叫了一声，下一刻，那柄纤细的剑猛然膨胀起来，为她缓缓张开手掌，悬空托在掌心。苍蓝的火焰无声地点燃，像波浪一样，以定坤为中心，一圈一圈地涟漪状荡开。

从下面仰头看天空，这一浪一浪的苍蓝色火焰，就仿佛在空中绽放了一朵莲花，巨大的，虚幻的莲花。


时间似乎定格在这一瞬间，铺天盖地的妖魔、纤细薄弱到似乎随时会凋落的火焰之花。这种情形居然丝毫不令人感到恐惧，大抵是因为超越了众人的想象，那不是凡间应当存在的力量。

妖魔们毫不畏惧，先前在不周山，临出发的时候右副堂主便交代过，少阳派有个小女孩儿很古怪，能放出三昧真火。那虽然是天上的火，但未必没有应对的法子。昔日后土大帝在阴山见到了衔烛之龙，获赠一块龙鳞，不惧五行之力。后土大帝将这块龙鳞供奉给了天帝，彼时天界战火不断，这块不属五行之中的龙鳞委实立了不少战功，某日忽然从兵库里失踪，天帝派人搜寻数遍未果，只得放弃。

这块龙鳞，自然是被人从天界偷了下来。因为听说它不惧五行之力，所以离泽宫的人曾想将它做成盔甲，穿戴起来之后去阴间便足以防身。不过一来二去，那巨大的龙鳞最后却被切割开，做成了九十九块盾牌。如今被这些排在最前面的妖魔们人手一块挡在身前，长驱直入。

璇玑托起巨大的定坤剑，九天玄火烈烈焚烧，圈子霎时比先前扩大了数倍，当头迎上的那九十九个妖魔撞在那苍蓝色火焰之上，竟然丝毫不损，齐齐将玄火推开。璇玑心中也有些吃惊，定睛一看，他们每人身前都护着一块半透明的大盾牌，上面纹路如云，甚是漂亮。

她一下便认出是衔烛之龙的龙鳞，不惧五行之力的神器，昔日曾属于天界使用的宝物，如今却和她作起对来了。她倔犟地抿起嘴角，这种神情令她看起来有一种孩子般的执拗——她非要将那些盾牌烧烂不可！

她双手一张，犹如轻轻拥抱一般，将定坤揽在胸前，浪潮一般汹涌开的九天玄火渐渐归拢起来，团聚在定坤之上。苍蓝色的火焰之花聚成了一根火柱，上可入天，下可达九幽之境。

原本聚在明霞洞前观战的众人此时避之不及，方才一个年轻弟子看打得热闹，不由得凑近过去看，谁知那玄火落下来，一瞬间就将他烧成了灰。众人都吃惊得说不出话来，玲珑更是尖叫起来，在下面没命地叫嚷着璇玑的名字，可是她一点也听不见——就算听见了，或许也不会理会。

空虚，一切都是空虚。她心里一点声音都没有，像是所有的一切都被人掏空，带着十分的茫然。明霞洞前众人齐声叫嚷的声音，妖魔嘶吼的狂呼，九天玄火嘶嘶的轻微响声，还有耳边呼啸而过的风声——她好像什么也听不见。

她要冷静一下……对了，她方才说去巡山，要找点事来做，她需要冷静，她心里很乱。她懵懵懂懂了许多年，想找一个只属于自己的归宿，完完全全属于她一个人的，谁也不能夺走、破坏。

她以为她找到了。

那个华丽的至上美好，她会用尽所有的气力去保护它，不被任何人摧毁。

可是它在一瞬间碎了。

没有地方，她到最后还是没地方可去。每一个人都有比她还重要的东西，可她有的，只是他们。

骗人！你骗人！你这个撒谎的坏蛋，明明说过会永远陪着我……

心里突然有一个声音在呜呜咽咽的哭喊，然而，那到底是谁在喊，她已经不知道了，也不想知道。

那巨大的九天玄火的柱子开始蠢蠢欲动，像是一条横亘在天地间的龙，开始展露峥嵘，摇头摆尾。手执盾牌的妖魔们以为她要驱动火龙冲过来，急忙高高举起盾牌，将整个身体藏在后面。谁知那条巨大的火龙仰头直朝天际飞蹿而去，几乎是一瞬间，那苍蓝的身影便不见了踪影。

所有人都愣住了，呆呆地看着孤零零站在空中的璇玑。她单薄纤瘦的身影像要融化在苍穹里一般，没有火焰，没有张狂的杀气，她看上去几乎随时会被风吹得摔落下来。

"璇玑！"褚磊最先回神，先将所有散落在明霞洞外的人全部推回去，这才放开喉咙叫她。至于叫她是为了什么，他自己也不明白。他一生中第一次感到深切的恐惧和悲哀，仿佛马上就要失去什么宝贵的东西了。

她微微动了一下，像是要回头的样子，下一刻，天空中骤然传来隐隐雷声，像是要撕裂天际一般，那种轰鸣的声音越来越响，最后，碧蓝如洗的苍穹忽然被揉得起了皱褶，从正中间裂开一道巨大的缝，缝里是一颗巨大的眼珠，转了两下，最后定定看着璇玑。

天开眼！众人发出惊恐的叫声，褚磊再也忍不住，纵身上前要将璇玑带回来，可是袖子被楚影红死死拽着，她颤声道："不可以去！掌门！那不是凡人能插手的事情！"

他说不出话来，只觉浑身都在微微颤抖。如果他不将她带回来，那么他这一辈子都会后悔莫及。他扯开楚影红的手，狂奔数步，却听璇玑淡淡说道："不要偷窥我啊……你们这些不中用的东西……"

她手掌一托，定坤"呼"的一声冲天而起，直直刺向那只天眼。天上的裂缝迅速合拢起来，定坤刺到一半，失去目标，掉头砸落，为她再一次托在掌中，微微一沉。

"火雨！"她在定坤上一弹，半天没有一点动静。褚磊怔怔站了半响，忽然觉得肩上一点奇痛无比，急忙用手一拍，却见肩头不知被什么东西烧出一个小小的黑洞。风忽然变得炽热无比，他仰头向上看，却见方才窜上天际的火龙此刻化成了无数密密麻麻的苍蓝色小火苗，下雨一般地落下。

那些妖魔万万想不到她来这一手，有盾牌的也罢了，还能抵挡，没有盾牌的几乎一瞬间就被火雨吞没，惨呼声不绝。化成碎片的九天玄火不会让人毫无痛苦地死去，它一点一点侵蚀体肤，每一寸痛楚都清晰无比。

星星点点的苍蓝色火焰布满了整个天空，莹莹絮絮，美丽得像个梦。它让人无处可躲，无力抵抗，先前还气势汹汹的妖魔大军，一瞬间就失去了气势，烧死的烧死，烧伤的烧伤，还有许多被先前异象吓住的妖魔见到这种情况，早已逃得没影了。

璇玑静静站在火雨中，忽然目光一瞥，见到那些用盾牌护住身体的妖魔，冷道："不用火就杀不死你们吗？"她将定坤握紧，那巨大的剑身一瞬间又缩回了原来的模样，银辉四射。璇玑正要低身冲上前将他们全部斩于剑下，忽然身后被人一扯，褚磊的声音响起：

"璇玑！不要杀了！你回来吧！"

她猛然一怔，缓缓回头，却见褚磊浑身上下被星星点点的九天玄火烧得一块黑一块白，没有一点完好的地方。他的手却固执地抓着她的手腕，沉声道："回来！你不要去！"

璇玑怔了很久，好像一时想不起前因后果，呆呆看着他。终于，她面上有了一丝表情，嘴唇微微一抖，低声说道："爹……"

褚磊用力将她抱在怀里，翻身从剑上跳下来，两人狠狠摔在地上。何丹萍他们几个哪里还顾得上火雨不火雨，通通冲了出来，将他俩从地上扶起。

"傻孩子！傻孩子！"何丹萍一手搂着丈夫，一手搂着璇玑，哭得气也喘不过来，嘴里从头到尾只说这三个字。玲珑抱住璇玑的胳膊，哽咽道："妹妹！妹妹你看看我啊！你还认得我吗？"

璇玑见他们被火雨烧得头发眉毛都焦煳，脸上更有许多灼伤，却死活也不肯进去，心中忽然一痛，紧跟着各种声音纷至沓来，有那么一个瞬间，她一下子明白了什么。

"先进去……"她喃喃说了一句，不等她说完，洞里早已跑出许多人，将他们全部拖着拽着抢进了明霞洞。

褚磊身上灼伤最严重，弟子们忙着给他上药，却听他低声道："璇玑，爹爹妈妈都在这里，这里就是你的家。有什么事，都不需要想不开。"

璇玑茫然地点了点头。她还执著于心里的某个声音，那声音似乎要告诉她什么，一些她从来没想过的，一些她应当明白的……

何丹萍搂着她只是不放，颤声道："什么神仙妖怪，你都不要去做！娘只要你好好待在身边，好好的……就比什么都强！"

玲珑也激动得话也说不清楚，眼泪把她整个袖子都打湿了，一个劲念着她的名字。璇玑怔了很久，忽然轻道："我……我也很重要吗？"

"你在说什么呢！"楚影红在她脑袋上狠狠捶了一个爆栗，痛得她啊呀一声，"什么叫也很重要？！每一个人都重要！都不可以随便死，随便离开！你这丫头！我可不记得有教过你这么没自信的东西！"

璇玑摸着脑袋，心中想的却是既然这样，那他为什么要走呢？

玲珑似乎明白她在想什么，便低声道："璇玑，你看，我们大家是一个整体，每个人都很重要。可是我们心里永远会有个最重要的人，甚至比自己还重要。司凤他……离开，也是因为你还没弄清楚对自己来说最重要的人是谁。你要明白，爱一个人和爱大家这个整体是没有冲突的。并不是说你爱他了，你就会失去我们……你谁也不会失去，我们永远在一起。"

璇玑静静看着她，心中某个声音也渐渐清晰起来。

是的，是的！她终于明白为什么司凤要离开了，他是在等她明白，等她长大。倘若他

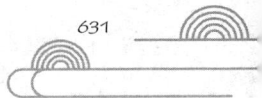

一直陪着自己，温柔地对待她，她便永远也不晓得什么叫作珍贵。她一直想要守护的，坚持的，大抵都是她的自私罢了。

谁也不离开谁，大家永远在一起，那是小孩子的梦想。

每个人都要长大，她却一直沉溺在过去，这个也不明白，那个也拒绝接受。

错的人，一直是她。

璇玑深深吸了一口气，面上终于露出一丝笑容，轻声道："我明白啦……不过我还是要去对付那些妖魔。不能让他们欺负到家门口来。"

何丹萍紧张地抓住她的手，急道："你、你别去！方才那个样子……"

璇玑柔声道："娘，你放心。我已经都明白啦。我不会离开你们的。"

何丹萍还有些不放心，但最终还是微微松开了手，璇玑起身走到洞口，见那些妖魔又聚集起来，在洞外迟疑地张望，有些犹豫的样子。她说道："腾蛇，咱们两个大干一场好不好？"

腾蛇一直没说话，直到现在，才哼了一声，道："随你啦！臭小娘，方才害我吓一跳……"

"你说什么？"璇玑问到他鼻子上去，却被他厌恶地一把推开，忽而一笑，道："还是现在这种呆样让人看着顺眼些。"

璇玑没有和他计较，提剑走到洞口，那些妖魔一见到她，立即哄然后退，甚是忌讳。她捏了个剑诀，再也不用什么玄火三昧真火，战神将军拿手的并不是放火，她要教这些妖魔好好明白这一点。

她身形如电，一瞬间就刺入了妖魔群中，定坤为她舞得犹如一条银龙，飒飒作响，妖魔们先时还勉力支撑，到后来无不被她剑上的气势迫得步步后退。她全身上下好像都被剑光笼罩，完全不可靠近，顷刻间就在人群中杀出一大块空地。

那些手执龙鳞盾牌的妖魔真正没辙了，她不放火，盾牌就毫无用处，那么薄脆的东西，一脚也能踢烂了，被她哗哗几下乱砍，好几个盾牌瞬间裂成了碎片。

"腾蛇放火！"她大叫一声，不等她吩咐完，腾蛇早就张开了火翼，赶母鸡一样将这些妖魔全部笼罩在巨大的火翼之下。这一仗打得极是漂亮，璇玑正要称赞这别扭的灵兽几句，忽见旁边石壁上人影一闪，她以为是妖魔，抬手就要放出剑气，却见那人脸色苍白，一手紧紧捂着腹部，怔怔看着自己，是钟敏言。

琉璃美人煞

十四郎 著 下册 十周年典藏版

浙江文艺出版社
Zhejiang Literature & Art Publishing House

# 第三十三章·与君共坠黄泉

钟敏言两眼像是失神一样，看了她一会儿，然后轻道："玲珑呢？师父呢？"璇玑怔了一下，手里的剑不由自主放下来，旁边忙着闪躲的妖魔们见她突然发呆，当即抓住机会扑上，都被腾蛇一个个用火烧了。

"他、他们在洞里。"璇玑喃喃说着，见他点点头，翻身从石壁上跳下，脸色白得犹如死人一般，依稀还有一丝痛楚的神情。她本能地伸手去搀扶，问道："六师兄你怎么了？"

手指抓到他的袖子，只觉他一缩，璇玑顿时想起他并不喜欢她碰他，正要讪讪缩回去，他却似是低叹一声，抬手揽住她纤瘦的肩膀，几乎将整个人的重量都压在她肩头。璇玑心中突突乱跳，有些尴尬，有点茫然，低声道："六师兄……你、你怎么……"

"别说话，我……有些不舒服，扶我进去好吗？"他口中的热气喷在她耳朵上，璇玑的脸登时红了一片，手忙脚乱地扶着他朝明霞洞里走。

后面的腾蛇收拾完所有的妖魔，还意犹未尽，甚是可惜地看着满地被他烧焦的尸体，舔舔嘴唇，叹了一口气："真他妈不过瘾……"回头见那两人根本不理自己，早就走了老远，他急忙追上去，叫道，"太不讲义气了！老子帮你打坏蛋呢！你这见色忘义的臭小娘……等等，你、你这是怎么回事？身上有血……"

钟敏言打断他的话，说道："我拉肚子，拉肚子的味道你也要闻？"

"呸！"腾蛇干脆赌气不说了。

璇玑道："好啦，六师兄不舒服，腾蛇你别闹了。待会儿找点丸药来吃，就会好了。"

钟敏言没再说话。回到明霞洞，众人听说妖魔都已被除掉，不由得十分欣慰，桓阳和朴阳带着十几个大弟子巡山查找妖魔余孽，其余的人则留在洞里等候消息。玲珑见钟敏言终于回来了，急忙扑上，笑道："好你个小六子！拉肚子拉这么长时间？！我看你一定是胆子小，看到妖魔来袭，吓得自己找地方躲起来了，对不对？"

钟敏言脸色苍白，勉强一笑，道："你就会笑话我。"说完轻轻放开璇玑，揽住了玲珑的肩膀，几乎是整个人压在她身上，看起来就像是当众将她搂在怀里一样。他们两人虽然是公认的一对小情人，但是玲珑脸皮薄，从来也不许他在光天化日之下做什么过分亲昵的举动。如今见他这样，她的脸颊登时飞红，低声斥责："别这样啦……大家都看着呢！"

钟敏言低声一笑，轻声说道："你就这么爱面子……别动……玲珑，你身上好香。"

玲珑尴尬得恨不得找个地洞钻进去，她几乎不敢看周围人的表情，伸手用力将他一推，钟敏言一个踉跄，她忽然不忍，急忙用手扶住，嘬嘴道："你老实点！"

钟敏言突然伸手紧紧抱住她的上身，将唇狠狠印上去，近乎疯狂地与她唇齿纠缠，仿佛隔了千万个生死轮回才再度与她重逢，仿佛马上便要天崩地裂，他等不及，恨不得两人就这样缠绵着死去。

周围传来一连串的倒抽气、惊叹声，玲珑惊得头发都要竖起来，竟一时想不到要去挣扎。只觉他的手抚过她的脸颊，留下湿漉漉的腥气。不知过了多久，他终于轻轻离开她的唇，颤声道："玲珑，你今天便嫁给我罢……"

玲珑怔怔看着他，他的眼睛漆黑深邃，里面似有漫天火焰在焚烧，近乎绝望地看着她。他忽又闭上眼，低声道："不……你当我没说……玲珑，你要好好的。"

她觉得脸上那湿漉漉的东西黏在一起，十分难受，下意识地用手摸了一把，低头一看——满手的鲜血。她倒抽一口气，怀里的人已经软绵绵倒在了地上。她喃喃叫了一声："小六子！"鲜血已经在他身下流了一地，原来他一直用草根泥土塞住伤口，手死死按在上面，众人居然都没发觉。

褚磊此刻顾不得身上灼伤剧痛无比，起身叫道："快拿药来！还有清水！"连说了数声，被吓呆的诸弟子才慌不择路去找水。"不用慌！我看看伤口！"他沉声说着，然而声音里居然带了一丝颤抖。扯开钟敏言的衣服，他肋下那个血洞让所有人都吃了一惊，鲜血像泉水一样喷涌而出，伤口周围还糊着烂泥草根，看上去脏兮兮的。

和阳排众而出，急道："我看看！"当即蹲在他身边，粗粗一看伤口，立即抬手疾点他肋下数穴，血流顿时缓了下来。弟子们取来水，他稍稍清洗了一下伤口，这次仔细一看，倒抽一口气："这种位置，内脏必然受到重创！是谁下的手？！"说罢，忽然觉得这一剑刺的手法很熟悉，他微一皱眉思索，立即明白了，"上次司凤被重伤，也是这人下的手吧？！那个叫什么玉的离泽宫弟子！"

"若玉。"璇玑忽然插了一句嘴。楚影红见她脸色苍白，然而神情怪异，似笑非笑，不由得心惊。他们几个人从小一起长大，情谊自然是不必说的了，璇玑刚刚才恢复正常，倘若再受刺激发起疯来，谁来阻拦她？他急忙将璇玑揽过来，轻轻抱住她的肩头，柔声道："没事的，你和阳师伯在这里，敏言绝对没事。"

璇玑没有说话，只是怔怔看着钟敏言肋下的那个伤口，眼前场景忽然一换，仿佛变成了格尔木的客栈，司凤躺在床上，身上鲜血斑斑，生死未卜。她的心脏剧烈一跳，口中喃喃说道："若玉……若玉……乌童……乌童……"

和阳取了膏药涂在伤口上，然而一下子就被血冲散开来。他心急如焚，断腕处疼得更厉害了，额上满是冷汗。褚磊低声道："我来。"和阳点了点头，又道："这孩子只怕有危险，先喂他吃回天丸！"

玲珑一听回天丸三个字，脸色更是苍白。她知道这种珍贵的丹药，少阳派不精通药石之道，回天丸是点睛谷炼出来的灵丹。只有受了重创，快死的人才会吃来吊一口气，缓上一缓。她忽然觉得自己怎么也停不下颤抖，从头到脚，从里到外，抖得犹如筛糠一样。

他会死……他会死！钟敏言会死！她脑海里不停浮现这个可怕的念头。就在刚才，他还笑嘻嘻地说今晚去提亲，他们两个永远也不分开，怎么一会儿的工夫，他就要死了？怎么会这样？

"玲珑……"钟敏言痛晕过去，又痛得醒过来，目光散乱，嘴里喃喃念着她的名字，"我……我罪有应得……违背了……那个誓约……所以……才有今日……"

和阳皱眉轻责："不要说话！"然而无论怎么涂药，那血都止不住。褚磊把回天丸当作糖豆一样，一股脑塞进他嘴里，可是一点用也没有。他的脾脏被那一剑刺破了，内脏一旦严重破裂，他是再也救不活的。

玲珑茫然地想着他说的话，违背了誓约……她的思绪仿佛回到了无忧无虑的孩提时代，那天她和钟敏言赌咒发誓，他说：若是有一天我离开少阳派，就罚我满嘴牙齿被打落，做个没牙老公公！说完，他俩孩子气地勾了胳膊。

没牙老公公……不，他没做成没牙老公公，他是要死了！死了！死了！玲珑脑子里万般噪音哄然作响，似是有什么东西一下子断开，紧跟着万籁俱静。

"不好！"和阳见钟敏言气息渐弱，目光散乱，显然是要去的样子，急忙按住他头顶，将真气渡过去，"这孩子伤势太严重！而且拖了太久，掌门，我没办法……"

后面的声音，玲珑再也听不到，她怔怔看着躺在地上的钟敏言，他脸色灰白，然而双眼却似燃烧的火焰，死死盯着她，仿佛刚刚才认识她，刚刚才炽烈地爱上她这个人。那双眼眨了眨，忽然有亮晶晶的东西流出来，他低声道："玲珑……你忘了我吧……"

玲珑见他的眼睛渐渐闭上，只觉整个世界也在渐渐死去。她轻轻叫了一声，手足无措，像个迷路的孩子，孤零零站在那里，无处可去。所有人都忙着替钟敏言止血，要么就是看着璇玑，怕她出什么异常状况，没人来安慰她。

玲珑忽然深深吸了一口气，咬紧嘴唇，像是做了什么决定，忽然抽出断金用力朝自己脖子上抹去。何丹萍惊叫一声，飞快地夺下断金，然而那利器还是将她脖子割伤了，鲜血大片大片地涌出来。她软软瘫在何丹萍怀里，周围闹哄哄的，无数个人在叫喊，在奔跑，在说话，她似乎什么也听不到。

有人用力按住她脖子上的伤口，那人的手极冷，像冰雪一样。玲珑半昏半醒之间，也不觉得疼痛，茫然地看了那人一眼。是璇玑，她两眼瞪得极大，像是初次认识这个世界，一切都是陌生。半晌，她才低声道："同生共死……是不是？"

玲珑心中一痛，面上却惨然一笑，紧跟着晕死过去。璇玑慢慢站起来，看看玲珑，再看看弥留的钟敏言，好像不认识他们一样。楚影红见她神色这般怪异，急忙过去搀扶，道："没事！他们都会没事的！璇玑你不要冲动！"

璇玑怔怔地说道："不……我不冲动……我要去杀一个人，不要拦着我……"她将楚影红的手轻轻推开，转身慢慢朝洞口走去。楚影红急急拦住她："你哪里也不许去！留在这里！姐姐和师兄都受了重伤，你还要去哪里？让你爹娘担心死吗？"

"我去杀一个人……很快就回来。"她淡淡说着，身形一转，一瞬间就绕过楚影红，头也不回继续走。

后面突然响起一个清朗的声音："不用着急，这两个孩子让我来治。"

众人都是一愣，只见亭奴从怀里取出一个小小丝囊，倒出两颗拇指大小的小果子，那颜色鲜艳欲滴，像是刚从树上摘下的。他将一颗果子拈起来，柔声道："劳驾，能将他抬起来吗？"

褚磊知道他身怀异术，说不定真能起死回生，急忙将钟敏言上半身抱起来，撬开他的齿关。亭奴将那果子揉碎了，将汁液滴进钟敏言口中，一连滴了三滴，跟着却不丢掉果子，只是放回丝囊。到了玲珑那里，他看看，笑道："她没有性命之碍，用不上这果子啦。包扎了伤口就行。"

璇玑见那果子红得像鲜血一样，不由得低声道："不死树的果实？"

亭奴点头："不错，是昆仑山的不死树。我得道上天的时候，天帝赏了两颗，一直没用。今天派上用场了。果实可不能随便给他们吃，吃了是要长生不老的，这三滴汁液便足够让他活过来了。"

说话间，钟敏言已经轻轻呻吟起来，灰白的脸色也变得红润，肋下致命的伤口渐渐停止流血。褚磊急忙将药涂上，紧紧包扎起来，抬头感激地看着亭奴，道："阁下委实助我们良多！"

亭奴笑了笑，没说话。一直在旁边看热闹的柳意欢笑道："好啦，这小子的劫难算是过去了。多亏你这个大贵人呀！我说他会被人骗，话都说这么白了，他还不明白，可真是个无可救药的蠢货！"

亭奴道："事不关己，你说得真轻松。换了你，未必有他做得好。"

"你这嘴可真是……损人不利己……"柳意欢对他十分没辙，摇了摇头，干脆不说话。

腾蛇先前听璇玑说要杀人，高兴地赶紧跟上，谁知靠在洞口等了又等，他们磨磨叽叽，就是不肯走人，急得他大叫："到底杀不杀人？！痛快点！"他这一吼，洞里顿时没人说话了，所有人都看着他，腾蛇把拳头掰得咯嘣咯嘣响，又叫，"臭小娘！走不走？"

璇玑点了点头，道："我们走。"

腾蛇大喜，转身就跑了出去。楚影红等人急忙拦住璇玑，褚磊皱眉道："你不要节外生枝！这当口杀什么人！"何丹萍先前为玲珑早就哭红了眼睛，这会又忍不住泪盈于眶，拽着璇玑的袖子，絮絮叨叨就是不给她走。

璇玑吸了一口气，淡然道："此仇不报，我一生不安。不用劝我，我会很快回来！"

"你是要去不周山？"褚磊摇头道，"那里不是凡间，万一再生事端，要该如何？总之，不许你去！都留下！"

璇玑低声道："我要去，我不允许有人一而再再而三地破坏我最宝贵的东西！"

众人见她说得十分坚决，不由得无语。璇玑足尖在地上一点，人已经在数丈之外，飘飘然带着腾蛇出了洞口。后面忽然有人追上，急道："我也去！带我一起！"

却是紫狐，她不知是激动还是怎么，脸涨得通红，叫道："我也要去不周山！这次一定要成功！"

璇玑低声一笑，道："生死与共……是不是？"

紫狐一愣，跟着却大声道："不错！为了他，死掉也无所谓！"

璇玑不知想到了什么，怔了一会儿，这才点头。


路上，紫狐见璇玑一言不发，紧紧抿着唇，似是不开心的样子，便劝慰道："璇玑，你姐姐和师兄都没事啦，有亭奴在，他们绝不会死的。你别担心。"

璇玑"嗯"了一声，没说话。紫狐又道："也别太生气啦……坏蛋终归是坏蛋，一定不得好死的！这次我也帮你揍他们！"

她还是"嗯"了一声，除此之外一言不发。紫狐不知道她在想什么，也不好劝，只得担忧地看着她。

她并不知道，璇玑心里想的既不是乌童，也不是玲珑他们的伤。她想的却是小时候，在小阳峰灵泉旁的事情。那天，大师兄在潭边烤鱼，氤氤氲氲的青烟，略带焦煳的味道，到今天还记忆犹新。

玲珑和禹司凤在小树林里为了怎么用弹弓射杀山鸡争执不停，唧唧呱呱。那天的天空真蓝，只有几丝流纱似的薄云缓缓浮动。日光洒在清澈的潭水上，像点点碎金。有一个少年因为赌气而躲在里面不出来，她焦急地等在外面，束手无策。

她不是玲珑，她不知怎么表达自己的关心，她最擅长的就是发呆，笨拙地守护着自己珍惜的一切。所以她不会跳下去，能做的只有呆呆守在那里，等在那里，等他出来，等他看见她。

他终于出来了，看到她了，眼里只有她一个人。他笑吟吟地抛过来一条活蹦乱跳的肥鱼，水珠调皮地顺着他俊朗的轮廓滑落，他的睫毛湿漉漉地，眼睛格外清亮。他第一次露出温柔的表情，然而那温柔里也带着三分狡黠、两分漫不经心："接住！小丫头！师兄给你捞的鱼。"

她以为自己接住的不只是一条鲜美的鱼，应当还有一些别的东西。有些她一直呆呆等待的，一直没有等到的，她以为终于等到的一些东西。

然而，她错了。她其实什么也没等到。

他临死的时候，满脸的鲜血，眼睛却亮得像太阳。他只看着一个人，一个眼神也没留给自己。真的，他看也没看她，他整个身心，整个魂魄，都只热烈地为一个人燃烧。

"璇玑？"紫狐怯生生地叫着她的名字。她仿佛没有听见，只有无声的泪，不停从眼眶里掉落。

很奇怪，她其实一点也不悲伤，甚至打心眼里替他俩高兴。他俩都活着，以后一辈子厮守，有情人终成眷属，真是太好了。可是她却一直在哭，一直在哭。不是为他们哭，她是为了曾经那个笨拙的丫头流泪。

谁也不知道，那不长进的、懒洋洋的小姑娘，将一个秘密深深藏在心里，静悄悄等待过。

生长在年少时代的那朵小小的花朵，无声地凋谢。有一些回忆，必须被埋葬，还有一些经历，一定会过去。她想要成长，想要学会真正去爱一个人，同生共死，携手到老。

她忽然在半空中停了下来，紫狐和腾蛇两人也跟着停下，奇怪地看着她。璇玑笑了笑，道："咱们先下去，我有点事情要办。"

腾蛇急得叫道："老天爷啊！你怎么总是没事找事！杀个人都不爽快！又有什么麻烦事要办？"

璇玑淡然道："你不去也可以。在这里等着，我马上就上来。"

腾蛇哪里会答应，万一她偷偷溜走了怎么办！"我去我去！快点啦！"他自己先降下了云头。紫狐问道："是什么要紧事吗？"璇玑笑着，想了想，点头道："应该挺重要的，事关一段回忆。"

什么叫事关一段回忆？紫狐没听懂。

降下去之后，是一片深山老林，千里杳无人烟——用腾蛇的话来说就是：鸟不拉屎的地方！璇玑走到一棵树下，抽出崩玉在地上开始挖洞。能想到用神器来挖土的，大概只有她。紫狐和腾蛇都不知她搞什么鬼，只得在后面默默看着。

她挖了一个不大的洞，然后从怀里掏出一枚精致的匕首。那匕首看起来十分新，显然被她保存得好好的，一次也没用过。腾蛇他们都不知道，这是当年璇玑被乌童刺伤之后，师兄们来看她，钟敏言送给她的礼物。

这些年她一直将匕首带在身边，却从来不用。或许在她心里，那不是一件武器，而是值得珍藏的礼物。如今，到了埋葬它的时候了。璇玑将匕首轻轻放进坑里，看了一会儿，最后把坑填平，永远将它埋葬。

"好了，我们走吧！"她像是了了什么心事，突然轻松起来，回头嘻嘻一笑。

"搞什么鬼……"腾蛇嘀咕着，小女孩的复杂心事，他是一丝半点也不明白，只觉她古怪得很。紫狐却看出了一些端倪，温柔地拍了拍璇玑的肩膀，道："好啦，该过去的都过去了。以后一切向前看。"

璇玑呵呵笑了起来，脑海中忽然浮现另一个人的身影。脸色苍白的少年，手腕上缠着一条小银蛇，眉眼漆黑，对她微微而笑。他给她的感觉，从来都是像温暖的水，没有威胁，没有危险，平平静静地握着她的手，两个人一起走下去。

不过也许她又错了一次，司凤从来也不会是温暖的春水。在他温和的外表下，藏着一种狂热，令人恐惧。他要给，便是给予全部，所以他也要得到她的全部，一点点都不可以保留。他是烈火一样的性子，她直到现在才想通。否则他不会决绝地离开，一点希望都不留给她。

她和他之间，一直都是他占主动。她悠然自得地享受着被人宠爱的滋味，现在，她失去了那种宠爱，顷刻间发觉原来他对她是如此重要。在一回头，一挥手，甚至一个转身之间，她都会不由自主地想呼唤他的名字，像他还在身边一样。

原来她这样依赖他。

她孤寂了很多年，永远都是一个人。一个人成长，一个人面对千军万马，一个人默默看着风云乱涌。终于有一个人悄悄进驻了她孤独的世界，不过她懵懂地没发觉，还追求着不属于自己的光辉。直到失去他之后，痛苦得快要发疯，她才猛然明白，这一切是为了什么。

轻易得到的东西，人总是不会珍惜。眼下她知道了，她要用尽所有力气将他再追回来。

再一次。再一次追上他，找到他，再也不放走他。


活着，这两个字对乌童来说，意义就是复仇。

他多少次从鬼门关前逃了回来，撑着一口气也要活着，就是为了复仇。可是当他趁着两个堂主不在这里，偷偷派出藏在不周山准备多时的妖魔，去攻打少阳派的时候，他心里只有一瞬间至上的快感和欣慰。

那种感觉顷刻间就变成空虚和麻木。

复仇之后，他活着的理由是什么呢？他可曾有过哪怕一天的快乐，可以供他回忆一生？他可还有勇气和胆量，在一切都结束之后，追求凡人所谓的幸福？

副宫主曾在背后形容他：从地狱里逃出来的恶鬼。用来形容他毒辣的心肠和阴狠的作风。他还沾沾自喜过，认为这样没什么不好，这样证明了他一时半刻也没忘了深仇大恨。他的心还在深深地恨着。

可是恨完了之后？他恨的对象都死了，他还能恨什么？他生命的力量就是仇恨，一旦失去，他还剩什么？

他突然想起玲珑娇艳绝伦的容颜，心底一热，有一种极特别的滋味浮上心头。

其实，他应当有一些快乐的。将她囚禁在高氏山的那短暂时光，是他灰暗生命中唯一的光亮。虽然她对他恨之入骨，没有半点好脸色，可是，她那样鲜活灵动，拥有与他截然不同的生命色彩。他对那种色彩既痛恨又倾慕，想狠狠摧毁，又忍不住环抱膜拜。

他是地狱里爬出来的恶鬼，张狂又恶毒。可是一旦离开地狱，他什么都没有了。他也有想得到的东西，想牢牢抓在手里的东西，但那东西他明白永远也不会是他的。

既然不会是他的，那么不如由他来摧毁！他面上露出一丝阴狠的笑意。恶鬼就是：自己得不到的，别人也不要想得到。这会儿少阳派应当已经被杀干净了，想到玲珑娇艳泼辣的样子，却倒在血泊里，终于结束了她明亮的生命，他的心里就感到无法形容的狂热。

像是绝望，又像是狂喜，还像情欲勃发到达至高点的快感。

这种感觉令他双手微微颤抖起来，磨指甲的小刀也不小心在手上划了一道口子。突如其来的疼痛令他皱起了眉头，盯着细细的血痕看了一会儿，才用手慢慢抹去。

以后要怎么办？许多人喜欢在一件事情告一段落之后问这句话。他却不问自己以后怎么办，他是活在眼下的人，等待收获复仇后快乐的果实。

外面传来一阵轰鸣声，像是吟唱，还像打雷。乌童放下修指甲的小刀，缓缓从椅子上站了起来，门外立即有属下来报："神荼、郁垒现身，不周山的阴间之门要打开了。"他笑道："怎么，还没到二月，等不及就要放出恶鬼吗？"

那属下道："听说天帝有赦令，举凡阴间、天界地牢等地所囚的恶鬼与犯人，都有三天自由。这是……千年难遇的大赦。"

"什么玩意……"乌童冷笑了几声，也不知他是笑天帝还是笑大赦。

他突然觉得有些烦躁，不想继续待在阴沉沉的正厅里，便道："自从来了不周山，我还没好好看过神荼、郁垒怎么开阴间大门。这次倒要看一下。"

那人见他皮笑肉不笑的模样，晓得今天他心情不好，自己千万不要一个不小心触了逆鳞。这位右副堂主虽然来了没几年，但阴毒的手段层出不穷，以前就有几个属下不服他一个凡人的管制，打算造反，结果早早被他发觉，不费吹灰之力地派人捉了来，当着所有人的面将那几个属下折磨至死，其血腥的手段到今天想起来都令人胆寒。

都说妖魔凶残，凡人想要管制住这些妖魔，便要做到更凶残。很显然，乌童深深明白这个道理。

不周山的妖魔都被他派出去攻打少阳派了，轩辕派那些人渣他也顺着大宫主的意思，让他们去了浮玉岛。如今这里剩下的人只有几个，还都是贴身侍卫，见乌童走出去，便纷纷跟上。

远远地，只见两个金光灿灿的巨人拉着高耸入天的不周山，硬生生将那山体扯得从中裂开，阴风号哭，从里面狂奔而出黑压压一大群恶鬼，腐臭的气息隔着那么远都能闻到。

乌童捂住鼻子，讥诮道："真臭……这些东西也配称为恶鬼？"

话音刚落，却见守在远处的侍卫惊慌失措地跑来，尖声道："右副堂主！有敌来袭！"

"哦？什么敌人？"乌童心不在焉地问了一句，他以为是那些恶鬼没长眼睛乱窜过来。

那人急道："是……是上次来过的那个小姑娘！把守在外围的兄弟都杀了！"

小姑娘？乌童一时没反应过来，忽然想起玲珑。会不会是她？哈哈……他居然忍不住要笑，喜悦之极。她没死，那可真是太好了。嗯，她这样不顾一切闯进不周山，难道是为了给爹妈情郎报仇？

他越想越感到畅快，将披在肩上的大氅一甩，笑道："什么大姑娘小姑娘，让我去会会吧。"

这一次，将她抢过来，囚禁起来，再也不放手！


乌童没想到，来的人不是玲珑，而是璇玑。他对这个小姑娘很有些忌讳，老远见到她一袭白衫，身形忽闪，犹如鬼魅一般，他有那么一瞬间的发憷。不过待看清她脸上愤恨欲绝的表情之后，他忽又感到无比的快活。

"哟！"他叫了一声，悠闲地靠在树上，心满意足地盯着她的表情从愕然转变成极度的痛恨，最后杀气迸发，一言不发挥剑就杀了上来。乌童动也不动，他身后的贴身侍卫早就扑上来架住璇玑的攻击。

"找死！"璇玑柳眉倒竖，正要将这几个不知天高地厚的妖魔斩于剑下，崩玉忽然发出一阵清脆的鸣声，在她手里嗡嗡震动起来。这一突变让她呆了一下，险些被一个妖魔挥刀把脸皮划破。

腾蛇本以为来这里会有一趟痛快厮杀，谁知不周山只有小猫两三只，他顿时没了兴趣，摆摆手，痛快地到旁边打坐发呆想美食了。璇玑一发呆，腾蛇一走，就只剩紫狐和那几个妖魔缠斗了，她本来也不擅长这种近身肉搏，打了两下也干脆放弃。好在那几个侍卫见他们退开，并没有追上来的打算，只是齐齐围在乌童周围，戒备地看着他们。

"你们这是怎么了？刚才还杀气腾腾干劲十足呢？"紫狐不明所以地问着，她显然搞不清楚他俩到底在想什么。

腾蛇"切"了一声，烦躁地叫道："没劲没劲！没劲透了！就这么几个人，轮得到老子出手吗？你们自己打吧，老子不奉陪了！"

紫狐对腾蛇很是尊敬，不敢忤逆他的话，只好回头看璇玑。她呆呆地看着手里的崩玉，不知想什么。"这剑怎么了？一直在叫呀。"紫狐见崩玉发出的鸣声十分清朗，忍不住问道。璇玑摸了摸脑袋，迟疑道："我……好像知道，是在警告我不能在这里用神力。奇怪，上次也没有的……"

腾蛇嗤笑道："傻瓜！上次你还是个懵懂的凡人呢！这次来可与上次不一样啦！"

璇玑知道他指的是什么，可是她也只是想起了前世的一些片段，比如她怎样战斗，最后怎样被贬下界，后面的几个轮回里她怎样历经苦难，最后自刎而死。大概的东西她都记起来了，但还有一些东西，她怎么也想不起来，比如她究竟是从哪里来的，到底犯了什么罪，为什么她永远是一个人战斗……还是懵懵懂懂。

虽然想起这些，却并没什么真实的感觉，褚璇玑就是褚璇玑，即使背负了这许多沉重的过去，她也还是褚璇玑，不会是另一个人。她觉得那是另一种回忆，与她有关，但并不是她。这是一种十分奇异的感觉，像是从内部分裂成了两个，但它们又奇异地融合在一起，没有丝毫不适。

"神荼、郁垒在这边守着呐！"腾蛇朝远方努嘴，"不要说你，我也不能用神力。不周山是死地，阴间的地方，可轮不到咱们耍狠。天帝对后土大帝也要给几分面子。唉，不然我早就想和那两个看门的打一场了，听说他们身手了得！可惜，可惜……"

他的感叹很快就被乌童打断，他笑问："看你一脸苦大仇深的模样，怎么，少阳派都死光了吧？"

璇玑冷冷看着他，道："很抱歉了，没人死，除了你派去的那么多妖魔。"

乌童似是有些意外，眉毛斜斜挑起，笑问："此话当真？那可是数千妖魔啊，比你们整个少阳派的人加起来都多。"

璇玑哼了一声，说："再来十倍也是死。"

乌童见她的神情不像是说谎，便低声道："真想不到……呵呵……呵呵……"他笑得十分诡异，令人浑身发毛。紫狐大声道："你笑什么！你和离泽宫那些变态是一伙的吧？！你这招声东击西玩得不错呀！可惜属下都被你白白拿去送死了！你就等着离泽宫的人来把你五马分尸吧！"

乌童一面笑一面点头，道："不错！不错！哈哈哈！你们干得真好，这下我乌童真的被逼上死路啦！很好！很好！"

紫狐见他这种奇诡的模样，不由得毛骨悚然，回头无措地看着璇玑，她倒是十分镇定，只是定定看着他，一言不发。

乌童缓缓收住笑声，嘴角倒还挂着笑容，然而眼睛里丝毫笑意也无，比冰雪还要寒冷。他悠然说道："你说谎，倘若没死人，你怎会千里迢迢跑来不周山？嗯，你就不怕这次再有人吹灭你们的蜡烛？"

璇玑淡然道："不怕，因为这次根本不用蜡烛了。"她抬起手腕，手指上赫然一个黑铁指环，旁边的紫狐也得意扬扬地把指环亮给他看，一面笑道："傻了吧，你？钟敏言和那个什么若玉都戴着指环离开的。若玉的指环一出去就给钟敏言了，眼下都给我们用啦！"

乌童难得吃了小小一惊，轻笑道："原来如此！这倒是我疏忽了。"他朝腾蛇那里看了一眼，只有两个指环，让璇玑和紫狐进来，这个男人没指环怎么进来的呢？他的模样这般古怪，银发黑眸，满身凶煞，竟有点眼熟，莫非是天上某个凶星？

他并没多想，因为多想也已经没用了。血洗少阳失败，看起来血洗浮玉岛也失败了，上面两个堂主都没回来。也好，如果他们回来，他真的有可能要被五马分尸。他微微一笑，竟不觉得恐惧。

谋事在人，成事在天。或许他也不得不开始相信这句话了。

他低声道："说吧，少阳派死了谁？让你这样风尘仆仆赶来……我猜猜，是你那个英明神武的爹？还是没用的娘？哦……莫非是你的亲亲六师兄？还是说……是你姐姐——玲珑？"

他每说一个人，璇玑的脸色就沉一分，说到玲珑两个字，她眉尖突然一挑，毫无预警地挥剑而上。乌童连头发梢也没晃一下，周围的侍卫早已抢上去挡住。璇玑这时哪里还管什么不给用神力的狗屁规定，任凭崩玉在手中叫得嗡嗡响，她只当没听见，剑身乍然一亮，三昧真火焚于其上，铿铿数声，将众妖手里的剑全部斩断。她足尖一点，直直朝乌童刺去，旁边失了兵器的侍卫还要拦，惹得她好生不耐烦，剑光飞舞，一瞬间就将那几个侍卫斩成了好几截。

乌童定定看着她将剑刺过来，忽然低声道："玲珑死了，对吗？"

璇玑手腕微微一颤，厉声道："她永远也不会死！要死的人只有你而已！"说罢手起剑落，"噗"的一声，硬生生砍进了他肩膀里。她原以为他至少会反抗一下，上次他施展的怪风也曾让她手足无措。谁知他静静站在那里，像一个什么也不会的普通人，任由她刺杀。

这种情形反而让她有些下不了手，一时愣在那里。她身上全是血，都是方才那些侍卫身上的，乌童身上也全是血，但都是他自己的。他只是眯着眼睛，低声问："她死了，是吗？"

璇玑嘶声道："你明知故问！你明知道我六师兄和她青梅竹马，将来总要结为夫妇，你却派人去暗杀我六师兄！他死了，玲珑怎会独活？！你居然还敢这样问我！"

乌童微微一愕，似是不敢相信，紧跟着眼睛却骤然一亮，哈哈大笑起来："死的人是钟敏言？哈哈哈！哈哈！死得好！死得好！死得好啊！"

"你还装傻！"璇玑怒极，拔剑再刺，他终于忍不住闷声一哼，紧跟着又欢畅之极地笑起来，那笑声里竟有一种凄厉的味道，令人毛骨悚然："不错，是我叫人去暗杀钟敏言那小贼！他死了，我真是快活！"

璇玑正要一剑将他的脑袋斩下，忽听后面紫狐惊叫一声："璇玑！那两尊门神……朝这里来了！"

她一惊，急忙回头，只见神荼、郁垒两神果然目光灼灼看着这里，似是发觉了什么不对劲，正快步走过来，每一步都是地动山摇。紫狐最怕这两个门神，当即一溜烟缩到璇玑身后，只露出两只眼睛盯着他们看。

腾蛇突然跳起来，一副打了鸡血的样子，叫道："他们过来了！是要干架？！好极好极！回头白帝问我，我就说是他们先动手的，可不是我惹麻烦！"

璇玑正要说话，只听乌童阴恻恻地笑道："我可要走了，你有本事就追上来！"她大吃一惊，耳旁风声拂过，乌童浑身浴血，居然轻飘飘地御剑飞起，就像没看见那两尊巨大的门神，当头朝他们撞了过去。

紫狐惊惶中叫了一句什么，再看璇玑已经不在原地，身形像一道白色闪电，眨眼就追了上去，她急得又是跺脚又是尖叫，不知怎么办才好，眼前刺溜一下又蹿出一道影子——腾蛇也兴致勃勃地跟着冲上去。紫狐呆了半天，只得把辫子一甩，大叫："等等我嘛！我也一起去！"

就像天界诸神每人都有自己的职责一样，神荼、郁垒的职责便是看守不周山，不允许任何异常现象出现。当璇玑手里的崩玉发出鸣声的时候，他们立即意识到又是那个战神将军过来捣乱了。

这是个很令人头疼的人物，并不是他们的力量能约束的，所以眼见璇玑冲过来的时候，神荼、郁垒心中还存着一丝侥幸，只盼她别贸然出手。神荼甚至清了清嗓子，打算以理动人。谁知璇玑打了个转就绕过他们，直奔不周山中间裂开的阴间大门而去。

擅闯阴间那是更大的罪名，两人急忙厉声喝止："将军大人！死者之境不得擅入！"

话音未落，只听一人在下面哈哈笑道："神荼！郁垒！你们两个老小儿要不要和老子耍耍呀？"

两人都是一愣，郁垒乖觉一些，立即发现了趾高气扬的腾蛇，心中大叫不好。来一个战神就够让人头疼的了，如今再加上一个唯恐天下不乱的腾蛇——做门神真是命苦，管也不是，不管也不是。

神荼皱眉道："就算是腾蛇大人……大人应当知道规矩，何苦让我等为难！"

腾蛇叫道："呸！半点血性都没有的东西！成天就是规矩规矩！"

郁垒叹了一声："做人做神怎能没有规矩，腾蛇大人高居上位，更应当明白这个道理……不过为何大人会与将军大人一同来此？"

腾蛇懒得解释，既然他们不敢陪自己打架，逼着人家也没意思。他见那阴间大门敞开，里面黑不隆冬，心中突然灵光一动，笑道："我们来嘛，自然是有事情要办。就是……你们也知道，那人不是被关在阴间吗？"

神荼、郁垒立即变了神色，急道："那人怎么？！天帝可是有什么指示？"

腾蛇笑道："让我们来看看，带两句话给他。"

郁垒不愿惹事，听说是天帝带话，当即转身放行，神荼却是个死脑筋，只道："既然是天帝有命，应当有信物。口说无凭。"

腾蛇哼了一声，冷道："猪脑袋！难怪你只能做门神！要是正大光明的带话，用得着从你们这里走吗？老子直接上邑都去了！"

神荼听他说的也有道理，但至于为什么是不"正大光明"的，他见腾蛇凶神恶煞的样子，也不敢问，只得拱手让开。

嘿嘿，两个傻瓜！腾蛇得意扬扬大摇大摆，从两尊门神中间飞过去，紫狐满怀崇拜地跟着他，一面低声问："腾蛇大人真的是要去阴间看无支祁吗？"

腾蛇翻她一个白眼，哼道："笨！我怎么可能……"话说到这里，突然心念一转。他下界原本就是为了去阴间看无支祁，既然神荼、郁垒都放行了，他干吗不趁着这机会真的去阴间走一趟呢？先前他说什么天帝带话，都是胡诌的，没想到真能骗过他俩，此等机会千载难逢，他要不把握住才是遗恨终生！

"我、呃，我怎么可能不去！"他硬生生改了话头，嘿嘿笑道，"去！马上就去！臭小娘呢？"他四处打量，忽见一道白色身影从下面猛然蹿上，他立即开心地叫道，"喂！你杀完了没有？咱们去阴间呀！"

璇玑正全神贯注追着乌童，根本没听见他嚷嚷什么。乌童虽然被她砍了一剑外加刺个窟窿，动作却快得惊人，显然他对不周山这里的地形比她熟悉多了，这边绕一下，那边转一圈，璇玑追得不耐烦起来，厉声道："你给我停下！"

话音一落，谁想他真的猛然停住。这人好像总是做一些出乎意料的事情，璇玑不管他有什么诡计，干脆扑上去抓住他的衣领，阴谋也好，诡计也好，总之她就是不放手。

乌童给她抓住，还是笑吟吟地，他脸上又是汗水又是鲜血，看上去极为可怖，然而声音却无比温柔："我是要死啦，多谢你带来的消息，让我真是欢喜！"

璇玑一愣，顿时明白他是指钟敏言和玲珑的事，当即冷道："让你失望了，谁也没死！你真是机关算尽，可惜一个也没成功！"

乌童浑身剧痛无比，意识已然模糊，他似乎没听见璇玑的话，还是笑，吃吃地笑，低声道："眼下我明白了……活着没什么好追求的东西，我要的东西，死了以后才能得到……"

璇玑见他似笑非笑眼神散乱的样子，心中有些骇异，正要将他推开，忽听头顶传来神荼、郁垒吟唱的声音，紧跟着空空数声巨响，他们似是要将不周山合上——到了阴间大门关闭的时间了！

她正要转身离开，谁知乌童一把死死抓住她的手腕，他的手冰冷彻骨，像两个铁环紧紧箍在手腕上，痛得她一个惊颤。乌童低声道："你……你别想走……和我一起去黄泉吧！玲珑……"

什么？璇玑倒抽一口气，没来得及告诉他自己不是玲珑，忽觉对面一股不可抵抗的吸力传来，两人的头发衣服都被那股怪异的吸力拉直，飒飒作响。后面无数恶鬼哭喊着，叫嚷着，被阴间大门里的吸力给抓回去——自由时间已经过了，到了回去的时候。

他们两人一瞬间被那股吸力抓得朝里面飞了好远，最后还是璇玑勉力用脚勾住石壁上的一个洞，才稍稍停了下来。显然那股吸力越来越大，是要将先前放出来的恶鬼通通抓回去。璇玑双腕被乌童死死扯住，她勾不动两个人，渐渐吃力无比，眼前只有漆黑宽广又深邃的洞穴，阴风号哭，周围数不清的恶鬼被吸了进去。前面就是阴间！她嘶声大吼："放开我！"说罢用另一只脚狠狠踹他，然而这一番动作害她再也勾不住，又朝前飞了数尺，好容易才再勾住一个凸起。

从阴间里传来的吸力越来越大，伴随着隐隐约约的哭泣和惨叫，偏偏对面只有巨大的黑暗，什么也看不见，这种情景让人毛骨悚然。璇玑的头发尽数被拽得披在脸前，模糊了视线。她勉力沉声道："我、我不是玲珑！你快放手！"

乌童整个身体都被那股吸力拉扯得横了过来，可是他的两只手死死拽着她，就是不放。听见璇玑这样说，他哈哈大笑起来，染满鲜血的脸，露出两排白森森的牙。他凄声道："我死也不放手！"

说完，他渐渐敛了笑容，现出一股如梦似幻的神情，喃喃道："不错，不放手。这次我再也不放过你啦……玲珑、玲珑……你这傻孩子，还不明白吗？"他面上忽又现出狰狞之极的表情，似是绝望、狂喜，又像极度的憎恨，厉声道，"和我一起死吧！"

璇玑只觉后面有什么东西大力撞上来，她再也勾不住那个凸起，为他死死拽着，两人一瞬间就被吸进了深邃的洞穴，不周山轰然合上，再也没有一点声音。

醒过来的时候，璇玑还有些懵懵懂懂，不知自己究竟身在何处。周围什么也没有，只有一团黑，深邃的漆黑。从那漆黑里还透出暗暗的红，像远方映来的火光。她身体下面硬邦邦，好像有人硌着，一下子想起乌童那张染满鲜血的可怖的脸，她急忙跳起来，一脚踩在那人身上，只听"哎哟"一声，紧跟着那人毫不客气地骂了起来："谁踩老子！不长眼睛的东西！"

是腾蛇？璇玑赶紧移开脚步，四处看看，这里是一块荒芜的土地，除了暗黑的天空，焦黑的土地，什么也没有。远方的天空泛着暗红的色泽，像是有火在烧，只看不真切，这里的一切都是模糊。

腾蛇从地上跳起来，揉了揉脑袋，奇道："这里就是阴间？怎么这样寒碜！无支祁在哪儿？"

璇玑摇了摇头，她非但不知道无支祁是谁、在哪儿，连乌童和紫狐都不见了。他们应当都被那个洞穴给吸进来，乌童还死死抓着她的手，可是最后却只剩腾蛇与她一起。璇玑茫然走了两步，一时分不清东西南北——这里就是阴间了？怎么……和她想象中差了好远，邑都呢？阴差和小鬼呢？

"啊啊啊！那边有火！难不成这边是地狱？！怎么跑到这鬼地方来了！"腾蛇大呼小叫，突然反应过来，"对了，这边是恶鬼们要回去的地方，果然是地狱没错。无支祁那老小子应当还在下面几层……"

他见璇玑还在发呆，干脆过去狠狠敲了她一下，道："呆什么呆！走啦！要让判官他们发现了，才会出大事。"

"走……去哪里？"璇玑怔怔问着，被他拖着往前飞快地走。

"去找无支祁！看他有没有死。"

无支祁三个字再次砸上来，璇玑突然有一点触动，只觉蛮熟悉的名字，一时却想不起前因后果。奇怪，有些东西她一想就通了，有些回忆却怎么也想不起来。无支祁……无支祁……到底是谁？

腾蛇还在絮絮叨叨："他被关在下面也有快千年了吧！那会他还真是闹了个惊天动地，险些发大水把天庭给淹了。应龙总说，明枪易躲，暗箭难防。要不是白帝找人收买了他身边的心腹妖魔，知道了他的弱点，只怕他还真能杀到天上去，大闹一通。我一直想找他打一架，看谁厉害，可白帝总不让我下来。嘿，这次我找来阴间，先打了再说！白帝可拿我没辙了。"

他显然高兴坏了，想到有架可以打，还是个惊天动地的大妖魔，这比把世上所有美食丢在他面前还要让他更兴奋。

璇玑还在努力思索无支祁的事情，听他说什么发大水、弱点，只觉很熟悉。印象中依稀真有这样一个大妖，不服天地，闹得一塌糊涂。她喃喃道："所谓的弱点……是不是好色？"

腾蛇一跳，瞪圆了眼睛："你听谁说的？"

璇玑摇头道："不知道，但好像有印象。"

腾蛇叹道："其实我也不太清楚当年的事。下面虽然闹得一塌糊涂，可是天帝下令上界不许谈论此事，白帝又不给我下去找他打架，我也只能听旁人说了。应龙说他确实好色，而且是完全没救的好色，看到有一点姿色的女人就走不动路。"

虽然这种爱好在腾蛇看来很无聊，他觉得无论什么姿色的女人都不如打架或者吃饭来得痛快，不过既然是无支祁的弱点，那也没什么办法。

"说起来也奇怪，你当时在天界也算一号人物了，长得也算美貌，正对他胃口，怎么没让你下去对付他呢？"

不单腾蛇觉得奇怪，璇玑自己也觉得奇怪。是呀，为什么没人让她下去对付无支祁？是不是，让她对付了，结果她却不记得？

不过眼下不是考虑这个问题的时候，两人往前飞了一段，突然发现前面火光越来越亮，将阴暗的天空映成了橙红色，而下面的路也早已断开，原来他们是落在一个悬崖上。悬崖下面是大片大片望不到尽头的火海，难怪他们觉得有火光明亮，敢情那不是火，而是气势汹汹的火海。

翻腾的火焰之浪将下面的石头烤成了赭红色，而他们所处的悬崖不是唯一的一个，火海中隔三差五就立着一座巨大的石山，上面似乎还有许多人在哭喊叫嚷，哭声随着炽热的风被吹过来，令人心有戚戚。

璇玑和腾蛇虽然都是上界的神，然而都只听过地狱惨烈，却从未亲眼见过，如今见火海中无数石山上都爬满了人，道上更有许多阴差小鬼挥着鞭子将他们一一往下赶，赶到最后无路可退，他们只得一个个像饺子一样扑通扑通跳下去。然而活人被火烧一下就会死，死了也没知觉，还算幸运，地狱里可完全不同。这些人都是生前做了恶事，被处以下火海地狱作为惩罚的，跳下去也不得死，硬生生在火海里翻腾着，被烧得面目全非，连骨头也成了渣。最后被蹲在岸边的小鬼们用铲子挖上来，搁在岸上，阴风一吹，又恢复了皮肉相貌，再被用鞭子赶着爬上石山，继续往下跳。

"这可真够惨的……"腾蛇看得目瞪口呆，喃喃说了一句，"无支祁那家伙不会这么没用，被这些小鬼们欺负吧？"

璇玑轻道："我知道，书上有说过，地狱分十八层，这是火海地狱，应当还有油锅啊，刀山啊，拔舌啊什么的……"

"什么油煎舌头……能吃吗？"腾蛇很显然听得一点都不专心，"这么多层，难道我们要一层层找？"这样找过来，后土大帝一定老早就发觉他们了。

璇玑摇了摇头："往前飞吧……估计还在下面呢。"

# 第三十四章·无支祁

很多人都说地狱有十八层，每一层都有不同的残酷刑罚，用以惩罚前世的罪孽，而且越往下，受的刑罚越重。比如刀山啊，火海啊，油锅啊……无一不是残酷之极的刑罚。不过很可惜的是，璇玑和腾蛇在空中飞了又飞，除了大片望不到尽头的火海，什么刀山油锅都没看见。

本着学习参考的精神，两人本想见识一下传说中的地狱，结果大失所望。五花八门的酷刑没见识到，连无支祁也不知究竟在哪里。腾蛇来来回回飞了好几趟，终于不耐烦地落在一座石山上，厉声道："不是十八层吗？！其他十七层到底在什么鬼地方！"

他本来是自己发脾气，结果声音太大，惹得下面许多阴差小鬼都抬头看过来，一见是两个陌生人，都呆住了。排在前面要受火海刑罚的那些恶鬼更是张臂号呼，乱作一团。他们从来也没见过地狱里出现过外人，受尽了折磨的恶鬼们只想抓住这么一丝异动，逃离这片火海。

"被发现了！"璇玑瞪了腾蛇一眼，不过并没什么责怪的意思。她和腾蛇一样，在某些方面也是很胆大妄为的，反正一件坏事已经开了头，那就索性做到底，中途放弃不是他们的作风。

两人从悬崖上跳了下去，落在离火海最近的岸上。脚下的石头被烧得通红，鞋子踩在上面吱吱作响。不过他俩看上去倒是一派神清气爽，面对气势汹汹的火海，眉毛都不动一下。璇玑抱着胳膊，好奇地扫过面前诸人：青面獠牙正在发傻的阴差、头上长着可笑肉瘤龇牙咧嘴的小鬼、闹成一团鬼喊鬼叫的受刑恶鬼们……

她很客气地问道："这里是地狱吧？"

众人呆住，傻傻地点头表示同意。第一次有陌生人闯进火海地狱，还不知道这里是什么地方，一本正经问问题，璇玑大约是古往今来第一人了。

"那，请问我们要去其他十七层，应当怎么走？"她继续客客气气地问着。

一个头上长肉瘤的小鬼本能地接口："各层是单独分开的，你要去其他地方，须得先找判官要令牌……不对！你们是什么人？！好大胆！竟敢擅闯地狱捣乱！"他终于反应过来，厉声喝问，头顶肉瘤跟着一颤一颤。

璇玑出于本能，抬手去抓那个肉瘤，好像那是个很好玩的东西，吓得那小鬼连滚带爬跑到一旁，尖叫道："刁妇！你要做什么？！"璇玑很可惜地望着那肉瘤，小声道："好好玩，不能摸一下吗？"

"胡闹到此为止了！"旁边有人大喝一声，紧跟着许多阴差小鬼聚集起来，将他俩团团围住。为首说话那人，是一个腰悬朱红令牌的阴差，想必是这里的什么小头目，面沉如水，定定看着他俩。

"我看二位不像是凡人，此地乃死者之境，轮回中转受难之地，无论什么人都不得擅自闯入。还请二位赶紧离开！"

璇玑和腾蛇互看一眼，道："那你先告诉我们怎么出去？"

那阴差脸色更沉，说道："看样子果然是擅自闯入的！此事不能罢休，我要通报判官大人……"

腾蛇怒道："老子最烦你这种拿着鸡毛当令箭的小鬼！你去通报啊！叫你家阎王老爷来迎接我们！亲自把我们送到无支祁那边！"

众人一听无支祁三个字，都是大惊失色。那阴差神色复杂地看着他们，并没有说话，只从怀里取出一张符纸，夹在指间轻轻一晃，那符纸"卒"地一下燃烧起来，眨眼就变成了灰。璇玑和腾蛇还不知他要搞什么鬼，忽觉头顶天空乍亮，似是夜幕突然被人撩开一样，金灿灿的光芒从那被拨开的缝隙中透露出来。无数个恶鬼们尖叫起来，倒头便拜。

紧跟着，头顶传来一个声音："何事如此惊惶？"

璇玑猛然听到那声音，心中咯噔一下，只觉好生熟悉，不由得急急转头望过去，却见金光中站立着好几人，当头那人穿着宽袖长袍官服，眉清目秀，额下几绺山羊胡子，委实眼熟异常。

她呆了半天，试探性地叫了一声："判官？"

那人见到璇玑，目光微微一动，却喜道："原来是你！璇玑如今体悟大道，回归天庭了吗？"

他果然认识她！璇玑低声道："判官……师父？"

那人果然是判官，当年璇玑留在地府便是跟随他学习了几个月，两人颇有一些师徒的情分。他见璇玑似明非明的样子，便轻叹一声，道："原来还未悟……这位是腾蛇大人吧？你二位擅闯地府，所为何事？"

腾蛇还没来得及讲话，一旁那阴差早已絮絮叨叨将事情抢着说了出来，一会儿是什么擅闯地狱，一会儿是什么威胁阴差，一会儿又是干扰刑罚，只恨不得把他俩说得罪大恶极，立即拖出去斩首了事。

腾蛇大怒道："放屁放屁！你不会说话是吧？老子马上教你怎么说话！"他把袖子一挥，冲上去就要揍人，那些小鬼阴差早已吓得鬼哭狼嚎，掉头就跑。璇玑一把拉住他，低声道："别闹啦，这位是我师父呢，以前在地府教过我很多道理。"

腾蛇哼了一声："小小判官能有什么道理教给你！"

判官并不恼，只笑道："璇玑倒是想起了一些往事，我见你戾气消了许多，真是可喜可贺，或许再过一些时日，真能体悟大道了。"

璇玑摇头道："我……不知道什么大道小道。司凤说，做人就应当活在眼下，眼前的一切才是最重要的。就算我想起了前世的事情，那……也只是前世，和我今生无关。"

判官皱眉道："没有前缘，哪里来的后果，这是稚子的荒谬之论。更何况，你口说前世与今生无关，那为什么还要由着自己使用前世的神力？今生不是与前世完全两样吗？"

璇玑低声道："是啦，我还没有全部想明白，很多事情我还不知道。可是我也不愿让这一世变成一个劫，仅仅为了圆满作为战神将军的一切。我希望这一世是开心的，值得回忆的经历，能学会很多我从前不知道的东西。判官师父，就算你说这是错的，我也不想回头啦。"

判官沉吟半晌，突然露出一个笑容，柔声道："不……我觉得很有趣。璇玑有这样的想法，证明你长大了。"

她没想到会被他赞扬，不由得又惊又喜，却听他又道："你们这次来，是为了无支祁的事情？"

两人都是一愣。无支祁是被关在阴间的作乱妖魔，他们和阴差可以放狠话，但总不能对着判官也胡诌，一时倒想不起什么托词。只听判官说道："其实，我们早知会有这么一天。这也是你们的因缘后果。你们若是要见他，我可以带路，不过，我有一个要求。"

两人齐声道："什么要求？"

判官但笑不语，转身道："两位先跟我来吧。"忽又想起什么，对身后的侍从摆了摆手，"将那人带过来。"

后面的阴差们很快推上来一个五花大绑的黑衣人，浑身是血，然而面上却露出孩童一般懵懂无知的神情。璇玑一惊，居然是乌童！他原来被判官捉住了！那紫狐呢？莫非也落在了他们手里？

判官说道："这人也是擅闯地府，刚好落在忘川河岸旁，为阴差们捉住。本是要好好审问一番，不过他立时便气绝身亡。我命人查了他的命格，发现煞气极重，俨然生前做了许多恶事。因他死后魂魄凝聚，怨气冲天，所以给他灌下了忘川之水。我想问问，这人是你们的旧识吗？"

璇玑见乌童那狼狈的模样，纵然成了鬼魂，也还是满身鲜血，曾让她恨之入骨的脸上，却挂着不明世事的茫然神情。这种神情她并不陌生，只有饮下忘川水，忘记前尘种种的人，才会有如此表情。他口中喃喃说着什么，只是一切都已模糊，化作过眼云烟。

他灵魂深处一直想着的那个少女，永远也没机会知道，也永远不会听见。

璇玑看了他一会儿，才低声道："不……我们不认识他。"

判官点了点头，吩咐道："你们带他下去，按照生前所做的各类事情，看该如何处置。"

那几个阴差立即答应着，将乌童带走了。

判官对璇玑微微一笑，道："走吧。我带你们去见无支祁。"

璇玑和腾蛇跟着判官一路回到邑都，那里的景色半分也没变，城门外的忘川河依旧斑斓，两岸的彼岸花开得如火如荼，好似鲜血拼成的地毯，铺开很远很远。璇玑觉得既熟悉，又怀念，忍不住微笑起来。

判官也跟着笑道："还记得当时你成日流连在忘川河畔的景象吗？"

璇玑点头道："嗯，有印象。可是我想找的东西，一直找不到，现在也是模模糊糊的。"

判官低声道："是造化，是劫难，便看你自己了。以后总会知道的。"

腾蛇听他俩一路唧唧咕咕，说的都是莫名其妙的话，不由得好生不耐烦，大声道："少说废话行不行？无支祁呢？难不成他被关在邑都？"

他这样一大吼，璇玑和判官倒还好，只把两旁的小鬼和阴差吓得簌簌发抖。邑都里的人见识自然多一些，晓得璇玑和腾蛇的真实身份，识趣的早早就躲了老远，不小心撞上的，也急忙抱头鼠窜。路上几个小鬼见璇玑的目光一直流连在他们头顶的肉瘤上，显然征兆十分不妙，只得用手悄悄捂住肉瘤，低头找地方躲起来。

判官笑道："你走了这么些日子，余威仍在。把这里人吓得不轻。"他竟不理会腾蛇的焦急，领着他们走到一座华美的楼台前，那高翘的屋檐犹如凤凰展翼，当真是飞阁流丹，层楼叠翠，凡间再也见不到这般气势的高楼。

"我须得向后土大帝禀明此事，由他许可。否则连我也等闲不能见到无支祁。二位请随我来。"

朱红色大门被人缓缓打开，判官领着他二人进去，一路穿堂过屋，那种种华丽气派自也不必多说。走到最后，连腾蛇都有些花了眼睛，暗暗咋舌，果然先前不该小看地府，从外面看不过是个寻常的小楼，哪知里面这么多玄机。

判官停在一扇门前，说道："二位随我进去拜见后土大帝吗？"

腾蛇从未与后土大帝接触过，他此番私自下界，又闹到地府来找无支祁，白帝必然要说他胡闹，想来后土大帝也不会放过他，必然一顿唠叨。他急忙摇头："我不去了，在外面等着。"他最怕被人唠叨，特别是被这些高高在上的，听也不是，不听也不是。

判官并不强求他，当即带着璇玑走进了那扇门内。这是一个不大的屋子，墙角放着屏风，对面安置着几把椅子，奇怪的是椅子对面那面墙，用一整块暗色帷幕从上到下笼罩起来，半点缝隙也不露。璇玑从进来之后，就一直盯着那帷幕看，直觉那后面似乎藏了一个很不寻常的人。

"属下见过后土大帝。"判官对着那帷幕下跪行礼，璇玑手忙脚乱，也只得跟着抱拳弯腰，那一跪，是无论如何也跪不下去的。

帷幕后传出一个非男非女的古怪声音，却十分柔和，道："璇玑，你是要见无支祁？"

璇玑听他不用问就说出自己的名字，不由得一呆，突然想起好像这名字还是当时后土大帝赐给自己的，于是说道："嗯，是的。其实我并不是很想见他，不过我有几个朋友一定要见……"

后土大帝道："因缘巧合，往来如是。当日你将他擒住，又擅自放走，从而遭致大罪，种下了因。今日你历劫来此，与他重逢，此为结果。一因一果，不若如是。寡人许你去见他，你们的因果，今日要亲自了结。"

他这一番文绉绉的话令人头晕目眩，璇玑怔了半天，才道："什么亲自了结？我要怎么了结？"

判官恼她无礼，一个劲朝她使眼色，璇玑却没发觉。后土大帝并不在意，只是柔声道："无支祁犯下滔天大罪，本应有这千年的囚禁之劫。而为他了结此劫，送他去轮回的人，非你莫属。寡人听闻凡间有许多妖魔蠢动，试图救出无支祁，再掀风浪，可惜一切因缘都有因有果，今日你来此，便是天意。"

这下璇玑总算明白了，原来离泽宫也好，不周山也好，天界的人都知道，他们却偏偏不出手，由着他们胡乱杀戮，就为了等一个什么劳什子因果。原来柳意欢嘴里所谓的天道不可违背，指的是无支祁最后应当由她来到阴间铲除，这是他们之间的因缘，就是所谓的天道。

她冷道："我已经不认识他了，前世发生了什么事，也和我这辈子没关系，我为什么要杀他？你们就为了等我来杀他，了结这段因缘，所以放手不管凡间那些妖魔作祟，由着他们乱杀人！这是什么道理？！我不能明白！"

"璇玑！"判官低声喝止。后土大帝似乎并不责怪她的失礼，只说道："世间千万种道理，你能真正明白的又有多少？你与他有此因果，否则今日你怎会站在寡人面前？妖魔肆虐凡间，自然也是有因有果，擅自插手，实非善举。今日你不了结此因果，他日事情便会发展到不可预料的地步。你不想知道自己真实身份的秘密吗？不想得回被抽走的记忆吗？你若是杀了他，寡人便立即让你明白一切。"

这……简直是诱骗啊！璇玑不可思议地瞪着那帷幕，喃喃道："这也太夸张了，为什么非要我去杀他……你们随便派个人不就能了结他了吗？何必非要等我……"

后土大帝并没答话。璇玑心中念头忽转，失声道："啊！难道是因为除了我没人能杀得了他？所以你们才非得等我来，对不对？"

她看不见帷幕后的后土大帝什么脸色，便去看判官的神情，见他带着三分惶恐，三分震骇的模样，登时知道自己说得十有八九没错。她眉头一皱，说道："我和他无冤无仇，下不了杀手。"

后土大帝柔声道："若是没有他的缘故，你又怎会来到地府？凡间又怎会遭这许多劫难？寡人说过，这便是你与他的因果。你不用急着一时决定，等想好了，再去见无支祁吧。"

意思就是她如果不同意杀了他，就别想见到他，还得在地府里干耗着。璇玑想了想，说道："我……有个朋友，是紫狐。她也跟我们一起来了阴间，我想知道她现在在哪里。"

后土大帝笑道："她自然也有她的因果，她没有事，你不用担心。"

璇玑深深吸了一口气，其实她心里对无支祁这个妖魔也十分好奇。和他之前有什么恩怨，她根本也想不起来，所以贸然让她去杀他，简直是匪夷所思。但，她不答应，就别想出地府，爹爹娘亲他们一定还在少阳峰等着自己。

想到这里，她忽然道："好，我去杀他！虽然我现在什么也想不起来，不过，可能见到他之后能想起一点什么来。"

帷幕后的后土大帝似是轻轻笑了一声，判官从地上站起来，道："随我来。"


紫狐被那古怪的吸力吸进洞穴之后，昏昏沉沉，似乎被拖着经过许多地方，最后终于停下来，却一头撞在一个硬物上，当场晕了过去。

她是在一片水汽氤氲中醒过来的，睁开眼，茫然地眨了眨，四处看看，除了白雾，她什么也看不到。紫狐惶惶然跳起来，四处跑了两步，小声叫道："璇玑？腾蛇大人？……你们在附近吗？"

一连叫了好几声，周围没半点反应。她更觉得悚然，不知这里是什么地方，她虽是一心想找到无支祁，但要是跑错了地方，反而白白赔上一条命，那才是真正让人不甘心之极。

虽说阴间没有白昼，永恒黑夜，然而这地方却有些不同，这里天是亮的，只是笼罩了一层厚厚的白雾，什么也看不清。紫狐在雾里来回走了一圈，见周围没有一个人，胆子也渐渐大了起来，最后把手拢在嘴边，放声大叫："有人吗？！这里是什么鬼地方啊啊啊啊！"

回音袅袅，传了好远，忽听远远地，似是有人笑了一声。紫狐如遭雷击，暴跳起来，掉脸就朝声音发出的地方狂奔而去。

白雾渐渐散开，前面隐约露出一个小茅屋，茅草湿漉漉地耷拉在上面，似乎还在往下滴水，屋门虚掩着，里面依稀有人影晃动。紫狐嗅到一股熟悉之极的味道，那个她思念了千年的味道，梦里也忘不了的，就算死也忘不了的——

她颤抖着走过去，轻轻推开房门，小小的茅草屋里，站着一个身材高大的男子，正对着屋子里唯一的铜镜，努力收拾自己破烂的衣服。他从头到脚，四肢上都系满了铁链，足足有八根。

但奇怪的是，铁链拴在他身上，一点也不让人觉得狼狈，仿佛天底下再狼狈污秽的东西放在他身上，都不会让人觉得讨厌。

紫狐只觉眼泪都要夺眶而出，全身因承受不住那种巨大的幸福而剧烈颤抖着。她张开嘴，正要轻声呼唤这个令她爱慕之极的人，突然，他飞快转身，面上带着一道长长的血红色的疤，狰狞之极。

他的头发很长，随意结了一根辫子拖在后面，身上衣服虽然破烂不堪，然而脸和手却很干净，脸上的疤虽然有破相的嫌疑，但放在他脸上偏生不让人这样觉得。他修眉星目，高鼻黑肤，委实是个仪表堂堂的汉子，浑身上下自有一股不羁豪放的气息，然而他的笑容里又带了三分孩子气。

这是一个足以让女人为之无奈、尖叫、发疯，如果得不到便恨不得杀死的危险男人。

可是他现在面上带着色眯眯的笑，两眼发亮，仿佛禁欲了一千年终于嗅到一点女人气一样，饥渴无比，回头眼睛亮晶晶地看着紫狐，惊喜道："美女姐姐！你是来看我的吗？"

紫狐满脸惊喜幸福的笑容凝固起来，怔怔看着阔别千年不见的心上人，一时竟半个字也说不出来。

无支祁咳了一声，古铜色的面上居然泛起一抹害羞的红，低声道："哎呀哎呀，太久没见到女人了，失礼……美女姐姐请进，美女姐姐请坐，美女姐姐喝茶。"

紫狐越看越觉得他像一个人，好像和记忆中那个跳脱不羁的坏孩子完全不同。他怎么、怎么——和柳意欢那淫贼一个德行了？！

她呆呆地走进去，坐下——只有一张破烂的茅草铺成的床，喝茶——就是一个破瓷碗装了一点茅草上滴下的水。一切都是如此简陋，简陋到让人不敢相信。这个曾经叱咤风云的大妖怪，居然一个人在这里被折磨了千年。紫狐低低咳了一声，想到他曾经的威风模样，眼眶慢慢红了。

"水不好喝吗？唉唉，这可没办法了。我这儿也没更好的……"话还没说完，紫狐突然一头扑进他怀里，紧紧抱住他，嘤嘤哭了起来。这一下真正让无支祁慌了手脚，想找一块手帕给她擦眼泪，结果他只有身上的破布衣服，好生尴尬，于是只得柔声劝慰："别哭别哭！这地方确实没什么好玩的，我一个人住了有一段时间啦。虽然不晓得你做了什么坏事被关来这里，不过以后有我们两个，好歹不寂寞……"

紫狐哭叫道："死猢狲！死猢狲！才千年不见，你怎么不认得我了！"

无支祁猛然一呆，紧跟着突然抓住她的肩膀，用力扯开，低头细细打量她，越看越惊讶，最后惊奇道："天啊……你、你是小狐狸？！你怎么变成美女姐姐……"

紫狐一面哭一面跺脚："一千年啦！我又不是笨蛋，当然是修成人形了啊！"

无支祁尴尬地抓了抓头发，呵呵笑道："好、好像确实啊……原来是你……原来是你哦……"他意兴萧条地放开紫狐，眼里亮晶晶的光芒顿时消失了，失去了这种花痴般的神情，他看上去倒有一种别致的忧郁。也是，任何人在这样一个地方被关了一千年，不发疯就算好的了。他这样一个曾经如同太阳般耀眼的妖魔，也被折磨得失去了往日的光芒。

紫狐不管不顾地扑上去，死死抱住他，哽咽道："我一直想着你！今天总算见到你了！这不是做梦吧？无支祁！你还好好活着！"

无支祁微微动容，抬手轻轻拍着她的脑袋，就像以前一样，带着一些疼爱宠溺。她像自己养的任性又可爱的宠物，发脾气的时候只要拍拍她的脑袋，那么她无论多大的怨气都会消失。

好容易等她哭了一阵子，慢慢平静下来，无支祁才问道："你怎么会来这里？也是犯了弥天大罪吗？"

紫狐摇了摇头，将自己千年来怎么修炼成人形，怎样认识了璇玑他们，最后怎样来到阴间的事情简单说了一遍，最后低声道："你知道吗？离泽宫那些人，一直为了救你出来而努力呢。所以……你别急，总有一天他们一定能把你救出去！眼下我来啦，我绝对不走，就在这里陪着你。"

无支祁眉头一皱，奇道："离泽宫？是什么人？我出事干吗要他们来救？"

紫狐轻道："你不认识海外的金翅鸟一族？离泽宫里都是这些妖魔。"

无支祁脸色剧变，厉声道："金翅鸟？！他们居然胆大包天打着救我的名号？！"紫狐见他神色不对，便奇道："怎么？你干吗这么大反应！"无支祁厉声道："那个卑鄙小人！当时若不是他帮着上界，我又怎会……"

话未说完，他立时闭嘴，将紫狐从床上拉起来，低声吩咐："你在这里，别出声。有人来了！"

紫狐乖乖点头，靠在他宽阔的背上，见他衣衫褴褛，头发也结得不成样子，心中不由得一阵酸涩，张开双手轻轻抱住他，只觉他没有反抗，心中又是一甜。她就这样靠着他，一会儿涩然，一会儿狂喜，对前尘后事竟一丝半点也不在乎。反正已经找到他了，和他在一起，哪怕马上死掉，她也毫不在乎。

茅草屋的门吱呀一声，被人从外面轻轻推开，半天，一颗脑袋从门外试探性地伸进来。那是一张莹白的小脸，黑发软软地垂在上面，两只眼珠犹如黑水晶一般，转了一圈，停在无支祁身上，似乎是在默默打量。

无支祁万万没想到进来的又是一个漂亮小姑娘，方才的满脸杀气一瞬间就变成了桃花满面，微笑着朝她招手，柔声道："不用怕，这里没坏蛋，进来呀。"话未说完，只觉紫狐在他背后狠狠掐了一把，他吃痛，险些跳起来，却见紫狐绕过他，笑道："璇玑！你也来了！快进来，这就是无支祁了！"

璇玑在门外点了点头，正要推门进去，忽觉后面一股大力袭来，腾蛇一脚踹碎了那可怜单薄的门，厉声道："无支祁！老子总算见到你啦！有种的出来和老子干架三百回合！"所有人都在他的大吼下怔住了，无支祁惊奇地看着他，最后摸摸脑袋，问了一句："你谁啊？"

腾蛇咳了两声，顿时有些尴尬。不错，当年无支祁在下界闹得一塌糊涂的时候，他也想下去找他打架来着，奈何白帝他们死活拦着，最后终于见到他，却是他被抓住之后带上天界审问判罪。他隔着人墙，看了一眼这个落魄妖魔，当时便有些被震住。

他从来没见过天界有被抓住之后还那么神气的妖魔，他的眼睛不会说谎，那不是狡诈恶人的眼睛，那双眼像烈火一样，充满了对人生的渴望和爱好，仿佛一切于他都是好奇，都是新鲜。他并不是落败在他们手里，他只是暂时累了，找个地方歇息一下，养足了精力——再战。

腾蛇从那时起就有了个想法，无论如何，总要找他打上一架，他才能甘心。对腾蛇来说，打架便是交流的最好方法，更甚于言语。

"这是腾蛇大人，无支祁，我们一起来的，刚才告诉你啦，你忘了吗？还有这位，是璇玑，她前世可厉害啦！是……"紫狐忙着打圆场。

"我知道，是战神将军么！呵呵。"无支祁突然呵呵笑起来，打断了她的话。璇玑刚进来的时候，他只觉眼熟，一时没想起来，只因璇玑虽然转世后容貌没有大变，但毕竟稚龄，容貌气质与当年鼎盛时期的战神还是有一定的区别。但他很快就发觉她的真实身份了，因为那双盯着自己看的，犹如黑水晶一般的眼睛，他以前看过，看过一次，就再也不会忘记这种眼神。

当年，她也是这样看着他，像是有点茫然、漫不经心似的，偏偏又犀利无比。高高举起的定坤，他以为下一刻就会将自己劈成两半，但她最后却缓缓收起剑，低声道："算了，你走吧。"说罢，她自己却先转身走了。

他在后面大声问她为什么，当时的她回头，很认真地想了想，最后带着一丝忧郁说道："你说得有道理，天界并不是什么时候都是正确的。"

他第一次遇到这种人，像是用琉璃雕琢出的人物与心肝，离着远一些，只觉她充满了寒光，锐利无比，令人不敢靠近。可是稍稍走近一些看，才会发觉，她这样矛盾。既天真又老成，既单纯又忧郁，实在不可捉摸。

最关键的是，她是个美人。无支祁一时兴起，叫道："美女！等等别走！你看……你既然不想杀我，我也舍不得和你动手，要不咱们干脆化干戈为玉帛，做个朋友好了，怎么样？"

他眼巴巴地瞅着她晶莹的脸庞，生怕这颗精致的脑袋摇上一下，或者突然反悔了又来杀自己。她犹豫了一会儿，突然问了一个他再也想不到的问题。

她问："朋友是什么？可以吃吗？"

这个问题让他愣了半天，跟着哈哈大笑起来，怎么也停不住。

他们一个在天上，一个在地上，做朋友之类的，完全是玩笑话，以后也有很长一段时间没有见面。不过他还真是蛮欣赏她的，一个女人呀，做到战神这一步，不管怎么说都是不容易的。他简直要拿她当作兄弟来看。

兄弟最后当然是没当成，他被心腹出卖，天上那帮子乌烟瘴气的神仙居然用美人计，又把这战神将军给派来了。他承认，自己对美人就是没辙，又输在她手上，结果她又没杀

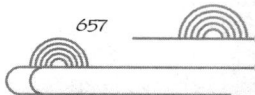

他，只告诉他："嗯，我知道朋友是什么了。咱们做朋友也不错。"

这句话差点让他下巴掉下来，一慌神之间，他被其他神仙给抓住了，再也动弹不得。

以后的事情便是审问啊，拷打啊，刑罚啊……最后他被关在阴间这块湿漉漉的破地方，一关就是一千年。

这一千年来他回忆往事，自己曾经多么风光气派，险些就用大水淹了天庭，然而这些想多了终究伤神。除了这些，他想得最多的，却是战神最后的那句话。她是当真的吗？还是配合天界耍了个小把戏，根本是骗他的。

无支祁嘿嘿笑着，见璇玑定定看着自己，和一千年之前一样的眼神，黑水晶一般明澈。

他咳了两声，一本正经地说道："美女，咱们做个朋友怎么样？"

璇玑怔了一下，似是想起什么，轻道："奇怪，这句话以前你好像也问过我？好熟悉的感觉……我们，嗯，以前见过吗？"

无支祁嘿嘿笑了几声，并不回答。紫狐在后面使劲掐他，疼得他脸色都变了，始终想不起自己到底什么事情得罪了这只任性的小狐狸。奇怪，以前小狐狸还是很可爱听话的，一千年不见，果然变了不少。

紫狐发泄般地掐了他一会儿，自己突然又心疼起来，牵着他破烂的衣角开始哭。无支祁被她一会儿哭一会儿笑的招数搞得束手无策，他平时是个跳脱不羁的性子，只有看到美人才会稍稍安静下来，摆出温文尔雅的模样接近。不过他这种温文尔雅在紫狐面前完全用不上，在他心里，紫狐和美人两个字完全搭不上边，狐狸就是狐狸。

于是他急道："你怎么一会儿哭一会儿笑！发烧了不成！"说罢在她白嫩的额头上重重拍了一下，"啪"的一声。哇，他丝毫不知道怜香惜玉四个字的意思啊……璇玑默默看着他俩，心里突然有些同情紫狐，她喜欢了一千年的家伙，原来是这德行。

紫狐噘嘴道："人家见到你欢喜得哭了，不行吗？好没良心的臭猢狲！我想了你一千年，你大概是一刻也没想过我吧？！"

无支祁懒得与她在这种小儿女情长的问题上纠缠，转头对璇玑说道："以前的事你好像都忘了。你以前在天上不是荣光得很吗？怎么也沦落到下界历劫了？是犯了什么罪？"

璇玑摇了摇头："我不知道，想不起来了。"

无支祁怜悯地看着，抬手很义气地拍了拍她的肩膀，叹道："安啦！以前的事也不用再想，以后我罩你。有啥困难叫我一声就成。"

他似乎完全忘记了自己是被关在阴间，身上捆了八条定海铁索，豪气丝毫不减。璇玑懵懂地点了点头，正要好心提醒他，他被囚禁的事实，忽听腾蛇在后面吼道："废话说完了没有？！都没人看到老子在这里吗？！"他被忽视得太久，终于爆发了。

无支祁皱起眉头，冷道："你谁啊？嚷嚷什么！"

腾蛇为他冷酷的态度气结，他等了一千年，一千年里到处找人问，无支祁究竟被关在哪里，就为了和他打一架，谁知见面之后他居然是这种态度，腾蛇高贵的自尊立即被刺伤了，颤抖着把手指指到他鼻子上，厉声道："出去！和老子打一场！"

无支祁伸个懒腰，对他冲天的杀气视而不见，淡然道："啊，抱歉，没兴趣。你左手和右手打吧。……来来，战神将军，咱们好好叙旧，真是……哎呀，千年不见了呢！你越来越年轻漂亮了……"一看到美女，他冷淡的神情立即变成殷勤，说话声音都变了。

腾蛇气得浑身发抖，抬手去抓他肩头，叫道："我看你是没胆子和我比！千年没动弹过，怕被我打趴在地上吧！"他的手指正要抓到无支祁的肩膀，只觉他身形突然一动，快若闪电，他竟抓了个空，紧跟着手腕一紧，竟被他攥在了手里。他身上拴着八条粗大的定海铁索，手劲居然丝毫不减，腾蛇被他抓住，一丝一毫也不能动。

他又惊又喜，急道："如何？！要和我打？"

无支祁丢垃圾一样把他丢开，拍手道："不打！再说了你到底是谁啊？谁给你进来的？我的地盘只欢迎美女姐姐，你个死男人快滚开！"

"你……"腾蛇第一次对一个人无语到要抓狂的地步。紫狐见他气得脸都发紫了，急忙出来再次打圆场："这位是腾蛇大人啦！无支祁你被抓起来也没人告诉我，要不是我在到处找你的时候遇到了腾蛇大人，他告诉我你被人抓住，我可能到今天还在找呢！你别这么不客气嘛！腾蛇大人这些年也一直在找你，出了很多心力呀。"

无支祁嘿嘿一笑，道："找我？只怕找我是没安着什么好心吧，他不是神仙么？"他鄙夷地把腾蛇从头看到脚，那种神情好像是说——他是神仙，真让人看不起，神仙都没什么好东西。

腾蛇的脸色极难看，似是马上就要发作的样子，紫狐急忙又道："你……你不要这样啦！腾蛇大人不一样的，他真是个好人。……对了，璇玑，你们是怎么找来这里的？没遇到别人吗？那个乌童呢？"

她怕这两个男人闹得不可开交，赶紧找璇玑岔开话题。璇玑嗯了一声，说道："我们一开始是去了火海地狱，后来遇到了判官，乌童被他们带走了，好像是生前做了许多恶事，要等候刑罚什么的……我和腾蛇说要见无支祁，判官就带我们去见后土大帝，然后我们就来了。"

"后土大帝？"无支祁面上轻浮的神情渐渐褪去，双目犹如冷电，钉在璇玑脸上，半晌，沉声道，"他让你们来做什么？"

璇玑并没有闪躲他锐利的眼神，在一片死寂下，轻声道："他让我来杀了你，了结所谓的因缘。"

话音未落，紫狐便惊叫起来，一把扯住她的袖子，急道："璇玑！你不要吓我！你是开玩笑的对不对？！"

璇玑静静摇头："不是玩笑，是真的。"

紫狐尖声道："你怎么能杀他？！你和他……从来也不认识，为什么好好的要你来杀他？！"

璇玑无话可说，无支祁突然笑道："怎么会不认识，小狐狸你闪边啦。这是我和她的事情，我来和她说个清楚。"他把紫狐轻轻推开，往破烂的茅草床上一坐，做出一副沉思状，半晌，才道，"咱们只见过两次，不过我一直也忘不了你。"

这句话说得极为暧昧，不单璇玑愣住，腾蛇皱眉，紫狐更是暴跳起来，脸色苍白地指着他，嘴唇颤抖，一个字也说不出。无支祁正色道："你这样的人，见过一次，谁也忘不掉。不过咱们可不是朋友，也没任何关系。你当时奉了上面的命令来杀我，我当然不会那么傻真送给你杀。嘿，你这样一个美女，我怎舍得下狠手，我只一直叫嚷着，说那些神仙的坏话，谁知道最后居然把你给说动了。当时我就想呀，这美女漂亮是漂亮，厉害也很厉害，就是脑子不太好使，胡言乱语她也能相信……"

璇玑咳了一声，低声道："你这不是摆明了耍人玩么？"

无支祁摇头道："不，我的大小姐，你可完全错了，你那么强，完全是你耍着我玩呀！说杀就杀，说不杀掉脸就走，我可没你这好本事。反正我看你真被我胡诌的话给说动了，就觉得其实你人还不错，又很厉害，于是有了惺惺相惜的意思，嗯，加上你又很漂亮……"

紫狐听他一直说很漂亮很漂亮，额上青筋不由得乱蹦，森然道："有屁快放！少说废话！"

无支祁又无辜地看她一眼，只得继续说道："然后我就想，就当交个朋友好了！谁知你这威风凛凛的战神将军，居然连朋友是什么都不知道，差点让我把眼珠子吓掉出来！"

当时他是大笑了一场，然而事后回想，却觉得好笑中带了一丝涩然。他虽然被很多神仙蔑称为野猴子、死猢狲，然而他的朋友却遍布天下，随便到哪里提到无支祁三个字，没有行不通的。他天性中就带了一丝不羁的豪气，什么三教九流的人都能称兄道弟，所以从来也不知道，天下居然有人连朋友二字是什么意思都不知道。

枉她这般花容月貌，身怀绝技，却是孤零零的一个人，平日里连可以说话的人都没有，日子究竟要怎么过？他真是想象不出来，偶尔想起当时与她连战三天三夜的事情，突然明白她为什么在激烈的厮杀中仍然能冷静自持，毫不动色。

因为她孤独太久了。

"后来嘛，天上那些神仙打不过我，就想了卑鄙的法子，收买走我的心腹。然后咱们第二次见面了。"

无支祁突然抬头，双眼亮晶晶的，对她一个劲笑："我有个问题，憋了一千年，就等着见到你本人问问你。眼下，你可算来了，务必要回答我。"

璇玑道："好，你问。我要是知道，一定回答。"

他慢悠悠地说道："那天你见到我，说和我做朋友也没什么不好的，是当真还是骗我上当？"

璇玑想了很久，无比认真，专注得睫毛都不动一下。很久很久，等得紫狐几乎要窒息，她突然开口道："是当真的。"无支祁轻声道："真的吗？我并不相信神仙。"

她淡然道："真的，因为我从来不撒谎。"

无支祁孩子气地瞪圆了眼睛，定定看着她。他的眼睛里仿佛藏了两个小太阳，再也没见过似他这般毫不遮掩、直率又明亮的眼睛了。他突然哈哈大笑起来，笑声嗡嗡，震得这简陋的茅草小屋几乎要倒下去，笑到后来，他又开始翻跟头，在原地一个劲地翻着跟头，一个接一个，欢喜得像一个孩子。最后，他猛然停下，气喘吁吁地躺倒在茅草烂床上，笑叹："我果然没看错人！"

紫狐又是欢喜又是难过，走过去轻轻拉住他乱糟糟的辫子，用手理了理，忽然抬头道："璇玑，我求你，求求你，不要杀他。"

这话一出，方才刚刚轻松一点的气氛又陷入了死寂。无支祁漫不经心地坐起来，扯了扯她的袖子，笑道："小狐狸，一脸死晦气样！我的事你别管。"

紫狐摇了摇头，柔声道："对你来说，我就是一只小狐狸罢啦，高兴的时候摸摸弄弄，有事情了就丢到脑后。不过对我来说，你是我所有的一切，比自己的命还重要。我绝对不要你死掉。一千年前，我还是狐狸，你被抓走我也无能为力，眼下我终于成人了，这一次应当可以为你做点什么。"

她的语气虽然淡淡的，说得波澜不惊，然而其中蕴藏的深情当真不可估量。无支祁整个人都愣在那里，好像完全不认识她一样。

紫狐低声道："璇玑，作为好朋友，我不该让你为难。不过你如果一定要杀他，请你允许我与他一起死。我的心意，你应当再明白不过了。"

不错，她确实很明白。同生共死，很简单，四个字而已。

璇玑别过脸，不去看她的表情。半晌，她才道："其实他说的事情，我很多都记不起来。所以有什么恩怨纠葛，我并不清楚。我只是……如果不杀他，我便回不去。另外，无支祁，你以前是个大妖魔，一定做了许多坏事吧？做下恶事，难道还不想受到惩罚？"

紫狐急道："他没有做过坏事！你什么也不知道！"

璇玑淡然道："做恶事的人，总会有许多法子为自己辩解，然而无论如何辩解，事实只有一个。他要是不害人，怎么会被囚禁？"

紫狐脸色苍白，怔怔说道："没错，事实只有一个，但对错没有绝对。你不能听信天界一家之言，就过来打抱不平。"

这话似乎有些耳熟，曾经也有人和她说过，世上没有绝对的黑与白，孰是孰非谁能轻易下断言。每个人都有自己的黑与白，所以每个人眼里的事实都是不同的。璇玑一直坚持自己的观念，从不认同其他人判定的对错，大师兄那时候说，这样不好，容易钻进死胡同。可她那样意气风发，淡淡给了他一句："别人也不要把自己的想法强加于我。"

可是，她现在年纪大了一些，看了更多的人、更多的事，渐渐明白固执己见是多么可怕的东西。人不能一直生活在自己的世界里，她为这样的自己付出了很大的代价，让司凤黯然离开，此时再想挽回，他却已经不在身边了。

璇玑吸了一口气，垂下头，轻道："我什么也记不得……"

话未说完，无支祁突然插嘴："什么也不记得，那你刚才说的话是骗人？"

璇玑一愣，顿时明白他说的是做朋友的事情，于是说道："不是骗人……你这样的人，谁会不愿意和你做朋友呢？"

无支祁嘿嘿笑了起来，从床上一跳而起，朝她走过去。紫狐急忙扯住他的衣服，轻叫："无支祁，你别……"他拍了拍她的脑袋，声音变得十分温柔："好啦，小狐狸。乖乖坐下，回头我再找好吃的葡萄喂你。"

紫狐眼圈一红，他还记得她喜欢吃葡萄。他们刚认识的时候，就是因为她嘴馋，爬到架子上偷吃人家的葡萄，结果那葡萄是他种的。她不甘不愿地被擒住，想了几百个法子要逃走，却怎么也逃不出他的掌心。后来他终于要放她离开，她自己却舍不得走了。

一直以来都是他远远地走在前面，偶尔回头看一眼，也是神采飞扬，并没有将她看在眼里心里。是她自己舍不得走，怨不得他。不错，她谁也不怨，只要他还活着，还能看到他，那就是世上最幸福的事情了。

无支祁走到璇玑面前，摸了摸她乱七八糟的辫子，笑道："走吧，既然是朋友，我也不能让你为难。不杀了我就不能回去对不对？咱们现在就动手，再来一场，是死是活，就听天由命吧！"

他这样潇洒，发怔的人倒成了璇玑。半天，她才喃喃道："我也有个问题，请你一定要回答我。"

"好啊，你问。"无支祁耸耸肩膀，一派轻松。

璇玑正色道："为什么要造反闹事？"

无支祁摸了摸下巴，想了一会儿，笑道："造反嘛……完全谈不上，是他们欺人太甚，看见有自己不能镇住的妖魔就要剔除。说起来……"

他两眼亮晶晶地看着璇玑，带着十分的孩子气，顽皮地问道："你不觉得上面那些神仙有时候也蛮讨厌的？"

这个答案果然是标准无支祁式的。璇玑呆了半天，突然咯咯笑了起来，无支祁也跟着哈哈大笑。两人面对面笑了好久，笑得紫狐和腾蛇都莫名其妙。最后璇玑点了点头，道："不错，有时候……真是很讨厌。"

无支祁懒洋洋地捏着胳膊，道："那……问题问完了，走吧，开始了。"

璇玑突然摇头，说道："不打了，我不想杀你。我不会杀自己的朋友。"

无支祁对她这个答案也完全不惊讶，只斜着眼睛道："不杀我你可回不去哦，只能和我一样被关在这里。"

"就算回不去我也不杀你，而且，就算他们不送我回去，我也一定能找到办法出去。"

无支祁抠了抠脸皮子，伸了个大大的懒腰，笑道："好，可惜我不能送你出去。"

璇玑问道："你身上这八根铁链，就是定海铁索？"

"咦，你也知道啊？对了对了，我还没问你呢，你怎么会转世历劫？战神将军当年可是声势浩大，立功无数呀！难道天帝他老人家也看你不顺眼了？"

璇玑老老实实摇头："我也不知道。有些事情能想起来，有些事情却怎么都想不起来。"

"你不知道的事情可真多……"无支祁喃喃说着，想了想，道，"大概是你的记忆被人抽走了，天上那些神仙同僚应当有知道的吧？怎么不问问……哦，这位，叫什么蛇的？问问他呀。"

他指着腾蛇，从腾蛇进门开始，他这才第一次真正注意到他，居然还是不肯和他说一句话。腾蛇怒得脸色铁青，居然没和他吵，只沉声道："我知道的也不多。依稀知道她当年是犯了事，具体是什么罪名，只有上面几个老爷子才清楚。"

无支祁眼睛一亮："哦哦！你叫他们什么？老爷子？你这人有趣得紧嘛！"

腾蛇冷冷看他一眼，淡然道："正好相反，天下闻名的无支祁让我觉得十分无趣。"

无支祁一点也不恼，只哈哈笑道："不就是打架嘛！有什么好抱怨的！腾蛇是吧？我记得你了，回头陪你打个十天十夜！别叫苦就行啦！"

要不怎么说腾蛇单纯，他眼睛登时就亮了，急道："现在就打！"

无支祁挥着身上八根沉重的铁索，似笑非笑："你也真好意思呀，和我这个被捆住的人打架。"

腾蛇毫不在意，蹲在他身边，抓起一根铁链，道："这有何难，我马上替你把这铁链给烧了。"他立即便要放火，璇玑急忙拉住他，摇头道："不行！你放了他，我们怎么和判官师父交代？"

"交代个屁！"腾蛇才不管三七二十一，咔嗒一声，天下闻名的定海铁索立即被他烧掉一条。

无支祁挥手拦住他的动作，笑道："不用不用，我还在这里等人，眼下不想出去。打架的事情我记下了就是记下了，绝不会食言。等我出去之后，一定会去找你，腾蛇。"

腾蛇当即点头："那好，君子一言……"

"快马一鞭！"

两人击掌为誓，互相轻笑。

看起来不管是猴子还是神兽，只要是雄性的，友情都是来得奇快无比。

璇玑说道："你是在等离泽宫的人吧？定海铁索已经被他们破坏了好几根啦，连铁索的钥匙都被他们找到了，估计很快他们就能把你救出去。你……"

她欲言又止，无支祁却立即明白了她的意思，将手指一搓："知道啦！地府那帮混账，我一个也不碰！"

璇玑笑了笑："那我们走了，你一个人要保重。我等着在凡间再与你相逢，请你喝酒。"

无支祁呵呵笑道："你一个小女娃能有什么好酒……罢了，多谢盛情！一定一定。"说完忽又皱了皱眉头，"不过要等我找那帮什么宫的妖怪，把旧账算了再说！"

璇玑本想问问他，和离泽宫有什么恩怨，不过看他的神情，似是不愿说，于是点了点头，转身便走。一直走到门口，突然发现紫狐没跟上来，她低声道："紫狐……你是要留下吗？"

紫狐柔声道："嗯、璇玑，腾蛇大人，谢谢你们。我……"

"小狐狸留下啦，我一个人被关了一千年，你这么迟才找过来，这就想走？可没那么容易！"无支祁笑嘻嘻地勾住她的肩膀，使劲晃了几下，"不许说要走！你必须留下陪我！"

紫狐笑了笑，缓缓点头，甜甜说道："是呀，我要留下来陪无支祁。璇玑、腾蛇大人，以后我们一定还能再见的。"

她的表情那样幸福，俨然是心满意足。因为那里有无支祁吗，只要和他在一起，就算睡在烂稻草上，没东西吃，只能喝露水，她也比什么都幸福。

璇玑回到邑都的时候，一直在想着这问题。

如果是禹司凤，她是不是也能像紫狐那样抛开一切，只要与他在一起，便觉得幸福？她想象不出来。他不在身边。其实他只离开了一两天而已，为什么她却觉得他们已经分别了一生？好漫长的一生，萧索的一生……


见到判官的时候，他脸上的神情清楚地告诉璇玑，他什么都知道了，她没杀无支祁，甚至还纵容腾蛇烧坏了一根定海铁索。

璇玑一个字都没说，她也不知道该说什么。良久，判官才长长叹了一口气，低声道："璇玑……有些事，走错一步，就再也无法挽回。"

"我没错。"她同样低声回答。

"兴许你再也回不到天庭了，甚至会不停地转世轮回历劫，真正成为天界的罪人。你也不后悔？还说自己没错？"

璇玑摇头道："判官师父，我的事情，我自己决定！决定了，就不后悔！"

判官凝视她良久，最后轻喟一声，道："罢了，我送你们回去吧。"

回到少阳峰之后，璇玑还不敢相信，判官和后土大帝这么轻易就放过了自己，还把她准确地送回少阳派大门前，一分一毫也不差。

他们让她杀了无支祁，了结这段因缘，她非但没做到，还和他成了朋友，约好了等他出来一起喝酒。这事现在想想，简直荒唐。她连无支祁当年为什么要造反闹事的具体理由都没搞清楚，可就是无条件地选择了相信他。

他的眼睛那样明亮率直，那绝不会是坏人的眼睛。她愿意相信他。

为了这份信任，她甚至做好了和后土大帝他们力争一番的打算，可他们却什么也没说。这是为什么呢？

她这一去不周山，就是两天，少阳派上下已经收拾整理得差不多了，何丹萍天天在峰顶盼着她回来，眼睛都哭红了，终于见到璇玑冉冉降落，她激动得将她死死抱在怀里，璇玑说了许多话，她都没听进去，始终只念叨着一句："回来就好！"

少阳派这次被妖魔突袭，出乎意料，死伤居然并不惨重。大抵还是因为众人反应迅速，并没有以卵击石，倘若不顾一切和妖魔硬拼，想来真会遂了乌童的心愿，上下全灭。璇玑最记挂玲珑和钟敏言的伤势，由于钟敏言吃了不死果的汁水，虽受重伤，居然比玲珑好得还快，上午已经能睁眼说话，第一句话问的就是玲珑。

这一遭虽然少阳上下并没有大损伤，然而在人心上却印下了不可磨灭的痕迹。妖魔的强劲，凡人面对妖魔时毫无抵抗能力的软弱，令他们终于意识到惨痛的事实——修仙者并没有他们自己想象的那么厉害，人外有人，天外有天。是时候收拾起曾经的骄慢傲气，重新悟道了。

柳意欢说过，做神就要有神仙样，做妖怪呢，也要有妖怪的样子，于是做人也当有做人的模样。连人也做不好，怎么修仙？褚磊对这句话深有感触，回首少阳派数百年的基业，竟全与这句话背道而驰，因一点成就而沾沾自喜，进而忘本。今次的打击不光是予他一人的，也给了少阳派数百年的根基一个大震撼，有些观念，是时候更改了。

少阳派上下如何破旧出新，并不是璇玑关心的事情，她眼下最关心玲珑的伤势，每天都守在她床边，等她醒过来，哪怕她还不能说话，两个人用眼神看着，互相微笑，也是极好的事情。

不过自从钟敏言能下床走动之后，璇玑便不再每天陪着玲珑，他们两人从生到死一瞬间齐齐经历过，自然有无数话要说。只可惜玲珑抹脖子那一剑太狠了，大约是伤到了喉咙，说话声不复从前的甜脆，变得沙哑粗嘎，她自己觉得难听，常常落泪自怨自艾，钟敏言少不得温言抚慰一番，只将她哄得破涕为笑才行。若放在从前，玲珑使些小性子，他欢喜的同时也会觉得厌烦，但现在当真是甘之如饴，巴不得她多使性子，要他捞月亮也好，摘星星也好，只要她活着，两人的手牵在一起，就什么都没问题。

这日璇玑又去玲珑房里看她，走到门口，只听里面有人说话，似是钟敏言的声音。她微微一怔，一时倒不好进去，只怕打扰了他们，正转身要走，却听钟敏言说道："你也别总操心璇玑和司凤的事，璇玑是个自己有主意的人，她虽然嘴上从来不说，但心里很有数。你只管安心养伤，伤好之后，她才能放心离开。"

璇玑心中一动，只听玲珑低声接道："其实好得也差不多了，就是这嗓子……你说，咱们和她一起去找司凤好不好？"

钟敏言笑道："他们两人的事情，咱们不好插手，要是一帮子人都跟着去，让他俩怎么说话呀？我看司凤是个闷闷的性子，说不准就又惹恼了他，不肯见璇玑呢。"

璇玑听他们絮絮叨叨低声说话，说的都是她和司凤的事，不由得有些脸红，然而想到万一禹司凤真的不肯见她，躲起来，那可怎生是好？正想得焦头烂额，忽然肩上被人一拍，她吃了一惊，却见楚影红和亭奴、柳意欢他们几人站在后面，对她呵呵笑。

"怎么不进去，在外面偷听他们说话？"楚影红笑吟吟地打趣，"是不是看人家两个小情人甜甜蜜蜜，自己难受？"

璇玑急忙辩解："我才不是……"

"好啦好啦，你们那点小心思，红姑姑怎么不清楚。"楚影红拍拍她的脑袋，道，"司凤那孩子傲气十足，只是年纪还小，难免有些事想不通。以后就会想通了。"

璇玑怔了一会儿，叹道："他……是妖怪，爹爹和娘一定不喜欢。"

楚影红笑道："这孩子越发没长进了！你自己喜不喜欢才是最重要的。再说了，妖怪怎么了？人就比妖怪好吗？我看那乌童比妖怪还可恶一千倍呢！你爹娘要是反对，红姑姑就帮着你！"

璇玑低声道："我也不是介意这些啦，就是怕他们不开心。"

楚影红正色道："你爹娘可不是食古不化的老顽固，儿女都大了，他们自己的想法才重要。做父母的，岂能擅自用自己的想法强加在孩子身上？以后过日子的可是你们自己。"

璇玑笑了笑，没说话。柳意欢哼了一声，道："说来说去，你反正就是对不起小凤凰，遇到你这样的女人，算他倒霉……"他始终觉着是璇玑把禹司凤给气走的。

亭奴柔声道："璇玑，接下来你有什么打算？"

这问题倒有些问住了她，乌童也死了，无支祁她也见过了，前世的事情她也不打算追究，接下来……接下来她要做什么？璇玑想了想，才道："等玲珑的伤好了，我就下山去找司凤，这次不管离泽宫的人怎么挑衅，我也不生气了，绝不打架，和和气气地和他们谈。"

柳意欢笑道："傻子！你肯和和气气地，人家肯吗？再说了，小凤凰肯吗？"

璇玑淡然道："他不肯，我就一直等着，等到他肯为止。离泽宫也挺大的，我就在那岛上住下，他一年不出来，我就等一年，一辈子不出来，我就等一辈子。"

柳意欢"嗤"地一声笑出来，道："他也未必在离泽宫，你干等着有什么意思？不过似你这样千里追夫，倒也算个佳话。"

璇玑孩子气顿发，笑道："不是千里追夫……嗯，这是我一个人的行动，我给它取名追凤行动！天涯海角，总是要把他追到才甘心！"

话音一落，玲珑房间的门吱呀一声开了，钟敏言笑问："什么行动？就听你在外面说话声最大。"他见楚影红他们也在，急忙行礼，将他们请进屋子。玲珑脖子上缠着一圈白布，还有些虚弱，撑着床边要下来行礼，早被楚影红拦住。

"我们来得可不巧了。"她打趣，"早知道有他在，咱们应当晚些再过来。"

说得两个年轻人都有些不好意思，玲珑娇嗔道："红姑姑你就喜欢打趣这些！"楚影红哈哈笑道："这可不是打趣了，有人动作比我说的还快呢！你不信问问他，昨天晚上是谁在掌门房前跪了大半夜，求他把女儿嫁给自己？"

原来钟敏言是个急性子，等不得玲珑和自己伤势痊愈，早早就跑去向褚磊提亲，又怕他不同意，毕竟自己是少阳弃徒，所以干脆跪在褚磊房前等他回来。谁知昨天褚磊偏偏忙于事务，与何丹萍回屋的时候才发现他，彼时他已经跪了大半夜，差点站不起来，结果又被褚磊大骂一通不爱惜身体。

幸运的是，骂归骂，两人还是同意了玲珑的婚事。钟敏言是他们看着长大的，像半个亲生儿子，虽然他行事莽撞，不太稳重，但毕竟还只是少年人，未经历过大风浪。这次事情一过，相信他也成长了不少，加上他和玲珑青梅竹马，从小就情深义重，两人也早有玉成之意。今次钟敏言自己诚恳相求，他们也就顺水推舟地答应了。只等玲珑伤愈之后选择一个吉日，先行文定之礼。

钟敏言还没和玲珑说提亲的事，眼下被楚影红戳破了，不由得闹了个大脸红，偷偷朝玲珑那里看去，只怕她脸皮薄，发脾气。谁知她只愣了一下，紧跟着却晕红满面，啐了一口，喃喃低声道："别……别说啦！大白天的，说这些干吗……"

众人忍不住都乐了，笑了一通他俩的小儿女情态，又说起定海铁索的事情。璇玑将在阴间遇到无支祁的经过大概说了一下，至于无支祁和离泽宫那些人曾经有什么恩怨纠葛，唯有他们自己才知道了。

钟敏言听她提到离泽宫，便说道："我一直没找到机会和师父说，那天若玉杀我之前，说了许多离泽宫的事情。"他将若玉的话一一重复出来，最后说道，"司凤是大宫主的儿子，所以我想他绝不会有什么危险。他们这一族的目的就是破坏铁索，放出无支祁。先前不知无支祁是什么妖魔，做了什么恶事，但听璇玑说他不像是坏人，我想这事也不用过

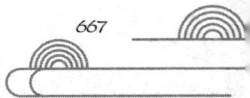

于担心。大宫主想灭了修仙门派，光凭他一人之力，也掀不起大风浪。"

柳意欢脸色有些难看，喃喃道："那小子怎么知道这样多！还到处乱说！真要传开了，对小凤凰可没好处。"

钟敏言忙道："我不会说出去的！今天只是在这里提了一下。"

"知道没你的事！"柳意欢翻他一个白眼，"也就你这样的傻子才会被他给骗了！还兄弟！兄弟会捅你一剑？"

钟敏言脸色有些难看，半晌，才道："他……自有他的苦衷吧……他妹妹那样……"

"还妹妹！你居然还相信他！真是无可救药！你怎么知道他妹妹的事是真的？！再说了，就算真有妹妹如何，也不能改变他骗你，从未真心待你的事实！你的同情心用得未免太不是地方！"

钟敏言干脆不说话了，柳意欢发了一通脾气，腾地站起来，掉脸就走，一面道："我有急事，先离开少阳派，大妹子你替我和褚掌门说一声，我就不去和他告辞了。"

楚影红急忙答应一声，问道："柳兄不如吃了晚饭再走吧？"

话才问完，他人已经消失了。

柳意欢气呼呼地走了，其他人也有些坐不下去。楚影红笑道："罢了，这位柳先生就是个直脾气，不过他说得也有道理，敏言，防人之心不可无，你要注意一些。我也得走了，你好好照顾玲珑。"

钟敏言点头称是，将她和亭奴送出去。璇玑正准备走，袖子却被玲珑扯住，她心领神会，当即坐到床边，握住她的手，柔声道："有什么事要和我说？"

玲珑抿紧唇，半晌没有说话。她方才因为喜悦而晕红的脸，如今看来竟有些苍白，眼神更是深得望不到底。璇玑微微心惊，低声道："玲珑？"

她眨了眨眼睛，才轻声说道："你说……乌童已经死了，是真的吗？"

璇玑喉头哽了一下，想起她曾被乌童囚禁的那段日子。她真傻，虽然玲珑不说，然而看乌童临死时的情态，加上眼下玲珑心神不宁的样子，她立即明白这两人之间一定发生了什么事情。

"他……怎么死的？"玲珑问得很低声。

璇玑叹了一声，轻轻将当时的情况一丝不漏地说给她听。或许她应当编个谎话，告诉她乌童被自己砍死了，不将他最后发狂的样子说出来，可是不知为什么，她竟就这样直白地全讲了出来。

玲珑脸色苍白，听到后来乌童拽着璇玑的手腕，却叫她玲珑的时候，她的嘴唇都哆嗦了起来。璇玑见她神态有异，立即住嘴不说。玲珑怔了很久，才轻道："嗯……就这样死了，也好。死了也干净……"

璇玑没说话，这是她与他的事情，她根本插不上嘴。

玲珑慢慢抬起手，按住胸口——那里跳动得十分激烈。她甚至分不清自己这一刻到底是感到极度的畅快，还是极度的震惊。又或者那畅快中还夹杂着连她自己都不愿承认的伤心，震惊里混杂了一星半点的无奈。

这样复杂的感情，她不知如何面对。她生命中所有强烈的情感只分给了两个人，一个是爱到极致的钟敏言，还有一个是恨到极致的乌童。如今乍然失去一个，她有一种说不出的空虚感。

"你没事吧？"璇玑低头看她。她摇了摇头，半晌，神色终于渐渐平静，轻道："没事，只是突然听到他死那么惨，有点震惊……"她忽然微微一笑，笑容虽然依旧明媚耀眼，却不再是以前那般天真无邪，眉宇间竟染上一股清愁，"我没事。就是累了，想睡一会儿。"

璇玑替她掖好被子，轻轻推门走了出去，没走几步，便在拐角处见到了钟敏言，他靠在柱子上，望着高远的天空，不知想些什么。她慢步走过去，只听他叫了一声："璇玑。"

她停下，站在他身边，没有说话。钟敏言低声道："我应当谢谢你……很多事。"

她淡淡笑道："六师兄怎么突然客气起来了，大家都是同门，你们的仇就是我的仇。"

虽然褚磊还未重新收钟敏言回少阳派，然而在璇玑心里，他始终是那个从来不给她好脸色、急躁却很善良的六师兄。

钟敏言也笑了，忽然回头看着她，认真说道："还有——对不起，一直以来都没给你好脸色。都是我自己的问题，其实与你无关。你是个好姑娘。"

璇玑冷不防他突然这样和自己说话，不由得涨红了脸，哑口无言地瞪着他。钟敏言继续说道："我只想告诉你，其实我没有讨厌过你。"

璇玑"啊"了一声，垂下头，小声道："真的吗？我以为……"她一直以为钟敏言很讨厌自己，恨不得她赶紧消失。原来不是这样吗？那他为什么……

"真的。因为……我是个傻瓜。"他笑了一声，见她一头雾水，茫然地看着自己，便拍拍她的肩膀，道，"嗯，没事了。你是不是要下山去找司凤？等我和玲珑文定之后再去吧，我们也帮你找。"

璇玑还搞不清楚他到底是怎么回事，怔怔地看着他似是放下什么心事一般，一身轻松，吹着口哨转身走了。他倒是了结了一桩心事，只是郁闷了璇玑，苦苦思索一晚上，还是不明白他到底什么意思。

虽说众人都挽留璇玑等玲珑和钟敏言的文定之礼办过之后再走，然而她还是找了一天晚上，带着腾蛇，静悄悄地下山了。

柳意欢离开了少阳派，不知去了什么地方。亭奴似乎很喜欢少阳派的气氛，加上妖魔突袭，少阳派死了两位长老，伤了一个和阳，目前急需一个能人指点迷津，长老们对亭奴都十分佩服，他便留在了少阳派。

璇玑本来也没打算和他们一起去找司凤，对于她来说，这是她和禹司凤两个人的事情，不想牵扯许多人，她要一个人找到他。唯一可惜的是，她看不到玲珑的文定，不过也没关系，爹爹说要等玲珑到了十八岁，才能正式成婚，到时候她会带着司凤一起去看穿着嫁衣的玲珑。

彼时月色如水，璇玑带着腾蛇御剑静悄悄飞下山，从后山小路走出去，树林里安静无比，偶尔有夜枭叫几声，凉风飒飒，月色给树叶树枝都镀上了一层暗暗的银色。这一去，不知要多久才能回来看到这熟悉的景致了。璇玑有些感慨，抬手轻抚树干，回头见腾蛇静静站在旁边，一反常态，并没有嚷嚷。事实上这几天他都特别安静，也不知有什么心事。

璇玑笑道："难得，你肯这么安静地和我走。不是舍不得那些美食吗？"

腾蛇从鼻子里哼出一股气，说："你烦不烦！男人的事，你个女人懂什么！"

璇玑取笑他："你算什么男人了，充其量是个雄性野兽。你是不是在想和无支祁约定打架的事情啊？"

腾蛇被她说中心事，更是烦躁，急道："和你没关系！我可告诉你，不许你插手！"他像个好容易抢到宝贝的小孩，生怕再给别人抢走了，如今这别人不是谁，正是璇玑。他恶巴巴地瞪着她，充满了一种你要敢和我抢，我就和你誓不两立的气势。

璇玑懒得理他，切了一声，悠然道："我才懒得插手，两个臭男人打成一团，很好玩么？"她转身往山下走去。腾蛇见她这种优哉游哉的样子，倒好奇起来，赶紧追上去，连声道："打架很好玩，你真的不想来？要不和他打之前，咱俩先练练？"

"才不要。"璇玑摆摆手，笑道，"我才不和野兽打架。"

腾蛇使劲诱惑："很好玩的，来吧！来嘛来嘛！"

璇玑在他脑袋上用力一拍："来你个头啦！快走！成天不是打架就是吃饭，以后出去不要说你是我的灵兽！"

说到这里，她突然想起腾蛇说过，要她答应以后不管什么时候，他要求撤销契约，她都必须听从，不由得说道："对了，你以前不是说要撤销契约吗？这契约到底怎么撤销才能成功？"

腾蛇愣了一下，脸色突然铁青，冷道："干吗，你要撤销契约？好啊，老子求之不得！撤销就是了！"

璇玑哭笑不得："我……就问问而已，何况明明上次是你自己说……"

"怎么了？老子这么尽心尽力帮你，你真不识好歹！"他简直强词夺理。

璇玑干脆闭嘴不说话，安安静静走路。腾蛇却憋不住开始唠叨，一会儿说她冷酷无情，一会儿说撤销契约他是求之不得，翻过来倒过去不知说了多少遍，听得璇玑耳朵里几乎要出老茧。她突然抓住他的手，回头一笑，道："好啦，别唠叨了。我可不会撤销契约。"

腾蛇怒道："谁管你撤不撤销！反正我……"

"好啦，是我舍不得撤销，可以吗？腾蛇你这么能干，我怎么舍得撤销契约呢？"力辩不成，她开始温柔撒网，腾蛇果然是吃软不吃硬的家伙，被她这样一番温言软语，立即没了脾气，嘿嘿笑道："这还差不多。哼哼，是你舍不得我哦，我勉为其难再帮你一阵子吧。"

璇玑偷偷笑了起来，拽着他的手，走下山坡。

前路虽然茫茫，不过，司凤，你等着，我一定很快就会把你找回来！


已经一连下了五六天的雨，风从海上吹来，带着缠绵湿润的凉意。这种连续的阴雨是离泽宫弟子们最常见，也最不喜欢的。海岸上只有零零星星几个弟子，也都是被凛冽的海风吹得瑟瑟发抖，跑了几步就往回赶。

远远的，仿佛是有人在弹七弦琴，铮铮淙淙的声音，错落有致。像是随手弹就，没有章法，然而那七弦声缠绵宛转，似要勾起无限愁肠，相思浓得化不开。曾经听到许多美妙的曲子时，他也会由衷地赞叹是天上仙曲，凡间听不见。可是，错了，错了。那分明是红尘中的乐曲，只因曲中有情。

修长的手指缓缓拨动着七弦，低婉的宫调，像她一垂首的瞬间，粉荷滴露；高亢的羽调，是她舞剑时纤腰楚楚，风回雪舞；错落分致的徵调，是风拂起她柔软的黑发，一根根流光溢彩；平和中正的角调，是她微笑时黑白分明的双眸，静静看着自己；忽隐忽现的商调，是她唇角隐约的梨涡，那样俏皮可喜。

宫商角徵羽，他将她一整个人在指间细细摩挲，一点一点勾勒出来。

他已经在窗前坐了很久，细细的雨点从外面洒进来，打湿他垂在胸前的长发，他秀长的睫毛上也沾染了一些水汽，微微颤动，像受惊的蝴蝶翅膀。

他还在回想——或许也不是回想，她的一颦一笑，闭上眼就十分清晰，就好像她活生生站在眼前一样。他似乎想到什么喜悦的地方，手腕微颤，七弦琴发出极缠绵的音色，似水面波纹微澜。

一阵脚步声打破了这一刻的婉约，紧跟着，门被人推开，一个低沉的声音说道："司凤，在离泽宫里不要弹奏靡靡之音！"话音未落，只听"嗡"的一声，断了一根弦。禹司凤起身，将七弦琴放在一旁，回头淡然道："是，师父。"

来人正是大宫主，他面色铁青，双眉紧蹙，显然心情极其不好，走到案旁，将手里一叠纸往上面狠狠一砸，厉声道："这乌童，好大的胆子！不周山的兵马是专门让他驱使的吗？！"

禹司凤一声不响，将那叠纸拿起，上面的东西让他的眉头微微皱了起来。原来不周山藏着离泽宫准备的许多人马，打算日后时机成熟，攻进地府，救出无支祁。而让大宫主

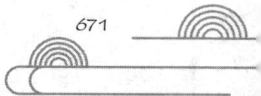

发怒的原因，是乌童擅自调用了这些人马，去攻打少阳派，然后全军覆没。根据留守不周山的手下线报，乌童畏罪逃走，中途遇到了前来报仇的少阳派弟子，双方一起杀入阴间大门之内，至此不知所踪。

他甚至不用猜就知道所谓来报仇的弟子是谁，有谁能轻而易举来到不周山，将乌童逼进阴间？

璇玑！他手上一颤，纸张散落在案上。禹司凤不动声色地重新收拾好，只听大宫主说道："损了那么多人马，却连人家的皮毛都没伤到，这乌童，他死了倒是便宜，若还活着，非得让他尝尝离泽宫的手段。"

禹司凤道："人既然已经死了，师父也不用过于挂心。我一直有个问题，当年五大派通缉乌童，他后来怎会为离泽宫所用？"

大宫主笑了一声，悠然道："不过是凑巧，见到一只快死的狗，救了他，他便缠了上来。可惜，狗到底是狗，最后还是被他反咬一口。"

他看了禹司凤一眼，又道："你莫担心，那姑娘命大得很，死不了的。"

禹司凤没说话，半晌，才道："师父接下来要怎样做？"大宫主道："只有我亲自去一趟阴间了……"

话未说完，只听门外有人报道："丹牙台火柱点燃，副宫主回来了。"

大宫主面色一沉，起身便走，忽然想起什么，回头道："司凤，你也一起去。你也到了该参与这件事的年纪了。"


离泽宫分为两重宫阙，一重樨斗宫归副宫主，二重金桂宫由大宫主执掌。两重宫阙之间隔着一座巨大的石台，上下涂满朱砂色，名曰丹牙。每逢有重要事情需要两位宫主一起磋商，丹牙台上火柱便被点燃，作为讯号。

禹司凤和大宫主赶到丹牙台的时候，副宫主早已等在那里。他迎风站着，青袍飒飒作响，若玉垂头站在他身旁，见到大宫主，立即下跪行礼。

"这些日子你又不知所踪，眼下居然还有脸回来。"大宫主冷冷说着。

副宫主咯咯笑了两声，转头柔声道："大哥待我何以这般刻薄，总算大家都是齐心协力办这件事，我可不能一直待在宫里。"他见禹司凤站在后面，声音忽而放得更柔，笑道，"大哥，你怎么带他来了。当年不是和柳意欢定下誓约……"

"不要说废话。"大宫主眉头微微一蹙，"你点了丹牙台的火，有什么重要事？"

副宫主笑道："若玉，把钥匙给我。"若玉立即从袖子里掏出一个丝袋，恭恭敬敬地放在他手里。"这事不但重要，还很好。大哥你可知，这是什么？"他从丝袋中取出一个物事，纤细苍白的手指轻轻捻着——那是一串八根玄铁钥匙，大约有人的手指那么粗，手掌那么长，在他手里轻轻撞击着，发出闷闷的声响。

大宫主一眼看去，顿时吃了一惊："这是定海铁索的钥匙？！你从何处弄到的？！"

副宫主微微摇晃着那串毫不起眼的钥匙，呵呵笑道："大哥你总觉得我什么都不会，就应当在你后面跟着，什么都听你的。我可不愿做这种傻瓜。钥匙怎么弄的，你可以问问这孩子，他很清楚。"他下巴朝禹司凤那边指了指。

大宫主不无怀疑，定定看了他一会儿，才将眼光移到禹司凤身上，问道："司凤，怎么回事？"

禹司凤说道："是在浮玉岛上得到的。浮玉岛下没有定海铁索，却藏着定海铁索的钥匙，副宫主大约是买通了岛上的欧阳管事，将钥匙偷了出来。那欧阳管事也是妖，由于东方岛主对他有恩，所以留下报恩的。"

副宫主笑道："不错，不过你说错了一点。欧阳不是我买通的，他一直都是我的手下。当年他向我告假，说要去报恩，解释了前因后果，我便有此计谋，要求他报恩之后就设法将钥匙偷出来。本来我还怕他不忍，此人倒真是条汉子，恩怨分明，报完恩立即就成了陌生人，连我都有些佩服呢。"

大宫主冷笑道："是啊，真是条汉子。我竟不知道你手下有这许多能人义士，了不起！什么时候开始搜罗人才的？连我这做大哥的都被蒙在鼓里。"

副宫主叹道："我就知道大哥会疑我，你我是兄弟，又何必如此，难道我还会害你不成？我的手下不也等于你的手下么？我也是为离泽宫办事呀。呵呵，再说了，大哥你也说过，我有什么小心思，你心里都明白着呐，我哪里还敢有妄念？"

大宫主并不说话，只是冷笑，笑声令人浑身毛骨悚然。半晌，他才止了笑声，淡然道："既然钥匙已经到手，那便万事俱备，只等阴间大门敞开，进去救人便好。"

副宫主道："只是这人选难以抉择，要能做大事的，还要稳重、禁得起风浪、身手不凡……最关键的，得是心腹之人。不知大哥可有好的人选？"

大宫主淡然道："你手下都是能人，何不先提供几个？"

副宫主似是早知道他会有此一说，便吩咐道："若玉，你愿意去阴间跑一趟吗？这是九死一生的活，想想清楚再回答。"

若玉立即跪下，沉声道："弟子万死不辞！"

副宫主笑道："大哥，你看这孩子如何？"

大宫主未置可否，只上上下下打量他，目光犹如冷电一般，若玉心中惊悚，不由自主垂下头。过了一会儿，只听头顶有人笑了一声，声音却比冰雪还要寒冷："原来你就是若玉。嗯，若玉，若玉……那个会杀同门的若玉！"若玉心中一寒，头顶风声响起，他知道是大宫主的掌风，他是要一掌拍死他，为禹司凤胸口那一剑报仇！那一个瞬间，他胸中转了无数个念头，最后却变成一片虚无，万念俱灰地闭上眼睛等死。

副宫主急道："大哥手下留情！"说罢在他手腕上一架，将他的掌力化去了大半，然

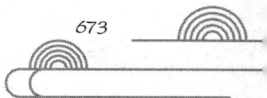

而那一掌到底还是拍在了若玉背上，他身子微微一颤，双手猛然撑在地上，剧烈喘息着，慢慢地，有鲜血从他面具下渗透出来，滴在地上。

大宫主森然道："如此狼子野心，杀戮同门的人，岂能委以重任？！岂能留在宫中？！"

副宫主柔声道："大哥，你要是生气，直接来找我罢了，何必迁怒一个孩子？"

大宫主甩开他的手，冷道："你的胆子越来越大了。"

副宫主笑道："我的胆子其实不大，从小到大都不敢做任何出格的事，哪里比得上大哥你，瞒着这许多人，居然还稳稳当当地做着大宫主，人人都夸赞你，倘若他们知道你当年……"

他的话并没说完，因为大宫主的目光冷若玄冰，定定望着他。虽然他不说话，但那种目光很明确地提醒他：如果说下去，他会毫不顾忌任何兄弟感情，出手对付他。副宫主于是一笑，轻道："大哥，他走便走了，你又何苦将他带回来。又要护着他，又要操心无支祁的事，你也太辛苦啦。"

大宫主嘿嘿两声，说道："罢了，此等废话如今说来还有什么意思。你那里当真没好人选吗？"

副宫主耸肩道："我选了若玉，可是你眼下把他给打伤了。"那语气，竟似是在怪他。大宫主沉吟半晌，其实他原本就打算亲自去阴间救人，这事交给任何一个别人，他都不会放心。他正要开口说出打算自己去的意思，忽见副宫主垂下眼睑，一副漫不经心的模样。

这种模样他很熟悉。大宫主始终认为一个人要做到对任何事都不动声色，才能真正成功。所以他并没有把副宫主太放在心上，因为他有个很大的弱点——只要他想骗人，出坏点子的时候，必定会垂下眼睑，做出一副无辜的模样。

这一刻，他又垂下了眼睑，俨然是打着小算盘。大宫主把到了嘴边的话又吞了回去，转念一想，隐约有些明白。他必定是想趁着自己这次去阴间救人，要对司凤不利。若玉作为一个小弟子，哪里来的胆子刺杀司凤？显然是后面有人吩咐。

不错，金翅鸟一族很难出现十二羽的血统，一般来说也只有十二羽的血统能当上宫主。他这个大宫主以后也是要把位子让给禹司凤的，因为司凤是除了他之外唯一拥有十二羽的金翅鸟。所以，先让他去阴间九死一生，再趁他去阴间的这段时间将稚嫩的禹司凤除掉，这样宫主的宝座便稳稳地属于他了。

这计谋会是他心中的策划吗？大宫主不动声色地看着对面的副宫主，心中也有些犹豫不决。不、不，他应当不会这样浅薄，他要的，应当不止这些……难不成，离泽宫最大的那个秘密，给他知道了？

他一瞬间转了无数个念头，然后说道："嗯……人选问题我也要仔细想想。钥匙先放你那里吧，等我找齐了人选再说，此事筹划了许多年，也不急在这一时了。越是到了关键时候，越要稳住。"

他转身便走，陷入沉思中，连一旁禹司凤若有所思的表情都没注意到。禹司凤远远跟着他走了几步，忽然袖子被人一扯，副宫主贴着他的耳朵，笑吟吟地说道："你欠我一个人情，我替你将情敌杀了。司凤，你怎么感谢我才好？"

禹司凤猛然一愣，紧跟着立即反应过来，脸色登时煞白，不可思议地瞪着他，颤声道："你将敏言杀了？！"

副宫主哈哈大笑，冰冷的手指划过他的脸颊，轻道："你果然是个明白孩子，一说到情敌你立即明白是谁。不过在有些事情上，你怎么又傻了？"

他指的是什么？禹司凤定定看着他，没有说话。大宫主在前面唤他："司凤，走了。"他答应一声，看了副宫主最后一眼，这才满怀心事转身走了。

到了晚上，大宫主突然说了一句话："那小子没死，你可以放心了。"这话说得十分没头没脑，简直不晓得他到底在说什么，禹司凤却点了点头，心中终于稍稍欣慰了一些，然而很快，他又陷入另外一种沉思，整晚都默默不语。


离泽宫的作为，禹司凤并不赞成，但也不想插手。眼下聚集在不周山那里的人马遭到全灭，短期内大宫主想颠覆所有修仙门派的心愿不可能实现，更何况，宫里还有个行事诡异的副宫主，有他的牵制，相信大宫主无法任性妄为。

当日在浮玉岛，副宫主说的那番话，他一直在心头反复琢磨。他说大宫主年轻时曾犯下不可挽回的大错，然而到底是怎样的大错，他却言辞含糊。何况离泽宫铁律如山，犯下重大过错的人无论如何也不可能执掌宫主之位——他忽而灵光一动，不对！历代离泽宫只有一位正宫主，到了这一代才分成正副两个，分管榉斗宫与金桂宫。难道说，老宫主也是因为大宫主犯过错，所以才将至上的权力位置分成了两个，好让副宫主牵制他？

不错，大宫主拥有珍贵无比的十二羽血统，他得到宫主的位置简直是毫无悬念的，但正由于他犯下不可饶恕的过错，所以老宫主才在临终前又任命了副宫主，很显然是从另一方面表达他内心对大宫主继位的不满。

大宫主曾经究竟犯过什么错？

这个问题一旦从脑子里蹦出来，他就再也无法抑制，流水般地想了下去。情人咒发作的时候，他痛不可当，但耳朵可没昏迷，柳意欢和大宫主的对话他听得很清楚，也因此产生了怀疑——他的亲爹到底是谁？

大宫主曾说，他的娘早早死了，他爹是个恶男子，抛妻弃子，没有想念的必要。但事实想必并非如此，很多事情，很多迹象，都让他有一种悟，大宫主与他的父亲之间，有着某种联系。

难道说，大宫主也犯下和柳意欢当年同样的错误，有了私生子？离泽宫许多弟子都有

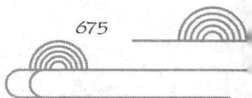

自己的家人，每年会来宫里探望他们，可禹司凤从来不晓得家人是什么。唯一对家乡有的印象，便是一望无际的蓝天，飒飒的风声，他生命中第一次张开翅膀缓缓飞翔。

他曾和璇玑说过自己的家乡，说的时候好不怀念伤感，但实际上家乡是什么样的，他心底根本没有任何具体印象，真正记事开始，他便已经在离泽宫了。

或许，大宫主真是他父亲？那他娘是怎么回事？为什么皓凤的名字如此耳熟？为什么他独独少了一年的回忆？

许多疑问令禹司凤辗转反侧，难以入睡。直到天色蒙蒙亮，他才沉沉睡去，没睡一会儿，只听门吱呀一响，被人推了开来。他下意识地睁开眼，却见大宫主站在床前，静静看着他，手里还捧着一个打开的食盒，里面药气氤氲，泛出一股浓香。

"师父……"禹司凤低唤一声，不明所以地从床上坐起。

大宫主看了他一会儿，才长叹一声，将食盒往桌上一放，沉声道："司凤，这是情人咒的解药。早些喝了它，了却我这桩心事，离泽宫才能放心交给你。"

禹司凤不由得微微一惊，急道："师父！你怎么……"

大宫主低声道："这情人咒的解药成分甚是复杂，有几味甚至不是凡间之物，所以珍贵无比，你莫要问东问西，先喝了再说。"

禹司凤轻轻从食盒里取出那碗药，只见其色犹如湛蓝的海水，清澈美丽，热气蒸腾氤氲，散发出一股极浓极甜的香味。他正欲送进口中，忽然起了疑心，手腕一停，抬头问道："师父先前不是说情人咒没有解药吗？"

大宫主淡然道："世上不存在没有解药的毒咒，只不过要解毒，需要付出不同代价罢了。情人咒既然因情而生，这解药自然是破除迷障，令你忘却所有痛苦回忆的物事。你中了那姑娘的魔，用情既深且专，于是我一直顾虑着，怕你日后怪我，但如今时间不多了，正事要紧。你喝下解药，我有事要交代。"

禹司凤怔在那里，心中百味交杂。原来不是没有解药，所谓的解药，便是忘却一切。喝下它，他便不会再为情所苦，心中没有那个人，情人咒自然也烟消云散。

只是，他如何能忘？

他缓缓将药放下去，摇头道："我不能喝，不想忘。"

大宫主沉声道："你还在犯傻！是要我死也不放心你吗？！"

禹司凤大吃一惊，惊疑不定地看着他，大宫主低声道："自古以来，权力之争最为可怕。昔日老宫主恨我违背铁律，故将宫主拆成一正一副，用以压制我。如今大事将成，我必须亲自去阴间一趟，这一去离泽宫便无人护你，你情人咒缠身，难免令我挂心。司凤，你听好，离泽宫绝不能交给副宫主！就算我这一去失败了，你也莫要伤心，替我守好离泽宫！宫主的位置是你的，谁也别想染指！"

一席话说完，屋内陷入死寂。良久之后，禹司凤苍白着脸，将手指一扣，略带疲惫地轻道："师父太过厚爱，弟子感激不尽……只是有一事弟子心中不明，请师父告知……当年你犯的戒律，莫非是与柳大哥一样的？……爹？"

最后那一声爹轻描淡写地叫出来，砸在大宫主耳朵里，却不亚于石破天惊，他双手剧烈一抖，将桌上的食盒狠狠摔在地，发出清脆的碎裂声。

过了很久，屋子里还是一片死寂，没有人说话，只有大宫主粗重压抑的喘息声，一阵一阵。禹司凤静静看着他，微蓝的晨光下，大宫主的脸下颌处轮廓分明，他微微侧着脸，鼻梁挺直。

禹司凤低叹一声，轻道："我真是个傻子，爹，你我的侧脸岂不是一模一样么。我竟到现在才发觉。"

大宫主一掌拍在桌上，咣啷一阵巨响，桌子硬生生被他拍成碎片，散了一地。他厉声道："是柳意欢那老贼告诉你的？！他违背了誓约！他什么都说了？！"

禹司凤低声道："不，他什么也没告诉我，是我自己猜的。我猜对了，是不是？其实……你是我亲爹。"

"不要说了！"大宫主厉声喝止，深深吸了几口气，终于渐渐恢复平静。半晌，他才低声说道："这事你以后也不许再提，今天我就当作没听见。解药我放在这里，要不要喝看你自己。你现在已经长大了，也到了应当承担责任的时候，好好想想什么才是自己应当做的，不要让我失望！"

他转身就走，禹司凤在后面急道："爹！当年究竟发生了什么事，你不能告诉我么？"

大宫主顿了一下，又径自往外走，沉声道："不要叫这个字！莫忘了这里是离泽宫，你是我的徒弟，如此而已！"

禹司凤吸了一口气，在床上怔怔坐了半晌，缓缓低头看放在案上的药。天色已然大亮，药汁在晨光中泛出一种珠宝般炫目的光芒，宝石一样的蓝色，漂亮得像一个梦——让他忘记所有情仇爱恨的梦。

其实大宫主说得对，他已经到了应当承担责任的年纪，很多事情不可以随着喜好来任性。离泽宫等于是他的家，他可以因为自私，抛弃整个家庭吗？要做自己喜欢的事情，永远开开心心，那是璇玑的孩子话，人活在世上，本来就不可能事事开心。

他轻轻捧起那个碗，药汁缓缓摇晃，其色溶溶，不知为何令他想起许多前尘往事。与她相识、相伴、相离，不过是短短五年间的事情。可，五年仿佛就度过了他的一生，他生命中所有能够燃烧的力量和感情，都在五年里燃烧殆尽。

禹司凤将药汁送到唇边，正要狠心一饮而下，眼前突然浮现出璇玑的脸，笑吟吟地看着他，柔声道："司凤，我们会永远在一起的。"

他心中忽然一痛，像被蝎子螯了一下，麻麻的痛感一圈圈蔓延开。那其中似甜、似苦、似酸、似爱、似恨、似怨……竟是万种味道横陈。他曾谨慎又羞涩地告诉她："世上还有更好的人。"可是现在他却要选择离开她。

他们两人，究竟是他对不起她比较多，还是她更对不起他，此刻已经是纠缠不清，分不出输赢。

禹司凤想了很久很久，终于还是开窗，将药汁尽数泼了出去。

他的一生，真的是入魔了，惨败在她手里，一丝一毫余地也没有。长叹一声，取过窗边的七弦琴，他又开始缓缓拨弦，《凤求凰》《敛云操》，曲破九天之外——她可曾听到一丝半点他心中的忧郁苦楚？

迷蒙中，像是有人在殷殷叫他的名字：司凤，司凤……你听见了吗？他突然一惊，琴声顿止，窗外阵阵喧嚣，有许多人在奔跑，在低声交谈，嘈杂声中还夹杂着一个嚷嚷："司凤！禹司凤！你个死小子快给老子滚出来！"

是柳大哥的声音！禹司凤一个激灵从床上跳起，披上外衣就推门跑了出去。


当日柳意欢听到钟敏言复述若玉的话，便立即明白禹司凤身份的事在离泽宫是瞒不住了。当年大宫主有了私生子的事情，他开始也被蒙在鼓里，老宫主去地牢看他的时候，含含糊糊带过去，于是他只知道禹司凤是大宫主的儿子，至于他娘是谁，两人怎么认识的，他是完全不知道。

由于他尊为下任宫主，身负十二羽，生了个孩子也是十二羽，所以违背离泽宫铁律的事情绝不能外传出去，比他柳意欢当年出事封口还要严厉。老宫主一死，当年几个师兄也走的走散的散，留下来的也都是被大宫主管得服服帖帖，谁也不会把这秘密说出去。

知道这个秘密，并且有胆子说出去的，想来只有那妖妖娆娆的副宫主了。离泽宫本来没有正副两宫主一说，纯粹是因为老宫主恨大宫主违背戒律，才硬生生把宫主拆成两个，分给他兄弟二人。

柳意欢对这兄弟俩了解并不多，和大宫主因为禹司凤的事情接触过几次，只觉他深藏不露，但并不是十分稳重之人，某些方面更可以用毛躁来形容，急功近利，这点从他这次派人去浮玉岛捣乱便能看出来，计谋是好的，只可惜太沉不住气。倘若他能再忍得片刻，将褚磊他们几个修仙门派掌门人带到僻静的地方再下手，璇玑就算有天大的本事也救不得。

至于副宫主，他见到他的第一反应便是厌恶，不愿意接近。副宫主给他的感觉十分不好，如果说大宫主像深潭里的水，看似平静深邃，里面却是暗潮汹涌，那么副宫主便是一团水雾，朦朦胧胧，虚虚实实，完全摸不透。

这个人要是有野心，对大宫主来说还真挺头疼的。禹司凤这次回去离泽宫，身边有这样一个人，就等于掉进了龙潭虎穴。何况虽然当年大宫主答应他不让禹司凤参与救无支祁的事情，不过那副宫主要是逼得紧了，难保大宫主不会病急乱投医，把禹司凤牵扯进去。

作为禹司凤的半个爹，他是绝对不能同意这件事的。

他离开少阳峰，立即便朝离泽宫赶来。这次没有璇玑那个厉害的战神将军助阵，他一个人难免势单力薄，停在离泽宫上空不敢下去，坐在大石剑上一个劲嚷嚷，试图用喊功把禹司凤给咒出来。

禹司凤跑出来的时候，看到的景象就是离泽宫大门口乱成一团，许多年轻弟子在海滩上指指点点，议论纷纷。而半空中飘着一根巨大的石剑，柳意欢坐在上面，手里抓着一本书，拢成圈靠在嘴边，大声叫嚷："禹司凤！你个死小子快给老子滚出来！"

他哭笑不得地走过去，叫了一声："大哥，你怎么来了？"

柳意欢一见到他，眼睛登时一亮，把书一丢，对他招手："小凤凰！快过来快过来，让大哥看看你！瘦了呀！这才几天没见，你家师父是不是根本不给你吃饭？"

禹司凤笑道："大哥你倒还是老样子，为什么坐那么高？不下来吗？"

柳意欢连连摇头："不可不可！你那师父太凶了！我怕他突然出手，还是留在上面比较好，逃跑也比较快！对了，小凤凰，你过来，我问你，你师父有没有和你说什么……嗯，暗示性的话？"

禹司凤愣了一下，慢慢垂下眼睫，没有说话。柳意欢怒道："该死的东西！他果然违背誓约！罢了，你跟老子走！不要留在这鬼地方！马上和我走！"他弯腰去拉禹司凤，他却犹豫了一下，低声道："不，大哥，我爹他……我还不明白……"

柳意欢急道："大哥来找你呐！你要真留在这鬼地方才是什么都不明不白！你老爹根本是个疯子……"

话音未落，只听前面传来一声厉喝："柳意欢！"却见离泽宫大门敞开，里面黑压压拥出许多人，当头的便是方才大喝一声的大宫主。离泽宫五名长老、十四名堂主都站在他身后，那气势，明显是不打算放过他了。

禹司凤一惊，急道："大哥，你先走吧！"

柳意欢冷笑一声，坐直了身子，大声道："你这个小宫主，带了许多人来，是要吓唬我吗？老子可不吃你这套！正好人都在这里，不如让他们都来听听你这英明神武的宫主年轻时做下的好事吧！也好让他们瞻仰学习！"

大宫主脸色铁青，沉声道："柳意欢，你不要得寸进尺！"

"得寸进尺的人是你才对！"柳意欢呸了一声，"当年的誓约怎么说？你眼下要把小凤凰怎么样？！违背誓约的人是你吧！"

大宫主深深吸了一口气，半晌没有说话。后面有几个长老低声道："宫主，这人向来放荡不羁，行事癫狂，留着总是个祸害，不如今日就将他拿下？"他缓缓摇头，突然吩咐道："你们都进去，把弟子们也带走。我有话要单独和他说。"

众人都是大惊："宫主！留下此人后患无穷啊！"

他摇了摇头："快去！"众人只得将弟子们撤回大门内，将宫门合上，海滩上顿时空空荡荡，只有萧索的风声不断，绵绵细雨打在身上，冰冷的。大宫主站了一会儿，才说道："我也有苦衷，司凤作为离泽宫弟子，有义务承担他的责任，逃避永远也不是办法。"

柳意欢冷笑道："借口！你有屁的苦衷！还不是指望把无支祁救出来，求他把均天环还给你们罢了！这事离泽宫那么多人，谁不能办？干小凤凰屁事啊！"

大宫主脸色微变，似是惊奇："你也知道均天环的事！"

"你以为老子是傻瓜？不要岔开话题，眼下在说司凤的事。当年的誓约，你是决心撕毁了？"

大宫主沉吟半晌，才道："大局为重，这等私人誓约，自然放在最后。司凤身负十二羽，将来宫主一位非他莫属，离泽宫的事情他无论如何也不可能撇清。我言尽于此，你如何想，是你自己的问题。"

柳意欢呵呵笑了两声："这样说来，誓约便算取消了。很好，很好！司凤，你想必也知道了吧，你爹就是这个大宫主。他年轻时胆子可大得很呐！"

他见大宫主神色阴晴不定，知道他是在寻找时机下手对付自己，便对他道："你要杀我自然是轻而易举，不过眼下趁着四周没人，何不将多年的秘密说给他听呢？司凤虽然是你的孩子，但他现在也大了，总有权利知道自己的身世吧？"

## 第三十六章·凤凰于飞

大宫主还是不说话，柳意欢见他如此固执，心中有火，冷道："好，你不说，不如我来替你说！也让司凤知道自己爹到底是个什么货色！司凤，你听好了，当年你爹出门历练……"

大宫主突然扬手，柳意欢立即警戒地护住身前，喝道："干吗？要动手？！"

大宫主将袖子一拂，森然道："不要胡言乱语！你什么也不知道。"

"不错，我确实什么也不知道。"柳意欢笑了笑，"知道的人永远不说，不知道的人便以讹传讹，与其让你儿子乱想，不如你自己说出来，一了百了。你忍心把离泽宫的烂摊子甩给他，然后什么也不告诉他？"

大宫主沉默不语，忽然看了看一旁同样沉默的禹司凤，半晌，才低声道："司凤，你……想知道爹娘的往事吗？很多事情，不告诉你，也是为你好。"

禹司凤脸色苍白，不知在想什么心事，良久，他转身静静看着大宫主，轻道："请……请告诉我，娘的事情。"没有一个人不想着自己的爹娘，他也不例外，虽说从小在离泽宫，大伙一起长大，但听见旁人提起父母时，自己的茫然无措，到今天还像梦魇一样抓着他。他再也不想重温这种感觉，一点也不想。

大宫主长叹一声，垂下眼睫，缓缓回想往事，过了很久，柳意欢几乎要开口再催促的时候，他突然说道："我第一次遇到你娘的时候，比你现在的年纪还大了几岁……"

那时候离泽宫的规矩还没现在这么严，年轻弟子还是可以任意出宫，四处历练，除了必须谨记的不许摘下面具、不许与外界女子通奸之类的铁律，其他规矩大多还没形成。那是他第一次见识到人世间的繁华景象，处处歌舞升平，青山碧水，离泽宫较之，简直就是个可怖的牢笼。

他和无数师兄弟一样，被这旖旎的景象吸引住了，流连忘返。不同的是，很多人都选择离开离泽宫，悄悄找个繁华的地段住下，与凡人多情女子相恋，生子，成家。他却抵制住了这种诱惑，师父的教诲他一直记在心上：红尘再好，也是到处陷阱。做人并没有那么容易，人世间的情爱总是开头甜蜜，结尾永远是苦涩的，所有事情，看看就好，要做到心如止水。

"那天晚上是元宵节，大街小巷都挂满了彩灯，镇子上还有彩灯庙会。我和几个师兄去逛庙会，庙会上人很多，你推我挤你，我和他们很快就走散了。我不认得回客栈的路，只能慢慢找。后来见路旁有许多灯谜的摊子，让人猜灯谜，猜中了有各种奖品赠送，我便凑过去看，随手拿起一个彩灯，上面写着'女子也好驰马'，打一个词牌名。我猜了许多答案，却都不对，但始终舍不得放弃，因为那是第一次玩灯谜。后面有人等得不耐烦，便将我的彩灯一把抢走，直接将谜底报出来。我回头一看，那是个十六七岁的年轻姑娘，穿着白衫子，腰上挂着剑。她见我看着她，便发狠瞪了我一眼，取了奖品掉脸便走。那就是你娘了，这是我与她第一次见面。"

彼时满街彩灯璀璨，那白衫子的姑娘脸颊如玉，被他这样直愣愣看着，脸上顿时红了一片，恶狠狠地瞪他一眼，他却觉得就连那一眼都是美的，是一种极鲜活灵动的美。

那灯谜的谜底是"字字双"，于是他追上去，笑道："姑娘怎么抢了我的灯谜，我还未说出答案呢。"那姑娘似乎对他这个戴着狰狞面具的年轻男子没有任何好感，恶巴巴地说道："寻常人说三个谜底不中便该自己退让了，你足足说了五六个，既然没能耐，何必出来现丑！"

他心中也有些恼火，她未免太不客气，见她掉脸又要走，他不知从哪里生出一股执拗的火气，硬是跟在后面。一直跟到镇子外面，她突然拔剑相向，他慌忙抵抗，谁知她只是虚晃一招，一眨眼人就御剑飞在半空，低头冲他笑，一面将得到的奖品丢给他，道："得了，给你！没见过这么小气的男人！"

奖品是一根十分精致的簪子，分明是女子用物，他要来也没用，此时不由得后悔自己鲁莽的行径。他追上来做什么？真是好没意思。于是他将簪子扔还给她，淡然道："不用了。我只是……"只是什么，他却说不上来，一口气憋着，干脆转身走了。

那姑娘在后面笑道："是想要给你心上人的簪子吧？好啦，拿去！大男人应当痛快些才是！"

他回头，见她笑颜如花，映着满城的灯火，明媚娇艳，忍不住脱口道："女子也好驰马，你怎么不骑马，飞在空中岂不是粗野之极？"

她登时火了，把簪子朝地上一丢，嗖的一下飞了老远，再也不见人影。他待要追上去，一来天色阴暗，二来再也没什么道理，只得讪讪地把簪子捡起来收好，一个人摸索着回客栈了。

隔了两天，师父突然出现，将他们痛骂一顿，说他们不历练，却贪恋人世奢靡，于是他们不敢多做耽搁，闻说北方点睛谷那里有定海铁索的消息，立即动身前去。

谁知在龙候山下又遇到了那姑娘，她不知与何人斗武，弄得浑身是伤，倒在路上。他救了她，悉心替她疗伤，温柔地抚慰她。她后来认出他就是那晚的少年，当时他正替她处理伤口，她疼得咬牙切齿，他便叫她忍着疼，她玩笑道："见到你脸上那鬼面具，疼也不疼了。一睁眼看到你，我还以为自己死了，在阴间看到阴差小鬼呢！"

他照料了她一段时间，之前所有的误会自然冰释，某日她看到他藏在袖子里的那根簪子，于是取笑他："还没将簪子送给你心上人？"

他一言不发，只是将她的长发散开，重新盘好，亲自将那根簪子替她簪上。之后两人相对无语，她红着脸吃吃地笑，忽然一抬手将那根簪子拿下，放在手里细细端详。虽说是灯谜赢来的奖品，倒是一件精致物事，簪头那里雕着一只凤凰，展翅欲飞，栩栩如生。

她笑道："这凤凰倒是精致。"

他默默替她重新绾好头发，再次簪好簪子，轻声道："那不是凤凰，是金翅鸟。"

指尖触到她的脸颊，只觉烫如火，他喉头一紧，不由得伸臂将她揽进怀里，低头想去吻她，可恨脸上面具碍事，他正犹豫间，却被她一把将面具摘了，勾住他的脖子，主动送上樱唇。

就在她揭下他面具的那一刻，他再不逃避，决心叛离离泽宫，与她共结连理。

她叫皓凤，他是十二羽的金翅鸟妖，洞房夜，他戏称：凤凰于飞，翙翙其羽。望他们永结同心，此生永不分离。

"我与你娘一起的事情，开始瞒得很好，谁也不知道。我们住在龙候山附近的小镇子上。她并不是很喜欢那里，因为离她的师门太近了，可是当时她有了身孕，临盆在即，不好长途跋涉迁移到远方，只得暂时留下。在那个小镇子上，我和你娘度过了一生中最美妙的时光，可是就在她临盆那一天，一切都被毁了。我弟弟将我的事情全部告诉了老宫主，他勃然大怒，千里迢迢带着几位长老找上门，可惜那时候我不在家里，你娘有些难产，我出门找稳婆去了。回来的时候，孩子已经生下，那就是你。老宫主本想当场杀了你，可是见到你背后的十二羽，立即改变了主意。他同意留下你和你娘的性命，却逼着我回离泽宫，要我一生不得与她再见。我跪在雪地里，浑身都要冻僵，苦苦哀求，最后连长老们也动容，替我说情，老宫主总算勉强答应我留在镇上照顾你们母子几年。"

说到这里，大宫主忽然笑了起来，禹司凤却是越听越心惊，颤声道："既然……老宫主都同意了，为何……为何……"

不要说他，就连柳意欢都吃惊不已，当年他出事，老宫主可没这么仁慈啊！居然会同意他留下照顾他们母子！

大宫主轻声道："是啊，司凤，我们在这些修仙门派眼中就是妖魔鬼怪，他们看不起我们，认为我们残忍好杀，无情无义。可是，老宫主却同意了让我们在一起，你说，这当真是残忍好杀吗？我和你娘情深似海，又怎么会是无情无义了？其实真正残忍无情的是这些修仙者，将自己放在至高的位置上，轻易判断对方的对错，轻易地就定下别人的生死。老宫主他们走了之后，你娘也知道了我真正的身份，可是她一点也没有怪我，我们商量好了以后的生活，充满了希望。可是，第二天，修仙门派的人找来了。原来你娘分娩的时候，生下一个带翅膀的小孩儿，这事被稳婆说了出去，一晚上就传遍了，认为她是妖孽。点睛谷靠得那么近，他们立即便招人赶来除妖，见所谓的妖孽是你娘，又看到了襁褓中的你，他们便逼她说出孩子的父亲是谁。你娘为了护着你和我，便给她师父一剑杀了。"

"我永远也忘不了那天回到家里，看到满地的鲜血。点睛谷、少阳派、浮玉岛……许多人都等在屋子里，这许多人就为了等到所谓的妖孽，将他杀了除害。我红了眼睛，当即就冲进去将他们所有人都杀了。可是全杀了也没用，你娘已经死了，一剑穿心，临死的时候怀里还紧紧抱着你，护着你不让那些恶人伤害。孩子，你明白了吗？所谓修仙门派，其实都是自高自大，猪狗不如的东西，我要杀他们，真是一点也不会感到愧疚。你眼下明白爹的用心了吧？你说，他们该不该杀？"

禹司凤浑身微微发抖，脸色苍白如纸，竟一个字也说不出来。

大宫主森然道："你说！他们该不该杀！"

话音刚落，只听宫门那里传来一个阴柔的声音，笑道："不该杀！"三人都是一惊，齐齐回头，却见宫门缓缓打开，副宫主从里面款款走出，双手拢在袖子里，摇摇晃晃地走到大宫主面前，笑了一声，道："大哥，这么些年都过去啦，你还在做美梦呢？事实到底是什么，你还不愿意承认？"

大宫主阴恻恻地瞪着他，低声道："你这样说，是什么意思？"

副宫主笑道："我的意思是，你和那女弟子于皓凤之间的事情，根本与你说的是两个样子。你自欺欺人也该是个头啦。"

大宫主低声道："妖言惑众！我的事情，你又知道什么真相！"

副宫主一派轻松，柔声道："大哥，别急着骂我，这些年你也应当骂够我了。为了照顾你，我听从老宫主的吩咐，做了许多年的冤大头，还白白担上个出卖兄长的恶名。其实这件事很简单，看看司凤就能明白了。他的面具也是被人摘下，为什么他会受到情人咒的反噬，而你没有呢？情人咒这种东西，可从来没有例外过。"

大宫主冷笑一声，根本不屑与他说话，倒是柳意欢说道："他既然与司凤他娘两情相悦，又哪里来的情人咒！你这话问得好蠢！"

副宫主并不恼，反而拍手笑道："不错！就是两情相悦！只有两情相悦，不离不弃，那情人咒才会解开。大哥，你的情人咒真的解开了吗？"

他这话问得更笨了，连柳意欢都冷笑一声，懒得搭理他。倒是禹司凤听出了一些端倪，轻声道："副宫主，你的意思莫非是，情人咒……没解开？"

副宫主笑道："还是你聪明，我大哥只是假聪明，想不到他儿子倒是真正聪明的人！不错，其实情人咒根本没解开，只是他以为解开罢了。不如让我来说说，十八年前的真相吧。"

大宫主冷道："好！我倒要听听你狗嘴里能吐出什么象牙来！你说！"

副宫主道："大哥你也别恼，当年这一切都是老宫主吩咐的，我不过是照办。一切都是为了离泽宫着想，哪里能容你任性放肆。你方才的故事活脱脱是个才子佳人，英雄救美的俗套剧情，事实上你既不是才子，那于皓凤也不是什么佳人。你出宫历练，确实是遇到了那个于皓凤，那簪子的事也确实是真的，不过和我知道的，可是完全两回事。"

"其实你出宫之前，老宫主便吩咐我要看紧你。他给你的评价是，聪明却妄为，自负且毛躁，平日里你是谁也看不上，仗着十二羽在身，宫里人人都让着你，你这种人要是真看上了谁，那就是不得了的大事，不得到手绝不罢休的。那可怜的于皓凤，清清白白一个姑娘，就被你看上了，成日跟着她，人家御剑你也御剑，人家吃饭你也吃饭，人家睡觉你就在门口守着，把人家姑娘吓得都要生病。"

他还未说完，大宫主便厉声道："胡扯！我警告你，不要再乱说！"

副宫主笑道："我是胡扯吗？就当我胡扯吧，你且听我说完。那于皓凤也是出来历练的，不幸和同门失散了，一个人在附近徘徊，等她的师兄弟。结果你缠着她，吓得她到处跑，从格尔木一直逃到龙候山，怎么也甩不掉你，人家打也打不过你，骂你你反而更开心，活脱脱是个登徒子。最后她火了，和你拼命，大约是骂得难听了，你也不和她客气，下狠手把人家打伤，动弹不得，又借着养伤的名义将人家软禁在龙候山附近的小镇子上。"

"那于皓凤是个烈性女子，醒过来之后见是你，当即便要自杀，结果自杀未成，反而被你给奸污了。大哥，我知道你爱极那个女子，偏偏又不知道怎样去爱，她只要一躲你，一骂你，你便难过得不行，但你不知道退缩，反而变本加厉地折磨她，这样只有让她更恨你。她被你奸污，那段日子就是求生不得求死不能。她是个才十六七岁的女孩子，被你逼得强颜欢笑，一直在找机会逃走，谁知你看她看得极紧，就连沐浴如厕都不许她一个人。大哥，你在她面前简直就是个疯子，你说她会爱上你这种疯子吗？你根本不知道怎么去爱人，那簪子根本不是什么定情信物，你虽然送给了她，最后她临死时还是拔下来还给你了。呵呵，大哥，她从来也没爱过你，你却认定了她，还让她摘下你的面具，那情人咒如何能不反噬？"

"那天你情人咒反噬，动弹不得，她便趁机逃走了。你忘了吗？那天我和老宫主在镇子上找到你了，你哭得十分伤心，情态张狂，老宫主怕你出意外，便命我看着你，自己去追那女子，只盼她给你个交代，因为你告诉我们的是你自己臆想出的故事。老宫主宠你，不忍见你难过，追上那女子之后，便要将她带回来。那女子便哭着求老宫主放过她，将与你相逢之后的实情说了一遍，你可以想象当时老宫主有多愤怒！可他还是将于皓凤带回来与你当面对质。我可都是亲眼看到了，大哥！于皓凤一见到你便吓得浑身发抖，缩在角落里不敢动弹，你的样子像是要杀了她，结果把她吓得晕了过去。我和老宫主这下明白真相了，便商量着将你带回离泽宫，谁知于皓凤被你一番惊吓，下身流红，我们才知道她已经有了孩子，急忙请了稳婆过来看她，照料一番。"

"老宫主的脾气你是知道的，他根本不会允许那孩子出生，但你当时已经状若疯狂，半点相反意见都会让你更冲动。老宫主有事在身，不能久留，便让我留下照料你们，自己先回离泽宫。我照料了你们半年有余，于皓凤生下司凤那天，老宫主又带人来了，见司凤是十二羽血统，立即动了恻隐之心，舍不得杀他。可于皓凤不肯喂司凤，这孩子生下来便饿得哇哇大哭，老宫主只得将司凤带到海外，暂且寄养给一对金翅鸟夫妇。我料想老宫主这次再回来，是铁了心要杀于皓凤的，她成日只是哭，要么就是发呆，我看了也于心不忍，于是趁大哥你睡着的时候，偷偷将她放跑了。后来的事我也没想到，她回到自己的门派之后大约遭遇了一番流言蜚语，最后承受不住压力自己自杀了。你听到这个消息之后，连夜赶到点睛谷，杀了他们几百号人，将于皓凤的尸体抢回来，埋在龙候山下。老宫主赶回来的时候，你已经被情人咒反噬，只剩一口气了。"

"后来的事，便像你说的那样。如果一直纠缠于现状，你肯定会被情人咒给咒死。你身负十二羽，是离泽宫未来的宫主，却如此任性妄为，老宫主对你也是失望透顶，他无奈之下对你下咒，令你以为自己臆想的那个故事才是真实的，这样情人咒才没有继续反噬，你的一条命也留了下来。呵呵，你一直以为老宫主是恨你犯了戒律，才将宫主之位拆成两个，其实是你自己令他太失望了。身为宫主，如此任性刚愎，他如何能放心将离泽宫交在你手上？这个秘密在我心里藏了十几年，眼下司凤也大了，是时候将真相告诉他。你也不要再自欺欺人，你自己是什么性子，自己最清楚吧？好好想想究竟谁说的话才是真实。"

这一席话说完，海滩上顿时一片死寂，没有人吭声，只有海浪刷刷地拍打着海岸，淅淅沥沥的小雨渐渐变大，扑簌簌落在地上，在沙地上戳出一个个小洞。禹司凤浑身尽湿，长发粘在腮边，他的脸惨白犹如死人，然而一双眼却熠熠闪亮，神情极是诡异。他动了动嘴唇，似是想说话，然而最后还是没能说出来，只低微地笑了一声，极尽苦涩。

大宫主却陡然大笑起来，笑得几乎要背过气去，指着副宫主的脸，手腕微微颤抖。

"说谎！你这奸猾的小人！我早知你有预谋，却没想到是这么一番荒唐言语！你以为我会相信吗？我是相信你，还是相信自己？"他大口喘息，双目赤红，神情狰狞之极。

副宫主柔声道："大哥，就当是我骗你吧。你别气坏了身子，大事未成呢。"

大宫主怔怔望着他，喃喃道："不错，你是骗我，你在骗我……都是说谎……"他脸色忽白忽红忽青，俨然是情绪异常变幻之故，柳意欢心下骇然，大声道："喂！喂！振作点！他这种人的胡言乱语你怎么能相信！他是故意气你呐！我在离泽宫那么多年，可从来没听说过什么可以改变记忆的咒术！"

副宫主呵呵轻笑，柔声道："大哥，我是骗你玩呐。你说的都对，凤凰于飞，翙翙其羽，你和于皓凤真是两情相悦，看得我们好生羡慕呢。她其实也没死，你回头看看呀，她就在你身后站着呐，对你笑呢……"他这番话说得柔言细语，却令人毛骨悚然，柳意欢厉声道："你说够了没有？！给老子闭嘴！"

大宫主恍若不闻，只怔怔站在那里，半晌，轻轻叫了一声："皓凤！"一行细细的鲜血从他惨灰的嘴角缓缓滑落，他颓然垂下双肩。凤凰于飞，凤凰于飞……其实只是他自己幻想出来的么？真是这样吗？眼前仿佛浮现出那明眸流睐的美貌少女，对他微微含笑，那笑容忽然变成刻骨的仇恨，阴森森地瞪着他，鲜血从她头顶滑落，染满了她白玉般的双颊。她阴恻恻地说道："我宁可死了，也不会与你在一起！"

他胸中剧烈一痛，忽而狂喷一口鲜血，身体一晃，狠狠摔倒在地。禹司凤抢步上前扶住他，急道："爹！"他睁开眼，恍恍惚惚地看着司凤，抬手在他面上轻轻一抚，低声道："司凤，你快走吧。走得越远越好，不要留下了。爹护不了你。"

禹司凤急急搭住他的脉搏，心中猛然一惊，他的脉搏忽快忽慢，快若擂鼓，慢若游丝，显然是极危险的征兆，加上他神情痛苦，这明显是情人咒发作的征兆！他心中难过，颤声道："爹！你、你真的……"

大宫主吸了几口气，手指忽而加力，死死扣着他的手腕，禹司凤吃痛，却不敢甩开，只听他低声道："皓凤！皓凤！你要去哪里？"禹司凤只觉喉中满是苦楚，待要开口相劝，却一个字也吐不出来。

他的身世原来是这般，他的娘，他的爹，原来是这样。竟然是这样。

身后突然响起细碎的脚步声，禹司凤猛然起身，冷冷转过去，却见副宫主停在身旁，犀利的目光透过面具，钉在他脸上，良久，他才说道："还不快将你爹扶起来，进宫疗伤。还等着他去阴间取均天环呢。"

禹司凤冷道："你故意说了这些话，此刻却来做好人，是要如何？莫要以为我不清楚，你故意让我爹心神不宁，情人咒发作，如此便可来对付我了。"

副宫主骇然笑道："你这孩子，乱说什么！"

禹司凤并不理他，只转身道："你先别得意，不要以为离泽宫除了我爹爹之外，便是你一人的天下了。长老们都在门后看着呢，你以为他们是帮我还是助你这普通的六羽金翅鸟？"

副宫主不说话了，或许他也没想到眼前的少年如此倔犟难缠。不能等他再长大了，再长大，便是个比他爹爹还棘手的人物，如果可以，现在就应当除掉他。他刚刚动了杀机，却听禹司凤冷冰冰地说道："你是想干脆现在就杀了我，省得以后我会与你作对，是不是？"

他心事又被点破，只得讪讪地笑，倒再也下不了手。禹司凤淡然道："你是个聪明人，应当知道现在杀了我是没什么好处的。不如这样，我们谈个交易，你许诺，好好照顾我爹，离泽宫一切现状维持，你照样做你的副宫主，我爹照样是大宫主。那么我可以跑一趟阴间，将均天环取回来，另外向你承诺，永远不回离泽宫。你看成吗？"

副宫主微一沉吟，柳意欢却急了，跳起来叫道："不行！我不同意！这事和你没关系，司凤！你别犯傻！阴间是随便乱去的吗？！"

禹司凤摇了摇头，沉声道："我决定了，大哥。"

"司凤！禹司凤！"柳意欢气急败坏地在石剑上大吼大叫，"你给老子清醒点！你老子那样，和你可没半点关系！你别卷进离泽宫这些乌七八糟的事情里去！"

禹司凤不再与他说话，回头定定看着副宫主，等他答复。良久，副宫主笑了一声，轻道："司凤的勇气让我佩服，不过你年纪还小，均天环的事情交给你，我如何能放心？万一你没成功，又待如何？"

禹司凤低声道："既然我许诺了，那么除非我死，否则一定能将均天环取回来！"

副宫主似有些触动，柔声道："你这孩子……不要动不动就说死。你年纪也大啦，离泽宫的大业也是你的责任，既然你这般有决心，那么均天环的事情交给你也好。我和你爹在离泽宫等你回来。"

他说完，弯腰想扶起大宫主，谁知禹司凤却伸手拦住，他疑惑地看着他，禹司凤并不说话，只静静盯着他的眼睛。副宫主沉吟一会儿，才道："好，那么我也答应你，除非我死了，否则谁也不能改变离泽宫的现状，你爹是大宫主，我一根寒毛也不动他，只等你回来。"

禹司凤淡然道："起誓吧。"说罢，他忽而摆了个诡异的姿势，一手点额，一手点胸，闭上眼。这个动作让副宫主浑身微微一震，这是离泽宫特有的起誓方法，向天地起誓绝不违背自己的话，否则流干身上所有的血而死。古老的起誓仪式令人恐惧，只因这仪式中含有未知的神秘力量，像某种信仰，谁也不敢违背它。禹司凤用了这招，显然是不相信他。

副宫主看了他半晌，才摆出同样的姿势，沉声道："苍天在上，黄土在下，如果违背今日誓言，令我全身鲜血流干而死！"他放下手，笑道，"如何，安心了吗？"

禹司凤没回答，只朝他伸手："给我钥匙和指环。"

副宫主将两件物事交到他手上，这才弯腰将大宫主扶起来。大宫主晃了一下，似是有些清醒，低低叫了一声："司凤……你走吧。"副宫主笑道："大哥你放心吧，他马上就要走啦。"大宫主怒道："你……你放手！要将他如何？！"副宫主柔声道："大哥，你身上有情人咒呢，不要太激动。先回去好好休息吧。"

大宫主又急又气，险些又要晕过去，忽然横里插过一只手，勾住他肋下，转头一看，正是禹司凤。他脸色苍白，面上却挂着一丝笑，低声道："爹，我来送你回去吧。"

他迅速将大宫主送回金桂宫，副宫主一直跟到丹牙台，才说道："司凤，我这个做叔叔的很不尽职。既然一直以来都不尽职，那也不差这最后一次了。我希望你无论取不取得到均天环，都不要再回离泽宫。不是还有个姑娘一直在等你吗？呵呵，做人岂不比做妖来得逍遥。"

禹司凤停了一下，没说话，径自扶着大宫主走远了。一直回到卧室，禹司凤将大宫主放在床上，低身轻道："爹，情人咒的解药你还有吗？"大宫主没有说话，或许他也说不出来了，他只能死死抓着禹司凤的手腕，目中泪光闪烁。

禹司凤掰开他的手指，转身在他房内四处寻找。他早上既然能准备一份情人咒的解药，那么药方和药材应当还有剩下的。大宫主的房间很有些杂乱，许多东西都堆在案上、床上。他在案上翻了半天，终于找到一张揉烂的废纸，上面赫然写着情人咒解药。

卧室后面有个里间，放着各种珍贵药材，药方上写的好几种药材都不是凡间的东西，譬如麒麟角、龙心弦，简直是闻所未闻。不过好在大宫主先前为了给他配置解药，东西都准备好了，还有剩下的。

他在屋中架起炉火，将房门窗户全部关严，细细熬药。没一会儿，浓浓的甜香便弥漫出来，正是早上那解药的味道。禹司凤此刻才真正松了一口气，回头去看大宫主，他不知何时已经坐了起来，目光闪烁，怔怔看着他。

禹司凤也不知该说什么，和他互相对望，只觉爹这个称呼忽然有些叫不出口。

良久，大宫主才长叹一声，轻道："情之一事，误我半生。司凤，情这种东西，对我们来说太奢侈了。不沾则已，一沾便是粉身碎骨。"

禹司凤嘴唇微微一动，低声道："入魔的人，是你。"

他总是说他入魔了，一生便要毁在璇玑手里，现在想起来，他竟是在说自己。大宫主默然，最后惨然一笑，躺倒下去，轻轻说道："凤凰于飞……皓凤、皓凤呀……"

解药终于熬好了，禹司凤端到大宫主面前，说道："爹，喝下解药。我一直都任性得很，到了现在，你就让我最后任性一次，让我做点什么吧。"

大宫主闭着眼睛，睫毛微微颤抖，颤声道："喝下去……什么都会忘了，连你也记不得……"

禹司凤唇角微微一勾，轻声道："记不得便记不得吧，师父。"

不管是自欺欺人的美好，还是真实景象的残酷，都忘记了多好，一片空白，都归于零。他与她，从来都没有开始过，到底她有没有爱过他，有多么恨他，这些恼人的问题也全部消失。

没错，情之一事，对他们来说是太奢侈的东西。甜蜜的要不起，痛苦的承受不起，那还是忘了吧。做人本来也是很辛苦的事，要将翅膀封起，挺直了腰身，说那些似是而非的话，面具换一张又一张。还是忘了吧。

什么都忘了。刚刚认了身份的父子，满怀的希望还未成熟便尽数冰冷。就当他从未有过父母，从未想念过。


柳意欢在海滩上等了很久，终于看到那一抹修长的青色身影从宫门里走出来，一直慢慢走到他面前。

"好了，大哥陪你去阴间。"他沉声说着，"大哥可不会丢下你一个人不管！"

禹司凤默默点头。

柳意欢在他脑袋上重重一摸，柔声道："上来吧。傻孩子，不要哭！"

几颗豆大的泪珠从禹司凤脸上滑落，也或许那是雨水，最后都是落进沙地里没有声息。他纵身跳上石剑，低声道："走吧，大哥。"

　　璇玑带着腾蛇慢慢悠悠晃到离泽宫的时候，禹司凤已经走了半个月了。不过她并不知道，还沉浸在与他见面之后应当说什么的想象中无法自拔。与他分别其实并不太久，可在璇玑心里，却像已经分别了一辈子。

　　他会不会变了一些？瘦了？高了？会不会不愿见她？会不会见了之后冷冰冰地不理她？璇玑想得一个头两个大，最后下定决心，不管他变成什么样，反正她见到他第一件事就是紧紧抱住他，死也不放手。

　　腾蛇见她脸上似笑非笑的神情，不由得觉得一阵肉麻，没好气地说道："到啦！还发什么呆！要发春也等见到他再发好不好？"

　　璇玑心情好，懒得和他啰唆，直接降下云头，落在离泽宫的海滩上。出乎意料，海滩上居然没有半个人，她上次来的时候可是有许多年轻弟子在这里玩水呀。

　　璇玑茫然地四处看看，果然没半个人，宫门紧紧闭着，天气阴阴的，蒙蒙细雨落在身上，冷森森的。她只得过去敲动宫门上巨大的铜环，敲了十几下，门才吱呀一声开了，一个年轻弟子探出头来，一见外面站的是璇玑，他还记得以前她来离泽宫捣乱的事情，吓得赶紧缩回去，抬手就要关门。

　　璇玑用崩玉卡在门缝里，叫道："别跑！我不是来打架的！"

　　那弟子死死抓着宫门，连声说道："姑娘、姑娘要是来找禹司凤……他、他早已不在宫里了！请回吧！"

　　璇玑奇道："他去哪儿了？……你骗我！"

　　那人吓得面如土色，急道："没、没骗你！他真的不在宫中！"

　　"我自己看！"她用力推开宫门，那人拦不住，摔坐在地上，爬起来掉脸就跑，一面狂呼大叫："有外人闯入！外人闯进来了！"

　　璇玑往前走了几步，只见四周一瞬间拥上许多离泽宫弟子，人人执剑，默默拦住她。璇玑这次是下定了决心不打架，当即收起崩玉，朗声道："我只是来找禹司凤！请让他出来和我说几句话！"

　　人群一阵沉默，半晌，才有人说道："禹司凤半个月前就离开离泽宫了。两位宫主都已经下诏令，从此他不再是离泽宫的人。姑娘请去别的地方寻人。"

　　璇玑大吃一惊，急道："他真的走了？！可是他身上还有情人咒没解开呀！……不行，我要进去找！"

　　她才说完，呼啦啦，所有人都把剑尖举起来对着她，大有要与她拼命的气势。璇玑急得直跳："我又不是来打架的！"

　　人群后忽然传出一个轻柔的笑声，紧跟着，那声音说道："小璇玑，你居然真的又找来了。"

璇玑定睛一看，人群后站着一个青袍男子，手里抓着一把羽毛扇，优哉游哉扇着，正是那个妖妖娆娆的副宫主。她对此人充满恶感，当即皱眉道："我要见禹司凤！不想打架，你们不要逼我出手！"

副宫主笑道："你就算发威将离泽宫的人全杀了，也找不到他。他真的走啦，半个月前就离开了。"

璇玑还有些将信将疑，副宫主晃了晃羽毛扇，人群呼啦一下分开，他笑道："不信的话，你自己进来找。若是能找到，离泽宫任你处置。要是找不到，抱歉，此事我会找少阳派掌门讨个公道。"

璇玑一听他提到爹爹，一肚子火气顿时消失得无影无踪。是了，她出来蛮干，别人没办法拿她怎么样，倒霉的却是少阳派。她是掌门人的女儿，在外面不能乱做有损门派名声的事情。

她喃喃道："他怎么会走呢？他去了哪里？情人咒解开没有？"

副宫主柔声道："人长大了，总是要离开的。他也到了离开的年纪啦，以后他的事情与离泽宫无关，请你去别处找他。至于情人咒，是应当由你替他解开的，靠外力可没办法。"

璇玑沉默良久，才缓缓抱拳："抱歉，打扰了贵派清净……还请副宫主指点，禹司凤究竟去了什么地方。"

副宫主显然很满意她如今客气的态度，低声道："此事不必放在心上。司凤究竟去了哪里，我也不清楚。不过当日他是和柳意欢一同离开的，你不妨先找到柳意欢问个究竟。"

璇玑怔了一会儿，才慢慢转身离开。腾蛇疑惑地跟着她，连声问："呃？不打架吗？真的不打？"她摇了摇头："不……我去找司凤。我一定要找到他！"

可是，他究竟在哪里？璇玑在这一刻终于深刻体会到了世界的广大，缘分将两个人联系在一起的时候，一点也不会觉得，一旦分开，前路茫茫，她居然再也找不到他的踪影。

为什么当时不珍惜呢？

她反复问自己，但就算知道答案了又能如何。很多时候，只有失去了才知道失去的东西是多么宝贵，幸运的人回头还能找到它，不幸运的，也只有在嗟叹中度过一生。

她带着腾蛇离开了离泽宫，踏上千山万水的寻人路途。

这一寻，便是一年多的时间。

# 第三十七章·众里寻他千百度

冬去春来，此时正值五月盛春，官道两旁凤凰花红艳似火，层层叠叠，似要铺开到天尽头一般。虽说才五月，但今年热得似乎很早，烈日当头，火辣辣的，竟已经有了盛夏的味道，道上赶路的商者、行人都是挥汗如雨，恨不得肋下立即生出双翼，马上飞到遥远的客栈。

道旁独有两人优哉游哉，一人骑着一头毛驴，慢吞吞地在烈日下前进。两人头上都戴了斗笠，看不清容貌，其中一人腰肢纤细，身上还配着两把宝剑，牵着缰绳的手十指纤纤，莹白如玉，竟是个少女。

这便是璇玑与腾蛇两人了。这一年多时间里，两人几乎走遍了东南西北各大小城镇，光庆阳就去了不下十次，但禹司凤和柳意欢两人就像从人间蒸发了一样，半点痕迹也没有。

这样的长途跋涉实在很辛苦，不过好在两人都有道行，冬不惧严寒，夏不惧酷暑，尤其这般到处奔波，各地美食对腾蛇来说具有无比的诱惑力，故而一年多来他竟一句怨言也没有，陪着她东奔西跑，不亦乐乎。

由于中土找不到禹司凤，璇玑便猜想他会不会是到了海外。常听人说海外妖魔作祟，民情怪异，风俗人情与中土大有不同，虽说她以找禹司凤为主要目的，但这一年多来独自走遍名川大山，见识又与以前大不相同，心中对那神秘的海外也感到十分好奇，忍不住想过去一探究竟。

于是二人便来到了这名为西谷的边陲之镇，听闻这里有渡口，可以横跨海洋，到达海外荒地。两岸偶有通商，都是从这里过。一路上过来，虽然没见到什么海外怪异的人种，但路边行脚商卖的东西倒是璇玑从未见过的，据说便是从海外带过来的。

璇玑一面听那行脚商大吹特吹海外的奇特风俗，一面驱使着毛驴缓缓往前走，不一会儿就来到了客栈。边陲之地，客栈自然也简陋得很，不过是一栋两层小楼而已，里面的客房大约十个手指也能数得过来。这一年走了许多地方，璇玑知道，越是这种破烂小地方的客栈，要价反而越高，高得离谱，一般人还住不起。反正方圆百里就它一家能住人的客栈，就那几个房间，你爱住不住，因此许多人宁可露宿也不愿花冤枉钱住客栈。

璇玑跳下驴背，摸了摸腰间的荷包——瘪瘪的，只怕没几两银子了，看来她又得找点降妖驱鬼的活来干，否则这些钱还不够腾蛇吃三天的。

腾蛇一落地就嚷嚷着口干肚子饿，直接朝客栈里冲，谁知那客栈外面围了许多人，在指指点点着什么，而客栈大门则是紧紧关闭的。他也不知发生了什么事，只得使劲朝里面挤，把两旁的人推得七倒八歪。

一直挤到大门口，却见门上贴着一张大红色的告示，写道：本店近日闹鬼，被迫关门。另高价聘请能人前来驱鬼。他一见，立即叫道："璇玑！你过来看看！生意上门啦！璇玑！快点过来呀！"

众人一来见他力大无穷，二来见他斗笠下露出满头银发，甚是怪异，便纷纷避让开，竟不敢与他太靠近。正喧嚣时，却听后面一个娇嫩的声音问道："什么生意？你就爱叫嚷。"说罢只见一个苗条的人影走上前，抬手揭了斗笠，众人眼前都是一亮。原来那真是个芳华少女，穿着一身碧绿的衫子，肤色白得犹如透明一般，眉眼却是漆黑的。那五官说不出的灵气清秀，更兼唇边挂着一抹笑容，让人有如沐春风的感觉。

她一走近，人群呼啦一下散得更开，空出一条路给她走，璇玑抱歉地对众人笑笑，丝毫不忸怩，大大方方地去看那告示，一看到"驱鬼"两个字，她眼睛登时一亮，抬手就把它揭了下来，喜道："银子来了！"

众人见她揭下告示，又是一阵喧哗，有热心的人便道："姑娘不要小看此事。这客栈闹鬼已经有五六天啦，请了多少高人来，都是有去无回。你小小年纪，生得弱不禁风，哪里来的本事驱鬼？"

璇玑笑道："没事，交给我就行了。"她抬手去敲客栈的门，周围的人大多是路经此地的行脚商，也有附近的农家人，过来摆摊子卖凉茶衣物的，见她娇怯怯的一个少女居然要驱鬼，都忍不住留下来看热闹，还有人跑去叫熟人过来看，一时间客栈前面挤满了人，个个伸长了脑袋。

没一会儿，客栈的门吱呀一声开了，从里面慢吞吞伸出一颗脑袋来，垂着长长的辫子，又是一个年轻少女，大约十六七岁的样子，眉清目秀，不过脸上的表情很是不耐烦，不太客气地上下把璇玑打量一番，才脆声道："没看到外面的告示吗？关门了！"

璇玑也不恼，把告示一扬，笑道："我知道，所以我是来驱鬼的。"

那少女压根不相信她，摇头道："别开玩笑，你以为驱鬼是什么游戏？快走快走！"说罢便要关门，璇玑把手轻轻按在门上，那少女推了几次都关不上，不由得诧异地抬头瞪着她，璇玑柔声道："我真的是来驱鬼的，让我进去看看。"

那少女犹豫了一下，忽听里面有人叫道："兰兰！你在干什么？不是叫你别开门吗？"

兰兰正要说话，璇玑立即朝里面高声道："您好！我看到告示了，是来驱鬼的！能让我进去吗？"

客栈里传来一阵脚步声，紧跟着一个中年妇人走了过来，同样用怀疑的眼神上下打量着璇玑，不过她还是客气地点头了："这……姑娘如果能驱鬼，我们感激不尽。"

那叫兰兰的少女只得不甘不愿地把璇玑放进来，跟着用力关上门，咣当一声巨响。

她是对她有敌意吗？璇玑不明所以地看着她，自己难道做了什么惹她不高兴的事？兰兰转头对那中年妇人抱怨道："娘！不是说好了要等翼公子来驱鬼的吗？怎么这么沉不住气啊！惹他生气怎么办？"

翼公子？璇玑更是一头雾水。只听那中年妇人叹道："翼公子行踪不定，谁知道他今天能不能来？咱们总不能为了等他，就关门大吉不做生意呀！都多少天没生意了，接下去你要喝西北风？"

兰兰噘嘴道："他昨天明明收了咱们的信，说好今天午时来的！"

"哎呀我的小祖宗！现在都快申时了！娘知道你盼着他来，不过他那种人，神神秘秘的，对谁都没好脸色，咱们不能热脸贴人家冷屁股呀！"

说得那兰兰狠狠跺脚，跑到后面去了。那中年妇人叹了几声，见璇玑呆呆望着自己，不好意思地笑了笑，道："家女被宠坏了，任性得很，姑娘别介意。"

璇玑摇了摇头，四处打量这客栈，果然和她想象中一样破旧，不过还算整洁，一共两层，下面是大厅，摆着几张桌椅，上面是客房，奇怪的是，这一圈所有客房都是暗的，唯独一间里面亮着烛火。

她问道："怎么，闹鬼还有人住？"

那中年妇人脸色一变，扯住她的袖子，低声道："小声点！就是那间屋子！平日里都亮着烛火，人一靠近，里面就会有鬼哭，到了晚上，里面又好像有人砸东西，咣咣响。以前不知道，还让客人住那间，谁知住过那房间的客人都消失不见了。后来渐渐发展到住在其他客房的客人也消失，我才知道是招惹了不干净的东西。这几日请了无数法师高人，都是有去无回，姑娘你年纪轻轻，我劝你一句，还是不要贸然涉险吧！"

璇玑点了点头，吸上一口气——果然有妖气，味道还挺重，看起来有点道行了。她看一眼腾蛇，他正无聊地打着呵欠，可见对手根本不值得他在意。璇玑问道："客栈里只有你们母女吗？为什么你们在这里没事？"

那老板娘叹道："我丈夫早些年生病死了，就剩下我们孤儿寡母的。就算这里闹鬼，我们又能去哪里？这儿就是咱们的家了，好在只要不靠近那屋子，一切都平安无事。我们都住在后面小院子那块。"

璇玑朝后看了一眼，却见兰兰趴在后门那边怔怔地看着自己，那神情，俨然是希望她赶紧走人，不要留在这里碍事。她心中好笑，脱口问道："请问翼公子又是什么人？"

一提到这个名字，这对母女眼睛都是一亮，那老板娘忙不迭地说道："说起来话就长啦！那位翼公子是一年多前来到咱们这儿的，年纪轻轻，又生得一副俊雅好人品，最了不得的是他有一身法力，驱鬼除魔什么的，眼睛也不眨一下，抬手就完成了！平日里他还替人看病疗伤，真真有起死回生的本事！都说他是活神仙，咱们这儿有女儿的人家，谁不想和他结亲？不过这人虽然厉害，脾气却古怪，从来也不和人亲近，冷冰冰的，还经常出门，一去就是好几天。要不是这次咱们这儿闹鬼，正赶上翼公子不在家，这麻烦早就除啦！昨天兰兰又试着去找他，谁想他回来了，结果给他递了信，答应了今天午时来，到现在也没来。既然姑娘你有神通，那拜托你也是一样。只是要小心，那鬼会吃人！"

那兰兰听到这里，在后面急叫一声："娘！他说了会来，一定会来啦！安心等着就是了，何必再让这姑娘上去送死！"

璇玑接口笑道："放心吧，我马上就办好。"她抽出崩玉，三步两步上了楼，推开那亮着烛火的屋门，只听里面传来一阵诡异的哭声，令人毛骨悚然，璇玑反手把门一关，哭声顿时断开了。

那母女两人在下面提心吊胆地等着，只盼传来一些打斗声，好判断璇玑没事，可那屋子里什么声音也没有，倒是烛火猝然熄灭，里面黑不隆冬，安安静静。老板娘等得心急如焚，回头见腾蛇坐在椅子上打呵欠，不由得赔笑道："这位官人，那姑娘……去了这许久，莫不是被吃掉了？"

腾蛇切了一声，没好气地说道："等着吧！谁吃谁还不一定呢！"

话音刚落，那房门吱呀一声开了，母女俩都是一个惊颤，转头一看，璇玑一脸轻松地走了下来，手里提着一个毛茸茸的东西，被她当作风铃甩来甩去。

"姑娘……"老板娘颤巍巍地迎上去，却见她将那东西送到眼前，笑道："就是这个啦。不是鬼，是一只快成精的黄鼠狼。"老板娘见那只黄鼠狼又肥又大，比寻常的要大上两三倍，身上被璇玑戳了好几个洞，鲜血扑簌簌滴在地上，不由得感到一阵眩晕，急忙后退数步，颤声道："多……多谢姑娘！当真是这……这东西作祟？"

璇玑点头道："是啦。它是来报复的，说三年前你们用油烫过它，所以它过来捣乱。不过它吃了许多无辜的人，可不能饶它。老板娘，尸体你要吗？"

老板娘急忙摇头："不用不用！姑娘你带走它就好！……说起来，三年前确实有东西住在厨房里，偷吃养在院子里的鸡，我不晓得是什么，用热油泼过，原来竟是它……"

璇玑把那只肥大的黄鼠狼丢给腾蛇，吩咐："你饿了，就把它烤了吃吧！皮留着，弄干净了还能做围巾呢。"腾蛇痛快地答应一声，跑到厨房里去整理这顿午餐了。

兰兰见他们要吃那东西，不由得一阵恶心，急忙追上去，想让腾蛇别在厨房里做那只黄鼠狼，忽听后门被人敲了两下，一个低柔的声音说道："我是翼公子，抱歉，来迟了。"

兰兰几乎要惊叫出来，飞快拉开门，果然见到门外站着那长身玉立的年轻男子。她欢喜得心脏扑通扑通乱跳，脸上红了一片，连声道："快、快请进！"

翼公子走了两步，忽然停下来，抬眼朝客栈二楼望去，轻道："有人除过妖了？"

兰兰在心里也不知把璇玑骂了多少遍，恨她多事，急道："是、是呀！不过是个外地的年轻姑娘，我们不太放心呢！翼公子你再去看看好不好？"

翼公子摇头道："没必要，那妖已经除了。"

兰兰见他转身要走，急得手足无措，恨不得扑上去拦住他，可又怕他生气。边陲之地，年轻姑娘们没有中土那些忸怩的作风，喜欢他，便立即说出来，可是在他面前，兰兰竟有些不敢透露心事，或许是他那种冷淡的态度，完全拒人千里之外的味道。

于是她只有叫："翼公子！那个……总不能让你白跑一趟……要不留下吃个饭吧？"

话未说完，老板娘就在后面问道："你和谁说话呢？"

兰兰急忙回头："是翼公子来了！"

老板娘四处看看，皱眉道："哪里来的翼公子，外面根本没人，大白天的也见鬼？"

兰兰赶紧转身，跑出后门一直追到大街上，果然不见翼公子的身影，他来得突然，走得也突然，眨眼就不见了。她失望之极地回到客栈，只好把一肚子闷气撒在璇玑身上，正眼也不看她一下，老板娘叫了她好几声，让她道谢，她都和没听见似的。

"这死丫头，越来越没规矩了！"老板娘骂了几声，回头对璇玑赔笑道，"姑娘你大人有大量，别和这死丫头一般见识！"

璇玑摸着饱鼓鼓的钱包，早就眉开眼笑了，哪里还会管其他人什么态度。正好腾蛇已经把那只黄鼠狼给拆解下肚，拍着肚子笑嘻嘻地走出来，手里还抓着一块血淋淋脏兮兮的毛皮，道："味道不错！喏！你要的毛皮！"

璇玑见那么脏，皱眉道："你怎么不洗洗！别给我，脏死了！"

腾蛇瞪着她："你自己怎么不洗！又不是我要的东西！"

那老板娘急忙赔笑道："这东西不能用水洗，我知道前面村子里有个李裁缝，姑娘要想做围巾，就把皮毛给他，两三天之内就做好啦。"她回头见兰兰还在那里生闷气，晓得她为了翼公子的事情烦心，便又道，"兰兰，正好这姑娘要去前面村子，你给她带路吧。顺便给翼公子带一坛子桂花酿去。这事虽然没劳他动手，但人家好歹跑了一趟，总不能叫他空手回去。"

兰兰脸上登时泛出光彩，欢喜地答应了一声，赶紧去地窖里提了一坛桂花酿，这下看璇玑也觉得顺眼多了，笑吟吟地说道："走吧，姑娘，我给你带路！"

璇玑见她喜笑颜开的，心事全部写在脸上，不由得好笑，问道："那翼公子很厉害吗？刚才为什么不进来？"

兰兰说道："他自然很厉害的，是世上最厉害的人啦！刚才他说有人除过妖了，掉脸就走。唉，他什么都好，就是脾气古怪，从来不笑的，冷冰冰像个石头。"

"他这么古怪，你为什么还要喜欢他？"

兰兰脸上一红，但也不羞涩，大大方方地说道："这里哪个年轻姑娘不喜欢他？男人嘛，就应当像他这样，正正经经，有本事，不苟言笑。再说了，他对外人冷冰冰，未必对自己妻子会这样啊。我还就喜欢他这种样子。"

璇玑奇道："他有妻子了？"

兰兰赶紧摇头："没有没有！他就一个人住在前面村子里，开了个小药铺，给人看病抓药。"说完，犹豫了一下，又道，"我的意思是……嗯，或许他会有那么一点点喜欢我？哎呀，我知道你一定会笑话我，不过我才不怕。我喜欢他，想做他妻子。男未婚女未嫁，我又不是没机会！"

她见璇玑怔怔看着自己，不由得懊丧道："你……真的看不起我？你们外地的女孩子，都矜持得很，大概会觉得我们这儿的姑娘轻浮吧……"

璇玑笑了笑，摇头道："不是。我是觉得……你说得很对，我很羡慕你这么大方。"

假若当时，她也能这样大胆而直率，结果会不会不一样？不过这世上从来也没有"假如"的东西，过去了，便过去了。


兰兰很热心地把璇玑带到了李裁缝那里，交代了一番，便欢天喜地地提着酒坛子出去了。正好当日李裁缝没生意，便直接处理起璇玑那块毛皮，让她在外面等着。

璇玑在外面等了半天，渐渐无聊起来，干脆出门顺着小路慢慢走着，闲看这里的乡村风景。虽说西谷是边陲之地，但气候温暖，五谷繁盛，民风也甚为朴实。这村子被群山环绕，但都不是高山，远远望去，青翠层叠起伏，景致甚是奇妙。山下民居星星点点，闲闲散散地分布着，一派与世无争的悠闲景象。

走了半日，前面忽然出现一大片池塘，里面青蛙呱呱乱叫，腾蛇跑去捉青蛙玩了。璇玑又走了一段，忽见前面一圈竹篱笆，篱笆里是两间青瓦大屋，整理得干干净净。屋后有许多株凤凰花树，满树红艳如火，景色美丽之极，兰兰姑娘正提着桂花酿站在篱笆前面叫着什么。

她好奇地走过去，问道："这里就是翼公子的家？"

兰兰吓了一跳，回头见是她，便拍着胸口道："哎呀，你怎么来了？"璇玑笑道："随便走到这里的。你忙吧，我走了。"这大胆的女孩子一定不喜欢两人独处的时候多一个人出来，她很识相地掉脸就走。

只听兰兰推开篱笆门，轻轻拍着青瓦大屋的门，叫道："翼公子，翼公子你在家吗？我是客栈的兰兰呀，给你送了一点桂花酿过来。"

跟着吱呀一声，是门打开了，一个男子的声音说了句什么，璇玑没听清，可是那声音却仿佛在她脑子里炸了一个霹雳。那声音！那声音！她急转身，冲到屋前，却见屋内打开，一个穿着藏青长袍的年轻男子站在那里，在和兰兰说话，一见到她，也是一愣，怔怔看着她。

那乌黑的长发，那苍白的脸色，那清俊又傲然的面容，那双眼，那两片唇……璇玑只觉浑身从上到下从里到外都在发抖，那一瞬间，一种极致的幸福攫住了她，同时伴随的还有一阵极致的惶恐——她一直在找他，一直找一直找，找了一年多，心中始终抱着一定能找到他的想法。可是，今天真正看到他了，她却不能够像想象中那样，扑上去，抱住他，

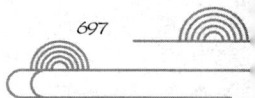

号啕大哭。

她，居然只能呆呆站在这里，和他沉默对望。

禹司凤定定看了她一会儿，很快恢复了冷静的神色，轻道："你来了。"

璇玑居然点了点头，道："嗯，我来了。"她自己也不明白，为什么会这么冷静，就好像她根本没有为了这样一个人肝肠寸断地度过一年多的时间，没有千辛万苦地在世界每一个角落里找寻他。

她心中明明一阵冷，一阵热，像是不停有冰水和沸水在浇灌，连手指尖都在瑟瑟发抖，可是她居然能这样冷静，脑子里似乎有什么东西麻木了，承受不了突如其来的惊喜冲击，无法思考。

兰兰疑惑地看着他俩，问道："你们……你们认识？"

禹司凤很快答道："嗯，是……旧识。另外——这酒麻烦姑娘带回去，无功不受禄，我不会收下的。"

兰兰急道："不……不是……什么功什么禄我不明白，只是我想送给你喝，一点心意罢了！"

禹司凤摇头道："不用，姑娘请回吧。"

兰兰还想再说，可是他身上的气息如此冰冷，充满了拒绝她继续待在这里的意味。她动了动唇，只得委屈地低着头，飞快跑出篱笆门。

屋前只剩下璇玑和禹司凤两人，互相对视着。良久，禹司凤推开门，轻道："要进来坐坐吗？我这里有新茶。"

璇玑点了点头，怔怔地走进了他的屋子，只见正堂里空荡荡，十分简洁，只有一张乌木桌子，两把椅子。墙角支着一个架子，上面放着一只陶制的简陋花瓶，里面却空空的，连根草也没有。旁边两面墙上都挂着竹门帘，那是他住的地方。对她来说，好像已经成了不可靠近的禁地，他们以前是多么亲近，可是现在，他亲近隐私的地方，好像也对她关上了门，拒绝她的进入。

禹司凤挑开帘子进去烧水，她便坐了下来，慢慢把手按在心口——那里在剧烈地跳动着，几乎要喘不过气来，耳朵里似乎再也听不见其他声音，只有"咚咚咚咚"的心跳声，它简直像要从喉咙里蹦出来一样。

怎么办？见到他了，见到他了！她要怎么说？怎么做？这些问题，她在无数个夜晚都细细构思想象过，可是一旦真的见到他，所有的构思顿时裂成了碎片，脑子里只剩一片空白。

或许是他的冷淡令她感到失望难过，哪怕他掉脸关门，闭门不见，或者像临走时那样，说一些无情的话语来伤害她，都比现在云淡风轻的样子来得好。她……她要怎么办？璇玑第一次感到如此无助，心中一忽儿苦楚，一忽儿甜蜜，竟说不出是什么滋味。

禹司凤很快挑了帘子出来，端了一个茶盘出来，里面放着一个紫砂壶，两个紫砂茶杯。杯中茶叶细长如针，发出扑鼻的清香。鬼使神差地，她说了一句："好香，是碧针茶？"

禹司凤微微一笑："你也认得，这是庆阳特产。"

璇玑莫名其妙地接口："是啊，我爹以前喝过这种茶，他说这茶外面传闻一两茶叶一两金，十分名贵。"

禹司凤点了点头，道："不错。不过这还不算最贵的茶叶，回头让你尝尝我珍藏的好茶。"

璇玑乖乖点头，心中却在狂喊，为什么他们在说如此无聊的话题？！难道他们之间也到了需要客套寒暄的地步？！可是，为什么明明她知道这样不对劲，却还是无法阻止自己说废话的冲动？

可是如果不说话，场面就会陷入极度尴尬的沉默里，尴尬得甚至令她坐立不安，想逃离这间屋子。她端起茶杯，犹豫了很久，才道："那个……你的情人咒解开了吗？现在好些了没有？"

禹司凤沉默了片刻，才淡然道："没有。不过已经没什么大碍了，只要你别出现在我面前。"

璇玑心中一颤，手里的茶杯顿时抓不住，哗啦一下，里面滚烫的茶水尽数泼在腿上。她竟好像一点也没察觉，只是脸色苍白地看着他。忽觉他冲了过来，将她手里的茶杯抢过去，然后厉声问道："如何？烫伤了没有？！"

璇玑只觉整个人好像一瞬间被抛到很远的地方，对屋子里的一切反应都慢到了极致。禹司凤见她不说话，只是瑟瑟发抖，只当疼得厉害，心中大急，一把扯掉她的鞋子，要去卷她的裤脚。

手上忽然落了几点水，他的动作慢下来，然后，缓缓抬头。只见璇玑满脸泪水，那泪水像没有尽头一样，大颗大颗地落下来，她却一声不吭。

她料想过很多他们相见时候的情景，也想过千万种他的反应，却唯独没想到他会说这句话。那一瞬间，她只觉这一年多寻寻觅觅的日子，像琉璃一样清脆裂开，变得毫无意义。就连她这个人的存在好像也变得十分多余且碍事。

璇玑深深吸了一口气，起身想走，可是她马上想到了这快两年的时间里，自己的隐忍和寂寞。一直找一直找，却总也找不到。

不，她不会再像十六岁的时候那样，眼睁睁看着他离开自己。她不能让这么长时间的坚持成为流水般无意义的事情，她也绝不会轻易放开他的手。

"你说谎。"她低声说着，"你在故意惹我生气，对不对？"

禹司凤怔了许久，才发出一声叹息样的声音："璇玑……我并不是……"他的手慢慢攀升，抚向她的脸颊，替她擦掉眼泪。

璇玑慌乱地别过脑袋，低声道："不是什么？"她心中紧张，忍不住换个坐姿，谁知刚动一下，腿上被烫伤的地方顿时剧烈疼痛，火烧火燎一般，疼得她浑身鸡皮疙瘩一个个都钻了出来。她一下子出了满身冷汗，脸色剧变。

这烫伤来得真不是时候！

禹司凤立即要替她查看伤势，却被她慌忙掩住。他轻道："我只是看看烫伤的情况如何，别捂着，会更严重的。"

璇玑红着脸使劲摇头，自己站起来手足无措地走了几步，那模样实在是害羞惊惶得可爱。禹司凤并不相强，替她拉开竹帘，吩咐："左手第二个柜子，从右边数第三个抽屉里有烫伤药。"

她逃命一样钻进去，先揭开衣裙查看伤势，那烫伤真不是个好位置，左边大腿靠近腿根红了一大片，右边也有烫伤痕迹，有要起水泡的趋势。她方才完全慌神，哪里还记得他吩咐的什么伤药在哪里，好在身上带着少阳派的金创药，先将水泡一个个小心挑破，再厚厚涂上药膏，包扎完全。

直到这会儿她才回过神来，想到自己居然会被茶水烫伤，简直像个傻瓜，不由得深感丢人，有些不敢出去。她四处望了望，这里应当是司凤的卧室，她坐在身下的应当就是他的床了。璇玑急忙跳起来，像又被烫了一次一样。

他的卧室也和外面一样空荡朴素，大约是自己劈的木头搭好了床，什么打磨雕花也没有。床上被褥叠得整整齐齐，清一色的藏青。床头上挂着一只七弦琴和他的几把佩剑，墙角摆着好几个大柜子，另一面则放着书柜，上面摆满了书。窗前放着一张小案，上面放着笔墨和几张笺纸，纸上似有墨迹。

璇玑慢慢走过去，拿起那一叠笺纸，却见上面写着各类药方并人名，字迹清俊端正，看来兰兰说他平时开药铺帮人看病抓药的事情是真的，旁边那一栋青瓦大屋应当就是他开的小药铺了。

她将那几张笺纸贴近脸庞，深深吸了一口气。浓浓的墨香，还有一股清朗的大海的气息——是他的味道，是司凤的味道，这里是他的屋子，真的是他，她终于找到他了。

她心中有千万种感慨，几乎要落下泪来，忽听外面一人大叫道："这条死蛇是怎么回事？！你怎么会在这里？！"正是腾蛇的声音，她赶紧拉开竹帘跑出去，就见腾蛇在门外横眉怒眼地站着，手里抓着一条银光闪闪的银蛇——小银花。一年多没见，它又长大了不少，已经有她半个小腿那么粗，它的脑袋被腾蛇抓在手里，身子软绵绵地缠在他胳膊上，不管他怎么甩、拉、扯、拽，都弄不下来。显然对小银花来说，这也是一次激动人心的久别重逢，它赖定了腾蛇，死也不走。

禹司凤走过去，在小银花身上轻轻一拍，它这才不甘不愿地从腾蛇身上滑下来，钻进主人的袖子里，顺着衣服滑到他肩头，从衣襟里透出一颗亮闪闪的脑袋，对腾蛇亲热地吐着信子。

"咦？你原来在这里！"腾蛇见到禹司凤，小小吃了一惊，跟着却立即放松状态，毫不客气地走进屋子，叫道，"有水没有？刚才吃的那小妖怪火气足得很，嘴里难受。"

禹司凤指了指桌上的茶壶，腾蛇端起来一通灌，眨眼就把一壶茶水喝光了，一面皱眉咋舌："苦死了！不好喝！"跟着坐在椅子上，四处看了看，又道，"你一直住这破烂地方？怎么不回离泽宫？"

禹司凤进厨房又烧了新的热水，换上新茶端过来，这才答道："我已经不是离泽宫的人了。"

"少来啦！"腾蛇摆摆手，"我都腻了你们那套。今天说不是那儿的人，明天又回去！"

禹司凤淡然道："这次真的不回去了。我已经决意在西谷这里定居，开个小药铺，替人看病，种点药材，这样清闲的日子很好。"

他见璇玑从卧室走出来，脚步有些蹒跚，便柔声道："烫伤得厉害吗？柜子里那药猛了些，可能会疼。待会我去采几味药草加在里面，疼痛会缓解一点。"

璇玑有些不好意思地说道："我……没记得你说的是什么药，所以用的是少阳派金创药，可以吗？"

禹司凤摇头道："金创药和烫伤药性质不同，如果想伤口好得快，晚上还是换上新药膏吧。"

腾蛇插嘴道："晚上？我们住这里吗？对了，璇玑，以后要去哪儿啊？人都找到了，你该不会要留下来吧？"

这话问得璇玑满脸通红，她沉默半晌，才摸索着坐到椅子上，轻道："司凤，以后你有什么打算？真的一直住在这里吗？"

禹司凤却似在想心事，她连问了两遍，他才反应过来，笑了笑："嗯，这里不错。有可能的话，我会一直住下去。"

那她呢？她怎么办？璇玑没有问出口。其实从这房子的布置就能看出来，他根本没有和别人一起住的打算，也从来没想过她会来找到他。她顿了顿，道："我是出来找你的，找了大约有一年多的时间。因为中土一直找不到你，所以我想去海外碰碰运气，没想到在这里就遇到你。"

禹司凤淡然道："何必……找我呢？"

璇玑垂头，半天没说话，他那种淡然的语气神态，令她十分恼火。这快两年的时间，她吃了多少苦，跑了多少地方，几乎每一夜都要梦见他离开自己，泪染枕巾，结果他却这么淡淡的样子。这样的话，她岂不是像傻瓜一样，白白忙碌一场？

这样的结果真让她不爽，十分不爽！

禹司凤没有说话，隔了一会儿，他忽然起身走到门口，道："你们在这里休息一下，我去山上采些药草。要是饿了，厨房里有村民昨天送来的点心。"

腾蛇一听有点心，忙不迭地跑去厨房，一手抓一把，吃得津津有味。璇玑突然也起身，道："我也去。"禹司凤摇头道："你不要动，烫伤不是小事，弄不好会留下伤疤的。"

"伤疤也是我自己的事。"璇玑给了他一个软钉子。

禹司凤默然，只得做个随君喜好的手势，转身走了。璇玑忍着疼，咬牙跟上去，腾蛇也赶紧凑热闹跟在他们身后。

西谷这里的山都不高，矮小玲珑，将这个小村子簇拥在其中。翻过山头，后面便是茫茫大海，渡过大海，便是传说中的海外，那里究竟是什么样的，很少有人知道。虽然两边有贸易往来，但并不是所有商人都有那好运气能顺利到达海外，许多人都会在海途中丧生。尽管如此，每个月还是有许多商人从西谷这里走渡口，冒险去海外，一圆发财梦。

三人在山间小路缓缓行走，金灿灿的日光透过枝叶撒下来，像碎金屑一样。山风拂在面上，混杂着泥土青草的涩然芳香，还带着海风特有的微咸，不由得令人精神一振。

荒山野岭，自然没有什么人文景观，不过长了许多稀奇古怪的树木，都是前所未见的种类。禹司凤一株一株指过来，告诉他们这个是穗木，会结大米一样的果粒，可以做饭，味道分外香甜；那个是银钩树，因树枝长得像银钩而得名，而地上大片大片鲜红的小草则叫酸浆，拿来做汤可以明目清火。

璇玑见这里没见过的东西十分多，不由得兴趣大增，一肚子恼火好像也消失了不少。待上了一个坡子，拐弯便看见一圈竹篱笆，篱笆里种了许多药草，东边一片黄，西边一抹绿，各式各样的，有她认得的，也有许多不认得的。璇玑奇道："我先前竟不知道你也了解医道，这些都是你种的？"

禹司凤的心情似乎也愉快了许多，笑道："我本来是一窍不通的，不过当日我受了重伤，是和阳长老将我救活，从那时候起，觉得医道很有用，便有兴趣去学。在少阳派住的那段日子，我问和阳长老借了许多医书，你不知道么？"

她确实不知道，她以前只知道依赖着他，从来也没关心过他喜欢什么。眼下见他侃侃而谈粗浅的药草知识，黑宝石般的眼睛熠熠生辉，与以前似乎完全不是一个人。司凤一直都是略带忧郁的，她现在才知道，原来他也可以这样专注而且平静，甚至喜悦地做一件事。看着他认真选草药，细细诉说每一种药草的作用，璇玑心中又是欢喜又是失落。

禹司凤采了几株药草，细细拂去上面的泥，举起来对着太阳看了一会儿，指着叶片上螺旋状的花纹说道："看，这种草就是普通的玉枝草。只有成熟之后，叶片上才会有螺旋花纹。"他说完，突然觉得有些不对劲，转头去看璇玑，低声道，"抱歉，你大概不感兴趣。"

璇玑急忙摇头："不！很好玩！你继续说吧！"

禹司凤只是微微一笑，将那几株药草放进布袋里，说道："好了，回去。你满脸是汗，一定疼得厉害吧？"他用手抹去她额头上的冷汗，触手只觉她的肌肤柔滑细腻，心中猛然一动，急忙又缩手。

两人顿时都有些无言。璇玑怔了半晌，才道："司凤，你还在怪我吗？"

他垂下眼睫，轻道："不，我从来也未怪过你。"

璇玑喃喃道："这一年多，我一直在找你。去了离泽宫，大家都说你和柳大哥一起离开，谁也不知道你们去了哪里。你这一年多，一直待在西谷吗？为什么突然离开离泽宫？情人咒还没解开，你怎么就……"

禹司凤淡然道："这些也没什么好说的，先回去吧。"

璇玑登时急了："怎么叫没什么好说的？对我来说很重要！我找了你快两年，可不是来听你说什么不重要的！"

禹司凤忽然抬头看着她，那目光，竟令她心中发颤，不由自主想退后。他低声道："第一，我并没有叫你来找我；第二，我的事情，我不想多说。"

他冷漠得简直像一块千年玄冰。璇玑知道他性子里有一股冷酷的味道，但他对她从来都是和颜悦色的，如今他这种拒人千里之外的冰冷突然用在她身上，几乎要将她冻僵，从心口到喉咙都在颤抖。

禹司凤看了她一会儿，又道："走吧，太阳快落山了，夜里凉。"

璇玑吸了一口气，眼泪几乎要出来，突然闷哼一声，摔倒在地上，瑟瑟发抖。禹司凤回头见她如此可怜模样，心中登时软了，快步走过去，柔声道："怎么了？是伤口在疼？"

她咬着嘴唇不说话，禹司凤叹道："不能走路了吗？说了让你别逞强跟来的。"他拦腰将她小心抱起，冷不防她抬手死死抱住他的脖子，脑袋埋在他胸前，还是一言不发。他默默站了一会儿，轻叹一声，说道："璇玑……这样很辛苦。"

她哽咽道："我、我更辛苦！"

他胸前的衣裳很快都被她的眼泪打湿了，一会儿热一会儿冷。怀里的少女是真实存在的，或许在他最隐秘的梦中，会梦见这样的场景，她千山万水寻觅过来，这样抱着他，怎样也不松手。但，梦是梦，现实是现实，她真的来了，他却完全不知所措。

真的没有怪她吗？他心里若没有恨，又怎会用言语的利刃刺伤她，然后再反过来刺伤自己。他不得不承认，他对她又爱又恨。恨她不懂爱，任性地留住他，又任性地看着他走，这会儿继续任性地追上来。

他的生命被她打扰得一塌糊涂，她的笑容令人如沐春风，但她其实是残酷的飓风，他退一步，她便前进一步，撕裂他的一切，不容他喘息。她会撕碎他，吞噬他，完完全全拥有他。

禹司凤沉默了很久，才扶住她的后脑勺，将她紧紧抱在怀里，嘴唇凉凉印在她的额头上，低声道："你为什么要来呢？"

晚上吃饭的时候，腾蛇嚷嚷着要用穗木的果粒来做米饭。他一下午别的都没干，就忙着在树底下捡米粒，足足捡了两个小布袋。禹司凤拗不过他，只得把旧饭盛在别的地方，煮那穗木的米粒。

他俩在厨房里吵吵嚷嚷，璇玑就在卧室里换药。禹司凤新采了几味药草加在原先的烫伤药里，抹上去果然不觉得疼痛，隐约还有清凉的感觉。只是那两块烫伤委实惨不忍睹了些，新出来的水泡磨破了，又肿起好高，最关键是烫伤在大腿上面，最嫩的地方，换药的时候疼得她一身冷汗。

她今天还真像个傻子。璇玑在心中自嘲地想着。盼啊盼，找啊找，终于见到了，却是这么个局面，果然是希望越大失望越大。

禹司凤抱着她从山上下来，再也没说过一句话。她那会儿也只顾着伤心难过，哭得一塌糊涂。可是，无论如何，她终于见到他了，紧紧地拥抱他了。他似乎又长高了许多，也结实了许多，已经完全不是曾经纤瘦的少年，想来在他眼里，自己也变了许多，毕竟快两年的时间没见了。

以后要怎么办呢？她不知道，不如走一步算一步，先在这里把伤养好。追凤行动可不是找到他就结束的，褚璇玑，你得加把劲，玲珑和六师兄都已经文定之礼，马上就要大婚了，你这里还磨磨蹭蹭，回头一定要被玲珑笑话。

不管怎么说，先赖在这里不走是正经！

璇玑把换下的绷带收拾了一下，忽听门外有人叫唤翼公子，她拐着脚奔出去，就见篱笆外站着一个长辫子少女，正是兰兰。这女孩子先前就对她没好感，这会儿见她待在翼公子的屋子里，俨然和他是旧识，不由得更是恼怒，直截了当地问她："你怎么能随便进他家！翼公子都是一个人住的！"

璇玑愣了一下，似乎有些反应不过来翼公子是谁，突然想到是说禹司凤。哈，他怎么想起取这么个怪名字，不过还真挺符合他的身份，他是十二羽金翅鸟，翼公子这三个字，再合适不过了。她先前居然没留意。

她说道："我和翼公子……嗯，是多年的老友啦。没想到他住在这里，正好也有一段时间没见，于是暂住几天。兰兰姑娘找他有事吗？这会儿他在做饭呢。"

兰兰跺脚道："你怎么能让他这样的人做饭！你……你真是！"她弯腰把手里提着的东西放在地上，原来那是一篮鸡蛋，她又道，"这是我家母鸡新下的蛋，娘叫我送来给翼公子尝尝。你……你要在这里住几天？"

璇玑想起这小姑娘对禹司凤很有好感，难怪对她这么咄咄逼人。她笑道："多谢啦。我还不知道会住几天，反正暂时不会走。"

兰兰咬了咬嘴唇，半晌，才低声道："真没想到，你和他居然是旧识……你能不能告诉我，他以前……"说到这里，她突然猛地摇头，"不不，还是算了！你别告诉我。他那样的人，又有你这么厉害又漂亮的女侠做朋友，一定身份不凡，说不定还是什么王公贵族，难怪看不上寻常人家的小女子……"

璇玑正犹豫着要不要告诉她禹司凤以前还是惨绿少年时候的往事，什么王公贵族都是瞎猜，忽听后面腾蛇叫道："谁在那儿嘀嘀咕咕？"说着他就从厨房里钻出来。兰兰一见他满头银发，凶神恶煞的模样，吓得几乎僵住。腾蛇的目光只在她身上停了一下，立即看见了放在地上的鸡蛋，赶紧提起来，笑道："啊，送鸡蛋的！多谢啦！"说罢掉脸又跑进厨房，叫道，"司凤！晚上再加一道炒鸡蛋！"

厨房里有人说了两句什么，紧跟着禹司凤走了出来，见到兰兰，他微微一愣，跟着点头道："原来是这位姑娘，多谢你的鸡蛋。"

兰兰脸上顿时红得几乎要烧起来，小声道："不、不……不用客气。翼公子有客……是我、我鲁莽了……"

禹司凤又点了点头，过去轻轻扶住璇玑，柔声道："有烫伤就不要乱走了，进屋吧，马上吃饭。"璇玑点点头，两人并肩往里走去，兰兰见他二人亲密含笑，情态自然，俨然是一对情深爱笃的情侣，心中不由得万分难过。

她突然在后面大声道："翼公子，收了鸡蛋，可不是什么功什么禄啦！明天……明天我再来！"说完她掉脸飞快跑走了。

璇玑看着她的背影，轻道："那女孩子很喜欢你呢，翼公子。"

禹司凤听她故意叫自己这个名字，不由得抬手在她脑袋上轻轻一敲，似笑非笑："不要乱说。"

璇玑咯咯笑道："这可不是乱说，今天在客栈人家亲口告诉我的，说你人品好，又厉害，这里有女儿的人家都巴不得把女儿嫁给你。翼公子，好厉害，好风流。"

他又是轻轻一笑，并不解释，过了一会儿，忽然问道："今天在客栈除妖的是你？"

"是我。其实那也不是什么厉害的妖，不过一只来报复的快成精的黄鼠狼……啊！对了！我的围巾！"璇玑大叫起来，这才想起把皮毛给了李裁缝，结果天都黑了她还没去取，要是拖到第二天，便要多付一天的工钱了。

禹司凤问明缘由，很快便帮她将围巾取回来。璇玑见先前那脏兮兮的毛皮给弄得甚是干净，围巾款式也很大方，拿在手里看了一会儿，忽然对禹司凤招手："司凤，过来。"

禹司凤不明所以地走过去，不防她忽然抬手，将围巾系在他脖子上，左看右看，满意地笑道："是啦，还是给男人戴着比较合适。就送你吧。"他默然低头摸了摸那光滑的皮毛，然后露出一个笑容："那谢谢了。"

饭毕，禹司凤在卧室里收拾了一些自己的杂物，搬到另一间瓦屋去睡。山野之中，夜

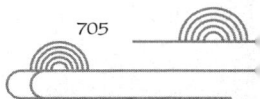

晚分外凉，白天的热辣被月色一洗而光。璇玑在床上翻来覆去，怎么也无法安睡。一来这张床实在睡得难受，二来想到这里是司凤住了一年多的地方，她的心跳就忍不住加快，只觉鼻子里嗅到的都是他的气息，三来她想起曾经与他一起度过的那些日子。

他们曾经多么亲密，同床共枕，蒙着被子说许多废话，最后她困了，缩在他怀里睡着，第二天起来的时候两人的长发缠在一起，要弄半天，又好气又好笑。璇玑曾以为，就算过去十年二十年，他们之间也不会有任何改变，何况是短短的一年多。

可是她错了。

真的，有些事情过去就是过去，他们永远也不会变回曾经无忧无虑十六七岁的少年男女。她也不会再缠着他，要他陪自己睡，更不会任性地哭着说一些伤害他的话。有一些东西在悄悄改变，那究竟是好还是坏，璇玑并不知道。

两年的空档，他们两人都需要适应一下彼此的变化。

众里寻他千百度，她找了很久，终于找到了他。可是他已经不是那个"他"，她也不是他印象里那个"她"。奇怪的是，她并不因为这种转变而感到沮丧，她甚至带着一种好奇的探究心态，想知道他这两年的生活细节，想了解他更多更多，好像重新认识一个人，一切从头开始。

他会不会也是这样想？他会不会还不相信她？不想见她？

不不，这些恼人的问题，留到以后再想吧。她眼下只要留在这里就好，只要留在这里……璇玑渐渐倦极睡去，坠入梦乡前隐约听见缠绵的琴声，很远，又好像很近，有人在轻轻弹奏七弦琴。

琴声像宛转的耳语，搂着她，哄着她，贴着她每一寸肌肤，一切都是暖融融的。


璇玑很快就领略到西谷少女的热情奔放，比如兰兰，她完全不因为璇玑的存在感到气馁，风雨无阻，每天有事没事都跑过来。她开始是打着送东西为借口，本来禹司凤一个人住，什么也不收，就像一面铜墙铁壁。但自从腾蛇这吃货来了之后，铜墙铁壁的效用就完全消失了。

只要是送吃的，他都毫不客气一股脑儿接过来。这恶习被村里人摸透之后，就不断地有别家的女孩子送好吃的来。腾蛇丝毫不明白这些女儿家的心理，他反正有吃的就开心。不过俗话说，吃人嘴软，拿人手短，收了人家这么多东西，禹司凤也不好意思再摆着冷脸拒人于千里之外，于是兰兰又从送吃的变成每天过来帮忙晒草药，整理凌乱的药铺，成了常客。

这女孩子有一股可怕的韧劲，像钢丝绳一样，无论禹司凤怎样的冷脸，她都毫不在意，甚至投其所好，下了狠劲来钻研药草，遇到不懂的便去问他，以此为借口和他多说两句话。禹司凤在这方面倒并不吝啬，有问必答，完全是一副好老师的样子。

这一日，璇玑跟着禹司凤上山照料那些药草，她的烫伤好得差不多了，这几日总是觉得痒，又不敢用手抓，于是他说再配几副新药进去止痒。两人起了个大早，才背上药篓，兰兰就来了，听说他们去山上，便说要去见识一下没见过的药草。

说实话，璇玑对这女孩子并没感到讨厌，从某方面来说，她甚至觉得挺好玩，何况司凤也欢迎，对她来说倒是个值得自豪的事情。大约是因为她从心里一直笃定着，禹司凤不会对其他任何女子报以青眼，所以才能这般放松自然。

不过今天的情况很有些不一样，一路上兰兰问东问西，禹司凤有问必答，摘药草的时候，她也很认真地询问每一种药草的功用，禹司凤说到了兴头上，干脆把每一种药草都指给她看，一一解释。璇玑在旁边站了一会儿，没人理她，她对药草一窍不通，也插不上嘴，突然觉得自己像个多余的人。

这种感觉她并不陌生，从小到大，她一直都在体验这种疏离感。所有人都在笑，在说话，可是没有人理她，在乎她。她孤零零地站在一旁，像画中多出的一抹败笔之色。她一直在寻找自己存在的位置，可是没有人愿意给她。

这感觉实在是糟糕透了，璇玑半点都不希望在这种时候重温。她默默看着禹司凤，他和兰兰正蹲在田里热火朝天地说着哪种草能止血，哪种草能止痒。她正打算找个地方坐一会儿，挠挠痒，烫伤的地方痒得实在让她受不了，忽听树林中传出一阵清脆的啼鸣声，紧跟着枝叶扑簌，一只浑身雪白的大鸟冲破树顶，高高飞了上去。

璇玑玩心顿起，拔腿就追，一直追到林中，御剑闪电般飞起，眨眼就飞到了那只大鸟身后，抬手就去抓它。谁知这只鸟居然十分灵活，翅膀一扬，竟斜斜让了过去。璇玑见它浑身雪白，一双眼却像红豆一样，红得异常，而且——这根本不是什么鸟！她靠近了看才发现，这根本是一只长了肉蹼能飞的雪白大老鼠！

她在万妖名册上见过这种东西，叫火浣鼠，据说平时生活在火里，属于十分罕见的奇珍异兽，最奇特的是，如果能用它身上的毛皮做衣服，不用水洗，哪里脏了，只要丢在火里烧一会儿，再拿出来，便干干净净像新的一样。

这只火浣鼠看起来应当不大，只是不晓得怎么会出现在这里。璇玑来不及想那么多，见它斜斜飞了出去，反手又是一抓，这一下倒是碰到了，然而只扯下一把毛，火浣鼠动作快得惊人，吱吱一叫，眨眼就蹿飞出去十几丈。

璇玑舍不得用剑刺它，只怕将毛皮弄坏了，可这东西不怕火，用火越烧它越精神。她忽然抬手摸了摸腰间，上面挂着一只水袋，顿时有了主意，双手结印，细细放出两条小火龙，将那火浣鼠围在中间，绕着它上下盘旋。

那火浣鼠果然半点也不怕，在火里越发精神起来，越飞越快。那两条火龙也紧紧跟着它，并没有任何伤害它的意思，像双龙戏珠一样把它裹在当中。璇玑疾追上去，两指合拢撤了火龙，随即解下水袋，当头朝它泼去。

那火浣鼠避让不及，满满一袋水把它泼个正着，吱吱叫了两声，便直直从天上摔落，为璇玑一把捞在手里，得意扬扬。原来万妖名册上记载，火浣鼠用寻常方法杀不死，就算死了，过一会儿也会复活逃跑。只有先放它在火里烧，等它从火中出来之后立即用水泼它，一泼就死。

想不到这下给她歪打正着捉住一只珍贵的火浣鼠，它的皮毛可是值钱得紧！璇玑提着火浣鼠，兴致勃勃地落在地上，转头见禹司凤青色的身影在林边晃悠，似是着急地寻找着什么，她赶紧挥手大叫："司凤！你快来呀！看我捉到了什么！"

话音刚落，他便瞬间奔来，脸色铁青，双眼似墨一般黑，也不说话，只是定定地看着她。璇玑被他这种神情震住，嘴角咧开的笑容不由自主收敛起来，指着火浣鼠喃喃道："你……你看，这是……火浣鼠……"

禹司凤深深看着她，半晌，才道："你……一个人跑走，招呼也不打，就是为了捉这东西？"

璇玑茫然点了点头，她心中有些不好的预感，可却摸不清源头——他在生气，而且很生气，但关键的是她搞不清楚他为什么要生气。

禹司凤看了她一会儿，突然低低笑了几声，转身就走。他真像个傻瓜，不是吗？狼狈得几乎无地自容。他并不是故意冷落她，只是等反应过来的时候，她已经不在原地了。他以为她是见到自己和兰兰说话，心里不舒服，于是赶紧出来找她。可，他又错了，原来她根本不在乎，原来她还是那样……没心没肺。既然这样，为什么还要辛辛苦苦找来，告诉他自己找了快两年，让他快变成死灰的心重新燃烧？

他很早就明白，不管自己怎样做，她都不会把自己放在心上。反正只要他陪着她，好让她不至于一个人孤孤单单就好。她是千万缕甩不开挣不脱的柔丝，没有目的，不懂爱，只知道缠着他、抱着他，要将他拉进深渊里。

她简直是他的魔，让他活着就像死去，希望尽数变成绝望。

"司凤！"她又这样软绵绵地叫他，无助地缠上来。

他像见鬼了一样，想要闪躲，可是胸中突然剧烈一痛，一行滚烫的腥涩液体从嘴边滑落，再也站不住，反身倒了下去。耳边听得她大叫一声，然后他落进一个温软的怀抱中，苦苦挣扎两下，只觉她两条胳膊紧紧抱着自己，脸贴着他的脸，咸涩的泪水落在他唇上。

他反手扣住她的手腕，颤声道："我……不想再见你……你快走！"说完，眼前一黑，顿时不省人事。


禹司凤起初觉得十分冷，仿佛赤身露体站在冰天雪地里，冻得他浑身僵硬，全身血液都要结成冰一般。过了一会儿，漫天的风雪忽然又变成炎炎夏日，骄阳似火，烤得他肌肤几欲干裂，身体里像有一把火在烧着五脏六腑，苦不堪言。

恍惚中，似乎见到大宫主站在对面，对他微微而笑，柔声叫他："司凤，到爹爹这里来。那女子是你的魔，放弃她！爹把一切都给你，你要好好的！"

他满心感慨，上前叫了一声爹，大宫主脸色突变，就像当初他喝下情人咒的解药时那样，用完全陌生的眼神看着他，冷冷说道："你是谁？谁准许你进来的？"他微微一惊，眼前的人影忽又变化，身形窈窕，然而面容模糊之极，秀发上簪着一根金翅鸟的碧玉簪子。

那女子对他张开双臂，柔声唤道："司凤，过来，让娘看看你。"

他伸手欲去抓她，指尖刚触到她的衣袖，她却如同青烟一样散开，再无踪影。他焦急地四处张望，大声呼喊，周围却只有茫茫的雾气，什么也看不到。他的胳膊突然又被人用力抓住，手劲之大，痛得他一个惊颤。

眼前浮现出一张俊逸英武的脸，脸上有一道血红的长疤，令那人看上去很有些狰狞。那人把玩着自己的独辫子，忽而抬眼望他，目光如冷电一般，沉声道："哼！均天环还给你们也无妨！只是千年之前的账，老子迟早要和你们算个清楚！"

话音一落，眼前一切都变成了空白，四下里寂静无声。他茫然站了许久，忽然听见远方有人在嘤嘤哭泣，紧跟着，他似乎被人抱在怀里，鼻端嗅到一股淡淡的熟悉的幽香。眼前的空白如潮水一般退去，禹司凤动了一下，缓缓睁开眼，入目是自己卧室的青色蚊帐顶。

他真的被人抱在怀里，脑袋枕着那人的腿，脸上湿漉漉的，还有水滴不停地落下来。他勉强抬高脑袋，就见璇玑雪白的脸近在咫尺，她的两只眼睛都哭红了，还在不停地哭。一见他醒过来，她慌得脸色都变了，颤声道："司凤！你、你怎么样？那里还疼吗？"

禹司凤默默看着她，回想起前尘往事，只觉无比疲惫，半晌，才低声道："为什么不走？何必留下来。"

璇玑颤声道："我不走！绝对不会走的！我找了这么久，终于找到你了，我死也不会走！"

他苦笑一声，轻道："你不走，死的人只会是我……"

璇玑只觉浑身一阵热一阵冷，一颗心也是一会儿攀上高峰，一会儿沉入深渊，她从未有过如此深沉的痛楚与茫然。一年多的时间，五百多个日日夜夜，换来的居然不是幸福相守，或许他也从未期待过她的出现。她还是那么天真，以为排除万难就可以快乐地在一起，只要她找到他，他就一定会回来。

她错了，完全错误。

她从未真正了解过他这个人，只凭着自己的喜好去判断他，要求他。他居然有着最深沉极端的个性，一旦受伤，就将她排斥在千里之外。他俩之间，是他主动惯了，但真正的禹司凤，并不是百折不挠的性子，除非她给予完整，否则他必定要退缩，避让。

璇玑慢慢捏紧拳头，低声道："如果你要死，我也会跟着你。禹司凤，你不要想逃开我。"她突然飞快抽出崩玉，在自己胳膊上用力划了一道，鲜血犹如泉水一样喷涌而出，大团的鲜血落在他脸上，他的神情震惊到了极致。

璇玑勾起唇角，轻声说道："你的情人咒发作一次，我就在自己身上砍上三剑，看看谁死得快。"说完将崩玉一横，在另一只胳膊上也狠狠划了一道，完了还要在大腿砍上一剑，却被他用力抓住剑柄，阻止这种可怕的行为。

"你给我住手！"他脸色惨白，将崩玉抢过来丢在地上，嘶声道，"不要把生死当作儿戏！"

璇玑低声道："我没有当作儿戏！不认真的是你才对！你从来也不相信我，自以为是地给我下定论，我做的努力你全部视而不见，可是我只要有一点松懈，你就会抓住不放。该长大的人到底是谁？！"

禹司凤怔怔看着她，好像她是个陌生人。璇玑又道："我一直都是一个人，从小到大，从前世到今生。后来终于有一个人让我觉得孤独是十分可怕的事情，我想与他一起成长，一起直到永远。我找了五百多个日夜，如果还不能让你稍稍动容，那么你可以再离开，我会继续找，找十年，二十年！要多少年你才会满意？到底要多久你才会和我说一句你辛苦了，我等你好久？！"

她的眼泪忽又落下，雪白的腮上染着几点鲜血，混合着泪水，顺着下巴往下滴。她忽然捂住脸，颤声道："还是说，其实你真的一点也不想见我？那你和我说一句：褚璇玑，我烦死你了，你快给我滚。我会乖乖消失，以后再也不烦你。"

她捂着脸哭了很久，只觉整个人都有些昏昏沉沉的，腿上的烫伤，胳膊上的划伤，突突跳着，疼得她背后满是冷汗，几乎要将衣服浸透。她有些支持不住，缓缓往后靠去，忽然一双胳膊抄过她肋下，她被对面的男子紧紧抱在怀里，紧得几乎要窒息。

"傻子……"他贴着她的耳朵，柔声说着，"我等你很久了，你来得很迟，我很生气。"

璇玑只觉身在梦中一般，忽然反应过来，反手死死抱着他，急道："你怎么才说！你这个坏人！先前为什么说不想见我，为什么说那些难听的话？！"她的眼泪大串大串地落下来，想到先前受的委屈，她的心都要裂开。

他按着她的后脑勺，低头在她额上面上细细吻着，手指将她的眼泪都轻轻擦掉，最后低声道："因为我怕……璇玑，我也会害怕。"

怕她再一次轻易放手，也怕她根本不懂什么是爱。与其那样，还不如彻底和她断了联系，长痛不如短痛。

他紧紧抱着她，那样紧窒的拥抱，令她无法喘息，她闭上眼，喃喃道："司凤……我们永远也不分开，好不好？只有……我们俩。"他眼眶一热，颤声道："好，我们永远也不会分开。"

# 第三十八章·花开万景

璇玑这时才真正松懈下来，长长出了一口气，身上各处的伤口疼痛顿时加剧，她不由得"嘶"地倒抽一口凉气，禹司凤急忙放开她，低声道："你太任性，快把伤口给我看看。"

璇玑捋起袖子，两条雪白的玉臂，一边一条长长的血痕，还在往外冒血。禹司凤急忙给她止血包扎，璇玑见他动作灵活，面色虽然苍白，却不像先前那样发青，不由得问道："你……没事了吧？刚才你吐了好多血……现在胸口还疼吗？"

禹司凤摇头道："没事，情人咒只是一时的劲。眼下……以后也没事了。"他笑了笑，见璇玑脸色苍白，似在咬牙忍痛，不由得柔声道，"怎么，伤口疼得厉害？我在药里加了止痛的药草，过一会儿就好了。以后不许这么任性，明白么？"

璇玑苦着脸点头，其实她疼的不是胳膊，而是大腿那边的烫伤。刚才他情人咒反噬，折腾得她六神无主，扶他上床的时候，大腿狠狠撞在桌子上，痛得她险些尖叫出来。本来快好的伤口，估计被这么一撞，又破皮了，指不定破成什么样子。

她坐立不安，一会儿盼着禹司凤赶快离开，她好查看伤势，一会儿又舍不得他走，哪怕伤口疼一点，和他在一起多一刻也是好的。

禹司凤见她额上全是冷汗，两只手都捏成了拳头，放在腿上微微颤抖，顿时明白她痛的不是胳膊。他皱眉道："是烫伤的地方疼？"璇玑只得又点头，哽咽道："司凤……你、你先出去吧，我疼得不行了，要看看到底破成了什么样子……"

他急急起身，去墙角柜子里翻了半天，翻出一个黑色小瓷瓶，打开仔细闻了闻，这才转身道："把裤子脱了，我看看伤势。"

璇玑急忙摇头："不、不要！你出去啦！"

禹司凤不由得分说，一手按住她的胳膊，不顾她的尖叫，一手飞快扯下她的裤子，只见绷带那里大片的血痕溢出来，显然破皮严重。烫伤是最难痊愈的，尤其是在大腿内侧这等肌肤娇嫩的地方，在表皮长好的阶段千万不能抓挠，更不用说用力碰撞，否则前功尽弃，还会留下伤疤。

他见璇玑浑身发抖，只当是疼得厉害，便柔声道："好了，不怕，我给你换药。马上就不疼，以后千万小心，不要碰到伤口。"

他小心换下绷带，用一根打磨光滑的木头小杵从瓷瓶里沾了药膏，细细涂在她的伤口上，然后再重新包扎。鼻前忽然嗅到一阵幽香，他心中一动，仿佛突然发觉有什么不对劲。她光着腿，坐在自己对面……指尖触到她腿上的肌肤，娇软滑腻，日光从帐子外面透进来，她一双腿修长笔直，粉光致致，像玉琢出来的。

禹司凤忽然有些心猿意马，替她包扎绷带的动作慢慢停了下来，抬眼去看她，只觉她脸上红得几乎要烧起来，满面娇羞。他几乎忍不住要抬手抚上去，只得强自镇定心神——此刻他是大夫，她是病人，起任何歪念都是有辱医道的行为。

璇玑一颗心几乎要跳出胸腔，心里隐约盼望他能做点什么，亲密些的。可是他身子离得远远地，完全一副正经八百的大夫模样，她有些失望，不过她胆子再大，也不敢主动，两人只得各怀心思，陷入诡异的沉默中。

不知过了多久，那简单的包扎绷带动作终于完成了。禹司凤急急缩手，起身一本正经地吩咐：“这几天伤口不许碰水，不可吃辛辣的东西。每天换一次药，我待会再开个药方内服——每天都要吃药，直到伤口痊愈为止。”

他说得这么严肃认真，自己都觉得有些好笑，咬了咬嘴唇，反手放下帐子，道：“把衣服穿好吧。我去配药。”

璇玑赶紧穿好裤子，他用的药还真神奇，涂上去之后剧烈的疼痛缓解了不少，伤口的部位变得有些麻木。她在床上整理一下仪容，这才起身下床，冷不防脚底一麻，她顿时站立不稳，哎呀一声又要摔下去。

禹司凤急忙扶住她，连声道：“怎么了？还疼吗？”

璇玑脸红抬头解释：“不是啦……好像……刚才姿势不对，两条腿都麻了……”

禹司凤忍不住抬手在她艳红的脸蛋上捏了一把，正要说点亲密的话，忽听窗棂下“砰”的一声，两人吃了一惊，急忙推门出去，只见兰兰的身影狂奔而去，推开篱笆门，眨眼就跑得没影了。窗下倒着一个药篓，正是他们今天上山的时候带上去的，由于禹司凤情人咒发作，他俩都把兰兰忘在了脑后，想来她在山上等了好久，不见他俩，这才回来寻找，方才她一定见到了他俩亲密的模样，所以才大受打击跑走。

璇玑叹了一口气，这个充满韧劲的少女，想必一定是伤心欲绝了，而罪魁祸首就是身边这个年轻男人——她抬头看着禹司凤，他无辜地看回来，两人都有些无语。隔了半天，禹司凤才道：“你进去吧，好好休息，别再乱动了，总叫人为你操心。”

璇玑乖乖点头，转身走进卧室，回头依依不舍地看他，却见他也怔怔地在门口看着自己。她不由得扑哧一笑，朝他挥挥手，道：“小色鬼快去忙吧！”

禹司凤听她将陈年旧绰号叫了出来，不由得一阵好笑，好笑之后却又觉得无比温馨，只觉心中喜乐无限，胸口多年郁结的东西仿佛也豁然开朗，无牵无挂。两人看了半天，心中都舍不得在这会儿分开，禹司凤干脆把什么药铺药草的事情全部丢在脑后，转身走回去，握住她的手，柔声道：“给我说说，这一年多的时间里你都去了哪些地方吧。”

璇玑正求之不得，两人并肩坐在椅子上，喁喁细语，璇玑想到哪里说哪里，说得乱七八糟，可谁也不当一回事，最重要的人就坐在身边，谁还会管那些细节问题呢？她把头枕在禹司凤肩膀上，轻道：“我可真是去了不少地方，有名的没名的，都找遍了。以后再去什么地方，再不需要地图啦，我就是活地图。"

禹司凤心中感动，低头在她面上轻轻一吻。璇玑咯咯笑起来："光是庆阳我就去了不下十次，结果柳大哥是没找到，那里的特产碧针茶倒是喝了一堆。起先我出来的时候，还担心银子不够花，腾蛇又那么能吃，不过好运的是，到处都有小妖出来作祟，我替人除妖驱魔来赚钱，钱还不少呢，都被人尊称为大师啦！要不是每天都想着你，辛苦得很，其实这一年多时间还是挺有趣的。"

她见禹司凤不说话，不由得抬头捧住他的脸，低声说道："你会不会觉得我活该？都是自作自受？"

他摇了摇头，伸出手指勾勒她娇美的线条，柔声道："我是想不到，太惊喜了……"

璇玑抱住他的脖子，笑吟吟地说道："我说完啦，换你说。为什么要离开离泽宫？在西谷这里过了一年多，有什么好玩的事情？最关键的是……是……嗯……"她不太好意思问出口。禹司凤笑了笑，低声道："每天都会想。想你在做什么，是哭还是笑，有没有遇到比我更好的人。"

璇玑贴着他的额头，闭眼低语："最好的人我已经找到啦……"

他也闭上眼，沉默一会儿，才道："我……我的事情，以后找个时间再仔细告诉你吧。快中午了，再不做饭，腾蛇会跳脚的。"

璇玑吃吃笑起来，眯着眼睛道："让他跳脚就是了！饿死他！"

话虽然这样说，她还是起身，两人拉着手，一起去厨房做饭。


接下来好几天，兰兰都没有再来。她不来，别人还好，腾蛇反应最大。因为她每次来都会带许多好吃的，腾蛇一天中最开心的时刻就是等她提着好吃的推开篱笆门，然后他晚上就能吃到一顿丰盛的晚饭。她不来送东西，晚上就是最普通的家常便饭，炒个鸡蛋都算非常好了。

终于有一天，他忍不住了，扯着璇玑一本正经地问她："你是不是不打算走了，就留在这里？"

璇玑愣了一下，想了想，道："我也不知道，反正暂时不会走。怎么，你不喜欢这里？"

腾蛇脸色黑如炭，大叫道："当然不喜欢！什么好吃的都没有，禹司凤那人小气得要命，没酒没肉，天天就给我灌苦茶，是不是打算饿死我啊？！"

璇玑倒没想到腾蛇有这样的抱怨，想想也是，腾蛇第一爱打架，第二爱美食，美食里最爱的就是酒肉，这里是偏僻小镇，就是有肉也不过是山里的野味，难得吃上一次，对他来说确实刻苦了。于是她很大方地取出自己的荷包，递给他："喏，你喜欢吃什么，自己去镇子上买吧。小心别把钱花光。"

腾蛇眼睛一亮，赶紧接过来，突然想起什么，脸又垮了下来："不行，你我定了契约，不能离开太远，我不好去镇子上，除非你和我一起。"

璇玑叹道："这里又没什么危险，你管什么契约。我的烫伤还没好呢，不能走远路，你自己去就是了。"

腾蛇道："那好，你说一句，允许我离开，三日之内必回，这样我就可以自己到外面买吃的了。"

璇玑只得照样说了一句，说完问他："这什么意思？"

腾蛇两眼放光，把荷包往怀里一丢，笑道："意思就是——我可以离开你三天的时间！安啦，我看你和禹司凤也蛮不容易的，憋得真辛苦，老子我好心离开几天，给你们自己要耍！走了！"

"你胡扯什么啊！"璇玑又羞又恼，正要追上去揍他两拳，腾蛇却早已腾空飞起，眨眼就消失不见了。

当然，如果他知道当天晚上兰兰就又鼓足勇气提了两大篮好吃的送过来，不知会不会懊悔走得太早。说实话，璇玑对兰兰的韧劲实在是佩服得五体投地，能在禹司凤冷脸的铜墙铁壁下，还铆足了劲，削尖脑袋往里钻，那是什么样的一种精神！

于是当兰兰提着两个篮子，站在篱笆墙外面叫门的时候，璇玑看她的眼神简直是闪闪发亮，可惜对面这位姑娘并不开心，她咬着嘴唇，哀怨地看着璇玑，喃喃道："我能和翼公子单独说两句话吗？"

璇玑想了想，摇头道："不，还是算了吧。兰兰，你真想学医术，我们都欢迎你每天来，不过若是抱着其他心思，我觉得你还是不要再来比较好。"

兰兰沉默半晌，有些怨毒地看着她，低声道："都是你不好，你来了之后，全村的姑娘都伤心得不行！你为什么要来这里？！把我们的希望都弄没了！"

璇玑有些哑然，隔了半天，才道："你知道吗？我为了找一个人，找了快两年。我和他从小就认识了，不过那时候我不懂事，把他气跑了，后来我后悔了。世上可没后悔药卖，我就出来找他，终于在这里找到了。我是很幸运的，因为很多人大概一辈子都找不回以前的遗憾。你说，一旦我找回来了，还可能再放手吗？"

兰兰呆了半晌，突然把脚一跺，恨道："我讨厌死你了！"说罢掉脸大哭而跑，不过她还算好心，两篮子好吃的没带走。璇玑端进来翻了翻，有熏肉有鸡蛋，还有两坛子桂花酿，都是好东西。不过估计兰兰以后不会再来，这些好东西以后可不会再有了。

她提着篮子摇摇晃晃走进厨房，把篮子朝地上一放，笑道："司凤！晚上我要吃炒鸡蛋！"

小山村的生活既平静又缓慢，外界的惊涛骇浪一点也影响不到这里，最大的事情大约就是小妖来作祟，要么就是今年收成不如往年。

午后璇玑在屋中小睡一觉，醒来后已近黄昏，浑身薄汗。天气越来越热了，才刚刚进入六月而已，却好像到了三伏天。大腿内侧烫伤的地方又开始发痒，汗水腌在上面还疼，这种又疼又痒的滋味绝对不好受，不过有过一次教训，她再也不敢用手去抓挠，只隔着衣服轻轻按两下，稍稍缓解也是好的。

窗外好像有人在说话，璇玑以为又是兰兰来了，顾不得披外衣，光着腿跳下床，把窗户推开一点点，隔着缝隙往外面偷窥——这行为实在是孩子气得很，还带着一点小女人患得患失的味道。她想看看她不在身边，禹司凤和别的女孩子怎么相处。

谁知外面只有两个人在喝酒聊天，居然是禹司凤和三天没见的腾蛇。小小的庭院里放着两把椅子，一张废木料拼成的桌子，看上去随时会倒，不过环境虽然简陋，倒没减了他俩喝酒的兴致。桌上放着两坛酒，正是那天兰兰拿来的桂花酿，禹司凤居然还破天荒地去镇上买了点下酒菜，卤牛肉白斩鸡之类。

璇玑立即要推窗跳出去，和他们一起喝酒吃菜，忽听禹司凤低声道："事情已经变得这样严重了？"她不由得一愣。

腾蛇嘴里不三不四地叼着酒杯，怔怔地望着天边如火如荼的晚霞，他银丝般的头发也染上一抹嫣红，脸上神情有些怔忡，最奇怪的是，小银花黏在他身上，咝咝吐信子，他居然也没拉下它来发脾气，而是由着它缠来缠去，一手还捏着它的脑袋，感情好得很。

半晌，他脑袋一仰，咕咚一声将杯里的酒灌下去，抬手把杯子放在桌上，沉声道："嗯，老头子们生气了，只怕是当真的。"说完他突然抬眼望向隔着窗缝偷听的璇玑，大声道，"偷听的人没酒肉吃啊！让你再偷听！"

璇玑被揭穿了，有些不好意思，赶紧推开窗户跳出去，笑道："好嘛，不偷听了。你们喝酒居然不叫我。"她匆忙出来，没穿外衣，只披了一件勉强遮住膝盖的白衫子，光洁纤细的小腿露在外面。好在天色已近黄昏，否则让别人见到她这种不修边幅的模样，只怕背后还不知说成什么样。年轻女孩子露胳膊露脚露腿都是不允许的，天气再热也不可以。

禹司凤果然皱了一下眉头，不过却没教训她，手指在桌子上一敲，笑道："过来吧。不过没椅子了，自己把躺椅搬过来坐着。"

璇玑果然把屋里的躺椅搬出来，咪溜一下躺在上面，腾蛇早给她斟酒端过来，她仰头喝了一口，桂花酿入口甘甜，没有任何刺激的味道。她舒服地伸个懒腰，枕着胳膊，学他们的样子看着天边绚烂的晚霞，问道："腾蛇，这三天你去了哪里？吃了什么好东西？"

腾蛇"嗯"了一声，有点心不在焉："就是去了这里那里，吃了这些那些。"

"这算什么。"璇玑吃惊地笑起来，不过她并没追问。天边的红霞镀在她身上，一层薄晕的红光，四下里突然起了一阵凉风，屋后的凤凰花树被吹得飒飒作响，嫣红的凤凰花扑簌簌随风落下，恍然犹如流火。

她轻轻叹息了一声："真漂亮，看啊，像在落天火。"

腾蛇不由得眯眼抬头，屋后的凤凰树艳红绚丽，纷然如火，仿佛是在熊熊燃烧一般，红得几乎有凄厉的美感，像最浓的鲜血，像最烈的火焰，一直铺到最远的天尽头。他又"嗯"了一声，端酒一口喝干，突然说道："给我解开契约吧，将军大人。"

璇玑微微一怔，猛然回头看他，像是没听清，更是不明白。

"你说什么？"她怀疑自己听错了。

"我是说，"他一个字一个字，吐词缓慢而清晰，"给我解开契约，我不想再做你的灵兽了。"

璇玑呆了半天，突然从躺椅上跳起来，按住他的额头，奇道："没发烧啊，怎么开始说胡话了？"

腾蛇一把扣住她的手腕，低声道："别装了，快点给我解开契约。"

璇玑直到这时才真正反应过来，心中仿佛有什么东西狠狠落下，失声道："为什么？我、我哪里又惹你不爽了？还是……附近没有好吃的？没人陪你打架？"

腾蛇额上青筋暴露，咬牙道："老子在你眼里就是个贪吃暴躁爱打架的废物？！"

差不多吧……不过她没敢说出来。隔了半天，她才柔声道："腾蛇，到底是什么事让你不开心？就算不开心，你可以说出来呀。别……别动不动就说解开契约，这样很容易让人寒心的。"

他"嗤"地笑了一声，道："寒心？你一个没有心的人，有什么东西可以寒心？"

这话说得重了，璇玑沉下脸，冷道："你到底什么意思？痛快点！"

腾蛇站起身，背过去沉声道："那我告诉你，老子不愿意再陪你在这个荒山野岭过下去。不错，你是战神将军，做你的灵兽我也是沾光，但老子现在明白了，你连个完整的人都算不上，不知道算个什么东西！老子堂堂的神兽腾蛇大人，岂能给你这怪物做灵兽？烦请你快快解开契约，让我离开这等深厚耻辱，省得日后被人笑话！"

璇玑脸色苍白，颤声道："什么……不完整的人！你到底想说什么？！为什么突然变成这样？"她完全不明白他为何突然口吐伤人的话语。腾蛇不应当是这样的，他或许平时是口无遮拦，像个坏脾气的小孩，故意说狠话让她生气，但绝不会说这么刻薄恶毒的话语。

这一年多来，他和她两人走遍名川大山，日夜相伴，在璇玑心中，他早已是亲人一样，感情亲厚。

腾蛇冷道："我的意思早就告诉你了，赶紧解开契约！我已经不想再做你的灵兽，不屑再做，你还拖着我不放，是什么道理？"

璇玑猛然上前扯住他的衣服，硬生生将他拉转过来，瞪着他的眼睛，低声道："你再说一遍！"

他毫不畏惧，冷冷看回来，慢慢说道："我不屑再做你这种怪物的灵兽，请你赶快解开契约！"

璇玑吸了一口气，只觉喉咙里像被什么东西堵住一样，痛得眼泪都要出来。她颤声道："你不要忘了，我们为什么会订下契约！"

"是你把我打败了，我记得很清楚。"他推开她的手，整了整衣领，森然道，"可是天底下没有强迫别人做自己灵兽的道理。你要是不服，尽管再打败我一次好了，甚至用九天玄火把我烧成灰。告诉你一句，老子不愿就是不愿！你他妈的烦不烦？！快点解开契约！"

"我不知道怎么解！"璇玑也怒了，抬脚狠狠踹上他的小腿，"你现在就可以滚！滚！我也不要你做灵兽！"

腾蛇默默看她一眼，低头掸了掸裤腿上的灰，淡然道："好，我马上就滚。"他抄起一坛桂花酿，仰头一气喝干，将坛子往地上一砸，厉声道："以后桥归桥路归路！褚璇玑，你如果再反悔，老子就从脚底板瞧不起你！"

他将小银花用力扯下丢在地上，转身就走，在门口突然腾空而起，眨眼就消失在茫茫苍穹中，再也看不见踪影。

璇玑气得浑身发抖，抬脚朝他方才坐过的椅子踢去，铿的一下，椅子被她踢成了碎片，散落一地。"走就走！你要再回来，我也不认！"她一屁股坐在躺椅上，郁闷地端起另一坛桂花酿，深深喝了一大口。

心里仿佛有火在烧，她不明白，一点也不明白。起初一切都很好，为什么后来会变成这样。不管他！要走就走！谁离开了谁，难道就活不下去吗？

她再喝一大口桂花酿，目光扫过眼前种种事物。天边浓墨重彩的霞光，烟云渺然，暮色四合，那黑色的乌云边缘还残留着艳丽红光，像腾蛇火翼上的灼灼烈焰。他走便走，有什么了不起？

屋后凤凰花热烈如焚，满山遍野都烧了起来，像他恣意点燃的。一滴眼泪突然从她脸上滑下，落在手背上，紧跟着又落下许多。她用手赌气似的抹去，肩上忽然被人扶住，她回头一看，禹司凤目光灼灼看着自己。璇玑再也忍不住痛哭出声，扯着他的衣角，喃喃道："司凤……你说他为什么要这样？"

禹司凤蹲在她身边，抬手替她擦掉眼泪，柔声道："他大约是有些事情想不通，很快就回来了。"

璇玑哽咽道："他真可恶……可恶极了……"她方才赌气喝酒太急，这会儿情绪激动，几乎是立即就上头了，手腕微颤，酒坛子一歪，半瓶桂花酿全部撒在身上。禹司凤急忙拉开她的手，皱眉道："弄到伤口上怎么办？"

璇玑往他身上软绵绵地歪去，嘴里喃喃地说着什么，都是痛骂腾蛇的话。禹司凤又好气又好笑，小心揭开她的白衫子，见酒液还是弄湿了腿上的绷带。他只得小心解下，只见烫伤的地方已经好了大半，只是新长出的肌肤十分娇嫩，颜色和周围的肌肤不太一样。他松了一口气，小心用干布擦去上面的酒，抬头见她醉得脸色酡红，便柔声道："璇玑，睡这里会受凉，进去吧？"

她嘴里不知咕哝了一句什么，眼睛一眨，又是大串的眼泪滚下来。禹司凤将她打横抱起，只觉她隔着白衫子什么也没穿，滑腻的肌肤在里面犹如火烧般炽人。他喉头一紧，低头轻声叫她："璇玑，璇玑？"

她突然睁开眼，怔怔望着他，忽然抬手指向他身后，呢喃："火……火在烧……"他跟着回头，却见屋后凤凰花开得热烈，真像火一样。他转身正要走，不防她勾住他的脖子，脸贴上他的脸颊，吐息甘甜："你也要走？"

禹司凤扶住她的后颈，轻道："不，我不走。我送你进去。"

她"嗯"了一声，突然慌乱地在身上翻找，急道："崩玉呢？崩玉去哪里了？快给我！你要是也敢走，我就先砍死你，再砍死自己算了。"

禹司凤又吃惊又好笑，只得连声答应："好，好，不走。崩玉在屋子里，我带你去拿。"

他用脚拨开门上竹帘，将璇玑抱到床边，小心放下，转身正要打水给她洗脸，不防她又使劲拽住他，大叫："你真的要走？！"禹司凤只得折回去轻轻拍着她："不，我打水而已。乖，你醉了，好好睡着。"

璇玑哪里肯听，满床使劲折腾，要找崩玉砍人。禹司凤的衣服险些被她扯坏了，他又不忍大力制住她，只是伸手揽她入怀，柔声安抚，谁知她扯着他，只是哭，先是号啕大哭，像个小孩儿，最后却慢慢低声下去，似是累了，终于松开他，反身倒向床头，沉沉睡去。

禹司凤被她折腾得满头汗，好容易松一口气，先去打水，拧干了帕子替她擦脸，谁知她突然抬手抓住他的衣领，用力一扯，禹司凤一时不防，一头栽倒在她身上，只觉她两条胳膊死死抱着自己，嘴唇贴着他的耳朵，低声说着什么，他听不清，不由得低声问她。

璇玑忽而宛转相就，狠狠吻上他的唇。天旋地转，他竭力克制，颤抖地伸手要推她，可是指尖触到她细腻的颈项，却忍不住细细摸索下去，轻轻解开她的衣带。

璇玑先是觉着热，无比的热，跟着却慢慢凉下来，仿佛有风吹在赤裸的肌肤上，还有轻柔的吻落在身上。她半睡半醒，抬手去捞，却抓住了一把长发。

身上有人发出"嘶"的一声低呼，跟着那人却低低笑道："醒了？"她动了动，别过脑袋咕哝一句什么，继续陷入昏睡。那人似是不打算放过她，细密地在她滑腻的颈项上吮吻，有力的指尖，拂过她的肌肤，所到之处，像有火点流窜。

璇玑呻吟一声，忽觉自己被人紧紧抱在怀里，赤裸的肌肤相贴，热度惊人，那人贴着耳朵和她说着话，喃喃念着她的名字，让她快些醒来。她微微一惊，有一瞬间的清明，睁开眼来，正对上禹司凤黝黑的双眼。

他那样深深地看着她，眼睛里倒影出两个小小的她。长发凌乱在枕畔，拂过她的脸颊，又凉又痒。她忍不住用手抓住他的头发，放在唇边吻了一下，唤他："司凤……"他"嗯"地答应了一声，捧着她的脸，缠绵而又热烈地吻上去。

她似乎又醉了一次，从身体到内心，完全是柔若无骨的，什么都给他，全部交给他。世上只有他可以。切切纠缠着的或许不只是身体，还有她的心和魂魄，与他严密地交缠在一起，谁也不想分开。

如果不是那种可怕的疼痛，她会以为自己是在做梦。璇玑疼得满身冷汗，突然就清醒过来，抬手用力推他，可她居然半点力气也没有，发出的声音也妩媚得令她吃惊："好疼——是伤口……伤口又破了？"她以为是烫伤的地方又不小心弄破，不过很快她就发现完全不是。随着他的动作，那种疼痛越发剧烈，简直像要尖锐地刺入魂魄深处一样。

她无助地撕扯着被褥，撑不住痛哭失声。他要侵入她的魂魄，窥看她最深沉的秘密，那种无措又仓皇的感觉是如此可怕，她好像马上就要失去什么，再也找不回来的。

只有抓着他的肩膀，低声哭泣，狂乱地低呼他的名字。她好像找不到他了，如今在眼前的人或许不是他，而是另一个陌生人，因为那种疼痛如此难堪隐秘，一生从未体验过。禹司凤柔声安抚着："嘘……别哭……好啦，我在这里，璇玑……在这里。"他抚在她脸上的手略带颤抖，缓缓滑下来，抄过她肋下，紧紧将她纤柔的身体抱在怀里。

一切都是那样新奇、神秘，像一个追逐的游戏，她在跑，他在后面追。一直奔跑，跑向斑斓璀璨的夜空，漫天的烟花轰然绽放，流萤如雨，纷然坠落，他们好像也化成千万点荧光，在风中荡漾飘浮，随着莫名的律动涟漪一圈圈扩展，扩展……互相看到了对方魂魄的最深处，互相抚慰拥抱。

是谁说过，不离不弃，生死与共。简简单单的八个字，璇玑仿佛在一瞬间突然就明白了其中的真谛。世上原来只有这样一个人，你会甘心将一切都给予他，毫不吝啬。原来是他，真的是他，她如梦初醒。

又不知过了多久，她从昏睡中醒过来，耳边仿佛有人在低声说话，语音模糊，吐词怪异，她微微一动，才发现自己被人抱在怀里，那人正轻柔地抚摸着她的头发。璇玑也不嫌热，往他身上又靠得更近，和他面对面枕在枕头上。对面的禹司凤眼神温柔，笑吟吟地看着她，长发和她一样散乱在被褥上。

"你在说什么？"她问，捞起他的一缕长发，细细编织。

禹司凤想了想，笑："我在说，原来就算知道许多东西，真正做起来却完全不是那么一回事。"

什么意思？璇玑一头雾水地看着他，他笑得很有点不怀好意。过了一会儿，他又道："你喝醉了，我大约可算乘人之危。"说罢苦笑一声，如果褚掌门他们知道，只怕他会被大卸八块，想想就有些发寒。

璇玑眯起眼睛，也笑，像一只使坏的猫，慢慢说道："我若是不醉，你敢么？"

禹司凤微微一怔，跟着却吃惊地笑了出来，抬手在脸上抹了一把，笑叹："你这死丫头……故意的……真是好大的胆子！"他佯做动怒，在她脑门上用力一弹，璇玑还来不及呼痛，他的唇便盖在了痛处。

"是我不敢走，因为我怕你用崩玉砍我。"他一本正经说着。

"你以为我真会用崩玉砍你吗？"她也一本正经地反问。

禹司凤一愣，她却笑道："我会把你敲昏，然后捆起来。"

禹司凤"啧"了一声，捏住她的下巴，轻道："捆起来……你要做什么？"璇玑低声道："那自然是……想做什么就做什么……"

其实她根本是瞎说，可是当他再次俯身而上的时候，她突然后悔了，在他急切的亲吻下勉强颤声道："不……我、我是骗你的……"他恍若不闻，她很快就再也说不出话，浑身都烧了起来。


不知是今晚月色太美，还是两人心中喜悦，过了很久很久，他们都毫无睡意。好在下午禹司凤去镇子上不光买了熟菜，还新买了两坛酒，原先是打算给腾蛇喝的，谁知他却走了。

两人把东西放在床上，毫不客气地大快朵颐。镇子上买的酒自然没有桂花酿甜美，苦中带涩，璇玑喝了一口便皱眉，龇牙咧嘴地说道："腾蛇那家伙倒会挑好的！不喝这个，反而把桂花酿喝光了！"然而提到这个名字，她生气的同时又觉得伤心，咬着唇突然沉默下来。

禹司凤喝了一口酒，倒没觉得难喝，只淡然道："下午……他回来的时候，你还在睡。他说有事想和我说，一时半会儿说不清，我以为他只是想吃肉喝酒，才买了这许多。没想到，他居然还真有事。"

"什么事？"璇玑问道，突然想起自己趴在窗口偷听到的那两段对话，没头没尾，却叫人疑心大起。

禹司凤摇头道："其实我也不清楚，他说得很含糊，依稀是天界有点麻烦，牵扯到他身上，他不得不回去……所以我说，你不要怪他，虽然他说话很伤人，不过未必是有心的，他在天界的事情，你我又清楚多少呢？"

璇玑默然不语，不错，腾蛇在天界如何，她确实是不知道。从他以前的话语里，能听出他很崇拜白帝，和应龙关系也不错，而且好像还蛮受宠的。应当没事吧……她想，也许再过一段时间他就能回来。

她低头再斟一杯酒，正要喝干，却被禹司凤拦住，他温言道："不要这样急着喝，很快又要醉。这酒不比桂花酿，上头是要吐的。"

璇玑笑道："我习惯了，这一年多每天都要喝酒才能睡着，不然总觉得心里有事。"

她以前绝对是个能睡的性子，走路都能睡着，没想到也到了遭遇失眠的年纪，那是因为谁，两人心里都很清楚。禹司凤叹了一声，不再劝她，自己也喝干杯中酒，良久，低声道："璇玑，我去了一趟阴间。"

她猛然一惊，瞪圆了眼睛："你去阴间做什么？见了谁？"

禹司凤微微一笑："你也认识的，没想到你与他也有一段渊源。"

"无支祁？"她差点跳起来，突然觉得不对，急急问道，"你好好的去阴间干什么？啊……你是离泽宫的人！是去救他的吗？救出来了？"

禹司凤低声道："我为什么去阴间……具体原因真的不想多说，不过确实有救他的意思，可惜他和紫狐都不想承这个情。我已将他身上的定海铁索解开，他想出来随时都可以。不过说实话，这个惊天动地的大妖魔和我想象中完全不同……"

他原以为他必然是张狂充满野心之辈，或者是豪情万丈的妖魔，毕竟他曾发起滔天洪浪，险些淹了天庭，做出这等逆天大事的人，一定不是泛泛之辈。谁知见他之后，他才发觉世人多毁谤，真实的无支祁居然是那样的。

他当时报明身份，无支祁一言不发，只冷冷看着他。直到他解开了定海铁索，这英武的男子才沉声道："金翅鸟一族没落成这样了吗？居然让一个乳臭未干的小子和失去妖力的金翅鸟来救我。"

柳意欢当场就怒了，扯着他掉脸就走，丢下一句："爱走不走！"

紫狐因念着璇玑，只得过来打圆场，解释了这两人和璇玑的关系。无支祁听完之后很有趣味地看着禹司凤，上下打量一番，哈哈大笑："是这小子？唔唔，真看不出来！哈哈哈哈！那丫头原来看上的是他！"

禹司凤知他话语中多讽刺意味，便说道："我无意了解离泽宫与你的恩怨，我的任务只是将你救出阴间，取回均天环。并不包括被你羞辱。"

他以为无支祁会发怒，或者沉下脸，谁知他只是一愣，跟着却连连点头："不错！你说得很对！想不到金翅鸟里也有你这样的人，那丫头眼光真不错。不过嘛，就凭你一句轻描淡写的话，就要我把均天环给你，未免太轻易了吧？"禹司凤说道："那你想要什么？"

无支祁只是笑，半晌，才道："你知道均天环是做什么的吗？"禹司凤倒被他问住了，他确实不知道，虽然他是被吩咐取回均天环，但他的心思并不在上面，也不想了解。

"我这样说吧，均天环这玩意对我是没半点作用，不过对你们却是极有帮助的宝贝。你们金翅鸟在千年之前可是嚣张跋扈的种族啊，多亏了均天环在身边，将你们的妖力提升到可怕的地步。所以你们才目空一切，觉得在地上称王称霸不够，妄想混上天。你家有个祖宗，叫元什么来着的，名字我已经忘了，当年我和他也算是至交好友，结果就为了天上一个爵位，把我给出卖了。嘿嘿，我无支祁的弱点，其实全天下都知道，可从来不会隐瞒，何况我最后也不是栽在这上面的。他出卖我，我自然也不会给他好日子过，动手把均天环给抢了过来。这下真是捅了大纰漏，你们一夜之间就失去了大半的妖力，加上天庭那帮神仙出尔反尔，拒绝给你们爵位，你们在中土惹了不少事端，最后只能躲到西边的孤岛上。嗯，想不到千年下来，卷土重来，和修仙门派搞到一起去了，还取个离泽宫的名字，真是好笑！你们这样处心积虑地要救我，急着讨好我，不就是为了均天环么？还做着上天做神仙的美梦？省省吧！人家才懒得管你们这些小蚂蚁。"

禹司凤沉默片刻，说道："你说了这一堆，我都是第一次听说。不过我也不想知道这些前缘，我只问你，均天环如何才能还给离泽宫？"

无支祁嘿嘿一笑，突然起身抓住他的手腕，手劲之大，令他痛得一个惊颤，他厉声笑道："好！就当给战神将军一个面子！均天环会还给你们，不过老子和金翅鸟千年的恩怨，总是要算个清楚的！"

接下来他也没将均天环拿出来，只说以后什么时候想出去了，便自己去找离泽宫，把均天环还给他们。这任务到底算不算成功，禹司凤到今天也不知道。

原来他和无支祁之间也有这样一段往。璇玑听得几乎呆住，想问均天环的事情，但又怕事情涉及他门派隐私，禹司凤现在也不是离泽宫的人了，于是她干脆闭嘴不问。

"后来我和柳大哥离开了阴间，他让我与他一起留在庆阳，我拒绝了。四处漂泊，然后来到西谷。本来也和你有一样的打算，想出海，去看看海外，寻找散落在海外的金翅鸟族人。不过心中总是舍不得离开，因为一旦离开中土，或许是一辈子也不会回来了。大约在我心里，也是盼着最后你能找来吧。"

禹司凤自嘲地笑了一声。璇玑忍不住握住他的手，低声道："那我来了，你为什么还要说那些伤害我的话？"

他脸上有一抹可疑的红，支吾半天也没说出个所以然。或许是因为他可恨的男人的自尊心？还是因为恨她恨得牙痒痒，想给她点苦头尝尝？总之，肯定不会是什么好心思。

璇玑忍不住张口去咬他："你这个坏蛋！要是把我气跑了可怎么办？"

禹司凤反手勾住她，双手扣在她光裸的背上，柔声道："你若真的跑了，我大约还是会追上去的。真是个可悲的男人。"

璇玑依偎在他怀里，忽然想起什么，问道："为什么我去了庆阳十几次，都没遇到柳大哥？"

他笑道："你莫忘了，他有天眼。是我让他别告诉你我在什么地方的，他一定知道见了你肯定瞒不住，于是每次你一去庆阳，他就赶紧跑走，直到你走了才回去。我虽然住在西谷，但也经常去庆阳看他，他每次都不瞒我，你到处找我的事情。"

璇玑这才明白为什么他看到自己出现在西谷的时候那么镇定，原来他早就知道她在找他！这个男人，当真其心可诛，可恶至极！她简直是被耍得团团转！正要一怒之下推开他，不防他将被子一掀，连人带被子压了上来，一时间天昏地暗。

以后再和他算账好了。璇玑迷迷糊糊地想着。

结果璇玑还是不知道禹司凤为什么离开离泽宫，他显然并不想讨论这个问题。每个人都有心中的一段伤，即使是最亲密的人，也不愿暴露。他既然不想说，璇玑也不再问。

她最近倒是每天都在算腾蛇离开的日子，只盼他是说气话，走个几天就回来。

在契约没解的情况下，他只能离开自己三天的时间，之后就一定要回来。璇玑并不知道如果不回来他会怎么样，但腾蛇从来没有主动离开过自己，他虽然一直抱怨着，但其实是个十分尽职的灵兽。

第一个三天过去了，璇玑在村子口等了一天，腾蛇没回来。

第二个三天过去了，璇玑又去村子口等，腾蛇还是没回来。

第三个，第四个……

一直到第二十个三天过去，腾蛇还是没一点踪影，璇玑终于彻底死心，知道他再也不会回来了。

她直到现在也不明白，自己究竟是哪里得罪他了，为什么说走就走，而且临走的时候还说那样伤人的话。她不止一次回想那天下午他和禹司凤的对话，却总也不明白他说的到底是什么意思。

不过既然事实已经如此，再想不开也没有什么意义。禹司凤说得对，腾蛇也有自己的想法，大约他有自己想过的生活，就算成为灵兽，他也绝不可能是小银花那种类型的。

说到小银花，自从腾蛇离开之后，它每天都无精打采，郁郁不欢，连最喜欢的米果子也不想吃了，成天只是窝在禹司凤袖子里睡觉。璇玑去逗过它几次，它虽然很给面子地出来吐信子当作打招呼，但玩一会儿就又钻回去，不管她怎么逗也不出来了。

据禹司凤说，它是患了相思症。谁听过一条蛇也会患相思症？不过对它的情况，两人都是束手无策，也只能装作看不见。

那一夜之后，禹司凤便把床铺被褥又搬回原来的卧室，两人真正住在了一起，过起了小夫妻的生活。璇玑的到来让西谷少女们从愤怒发展到嫉妒，再从嫉妒发展到默然习惯，最后大家都承认她和翼公子这一对了。毕竟方圆百里之内，再也找不出像璇玑一样出色的少女，容貌既美，身手又高超，脾气还好。

兰兰后来还是每天跑过来送东西，不过她是专程来学医术的，这女孩子很有些远见，不愿守着小客栈过一辈子，于是和禹司凤学习医术，打算以后做个女大夫。可惜她认不得多少字，于是往往是上午跟着璇玑学认字，下午跟着禹司凤念医书。所喜她天资聪颖，一教就会，而且对医术还有热情。

禹司凤说过，再聪明的人学东西，也不如有兴趣来得重要，兰兰跟他学了不过三四个月，居然已经颇有大夫的架势，在客栈里偶尔有客人伤风患病，她也能摸索个大概，药到病除。

山野小村的生活虽然十分祥和，但也十分单调，璇玑和禹司凤到底是年轻人，住久了就有点腻味。禹司凤以前能在这里心如止水地住上一年多，完全是因为心中失落，如今璇玑陪在身边，他哪里还能找到一丝半点的忧郁。他从小在离泽宫就是个特殊身份的，其他年轻弟子都不能随便外出，唯独他，可以不通报就出宫到处走动。当然，这是柳意欢和大宫主订下誓约的缘故，但也养成了他喜欢到处跑的个性。

本来璇玑捉住了那只火浣鼠，把皮毛卖了之后得了许多银子，是打算用来扩建瓦屋的，不过两人都有想离开的意思，于是干脆打算把那银子作为旅费，去海外游历一番。谁知日常杂事诸多，一直拖了小半年还没动身。

眼看秋去冬来，西谷这里夏天来得早，冬天居然来得也早，十一月初便下了好大一场雪，漫山遍野都是银装素裹，景色雅致。兰兰昨晚便托人带信，请假三天，因客栈老板娘得了痢疾。璇玑和禹司凤便打算趁着这三天的空闲，去庆阳看看柳意欢。

"这次我再去，他不会跑了吧？"璇玑突然想到自己每次去庆阳，柳意欢都会事先跑走，不由得没好气地问着。

禹司凤笑道："应当不会吧……除非你恼火他，要用崩玉砍他。"

自从那晚之后，"用崩玉砍"就成了禹司凤的口头禅，大约是因为这句凶狠的话从醉醺醺的璇玑嘴里说出来分外好笑的缘故。璇玑抬脚要去踩他，却被他笑着揽住肩膀，推门走了出去。

地上积雪深厚，踩在上面咯吱咯吱响，寒风嗖嗖地刮着，时不时还有细细的雪片落在脸上，路人们都恨不得把头缩进脖子里，这两个年轻人却衣着单薄，丝毫不惧严寒，有说有笑地朝村口走。禹司凤脖子上倒是挂着一条皮毛围巾，就是璇玑送给他的。说实话，从来没人拿黄鼠狼的皮毛来做围巾，那毛色看上去也蠢极了，若不是禹司凤生得俊雅清贵，这围巾要给别人戴着，只怕大牙也要笑掉。他倒是毫不在意，莫说是黄鼠狼的皮毛，就算璇玑送他一个乌龟壳的帽子，他也会乖乖戴脑袋上。

二人出了村口，正要朝旁边的山路上行去，忽听空中传来一阵悦耳的啼鸣，璇玑心中一动，急忙抬头寻找，只见一道红光闪电般划过天空，似是发现了他俩，立即急冲下来，璇玑胳膊一抬，它稳稳落在上面——是红鸾！

"你怎么会找来这里？"璇玑又惊又喜，"一定跑了不少路吧？真是太辛苦了。"她摸了摸红鸾的脑袋，从它脚踝上抽出信纸看。红鸾得意地叫了两声，翅膀一拍，掉头朝禹司凤身上扑去，停在他肩膀上，尖隼在他袖子上摩擦着，唧唧咕咕地就盼着和小银花玩。

小银花早就躲得没影了，禹司凤从袖子里取出米果子喂红鸾，它张嘴吃了两颗，又把脑袋朝他身上蹭了几下，显然十分亲热。

璇玑突然大叫一声，禹司凤吃了一惊，急忙问道："怎么？少阳派出什么事了？"璇玑兴奋得脸色通红，使劲抓着他的袖子，笑道："玲珑过两天就要大婚啦！爹爹叫我们回去呢！"禹司凤这才放松下来，笑道："真是好消息，是和敏言吗？"

"肯定是六师兄啦！"她指着信纸上新郎钟敏言五个字，笑得合不拢嘴。

禹司凤轻道："走吧，咱们先去庆阳接柳大哥，然后一起回少阳派。"

璇玑突然想起什么，犹豫了一下，低声道："等等，司凤……你、你想去吗？你会不会……"他是妖的身份，少阳派从上到下都知道了，她并不认为爹爹和娘亲能开明到允许她和妖在一起。万一到时候去了少阳派，反而让司凤心里不痛快，那她是宁可陪着他也不回去的。

禹司凤摇了摇头，淡然道："不，我去。"他勾起嘴角，笑了笑，"去向你爹提亲。"

璇玑唰的一下涨红了脸，垂头乱七八糟地玩着衣角，嗫嚅道："其实……这样……也挺好。我……我也不在乎啦。"

他在她脑袋上轻轻一拍，低声道："我在乎。"


一如禹司凤所说，这回两人再去庆阳，柳意欢便好端端地坐在妓院里喝他的花酒，一根头发也没少。找到他的时候，他正搂着两个妓女手里不规矩，抬眼见到璇玑发白的脸色，他"哟"的一声，笑道："这下是真做了夫妻吧？气色不错！小凤凰滋润有功！"

璇玑上前一步，很有冲动拔出崩玉在他可恶的脸上砍那么几下，可惜没吓着正主，倒将那两个妓女吓得尖叫而逃。

柳意欢叼着酒杯吃吃笑，冲他们摆手："坐。我就说大半年没见着小凤凰往我这里跑，肯定是被小璇玑找着了。你俩第一个倒想着来见我，我这半个老爹当得也不冤枉。"

禹司凤拉着璇玑坐在矮脚案旁，斟了酒，三人寒暄一番，都是捡一些闲杂小事来说，并不提这对小情人重逢欢好之事。在柳意欢心里，他二人一定是会在一起的，那过程自然不必冗述。

最后说到玲珑、钟敏言大婚之事，禹司凤的意思是大家一起去少阳派，柳意欢听了却笑着摇头，连声道："不去了不去了。老子见不得喜气洋洋的事情，见了就要喝酒，喝酒就会闹事，在那大喜的日子闹出事端，大家面子上都不好看。你俩去就行了。"

禹司凤并没想到他会拒绝，不由得愣住。璇玑还想着他先前戏耍自己的事情，没好气地说道："喝醉了有我和司凤呢！柳大哥怎么突然生分起来？"

柳意欢只是摇头，两人劝了半天他都不答应，最后摸着额头，道："别劝了，我不会去。最近应当快到时候了，我也有自己的事情要办，养精蓄锐呢。"

禹司凤知道他有天眼，看事情比常人远了数百倍，便问道："什么事情？莫非是与你偷了天眼有关？"

柳意欢嗤地一笑："天眼都偷了十几年啦，天界要找我算账，老子早就尸骨无存了，哪里还能活到今天！不是！"

说罢，他却乜着眼睛看向璇玑，淡然道："那毛躁的银发小子呢？怎么没一起来？"

他一提腾蛇，璇玑的脸就垮了下来。柳意欢不劝反而大笑起来，拍手道："是走了？哈哈！看不出他倒是个有血有肉的汉子！走得好！走得妙！"

璇玑神情不快，冷道："柳大哥是喝多了吧？"

柳意欢呵呵一笑，宽大的袖子在矮案上一挥，酒壶酒杯水晶盘子一股脑砸在地上，乒乒乓乓一阵巨响。他趴在案上，醉眼蒙眬，含糊道："哈……确实喝多了……醉了啊……人生难得几回醉……以后想醉也醉不了了。"

璇玑和禹司凤互看一眼，心中惊疑，都不知他今日这番古怪态度是怎么回事。忽听他喃喃吟唱道："……天地为炉兮，造化为工；阴阳为炭兮，万物为铜。"那调子，倒是十分熟悉，昔日初见腾蛇，他也是唱着这首歌。

柳意欢唱了几句，便酒醉得沉沉睡去。璇玑和禹司凤无法，只得将他背回那个猪窝一样的家，禹司凤正要取点水来给他抹脸，忽然袖子被他扯住，低头一看，柳意欢双眼犹如深潭一般，定定看着自己，哪里有半点醉意！他吃了一惊，只听他低声道："司凤，大哥喜欢庆阳城外三里外的牛脖子山。那里有个无名的小坟墓，哪天大哥要是不行了，记得把大哥葬在那坟墓旁。"

禹司凤这一惊非同小可，急忙问原因，谁知柳意欢合眼便睡，无论他怎么推都装死不说话了。

两人见柳意欢这里情况诡异，他又死活不肯一起去少阳派，实在无法，璇玑只得让红鸾留下陪柳意欢，一旦发生意外，红鸾飞得快，可以及时回来报信。

临走的时候，璇玑问道："牛脖子山的无名坟墓是什么？"

禹司凤沉着脸摇头，半晌，才道："或许是他女儿的坟墓吧。我听说当年柳大哥是被老宫主从庆阳抓回来的。"

璇玑不由得默然。

## 第三十九章·天神降临

今日便是玲珑与钟敏言的大婚之喜，少阳派从上到下都挂满了红色的绸带，连几个演武场都不例外。毕竟这是掌门人爱女的喜事，何况玲珑从小到大都是被众人当作明珠捧在手上爱护长大的，她要成婚，自然要办得热闹点。

钟敏言先时犯了大错，被逐出师门，然而一来他毕竟是褚磊夫妇一手抚养长大的，二来经过这许多事，他毕竟稳重了不少，竟能帮着褚磊处理一些派中事务。年轻人的想法思维更加活络些，办了几件事，连和阳、楚影红都忍不住赞他终于是长大了，于是褚磊下定决心将他重新收回师门，仍然算作少阳派弟子。

一大早，玲珑便被女眷们从床上拖起来开始打扮，嫁衣是请的山下最好的裁缝做成，挂在乌木的架子上，远远望去像一团火。楚影红手巧，按着玲珑的脑袋给她盘复杂的发髻，痛得她一个劲叫唤，眼泪都跑出来了。

楚影红取笑她："当新娘子的人不许哭，只能笑。以后可是大人了，别再咋咋呼呼的。"说罢手下又用劲，玲珑哪里忍得，叫得和杀猪一样。她觉得再扯下去，自己头发一定会被扯光，做个秃头的新娘。

从镜子里望见何丹萍心神不宁地看着窗外，玲珑急忙问道："娘，璇玑还没回来吗？她会不会赶不上啊？"

何丹萍心中也不清楚，其实璇玑是生是死她都不晓得，但大喜之日她不愿让玲珑担心，便强笑道："一定会来的，你爹用红鸾送信呢。别担心，待会儿就来啦。"她走到近前，见楚影红的发髻盘得差不多了，便亲手挑了一根大红的珠钗簪在女儿发髻旁，红颜乌发，当真是美得惊人。

"成婚了就是大人了，以后不许和敏言再没大没小的，他是你夫君，他说的话你要好好听，明白吗？"

玲珑虽然心中甜蜜喜悦，却还是忍不住嘬嘴道："他说的也未必全是对的，他也应当好好听我的才对。"

何丹萍笑着替她抿了抿鬓角，柔声道："别孩子气。敏言眼下可比你稳重多了，做人家的妻子，最关键的是温柔体贴，女人若是踩在男人头上指手画脚，不但他心里不舒服，别人也会笑话他的。"

玲珑点了点头，她已经得偿心愿，与钟敏言成为夫妇，这时候要她百依百顺都没问题。

楚影红又替她画了额间的梅花妆，正要取嫁衣，忽听门被人推开一道缝，几个文字辈的小女弟子好奇地探头进来，小心翼翼地问道："师叔，掌门夫人，我们可以进来看新娘子吗？"

楚影红笑道："你们几个小鬼头，进来只是捣乱，别把新娘子的装扮给弄乱了，花了好久才弄好的呢！"

那几个女孩子欢呼着跑进来，只围着玲珑啧啧赞叹，羡慕地看着她披上火红嫁衣。那烈焰般的嫁衣居然也压不下她的明媚颜色，更衬得唇红齿白，几乎要令人窒息。众人在屋中说笑一会儿，忽听门外又有动静，却是其他与玲珑交好的女弟子来看她。

年轻女孩子们聚在一起，自然是叽叽喳喳说个不停，只苦了玲珑，她平日里最爱聊天，今天脖子上却压了千斤重的黄金发钗，加上不敢弄乱脸上的妆和嫁衣，她只有呆坐着不动。

眼看吉时快到，楚影红将大小一干女子通通带出房门，只留何丹萍和女儿说些贴心话，再过得一会儿，只听远处传来锣鼓丝竹声，红绸翻卷，俨然是花轿到了。场面一下子就沸腾起来，喜气洋洋的唢呐，唧唧呱呱的看热闹的年轻弟子们，还有被一群人簇拥而来的巨大花轿。

玲珑被人扶上花轿，一行人吹吹打打，比过年还热闹。

正厅里也是热闹非凡，点睛谷、浮玉岛连同其他交好的修仙门派都来人庆贺，光酒席就摆了三十几桌。褚磊红光满面，与众客人寒暄，和阳等几个长老也忙着招待客人。钟敏言胸前挂一朵大红花，笑得像个傻瓜——他在外面等着花轿到，也不过是一时半会儿的事，他居然等得心焦无比。

当然，等花轿到了，楚影红将红绸带送到他手里的时候，他不光笑得像傻瓜，而是真的成了傻瓜。正要带着玲珑小心进大厅拜天地，忽听头顶风动，紧跟着何丹萍惊呼一声，众人都唬了一跳，以为有人来捣乱，出去定睛一看，却见何丹萍紧紧抱着一个年轻女孩儿，那少女身后还站着一个年轻人，正是禹司凤和璇玑两人。

他俩因为担心柳意欢出状况，一直陪着他，方才刚刚御剑往少阳派急赶，好巧不巧正赶上拜天地前夕。璇玑抱着娘亲说了几句安抚的话，这才笑吟吟地大声道："玲珑！六师兄！我们来啦！"

玲珑激动得一把揭了盖头，红云一样扑上去，死死抱住她，眼泪汪汪地叫道："死丫头你可算来了！我还以为我这种日子你也忍心不回来呢！"璇玑赶紧用袖子小心给她擦眼泪，笑道："新娘子可不能哭，看看，妆都哭花了。"

钟敏言心中难抑激动，走过去和禹司凤用力握手，低声道："你终于来了！司凤。"

禹司凤笑道："来得匆忙，没准备贺礼，实在是抱歉。只有口头祝你们永结同心，早生贵子。"

钟敏言哈哈大笑，抬手在他肩上使劲一拍，眉头微挑："兄弟，你也一样！加把劲。"

玲珑激动之下扯了盖头哭花了脸，可是大大的不守礼仪，不过在座都是修仙人士，不太讲究这个，因此大家不过一笑了之，甚至觉得十分有趣。褚磊见璇玑回来了也是心神激荡，不过眼下玲珑的大婚仪式更加重要，便朝璇玑点了点头，示意她过后再叙。

璇玑牵着禹司凤的手，排在人群里，满心感慨地听吉官高声叫道："吉时到！一拜天地——"

那一对新人盈盈下拜，从此成就一段姻缘佳话。禹司凤见璇玑又是羡慕又是赞叹，便柔声道："我们也会有这一天的。"璇玑面上微微一红，心中却不知为何有些惶恐，握紧他的手，低声道："真的吗？"禹司凤轻道："一定会有。不管要我求多久，也要求得你爹娘同意将你嫁给我。"

璇玑吸了一口气，眼见玲珑和钟敏言幸福的模样，居然在这一刻觉得委屈且心酸。

"司凤，"她声音微微颤抖，"你别提亲了，我们就这样……不是很好吗？我不在乎嫁衣仪式，只要在一起就行了。你别提亲，我心里害怕……"

禹司凤在心里长叹一声，握住她的手指，柔声道："不管怎样，咱们绝不分开。"

璇玑微微点头，不错，不管爹爹他们同不同意，反正她和司凤是再也分不开的，就算无法像玲珑一样得到长辈的祝福，她也不愿分开。其实她已经能感觉到在场诸人对禹司凤有种看不见的排斥与隔离，甚至对她也有，虽然没人说出来，甚至那种感觉也十分轻微，但她心中还是很难过。

他们两人已经成为许多人眼中的异类了。

拜完天地之后，玲珑便被送进洞房，临走时她对璇玑招了招手，璇玑立即会意，是要她跟着去洞房，有话想和她说。她看了看禹司凤，他笑道："去吧，不用担心我。还要和敏言喝酒呢。"

璇玑这才跟着一群女眷朝洞房走，走了两步，不防有人在后面握住自己的胳膊，她回头，却见何丹萍满脸慈祥地看着自己。她叫了一声："娘。"依恋地靠在她身上。

何丹萍挽着她，一路只问这两年她在何处，经历了什么事，吃得好不好，有没有累到。一直走到洞房门口，她才突然说道："你和司凤……你们是不是已经私定终身了？"璇玑没有犹豫，她早知道会有这一问，当即点头。

何丹萍神色黯然，低声道："爹娘都知道你喜欢他，不过他是妖，当日许多人都亲眼看见了的，你又是少阳派掌门人的女儿，若是与一只妖在一起，岂不是让天下人笑话你，更加笑话整个少阳派吗？"

璇玑深深吸了一口气，良久，才沉声道："娘难道以为我就是普通人，而不是怪物吗？"

何丹萍一下子被堵住，再也说不出话来。璇玑推开洞房门，又道："不管他是妖还是人，我只知道他是禹司凤。不会因为他不是人而笑话他，那等于是笑话过去的自己。"

门轻轻关上了，何丹萍在门外怔了许久，才缓缓摇头，长叹而去。

璇玑走进洞房，只觉入眼的全是喜气洋洋的红色，方才送玲珑进来的女眷们应当已经散了，她那今天做新娘子的姐姐正倚在床头发呆，盖头揪在手里，脸上居然有泪痕。

璇玑微微一惊，急忙过去握住她的手，柔声道："哭什么？谁欺负你了？"

玲珑摇了摇头，反手轻轻抱住她，颤声道："璇玑，我……我有许多话想和你说，两年没见了……很多话除了你我都不知说给谁听……可是，现在见到你了，我却不知怎么说……"

璇玑吃惊地看着她，半晌，玲珑才垂泪道："我……我这两年几乎每天都会梦到那个……那个乌童……很可怕，我简直不知怎么办才好。梦里我觉得他好可怜，心中无比后悔，醒来之后又觉得这一切太荒谬可怕……"

"你……梦到他什么？"璇玑轻声问着。

玲珑轻道："每次都是一样的场景，我在一个湖里洗手，他从水里蹿出来拉我下去……无论我怎么挣扎都没用。你说……你说他会不会是阴魂不散缠着我？"

璇玑安抚地拍了拍她的肩膀，柔声道："放心，不会的。我上次去阴间，他早就被判官断刑啦。你只是心神不宁一直想着他而已。时间长了你一定会忘记他的。乖，别哭了，新娘子哭起来就不好看了。"

她替玲珑擦掉眼泪，忽听她轻声说道："罢啦，不管他是缠着我也好，我对不起他也好，都是孽缘。我当年不该……如果早早自杀，也没如今这么多烦恼。"

璇玑无话可说，半晌，玲珑又道："白天我脑子里只想着小六子，晚上做梦却只想着乌童，我真是个坏女人。"

"别这样说……"璇玑还想再劝，忽听门外一阵喧嚣，看样子是新郎和众多宾客进来闹洞房了。她捏了捏玲珑的手，低声道："我一定会把这事弄清楚，如果是乌童缠着你，我替你解决！乖乖做新娘子，不要想那么多！"

玲珑点了点头，把盖头蒙上，璇玑急急推门出去，却还是迟了，和走在最前面红光满面的钟敏言撞在一处，她险些摔倒。钟敏言急忙扯住她，满身酒气就笑问："如何，悄悄话说完了？我们可以进去了？"

璇玑赶紧点头。钟敏言在她肩上一拍，又笑："不知何时能喝到你和司凤的喜酒？赶紧吧！"他简直是春风满面，笑吟吟地进了屋子，后面的宾客也适当地进去闹一闹，增加气氛。璇玑见禹司凤站在屋外看着自己，便微笑着走过去，问道："司凤，上回你们去阴间的那个指环还有吧？回头再陪我去一趟阴间，好吗？"

禹司凤没问缘由，直接点头。

她要好好看看那乌童到底是怎么回事。

正厅那里觥筹交错，正是火热朝天的时候，一干年轻人都跑去闹洞房了，褚磊这些老一辈的便在席上饮酒畅谈。见璇玑和禹司凤来了，东方清奇第一个挥手："小璇玑！司凤！来坐！你这小丫头，胆子可真大，一声不吭跑出门，一去就是两年，你爹娘担心得头发都白了！"

璇玑有些不好意思，端着酒杯只是笑。东方清奇又道："今天你姐姐大喜，咱们捞着一杯喜酒喝。啥时候能喝到你和司凤的喜酒呀？"说罢众人都笑了起来。璇玑脸红不答，偷偷拿眼去看褚磊，不知他有什么反应，见他面上波澜不惊，既不笑也不恼，心头顿时凉了大半。

看来司凤是妖的事情，他们还不能接受。旁人无关痛痒，自然能拿来开玩笑，但爹娘肯定不会赞成自家女儿和妖怪混在一起。想到这里，她不由得如坐针毡，浑身都不舒服起来。

那有眼色的见褚磊的神情，便明白了，当即纷纷离开酒桌去别桌敬酒，给他们父女二人一点单独说话的空间。褚磊端起酒壶，替禹司凤斟了一杯酒，两人默默无言地对饮了一杯，良久，褚磊才低声道："司凤，离泽宫那里……"他的话没有说完，但傻子也明白他的意思。

禹司凤轻道："晚辈已经不是离泽宫的人。以后也不会是。"

褚磊没有说话，半晌，又道："你以后有什么打算？年轻人，就一直孤零零地漂泊下去？"

禹司凤淡淡一笑，柔声道："晚辈于药石一道颇有兴趣，立志做个大夫。"

褚磊摇了摇头，叹道："年轻人应当胸有大志，就算不能成就大业，至少也应当闯出个名堂来。与世无争说穿了就是懦弱。"

这话说得甚是刺耳，璇玑险些把酒杯给捏碎了，脸上一阵红一阵白，褚磊却仿佛没看到她一样，完全不在意她的反应。禹司凤在桌子下按住了她的手，轻轻拍两下，以示安抚，面上却不卑不亢，说道："纵然是百年霸业，亦有油尽灯枯的时候。晚辈斗胆，窃以为人生在世，图的不过是逍遥二字。晚辈并没有雄心壮志开创第二个离泽宫，以后也不会有。"

褚磊若有所思地看着他，低声道："司凤，我曾以为你是个能做大事的人。"

禹司凤笑道："前辈谬赞，大事小事，百年之后都是过眼云烟而已。"

褚磊似是有所触动，想了一会儿，才道："亭奴先生也是这样说的，你小小年纪，却这样豁达，也不容易。"

说到亭奴，璇玑终于忍不住插嘴："爹，亭奴在哪儿？怎么没看见他？"

褚磊说道："他一年前便离开了少阳派，据说是回归东海之滨。我们见他去意已决，便没有阻拦。"

东海之滨？是亭奴的家乡吗？原来他也走了。璇玑忽然感到一阵奇异的寂寥，腾蛇走了，亭奴走了，柳大哥也不愿来，看那怪异的样子，他大约也快失踪到不知什么地方去。所谓大家永远在一起，真的只是个梦想而已。

就像眼下热热闹闹的喜宴，无论大家怎么闹，怎么欢畅，最后都会散席，回到自己的世界。每个人都有自己的天地，她的天地呢？璇玑抬头看一眼禹司凤，他正微笑地和褚磊说话。是了，她的天地就在这里，就是他。

她的心情突然又变好了，正要自斟自饮，忽听褚磊说道："璇玑，这次回来就不要走了吧。如今少阳派损失了两位七峰长老，派中其他人暂时没有资质能够顶替，我和其他几位长老商量了一下，觉得你能力出众，完全可以担任七峰长老之一。你考虑考虑。"

璇玑惊得险些把酒杯给打翻了，指着自己的鼻子，不敢相信："爹……你、你是说我？我做七峰长老？！"

褚磊点头："你身负绝技，日后少阳派交给你我也放心。除了你，还有更合适的人选吗？"

璇玑嗫嚅道："不……可是……我从来没想过做长老……我、身负绝技什么的……我想自己根本不适合做长老……"她简直不知道怎么说，说得乱七八糟。

褚磊道："处世做人可以学，功力和天赋却是学不来的。你出生前夜我做的那梦，果然预示着你身份不凡，将来必然有所大成，少阳派自然是要交给你才好。"

璇玑吃惊得话也说不出来。她要做七峰长老？成为少阳派的领袖人物？四处看看，这偌大的少阳派，以后由她来执掌？闹洞房的那些年轻人回来了，很多人都在偷偷看着她和禹司凤两人，眼神怪异，目光一和她接触，立即低头或者转身，装出不在意的模样。唯有杜敏行对她微微一笑，眉眼间甚是慈和。

在许多人心里，禹司凤是妖怪，她也不是人。虽然他们都不说，但那天妖魔来袭的时候，她纵火御敌，不慎烧死了一个同门弟子是事实，无数人都目睹的。人们总是会对拥有超凡力量的人产生畏惧排斥的心理，尤其是杀人者。纵然亲密的人不会在意，但其他人一定会不舒服。

她不想被当作一个怪物，更不想禹司凤在众人怪异的眼神中过活。

于是璇玑摇了摇头，低声道："爹爹，对不起，我不能……"

话音未落，忽听外面传来一阵呼喝之声，三人都是一惊，却见厅内的宾客都朝外跑去，而方才还蓝天白云的晴朗天气，一瞬间竟变成了乌云密布，雷电交加。璇玑见那闪电似血一般红，心中突然升起一种不好的预感，拔腿便奔出去，褚磊和禹司凤急忙跟上。

出得厅门，只觉狂风乱石扑面而来，那血红的雷电夹杂着飓风，在峰顶肆虐。褚磊急忙吩咐弟子们将宾客请进大厅，将厅门关闭，另派其他弟子结成小队，在七峰巡逻，一有可疑情况，立即前来通报。

匆忙间，雷电已经劈到头顶，刺刺啦啦，好似聚集力量，在半空中闪烁，迟迟不落。

璇玑眉头紧蹙，盯着头顶的乌云，它们惊惶地旋转着，突然被无形的大手撕裂，露出藏在乌云后的一只天眼。又是天界的人来监视她？！璇玑正要御剑升空，袖子却被褚磊扯住，他沉声道："别去！璇玑！不要和天作对！"

她吃惊地看着他，他又道："不要和天作对！"

璇玑抽出手，低声道："我不作对，只是看看。"话音一落，人已经飞至半空，崩玉在手上一晃，作势要抛上去，那天眼果然瞬间便消失了。胆小鬼！她在心里骂了一声，忽见四周雷电穿梭，好似一张血红巨大的电网，将她网在中心，巨大的闪电蓄势待发，一旦劈下，下方的正厅只怕立即便会烟消云散。

璇玑大声道："是谁来找我麻烦？用凡人来做威胁，太卑鄙了！"

话刚说完，只听头顶一个阴沉的声音冷道："天帝圣旨到，罪人！还不速速跪下接旨？！"璇玑急忙转头，只见周围弥漫的乌云渐渐褪去，露出后面一个金甲巨人，横眉冷目，威武不凡，手里端着一个金色的卷轴，想来就是圣旨了。

璇玑本想质问他，在凡间又是雷又是电又是飓风，到底想逞什么威风。然而褚磊的话突然在耳边响起：不要和天作对！她心中一凛，他到底是不同，竟猜到了她下界轮回的理由。不要和天作对，是要她这一世顺从一些吗？

她膝盖一曲，跪在剑上，低声道："璇玑……接旨！"

那金甲巨人却不念，傲慢又矜持地说道："罪人！你的党羽呢？速速叫来，一同接旨！"

璇玑有些恼火，一直被他罪人罪人地叫，不过她还是压抑了怒火，沉声道："我没有什么党羽！一直都是一个人，你念吧！我听着呢。"

那金甲巨人冷笑一声："鼠辈也敢与天斗！罪人接旨！兹有罪人褚璇玑，扰乱阴间秩序，勾结同党，意图谋反，即刻捉拿回天庭审问！并有金翅鸟柳意欢、鲛人亭奴，一犯下盗窃天眼之重罪，一犯下连坐之罪，即刻带回天庭一并审问！"

璇玑大吃一惊，失声道："什么意图谋反？！谁谋反？"

那金甲巨人将圣旨收回袖子里，傲慢地说道："这个你得问问自己了！废话不多说！好生上天庭辩解吧！"他取出捆仙绳，正要套住璇玑，不防她手中寒光一闪，快得惊人，等他反应过来的时候，脖子上已经冰凉，被她用剑抵住。

他吃惊地瞪圆了眼睛，大约是从未遇到胆敢违抗上谕的人，脸都绿了，颤声道："罪人！放下剑！你好大的胆子！想被打入无间地狱吗？！"

璇玑深深吸了一口气，调整紊乱的思绪，她现在脑子里简直是一团乱七八糟的糨糊。天地良心！她什么时候谋反了？难道说没有杀死无支祁，甚至和他有说有笑就叫谋反？柳意欢偷天眼的事情就更奇怪了，怎么过了十几年才开始算这笔账？至于亭奴的连带罪最莫名其妙，他做了什么事情又被连坐？

她突然想到腾蛇的异常离开，心中如电光闪过，大声道："你告诉我，腾蛇怎么样了？！"

　　那金甲巨人脸色难看，厉声道："大胆妖孽！居然敢质问本官！"然而脖子上的剑又贴紧了几寸，他深明定坤的厉害，只得说道，"……腾蛇与你有契约，自然早早就服罪了！他自己主动认罪，白帝又替他求情，死罪可免，活罪难逃！你休得意，与上界作对，抗旨不遵是什么后果，你很快会知道！"

　　璇玑的脸色一瞬间变得比他还难看。腾蛇那卑鄙小人！果然是嗅到危险的风声，自己先逃走了！她从来不指望他能与自己共患难，不过遇到灾难居然自己先跑，也委实太让人寒心！

　　那金甲巨人见她半天不说话，又道："对了，下界的时候，白帝让本官给你带话，你身为上界战神，不得有私欲。此刻幡然醒悟也罢，倘若执迷不悟，金翅鸟禹司凤也要一并问罪！"

　　谁知话未说完，璇玑却冷笑一声，他脖子上骤然一松，却是她放开了他。崩玉在她手中飞速转了起来，为她轻轻一抛，清叱："起！断！"它登时闪电般蹿了出去，飞到半空，猛然伸长，"呼"的一声，将困在她身体周围的电网削断。

　　金甲巨人见她如此厉害，骇得倒退数步，眼看便要隐入云端，谁知她忽而抢步上前，他只觉脖子上又是一凉，再次被她用剑抵住。他吞了一口口水，色厉内荏地问道："大胆！你要做什么？！"

　　璇玑想了想，仔细梳理了一下思路，才道："我不会杀你，也没有谋反。我想这事大概是个误会。麻烦你回去通报一下，不用派人来捉我，也不需要用别人来威胁我。假以时日，我一定回天庭说个清楚！"说罢将他一推，那金甲巨人就是再托大，也不敢逗留在此地了，立即收走雷电风暴，眨眼便消失在空中。


　　璇玑降下云头的时候，发现正厅门口围了许多人，见她下来，纷纷避让后退，大师兄、三师兄他们甚至低头避开她的眼神，神情尴尬。她心中难受，咬了咬嘴唇。褚磊早已急问道："什么事？！你怎的将天神赶走了？"

　　她本想讲实话，忽而转念想到这实话一说，只怕爹娘都要吓个半死，在他们眼里，上界是永不可忤逆的，她不但抗旨不遵，还把传旨的神官给赶回去，真正是大逆不道，于是话到嘴边就成了："……也没什么，天神下界视察而已……"

　　褚磊明显不相信，但她咬死牙关不说，他也没办法。正乱糟糟的时候，却见钟敏言和玲珑两人惊慌失措地跑来，连声询问发生了什么事。他俩在洞房花烛这等旖旎时刻遇到天神下凡，委实不容易了些，大煞风景。

　　璇玑忍不住"哧"地一笑，道："没事啦！鸡毛蒜皮的……小事而已。"

这当然不会是小事，简直是极大的祸事，她自己都不知道把神官赶回去之后，天帝会不会勃然大怒，立即派上一群天兵来抓她，这一夜委实过得提心吊胆。

她在床上翻来覆去怎么也睡不着，汗流浃背，一时忍不住想提剑守在半空，来一个她杀一个，一时又恨不得时光倒流，她乖乖跟着那神官去到天庭，省得给爹娘带来无妄之灾。是夜乌云弥漫，没有月光，屋子里漆黑一片，这种黑暗简直令人窒息。她将手指放在嘴里，用力去啃，完全无措。

窗棂上突然被人轻轻一敲，那一声如此轻微，然而听在她耳里却像打雷一样，她噌地一下跳起来，握紧崩玉，手心里汗水淋漓，心跳得几乎听不见呼吸声。外面那人低声道："璇玑，你睡了吗？"是禹司凤的声音。

她一听到他说话，全身犹如虚脱一般，顿时软了下来，挣扎着奔过去推开窗户，不等他跳进来，便狠狠扑进他怀里，颤声道："司凤！司凤！"

禹司凤紧紧抱住她，反手关上窗户，将她抱上床，抚上她的脸，只觉她额头上全是汗水。他低声道："是天界出事了？我看今天来的那金甲巨人是传令官，官司传旨报令，上界有什么旨意？"

璇玑心乱如麻，不知如何诉说，良久，才结结巴巴地将事情说了一遍，说到后来，忍不住哽咽失声，轻道："怎么办？司凤！我、我一个冲动就把他赶回去了！他们……他们会不会派天兵来抓我？我家人……会不会也被罚连坐罪？"

禹司凤将她的脑袋紧紧靠在胸前，柔声道："不会的，别乱想。上界不会胡乱惩罚凡人，你不用担心少阳派的事。"

璇玑深深吸了好几口气，颤抖的呼吸才渐渐平静。禹司凤又道："看起来，竟有点秋后算账的味道，连亭奴也不放过，莫非是无支祁卷土重来了？"

璇玑摇头道："我……不清楚。无支祁不是还待在阴间没出来吗？"

禹司凤没说话，不知想些什么，璇玑也不知该说什么，靠在他胸前，听着他胸膛里稳定有力的心跳，似乎就是最大的安慰了。良久，他突然问道："璇玑，自己前世的事情，还记得吗？"

她愣了一下，点点头，跟着又摇头，最后低声道："有时候很清楚，想也不用想便知道来龙去脉。可是有时候又觉得完全是陌生人的事情，和我没关系……说不出是什么样的感觉。倘若我不去想，它便藏在里面，好像从来没存在过。一旦去想了，便再也挡不住……那感觉……像……像……"

像决堤的洪水，无论如何也挡不住，一直冲过来，冲过来，将她这半生的回忆全部洗刷，她好像不是她，不知道是谁，有一种压抑不了的苍茫和暴戾的感觉，就像在身体里藏了一把锋利的冷刃。于是她只有不去想，装作不在意，一直告诉自己那是前世，那不是她褚璇玑，那些与她无关。

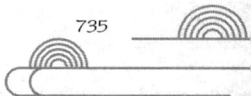

禹司凤抓着她的肩膀，低声道："你记不记得自己当初为什么会突然犯错被罚下界历劫？"

璇玑努力地想了很久，终于摇头："不……我不记得。好奇怪，有些东西一下子就想起来了，有些却怎么也想不起来。"

禹司凤沉吟道："我猜事情大约与你被罚下界有关。你不是说后土大帝他们一直等着你去杀无支祁吗？以了结这段因缘。可是你却违背了天意，不知造成了什么严重后果，于是才有旨意来抓你。"

璇玑黑白分明的眼睛怔怔看着他，似是在努力回想，却怎么也想不起来。禹司凤摸着她的长发，柔声道："不用去想了，时候应当还未到。就算你这次抗旨不遵，上面也没那么快来捉你。何况腾蛇在上面……"

话未说完，璇玑便沉声道："别提这个名字！我宁可从来没认识过这么无情无义的人！"

禹司凤有些默然，过了一会儿，才道："他不是这样的人，你应当比我清楚。"

璇玑又委屈又激动，想起腾蛇一声不吭自己跑回天上认罪，将她撇下不管，连个警告都没有，不由得怒从中来。然而不知怎么又想起他这两年没有任何怨言地陪她东奔西跑找禹司凤，她失落迷茫的时候，都是他陪着自己，却又恨不起来。

良久，她才恨恨出声，叹道："算了……不管他是什么样的人……反正他已经走了……"

禹司凤突然想起大半年前那个满天火烧云的黄昏。腾蛇面色犹如冰雪，从认识以来，他从未有过如此正经的表情。进门劈头第一句话就是："老子要走了。"

禹司凤以为他又打算出去找吃的，只随意点了点头，谁知腾蛇又道："以后能不能见，还看天意。善自珍重吧。"

他这才品出点不同的味道，奇道："你要去哪里？"

腾蛇一本正经地说道："上面要出事，我得回去拖上一拖。只不知能拖多久，你们莫要管我。"

禹司凤那时并不知道他指的是什么，以为是他自己私自下界被人捉住把柄，他又不喜欢过问旁人的私事，只点头道："事情已经这般严重了吗？"

腾蛇当时一定是犹豫着想说出来，然而不知什么原因，他却没说，只道："老头子们生气了，大概很严重。"后来璇玑出来了，他便没有继续这个话题，再后来，他执意要离开，把璇玑气得大哭一场。

如今回想这些事，终于被他捉住一些蛛丝马迹。腾蛇当时一定是先知道了上界要捉拿璇玑的事情，就在他离开璇玑去镇子上找吃的那三天，变故一定发生在那三天。想来他一定是遇到了传话的人，以为这事自己能摆平，便不打招呼自己回去了，谁知结果却是当作同党被抓。那传达旨意的金甲巨人故意提到腾蛇，一定是为了震慑璇玑，结果她气急败坏之下居然抗旨，大约也是上界想不到的反应。

"璇玑，睡了吗？"禹司凤低头轻唤怀里的少女，她半天没说话，鼻息渐沉，像是睡着了，被他叫了一声，立即睁开眼睛，迷迷蒙蒙还要装出清醒的样子，大声道："没睡！"

禹司凤不由得笑了起来，在她鼻子上一捏，低声道："先别睡了，咱们准备走吧。"

璇玑揉着酸涩的眼睛，喃喃问道："去哪儿？"奇怪，刚才她一个人死活睡不着，禹司凤一来她就全然放松，瞌睡虫也跑了出来，只觉目饧骨软，困得不行。

禹司凤替她披上外衣，整了整头发，跟着一把抱起，道："我们得离开少阳派，如今上界要捉拿的人是你，你不能留在这里，省得给他们找麻烦。"

璇玑顿时惊醒，所有瞌睡虫一飞而光，挣扎着跳下地，飞快收拾了一个小包袱，趁着暗夜深沉，再一次偷偷溜下少阳峰。她觉着自己简直成了做贼的人，每次都是静悄悄地来了又走，连招呼也来不及打。

一直下了山，她回头眷恋地望着黑暗中高耸入云的少阳峰，低喃："才来了一天不到，玲珑刚刚大婚，明天他们找不着咱们，可得多伤心……"

禹司凤揽住她的肩头，道："以后若有机会……还能回来的。"

若有机会……他们真的还有机会吗？两人都不知道答案。

按照禹司凤的说法，尽量往人多嘈杂的地方投宿行走，这样天界的人就不方便随便抓人，毕竟任何事情牵扯到凡人，都是麻烦。

当他们大白天投宿在山下一家客栈中的时候，璇玑倚着他的胸膛，快要睡着，睡前喃喃说着："司凤……司凤，我绝不会让他们把你抓走……"

禹司凤叹了一声，轻轻拍了拍她的脸颊。

"咱们先去庆阳找柳大哥，但愿不要去迟了。"他说。

结果这句话让璇玑的瞌睡虫再次跑光，说什么也睡不下去，两人只得匆匆忙忙结了账，急急朝庆阳赶去。


出乎意料，两人连口水也没来得及喝，十万火急地赶到庆阳，却在妓院里轻松抓到正在喝酒调情的柳意欢。他见到风尘仆仆狼狈不堪的两人，半点也不惊讶，居然拍着桌子哈哈大笑起来。

禹司凤脸色发白，走过去急急抓住他的袖子，沉声道："大哥！天界有派人来找你麻烦吗？"

柳意欢也不知喝了多少酒，完全的醉态可掬，两眼发直地瞪着他，半晌张嘴打了个大大的酒嗝，抬手用力拍着禹司凤的肩膀，笑道："小凤凰又回来了！来，喝酒……喝、喝酒！"

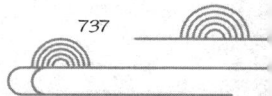

禹司凤见他醉得厉害，只得胡乱答应几声，被他死乞白赖地灌了一杯酒，呛得险些喷出来。璇玑见他还要折腾，毫不客气，上前在他后颈上一个手刀，柳意欢哼也没哼一声就晕倒在地。

"璇玑！"禹司凤哭笑不得，她却拨了拨头发，说道："走！去客栈！"他们两人一天一夜没睡，就在少阳、庆阳两边奔波，加上天界的事情，撑到现在已经是极限，眼下见到柳意欢平安无事，心里悬着的第一颗大石头总算落地了，那一瞬间，两人都觉得腿软，互相看一眼，苦笑起。

禹司凤将柳意欢扛在肩上，两人从妓院二楼窗口跳了下去。到了客栈，两人不管三七二十一，先把柳意欢用绳子从头捆到脚，省得他酒醒了就跑，跟着倒头就睡。这一觉足睡到月上中天，半夜三更才醒。

禹司凤最先醒过来，起身第一件事就是转头看捆在躺椅上的柳意欢。屋里没有点灯，阴沉沉的，隐约见到躺椅上人影幽幽，他松了一口气，回头见璇玑缩在床的角落里，睡得正香，他替她掖好被子，径自下床洗了把脸。

躺椅上的柳意欢一动不动，仿佛连呼吸声都没有了。禹司凤忽然觉得心惊，走过去低声道："柳大哥……"

良久，黑暗里才传来一声叹息，柳意欢的声音听起来很远，很轻："你们不应该回来。和天界较劲，说到底吃亏的会是谁？倘若你二人找个地方躲起来，我还安心些。"

禹司凤沉默片刻，低声道："凡事不是躲起来就能解决的，就算我和璇玑真的能躲开天界追捕，大哥是要我们以后一辈子就活在内疚悔恨中吗？"

"内疚个屁！"柳意欢突然发起火来，"老子从小就告诉你，做人要自私冷血！你他妈都学到哪里去了？！要学人家玩要死死一起的招数？你以为老子喜欢这招？我告诉你，如果今天咱俩位置对调，老子鸟都不鸟你！早走人了！"

禹司凤无话可说，柳意欢喘了几声，又道："眼下不是玩什么同生共死的时候，跑一个是一个，都留下来，就都他妈的玩完！是啊，你是十二羽，那丫头是战神，放到天界是什么？屁都不是！你们哪里来的狗胆在这风口浪尖跑来找我？老子的脸都给你丢尽了！"

他骂得实在难听，禹司凤叹道："大哥……"

"谁是你大哥？！"柳意欢难得发一次狠，简直比褚磊发怒还厉害。

"逃走可不是我的个性！"床上突然传来另一个声音，跟着案上的蜡烛被点亮，璇玑笑吟吟的脸映在烛火后面，眉目如画。柳意欢和小女孩不晓得怎么说狠话，只得不理。璇玑笑道："要说话，怎么不点灯？黑漆漆的，很好玩吗？"

她起身将桌上的烛台也点亮，屋里顿时亮堂不少，三人的样子看上去都有些狼狈，衣冠不整，披头散发，好像刚和人干了一大架。璇玑坐在柳意欢身边，说道："柳大哥，我明白你的意思。不过要怎么做，是我的事。可不是为了你或者是谁去死，就算死，也是我自己选择的。"

柳意欢面如死灰，嘴唇抖了两下，轻道："年纪轻轻，不要说死！"

璇玑低声道："不，不管是什么年纪，都不该轻易说死。你们都要我不可以和天斗，可我从一开始就没有和他们对着干的想法，一点都没有。所以，我也不会乖乖接受他们栽赃给我的罪名，这件事，我一定要说个清楚。"

柳意欢"嗤"地笑了一声，淡然道："说清楚？和谁说？你以为天界的那些神仙会耐心听你说理吗？"

璇玑说道："不试试怎么知道？就算最后他们还是要杀我，至少我们曾经拼命努力过，我不想莫名其妙就死掉，或者继续受什么惩罚，我不愿意那样，柳大哥。"

柳意欢抿紧嘴唇，不说话了。禹司凤忽然说道："不错，我和璇玑的想法一样。什么努力也不做，呆呆缩着脑袋等别人来砍，我无法接受。"

屋子一时陷入奇异的沉寂中，不知过了多久，柳意欢突然清了清嗓子，没好气地说道："你们俩到底要把我捆到什么时候？老子腿脚胳膊全麻了！"

禹司凤赶紧给他解开绳子，想到他俩当真是胆大妄为，就算柳意欢再怎么没大没小，他也算是个长辈，他们居然做出捆绑长辈的行为来，委实可怕，然而不知为何又那么好笑。

柳意欢见他嘴角有一丝笑意，便翻了个白眼："给我端点水和吃的过来！要饿死老子吗？"他现在俨然成了老爷，指使两个小辈给他忙上忙下，好容易伺候他梳洗吃喝完毕，两人也稍稍整理一下，璇玑正打了水洗脸，忽听柳意欢说道："我这天眼，也到了该还回去的时候。放在我身上，渐渐不能控制了。"

什么叫不能控制？两人都诧异地看着他。柳意欢缓缓摩挲着额头上那个小肉缝，不知想些什么，过了一会儿，才又道："天眼能让我看到许多前因后果，只要是我见过的人，无论是否万里之遥，我都会知道他即将遭遇什么，曾经遭遇什么。几乎没有我看不到的事情，但，只有几件事我看不穿，知道是什么吗？"

他定定说道："我看不到自己的过去和未来，也看不到璇玑你的过去与未来。这说明天眼也不是万能的，天眼自然出自天界，那么对天界便没有一点作用。所以，关于这件事的结尾，我也看不到。"

说到这里，他似乎犹豫了一下，摇了摇头："不，也不能说完全看不到。我说的失控，便是指这个了。我有强烈的不祥预感，天眼偶尔会在梦境中透露一些事情给我，譬如我会被天界抓起来，处以极刑，但真切的东西却看不见。它不听我的使唤，在梦境中向我发出警告，我无法控制它。而且，我的妖力一年不如一年，想来拥有天眼是要付出代价的，拥有它多久，便要付出多少代价，我的妖力被索要光之后，剩下的只有我的健康和生命了。于是我想，是时候将它取下了，我至少还得留着一条命去看女儿的转世……"

禹司凤听他提到女儿，便低唤了一声："大哥，你女儿还没转世吧……至少等她转世……"

柳意欢低声道："或许等不及了，说到底我还是个自私的父亲，每每都是为了自己的事情弃她不顾，就算她转世，我也没脸面去照顾她。"

他叹了一声，抹了抹脸，又道："天界这次的事，我用天眼没法看，也和你们一样莫名其妙。不过既然发生了，不如给你们说说大天眼和小天眼的区别吧。我这个就是小天眼，知悉万物的因缘结果。还有一种大天眼，璇玑你应当见过，那次在少阳派，那天上裂开的，便是大天眼了。诸神有事没事就用它来看看凡间或者阴间，那是无论相隔多远，都可以一瞬间看到下界情况的大天眼。既然用上了它，我想上界一定有人随时监视你们，不管去什么地方，大天眼都能看见，所以我说……让你们逃，其实也没有意义。"

他苦笑起来。

禹司凤沉吟半晌，突然说道："我倒有个主意，眼下再赶去东海之滨，只怕也来不及了，何况东海太大，鲛人生活在水里，一时根本找不到。不如咱们直接去阴间找无支祁，他应当还没出来，否则离泽宫那边不会没动静。倘若他肯帮忙，那再好不过，请他照看柳大哥和少阳派，顺便去东海找亭奴。我和璇玑，就去昆仑山。"

柳意欢一听无支祁的名字，脸色顿时一黑，哼了一声："他肯帮忙？石头也会开花！还嫌不够麻烦？非要扯上这么个会来事的人物！"

禹司凤笑了笑："大哥对他有偏见，我倒觉得他是个有情有义的汉子，他和璇玑前世也有一定牵扯，璇玑被罚下界历劫，说不定便是因为他，于情于理，他都不会亏欠她。他若肯帮忙，倒真是了却最大的心愿了。"

柳意欢只是冷笑，并不说话。璇玑急忙说道："好啊！这个主意好！我同意！咱们马上就去阴间！"说罢她从自己的袖袋里掏出两枚玄铁指环，道，"这是上次我和……腾蛇去阴间时留下的，就是以前六师兄在不周山做眼线的时候带回来的。司凤那边应当也有两枚吧？你和柳大哥也去过了阴间。"

禹司凤也掏出两枚指环，想了想，皱眉道："只有四枚，如果无支祁答应的话，咱们这边可是五个人啊，加上紫狐。"

柳意欢又哼了一声："那死猴子若没有点本事，怎么会让天界那帮神仙如此忌讳？小小不周山哪里能困住他！神荼、郁垒到时候怎么死的都不知道！眼下均天环和策海钩都在他手里，要不怎么说那帮神仙柿子捡软的捏？不去找他，反而来找咱们的麻烦。"

"策海钩？"璇玑耳朵尖，"那是什么？"

"听说这两样都是不得了的神器，均天环以前被金翅鸟当作圣物，用来提升妖力，那策海钩嘛，就是无支祁本人持有的东西了，没人能逃过策海一钩，那玩意很不得了。"

璇玑"哦"了一声，回想那次在阴间见他，好像没看到他身上有什么钩子，他藏在了什么地方？

柳意欢突然一皱眉头，又道："我很早以前听过一个传说，均天、策海本是一个天神的宝物，不过后来那天神不知为何失踪了，宝物却留了下来，过了很长时间不知怎么的又流落到凡间，被人拿走。那传说究竟是不是真的姑且不说，均天、策海却是真正存在的，到底不是下界之物，离泽宫想要回均天环，只怕后患无穷。"

璇玑拍手笑道："柳大哥，你别再啰唆啦！再说下去天都亮了，咱们快走吧？先去阴间，回头我和司凤还得去昆仑山呢！……对了，为什么要去昆仑山？"

禹司凤眉头微微一挑："那是天帝在下界的花园，天光开阖的时候，有天梯可以去天界。这事总要找上面的人说个清楚。"

## 第四十章 · 均天策海

俗话说得好，孤男寡女，同处一室，干柴那个烈火，天崩那个地裂……这等套戏虽然恶俗，但紫狐无时无刻不在心里盼望着它会发生。从无支祁大大方方开口让她留下来陪他开始的那一刻，她就一直用如狼似虎的眼神窥视他。

倘若他下一刻就上来抱住她，贴着耳朵说一些甜蜜的情话，跟着解开她的衣裳——哎呀，这可怎生是好？她简直期盼得口水都要流出来。眼下她可不是以前那毛茸茸的狐狸了，无支祁喜欢美人，她正投其所好。就这样娇怯怯地站在一旁，楚楚可怜地看着他，不信他不动心——这不，他不是走过来了吗？

"小狐狸。"他温柔地抱住她，吐息在她面上，令人陶醉。紫狐故作娇羞地抬头看他，欲言又止，他也是欲语还休，半晌，才道："你眼皮抽筋了吗？怎么一直在眨。"

紫狐呆住。

他又道："还是喜欢你毛茸茸的样子，多可爱，抱着睡觉一定暖和极了。你不能变回去吗？"

她还是呆。

他还在说："这鬼地方又阴又潮湿，呆了千年，真是风湿病都要出来。快，用你的皮毛给我暖暖。"

紫狐吞了一口口水，艰难地开口："等……等等。无支祁，你不喜欢我变成人的样子吗？"她不信他有眼无珠，赶紧扭着腰身转一圈给他看，"看！细腰长腿美貌如花，你没长眼睛？！"

"哦，一般般啦。"他抠着鼻孔，一副勉强的样子，"我更喜欢你毛茸茸的样子。"

"你这蠢货！"紫狐勃然大怒，一脚踹上他的面门，将他踢翻在地，跟着赌气跺脚跑出去。外面还是老样子，白雾缭绕，什么也看不见。紫狐蹲在地上，抱着自己的胳膊，心中一会儿委屈一会儿愤恨。

反正他眼里永远不会有她，世上怎么会有这么可恶的男人啊啊啊啊？！她磨叽了半天，没人理她，只得偷偷转头瞄进屋子，无支祁还维持着方才被她踹倒在地的姿势，动也没动一下。

这样的时刻，他会想什么呢？

紫狐走了回去，一直走到他脑袋旁，轻轻坐下，毛茸茸的大尾巴"唰"地一下，甩在他脸上——她果然还是变回了狐狸。"我……不是故意的啦。"她见无支祁一直不说话，以为他生气了，只得委委屈屈地道歉，"也没用劲啊……疼吗？你、你别理我……"

尾巴突然被他一把抓住，紫狐尖叫一声，天翻地覆，反应过来的时候，已经被他哈哈大笑地搂进怀里了，他的脸贴着她缎子一样柔软光滑的皮毛，左右蹭，一面叫："还是这样好！真暖和！"

某些时刻来看，他真的像小孩子。

紫狐挣扎了几下，终于找到一个舒服的姿势，下巴贴在他胸口上，不动了。停了一会儿，两人就像以前一样，天南地北地胡聊起来，千年的障碍仿佛一下子变得不存在，她还是他可爱的小狐狸，他也还是她心中偷偷仰慕爱极的男子。

是谁说过，两个人的关系中，谁先爱上了，谁就要多吃苦。为了那个人，会一再地降低自己，最后一直埋进泥土里去，他会成为自己的整个世界。虽然这样的事实令她无奈，但只要能在一起，什么都可以不在乎。

她再也没有变成人形，知道他不喜欢。全天下所有女子在他无支祁眼里都是美女姐姐，要亲要抱要蹭在一起，唯独她紫狐不是。从某方面来说，虽然令人绝望，但再反过来思考，在他心里，她也算独一无二的，她还有什么不满足的呢？

南山有鸟，北山张罗。鸟既高飞，罗将奈何！命之不造，冤如之何？她等了千年，想要的结局并不是如此，可是兜转了一圈，还是回到原点，这便是她的缘法了，强求不得。

两年的时光很快就过去，在紫狐眼里就像只过了两天，或者两个时辰，一晃眼便流逝掉。就像她昨晚做的梦，梦里与他携手千年，恩爱甜蜜，开花结果——也不过是一场梦的时间，睁开眼，一切都不同。

每天早上紫狐醒来第一件事就是在无支祁衣服上把口水蹭掉，今天也不例外，用力伸个懒腰，尖尖的嘴巴朝下面一蹭——嗯嗯？怎么是一堆湿漉漉的茅草？她嗖地一下跳起来，吐出蹭进嘴里的茅草，左右看看，却见屋门大开，无支祁抱着胳膊站在外面仰头望天，神情很是严肃。

她几步就蹿上了他的肩头，毛茸茸的尾巴勾住他的脖子，娇滴滴地问道："你在看什么？"

"哦，我在夜观星象。"他说得可正经了。

夜观？星象？紫狐抬头看看灰蒙蒙白茫茫布满雾气的天空，这里除了雾什么也没有，哪里来的星象给他看？

"现在是白天吧，你就会装模作样。"紫狐舔着自己的爪子，她是爱干净的好狐狸。

"笨。"无支祁指着自己的心口，道，"用眼睛就是花上一万年也看不到，用心去看……我有预感，那帮神仙要做一番事情了。"他肩胛处似有东西在灼灼跳动，隐约竟拉扯出一丝疼痛，"均天、策海也有反应了。"

紫狐瞪圆眼睛看了半天，除了雾气还是啥也看不到，她叹了一口气，跳下无支祁的肩头，回头道："用膝盖用鼻孔也看不出什么，算了。回去啦，这里阴沉沉的，有什么好看。"

无支祁回手扯住她的尾巴，道："回哪里？咱们得准备走啦。"

"走？"紫狐挣不脱他的魔手，气急败坏地大叫，"放开我！尾巴也是你能拽的吗？！"

无支祁硬是把她拉回来，勾在胳膊上挂着，笑道："走啦走啦！是时候离开这鬼地方了。千年都没吃什么东西，嘴里淡出鸟来！小狐狸，咱们出去喝上一千杯美酒再说！"

啊啊？真的要走？紫狐这才反应过来，抬头问他："走去哪里？离开阴间吗？可是……他们……"

"谁管他们！老子要出去，谁敢拦？"他露出一口白牙，笑得张狂放肆，"老子出去，欠债的还钱，欠人情的还人情，该怎么逍遥怎么逍遥。拦我的，都别想活。"

语毕，他纵身一跳，眨眼便消失在茫茫白雾中，只剩身后的小茅屋孤零零地矗立在荒野里。不知过了多久，两个人影缓缓浮现在茅屋前，一人贴着门缝看了一会儿，似是确定人已经走了，低声道："就这样放他出去，不知又要闹出多大的事端来。神荼、郁垒只怕要遭殃。"

另一人并没答话，半晌，方压低嗓子道："无法，旧缘法已尽，这新缘法究竟如何，上天也不知道。且看他们如何做吧。"

"那猢狲不是个省事的，若再次捣乱，又当如何？若他二人联手，又该如何？"

那人沉默良久，道："杀。"

只此一字，便道尽所有。


将翱翔天空的苍鹰囚禁起来，有朝一日突然放开锁住它的锁链，它会有怎样的反应？紫狐一直认为人的傲性是会随着时间与经历的推移而渐渐磨损的，起初无论怎样棱角分明的性格，最后都会被打磨光滑。被擒获的苍鹰，会有大半宁可留下吃现成的，选择忘却流连天空的自由快感。

可是再见到无支祁脸上那熟悉的光芒时，她突然发现，时间在他身上几乎是停止不动的。无论他被囚禁多久，都无比渴望自由，他眼里那夺人魂魄的神采，到今天也没有褪色，令她神魂颠倒。

和所有陡然重获自由的人一样，他在天地间欢畅地跳跃吼叫着，仿佛浩荡天地间，只有他一个人，都属于他一个人。他也不知翻了多少个筋斗，最后哈哈大笑，将她一把捞起，纵身便跑，足尖在地上一点，飘飘欲飞。

他们到底是怎么出阴间的，她也说不清楚，只是眼前原本雾气弥漫，突然就变成了黑夜漫漫，腐朽气味的风拂在面上，那是真正的地狱的味道。"这是什么地方？"紫狐死死咬住他的头发，防止被他颠下来，模糊地问着。

不像是不周山，不周山虽然不分昼夜，永远是暗夜，但绝没这么黑，黑得伸手不见五指。周围没有一点声音，只有腐烂的气味悄悄蔓延。待久了，简直要让人发疯。若不是无支祁就在身边，她真是忍不住想尖叫。

无支祁笑了笑："这里是最底层的无间地狱，到了最后，就没有肉体上的刑罚了。任何人往这地方一丢，无论多么强韧，最后都会无止境地发疯，痛苦不堪。"

紫狐不由得毛骨悚然。

"没有希望——这才是世间最残忍的事，不是吗？"他笑着。

他住的小茅屋就在无间地狱的最顶端，好在那里还有白蒙蒙的光，对任何人来说，有光明，就有希望，所以他还没发疯，还活得嘻皮笑脸。

"那帮神仙对我也算仁慈啦。"他将紫狐丢下去，她吓得尖叫起来，张口死死咬住他的裤子，眼泪鼻涕一起流出来，"你要干什么？！"她吼得声嘶力竭。

无支祁蹲下来拍拍她毛茸茸的脑袋，柔声道："抱歉，委屈你一下。退开些，别靠近，我有点事要做。"

紫狐使劲摇头，咬着他的裤脚就是不放。无支祁只得放弃，站了起来，突然抬手在左边肩胛处狠狠一抓，霎时间，万道光芒从他心口处绽放出来，犹如飘浮的绸带一般，缓缓旋转，像黑夜里璀璨盛开的光之花。

那刺目的光芒立即引起周围的躁动，深沉的黑暗里似乎有人在窸窸窣窣地说话，走动，靠近。紫狐吓得瑟瑟发抖，那些看不见的东西是最让人恐惧的。恍惚中，只觉有冰冷的手摸上她的脊背，她终于忍不住放声大叫，就在她尖声大叫的同时，无支祁的手上多了一团剧烈闪烁的光芒，晃一下，顿时长了一人多高，隐约像一根弯曲的钩子。

他漫不经心地笑着，将那钩子提在手里，耍两圈，莹莹流光飞舞。然而再强烈的光芒，也无法突破无间地狱里深邃的黑暗。他嘿地一笑，陡然大喝一声，纵身而起。

紫狐只见到一道巨大的光芒在空中闪烁，像一条矫健的银龙。紧跟着，一声剧烈的轰鸣，仿佛天地在一瞬间裂开一般，整个世界都开始震颤，那道光芒越拉越长，简直像横亘在黑暗里的一根柱子。地面像陡然沸腾的汤锅，翻滚扭曲，她不管怎么用爪子抓紧地面，都会被摔得七荤八素，滚来滚去，像油锅里的豆子。

"刺啦"一声巨响，紧跟着是轰隆隆，紫狐在地上不停翻滚，几乎要被那剧烈又可怕的声响炸聋了耳朵。她死死捂住耳朵，在最后一刻绝望地抬头——那道光芒撕裂开了整个黑暗！像初升的旭日，从一个月牙尖变成了辉煌万丈。光芒覆盖下，深邃的黑暗里伸出无数只苍白的手，无助地挥舞，是乍见光明的狂喜？还是畏惧？

她闪过最后一个念头，再也受不了地面剧烈的震荡，晕了过去。恍惚中有人将她一把抱起，脸贴着她柔软的皮毛，又叫又笑，像个孩子："小狐狸！你看！耍了好大一场！"

他用策海钩干了什么，紫狐是不晓得，反正她醒过来的时候，已经出了阴间。高耸入云的不周山，就在身边。阴冷的风，将远处的说话声送了过来，依稀是无支祁在和人唧唧咕咕说着什么。

紫狐刺溜一下跳起来，只见身后不远处站着两个金甲神人，那姿势，那神态，那气势，怎么看怎么像镇守不周山的两个神将神荼、郁垒。不过神荼、郁垒一直都是以万丈高大的形象出现，这两个金甲神人……好像比普通人大不了一圈。

无支祁抱着胳膊笑嘻嘻地站在两人对面，歪着脑袋不知说些啥，紫狐三步两步跑过去，蹿上他的肩头，尖尖的鼻子畏缩地躲在他脖子后面，低声道："无支祁……你、你在和谁说话？"

无支祁反手拍了拍她光滑的皮毛，并没答话，只说道："关了老子那么多年，老子没伤你们半根毫毛，不过小小打裂了不周山，不算什么大事吧？做神仙呢，不能太过分，否则老子会怒的。老子一怒，自己也不知会做出什么事来……你们明白的。"他笑得云淡风轻，一副我们是老哥们了你们都明白的样子。

神荼怒道："做妖呢，不能太嚣张。你要搞清楚自己是个囚犯，你现在是逃命！搞得惊天动地不是挑衅是什么？不周山是说打裂就打裂的吗？！"

无支祁眼睛一亮，摸着鼻子笑道："哦？你的意思是我搞得静悄悄一些，就可以走了？"

神荼涨红了脸："胡说！你眼下是囚犯！速速回去等候后土大帝的审判！不要再胡搅蛮缠！"

"啧，真烦。"无支祁摇了摇头，胳膊突然一挥，大喝一声。神荼、郁垒只当他要发难，吓得倒退好几步，险些摔倒，谁知他在原地一动不动，哈哈大笑起来。两人惊疑不定地看着他，不知他玩什么花招。

"好啦，老子没空陪你们玩。"无支祁笑着，将乱七八糟的辫子朝后一甩，道："又不想和老子打，又不给老子走，你们是专喜欢用嘴巴来打架的长舌妇吗？"

"你……"神荼脸红得像烧起来一样，不知是羞是愧，正要和他再争辩几句，却被郁垒扯住："我们确实打你不过，但既然身为镇守不周山的神将，恪守职责便是第一。哪怕为之战死，亦是职责。闲话说到这里，动手吧！"他铿地一声抽出腰间佩剑诛邪，下定决心，拼命也要拦他一拦。

一旁的神荼也抽出驱魔剑，两人挡在无支祁面前，再也不说话。

紫狐见他们三个剑拔弩张，只怕是要拼上一架，她一定是拖后腿的那个，干脆悄悄从无支祁身上爬下来，回头去看不周山。只觉那山体上似乎是被人打了个狭长的裂缝，阴冷腐臭的风从里面呼啸而出，带出无数号哭尖叫的声音，令人毛骨悚然。原来方才无支祁是用策海钩硬生生将不周山劈坏了！不过这确实符合他的作风，无支祁一向是蛮干得很。

她摇摇耳朵，再去看无支祁，他还是抱着胳膊，优哉游哉，笑道："来啊，老子赤手空拳陪你们耍耍！"

那两个可怜的神将，被他气得脸色一会儿红一会儿白一会儿绿，然而实在是忌讳他。虽然过了一千年，但他当年水淹天庭的威势犹在，二十八星宿多么强悍的神将，硬生生被他杀光大半，最后连玄武都重伤不治而死，朱雀的右胳膊也被他砍断——谁有胆量与他斗上一斗？

神荼喉头微动，一颗冷汗顺着鼻梁流下来，郁垒没有动，无支祁也没有动——他忍不住了，先下手为强！驱魔光芒大盛，正要发招，忽听紫狐大叫道："天啊！你们怎么来了？！"

在这千钧一发的时刻，她尖叫一声，比晴天霹雳还可怕，神荼手腕不由自主一抖，驱魔连个苍蝇也没劈中，吭当一下砍在地上。他顿时羞愧难当，脸上涨红一片，偷偷拿眼去瞅无支祁，只盼他没发觉，谁知他扯了一下嘴角，冷笑："还是那么没用！"

神荼恨不得立即在地上挖个洞钻进去，郁垒见同伴受辱士气大损，自己再不动，今日便真的要被这头猢狲踩在脚底，当即大吼一声，上前没命地挥舞着诛邪，没舞两下，只听后面一个娇嫩的声音问道："这是在做什么啊？"他一听那声音，心中又是大惊，诛邪脱手而出，丢了老远，这下，他的脸比神荼红得还厉害。

无支祁百无聊赖地回头，突然眉头一挑，笑嘻嘻地露出一口白牙，道："哟！怎么又是你们？来找我的吗？真是巧呀！"

对面站着的，正是璇玑三人。他们刚来到不周山，老远就见到神荼、郁垒身上的万丈金光。由于他们今次没有放出万丈神相，柳意欢非说那金光是金子，硬把璇玑和禹司凤拉过来捡金条发大财，谁知靠近了才发现是神荼、郁垒，他俩正挡着无支祁，双方剑拔弩张。

璇玑走过去，见神荼、郁垒脸上一会儿惨白一会儿血红，而两人的兵器一个插在地上，另一个丢了老远，回头再看看无支祁，一脸轻松，当即皱眉道："你真过分！不是答应了我不伤害地府的人吗？干吗打他们？"

无支祁无辜地瞪圆了眼睛："我？打他们？冤枉啊！我连根手指都还没动呢！"

璇玑懒得理他，过去替郁垒将诛邪剑捡回来，递到他面前，柔声道："对不起，总是让你们提心吊胆的。我们马上就走。"

郁垒怔怔地接过诛邪剑，一个字也说不出来。旁边的神荼也是一个字说不出来——这种时候，他们能说什么呢？一个战神，一个惊天动地的妖魔，若不想死，最好是一个字都不说。

无支祁笑道："原来真是过来接我的！多谢多谢！"

柳意欢冷笑一声，走到一边去，嘴里也不知嘀咕些什么。禹司凤说道："你这两年没有出去过？一直待在下面？"

无支祁耸了耸肩膀，"好久没见到小狐狸了，陪她说说话喽。出去肯定有一堆事，顾不上理她，回头她一定又和我哭。她哭起来真是烦死了。"

　　紫狐正亲热地趴在璇玑肩膀上舐着她的脸，听他这样说，气得蹿回去在他手上重重咬了一口，叫道："你才是烦死了！臭猢狲！"无支祁笑了起来，哎哟哎哟地叫着，将她的尾巴一抓，反手将她甩在自己肩头，用手按住，跟着在她毛茸茸的大尾巴上一亲，笑道："别气别气，小狐狸最可爱。"

　　禹司凤又道："我以为你早早便出去将均天环还给了离泽宫。"

　　无支祁"啧"了一声："急什么？都等了一千年，还急在这一会儿？走走，先离开这鬼地方，阴森森的，真不舒服。"

　　说罢他抬头就走，璇玑急忙叫道："等等！无支祁……有点事，想让你帮忙……"她说得犹犹豫豫，像是不知怎么开口，无支祁满脸欣喜地跑过去抓住她的手，柔声道："说吧！战神姐姐有什么差遣，小的赴汤蹈火也在所不惜。"

　　紫狐在后面也不知咬了他多少口，他都浑不在意。璇玑见他这么热情，顿时觉得他是天下第一好人，倒豆子似的将近期一系列变故说了出来，最后说道："我……我想请你帮我去东海找亭奴，然后……照顾亭奴和柳大叔，别让天界的人把他们抓走。可以吗？"

　　无支祁眯起眼睛，弯弯的，笑道："你自己为什么不去？你难道比我差吗？"

　　璇玑摇头道："我得去昆仑山。无缘无故背上造反叛乱的罪名，我可不甘心。"

　　无支祁摊开手："这么好玩的事你自己去，居然不叫上我！我也要去天界！干脆带着那什么柳的，一起去天界就是了！昆仑山我可熟得很。"

　　璇玑急道："不行！那亭奴怎么办？再说，我这次是去找人说理，又不是打架，你和腾蛇一样，动不动就要打架，我才不带你去！"

　　"喂喂！"无支祁郁闷了，"不要把我和那个银头发的混为一谈好不好？……对了，他人呢？不是说出去要打架吗？他怎么没来？"

　　璇玑眉头一皱，还没说话，却听郁垒在后面说道："腾蛇大人已经为白帝软禁，三百年之内不许下界。至于那鲛人，我听闻已经被应龙大人捉去了天界。他千年之前就因为连坐罪被罚下界，下界之后更不知悔改，再次犯错，天帝的意思是严惩，以整纪律朝纲，想来不日是要处以极刑了。"

　　众人听说都是大吃一惊。璇玑颤声道："连坐……怎么又是连坐！连坐到底是个什么罪？"郁垒看了她一眼，低声道："他既为将军大人的密友，将军大人出了什么事，他自然也……"璇玑茫然地看着他，确实，她身边的人好像总是会倒霉，司凤、柳大哥、亭奴……这到底是怎么回事？

　　无支祁笑道："干吗，刚才还剑拔弩张的，这会儿又过来讨好卖乖，怕你们的将军大人一剑把你们劈成两半？"

　　郁垒脸上一白，跟着却说道："不。我们不过是镇守不周山的神将罢了，在天界并无说话的权利。但将军大人有没有谋反，我们却明白。她这样的人……绝不会是大逆不道的谋反之人，和那些张狂跋扈的妖物完全不同。"

"哈哈！"无支祁大笑起来，"嗯，张狂跋扈，不错！这个形容很好，我喜欢！"

郁垒又道："将军若要去昆仑山，不妨两个月之后再去。届时天帝去下方花园玩赏，不用上天界便可以见到他。您现在……一介凡人，擅闯天界是极大的罪名。"

璇玑急道："两个月！那亭奴早就死了！"

神荼忍不住说道："死便死了，一个鲛人而已！你若执意现在去，本来不是死罪也会被定成死罪，根本不值得！"

璇玑脸色苍白，怔怔看着他，神荼被她的眼神看得毛骨悚然，退了两步，结结巴巴地说道："我……我不过是好心提醒你而已。什么时候去，是你自己的事！反正和谁作对都别和天帝作对。你、你自己看啦！"

无支祁在璇玑肩上一拍，道："罢了，走吧！两个月就两个月，正好均天环的事情也要解决一下。"

可是……璇玑摇了摇头，她怎么能眼睁睁看着亭奴莫名其妙死掉？

"他不会那么快死的，在抓到你我之前，他不会死。天界定罪名喜欢一起定，两个大头没逮住，他一个连坐，怎么也不好定罪。你就放心吧。"

无支祁扯着她的袖子，璇玑终于点了点头，将信将疑，跟着诸人离开了不周山。没走两步，却听郁垒在后面说道："将军！望你早日恢复神识，恪守严明，不要与妖类同流合污。谨记谨记！"

璇玑心中一颤，回头再看，那两员神将已经消失不见。她忽然觉得有件事很不对，十分不对，但一时怎么也想不起来，为什么不对。

不对劲的，到底是什么？


一直出了不周山，璇玑突然把手一拍，叫道："不好！我答应了玲珑去阴间看看乌童的情况！结果给忘了！"她掉脸又要回去，禹司凤拦住，皱眉道："你去看乌童做什么？玲珑怎会让你去看他？"

璇玑犹豫地看着他，不知该怎么说。禹司凤又道："原来你先前说要来阴间，竟是为了此事。玲珑出什么事了？"

璇玑只得将玲珑每天做噩梦的情形说了一遍，怀疑是乌童阴魂不散，缠着她。禹司凤听完皱眉不语，倒是无支祁摸着下巴笑道："别胡扯了，人都进了地狱，哪里来的本事骚扰阳间的人！不然老子这一千年早就托梦无数啦！我看这事和阴魂不散无关，分明是心病嘛！"

"应该不会吧，玲珑看上去很怕的样子，说不定真是乌童搞的鬼。你们先走，我去看一下，马上回来。"璇玑摆摆手，谁知又被禹司凤拦下，他沉声道："不要去，浪费时间。"

"什么叫浪费时间！"璇玑有些恼了，涨红脸瞪着禹司凤。他欲言又止，只皱眉犹豫，紫狐在一旁沉吟道："璇玑，依我看，这事真和乌童无关。真正阴魂不散的人不会只是托梦，被关入地狱受罚的魂魄更没有托梦的能力，何况你看，神荼、郁垒守在这里，地狱里更是每层都有阴差守卫，乌童又不是无支祁这样厉害的人，根本不可能逃出来。俗话说，日有所思，夜有所梦，我觉得是玲珑想太多了。无支祁说得没错，那是心病。"

"可是……"璇玑还有点想不通，禹司凤握紧她的手，道："先去找客栈住下，晚上我给你说。"

众人都不支持她再回去，璇玑只得乖乖跟着他们离开。

无支祁被关了一千年，出来看一棵树一根草都是新鲜的，还在荒野上就开始大叫大嚷，喜得抓耳挠腮，就没一刻是安静的。等到了镇子上，看到熙来攘往的人潮，栉比鳞次的建筑商铺，眼睛都要看直了，反而安静下来。

进了酒家，璇玑信守承诺，买了三四坛好酒，朝无支祁面前一丢，笑道："来，咱们喝酒！"

那一瞬间，他的眼睛简直比太阳还亮。

无支祁虽然嘴馋，但并不像腾蛇那样往死里塞，相反，无论是喝酒还是吃菜，他都显得十分悠闲。众人说说笑笑，谈谈外面变化的事物，很快就喝干了一坛梨花酿。无支祁端着酒杯，斜靠在二楼栏杆上，望着下面喧嚣的市集，笑叹："外面真是变了不少，一千年前，哪里来的这等醇厚好酒，更没有这么精致的小楼。房子都是石头搭的，上面都用人脸做花纹……"

说罢又捻起一块细致糕点，丢嘴巴里大嚼特嚼，一面唔唔道："唔……好吃！想不到啊，一千年后出来，这日子比天界还舒服！天帝老儿想必在天上又羡又妒，贱民们都比他会享受了。"

"咦，你在天庭住过？"璇玑很好奇。

"那可不是！"无支祁哈哈笑起来，"住了蛮久呢！每天都有人送吃的过来，怕我发火，每天换着花样给我好吃的，可惜都没啥味道！"

真的吗？璇玑看他的眼神已经变成崇拜了。紫狐哼了一声，翻白眼道："你听他吹牛！肯定是被关在天牢的那段时间。天界的人没杀他都算好的了，还养着他？"

"唉，我跟你们说，天界还没昆仑山好看呢。也苦了那些神仙，还得装出正经八百的样子来，心里肯定都要叫苦。回头见到天帝老儿，就拿这话问他：每天思凡下界的神仙有多少，您老知道吗？保管给他难堪！"

众人吃喝一番，酒喝到酣处，连柳意欢都不再绷着脸，和无支祁两人你一杯我一杯干起来。一场酒喝得大醉一番，嘻嘻哈哈互相搀扶着去投宿客栈。璇玑酒劲上头，在屋里待着也觉闷热，正下楼去取水来洗脸，却听紫狐在后院那里咯咯笑，声音极是甜蜜。

她今天喝得最多，因为到了人间，不好维持狐狸样，又化身成紫衣美人，喝到后来狐狸耳朵和尾巴都跑了出来，险些被人看见。璇玑担心她喝多了难受，便推门走过去，忽见紫狐犹如八爪鱼一般缠抱着无支祁，青丝凌乱，面色酡红，带着醉意的媚态，委实令人心跳难耐。

璇玑赶紧退回去，只怕打扰到他俩谈情说爱。紫狐咯咯笑了一会儿，忽然柔声道："无支祁，我变成人美不美啊？"声音娇滴滴的，仿佛能滴出水来，隔着老远，璇玑都觉得脸红心跳。

无支祁笑道："美，我家小狐狸自然是很美的。"

紫狐笑得花枝乱颤，突然勾住他的脖子，媚眼如丝，轻声道："那你亲亲我，你不喜欢我吗？"

璇玑只觉自己不便待在这里，转身正要离开，忽听无支祁低声道："你醉了，快去睡吧。"声音清冷如水，没有半点被迷惑的迹象。紫狐还是笑，笑了很久，才轻轻说道："你亲我一下，我就去睡。"

"别胡闹。"无支祁拍了拍她的脑袋，像对待一个任性的小宠物，"快上去睡觉。"

紫狐收敛了笑容，缓缓松手，站定在他面前，静静看着他。无支祁不动声色，与她对望，眉头也不皱一下。半晌，她突然勾起唇角，柔声道："好，我去睡了。无支祁，你也早些休息，做个好梦，记得要梦到我哟！"

无支祁摆摆手："去睡！哪里来这么多废话。"

紫狐这才咯咯笑着，摇摇晃晃地跳上墙头，推开窗子跳了进去。

他俩这情况，很不对劲啊。璇玑默默回到自己的屋子，坐着发呆。一直以来，她听紫狐单方面地诉说她与无支祁的感情，还以为这两人是一对呢。那次他们去阴间，也是无支祁自己开口要紫狐留下，原来根本是落花有意流水无情。

紫狐那么好看，为什么无支祁不喜欢呢？

房门突然被人推开，禹司凤端着一个茶盘走了进来。见璇玑没睡觉坐在床沿发呆，他不由得笑道："怎么，还在为玲珑的事生我的气？"

璇玑跳起来，扑上去勾住他的脖子，犹豫了一下，才仰头道："司凤……你亲我一下。"

禹司凤手里还端着茶盘，被她的要求弄得哭笑不得，似笑非笑地说道："原来没有生气，是在思春。"话音未落，却已消失在交缠的唇间。他很热情地给了她一个吻，虽然这结果很让她满意，但——

"别……天还没黑啦！"璇玑手忙脚乱地抓着他不规矩的手，气喘吁吁，好容易才让他安分下来。禹司凤将茶盘往桌上一放，将她拦腰抱起，苦笑："有你这样折磨人的吗？"

璇玑惭愧地勾着他的脖子，低声道："好啦，晚上……晚上再说嘛。"话语到后来，已是微不可闻，羞得满面通红。

禹司凤低头在她额上一吻，将她抱到床沿，两人并肩坐下，倒了茶来喝。璇玑怔了半天，才道："司凤，你说，不喜欢一个人，是不是就不会愿意去亲近她？"

禹司凤何等聪明，见她的神色便知道她指的是什么，便笑道："紫狐是很好，但谁也不会因为对方很好就爱上。或许他们认识了太久，太过熟悉，所以反而无法成为情人。"

"谁说的？玲珑和六师兄从小一块长大，他们不是已经大婚了吗？玲珑心里只有六师兄，六师兄心里也只有玲珑。"

禹司凤放下茶杯，把玩着她纤白的手指，低声道："敏言心里是不是只有玲珑，我不清楚。但玲珑心里一定不是只有敏言。"

什么意思？璇玑疑惑地看着他。

他笑了笑，又道："别人的事，不好插手。不过女人的心思一向细密敏感，她怎样想的，也只有她自己最清楚，所以她和乌童之间到底有什么，导致了她的心病，那也是她自己的事情。"

"我、我还是不明白。"璇玑喃喃说着，"你的意思难道是说玲珑喜欢乌童？不可能吧？他根本是个坏蛋。"

禹司凤将她的手抓起，柔声道："璇玑，你看，手有手心手背，和人一样，分成表层和里层。我们的表层大多遵循着理智走，什么是对什么是错，世界早已定好。敏言对玲珑来说，就是表层最好的选择，一起长大，青梅竹马，无话不说，又互相喜欢，除了他，还会有更好的选择吗？"

璇玑摇了摇头。

"可是里层的心是不受理智控制的，甚至不受我们自己控制。它完全自由，将我们内心最阴暗，最隐讳的念头暴露出来。乌童，就存在于玲珑的里层世界。她对他完全不熟悉，一切都是神秘。或许囚禁的时期还发生了一些我们不知道的事情，令她产生异样的情感——她会清楚地知道这个男子与敏言完全不同，这便是另一个选择了。一旦表层和里层发生冲突，所有人的反应便是掩饰里层，因为表层有无数规矩死死锁着，反抗的人没有好下场。一面是青梅竹马的恋人，一面是神秘莫测的敌人，她该选择哪个？"

璇玑还是摇头。

禹司凤轻笑道："璇玑，我告诉你，无论她选择哪个，都会后悔。世界很残酷，往往把两个拥有同等诱惑的东西放在你面前，选择其中一个，就必须丢掉另外一个。现在，她里层的心在为乌童哭泣，所以，那不是我们能插手的事情，更和乌童无关，完全是她自己的心病。"

"那……我该怎么做？"璇玑在他怀里仰头虔诚地看着他，黑白分明的眼睛，仿佛是看着自己世界里的神，全身心的信仰爱恋。

禹司凤忍不住低头吻下去，喃喃道："你什么也不用做……时间是最好的良药……抱紧我，璇玑。"

他的吻令人意乱情迷，忍不住反转过去，抱着他的脖子，触手已是光裸炽热的肌肤。她在恍惚中还是没搞明白，衣服究竟是什么时候被脱掉的，然后，天还没黑……她欲脱口而出的话，尽数折翼在他燃起的火焰下。


本来禹司凤的意思是，既然天帝还有两个月才去昆仑山，那么在此期间他们一行先去一趟离泽宫，将均天环的事情解决了，也了却一桩心愿。谁知这提议还没说完，就被无支祁一口否决。

"难道还要老子亲自送上门吗？"无支祁问得十分嚣张，禹司凤顿时无话可说。

"想要拿回自己的东西，就自己找过来吧。我倒看看他们有什么本事。"

璇玑见柳意欢和禹司凤都不说话，便问道："无支祁，你以前说过离泽宫的人背叛过你，到底是怎么回事？"

无支祁好像并不太愿意回答这个问题，撑着脑袋想了半天，最后还是紫狐推了他一把，他才懒洋洋地说道："你这一世有个姐姐吧？我问你，如果你姐姐某天为了得到你的一个宝贝，将你出卖给你的敌人，你心里会有什么感觉？"

璇玑愣了一下，嗫嚅道："玲珑怎么可能做这种事……"

无支祁把肩膀一耸："我以前也觉得不可能，我和那人情同兄弟，同甘苦共患难，从来也没想过不信任的问题。那会儿有谣言，盛传天界宝库中存着一位天神遗失的宝物，我俩野心勃勃，觉得自己各方面都不输天上那帮神仙，凭什么他们能囤积宝贝，我们却屁都没有。然后我便去了昆仑山，趁着天光开阔，偷偷上到天界去偷那宝物……呵呵，你们也知道了，所谓宝物就是均天、策海。到底是哪个天神留下的，我也不清楚，反正我是一股脑偷了过来。"

"那均天环对我没任何用处，对我那兄弟却有百般妙用，而策海钩又令我爱不释手，所以我便将均天环分给了那个兄弟。我猜分歧大概就是那时候开始的。"

禹司凤问道："莫非你的那个兄弟想两件宝物都据为己有？"

无支祁摇了摇头，笑道："那倒也不是。他见一个均天环便能大幅提高自己的妖力，自然喜不自禁，认定了神器是好东西。偷东西的行径是我一个人干的，他没去，所以疑心我还藏了其他好东西不给他。说来也巧，我偷东西的事情很快被天上神仙发现了，派人下来抓我，我第一次用策海钩，只钩了一下，下来抓我的神将死了大半，那东西委实霸道得很——当然，这一战之后我的威名也上达了天界，成为他们的眼中钉，处心积虑要除掉我，后来才会发生那么多事……这些是后话，先说我那兄弟见策海钩这么厉害，更加认定我是藏了好东西不给他分享，我俩第一次大吵一架，我一怒之下把策海钩丢给他，不过他拿着策海钩，连棵树都钩不断，证明这神器确实不适合他用。我以为这样他就能死心了，谁知他表面是与我和好，内心却认定我还藏着其他东西不肯分给他。唉，其实认识他的时候，我就知道他是个喜怒不形于色的人，有什么龃龉都藏在肚子里，像毒蛇一样，等待最后时机给人致命一击。"

"我杀了许多神将的事情让天界为之震怒，从那之后我就没过过一天消停日子，不是这个来追杀就是那个来叫阵。在我杀了数不清的神将之后，那天帝老儿大概后悔了，他人倒是不错，认为我是个人才，有招安的意思，说只要我将均天、策海还回去，一定不追究我的偷窃杀戮罪，还封官加爵。回头我就和那兄弟商量，干脆把东西还回去吧，咱们俩不过是妖魔，仗着神器厉害，但和天界作对确实不是我所欲。一来麻烦，二来我总觉着这事是我犯错在先，后来还杀了那么多神将，心里很有点过意不去。我也不要做什么官，老子还是喜欢自由自在的日子，招朋呼友，每天喝喝酒吹吹牛，这日子才爽。结果被我那兄弟大骂妇人之仁，我俩又大吵一架，差点打起来。"

"见我迟迟不给答复，天帝便认定我们决心谋反逆天，更不会手软了，派了大批人马来杀我们。他们下了杀招，我们也不可能伸着脖子给他们杀，我在下方朋友多，又都是热血之辈，不问缘由便来帮我对付天界，到后面事情就越闹越大。在我一怒之下发大水去淹天庭之后，我突然发现事情发展到这一步，已经无法控制了。我做的一切都不是自己喜欢的，无非是为了赌一口气，而且毫无道理。天界死了不少神仙，可我也死了不少好友，他们的死也都因为我们的任性变得毫无意义。那天我便决定将宝物还回去，天界要杀要剐，都冲我一个人来好了。我趁那兄弟不注意，将他的均天环偷了过来，正准备找个时机送还给天界，就遇到了战神将军——"

璇玑正听得聚精会神，见他突然提到自己，不由得一愣，用手指指着自己的鼻子。无支祁哈哈大笑起来，点头道："没错，遇到了你。嗯，遇到你之后，我突然有一种不好的预感。要说你的本事嘛，确实挺强，但我也不至于那么快就输给你——自然，我不否认，我喜欢美女，舍不得下重手，这也是你能赢我的重要原因。不过天界那帮人怎么会想到用美女将军来和我对战呢？那时候我便隐约觉得大约是有人出卖我，将我喜欢美女这个弱点抖了出来。不过嘛，喜欢美女乃是人之常情，我从来也不隐瞒，所以一直没当回事。结果那天被你一拦，我没能把神器送回去，却被我的兄弟发现我把他的均天环拿走了，他那次发的火可真够呛，直接与我决裂。但他再管我要均天环，我自然不可能给他了，那本来就不是我们的东西，干脆还给天界，所有罪孽我都一人背了，他还磨叽什么？"

"随后我们狠狠打了一架，他没有了均天环，自然不是我的对手，恨恨离去。当我想再次把东西还回去的时候，战神第二次出现在我面前。结果我一分神之下，被天界擒住。之后当然就是拷问啊，判刑啊。嘿，老子到底迟了一步，本来说要先还东西，后来见天界那么恶霸霸的，我偏就不还了，气死他们最好。均天、策海放在我体内，他们要取，除非杀了我。但天界自诩慈悲为怀，说了不杀我，就真的不杀，只将我囚禁在无间地狱最里面的那个小茅屋里，一关就是千年。后来嘛，就遇到了你们，事情差不多就是这样吧。"

无支祁说完，喝了一口茶水，满面感慨。他的这段经历，也算曲折跌宕，令人热血沸腾了。很多惊天动地的大事，起因却不过是一件细微的小事，他去天界偷均天、策海的时候，可曾想过有朝一日自己成了震撼天庭的大妖魔？世事发展，真令人唏嘘。

禹司凤沉吟半晌，说道："出卖你弱点的，便是你那兄弟了，对吗？天界大约是许了他什么好处，结果均天环被你偷走，他的能力不足以上天庭，所以被迫留在凡间。可他又不甘心，于是组织了族人，打着营救你的旗号，成立了离泽宫……我小时候只知道离泽宫要办成一件大事，却没想到大事指的并不仅仅是救你，其实真正目的是为了取回均天环。难道他们还想着上天庭做神官吗？"

"这个嘛，老子怎么知道？"无支祁抠了抠鼻孔，"算是老子识人不清，不过看在他们东奔西跑一千年，最后解开定海铁索的面子上，均天环我会还给他们。不过千年之前的账，咱们也得算个清楚不是？"

禹司凤犹豫了一下，低声道："……已经过了千年，你昔日的兄弟早已不在人世，或许是死在营救你的征途中了，留下的不过是后人，与你无冤无仇，还请你不要大开杀戒。"

无支祁呵呵笑了起来，在他肩膀上一拍，顺势将鼻屎抹在上面，道："做人呢，是要有点良心，但人家对不起你的时候，还讲良心，那就是傻，人可不是这样做的。你都被那个什么副宫主逼得有家难归，也不算离泽宫的人了，还和他们讲义气，那不是傻吗？"

禹司凤没有说话。良心吗？或许吧！但他只是不忍心，离泽宫的存在，是他曾经拥有过根的证明，何况，那里有他的父亲，虽然他已经完全忘了自己。斩断它，他真的就是浮萍之人了。即使他不能再回去，那里也曾是他的家。

他把那颗鼻屎捏下来，拍回无支祁头发上，淡然道："随你吧。"

"生气啦？"无支祁笑嘻嘻地看着他，那颗鼻屎无处处理，他干脆抹在桌子下面，"你不同嘛，你是朋友，我可从来不做对不起朋友的事。"

禹司凤哼了一声，跟着却也笑起来，正要说点轻松的话题，忽听柳意欢闷哼一声，紧跟着"哐当"一声脆响，他手里的茶杯狠狠砸在地上。众人都吃了一惊，急忙转头去望，却见他紧紧捂着额上的天眼，额头周围的皮肤陡然皱起，下面似有无数青筋在攒动，几乎按不住。

无数血珠子从他指缝里渗出，他的掌心仿佛握住一个剧烈跳动的小心脏。柳意欢猛然跳起，上身蜷缩成一团，厉声道："有……有人来了！小心！"

一言未了，他身子猛然一歪，狠狠摔倒在地。禹司凤急忙过去搀扶，他却已经晕死过去，只有额上的天眼，簌簌跳动，整个额头的肌肉都在攒动抽搐，而不停有血珠子从闭合的天眼缝隙中流淌而出，柳意欢整张脸很快就被染满了鲜血，其状极为可怕。

众人正在慌乱时刻，忽听门口有人朗声道："无支祁前辈已经从阴间脱身，晚辈们未能迎接，失礼之处，还乞见谅。"

众人赶紧回头，却见客栈里众客人与小二不知何时全部躲了起来，而门口密密麻麻站了许多青袍男子，面上都戴着修罗面具，正是离泽宫的人。当头那人，手里拿着一把不伦不类的羽毛扇，款款摇动，不是副宫主是谁？

璇玑和禹司凤互看一眼，都有些惊疑不定。他们这一路行来，完全没有规律可循，离泽宫是怎么找到的？难道一直有人跟踪他们，他们居然没发觉？

思忖间，离泽宫众人已经陆陆续续进了客栈。这客栈并不宽敞，没一会儿就人满为患，黑压压一片人头。副宫主呵呵笑着，不慌不忙走过来，客气地朝无支祁拱手："晚辈见过无支祁先生。"

无支祁从鼻孔里发出一个古怪的声音，勾勾嘴角，表示听到了。副宫主又笑道："无支祁先生如此尊贵的身份，怎么屈居在这破烂的小客栈里。不知先生可愿随晚辈去离泽宫一坐，家兄扫榻恭候。"

无支祁皱眉道："你一进来就文绉绉地说这些屁话，不会说点直白的吗？你会不会说人话？"

他这话说得十分不客气，半点面子也不给，换作常人早已发作，副宫主却只笑了两声，从容谦然，说道："前辈教训得是。这小客栈如此破旧，也不懂得待客之道，客人来了这许久，怎么也没人来招呼上茶？"

话说完，过了好久，人群里才挤出两个灰头灰脸的人，看那样子正是掌柜和小二，战战兢兢地上前伺候。副宫主又道："这种小地方，料得也没什么好茶。你们便上个二品碧针吧。"

无支祁突然道："老子不喝茶。你有话快说有屁快放，磨磨叽叽，让人讨厌。做了一千年的人，别的本事没学到，这虚应废话的本事倒学得像模像样。"

副宫主还是不动怒，笑吟吟地说道："前辈教训的是。那么给我一杯白水即可。"

无支祁见他绕来绕去，就是不肯说正题，好生不耐，正要拂袖而去，心中突然一动，眼珠子转了转。此人这般气定神闲，肚子里不知在打什么鬼主意，倒不如留下，看他做什么耍子。想到这里，他笑嘻嘻地又坐了回去，两腿一盘，道："千年不见，你们这些金翅鸟扮人真是越发像了，身上居然连妖气都被隐藏，你若不自报身份，走大街上我可认不出来呢。"

副宫主含笑道："前辈谬赞，既然要做人，就该天衣无缝。否则人不人，妖不妖，那算怎么回事呢？"

此人嘴巴很厉害。无支祁假装没听懂他的讽刺，哈哈笑了几声，捞起肩上的辫子，在手指上绕来绕去，道："是为了均天环的事情吧？"

副宫主喜道："晚辈早知前辈深明大义。先祖曾经留下两个遗愿，一是说他有个至交好友因触犯天条被关在阴间，离泽宫存在的目的便是为了营救前辈，如今前辈安然现身，先祖的遗愿可算圆满。二是早些年他寄放在前辈处的均天环一直没机会要回，眼下前辈脱离牢狱苦海，还请将均天环物归原主，也好了却先祖最后一个愿望。"

无支祁嘿嘿笑了起来，喃喃道："物归原主，物归原主……物归原主的话，那玩意可不是你们的啦。"

副宫主说道："神器本也无所谓原主，谁能使用谁便是主人。比如前辈你的策海钩，抑或者是其他你能使用而别人不能用的神器，说到底，都是属于前辈你的东西。"

无支祁回头看他一眼，目光如电，就连旁边的璇玑和禹司凤都觉得悚然。副宫主微微朝后靠了一些，轻声道："前辈？"无支祁垂下眼睑，笑道："那小子到死都认定我拿了别的好东西没给他，居然还让后代把这种无聊话当作圭臬一般供起来，当真可笑！"

"前辈何出此言。"副宫主欠了欠身，又道，"策海钩身为神器，放着也是放着，给前辈用，才真正是如虎添翼。而均天环前辈用来也不顺手，何不归还给原主呢？"

无支祁手指在桌上一敲，冷道："你是在激我？老子用了策海钩，你们眼红？不服气？"

副宫主淡然道："前辈言重，晚辈纵有天大的胆子，也不敢顶撞前辈。那均天环乃是拖了千年的债，前辈难道不觉得早点解决早点安心吗？"

无支祁冷笑道："不觉得，老子没做过亏心事，吃得香睡得好，从来没有不安心的事。倒是你这小子，咄咄逼人。什么前辈晚辈！装模作样，其心可诛！说到底，均天、策海都是老子一个人从天界偷出来的，我送给你们先祖，那是情分，我收回来，他无话可说才是本分！居然还好意思说什么拖了千年的债！老子欠了你们什么？你有胆子再说一遍！"

副宫主将茶杯轻轻放在桌上，抬起头来，目光灼灼，透过面具直射无支祁面上。一时间客栈里的气氛仿佛冻结了起来，没人说话，离泽宫人人都悄悄将手放在佩剑上，紧张地等待着号令。

半响，副宫主才道："前辈这等厉害人物，何苦用狠话来威胁我们这些小辈。你便是怒了，一根手指头也能压死离泽宫，又何必色厉内荏？"

他缓缓起身，走了两步，突然说道："司凤，临行前还记得你发过什么誓吗？"

千钧一发的时刻，他突然岔开话题，问到毫不相关的禹司凤头上，在场所有人都是一愣。

禹司凤脸色微微发白，说道："取不回均天环，便死。"

副宫主笑道："不错，那你怎么还不去死？"

璇玑惊得跳起来，厉声道："你才去死！"她正要拔剑相向，却被禹司凤拦住，他摇了摇头，道："不关他的事，是我自己发了重誓。""你好好的发这种誓做什么？！"不止璇玑，连紫狐都吼了起来，"他根本是故意的！要把你往死路上逼！"

禹司凤深深吸了一口气，突然问道："我师父呢？为什么他没来？"

副宫主柔声道："大哥他是一宫之主，怎能轻易出宫。你放心吧，我和你不同，我从来不会背弃誓言。"

禹司凤脸色又开始发白，他那会儿起这个誓言，纯粹是自暴自弃，用性命来赌博，如今佳人在怀，伤痛平复，要他再抽剑抹脖子，一千一万个做不到。而均天环是无支祁的东西，他也不好说什么，饶是他机智多谋，这会儿也有手足发软，茫然无措的感觉。

"无支祁！"紫狐回头用力推了他一把，叫道，"那什么环啊珰啊，你赶紧还给人家就是了！你留着有个屁用啊？！你要司凤死掉吗？"

无支祁被她推得险些从椅子上翻下来，无奈地看着她，最后咳了一声，道："罢啦罢啦！谁让老子是义气为重的人！还给你们便是了！"

说罢，他伸手入怀，掌心突然放出一团莹莹的光芒，耀眼却又柔和，十分美丽。所有人都定定地看着那团光芒，看着它缓缓从他胸口显现，带着万道光华，最后为他合掌托出，呈现在所有人面前。

那果然是一个环，不知是什么材质做成，非金非玉，有些半透明的感觉，其上虽有光华万丈，却十分柔和。看起来，有点像女子所戴的臂环，但更粗一些，大一些。这就是名闻天下的均天、策海中的均天环了，不知为何，璇玑看了一眼，心中仿佛被什么东西狠狠敲了一下——奇怪！很熟悉的感觉！

她心头砰砰乱跳，自己也不知是什么缘故，目光居然离不开，胶着其上，怎么也看不够，像入魔一样。周围的嘈杂声和各种异象，她全部都不知道，她的眼睛离不开，真的离不开……

"均天环……"副宫主发出一声类似感慨的声音，光是靠近一些，都可以感觉到其中充盈的力量！他忍不住上前，抬手要去拿——"等等。"无支祁把手一缩，抬眼笑吟吟地看着他，"千年之前，你们的先祖对我可真是有情有义啊！这样容易就把东西还给你们，怎么就是觉着不甘心呢？"

副宫主恍然回神，道："那……前辈的意思是？"

无支祁笑道："总要让我杀几个金翅鸟来泄愤吧？千年的牢狱，把杀气都磨出来了，今日有些手痒！"他定定地看着副宫主，就连白痴都能感觉到他身上浓厚的杀气，店里其他的凡人早已吓得瑟瑟发抖，趴在地上不敢动弹。

副宫主呵呵干笑两声，突然狠狠心，道："那随前辈喜好便是！除了晚辈我，前辈爱杀几只就杀几只！"

"副宫主？！"离泽宫众弟子万万想不到他居然会说出这等话来，十分震惊。副宫主淡然道："离泽宫养了你们那么些年，也该报答养育之恩啦！前辈，请便！"

无支祁哈哈大笑，道："果然是冷血无情的金翅鸟一族！事先说明，这均天环只能让一人得到无上的妖力！你拿走了，其他族人可没好处！你是打定主意要独占了？"

副宫主拱手低声道："还请前辈成全！"

无支祁笑得直打跌，将均天环朝腕子上一套，捋起袖子，道："那好——等我杀个痛快！"副宫主并不阻拦，后退一步，让出路来给他。那些离泽宫弟子见势不好，慌得夺路而逃，跳窗的跳窗，推门的推门，乱作一团。禹司凤于心不忍，正要开口阻拦，忽听躺在地上晕死过去的柳意欢又哼了起来，他急忙低身扶住他，轻道："大哥？你怎么样？！"

柳意欢眼睫微颤，忽而抬手用力捂住流血不断的天眼，发出一声痛呼，全身蜷成一团，瑟瑟发抖，其状甚惨。禹司凤和璇玑急得不知怎么办才好，紫狐急道："好像是天眼对什么东西产生了反应？！"

话音未落，只听柳意欢厉声道："有人来了！"

有人来了？禹司凤微微一怔，他先时也说过同样的话，他们都以为是指的离泽宫的人，难道竟然还有旁人吗？

忽听逃出门外的离泽宫弟子发出一阵阵惊呼，紧跟着又流水一般地跑回客栈。众人转头去望，只见门外突然起了一层血红的大雾，连街对面的店铺都看不见了，而跑得慢的离泽宫弟子，一沾上那血雾，立即惨叫着被腐蚀成白骨，那叫声和惨状，令人毛骨悚然。

很快，浓浓的血雾就包裹住了整个客栈，每个人面上都被镀上一层红晕，神情扭曲怪异。

无支祁好像也有点茫然，他停下追赶的动作——实际上他本来也没打算真的杀人，不过是玩心顿起，吓唬人罢了。眼看那血雾停在门框处，分毫不差，既不进来，也不褪去，像活的一般。他忍不住推开窗户，抬手伸出去试探。手指沾到那血雾，便是"嗞"的一声，指尖火辣辣地疼，像是被什么东西腐蚀了一样。

他若有所思地转身，将手指放在嘴里轻轻舔。紫狐抱住他的胳膊，露出恐惧的神色，低声问道："那是……什么？"他将她轻轻推开，道："你和璇玑他们一起，别过来，危险。"说罢，忽地朗声道，"千年不见，你装神弄鬼的本事还是不小哇！既然来了，干吗不干干脆脆地出现？搞个什么血雾，你看看死了多少无辜的人？"

话未说完，只听门外有人恼道："闭嘴！"紧跟着，血色的浓雾里出现一个高大的人影，缓缓走进客栈里。一时间所有人的目光都聚集在此人身上——他穿着鲜红的盔甲，身量高大，满头长发打理得油光水滑，英气十足。甫一进屋，此人谁也不看，只提剑指着无支祁的鼻尖，喝道："兀那猢狲！胆敢擅自逃离牢狱之刑！还不快速速束手就擒？！"绝对的威风，绝对的气派。但不知为何，众人很有发笑的欲望。

那人见无支祁抠着鼻孔不理他，不由得更怒，厉声道："兀那猢狲！本将与你说话呢！"

紫狐忍不住"扑哧"笑了出来，发现这人脸色难看，赶紧捂住嘴巴，悄悄后退几步。无支祁翻着白眼，说道："拜托，一千年了，你怎么一点长进都没有？这里又不是戏台子，你拿腔拿调的是唱哪一出啊？"

　　"放肆！你是不要命了！"那人还在唱戏一般地吼，结果连禹司凤都撑不住低声笑了两下。细细打量那人，虽然身量高大，气度英武，右胳膊那里却空了一块，袖子空荡荡的。他心中一动，想起无支祁在喝高的时候说过，他杀过玄武，更斩了朱雀的一条膀子，那么，这个浑身火红的男子不是别人，正是天界神将朱雀了？

　　无支祁哈哈笑了几声，把手一拱，学着朱雀拿腔拿调的语气，怪声道："咄！兀那神仙！你是要再断一条胳膊吗？"

　　他的神态实在太滑稽好笑，一时间客栈里人人都忘了危险，只觉如今情形诡异又逗趣，都忍不住暗暗发笑。朱雀脸色一阵红一阵白，良久，才咬牙道："你是拿老子做笑料？！"这句话倒说得十分正常，阴恻恻地，看来他只有生气的时候才会恢复正常语调，真是个怪人。

　　无支祁一屁股坐在椅子上，继续抠鼻孔，含含糊糊地说道："好啦，废话够了。你下来干吗？天帝老儿叫你把我抓回去？还是把战神他们抓回去？"

　　朱雀冷道："非也！本将此次下界乃是受了白帝的指示，将均天环收回天宫，不可再流落下界。"

　　"哦？"无支祁有些惊讶，奇道，"只要均天环？没说策海钩？白帝还蛮大方嘛！真打算把策海钩送给我了？"

　　"放肆！"朱雀又吼了起来，"你三番四次挑衅，又犯了偷窃大罪，本该将你处以极刑！若不是上天有好生之德，天帝怜你孤勇，你早已死了十次也不止！居然还敢讨价还价！速速将均天环拿来！"

　　无支祁把均天环褪下来，用一根手指甩来甩去，笑道："我就不拿！有本事你来抢，抢到了我二话不说连策海钩也还给你们！"

　　朱雀神色微微一动，似是打算出手，忽听后面一个妖妖娆娆的声音说道："慢着！既然是神将大人，那么小可有几句话相问！"他回头，却见一个带着修罗面具的青袍男子站在那里，正是离泽宫副宫主。朱雀感觉不到他们身上的妖气，只当是凡人，便道："你问！"

　　副宫主森然道："敢问神将大人，离泽宫可是犯了什么逆天罪行？为何要用如此残酷刑罚来折磨我们？！"他指向在门口哭喊的离泽宫弟子，都是方才逃出大门，却被血雾所伤的人，更有几个人半边身体都腐蚀没了，一时却死不得，只是在号哭，惨酷之极。

　　朱雀脸色变得十分难看，半晌，才抓了抓油光水滑的头发，懊恼道："本将……也没想到他们会突然出来……这个，本将……"他支支吾吾，说不出个道理，急得满头是汗。

他和腾蛇那种蛮干的家伙可不同，他不愿意随意杀生，不过是弄了点血雾，搞个神秘气氛，顺便将这客栈笼罩在结界里，不与外界连通，谁想居然弄死那么多人。

他后悔了半天，最后还是长叹一声，道："罢了，这次是本将的错。给你们赔个不是，等回到天庭，本将自会向白帝请罪，那些枉死的人，来生都会有福泽，你且安心。"

朱雀在天界算是最老实的神仙之一，和一肚子花花心思的应龙不同，和暴躁蛮干的腾蛇也不同，他答应的事情，绝对会贯彻到底。他说要请罪，必然会请罪，这点无支祁是十分相信的，于是他笑道："还是那么老实！看到你这样，老子都不忍心和你动手了！罢啦，均天环就还给你！"

他将均天环高高抛起，掷向朱雀，不料旁边闪电般蹿过一个青影，硬生生从中途将均天环截下。朱雀大喝一声，拔剑上前，抵住那人的脖子，一见是先前发问的副宫主，他微微一愣，冷道："这是神器，不容亵玩！速速拿来！"

副宫主手里紧紧攥着均天环，只觉掌心一片炽热，无穷无尽的力量在四肢百骸里流窜，他大笑道："均天环！真的是均天环！"他见朱雀抬手要来抢夺，脚下一点，轻飘飘地离地三尺，飞了起来，一面笑道，"神将大人！你莫忘了千年之前曾许诺过金翅鸟一族什么！如今我的力量，难道还不足以上天界吗？！"

话音刚落，只听一阵衣衫碎裂之声，他上身的衣物尽数碎了开来，一片片落在地上，露出肋下漆黑的两排珠子。他将均天环套在手上，反身闪过朱雀的长剑，双手微张，似一双张开的翅膀，飘然滑了很远，紧跟着叮叮当当数声，肋下的黑色珠子齐齐掉在地上。璇玑和禹司凤一见到这情景，不由得互相握紧了手——他们都想起两年前在浮玉岛的那段痛苦回忆，好在，都已经过去了。

朱雀追了两步，突然发觉不对劲，猛然停住脚步，厉声道："你不是凡人！是妖！"

副宫主浑身上下都被炽烈的金光包裹，力量犹如澎湃的大海在经脉里流窜。他扶住手上的均天环，身后的六片金翼张开足有两三丈长，扇动中，惨叫声不绝，无论是离泽宫弟子还是那些缩在角落里不敢动弹的可怜凡人，稍稍为那翅膀擦刮一下，便是断手断脚的惨痛。副宫主毫不在意周围的惨呼，他已经完全沉浸在蓬勃力量的喜悦里了。

"神将大人！什么是妖，什么是人，什么是神，何必分那么清楚？只要有能力，忠心为天界效力，妖又如何？离泽宫……不！我已经等了一千年！来！速速将我领上天庭！我愿意为天帝效力！征伐妖魔！"

朱雀皱眉道："似你这样滥杀无辜，完全被妖力牵着鼻子走的妖，谈什么为天帝效力！本将再说一遍，均天环是天界神器！快点归还！否则休怪本将不客气！"

话未说完，忽觉肩上被人重重一拍，他猛然回头，却见无支祁双眼晶亮，死死盯着副宫主。"大胆猢狲要做什……"朱雀还没喊完，无支祁就捂住了他的嘴，调皮一笑，轻道："别嚷嚷，瞧我发现了谁！元朗，你原来没死？"

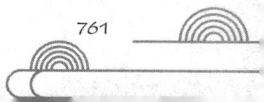

# 第四十一章·重振雄风

此言一出，众人皆惊。元朗便是先祖的名号了，副宫主怎么也叫这个名字？禹司凤双手微微发抖，不可思议地看着浮在半空浑身金光的副宫主。他怎么会是元朗？他分明是师父的弟弟！亲生弟弟！

副宫主缓缓抬手，将脸上的修罗面具摘下。他的容貌第一次呈现在世人面前，与他平日里妖妖桃桃的作风不同，他身材虽然纤细，一张脸却生得浓眉大眼，极有男子气概。他目光灼灼，看着无支祁，冷笑道："猢狲！到最后均天环还是属于我的！你休想夺走！"

无支祁吸了一口气，奇道："怪了，你那张脸不是元朗啊！你到底是谁？"

副宫主低低笑了一声，轻道："蠢材！你还是那么蠢，无支祁！"

无支祁摸着脑袋，果然是百思不得其解。禹司凤喃喃道："莫非……和璇玑一样？转世轮回？！"他仔细将前事想了想，渐渐确信此人确实是元朗的转世。否则他怎会将大宫主的私事和盘托出？何必将自己赶出离泽宫？原先他们都以为副宫主是想得到离泽宫的实权，但他们错了。离泽宫再强大，也不过是凡间一个修仙门派，何况建立离泽宫也不过是为了元朗的私心——他想夺回均天环，获得强大的妖力。

他私下里做的那些拙劣的小动作，无非是想让别人都认为他的目的是夺权。谁能想到，他就是元朗？所以他吃定了无支祁的性格，嘴硬心软，所以先前那样气定神闲。原来他对璇玑说的那些劝告、将大宫主气得吐血、诱使他去阴间取均天环还发下那个毒誓——一切都是算好的！他早已知道无支祁最终会因为璇玑的面子给出均天环。

朱雀的出现想必是打乱了他原先的计划，于是他厉声发问，目的不过是乱了这老实人的心神——以他对无支祁的了解，知道他一定不会继续为难，均天环必然要还给天界。要抢夺均天环，就只在那一瞬间！

这样一步步走过来，他才骇然发觉此人的城府有多深。先前只觉得副宫主怪异，做的很多事都让人摸不着头脑，好像一会儿好一会儿坏，原来真相是这样！他终于明白了！

禹司凤上前数步，厉声道："你把我师父怎么了？！"

取均天环是何等大事！大宫主怎可能不来？他不来，唯一的可能就是被元朗陷害了，甚至死了。

元朗笑吟吟地看着他，赞叹道："金翅鸟族人中居然出了一个你这样的聪明人！果然不让你继续留下是对的。你爹没死，好歹这一世他也是我兄弟。今日我好心说给你听，好叫你知道那情人咒的解药是我给配的方子，不但消除了那些回忆，大约连妖力也是可以消除的。你还是别在这里磨蹭，赶紧回去看看吧，不然你爹在地牢的臭水里泡久了，会出什么事，我可不能保证。"

禹司凤恨了一声，掉脸就要出门，却被那血雾拦下，急得脸色煞白。紫狐急忙拉住他，劝道："司凤你别急！璇玑！你快过来劝劝他呀！璇玑？"她回头，却见璇玑只死死盯着元朗手腕上的均天环在看，对周围的事情丝毫不放在心上，像入魔一样。紫狐急得大叫道："这都怎么了！无支祁！你别光顾着耍嘴皮子！快点动手啊！"

无支祁笑道："好吧，小狐狸叫我动手，我就动手了。元朗，别以为套个环子老子就对付不了你！前世你他妈个阴暗的窝囊废，这辈子你他妈还是窝囊废！老子居然和你这种人称兄道弟，真是丢人到家！"

话音一落，他身体猛然前倾，胳膊一挥，却是一道闪亮的银光射出，与紫狐在无间地狱见到的那道光一模一样。他手里攥着一根一人多高的银色钩子，造型十分诡异，居然是一截一截的，像是用锋利的骨头扎在一起做成的。那道银光，便是这策海钩射出的了。

只听"呜"的一声巨响，整个客栈开始剧烈摇晃起来，粉尘四落，原本蹲在地下的那些客人和伙计们吓得又哭又叫，无路可逃，紧跟着头顶乍然一亮，原来这客栈上面半截都被策海钩给钩没了，没入浓厚的血雾里，眨眼就没了影子，那些血雾立即压了下来，离头顶只有两三尺的距离。这下众人哭都哭不出来，只是呆呆看着，不敢相信自己的眼睛。

元朗朝上一冲，触到那些血雾，显然也有些顾忌，只得落在地上，冷笑道："你是朝哪里砍呢？！"

无支祁把策海钩朝肩上一扛，也笑道："怎么，我没砍对吗？"

元朗脸色突然一变，猛然低头，却见套着均天环的那截胳膊居然被削断了！策海钩实在太快，以至于他根本没有感觉到痛楚，连血都还没来得及渗出来。他惨叫一声，死死抓住断臂，发了疯一般地在地上找着自己的断手。

无支祁举起手里的一截断手，笑问："元朗，你是在找这个？"那断腕上赫然套着金光灿灿的均天环，元朗嘶声道："还给我！"直扑上来，没命地要抢。无支祁退了一步，将均天环扯下来，把断手丢到他脸上，笑道："还给你喽！"

元朗拍掉那只断手，嘶声吼道："无支祁！你这个不要脸的小人！自己有了策海钩，却三番两次从我手里抢夺均天环！神将大人呢？你们为什么不抓他？抓住他！用极刑！东西都是他偷的！和我没关系！"

无支祁面无表情地看着他的狂态，并不说话。朱雀从后面一把扯住元朗的胳膊，将他制住，厉声道："安静！你好大胆！可知自己犯了什么罪？！"他这一番问话正气凛然，大有唱戏的味道，倒让无支祁又勾起了嘴角。

"试图抢夺神器是一大罪，故意卖弄妖力伤害凡人又是一大罪！不过……你最大的罪，便是擅自轮回！元朗！本将想起你了！当年向天界讨好卖乖的那只金翅鸟！如果本将没记错，判官的生死簿上，元朗还未到下界轮回的日子吧？！"

无支祁奇道："怎么？你的意思是，他还没到可以轮回的日子，就自己……他娘的轮回了？"

朱雀点头道："不错！天地轮回自有法，脱离法度擅自轮回下界都是重罪！元朗，本将要将你押上天庭，由白帝审问！"

元朗为他制住，又失去了均天环，澎湃的妖力顿时消失无踪，丝毫也动弹不得，加上断臂处痛彻心扉，他忍不住凄声道："天道不公！犯错的人并不是我！为何三番两次要将无支祁的罪名扣在我头上？！你们答应的封官加爵在哪里？！诱使我叛变时的和颜悦色又在哪里？！原来天界也会玩虚与委蛇的招数！早知如此，我……"

"早知如此，你就不背叛我了，对不对？"无支祁抠着鼻孔，慢悠悠地说着，最后将鼻屎抠出来，笑嘻嘻地弹到他脸上，说道，"你可别再做梦了，把我当傻子呢？嗯，我本想亲手杀了你，了结这千年的愤懑，不过眼下我突然改变主意了。干吗要你死那么痛快？活着才是受罪嘛！我告诉你，无间地狱很好玩的，你去坐坐，保准不会后悔。"

朱雀沉声道："元朗！要上界成仙是需要缘法的！你前世没有仙缘，故此特令判官早早将你勾魂，等待下个轮回。你若耐心等待，走正常的轮回，这一世本可上界成仙！谁知你这般鼠目寸光，果然是与天界无缘。"

元朗脸色犹如死灰一般，怔怔看着他，嘴唇颤抖，这下，他真的再也说不出一个字了。是谁说的，天作孽，犹可活，自作孽，不可活。他这不正是自作孽吗？

朱雀朝无支祁伸手："拿来！"

无支祁装傻，摸着脑袋笑问："什么拿来？"

"均天环！"朱雀大眼一瞪，气呼呼地说道，"猢狲别想耍花样！你私自逃离牢狱的事情，迟早会找你算账！你想罪状上再加一条吗？！"

无支祁想了想，将均天环拿出来，在元朗面前一晃，柔声道："傻子，你为了这么个东西，居然变成了疯子。以前秉烛夜谈，把酒言欢的情分，真的忘了吗？"

元朗嘴唇还在颤抖，依旧说不出话来。

无支祁淡然道："你我到底是兄弟一场，待我祭你一程！"说罢，他双手抓住均天环，用力一掰——喀嚓一声，那天下闻名的神器，居然在他手里硬生生裂成了碎片！

众人都是齐声惊呼，无支祁微微一笑，将那碎片抛洒在空中，低声道："东西没啦！下辈子……如果你还有下辈子，希望你不要再追求那些虚幻的东西！"

"无支祁！"朱雀惊得头发都要竖起来，指着他的鼻子，手指微微发抖，再也想不到他居然这般胆大包天，居然当着自己的面将均天环给弄碎了！他正要发作，忽听紫狐尖叫道："璇玑！璇玑你怎么了？！"

禹司凤大吃一惊，急急回头，却见璇玑双目紧闭，脸色惨白，晕死在紫狐的怀里。

人常常会有很多奇怪的感觉，譬如某日遭遇了什么事情，下意识会觉得这场景似曾相识，不知是梦见过，还是曾经经历过。再譬如，突然遇到一个东西，觉得无比熟悉，无比亲近，可就是想不起那到底是干啥的。

从无支祁亮出均天环的那一刻起，璇玑就陷入这样一种奇妙的感觉里无法自拔。她似乎忘记了身边的一切，只能紧紧盯着它，费尽所有的心神去回忆究竟在什么地方见过它。直到他又亮出策海钩，那种感觉越发强烈。

真得很熟悉！不是肤浅的熟悉，而是深入魂魄最里层，与她血肉相连的那种熟悉！像是隔了很久很久，终于又找回什么的熟悉。

眼前似乎浮现出许多画面，模糊不堪，还有许多声音。一个声音像是贴在她耳边，低声道："换了吧，这样子实在是太难看。做个琉璃美人如何？"

她侧过脑袋，想听得更清楚，忽听无支祁大喝一声，手里的均天环"喀嚓"一声裂成了碎片。她心里仿佛也被什么东西狠狠一砸，清脆的碎裂声在耳朵里嗡嗡直响，紧跟着所有的声音全部偃旗息鼓，她的身体仿佛突然掉进一个深渊里，不停下坠，下坠……

禹司凤抱住她的身体，低低叫了她几声，她一点反应也没有，双目紧闭，俨然是晕死过去。他心里乱成一团，突然将她拦腰抱起，回头厉声道："我不管天界有什么纷争！现在请你立即收了血雾！放我们出去！"

朱雀被他吼得没脾气，血雾这东西是他理亏在先，只得抿紧嘴唇，左手在空中一招，大团大团血红的雾气开始蠕动，靠这样近观察，那蠕动的雾气简直像一团团蠕动的血肉，着实恶心又狰狞。

无支祁还挂着满不在乎的神情，好像他刚才根本没有把一个著名的神器给弄碎，只是不小心打碎一个瓷碗一样，笑嘻嘻地说道："你也别怪这笨鸟，这血雾与他形影不离，离不得，还可算作结界，与外界隔离开。这人喜欢装模作样，到哪里都喜欢先放雾气搞个气氛，和放屁似的。其实就是个蠢货罢了！"

朱雀因血雾伤了不少人，心里很不是滋味，被他这样冷嘲热讽一番，居然也不还嘴，手腕微微一转，血红的雾气颜色渐渐变淡，最后化成了纯然的白色，他的整个身影也被包裹在白色雾气里，影影绰绰。

"猢狲！你等着，损坏神器的大罪，迟早会与你算个清楚！"他在雾气里恶狠狠地说着，接着，雾气慢慢褪去。紫狐两腿发软，不由自主坐了下去，恍然间，周围一切都恢复了原样，热热闹闹的客栈，被策海钩削掉的上半截也不知何时安了回来，接得天衣无缝，凌乱的桌椅也变得井井有条，倒在地上不停呻吟的离泽宫弟子和那些客人们都一脸茫然地站在客栈里，身上干干净净，一点伤也没有，遭受血雾腐蚀的那些人仿佛也随着雾气的消失而化成了灰烬——一切都变成了朱雀来之前的样子，街上阳光灿烂，行人熙来攘往，谁也没朝客栈里望一眼，好像一切都没发生过。

客栈里突然爆发出许多怪叫声，却是先前被困在里面无法出去的客人以及伙计掌柜的，眼看现下一切都恢复原样，他们再也不敢待在客栈里，慌不择路地一起朝外面跑，逃命最要紧。剩下的离泽宫弟子们只觉恍若隔世，互相怔怔地看了半天，谁也说不出话来。

无支祁咳了两声，手指在桌上一敲，笑道："你家副宫主都被抓走了，你们还不走？留着等老子来杀吗？"

他们这才"嗡"的一声，惊慌失措地散开。禹司凤在后面叫道："等等！你们是要回离泽宫吗？"那些弟子默然点头。禹司凤又道："回去了，要怎么交代？"众人都沉默。均天环被弄坏了，副宫主又是那样的人……离泽宫的存在就是为了均天环，它碎了，他们的存在还有意义吗？怎么和大宫主说清楚这件事？

"一起回去吧。"禹司凤沉声道，"大宫主如今被副宫主陷害，生死未卜。我和你们一起回去，处理此事。"

他身负十二羽，离泽宫本来人人都敬畏他，眼下正是群龙无首，一锅乱粥的时候，他出来说话，效用奇大，众弟子纷纷点头答应。禹司凤转身将璇玑轻轻放在椅子上，在她脸上轻轻抚了一下，轻道："紫狐，无支祁，柳大哥和璇玑就拜托你们照顾了。我去一趟离泽宫，很快就回来。"

无支祁正要说话，突然警觉地抬头，低声道："噤声！不对！还有东西在！"话音刚落，众人只听见半空中有人冷笑一声，依稀像个女子的声音。无支祁猛然跳起，抄起策海钩便要钩上去，紫狐急道："不要啊！这下再钩坏了客栈，可没朱雀来保护了！"

他的动作猛然一停，犹豫了一下，只这一个瞬间，凭空突然出现一只人手大小的青色爪子，爪钩尖锐，其上布满青色的鳞片。那爪子快若闪电，在柳意欢的额头上一捞，他纵然在晕迷中，也是痛得惨然大呼，整个身子蹦了起来，鲜血从他额上飙射而出。

他额上的天眼居然被那爪子硬生生抠了出来！

无支祁将身体一纵，跳起三四尺，五指如爪，去抓那青色的爪子，不防它突然消失在眼前，只留几滴柳意欢的鲜血滴在他面上。无支祁忽听耳后风动，下意识地用手一挡，手背上剧烈一痛，像是被什么利器剐伤，痛得他一个惊颤，翻身跳下来，回头再看，又是一只青色爪子缓缓消失在半空！

他手上鲜血淋漓，伤口足有半尺长，深可见白骨。无支祁心头恼火，厉声叫骂道："操你娘！是青龙这臭娘们？！你个丑女长着爪子抓什么抓？小心老子把你的爪子都给剐了！"

空中传来一个冷若冰霜的女声："天帝有令，收回神器天眼。任务完成，本座回去了！"言下之意对他的挑衅完全不放在眼里，无支祁气得脸色发青，可是身在客栈里，他又不能胡乱挥动策海钩，省得这镇子上的人都被钩死，怒得只是捶打无辜的桌椅，乒乒乓乓数声，大厅里的桌椅眨眼就被他砸成了碎片。

柳意欢脸色青白，浑身都是血，气若游丝，眼看是快活不成了。禹司凤急急取出药粉撒在他额头的伤口上，可出血太多，鲜血像无穷无尽一样喷涌而出，药粉撒多少便冲开多少。他只急得五内如焚，颤声叫道："大哥！"一面用手狠狠按住那伤口，眼中一阵热辣。

无支祁神色凝重地蹲下去看着他，摸着下巴叹道："唉，是我疏忽了！这青龙是最喜欢神出鬼没的一个，先前他额头冒血，必然是她搞的鬼，我居然没想到！"他见禹司凤脸色惨白，目中泪水晃动，却强忍着不落下，心中也是恻然，突然想起什么，转身在地上摸索寻找。

紫狐悄悄走过去，低声道："你干什么呢？快想想办法呀！这时候还顾着玩？"

无支祁也不理她，在地上摸了半天，一粒一粒地捡着什么，最后全部用衣兜兜着，送到禹司凤面前。"喏，别哭。快找东把把这些碎片包一些放到他身上，过一会儿血应该会停。"他将衣兜里的东西抓了一把塞到禹司凤手里。

那是一些玉白色的碎片，非金非玉，也不知是什么材质，正是先前被无支祁捏碎的均天环。神器成型的时候，还散发着光芒，碎开便失去了那种光芒，但那些碎片捏在禹司凤手里，隐约还蕴含着未知的力量，只那一瞬间，他觉得身体里的妖力汹涌澎湃，竟比先前多出无数倍。

禹司凤微微一惊，顿时不敢耽搁，扯下袖子将碎片包起来，放进柳意欢的怀里。果然，过了一会儿，他额上的伤口停住了流血，面色也不像先前那么难看。天眼被挖去的那块肌肤，呈现出一个深邃的血洞，看上去甚是狰狞。

他撒了一些药粉上去，用绷带将他的脑袋包了个严实，耳边听得柳意欢微微呻吟一声，断断续续地说道："我……死了？"禹司凤低声道："大哥，你没死，就是受了伤，好好躺着别动，很快就好啦。"

柳意欢轻道："天眼……天眼没了……是不是？"

禹司凤犹豫了一下，跟着点头。无支祁皱眉道："留着命都算好的了！还管什么天眼！你连妖力都没了，还想和天界斗吗？"

柳意欢轻声道："不……没了、没了也好。我的心结……是自己放不开……她的下辈子……和我又有……什么关系呢？"

说罢，脑袋一歪，没了声息。

禹司凤惊得神魂俱灭，颤声道："大哥？大哥！"手放到他鼻前，还好，呼吸还在，很平稳，原来他只是睡着了。他松了一口气，全身都要虚脱一般，手脚都在发软。

无支祁将衣兜里剩余的大半碎片全部递到他面前，道："这东西虽然碎了，但好像功效还在。对我也没用，你拿去吧。以后要去昆仑山，就你现在的功力，远远不够。"

禹司凤并不推辞，撕下袖子，将大半的碎片包裹起来，分做两份，放在怀里，一时间

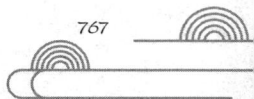

只觉浑身都充满了用不完的力量，那种感觉，实非言语所能描述。回头见离泽宫弟子们都默然看着自己，他微微一笑，说道："这东西是属于整个离泽宫的，先借我用一段时间，回来之后，就分给你们。"

谁知那些弟子纷纷摇头道："不！禹……你太客气了，此乃神器，我们没有这等仙缘，也不敢要。你留着就好！"原来他们见为了这东西，副宫主发狂，最后又被天界神将抓走，不由得都冷了心，若不是挂心大宫主，只怕他们早就散了。

禹司凤叹了一声，起身道："我走了。拜托你们，照顾璇玑和柳大哥。"

无支祁忽然说道："等等，得找个人一起。"

他走过去，在禹司凤肩上一勾，低声道："那个青龙神出鬼没的，说不准什么时候就来加害，你别忘了自己也是被天界盯上的人，一个人出去太危险了。要么咱们一起，留下战神，要么你和战神一起，好歹都能和天界抗一抗。"

禹司凤回头看一眼，璇玑还晕死在地上，动也不动，于是摇头道："她……还不知什么时候能醒过来呢。"

无支祁笑道："急什么，看我的。"他从怀里掏出一个小瓶子，带着恶意的笑，拔开塞子，朝璇玑鼻子前一挥，跟着赶紧捂紧自己的鼻子，跳开老远。

璇玑眉头突然一皱，跟着打了几十个喷嚏，涕泪交流地醒了过来，揉着鼻子茫然地起身，看了一圈，最后定在禹司凤脸上。"出什么事了？"她鼻音浓重地问着，忍不住又打了好几个喷嚏，只得用手绢死死捂住口鼻。

紫狐一见她醒了过来，喜得赶紧扶起她，唧唧呱呱将她晕倒之后的事情说了一遍。璇玑皱眉捂着鼻子，轻道："无支祁，你用什么东西给我闻？好难闻！我的鼻子都闻不到别的味道了！"

无支祁哈哈笑道："这玩意叫青龙鳞，就是青龙那丑女蜕皮的时候换下的旧鳞片，够臭吧？长得丑也罢了，浑身还发臭，叫她丑女算便宜了她！"

璇玑瞪了他一眼，低头去看柳意欢，他额上的伤口不再流血，脸色也慢慢变得红润，想来已无大碍。她擤了擤鼻涕，又打了个喷嚏，这才说道："走吧，司凤，我陪你去离泽宫。"说罢朝他走去，一靠近他，只觉先前那种熟悉的感觉又回来了，她微微一愣，有些失神，低声道，"好古怪，我怎么觉得均天、策海那么熟悉？"

禹司凤掏出一包碎片递给她，璇玑用手拨弄着那些玉白的碎片，百思不得其解，想起晕倒之前，耳边响起的那句话，她更是茫然。无支祁笑道："你是不是还想再看看策海钩？"璇玑轻道："可以吗？借我看一下就给你。"

无支祁二话不说，将策海钩从左肋下抽出，递到她手上。那是一根足有一人多高的武器，从上到下散发着悦目的银光，钩子像是一块块骨头拼起来的，怎么看，怎么像人的脊椎。她用手在上面缓缓抚摸，心中栗然，一时也不知该说什么。

无支祁说道："你也觉得像骨头吧？"

她点了点头，忽然又摇头道："神器可能都是……这么古怪的吧。"她把策海钩还了回去，定定神，道，"好了，走吧！"

这是璇玑第三次来到离泽宫，前两次来，都是为了找禹司凤，没想到第三次来，却是为了救人。离泽宫还是和以前一样，连绵数里的巨大宫殿，造型古朴浑厚，和往常不同的是，众人在宫中奔跑了许久，也没遇到半个人，戒备森严的离泽宫，如今竟成了无人之境。

众弟子在榭斗和金桂两个宫中搜了个底朝天，没找到半个管事的长老，倒是将其他留在宫中的年轻弟子们给惊动了，纷纷出来询问。禹司凤问道："怎么没人看守大门？长老们呢？大宫主呢？"

那些弟子奇道："副宫主说近日有变故，让我们通通留在屋内不许出来。长老们难道不在屋里吗？大宫主不是在闭关修炼吗？你怎么……你们怎么……？"

禹司凤心急如焚，没时间和他们解释，摆了摆手，自己朝地牢那里跑去。剩下那些弟子给留在宫中的人解释发生过的事情，自然是人人震惊愤慨。

离泽宫的地牢建在丹牙台下，一进去便闻到一股骚臭味，璇玑跟在禹司凤身后，捂住鼻子，低声道："会不会他们都被副宫主关在了地牢里？"禹司凤摇了摇头："我，不知道。嘘，别说话！前面好像有声音！"

两人同时闭嘴，只听地牢里远远地传来许多叫骂之声，听那声音，竟像是宫中的那些长老，他们果然是被副宫主用计关在了地牢里。罗长老骂得最响最恶毒，几乎把副宫主从头到脚骂得一钱不值，居然还没一个字重复的，璇玑听着听着竟然觉得很好笑，忍不住咯咯笑了一声。禹司凤急忙伸手捂住她的嘴，结果还是迟了，里面的人听到有人发笑，骂得更厉害，什么王八羔子小兔崽子都是小意思了。

禹司凤拉着她的手，踩着地上漆黑的臭水朝里走。狭长深邃的地道，两排都是铁栏杆，墙壁上幽火跳跃，栏杆后面大多是枯骨腐尸，地牢里的气味难闻之极。璇玑压低了声音轻道："你们关了这许多犯人？都犯了什么错？"

禹司凤低声道："都是试图叛逃离泽宫的金翅鸟，全部被老宫主抓了回来。老宫主是历代最铁腕的宫主，宁可杀了他们，也不给他们逍遥。"

两人走了一会儿，地道到头了，却是一扇铁门。这里地势高出一块来，地上囤积的臭水没有淹到这里，禹司凤打开铁门，轻道："铁门后关的都是厉害的叛逃者，当初我也是在铁门后的一间牢房里见到柳大哥的。"

他将铁门一推，吱呀一声响，里面的叫骂声越发清晰了，在地道里来回震荡，吵得人头疼。禹司凤快步上前，果然两旁的铁栏后面都关着两三名长老，每个人身上都被铁索牢牢锁住，动弹不得，一见来的人是禹司凤，他们都有些发怔，一时倒也骂不出口。

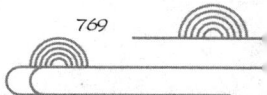

禹司凤急道："我师父呢？"

一个长老恨恨地说道："你师父？！两个宫主自然是蛇鼠一窝！为了独吞均天环，把咱们都迷倒了关在这地牢里！离泽宫竟出了这等畜生！实在令历代先祖颜面尽失！"

禹司凤见他们群情愤慨，也顾不得解释，沿着地道朝里面跑去，一面回手把钥匙丢给璇玑，道："璇玑，你帮我把这些长老们都放出来！把事情解释给他听！"

璇玑赶紧答应一声，飞快地打开牢门，将这些长老身上的铁索一一斩断，一面将副宫主抢夺均天环的事情一五一十说了出来，她口舌不甚伶俐，但说得一板一眼，半点虚字也无，不由得让人不信，最后，又道："那副宫主应当就是元朗的转世。我看他好像也没什么本事，怎么能把长老们都关在地牢里？"

罗长老长叹一声，道："想不到！他居然这般狼子野心！先祖他……他原来……唉……"众人都唏嘘一番，这才解释道："当日禹司凤离开离泽宫，说去阴间取均天环之后，大宫主就再也没出现过，副宫主说他是闭关修炼去了。他二人乃是亲兄弟，谁能想到副宫主竟会加害于他？这一闭关就是两年，两年里都没见到大宫主，自然有人质疑，但副宫主从来不解释。正好那日他喜形于色，召集了离泽宫所有的人，说无支祁已经被救出，取回均天环指日可待。这等喜事一出现，谁还顾得上大宫主的事情？于是当晚副宫主摆了酒宴，预祝均天环顺利到手。哪知他居然在酒菜里下了药！酒过三巡，我们全部被迷倒，醒过来便被关在地牢里了。"

众人想起离泽宫成立近千年，发展到如今，颇有威名，谁想起因不过是一个人的贪欲，这一千年的时光，当真是可笑且可悲。被他们奉为圭臬的目标，更是成了个天大的笑话，怎不令人心灰意冷？

罗长老问道："那大宫主并不知道此事了？他也被关在地牢里？"

璇玑迟疑着点了点头："说不定已经被关了两年，他喝下那个情人咒的解药，不但失去了先前的记忆，好像连妖力也没了——我是听那个元朗说的，不知是不是真的。"

罗长老惊道："他若是失去了妖力，岂不和普通人无异？地牢这里瘴气十足，毒虫出没，他只怕性命不保！快！咱们一起去找！"

禹司凤焦急地在地道里摸索寻找大宫主的身影，一直走到最后一个牢房，却不见他。离泽宫地下牢房虽然大，却并没什么机关暗道，他又找了一圈，毫无所获，只得折回去，却见璇玑和长老们都朝这里走来。

罗长老劈头便问："找到大宫主了吗？"他颓然摇头，低声道："长老们吃苦了，没想到副宫主竟然藏有那么大的秘密。"

众人纷纷叹息，却没时间感慨，只担心大宫主不知被那元朗弄成什么样了。一个长老似是想起什么，说道："不如咱们去副宫主的卧室看看。我记得上回有个小弟子因为擅闯副宫主的寝室，不知发现了什么，出来只是乱嚷，结果被副宫主斩死在剑下，说他犯上。说不定大宫主就是被他囚禁在寝室里。"

禹司凤不及说话，掉头就奔出地牢，长老们跟在后面，一出去，便见许多年轻弟子聚集在门口，见长老们安然无恙，弟子们都是喜极而泣，说起前尘往事，无比唏嘘。世上最难堪的事情，莫过于自己毕生的严肃信仰成了他人心里的笑话，这件事对离泽宫打击有多大，璇玑简直想象不出来。他们这样难过，想必不愿见到自己一个外人在旁边看着，她远远站在一边，抱着崩玉等待禹司凤把大宫主找到。

副宫主的寝室在樨斗宫最里层，禹司凤猛然推开门——他虽然在离泽宫长大，但从未进过副宫主的房间。此人平生十分神秘怪异，不与人亲近，他的房间果然也是古怪得紧，推门一看，四面墙上别的没有，只挂满了面具。与离泽宫的修罗面具还不同，这些面具更大一些，有的哭有的笑有的怒有的乐，无论轮廓还是神态，都十分像一个人。

他怔怔走进去，抬手取下一个面具，将上面的灰尘拂去。这张面具雕刻得栩栩如生，双眼晶亮，顾盼有神，唇角似笑非笑，分明和无支祁一个模子——这满屋子的面具，无论是哭是笑，都与无支祁一模一样！

禹司凤有些恍惚，捏着面具，在屋中缓缓走了几步，忽听墙角那里传来"砰砰"的撞击声，十分沉闷。他微微一惊，急忙回头，却见墙角是一张青帐大床，声音正是从床下传来，听起来像是有人在下面用力敲击床板。

他快步上前，抬着床板猛地一揭，一股恶臭扑面而来。床板下有个很小的空间，只能容纳一个人蜷缩着身体蹲在里面，而现在那里果然蹲着一个人，身上的衣服已经看不出颜色了，恶臭从他身上散发而出，令人作呕。

那人见床板被打开，光亮猛然刺进眼里，顿时双眼一阵剧痛，缓缓流出泪来。他试着想伸直腰身，却无论如何也不能。禹司凤震惊地看着他，突然像被针扎了一下似的，不顾腌臜，拨开他结成饼的乱发，其下是一张同样看不出颜色的脸，胡须拉杂。他吸了一口气，从喉咙里发出一个古怪的声音："……爹？！"

那佝偻着身体，又脏又臭的人居然是大宫主！看来他真的在这么个小地方被关了两年！禹司凤急忙把他抱出来放在床上，轻轻拍着他的脸，哽咽道："爹！你怎么样？！"大宫主浑身微微颤抖，眼皮也在颤抖，口中含糊地说着什么，无论如何也听不清。禹司凤从怀里掏出均天环的碎片，放在他胸口，低声道："怎样？好些了吗？"

大宫主喘了几声，似是终于提上来一口气，干瘦的手死死扣住禹司凤的手腕，嘴唇微颤，喃喃道："你……你是谁？副、副宫主呢？"

禹司凤这才想起他喝了情人咒的解药，关于于皓凤和自己的一切都忘记了，他立即改口道："师父，我是你的弟子。副宫主他……说来话长。你先歇一会儿，我马上替你把脉治疗。"

大宫主死死扯住他的手腕，低声道："等等……你、你叫什么名字？"

禹司凤哽了一下，半晌，才道："我叫禹司凤。你大约不认得我。"

大宫主睫毛微微颤抖，轻道："不……不，很熟悉的名字……我好像……我好像忘了什么？你叫司凤……司凤……唔……"

他陡然睁眼，目中似明非明，依稀是想起了什么。禹司凤见他神情有异，虽然有均天环的碎片放在胸口，却仍然虚弱不堪，半点妖力也提不起来。副宫主说情人咒的解药不但能让他忘记和于皓凤的事情，更可以化解他的妖力，当时的情形一定是他走了之后，副宫主立即将大宫主囚禁了起来。大宫主已经失去妖力，自然无法反抗，硬生生为他锁在床板下面，关了两年。

不要说他妖力尽失，就算他还保留着十二羽的妖力，在这样一个狭窄暗无天日的地方关个两年，精神也会受到极大的折磨。眼看昔日英伟的人物成了如今的模样，禹司凤心中不由得一阵酸楚，柔声道："想不起来，就不要想啦。来，我替你把脉。"说罢抓起他的手腕，搭了两根手指上去。

大宫主怔怔地看着他，不知想着什么。禹司凤只觉他的脉搏忽快忽慢，渐渐式微，俨然是到了灯尽油枯的地步，本来他继续被关在床板下，应当还能再活个数月，可是如今重见天日，对他的身体却又是一次不小的损伤，纵然是均天环在身边，对他也没什么作用了。他深深吸了一口气，将喉间酸涩的感觉强压下去，微笑道："……没事……没事，爹，很快就好了。你现在想起来了吗？"

大宫主轻声道："你叫我什么？"

禹司凤紧紧握着他的手，哽咽道："叫你爹，你是我爹。"

恍然间，似乎有无数画面流水一般从大宫主眼前流淌而过，他剧烈地抖了一下，眼睛陡然睁大，颤声道："你……你是司凤！司凤！"

他激动起来，弥留之人，手劲居然变得奇大无比，扯着他的手腕，十分疼痛。禹司凤展开眉头，柔声说道："是了。我是司凤，爹，你终于想起来了。"

大宫主急急喘了几声，道："副宫主他……他在哪里？！"

"他死了。"禹司凤不愿将事实告诉他，大宫主一向是高傲的性子，倘若知道整个离泽宫的存在不过是为了元朗的贪欲，一定会难过。他快死了，临死的人还是许他一些仁慈吧。

大宫主吁出一口长气，脸色渐渐发白，低声道："死了！你杀的？"

禹司凤默默点头。忽听外面传来一阵嘈杂，许多人叫着大宫主，齐齐撞门冲了进来，一见到他躺在床上的佝偻狼狈模样，许多弟子们都流下眼泪。罗长老疾步上前，哽咽道："大宫主！我们……唉，那个副宫主……他……唉！我们居然没早些发现！"

大宫主艰难地喘着气，良久，才低声道："我不行了……以后离泽宫就交给……司凤来执掌。他虽然……身负十二羽，年纪却太小……还需要长老们的扶持。若不能服众……就让他……离去吧！"

禹司凤惊道："爹……师父！我不想……"话说到一半，对上大宫主祈求爱怜的眼神，顿时说不下去。大宫主握住他的手，低声道："司凤，我这一生，做什么都很失败。宫主也好，父亲也好……甚至还害死了心爱的女人……你千万不要学我。好孩子，你聪明又稳重，离泽宫交给你……我十分放心。只是……苦了你……"

禹司凤流下泪来，只觉他的手渐渐收紧，声音也变得十分细弱遥远："……再……叫我一声爹……"禹司凤哽咽得几乎说不出话来，低低地连声叫着："爹，爹。"最后一声尚未叫完，只觉他的手腕一沉，终于是死去了。

身后传来一片哭声，众人齐齐跪伏在地上，痛哭流涕。禹司凤深深吸了几口气，想起自己的身世，从此以后真的是孤零零一个人活在世上，无父无母，一时间，只觉全世界都将自己摒弃在外面，几乎要透不过气来。

不知过了多久，有人将他紧紧搂在怀里，那怀抱十分温暖安详。他忍不住反手紧紧抱住，低声道："娘……"头顶传来璇玑的声音，轻道："司凤，你好些了吗？"他一怔，抬手抹去脸上纵横的泪水，仰头去看，果然是她抱着自己。想到自己刚才恍恍惚惚居然叫她娘，他不由得涨红了脸，嗫嚅道："我……没事。你刚才……没听到……"

璇玑柔声道："嗯，什么也没听到。你没事就好。"

他坐起身子，这时才发觉天色已然暗了下来，床上的大宫主已经被人梳洗干净，换上了寿衣，阖目抿唇，像是在熟睡，似乎推他一下便会醒过来。他忍不住用手去摸他的脸，低声道："真的死了，看上去却像睡着一样。"

璇玑用手指替他将凌乱的头发梳理整齐，一面道："你刚才晕了过去，长老要我传话，让你醒来之后去金桂宫正厅，他们有要事和你商量。"

禹司凤点了点头，起身整了整衣服，璇玑又递上一块湿巾子给他擦脸，难得她安安静静，居然什么也没问。他握住她的手，柔声道："没什么想问我的吗？发生了这样的事。"

璇玑摇头道："不知道怎么问，也不想问，因为你不想说。总之……我大约也帮不上什么忙，你别太伤心就好，也别说自己是孤零零一个人之类的话，我还陪着你呢。"

禹司凤轻轻抱了她一下，然后转身推开门，道："过一会儿我就回来，如果迟了，你就先睡，不用等我。"

长老们找他什么事，他心里大约有数，不是商量着要他执掌离泽宫，便是谈解散离泽宫的事情。他一路上盘算着将要发生的各种情形，自己将如何应付，那一瞬间，他仿佛又成长了不少，只因肩上的担子重了。

走到正厅，推开门，却见十几位长老全部跪在地上，齐声道："恭迎新宫主！"

禹司凤深深吸了一口气，他不是没有想过这样的情形，可是一旦真正发生，他还是感到沉重的压力。他站在正厅中央，想了想，才道："长老们先请起，关于离泽宫的事情，我想应当慎重地讨论一下。"

罗长老说道："虽然均天环的事情没有了指望，但我这个老家伙可不认为离泽宫存在的唯一目的就是均天环！一千年下来，就连石头都能被水滴穿，何况离泽宫的初衷呢！"

其余长老纷纷点头同意。禹司凤朗声道："罗长老说得对！我个人也认为离泽宫不应当仅仅为了均天环而生。我记得从前离泽宫要招揽新弟子，都是去海外强行搜刮有材质的族人，以至于在许多族人眼里，离泽宫便是个地狱般的所在。我想，第一步应当是扭转族人对离泽宫的看法。"

众人听到他表态，不由得喜不自禁，不料他又道："至于做宫主的事，我想从长计议……一来我还年轻，不能服众，二来我天性懒散，不喜受到拘束，只怕宫主这个位置做不好。不如从诸位长老中选一个才德服众的，做离泽宫的新宫主，各位意下如何？"

长老们顿时慌了，罗长老急道："宫主何出此言！离泽宫新任宫主除了你还有谁能担任？你要列举理由，那老夫也能列举，一来是前任宫主亲口指定你做宫主，二来宫中只有你一人身负十二羽的尊贵血统，三来你虽然年轻，但平日里宫中谁敢小觑你？宫主何必妄自菲薄！"

他见禹司凤犹豫不答，便又道："宫主说自己性子懒散，不喜受到拘束，言下之意便是离泽宫规矩众多。但我们这些老家伙商量了一个下午，决心破除先前所有的规矩，重建一个崭新的离泽宫，不再有那么多铁律。最关键的是……宫主休怪老夫失礼，年轻人，不可以逃避自己的责任！尤其是非你莫属的责任！将一个大摊子丢下，自己离开，宫主心里会好受吗？"

他最后几句说得甚是严厉，禹司凤心中惭愧，垂头道："罗长老说得是，是我鲁莽了。"

众长老都笑道："罗长老不愧是戒律堂的人，总算将宫主说动了！"

禹司凤温言道："诸位长老先坐，承蒙大宫主和诸位长老的厚爱，宫主之位小子厚颜承担。关于如何建立一个新的离泽宫，我想听听诸位长老的意见。"

早有人将厚厚的一沓纸递了上来，上面密密麻麻写的全是诸人的方案。他粗粗翻看了一下，只觉热血沸腾，原来他的想法竟与诸长老不谋而合，譬如重振修仙门派的声威；废除先前的一切律条，重新定了十条戒律，开放入门限制，不再强行拉人进来；现有弟子若想离开离泽宫，不得阻拦等。

他看得竟有些入神，半天，才笑道："长老们原来早有改革之心？"

善济堂的长老答道："不瞒宫主，昔日离泽宫铁律之下，委实死了不少弟子，令人心寒。铁腕老宫主之后，又是两个蛮干的新宫主。大宫主的心思根本不在建立离泽宫上，副宫主又私下里诸多小动作，一心想着均天环。当日大宫主血洗浮玉岛归来之后，我们便暗地里商量着改革之事，谁想递上去之后杳无音讯，想来此事并不讨两位宫主欢心，只得暂且搁置。宫主你若有心于此，实在是离泽宫的福分。"

禹司凤点了点头，望向罗长老，想起他一直是个冷面严厉的人物，上回还和柳意欢起了大冲突，不由得笑问："罗长老，晚辈失礼，依您的性格，改革一事您应首当其冲反对才是吧？"

罗长老正色道："宫主说得是，起先周长老他们几个商量的时候，老夫是坚决的反对派。可是后来看到两位宫主的任性妄为，想到离泽宫千年下来的基业，不可单单为了个均天环而败坏。事实上，老夫经历了这两代的宫主，发觉均天环已经成了一种执念，老夫时常想，难道我们辛辛苦苦做人，意义只在于那个神器吗？灭绝了一切思想灵性，纯粹成为私人欲望的牺牲品，老夫想起便会觉得心寒。老宫主那套灭绝人欲的做法，伤到的何止是你与柳意欢！地牢里无数的尸骨，都是铁律下的产物。老夫不希望下一代的年轻人继续遭受这种摧残！"

禹司凤禁不住有些感动，看着厅中这些或白发苍苍，或神情凝重的长老，那一瞬间，他竟有种温暖的，找到家的感觉。他将那叠纸小心翼翼放进袖子里，起身笑道："改革的事，我明天会给出最终的计划。小子不才，愿与诸位长老共建一个新的离泽宫！还麻烦诸位长老指点！"

众长老齐齐起身，连声道："宫主太客气！"

禹司凤又道："时候不早了，诸位先去休息吧。明早在丹牙台聚集所有弟子，询问意愿，愿意留的便留下，愿意走的便离开，全凭个人。"

罗长老笑道："宫主不用担心，下午我们都问过了，弟子们没有一个愿意离开。不知他们在外遭遇了什么，都对宫主十分敬仰呢！"

禹司凤腼腆地笑了笑，突然想起什么，从怀里掏出一个布袋，递过去："这是均天环的碎片，虽然碎了，但好像效力还在。柳大哥那里还有一份，待他伤好之后自会归还，我这里还有另外一份，待我将天界的事情处理完毕之后，也一并归还。长老们看应当怎样处理吧。"

众人齐声道："都是为了此物，离泽宫才变成如今的地步。还请宫主将它锁入金桂宫祠堂之中，供奉起来便是。"


禹司凤回到副宫主的寝室时，已经是三更时分了。大宫主的尸首已经被弟子们抬到金桂宫的灵堂里，长明灯点燃，隐约有哭声幽咽，随风而至。璇玑坐在椅子上，已经睡着了，不过睡得不太沉稳，睫毛微微颤动。

禹司凤叹了一声，走过去将她抱起，璇玑立即醒了，勾住他的脖子，含含糊糊地说道："你回来了……我可没睡，等着你呢。"禹司凤轻笑一声，低头在她鼻子上吻了一下，将她抱上床——床上的被褥帐子全部换成了新的。他拉过被子盖住她，柔声道："我回来了，不过有点事要忙，你先睡吧，别担心。"

璇玑确实困得不行，只舍不得放手，勾着他的脖子，软绵绵地说道："你看墙上那些面具，像不像无支祁的脸？我盯着看了一晚上，越看越觉得凉飕飕……你说那个元朗到底有没有把无支祁当作过好兄弟？"

禹司凤默默摇头，那些面具大多光滑闪亮，显然是时常被人抚摸的缘故。他低声道："他们俩之间的事，谁也说不清。我看无支祁是个聪明人，如果那元朗当真是个猥琐小人，他一定也不会与他称兄道弟。想来那元朗，以前必然也是个人物吧……只是被贪欲蒙蔽了眼睛。"

话说完，璇玑却没声音了，低头一看，她早已沉沉睡去。禹司凤轻轻推开她的手，替她掖好被子，自己点了灯去外间看那份改革计划，一面看一面用笔在新的玉版纸上罗列下来，加上自己的想法。

这其中有一条，他觉得十分有意思，原先离泽宫是不允许嫁娶的，甚至要戴上面具不与世人接触。如今这条被废除，周长老换成了不戴面具，允许嫁娶，更年轻一些的唐长老甚至希望离泽宫将来招收的新弟子不单是金翅鸟，若是凡人慕名而来，抑或者是其他想修仙得道的诚心之妖，都大开方便门。这条建议当然好，但不适宜在眼下的阶段实行。

他在玉版纸上用朱砂笔在这条后加上批注：善，然眼下不宜，五年后再做详细打算。

离泽宫原本有四大长老辅佐宫主，四长老下面是太老阁，共有十名长老掌管宫内五个堂，各堂之中另有司职高低的灵官，由宫中年长弟子担任。原本五堂之中有戒律和暗行两个堂专门用来惩罚监督弟子们的言行，一旦犯戒，先由暗行堂指证，然后直接交给戒律堂定罪，故此人人自危，生怕得罪了暗行堂的人，遭到报复。

禹司凤将暗行堂改名为督察司，取消了暗中监督的职责。另为其他四堂重新命名为善济司、戒律司、内务司、寅武司，分别执掌不同的职能。曾经的善济堂几乎就是摆着好看的，虽说大宫主常说善济堂是用来接济落魄的妖类，但实际上几乎就没执行过这项职能。他这次不单要善济司开始接济落魄的妖类，还要接济落魄的凡人，司内再加一个药石房，专门种植药草，修行医术——当然，这个计划难免有他私人的喜好在里面，不过十分有用。

离泽宫里别的不多，金翅鸟一族囤积着无数宝石明珠美玉，这与他们这一族喜欢华美的东西有关，故此钱财方面从来也不是难题。

禹司凤做完初步预算的时候，天已经蒙蒙亮了。他揉了揉酸疼的脖子和肩膀，伸个懒腰，走到床边去看璇玑。她睡得正香，手指拽着他的外衣，缠在一起，十分眷恋。

他忍不住想抱抱她，亲亲她红润的脸颊，然而时间不够，他眼下成了宫主，再也不能像以前一样想睡到什么时候就睡到什么时候，也不能任性地只做自己喜欢做的事情。他只有轻轻摸了摸她的秀发，留了一张字条给她，自己带着彻夜不眠赶好的改革计划，朝金桂宫的灵堂走去。

上丹牙台之前，禹司凤将彻夜修改好的改革计划交给了罗长老，众人见崭新的玉版纸上写得密密麻麻整整齐齐，重要之点都用朱砂笔特别注明，每一条都细致周到，方才真正信服，知道他是为了离泽宫的事情费尽心力。

禹司凤望着丹牙台下无数年轻弟子，他们都听从长老的吩咐，将面具摘了下来，阳光下，每张脸都那么苍白孱弱，带着刻板畏缩的表情——每个人都是离泽宫铁律下的产物，以前的禹司凤也不例外。

"宫主，要和弟子们说什么吗？"长老们含笑问他。

禹司凤点了点头，向前走了一步，海风将他宽大的袍袖吹得飒飒作响，他吸了一口气，朗声道："我想先问大家一个问题，请如实回答我，没有任何好顾忌的！以前的离泽宫，你们有恨过吗？"

台下传来一阵嘈杂声，罗长老低声道："宫主，这些事还是不要当众……"话未说完，便被禹司凤用手势止住。他说道："大家什么也不用担心，尽管说便是！要不我先说一个，我恨过离泽宫，特别是那个要整日戴面具的规矩。有时候，甚至有冲动把面具扔在脚底踩碎它。我想要建一个完全不同的离泽宫，所以第一件事便是废除戴面具的铁律。人与人之间，心无法靠近，连脸上也要套着面具，不是很可悲的事情吗？所以今天要大家都脱下面具，坦然面对，无论心里有什么疑惑和痛恨，都痛快说出来！大家都是离泽宫的人，这里是我们的家，在家里说话，难道也要犹豫吗？"

他这番话说完，场内一片寂静，很久，都没有一点声音。罗长老怕禹司凤难堪，正要打岔化解这一场尴尬，忽听台下有人怯生生地说道："我……我恨过。进来之后就像关在大笼子一样，说是一年可以回家乡一次，其实都是虚设！我……已经快五年都没见到亲人了！"

有人起头，后面的人立即打开了话匣子，有抱怨不许出宫的，有抱怨不许嫁娶的，还有抱怨说根本不晓得均天环是什么东西，有什么作用，却白白成了这玩意的奴隶。说到最后，有一个年约二旬的弟子越众而出，拱手道："宫主请恕弟子逾越，弟子愚见，那暗行堂一直令人忌讳，无论出宫还是在宫中，人人自危，将他们捧得极高，谁也不敢得罪他们，生怕有朝一日无辜被戒律堂关入地牢。弟子曾有一个兄弟，只因言语上稍稍得罪了暗行堂的一个人，隔了不到半月便被栽赃与凡人女子有染，戒律堂甚至没有取证，便将他打入大牢，不出一个月便死了。宫主虽然与我们一样是年轻人，但我们也十分敬重爱戴，不敢有丝毫不敬，不过倘若改革离泽宫只是一句虚言，还留着那些铁律，还留着暗行堂，那么哪怕今日宫主要杀了弟子，弟子也断不会留下来！"

众人本来还有些畏缩，但见他这般坦然慷慨，丝毫不惧，顿时高声呼好，一时间丹牙台人声鼎沸，吵得远在榈斗宫最里面的璇玑都醒了过来。

众人叫嚷了许久，禹司凤终于把手一抬，做一个安静的姿势，等众人渐渐平复下来，才道："你们的答案，我都知道了。"他停了一下，扫视众人，人人的表情都十分复杂，怔怔地看着他，似是恐惧，又似含着希望。

"暗行堂已经撤销。"这句话令所有人都激动起来，禹司凤笑着又道，"离泽宫是一个很特殊的地方，虽然我们每个人或多或少都对它有些仇恨，但最后我们还是选择留下，对它充满希望。作为一个弟子，我想说，大家都是好样的！作为宫主，我却想说，我年纪不大，经验也不足，以后还请多指教。"

他合拢袖子，弯腰行礼，台下众人齐齐下跪，朗声道："参见新宫主！"

从此刻开始，禹司凤身为离泽宫的新宫主，已成定局。


当上了宫主之后，本来说要找个吉日举行祭天即位大典，但新当上宫主的禹司凤干劲十足，每天都忙得不见人影，这大典的事情也只有一拖再拖，不知不觉就过去了十天。

这种沉重的担子一旦挑上，就很难再甩开，禹司凤在百忙之中，有时候会想到天界的事情，无支祁他们还在很远的地方等着他们回去，然而也不过是一瞬间的念头，他的事情实在太多，天界的那些事如今看来竟像上辈子发生的，那么不真实。

璇玑倒是对他的这种忙碌没有任何怨言，司凤终于找到了自己的位置，他再也不会说自己是浮萍之人，然后露出落寞的神色。如今的他，虽然每天都累得双眼血红，但却神采飞扬，少年青涩浮躁的气质越来越少，渐渐出落得沉稳内敛。

经常禹司凤挑灯夜读，她就撑着下巴坐在旁边呆呆地看着他，寻找他身上每一处和以前细微的不同。离泽宫的弟子们对这个未来的"宫主夫人"十分恭敬，当然，那恭敬的成分里也掺杂了别的情绪。毕竟她两次来离泽宫闹事，令人印象深刻，有一段时间，弟子们为了他俩的关系还争辩得脸红脖子粗。

一边坚持认为是禹司凤先追求的璇玑，一边却反驳说每次都是璇玑过来找禹司凤，所以是她追求在先，最后到底谁对谁错也没争辩出个结果，据说此事被某长老封口，不许他们再谈，便不了了之了。

不知不觉，又过去了十天，禹司凤依旧每天忙得像陀螺，纵然是铁打的身子，也吃不消这样的折腾，晚上批阅长老们递上的各种开销计划的时候，他竟撑着下巴睡着了。

恍惚间，只觉有光影在面前晃动，他倏地惊醒，睁眼一看，正对上璇玑黑白分明的双眸。

"累了吗？要不我来帮你？"她替他把额前乱发拨开，柔声问着。

禹司凤叹了一声，张开双手伸个懒腰，轻道："这些琐碎的东西你一定不爱做。"

璇玑把他面前的玉版纸拿起来，看了看，笑道："每个人的意见你都要加上那么长一串自己的看法吗？有些东西嘴巴说就行啦。我跟你说，爹爹曾说过，居于上位者，最好不要事事都抓在手里，这样不单累，下面的人还会偷懒，要选择良才，试着把权力放出去，每个人都要发挥作用嘛，不然你这么能干，让那些长老啊弟子啊做什么？我爹就从来不会像你这样忙得要死。"

禹司凤摸了摸下巴，思索片刻，点头道："褚掌门说得对，我总是担心他们做不好，很多事都得自己做了才放心，但这样反而会让他们更加懈怠。看来做掌门人也需要学习。"

璇玑微微一笑，低声道："你、你还叫他褚掌门吗？"

禹司凤心中一动，握住她的手，轻道："上回急匆匆离开少阳派，没来得及向你爹提亲。这岳父大人四个字，我怎好意思说得出口。"

"有什么不好意思的……"璇玑自己嘀咕着，"这回爹可再没什么理由来挤对你了，什么不务正业啊之类的……"

禹司凤笑问："你一个人嘀嘀咕咕说些什么？"

"没有啦。"璇玑打了个呵欠，"我困了，要去睡觉。你也早点休息吧，别忙生病。"

禹司凤急忙拉住她的袖子，笑吟吟地问道："璇玑，想去外面走走吗？离泽宫后面的林子里有一个银泉，晚上会发光的，我以前经常去那里玩。"

璇玑瞪圆了眼睛："那……你不是还有很多事没做……"

"回头我都交给长老们操心，偶尔偷懒一下，滋味也不坏。"

"你不困吗？"

"现在不困了。"

可是我很困啊……璇玑在心里抱怨着，拗不过他，只得苦着脸被他拽出门，两个人像做贼一样，轻手轻脚绕过守卫，一直跑到后面的小林子里，才哈哈大笑。

"我小时候经常做这种事，夜里睡不着跑出来玩。有一次被师父发现了，狠狠打了我一顿屁股，可是越打我越想出来。那时候能到银泉这里来玩，就已经是天底下最幸福的事了。"

禹司凤牵着她的手，两人在林间慢慢走着。璇玑笑道："我也有过。我小时候可讨厌练功了，每次爹派人来抓我，我就躲起来，师兄们找不到我，只好回去被爹骂。他们都特别恨我，可我那会儿看到他们被训了之后，心里就特别高兴。"

"你从小就是坏孩子。"禹司凤在她脑袋上轻轻敲了一下。璇玑摇了摇头："不是啦……因为他们平时都把我当作空气，只有被爹骂了之后才来找我说话。有人和你说话，难道不是一件开心的事吗？"

孤独，永远是世上最可怕的东西。

禹司凤没有说话，只抓着她的手捏了捏。

离泽宫这里难得有晴天，此时月亮从海上升起，犹如冰轮一般，映得整片小树林都散发出淡淡的银辉。远处隐约有水声淙淙，走得近一些，只觉前面树林里还藏着第二颗月亮，银白的光线从下面照耀上来，映得树顶都亮堂堂的。

想来那便是会发光的银泉了。禹司凤拉着她的手，正要跳过拦路大石，忽听前面"簌簌"两声，像是有什么东西被惊动了，从树丛里飞窜出来。两人先只当是岛上的小动物，然而银泉有光亮，顺着响声，一道黑影迅速没入前面的树林中，看那背影像是人。

禹司凤立即追了上去，他此时带着均天环的碎片，妖力大增，几乎是一个纵身便拦到了那人面前，那人一见他俩追得这么快，便放弃了逃跑，定定站在那里。月光洒在他身上，赫然是一个修罗面具——由于离泽宫改革，宫里已经没人戴面具了，所以他这个面具出现得非常突兀。

"你是……"禹司凤略带疑惑地看着他，突然一个名字从舌尖冒了出来，"若玉！"

璇玑一听到这个名字，浑身的寒毛便本能地竖起来。此人做过的事情，简直令人发指，先是差点杀了司凤，后来又差点杀了钟敏言，虽然最后两人都痊愈了，但在她心里，若玉就等于杀人凶手。

她几乎是立即便动手了，若玉只觉眼前寒光一闪，森冷的剑已到面前。他并不躲避，定定看着那剑锋停在眼前不到三寸的地方——璇玑的手腕被禹司凤捉住了。几绺被剑气斩断的头发顺着若玉的面具滑下来，他利落地下跪，朗声道："弟子参见宫主！"

"无耻！"璇玑恨恨骂了一声，甩开禹司凤的手，气呼呼地抱着胳膊站在旁边，不说话了。

禹司凤皱眉道："你该跪的并不是我吧？可惜副宫主已经被天界的人抓走了，只留下你一人，你当向他下跪才是。"

若玉垂头不语。禹司凤又道："你怎么会在这里？之前你在哪儿？"

若玉淡然道："弟子一直在离泽宫，宫主并未在意罢了。弟子见这月色十分美，便出来散心，不想冲撞了两位，正要避开，结果还是没能避开。"

禹司凤笑道："当面说谎！你若一直在离泽宫，为何还戴着面具？"

"弟子以为去除面具只是宫主的说笑之词罢了，既然宫主在意，那弟子马上就除下。"他不等禹司凤说话，抬手便摘了面具。璇玑虽然恼他，但也好奇他究竟长什么样，谁知面具摘下之后，露出一张满是巨大伤疤的脸来。那些伤疤一看就知道下手的人十分狠毒，几乎是致命伤，他的五官已经乱成一团，狰狞犹如鬼魅，两人都是大吃一惊。

禹司凤道："你……你的脸怎么回事？你以前可不是这样……"

若玉眼神平静，将面具又戴了回去，低声道："吓到宫主，是弟子的不是。"

禹司凤皱眉道："什么弟子、宫主！你先起来，告诉我是怎么回事。如果我没猜错，你是为副宫主办事的吧？这是他做的？"

若玉缓缓起身，扶了一下面具，声音清淡："过去的事情，何必再说呢。你也不需要对我表现出你的宽宏大量，我既然当日能下狠手，便从未想过你们能原谅。"

他居然还变得有理了！璇玑脸色铁青，杀气腾腾地瞪着他，若不是禹司凤方才阻拦，她真的想将他一剑劈成两半。禹司凤想了想，道："你既然不肯说，那不如我来猜猜。我虽然不知道副宫主为什么叫你去杀敏言，但无论如何，你还是去了。敏言说，你杀他之前，说了许多离泽宫的秘密，还将面具摘下。莫非，你其实并不想杀他？"

若玉沉默良久，才道："你当真不明白为什么副宫主要我杀敏言吗？他是普通的六羽金翅鸟，一辈子也不可能当上真正的宫主，下面还有个你这样的十二羽。他先是想杀了你，结果你命大，没死掉。后来为他看出破绽，你喜欢褚璇玑，连命都可以不要。他便想着撮合你俩，让你自己离开离泽宫。而你俩在一起的最大障碍，就是敏言了吧？"

这话一问出来，禹司凤发怔，璇玑涨红了脸。她偷偷喜欢过钟敏言的事情，一直以为是个秘密，谁想居然人人都知道！柳意欢那个人精也罢了，禹司凤那么细致的人知道也罢了，为什么副宫主也知道？！

若玉又道："何况钟敏言去过不周山，知道那里的情况，留下来也是个麻烦。对我来说，没有想杀或者不想，只要副宫主有吩咐，我就会去做。"

"是因为你有个妹妹在他手上做把柄吗？"禹司凤低声问着。

若玉淡然道："是又如何？你要同情我？来一套情有可原的陈词滥调？还是说，你也想用她来要挟我，让我为你做事？"

禹司凤没有理会他的挑衅，继续说下去："副宫主脾气不太好吧？要你去杀一个人，你却磨磨叽叽与他说了许多机密，难怪他生气。你脸上……就是那时被他伤的？"

若玉没有说话，慢慢垂下头，思绪仿佛飘回了那个下午。他恍恍惚惚杀了钟敏言，恍恍惚惚地跟着副宫主离开少阳派，后面的很多细节他已经记不起来了。他早已经是一具行尸走肉，从妹妹被囚禁起来之后，要他杀谁，他绝不会多想，一剑下去，一了百了。很长一段时间里，他对这样的日子感到很安心，很习惯。

他已经很久很久没有感到那种深度的茫然了，从钟敏言倒在他剑下之后，他就觉得茫然。是剧痛令他回过神来，眼前血红一片，副宫主用匕首在他脸上胡乱砍刺，一面冷笑道："这会儿怎么露出一副有良心的样子了？！你的良心还值几个钱？！"

"摘下面具是干吗？剖白心声？真让人感动啊！啊……抱歉，我好像把你的脸弄花了，下回你的敏言好兄弟若是看到这张怪物脸，该吓成什么样？对哦，我忘了，他已经死啦！可惜，他死前没看到你现在的脸。"

不知为了什么缘故，总之这件事大约是刺到了副宫主的痛处，他下手狠而且毒，几乎把他的脸弄成了鬼。他在剧痛中也不敢反抗，最后跪在地上晕死过去，又被一桶冷水从头淋到脚，副宫主拿了药，温柔地替他敷上——他这个人简直是喜怒无常，生气的时候比恶鬼还可怕，可若是温柔起来，却也要人的命。

"若玉，兄弟都是不可靠的东西，只有拿来利用的用处，明白吗？"这是他与他说的最后一句话。他受了伤，伤口化脓，差点就死掉，难免耽误了副宫主的行程，他就将他一个人丢在路上，自己走了。

从某方面来说，他若玉还真的像一条死忠的狗，好容易从鬼门关捡回一条命，他第一件事还是赶回副宫主身边——若是去得迟了，妹妹会没命。然后他便得到了一个任务：暗处监视禹司凤。

"我猜他不是让你便是让别人来暗中监视我和璇玑，所以当我们和无支祁会合之后，他那么快就赶来了。我说得对不对？"

有时候，若玉简直对禹司凤的聪明感到恐惧，他具有那种能看透事件本质的特质，一语中的。这样可怕的人，难怪副宫主三番四次想找机会除了他，他若年纪再大一些，绝对是棘手至极的人物。

他说得不错，副宫主一得到无支祁出现的消息，立即就赶了过去，而他则被打发到了别处待命。等了三天，没有任何消息，试着回到离泽宫，才发现天翻地覆。两个宫主，一个被天界擒拿，一个被迫害至死，而禹司凤众望所归，成了新宫主，大肆改革。

"如今副宫主已经被擒拿，你已经自由了，为什么还留在离泽宫？正如你说的，我并没那么大度，能宽宏大量地接受你。你现在必须给我一个出现在这里的理由。"禹司凤淡淡说着，神色肃然，"若不能让我满意，我不介意将你掌毙于此。"

若玉沉默了很久，才道："妹妹她……是被囚禁在这里。"

禹司凤眉头微微一皱："这里？荒谬，银泉附近怎会有地牢！"

"我没骗你的必要。"若玉转身走向银泉，泉水的反光将他映得一身银白，"银泉下有一间密室，是先祖们留下的，不知是用来做什么的。副宫主也是一年多前才发现这么个地方。他将妹妹囚禁在这里，我来看过一次。"

禹司凤嘴唇微微一动，似是想说什么，却没说出来，过一会儿，才道："那好，我们一起下去。如果你妹妹当真在，那你就带走她吧，和她一起回家，不要留在这里了，这里没有人愿意见到你。"

若玉没有回答，纵身跳进水里，很快就潜了下去。璇玑低声道："好可怜，他妹妹真的被关在下面吗？就算下面有密室，关上一年，也会死人的吧？"禹司凤摇了摇头，轻道："可能已经……罢了，跟下去看看吧。"

两人一起跳下银泉，离泽宫虽然是海中一座孤岛，奇特的是这银泉居然不是咸水，水里也不知有什么奇特，闪闪发亮，潜下去之后光线更亮，入目尽是银白之色。一直潜了十几尺，果然见到洞壁上有一道小黑门，门开着。两人齐齐游了进去，奇异的是，门虽然开着，水居然就停在门口，一滴也没渗透进去，简直像门上被安置了一层结界似的。

门后黑漆漆的，什么也看不到，一股咸湿的臭气扑面而来。璇玑急忙取出崩玉，手指轻轻拂过其上，剑身立即发出明亮的火光之色，这银泉中的密室顿时映入眼帘。门后原来只是一条极窄极短的过道，左面墙上只有一扇门，除此之外什么也没有。此刻那扇门开着，若玉温柔的声音从里面传出来。

"妹妹，我来看你了。这次大哥终于可以带你出去了，咱们一起回家。你开不开心？"

他从未有过如此温柔的声调，温柔得几乎令人心碎。两人慢慢走进去，璇玑举剑一照，却惊得险些尖叫出来。密室里只有一张铁床，床上斜靠着一具腐烂到只剩白骨的尸体，若玉将那白骨揽在怀里，温柔说笑。

这幅情景自然是十分诡异的，璇玑退了两步，不可思议地看着若玉。他怀里的白骨不像人，长长的颈椎，尖隼长翼，分明是一只巨大的鸟，果然便是金翅鸟了。璇玑颤声道："你……你……那是你妹妹？"

若玉回头嗔怪地看着她，低声道："小声点，不要吓着她。妹妹胆子小。"

璇玑张大了嘴，不知该说什么。禹司凤轻声道："好了，找到你妹妹了，这地方潮湿，先出去吧。"若玉点了点头，将那团骸骨抱在怀里，小心翼翼，生怕惊动她似的，笑吟吟地走了出去。

"他是不是疯了？"璇玑在后面扯住禹司凤的袖子，小声问，"还是在骗人？"

禹司凤低声道："他以前喝醉的时候说过，自己是被强行抢进离泽宫的，父母在抢夺过程中都被杀，只留下他一个小妹妹。副宫主答应了要照顾她，不知为何……看那骸骨的样子，应当死了不止一年，他自己应当早就知道的。"

那莫非他是专程来收集骸骨的？那也不对啊，既然他早知道妹妹死了，那为什么还要为副宫主做事？璇玑百思不得其解，只得跟着禹司凤又回到岸上。若玉正用湿淋淋的袖子擦着同样湿淋淋的白骨，那白骨的骨翼上套着一个玉环，式样奇特，应当是当时钟敏言送他的了。

"眼下找到家妹了，我信守承诺，马上就离开，永远也不会回来。"他回头说着，脸上的面具大约是被水流冲走了，露出扭曲狰狞的脸，目光却十分柔和满足。

禹司凤默默点头，见他抱着白骨就走，忍不住说道："你……你就这样抱着她？不需要……找东西装一下吗？"

若玉笑道："你在说什么呀，装？她倒是需要买一件新衣服了……嗯。乖，大哥马上带你去市集买衣服和吃的。"

禹司凤终于不说话了，静静看着他走远，心里也不知是什么滋味。

　　若玉的事情，让两人好几个晚上都没睡好。正巧由于禹司凤将权力分散出去，不再事事亲力亲为，那些烦琐的事情反而处理得极快，终于有了几天的空闲。长老们便商量着大典的事情。虽然禹司凤的意思是一切从简，但长老们坚持认定这是一件重要的大事，从简不得，光是丹牙台的重新修葺就花了三天时间，银子像流水一样地花出去。

　　从禹司凤放心把事情交给下面的人处理之后，他忙成陀螺的日子好像也到头了，每天轮到他和璇玑无所事事，在宫里闲逛。终于，在他们回到离泽宫足足满一个月之后，某个早晨，守卫的弟子来通报，说柳意欢他们来了。

　　两人又是欢喜又是惊讶，连忙迎出去，远远地，就见大门那里走进三个人，正是柳意欢、无支祁，还有紫狐。无支祁见到禹司凤，劈头第一句话就是："靠！老子还以为你们被天界抓走了呢！怎么也不写个信通知一下？"

　　禹司凤歉意地笑道："不好意思，原以为两三天就能处理完，没想到事情越来越多。你们来了也好，大哥，我做宫主了。"

　　柳意欢脑袋上裹着一条巾子，看上去滑稽又怪异，一听他说做了宫主，吃惊得险些下巴脱臼，当即叫道："你老爹呢？！怎么把个烂摊子就甩给你？"

　　禹司凤笑着将他们领入金桂宫，花了一上午的时间将这一个月发生的事情详细说了一遍，包括对离泽宫的改革计划，听得柳意欢嘴巴张得几乎能塞个鸭蛋，过了好久才反应过来，连声道："看不出来……你这小子！居然、居然真有点本事！你吃什么长大的？哪里来的这么多稀奇古怪的想法！"

　　禹司凤笑道："大哥，我正愁督察司没有合适的人选担任长老，你愿意来帮我吗？"

　　"别！别！这种事不要找我！"他赶紧摆手，"再说了，我和那个罗长老很有点龃龉，两看两相厌。要是有个人每天在耳边唠叨什么可以做什么不可以做，烦也烦死。"说罢，他突然叹了一口气："你老爹他……唉，真没想到，他曾经多风光的一个人，身负十二羽，曾把谁看进眼里过？可惜这样的人偏偏一生多舛，死得可真狼狈。"

　　禹司凤微微一笑，没有说话。紫狐使劲拉了拉柳意欢的袖子，示意他这话说得不看时候，勾起禹司凤的伤心事。柳意欢赶紧打着哈哈："不过嘛，眼下你当了宫主，可比什么都强！均天环嘛，也坏了，旧的离泽宫也该淘汰了。大哥对你有信心！离泽宫在你手上，一定能发扬光大！"

　　璇玑见他头上不伦不类地裹着巾子，不由得奇道："柳大哥，你的伤好了吗？怎么还裹着布啊？"

柳意欢把巾子朝上一将，露出额头上的伤疤，由于天眼被青龙硬生生抠下，那块地方便凹进去一块，虽是痊愈了，但依旧是个红彤彤的血洞，看上去怪吓人的，难怪他要用巾子遮住额头。

"唉，这玩意，当初装上的时候没啥感觉，等取下却差点要了我半条命，比挖肉还疼！"

璇玑轻声道："柳大哥，没了天眼，那你女儿的事……"他摇了摇头，说道："我想通啦，下辈子她就是另一个人了，和我可没半点关系。做人嘛，不能这么自私，用前世的东西来束缚她。她死的时候还是个小女孩，来世一定会有福泽，只要她过得幸福，我看不看，都不要紧。"

她默默点头，听见他说不能用前世来束缚今生，她心中似有触动，可是这句话说出来容易，对她而言，真要做起来，却比什么都困难。

无支祁问起天界的事情，原来是因为近期没有任何动静，紫狐三人也是在镇上等得无聊了，百无聊赖之下才跑来离泽宫找他们，没想到正巧赶上禹司凤继位大典的仪式。

"说起来，原来这里就是离泽宫，我还是第一次看到……呵呵，比我想象中还有气势。元朗那家伙！到底是怎么召集了那么多人的！"无支祁在正厅中走来走去，这边摸摸，那边碰碰，最后推开窗，望着远方蔚蓝的大海，又笑，"景色不错啊！嗯，倒是那家伙的风格。"

璇玑突然想起副宫主的房间里，墙壁上挂满了无支祁的脸，这事估计他是完全不知道，她也不知道该不该说，回头看一眼禹司凤，他微微摇头，示意她不要说。谁知下一刻无支祁自己提出来了："元朗那家伙平时住哪里？带我去看看。"

禹司凤犹豫了一下，待要拒绝，却找不到好借口，只得点点头，起身带路。他有些后悔当初为什么没把副宫主房间里的那些面具给清理掉，无论元朗出于什么目的挂满了面具，他毕竟等同于是无支祁亲手交给朱雀铐走的，无支祁若是见到那些面具，心中必定不好受。

到底是谁亏欠了谁，谁对不起谁，有些时候，真的说不清。

门被轻轻推开，轻尘弥漫，阳光穿过敞开的大门，将阴暗的屋子照亮。禹司凤指着里面，道："就是这里了。"无支祁静静望着墙上满满的面具，每一张表情都不同，有的皱眉，有的大笑，目光灵动，栩栩如生。

所有人都看着他，不知他会做何反应，他却只是眨了眨眼睛，一言不发，缓缓走了进去。"啪"的一声，他粗鲁地摘下一张龇牙咧嘴的面具，放在脸庞，回头做了个一模一样的鬼脸，大笑道："如何？像不像？"

紫狐柔声道："很像，简直是神似。"

无支祁笑嘻嘻地把面具随手挂回去，在屋中转了一圈，笑道："真是似真似假，如梦如幻，虚虚实实过了这千年，又是何必。"说罢两手一拍，屋子里"嗡"的一声，墙上面具扑簌簌地掉了下来，像下雨一样，清脆地摔成了碎片。

烟尘四起，他默然站在当中，也不知想些什么。璇玑低声道："你何必……"话未说完，却被紫狐轻轻拉住，她微笑着摇了摇头，跟着却大声道："啊，我要去你俩的寝室看看！走啦！带我去嘛！"其余三人被她硬是推啊拽啊，拉着走远了。

元朗寝室的门轻轻合上，再也没一点声音。紫狐走了几步，轻道："还缺一坛好酒。"禹司凤笑了笑："不会缺的，已经送进去了。"紫狐颔首一笑。璇玑莫名其妙看着他们打哑谜似的，奇道："你们到底在说什么？怎么把无支祁一个人丢在那里？"

三人都笑了起来，柳意欢抬手捏了捏她粉嫩的脸颊，调侃道："问那么多，不懂的还是不懂。走啦，小丫头！"虽然璇玑已经十八岁，但他还把她当作那个懵懂的小丫头。

四人回到正厅，闲聊了一会儿，紫狐道："无支祁和元朗称兄道弟的时候，我刚认识他。那会儿他俩感情可真好啊，就差同穿一条裤子了。元朗看上去并不是那么偏执可怕的人，他和无支祁一个静一个动，一个斯文一个狂野，完全不像，可偏偏是最好的兄弟。只是元朗这个人城府很深，你们见过从来不生气的人吗？我一直觉得，喜怒不形于色的人，若不是白痴，就是精明到底的人。元朗显然属于后者。"

她喝了一口茶，想了想，又道："他会和无支祁做兄弟，也真让人想不到。无支祁和他不同，完全是个琉璃肠子，想什么说什么都不拐弯的。后来无支祁偷到均天、策海，要把均天环给元朗的时候，我本来想阻止。我一直觉得元朗这个人很危险，多疑、心眼小、城府深，面上一直平静无波。若是把均天环给他，他难免会肖想策海钩，得不到的东西才是最好的。可惜无支祁对他掏心掏肺，第二天就把均天环丢给他了。"

"后来的事情果然不出我所料，无支祁那傻子，不说让他选，不单把均天环给他，还把自己的策海钩拿出来炫耀，元朗心里一定会有想法——换个人也会这样想，好东西肯定是无支祁自己拿着，不要的才给自己。从那时开始，大概元朗心里就生了罅隙。加上看到无支祁用策海钩比自己用均天环厉害千倍，他肯定更不舒服。"

她叹了一声，继续说道："我曾以为，元朗从头到尾就没把无支祁当过兄弟，不过看到那么多面具，我明白啦。我错看了他的高傲，他和无支祁一样，都是一副琉璃肠子，只不过无支祁没心没肺，他却脆弱得一砸就碎。认定了兄弟藏私，这个兄弟当起来自然是没什么意思了。你们金翅鸟这一族，在某些方面还真可怕，对方给的感情也好，友情也好，若不是绝对的全部，你们会从头到尾否定掉，自己在一旁恨得牙痒痒，躲在暗处看着、念着、怨着，怨到了极致就会开始报复，伤人且伤己。多可悲的一族……"

禹司凤无话可说，他找不到反驳的词。他何尝不是这样呢？他爹……又何尝不是这样？

紫狐端起杯子，放在唇边，睫毛微颤，喃喃道："无支祁，这回你……会和他说什么呢？"

无支祁并没有说话。他端着酒碗，高高举起，像是在发呆。

地上满是面具的碎片，日光透过门上的花纹缝隙，点点洒在其上。很久之后，他突然叹了一声，手腕一斜，将碗里的酒倾洒在面具上。"昔日你我何等逍遥……"他喃喃说着，"岂知做人居然如此辛苦。"

说罢，将酒碗轻轻一抛，"咣"的一声砸碎了。他反手抓起酒坛子，一股脑儿自己灌了下去，不过是眨眼工夫，一坛酒便被他喝得一滴不剩。无支祁笑嘻嘻地把嘴一抹，利落地推门走了出去。


隔日便是继位大典，流水价的祭天、祷文、列队。璇玑他们几个先时还兴致勃勃在旁边看，到后来一个个都无聊到快睡着。无支祁更夸张，明目张胆地趴在栏杆上打起了呼噜，璇玑叹道："这大典什么时候能结束，从早上到现在，都没停过，也没吃东西，我快饿死了。"

柳意欢嘿嘿笑着，眼见禹司凤身着黑袍，站在丹牙台上，他们这些观看的都吃不消，何况他这个当事人，隔了老远都能见到他头上豆大的汗水，忍耐的神色。

"没办法，多少年下来的规矩了。这还算好的喽！当年大宫主和副宫主继位，大典足足办了三天，一套仪式下来，不能吃不能喝不能睡，个个都面无人色。"

"三天不吃饭？！"璇玑震撼了，她偷偷摸摸站起来，转身想溜，柳意欢扯住她："你干吗？"璇玑嗫嚅道："我……我悄悄离开一小会儿，去镇子上买点吃的……"她的肚子都快饿扁了。

"哪有仪式中途离开的道理！"柳意欢硬是把她按得坐下，"好啦，马上不就结束了！看，小凤凰要点火开印了！待会儿火龙上天，他从那火龙肚子里钻出来，就完结啦！放着离泽宫的美食不吃，跑外面多浪费！"

话音刚落，果然听丹牙台上"轰"的一声巨响，一条火龙张牙舞爪地蹿上半空，盘旋不休。众人齐声喧哗，所有目光都凝聚在台上禹司凤身上，他已脱下上身的黑袍，跟着是中衣。璇玑见他一件件把上衣脱掉，不由得轻道："是要开印？"

禹司凤肋下有两排黑色珠子，正是封印。她有时候兴起，会去偷偷摸，偶尔试着去拔，但它们纹丝不动，弄得重了，禹司凤就会故意板脸，去掐她脸上的肉。据说那东西是锁住翅膀和妖气的，离泽宫曾有规定，不得轻易开印，当时他受了重伤，自己开了两个印，大宫主说要惩罚他，结果却没动静。

眼下他又一次开印，肋下的珠子叮叮当当掉在了地上，整个人几乎是一瞬间便被金光包裹住。他纵身而起，巨大的金翼猛然张开，果然是美丽绝伦的十二羽，带着莹莹的流光，如梦似幻。

无支祁也醒了过来，众人齐齐看着他飞进火龙身体里，在其中盘旋打转，最后发出一声清啼，火点像下雨一样落下，那条火焰之龙一瞬间碎开，变成淅淅沥沥的火雨，缓缓坠下。人说凤凰会浴火重生，百鸟都仰慕其万丈光华，故而浴火竟成了金翅鸟的继位仪式。禹司凤顺利又潇洒地完成了这个大典，台下传来一阵阵巨浪滔天的欢呼声，众人齐齐下跪，正式接受他为离泽宫新宫主。

好容易挨到大典结束，众人见到酒席就像饿死鬼一样，什么形象也顾不得，无支祁抓起一只兔子腿就朝嘴里塞，另一手还忙着倒酒，奈何他只有一张嘴，否则他一定会一边吃肉一边灌酒。

禹司凤身为宫主，自然不能和他们同桌，远远地和长老们坐在一起，不知说些什么，时不时回头朝这里看——这傻小子肯定是想看璇玑。柳意欢嚼着嘴里的肉，瞥了一眼璇玑，她埋头吃得正欢，半点情趣也没有，就算这会儿天皇老子深情脉脉地看着她，估计她也顾不上了。

"你怎么就不能长大一点！"柳意欢不晓得从哪里冒出一股怒气，在璇玑头上狠狠敲了一下。

"啊！"璇玑筷子上正夹着一颗丸子，被他一敲，顿时掉在了地上，她忙不迭地要去捡，紫狐早就笑吟吟地给她夹了新菜，一面笑道："你这个柳意欢，就捡软柿子捏。一整天都没吃饭了，这会儿你还逼着她有什么柔情蜜意？"

话虽然是这么说没错，但他每次看到禹司凤深情款款，璇玑呆若木鸡，那气就不打一处来。璇玑嘴里塞满了饭，含糊不清地说道："我、我知道啦……早就和司凤商量好了，晚上我单独给他庆祝。"

无支祁"嗤"地一笑，斜着眼睛调侃："听到没，你这色鬼。人家小夫妻的事，你操心那么多干吗。人家要'单独'庆祝呢！"

本来没什么的事，被他这样一说好像就有什么了，璇玑本来想害羞一下，奈何一害羞菜就要被他俩扫荡光了，她赶紧抢过一个盘子，把菜一股脑倒进自己碗里。一旁的紫狐只是吃吃笑，半晌，突然轻道："你真好，璇玑。这样真好。"

什么意思？璇玑茫然地看着她，紫狐抿唇一笑，再也没说话。夜幕低垂，丹牙台上火光分明，她侧面的曲线姣好柔媚，睫毛低低地垂下，像两片心神不宁的小扇子，有一种淡淡的落寞，还带着一丝决绝。

"紫狐……"璇玑突然吃不下饭了，怔怔看着她。

紫狐淡淡一笑，抬手在她脑袋上轻轻一摸，柔声道："吃饭吧，吃饱点，咱们还要去昆仑山呢。"

很久很久以后，她都忘不了这天晚上紫狐面上的笑容。譬如她当时不懂那笑容的意味，后来终于懂得了，回味起来，竟觉得涩然而且绝望。

可现在，她还是有些懵懂，暗自猜测了很久，也不敢轻易说话，怕惊到她面上那种薄弱的美丽。晚上回到卧房，她还在想，怎么也不明白。禹司凤替她脱了鞋子，见她像个大头娃娃一样呆若木鸡，便在她鼻尖上轻轻一弹，笑道："怎么，累得呆了？"

璇玑勾住他的脖子，轻道："司凤，你说紫狐一直跟在无支祁身边，算什么呢？他又不喜欢她。"

禹司凤万没想到她冷不丁冒出这么个问题，不由得失笑："这个问题呢，咱们慢慢说。浴池里水要冷了，先去洗澡吧。"

璇玑点了点头，光脚踩地上，脱了外衣，回头见禹司凤点灯要看书，突然一笑，勾住他的胳膊，轻道："当上了宫主，我可得给你个礼物。咱们一起洗吧。"

禹司凤猛然一颤，手里的烛台咣当一下掉在地上，烛火扑灭。黑暗里，只觉她微带颤抖地抱上来，嘴唇软软贴上他的脸颊。他揽住她纤瘦的腰身，四唇纠缠在一起，谁也再想不起洗澡的事情。暗无光线的屋子里，格外的有一种奇异的诱惑漩涡，似要将两人拉扯下去，直到最深处。

璇玑原是鼓足了勇气勾引他的，没想到他反应这般剧烈，整个人几乎要被他的双臂箍断，慌乱地，惊惶地，不知找了何处来销魂，衣衫一扫，哗啦啦散了一地的杂物。她犹如藤蔓一般缠住他，这暗沉的黑夜里，两人身上仿佛都散发出一层晕蓝的光芒。

她从舌尖上吐出颤抖的呻吟，突然紧紧抓住他肩上结实的肌肤，颤抖着低声道："司凤……你、你喜欢我吗？"他汗湿的双手紧紧抓住她的腿，留下淡淡的痕迹。"我爱你。"他低头，两人激烈地吻在一处。

很久很久之后，璇玑终于回过神来的时候，两人已经一起泡在浴池里了。她背靠着他光裸的胸膛，被他捉着胳膊，细细擦洗。

"去过昆仑山，我便去和你爹多提亲，这次不管怎样，也要磨得他答应。"感觉到璇玑醒了过来，他便低声说着。

去过昆仑山……她心中突然有些酸涩，仰头靠在他怀里，轻道："咱们……真的能活着回来吗？"

禹司凤没有回答，过了一会儿，又道："离泽宫的事情我暂时无法放下，只有委屈你陪我在这里待几年，等上了轨道，咱们就回西谷，到海外去玩。我听说海外有许多风景绝佳的仙山，蓬莱，方丈……一年四季都是春天，岛上有许多花树，风一吹过，像下五彩的雨。你喜欢唱歌还是跳舞，舞剑还是耍拳，都随你。"

璇玑"咯"地一笑："你才舞剑耍拳！我又不是卖艺的猴子。咱们去偷仙桃吃才是正经。"

"馋鬼。"他捏了捏她的鼻子。

璇玑躺了一会儿，只觉浑身暖融融的，从发梢到脚趾尖好像都软了下来。不知为何，突然想到方才紫狐落寞的神情，心中有些涩然，低声道："紫狐她……"

话到嘴边，却不知该怎么说了。禹司凤摇了摇头："他们的事，我们帮不上任何忙。一千年下来了，该结果的早就结果，没结果的，也是没有缘法。"

"可是，既然无支祁不喜欢她，为什么不干脆拒绝她？这样拖着，对谁都不好吧。"

禹司凤轻道："是她自己不愿意看开，何况，难道一定是男女间的喜欢才叫喜欢吗？无支祁应当是喜欢她的，只不过不是男女之情。"大概就是把她当作宠物一样来对待吧……无论是妖是人，相处起来，一旦对对方有所要求，难免会痛苦，只因要不到自己想得到的。

或许一生中可以得到许多东西，但最想要的那个得不到，这一生都会觉得怅然若失。

月上中天，紫狐一个人静静坐在金桂宫最高的那层阁楼顶上，看着夜色中安静的大海。月光在海面粼粼，四下里起了一阵凉风，带来莫名清甜的花香，也带来一阵脚步声。

脚步声停在她背后，一个睡意蒙眬的声音响起："小狐狸，这么晚了你还在玩什么啊……叫我来这地方干吗？"

紫狐回头看着他，无支祁满脸睡意，不过还是很准时地来了。晚上宴席结束的时候，她便约了他三更时分在这里相会，看起来他先睡了一觉，然后不情不愿地过来了。"有什么话明天可以说，非要三更半夜的，搞什么鬼。"无支祁叹了一口气，蹲在她身边。

"说吧！什么事？谁欺负你了？"

"一定要有人欺负我，才可以找你单独诉苦吗？"紫狐的声音淡淡的，好像还带着一丝无奈。

无支祁"唔"了一声，干脆一屁股坐下来，"咣"的一下狠狠躺下去，险些把琉璃瓦给躺碎了。"说吧。"他也风轻云淡，半眯着眼，仰望星空，"有什么事……都可以说。"

有什么事都可以说。紫狐心中一颤，突然感到一种深刻的绝望与难受。他们之间，相处得淡然，各自小心翼翼不让底下的激流戳破那种平静恬然。他总是这样一句话，有什么都可以说，可是她从来不说，因为说出来他肯定就要跑了。

和他在一起，这样快乐，这样痛楚。太辛苦。

紫狐站了起来，一直走到屋顶边缘，晚风将她的长发拂起，犹如波浪。她轻轻说道："无支祁，我在你心里，永远是可爱的小狐狸吧？"

无支祁眯着眼，懒洋洋地笑："嗯，是啊，当然。"

她很久都没有说话。他也不问。

不知过了多久，身后传来无支祁打呼的声音，他居然睡着了。

她深深吸了一口气，泪水在眼眶里打转，突然低声道："无支祁，就算我马上从这里跳下去摔死了，你也不会喜欢我，对不对？！"

打呼声没有停，他睡得很香。

紫狐觉得自己快要疯了。一千年，她等来的是什么呢？注定要绝望的事，只有她还抱着希望。千年的时间很漫长，足够让她将绝望缓缓收敛，死灰重新复燃。有人说，星星之火，足以燎原，她那一点希望的火焰，只燃烧了自己，情热如沸，他是一丝半点都不晓得。

　　重燃的死灰再次被扑灭，比从未给过希望还要来得痛苦。

　　不如干脆一刀两断！

　　她下了狠心，猛然转身，要对他说出决绝的话，然而看到他熟睡的脸，那些话无论如何也说不出口。他一定也知道，就这样不好吗？她是小狐狸，他是古灵精怪的大猴子，两个人嘻嘻哈哈地过很久，她照样馋嘴葡萄，他照样对着美女们装模作样。两个人，一直在一起，一直。

　　紫狐蹲在他身边，泪水潸然而下，轻道："你、你若再不醒来，我便要亲你了。"

　　这只没心没肺的大猴子，睡得那样香，梦里也不知在吃什么好吃的，咂咂嘴巴，哼哼唧唧。紫狐弯下腰，要去吻他的唇，突然想到什么，猛地直起身子，掉脸就跑，忽又停下，回头颤声道："我恨死你了，无支祁！"

　　他还是那么香甜地睡着，仿佛她的挣扎痛苦，都与他无关。

　　紫狐伤心欲绝地走了，也不知她是不是真的对他死心。夜风幽咽而过，屋顶上的打呼声不知何时停了下来。无支祁眼睛瞪得溜圆，静静看着繁星闪烁的夜空，一直看着，直到夜色慢慢褪去，朝霞初上。

　　离泽宫开始传来弟子们起来忙碌的声音，新的一天又开始了。

　　无支祁摸了摸脸，笑嘻嘻地站起来，一个筋斗翻下屋檐，落地之后伸个大懒腰，精神百倍地去觅食了。

　　这一夜的事情，再也没人提起过。他的小狐狸呀，大概已经决心离开了。无支祁摇头叹气，一面推开偏厅的门，却见璇玑他们都起来了，正在吃早饭，紫狐果然不在这里。

　　"无支祁，快来，今天厨房做的是你最喜欢的豆沙包子！"璇玑吃得满脸都是豆沙，快乐地朝他挥手。

　　无支祁眼睛果然一亮，"哦"了一声，扑过去抢过最大的一个包子。"紫狐呢？"璇玑没见到她，四处张望，平时她和无支祁都是形影不离的，难得今天没看到她。"她啊……嗯，她……"无支祁咬着包子，考虑怎么说才好，忽听偏厅门被人打开，紫狐慵懒的声音传来："我来了……好香！今天有豆沙包子吗？"

　　无支祁一口包子卡在喉咙眼里，噎得直翻白眼，背上突然被人狠狠一捶，那口包子终于顺利咽了下去。他松了一口气，喃喃道："谢谢啊……"紫狐懒洋洋地说道："不用谢。我要不在这里，你被包子噎死了也没人管。真没用。"

　　无支祁无话可说。紫狐见他手里抓的都是最大的豆沙包子，赶紧抢了一个过来，娇嗔："好的都被你抢走了！快给我一个！"璇玑哈哈笑道："就是！他可贪吃了，和腾蛇有一拼！"

无支祁喝着小米粥，哼哼笑道："你不提这名字，我都快忘了。差不多也该动身了吧？天界那边还有一屁股债要收呢。"

众人都朝禹司凤看去，他毕竟是宫主，宫里一堆事情要忙。他笑道："也好，我去和长老交代一下。咱们明天就动身。"

据说昆仑山是天帝在下界的花园，奇景瑰丽，超凡脱俗，虽说是在下界，但凡人根本过不去。无支祁和柳意欢都曾通过昆仑山去过天界，对那里的地形还算熟悉，两人一晚上仔仔细细画了一张地图，第二天丢给众人看。

"知道凡人为什么过不去吗？因为周围有弱水环绕。那水很古怪的，一根鹅毛也能沉下去，更不用说人了。过了弱水还有无业地狱火焚烧，那火自然比不上九天玄火，倒没什么值得担心的。过了地狱火还有狂风乱石，足以把大象那种皮糙肉厚的东西切成碎片。咱们这样的，一过去就成粉末了。"

无支祁说得口沫横飞，也不知激动个什么劲。璇玑喃喃道："这么多火啊水啊，那我们怎么过去？"

柳意欢笑道："听他瞎扯！谁要你去淌弱水闯风沙啊！不是还有别的路可以走嘛！"他指着地图上东面的位置，那里用朱砂笔特地标明"开明"二字，"从这里走就行。有无支祁和小璇玑在，谁还怕那个什么开明兽！"

"开明兽？"璇玑有些惊讶，"我听过！是神兽啊！听说有九个脑袋呢，轮流守卫，日夜不停。"

无支祁嗤笑道："那东西比驴还蠢，给它喝点酒就醉了，谁还管什么守卫！"

柳意欢瞪圆了眼睛，奇道："不会吧，你上回就是带着酒灌醉了他，然后去了天界？"他还以为无支祁大显神通，把开明兽揍个半死，大摇大摆闯进去呢！

"可不是！我干吗和它打？它有九个脑袋，怎么看都是我吃亏。"无支祁摸着下巴笑，"别告诉我，你偷天眼的时候和它打了一架。就你那小身板，只怕一口就被它吃了。"

柳意欢居然有点脸红，支吾了半天，才道："我……当然没和它打，我摘了点果子，给它吃，骗它说我是刚得道的散仙，它就痛快放我过去了。"

众人都是无语。谁也没想到，开明兽居然这么蠢。半晌，禹司凤才笑道："看样子咱们这回去，还得带点美酒。"

无支祁说道："咱们呢，就顺着赤水河走，走到头，就是天帝昆仑山府邸的开明门了。那开明兽倒不值得担心，主要是周围有些难缠的角色，神鸟凤凰和鸾鸟都盘踞在那块，因为那边有不死树，天界至宝，可不能随意让人偷走。"

璇玑赶紧道："我知道鸾鸟！我爹就养了一只灵兽红鸾！"

无支祁笑道："凡间的鸢鸟不值一提！可别把灵兽和神鸟相提并论。金翅鸟够厉害吧？见到凤凰连头都不敢抬的，那可是百鸟之王。"

璇玑看了看禹司凤，他默默点头，道："最好别遇到凤凰，我们一族……对它有本能的恐惧。"

无支祁又道："凤凰还不算什么，最好是别遇到那几个神巫。那些家伙成天就想着炼药，脾气古怪得很，一个不顺心就让你神魂俱灭，连轮回都免了。我和战神将军姐姐当然不用怕啦，不过咱们到底带着一群没啥本事的家伙，小心点总没错。"

他大有英雄舍我其谁的气派，别人还没来得及发作，璇玑早已噘嘴道："什么叫没啥本事！司凤比你可厉害多了！成天打打杀杀就叫本事吗？"

柳意欢冷笑道："就是！只有四肢发达头脑简单的蠢驴才会觉得自己什么都行！"

无支祁无辜地眨了眨眼睛，结果被紫狐推了一把，才道："好……好吧。我和战神姐姐做前锋，你呢，就是大军师，那小子就是小军师。"

"那我呢？"紫狐叉腰横眉问。

无支祁认真想了半天，才伸出一根手指："你是……吉祥物。"

当然，他被紫狐揍得很惨。


初步路线和计划就这样定了下来，第三天众人便收拾行装，踏上了前往昆仑山的旅途。

罗长老他们一直送到了很远的地方，还舍不得离去，禹司凤温言道："离泽宫的事情，有劳诸位长老了。我这一去，多则一年，少则两三月，必定回来。"

罗长老叹道："昆仑山无比艰险，宫主千万要保重！不要忘了离泽宫所有人都等着你回来！"

唐长老见他伤感，只怕惹来禹司凤的愁绪，便笑道："宫主可有什么话要交代？"

禹司凤想了想，说道："让弟子们都知道……离泽宫再也不是过去的牢笼。"

长老们齐声答应，拱手送他们离去，直到他们走了很远，再也看不到人影，还依依不舍地站在原处。


风和日丽的天气，暖风习习，花香扑鼻，最适合喝点小酒，吃点小菜，再睡一小觉——这才叫人生，这才叫活着。但很可惜，这种纯人间的享受在天界是没有的。

腾蛇睡了一觉起来，懵懵懂懂，抓起案上的酒水一口喝下——"呸，真难喝。"他随手把杯子丢到窗户外，谁知它又自己飞了回来，轻轻落在案上。应龙阴恻恻的声音跟着响起："白帝是让你在这里反省，可不是让你嫌这个挑那个的。"

腾蛇装作没听见，又捞起一块看上去十足精美的糕点，塞嘴里嚼两口——"靠，难吃死了，一点味道也没有，和泥巴一样。"

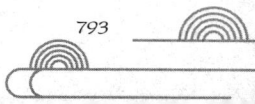

应龙轻飘飘走过来，坐在他对面，皱眉无奈道："你就是贪恋口腹之欲，才会犯了错，被那些罪人抓住把柄来要挟。你又不是人，要靠食物来填饱肚子才能活下去。"

腾蛇不屑一顾："就因为不靠这个活下去才要求更高，不然活着还有什么乐趣。"

很显然，他压根就没反省过，摆明了是来这里过米虫日子的。

"天界的东西就只有这样了，要享受，就去人间。不过你眼下被软禁，起码也要三百年之后才能再出去。这段时间就好好收心，省得白帝总为你操心。"

腾蛇斜斜勾起嘴角，很可恶地笑道："嫉妒了不是？白帝老儿待你难道不好？"

应龙正色道："你嘴巴放干净点，真是下界没多久，就沾染上那些恶俗之人的臭气，拿我开玩笑也罢了，白帝是能拿来乱说的吗？"

他见腾蛇不说话，于是自己也不说了。

仔细打量腾蛇，会发现他变了很多。灵兽和契主有着密不可分的联系，灵兽的职责就是守在契主身边保护他直到契约结束。超过契主允许的期限还不回去，灵兽的力量便会被大幅削弱，这是神仙也没办法插手的事情。

腾蛇眼下就属于仙力几乎为空的状态，一头灿烂的银发也变了颜色，夹杂暗红，看上去很是古怪。

应龙忍不住又道："你眼下就剩一张嘴能抱怨抱怨了。"

腾蛇看他的眼神像个恶巴巴的小孩儿，蛮不讲理，理直气壮，天不怕地不怕，一副"我就这样你奈我何"的流氓气质。

有时候，真想把他这张令人讨厌的脸踩在脚底下。应龙吸了一口气，冷冷笑道："不如我来告诉你个好消息，听说你的契主正朝昆仑山那边赶，还带着那个无法无天的无支祁。这回是真要逆天谋反了呢！天帝听说了这消息，你可以猜猜他的反应如何。青龙、朱雀已经被派过去镇守天梯了，我听到的消息是——格杀勿论。"

"哦。"腾蛇的反应出乎他意料的冷淡，"杀就杀，和老子有什么关系？她死了正好，老子也不用发愁契约的事情了。"

应龙起身走出去，声音和他的动作一样轻飘飘："你能说出这样大义凛然的话，白帝听了一定欣慰。只盼你别口是心非。"

他走了很久之后，腾蛇才微微一动，换了个姿势躺在椅子上。

青龙和朱雀顶个屁用，派去不过是送死。事到如今，他只奇怪一件事，为什么天帝会任由无支祁从阴间跑出来，而毫不作为，这实在不符合天庭一贯的作风，更何况他连不周山都打破了，按照神荼、郁垒的脾气，和他拼命死了也不会畏惧，怎么能眼睁睁看着他走呢？

奇怪，太奇怪了。搞不懂天帝老儿心里到底打的什么算盘。

他那会儿自己乖乖跑回来，是以为事情没那么严重，他在天界也算有点面子，白帝又宠他，只要说清璇玑根本没打算谋反就行了，谁知他这个说客不但没当成功，反而被勒令回归天界，否则格杀勿论。他只得乖乖回来，跟着就被软禁。

难不成他们是真打算把璇玑和无支祁给杀了？这可怎么办，他和无支祁还有架没打呢！何况……他一点也不想他们莫名其妙去死，一点也不想！

他有些坐不住，突然又觉得不对劲。应龙好好的来告诉他这个干吗？那种笃定的样子，分明是不把战神与无支祁的组合放在眼里。这两个人都是曾经叱咤风云的人物，随便挑哪个都会让天界吃上一顿排头，他们怎么能这么笃定？

腾蛇越发坐不住了，他这人一遇到想不通的事情就会抓狂，抓狂之后就会乱想解决办法，想了半天，突然决定逃跑，先找到璇玑恢复仙力再说。

如果被白帝发现……那他再耍赖好了！白帝疼他，肯定不会舍得罚他。何况神兽没有仙力，他在天界还怎么混？以后岂不是要被人笑死。

腾蛇偷偷溜出了软禁他的小宫殿，专挑小路走，生怕被那些虾兵蟹将看见。他如今连个小兵都打不过了，双方相遇，吃亏的是他。

一直走到后门那里，忽听前面有说话声，腾蛇赶紧躲在树后面，拉长了耳朵听。

说话声音听起来像朱雀的，一贯的憨厚愚蠢："昆仑山是何等神圣的地方，岂能容他们乱闯，你的提议我无法接受。"

腾蛇拨开树叶子，仔细打量，却见后门那里站着两个人，一个盔甲铮铮，一个矮小纤瘦，正是朱雀和青龙。他见到这两人就有气，白帝虽然宠他，但就是不给他下界玩，每次什么任务都派朱雀去，说他稳重。啊呸，他那样也叫稳重吗？那根本叫蠢驴！

至于青龙他根本是提都不屑提，这女人本来在天界就是人嫌狗憎的东西，常年不换衣服不洗澡，一身都是臭烘烘的，还特别喜欢贴近了和人说话，那贼眉鼠眼的样子，若不看她是个女的，只怕也不知被揍了多少遍。最关键是她特喜欢玩阴的，比如打打小报告，背后说点坏话，搞搞偷袭之类的。

找这两个人去守天梯，亏天帝想得出来。

青龙嘎嘎笑了两声，她的声音冷若冰霜，又粗又哑，竟有几分老鸹子的味道："守株待兔是蠢驴才会做的事情。你怎么能认定他们一定会从那条路走？"

骂得好！腾蛇暗暗称赞。

朱雀沉声道："天帝如何吩咐，你我便如何去做，哪里来的那么多废话！出了事情，谁来担当？"

青龙呵呵笑了起来："所以说你是死脑筋，难怪上面都不喜欢你。你就死守在那边，乖乖听天帝的话吧，到时候被他们从别的路上到天界，我看你还敢说担当的问题。"

朱雀倒被她说动了，愣在那里不知所措。青龙又笑道："你的死脑筋，多少年了也不知变通。听听我的策略吧……如此这般……"

她的声音突然小了下去，腾蛇一个字也听不到，急得抓耳挠腮，恨不得凑到跟前去听。谁知她突然冷笑道："就带上这废物，不信他们不上钩！"说罢忽然转头，目光如电，一下子就攫住了躲在树后的腾蛇。

他大吃一惊，想要逃，奈何现在半点仙力也没有，能往哪里逃？这一犹豫，便觉她在身后拖了老长的青色袖子"哗"地一下甩过来，身上一紧，竟是被她捆住了。袖子上传来一股酸臭，腾蛇破口大骂："臭婆娘！你他妈要把老子熏死了！再也没见过你这种女人，比蚯蚓还脏！"

青龙压根不理会他的叫骂，轻轻一扯，他就狠狠跌了个狗吃屎，趴在地上不能动弹。

"腾蛇？"朱雀惊讶了，责怪地看了一眼青龙，赶紧蹲下给他解开那又长又臭的袖子。奈何她的衣服从来也没洗过，都是她身上的鳞片幻化出来的，不单恶臭，还坚韧厚实，像放在油里泡了几千年，手解不开，刀也割不断，倒忙得朱雀一头汗。

"青龙！放开他！"朱雀皱起了眉头。

青龙嘎嘎笑道："怎么能放开，他是我们捉住那几个逆贼的关键呢！你不会是打算放过那些人吧？"

朱雀犹豫了一下，道："腾蛇与你我同辈……这样，不好。"

"没什么好不好的。"她居然还抛了个媚眼，两人只觉鸡皮疙瘩从脚底蹿上头顶，腾蛇的脸都绿了。"为了捉住要犯，必要时应当用些手段。何况这小子本来就因为和那些犯人有染，现在早已不是昔日风光的神兽腾蛇，便是白帝，也不能说什么！"

"听你鬼扯！臭婆娘！你等着，老子迟早把你烧成龙肉干……"还没喊完，只觉恶臭扑面而来，她的袖子直接缠住了他半张脸，腾蛇再也憋不住，白眼一翻——被臭晕过去了。

"白帝宠他，若知道你这般大胆，他必定会生气。"朱雀还在苦口婆心。

青龙哼哼一笑："这事除了你知我知他知，还有谁知？到时候一口咬死了是他自己逃出来，试图和谋反的犯人会合，白帝纵然再宠他，也不敢和天帝作对吧？"

朱雀只觉脑子乱成一锅糨糊，好像她说得都很有道理，但怎么总觉着哪里不对。眼看她将腾蛇拖在地上走远，他只得跟上去，被迫和她成为迫害腾蛇的同伙。


赤水河是通向昆仑山开明门的唯一一条河流。传说中昆仑山高有八千丈，上有天帝在下界的府邸，诸神替他看守着这座神圣的宫殿。宫殿一共九扇门，正东方面临朝阳的，便是开明门了，门前有九头的开明兽守卫，更有陡峭山崖，寻常人根本无法攀爬上去。

此刻众人正站在大竹筏上，在赤水河中顺流而下。璇玑极目眺望远方，完全是水天一色，这条赤水河也不知有多长，他们已经顺流漂了一整天，还没到头，连昆仑山的影子都没见到。两岸的景色也渐渐变得荒无人烟，大片大片的森林山川穿梭而过，人站在水上，一时竟不知究竟是景色如画，还是自己身在画间。

当然，坐竹筏顺水漂流的主意是柳意欢想出来的，本来他们这些修仙者根本也不需要如此费事费时，奈何凡人要去圣地，御剑飞到老也飞不到，非得脚踏实地一步步走过去。这大约就是神明们给凡人下的界限了，神与人之间，永远有无法超越的鸿沟。

紫狐呆得无聊了，缠着无支祁，非要他说个故事。这里面活得最老的就是他，上古有什么稀奇古怪的事，他一定晓得。

无支祁便笑道："嗯，那就说一个古早的传说，我也记得不真切啦。传说天界和修罗界纷争不断，阿修罗们都是骁勇好战的魔神，天界那帮懦弱神仙哪里能打得过他们！于是节节败退，最后天界使了个计谋，擒住一个非常厉害的魔神。"

他突然停住不说，只是笑问："你们猜猜后来发生了什么事？"

所有人都呆呆地摇头。紫狐试探着问："杀了他？"

无支祁哈哈笑着摇头。

禹司凤沉吟片刻，才道："如果是我，我方没有骁勇善战的天神，便会说服他为我方效力。天界没有惩罚那个魔神，反而收为己用了？"

无支祁难得露出钦佩的表情，朝他猛竖大拇指："你个好小子！老子算服你啦！你的心是不是玲珑水晶做的？怎么什么东西都是一猜就中？"

"天界确实收服了那个魔神，可惜他不肯与以前的同伴发生冲突，天帝爱惜他的武力，也舍不得责怪，便将他好生养在天界，好酒好肉伺候着。后来……"

"后来什么？"众人都忙着问。

无支祁耸了耸肩膀，撇嘴道："没有后来了，那个魔神突然就消失了，再也没人提过他。有人猜他还是想念修罗界，于是偷偷回去了。事实到底如何，谁也不知道呀。"

"切！"众人都发出嘘声，哪有他这样说故事的！正到精彩处就没了。

竹筏渐渐滑向下游，河面陡然变宽，水流湍急，竹筏像要飞起来似的，一个劲朝前冲。两岸碧绿的森林好像也到头了，前面一个陡峭的河道转弯口，转过去之后眼前豁然开朗，却见两岸均是陡峭石山，高耸入云。真不敢相信这些巨大的石山是天然形成的，它们就像守在两岸的伟岸侍卫，排列得极其有规律。但倘若不是天然形成的，又有谁能这般鬼斧神工，造就这一场壮观的景色？

而最为奇异的不是这些排列规则的巨大石山，而是山体的颜色，微微发红，像是染上了一层薄薄的霞光，越往后红色越深，渐渐竟变成了鲜血般的颜色。

"这里不对劲。"禹司凤突然开口，"拐弯之后我就没再听见任何鸟啼的声音，河里也没有鱼了。听……除了水声，什么声音也没有。"

无支祁轻笑道："我真服了你，什么异常的情况都逃不过你的眼睛。没错，因为马上就要进入神的领域了，风水气候自然与方才不同。鸟啊鱼啊，都是凡间的生灵，又怎敢靠近这里。"

璇玑听说马上就要到昆仑山了，不由得起身站在竹筏顶前面，极目眺望远方。两岸石山如血，他们穿行而过，天地间除了湍急的水声，再无半点声息。这种寂静是庄严且肃穆的，亘古不变的静默中天神在上界偷偷窥视下方，或者怜悯，或者艳慕，或者无情。

天地在此，本能地令人感到畏惧。璇玑抿紧了唇，众人都和她一样，在这个地方，这一时刻，都不想说话，也不敢说话。

河水也从先前的蔚蓝清澈变作了暗红，曲曲折折的河道，弥漫着血色，竟像一条巨大的血管。

无支祁在一片死寂中突然跳将起来，双手拢在嘴边，孩子气地大吼数声，所有人都被他吓一跳，瞪圆了眼睛看他。他嘿嘿一笑，摸着脑袋，有点惭愧："我就受不了这种死气沉沉的地方，叫几声，舒坦些。"

说罢又放开喉咙开始吼叫，初时还只是单纯地吼叫，到后来声音竟渐渐攀升，犹如龙吟凤啸，清朗的啸声回荡在如血的石山之间，像在歌唱，又好似放开心胸的号呼。璇玑也忍不住张开嘴大叫起来，跟着是紫狐、柳意欢，最后连最稳重的禹司凤也开始胡闹。五个人傻子一样站在竹筏上，大喊大叫，手舞足蹈，状若疯癫。

无支祁叫了一阵，又大声道："天帝老儿！你等着！老子过来找你喝茶啦！"

声音在两岸来回徘徊，喝茶啦喝茶啦，敢情他一直把来昆仑山当作喝茶。回音余威尚存，却听岸边一个苍老冰冷的声音说道："何处妖孽，竟敢在昆仑山下放肆！"

众人一路过来，半个人也没看到，此刻忽然听到有人说话，都急忙回头，却见遥远的岸边站着一个蓝衣人，隔着太远，他的身影小得像一粒芝麻，然而他的声音居然能传这么远，丝毫不散，委实让人赞叹。

无支祁见竹筏漂得很快，料定他追不上来，便哈哈大笑道："放肆吗？那你告诉我，天帝老儿的茶好不好喝？"

那人并不说话，冷哼一声，竟徒步朝赤水河里走来。众人见他步态蹒跚，老态毕露，不由得都担心起来，紫狐急忙叫道："老人家！他只是开玩笑而已，你可别当真！这河水很急，你别下来！会出事的！"

那人恍若不闻，双足踏在河水上，竟丝毫不沉，稳稳地朝竹筏这里走来。众人见他走在这么湍急的河流上，居然如履平地，都吃了一惊。他走得其实一点都不快，步态蹒跚，很有点不稳的样子，但不知怎么的，竟是越来越近，方才芝麻大小的人影已经变成李子大小了。

无支祁脸色微微一变，轻道："不好！是神巫！娘的，他们不是躲在山里吗？今天怎么就跑到这里来了！"

说话间，那人又走近了许多，身影已经清晰可见。但见他一身蓝衫飘飘欲仙，颌下银须足有尺余长，一头白发整齐地挽在脑后，手里还抓着一根乌铁的拐杖。最奇特的是，那拐杖撑在水上，居然也不陷进去。

无支祁和柳意欢抄起船桨，使劲朝前划，他们本来就是顺流，这一划更快了，没几下又把那人甩在老后面。那人追了几步，便停在那里不动了，只冷冷说道："我可想起你是谁了！无支祁，你当真胆大妄为！居然私自逃离阴间！"

无支祁咧嘴嘲讽地一笑，道："那可真抱歉啦，老爷子，我一点也想不起你是谁！难为你大把年纪了还记着我。"

那人并不说话，只抬手将乌铁拐杖朝水里一丢，"扑通"一声。柳意欢奇道："坏了，老爷子发怒，把拐杖都丢了！无支祁，尊老爱幼你都不知道？！"

无支祁也没说话，只使劲划着船桨，竹筏像飞起来一样，急速前进。前方又是一道险要的河道拐口，奇特的是两边的石山居然在顶上联合在了一起，看起来像是一道巨大的拱门，岩石的颜色也不再是血红的，而是金光闪闪，白里带着金。

无支祁回头一看，那老爷子的身影又变成了芝麻，他定定站在那里——用单脚。无支祁大叫一声："我可想起来啦！他是巫履！十个神巫之一！快！快走！过了龙门他就拿咱们没办法了！"

话音未落，却见巫履老爷子另一只高高抬起的足狠狠踩了下来，赤水河顿时犹如滚开的水一般，剧烈震荡起来，滔天的红浪从后面高高升起，呼啸着扑上，哗啦一下，竹筏在巨浪中变成了一片没用的小叶子，一下子就被推上了顶端。

五个人赶紧抓住竹筏，试图在巨浪中稳住它，谁知巨浪又是"哗啦"一声，竟从中间分了开来！竹筏狠狠从水的缝隙间摔了下去，这下饶是璇玑与无支祁有千般本事，也无可奈何，乖乖掉进赤水河。那分开的巨浪此时骤然又合在一起，将他们拍进深深的水底。

璇玑在水底手忙脚乱地划动着，奈何水流的力道太大，无数个大小漩涡在周围肆虐，她被漩涡的力道牵制住，一时竟没办法浮上水面。河水的颜色极暗，浑浊不堪，旁边隐约有个黑影过来，在她胳膊上狠狠一拉，将她扯出最大的那个漩涡，璇玑手脚并用，总算浮了上去。

河水依旧翻滚不安，像沸腾了一样，璇玑四处张望，见禹司凤就在离自己不远的地方，朝自己招手，方才果然是他救了她。璇玑赶紧朝他游过去，这时无支祁抓着柳意欢和紫狐两人也浮上了水面，五个人浑身湿透，狼狈不堪。

回头再找竹筏，早就被巨浪拍成碎片了，散在河面上，很快就被漩涡卷到了河底。五人紧紧抓住岸边的石头，防止被暗流拉扯下去。无支祁抹着脸上的水，苦笑道："这个老爷子，真是好大一个见面礼呀！"

柳意欢有气无力地说道："你不是能发大水淹掉天庭吗？璇玑不是战神吗？一个糟老头你们怎么都对付不了。"

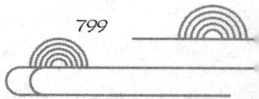

无支祁怒道："你不是说要尊老爱幼么！他一个老头子，我怎么好意思揪着打！"

话音刚落，却见不远处又掀起滔天的巨浪，可怖的是，巨浪中仿佛隐藏着什么巨大的东西，轰轰而来。

柳意欢是个旱鸭子，掉水里就不会动了，眼看那庞然大物气象万千地冲过来，吓得脸都发绿，死死扯住无支祁的衣服，恨不得手脚并用缠在他身上。

"来了来了！"他乱七八糟地喊着。无支祁恨不得一巴掌将他打昏，然而现在情况紧急，他只得把柳意欢背在背上，左手勾着紫狐，右手使劲划水，像鱼一样朝前飞快地游。璇玑和禹司凤也跟在后面，眼看那高高的龙门就在头顶，偏偏到了这里河水便突然分界成顺逆双流，他们卡在中间，怎么也过不去。

璇玑见后面滔天的白浪中，那庞然大物隐约有鳞片闪烁，背上鱼鳍如玉，足有丈余高，竟是一条极大的鱼。无支祁叫道："是那老爷子的拐杖！它要过龙门了！"

说话中，那条大鱼已经游到他们身前只有丈余的距离，鱼鳍破开河水，白浪翻滚，巨大犹如水缸般的脑袋上，有一大块橘红色的斑点。眨眼间，它已经冲到了眼前，鱼尾一摇，钻进了水里。众人生怕它从下面撞上来，这么大的鱼，还是仙品，被撞一下肯定要吃亏，当下齐齐朝岸边游，攀住岸上的岩石，湿淋淋地就爬了上去。

璇玑刚刚上岸，只听河水发出一阵阵沸腾般的轰鸣声，那条巨大的鱼果然蓄力，从河底奋力跃起，淡橘红色的身体，每一块鳞片都比脸盆还大。它在空中一甩尾巴，河水犹如雨点一样激烈地洒下来，看起来它并不是要攻击他们，奇怪。

龙门高高在上，那条鱼的一跃之力虽然强，但离跃过龙门还差着那么一段距离，刚刚触到龙门的边缘，便见式微，要摔落下来。巫履老爷子在后面骂道："不中用的东西！一千年了还不能自己跳过龙门！"说罢右足在水上一顿，河水顿时鼓动起来，一道白浪犹如离弦的箭，嗖地一下飞了出去，在鱼尾下轻轻一托，它借着这一点力气，再次跃起，终于跳过了高高的龙门，扑通一声摔进河水里。

紫狐见它掉进水里就没了动静，不由得奇道："它……过了龙门，是不是要变成龙？"

无支祁点了点头："原来巫履老爷子今儿是带着自己养的鲤鱼来跳龙门的，难怪会在这里。不过那鱼说到底并不是靠自己的力气跳过去的，有外力相助，只怕也成不了上品龙。巫履急着让它成龙，一定是想要它来对付咱们。"

区区一条刚成形的小龙，他当然不会放在眼里，只可惜了它千年的道行，刚成龙倒有点舍不得对它下手。

正想着，却见河面上浮起一道巨大的阴影，刚刚成龙的小龙在河水里摇曳前行，突然探出一颗脑袋来，金光灿灿，须发皆张，甚是漂亮神气，原来它成了一条小金龙。金龙在水里游了一会儿，便飞了起来，在龙门上绕了一圈，飞回巫履那里，亲昵地围着他绕圈，磨磨蹭蹭，神态亲密。

无支祁趁着巫履老爷子还没发话，掉脸就跑，一面叫道："走走！一个老头一条小龙，传出去还说我欺负人呢！才不和他们打！"

跑了没几步，只听巫履在后面说道："你这只猢狲，心倒好，竟没想着伤害我。"

无支祁懒得理他，只管埋头朝前跑。巫履又道："只要你不来闹事，我也不来拦你。你去昆仑山到底做什么？"

无支祁大叫道："不是早说了！跟天帝老头讨碗茶喝啊！"

说完身后好久没动静，回头一看，那条小金龙果然被巫履放了出来，张牙舞爪地飞过来，气势汹汹。无支祁哼哼笑道："小东西而已！滚回去找你爷爷吃奶！"他手腕微微一翻，策海钩从他左肋下抽出，轻轻一划——河面上顿时翻起丈余高的白浪水墙，硬生生将小金龙给拍了回去。

"无支祁！"后面传来巫履老爷子气急败坏的喊声，他哈哈大笑，将策海钩塞回去。眼看龙门已经到了眼前，岸上的山岩也挡住了去路，要过去，只有跳进河里。以龙门为界，河水分成顺逆双流，下方微微凹陷，仿佛一个巨大的缝隙，从上游过来的河水流到龙门这里便成逆流，最奇特的是，逆流而上。

无支祁没有一丝犹豫，扑通一声跳了下去，手脚并用，硬是游过了那道缝隙，过了龙门。他抓住山岩，回头招手道："快，都过来！我拉你们！"

其他的人都还好说，就是旱鸭子柳意欢最痛苦，一到水里就不知道该怎么办了，最后还是禹司凤将他负在背后，硬扔了过去。龙门一过，巫履老爷子也不好拿他们怎么样了，离昆仑山越近，这些神仙越不敢喧哗，生怕惹祸上身，只得恨恨看着他们离开。

"走啦！老爷子要保重，别随便动气，小心死得早！"无支祁快乐地朝巫履挥了挥手，仰面躺在水上，任由这些逆流而上的水把他朝上推。

众人见他故意气那巫履，不由得都有些好笑，然而不管怎么说，到底是离昆仑山更近了一步。过了龙门之后，血红的巨大石山也不见了，两岸光秃秃的，是连棵小草都没有的黑土平原。众人游累了，便学无支祁躺在水面上，任由水流推着自己前进。也不知到底走了多久，平原又变成了青葱郁郁的高山，山峦连绵起伏，钟灵毓秀，想来便是神巫住的地方了。

当璇玑他们在赤水河里漂流的时候，青龙和朱雀正带着腾蛇在昆仑山的宫殿里到处乱跑，每个门都察看一遍。腾蛇醒了又被臭晕过去，晕了又被熏醒过来，在连续十八次晕了又醒之后，他终于受不了这非人的折磨，颤抖着伸出手指，气若游丝地说道："别……别缠脸，我……不叫就是。"

青龙笑了两声，到底还是依言把袖子移开了他的脸。腾蛇深深吸了一口气，突然发现

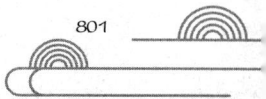

没有任何臭味的空气吸起来是多么幸福！他叹道："你……好歹也是女人，怎么不把自己收拾干净一点？脏兮兮的，谁敢靠近你？"

青龙丢给他一个令人毛骨悚然的媚眼，他惨然闭上眼，不愿看她面上看不出颜色的皮肤和堆满眼屎的眼角，更兼她头上结成饼子的头发——他真的不想再看，只怕会把刚才吃下去的酒水糕点吐出来。

"我牺牲了身为女人的一切，是想做个真正的神仙。"她平常说话的声音倒不是很难听，只是声线一高就会破开，像破铜锣一样。

腾蛇苦笑道："拜托……你见天界有哪个神仙像你这样……这不是女人男人的问题吧……"

青龙淡然道："正因为如此，所以才没人敢随便招惹我，不是吗？"

腾蛇无话可说，很显然，他们俩的理解能力不同，他根本听不懂她在说什么。

"喂。"青龙倒像是很有兴趣和他聊天一样，居然又问道："那你说，我要是弄干净点，会不会很漂亮？"

你长得就和漂亮两个字无缘！腾蛇在心里痛骂，然而不敢说出口，生怕她又用臭烘烘的袖子来折磨自己，只得含糊其词说道："嗯……这个嘛……你得先把自己弄干净了给我们看……才能下结论……"

青龙又去问朱雀："我要是弄干净点会不会很漂亮？"

朱雀是老实人，用一种大吃一惊的眼神上下打量她一番，最后勉强道："这个嘛……青龙，我们是神兽，不在乎皮相美丑……"

"很丑？"她的声调陡然提高，像破锣咣咣响起，油光水滑的袖子也有扬起的趋势。

朱雀和腾蛇赶紧连声道："美！美得很！"

青龙这才嫣然一笑，露出一口黑牙，娇滴滴地问道："那你们说，我变美了之后，应龙会不会看上我？"

腾蛇被口水呛住，剧烈咳嗽起来，不知怎么的，他突然同情起那个阴恻恻毫不讨喜的应龙兄弟来。朱雀目瞪口呆，好半天才回神，他是老实人，不愿在这等问题上多纠缠，只说道："九个门都看了，那些人还没来，咱们这会儿去哪里？"

青龙终于也停止了不正常的举动，阴阴笑道："有我们的腾蛇大人在这里，你还愁他们不找过来吗？随便找个风景好的宽敞地方等着，他们只要有本事进得了门，必然能过来，轮不到咱们费劲。"

卑鄙！腾蛇把她恨得牙痒痒，不过他倒不担心璇玑他们，就凭朱雀和青龙两人，连根毛也伤害不到她和无支祁。怕只怕天帝心里到底打着什么主意，谁也不知道。他用近乎放纵的态度对待无支祁，掉过脸来又用出乎预料的严厉对待他和璇玑、亭奴，到底是什么意思？

想不通，真是想不通。

朱雀是个没主意的人，腾蛇相当于被挟持的人质，没有说话权，于是这一路都由青龙指挥策划。她找到了一片巨大的湖泊，那里的风景自然是极妙的，山清水秀，如梦如画。

这种美丽的景色，适合绝色佳人轻颦微笑，笑语盈盈，美人美景，才是享受。

腾蛇和朱雀一个扭头看着别处，一个眉头紧皱做出一副沉思的样子，谁也不愿去看在湖水前搔首弄姿的青龙。她在湖边嬉水，笑声如"银铃"——破了的银铃。腾蛇固执地相信，这整整一湖水也不能把她洗得干净点，大概洗完之后这里就成臭水沟了，天帝来看到，一定会大发雷霆……

正想到痛快的地方，忽听青龙又娇滴滴地问道："应龙每次看到我都会掉脸离开，是不是害羞呀？"

腾蛇突然觉得，还是宁可被她的袖子臭晕过去，这样比醒着更舒服点。


虽然早已做好心理准备，但在赤水河到了尽头的时候，景致还是让璇玑咋舌不已。

赤水河的尽头是一大片望不到尽头的水域，倘若不是它平静无波，更兼其色如血，她真要把这里当作大海。东面有一座镜面一样光滑的巨大石峰，千丈宽的瀑布从其上倾泻而下，远远望去，就像从天空里落下一条红龙，飞珠溅玉，响声震天。这种千军万马的气势，令人目眩神迷。

璇玑望着那镜子一样光滑闪烁的石峰，不由得吞了口口水，低声道："咱们……要爬上去？"这石峰平整得可以照见人影，往上看，看不到尽头，根本没有落脚着手的地方，他们又没有壁虎的本事，怎么爬？

无支祁耸了耸肩膀："那当然是爬上去。也花不了多长时间，大概一天一夜就能到了。"

"不能飞吗？"璇玑摸了一把石壁，光滑得连手都蹭不住，脸色更苦了。

"傻瓜，飞上去是看不到开明门的。不信你自己飞飞看。"无支祁在怀里摸啊摸，摸了半天，终于掏出几把水淋淋的匕首，一人分了两把，"用绳子把匕首拴在一起，将匕首钉在山壁之上，不就可以上了么。"

他自己过去示范一下，先用一根长绳子把两只匕首拴在一起，单手一掷，一个匕首稳稳地扎在山崖上，他足尖在山壁上一点，借力纵身而起，稳稳落在那匕首上，反手一拽绳子，下面那根匕首飞起，钉在更高的山壁上，纵身再上，如此这般，反复交错，眨眼就爬了老高。

禹司凤问柳意欢："大哥，当年你怎么上去的？"

柳意欢摇头道："我是用匕首挖了洞，一点点爬上去。后来发现这石壁有灵性，划出的痕迹不到一刻就自己消失了，吃力得很。我可是爬了三天三夜。"

看起来还是无支祁的法子省事点。众人只得拿着匕首投掷，飞身纵跳。无支祁就是一只猴子，攀爬跳跃是他最擅长的，一面跳一面还有精力叫嚷："金翅鸟的那个小子，千万别图省事开了翅膀飞啊！出了什么问题，我也没法子担待！"

禹司凤点了点头。

虽说他们体力都比凡人要好许多，但长时间重复单一的动作，难免让人容易觉得疲惫。特别是柳意欢，他天眼被挖了之后身体情况就大不如前，虽说有均天环的碎片揣在怀里，但一来只是少部分碎片，二来他本身的妖力所剩无几，因此爬了三个时辰之后终于力不从心，停在匕首上一个劲喘气，头上满是虚汗。

低头朝下一看，满满的全是云雾，他们已经爬了很高了。柳意欢叹道："乖乖不得了，要是从这里摔下去，肯定要成肉饼。"

禹司凤见他迟迟不动，知道他体力已到了极限，便退回来招手道："大哥，我背你吧！天快黑了，我不放心你。"

柳意欢摆摆手，咬牙硬是撑了一个多时辰，最后终于精疲力竭，不得不让禹司凤背在身后。彼时夜幕已然低垂，墨蓝的苍穹中繁星点点，柳意欢靠在他背上，随着他跳跃的动作微微起伏，突然想起什么，低声道："司凤，那离泽宫的宫主，其实没什么做头。你干个几年也罢，别把一辈子蹉跎在里面。"

禹司凤犹豫道："大哥，我既然承担了这责任，便不能轻易放弃。何况现在的离泽宫也已经和从前不同……"

柳意欢摇头道："我明白你的意思，但你想想天下多少修仙门派，开头谁不是踌躇满志？最后谁能真正长久不衰，与天同齐？更遑论修炼成仙了。来人世一遭，不能到头就成空，执念太深的人，一生都不会快乐。看看你爹，还有元朗……谁也不懂见好就收的道理。听大哥的话，凡事差不多就行了，何况，小璇玑离乡背井跟着你，你总不能冷落了她吧？"

他提到璇玑，禹司凤立时默然。他们二人之中，看起来似是璇玑不通世事，任性妄为，其实刚好反过来，任性的是他才对。柳大哥说得没错，他凭什么叫璇玑离乡背井，陪他在离泽宫一住好几年呢？他若忙起来，连人影也见不到，璇玑一个人孤零零的，岂不是委屈极了？

"大哥说得对，我都明白。"禹司凤点了点头，"我也打算做几年便放手。只是这几年乃是离泽宫关键时期，恳请大哥助我。"

柳意欢咂嘴道："我和那罗长老有点不对付……唉，罢了，老子注定要为你操劳些，谁叫你是我儿子！"

禹司凤笑道："大哥一直将我当作儿子来照顾的。"

"那老子说的话儿子都得听！"柳意欢把眼睛一瞪，拍着他的肩膀叫道，"老子命令你，赶紧往上爬！天亮之前到不了峰顶，老子就把你踢下去！"

禹司凤哭笑不得。

然而到底是爬了一夜，到了第二天中午才爬上峰顶，饶是他们精力丰富，又是涉水又是爬山，这会儿也觉得吃不消。峰顶下有一块小平台，众人便在那里先席地休息一会儿。

无支祁也不知从哪里掏出一只山鸡，还活蹦乱跳的，扯着嗓子咯咯直叫，被他一刀剁了脑袋，随便扯毛开膛，用皮袋里的水冲洗一下，就让璇玑点火来烤。

为了应付九头开明兽，他们还特地带了几坛子美酒。柳意欢口水流了三尺长，赶紧拆开封条，风吹过来，把醉人的酒香一直吹到天边，柳意欢顾不得其他人，先仰头咕咚喝了一大口，脸上终于有了点人色。

"可别都喝完了，还得留一坛子给那只开明兽呢！"他虽然这么说，但实际上他喝得最凶，山鸡刚烤完，他已经把一坛子酒给喝干了。

"明明是你喝得最多！"紫狐瞪了他一眼，眼见那山鸡烤得色泽金黄，便赶紧扯下两条鸡腿，分给无支祁和璇玑，她的偏爱很明显。

禹司凤喝了一口酒，蹙眉道："这么大的味道，会不会让人发现？"

无支祁满嘴都是鸡肉，含糊不清地说道："怕什么，发现了大不了分给他们一点，让这些神仙知道什么叫好味道，省得天天吃天上那些没味道的东西……"

话说完，突然觉得不对劲，抬头一看，峰顶那里不知何时探出一张古怪的脸，像狮子，又有点像大狗，最奇特的是这颗大脑袋周围还环着一圈小脑袋，长得一模一样，个个都瞪圆了眼睛，盯着他们手里的美酒烤鸡看，口水都要流下来的样子。

璇玑第一次见到这种怪兽，不由得"啊"了一声，小声道："九个脑袋！是不是开明兽？"

无支祁没答话，扯下半只烤鸡，晃了晃，那九颗脑袋也随着烤鸡不停地晃，目光一丝也舍不得离开。"想吃吗？"无支祁笑嘻嘻地问着。最左边的一颗小脑袋赶紧点头，细声细气地说道："想！"

"就不给你吃。"无支祁大嘴一张，就差把半只烤鸡都塞嘴里了。

九颗脑袋，十八只眼睛，顿时变得水汪汪，可怜兮兮，无声地看着他，充满了沉默的力量。璇玑觉得有些过意不去，便把手里的鸡腿抛上去，道："喏，有点少，你们自己分。"

最大的那颗脑袋眼睛一亮，张嘴叼住鸡腿，嚼都没嚼，囫囵吞枣咽了下去，心满意足地眯起眼睛，粗声粗气地说道："好味道！再来一点！"

紫狐和柳意欢抢过无支祁手里的烤鸡，连同自己的份，一起丢了上去，九颗脑袋顿时大喜，一人抢一口，没两下就连皮带骨头都吞了下去，还有些意犹未尽，无支祁把两个酒坛子丢上去，笑道："接住喽！"

等烤鸡吃完，酒也喝干，那只开明兽才打着嗝开始后悔，最大的那颗脑袋一边摇一边哼哼："不好！不好！吃人嘴短拿人手软！这些人也不知道是干吗的，居然就吃了他们的东西！"

最左边那颗小脑袋委屈地叫道："大哥你吃得最多！这会儿居然好意思说！"

那颗大脑袋哼哼唧唧半天，才道："你们是什么人，来昆仑山做什么？"

无支祁见它居然不记得自己和柳意欢，不由得好笑，说道："我们只是过路的，饿了烤只山鸡喝点小酒，却被你们都抢走了，你说这事情该怎么办？"

这等天大的难题，开明兽从来没遇到过，九颗脑袋凑一起商量了半天，也没个结论，最后那颗最大的脑袋怒道："这等俗务不要来扰我清修！你们几个解决便是了！休吵，我打坐去也！"说罢两眼一闭，竟然装睡去了。

于是第二大的脑袋把这话同样说给了剩下的脑袋听，最后眼睛也一闭，跟着去睡觉。

终于只剩下那颗最小的脑袋，它眼泪汪汪，似是要哭出来的样子，委屈极了。璇玑于心不忍，便柔声道："我这儿还有点酒，你想喝吗？"

开明兽顿时大喜，爪子抓着岩壁就要下来，突然想起什么，苦着脸道："我不能下去，天帝爷爷知道了会打我！你们……你们上来好了。"

原来果真如此顺利。众人互看一眼，好笑的同时，又有些愧疚，骗了这么天真烂漫的一只神兽，让他们觉得自己好像突然变成了一群坏蛋。

　　开明兽虽然只有一只，但其实是个其乐融融的大家庭，家庭里有九个兄弟。大哥就是最大的那颗脑袋，暴躁性急，脾气很不好。最小的弟弟就是唯一醒着没去睡觉的那颗脑袋了。虽然天界人人都说它们是笨蛋，但大哥总自夸开明兽是天下最帅最聪明的神兽，所有说它们不好的人通通是嫉妒。

　　任何谎话说上一万遍都会变成真话，开明兽自始至终都相信自己是天界最好的神兽，从来不存在失职一说。

　　当璇玑他们攀上崖顶之后，开明兽第一件事就是用鼻子在璇玑身上使劲嗅，试图找出美酒和烤鸡。紫狐见它那只最小的脑袋眼睛水汪汪的，不像是哭，倒像是喝多了泛起的桃花色，不由得轻道：“你……你别喝了吧，喝多了怎么看守大门？”

　　他们一定是世上最奇怪的入侵者和看守了，一定是……

　　开明兽很跩地说道：“我是千杯不倒的神兽！区区几坛酒，能奈我何？”

　　璇玑掏出最后一坛酒送到它面前，也不见它怎么动作，酒坛子一翻一转，掉在地上的时候已经空了。她忍不住拍手称赞：“你好厉害！喝得好快！”

　　开明兽昂起脑袋——当然，只有最小的那颗脑袋，得意地说道：“这算什么！大哥才厉害呢，它都不用动嘴就可以喝到酒，吸一口酒水就过来了。”说罢，打了个大大的酒嗝，酒气熏天。

　　禹司凤见它醉得厉害，便好心道：“你这样不太好吧？既然是看守大门，怎么能喝醉。”

　　开明兽摇头晃脑，憨态可掬：“没事！瞧，我才不会放任何人过去！我……我告诉你们一个秘密！这开明门的钥匙……就是我们的尾巴。来……我给你们看怎么开门……好、好教你们大开眼界……知道闲杂人等永远也进不到宫殿里……”

　　众人互看一眼，无支祁赶紧做出一副“好神奇”的样子，急道：“那……给我们看看！回去我也好和乡亲们吹嘘天界开明兽的英姿啊！”

　　开明兽哈哈大笑，身子一扭，道：“跟、跟我来！”

　　它身子后面拖着一条形状怪异的尾巴，像是写毛笔字的人最后一撇没写好，弄花了的感觉，顶端还凸起一个小球球，甩来甩去。璇玑对这种东西最没抵抗力，总忍不住想用手去抓，好几次伸手都被禹司凤拍回去。

　　走了不远，众人只觉眼前突然矗立起一道巨大的石门，简直像横贯天地间那样巨大。很奇怪，先前居然没看见，仿佛是一瞬间就突然出现在了眼前。石门是两面合并在一起的，通体雪白无瑕，浑然一体，紫狐偷偷用手摸了一下，手掌陡然一痛，她险些尖叫出来，低头一看，掌心已经被灼焦了一块。

无支祁捉起她的手，飞快撕下衣襟包扎起来，低声道："不要随便碰这里的东西，仙家宝物，你这样道行的小妖受不得。"

紫狐委屈得眼泪汪汪，趁着他难得温柔一刻，想撒娇，然而这里人太多，她放不下面子，只好噘着嘴用脚在地上一下一下戳着。

"嗯，吃了你们的烧鸡和酒水，就让你们开一次眼界作为报答吧！"开明兽打了一个酒嗝，目光蒙昽地看着无支祁，又道，"你回去可要记得好好把开明兽的英姿告诉给那些凡人听！"

无支祁皮笑肉不笑，连连点头："一定一定！"

开明兽吸了一口气，腰身一弯，身后那根古怪的尾巴"唰"地一下翘了起来，绷得笔直，像一根旗杆。众人正不知它要怎么开这个门，只见它用尾巴在门上一刷，"砰"地响了一声，那两扇通体雪白的大门发出难听的吱呀声，嗖嗖开了一道小缝。

璇玑看得目瞪口呆，回头小声问柳意欢："柳大哥上回来，它也是这样开门的？"

柳意欢点了点头："不过上回我骗它们说自己是刚得道的散仙，它们还特地为我跳了一段迎神舞。很……很独特的舞。"

开明门缓缓打开，里面奇花异景，瑰丽难以描绘，隔着门看，竟有一种不真实的感觉，仿佛门后藏的不过是个美丽的梦。开明兽得意扬扬地晃着尾巴，那颗小脑袋左右摇，连声问："怎么样？我厉不厉害？"

无支祁从怀里取出一块烧饼，送到它嘴边，道："开明兽大人的英姿，真是令人目眩神迷！来，这是小的孝敬给您老人家的，千万不要客气！"

开明兽闻了闻，那烧饼里面包着肉，虽然外观不好看，但闻起来着实香。天界的食物好看是很好看，但完全没有滋味，一切都是清清冷冷，开明兽哪里受得了这种凡间食物的诱惑，当即张开大嘴一口吞了下去，一面吃一面还感慨地说着："你真是个好人！好人真好呀！"话未说完，就咕咚一声栽倒在地上，嘴里还含着半块烧饼，就这样睡着了。

璇玑赶紧摸了摸它的脑袋，九颗脑袋一点反应都没有，无支祁嘿嘿笑道："下了点迷药而已，不让它睡着，我们怎么进去？"

开明门渐渐开得更大了，里面如梦似幻，委实不能用言语形容。柳意欢赞叹道："第二次来了，还是觉得这里是凡间看不到的美景。谁说天帝不会享福呢？"

璇玑的手突然被人握住，抬头一看，正是禹司凤。他低声道："见到天帝，你要怎么说？"璇玑一呆，其实她虽然踌躇满志地要去见天帝，但具体见了说什么，还真没考虑过。她犹豫了一下，才道："大概……大概就是告诉他，我没谋反……嗯，然后请他把亭奴放回来，天眼他也收回去啦，请他别找柳大哥的麻烦……最后……最后告诉他，这些事和你一点关系也没有，咱们同生共死，没做坏事。"

"这算什么……"他笑了起来，在她头上一揉，笑道，"还是这样孩子气。难道提出那么多要求，就认定天帝会答应吗？"

"他怎么可以不答应！"璇玑急了，"我们谁也没犯错啊！好好的干吗要找我们麻烦！天帝就可以随便给人家定罪名吗？"

她话刚说完，只听头顶一个干巴巴的声音说道："天帝行事如何，不是尔等所能揣度的！"

众人都是大吃一惊，这一路过来，除了在龙门那里遇到巫履，开明门前遇到开明兽，当真是半个人都没见到！这人怎么会突然出现？竟连无支祁和璇玑都能瞒过！

璇玑和无支祁几乎是同时发作，顾不得抬头看个仔细，一个抽出崩玉一个抽出策海钩，齐齐朝上攻去，忽见眼前白光大现，刺目之极，璇玑本能地微一回避，耳边只听紫狐惊叫一声，紧跟着白光霎时退去，门前只剩四人呆呆站在那里，四下里毫无任何异常，开明门照样开着，开明兽照样在门前睡着，只少了一个紫狐。

璇玑抬头再看，半空中也是一个人影都没有，方才那人竟是来无影去无踪，硬生生从无支祁和她手里将紫狐给抢走了！禹司凤脸色有些发白，低声道："是巫履？"那声音听起来很有些苍老，他第一个便想到了那养龙的老爷子。

无支祁咬牙道："不是巫履！应当是其他神巫！"他掉脸就要跳下石壁，柳意欢急忙拉住他："你要干什么？门都开了！"无支祁一把挣开，皱眉道："谁还管门不门！小狐狸被那帮神巫掳走，只怕凶多吉少！"

他纵身跳下石壁，竟是一丝犹豫也没有，声音从下面传上来："你们先进门！我收拾那帮神巫一顿，回头再来找你们！"

柳意欢再要拉，哪里还能拉得住，三人眼睁睁看着他的身影一瞬间变成小黑点。

禹司凤看了看四周，确实没发现什么异常的现象，只得道："走吧，他说得对，咱们先进门。不要耽误了正事。"

谁知刚走两步，却听璇玑厉声道："在这里！"崩玉在空中划出一道好看的弧线，"噗"的一声，果然是砍中了什么，鲜血凭空流出，一个淡薄的人影出现在半空中，摔落在地。

三人急忙上前围住，却见那人青袍白须，又是一个老者，想来便是神巫之一了。璇玑伤到了他的胸腹，他死死捂着伤口，神色又惊又惧。禹司凤见璇玑想举剑杀他，便摇头道："不要乱开杀戒，你已经伤了他。走，咱们先进去再说。"

璇玑恨恨地收起崩玉，转身便走，谁知那老者在后面嘶声道："天帝有命，擅闯圣地者，格杀勿论！你们这些亡命之徒，藐视天帝，死后要下无间地狱永不超生！"

柳意欢忍不住说道："你这老爷子说话好没道理！只许你们栽赃陷害，不许我们辩解了？你哪只眼睛看到我们像亡命之徒？！真要是亡命，早就把你那颗脑袋给割了做风铃！"

那老者双目一凝，细细打量他三人，冷道："一个前世的战神，两只金翅鸟妖。老朽不会看走眼！"说罢突然抿唇，吹起口哨来，哨声尖利刺耳，随着那哨声渐渐低下去，他整个人也渐渐变成透明的，再也看不见，只留下地上一摊血迹。

三人不知他究竟打着什么主意，都有些发怔。禹司凤脸色突然发生了微妙的变化，转头望向西方的天空，那里凭空出现一大片火红的云彩，纷纷烈烈，斑斓变幻，情景妙不可言。

而在那云彩正中，飞翔着一只巨大的鸟，双翼缓缓扇动，身后翎羽色泽变化莫测，像流动的虹光，在凡间活上一千年，也未必能见到这般瑰丽神奇的鸟。禹司凤和柳意欢心头如同遭到大击，双膝忍不住微微发软，几乎要跪下去。

凤凰。

那老头把凤凰唤来了。

凤凰是百鸟之王，和龙一样，在凡间是最为凡人所喜爱的神兽。百鸟朝凤，龙凤呈祥，无一不代表着凡人对富足美好生活的向往依恋。

不过对妖来说，感觉完全不一样。百鸟朝凤，他们这些金翅鸟也是百鸟中的一种，如何能例外？身体中从魂魄到血液，从骨头到头发梢，对凤凰都本能地存在着畏惧。凤凰在他们来说完全不是什么吉祥富足的标志，见到凤凰，就等于见到了死亡。

禹司凤还能勉强支撑着，一旁的柳意欢早已跪倒在地，匍匐蜷缩，满头冷汗，浑身被无形的压力压得动弹不得。"大哥！"他叫了一声，伸手想扶起他，谁知自己膝盖也是一软，到了极限，不由自主跪在地上，连手指都无法动弹。

璇玑急道："不过是一只大鸟！你们怕什么啊！"

柳意欢勉强道："小、小璇玑，对你来说……它当然只是一只大鸟，你愿意想成大烤鸡都没问题……对我们来说……那就是天敌克星……"

璇玑这才想起他们是金翅鸟，世上的鸟无论有没有修炼成妖类，修成妖类无论有多么厉害，看到凤凰都会手足无措。那感觉，大概就是老鼠见到猫，不知怎么才好。

她微微咬牙，闪身挡在两人身前，崩玉在空中结出一道火网，熊熊燃烧。柳意欢叹道："没用，你没听过凤凰浴火涅槃吗？它怎么会怕火！"

说话间，凤凰已经飞到近前，对那道火网显然是不屑一顾，仰首清啼一声，那一瞬间，犹如仙乐在瞬间奏响，青铜编钟、笙、箫、笛、琴……无数种美妙声音混合在一起，竟让人有心旷神怡的感觉。难怪人说凤凰啼鸣，犹如天籁，果然是天籁！

璇玑把脚狠狠一跺，叫道："烧不死它，我就砍死它！"

她将崩玉一挥，火网顿时落下，罩在禹司凤和柳意欢周围——原来她还是心细了一次，生怕那神巫又趁机回头来对付他俩，于是用火网将他们保护起来。禹司凤见她杀气腾腾地就要跳起来，当即急道："璇玑！不要见了一个就杀一个！不要忘记我们来这里的初衷！不是来屠杀的！"

司凤的意思她当然明白，但她不杀它，就要被它杀了呀！难不成还乖乖等着它来杀自己？璇玑御剑飞起，绕着那只巨大的凤凰打转，它的身形如梦似幻，真的再也不会有比它更美的鸟了。

她突然有些郁闷，为什么她就必须得不停杀杀杀？从前世杀到今生，谁拦着她和她作对，她就毫不犹豫，第一念头就是杀掉对方。难道不能有别的法子吗？这样杀来杀去，她就是杀到了天帝面前，又有什么意义？

禹司凤的话她终于明白了。

她一定得学会杀戮之外的方式。譬如面对着如此美丽的奇妙神兽，她为什么就不能试着与它和平相处呢？用杀戮换来的臣服永远不会是真心的，她可以为了禹司凤袒露真心，又何必吝啬这片真实的凡人的心意给其他人。

璇玑收起了崩玉，也将心底的杀意收拾起来，努力用平和甚至欣赏的态度绕着凤凰打转，委婉地阻断它试图朝禹司凤他们飞去的意图。这样绕了快有小半个时辰，凤凰似乎终于被她的耐心打动，回头关注这个一直围着自己转的姑娘。

璇玑见它身后拖着长长的翎羽，忍不住用手去摸。翎羽上包裹着一层色泽变幻的火焰，所以才能如梦似幻。除了璇玑，大约也没人敢徒手去摸凤凰的翎羽了。凤凰也几乎从未被人这样摸过，当下全身一震，昂首盯着她看，有些警戒，有些动容。

璇玑傻兮兮地朝它露出一个笑容，耸了耸肩膀，说道："手感……很好。你真是漂亮，所以忍不住就摸了……"

凤凰低低发出一声啼鸣，似是珠玉轻轻落在琉璃盘里，分外好听。璇玑笑道："别生气，我没恶意。我来这里，只是想见天帝而已。"

她也不管凤凰听不听得懂，絮絮叨叨和它说了一串，无非是没有谋反，想在人间好好享受生活，重新做一次真正的人之类的小女儿废话。说到后来，凤凰都有点不耐烦了，叽咕一声，掉头想飞回去，懒得和这奇怪的姑娘再待一起。

璇玑大喜过望，忍不住跳到它身上，用力一抱，使劲蹭。凤凰被她这个举动吓得浑身的羽毛倒竖，晶莹澄澈的眼睛圆溜溜地瞪着她。瞪了半天，终于还是有些软化，仰首高高地啼叫起来，翅膀一震，打了三个旋，轻轻把璇玑抖落下去，回头看着她，微微点头，最后远远地飞走了。

璇玑回到地上的时候，还激动得两脚发软，撤了火网就死死抱住禹司凤，叫道："司凤！你看你看！我没杀它！我把它说服了！"

她终于明白不用杀戮说服对方的感觉是什么了，平和地，认真地，坦诚地，平等地……没有谁高谁低，谁强谁弱，也不需要分出个你死我活。是的，坦诚，只有坦诚相处，才是真正的相处真理。

像她和身边所有的亲人，和柳意欢，和无支祁，和腾蛇，和紫狐……她居然没有一早发现！战神将军的力量纵然恐怖，可是她想做的却再也不是那个冷酷无情的将军。她想做褚璇玑，一个真真正正的人。只要她一天还在使用战神的恐怖力量，她就永远无法甩脱前世的阴影，她终于明白了。

禹司凤拍着她的脊背，缓缓抚摸，终于理顺这只猫的毛。两人两两相望，都是笑吟吟的。柳意欢在旁边重重咳嗽一声，道："光天化日啊！我是木头人吗？"

这回璇玑居然没有脸红，转过去又抱住他，柳意欢又慌又喜地扶住她的肩头，失笑："多大的孩子了，还这样撒娇！"

璇玑笑吟吟地将两人从地上拉起，笑道："走！咱们进门去！我知道要和天帝说什么啦！词全都想好了！"

柳意欢奇道："什么词？你见到他老人家打算怎么说？"

璇玑正要说话，忽听半空中又传来一阵轻轻的笑声，和方才那老头子的声音不同，是清朗的，柔和的。三人都是一愣，紧跟着头顶突然罩下一道白光，将禹司凤拢在其中。那光和先前带走紫狐的白光完全不同，看上去竟像是从天顶落下的日光，禹司凤身处其中，神色诧异，还没明白究竟发生了什么。

璇玑赶紧抬手去抓他，谁知那道光竟比铜墙铁壁还结实，无论她怎么拍打都无法打破，禹司凤仰头望天，眉间渐渐舒展开，带着一丝讶异，一点惊奇，整个身体缓缓化成烟雾，就在两人眼前消散开，再无一点痕迹。

这下把璇玑和柳意欢都吓得肝胆俱裂，两人没头苍蝇似的在大门前找了很久很久，可半点痕迹也找不到。璇玑颤声道："是……是那个神巫？！他把司凤带走了！"

柳意欢见她神色有异，只怕是欣喜之下遭遇突变，会有点失常，赶紧说道："不是那个神巫！我听先前有笑声，好像没什么敌意，估计是天上哪个神仙看司凤顺眼把他请过去喝茶来着。你别急！那孩子聪明着呐，绝对没事！"

他自己都不敢肯定，也担心得要死，但他更怕璇玑出什么异常。她要是再发作起来，杀到天帝面前，那先前的努力岂不是白费了？

璇玑怔了半天，心头突突乱跳，杀气也是时隐时现。一会儿忍不住想爆发出来，不顾一切杀上去，一会儿又强行抑制，憋得双手微微发抖，脸色一阵红一阵白。

不知过了多久，她深深吸了一口气，脸色渐渐平静下来。半晌，才道："柳大哥，咱们去找天帝。司凤一定是被他带走了，咱们找他好好说清楚。"

柳意欢松了一口气，喜道："你能这样想，那再好不过了！璇玑，不要忘记司凤和你说的话。"冷静、坦诚、平和——她必须学会这三点，如果她想真正地成长，做一个真正的人，而不再是一个杀戮的工具。

璇玑默默点头，走了几步，突然道："柳大哥，你们说的我都明白。可是很多时候，我并不知道那些究竟是什么样的感觉。譬如遇到司凤前，我永远也不明白什么叫钟情。很多感觉都是模模糊糊……腾蛇说过，我是个没有心的人，难道真的是这样吗？"

柳意欢叹道："他的气话，你何必当真。就算没有心，你难道不能再造一颗吗？"

再造一颗？璇玑茫然回头看着他，柳意欢对她挤眉弄眼，龇牙咧嘴，就是不说话。见她还是不明白，便摇头道："傻孩子，你从只会杀戮，到明白冷静处世，不正是造就一颗心吗？"

她似懂非懂，想了很久，终于长长出了一口气，轻道："我会努力的，学习怎么做个人。"

柳意欢拍了拍她的肩膀，两人终于绕过睡在门前的开明兽，走进了那扇巨大的开明门。进去之后，开明门轰然合上，缓缓消失在原地。

这里便是昆仑山顶的天帝府邸了，诸神守卫的神圣宫殿。

璇玑往前走了两步，有点被眼前迷离的奇花异葩弄花眼，不知该往哪里走。柳意欢扯了扯她的袖子，抬手指向远方的天空，低声道："看到那里了吗？"

璇玑抬头一看，却见远方云蒸霞蔚，天空中隐约浮现一座华美巨大的宫殿，心中有些感慨，难怪腾蛇说下界的景色不值一提。确实，凡间任何景色到了这里，都成了烂瓦片烂木头。

"咱们往那里走。天帝若是来昆仑山玩赏，必然住在那里。"

虽然柳意欢这样说，但那宫殿远远浮在空中，天知道哪里有路能通上去，两人走了一段，那宫殿还是远远悬浮着，可望不可即。

柳意欢沉吟道："上次我来可不是这样的情况呀，按说走了这些时候，便能看到上去的路，宫里有天梯直通天界。奇怪，我没走错路啊……"

他绕了半天，找不到原来的路，也急了，没头苍蝇似的乱转，见到高地就往上爬，最后爬上一个坡子，却见那里种满了各类花树，全是前所未见的种类，甚至说不出那是什么颜色，只觉五彩斑斓，晃得人眼睛都发花。

花树林的边缘是一汪碧蓝清澈的大湖，湖对岸隐约有高山仰止，秀丽峰峦。风从开阔的湖面上徐徐吹来，带着幽幽的清甜香气，令人心旷神怡。

两人都是第一次见如此美景，一时舍不得移开目光。

璇玑忍不住向前走了两步，抬手想去摸摸那些美丽得似不真的花朵，心中突然一惊，似是感应到了什么。那是一种十分熟悉的感觉，有什么东西……就在不远的地方！

"小璇玑？"柳意欢见她神色不对，不由得开口相问。

璇玑皱眉道："我……我好像感觉到了腾蛇！他就在附近。"

腾蛇是她的灵兽，在身边的时候不觉得，一旦离开，她才发觉好像少了一样什么重要的东西。如今心头袭上的那股熟悉感，除了腾蛇不做第二人想，一定是他！这是灵兽与主人之间特有的感应，不足为外人道。

"在……在那里。"璇玑指着某个方向，拔腿就跑。柳意欢叫了她好几声，她都不理，无奈之下，只得追上去。

两人沿着花树林的边缘一路狂奔，在湖边绕了一大圈，忽见前面空出一块平地，一只毛茸茸的庞然大物正拿着锄头在空地上慢慢锄地。两人一见那怪物，都急急停下。

柳意欢见那怪物足有三人高，虽然是人的身子，但浑身披满了黄黑相间的皮毛，只在腰间不伦不类地系一条麻布裙子。从后面看，这怪物脑袋大如斗，完全没有人样，倒像是一只野兽。他不由得低声道："这东西……只怕不是善碴，小心点。"

话刚说完，只听一个瓮瓮的粗重声音说道："哪里来的小子，竟敢随意诬蔑陆吾大仙！"

两人都吓了老大一跳，只见那怪物丢下锄头，转过身来，果然是人的身子，但却是一颗老虎的脑袋。此刻脑袋上的一双眼睛金光闪烁，正定定瞅着他俩，獠牙尖利，凶相毕露。

"什么人？谁借了尔等胆子，敢在昆仑山里乱跑撒野！"陆吾气势汹汹地问着。

"老虎精！"璇玑吃惊极了，老虎也能成精，居然还在昆仑山当仙人！

柳意欢咳了一声，贴着她的耳朵低声道："这不是老虎精啦，他叫陆吾，是专门给天帝种花看守花园的仙人。"

眼看璇玑那句老虎精又伤害了这位仙人高贵的自尊，他很有磨牙霍霍，要上前干架的意味，柳意欢赶紧赔笑道："原来是大名鼎鼎的陆吾大仙！我们有眼不识泰山，千万赎罪则个！我说怎么方才见这里瑞气千条，祥光万丈，原来是仙人在这里清修。"

俗话说，千穿万穿马屁不穿，什么瑞气祥光他们根本是狗屁都没看到，但人抬人越抬越高，更何况是不通世俗的仙人，陆吾被他捧得顿时眉开眼笑，龇牙哈哈笑道："尔等果然有眼光！是刚得道的小仙吧？嗯，最近已经很少有尔等这样有前途的小仙了！"

两人赶紧点头，柳意欢又道："我们无意冲撞仙人的修行，只不过初次来到昆仑山，仙家宝地风景绝佳，我们一时看花了眼，故而迷失道路……"

陆吾摆出一副"我很了解"的样子，摆手道："很正常！昆仑山的美景多着呐！尔等以前都是肉眼凡胎，第一次见到犯傻也是正常。今日遇上吾，亦是与尔等有缘，吾便为尔指明道路吧。"

他回手指向后方："顺着这片湖水，朝南走。过了桥便可望见去神殿的道路。尔等新进的小仙不要误了时辰，速速去登记名册。"

两人万想不到这样顺利，他不但没发现他们的身份，反而还为他们指明了路。柳意欢赶紧又说了一通好听话，简直把他捧得天上有地下无。这只陆吾仙人显然很爱听奉承话，柳意欢巧舌如簧，把他捧得通体舒泰，嘴都笑得合不拢。

好容易一套说辞捧完了，柳意欢扯扯璇玑的袖子，两人正打算悄悄转身溜走，忽听陆吾在后面说道："不对！尔等别走！吾没听白帝说过近日有地仙得道上界，尔等当真是得道的地仙吗？"

两人顿时僵住，陆吾走过来，低头在他二人身上闻了闻，更加疑惑：“尔等身上没有仙家气息，倒有一股凡人的烟火气！凡人擅闯昆仑山可是重罪！尔等速速将名号报上，随吾去见白帝！”

柳意欢心道糟糕，这只该死的陆吾，听了奉承话居然没昏头，他还是太轻视这帮神仙了。

陆吾见他俩半天不说话，疑惑更深，金瞳深处流露出一丝凶光，森然道：“倘若尔等是擅闯昆仑山的凡人，休怪吾不顾情面，要将尔等拿下了！”

说罢举起尖利的爪子，杀气腾腾。


青龙继续她的“嬉水”，破锣似的嗓子居然还开始哼起歌来。腾蛇只觉脑门子突突跳着疼，实在忍耐不得，回头去看朱雀，这才发觉这位难友早已用布条将耳朵塞住，闭着眼睛睡着了。

狡猾！腾蛇暗骂一声，朱雀果然没义气，居然不提醒他一下。他赶紧扯坏袖子，急急地要去塞耳朵，突然心头一跳，一瞬间感应到了璇玑的气息。

她来了？！腾蛇竟愣在当场，心中一阵狂喜一阵暴怒，不知是什么滋味。青龙那惨绝人寰的歌声好像也影响不到他了。

身为灵兽，因为脱离了主人的庇佑，所以神力衰竭，可她现在来了，而且就在附近！腾蛇只觉体内干枯的神力正泉涌一般地恢复！他甚至顾不得避开青龙，直接冲到湖水旁，伴随着青龙羞愤的尖叫声，把脑袋朝湖面上一照。

他暗红色的头发正一根根恢复成银色！他的力量真的回来了！

腾蛇一跃而起，掉脸就要去找璇玑，忽听耳后风动，他急急避开，谁知泼过来的不是暗器，却是一捧水，他的后脑被淋了个湿透。青龙在后面一面使劲泼水一面使劲用破锣嗓子尖叫：“色鬼！登徒子！去死吧！”

没两下他身上就被泼湿了，腾蛇忍耐着回头，怒吼：“你长得那寒酸样子，谁要来看你！省省力气吧！求老子，老子也不看！”

话音骤然断开，他瞪着水里那个“佳人”看，眼珠子都快掉出来。

水里半蹲着一个含羞带嗔的女子，肤光胜雪，狭长的丹凤眼妩媚动人，她身上贴着一层薄薄的青衣，虽然身材单薄了点，但倒也算得上纤细娇小。

货真价实的美女，而且是大美女，既娇媚又秀雅，完全不输给传闻中天界第一美人白虎。

话说青龙和白虎一直是两个极端，四只神兽里两个是女的，白虎漂亮得惊人，青龙丑得惊人。青龙暗自把白虎作为竞争对手已经有很多年了，奈何外表实在寒碜，不要说男仙人不愿靠近她，就连女仙人也懒得和她说话。故而很多年下来，她一直都是输给白虎的。

青龙见腾蛇一直用一种天崩地裂的眼神看着自己，便弱弱地问道：“洗……洗干净了之后，好看吗？你说……应龙看了我会倾倒不？”

那破锣一样的嗓子，果然是青龙。腾蛇赶紧揉眼睛，使劲揉，揉完再看，还是那个美人。

咔嚓一声，他的下巴掉在了地上，见了鬼似的，反手去推朱雀，一面可怖地大叫："喂！你快醒醒！见鬼了！"

朱雀惊醒过来，猛然跳起，朗声道："哪里来的魑魅魍魉？敢来昆仑山放肆？！"

四处一看，什么也没有，他奇怪地看着腾蛇："你方才说什么？"

腾蛇下巴朝青龙那里指了一下，朱雀茫然回头，彼时青龙已经含羞带怯披上外衣走上岸，光着一双雪白的脚踩在地上，像两朵绽放的莲花。咣当一声，朱雀手里的剑掉在了地上，他是个老实人，回头就朝树上撞去，喃喃道："我还没睡醒！"

直把树干撞得凹进去一块，他才放心回头，一见到青龙那双妩媚的丹凤眼，他惊得头发都要竖起来。

"真的是见鬼了……"朱雀低声说着。

青龙把头发一拨，清丽的脸上，却笑得猥琐，问道："好看吗？"

腾蛇和朱雀不得不点头。好好的一个美人，能把自己糟蹋成那样，也是一种奇迹。

青龙得意地笑道："这下应龙看了我应当不会再跑了吧。"

话未说完，忽觉腾蛇背后的火翼骤然张开，一边卷住一个，将她和朱雀死死束缚住。

腾蛇摸着下巴，嘿嘿笑道："你这算什么，老子恢复了神力，才真叫见鬼了。跟我走吧，去看看那丫头到底在忙什么。"


这个时候，柳意欢正绞尽脑汁思索如何对付陆吾的问话。璇玑在旁边和陆吾大眼瞪小眼，这种事情压根不能指望她，她呆头呆脑的，不扯后腿就很不错了。

唔，到底该怎么解释？不如随便找个借口，看能不能把他唬住。柳意欢清了清嗓子，正准备说话，璇玑突然说道："你腰上的配饰，我好像在哪里见过。"

她指向陆吾腰间挂着的一块小石头，大约有半个拳头那么大，纯正的月白色，那种幽静透明的蓝，令人望之即想起大海。她不会记错，亭奴腰上也有一个一模一样的，紫狐没事就喜欢捧着它嗅啊嗅舔啊舔，据说是很有灵气的石头。

陆吾低头一看，便"哦"了一声，道："这是从天界一个犯人身上取下的。白帝夸我花种得好，便赏赐于我……你怎么会认识？莫非与那犯人是旧识？"

他金光灿灿的眸子更加怀疑地瞪着她。

犯人……看样子果然是亭奴了。连饰物都被摘下，莫非他已经遭遇不测？！璇玑心头登时凉了一片，直直盯着陆吾，低声道："那个犯人怎么样了？你快告诉我。"

陆吾怀疑地看了她半天，突然露出一个恍然的神色，犹豫道："你……等等！我认识你！你是不是那个……"

话未说完，只听身后一个粗犷的声音打断道："你这只蠢货，不种花说什么废话呢！"

陆吾吓了一跳，赶紧回头，却见腾蛇抱着胳膊，狂态十足地站在后面。他背后伸出一双美丽的火翼，将朱雀、青龙两人死死束缚住，连头脸都包裹得严严实实，正在那里使劲挣扎。好在腾蛇没有伤害他们的意思，否则可惜了青龙刚洗出来的美人脸，还没被应龙看到就要被烧成黑炭。

"腾腾腾腾腾蛇大人！"陆吾顿时慌神了，双膝一软就要跪下去，突然转念一想，自己没做错事呀，于是赶紧把膝盖直起来，忙着打小报告，"腾蛇大人！你看！这两人擅闯昆仑山！罪不可赦，属下正对他们进行说服教育……"

"嗯哼。"腾蛇从鼻子里哼出一声，践得要死，"你下去吧，这里交给我就行了。"

陆吾赶紧说个是，正要退下，突然又觉得不对劲，朝被捆住动弹不得的朱雀、青龙看过去，嘴里喃喃道："不……不对啊。腾蛇大人您现在应当是被白帝软禁……您后面那两位……"

没等他说完，腾蛇的拳头就毫不客气赏赐在他脸上，硬生生把这头种花的仙人打飞出去，鼻孔流血，一动不动躺在那里，也不知是死是活。

"啰唆！"他把手一拍，转头瞪向发呆的璇玑和柳意欢，突然笑了一声，淡淡说道，"怎么，想通了，要来给老子解开契约么？"

璇玑乍见到他，心中倒是狂喜多一些，然而见到他旧话重提，想起那个下午，又恨得牙痒痒，再见他鼻孔恨不得翘到天上的样子，不由自主就拧起眉毛，狠狠说道："你做梦！我才不会解开契约！你这坏蛋！"

腾蛇不怒反笑，哈哈笑了半天，才道："你没变嘛！还是老样子，就是……怎么看起来那么脏？"

原来他们一路跋山涉水，蹭了不知多少泥在身上，看上去简直像两个泥人，所幸遇到的都是比较愚蠢的仙人，比如开明、陆吾之类的，竟稳稳当当混到了这里。璇玑在脸上抹了一把，发狠道："你才脏！脏死了也不关你的事！"

腾蛇还是笑，走过来揽住她的肩膀，道："女人啊女人，三绺梳头，两截穿衣，神仙也好妖怪也好，是女人都一个样。来来，你还要骂我什么，索性痛快点骂出来，我好一并领教。"

谁想她只是瞪着他，眼中似有泪水莹然。腾蛇顿时慌了神，苦笑道："喂，不要吧！你是主人我是主人？你哭什么！好啦，都是我错，你揍死我好了！哭屁啊！"他最瞧不得女人哭哭啼啼，简直如坐针毡。

璇玑哽咽道："你……你这个坏家伙没事，亨奴他……他却死了！"

原来她不是乱发脾气，腾蛇这才松了一口气，暗暗佩服禹司凤，女人这么头疼的东西，他居然还能孜孜不倦追求那么多年。他笑道："你听谁说的他死了？那鲛人不过是个连坐，怎么可能让他死。不是好好在天牢里关着么？"

"可是那个陆吾身上有亭奴的饰物！"璇玑吸了一下鼻子，看腾蛇说得那么笃定，她也有些疑心了。

腾蛇切了一声："你见过哪个被关在牢里的人还能衣着光鲜？肯定是换上粗麻衣服的时候，被那些狱卒给摸去当作宝贝献出去了呗！安啦，他肯定不会有事，你少操心。我说，你来这里做什么？杀气腾腾的，不会真要谋反吧？"

柳意欢呸了一口："你少乱说！谁谋反啊？胡乱被人栽赃个谋反的罪名，还不许我们上来辩解了？"

腾蛇吃吃一笑："辩解？真是吃饱了撑的。这里谁会听你辩解啊？老天说你是错你就是错，对的也是错。乖乖找个地方躲起来就是了，非要巴巴赶来送死。你呀你呀……"

璇玑摇头道："哪里有这样的道理。你做神仙太久，一定是糊涂了。我相信天帝不会胡乱定罪，我是认真过来说话的，不想杀人，不想动手，我就是要把一切好好地坦诚地和他说说。"

腾蛇终于不再说话了，他用一种看白痴的怜悯眼神看着她，摇了摇头。

柳意欢见他那不屑一顾的样子就来气了，吼道："大家都是一根绳子上的蚂蚱，你跩什么东西啊？那你说说还有什么法子？谋反逆天！这是什么罪名！认了就是个死，死后还去无间地狱煎熬。那我们干吗不干脆拼一把，上来把话说清楚？你以为无间地狱很好玩啊？！"

腾蛇皱眉道："那好，你们去找天帝！辩解吧！求饶吧！我倒看看你们能折腾出个什么东西来！"

"我说你可别太过分……"柳意欢正要暴跳起来，却被璇玑轻轻按住肩膀。

"没有一种暴政能维持住平衡。这是我爹以前说过的话，如果天界真如你说的那样，天下早就大乱啦。我觉得天帝这样做大约是有原因的，我来这里也是因为这个。再说了，你还说我们谋反，看看你自己做了什么事吧！你火翼里捆着谁呢？"

腾蛇有些尴尬，嘴硬道："关……关你什么事！我抓了几个坏人，生烤了吃，你有什么不满？"

璇玑正要笑话他一番，忽觉头顶有什么不对劲，脸色一变，一把抓住还在发呆的柳意欢，纵身朝后跳去。只听"空空"数声，方才他们站立的地面骤然凹进去一块，像是被什么东西大力砸下去，最可怕的是居然不晓得是被什么砸的。

腾蛇也是一呆，冷不防一股大力朝自己脑袋上砸来，他下意识地朝旁边让让，谁知那股力道竟会转弯，不偏不倚，正中他的左边太阳穴，立时撞得他眼前金星乱蹦，耳朵里嗡的一下，顿时懵了。

身后被他火翼束缚住的朱雀、青龙只觉周身力道微微松开，立即抓住这个时机狠狠挣脱。朱雀一落地就恶狠狠地叫开来："腾蛇你是反了！晓得自己在做什么吗？！"青龙被他的火翼闷得差点憋死过去，她一向是个阴狠的角色，连招呼也不打，伸出青光粼粼的爪子，朝腾蛇脸上抓下去。

腾蛇被那股力道击中太阳穴，昏昏沉沉哪里避得开，璇玑还抓着柳意欢，一时顾不上他，眼看青龙的爪子便要将他抓得头破血流，突然后面伸出一只手提住他的衣领，朝后一扯，刚好避开了青龙的爪子。

紧跟着，一个冷冰冰的声音说道："神兽之间互相斗殴，不太好看吧。"

在场众人都有些发怔，此人竟是突然就出现在了场内，先前那番古怪必然也是他弄的，他们这么多神兽，居然谁都没发现。他一身白袍，面容冷峻，竟是个四旬上下的中年男子。朱雀见到他微微一惊，道："是神巫？你是巫相！神巫可以随便来昆仑山吗？"

巫相冷道："不用拿你们那套死规矩来说我，若不是白帝吩咐，我怎会屈尊来解决你们这帮神兽的事情。你们让开，我要和战神说几句话。"

找她的？璇玑莫名其妙，喃喃道："我……我不认识你。"

巫相还是冷冷的："你不需要认识我。白帝让我带话给你，识时务的，便速速回下界，昆仑山不是你们撒野的地方。与天争理，可怜可笑。"

虽说璇玑下定决心以后一定好好和人说话，开诚布公，但遇到这种鼻孔朝天的主，她也忍不住有气，说道："白帝又不是天帝！我也不是来找他的！而且我也不是与天争理，没有做过的事，我为什么要承认？"

巫相冷道："你说话须得注意，白帝也好，天帝也好，都不容你随意诬蔑。谋反一事不承认也没用，无支祁被关在阴间，是谁推波助澜放他出来的？你难道不知与反贼交好，等同谋反吗？"

璇玑口拙，待在那边空有一肚子委屈却说不出来。柳意欢拉着她的袖子，低声道："到哪边都是这个说法啦，我看咱们也别辩了，这理是说不清的。先走吧！"

走？开什么玩笑！司凤还下落不明呢！还有亭奴！无支祁、紫狐、腾蛇！让她就这样走掉，她怎么能甘心？

巫相又道："放出无支祁的是金翅鸟禹司凤、柳意欢。其中柳意欢还盗窃了天界法宝天眼，犯下这许多恶行，你们还说自己是无辜的吗？"

坏了，就知道他要拿天眼来说事！柳意欢只得咳了两声，说道："天眼已经被天界的青龙小姐抢走，不在我这儿了。要定罪就来吧，我早已做好准备了。"

巫相回头瞥了青龙一眼，她脸上有些发白，低声道："我……还没来得及将天眼交给白帝。"

柳意欢先时没注意这个青衣女子，如今听她说话声音犹如破锣一般，又是硬生生抠下天眼的元凶，忍不住看过去。谁知一看之下胸口如遭重击，怔在当场作声不得，张大的嘴巴里，隐约有口水要流出来。

璇玑见他神色不对，紧张地问道："柳大哥！你怎么了？"

他恍若不闻，呆呆地看着青龙，看着她妖媚秀丽的容貌，纤弱的身段，半晌，才喃喃道："天……世上竟有这等美人。柳意欢今天能看到她的娇容，马上死了也不遗憾。"

"柳大哥……"璇玑简直对他无语。

柳意欢咳了两声，想摆出正经的模样，奈何眼光不由自主总是朝青龙那里飘。

太美了！简直就是他理想的梦中情人！正好对上他最喜欢的那一型了，眉毛、头发、眼睛、嘴唇……甚至那破锣一样的嗓子他都觉得十分诱人。

青龙被他看得脸上一阵红一阵青，以她阴毒的性子，居然没发作，只跺了跺脚，转身便走。一直走到腾蛇面前，面色一沉，出手如电，青粼粼的爪子一招就插进了他腹中。这下不止腾蛇痛极惨呼，周围的人纷纷惊叫，就连一直面沉如水的巫相也震惊了，森然道："你这是做什么？！"

青龙一招得手，立即闪身退到朱雀身后，阴恻恻地笑道："我青龙做事，还轮不到神巫来质问。莫要以为白帝吩咐你来讲几句话，就可以骑我们头上。他用火翼困了我多时，此仇不报，如何安心？"

腾蛇被她那一爪子抓到了腹中最柔软的内脏上，痛得脸色发青，额上满是冷汗，最爱耍嘴的他竟然也骂不出来，可见有多痛。璇玑先前已经是按捺再按捺，这会儿见他重伤，跪在地上不能动弹，哪里还能忍得，抽出崩玉就朝青龙那里招呼过去。

柳意欢"啊哟"叫了一声，抬手在璇玑袖子上一扯，被她冷冷一瞪，吓得又缩回去，小声道："她……心狠手辣……你、你也别杀了她……"

璇玑手腕一转，一道剑气疾射出去，朱雀、青龙同时闪躲开，一个叫："战神息怒！"一个喊："臭丫头要造反不成？"璇玑要的正是他俩分开，身形一动，瞬间便到了青龙面前。青龙虽然知道璇玑前世是战神，但她一直以来都是不把任何人放眼里，天下只觉得自己最厉害最聪明，想来那战神什么的，也是个沽名钓誉的丫头罢了，谁知道她真的有一套，眼看崩玉剑对准头顶劈下来，她竟来不及躲，当即闭眼等死。

柳意欢大急之下，突然跳起来叫道："不要杀不要杀！你忘了司凤的话吗？"

果然一提到司凤，璇玑立即停住，青龙抓准这个空隙，惊慌失措地跌跄而逃，一把扯住柳意欢的衣服，缩在他身后不敢动弹。她算看出来了，这人在护着自己，战神好像还蛮听他的话，跟着他混准没错！

"英雄！英雄救命！"她花容失色，破锣嗓子竭力装出楚楚可怜的样子，刺得人耳朵发痛。

柳意欢眼见美人靠前，心中登时大乐，转而看到腾蛇受伤血流满地的样子，却也乐不出来，只好咳咳两声，乱七八糟地说道："这个嘛……你做得不对……不过嘛，她也是冲动了。你们……那个，你们……"

青龙抓住他的袖子轻轻摇两下，妖媚的丹凤眼哀求地看着他，他那一颗英雄心啊，顿时化作绕指柔，傻傻笑着，不知该说什么了。

"柳大哥。"璇玑已经对他彻底绝望了，叫他一声，他一点反应也没有，眼睛都发直了。她无奈之下只得把剑收回去，大叫一声："柳意欢！"

他微微一惊，万分不舍地把眼睛从青龙脸上移开："什、什么事呀，丫头。"

璇玑指了指他身后的青龙，她那青粼粼的爪子都快抓到他喉咙上了，他还浑然不觉，一脸傻笑。青龙见诡计被她识破，尴尬万分，赶紧放手要逃开，不防柳意欢一把抓住她的手腕，柔声道："你别离我远了，不然她要伤害你了。"

青龙不可思议地看着这个男人，他虽然疯疯癫癫的，可眼神着实温柔得很。她这个神兽做得其实没啥意思，人人都嫌她脏，阴毒，都不愿搭理她，难得遇到一个这样的男人，她纵然再心狠，也有些触动，红着脸把手拽回去，瞪了他一眼，飘飘然走到远处自己躲起来了。

柳意欢的魂也跟着她飘远了，璇玑叹了一口气，决定不再管他，眼下腾蛇的事最重要。她走到腾蛇面前，柔声道："怎么样？我这里有金创药，替你涂药吧？"

腾蛇疼得额上青筋乱蹦，冷汗涔涔，从齿缝里憋出几句话："你……个臭小娘……见不到……老子伤的是内脏！金创药……顶个屁用！"

璇玑急道："那要怎么办？"

腾蛇颤声道："你……你渡力给我！"

璇玑如今已经知道如何渡力了，当即抽出崩玉，正要念他的名字，忽觉右肩一凉，像是被什么冰冷的东西刺了进来，她半边身子顿时僵住，动也动不了，崩玉"咣当"一声落在地上。头顶听得巫相冷漠的声音说道："你如今是戴罪之身，还要白白连累一个神兽吗？还不快与他解开契约！"

璇玑动弹不得，心下骇然，急道："你用了什么东西来镇我？！"

巫相没有说话，腾蛇勉强抬头，却见他手里攥着一把通体雪白的匕首，像是用冰雪铸成，匕首尖正点在璇玑右肩上。璇玑与腾蛇都是性属火的人，那只匕首却是水属性的神器，立即就克住了她。腾蛇认得那东西，那是白帝随身携带的一把匕首，他甚是钟爱，片刻不离手，谁想今日居然给了巫相，让他来镇璇玑。

柳意欢这会儿终于回过神来，一看场面上的情形发展到这种地步，他也傻眼了，一个劲敲自己的脑袋，不知怎么办才好。他如今除了一点妖气，和普通人几乎没两样，压根帮不上什么忙，只能急得在旁边直搓手。

"快解开契约，莫要连累他！"巫相的声音比玄冰还要冷漠。

璇玑迫于无奈，只得颤声道："我不知怎么解！"

巫相淡然道："很简单，你用哪只手与他订了契约，把它斩断，契约自然就消除了。"

灵兽之于主人，有左臂右膀的作用，因此断手也证明从此与灵兽断了契约，再无联系。璇玑的脸比白纸还要白，隔了半天，才道："我……不相信。"

一直在旁边的朱雀说道："将军，巫相没有骗你，契约就是这样解开的。不过，巫相，此事须得她自己愿意，你怎可逼迫于她？"

巫相道："腾蛇也算你的同僚，你很乐意见到他为一个自己不甘愿的契约送掉命？"

朱雀无话可说，呆了半天，叹了一声，背过身去再也不看。

璇玑怔怔看着自己不能动弹的右手，当时她是用这只手与腾蛇订下契约的。真要斩断它？她以后就没有右手了？可是如果不斩断，巫相说得也没错，她是在连累腾蛇。他本来被软禁起来，什么事也没有，是她自己跑到昆仑山。这契约如果不撤销，他身为自己的灵兽，大概也要和亭奴一样，搞个什么连坐的罪名了。

她越想越不甘心，努力克制的暴戾快要压抑不住。

凭什么？她根本什么都没做，难不成他们要把所有和无支祁说过话的人都抓起来杀掉吗？她心中杀意顿起，然而忽又想到禹司凤的话，只得再勉力忍耐。已经到这里了，她不能轻言放弃。

她苦苦思索对策，忽听对面的腾蛇说道："老子不要她解开契约！你个神巫少管闲事！"

璇玑呆呆看着腾蛇，天啊，这是从腾蛇嘴里说出来的话？她没听错吧？他刚才不是还嚷嚷着让她解开契约吗？

巫相淡然道："契约一事你没权说话，全部由你主人决定。不过还是要提醒你，莫要总是辜负白帝对你的一片慈爱之心。再怎么宠爱，也会有尽头。"

"关你屁事啊！"腾蛇疼得满头汗珠子都滴了下来，嘴上还忍不住逞强，"快给老子滚！"

巫相不再理会他，只对璇玑说道："你决定好没有？要不要解开契约？你若是不解开，那便不用废话那么多，我今日便在这里替天帝将你这逆天的叛徒处死！"

璇玑咬了咬牙，左手抓起崩玉，低声道："腾蛇，我反正也不是什么好主人，到这会儿还把你拖累得连坐，我也会瞧不起自己。你那天……一直叫我解开契约，我没答应你，眼下我答应啦。一只手而已，也没什么大不了。那……就这样！"

她举高崩玉，在柳意欢的惊呼声中对准自己的右手砍了下去！

腾蛇在那一刻不知从何处生出一股力来，当头跳起，抄起伤口上的积血朝巫相身上投去。腾蛇的血比滚油还要烫，巫相深知厉害，不敢硬撞，只得飞快闪开，如此一来，他手里的匕首就没办法再抵在璇玑身上。

"傻姑娘！还不叫我的名字？！"腾蛇嘶声吼着。

璇玑半边身体突然能动，此刻再听他这样说，顿时明白了他的意思，只是左手用力太大，一时收不回来，她右手一让，崩玉剑"咣"的一声劈在地上，她一把按住，随即念动他的名字："腾蛇！"

腾蛇身后的火翼赫然张开，泛出苍蓝透明的色泽，"唰"的一下，便要将巫相包裹在其中。巫相将左手食指放在唇边，也不知念动了什么真言，另一手五根手指在左手背上轻轻弹动。璇玑和腾蛇陡然感到脚下地面开始抖动，立即纵身而起，只听"空"的一声，他们站立的地面又被什么东西压得凹了进去。

方才击中腾蛇太阳穴的也是这股怪力，想来应当是巫相的能力了。被他这么一搅，腾蛇的火翼自然没裹住他。九天玄火过于霸道，中者立即化成灰烬，腾蛇胆子再大，也不敢在昆仑山放肆地点燃九天玄火，当即就把火翼收了回去。

璇玑瞅准了巫相的破绽，足尖一点，兔起鹘落，崩玉发出炫目的光芒，眼看便要将他罩在其中。谁知他右足在地上狠狠一踩，整个人竟像风一样消散开，一瞬间就不见踪影了，远远地还听到他的声音："执迷不悟！小子无礼！"

腾蛇见他走了，才松了一口气，腹部的伤口又开始疼，他两脚一软，一屁股坐地上，开始长吁短叹。

"你……没事吧？"璇玑走到他面前，蹲了下来，犹犹豫豫地看着他。

腾蛇捂着腹部，鲜血染了满手，抬起来在她面前晃，一面笑："你看像没事的样子吗？"

"那我马上替你报仇！"她掉脸就要找青龙算账，谁知青龙早就拽着朱雀不知躲到什么地方去了，她肯定不是那种做了坏事还乖乖留在原地等人家找茬的类型。

"哎，好啦！这种伤口过一天就会痊愈，没什么大不了的。"腾蛇把腿盘起来，撑着下巴笑得怪异，两人对看了半天，都有点欲言又止的味道，璇玑倒有些不好意思起来，干脆抱着膝盖坐在他对面，半天，才道："你……真的不要我解开契约吗？断一只手，也没什么啦……"

腾蛇脸色一正，握住她的右手腕，低头看了半响，轻道："不，不需要。你就这样，好好的。我不需要女人为我断手，以后会做噩梦的。"

璇玑"嗤"的一声笑出来，腾蛇被她笑得莫名其妙，瞪圆了眼睛。她慢吞吞说道："你现在看上去比较有人样，不太像野兽了。"

腾蛇"啧"了一声，仰高脑袋，哼道："什么话！老子一直是响当当顶天立地的好汉子！没眼光的女人才会认为是野兽。"

璇玑笑道："是是，你是好汉子，先前大发脾气逼着我解开契约的是谁？"她提到这个，神色有些黯然，又道，"你那天……说了很伤人的话。"

腾蛇怔了半响，才道："我曾以为自己能把这事办得很好，结果才知道其实什么也做不了。"顿了顿，又道，"本来那天，天界就已经派了人来捉你。但不知怎么的，又撤了回去，天帝老大不知道究竟想的什么。我想了很久，也不明白他到底要干吗……"

璇玑噘嘴道："谁管你这些玄乎的东西啊。我是说你那天说话很过分，你应当给我道歉才对！"

腾蛇睥睨地看着她，从鼻孔里哼出一声气："道你个大头鬼……"

若不是顾忌到他身上有伤，璇玑真想把他狠狠揍一顿。

腾蛇突然说道："如果你指的是我说你没有心的事，其实那话是别人告诉我的。"

原来那天腾蛇得到了璇玑的首肯，跑到镇子上去买东西吃，才吃了一两口，立即感应到了天界的召唤。在职的仙人下界，只要天界有人催动真言，三刻之内必须赶过去，腾蛇自然也不例外。

在他不甘不愿地赶到催动真言之人的身边，才发现来的人是应龙。当然，他是来劝他回去的，不单劝他回去，还带给他一个惊天动地的消息：因为璇玑涉及谋反，天帝已经决定派人捉拿了。成天和璇玑待在一起的腾蛇当然对这件事情表示出了极度的不满，应龙劝了半天也没劝动，最后说道："咱俩情如兄弟，我才特意下界来提醒你。这般好心却被你当作驴肝肺，那么不提也罢。你就继续跟着那无心的怪物混吧！我等着看你是飞黄腾达还是身败名裂！"

腾蛇立即就上了心，追问："你方才说什么无心的怪物？骂谁呢？"

应龙冷道："那要问问你这头蠢货给谁做的灵兽了！放着神职的神兽不做，非要下来给个怪物做灵兽，你当奴才还当上瘾了！居然还帮着她说话！"

腾蛇顾不得理会他的侮辱之词，只是问："你把话说清楚，无心的怪物，是指璇玑？她怎么了？"

应龙阴森森地说道："她是个只有壳子的怪物，再多的也不能告诉你。总之你好自为之，你今天若不跟我回去，以后再见，你就是谋反的犯人了。哼，大半辈子的交情，我也算仁至义尽。"

说罢转身便走，腾蛇急忙扯住他："你等等！既然话已经说出来了，说完又何妨！你要我跟你走，可以！但你得把事情告诉我！"

应龙甩开袖子："你只拿这话去问她，不要来纠缠我！一句话，走还是不走？"

腾蛇见情况如此严峻，自己确实不好待在下面了，只得答应跟他回天界，自己向白帝请罪。他本来是打算上了天界之后，和白帝把这场误会说清楚，谁知白帝见到他全无以前的慈爱，冷面冷眼，若不是应龙帮着求情，他只怕早就给关到地牢里去了，哪里还能享受软禁的福气。

"应龙让我拿话来问你，我问了，可你自己也糊里糊涂。我估摸着，这事儿听着就不像好事，大概是个机密。回头你见了天帝，得好好问问他老人家。"

璇玑没有说话，她想起均天环碎裂之前，耳边浮现的那个声音。

她总是在快要想起什么的时候，又将想起的一切全部忘记。那滋味很不好受，就像喷嚏打不出来一样。她是个没有心的怪物？只有壳子？

小时候她对什么都没兴趣，一切都淡淡的，最喜欢做的事情就是发呆。所有人都会说她像没有心一样。原来这并不是假话，原来这居然是真的！她真的没有心？那她到底是什么？不是战神将军吗？

不不……战神将军又是什么？天界那么多骁勇善战的人才，为什么独独让她一个娇弱的女子去面对来袭的阿修罗？她是怎么成为战神的？每个神仙都有自己的过去，有的是修炼成仙，有的是天地精华灵气聚集而成的仙人，她是怎么来的？

无支祁说均天、策海是一位天神留下的神器，可谁也不知道那是什么天神。她又为什么会对均天、策海有那么大的反应？

璇玑越想越糊涂，脑子里像有一只手在使劲抓着，把所有东西都抓乱了，她找不出原因，想不起任何东西。

战神到底是怎么来的？

这个问题，她一点也回答不上来。

腾蛇见她脸色难看，便道："你自己想也想不出来，不如留着疑问去问天帝他老人家。眼下留点精神吧，青龙和朱雀两个人肯定不会轻易放弃，按青龙那死女人的个性，肯定会时不时来偷袭。你到时候会被她逼得发疯，不想打也不行了。"

璇玑点了点头，起身回头叫了一声："柳大哥，咱们走吧……"可回头一看，空荡荡的，哪里还有柳意欢的影子！她顿时傻了，她才和腾蛇说了几句话呀！怎么人就不见了？

"不好！肯定是被青龙抓走了！"璇玑立即有了推断。

腾蛇咳了一声，道："不……我看到他自己跟着青龙走掉的。这回……可不关青龙的事。"

"你看到？！"璇玑跳了起来，"你看到怎么不拦着他？！"

腾蛇翻着白眼："我干吗要拦他……再说，他魂都不在这块了，我拦他不是浪费力气吗？我可是受了重伤。"

当然他说得有道理，柳意欢大概是脑壳撞坏了，好像第一次看到美女似的，以前他也是色眯眯，可从来没见他这样失魂落魄过。这里可不是庆阳，随便他乱跑，猴子做大王。在昆仑山乱闯，他又是戴罪之身，那不是自己找死吗？

"走啦！快点！"璇玑真是郁闷得头发都要白了，一路过来五个人，没多会儿工夫就变成她一个了。好在找到了腾蛇，偏偏他又受了伤。

"你要干吗？"腾蛇没好气地问着。

"找柳大哥啊！"这还用问吗？无支祁和紫狐她拦不住，司凤她也没能抓住，这会儿再让柳意欢跑掉，她真不如撞墙去算了。

腾蛇叹道："你别找了，去见天帝才是正经，他老人家大概这两天就要下来昆仑山了，下来之前百神都会在昆仑山游荡巡逻，这里这么大，等你找到他只怕已被扎成蜂窝了。省点力气吧！去正殿找个角落等着才是正道！"

璇玑怎可能听他的，两人争辩了半天，她正要伸手强行将腾蛇抓起来，忽听后面传来一阵脚步声，两人回头一看，却是柳意欢自己回来了。

"柳大哥！你跑什么地方去了？！"璇玑赶紧扑上去，将他拽过来。

柳意欢脸上红红的，傻笑了半天，才道："我和佳人去私定终身了。"

什么？！璇玑和腾蛇都吓了老大一跳。腾蛇颤声道："等等！你嘴里的佳人……不会是指青龙吧？！"

柳意欢脸红道："原来你们都看出来了……嗯，就是她。"

看着他含羞带涩的样子，璇玑只觉背后寒毛一根根都竖了起来，赶紧道："你……你和她……私定终身？你们都说什么了？"

柳意欢呵呵笑了一声，满面陶醉，沉浸在自己的想象里不能自拔，直到璇玑和腾蛇快要受不了，打算出手揍他一顿的时候，他才开口说出方才的遭遇。


原来他一见到青龙就无法自拔地迷恋上了，要怎么解释这种感情呢？他自己也不知道，总之他见到青龙那一瞬间，立即就明白了自己要的是啥样的女人，也立即明白他要的就是她。

他的目光就没一刻离开过她身上，于是当她拽着朱雀偷偷开溜的时候，他也不由自主跟了上去。朱雀和青龙当然早就知道这人一直跟在后面，他也根本就没打算隐藏。最让朱雀奇怪的是青龙的反应，按照她的性子，应当是过去狠狠将这胆大包天的金翅鸟折磨一通，令他生不如死才对。

谁知她居然脸上红红的，隐约还带着羞意。这种神情看得他毛骨悚然，最后终于忍不住退让："那个……那人好像找你有事。你们聊，我先走了！"

柳意欢追过来的时候，就见青龙一个人站在原地，背对着自己，那纤弱的背影，令他怦然心动。他轻手轻脚走过去，生怕触动那种脆弱的美丽，一直走到她身后，他忍不住想抬手摸摸她的秀发，突然青光一闪，她箍住了他的手腕，面冷如冰，阴恻恻地说道："你一直跟着我，要什么诡计？！是要报复我挖了你的天眼吗？！"

柳意欢握住她的手，将她的手指放在自己的眼皮上，低声道："这两只眼睛也送给你，若你喜欢。你挖了，我只会欢喜，让我去死也没关系。"

青龙活了那样久，从来也未曾有人对她说过这般甜蜜的话，当即心跳如擂，手里再也没半点力气，脸上红得更厉害了。

"你……你休想骗我……"她的语气好像也硬不起来了。

柳意欢将她按在自己眼皮上的手指往下按，轻道："我就是死，化成一团灰，也不会骗你一个字。"

青龙怔怔看着他的脸，她的手已经没有半点力气，如今似乎是他抓着她，和刚才的情况完全相反。

"放开……我。"她喃喃说着。

柳意欢立即放开了她的手腕，她倒退两步，垂下头，慌乱得像个小孩。柳意欢说道："我叫柳意欢，若我还能活着离开昆仑山，请你一定要做我妻子。"

青龙被他吓了一跳，掉脸就想逃，柳意欢在后面叫道："你若是心里有别人，我也不在乎！我对小姐你敬若天人，心无旁骛！"

青龙简直被他搞得乱七八糟，跑了两步，突然觉得不甘心，停下脚步，想了很久，才回头道："你……你若是有诚心……就在龙门那里等着我，什么时候会去我不知道……总之……倘若我去了，你却不在，我……我便杀了你！"

于是柳意欢就充满梦幻表情地回来了，这就是他私定终身的过程。

璇玑听得呆住，好半天，才道："那你、你不会是现在就打算去龙门吧？"

柳意欢笑道："当然是现在就去！我可一时半会儿也等不得了！小璇玑，天帝要派人来抓我就让他抓吧，我回来就是和你们打个招呼，这就走了。"

腾蛇扶住快要掉下来的下巴，不可思议地问道："喂喂！你不会是当真的吧？！居然真的喜欢那臭婆……喜欢那青龙？！可别说我不提醒你，她能几千年不洗澡不换衣服！"

柳意欢摇头道："她就是脏成乞丐，我也不会嫌弃她。不说啦，我去也！"

璇玑赶紧拉住他："开明门都关上了，你怎么去龙门？还是等咱们见了天帝之后再去吧！"

"等不得了！"柳意欢心急如火，恨不得马上给他一双翅膀飞到龙门那里。

璇玑没办法，只得说道："那……我们陪你去。你一个人太危险了……只是，柳大哥你真的不用再考虑一下？"

"还考虑个屁啊！这种事情就是靠一股冲劲！都像你和小凤凰那样考虑来考虑去，所以才会闹得一个被情人咒咒得半死不活，一个哭得昏过去！"柳意欢颇有一种"懒得和你们这些小屁孩废话"的气势，摆摆手，转身便走了。璇玑和腾蛇没办法，只得陪着他，将他送到龙门那里再回来找天帝。


紫狐幽幽醒转的时候，发现周围都是雾气，白茫茫，望不到尽头。

她"嗖"的一下坐起来，试着小小声地呼唤："无支祁……璇玑……司凤……柳意欢……"

周围没半个声音回答她，紫狐这下慌了，四处看了半天，除了雾气什么也没有，她急得直跳脚，骂道："这帮没良心的！怎么能把我一个人丢下！不是说好了大家一起行动吗？！吉祥物也不能随便被丢弃啊！"

她骂了一阵，很快就发现就算叫破喉咙也没什么用，于是乖乖闭嘴，在雾气里四处走动，试图找出这里究竟是什么地方。

可是，走了一阵，她突然觉得不对劲——等等，这样湿漉漉的雾气，这样的安静……她怎么这般熟悉？仿佛有了什么感应一样，她猛然回头，只见远处雾蒙蒙的地方，隐约有一个黑影，像是一间小小的茅屋。

紫狐的心突然砰砰乱跳。不对啊，她怎么又回无间地狱了？她明明是和无支祁他们一起离开了阴间，大家去了昆仑山……难道她被那道白光直接打入了无间地狱，连审问都免了？

抑或者，去昆仑山，离开阴间，都是她做的一个梦。其实她和无支祁都还留在阴间那个小茅屋里。

是的，她倒宁愿没出去过。在这里什么都没有，只有她和他，但这样就已经完全足够了。她很容易满足，这样就够了。

冥冥中，心里好像有个声音在问她：是不是觉得宁可留在那茅屋里？永远也不出来？

她受了蛊惑一般，缓缓迈开步子，朝小茅屋走去。茅屋的门虚掩着，里面依稀有人影晃动，她轻轻推开，却见一个英伟的背影，乱七八糟的辫子拖了老长，那不拘一格的样子，正是无支祁。

紫狐有一句话哽在喉咙里说不出来，不防他突然回头，一见到她，他眼睛一亮，柔声道："紫狐，你跑哪里去了？我等得你好辛苦。"

"我……"她不知该怎么说。

无支祁走过来轻轻将她搂在怀里，在她头发上一吻，轻道："我想了你一千年，你可算来了。咱们再也不分开吧？"

此等情状，梦耶？幻耶？

心里有个声音告诉她：这样多好？她一直以来期盼的、渴望的，不就是这样？她终于等到了无支祁的钟情，一千年了，他一转身就会发现她，醒悟她对他的感情有多深。

紫狐不由自主地伸出手，紧紧抱住无支祁，喃喃道："你……说的是真的吗？"

他的声音在耳边萦绕："当然是真的，我终于明白啦，世上只有你对我最好。咱们以后再也不会分开，出去了，我就娶你，永远都在一起。"

她几乎要流下泪来。

或许在她最美好的梦境里，会出现这样的幻想，但梦醒之后，她还是她，无支祁也还是无支祁。可现在这一切终于变成了现实，她再也不用为了这段苦苦纠缠的感情感到绝望，他就在这里，在她怀里，如此真实地，温暖地，存在着。

紫狐迷迷蒙蒙地抬起头，脸颊红如火，轻道："无支祁，你喜欢我吗？"

好像在很久之前她也问过这个问题，他是怎么回答的……她怎么忘了……啊，好像一切都变得模模糊糊，她什么都想不起来，快要沉溺在他的怀抱里。

"当然，这世上我最喜欢的就是你。"

"那……你亲亲我。"

那你亲亲我。

她心中突然一凛，突然觉得有什么地方不对劲。这里真的是无间地狱？怀里这个人真的是无支祁？她似乎在很久之前也提出过这个要求，那时候的无支祁，是怎么回答的？

……她想不起来？

唇上骤然一凉，他吻了下来，给了她一个冰冷彻骨的吻。

紫狐心念急转，一瞬间无数画面纷至沓来，她一把推开他，颤声道："不！不对……你不是他！这里也不是无间地狱！"

话音一落，眼前一切突然变成了扭曲的烟雾，紫狐揉了揉眼睛，这才发觉茅屋、无支祁、白雾，所有的幻象全部消失，她此刻站在一片树林里，日光从枝叶间倾洒下来，点点斑斓。

无支祁，正在她的对面。

紫狐一阵狂喜，正要跑过去，突然发觉有些不对劲。他怔怔地站在那里，双目无神，动也不动，像一块石头。

"无支祁？"她叫了一声，谁知他没有任何反应，从他身后突然探出一颗脑袋，面无表情地看着她。紫狐吓了一跳，却见无支祁身后走出一个浑身雪白的女子来，她从头到脚都是白色的，连面目也被炫目的白光笼罩，一团模糊。

紫狐缓缓退了一步，警惕地看着那女子。

那女子仿佛没有长脚，飘飘然绕过无支祁，一面低声道："为什么要醒过来，留在那里不是很好吗？你想要的，都可以给你。"

紫狐对这个女人莫名生出一股恐惧，原来那个幻象是她做出来的！她又怎么会知道自己心里渴望的是什么呢？

那女子缓缓摇着颀长的袖子，树林中突然便起了一层淡薄的雾气，雾气里散发出甜蜜的香味，使人欲醉。她低柔的声音也像醇酒一般："回去吧，巫彭从不伤害人，巫彭只会给你最甜美的梦……"

原来是神巫！紫狐只觉神智又开始恍惚，她抬手使劲拍着自己的脸，但显然并没什么效果，她的脑袋又变得乱糟糟轻飘飘，好像什么都忘了。

紫狐拼着最后一点灵性，张嘴在舌头上狠命一咬，鲜血一下子涌了出来，痛得她眼泪汪汪，但幸运的是这甜蜜的雾气好像对她也没什么作用了。

"无支祁！你快醒醒啊！"

紫狐冲过去，抓着他的领口一顿推搡，奈何他简直像被抽走魂魄的木头人一样，动也不动，两眼瞪得犹如铜铃一般，不知沉浸在什么古怪的梦里。

紫狐抬手便想给他一巴掌，忽觉袖子被人轻轻扯住，巫彭犹如鬼魅一般站在她身后，贴着她的耳朵，轻轻说道："别吵他，人都有做梦的权利。"

她的吐息如此冰冷，令人不寒而栗。紫狐打了个寒战，急忙回身推她，触手只觉冰冷滑软，巫彭脚不沾地飘远了。

雾气渐渐变得浓厚，若不是靠着舌尖上一点剧痛，只怕紫狐此刻又要陷入那无止境的狂想中无法自拔。无支祁突然动了一下，紫狐又惊又喜，急忙叫道："你醒了？！没事吗？"他并没有答话，抬起头来，神情依旧呆滞，忽而推开她的手，转身便走，紫狐赶紧阻拦，却哪里拦得住他！

巫彭影影绰绰出现在雾气中，行踪无迹，飘来荡去，一时间仿佛整个林子里都是她白色的身影。她似乎不能理解紫狐快要抓狂的行为，喃喃问道："为什么要叫醒他？为什么要醒过来？真实不是很辛苦吗？你们不是都很喜欢逃避吗？"

紫狐死死扯着无支祁的衣服，他的衣服都要被她扯破了也弄不醒他，她简直不知怎么办才好，耳边还要听这女人絮絮叨叨的说话，禁不住厉声道："你闭嘴好不好？！你那套鬼把戏早过时啦！快点让他醒过来！不然我把你脑袋从脖子上拧下！"

她情急之下突然想起罪魁祸首就是这个全身雪白的巫彭，只要把她打倒，无支祁自然就能醒过来，当即放开无支祁，紫色的身形闪电一般蹿向林中的巫彭。她本以为神巫都是极厉害的人，故而这一抓丝毫也不敢懈怠，使出了全部的力气，谁知那个巫彭连躲都不会躲，哆嗦了一下就被她抓住胳膊，手骨几乎都要为她抓裂开，痛得嘶声大吼。

紫狐也是一愣，她叫得杀猪一样的惨，害她情不自禁把手甩开，低声道："不会吧……你真的是神巫？你……难道不是应当很神气地让过去吗？"

巫彭委委屈屈地捂住手腕，身影缩在雾气后面，颤声道："那些野蛮人才玩的拳脚游戏，谁要学！"

紫狐见她虽然没有任何身手，但身形飘忽轻灵，一会儿不盯着就会躲到雾气里，不由得赶紧追上去，这次轻轻抓住了她的衣襟，微微用力将她半提起来，得意地叫道："那你就别怪我不客气！快！把雾气收走！否则我就把你的眼珠子抠出来！"

说罢把手指按在她冰冷的眼皮子上，作势要去抠。

巫彭吓得浑身瑟瑟发抖，袖子一摆，片刻之间林中的雾气全消，阳光灿烂，满目清明。

"我……我收了……别……别抠我眼珠！"她说话都不利索，舌头一个劲打结，真的是在害怕。

紫狐回头一看，无支祁还是呆呆地一个劲朝前走，像一只被人控制的木偶。她不由得勃然大怒，尖利的指甲狠狠往下按去，巫彭的眼皮上顿时开始流血，她骇极尖声大叫，叫声犹如宰猪杀驴一般："你不守信用！"

紫狐厉声道："是谁不守信用？！他还没醒过来！不是你作祟是谁？！"

巫彭颤声道："他不醒过来我也没办法！我只能让他陷入幻象，却没本事拉他出来！何况他自己也愿意沉浸在幻象里，你有什么资格去叫醒他！"

"胡扯！"紫狐卡着她的脖子，恨不得掐死她，"那都是假的！谁愿意要假的东西！我扯下你的脑袋给你换一颗木头的，你乐意吗？！"

巫彭连连摇头，生怕她脾气上来真给自己换个木头脑袋，那可是大大的不妙。

紫狐吼道："你还有脸摇头？！那你还不快去叫醒他！"

巫彭被她摇来晃去，头晕脑涨，勉强道："我……真的没办法……"

紫狐再也按捺不住，抬手便要打得她脸上挂彩，头顶突然白光一闪，有人厉声道："放肆！好大胆的妖孽！"

她的胳膊突然呈一种不可思议的姿势朝后扭去，紧跟着"喀嚓"一声，紫狐痛得尖叫起来，跟跄几步跌坐在地上——她的胳膊被人生生扭断了。

一个浑身是血的青袍老者站定在巫彭面前，朝紫狐怒目而视，冷道："什么妖魔鬼怪都敢来昆仑山捣乱！巫彭，你如何？"

巫彭缩在他身后瑟瑟发抖，那人见她满脸是血，都是方才紫狐要抠她眼珠刮破眼皮弄出来的，他只当是紫狐伤了她，当即怒目圆睁，喝道："鼠辈敢尔！"

紫狐来不及辩解，只觉一股巨大的压力扑面而来，她咬牙撑起身体，朝无支祁那里飞奔。突然只觉背后被什么东西撞了一下，五脏六腑一瞬间仿佛都变了位置，整个人"嗖"的一下朝前飞撞出去。

这一下刚好击中她的背心要害，紫狐几乎要维持不住人形，咳出一行血来，獠牙渐渐现形，面容和手指也开始扭曲，不再是方才活色生香的大美人，看上去有点妖狐的狰狞了。

巫彭死死抓着那人的袖子，见他身上有血，吓得又急忙缩手，颤声道："巫凡也被人打伤了？！"

巫凡面上青气顿现，想到方才他发现有人入侵昆仑山，便亲自跟上去调查，谁知只捉到一只紫狐，随后就被璇玑发现，险些丢掉命。神巫们都住在昆仑山外围，对天界曾发生的事情不甚清楚，故而他们都以为是外敌来袭，毫不留情。

眼见紫狐被打得趴在地上动弹不得，眼看是活不成了，他哼了一声，转头去看巫彭脸上的伤势，一面皱眉道："怎么只有你在这里，巫阳呢？"

巫彭眼泪汪汪，抖着嗓子道："他……还在睡觉……就算醒着，他也不会帮忙吧！从来只会冷眼看别人死活的家伙！"

巫凡替她看了看伤口，才发现只是眼皮上有些划痕，心中不由得暗悔对紫狐出手太重，回头一看，那狐狸居然还能爬起来，朝前面狂奔。他犹豫了一下，不知是该出手将她彻底打死，还是干脆放她一条生路。

巫彭抓着他的手腕使劲抖："跑了！她跑了！前面还有一个男人！你快去捉住他们！要是让天帝晓得咱们没拦住，指不定怎么责罚呢！"

巫凡皱眉道："伤成那样，不死也只有半条命，何必再捉！真正肇事的都已经进了神殿，除了巫相，谁也进不去。"

巫彭指着自己脸上的伤口，急道："你看！她把我抓成这样！话要是传出去，让那些凡人怎么想神巫！连只小狐妖都打不过！"

巫凡哼道："丢人的是你！没本事偏偏还要跳出来现眼！"

话虽然这么说，他还是带着巫彭追了上去，远远的，却见紫狐追上一直愣愣朝前走的一个男人，急切地说着什么，那人却好似什么也没听见，只是一直走，一直走，不远处便是悬崖，倘若他再走下去，就会失足坠崖了。

巫凡看了巫彭一眼，道："是你做的？"

巫彭揉着眼皮上的伤，语气很是自豪："我不喜欢你们那些打打杀杀的蠢法子，用这样的手段，让他们自己去死，岂不是清雅的多！"

嘿，清雅！巫凡张嘴似是想说什么，最后却没说出来。

地上有大摊的血，他弯腰用手指沾了一点，放在鼻前轻轻一嗅，低声道："打断了妖狐的心脉，她是活不成了。那男人只怕一会儿也会自己掉下悬崖，轮不到我出手。走吧！还看什么！"

他不顾巫彭的反对，硬是拉着她走远了。


紫狐只觉全身都疼得厉害，内脏仿佛有火在烧灼，有千万把刀在活剐。她大口喘着气，突然想起什么，用已经伸出利爪的手狠狠在脸上按着，将凸起的狐狸嘴脸按下去。

那模样太丑了，她不喜欢。

无支祁是很喜欢她做狐狸的，这么多年，她一直婉转柔顺地从了他的意思，没有半点忤逆，如今这最后一次，她不会再遂了他的心愿。

他的身影就在眼前，还在发了疯一样地朝前走。

紫狐着急的同时，却也好奇，能让他沉浸在其中无法自拔的梦境，究竟是什么样的呢？那里面……会不会有她？

紫狐伸出手，死死抓住他的腰带，大叫："无支祁！你这猢狲还要睡到什么时候？！快给老娘爬起来！"

这一声喊好像还真起了点作用，他朝前走的动作陡然停了下来，木木地站在原地。

紫狐大喜，急忙跑到他身前，抬头去看，只见他眉头微蹙，似是遇到什么难题，有点迷惘，不能确定的样子。紫狐抬手拍了拍他的脸，在他脸上沾了一大块血迹，他也一点反应都无。

"死混蛋，你快醒过来啊！"她破口大骂，禁不住有些哽咽。

这个混账，做什么事都不把她放在心上，就连做梦都心不在焉，完全无视她的存在。

"你再不醒过来，我就要亲你了哦……"

她张开双手，紧紧抱住他。她当然知道，这句话对他永远都没有任何作用，无论他是醒着还是睡着。

她轻轻抓起他的手，眷恋地放在脸上，低声道："猢狲，你这只死猢狲。"

突然，她张口在他手腕上狠狠咬下，无支祁大叫一声，猛然从幻境中脱身而出，还反应不过来，低头呆呆地看着紫狐。

"啊？小狐狸？咦？……我这是……怎么回事……"他迷惘地抓着脑袋，手腕上传来的剧痛还在蔓延，他见紫狐还在发狠地咬，急得差点跳起来，"好啦好啦！我醒了！你别再咬！痛死我了！"

紫狐松开嘴，抬头望过去，雪白的腮上满是鲜血，眼神也有些散乱。她突然微微一笑，哼了一声，娇滴滴地说道："果然还是要让你吃点苦头，否则不认得老娘是谁。"

无支祁捂着被咬得血肉模糊的手腕，哭笑不得，四处看看，又道："奇怪……中了幻术吗？惭愧惭愧，我竟半点也没发现。"

紫狐柔声道："你……在梦里都看到什么了？"

无支祁摸着下巴回忆："嗯……就是一大帮兄弟啦，一起喝酒，痛快得很……你怎么了？！"

他猛然抬手揽住瘫软在地的紫狐，触手只觉她浑身软绵绵的，半点力气都没有。胳膊上又是一痛，却是她的爪子狠狠抓了上来。

紫狐死死盯着他的眼睛，轻道："没梦见我？"

无支祁怔怔看着她，半晌，突然沉声道："是谁做的？"

紫狐咧开嘴，神情涣散，轻轻说道："无支祁……无支祁你亲亲我。"

他没有再问是谁了，除了那些神巫，还会有谁？他将紫狐紧紧抱在怀里，低头慢慢在她唇上轻轻一吻，再看她，面上红晕直可压桃花，妖媚的唇边露出一丝笑。

这下，千年的心愿可了。

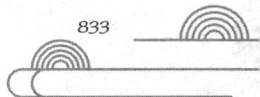

她贴着他的耳朵，悄悄问了一句什么，无支祁沉默片刻，缓缓点头。

她笑了两声，身体急剧缩小，最后变成一只紫色的狐狸，蜷缩在他怀里，动也不动了。


无支祁缓缓抚摸着她光滑依旧的皮毛。

他的小狐狸，慢慢变得僵硬了。

她再也不会用毛茸茸的尾巴来蹭他的脸，娇滴滴地和他说一些犯傻的话，也不会哀怨又无奈地跟在他后面，只要一回头便能看到她尖尖的嘴巴。

她一直抱怨：无支祁，你心里从来都没有我，都不回头看看我。追在你后面，真是累死了。哪天我要是不想追了，你大概也不晓得。你做猢狲很成功，一大帮兄弟，热热闹闹。不过做男人，真的很差劲！

没错，他真是个很差劲的男人。

这下，她真的不在了，哪怕再回千万次的头，也捉不到她一根狐狸毛。

无支祁叹了一口气，那一声叹息都是若有若无的。他将紫狐抱在怀里，站起身子，茫茫然看着周围。所有的东西都没有变，他还是他，昆仑山还是昆仑山，唯一不同的，只是她不在了。

"小狐狸……"他喃喃说着，在她双目紧闭的脸上轻轻抚了一把，"死猴子要替你报仇啦。你胆子小得很，一个人走黄泉路，万一迷路了，那岂不是糟糕之极。我找几个神巫陪着你走。"

他从肋下缓缓抽出策海钩，似乎是感应到他身上汹涌的气息，策海钩散发出冲天的银光，犹如一道利刃，破开林中所有的阴霾。

"我要这一座山都给你陪葬，如何，死猴子很大方吧？"

他笑得狰狞。

无支祁本来就是分外张狂的妖魔，一直以来信奉的观念就是人不犯我，我不犯人，人若犯我，千倍偿还。他平日里虽说说笑笑，懒洋洋的什么都不在乎，可一旦触及他的底线，需要付出的代价就不是惨痛所能形容的了，否则当年他也不会闹得天界为之头疼。

他将策海钩在手里转了几圈，那沉重的武器在手中呜呜作响，渴望冲天一怒。

突然，他把策海钩高高抛起，大喝一声："去！"

那一人长短的策海钩顿时化作一束银光，眨眼便消失不见。四面八方扑来的风仿佛在一瞬间都乱了方向，尖锐地呼啸着，在无形的夹缝里互相摩擦碰撞，树木被吹得东倒西歪，无数叶片被卷入气流中，瞬间就被切割成了碎片。

地面开始剧烈地震颤，令人站立不稳，远远地，只听"飒"的一声锐响，紧跟着便是空空轰轰的山体剧烈声响，一条银龙破空而来，带着千军万马的气势，锐不可当。

无支祁纵身而起，胳膊一抬，那条银龙稳稳地落在掌心——正是飞回来的策海钩。

他反手将策海钩插在腰带上，抱着紫狐，足尖在树顶微微一点，利落地跳下了悬崖。

在他身后，天崩地裂，神巫居住的昆仑山外围一侧山峰，轰然倒塌。他痛快利索地，为紫狐报了仇。

而身在昆仑山的璇玑三人，一瞬间都感觉到了这剧烈的天地之变，纷纷变了脸色，回头望去。西方有一道黑龙般的烟尘冲天而起，久久不散。

"那是……"璇玑微微蹙眉，突然想起什么，惊道，"那边是神巫住的地方吧？难道无支祁和他们打起来了？"

柳意欢眯着眼，望着那腾空而起的烟雾，心中不由得感叹，他玩了好大一票。这下，再谈什么都是假的，一旦动了手，那就是无可挽回的局面了。

腾蛇眼睛一亮，叫道："无支祁也来了？！走！我们去找他！"

柳意欢不可思议地看着他，奇道："喂，他已经动手了，把山都给削空了一块，难道不是大祸临头？"

腾蛇早就跑到了老前面，大叫道："大祸留到后面再说！先和他打一架才是正经！"

在他心里，还一直念着要和无支祁打架，这才是头等大事，其他的，全部靠边站。

这次有腾蛇带路，出开明门简直和吃豆腐一样容易，门一开，九颗脑袋的开明兽还睡在那里，动也不动一下，无支祁下的迷药还真厉害。腾蛇见到它，便咧嘴笑开了："是你们做的好事吧？这头傻乎乎的开明，和狗似的，见什么都敢吃，迟早要吃出大罪来。"

璇玑道："这次我们骗过它进了开明门，天帝会责罚它吧？"

腾蛇耸了耸肩膀："这个嘛，就要看它的运气和天帝他老人家的心情了。它这种傻蛋，天帝肯定也懒得责罚它，最多就是个死罪可免活罪难逃，关地牢里一段时间给它反省罢了。"

璇玑听说不会让它丢掉性命，心里也舒服了点。无论如何，擅闯开明门，是他们不对在先，连累了这样一只挺可爱的神兽，心里总是过意不去的。

"见到天帝，我帮它求情吧。"

腾蛇听她这样一说，便"哧"的一声嘲笑出来，在她脑袋上重重一锤，道："这个你也求情，那个你也要求，真当天界是你家后院？自己都自身难保，还管得了别人？做好人可不是这样做的，你这种，就叫最大的傻瓜。"

璇玑本来想反驳，但想到自己确实要求太多了，只得闭嘴不谈。而且说真的，一来她能不能见到天帝是个问题，二来见到天帝她能不能记起自己到底要说什么也是个问题。

这些事情还是留着后面慢慢想，眼下先把柳意欢送到龙门那里，再看看无支祁究竟做了什么好事才是正经。


三人出了开明门，腾蛇把柳意欢负在背上，齐齐跳下那道万丈悬崖，这时谁还管能不能御剑，璇玑在半空就御剑飞起，沿着赤水河一路飞行，远远地，便看见方才岸边层峦叠翠的山峰被削平一大块，烟尘还没有平息，还渐渐有朝赤水河这边弥漫过来的趋势。

柳意欢看得咋舌不已，连连叹道："那只死猴子！真是刹不住手啊！瞧瞧他都干了什么！回头天帝老儿就是不责罚咱们擅闯昆仑山的罪，叫咱们赔他一座山头，那光挑土就得挑个几百年！"

腾蛇望着那被削平的山峰，突然起了一种不祥的预感，失声道："那是神巫住的地方！削平山头倒还是小事，他若把神巫们都给杀了，那才是真正的大不妙！"

"怎么个大不妙？"璇玑回头问他。

腾蛇却不答，隔了一会儿，突然问道："你男人呢？他怎么没来。"

他指的当然是禹司凤，谁知提起他，璇玑和柳意欢两人面上都是一暗，璇玑叹道："他……不晓得被谁掳走了。紫狐是被一道白光掳走的，他却是突然就消失了……"

腾蛇冷道："很好！那你等着为他俩收尸吧！你们真以为天界那么好欺负，随你们进出？天帝老爷子若不抓几个人来牵制你们，他也不叫天帝了！"

璇玑听他这样说，脸色都变了，柳意欢急道："你不要在这里乱说好不好？扰乱人心，其心可诛！"

腾蛇道："我怎么是乱说？你们这次过来，若没有闹事杀人，他俩或许还能保住命。但无支祁那小子没忍住，把神巫都给杀了，他俩还能有命在吗？好好的，平白无故掳走两个人算怎么回事，你们都没细想过吗？"

璇玑低声道："可是……我能感觉出来，带走司凤和紫狐的，不是一个人……带走紫狐的那个神巫，是我伤到了他。但把司凤带走的……我连影子都没发觉。"

腾蛇本来还想说点难听话吓吓她，但此刻见她脸色十分难看，那难听话却说不出口了，只得叹了一声，道："罢了，走一步算一步。老子这条命，莫名其妙就搭在你手上了。"

璇玑看着他，轻声道："我也不想连累你……要你还是回去吧，别让朱雀青龙在后面给你说难听话。"

腾蛇翻了她一个白眼："放屁！你以后要是再说这种话，老子就一刀把你的腕子给割了，回家炖猪手吃！"

璇玑本来还想辩白自己是人手不是猪手，忽见龙门就在不远的前方，而龙门下正有一个人在慢慢往前走。柳意欢惊喜莫名，挣扎着就要从腾蛇背上跳下去，连声叫道："是她！是她！老天！她居然真的来这里了！比我来得还快！"

腾蛇捞住他的腰带，定睛看了一会儿，才道："慢。不是青龙！"

三人落下云头，柳意欢一落地就迫不及待朝前飞奔，想确认究竟是不是心上人先到了。谁知跑了一半突然停下，疑惑地望着前面那个缓缓移动的人——显然，他也发现那人并不是青龙。青龙又矮又瘦，那人却又高又大，怀里仿佛还抱着什么东西。

"无支祁！"璇玑眼睛最尖，一下就看到了他挂在肩膀上的长辫子，拔腿就迎了上去。腾蛇更是耐不得，听到无支祁的名字就和打了鸡血一样，"嗖"的一声蹿了出去，眨眼就跑到了他面前，大声道："你做的好事啊！这回无间地狱也容不得你了，来来！在你死之前，赶紧和老子打上一架！了却一段心愿！"

他连说了两声，无支祁却一点反应也没有，腾蛇不由得仔细望去，却见他怀里抱着一只已经死硬了的紫色狐狸。他吃了一惊，倒退一步，喃喃道："她……她？死了？"

话说到这里，璇玑二人也跟了上来，一见到紫狐的尸体，璇玑惊得犹如五雷轰顶，险些跪坐在地上。她浑身发抖走过去，抬手想摸一摸她的尸体，她怎么也不能相信，紫狐居然已经死了。

无支祁面无表情地望着众人，淡然道："神巫是我一人杀的，与你们无关。天帝老儿若是要责罚，让他冲着我一个人来好了。"

璇玑忍不住落下泪来，颤声道："是神巫……把她杀了？"

无支祁应了一声，轻道："我在选个好地方，将她安置起来。不过这附近总也找不到顺眼的山水。"

柳意欢见紫狐死了，无支祁也大异于往常，心中也不由得一恸。他一时想不到什么安慰的话，见到紫狐蜷缩成一团的模样又觉心酸，想起她平日里的可爱刁钻，也忍不住红了眼眶。隔了半晌，才道："不如……烧了尸首，带着骨灰，等回到中土再找个山清水秀的地方埋了吧。"

无支祁沉默半晌，终于点了点头，将紫狐轻轻放在地上，看了良久，才道："在阴间等着我，很快便会去找你。"

腾蛇燃起血红的火焰，一瞬间便将她的尸首吞没。柳意欢见无支祁沉默不语，璇玑哭得伤心，只怕此事对众人打击极大，到时候心生怨恨，事情只会弄得更糟，便道："尘归尘，土归土，她这便要去阴间了。都和她的在天之灵说几句话吧……我先来。"

他对着火中紫狐的尸体拜了三拜，柔声道："你生前是一只可爱的狐狸，死后也是最可爱的狐狸鬼。人这一辈子活得都不长久，你先去地府难免寂寞了点，不过也没啥，忍着点，大家百年之后，在地府相聚，又是一场热闹啦。"

说完又是三拜，回头望向璇玑，她只是摇头，哭得说不出话来。柳意欢叹了一口气，望向无支祁，他怔怔看着熊熊火焰，眸中忽明忽暗，光彩炯然，不知在想什么。

过了很久，他才低声道："最后你问我的那句话，我没有说谎。梦里，真的有你。"

怕寂寞的小狐狸，患得患失的小狐狸……这让人烦恼又甜蜜的一切，终于也结束了。再见之时，她会说什么呢？

无支祁吸了一口气，缓缓闭上眼睛。

很久很久之后，他才睁开眼，悲戚之色一洗而空。

火势渐渐小了下去，他将紫狐的骨灰仔细收拾起来，扯下一截袖子，细细包好，往怀里一揣，道："走吧，去找天帝老儿。该说的该做的，通通弄个痛快！"

璇玑面上还带着泪水，默默点了点头。柳意欢见她神色不对，急忙说道："等等，有点事我要事先说明。"

众人见他难得正经一次，于是纷纷望向他，不知他会说出什么正经八百的意见。

柳意欢正色道："紫狐的事情，我们都很难过。但希望你们明白冤有头债有主，是谁害了紫狐，谁已经吃到苦头。去见天帝可不是去玩儿的，有天大的愤懑，也都给我忍着。璇玑，司凤现在还不见踪影，就算为了他，你也要冷静。"

璇玑怔了半晌，终于还是点了点头。柳意欢心中一松，谁知无支祁突然笑道："人不犯我，我不犯人。神巫的事，和天帝老儿没关系，但那些神仙若想骑在老子头上，就休怪老子不客气！嘿嘿，除死无大事！"

除死无大事，这五个字在璇玑心里砸出好大的回响，她突然觉得一阵轻松。

是了，忍耐不等同于懦弱，她不可能一直忍让别人的欺压，在必要的时候，她也不会放弃用武力来解决问题。最大的惩罚，也不过就是死，这里的人，谁会怕死？

柳意欢叹了一声："你这只死猴子，专门和别人唱反调。罢了，你说得也对，除死无大事。大不了大伙为了争个理，一起死在这里也好，以后去地府，还有个热闹能凑。"

无支祁没有说话，他抬头望向遥远的昆仑山，云藏雾遮的诸神宫殿，他们的命运仿佛也被云雾给笼罩，完全看不到一点迹象。是死是活，就在这一天了。

众人转身便走，无支祁见柳意欢留在原地不动，不由得奇道："你怎么？受伤了？"

柳意欢脸上发红，嗫嚅道："我……我就不去啦。我等人呢。"

"等人？还有谁要来？"无支祁有点摸不着头脑。

腾蛇冷笑道："别管他！此人完全是色欲攻心，无可救药了。他要等他的心上人呢！"

"心上人？"无支祁更摸不着头脑了。

柳意欢急道："嗳呀呀，别管那么多了。总之你们自去，我就留在这里，是死是活，也是自己的命。"

无支祁还是莫名其妙，腾蛇哼道："你等着吧！等青龙过来把你的肠子都掏出来！到时候美死你！"

柳意欢脖子一梗，根本没听进去，他直接用袖子扫扫地上的灰尘，一屁股坐了下去，一本正经。无支祁这回算是品出点味道来了，小声问腾蛇："他不会是看上青龙那脏女人了吧？"腾蛇"嗯哼"一声，冷笑："这就是俗称的臭味相投！"

无支祁惊骇又怜悯地看着柳意欢，最后摸摸脑袋，叹道："世风日下，人心不古。连那种女人都有人能看上了。"想起自己随身携带的"醒神药"——青龙的鳞片，那味道他一想起就忍不住要打寒战。果然是世界之大无奇不有，居然有人会喜欢青龙。

"走了走了！"腾蛇懒得和他啰唆，掉脸就走。璇玑到底还是不放心，回头道："柳大哥，你一个人留在这里要小心，有什么异常，就放信号，我立即就会赶来救你。"

柳意欢整理着自己的衣服，连连点头，显然根本没听进去。

璇玑叹了一声，正要和他们一起走，忽听遥远的昆仑山顶传来洪亮的青铜钟声，咚咚咚，震得人心口都发麻。一时间，整个天空都亮了起来，柔和的光线自天顶落下，映得一切都显得模模糊糊。

众人齐齐抬头，只见天顶无数道五彩祥光坠落，仙乐叮咚，那高耸入云的昆仑山，仿佛凭空又多了一截——一截祥光搭成的梯子，直通天界。不用任何人说，所有人都明白，这是天光普照，天梯降临。

天帝下到昆仑山了。

一时间，所有人心情都十分复杂，天帝降临凡间，昆仑山九道门全部关闭，再也不能像之前那样耍小把戏进去，见到天帝的机会，变得更加渺茫。除非他们合力在诸神之中杀出一条血路——这恰恰是他们最不想做的。

无支祁看得有些发怔，轻声道："好大的排场……天帝老儿这次下凡，不知带了多少神仙护在身边……"

腾蛇皱眉道："干吗！你们不会真的打算杀进去吧？你管他带了多少神仙！"

"这个嘛……"无支祁咂了咂嘴，"好歹先有点心理准备不是……那帮神仙里很有些是以前老子的手下败将，如今突然见到，他们心里一不痛快，这场硬架也不能避免。"

腾蛇叫道："你和他们打，不如和我打！喂，我可是等你好久了！"

无支祁笑了起来："你又不是什么二八佳人，等我做什么？还要我怜香惜玉？"

"放屁！"腾蛇顿时恼了，正要找他好好理论一番，无支祁早就朝前走了老远，一面道："走啦！是福是祸，上去看看不就知道了？在这里看着不过更恐慌！那谁谁，你要打架，总也挑不到个好时机，想来你我是无缘的。"

腾蛇赶紧追过去，急道："这回再不打，以后可没机会了！我看你们上去送死的可能是百分百。看在我等这场架等了一千年的份上，赶紧解决了吧！"

无支祁挑高眉毛笑道："可惜了你等我一千年，这份痴情我心领了。男人之间是没结果的。"

"放屁！"腾蛇是个急性子，被他逗得快要跳脚，两人硬是一个走一个追，远远地跑没了。

这里是一条长长的阴暗回廊，墙壁上点着无数火把，但火把的光亮也刺不破那种阴沉灰暗。

安静，十分安静，仿佛能听见自己的心跳声。

禹司凤睁开眼，看到的就是这样一幅场景。他并不清楚自己怎么会来这里的，当时头顶光束射下，他依稀是听见有人说了一句什么，然而听得毫不真切。再一眨眼，人就站在了这里。

说实话，这里看起来绝不是什么好地方，有点像地牢。他不确定自己是不是被关起来了，因为他身上没有锁链，也没有铁门关着他。

禹司凤抬脚朝前走去，脚步声在走廊里回荡，听起来令人心惊肉跳。

墙壁的另一边是无数道铁门，里面黑漆漆，看不清到底是不是有人。若是紫狐或者腾蛇那种咋咋呼呼的人，只怕这会儿已经大喊大叫起来了，但来的是禹司凤。

他没有叫，只是小心观察着每一扇铁门后面，确定后面都没有人。

他又走了几步，墙壁上的火把突然跳了两下，前方传来一个阴柔的声音："过来，你过来。让我看看。"

禹司凤微微一怔，只觉那声音很熟悉，一时却想不起究竟是谁。他走到一扇铁门前，里面还是黑漆漆，什么也看不见，一张惨白的脸突然从黑暗里浮现了出来，他大吃一惊，不由自主朝后退去，然而那张脸却令他电光火石一般想起一个人。

"副宫主？！"他失声叫了出来。

被关在铁门后那张脸含恨带怨，目光灼灼，正是副宫主元朗。见到禹司凤，他一点也不惊奇，只是呵呵冷笑："好！好！离泽宫的人都被关在这里了！"

禹司凤轻道："不……只有我。这里是什么地方？"

元朗阴毒地看着他，还是笑："这里？当然是阴间地牢！原来只有你！……不错！是你亲自去阴间将无支祁放走的！还有那个柳意欢！哈哈哈！天界果然是睚眦必报，芝麻大的小事也毫不放过！"

禹司凤没有说话，元朗笑了一会儿，终于也发觉不对劲了。他猛然朝前一扑，身后锁链哗啦啦响了起来，"咣"的一声撞在铁门上，恨不得从细小的缝隙里挤出来。

"你！你为什么没被关起来？！大家都犯了罪，为什么只有你……你们……你们都没事，为什么只关我？！你和无支祁才是犯人！"他吼得声嘶力竭。

禹司凤静静看着他扭曲的脸，等他发泄了一通，才淡然道："是啊，天下人都有罪，唯独你元朗没有罪。你清明高贵，比天帝还正直，所有人都想着法子来害你——这样说，你满意吗？"

他不想与他多说，转身想走，元朗被关在这里已经很久了，没吃没喝没人说话，都快憋得发疯，好容易来了个旧识，他怎肯轻易让他离去，当即扯着喉咙叫："别走！你别走！留下来！告诉我无支祁怎么样了！是不是被天界的人抓起来五马分尸了？"

禹司凤露出一丝笑，轻声道："没有，他很好，自由自在，无拘无束。"

又是"咣"的一声巨响，是元朗恨恨地捶着铁门，手上的锁链撞在铁门上，发出嗡嗡的轰鸣。

他喉咙里也发出野兽般的咆哮，令人毛骨悚然。

禹司凤见他这等人不人鬼不鬼的样子，心中突然有些恻然，便放柔了声音，说道："你的眼睛总盯着别人的错，从来看不到自己。这样活着自然很辛苦。"

元朗嘶声道："我本来也没错！错的人都是他们！我没错！是你们对不起我！"

禹司凤叹了一口气，道："你我相遇，如此机遇难得，你一定要和我说这些废话吗？"

元朗的声音猛然断开，他怔了半晌，脑袋渐渐垂了下去，良久都没说话。

"你怎么会在这里？"元朗隔了很久，才问。

禹司凤将众人因何要来昆仑山的事情简单说了一遍，还未说完，元朗就哈哈大笑："冒犯天庭，胆大妄为！你活该被送来这里！"

禹司凤淡然道："你若不说些酸话，只怕心里不痛快。"

元朗一头撞在铁栏杆上，恨道："时不与我！否则我何止要说！早已将你们这些杂鱼全部杀光！"

禹司凤静静看着他，也不知是怜悯还是憎恶。突然想起他在自己的屋子里，满墙挂满了无支祁的面具，自古以来，口是心非第一人，非元朗莫属。

他低声道："你既然恨无支祁，又何必在屋中悬挂他的面具。"

元朗脸色变了又变，最后才阴恻恻地说道："仇人的面容，须得日日看，时时念，好叫我一刻也不致忘了那等耻辱！"

禹司凤没理会他这些乱七八糟的辩解之词，只道："无支祁也见过了。"

元朗突然安静下来。禹司凤又道："你心里怨恨也好，不服也好，与我没有半点关系。你独独为了自己一人，害了多少我金翅鸟一族的同伴，这件事我也不来找你算账。总而言之，今日你是罪有应得，而我们所有人都乐见其成。"

元朗还是没说话，他仿佛没听见，惨白的脸上，肌肉在慢慢抖动，不知想到了什么。

昔日少年轻狂，鲜衣怒马，把酒言欢，不成想演变到今天的局面。谁对谁错，如今再探讨，委实也没了意义。大宫主说过，每个人心里都有自己的对错，他自己也曾拿着这个道理去告诫璇玑，谁知道说起来容易，做起来却无比困难。

世上又有谁人能真正做到为别人着想。一旦触及自己的底线，立即跳起来反击，心碎，互相折磨，多少误解斗争从此而来。

元朗怔了很久，才问道："他……有说什么吗？"

禹司凤笑了一下，道："什么也没说，只是把那些面具全部砸碎，然后对着碎片喝了一坛子酒而已。"

元朗扯着嘴角干涩地笑了几声。

那一坛酒，权当兄弟之间最后的告别了。无支祁，世上再无人有他这样懂他，他也从未这般刻骨铭心地恨过一个人。可一直到最后，他恨的到底是他这个人，还是别的，他自己也说不清。

但，那一切都已经过去了。

过去了，都过去了。

元朗的手缓缓从栏杆上放下，腕上的锁链叮叮当当响动起来，他整个人又要回到那令人窒息的黑暗之中。禹司凤突然想起什么，急道："等等！有件事我要问你！"

元朗冷道："你与我说了这许多话，难道不怕外面的阴差发现你么？"

禹司凤摇了摇头："他们早也该发现了，不来抓我，想是有别的缘故，此事容后再论……我问你，若玉是怎么回事？"

元朗似乎对这个名字有点陌生，茫然地想了一会儿，才恍然道："哦！他！那小子……我竟把他忘了，怎么，他又改去投奔你了？"

禹司凤道："他走了，走之前去了离泽宫一趟，取了他妹妹的……尸骨。从此再也不会出现在中土。"

元朗露出一个嘲讽恶意的笑容，细声问道："怎么……他没发疯么？没有拔剑乱砍？"

"是你搞的鬼！你将他妹妹怎么了？"禹司凤正了神色，问得严厉。

元朗轻道："那孩子，天生就是个疯子呀……自己妹妹死没死都搞不清楚，照样任人摆布，岂不是天生做狗的材料。"

禹司凤皱起眉头，厌恶地看着他。

元朗神情悠然，像是想起什么好笑的事，慢悠悠地说道："他妹妹已经死了三年多啦。虽说金翅鸟很早就能现出人形，但那女孩子天生虚弱，十岁上现了一次人形，就再也没现过，到死都是一只鸟，脏兮兮，成天只会哭着叫爹叫娘叫哥哥，烦得很。"

"你将自己的同族当作了什么？"若不是有铁门挡着，禹司凤很想将此人的脑袋按在地上暴打一顿。

元朗悠然道："他人死活，与我何干？嗯，三年多前，刚好是我让他去刺伤你，结果却失败的时候。那孩子听话起来，比狗还听话，那一剑下了狠手，他自以为得手，回来便求我，要去看他妹妹。那时我已经将他妹妹转到了银泉下方的密室，搬进去之前，那女孩已经只剩一口气了，我还想，若玉这孩子挺能干，若是知道他妹妹死了，以后再也不肯为我做事，很有点可惜。他下去的时候，我也很担心呢……"

"无耻！不要再说了！"禹司凤掉脸想走。

元朗又道："我不放心，于是陪他下去看，结果便看到了他妹妹腐烂的尸体，那女孩一声不响地就死啦。那天的事情我记得很清楚，若玉受了很大的刺激，拔剑就乱砍，他自然是砍不到我身上，倒差点把他妹妹的尸骨给砍碎。砍了一会儿，又开始大叫，这傻孩子，明明伤心得要死，居然一滴眼泪都没流。我看这样下去不太好，只怕要惊动宫里的人，便将他击昏了过去。"

"说来也奇怪，他醒过来之后，就像什么都没发生过一样，还和我提出要去看妹妹。我倒要瞅瞅他究竟玩什么把戏，便又带他下去，这回他见到尸体半点反应都没有了，自顾自说着话，还给她胳膊上套了一个玉环，尸体都烂得不成样子了，他居然还能抱在怀里。我越看越觉得诡异，终于忍不住问他，没看出来那是死人吗？他回头和我说，轻点说话，妹妹睡着了。于是我便知道，这孩子疯啦。上去之后，我故意提出要他去完成任务，他居然也和以前一样答应，丝毫不敢忤逆。我便夸了他几句，说那玉环选得漂亮，小女孩子，应当多多打扮，我下回给她留意新衣新鞋。若玉便欢喜得哭了，一直到我让他离开，眼泪也没停过。"

"你说，他心里到底耍着什么把戏心眼？我一见到他，便忍不住揣摩他到底在想什么。用个手下人都要这样费劲，实在不是我所喜，所以便把他派得远远的。嗯，倒是要多谢你带来的这个消息，你不提，我都快忘了他啦。原来他是真的疯了，不是装模作样。"

他说到这里，禹司凤早已走到了走廊尽头，尽头处是一扇漆黑的门，居然虚掩着，仿佛是专门为他打开一般。

"今天你说的这一切，都再三向我证实了，你完全是罪有应得！"禹司凤握住门把，回头厉声道，"你就等着下无间地狱吧！"

元朗哈哈大笑起来，笑声凄厉犹如夜枭，禹司凤拉开大门，将他凄凉的笑声堵绝在门内，隐约中他似乎在唱歌，如泣如诉："维此哲人，谓我劬劳。维彼愚人，谓我宣骄！"

到死也不肯认错的，也只有一个元朗了。

门一打开，外面的景象一瞬间换了千万，犹如梦境一般，禹司凤一时竟有些不敢迈出去。身后的铁门"喀嚓"一声合上，他心中一惊，急忙转头，但见身后空空荡荡一片迷雾，哪里还有铁门的影子！

周围迷迷蒙蒙，尽是雾气，一条宽阔的河流截断了雾气，在黑暗中蜿蜒前行，岸边红花犹如血凝成的一般，妖娆之中，还带了一丝狰狞。

许多人默默沿着河流朝前走，穿红衣的阴差手里拿着牌子，用绳索捆住这些死去的亡灵，将他们引向遥远的邑都大门。一切都是如此死寂，没有声音，没有希望，这便是生的终点——死亡了。

禹司凤不知该往哪里走，其实他也搞不清楚自己为什么会出现在阴间忘川旁。阴差们像没看到他一样，任由他在亡灵中转来转去。

突然，长长的队伍中有人嘤嘤哭了起来，还存在着生之希望的新鬼们，不敢相信自己真的就这样死了，哭得好不聒噪。终于有阴差忍耐不住，从忘川中捞了一罐子水，掰开那几人的嘴，硬是把斑斓溶溶的河水灌进去。

哭声渐渐平息下来，禹司凤正是茫茫然之时，忽听脑后一个清冷的声音说道："给我看看。”

那声音如此耳熟，令他心头大震，转身一看，却见一个白衣女子，面容秀美，眉宇间煞气出没，面无表情地对着阴差们伸手——她要看忘川水。

“璇玑？！”他失声叫了出来，猛然抬手去捉她。她会出现在阴间，难道说，她已经死了？！他一把抓住她的手腕——却抓了个空，他抓不住这里的任何东西！旁边的人也压根看不见他，对他的失态毫无反应。

禹司凤定了定神，细细打量那白衣女子，又觉得不太像璇玑。眉目五官倒是有九分相似，只是神态气质完全不同于一人，此女子气息如此冰冷瘆人，绝不是璇玑。

那几个阴差因她的无礼早已发作，捋着袖子上前便要教训她，却急忙为她身旁牵着锁链的阴差拦住喝止：“歇住！你可知她是谁？不可鲁莽！”

然后有人低声告诫了那几个阴差，倒将他们唬住了，任由那女子夺去瓦罐，急切地捞起忘川水，从中采撷一段段破碎的记忆。

禹司凤隐约觉得此事与璇玑应当有些关联，不由自主追随着她的身影，飘飘荡荡进了邑都大门。


谁知进了邑都，被人潮一冲，他却再也找不到那女子的身影。恍惚中，只觉邑都与阳间城镇并无什么区别，众鬼与阴差熙来攘往，甚是悠闲自在。禹司凤茫然地走了一段，忽见前方一栋高楼拔地而起，屋檐一层层斜飞而上，犹如凤凰展翼一般，便不由自主朝那里走去。

进得门，里面无数阴差在厅中跑来跑去，极为忙碌，角落里有几个阴差在低声讨论着什么。

“按理说那人本不归咱们地府管，以前哪次下来不是神气活现，这次却捆得如同粽子。若不是后土大帝有先见之明，先将她的神识给抽走，此人若是闹起来，咱们地府可没一天安宁的日子。”

“是说那女子？奇也怪哉，以前可不是那模样，头次来的时候还是个……”

“噤声！此事不可说。”

众阴差四处张望，见没有可疑的鬼来偷听他们说话，这才稍稍放心，然而却也不敢继续说这个话题，闲聊几句便散了。

禹司凤越听越觉奇异，见那几人各自散开，他想单独找个阴差来盘问，奈何这里的人都对他视而不见，自己也摸不到任何东西。有生以来，他还是头次遇到这等怪事，只得到处乱走，穿过一个个华丽的厅堂，不经意间闯进一间屋子，其华美精致自然不必多说，奇特的是三面墙皆正常，唯独其中一面墙用巨大的帷幕遮住，无论他如何走，也无法走到幕后看清后面究竟藏着什么。

正不知如何处，忽听门外传来脚步声，大门被人吱呀一声推开，一个青衣中年男子头戴判官帽，躬身进入，对着那帷幕跪下，恭恭敬敬地说道："臣下参见后土大帝。"

原来那帷幕后藏的居然是后土大帝，掌管阴间的帝王。禹司凤吃了一惊，顾不得别人根本看不见自己的动作，立即屏息垂手退在一边，不敢冒犯。

幕后响起一个非男非女却柔和之极的声音："周判官无需多礼，寡人召你前来，乃是有一事交代与你。"

周判是个聪明人，立即明白后土大帝的意思，沉声道："大帝可是说……那人？"

他提到那人，竟有些畏惧。

幕后的声音微微含笑："那人，这人——岂有这般称呼别人的。她也早已不是先前那凶神恶煞的煞神，更未曾做下些许恶事，尔等何须如此惧怕？"

周判微微颔首，没有说话。

后土大帝又道："只怕她快到了。周判，寡人受天帝委托，有一番计较。昔日取了她的心，只盼从此她便为天界效力，谁想冥冥之中，她竟又生出自己的神识，才犯下那等滔天大罪。然此事说到底，乃是天界愧疚于她，几番让她下界历劫，历经苦难，盼她磨砺出一番新模样来，谁知此举竟又错了。当日寡人与天帝对弈，棋面陷入僵局无法继续。天帝便问吾，如何从那乱麻中拣出最初的头，寡人便将那棋盘打乱，告诉他，剪断了，重新再来。天帝感怀于此，便嘱吾为她重新再来。寡人收了她的神识记忆，令其成为未开化的顽石。周判向来严明正直，不输于人，只盼你能琢石为玉。"

周判微一震动，俯首道："臣下无德无能，岂敢担此大任！"

后土大帝笑道："周判何须过谦，为人师表，乃是一大功德。不必再辞。"

周判这才答应下来。

禹司凤在旁边听得似明非明，只知他们指的是璇玑，然而为什么要说天界愧疚于她？什么又叫重新再来？后土大帝说她曾经是煞神，但天界向来淡漠无争，又从哪里有过煞神？

他想得出神，忽听周判说道："臣下斗胆，还请大帝为那人取一个名字，盼她受此吉兆，他日得道回归天庭，也不枉天帝与大帝一番栽培苦心。"

后土大帝沉吟片刻，方道："罗睺计都本为煞星名，甚不雅观。她既从头再来，将来如何便成玄机……玄机……寡人赠予她一名璇玑，盼她来日光明通达，得大道矣。"

说罢，幕后飘飘然飞出一张月白小笺，上面笔致圆柔雅致，端正地写着"璇玑"二字。

周判恭恭敬敬地捧着小笺，放进了怀中。

禹司凤在那一瞬间顿时醒悟，璇玑此番下界既非历劫，也非遭遇惩罚。她的命数即使是天帝也不明不白，所走的每一步都没有天定，完全要靠自己走下去。是得道还是成魔，抑或者是碌碌无为地做一辈子凡人，都只看她自己。

既然如此，那造反一事又如何说？难道天帝看出璇玑有成魔之兆，故而先下手为强？但此理更是说不通，他可算璇玑最亲近之人，不要说成魔，她那种呆头呆脑的德行，只怕做妖都难为了她。

　　为什么？

　　他总也想不明白，想到天帝与后土大帝都有通彻天地的神力，他身在阴间虽然旁人见不到，但后土大帝必定是能见到的，不如去问问他。

　　禹司凤正要张口相询，忽见那一面巨大的帷幕高高扬起，扑面而来，一瞬间就把他从头到脚裹了个严实。禹司凤大吃一惊，想要张口呼唤，那帷幕却连口鼻一起掩住，挣扎间，只觉那帷幕又冷又滑又韧，不似寻常布料，缠在他身上，竟像是被一条巨大的蟒蛇缠住，丝毫挣扎不得。

　　他渐渐觉得血冲上头顶，窒闷得快要晕死过去，突然浑身一松，跌坐在地上，大口喘息。他惊恐地抬头，发现不知何时竟已身处忘川河畔，对岸无数新死之鬼在阴差的驱赶下默默前行，一切又回到了先前的场景。

　　这究竟是怎么回事？禹司凤被莫名其妙的一切搞得一头雾水，只得起身再朝邑都走去，谁知这回刚靠近忘川，立即有阴差发现了他，团团围上来，厉声喝问——这次他们又能看到他了。

　　禹司凤想解释，却不知如何解释，那几个阴差问了半天，见他犹豫着不说话，便毫不客气地甩了铁链来捆他。禹司凤为众阴差抓手的抓手，抱腿的抱腿，简直哭笑不得，急道："我不是鬼魂！"

　　阴差们哪里能听他的，当即用锁魂链朝他头上一套——叮当几声，链子从他身体里穿了过去，连根头发也没套住。这下阴差们都愣住了，一人叫道："晦气！难不成是个活人？"说罢在他身上用力一拍，"当"的一声脆响，丝丝缕缕的金光从他胸前散发出来，端妙无比。

　　这下连禹司凤自己都愣住了，胸口怎会发出金光？他低头一看，却见胸前闪烁着一个金光灿灿的字体，隔着衣服，在下面闪闪跳动，神圣异常。

　　阴差们见到那个字，吓得青白的脸色更加难看，急忙四下散开，连声道："原来是天帝下了印的人！得罪得罪！小哥千万莫怪！"

　　说罢大约是怕他发作，眨眼就跑得没影了，只留下禹司凤茫然地看着胸口那个闪烁的金字，不一会儿便金光退去，恢复如常。

　　是天帝下的印？那就是说，这一切都是天帝安排的？

　　他懵懂地朝前走动，阴差们都知道他身上有天帝的印，谁也不来招惹他，由着他到处乱走。禹司凤本想回到邑都的那栋宫殿里，但自己如今不能隐形，人家都能见到他，此行也无法实现了。他回头走了一会儿，想找出阴间的出口，忽见前方雾气蒙蒙，有一只狐狸破雾而来，甚是神气活现。

禹司凤惊道："紫狐！"

那狐狸浑身紫色皮毛犹如锦缎一般，十分漂亮，听到禹司凤叫她，大耳朵一晃，赶紧回头，见到不远处的禹司凤，她的眼睛顿时亮了，随即忽又黯然下来，尾巴甩了两下，哭哭啼啼地扑上来，爪子巴着他的衣服，鼻涕眼泪一股脑都抹在他身上。

"司凤司凤！你也死了？！不会吧！"她尖尖的嘴巴不住颤抖，眼泪汪汪地看着他。

禹司凤急道："你死了？"

紫狐含着眼泪点头，喃喃道："没死怎么来这里啊。你自己死没死都不晓得吗？"

禹司凤啼笑皆非，问了一句："我死了？"

紫狐满头黑线地从他身上跳下去，一晃眼，就变成了个紫衣的美人，抹着眼泪叹道："你比我好一些，自己怎么死的都不知道。我死的时候才叫凄惨。"

禹司凤低声道："你……怎么会死……"

她揉了揉眼睛，道："死都死了，还说这些干吗。走啦，正好我一个人无聊得很，有你在这里陪着心里舒坦多了。就盼璇玑知道了别吃醋。"

禹司凤摇了摇头，轻声说道："你死了，无支祁他们一定十分难过……"那些人的脾气他很清楚，紫狐一死，只怕他们压抑的暴戾情绪再也憋不住，说不定便要闹得不可开交。

他转身便走，紫狐赶紧追上去叫道："哎！你去哪里？不是要过邑都吗？"

他摇头道："我回去阻止他们！去得迟了，只怕他们要闹出大事来！"

紫狐使劲缠住他，急道："你都死啦，还烦那么多干吗！死后万事都成空，这话你都没听过？"

禹司凤再一次感到哭笑不得，叹道："我没死……只是不知为何来到这里。"

"是哦是哦！"紫狐根本不相信，"那我也没死，只是莫名其妙就跑到阴间来了。"

禹司凤见她不像是说笑，这才真正相信她是真的死了，一时心中又是难过又是感慨，竟不知该说什么。

紫狐说道："咱们这一行人，踌躇满志跑来天界，原本就做好了一起死的准备。你我不过是死在了前面，也算不得什么。回头大家在地府相逢，又是一场热闹。"

这话本来是柳意欢在她尸首前说的，彼时她魂魄不散，还依恋在无支祁身边不肯离去，直到柳意欢说了这一番话，她才释然，幽幽来到地府。

禹司凤见识过那些阴差的厉害，压根就是蛮不讲理。俗话说阎王好见，小鬼难缠，阴差们做的就是这一行，管他什么枭雄元首、神仙妖精，死了之后回归地府都是众生平等。一旦灌下忘川水，带去殿上由各判官审问生前明细，施以惩罚，抑或者立即投入轮回，福泽各不相同，谁也不能例外。紫狐运气好，黄泉路上没遇着阴差，倘若被阴差捉住，就算再来十个无支祁，她也会记不得前尘往事。

见她要往前走，禹司凤忙道："等等，你这一去，便再也回不来的。那忘川水喝过，投入轮回，来生便是另外一人了，地府中又谈何相见热闹？"

紫狐叹了一口气，幽幽说道："我也知道这个道理，但做妖也好做鬼也好，总得留着些希望才活得痛快。说不定我便有那等运气，能留在邑都等他们。邑都不是也有不愿轮回的老鬼吗？"

禹司凤本想提醒她，他们一行擅自去了昆仑山，那是罪无可恕的罪行，十有八九要打入无间地狱，她想留在邑都，根本是痴心妄想。但见到她无辜的表情，这等残忍的事实又说不出来了。

他抓住紫狐的袖子，温言道："我送你去邑都。"

紫狐笑嘻嘻地挽住他的胳膊，一如亲昵的兄妹。禹司凤想起曾被她用媚术所惑的往事，不由得微微发憷，转念想到她人已死，加上一路行来，众人早已情谊非同一般，于是也不去在意，柔声道："你自己也说了死后万事都成空，却总念着大家一起来地府陪你玩，岂不是自相矛盾。"

紫狐嘻嘻笑道："天下说着容易的大道理太多啦！我拿来一个充门面也没什么大不了。眼下虽说他们都没来，但你在也一样，总好过我一个人，无聊得紧。"

禹司凤叹道："我……只怕也无法陪你许久。"

紫狐瞪圆一双眼睛，茫然地看着他，显然不明白他已经死了，除了地府还能再去什么地方。禹司凤并不解释，其实他也不知如何解释。两人一起往邑都大门行去，路上自然遇到不少新鬼并阴差，然而众人都知道禹司凤身上有天帝的印记，故而对他和紫狐都不敢相询，默默让开由着他们朝前走。

紫狐并不知缘故，还当大家都是这样各走各的黄泉路，走得摇头晃脑，兴高采烈，好像她马上不是去邑都，而是去郊游一样。禹司凤见她满面喜悦，双眼中射出欣喜之极的光芒来，嘴里还哼着小曲子，完全没有一点新死之人的死寂颓然，不由得暗自称奇，笑道："你怎么这样高兴？"璇玑他们还不知如何伤心呢，她却高高兴兴的，若让他们知道，只怕也要哭笑不得。

紫狐脸上一红，只想把心里的话说出来，但面前的人不是璇玑，而是禹司凤，她就算再怎么不顾忌，也不好意思和一个男人讨论心里的诸般情动，憋了半天，才道："我……我和你说，假如你追了很久的人……嗯，就是璇玑啦！她终于表示对你也有那么点意思，你欢不欢喜？"

这回却轮到禹司凤脸红了，他和璇玑什么亲密的事都做过了，然而此人生性谨慎害羞，每次听到人家提起他和璇玑如何，便要心虚脸红。紫狐见他脸红，便哈哈大笑道："脸红了脸红了！你真是个闷骚的性子！"

禹司凤自己也觉得有些好笑，摸了摸下巴，随即就明白了紫狐的比喻，果然还是很恰当的。"哦，无支祁和你表白了？"他问，突然想起她已经死了，无支祁说的未必是实话，心中又觉不忍。

紫狐却摇了摇头，柔声道："这种别扭的事，他怎可能做？若他真来和我表白，那也不是无支祁啦。我先前一直觉得他心里没我，现在才知道他心中还是有我的，这样，死了也没遗憾。"

她想起无支祁说的最后一句话，其时火光将她的尸首吞没，他面上的表情叫人看了好生不忍。她本以为他会说一些伤感的话，谁想他却说梦中有她，不是骗人。她临死之时，如同着魔一样，竟没问他是不是喜欢自己，只纠结着那个梦境不放，仿佛那是她最后的心愿，得到他肯定的答复，她纵然不信，却也能安心走了。后来他竟承认说的是真话，岂不叫她又惊又喜？

当然，惊喜后面还有点懊悔，早知道就问他喜不喜欢自己了，他肯定也要点头。何必要小家子气地问他那个梦？笨蛋呀，紫狐！

禹司凤轻声道："你待他这般好，无支祁心中必定感动，又怎会无视你。"

紫狐还是摇头，道："我可不要他的感动，一个人若是要做什么才能感动对方，那对方心里便存着愧疚的意思了，相处起来也没劲得很。"

她见禹司凤沉默不语，立即明白自己说到了他曾经的痛处。他昔日便是对璇玑太好，她不得不对他小心谨慎。

紫狐说道："这只是我自己一个人的小小看法罢啦，做不得准。何况就算钟情之人所作所为感动不了对方，至少会感动自己。咱们先一步爱上别人的，总是要吃点苦，这也没办法。"

禹司凤默然。

两人走进邑都大门，立即有阴差神将拦住，纵然禹司凤身上有天帝之印，也不得不遵守阴间的规矩。后面匆匆忙忙赶来几个阴差，将紫狐生平重要之事写在牌子上，递给守门神将。那神将大略一扫，正要挑眉说话，禹司凤胸口突然射出一道金光。

众人乍见那道光，都慌得不知如何自处，许多小鬼纷纷跪下，浑身发抖。紫狐诧异地看着禹司凤，他自己也茫然不已，抬头望向天空，仿佛是受到了什么感应，胸口的金字迸发而出，紫狐躲闪不及，正被撞上，那金字稳稳嵌入她的左肩，光芒渐敛。

禹司凤低声道："我要走啦。紫狐，你保重。有天帝之印在你身上，阴差自然多加照顾，百年之后，地府再会。"

紫狐还处于一片茫然莫名中，眼见他的身影渐渐变作透明的，惊得直叫："你去哪儿？！喂！别走呀！司凤！"禹司凤不及答话，身影倏地一下便消失在阴沉沉的雾气里，再也摸不着半点痕迹。

众阴差小鬼对空拜了几拜，回头见天帝的印记刻在了紫狐的肩头，自然也不敢拿她当作寻常新鬼。那神将分外客气地说道："还请这位姑娘随阴差走，到了判官那里再生定夺。"

紫狐还不肯走，在大门附近绕了好久，只盼能把禹司凤找出来，众阴差谁也不好来催她，只得由她去了。紫狐找了一圈，这才相信他真的没死，不知是什么机缘巧合，竟在这里与他见了一面。

旁边的阴差小声提醒她进邑都，紫狐只得点了点头，规规矩矩地随着阴差们去判官处。她身上有天帝下的印记，自然没人敢把她如何，不要说无间地狱没影子，就连忘川水的影子也没见到。她成日就在邑都里游荡乱逛，竟也交了一群朋友，渐渐地，便在邑都中住了下来。当然，此为后话，暂时不表。


璇玑三人再次攀上开明门所在的悬崖时，睡在门前的开明兽已经不见踪影。前方雄伟壮观的开明门出乎所有人的预料，居然大大地敞开着，周围白雾蒙蒙，谁也看不清里面到底有什么。

腾蛇奇道："怪了，天帝下界，所有的门应当全部关闭才对呀！这门怎么开着？"

说着朝前走了两步，朝门内看了一眼，突地脸色剧变，僵在那里不得动弹。

"干吗，里面有鬼？"无支祁笑问，跟着走过去，学着他的模样也朝里看，一看之下，竟也僵住了，面上表情十分古怪。

璇玑动作不如他俩快，这时才刚刚攀上悬崖，累得气喘吁吁，埋怨道："你们就走……那么快！都把我丢在后面！"

她见这两人神情古怪，不由得也奇怪起来，走过去在腾蛇脑袋上一拍，道："干吗！门开着怎么不进去？"

腾蛇朝她嘘了一声，神情凝重，低声骂道："蠢货！里面全是神仙！"

璇玑心中微微一惊，急忙抬头定睛望去，只见迷蒙雾气中，开明门内密密麻麻站着无数人，祥光冲天，瑞气千条，都是天上的神仙，个个都面无表情地守在门口，与他们三人对视。

一时间，场面陷入奇异沉默的僵局。

无支祁粗粗一瞥之下，顿时看清青龙朱雀白虎他们都在里面，还有几个都是当年自己的手下败将。他不由得反手握紧插在腰带上的策海钩，喃喃道："哗，这下可要大干一场了。"


遥远的神殿里传来玲琮的乐声，柔和优美，闻之令人心旷神怡，登时将场上肃然的杀气冲淡了不少。

无支祁笑了笑，手还捏着策海钩动也不动，低声道："天帝老儿的架子不小，降临下界有诸神护卫，还来点丝竹乐声。嗯，宫调，中正平和，果然是天界作风。"

　　门内诸神都是一片静默，既不说话，也不动作，但无数双眼睛就胶着在他们三人面上身上，被那么多人一起盯着看的滋味当然不会很好受，璇玑额头上出了一层薄汗，低声问无支祁："怎么办？真要杀进去？"

　　无支祁没来得及说话，腾蛇却极度不爽地吼了起来："看个鬼啊！不认识老子？！老子是罪犯？！"

　　对面还是一阵静默，过了一会儿，却听一个温柔的声音说道："无支祁，千年不见，你还是脏兮兮的。上次你杀了玄武，二十八星宿也为你杀了大半，这次杀气腾腾地过来，又要杀谁？"

　　众人定睛看去，却见说话之人是个极美丽端庄的女子，额上坠着一点泪珠般的宝石，映得双目如水。无支祁一见她，便觉全身暖洋洋的，忍不住笑了起来，柔声道："白虎姐姐，我杀谁，也舍不得杀你。"

　　白虎也是微微一笑，众人都觉全身温暖舒适，仿佛一瞬间遍地开满了春花一般。美人如斯，委实令人陶醉。

　　她轻轻说道："你不杀我，我却要来杀你。还记得你怎么杀玄武的吗？他死的时候眼睛都没有合上。这次我来替他报仇，将你身上的肉一片片割下来，割一刀，我便撒一些盐，腌了你的猴子肉，你欢不欢喜？"

　　她最后说的几句话极为怨毒，听得腾蛇背脊上一串鸡皮疙瘩争先恐后地冒出来。白虎人称天界第一美女，平日为人也是温柔端庄，极少见她这样说话。腾蛇突然想起玄武与白虎二人兄妹相称，玄武被无支祁杀死，白虎必定是怀恨在心，这次是打算为兄长报仇来了。

　　提到报仇二字，腾蛇又是一身冷汗，看看对面那么多同僚，个个都面无表情地望过来，看来真如无支祁所说，要干一大场了。那里面有的是朋友被杀，有的是曾经败在无支祁手下，千年不见，这笔账果然到清算的时候了。

　　他退了一步，极是为难。

　　如果真打起来，他要不要出手？他要帮哪一边？他不可能坐视同僚被无支祁杀害，但也不可能坐视这些同僚来把无支祁和璇玑杀掉。他要怎么办？

　　无支祁对白虎那一番阴毒言语压根没往心里去，嘻嘻笑道："美人姐姐亲自来割我的肉，我怎能不欢喜？只盼你慢慢地割，别割快了，好叫我与你多亲近一会儿。"

　　倘若紫狐生还，看到他这般与别的女人调笑，只怕也要气得再死过去。奈何喜欢美人乃是无支祁的天性，就是天帝来了，也拿他无法。

　　白虎只是笑，再也不答言，旁边突然响起一个破锣般的声音："猢狲！你撒野撒到昆仑山来了！你喜欢被人割肉，很好！待我将你身上的肉一条条全撕下来下酒！"

无支祁一听那声音就头疼，勉强瞥了一眼，却没见到印象中那个脏兮兮臭烘烘的青龙。对面站着一个青衣美人，纤瘦妩媚，可惜两只眼睛瞪得犹如铜铃一般，破坏了形象。

无支祁突然明白为啥柳意欢对青龙一见钟情了，唔，她洗洗干净，果然也能算得上是美人。可惜曾经的第一印象太差，她就算立即变得比白虎还美，他也没半点兴趣，只笑道："只怕猴子肉苦，你吃不下去。"

"吃不吃得下是我说了算！"青龙大喝一声，身形犹如鬼魅一般，眨眼就蹿了过来，身后诸神急叫："青龙不可！"话音刚落，她青色的身影已经蹿到无支祁面前，变手为爪，朝他脸上抓去。

无支祁轻松地退了一步，笑道："哎哟！没抓到！"

谁想她身子微微一摆，青烟般地散开，紧跟着他背后突然一阵刺痛，却是她的爪子突然现形，抓了上来。青龙就这般本事最让人头疼，她会隐身，不知躲在什么地方，冷不丁来那么一下子就十分够呛了，上回柳意欢的天眼也是这样被她硬生生挖走的。

无支祁背后微缩，谁知她的目的并不在抓他，而是朝策海钩捞去。策海钩为那爪子一捞，顿时飞了起来，无支祁心中一惊，急忙抢上前将策海钩牢牢抓住，只听耳边风动，是她的龙尾甩过来，他脑袋一偏，一掌拍上去，却拍了个空，好在策海钩还是抢了回来。

他笑道："这东西得自己还了才叫诚意，给你们抢过去，岂不是大没面子！"

青龙的爪子从背后袭上，他身子朝前倾，笑道："老招啦！老子的脸可不会再被你抓花一次！"原来他脸上那道长长的疤是当年被青龙抓花的。青龙此人极为狡诈奸猾，专好暗袭，躲在背后突然放那么一个冷招，待人朝前让过的时候，她便已候在前方，利爪抓下，十有八九抓得人开膛破肚，无支祁还算机警，让过了要害，被她抓在脸上，眼珠没破，但伤疤是在所难免的了。

此刻他早知自己朝前让，会有利爪等在前方，当下将策海钩轻轻一甩，护在身前。哪知背后突然传来一阵撕心裂肺的疼痛，这狡猾的青龙，根本没等在前面，一爪子结结实实地抓在了他背上，当即撕下一块皮肉，饶是无支祁再英勇，也疼得脸色剧变。

无论对付怎样厉害的对手，都不会让人如此无措，看不见敌人的身影，这是最大的问题所在。无支祁捂着伤口，急急退后，奈何青龙紧追不舍，爪子犹如鬼魅，一时间他身上又被抓出许多血痕。

腾蛇急得直跳脚，恨不得冲上前相助，但他自己也明白，只要一对青龙出手，自己立刻就会被当作谋反份子，这天界也不要想再待了。

正犹豫时，忽见璇玑从腰间取下水袋，丢了两颗药丸进去晃荡，他急得大叫："臭小娘！这当口还喝什么药！撑死你！"

话音未落，却见她扬手将水袋里的水撒出去，泼啦一声，正洒在青龙腰腹之间。那药丸也不知是什么材料练成，整袋水都变成了黑色，黑色一沾上青龙的身体，她再也隐身不得，尾巴一缩便要逃跑，无支祁趁机一掌拍上去，正中那团墨黑，半空中只听她尖叫一声，青影一晃，一个纤瘦的人影摔落下来。

无支祁正要将她抢过来当作人质，忽觉前方有什么不对劲，漫天的血色雾气扑面而来，他心知这是朱雀放出的杀手锏，不敢与之相撞，只得翻身退后。血雾裂开一道缝隙，将青龙拽了进去，便团在开明门前动也不动了。

那血雾腐蚀力极强，就算铜头铁骨进去，也能瞬间被化开，众人以前都见识过这种厉害，谁也不敢硬撞，只得守在门口干瞪眼。腾蛇还在着急，急得乱蹦乱跳，三人就属他最活跃，璇玑知道他心中的为难之处，便道："你别出手，看着就好。回头天帝要是怪罪下来，就说是我挟持了你，没你的事。"

腾蛇万没想到她会说这种话，不由得呆住，无支祁扯开衣服包扎伤口，痛得一个劲皱眉，嘴里却笑道："是啦，谁让你是天界的神兽，想必为难之处也很多。这场架，和你没关系。"

腾蛇憋了半天，突然怒道："什么叫没关系！别小看老子！他妈的，打就打！谁怕谁！大不了一起死罢了！"

无支祁逗他："这样不好吧？你是大有前途的神兽，和咱们这些造反作乱之人在一起，没的耽误了你。赶紧回去才是正道。"

腾蛇果然不禁逗，把脸涨得通红，一迭声地叫："你看不起我？！"

璇玑替无支祁把伤口紧紧缠住，防止它裂开，才道："腾蛇，这事儿你为难，我们都知道。你真的别出手，对同僚下手，心里必定不好受。"

腾蛇咬着嘴唇不说话，最后把心一横，道："罢了！除死无大事！一起去便是！"

腾蛇有腾蛇的好处，他从不会杂七杂八乱想，让自己陷入两难的境地，一旦决定，那就不可能回头，既然决定帮助璇玑这方，浑身顿时轻松下来，蹲着说道："这血雾看似完美无缺，其实很好破，弄点大风过来吹散就行。再不济，我用火来烧，烧它个三天三夜，就不信化不开！"

无支祁摇头道："此事不急……哎，那臭女人的爪子还真厉害，抓得老子疼死了！我说，你刚才给她泼了什么？"

璇玑掏出几颗药丸，其色如墨，笑道："这东西啦，少阳派自己炼的药丸，拉肚子啊，肠胃不适啊，吃它很有效的。平日都是给我们生吞的，如果化在水里，就和墨水一样，颜色难看味道也难闻。我也是突然想到的，她虽然会隐身，但可不是真的变没有了，不过是咱们看不到她的身子罢了。用有颜色的水泼上去，不就立即现形了吗？"

无支祁虽然疼得龇牙咧嘴，却也忍不住伸出大拇指赞道："厉害！你原来也挺聪明，我还当你转世之后成了木头脑袋呢！"

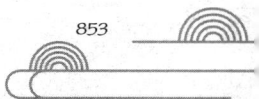

说话间，神殿中仙乐依然不停，悠扬婉转，委实好听之极。无支祁叹道："天帝老儿不知在里面享什么福呢，咱们却落得这般狼狈。"

　　忽然之间，那曲调陡然上升，变得激昂悲凉，众人都是一怔，只觉那编钟几乎是敲在心尖上，古琴铮然而响，铿铿数下，却是变徵之声，其凄凉苍茫之处，足可令人落泪。

　　无支祁喃喃道："变徵是杀音。这般激烈，只怕升不到羽调便要破开！不祥啊。"

　　说罢转头看那血雾，脸色微微一变，道："不好，果然是杀音！"

　　那些团团围簇的血雾在蠕蠕而动，朝他们所处的悬崖边上袭来，他们若不现在出手，下场只有两个，一个是跳下悬崖，一个便是被那血雾腐蚀成一摊血水。

　　无支祁咬牙起身，将策海钩紧紧攥在手里，手心满是汗。

　　他这一挥下去，开明门也要破碎，更不用提后面的诸神了，纵然能破开血雾，那也等于杀戒大开，真要和天界作对到底了，璇玑要找天帝好好谈，便成奢望。是非成败，只在策海钩一钩之间。

　　眼看那血雾弥漫而上，离他们不到一丈的距离，无支祁咬了咬牙，抬手便要将策海钩挥出——那一挥，便要是惊天动地。他的手腕突然被人抓住，回头一看，璇玑对他缓缓摇头。

　　她上前一步，朗声道："我是褚璇玑！求见天帝一面！绝无谋反逆上之心，万望通融！"

　　血雾还在向前弥漫，没有人答话，神殿里变徵之音铮然悲怆，仿佛乱云汹涌，要将他们三人吞没其中。

## 第四十五章·诸神

"废话什么！上啦！"腾蛇当即便要放火去烧，最后被天帝老爷子抓起来乱刀砍死，也好过被血雾闷死。化成血水是什么死法？他才不稀罕！

璇玑死死抓住他，低声道："让我再试试！"

她不想就这样放弃。杀人是多么容易的事情，一剑下去，血肉横飞，一了百了。可是一路过来，紫狐死了，司凤不见了，柳意欢也离开了，少阳派诸人还在山上快快乐乐地生活——都是同伴，她不能因为自己的冲动，就将所有至亲之人推入火坑，遭受连坐，一个亭奴已经够了。

杀人是最简单的处事方法，也是她曾经的真理，如今她要抛弃过去的一切。

老天可会给她机会？

她单膝跪下，朗声道："褚璇玑求见天帝！"

没人回答她，血雾缓缓前进，眼看就要触及她的鼻尖。三人面上都是汗水，近乎窒息地听着遥远的仙乐。

变徵之声，那琵琶犹如落地的玉珠，叮叮咚咚，一线往上攀升，好似一缕淡渺的青烟，袅袅升上天际。无支祁凝神去听，只觉那悲怆之音像一根钢针扎在脑中，动弹不得。

霎时间，编钟，竹笛，古琴……尽数奏响，像是攀至天尽头的海浪终于落下，变徵之声陡然破开，回归徵调。无支祁大叫一声，卡在脑中的那根钢针好像也被人一下拔去，痛快的感觉无法言喻。

血雾在璇玑面前陡然分开，裂出一条大道，门前有一人温言道："三位请进，天帝等候多时。"

三人心中狂喜，一股脑全瘫在地上，摸摸背后，汗水都把衣服给浸透了。互相对望，只觉每个人脸上都面无人色，却又充满了劫后余生的喜悦。腾蛇声音有些颤抖："走……走，进去吧！"

璇玑点了点头，扶着无支祁，三人并肩，慢慢走进开明门，只见诸神秩序井然地分站两边，正对面站着一个白衣少年，丰神俊朗，眉间一点金印。观其年纪，也不过十三四，然而目光灼灼，极为有神，璇玑竟有些不敢与他直视，看了一眼，便自然而然垂头，扫过他的衣服，忽见他左手袖子空空荡荡，这样一个俊美的少年，竟然没有左手。

腾蛇一见到他，便脸色苍白，怔了半晌，才跪下叩首，低声道："参见白帝。"

无支祁倒还好，他见过白帝，当时已经惊讶过了，于是他拱了拱手，当作行礼。璇玑却吃惊得下巴险些掉下来，她想破头也想不到白帝是个小小少年，瞪着他，完全不晓得该说什么。

白帝并不在意她的失态，只微微一笑，犹如春风拂过，说道："将军又回来了，寡人十分欢喜。"

腾蛇见璇玑呆呆的没一点反应，气急败坏之下在她腿上推了一把。璇玑如梦初醒，赶紧点头道："你……你好！"

这是什么狗屁行礼！腾蛇简直郁闷得要吐血，生怕白帝一个发怒，把他们再丢出去。

白帝却并不在意，温言道："前尘往事，将军可还记得？"

他指的是什么前尘往事？璇玑茫然地点了点头，又摇了摇头，最后才道："有些能记得，有些……记不得。"

白帝微微颔首，却不再问，只看向无支祁，笑道："千年不见，无支祁也变了不少，温柔多了。"

无支祁一听到这种温柔的语调便要起鸡皮疙瘩，当即苦笑起来："白帝先生，您老莫要语含嘲笑，猴子我不通文墨，不懂你们那套文绉绉的东西。有话痛快点说出来，要打要杀，悉听尊便就是！"

白帝含笑道："还是那么多疑，但你开始会说好听话了。任我们打杀，是真心话吗？"

无支祁摆手道："慢！我丑话说在前头，我们这次来，是说理的，本来也不想打架。那些神巫杀了我的……好朋友，我已经替她报了仇。人是我杀的，和这丫头这小子没半点关系，你们要显摆天界的威风，冲我来就行，别把人家小姑娘的丈夫抓走，使那种下三滥的法子。"

旁边的诸位神仙连声喝止，都觉得他这么多年过去，狂态丝毫不减，在白帝面前也敢胡言乱语。无支祁白眼一翻，道："怎么，我说错了吗？"

白帝笑道："一回事归一回事，不要混为一谈。你将神巫居住的山头毁去，再加上之前偷走神器、擅自逃离阴间的罪，要杀你也容易得很。神巫失手杀了那狐妖，则是另外一回事，究其根本，还是你们擅闯昆仑山引起的。"

无支祁把眼睛一瞪，道："天界好大的威风！说定罪就定罪，连个辩白的机会也不给人家，难道就白白被你们拷了去关起来？这是什么道理！"

白帝当真好涵养，半点恼怒都没有，温言细语地说道："你说得也有道理，但辩白的方法有很多，你们偏偏选择了最笨的那种。不过，事到如今，也无所谓了。"他望向璇玑，躬身道，"天帝在偏殿中等候，请将军随寡人前去。"

璇玑"哦"了一声，迈开步子便要随他走，忽见腾蛇和无支祁都留在原地，她急忙停住，道："等……等一下，我想和朋友们一起去，不行吗？"

白帝头也不回，淡然道："天帝只见将军一人，那二人已成谋逆，立即会拿下投入天牢。"

什么？！三人都是大吃一惊，站在两旁的诸神一拥而上，将无支祁和腾蛇两人围在中间，腾蛇叫道："白帝殿下！这算什么！"白帝淡然道："寡人已给过你机会，没有把握住是谁的错？"腾蛇哑口无言，白帝宽大的袖袍微微一振："拿下！"

哗啦啦，诸神纷纷抽出兵刃，对准了中心二人，只待他们有任何异动，便乱刀砍死在这里。由于事出突然，连无支祁也没有想到说动手就动手，一下子失了先机，也只有僵在那里无法动弹。沉重的兵器压在两人身上，饶是腾蛇骁勇，无支祁悍猛，也被压得半跪在地。

无支祁攥着策海钩，支撑着重量，以免被他们压得趴在地上，那才叫一个糟糕。他笑道："每次都是这样！连着两次啦，老子刚想把东西还给你们，你们就来个先下手为强。很好！很好！"

白虎使的是十字戟，她用的力最多，一下便将无支祁打落在地，横向的戈深深刺入他肩头，低声道："杀了你再取回便是！"

璇玑哪里还顾得上去见什么天帝，掉脸便往回走，急道："不要动手！……要做谋逆，大家一起做！我也不去见什么天帝了！"她抽出崩玉，纵身跳入人群之中，一剑便将白虎的十字戟挑开，只听"喀嚓"一声，却是那十字戟断开的声音。原来崩玉——也就是定坤剑，过于锋利，一下便将十字戟斩断。

白虎不由得一呆，无支祁肩上最大的那股力道一松，立即得空发力，硬是顶着众多兵器站了起来。角宿急叫："戳他！快戳他！"说罢便拿手里的刀朝无支祁身上招呼过去，众神纷纷出招，然而人多手乱，璇玑三人又站在一起，这一下手便要把三人都戳成马蜂窝了。朱雀叫道："等等！住手！不要伤了将军！"

然而刀剑出手，岂是说停就停，更何况许多人对无支祁又忌惮又痛恨，对璇玑这个战神将军也没什么好感，谁管她死活，竟没几个人真停手。无支祁眼见刀剑刺上，冷笑一声，策海钩恍若与他心意相通一般，凌空划了一圈，众人只觉眼前银光闪烁，耳边传来"咔咔"数声脆响，手里顿时一轻，各人的兵器尽数为他斩断。

无支祁立即腾空跳起，一脚将角宿踢了个趔趄，捂着喉咙趴在地上起不来了。诸神见压他不住，晓得此人一被放出来就像出笼的猛虎，见谁咬谁，当下纷纷闪开，生怕被他弄上一下子。无支祁将策海钩在手里打了个圈，直朝朱雀的鼻子戳去，腾蛇急叫："不可！"

朱雀只觉一股劲风扑面而来，心顿时凉了半截，哪里能闪得开，只能闭目等死。谁知那策海钩只轻轻点在他鼻前三寸不到的地方，停了下来，他惊疑不定地瞪着无支祁，却见这只胆大包天的猢狲咧嘴一笑，慢悠悠地说道："全都不够看，也配老子出手？"

众人又惊又怒，竟无话可说。无支祁将策海钩放在手里把玩，悠然道："丫头，你跟白帝走。不用担心。"

璇玑有些为难，回头看了一眼腾蛇，他也点了点头，道："你快去啦！废话什么！要

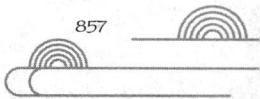

死可没那么容易！"

她只得点了点头，说道："无论最后结果如何，大家同生共死！"说罢掉脸便跑开，跟着白帝前往偏殿。

无支祁眼见她跑远了，这才回头对脸色难看的诸神嘻嘻一笑，道："如何，要陪我们耍耍么？"

众人都忌惮他手里的策海钩，谁也不说话。白虎森然道："你不过是仗着手里的神器厉害！我就不信，你放开它之后能与我们大战十个回合！"

无支祁又把策海钩转了个圈，笑道："白虎姐姐这话说得也有道理，好——我就把这钩子收起来吧！"说着，他居然当真作势要将策海钩塞回肋下，众人都是大喜，失去了策海钩的无支祁，也不过是稍微厉害些的妖魔罢了，他们未必斗不过他。

白虎看了一眼腾蛇，冷道："你是打定主意和我们这些曾经的同僚作对到底了？"

腾蛇脸色难看，半晌才道："老子做不做都成了谋逆，这笔账至少得讨回来！"

白虎点头道："好，很好！"好字还未说完，那断了的十字戟便已送到了腾蛇面前，他微微一惊，急往后仰，忽听耳后风声响起，却是武曲星君挥钺劈上，两相夹击，腾蛇暗叫一声晦气，右手在地上一撑，横着翻身飞出，谁知井宿氐宿围了上来，他纵然好汉，也难敌这许多手，拼着挨上一刀，霎时便放出了火翼。

诸神晓得腾蛇之火的厉害，不敢硬撞，立即散开，由着他将火翼挥扇一圈，呜地一下，地面顿时焦黑一片。氐宿刀尖已然触上他的背心，来不及躲，被火翼一燎，烧去了大半的头发，脸皮子也给燎黑了，痛得哇啦乱叫。

一时间众人对他的火翼无可奈何，腾蛇霸道之处便在这里，除非这里有人能放九天玄火，否则只有被他烧的份。角宿捂着喉咙从地上爬起来，痛极大吼："去叫应龙来！"

腾蛇一听应龙的名字脸色就变了，水能克火，他放出天大的火来，遇到水也只有歇菜。眼见井宿就要闪人去叫应龙，他急忙反手去抓，却抓了个空，眼前银光一闪，无支祁不知何时追了上去，策海钩硬是把井宿给逼了回来。

白虎急道："你不是收回了策海钩吗？！说话不算话的东西！"

无支祁笑嘻嘻地抓着策海钩，对着她抠了抠鼻孔，漫不经心地说道："我说收就收？那我还说要做天帝呢，谁给我做？白虎姐姐，做人别那么老实嘛！哦，对了，我忘记你们不是人，是纯洁的神仙……"

白虎气得浑身发抖，却也拿他毫无办法。诸神都忌讳他的策海钩，谁也不敢先动手，场面一时僵持在那里，没人说话，没人动弹。

腾蛇趁机摸了摸背上的伤口，方才氐宿的刀尖扎了一下，虽然刺得不深，但也痛得很，他染了一手的血，忍不住怒从中来，骂道："不长眼的小贼！敢扎你老子！真是反了！"

氐宿被烧得浑身痛不可当，躺在地上直哼哼，不过好在并不致命，听到腾蛇骂他，一时也顾不得什么敬上的规矩，还嘴道："不长眼的兽！烧得老子都起泡了！天界的规矩在你眼里是不是狗屁不值？！"

腾蛇怒道："这会儿你和老子拽什么狗屁规矩！砍人的时候怎么没想到规矩！"

"你睁大狗眼看清楚！是老子要砍你吗？！明明是白帝吩咐的！"氐宿毫不示弱，吼得比他还响。

他二人越骂越起劲，吵得不可开交。无支祁听得好生想笑，"咣"的一声把策海钩倒插在地上，一屁股坐了下来，在怀里掏啊掏，掏出一颗梨，大口咬着，吃得好不惬意。众人呆呆看着他，腾蛇他俩连架都忘了吵。

"嗯？"无支祁擦了擦嘴边的汁水，无辜地抬头，道，"继续继续啊！不用管我！吃梨子而已。"

梨子清甜的香气弥漫开，对这帮天界的神仙来说，实比任何味道都来得诱人，盖因他们从未吃过人间的食物。朱雀怔怔地盯着雪白的梨肉，眼睛也不眨一下，角宿捂着嘴防止口水流出来，连最端庄的白虎也看得目不转睛。

无支祁只把梨子啃到不能再啃的小核，这才心满意足地丢出去，摸了摸嘴。抬眼见众人都眼巴巴地看着自己，他奇道："怎么，没见过梨子？不会吧！天界就这样贫瘠？！"

腾蛇咳了一声，低声说道："有……只是……都没味道。"他一把拽住无支祁，厚脸皮跟他要果子吃："还有没有？分我一个！"

无支祁被他缠得无奈，从怀中扯出一块包袱皮，骨碌碌掉出许多果子来，却是桃子、李子、杏子……谁也想不到他怀里居然装了这许多果子，都看得呆住。腾蛇抢过一颗桃子啃起来，一旁的朱雀好不垂涎，喃喃道："你……你们两人，能把这些果子都吃完吗？"

无支祁唔了一声，扫一眼那些嘴馋的神仙，笑道："自然是吃不完。怎么，高贵圣洁的神仙们也管我这个罪人要果子吃了？"

朱雀被他抢白了一句，有些恼火，掉脸过去再也不说话了。白虎也觉得一群人盯着人家吃东西的情景很不雅观，于是拨了拨头发，打算坐一旁小憩一下，把自己刚才因为打斗而显得不太优雅的姿态调整过来。

耳后突然有风声响起，她急急抬手一捞——却是两颗鲜红的大桃子，惊愕中回头望去，无支祁冲她嘻嘻笑，露出满嘴的白牙："请你的，白虎姐姐。"

我不要——她很想冷淡地回绝掉，维持一贯优雅的形象，但旁边的腾蛇吃得太香，果子的清甜香气简直是她从未享受过的。难怪他们下凡之前，白帝都要嘱咐他们不可贪吃凡间饮食，所有人都以为凡间的食物有瘴气，于仙力有损，原来是怕他们禁不住这等诱惑。

口腹之欲，男女情欲，皆为凡人所经受的诱惑。男女之欲还不算什么，倒是这口腹之欲，不像男女之防那么明显，不经意间就被诱惑了，反倒比男女之欲来得还可怕。

白虎在众目睽睽之下，忍不住动手把桃子皮撕了一块下来，甜蜜的汁水顿时流了她一手，那种味道简直是无法抵御的诱惑。她慢慢咬了一口，只觉甜软芬芳，再也忍不得，把整个桃子全塞嘴里——当然，结果就是噎住了。

朱雀见她面无人色手忙脚乱，赶紧在她背上狠狠拍了一巴掌，一颗完整的只被咬了一口的桃子从她嘴里扑通掉在了地上，白虎脸涨得通红，隔了一会儿又变得惨白，这回她丢人丢大发了，竟僵在那里不敢动。

无支祁叹了一口气，道："你又不是蛇，怎么生吞啊？牙齿长着做什么的？"

白虎默然不语，把另一个桃子往朱雀手里一塞，掉脸坐到老远的地方，再也不过来了。朱雀受宠若惊，忙不迭地，连皮也舍不得撕，三两口就把桃子给吃了。

无支祁见他吃得香甜，不由得哈哈大笑，把包袱皮一抖，果子骨碌碌滚了一地，道："来！打架归打架，吃果子归吃果子！人手一个，老子很大方吧？"

众人都犹豫了一下，见腾蛇吃得香甜，朱雀也回味无穷的样子，终于拥上来一股脑把果子给分了。无支祁笑道："可怜可怜！连这些最平凡的果子都能吃得香甜，你们若是吃到凡间的美食，还不连舌头都吞了？"

角宿一边啃杏子一边奇道："凡间有什么美食？"

这话正好问到了腾蛇的心坎里，他立即如数家珍般地将自己这几年来吃过的美食说了个遍，一会儿是海货之清淡鲜甜，一会儿是炖汤之精湛味美，只说得人人眼冒绿光，角宿继续捂着嘴，防止口水流出来。

"不过这凡间嘛，最好的东西还数美酒。和这里没味道的白水完全不是一个档次的！你们枉做了那么久的神仙，若连美酒的滋味也不知道，完全是白活了！"

腾蛇说得口沫横飞，在众人的惊叹声中，打架的气氛早就消失得无影无踪了，神仙妖怪叛徒清流坐在一起，对凡间的美食遐想连篇，恨不得立即就偷偷溜下界去尝尝那如梦似幻的美妙滋味。

无支祁继续在袖子里掏啊掏，竟给他掏出一个小酒坛来，把封口一拆，醉人的浓香立即随风散开，霎时间，所有人的眼睛都盯了上去。

他将坛子一举，笑道："带着路上解渴的，极品女儿红，谁想尝尝？"

腾蛇第一个扑上去，被他一脚踹开："滚开！本来就不多了，可没你的份！"

无支祁将酒坛子丢给朱雀，继续笑道："尝一口。"

朱雀犹犹豫豫地拿起来，仰头小小喝了一口，只觉嘴里像灌进了一团火焰，脸色剧变，险些喷出来。他僵直了脖子硬吞下去，正要破口大骂他俩骗人，谁知那火里却仿佛藏着柔软的棉花，下了肚便纷纷化开，一股醇厚火辣的感觉瞬间袭上脑门，这等滋味，生平未见，委实令人赞叹。

他大赞一声："好东西！"跟着将酒坛子抛给远远坐着的白虎，"你尝尝！"

白虎先前出了个大丑，本欲趁众人不注意悄悄离开，谁知朱雀却将酒坛递给她，她只得仰头喝了一口，滋味果然不坏。她不由得展眉一笑，其色艳过春花，抬起皓腕将酒坛丢给躺在地上动弹不得的氐宿，道："给你！"

那一坛酒被这些神仙一人一大口，很快就喝光了，腾蛇好容易等他们每人都喝了一口，便伸手抢过来，仰脖子想把最后的酒液全部解决掉，谁知坛子翻过来之后，连一滴酒也没流下来，全被他们喝光了。

他沮丧地将坛子一丢，道："你这猢狲很没良心！好东西从来也想不到别人！"

无支祁摸着下巴，笑得十分诡异，低声道："回头你就知道，老子是天下第一好人。"

果子吃完了，酒也喝完了，这些神仙红着脸，打着酒嗝，继续来找他俩的麻烦。角宿结结巴巴地说道："无……无支祁，我们吃了你的东西，喝了……你的酒，可别……以为这样就算了！来来，咱们继续……斗上个三百回合！"

腾蛇皱眉道："吃人嘴软，拿人手短，吃饱喝足了，你也好意思说这些！"

角宿瞪着眼睛："一回事……归一回事！不可混为一谈！最多我先上，来车轮战罢了！"他纵身跳起，双掌一翻，便朝无支祁肩头抓来。

无支祁嘴角含笑，动也不动，就像是放弃了抵抗，随他们捕捉了。角宿一阵狂喜，变拍为戳，五根手指并在一起，闪烁出金属的冷光，一看即是极锋利的利器，直直朝他心口戳下去。谁知戳到一半，他眼前突然一阵模糊，喃喃道："奇怪……脑袋好晕！"

话还未说完，只听扑通一声，他已经扑倒在地，晕死过去。

诸神都是大惊失色，纷纷跳起来，紧跟着却如同下饺子一样，扑通声不绝，没一会儿，就倒了一片，只剩无支祁和腾蛇两人坐在那里。

"咦？这是怎么回事？"腾蛇又惊又喜，用脚踢了踢角宿，他被踢得翻过来，脸颊火红，满身酒气，睡得十分香甜。倒下去的神仙们大多都是醉态可掬，不知做着什么美梦。

无支祁慢条斯理地站起来，将那个黑黝黝毫不起眼的小酒坛捞起来，擦擦干净塞进袖子里，悠然说道："这个坛子叫酒神爵，放一坛子清水进去，过一个时辰就自动变成天下最醇最烈的美酒，喝上一小口便要醉三天，方才我在赤水河里装了一罐子水，这会儿就变成美酒啦。不过他们是神仙，只怕醒得要快一些，所以我在里面还加了一些药粉，保证他们睡上个三天三夜。"

腾蛇见不用动手便让这些棘手的家伙倒了一地，喜得抓耳挠腮，连声道："这种好东西你怎么不早拿出来！从什么地方找到的？"

无支祁抱着胳膊，得意扬扬："老子的宝贝多着呐！你以为只有一个策海钩？当年我在南海遇到鲛人一族，和他们打了个赌，结果他们输了，这玩意便是他们赔给我的。好东西嘛，自然是要留到最后，我若不放些花哨东西出来迷惑视线，他们怎会乖乖喝这天下第一美酒？"

他将朱雀踢翻过来，看着他醉醺醺的样子，又笑："老子还有重要的事情要做，可没时间伺候你们这帮臭神仙。天帝老儿不安好心，就盼老子杀个满堂红，老子偏不让他遂意！就是不杀一人，瞧他能奈我何。"

腾蛇这会儿当真是打心眼里由衷地佩服他。都说无支祁本事大得很，原来他的本事不光在打架，脑子也很好使。他看他的眼神简直是闪闪发亮，只觉千年之前执意要找他打架的决定没有一点错误，英明之极，远见之极。

璇玑离开的时候是惶惶不安的，她追上白帝，默默跟在他身后，脑子里想的却只有离开自己的那些伙伴。

见天帝当然是他们此行最大的目的，可是如果他们事先知道，只有璇玑一个人能见到他，其余的人死的死失踪的失踪，还有被打成谋逆的，他们还会那么急切而且充满热情地赶来吗？

褚磊说过，人在世上生活，每一件事都有规划和预测。倘若顺着规划的足迹一直顺畅地走下去，纵然平淡，却未尝不是一种幸福。谁也不知道未来会发生什么，正如他们满腔热血地跑来昆仑山，行走的每一步却都令他们感到怅然——但谁也不会因此而放弃。

这条路是对还是错，不走到最后是无人知道的。途中那么多的人冲他们呼喝叫嚷，提醒他们已经走入歧途，再往下便是万劫不复的入魔之道。那是欺骗，还是诱惑，璇玑已经不愿意再想。

既然已经选择了一条路，便要昂首挺胸，一直走下去，走到尽头为止——褚磊的话她一直记在心里，瞻前顾后，患得患失，始终无法判断对错，为外界的声色所扰，这样的人，永远也不知道什么叫作尽头。

对与错，黑与白，永远是对立的两个面。她也一直在做选择，在想这一条路是对还是错。

但不走到最后，谁也不知答案。

你可以说它是善者的固执，亦可以称它为恶人的顽固，无论是哪种，贯彻到底才是它们的真谛。

除死无大事，璇玑心想。不由得豁然开朗起来，压在身上那么多的无形压力，仿佛也变得轻松了。

"将军似乎想通了一个难题。"白帝突然开口说话，声音含笑，吓了璇玑一跳。

"呃？这个……也不是什么……难题。"她瞪着白帝的背影，他空荡荡的左边袖子随风轻轻摆动，少年的背影，竟带着一种萧索。

白帝下意识地抚摸着空空的左袖，放慢了脚步，轻道："寡人已习惯只有一只右手了。"

璇玑心中有些惊讶，敢情他不是天生没左手，而是被人砍掉的。当然，她自己也知道没人天生就会没有左手，更何况他是白帝，东方最崇高英明的帝王，有如晨星那般耀眼的光辉，谁能把他的胳膊给砍掉？

白帝缓缓回头，目光灼灼地看着她，低声说道："不知将军想通了什么难题，寡人愿闻其详。"

璇玑呆住，怔了半天才道："不……我只是想，不知来昆仑山这一趟……不，或者说，我生下来到现在十八九年的日子，究竟是对是错。"

白帝笑道："这问题却难倒寡人了，对与错，天也说不清楚，只在人心。将军，重要的并不是结果，而是从过程中领略了什么，你明白吗？"

璇玑似懂非懂地点了点头。重要的是过程，并不是结果吗？她想起这些年的生活，有欢笑，有泪水，有相聚，有别离，每一段经历都是倾尽所有感情面对，不知不觉中，她便长了这样大，有了自己的想法，较之曾经的懵懂无心，可谓是天翻地覆的差别了。

这一次，她诚心实意地点了个头，道："的确如此。"

白帝轻轻抚摸着空空的左袖，露出一个笑容，温言道："将军果然变了不少，昔日的锐利锋芒，都收敛了起来。寡人十分欣慰，天帝见了，也必然欢喜。"

璇玑心中存了好大一个疑问，连忙问道："可是……你现在这样夸我，那为什么又要给我定罪，说什么……谋反？"

白帝笑道："你见了天帝自然就明白。"

她急道："等一下！可是我的那些同伴们……"

"各人自有缘法，将军不必过多操心。"

白帝的身形飘飘忽忽，一晃眼便过了灿烂的花丛，白色的长衫在日光下熠熠生辉。他走得并不快，可璇玑却发现自己要费力用跑的才能跟在他身后不被甩开，到后面竟越来越吃力。他这般穿花拂柳，像是一缕轻烟，没有任何凝滞，自己却跑得气喘吁吁，两人之间的距离越来越大。

璇玑叫道："等等！你、你别走那么快！"

话音一落，眨眼间，他白色的衫子便消失在花丛中，只留一个含笑的声音："将军，你如今还是肉眼凡胎，人与神的距离，还得自己跨过。"

璇玑急忙循着声音追过去，远远地，却见他还在前面慢悠悠地带路。她咬了咬牙，飞快追上去，只觉无论自己如何拼命奔跑，距离他的背影还是留着四五丈的距离。这般又狂奔了不知多久，忽听白帝在前方低声道："一颗琉璃心子，如何能生出神识来？昔日你犯下那等大罪，如今看来，竟没有半点错吗？"

他的话十分深奥，令人费解，璇玑眨了眨眼睛，只见前方空荡荡一片，哪里还有白帝的身影！她顿时慌了，四处张望，却见身处一座华美宫殿前，雪白的栏杆台阶正在脚下，

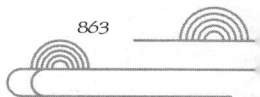

只要一抬脚就能上去。

这里会不会就是偏殿？

她抱着侥幸的心理，快步攀上台阶，那白玉栏杆千回百转，绕了不知多少道，等终于找到大门，用力推开的时候，她只有瘫在地上喘气的份了。

门后是一个宽广的大殿，九根金柱错杂排列，银色的纱帐随风舞动，帐后隐约有无数人影，焚香侍立，安安静静。璇玑倚在门上，怔怔打量着大殿里的景致，却见正前方的盘龙金椅上空空的，并没有人。

看样子是找错地方了。她摇了摇头，正要转身离开，忽听殿内有人轻轻敲了一下编钟，"叮"的一声，清脆婉转，紧跟着周围有纱帐飒飒作响，从天而降，铺天盖地地撒了下来，一瞬间便将那龙椅层层遮住，再也看不见端倪。

璇玑正犹豫间，只听帐后传来一个极柔和的声音，唤她："将军，你要见孤？"

她乍一听那声音，心中犹如打了个闷雷，震得眼前金星乱蹦——好熟悉的声音！她分明听过这声音！这不由自主令她敬畏的，真是久违了的声音。

她立即明白帐后的人就是天帝，当即快步上前，笨拙地单膝跪下，犹豫道："天……参见天帝。"

天帝柔声道："将军不必多礼，请起。"

璇玑惶惶然站了起来，先前仔细想过无数遍的见到天帝之后要说什么做什么，此刻竟然忘得干干净净，脑子里空白一片，简直成了傻子。

天帝又道："将军下界历劫未满，此时闯入昆仑山要见孤，是有甚要紧之事？"

璇玑喉头一紧，唯唯诺诺，居然说不出话来。

这样可不行！她心中警觉，急忙在手心狠狠掐了一下，唤回迷离的心思，定了定神，满肚子的话好像又跑了回来，她这才拱手道："我……擅闯昆仑山是大罪，自己也明白，不敢求天帝宽恕。可是……有些事，我一定要来找您说清楚，否则再难心安。"

"将军请说。"

璇玑低声道："您先前派人来捉拿我，我抗旨不遵……并非藐视天地，而是我自认并没有谋反。无支祁的事，或许是我的错，在天界眼里，他是十恶不赦的罪犯，不应当与他接近，甚至说话。但我却觉得，他是个不错的人，是我朋友，与他交朋友，难道就等于谋反吗？这个道理，我并不明白。"

天帝"嗯"了一声，淡然道："经查实，无支祁并非由你放出阴间，乃是金翅鸟禹司凤与柳意欢犯下的罪行。"

璇玑听他提到禹司凤，更是慌乱，急道："不！他不是故意的！是有人逼着他们！"

天帝轻轻笑了一声，道："将军，孤问你一句，倘若孤要再次将无支祁关入无间地狱，将禹司凤、柳意欢、亭奴三人关押等候刑审，将军是否打算再次忤逆天地，做出大逆不道的事情来？"

什么意思？！璇玑顿时警觉起来。他说再次！什么再次？难道她以前真的做过什么忤逆的事情？

"将军。"见她迟迟不说话，天帝便唤了她一声。

璇玑低声道："我……不知道。可是，对我来说，他们都是我重要的人。我也坚信他们不是坏人，倘若天帝真的要处罚他们，那么无论多少次，我也会向您求情，要我做什么都可以。"

天帝的声音似乎有了一些兴趣，笑道："哦？那倘若无论你如何求，孤也不答应呢？"

璇玑心中煞气顿现，渐渐将拳头捏紧。他摆明是在威胁她……不，警告她！天界根本没有将他们放在眼里，自高自大地裁定着一切。他说她曾经犯下忤逆的重罪，所以被打入下界历劫，一定是他们做得太过分了！否则曾经的她又怎么会谋反？

她脸色苍白，心中无数个念头闪过，将这一切的前因后果想了个透彻。

天界为什么要惩罚无支祁？那是因为他犯错在先，偷了人家的神器，还杀了大批的神将。

为什么要抓走禹司凤？因为他放走了无支祁。

为什么要挖出柳意欢的天眼？因为那是他偷走的，原本不属于他的东西。

紫狐为什么会死？因为他们擅闯昆仑山，有错在先的是他们，并不是天界。

璇玑不禁泪盈余眶，颤声道："倘若无论如何求恳，天帝也无法答应璇玑，那也是他们有错在先，璇玑无话可说，唯有陪他们一起去黄泉路罢了。但璇玑绝无谋反之意！此等罪名强加于人，委实不能接受！"


天帝很久都没有说话，璇玑也不知该说什么，她脑子里一团乱，眼泪擦了又冒出来，怎么也擦不干净。

她真没出息，遇到这等难缠之事，便只有哭和发呆，永远也做不到司凤那样口若悬河，摆出许多道理来服人。接下来，他会说什么呢？是发火将她赶出去，还是立即叫人来抓她，与无支祁他们一起打入天牢，定下罪名？

璇玑猜不到对方心里究竟想着什么，近乎窒息地等待着他下一句话。倘若他强硬到底，她会怎么反应？这个问题她其实并不知道。

天帝沉默了很久，突然问了一句完全不相干的话："将军对前世的事情，还记得多少？"

璇玑呆了一下，吸了吸鼻子，不明所以地望着眼前起伏不停的纱帐，隔了半天，才道："也……记不得多少。"

"连自己为何被罚下界的缘由，也记不得了吗？"

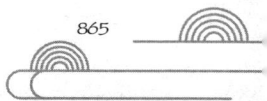

璇玑摇了摇头，见他突然岔开话题，心知此为不祥的征兆，急道："天帝陛下！关于我此行的目的……"

"看来后土大帝真将你的一切都斩断了。也罢，孤便让你看看过去。"

天帝说完，帐后突然没了声音。有风将轻飘飘的纱帐吹起，璇玑惊疑不定地偷偷往里看，只见龙椅上空空如也，哪里有人！

她急急起身，拉开纱帐，谁知指尖刚触到纱帐，那层层冰绡帐便犹如白雪一样化开，滴滴答答，摧枯拉朽一般，眨眼间，整幅帐子便消失不见。更可怕的是，整间大殿也像冰雪搭成的一样，阳光一照，便化成了雪水。

璇玑大吃一惊，急忙缩手，谁知指尖上传来不对劲的感觉，低头一看，自己的身体仿佛也变成了雪块，一点点融化开来。这一惊非同小可，她几乎跳起来，一瞬间，只觉浑身都化成了雪水，扑啦一下落下来，恍恍惚惚，也不知道要去哪里。

耳边听得一个柔和的声音轻轻说道："明明只是一颗琉璃，为何会变成这样？天界纵然尊贵，但冥冥中，也不是众生的主宰。这样的问题，孤要问谁去？"

璇玑在迷蒙中伸直了身体，缓缓落在实地上，浑身轻飘飘软绵绵，像一团没有形体的雾气。她睁开眼，只见一片云蒸雾蔚，华美的神殿浮在祥云之上，奇景不可言喻。

她飘飘荡荡而起，来到一座宫殿前。

殿前站着两个神将，正在低头说话，她靠近一些，只听其中一人说道："……总算将那猢狲捉拿到了，这回折了许多神将，若不将猢狲剐成千万段，如何能服众？"

她不由得靠得更近，躲在一根盘龙巨柱后面，只听另一人应道："依我看，天帝一向仁慈博爱，未必会杀他。何况我听说，是天界用了些手段，才将那猢狲捉住……不太光彩。"

那人显然来了兴趣，压低嗓子连声问："什么手段？说来听听！"

另一人左右看了看，确定周围没人，才贴着耳朵说道："听说那猢狲好色之极，唯有美人方能压得住他。你记得不，先时还一个劲往下面派二十八星宿、玄武、朱雀这些厉害的男神，结果折了大半，连玄武都给杀了。后来也不知是谁给上面的人献计，要派美貌厉害的女神去降伏他，所以白虎被派了下去。结果她和那猢狲本事相距太大，纵然将他迷得七荤八素，却还是没能捉到。后来嘛，就派了战神去，她去了两次，果然就将他捉住了。"

璇玑听到战神二字，心头不由得一阵乱跳，奈何那人说话声音越来越低，她渐渐听不清，干脆从柱子后面闪身出来，那两个神将果然看不见她，照样说得上瘾。

"哦！是那个战神去的？！"那人很有些惊讶，"不是说，只会将她用在对付阿修罗的战场上吗？天界也就她能和那些修罗战斗了。居然请了她才降伏无支祁？他果然还有些本事。"

另一个人瘪嘴笑道："你只知其一，不知其二。无支祁离开了策海钩那等神器，也不过是个厉害点的妖魔，岂能做成这些大事。这叫作……呃，凡间有句话怎么说的？驴皮出在驴身上？那战神本来也不是天界的神，是天帝他们使计哄骗过来的，哄来之后又怕她本事太大，降伏不住，便做了些手脚。策海钩嘛，本来也是她家的东西。我和你说，这事儿是绝顶的机密，千万不要和第二个人说！我也是当时给白帝当贴身侍卫，才知道了些皮毛。天界欠了战神大笔的账，她有朝一日来清算，咱们只有吃不了兜着走。"

那人恍然道："怪道我说那战神成天恍恍惚惚，呆若木鸡的样子，原来如此！她的来头不小哇！天帝也让她三分！"

"嘿，让她三分嘛……也不见得，物尽其用才是真的吧！你看，她也算是个美女，本事又那么大，无支祁那猢狲见到她就昏头了，第一次让他狡猾逃脱，第二次果然就捉到手了。这根心头刺可算挑了出来，以后总算可以过太平日子了。"

那神将听完，犹豫了一下，才道："你若不说是战神去的，我还不明白呐。她这两天很有些古怪，我好几次见她在天泉边上一个人嘀嘀咕咕，神色古怪，不知说些什么。该不会和这次去捉拿无支祁有关吧？"

另一个神将也皱起了眉头，想了一会儿，才道："天泉那里养着鲛人呐，刚得道成仙的，她是和鲛人说话吧？说来也奇怪，我听过一个传闻，说战神和无支祁之间黏黏糊糊，有点暧昧。当日跟着她一起下去捉拿无支祁的神将说，第一次虽说是无支祁逃脱，但也是战神没有追上去的缘故。第二次去的时候，她还和无支祁说了好久的话，依稀是说做朋友什么的……这事儿可不会是真的吧？那也太荒谬了！哪有神仙和谋反的妖魔做朋友的？"

那神将摇头道："谁知道！她一向古里古怪的。总之都小心点，她既然本来不是天界的神，那心里就会打着些小算盘，不可不防。"

两人都点头称是，璇玑只听得如痴如醉，手腕都在发抖。

她好像明白了一些什么，又仿佛什么都没明白。那些太过残忍的事情，她不愿去相信。她本来不是天界的神？天界亏欠了她？策海钩、均天环本来是她的？

那她……到底是什么？

她来不及多想，只觉四下里突然起了一阵大风，隐隐含着杀意。那种凛冽冷酷的杀意，她太熟悉了——是她自己！璇玑猛然回头，却见远方天空缓缓飞来一个黑点，越飞越近，身上的甲胄也越来越清楚。

黄金甲，紫云盔，英气十足。然而在璀璨神气的盔甲下，却是一张犹如新雪般白皙秀美的脸，双眸黑得仿似最深的暗夜，没有一丝波澜。她手里攥着一把修长巨大的青色宝剑——定坤剑，正直直朝这里行来，带着漫天的杀意。

璇玑不由得捏紧了拳头，喉头微微发抖，听见后面两个神将惊惶的声音："战神将军！"

话音一落，她已经踏上了神殿的白玉台阶，靴声橐橐，缓缓朝门前走来。那两个神将急道："将军留步！请等候通报！"

她淡淡开口道："天帝在吗？我要见他！"

那二人道："天帝不在此处，将军请回！"

她突然勾起嘴角，露出一个冰冷的笑。甚至不用想，璇玑都知道她下一刻会说什么——"我自己进去看！"

这样张狂，这样理所当然。她一直以来都是这样的，什么也不怕，不顾忌。

那两个神将顿时惊慌失措，抬手去拦吧，他们哪里拦得住。但若不拦，天界的规矩放在那里，怎能容她胡来！战神虽然懵懂，但从来都很听话，从未犯过什么大错，这回突然狂性爆发，还真让人束手无措。

果然，他俩只犹豫了一下，抬手作势要去拦，眼前人影一花，她早已闪到二人身后，抬手去推门。那两个神将急了，顾不得避讳，飞快去抓她胳膊，叫道："放肆！不得无礼！速速退下！"

话音未落，只见眼前火光大盛，二人都唬了一大跳，逃命似的退开，却见她周身缠绕着炽烈的火焰，黄金甲在火中铮亮灿烂，散发出绚丽的光泽。她冷冷回头，森然道："我找天帝！若不给我进去，那我便放火烧了这里！让他自己出来见我！"

那两个神将再也不敢拦她，但也不敢离去，只退在火焰烧不到的地方，大叫道："天帝不在这里！眼下是白帝在这里休憩！你敢放火，是要逆上作乱吗？！"

她恍若不闻，双手一抬，周身的火焰顿时化作两条火龙，刺啦啦沿着神殿两旁蔓延出去，瞬间便将神殿包围在火海里，熊熊火势，令人胆寒。她在门外厉声叫道："天帝！你若不出来，我便进去了！"

说罢用脚一踹，大门轻而易举就被她踹开了，她闪身走了进去，只急得后面两个神将上天无门下地无路，慌了半天，只得各自跑开去叫人通知天帝，战神将军今日突然发疯，有谋反之意。

## 第四十六章·我本琉璃

大门踹开之后，狂风肆卷，将火焰卷得直冲九霄。璇玑顾不得许多，飘飘然跟着飞进去，只见战神挥剑闯入，慌得殿中侍奉的玉女、力士们尖叫连连，抱头鼠窜。有那胆子大而且忠心的，便铆足了劲上前阻拦。然而定坤剑上火焰灼灼，热度惊人，稍稍靠近一些便是烧灼之痛。

战神仗着天火在身，所到之处犹如利刃切入豆腐一般，所向披靡。那些冲上来欲阻拦的内侍，见她这等模样，便觉胆寒，纷纷退开，由着她将琉璃盏打碎，点燃冰绡帐，推倒青铜灯，将殿里砸得一塌糊涂。

"我要见天帝！"她的声音还是那么冰冷，回首望向殿内众人，没有一个人敢开口答话。

璇玑见她这般狂暴姿态，心中突然有些触动。是为了什么事，能让一个无心之人发作至此？难道说，从那时候开始，她就已经学会自己思考了？

"让天帝出来见我！"她又说了一遍，这回终于有一个缩在角落里的玉女战战兢兢地答道："天帝……不在这里……这会儿是白帝在、在、在午休！"

她似乎是想了想，便道："那也一样！让他出来！"

一个力士赔笑道："将军，只有臣下去觐见君王的份，就算将军有万夫不当之勇，这规矩……也没有喝呼君王天帝的道理呀。"

战神冷道："今日开始便有这个道理了！哼，臣下！谁是他们的臣下！我倒有几个问题要好好问他们呢！"

璇玑心中又是一惊——她知道！她那会儿一定是已经知道自己的由来了！接下来会发生什么？天帝和白帝会见她，将一切告诉她？

不，他们一定是没有告诉她，而且还大大惩罚了她，所以自己才会被罚下界，所以他们才说她犯下忤逆之罪！

这叫什么天？这叫什么地？如此天地，岂非让人不齿？！

璇玑深深吸了一口气，此刻她虽然没有身体，却也感到全身犹如火烧一般，一阵炽热一阵冰冷，眼前金星乱蹦。

那战神在前殿磨了一会儿，见始终没有人出来，便抬脚向殿后的玉屏风踹去，只听"咣当"一声，那一整幅半面墙那么大的羊脂白玉的精妙屏风，竟被她一脚踹成了粉末，哗啦啦撒了一地。

殿后的门虚掩着，她纵身跃过废墟，气势汹汹杀向后门，谁知动作突然凝滞了一下，跟着便缓缓退了回来。璇玑定睛朝后门望去，却见外面有人缓缓推开那扇门，其人一身白衣，丰神俊朗，额间一点金印，是个年未及弱冠的俊美少年——白帝。

不知出于什么心态，抑或者是直觉，她本能地望向白帝的双手，他的左右手都在！

璇玑心中又是一凉，隐约起了一种不好的预感。

白帝头发还有些凌乱，衣襟也是匆忙扣上的，显然方才正在午睡，被战神的大声势给吵醒了。前殿众内侍见到他，呼啦啦跪了一地，有的庆幸有的担忧，不知他会发怎样的惊天雷霆。

他在殿内扫视一圈，见到那凌乱狼狈的景象，眉头便是微微一皱，转头朝旁边的战神望去，带着责备的口气："爱卿何故喧哗？看看！将这里弄成了什么模样！"

她从鼻子里发出微微的哼声，并不说话。白帝看了她一会儿，面有不愉之色，下面有那乖觉的内侍，便大着胆子汇报："适才战神将军强行闯入，身上带有天火。我等阻拦不住，惊动了白帝陛下……"

话未说完，白帝便将手一挥："你们退下。"

众人心中万分不愿，他们是今天值日的内侍，若白帝有个三长两短，大家一起倒霉，轻的就被贬下界，重的就打入地狱受尽刑罚，苦不堪言。这战神看上去杀气腾腾的，万一真要对白帝不利，他们便是有九颗脑袋，也玩不起。虽然他们都知道就算自己留在这里也于事无补，但至少日后被人问起，也好给个交代。

白帝重重一拍手："还不退下！"

众人只得慢吞吞地退了出去，却不敢把门关死，还留着一道缝，若情况发生变化，也好冲进去。

白帝对战神招了招手："爱卿，你跟寡人来。"

他领着战神穿过殿后门，原来外面有一块空地小花园，隔着一段才是休憩的内殿。

白帝站在一株牡丹前，定睛看着她，半晌，才道："爱卿是为了无支祁的事来找寡人？"

不愧是白帝，一开口就问到了点子上。璇玑怔怔看着前世的自己，不知她会怎么回答。

"不光是他的事！还有关于我自己的身世……"

"无支祁已被关入天牢，由刑官审问定罪。爱卿此役功劳不小，日后自有赏赐，前途光明，何必为了一只胆大妄为的猢狲大发雷霆之怒。"

仿佛是不愿让她提起身世的事情，白帝飞快打断了她的话。

战神冷道："前途赏赐都是虚的，我只问你们几句话——为何我名为将军，麾下却无一兵一卒？为何我没有名字？为什么——我与别人有这么多不同的地方！"

她一把扯开黄金甲，里面只有一层薄软的中衣，少女姣好的轮廓忽隐忽现。她完全不知羞，竟又扯碎了中衣，雪白的赤裸上身便犹如初开的花朵一般，显现在日光下。她的肌肤莹润白皙，曲线纤柔，实在是美丽之极，然而在肩膀、脖子、肘弯、心口各处，却有着明显而且狰狞的伤疤，那些伤疤像一条条粗大血红的蜈蚣，盘曲在她各处关节上，令人毛骨悚然。

璇玑心口仿佛被人重重砸了一拳，眼前阵阵发黑，忍不住想抬手按住心口，她似乎忘记了自己此时没有身体，这一按，自然没有成功。

当初璇玑刚刚出生，全身各处关节都有着明显的血红胎记，就如同眼前战神的身体一样。何丹萍初见之时吓了一大跳，和褚磊二人啧啧称奇。

后来她年纪渐长，胎记也缓缓变淡，到了今日，若不十分仔细去看，根本看不出她曾有那么多胎记。她听说胎记的事情，只觉有些触动，但从未仔细想过，今日见到战神的身体，各种猜想便再也压不住，洪水决堤一般地冒了出来。

白帝看着她少女的身体，连一根眉毛也没动一下，只淡然道："爱卿这样赤身露体，成何体统，速速将衣服穿上。"

战神指着心口硕大的伤疤，低声道："回答我！这是什么？"

白帝道："将军长年征战边疆，沙场上的神将，谁没有伤疤？你若觉得难看，回头让御医替你上药，去除了便是。"

战神按住心口的伤疤，惨然道："你是不敢回答。"

白帝沉默半晌，脱下身上的白衫，走过去披上她的肩头，低声道："爱卿回去吧，你最近确实辛苦了。回头寡人禀明天帝，求他放你几日大假，好好休息才是。"

战神笑了笑，道："你们对我，还有一丝一毫的愧疚吗？"

"将军！"白帝终于沉下脸。

她丝毫不惧，坦然道："难道不该叫我罗睺计都吗？"

白帝皱眉不语，她自顾自地说道："这个身体，每一块，都是谁替我拼凑的？我将它暴露在光天化日之下，就是不成体统？昔日拼凑的时候，你们怎么没有说不成体统的话？"

她手腕开始微微发抖，眼中射出奇异的光芒，继续说道："那天我在花园里，听到了两个神将在说我的事情。原来所有人都知道我是什么东西，从哪里来的，只有我自己不知道。嘿，战神将军，好风光，好威风吗？你们——整个天界，都利用了我！"

"你不回答我的问题，也不要紧，我来回答你。我麾下没有一兵一卒，是因为你们虽然要仰仗我的能力，却又忌讳我，生怕我想起了什么，领兵造反。我没有名字……是你们不愿提起那个名字！我之所以有那么多与众不同的地方，因为我根本不是我！你们就这样笃定，认为我永远任由你们摆布？"

白帝不等她说完，淡然道："将军，你累了，说了许多胡话，寡人体谅你征战劳累，你下去吧。"

她摇头笑了起来，低声道："我没有说胡话。这么多年，我都浑浑噩噩过来啦！我从未像今天、此刻这般清醒过！"

她拍了拍胸膛，发出砰砰的响声，跟着露出一个诡异的笑容，喃喃道："琉璃做的心就不会明白世事吗？"

白帝脸色陡变，突然高声道："吩咐刑官！今日便将无支祁处斩！丢入无间地狱，永世不得翻身！"

他还在转移话题！璇玑几乎要尖叫出来，战神果然成功地被他转移了注意力，厉声道："不许杀他！"

白帝森然道："将军是要与寡人讨价还价吗？"

战神脸色煞白，白帝先前披在她肩头上的白衣随风飒飒作响，很快就被风吹走了，落在地上。她沉默着，没有说话。白帝放柔了声音，道："为何要为一个妖魔求情？"

她随口道："因为我和他是朋友！我和你们不同！我知道朋友是用来做什么的，朋友不是拿来利用的！"

白帝说道："寡人不杀他，你下去，今日的事以后不必再提！"

战神浑身猛然震动，抬头瞪着他，那目光令人不寒而栗。白帝竟为那目光所慑，退了两步，沉声道："下去！寡人不想说第三遍！"

她定定看着他，喃喃道："就是你！我想起来了！当日取了琉璃盏过来的人——就是你！"

白帝脸色剧变，抬手似是要抓住她，不防耳边传来"铿"的一声锐响，眼前寒光闪过，他的左边肩膀骤然一凉，鲜血犹如下雨一般落下。

他的左手被硬生生斩断，飞出很远。

白帝脸色苍白，从喉咙里发出一个闷哼，倒退数步，终于还是跪在了地上，右手死死按住左肩伤口，鲜血如泉涌一般，从指缝里倾泻而出。

战神怔怔地看着他，大口喘息，神色未定。半晌，她微微动了一下，转身走了几步，将他的断臂拾起，用力砸进他怀里，凄声道："还给你！你们待我如何，自己清楚！又岂是区区一个断臂所能还得起的！"

她说完，又从地上拾起他先前披在自己肩头的白衫，顿了一下，当即套在自己身上，系好，又道："一衣之恩，也是要谢谢的。"

白帝额上满是冷汗，沉默良久，忽而颤声道："你快走吧，不要留在天界！此番举动乃大忤逆，若继续留下，只怕死罪难免。"

战神轻蔑地笑了一声，"不需要你假好心！你们对我的举动便是仁义，我若不服，就成了忤逆？天下居然有这样的道理！何况我逃出去了，你们就敢说不追究？惺惺作态，令人作呕！"

白帝低声道："寡人担保无人敢来责你，此事乃天界有错在先，你且下去吧，不要再回来！"

战神退了一步，还是笑，此番却笑得风轻云淡："我若是害怕责罚，今日便不会大闹一场。纵有天大的罪过，你们一并加在我头上便是！我总是孑然一身，又有何惧。"

她转身便走，推开殿后的门，外面喧闹不堪，想来门口早已聚集了众多的神将前来缉拿她，只是碍于白帝先前的命令，谁也不敢擅自闯进来。她面上露出鄙夷的神色，低咒一声："鼠辈！"

白帝知她一旦发作，那便是狂态毕露，倘若杀到天帝面前，便绝对是死路一条，自己无论如何保不住她，当下说道："你且留住。你恨天界负你欺你，总是要报复的，对不对？"

她转头，目光灼灼，未置可否。

白帝咬牙站起，浑身战栗不止，血流如披。他抬手在断臂处按了两下，使神力封住伤口，不再流血，跟着却解开衣衫，露出胸膛，坦然道："负你欺你皆是寡人一人所为，出谋划策的亦是寡人，顺手取了琉璃盏给你做心的同样是寡人，与他人无碍。有昔日因，便有今日果，寡人日夜内疚，等的也许就是这一刻。你来，将寡人杀了，了结这段孽缘。寡人神识自会护你终生平安，不被天界所害。"

战神没有说话，只静静看着他。殿外喧哗声震天，那些神将显然憋不住，打算冲进来了，他的血滴在地上，发出闷闷的声响。这一切的声音，听在她和璇玑的耳中，竟是万分惊心动魄。

不知过了多久，战神突然深深吸了一口气，低声道："为何……想到将我化成这女子？昔日你我也算相识一场，务必要回答这个问题。"

白帝惨然一笑："你连你我曾相识一场都记起了？"

她轻哼："我虽身在修罗道，为修罗魔神，然感君雅达高洁，与君倾心相交，原以为得一挚友，谁想……罢了，这些旧事提它作甚，你且回答我。"

白帝怅然道："昔日我在天河畔长大，是姑姑将我抚养。她每日在桑树下织布唱歌，最终化为河畔的青石，再无神识。我此生也忘不了她。"

他提到古早的旧事，再也不自称寡人，而用了"我"。

这个回答令人出乎意料，战神没有说话。原来这容貌，是他一心挂念女子的模样，看着她，便譬如看到了那人的音容笑貌，聊此为慰。原来他常常去天河畅游，捡来稀世材料，众人皆以为他专心此道，谁想竟是个幌子，采铸剑材料是假，探望姑姑化身的青石是真。

战神长笑一声，推门走出，道："我可不是你姑姑！你这窝藏私心，擅自玩弄旁人的帝王！"

白帝急道："不可出去……"

但话却说迟了，门一推开，早已等得不耐烦的神将们一拥而入，眨眼就将两人围得水泄不通，自然也见到了断手的白帝，与战神手中染血的定坤剑。众人都是大惊失色，居然敢动手伤害白帝，这是罪无可恕的逆行，足以将她立毙当场。

然而见着她丝毫不惧，冷冷站在人群中的模样，谁也不敢先动手，以免无辜成为她剑下的亡魂鬼。众人只能将她围堵起来，不放她走，另一些人过来扶住摇摇欲坠面无人色的白帝，场面一时尴尬之极。

白帝自觉坚持不了多久，只怕马上便要晕死过去，便喃喃吩咐道："不得伤害她……且放她离去吧。"

谁又敢听他吩咐，事情已经闹大了，白帝面子再大，也不能纸里包火，众人只得喏喏称是，应付过去，远远将他扶走。

正慌乱时，忽听钟楼传来"当当"的钟鸣声，祥云四起，众人都松了一口气，知道是天帝来了，顿时胆量大增，包围战神的圈子也越缩越小。战神冷笑一声，当即拔剑相向，她今日已是摆明了态度，宁可死，也要讨回这个公道，杀一些天兵天将，她又岂会顾忌。

天界本没有骁勇善战的神将，纵然如青龙、腾蛇之辈，已算佼佼者，然而面对众多的阿修罗，也束手无策。战神以一己之力面对无数魔神，毫不逊色，她要在天界叱咤风云，也不会费多少力气。定坤剑本是白帝从天河中寻来珍稀材料，专为她打造的兵器，鲜少有兵器能与它匹敌。这把曾在沙场上饮尽修罗鲜血的宝剑，今日反过来屠戮天界的神，白帝当日若是知道此事，可还会自告奋勇替她打造稀世神器？

力量的悬殊使得她只要一挥剑，便叮叮当当断了满地的兵刃，硬生生从密密麻麻的包围圈中杀出一大块空地，被剑器厉风扫中的神将立仆倒地，命是留着了，然而伤筋动骨之痛却在所难免。

众人正拿她毫无办法之际，忽听头顶传来"叮"的一声脆响，像是什么东西在器皿上轻轻一敲，战神却脸色立变，面露痛苦之色，手捂心口，仆倒在地，动弹不得。众人先时还发愣，也不知是谁喊了一声："捆起来呀！"这才反应过来，一拥而上，将浑身瘫软的战神从头到脚捆了个结实，这下饶是她有惊天动地的能力，也乖乖不能动。

战神被众人用兵刃架起来，勉强抬头望去，却见半空中停着一辆巨大华丽的辇车，周围祥云笼罩，内侍林立。车前蒙着紫纱，随风舞动。而紫纱后坐着一人，面容虽然看不清，但璇玑知道必定是天帝。

此刻紫纱被天帝轻轻撩起，他的双手抓着一样物事，稳稳不动。

璇玑一见到那东西，只觉全身像被巨锤狠狠捶中，再也动弹不得。很显然，被人捆起来的战神反应更加激烈，全身瑟瑟发抖，犹如筛糠一般。

那并不是恐惧的发抖，而是一种……不明原因的激动，近乎原始的冲动。

那双手里，捧着一只三尺高的琉璃盏，盏角缺了一块，切口十分光滑，像是被人砍下来了一块。那又并不是普通的琉璃盏，因它光华万丈，散发出烈烈火焰般的色泽，夺人神魂。就像盏中盛了一个宝物，灵动鲜活，见之忘魂。

那双手还抓着一根铜击子，高高扬起，轻轻落下，敲在琉璃盏上，又发出"当"的一声脆响。

璇玑胸口如遭重击，只觉眼前阵阵发黑，隐约只觉战神发出痛苦的尖叫，然后渐渐地什么也看不到了。

耳边依稀听得天帝低声道："战神忤逆犯上，押入天牢，等候审问发落。"

于是，她便是这样犯下了不可饶恕的大罪，关入天牢，被贬下界，历经三四世，皆因怨气不消，浑浑噩噩过了去，最后不是自裁便是孤苦一生，动辄杀人如麻，最后被拷到阴曹地府，由后土大帝出面，封了她先前所有的神识，要她犹如琉璃新生一般，重新过活。

好一个重新过活！他们对她做的一切，也因此抹杀了。

什么睿智的后土大帝！什么教导用心的周判！什么雅达高洁的白帝！什么博爱的天帝！

他们竟全部选择无视对她犯下的罪行，如今居然还高高在上地宣称她有罪！

璇玑猛然睁开眼，入目依然是那个偏殿，眼前冰绡帐，帐前青铜鼎，鼎中烧着莫名的香木，氤氲芬芳。帐后人影依稀，正是天帝。

他低声道："将军都看明白了吗？"

璇玑吸了一口气，抬手在脸上轻轻一抹，全是泪水。

她颤声道："是你们……骗了我！"

天帝轻轻叹息一声，道："天界有错在先，确实不能辩解。"

璇玑厉声道："你告诉我这些，就不怕我再次谋反行凶吗？！还是说你先放低了姿态，便以为我会原谅你们？！"

天帝默然不语，她忽又冷笑道："我忘了，你有法宝在手，那琉璃盏只要敲一下，我便动弹不得。如今你就不打算用那个来对付我？"

天帝柔声道："昔日用那物事，乃情非得已，如今将军下界历劫，心智通明，孤自然不会再用那物，相反，孤还打算将它还给将军。"

"花言巧语！"璇玑越想越恼火，一步上前，抬手便去扯那冰绡帐，厉声道，"你隔着帐子，算什么！"

整幅帐子在她一扯之下"刺啦"一声裂开，轻飘飘地摔落在地上，而帐后的景象却让璇玑大吃一惊——没有人！那龙椅上半个人影也没有，空空如也！

龙椅前有一张案桌，上面放着一只三尺高低的琉璃盏，光华灼灼，夺人神魂，就像里面藏着一团无声冰凉的彩色火焰。琉璃盏上缺了一个小角，切口光滑细腻，下手的人动作极快，斩下一个小角，竟没在脆弱的琉璃上留下一丝裂痕。

璇玑心中大震，喉头微微发紧，死死盯着那琉璃盏看，仿佛暌违了千年，终于又找回了某件重要的物事。

她伸出手，手指颤抖着，想轻轻触摸一下琉璃盏，忽听前方帐后又传来天帝的声音："此物今日便还给将军吧。"

她又是一惊，急忙抬头，只见四面全是纱帐，每一面后面都是人影幢幢，天帝的声音从四面八方传来，莫可捉摸。纱帐后还是纱帐，无论她撕扯多少幅，也见不到他的模样，璇玑不由得冷笑道："狡兔三窟！连脸都不敢露出来！"

　　天帝并没生气，只温言道："孤有千万种形态，随心而动，将军希望见到孤如何模样？"

　　璇玑厉声道："我对你的模样没有半点兴趣！我只问你一句——此事如何处？！"

　　天帝叹道："事已至此，天界并无说话的立场，将军欲如何？"

　　狡猾！居然还把问题推给她！璇玑正要发作，突然想到柳意欢他们的事，心中一凉，急道："你将司凤、亭奴扣住，是打算要挟我！"

　　天帝说道："将军今世也终于有了重要的人，孤怎会扣住他们来要挟将军。将军不必担心，孤很快便将他们毫发无伤地送回下界。"

　　"谁知你们对他们做了什么手脚！当年你们将我强行定罪，打入下界，亭奴便是连坐之罪，这次又来这套，连坐的范围都是我亲密的人，其心可诛！你便不说，我也知道你们想要的结果是什么，无非是希望把这些人全部还给我，什么罪也不定，然后我便开开心心地带着他们回去，继续做个无心的傻子。你们先用谋反之名诱我自己送上门，等我来了又放低姿态，是要做什么？乞求我的原谅吗？哈哈！这事情说来不觉得好笑？"

　　天帝柔声道："将军可曾想过，孤可以选择不让你知道过去，正如你所说，花言巧语糊弄你一番，再让你带着众人回去，你心中只怕还要感谢孤。"

　　璇玑勃然大怒，不等他说完，"铿"的一声拔出定坤剑，只一挥，四面的纱帐尽数燃烧起来，九根盘龙金柱霎时断了三四根，殿中一阵剧烈的摇晃，扑扑簌簌落下无数砖块瓦片，点着香木的青铜鼎也为她踹倒在地，火星撒了一地，落在帐子上，浓烟直冒，好好的偏殿，一下子就烧了起来。

　　璇玑在火光中挥剑乱砍，一言不发。她心中怀着最深沉的怒火，只觉若不发泄出来，便要爆裂而死。她面上被火光映照，遍布泪痕。甚至连她自己也分不清究竟是不是在哭，或许她不光是想将眼前的一切都毁灭，更想毁灭的是自己。那冲天的大火，最好立即将她吞没了去。

　　都忘了，所有的都是假的。回去吧，回去吧！只有她和司凤，住在西谷小镇，笑看凤凰花开了又落，漫天纷然似火。小声谈谈过去的趣事，放眼想象一下明天的日子，计划着要去什么地方玩，日子犹如流水，眨眼便过去。他们变成白发苍苍的老人，血红的凤凰花落了满身。

　　"将军请息怒！"后面突然传来一个喊声，璇玑茫然转身，却见火光中一抹白衣分外显眼，正是白帝来了。

　　见到他，对璇玑来说不啻于火上浇油，她厉声道："好！你来了！今日取你头颅以慰我心！"她挥剑便要上去，却听白帝惨然道："将军要杀寡人，寡人绝不抵抗，但还有些往事，想让将军了解。"

璇玑将剑一偏，险险擦过他的耳边，"咣"的一声砸进柱子里，扑簌簌落下一串火星——偏殿已经被烧得快塌了，浓烟四卷，两人的身影在火光中忽隐忽现。

白帝低声道："将军即使作为修罗魔神，也是一位英雄人物。对修罗们屡屡侵犯天界的事情自然也深恶痛绝，其实这法子是将军自己提出的。"

"你胡说！"璇玑只觉荒谬。

白帝沉声道："是的，将军当日其实是说的玩笑话，但寡人却一直记在了心里。在寡人心中一直存着侥幸，只盼将军是自愿的……其实那不过是自欺欺人，寡人这些年一直备受愧疚之煎熬。但只盼将军明了，出谋划策，乃至动手，都是寡人一人所为，与他人毫无干系，天帝更是不明就里。"

天帝的声音从四面八方传来，清朗温和："爱卿何须将过错全部推在自己身上。凡间有一句俗话，百闻不如一见，你我二人在这里说得越多，对将军而言反而越是不好。过往究竟如何，何不让她自己去看一眼呢？"

白帝叩首于地，哽咽道："臣下胆大妄为，给天界带来此等无妄之灾，恳请天帝降罪于我！所有罪过，臣下一力承担。"

天帝柔声道："爱卿起身，此事说到底还是天界对不起将军。究竟如何，还是看将军的意思。将军，孤送你去看看当年的光景，可好？"

璇玑低声道："看了……又如何？看了，这一切就可以当作没发生过？"

天帝说道："非也，孤是想，将军应当明白整件事的经过。"

璇玑怔了半晌，才缓缓点头。天帝朗声道："他日因，今日果，诸般恩怨，尽归尘土。"

话音一落，漫天大火的偏殿一瞬间火灭烟消，层层纱帐坠下，香风袭过，将她的长发盘卷而起。琉璃盏中那团冰冷五彩的火焰灼灼跳跃，散发出夺人的光芒，像是要将人的神魂都吸进去一般，周围一切都暗了下来，犹如浓墨的黑夜。

璇玑极力想把眼神从琉璃盏上移开，然而那上面似有神力一般，无论她怎样用劲，目光竟半点也移不开。恍惚中，只见一双手从黑暗里伸了出来，微微发着白光，像一只巨大的白蝴蝶。那双手里抓着一根细长的铜击子，高高扬起，作势要敲下来。

璇玑大惊失色，急道："不可以敲！"

她还是说迟了，那铜击子轻轻敲落下来，刚好敲在琉璃盏的边缘，发出清脆的"当"的一声。她心头一震，奇异的是，并没感到任何痛苦，只觉眼前一阵狂风刮过，瞬时就迷了眼睛。她急忙抬手捂住脸，耳边只听风声不绝，犹如鬼哭狼嚎。

不知过了多久，风声立绝，璇玑犹豫着放下袖子，眼前陡然大亮，却见周围景色十分奇特，一条银光闪烁的宽阔长河将两岸分开，河对岸是茫茫荒漠，雾气笼罩，杳无人迹，她所在的另一边却是青山绿水，鸟语花香，分外美丽。

那条宽敞的银河更是奇异，其中的水竟然是凝滞的，远远地，河边有一个木头搭成的桩子，上面系着一叶扁舟。璇玑走过去一看，却见那扁舟并没有船底，就这样轻飘飘地浮在凝滞的水面上，动也不动。

这幅景象对她来说，有些熟悉，有些陌生。璇玑犹豫着走了一段路，只觉山路崎岖盘旋，满眼都是青翠之色，上了一段，忽然听见有人说话，她急忙要躲，然而转念想到这是过去的景象，没人能见到自己，便放下心来，循着人声走去。

山路上建着一座玉白凉亭，宝光四射，璇玑一眼便看出那是用整块玉石雕琢而成，典型的天界手笔，只有他们才会这般穷极奢侈。

亭中两人对坐，一人着白衣，丰神俊朗，神采飞扬，正是当年的白帝。另一人……璇玑揉了揉眼睛，只觉恍惚一片，怎样也无法看清那人的模样，隐约中，却觉那人身量极高，遍体赭红，十分狰狞，想来也不会好看到哪里去。

这一定是曾经的她了。

当日她耳边响起一人的声音，带着戏谑地问她："这模样太丑了，不如做个琉璃美人吧？"难怪那人有此一说，她委实难看得紧。璇玑苦笑一声，眼中似乎又有泪水涌出，万般不甘，千分委屈，最后还是擦了擦眼睛，深深吸了一口气。

亭中两人似是喝酒喝到尽兴之处，不知笑谈些什么，白帝一口喝干杯中酒，笑着笑着，突然叹了一口气。身边那人心思玲珑，立时便猜出他的心事，当即安抚道："如今两界交战，君心中忧虑，何不与吾分担？"

璇玑听那人声音沙哑粗嘎，不男不女，难听得紧，不由得苦笑得更厉害了。难不成她曾经是个男人？不过据说修罗们是没有性别的，这样倒好，她真的成了不男不女的人妖。若是让司凤知道了，他会不会笑话她？

白帝叹道："计都兄是修罗界的英雄，想必夹在中间，十分困难吧。倒是小弟连累了你。"

那罗睺计都大笑道："君太小看吾了！君与吾的交情，又怎会因为两界交战而有损！"说罢突然咂了咂嘴，皱眉道，"可恨他们都不听从吾，修罗道长久不打仗，便觉不如死了好。这回怎么竟犯到天界这里来了。吾从上到下都劝过，奈何叫战呼声太响，吾不得不避让，来和君喝上一杯，聊以解愁。哈哈！来！干了这杯！"

他又斟了两杯酒，两人十分感慨，所谈皆是两界交战之事。无论罗睺计都怎么安抚，那白帝都是愁眉不展。

无支祁曾说过，当年修罗、天界交战，那些阿修罗们都是骁勇善战的战士，对比那些软趴趴成天只知道淡漠避世的天界神仙，压根不是一个档次的，天界被揍得很惨很惨……至于怎么个惨法，谁也不知道，后来战神出现了，天界才就此扬眉吐气，反过来把修罗们揍得很惨很惨。

璇玑眼见两人酒越喝越多，罗睺计都已经有了八分醉意，说话都开始含含糊糊，字不成句，白帝大约是因为心事重重，反而更清醒一点。不知想到了什么，他突然笑道："倘若计都兄是我天界之人就好了，以计都兄的神勇，那些修罗就是千军万马地冲来，我等亦有何惧？"

这自然是一句玩笑话，亦是一句醉话，若在平时说，只怕罗睺计都心中要嘀咕老半天，但这一回，他却醉得一塌糊涂，非但没生气，居然还大笑起来，举着酒壶一跳而起，朗声道："君这个主意倒是很妙！可惜吾生得这般五大三粗，不似尔等天界人美貌细致，否则，吾就助君一把又能如何？！"

罗睺计都再也想不到，这一句酒后的玩笑话，竟从此将他的命运完全改变了。

两人大醉一场之后，各自回去，那晚白帝便在榻上辗转反侧，前线不断有战败的消息传来，这样下去，只怕不出一个月，整个天界都要被修罗们吞没。那条宽广的鹅毛不浮的弱水河，本是隔开天界与修罗界的天险屏障，却隔不开他们的凶猛进袭。

当白帝得知修罗们是驾着无底的薄木船渡河的时候，不由得惊出一身冷汗。

这法子他只告诉过罗睺计都一人，还千叮咛万嘱咐不可说出去，只因修罗界一直对天界虎视眈眈，多亏了有一道天险隔开两边，令他们无法得逞。

白帝与罗睺计都交好，有金兰之义，时常相约去下界喝酒。但罗睺计都为修罗，扮凡人不甚像，白帝亦不可能去修罗界与他相见，他去那里等于是羊入虎口，好在罗睺计都并不忌讳这些，得到了渡河的法子，两人便时常在那凉亭中饮酒笑谈，倒也惬意。

如今这法子竟然泄露了出去，所有的修罗都知道了，纵然白帝理智上提醒自己不可怀疑罗睺计都，然而感情上已经认定是他说漏了嘴。无论如何，他毕竟是修罗，所谓非我族类，其心必殊，面子上纵然交好，谁知他心中如何想？此为拓展疆土之大计，个人感情在其中，比蚂蚁还小。

白帝一直提醒自己不可这样想，但这种念头一旦兴起，便犹如瘟疫一样，迅速蔓延开，到最后，他几乎认定就是罗睺计都说出去。

他动了野心！他要吞并天界！

白帝想到这些，背上登时密密麻麻出了一层冷汗。既然如此，他亦不能坐以待毙，须得想个法子才是。天帝对修罗界来犯并不甚在意，他是讲究因果缘法之人，但他白帝绝不能也讲究什么因果缘法，难道眼睁睁等着修罗们将天界屠戮个干净？

前线来报信的探子见他神色古怪，一阵白一阵绿，不由得心中栗六，试探着张口问道："白帝有何吩咐？"

他怔了很久，额上冷汗涔涔而下，最后勉强定神，说道："你去……秘密探查一下，是谁将渡河方法泄露出去的。"至少先从天界这里排除，也可能是天界哪个神仙一时不小心说漏了嘴，让那些修罗们知道了。

探子答应一声，匆匆离开。白帝再也睡不安稳，满脑子都想着罗睺计都，他要吞并天界，他野心狂妄，一刻也不得安宁。

罗睺计都是修罗界的英雄人物。那里野蛮尚未开化，修罗们成日想的只有打架与侵略，一群乌合之众聚在一处，合则来不合则散，并没有天界这般严谨的尊卑秩序，谁强谁就是英雄，其未开化之处，连凡人也不如。

故而千万年里难得有一个罗睺计都这般神勇与智慧并存的阿修罗，自然是耀眼之极。他若是帮着自己的故土来侵略天界，天界便真的只有死路一条。

白帝眉头紧蹙，只觉心头乱糟糟，不知为何，脑子里突然想到那日与罗睺计都喝酒时说的玩笑话，他笑称倘若罗睺计都是天界的人，那他便什么也不操心了。罗睺计都的回答让他眼前一亮，然而想到此计终不可行，后来便放弃了。

但此刻他像着了魔一样，脑海里不断想着要如何将他变成天界的人，还不能让他发觉。

俗话说得好，你不仁我不义。他认定了是罗睺计都背叛在先，那自己无论做什么，都不算有错。甚至他拒绝去想那秘密不是罗睺计都说出去的，大约是从本能上，他竟希望那秘密就是他泄露出去的，这样他才好名正言顺地打着反击的旗号，将他为天界所用，自己也不会有愧疚感。

多年之后，他回想起自己那一刻，只觉是心魔来袭，完全的堕落，为了他所谓的良心，放弃了另一人的未来。他也曾试着安抚自己，这是为了天界众生的安危计，牺牲一个修罗，却换来长久的安宁，这种牺牲自然是十分值得的。

然而无论是怎么样的众生，也没有理由让别人去求生不得求死不能，更何况，被牺牲那人甚至完全不知情。

没错，他骗了他，罗睺计都永远也想不到，自己信赖的好兄弟在那个晚上转过多少可怕的念头，招招都是置他于绝境。

白帝就那样枯坐了一整个晚上，直到手背上的金印不断跳动，他才陡然惊觉，待发现那是罗睺计都来联系他，他竟不自觉出了一身冷汗，遍体尽湿。

他要来先下手为强了！白帝猛然从床上跳下，一把推开了门，门外站着许多内侍，还有守在天界没有去前线的众多神将。众人见了他，都不说话，或许他们从来也没见过这么狼狈的白帝，头发散乱，衣冠不整。他们只有静静看着他。

这一整个天界的担子都扛在他肩上，所有人的眼睛都盯着他，充满了希冀与信赖——白帝一定会有办法！纵然修罗们的铁蹄一再前进，但白帝一定能有办法——他们的目光这样告诉他。

白帝在心中苦笑两声，那一瞬间，他恨不得大吼几声，抑或者冲到天帝面前抱着龙椅的腿痛哭一场。但他只是微微将嘴角抿起，淡然道："寡人要出去一趟，众卿守在这里，不得妄动。"

他木然离开了众神之殿，往平日与罗睺计都相见的那个小凉亭走去。他心里藏了一个最大的秘密，可是面上居然没有露出半点风声。这便是白帝的性格了，一旦决定要做什么，那不管对错，他都会做到最好，并且绝不会瞻前顾后。或许就是性格中的那种稳，令他端坐白帝之位，掌管东方，人人称道。

罗睺计都早已等在凉亭里，一见他来了，便立即招手："来得好迟！吾还以为君要事在身，今日来不得。"

白帝悠然笑道："小弟纵然有要事在身，计都兄的邀约，又岂敢不来。"

他走进凉亭，突然发现罗睺计都脚下踩着一个人，身穿藏青袍子，观其身形容貌，正是天界中的人，想来是被他胖揍了一顿，此刻满面乌青晕死过去，动也不动一下。

他神色微变，失声道："这是做什么！"

罗睺计都嘿嘿一笑，用脚将那人踢翻过来，道："吾昨日听闻修罗们知晓了渡弱水河的法子，大惊失色，询问他们是如何得知的。原来他们擒了这人过去作为战利品，谁想他贪生怕死，待众人承诺日后攻陷天界也绝不杀他，他便将渡河的法子一股脑都说了出来。吾想这等叛徒留着也是祸害，便偷偷将他带了出来，一顿好打。不过到底是天界的人，吾不好擅自杀他，便交给君处置吧。"

"哦？原来是这样。"白帝低头去看那人，依稀辨认出那是看守西花园苗圃的一个守卫。西花园那里靠近修罗界，是最先被攻陷的地方，他被抓了去，也是正常。

白帝微微一笑，从袖中取出酒壶酒杯，满满斟了两杯酒，端到罗睺计都面前，温言道："多谢计都兄！为我天界擒拿叛徒，一雪耻辱。"

罗睺计都脸上突然一红，低声道："吾……其实也没什么。总是要君来请喝酒，让吾好生过意不去。"

白帝笑道："你我是兄弟，说这等话就见外了。计都兄，小弟敬你一杯。"

那罗睺计都小心翼翼端着酒杯，啜了一口，突然笑了一声，道："吾今日来，除了送回叛徒，还有一事想告诉君。君素来雅达宽宏，想必不会笑话吾。"

白帝心不在焉地说道："计都兄又见外了，有何事，但说无妨。"

罗睺计都涩然道："为何总叫吾计都兄？吾莫非看上去比君大很多？"

白帝倒是愣了一下，想不到他会问这等刁钻问题，犹豫了一会儿，才道："这是小弟对你的尊称……并没别的意思……你若不喜，我日后只唤你计都便是。"

罗睺计都笑了一声，似是对那声计都好生欢喜，隔了半晌，又道："吾等修罗没有阴阳雌雄之分，两情相悦之后，便可自行选择牝牡，修罗界女子容貌艳丽……君应当有所耳闻。"

白帝听他絮絮叨叨尽是说些废话，心中早已不耐烦，然而又不好置之不理，便只得微微一笑作为回答。罗睺计都见他似是不信，便又道："吾亦可选择牝牡，倘若身为男性，那这副容貌便没有变化，倘若身为女性，吾在七七四十九天之后便要脱胎换骨……到时君还要与吾兄弟相称？"

白帝心中烦乱，随口笑答："到时便唤你计都妹妹也可。"

罗睺计都爽朗大笑，起身道："既然如此，那吾去了，七七四十九日之后，君自来凉亭，吾新生后来与君相会。"

白帝没想到他说走就走，当即急道："四十九日之后，天界便已遭遇覆顶之灾！生死都无法断定，岂能再说来这里喝酒谈天？！"

罗睺计都一愣，回头见他神色阴郁，满腹心事的模样，便明白先前的话他根本没听进心里。他叹了一声，道："君不必过虑，吾既然与君有生死契约，共同进退，自当相助于你。"

白帝怆然道："你要如何相助？莫非要用嘴巴去劝？修罗皆是未开化之野蛮种族，你能劝到什么地步？"

罗睺计都微微有些恼怒，冷道："君何必苦苦相逼！君希望吾能怎么劝？"

白帝很久很久都没有说话，场面一时陷入尴尬的沉寂里。不知过了多久，他突然抬头对他微微一笑，温言问道："计都，你还记得上次喝酒，你说过什么吗？"

罗睺计都又是一愣，上次他喝高了，与他说了也不知多少话，他哪里能每句都记得。

白帝慢悠悠说道："计都答应我，要为天界效力。此等恩情犹如山高海深，小弟永远也不会忘记，铭刻心中。"

罗睺计都最后一愣，紧跟着却见白帝宽敞的袖袍飒飒一展，眼前似有无数花瓣飘落，香气氤氲。他心头有根弦猛然抽紧，然而到底是不相信的，怔怔看着对面那丰神俊朗的少年，此人面沉如水，竟看不到半点心事。

花瓣层层叠叠摔落，将他埋在最深处，罗睺计都高大的身体"砰"的一声摔在地上，香甜地睡死过去。

白帝抓着他的领口，将他提起，看了良久，面上突然露出一个古怪的笑容，又欢畅，又释然，又好像——马上就会流下泪来。

那个笑容令一旁窥视的璇玑浑身毛发倒竖，像是被一桶冰水从头淋到脚，情不自禁想拔足狂奔离开。耳后传来天帝的声音："将军……"她像是被针刺了一下，陡然尖叫起来："我不要看了！不想看了！"

语毕，双膝再也站不住，软软瘫在地上，只觉两只手腕抖个不停，放在眼前，只见掌心中汗水淋漓，十根手指居然软得无法握拳。她用力将手按在脸上，汗水与眼泪混杂在一起，沾染在唇边，苦得喉头发紧。

这就是白帝说的"她自己提议要帮天界"？明明是一句醉话，他居然就此记在心里，可见城府之深。此人用心之毒辣，手段之残忍，令人发指。

天帝温言道："将军被白帝带回了天界，立即有人将此事禀告于孤。孤思忖天界与修罗界此番结怨深厚，一时无法化解，若再对将军不利，只怕此事永远也无法了结，便嘱咐白帝将你归还。此事孤亦有错，并未亲临劝解，待领悟白帝究竟有何为，已是木已成舟，为时晚矣。"

璇玑没有说话，只是微微发抖，精神似已完全崩溃。

天帝见此情状，便道："既如此，将军便随孤回去吧，不要再看。"

他正要撤了法术，不防璇玑突然低声道："别……我、我想继续看下去。方才的话……当我没说，我要看。"她在脸上抹了两把，抬起头来，脸上红红白白，狼狈不堪。只是先前那刻骨的仇恨似已消失了大半，变作了深深的哀伤。

周围景致霎时变化，却是一间阴暗小室，案上烛光如豆，轻轻跳跃着。墙上映出一团不成形的黑影，凝滞不动，只有在烛火跳跃时，才跟着诡异地攒动两下。

墙角放着一张玉石做成的长桌，罗睺计都静静躺在上面，睡得香甜，嘴角依稀还带着笑容心满意足的模样。白帝执烛去看她，手里抓着一只朱砂笔，在她身上缓缓画动，似在勾勒轮廓，无比专注，无比认真。

璇玑的神情已经恢复平静，静静看着这一幕。

只是突然觉得心酸难言，那可怜的计都怀春，刚刚吐露女儿心事，像刚抽出花苞的嫩枝，尚未体验过情爱之欢愉甜蜜，那正要脱胎换骨的身体，亦未曾尝过心爱之人的触摸，陡然之间便遭遇覆顶。

只盼她永远就这样睡着，不要醒过来。想必梦里没有负心之人，亦没有背叛之人，更没有那些残酷的杀戮，屠神杀魔。一切都美好，一切都那样好，正如初见之时，露水正新。

突然，璇玑的眼皮跳了一下，她本能地用手去按，用力按住，眼前金星乱蹦，阵阵发黑——白帝拿出一枚修长的匕首，晶莹可爱，顺着朱砂笔勾勒出的轮廓，细细划下去。

门外突然传来杂乱的脚步声，他的动作顿时一凝，急急脱下身上白衫，将桌上的修罗盖住，就像之后战神大闹天界之时，他脱衣为她披上那般，自然流畅。他放下匕首，冷着脸拉开屋门，门外的脚步声顿时往这里奔来，还夹杂着急急的叫嚷："白帝陛下！天帝有口谕带来！"

紧跟着，一个全身墨黑的男子疾跑入内，此人年约二旬，甚是俊伟，只面生得很，先时开明门前诸神包围，并不曾见到此人。

白帝待他进屋，立即反手将门关上，道："什么口谕？"

那人却见到墙角桌上那白衫下起伏的轮廓，分明是个身材高大的人，脸色微变，急道："天帝有谕，命白帝立即将捉来的修罗归还，不得伤害。"说完，他却突然又道，"白帝，那个……就是您捉来的修罗？"

白帝躬身听完天帝口谕，一言不发，待听得那人相问，才淡然道："正是。"

那人有三分恐惧，七分好奇，凑过去瞪了半天，问道："白帝……我、我能看一眼吗？"

白帝勾起嘴角，带着笑意："玄武如今也到了可以上沙场的时候，怎么，想知己知彼？"

原来那男子便是后来被无支祁杀死的玄武，白虎的哥哥。他脸上一红，嗫嚅道："我听人说，阿修罗都是三头六臂，周身火焰围绕，很凶猛。所以……有点好奇。"

白帝走到桌旁，将白衫一揭，说道："三头六臂是战斗时的模样，他们私下里不过面相狰狞身材高大，倒也没什么特殊。"

玄武冷不防他说揭开就揭开，一下子看到罗睺计都诡异的面容，吓得倒退数步，好容易才扶墙站稳，心有余悸，颤声道："他……他不会醒过来？！"

白帝并没有回答，隔了一会儿，突然问道："天帝的口谕是让寡人将这修罗还回去？"

玄武胆子渐大，拿眼偷看桌上的修罗，一面应道："是啊，没错。天帝还吩咐您尽快送回去，最好不要伤害他。他说，以怨报怨，永无宁时。六界众生天界最贵，靠得正是与世无争，淡泊养性。若因为一场战争便失却平日的心态，那才是大大的糟糕。"

白帝微微冷笑，低声道："以怨报怨，永无宁时。难道要天界以德报怨，拱手把命让出去，从此生灵涂炭？"

玄武急忙说道："当然不是！天帝的意思是不要用杀戮对抗杀戮，而要感化他们！再说应龙他们也上了前线战场，咱们未必会输，白帝您老人家先别放弃希望啊！"

白帝沉声道："世间如有能感化的修罗，那修罗道还有甚存在的必要！你应当知道，世上总有一些冥顽不灵的东西，若非以暴制暴，便永远也不知后退。天界为六界最贵，岂能让他人在头上撒野！若不让他们尝到厉害，谈何感化！"

玄武见他神色有异，心中不由得惊惧，正寻思着怎么找个借口告退，忽听白帝又道："我天界幅员辽阔，人物俊雅，不擅战斗，故而如今节节败退。寡人苦思数日，终于想到一个绝妙的法子，不损自身一兵一将，便可将修罗驱逐出去。"

玄武又惊又喜，连声问是什么法子。白帝淡然道："这个修罗名叫罗睺计都，乃修罗界英雄人物，有惊天动地的能力。寡人欲将他改造一番，获得新生，从此为我天界效力。"

玄武委实想不到居然是这么个刁钻法子，也不知是欢喜还是恐惧，隔了半天，才犹豫道："可是……他是修罗啊！您要怎么改造让他为天界效力？何况天帝有口谕让您立即放了他……此事……还是先禀告天帝才好吧？"

白帝脸色立变，忽而将手一扬，掌中握着一把尺余长的匕首，晶莹锋利，紧跟着手起刀落，只听"咔"的一声闷响，那修罗的脑袋竟被他一匕首斩断，咕噜噜滚到了地上，双目似是微微一眨，跟着便闭上再也没了动静。

鲜血激射而出，喷得屋顶星星点点。玄武吓得瘫软在地，什么话都忘了。

白帝将匕首在白衫上一擦，冷道："寡人自有方法万无一失，你且留住观看，回头再禀告天帝，天界多了一位……嗯，就叫她战神吧！战神有偷天换日的本领，用以对付修罗，实乃良策！"

玄武哪里还能说得出话来，筛糠似的缩在一旁，紧紧闭上眼，什么也不敢看。

不知过了多久，忽听白帝又道："修罗心原来是这般模样，与魂魄纠缠在一起，怪乎如此强劲。"

他心中好奇，将眼睛睁开一条缝，却见白帝手中捧着一团五彩斑斓的物事，火焰一般灼灼跳动，光华绚丽，夺人神魂。

白帝随手取过案上一座琉璃盏，将那团火焰放进去，未几，那火焰竟缓缓渗透了进去，再也取不出来。白帝低声道："不好！纵然能为她再造一个身体，然而无心之人岂能办事！"

他皱眉取过琉璃盏，细细看了半天，一筹莫展。此时烛火突然爆了一个花，屋中霎时大亮，灯火下只觉那琉璃盏光华转动，妙不可言。白帝突然生出一计，回头去看那残缺的修罗身体，笑道："这个模样实在难看，你既要做女子，何妨做个琉璃美人？"

他抬头环视小室，见书橱上放着一尊琉璃人像，却是姑姑的容貌，容光艳极，秋波流慧，神态安详宁静，极为秀丽。他想起昔日天河畔的往事，不由得心中感慨，回头吩咐道："你去将那琉璃人像取来，小心些，不要摔在地上。"

玄武战战兢兢地上了书橱，小心翼翼捧着人像端过来，颤声问道："白帝……以后如何向天帝交代？何况……琉璃做身体，岂不是一碰就碎？"

白帝笑道："寡人自有神力，你不必多虑。拿来，放到这里。"

玄武急急将人像放在案上，低头忽见满桌污血，那修罗尸首惨不忍睹，心下顿时一阵发毛，手上一软，只听"咣当"一声，那琉璃的人像竟失手摔在地上，瞬间就四分五裂。他吓得魂不附体，软在地上只是磕头，一个字也说不出来。

白帝叹道："不能成事！让寡人与天帝如何能将天界放心交给你们！"

他抬手将琉璃盏切下一块，修罗心早已融了进去，与琉璃盏不分彼此。切下的那块有拳头大小，颜色最亮，美丽之极。他将那物事与琉璃碎片放在一起，柔声道："计都的心愿是做女子，如今小弟替你完成遗愿，以后生死契约，永不分离。"

他以琉璃盏做心，琉璃碎片为身，施展神力，一时间屋内光芒大盛，不可逼视。玄武捂住眼睛，隔了一会儿，只听白帝轻啧："成了！从今日起，便做一琉璃美人吧！"

他茫然睁眼，只见地上蜷缩着一个浑身赤裸的女子，秀睫乌发，肌肤莹润雪白，正阖目安睡，神态安详，甚是美丽。但全身关节各处都有血红伤疤，乃是因为他失手打碎琉璃人像的缘故，不可避免，正是美中不足。玄武不由看得呆住，心头乱糟糟，竟不知是何想法。

白帝取过那袭白衫，罩在那少女身上，低头端详良久，方低声道："罗睺计都的名字，今日一拆两半。你是计都，琉璃盏为罗睺。只盼你为我天界效力，驱逐狂徒，恢复乐土安宁。"

彼时计都归于白帝麾下，为其所用，居然没有禀告天帝。玄武慑于白帝的威严，也自是一个字也不敢透露，只在郁闷之时自斟自饮，醉话连篇，想来便让手下人听出了些端倪，自此谣言四起。

事情一如白帝所料，计都在战场上所向披靡，那些曾将天界逼到绝处的阿修罗们，根本不是计都的对手。初战大捷之后，白帝大喜，亲赐黄金甲、紫云盔，又花了大工夫自天河中寻得稀世材料，为战神计都量身定做一把宝剑，名为定坤。

这战神莫名其妙出现，莫名其妙获得白帝宠爱，除了个别微知内情的人，其余人都纷纷猜测她的来历。加上从玄武处传出的谣言，一时间天界笼罩在流言蜚语之下，有人说她是天地间煞气凝结而成的怪物，没有神智，只知杀戮，须得在修罗之役后将其囚禁，以免连累天界；亦有人认出她的容貌是昔日天河畔化石织女的模样，便认为是织女得知天界大难，故显灵前来相助；更有人说战神根本是天界上层秘密做出的杀戮人偶，没有魂魄思想，专为解决修罗之劫而来。总之众说纷纭，莫可一是，有那大胆的人去问白帝，他也但笑不语，更显战神的神秘。

终于，在谣言到达最顶峰的时候，惊动了天帝，特召白帝与战神觐见。

那天阳光璀璨，战神的黄金甲熠熠生辉。白帝在殿外替她系好紫云盔的带子，抬头看她的脸，她一如平日的面无表情。这是他亲手做出的战神，以他最亲密兄弟的血肉魂魄，糅合出的这样一个人，便像他亲生的孩子。

"见到天帝，不用惊惶，看我眼色行事就好。"他柔声吩咐，其实并不指望她能听懂。

她真像个木偶，什么也不懂，什么也不会，既不说话，也没有表情，成日只是倚在栏杆前发呆，不知想着什么虚无缥缈的心事。有时候夕阳的余晖落在她眼底，浩渺烟波一般，反而折射出一种奇异的光彩，仿佛罗睺计都又复活在这女子体内，思考着那些白帝永远也不明白的事情。

此刻，那种神韵再次出现在她面上，这种神情让白帝感到不安，他并不喜欢她露出这般神色，这会让他想起一些不愉快的事情。为了天界的大计，牺牲任何一个人，都是值得的——他始终这样想。

大门轻轻打开，幽深的神殿缓缓呈现在眼前。关于战神的事，无论天帝有什么反应，白帝都已经打定了主意绝不反悔，无论如何，也要等到天界之劫过去之后，到时候有甚处罚，他一并领教就是。

"进去吧。"他拍了拍她的肩膀，领她入内。

她的手突然牵住他的袖子，意甚依恋，像是怕他走开。自从这女子新生之后，从未做出如此举动，白帝有些吃惊，回头握住她的手，柔声道："怎么，卿害怕？"

她垂下睫毛，朱唇微启，低低地，缓慢地，略带沙哑地说道："心里……慌。"

这是她第一次说话，白帝大吃一惊，半晌也说不出一个字，怔怔看着她的脸，她的眼睛光彩流转，似有千言万语，令他心头发毛。她又道："不想去打仗，心里烦。"声音娇脆动听，婉转惹人怜。

白帝面色一沉，冷道："你的职责就是守卫边疆，天界不养闲人，每个人都有自己的职责，不可任性妄为！"

她便抿嘴不说话了，白帝再审视她的神情，只觉幽深不可测，似是无心懵懂，又似在暗地观察学习，很快便要灵犀展露。他心中更为不喜，然而此刻却耽误不得，只得先将她带去见天帝。

天帝自然是一眼就看破她的真实来历，廷上没有说什么，只嘉奖了几句，随后却将两人带到小书房，重重纱帐落下，屋内寂静无声，黯然无光。天帝隐在帐后，良久，方道："你好大胆。"

白帝骤然跪下，俯首于地，朗声道："臣下只一心为天界着想！自知此事乃大错，不敢乞求帝上宽恕。但天界只此一人能与修罗对抗，万望帝上延缓定罪！"

天帝没有与他说话，帐后目光灼灼，胶着在那女子面上，隔了一会儿，柔声道："你叫什么名字？"

那女子摇了摇头，犹豫道："战……战神？"

计都这个名字，乃是白帝私下的称呼，旁人不知道，她自己也更不知道。因她对抗修罗所向披靡，骁勇善战，故此白帝为了打造声势，便当众唤她战神，这不伦不类的名号便被她当作了名字。

白帝急忙接道："她有名字，叫作计都。"

那女子乍听计都二字，眉头一跳，露出思忖的神情。天帝温言道："战神先回去吧，好生休息。"

她也不知行礼，飘飘然转身便走了。

屋里又陷入令人窒息的沉默，白帝额上冷汗涔涔，更不敢出一口大气，不知过了多久，天帝突然长叹一声，道："你……将孤瞒得好哇！"

白帝唯俯首而已，不敢答一言。

天帝又道："计都之名以后休要再提，事已至此，是你的劫，亦是她的劫。孤见此女天分极高，聪颖剔透，只怕过去的名字会令她想起些许端倪，战神这称号便足够了。孤再封她为将军，领兵一万，镇守边陲。既然你已将她变作了天界之人，便要以诚相待，万不可欺她哄她，只盼她他日得道，光明通达。"

白帝急道："帝上万不可令她领兵！"

说罢却将琉璃盏捧出，将如何把罗睺计都取心重生之事说了一遍，又道："纵然她此刻懵懂无知，却难免日后悟出前因后果，倘若其麾下有兵，到时领兵造反，远胜修罗之肆！"

天帝森然道："你既然知道这般后果，当初为何胆大妄为！恣意玩弄其他众生的命理运数，你扪心自问，是否配做白帝！"

白帝凄然道："此事乃臣下一人胆大妄为，她恨的也只有臣下一人。他日若要报复，臣下将引颈待戮，绝不做他待！"

天帝道："你此刻说得豪爽，待到那时，她便是杀了你，此等恩怨就永无消失之时。你杀了罗睺计都，从此与修罗界为敌，她再来杀了你，从此便是与天界为仇。仇上加仇，何日能消弭？"

白帝背上汗水浸透，一言不发。

天帝沉默良久，终于叹了一声："罢，或许此乃天定劫数，纵然贵为天界之尊，亦无法掌控。便依你，不令她领兵，独战沙场。他日骤生诡变，天界亦雌伏，任她消气，绝不反抗便是。"

白帝惊道："帝上何出此言！那今日所做一切，岂不成空？"

天帝道："世间万物万事，原本就是空。无中生有，阴阳反转，相生相克。天界本是空，修罗亦为空，你所中心魔，乃名看不开。"

白帝默然不语，心中似有触动，天帝叹道："你且下去吧……"

白帝又道："臣下还有数请，恳求帝上一聆。"

"你说。"

"纵然臣下所中心魔乃名看不开，但委实不能目睹天界灭于眼前。他日计都醒悟前事，臣下自会待他来杀，求帝上莫要追究其过错。另……罗睺计都肉身为臣下所炼，化作神器为二，威力极大，请帝上赐予猛将，如虎添翼。"

天帝道："神器锁入库内，不得使用。他日之变，孤亦不能断言，到时再说。"

白帝无奈，只得退下。

出了殿门，远远地，只见战神立于高栏之后，摘下紫云盔，秀发如云，随风舞动，其形态婉妙，无言可喻。便如同昔日化石织女织布于天河畔，天河中星光璀璨，蜿蜒而过，犹如流金碎玉一般。她双颊堪比明珠宝玉，映着细碎的光点，令人迷醉。

白帝心中感到一种涩然的悲哀，直到此刻，他方醒悟自己似是做了一件极大的错事。

天帝只说对了一半，他的心魔一半名为看不开，另一半名为私欲。

他缓步走过去，与她一同展目眺望朝阳初升，日出如火，纷染绚丽。

"我对不起你，计都。"他低声说了一句，见她双目澄澈，静静看着自己，他便轻轻一笑，在她头上抚摸两下，再也不说话了。

# 第四十七章·罗睺计都

璇玑猛然睁开眼，似是刚从悠长的梦境中脱身而出，还带着一丝茫然。

此时她躺在一座华美的宫殿里，与先前的偏殿布置完全不同，琉璃盏静静放在殿前案上，斑斓美丽。四下里安静无比，风中带着檀香的味道。她急忙爬起来，却见四面垂着无数纱帐，白帝就站在纱帐前，面色苍白，然而并无惧容，静静看着她。

她心中一阵冲动，待要上前将他斩个粉碎，可不知为何，身体却动不了，或许真正的罗睺计都是不愿杀死他的。她嘴唇微微触碰，未语泪先流。

天帝在帐后说道："将军如今已知前因后果，该如何做，全凭将军一人意愿，孤绝无异议。"

璇玑揉了揉额角，极力从那些可怕的过往中挣脱，听到天帝这样说，她难免惊异："怎么……你们又是威逼又是劝诱，把我弄到这里来，就是让我来做一个决定？"

天帝道："不错。天界负将军良多，白帝做下那等事，亦是孤教导不利，孤难辞其咎。将军成为将军那一刻开始，天界便早已不是高高在上贵为尊者了。此为劫数，亦是破旧之兆，将军有任何决定，孤绝无他言。"

璇玑低声道："就算我现在将你们都杀了，就能回到过去吗？可以当作一切都没发生过吗？我杀了同族的修罗，我肉身练成的神器也杀过天界的神。我还能去哪里？我到底算什么？"

没有人说话，她这个问题，谁也无法回答。

过了一会儿，璇玑又道："你们现在说得好冠冕堂皇，既然要引颈待戮，为何当初不实现诺言，而要将我打入下界？"

天帝轻道："孤亦有私心。兴许孤说的话，将军依然认为是狡辩，那也无妨。但请将军仔细想想，将军彼时空有一身怨怒，纵然将天界屠戮殆尽，报此深仇，随后却要如何？以将军这般煞气冲天的人物，去何处都只会带来祸害，执念纠结愈深，最终结局也不过是痛苦了结自己生命，怨气无法抒发。此事说到底，是天界一方愧疚将军，不可连累六界其他众生，乱了秩序。"

璇玑冷道："还是借口！你凭什么料定我就会到处杀人，带来祸害？！都是你自己臆测的！"

天帝柔声道："将军不记得了吗？你前几世为人，都是怨气不消，为害一方，孤苦终老。"

那又是谁害的呢？璇玑没有说话，难道只许他们利用别人，却不许别人怀有愤懑吗？

还是说，她应当对他们的利用感恩戴德，只因他们是天界，是神仙，是最尊贵的一群……被他们利用，皮肉炼成了锐利的神器，心魂变作了杀戮的凶徒，这是她无上的光荣？

天帝又道："孤后来将你托给后土大帝，嘱咐他悉心教导。将军这一世聪颖通达，终于不再逞凶为害，也有了生命中更为重要的人，孤亦代你欢喜。将军难道不觉得，这样比只懂得屠戮的凶器好多了吗？将军先前问孤，你有何处可去，非神非修罗，天下再无容身之处，然而人间不是将军依恋的故土吗？体悟了做人的真谛，守护属于自己的幸福，将军难道真能抹杀在凡间的一切，宁可令自己沉溺在罪孽怒火中？"

他问得恳切，情谊真挚，璇玑也有些动容，起身拱手道："不敢，十八年人世生活，令我明白了许多以前未曾想过的问题，所得委实良多。璇玑感谢天帝这般安排。"

说完，她忽然转身，目光冷冽，看着白帝，又道："但冤有头债有主，纵然明白了许多事理，我也不能原谅某人对我的作为，以及天界后来的默许。天帝若说我还是怨气不消，我也无话可说，但璇玑心中，只认这个理：没有任何人有资格擅自摆布他人的生命！罗睺计都也好，褚璇玑也好，或许在天界眼中都不过是个卑微的生命，不值一提，有什么恩怨，也可以用大道理令对方臣服。不过，我的命纵然卑微，对我来说也是最宝贵的！应当由我自己掌控，不会交给任何人来玩弄！轻视别人，人也好，神也好，都是错误的！我不能原谅！"

她抽出定坤，或许是因为回到了天界，那定坤放大了数倍，青光幽然，冷冽逼人。她的双眸映着可怖的青光，显得十分阴森。她定定看着白帝，低声道："我不要你让，也不要你引颈待戮！这些姿态对我来说都已经没用了。你身为白帝，自然有一身神力，我们公平对阵一场！生死由命！"

天帝叹道："将军……"

"我不叫将军。"她坦然道，"我叫褚璇玑！"

白帝脸色苍白，缓步上前，对着帐后恭敬揖首，道："臣下所犯之错，万死难以辞其咎。臣下最后恳请帝上，无论结果如何，都不要追究璇玑的责任，前因后果，都是臣下一人所为，苦果亦当由臣下一人承担。"

天帝长叹一声，低声道："他日因，今日果。也罢，孤亦有罪……璇玑，你说得不错，冤有头债有主，天界愧对你，孤以天界至尊之位，与白帝二人一并承受你的愤怒，了结这段孽缘。"

璇玑点了点头："很好！"

她转身将放在案上的琉璃盏小心捧起，贴近心口。长久以来，那种孤寂，彷徨在天地间不知如何自处的空隙，似乎被填补一部分。是的，这琉璃盏里，便是她被人硬生生掏出来的另一个自己。

昔日罗睺计都刚刚动情，便遭遇覆顶，倘若他还活着，七七四十九天之后变作了修罗的艳丽女子，又会是怎样的一番景象呢？无论她是否与白帝在一起，也一定会比生不如死过得好。那样，就没有褚璇玑，也不会遇到今生那些又恼人又甜蜜的事情。

做人的滋味，她穷其一生，也不会明白。

璇玑按住琉璃盏，情不自禁落下泪来，低声道："我替你报仇了，罗睺。"

她未曾体味过的幸福，便由她来继续。无论多么卑微的生命，亦有属于自己的幸福，做人，又有什么不好。

天火陨落，星星点点，犹如西谷小镇上的凤凰花雨，风一吹过，漫天纷染绚丽。这绝美华丽的昆仑山神殿，霎时间奔腾在火焰之上，火光冲天，云蒸霞蔚，一时间仿佛整个天空都笼罩在天火之下，烧出了炽烈的红色。

外面传来惊天动地的喧嚣声，留守在昆仑山的诸神为天火坠落的景象吓坏了，纷纷躲闪着冲向这里，叫嚷着天帝和白帝的名字。可是无论他们怎么冲撞，也撞不开神殿的门——这里被天帝下了结界，只能出，不许进。

天火絮絮而落，降在房屋花草上，瞬间就燃烧起来，诸神无处可躲，抱头鼠窜，然而跑了一段，突然发现那火对自己没什么效果，直直穿透身体落在地上，并不会伤及自己分毫，一时又都呆住，不晓得是怎么回事。

天帝低声道："璇玑心存良善，孤十分感激。"

璇玑淡然道："这是你和白帝的过错，和其他人没关系，他们也不过是听命行事、不分是非的小丑而已。你现在感激我，回头一定会恨死我。"

天帝先时不解，然而他毕竟有大神通，立即明白了她的意思，原来她是要把昆仑山烧成秃山，让这些神仙再也无法来到下界。那火越烧越高，顺着天顶的祥光窜上去，一直烧到天界。看样子，她还打算把天界也烧个稀巴烂。

天帝又道："你不伤性命，已是以德报怨，孤依然深深感激。"

璇玑笑了笑，道："我怎会不伤性命，你躲在帐子后面，火烧不到这个神殿，我也看不到你究竟是什么模样，就算想伤也伤不了你。你是天帝，我动不了你也罢了，但白帝的命，我怎会放弃！"

她放下琉璃盏，执剑下台，一步步朝白帝走去，毫不留情，显然是要将他斩死在剑下。天帝纵然不忍，却也只能在帐后轻声叹息。修罗心有执念，认定的事情便是认定了，纵然她今世为人，这本能却也改不了，天帝有心劝解，又岂能劝动她。

璇玑一直走到白帝面前，定定看着他，道："拿兵器吧！"

白帝摇了摇头，将衣衫一扬，跪坐在地上，低声道："寡人引颈待戮，绝不反抗。"他解开外套上的系带，露出胸膛，又道，"卿是要斩首，抑或者是剜心，寡人绝不皱一下眉头。"

璇玑低声道："拿兵器！你是小看我，还是小看你曾经的兄弟？"

白帝惨然一笑，道："寡人昔日亦是用卑鄙手段来降伏计都，今日计都何须再谈公平。"

在幻境中，听他叫计都这个名字，还不觉得如何，现在他当面又唤这个名字，璇玑心中本能地生出一股感慨。一直以来，所有人都说中了心魔的人是她，到最后，有心魔的人却是白帝。倘若此刻站在这里的人是曾经的罗睺计都，他一定会先问他一个问题，譬如：君到底有没有将吾当作过兄弟？再譬如：在君的心里，吾究竟是怎样的地位？抑或者是：君有没有后悔过对吾做的这一切？

可是她什么也不会问，她已经不是罗睺计都了，她是褚璇玑。

"以前的一切都烟消云散啦。"她轻声说着，举起手里的定坤剑，"罗睺计都已经不是当日的他，你却依然是当日的你。你这个可悲的人。"

她手起剑落，便要用定坤饮尽仇人血，忽听殿后传来一个叫嚷声："哇！这里没火！万幸万幸！"

璇玑不由得一愣，急忙回头，只见殿后飞快绕出两个人，都是满脸黑灰，狼狈不堪的模样，当头那人看到白帝，脸色顿时一变，再看到举剑站在白帝面前的璇玑，突然瞪圆了眼睛，眼珠子险些滚出眼眶。

"璇玑！"

"臭小娘要做什么！"

两个声音同时吼起来，居然是无支祁和腾蛇两人。外面火焰奔腾，他们浑身都发黑，看上去十分狼狈，但很显然没受到半点伤害。璇玑心中一阵狂喜，急道："是你们！你们没事吗？"

话音未落，突然见到腾蛇身后又绕出一个人，对比着无支祁和腾蛇的狼狈，那人显得神清气爽，连根头发也没乱。

这回轮到她的眼珠子要掉出来，惨叫一声："司凤——"声音没停，人已经冲了过去，扑进他怀里，定坤"咣当"一声砸在地上，她哪里还顾得上。

禹司凤也对在这里遇到她感到十分惊愕，待得那个人扑进自己怀里，本能地扶住她的肩膀，茫然唤了一声："璇玑？"

不等她回答，他突然摸了摸自己的脸，奇道："这里不是阴间？你们……都没死？"

璇玑又是激动又是欢喜，哪里还听得清楚他说什么，一旁的无支祁笑道："方才我和这白头发小子在这里乱窜，要找天帝，谁知道天上突然开始落火，落人身上倒没事，但周围都烧起来，也难免要伤亡。我说咱们只顾自己，走人吧，这小子不肯，非要回去把喝醉酒的他以前的同僚神仙们找个安全的地方放起来。回头我们见其他屋子都在烧，就这里没事，这不，你看看，人都带过来了。"

他指着后面地上，果然横七竖八躺着许多神仙，都被一张巨大的网网起来，腾蛇力气大，拖着他们硬是一路走过来，面不改色。只可怜了这些神仙，昏睡中被他这样粗鲁地拖着，身上脸上也不知被撞出多少淤青红肿。

璇玑终于冷静了一些，揉揉眼睛，问道："你们……没杀他们？"

无支祁笑了笑，往白帝那里翻了个白眼，道："这些天帝啊白帝啊黑帝啊，就盼着老子多杀几个人，他们好给老子定罪。我偏不让他们如意，还真以为老子是只靠蛮力的傻子吗？"

腾蛇在脸上抹了一把，结果黑的更黑，白的也黑了，他叹道："好在这该死的天火不会伤人，真要是下火雨，应龙那家伙出现也没用了，这火可不是他能灭的。不晓得是哪个家伙没事放天火玩！都烧到天界去了！"

璇玑淡然道："火是我放的。"

众人闻言都是一惊，怔怔看着她，盼她解释一下。璇玑想了想，又道："一言难尽……你们和司凤怎么会在一起的？"

无支祁道："我和白头发小子刚闯进这个神殿，那鸟妖小子就出来了，看到我们也不吃惊，劈头第一句就是你们也死了？真是让人莫名其妙。"

禹司凤只好说道："我当时被那束光送去了阴间……这个也是说来话长，和紫狐道别之后我以为会回到天界，谁知落地之后又是阴间地牢，那元朗还在喋喋不休地骂人，我便只好推门走出去，刚出来就遇到了你们……原来这里已经是天界了？"他还带着不可思议的神情，好像不太相信自己莫名其妙走了一趟阴间又毫发无伤地回来了。

无支祁听他说到紫狐和元朗，眉头连着跳了两下，张口似是想问，结果却没问出来，只长长叹了一口气，朝殿上望去。见四周纱帐垂下，白帝形容凄凉，跪坐在那里，平日的风采半点也没有了，他也十分好奇，拉过璇玑低声问道："喂，我们来之前你到底干了什么好事？连白帝也给你打哭了？"

璇玑没有说话，在见到众人都平安无事之后，她的杀气似乎消失了不少。天帝说得也没错，她这一生已经有了更重要的人，懂得了珍惜与忍让，司凤也说过，前世与今生是不同的，纠结在过去的岁月里，只会让人失去最珍贵的现在。

或许从另一个令人伤感的角度来说，她也要感谢白帝的残忍，否则罗睺计都永远也不知道做人是怎样的，也更不会有褚璇玑的存在。

一个真正幸福满足的人，是不会去抱怨哀叹，斤斤计较的。以前她还不明白，如今却懂了。她这样一个特殊的存在，从修罗到战神，从战神到凡人，每一步都孤零零，充满了血腥与背叛。所以她对自己眼下拥有的一切会无比珍惜，想到以后的生活，亦是感到满足。

这种满足与温馨，很容易就磨灭人的斗志，那一瞬间，她真的想说，让一切都过去吧。她可以当作什么都没发生过，过去的那些恩恩怨怨，放在心里只是负担。对的，错的，何须那样分明——想必罗睺计都也不希望自己曾经深爱过的人惨死。

璇玑张口，正要说话，忽听案上琉璃盏一阵微鸣，其中的斑斓火焰竟然穿透了琉璃盏，一跃丈余。众人都是大吃一惊，璇玑更是第一次见到琉璃盏发生异象，脑中第一个念头便是：罗睺大部分的魂魄与心都被锁在琉璃盏里，莫非也已经生出了自己的意识？

容不得她多想，那琉璃盏骤然飞起，像抽出剑鞘的宝剑，又像贯日的长虹、穿杨的利箭，快得几乎令人看不清。白帝只听头顶一阵风动，抬头看时，却见那琉璃盏直直撞了上来，额角"砰"的一声，被它狠狠砸中，登时眼前发黑，头晕目眩。

白帝本能地抬手捞住那琉璃盏，顾不得头破血流，将它捧在手里，低头观看。额上的鲜血一滴滴滴在琉璃盏上，那满满的快要溢出的斑斓火焰终于渐渐平静下去，在琉璃中来回游荡，像是怨气渐渐得到了平息。

白帝颤声道："计都，你原来在这里吗？"

琉璃盏自然是不可能说话回答他的，只是里面光芒变化万端，竟真的生出一股灵性来，应和着他的话语。

白帝禁不住热泪盈眶，哽咽道："小弟我……做了一件大错事！"

腾蛇见一向丰神俊朗的白帝居然变成这种狼狈模样，脸上又是血又是泪，衣服也乱糟糟的，心里十分难受。白帝一直宠他，犯了什么错也不会与他计较，像对待一个顽皮的晚辈，他心中实在是将他当作了一个可亲的长辈，而不是阶级森严的帝王。如今见他这般模样，他忍不住上前要去搀扶，一面低声道："白帝，您先起来吧。"

无支祁最灵敏，突然发现有些不对劲，一把扯住他的袖子，急道："别过去！"

那琉璃盏的色泽渐渐变得妖异，就连见识多广的无支祁也从未见过变幻这么频繁剧烈的颜色，简直就像一团迷离的怪梦，不可捉摸，无法靠近。白帝的鲜血与眼泪滴在上面，聚集在盏上一个花纹的凹槽里。那色泽变得更加激烈了，激烈到众人都以为马上就要幻化出什么奇迹，或许罗睺计都要复苏，抑或者是开口说话。

璇玑心中也是迷茫万分。当日白帝将罗睺计都拆开，琉璃盏做罗睺，她成了计都，事隔上千年，罗睺与计都才终于相见，而想象中的合而为一并没有出现，兴许是计都本能地排斥罗睺，也可能是罗睺察觉了今世的计都已非当年修罗，不予以相认。璇玑心中要杀了白帝，了结这段恩怨，而琉璃盏做出这么大的反应，难道当真是不愿她杀了他？

她心中有些感动。修罗炽烈的感情，延绵了上千年也不曾消退，是不是她就算明白白帝的一切作为，也不忍心怪罪于他？

白帝双手颤抖，捧着琉璃盏，低声道："昔日与计都兄长醉凉亭，笑谈风月的日子，只怕是再也回不去了。"

琉璃盏当然还是不会说话的，只是色泽急速变化，如梦似幻，渐渐竟显得十分杂乱，看久了只觉那光泽会勾人心魂。

突然，那诸般天魔变幻霎时静止，琉璃盏化作一片纯粹的白色，紧跟着"咔嚓"一声脆响，那琉璃盏轻轻裂了开来。白帝眼睑微扬，像是想去按住裂缝，然而那裂缝中细细冒出一缕五彩的火焰，轻轻靠在他的指尖上，下一刻，他整个人都被吞噬在骤然炽烈的五彩火焰中。

腾蛇大惊失色，摔脱了无支祁的桎梏，扑上前想要抢救。无支祁硬是拦住他，最后干脆一脚将他踹翻，踩在脚底，不让他动弹。

"你这傻瓜！上去送死吗？那是修罗的报复！"无支祁厉声说着。

五彩的火焰妖异地将白帝整个人吞噬在其中，他先是浑身一颤，面露苦楚之色，紧跟着，却渐渐化为安详，双手合于心口处，低声道："很好，我等这一日，也等了很久。"他掌心一扬，寒光微闪，手里竟多了一把匕首，正是当日他用来斩断罗睺计都脑袋的凶器。

看起来他好像是打算用那把匕首了结自己，然而没等他动手，那匕首便在火焰中化成了灰烬。白帝长叹一声，双目渐渐合上，身上的衣物尽数化成灰烬，只有额上一点金印，闪闪发亮。

无支祁忽觉肋下突突乱跳，像是有什么东西要急着跑出来，还没来得及反应，只见策海钩骤然一亮，竟不知何时钻了出来，在空中打了个卷，流星一般刺过去，从白帝头顶灌入，将他钉在地上。

众人纷纷低呼，也不知是该上去救助，还是掩面不看这等残忍的场景。鲜血在地上乱铺，像无数条鲜红的小河。白帝忽而展眉一笑，轻道："我这便去了，六道轮回，重新走过一遍，体悟大道。"

言毕，他额头上的金印突然便失去了光泽，整个身体也在一瞬间化作了黑灰，随着火焰上下翻腾，纠缠不休，就像他与罗睺计都的相识相遇相离，个中恩怨情仇，岂是三言两语所能说清的。

众人静静看着这惊心动魄的一幕，谁也没有说话。不知过了多久，五彩的火焰渐渐熄灭，琉璃盏也早已被烧成了灰，被白帝拆出来的罗睺，竟然选择了这样一种方式来报复，委实出乎璇玑的预料。他们都以为罗睺计都选择了宽恕，谁知千年下来，她心中依然藏着最深沉的怒火，终于还是让仇人死于自己手中。

殿外的天火也渐渐停息，不再落下，昆仑山与上方天界的大火却依然熊熊，没有半点熄灭的兆头。璇玑怔了很久，终于慢慢走了过去，蹲下身体，在满地的灰烬中轻轻摸索，不知是要找什么。

天帝在帐后发出一个幽幽的叹息，轻道："他们……都走了，谁也没有留下。"

璇玑仿佛没有听见，她还是在地上轻轻摸索着，喃喃道："罗睺……也不见了？去哪儿了？我还没有……还没有……"

她还没有真正感受一下完整的生命，谁知罗睺计都被分开的两个部分，再也没有合并的那一天。她以后永远只是一半的那个计都，而罗睺，从此与她无关了。

她深深吸一口气，只觉心中莫名感到无比酸楚，竟是恨不得痛哭一场。

天帝道："各自去轮回，各自转世，从此两不相干。"

璇玑摇了摇头，忽觉肩上有人轻轻按住，回头一看，却是禹司凤。他纵然对发生的一切都是一知半解，却没有多问，只低头看她。璇玑只觉所有的委屈似乎找到了可以发泄的对象，叫了一声司凤，起身死死抱住他，泪如泉涌。

到最后，还是罗睺自己报的仇，想必当时她靠近琉璃盏的时候，罗睺便已知道了她心头的犹豫。她这一生已经有了太多需要顾忌的人与事，再也不能像做修罗或者小时候那样随心所欲，黑白分明。做人的可悲之处，或许便在这里了，纵然无奈，却也没办法。

"我变了，可是罗睺你永远也不会变。"她低声说着。罗睺计都，做修罗的时候亦是快意恩仇，走到终点的时候也毫不拖泥带水，修罗永远也不知恐惧，只做自己想做的事，而她褚璇玑，从此刻起也彻底脱离了修罗的身份，成了一个真正的凡人。

腾蛇大哭起来，完全没有任何形象。无支祁也懒得理他，转头对帐后的天帝说道："喂，天帝老儿，那时候偷走你家的神器是我不对，杀了天界那么多神仙，也是我的错。均天环已经被我捏碎啦，这又是一条罪状，我本来是打算见到你，把策海钩还给你，不过你也看到了，策海钩被烧成了灰，这条罪状可不是我的错。你老人家要定罪就赶快定罪，这回再去什么无间地狱油锅地狱，老子也是伸头一刀，再也不跑了。"

他这话一说，璇玑他们都吃惊极了。璇玑急道："你……你来这里……就是要说这个？来自首认罪的？"

无支祁咧嘴一笑："废话，不然你还真以为老子是要上来谋反的吗？这等腌臜劳累的事，我可干不来！"

天帝在帐后沉默良久，道："廊下诸多神将，都是你与腾蛇相救的，好教他们免受天火焚烧，孤对你二人的大义，十分感激。"

无支祁把手一摆："好啦！别那么多废话，我顶不爱这套！快，要杀要剐，赶紧的！我这急性子可忍不得！"

天帝又道："此次你与腾蛇救人，昔日杀神将之过，可以抵消，然而偷取神器，毁坏均天环之过，仍是要追究。还要加上神巫居住的山头为你所毁这一条，所喜没有伤亡，否则便要罪加一等。"

无支祁先是摇头晃脑地听着，待听到神巫没死，不由得瞪圆了眼睛，叫道："没死？！不会吧！靠，这回的买卖不划算了！居然没死！"

天帝道："孤岂会任你在昆仑山行凶。那紫狐之死，乃是她的命数，纵然神巫不杀她，她备受情欲煎熬，道行皆损，也活不过几年。孤亦知道你素来心高气傲，此事只怕不会善罢甘休，虽然此事究其根本，乃是你们擅闯昆仑山导致，然而最先的原因还是孤与白帝的一个赌约，诱使你们找来，所以也怪不得你们。那擅自出手伤人的神巫已被关押起来等候审问，必然让他受到惩罚，孤言出必行，你也不要再追究了吧。"

无支祁倒也知道天帝委实是个言出必行的人物，于是点了点头，又加一句："要狠狠地惩罚！最好也把他一掌拍死了！不过……你说什么赌约，是怎么回事？把咱们诓到这里，就是因为你们俩那什么劳什子的赌约？"

天帝沉吟片刻，才道："璇玑，其实自你今世投生为人，孤与白帝便时常暗地观察你。你的命数不在天定，孤也看不透你的未来。先时你怨气冲天，孤便委托后土大帝将你回归修罗道，只盼你回归故土，怨气稍解，谁知竟是大失误，若不是当日孤与后土大帝详谈，只怕孤还看不明白纠结所在。今世让你做人，一是缓解你的痛苦，二来孤亦有私心，只盼人间生活将你的怨气冲淡，将来天界不至于遭遇报复覆顶。"

璇玑嘴角微动，苦笑一下，没有说话。但，到最后他们都看错了，不是吗？所有人都以为怀恨报复的人必定是她，谁知那放置了千年的琉璃盏，融了罗睺的魂魄与心，才是真正满怀怨气毫不犹豫的那个，只因她是最纯粹的修罗。

"孤亦未想到，那琉璃盏居然生出了灵性，可见天下万物本都有灵，奈何如今天界……就连孤也一样，都变得目光短浅，只知放眼在人身上。"天帝很是感慨，过一会儿，才道，"孤与白帝见你年纪越长，处事也愈加圆滑，只是独处时，仍与做战神之时没有区别。白帝对这种情况十分心焦，他过于在乎天界安危，以至于中了心魔，加上你与无支祁走得太近，前世的记忆难免会被勾起。后土大帝虽然抽走了你的回忆，但人之心何等精妙，纵然是琉璃，也无法琢磨透，你对前世的事情接触多了，总有一天会想起一切因果。白帝认为你一定会报复，孤却认定你必然有所改变，于是二人便打了个赌，与其提心吊胆等你找来天界，不如将你召唤过来，所以白帝便派人下界传旨，并将鲛人亭奴带回天界，作为诱你上钩的饵。"

璇玑道："不止这样！你还派人去挖了柳大哥的天眼！害他差点死掉！还来抢均天、策海！结果又害死了许多离泽宫的人！"

天帝叹道："孤并没有派青龙去取回天眼，青龙素来争强好胜，某日听说天眼被一凡人偷走，便念念不忘，时常来请命去取回天眼。当日她又来请命，刚好朱雀请命去取回均天、策海，于是孤便让她一同下界协助，谁想她居然将天眼挖出。那天眼命定是属于柳意欢之物，否则天界宝物岂会由他拿走？不过挖出也好，他妖力有限，天眼放在身上，不出三年他便要力枯而死，如今取出，还能再活十年以上。金翅鸟一事，孤亦已得知，朱雀、青龙二人之罪，孤不日便要下谕处罚。"

璇玑突然有点后悔自己嘴快了，柳意欢还等在龙门那里呢！青龙一被处罚，肯定没个百儿八十年的不能下界，他最多活个十几年就要死了，哪里能等得到？不过转念一想，青龙残忍无赖，谁都不喜欢她，等不到最好，省得柳大哥和这么讨厌的女人双双对对，看着

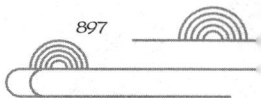

就没意思。

"起初孤与白帝的赌约是一盘玉棋子，他赌你必然会报复，孤赌你会放下恩怨，谁输了，那玉棋子便归谁。没想到，胜负未明，白帝却走了，这赌约，到头来还是成空。"

璇玑没有说话，其实他们的这场赌约，是双赢。她当时真的有放弃报复的想法，所以天帝赢了，然而最后报复的是成为琉璃盏的罗睺，罗睺计都本为一人，所以白帝也赢了。只是事到如今再看这个赌约，难免感到天界的那种盛气凌人与高高在上，她非常不喜欢这里，很想立即就离开，不过转念想到自己发怒把昆仑山和天界烧了个大半，心里到底还是舒坦些的。

无支祁叹道："你们的赌约啊恩怨啊，说完了吧？到底什么时候才来给我一个答复？"

天帝道："孤说过，杀害神将之罪抵消，毁坏山头之罪亦可抵消。你所犯之罪，便是偷取与损坏神器，外加擅自逃脱监管。孤念你一片英勇直爽，胸怀霁月，此次不再打入无间地狱，押入天牢关押两百年，便可恢复自由。"

无支祁摸了摸下巴，嘻嘻笑道："那敢情好，天帝老儿果然厚道！不过我还有个请求……将我关在地府的牢房里可好？这天界，呆得我浑身不舒服，吃饭也没滋味……"其实他是听说紫狐在阴间，想去看看。

天帝笑道："口腹、男女乃为两大欲，岂可轻犯。你聪明伶俐，只要下苦功修行，来日必成大道，何苦贪这二欲。"不愧是天帝，一眼就看穿了他的小伎俩。

无支祁叹道："老子生在这个世上，长着嘴是要吃饭，活着就要叫美女来享受，才不稀罕做什么神仙，你老人家不用操这份心了。"

天帝道："顽固不化，也罢，天界亦容不下你这等泼皮耍赖的人物，便依你，孤将你转交给后土大帝，由他处置。"

无支祁哈哈大笑，装模作样地对他一鞠躬，唱喏道："多谢天帝！"

一语未了，只听殿门外喧哗声如山，诸守卫显然是找来了这里，发现一片废墟中只有这座神殿毫发无伤，狂喜之下纷纷叫嚷起来，奈何天帝设下结界，谁也进不去，只急得要撞门。

璇玑脸色大变，瞪向帐后，不知这天帝是不是要食言，仗着人多将他们抓起来。

天帝道："无支祁，你且与他们去吧。孤嘱两员神将押送你至邑都，交由后土大帝发落。"

无支祁答应一声，利落地过去开门，手刚碰到门框，只听"砰"的一声，紧跟着咣当巨响，却是那殿门被众人从外面撞翻了，砸落在地，众人和地上腾起的烟尘一样，席卷而入，眨眼就把无支祁围在当中，恨不得用兵器把他刺成马蜂窝。

"大胆猢狲！你敢对天帝做什么犯上举动？！"有人厉声喝问他。

无支祁只是笑，并不说话。众人又发现了殿后躺倒一地的神将，眨眼又把璇玑和禹司凤围在当中，刀剑亮闪闪的，对准这几个罪人。一人又叫："天帝！您没事吧？"

天帝在帐后道："撒开，不得伤害他们。将这些神将扶出去。"

那些人半信半疑，犹犹豫豫地将倒在地上熟睡的青龙他们扶到外面，突然想起什么，又问："属下们找遍了昆仑山也不见白帝的踪影，是否与天帝在一处？"

天帝闻言，却叹了一声，声音甚是沉痛，半响，方道："他……已自去轮回，重新成道。白帝一职暂时空缺，明日孤自会昭告天界。"

众人大吃一惊，所谓去轮回，就等于是死了。白帝死了——这是什么兆头？！腾蛇方才一直将惊痛憋在心里，这会儿听到天帝说他自去轮回，重新成道，心中不由得大痛，忍不住痛哭出声，昔日里白帝对属下的宽厚仁爱一一掠过心头，他哭得几欲晕过去。众人先时还不敢相信，待见到腾蛇哭成这种样子，又见地上一摊随风散开的灰烬，莹莹絮絮，犹如一粒粒极细小的琉璃砂，灵性尚存，终于相信白帝是死了，那便是他的骨灰。一时间众人都大哭起来，有人想到能用火将白帝烧死的，唯有璇玑一人，再也按捺不住，提戟便朝她刺去，天帝亦来不及阻止。

璇玑犹在发愣，那方天戟刺到面前也没反应，腾蛇突然暴起，抬手抓住那方天戟，沉声道："不要乱动！"话音未落，那方天戟早已被他掌心的火焰烧化，断在地上。众人知道他的厉害，也知道他现在是璇玑的灵兽，与谋反派是一类，只得在后面破口大骂，但谁也不敢擅自出手了。

璇玑怔怔抬头，只见腾蛇的侧面，长长的睫毛上湿漉漉，泪水遍布。他并没看她，也没说话，事实上，她自己也不知与他说什么。白帝之死虽然不是璇玑出手，但她此前亦有杀他之心。琉璃盏是罗睺，与她也没什么区别，原本都是一人。

她低下头，轻道："腾蛇，你怪我吧。"

腾蛇一愣，奇道："怪你……为什么？"

璇玑也是一呆："你……不知道那琉璃盏和我……我们是……"

"是什么？"腾蛇更奇怪了。

"不……没什么……"原来他不知道，璇玑叹了一口气，道，"回头我再和你仔细说。腾蛇，咱们的契约如果要解开，必须得斩了我一条胳膊，我心疼，想必你也不愿。这样吧，我允许你永久离开我身边，想回来就回来，想走就走，不再受契约所累。"

当时她给腾蛇规定的期限是三日，三日内不回到主人身边，灵兽的神力就会渐渐枯竭，所以腾蛇的头发也变成了暗红色，如今她说出允许永久离开，由他按照自己的心意行动，除非璇玑死，他这个灵兽也得跟着死，其他倒也和解开契约没什么两样。

腾蛇心中烦躁，胡乱点了点头。若在以前，他必然要开心得大叫起来，可是如今白帝死了，他只觉像是自己一个父辈过世，那种伤心无法言喻。做神仙的，除非发生修罗袭击那种战争，否则便没有生老病死之苦，他从来也没有想过"死亡""轮回"是怎么样的。

那些属于卑微的凡人，听来就像遥远的另一个世界，可以毫不在意，拿来说笑，甚至害死几个凡人也不过是去"轮回"，长久的生命是不会截断的。

如今他终于明白，生与死并不是那么简单冰冷的东西，死亡带走的不单单是生命，还有亲密之人所有的感情与遗憾，以及种种回忆。不可玩弄、轻视生命——天帝的话曾被他当作耳旁风，任性妄为，现在终于明白其中沉痛的含义。

"腾蛇！你帮着这些谋逆，杀了白帝！"方天戟被烧断的那人，气急败坏地吼了起来。

腾蛇不欲与他争辩，只摇了摇头，弯腰将地上的骨灰还有烧化的琉璃盏残骸收拾起来，撕下衣襟包好，小心放在胸口。这个动作一下提醒了无支祁，赶紧举手叫道："哎哎，我突然想起来有点事，天帝，不好意思哈！能不能让我先回一趟人间？我有点事要处理，保证马上就回来！"

天帝总是拿他这种惫懒的性子没有办法，只得问道："何事？"

无支祁拍了拍胸口，紫狐的骨灰还放在那里，说道："我有个朋友……就是被神巫杀死的那只小狐狸，我想把她的骨灰埋了。"

天帝居然没生气，反而赞道："理应如此，凡人有情，你与她虽然身为妖类，多情之处，居然不让人。孤许你下界安葬骨灰，一时辰之内便回。"

无支祁对着帐子咧嘴一笑，道："我便知道，天帝果然是个大好人。我去啦！在这里等着我，马上就回来！"

说罢眨眼就消失在殿外，有人想阻，手刚伸出，他便如一阵风一样，散了开去。众人急道："天帝！此妖向来跳脱不羁，如今好容易捉住，怎么可以放他离开！何况白帝亦是死于这些人之手……"他们恶狠狠地瞪着璇玑三人，恨不得用眼神杀死他们。

天帝道："此事与他们无干，乃白帝自己心魔所致，孤心中伤痛，更甚于尔等，然不可以伤痛强加于人。"

众人又急道："就算白帝之死与他们无碍，但昆仑山被焚烧，天界亦被烧得七零八落，此等大罪，岂可轻易饶恕！倘若传出去，只说堂堂天界如此无用，竟被下界几个狂人放火烧得一塌糊涂，天界脸面何存！"

天帝突然放沉了语气，似有责备之意："昔日尔等便是太过注重所谓的天界脸面，才不将下界众生放在眼里，故而做下这许多错事！莫非天界便高人一等，可以恣意妄为，却受不得半点责罚？此次天火陨落，亦是一个警示！尔等速速放下尊贵为神的架子，严以待己，以免将来做下不可挽回之事！"

众人被他说得鸦雀无声，只得灰溜溜地扶着昏迷的众神将退出殿外，只留几人看守殿内璇玑三人。璇玑犹豫道："天帝……我、我们……"他们气势汹汹跑来昆仑山，谁也没想到会是这么个结局，纵然大仇得报，心中却毫无快意。想来此件事中，最为快意的，竟然是化成琉璃盏的罗睺，他与白帝这一对冤家，共焚于修罗之火中，痛快淋漓，走黄泉路的时候，只怕也要大笑。

做人纵然有千般好，可她还是不由自主羡慕并怀念这种洒脱，快意恩仇，赤条条来去无牵挂。这才叫真正的自由与恣意。

禹司凤一直在观察，他来得迟了，并不清楚璇玑与天界的诸般纠葛，然而他向来聪明，从天帝的言行与璇玑的表情里，到底是看出了一些端倪，此事甚是尴尬，只怕多说无益，便上前一步，朗声道："天帝宽宏，此间事已了，再无牵挂。我等擅闯昆仑山，扰乱天界秩序，自知罪孽深重，还请天帝降旨定罪，绝不敢有异言。"

他以退为进，看出天界对璇玑有愧疚，却先放低了姿态，摆明是让天帝放过他们。

天帝却微微笑道："多年不见，星君依然伶俐聪颖。只是凡间繁华，如今便忘了天界之清冷？"

这话一问，众人都呆住。禹司凤更是一头雾水，茫然之极。

天帝感慨道："星君曾是天河畔黎明最早升起的一颗星，每日勤勉，从无懈怠。昔日天河畔曾有化石织女每日织布，星君惑于其美色，便化成少年与她相识——此段过往，星君业已忘记？"

禹司凤极为尴尬，万万想不到自己居然也有这么一段过往，忍不住拿眼去偷偷看璇玑，只怕她不快活。谁知她面上突然一红，先是欣喜，跟着却是隐隐有些愤恨，最后又变成了淡然。

这诸般情绪变化更让他摸不着头脑，只得拱手道："我……我早已忘却前世之事。"

天帝笑道："星君与织女的私情为人揭发，便罚了星君下界历劫百世，今世却是投胎做了金翅鸟，孤亦没有想到，今日还能见到星君。"

禹司凤惶然道："敢问天帝，在我身上下印，令我徘徊阴间是何用意？莫非与我前世有关？"

天帝笑叹："星君下界历劫百世，所经历的自然比寻常人多数倍。当日将璇玑罚下界的时候，白帝突然提起星君你，星君对化石织女情深似海，每一世做人定要寻得面容与织女相似的女子才肯婚娶，因此世世孤独。白帝言道，这一世你二人如有机缘巧合，遇上了不知是怎样的情状，谁想一句戏言成真，你二人遭遇缠绵悱恻，分分合合，这一世终于了却星君之愿了。"

禹司凤好不尴尬，化石织女也好，星君也好，他是半点印象也没有，不过当日初见璇玑，便觉面善，日后朝夕相处，更是情思不可抑制，想来果真是因缘前定。那什么星君，说他痴情，他却独独爱织女的皮相美色，只要面容相似就好；若说他不痴情，何苦世世为人世世孤独，这一桩情事，真是乱七八糟，莫可名状。

天帝又道："星君此生为妖，擅闯昆仑山之罪比凡人还要严重，是必死的罪名。孤特将你转移出去，一为爱护，二来，孤也想看看星君今世是怎样的脾性。孤令星君窥得多年之前的往事，也意在提点，星君莫非忘记当日璇玑进入地府，星君上一世的生魂得以窥见，登时难以忘却。星君历劫日期将满，本要回归天庭，只因当日地府惊鸿一瞥，连天界也不愿回归，更在在后土大帝面前起誓。誓言朗朗，未绝于耳，星君如今心愿得偿，却忘记了先前之事？"

禹司凤又是尴尬又是茫然，只得垂手道："委实不记得了，却不知当日我许了什么誓言？"

原来他在地府里见到璇玑上辈子的生魂，不是让他了解其中的真相，而是让他记起当年自己一见之下如何心驰神摇，从而不知拿什么东西起誓，逼着人家再让他跟着下界做人。这回事当众说出来，实在丢人，纵然禹司凤一向稳重内敛，这会儿也是臊得脸皮通红，结结巴巴，不知如何自处。

天帝笑道："当日星君在后土大帝与孤面前起誓，再做十世人，世世都要娶得璇玑为妻。后土大帝于是戏问星君，无凭无据，何必要替你造因缘，又将璇玑前世种种事迹说与你听，星君当时便起誓，娶不到璇玑为妻，宁可陪她坠身无间地狱，永不回归天界。孤与后土大帝为星君痴心所感，故而令你二人托生在人间，同为修仙者。然而娶妻之事，全看缘法，不可人力强行为之，星君今日与璇玑缔成姻缘，岂不是百世心愿得偿？"

禹司凤转头去看璇玑，她似笑非笑，似嗔非嗔，此种情态，令人心醉。见他盯着自己，璇玑黑白分明的大眼睛也瞪回去，悄悄用手指在脸上刮了两下，无声地对他做口型，那意思，大概是说他原来是积年的老色鬼，贪恋美色，连前途都不要了。

禹司凤又好气又好笑，想到自己前世这般趣事，其实和璇玑的身世毫无干系，但阴差阳错之下，居然也起到了推波助澜的作用。"老色鬼"这三个字，想必要被他背上一辈子不得翻身了。

天帝又与禹司凤说一些他前世的事情，本来犯了男女之罪并不至于罚下界历劫百世，但星君这个人怪就怪在这一点，他死活不肯认错，觉得年少恋慕美色，双双对对乃是人之常情，却不曾想过他和织女不是人，是神，人之常情这一句，岂能用在他们身上。他面对众多责难坦然处之，毫不变色，此人的固执，和璇玑有一拼。

既然不肯认罪，那自然就要加重惩罚，因此他被罚历劫百世，从畜生道开始做起。天河畔的化石织女并不解情事，昔日星君化成少年来与她嬉戏，她也只当是解闷，后来发生了星君被罚之事，大约是将她吓到了，从此更加沉默寡言，最后郁郁而终，化身成了天河畔的一块青石。

星君历劫数世，死后生魂被拉去地府，得知化石织女神魂俱灭的消息，众人都以为他会大闹一场，抑或者痛哭流涕，不可开交，谁知他只长叹一声，道："死了也好，做神仙的，谁又知道真正的死是什么滋味。她始终比我幸运一些。"

直到今天，地府与天界众人也摸不透星君对织女究竟是怎么样的感情，此为诸神茶余饭后必定闲聊的话题之一，众说纷纭，莫可一是。

璇玑见禹司凤和天帝聊得投机，自己也插不上嘴，只得站在那里发呆，不防胳膊突然被人轻轻一碰，腾蛇的声音在头顶响起："你不是说有事情要和我说吗？这会儿得空，说罢。"

璇玑见他神情平淡，和往常大不相同，心里便有点犹豫。腾蛇对白帝的感情，她略微知道一些，毕竟他们一个是灵兽一个是主人，相处了那么久，不可能面对面不说话，腾蛇若是开口，不是说美食，必定就是谈天界了。

谈到天界，白帝便是最多被提起的那个名字，在腾蛇的嘴里，白帝就是完美光明，睿智冷静，什么都会，什么都难不倒。他是个淘气的下属，总是偷偷溜出来玩，故意违抗白帝的命令，那其中，多少带着撒娇的味道，像个顽皮的儿子，希望引起父亲的注意。白帝也没有让他失望过，他纵然责罚他，斥骂他，但从来没有真正恼过他，所有人都说白帝宠他，倒也不是毫无根据。

这样一个从来不会犯错，高高在上的人，其实却犯了最大的错误，藏着天下最可怕的秘密。这件事告诉腾蛇，他会不会难以接受？

璇玑犹犹豫豫，花了两炷香的时间，总算把前因后果大概说了一遍，说完抬眼偷看腾蛇，出乎意料，他面色如常，只是略显得苍白，并没有任何激烈的反应。

"……就是这些了？"他低声问。

璇玑点了点头："就是这样，因为白帝对罗睺计都做了这么过分的事，所以被困在琉璃盏里的罗睺便采取了报复，两个都被修罗之火烧成了灰。"

腾蛇跟着颔首，淡淡说道："我明白了，果然，是白帝他……做错了，错得十分离谱……"一语未了，眼泪却掉了下来，他用手狠狠捂住，肩膀微微颤抖。

璇玑忍不住想拍拍他的肩膀，安慰两句，然而想到自己的身份，她也曾想过要杀白帝，一时间却也找不到什么安慰的词，只能长叹一声。

腾蛇的肩膀被她一碰，骤然缩回去，他跳了老远，躲开了璇玑的手。

璇玑只觉尴尬又难过，无奈地看着他。腾蛇粗鲁地用袖子抹脸，好容易将眼泪都擦光，睫毛上还沾着泪珠，低声道："我要留下来，你们走吧。"

璇玑心中不舍，轻道："你是想以后再也不见我们了？就这样永别吗？"

腾蛇摇了摇头，有些茫然："我不知道，但我现在不想见你。"

说完，他不顾天帝还在那里和禹司凤说话，飞快跑出殿外，眨眼就消失在遍地的废墟里。璇玑忍不住想追，天帝却叹道："随他去吧，世上的道理，总要自己去体会，别人说得再多，其实也没有用处。"

禹司凤拱手道："天帝，我等擅闯昆仑山……"

他是不想在这里再待下去，所谓夜长梦多，毕竟是白帝死了，天界被烧了，天帝不追究也罢，天界其他人却对他们恨之入骨，再待下去，总是不好。

天帝未等他说完，便道："也罢，你们下界去吧。此一番情事，何来罪，何来错？都是昔日因今日果，天界自作自受。"

禹司凤等的就是他这句，当下拱手行礼，转身想走，回头却见璇玑怔怔站在原地。他转念一想，立即明白是因为无支祁还未回来，这一别，此生做人是无法再见了，只有等死后回归地府，做短暂的欢会。

天帝低声道："璇玑，做人如何？"

璇玑微微一怔，跟着却展颜微笑，重生做人，十八年来苦涩甘甜仿佛一一掠过眼前。若说苦，自然也是极苦，人与人的相处，总归是苦涩的。但正因为有这种种苦涩，或是犹豫不决，或是孤独彷徨，或是被种种情谊绊住了脚无法潇洒自我，所以做人的甜蜜才显得分外醇厚难得。

做人有做人的无奈，做神有做神的苦涩，天之道，损有余而补不足，十全十美的事情，从来也不会存在。但至少，她从此不会再孤单了。

她点了点头，笑道："做人很好，从未有过的好。"

天帝亦安心道："既然如此，那便去吧。"

璇玑本想等无支祁回来再做一番话别，但眼下看起来，是等不到了。她只得和禹司凤向天帝拱手道别，在天界诸神虎视眈眈的怒目下，在一片残壁断垣的废墟中，离开了昆仑山。

## 第四十八章·忘却三生

走到一半，璇玑突然大叫一声不好，掉脸就往回跑。禹司凤不知出了什么事，只得惶惶然跟在后面，跑到神殿门口，那些神将见他们又回来了，登时横眉怒眼竖起兵器，摆明了不会再让他们进去。

璇玑道："我还有一件事忘了问天帝，请让我进去。"

那些神将谁来理她，她烧了美景如画的昆仑山，上方的天界只怕也烧得厉害，加上白帝莫名其妙死了，若不是碍着天帝的吩咐，他们早已冲上来将他二人剁成肉酱。

璇玑急道："让我进去呀！真的有事要问他！"

话音刚落，只听殿门吱呀开了一道缝，一个殿前服侍的力士缓缓走出来，低声道："褚璇玑，你要问的问题，天帝让我来转告。鲛人亭奴早已放回东海之滨，并没有关押进天牢。昔日请他上来，不过是为了了解将军大人转世后的脾性。所谓连坐，并不存在。"

璇玑心中一松，却也奇怪，问道："天帝怎么会知道我要问他这个？"

那力士道："天帝无所不知。你要问的问题已经回答了，速速离开昆仑山吧。"

璇玑点了点头，回头走了几步，忍不住回头又问道："亭奴真的被放回去了？没被伤害？"

那力士微微冷笑道："天界如何会骗你。何况那鲛人也自有一些道行，他日只怕还要回归天庭加官晋爵，如此人才，天界怎会加以迫害。"

言下之意，她来天界找麻烦都是无理取闹，多亏天帝宽宏大量才没追究她的责任，她眼下的追问完全是不知好歹。

璇玑并没与他们计较，到了这种时候，也没什么可计较的了。

回首他们一行人天不怕地不怕地跑来昆仑山，最后七零八落，只剩得两个人回来，起初的豪气也因为诸多波折被磨损得荡然无存。离开开明门的时候，仿佛是默契一般，璇玑和禹司凤互相打量一番，都苦笑起来。

"真是发生了许多事。"禹司凤轻轻说着，替璇玑把额上的乱发理顺，"不过还好，我们都活着，还能一起回去。"

璇玑眼怔怔地看着他，只是抿嘴笑，并不说话。禹司凤在她光洁的额上轻轻一弹："笑什么？贼忒兮兮，一看就没好事。"

璇玑笑吟吟地走了几步，慢悠悠说道："只可惜我不是那化石织女，星君白白追随了一场。"

禹司凤早知她必然要拿此事嘲笑一番，也不恼，淡然道："何苦执著那一场前世，与你我如今，又有何干。我既不会改名叫星君，你也不会改名叫罗睺计都，都已过去了。”

璇玑又惊又喜，低声道：“原来你已经知道我的前世了，那名字……你也知道了。”

禹司凤笑道：“我在地府倒是看到了一些好东西，回头说给你听。”

璇玑点头：“我在昆仑山也看到了一些有趣的东西，回头咱俩一起说。”

说罢，两人又是一笑。当日一人在地府茫然徘徊，一人在幻境中苦楚无法自拔，谁也不曾想过真的还能回来，这一切真的可以过去。

如今真的都过去了。

两人顺着赤水河，肩并肩一路往下走，走到龙门那里，果然见柳意欢还正襟危坐，动都不动一下，回头见他二人来了，柳意欢的表情如同见到鬼一样，暴跳起来，冲上前一把扯住禹司凤的袖子，吼道：“回来了？！没事？！”

他在下面等青龙，等得也是心急如焚，又担心璇玑他们出事，后来见到昆仑山烧了起来，火光冲天，心下更是黯然，只当以后大家真的要在地府团聚了，谁想他二人竟安然无恙地走了过来，他还当是自己在做梦。

禹司凤笑道：“没事，好得很。”

柳意欢心中一松，放开他的袖子，软软地坐回去，叹道：“老子被你们吓得又少了十年寿命。”

璇玑噘嘴道：“你找青龙做老婆，才是有多少年寿命就被吓得少多少年。”

柳意欢白她一眼，咕哝道：“小孩子懂个屁……来来，小凤凰，和大哥说说你们在天界干了什么好事……对了，无支祁和腾蛇呢？”

他不提还好，一提这两个人，璇玑的脸色都暗了下来。柳意欢顿时觉得不好，回头惊愕地瞪着禹司凤，他急忙道：“无支祁他自愿服罪，继续回阴间服刑。腾蛇……想必是白帝的死令他打击很大，只怕短期是不会回来了。”

柳意欢又松了一口气，拍拍胸口：“老子又被你们吓掉五年的寿命，你们这些小崽子，老子本来就没几年活了，这个吓一吓，那个唬一声，老子的命都被你们给瓜分了。那白帝怎么会死？”

禹司凤简单将经过叙述了一遍，只是他对璇玑先前的遭遇并不十分清楚，加上他在地府的遭遇也有些离奇，故而都隐去不说。柳意欢越听越离奇，眼睛瞪得老大，奇道：“那琉璃盏倒是厉害得很！俗话说君子报仇十年不晚，它可是隐忍了千年，君子中的君子！”说完又觉得奇怪，“琉璃盏好好的报什么仇？不就是块琉璃嘛，难不成以前被白帝失手砸碎了，就怀恨在心？”

璇玑淡淡一笑，轻道：“因为……我就是琉璃啊。”

柳意欢没听清，还在连声追问，忽听头顶一人笑道：“哟，你们都走了？也不等等我。”

众人只觉眼前一花，无支祁眨眼就落在了地上，大约还特地洗澡换了衣服，头发也梳得整整齐齐，与以前那种邋遢的模样不可同日而语。柳意欢忍不住吹了一声口哨，玩笑道：“美男子，打扮得这样好，去阴间看情人吗？”

无支祁哈哈一笑，道：“嗯，邋遢了一千年，也该干净干净。以后还不知要再邋遢多少年呢。”

璇玑依依不舍地看着他，轻声道：“无支祁，其实你可以不回去的……”

无支祁摇了摇头：“大丈夫说一不二，老子可不干那种背信弃义的事。”他见众人都露出伤感的神情，依依不舍，便哈哈大笑起来，抬手在禹司凤肩膀上狠狠一拍，咧嘴笑道，“少来这么娘们儿的一套，老子可不爱看。以后总有相见之日，阴阳之隔，你我几个又何曾惧怕过。”

璇玑还想和他说一会儿话，他这一去，还不知多久才能见到，说不定只有等她和司凤死了，到时候鸡皮鹤发地在阴间相见，未免不雅。

无支祁抬头看看天色，道：“不早啦，一个时辰快到了，我得回去了。”说罢纵身一跳，人已在数丈之外，利落干脆。璇玑追上几步，急道：“无支祁！”话到嘴边，只觉千言万语，却一个字也说不出来。

无支祁远远地朝他们摆摆手，朗声道：“过去的事就过去啦，别再胡思乱想！回头来地府玩，老子请你们喝酒！”

一语未了，人已消失，再也不见踪影。

璇玑心中伤感，怔在那里半天也缓不过来。禹司凤挽住她的手腕，柔声道：“他说得也对，过去的都过去了。咱们应当忘却三生，看以后的日子。璇玑，咱们第一个孩子，你想是男是女？”

他前面说得正正经经，后面突然问这样一个问题，璇玑呆了半天，脸上突然一红，把手抽回来，白他一眼，急道：“谁……什么男啊女的！老色鬼说话总这样讨厌！”

禹司凤哈哈大笑起来，柳意欢也跟着笑，拍手道：“你们两个小冤家，也总算混到这一日了。司凤，我看你们也别等了，这便离开昆仑山，直接去少阳派，向褚掌门求亲，早点把这事定下才好。”

禹司凤奇道：“大哥不和咱们一起去吗？”

柳意欢眼睛一瞪：“我还等你家嫂子呢！”

禹司凤默然无言，璇玑急道：“你也是个色鬼！青龙有什么好？又坏又讨厌，看到人家漂亮你就不管不顾。什么嫂不嫂，我们才不认，你赶紧和咱们走！”

柳意欢还想辩解，禹司凤忽道：“不错，而且那青龙只怕也来不了，她私自下界抢了你的天眼，可不是天帝的命令，回头要责罚她呢，大哥在这里也是白等，和咱们走吧！”

"啊啊？不是天界的命令？"柳意欢还一头雾水，后面璇玑怕他聒噪，嚷嚷着不肯走，早就一个手刀砍在他脖子后面，柳意欢哼也没哼一声，就软了下去。禹司凤一把捞起他，扛在肩上，回头有些好笑地看着璇玑，道："他醒来，还不知要怎么闹。"

璇玑把鼻子一哼："怕他不成！再说，你……你要找我爹，求……求那个什么的，没有长辈怎么行。"她还不太好意思光天化日之下说出求亲两个字。

禹司凤笑道："既然如此，那我还是要问那个问题，你要男还是女？"

璇玑不等他说完，早已跑了老远，禹司凤笑吟吟地追上去，两人又笑又说地走远了。

夏去秋来，首阳山小阳峰上的枫林尽数红了，焚霞蒸火一般。年轻弟子们在刻苦修行后，最喜欢来这里三三两两小聚谈天，不过今日不知为何，半个闲人也没有。

几个月下来，玲珑微微有些发福，以前瘦削的下巴如今也变得饱满了。她穿着一身淡紫衣裙，抬手去摘枫叶。枫叶红如火，她的手腕皓白如霜，两相映衬，格外好看。她摘了两根枝子，反手递了一根给身旁的绿衣少女，一面轻道："才回来没多久，你可又要走了。"

那少女绿裙如云，正是璇玑。当日她和禹司凤商定好了求亲日期，便自行回了少阳峰，隔了不到半月，柳意欢便充作媒人，替这两个年轻人说亲事了。褚磊得知如今离泽宫由禹司凤执掌，大刀阔斧地改革，与往昔诡异作风大不相同，不由得连连称赞。在老一辈人的心里，人总要有个归处，不可能成天谈风月，很显然禹司凤执掌离泽宫的事情令他夫妻二人十分满意，当即便同意了婚事，商定好九月大婚。

再过几日，离泽宫的花轿就要抬上来，璇玑总算要风光地做一回新娘，再不用像上次那样，羡慕地仰望着玲珑的幸福。不过在她心中，这些其实都已经不重要，在昆仑山经历了那么多惨痛的回忆，有时候午夜梦回，她甚至会分不清自己究竟是褚璇玑还是战神将军，抑或者，是那个罗睺计都。

那些伤痛过往令人脆弱，也更加体会到平凡度日是怎样的一种幸福。

"我又不是不回来了。"她笑，"只要我想，随时都可以御剑飞回来看你和爹娘啊。等你生了宝宝，休养一段日子，也可以去离泽宫看我。如今离泽宫可没有什么女人不给进去的破规定了。"

玲珑听她提起宝宝，不由得低头轻轻抚向自己的腹部。她已经怀孕两个月了，钟敏言得知妻子怀孕，每天就像被烧着屁股的猴子，不得安生，一会儿给她送吃的，一会儿陪她在软榻上午睡，不要说御剑飞出去玩，就连走路走多了他都痛不欲生，仿佛她马上就会小产的模样。何丹萍见钟敏言这个样子，只能叹道："他自己还是个孩子，却要做孩子的爹了。"

玲珑想到好笑的地方，不由得抿唇展眉，满面春色。她从前跳脱的神采已经收敛不少，如今看上去真有一些少妇的韵味，令人陶醉。璇玑跟着笑道："才两个月，肚皮还没涨起来呢，姐夫就急得不行，今天你和我出来散心，回头他晚上肯定要唠叨我不够照顾你。全天下只有他会照顾你，我们都不行的。嘿，等你真生孩子的时候，姐夫只怕要急得上吊呢。"

玲珑娇嗔地白了她一眼，昵声道："小丫头没大没小，取笑他做什么？回头你要生娃娃，我就不信司凤不在乎。"

璇玑笑道："司凤再也不会这个样子的。"

"还没过门就帮自己夫君说话。"玲珑在她额头上轻轻一点，甚是戏谑。

姐妹俩又轻轻说了许多衷肠话，玲珑到底是怀孕的人，站久了只觉腰酸，这孩子虽然没怎么折腾她，没让她上吐下泻什么的，但她往日的精力好像全没了，很容易就觉得累，腰酸背痛。她捶了捶腰，埋怨道："这野小子，还在肚子里就和我抢力气，生出来还不知要折腾成什么模样。"

璇玑奇道："你怎么知道是儿子？"

玲珑白她一眼："你怀孕了就知道，这是做娘之人的直觉！"

世上还有这种直觉吗？璇玑觉得很不可思议。正说着，只听外面传来一阵笑语，却是几个年轻弟子过来枫树林休息游玩，抬头见到璇玑和玲珑站在枫树下，不由得都愣住，怯生生地行礼："见过玲珑师姐，璇玑师姐。"说完急匆匆转身就想走，一个女孩子走得急了，腰间系的玳瑁坠子被树枝牵着掉在了地上，璇玑叫道："你们等等。"上去将那玳瑁坠子捡起来，拍落泥土，递给那女孩子，柔声道："不用急急忙忙的，拿去。"

那少女眼见璇玑的手伸过来，只惊得脸色苍白，身边几个同伴也是面露恐惧之色，恨不得拔腿就跑。璇玑道："你的东西，拿去呀。"那少女战战兢兢地接过坠子，连声谢也说不出口，掉头就跑。一行人跑了老远，隐约听见有人说道："没被她碰到吧？坠子没被烧烂？听说她全身都带火，以前烧死过好多师兄……连掌门都怕她呢，文雨师兄他们都说她是怪物……"

"背后说些什么屁话呢？！有种过来说！"玲珑突然厉声高叫，颇有当年巾帼不让须眉的气势。那些孩子听到她的声音，早就一窝蜂散了，玲珑气得追上去几步，骂道："一群烂嘴巴的王八蛋！别让我看到你们！明天就全部赶下山！"

璇玑赶紧扯住她的袖子，小心翼翼地扶着她，轻道："你可别乱激动，小心肚子里的娃娃，还一蹦一跳的！"

玲珑怒道："派里不知什么时候兴起这些谣言，我们在的时候还不敢说，背后都传烂了！不好好练功，成天胡思乱想，胡说八道！爹怎么不管管！"

璇玑毫不在意地笑道："他们可也没说错，我的确是个怪物。"

玲珑使劲推了她一把，脸色一会儿红一会儿白，厉声道："你别来说这种无聊话！没得听着就寒碜！什么怪物？你是怪物，那我们一家子都是怪物了？！"

璇玑还是笑："我总是说不过你。"她回头展颜望向枫树林，满目火红的枫叶，如火如荼，放在平时，应当是游人如织，到处欢声笑语，她又道，"我一回来，许多孩子连觉都睡不好，你看，知道我来枫树林，结果他们没一个人敢来，看了我也要跑。爹还让我做七峰长老，哪里是这么容易的事。"

玲珑急道："话可不是这么说！你做你的七峰长老，和他们有什么关系？带成见的都是些不中用的东西，回头就把他们全赶走！看谁还敢乱说！"

璇玑摇头道："今天赶了，明天还有人说，用这种法子堵人家的嘴，最愚蠢无比，还会寒了其他弟子的心，对少阳派不是好事。流言就是传上一千年，真实也不会因为流言而改变，天知地知，那便够了，何苦与那些不懂事的人生气。再说，我也不想做长老，你也知道，我从小就是个懒惰性子，做了长老又要烦这个，又要顾全那个，哪是人过的日子。"

她见玲珑还是郁郁不欢，便握住她的手，笑道："你看看我，我哪点不如你？怎么可能是怪物呢？明明是美人儿才对。"说着她自己笑起来了。

玲珑一笑，在她脸上一拧，道："我才是说不过你！算了，不和那些无知的东西计较！坐井观天，目光短浅，以后有他们的苦头吃呢！"

两人又说了一会儿话，忽见何丹萍与楚影红分花拂柳地走了过来，一见璇玑，楚影红便拍手笑道："可算找到新娘子啦！新娘子，你家相公的人马都来喽！想不想偷偷去看他一眼呀？"

何丹萍过来扶住玲珑，也笑道："璇玑，司凤来了，准备一下，后天就大婚了。"

璇玑自从回到少阳派等禹司凤来提亲，一等就是大半年，足有大半年没见到他，心中自然是想念无比，她见众人都笑吟吟望着自己，知道她们起了玩心，要教唆着她去偷偷找司凤说话。这里的风俗是大婚前男女不可以见面，但他们都是修仙者，所谓风俗也不过是拿来应景而已，并不会太当真。

于是她说道："在哪里？我去看看。"

三个女人都笑了起来，何丹萍道："在少阳峰顶上的花厅里呢，正和你爹爹谈大婚的事情。你这孩子，才半年多没见而已，后天不就见着了？这就憋不住了。"

话虽然这么说，但她还是带着三人偷偷上了少阳峰。两个大人当然是不会做偷听偷看之类的事情，只是站在窗下笑，玲珑和璇玑两人一人趴在窗边一人趴在门前，就着缝隙朝里面偷看。

禹司凤果然坐在花厅中，长袍乌帽，神采飞扬。俗话说一日不见如隔三秋，他们也不知隔了多少个秋天没见了。璇玑本来是抱着玩笑的心态过来偷看，这会儿却不知怎的，只觉心跳得厉害，突然发觉偷看一下也不错。

只听里面有人说了几句什么，听不真切，跟着禹司凤放下茶杯，突然抬眼，准确无误地朝璇玑偷看的这个方向望过来，微微一笑。璇玑大窘，赶紧缩手想退开，谁知大门吱呀一声被人打开，褚磊似笑非笑地站在门口，看着她们几人。

“两个淘气包。”他笑着说，在璇玑肩上一拍，`却回头瞪着玲珑，“有身子的人也跟着胡闹！方才敏言去枫树林找不到你，急得和陀螺似的，你还不赶紧回去？”

玲珑哼了一声，噘嘴道：“让他急着嘛！还能急死不成？一天到晚不给我这个不给我那个，烦也烦死了。”

褚磊瞪了她一眼：“胡闹。”回头对禹司凤道，“司凤你随我来，为你安排客房。”

禹司凤答应一声，缓缓走出来，褚磊故意走得很慢，似是留点时间给他二人说句要紧话，玲珑她们几个也躲在后面不出来。禹司凤笑吟吟地经过璇玑身边，忽然低头在她耳边轻轻说了一句话，跟着抬手在她脑袋上摸了摸，理顺乱发，这才转身走了。

玲珑憋不住赶紧跑出来，扯着她的袖子连声问：“他说什么说什么？”

璇玑一头雾水，喃喃道：“他说，后天看好戏……要我做好准备。”

什么意思？什么好戏？完全摸不着头脑。连楚影红也搞不清这少年究竟葫芦里卖着什么药。

这个问题一直让璇玑想到晚上睡觉，还是没想明白到底什么意思。后天是大婚，他要在大婚上搞什么好戏呢？哎呀呀，真是想得脑袋都大了。她干脆不想，倚着床头看了一会儿书，摆弄一会儿架子上的凤冠霞帔，好容易才沉沉睡去。

恍惚中，只觉身入一个幻境，周围光怪陆离，莫可名状。自己变成了罗睺计都，在床上睡着，等白帝用匕首来斩首，剖腹取心放进琉璃盏。她又惊又惧又怒，百般挣扎，却半点也动弹不得。再一个恍惚间，自己像是被人放进了琉璃盏，无法动作。白帝的双手犹如抚摸情人一般，轻轻摸着琉璃盏，低柔的声音徘徊在耳边：做一个琉璃美人吧……

她只觉喉中苦涩，几乎要号啕大哭出来。

她什么也不是，不是人，不是神，不是修罗，连畜生也不是。她只是用琉璃堆出来的怪物罢了，流离在六道之外，却只想做个最普通不过的凡人。

周围仿佛有烈烈的火焰灼烧，火焰中现出一个人影，浑身是血，早已看不出容貌，只有额间一点金印闪闪烁烁。那人低声道：“我已知道自己犯下大错，当初为心魔所困，犯下这等罪状，罪有应得。卿如今喜乐平安，甚慰。天帝曾谕，有心者，凡间即天庭。卿则可改为有心者，琉璃亦是血肉。保重。”

语毕，火中似有修罗狰狞，生生将他抓了回去，生嚼活吞。那修罗目光灼灼，极为英武，观其面目，竟有八分像罗睺计都。

璇玑只觉惊心动魄，不防那修罗陡然抬头望向她，大掌一挥，冲天的火焰朝她袭来，璇玑大惊失色，浑身猛然一颤，睁开眼，才发觉是一场梦。她浑身一阵冷一阵热，汗水早已湿透了衣裳。

是梦？非梦？那是白帝与罗睺死后在地狱里的景象？

璇玑惶惶然起身，此时晨曦微露，一夜竟然就这样过去了。心口跳得极快，她忍不住用手按住，想到白帝说的，有心者，琉璃亦是血肉，不由得微有触动，靠在床头感慨万千。

午后玲珑又来找她说话，璇玑便问她："你现在还会做噩梦吗？"

玲珑倒是一怔，想了半天，才反应过来她问的是什么。她面上一红，低声道："早就没有啦。你说得对，是我自己没放开，所以每天都梦到……那个人。现在生活安逸，又有了孩子，我再也没想过他。"她见璇玑不说话，便又道，"都会过去的，不管是什么天大的事情，当时我们觉得好困难，根本过不去，可是总有一天，慢慢地，等你突然想起的时候才发现早已把那过不去的坎丢在了后面。"

不错，时间慢慢流逝，天大的事情也会被时间的浪潮洗刷成碎片，再也找不到痕迹。今天笑，明天哭，后天觉得活不下去，一切都是那么烦琐，又是那么平淡，这就是人生了。

"谁没有个刻骨铭心的事呢？不过再刻骨铭心，回头总有一天也会忘掉。"玲珑这样说。

璇玑突然发现自己要对这个姐姐刮目相看，姐姐果然是姐姐，她懂的道理还真是很有道理。

"玲珑，我发现你越来越像睿智老头了。"

睿智老头是山下镇子上一个算命的先生，据说上通天文下知地理，奇门遁甲九宫八卦人文风俗，几乎就没他不知道的，所以大家背地里都叫他睿智老头，又亲切又诙谐。

玲珑轻嗔薄怒，揪着璇玑的辫子急道："乱说！我哪里像那个长着大黑痣的老头？！"

璇玑赶紧笑着躲开，叫道："是气质！气质啦！"

"他有什么气质！敢和本小姐比！"

两人正在床上闹得不可开交，忽听钟敏言在门外如丧考妣地叫道："玲珑！你不要乱来！小心碰着磕着！"说着他就赶紧推门进来了，忙不迭地要把她扶下床。玲珑急得直叫："我就只能在床上躺着睡着？这娃儿生着还有什么意思？要我像木头人一样躺十个月不成！"

"你肯躺着最好，伤了胎气可不是小事。孩子事小，伤了你自己的身体才是大事。"钟敏言自从知道自己要当爹之后，毛糙的脾气一瞬间就改了不少，如今是对她百依百顺，合理的不合理的统统宠着捧着，比放在手里的珍珠还呵护。

璇玑咬着手帕只是笑，道："姐夫索性用根绳把玲珑捆在手边，岂不是安心点。"

钟敏言以前见到璇玑不是没好气就是不知该说什么的，如今从前种种心结都化解开，态度自然了很多，当即瞪她一眼，道："你倒笑！等你做娘的时候就知道利害了。"

玲珑被他磨得没办法，只得下床走人，叹道："如今真是倒过来了，你还没老却比我娘还唠叨。走啦走啦，让妹妹看笑话！"

钟敏言心满意足地扶着老婆走出门回家歇息去，突然想起什么，回头道："璇玑，掌门让我来问你一声，那七峰长老的事，你当真不再考虑一下？如今少阳派正是收纳新弟子的时候，老弟子还没能力独当一面，青黄不接，你还真打算袖手旁观不成？"

璇玑摇了摇头："我不想做长老。谁说少阳派没人才，真字、端字辈的师兄们怎么就不能独当一面了？是爹爹觉得他们习武不精，但若论处世经验，人家比我强了百倍也不止。做长老，又不是选谁最厉害。"

钟敏言怔了一下，叹道："我听说啦，司凤是打算过几年就不做离泽宫宫主，你们要离开中土渡海去海外。以后真不打算回来吗？"

璇玑笑道："我们两个都是懒人，玩一阵就腻了，肯定找个地方安顿下来，歇过劲了再玩。怎么就说不会回来的话？这里是咱们的家，我去哪里也不会丢下家不管啊。"

钟敏言轻道："这样最好，也别让掌门他们担心。不过我看你，必然是走了就不回来的。"

璇玑一惊，只听他道："你从小就是这样，去哪里，做什么，都是自己拿主意。去阴间去昆仑山，你也是一声不吭。这毛病可得改改了。"

想不到，这个师兄平时对自己没好气，却是派中最了解自己的人。其实，她真有打算离开中土，远避那些过往，安安静静和司凤两人过日子的想法，原是说一些好听话，不叫家人为自己担心，谁想却被钟敏言看出来了。

她笑了笑，道："你都知道啦，何必再说。我总是会回来看看的，又不是明天就彻底消失。"

钟敏言叹了一声，摇摇头，道了一声保重，这才揽着玲珑回自己的院落。

他们都已经不是昔日懵懂的少年，为复杂的情思不安惶恐，如今他们成家的成家，生子的生子，曾经发誓要永远在一起的誓言未绝于耳，如今却就要分别；曾经的痛苦迷惘，如今也成过眼云烟。

永远要在一起——真的是一句孩子话。

璇玑为自己斟了一杯酒，想起年少时那些事情：第一次在鹿台镇做英雄，第一次见到司凤的真容，第一次对少年动心，第一次喝酒，第一次……太多的第一次，这许多的第一次后面都串着如珍珠般美丽的回忆。长大之后虽然再也不能拥有那种青涩萌动，却可以缅怀它。

有心者，琉璃亦可做血肉——她对空举高酒杯，一饮而尽。

她拥有了这么多，期盼了这么多，谁还会说她不是人呢？


璇玑很快就知道，禹司凤说的给她一场好戏是指的是什么了。

大婚当天，当被打扮得花枝招展的璇玑被众人迎出院落的时候，只听半空中劈劈啪啪一阵巨响，惊得新娘子头上的红布都掉了下来，抬头一看，却见一串极炫目的烟火划过天际。彼时已近黄昏，天色稍暗，但见天上时而彩凤展翼，时而孔雀开屏，变化莫测，幻彩缭乱，委实是难得之极的景象。

璇玑看得呆住，也顾不得盖头掉在地上，何丹萍与玲珑手忙脚乱地要帮她重新盖，忽听那前方迎亲的队伍中传出一阵吆喝，声若裂石惊天，却整齐无比："百年好合！白首齐眉！百年好合！白首齐眉！"看热闹的人群里有胆子小的少女，纷纷吓得花容失色，赶紧捂住耳朵。

璇玑被他们吼得又好气又好笑，远远见到禹司凤骑着通体黝黑的骏马走上山坡，何丹萍赶紧替她将盖头蒙上，玲珑和钟敏言早就冲过去和他有说有笑，提到他迎亲的这种气派，当真少见。禹司凤笑道："有意思的还在后面，只是难免放肆了些，却也顾不得了。"

玲珑就等着看热闹，连声问他到底还有什么好玩的，禹司凤但笑不答，一直走到璇玑身边，这才下马，何丹萍将红绸递给他，低声道："小心些，可别再弄出什么声响来，新娘子可不禁吓。"

禹司凤笑答了个是，心中却想只怕璇玑是世上最不怕吓的新娘了，弄得越古怪，想必她会越开心。弱不禁风之类的词，永远也用不到她身上。

他牵着红绸，在一堆人嘻嘻哈哈的簇拥之下，朝正厅礼堂走去。红绸在手里抖啊抖，另一头牵着的那个少女，有一种小鸽子般的温软，禹司凤陡然从心底生出一股爱怜的味道，今天到底是他们的大婚，他的妻子，无论柔弱也好，强悍也好，在这一刻都是独一无二的，一生只有这么一次，不可鲁莽，不可心急，不可搪塞，慢慢牵着红绸，郑重无比地走过这一遭，以后任何事情，都要两人在一起，再也不分开。

好容易拜了天地父母，成了礼，褚磊与何丹萍笑得满面红光，拉着二人嘱咐了许多话。来观礼的东方清奇少不得打趣他两："小璇玑这回可不怨你爹爹偏心了吧？嫁了个如意郎君，日后有得你开心。"

璇玑被盖头蒙得气闷无比，耳朵里听着外面人说啊笑啊，热闹极了，她却连头都抬不起来，心中实在恨不得将这可恶的盖头丢了，利利索索地说笑。正在郁闷的时候，忽听外面有人报送礼。这次她大婚，怎么说也是少阳派掌门人的爱女，各门派早就送了一堆礼物，奇珍利器，飞禽走兽，委实让人大开眼界，所以听到送礼二字，璇玑并没有什么反应。

说起来，众多礼品中，她最喜欢的还是东方清奇送的一只白猿，据说它的血可以治百病，但小白猿唧唧呀呀地叫，形容又可爱又可怜，谁也舍不得伤它，权当宠物来养了。点睛谷容容主依旧送的是神兵利器，一对鸳鸯匕首，雄匕首通体漆黑，黯然无光，然而吹毛断发，稍稍贴近一些便觉得寒意逼人，实在是不可多得的利器；雌匕首却恰恰相反，通体粉红，好似用水晶与玛瑙打造而成，华美异常，但具体是否实用，还有待考证。

褚磊听说有人送礼，忙命请进来，心中却也有些疑惑，这拜天地的礼都成了，居然还有客人未到场，当真从未遇过。

　　过了一会儿，杜敏行捧着一只檀木盒急匆匆走了进来，道："师父，山下有个小孩说受人之托送来贺礼，弟子问不出所赠之人究竟是谁，也不敢擅自打开，还请师父决断。"

　　褚磊"哦"了一声，接过那檀木盒，入手只觉沉甸甸的，盒子上镶金嵌玉，刻着鲤鱼嬉游于莲叶荷花之下，惟妙惟肖，工艺极为高超。盒子上隐隐还散发出一股淡淡的幽香，很显然，这盒子本身也是十分名贵的宝物。

　　褚磊不知是何人送的贺礼，一时也不知该不该打开，生怕有诈，便问道："那孩子在哪儿？"

　　杜敏行说道："就是山下卤菜店的小瓶子，问他半天到底是谁送来的贺礼，他说是邻镇一个卖酒的大叔送来的，也是受了别人的委托。"

　　褚磊又"哦"了一声，心中疑团更大，低头见那盒子上一把小巧的机关金锁，盒底写着几行诗句，正是开锁的口诀。这种机关锁十分古老，通行于旧时贵族之间，用来传递贵重机密的东西，由于制造工艺十分烦琐，早已淘汰了，想不到今日还能得见。他照着诗句上的提示，将那锁左转三圈，右转两圈，上下一拨，只听"咔"的一声，盒盖缓缓开了一道缝。褚磊早已蓄势以待，倘若盒中有甚机关利器，一触即发，他也不会伤到丝毫。

　　谁知盒盖揭开，里面既没有毒药也没有毒针，众人只觉眼前一亮，那盒中发出一阵柔光，映得褚磊面上也亮了许多。原来那盒中别无他物，只有几十颗黄豆大小的珍珠，在场众人也算见多识广的，尤其禹司凤，他离泽宫什么宝物没见过，珍珠宝玉数不胜数，但也从未见过如此光洁莹润的珠子，一时间人人都被那珠光宝气逼得有些窒息。这份礼可算无价之宝了，只怕花多少钱，也买不来如此美丽的珍珠。

　　褚磊拨开那些珠子，见盒底放着一张淡蓝色小笺，上书"璇玑亲启"四字，便知必然是女儿在外结交的那些古怪朋友送来的，他把小笺递给璇玑，笑道："你看看是谁。"

　　璇玑总算找到了个借口把盖头揭开，接过小笺打开一看，却见上面墨迹淋漓，字迹圆柔，写着一行话："永结同心，白首不离。卿之美满，我之快慰。"后面没有署名，但璇玑立即知道了是谁送来的。

　　她将那檀木盒子小心捧在手上，指尖细细划过那些美丽的珍珠，只觉触感温润，心中不由得感慨万千。

　　"是亭奴。"她低声说着，捻起一颗珍珠，放进禹司凤手中，"知道这是什么吗？"

　　禹司凤微微一笑，轻道："鲛人的眼泪。"

　　璇玑不由得想起他们从昆仑山回来之后，自己曾跑到东海之滨，希望找到亭奴，看看他是否真的安然无恙，可是一连去了五六次，都始终找不到他。如今想来，是他在刻意回避。亭奴对昔日战神的感情，说不清道不明，他一直那样温柔地看着她，对待她，想必也

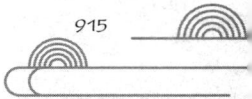

是把璇玑当作了当时那个冷若冰霜的女子。

不过她现在已经不是战神，也不是修罗，她是一个名叫褚璇玑的凡人少女，今日大婚。所以他要回避，所以他不愿见。见了，又有什么意义呢？就像他飘然而来，没有任何预兆，如今他飘然而去，也没有任何话语。

只是一望无际的东海之滨，在满月之夜，清辉撒满海面的时候，这个鲛人会不会游弋在珊瑚之间，海藻一样的长发滴着水，轻轻吟唱着只有他能听见的歌谣。那天籁一样的声音，她今生今世也听不到了。

璇玑把盒子轻轻合上，默默无言。禹司凤笑道："也是时候了，咱们走吧。"

璇玑赶紧点头，抬手就要把盖头放下来，继续做她娇羞的新娘子，禹司凤哈哈一笑："不用啦！蒙着脸，我还怎样看你？"他握住璇玑的手，走出大厅，彼时天色已暗，夕阳只残留一点余晖，何丹萍急忙吩咐弟子们点亮灯笼，禹司凤摇头道："不用。"

话音一落，众人只觉眼前突然一亮，像是平地里升出七八颗大太阳，灼灼其华，不可逼视。再定睛一看，只见空中停着一架朱红色的长车，绣幔流苏，随风飒飒作响，而车周围飞翔着八只金翅鸟，长颈金翅，在空中发出珠翠般的啼鸣。

众人都是大吃一惊，虽说离泽宫诸人皆为金翅鸟妖已不是什么秘密，但大庭广众之下亮出本相，果然还是惊世骇俗了，来宾中有些古板的老头子，早已开始议论纷纷，群情激昂。褚磊也十分意外，张口正要询问，不防这对新人回身齐齐下拜，恭恭敬敬地对着自己夫妻俩磕了三个头。

禹司凤朗声道："岳父，岳母，我夫妻二人这便告辞了。"

褚磊这会儿才叫大惊失色，他还以为这一对新人要在少阳派逗留几日才走，谁想刚刚礼成便要离开，做父母的连个心理准备都没有。他忙道："司凤，你们不必这么匆忙……"

玲珑登时哭了起来，叫道："怎么这样早就走？妹妹，好歹留几天！许多话还没说呢！"

璇玑笑吟吟地摇了摇头，道："天下没有不散的筵席，到这里就很好了。爹，娘，玲珑，姐夫，大师兄……我们总还会回来的，不用担心。"

说完转身便走，脚步轻盈，一瞬间竟已走出大厅。众人赶紧追上去，杜敏行神色复杂，轻轻叫了一声："小师妹！"

璇玑回头对他摆了摆手，那神情，俨然是小时候的模样，笑得没心没肺，无忧无虑。他心里一酸，眼中慢慢湿了。

火，突然拔地而起，一冲数丈，好似一朵盛开的莲花。璇玑为那火焰托着，轻飘飘地走进了长车里。禹司凤御剑飞起，穿过那熊熊火焰，再现身时，已是背后金翅璀璨，夺人神魂。八只金翅鸟浴火飞起，一眨眼便消失在众人眼界中，只残留下莹莹的火光金屑，提醒着众人方才这里出现了多么不可思议的美景。

禹司凤说的一场好戏，原来是指这样。他是妖，她是修罗，谁也不顾忌这身份，大大方方地亮出来，这才是真正的大婚成礼。

其后三年，璇玑夫妻俩每年都要回少阳派一次，探望亲人。

玲珑的直觉出现错误，她生了个漂亮神气的女儿，不是儿子。女儿八分像她，极少哭闹，最喜欢笑嘻嘻地看着每个过来逗她玩的人。钟敏言疼得一塌糊涂，只恨不能把宝贝含在嘴里。禹司凤替孩子取名：钟雯君。隔年玲珑又生了一个儿子，取名：钟熹君。

三年之后，禹司凤将离泽宫宫主之位传给唐长老，自己带着璇玑，两袖清风，身无外物，离开了离泽宫，漂洋过海，起初还互通音讯，渐渐便没有了任何消息，一晃眼就是四年过去了。

某年某月某日，海外某国某镇，正是风和日丽的好天气，禹司凤关了药铺的门，和璇玑两人把药材铺在竹席上晾干暴晒。白猿在屋顶上吱呀呀地笑，也不知抓了什么好玩的东西，笑得开心无比。药草刚晒了一半，璇玑就懒得动弹了，身子一歪，干脆躺在竹席上晒太阳，周身暖洋洋的，只想打瞌睡。

"司凤，咱们多久没回去了，你还记得吗？"她的声音也是懒洋洋的。

禹司凤见她偷懒，自己也懒了起来，坐在她身边，曼声应道："大概……也有三四年了吧。"

璇玑拍了拍自己隆起的肚皮，抬头问他："你看这个，咱们要不要找个时间回去让爹娘开心一下？"

禹司凤抓住她的手，皱眉道："什么这个那个，这是小孩儿，你这样拍，他哪里受得了。"

璇玑干脆把脑袋枕在他大腿上，似睡非睡，喃喃道："雯君今年得有七岁了，熹君也有六岁。咱们的孩子，还在娘肚子里睡大觉，回头见到玲珑，她指不定怎么得意呢。说不准她这几年又生了娃娃……哎，他俩可真能生。"

禹司凤笑出声来，道："还是等孩子生出来，再带回去见外婆外公。你有身孕，还是不要长途跋涉，免得动了胎气。"

"你说胎气到底是个什么东西，说动就动？小孩在肚子里待得好好的，怎么活动一下就会动什么胎气？"

禹司凤没搭理她乱七八糟的问题。这种午后慵懒时光，说的话也都是废话，最适合美美地睡上一觉。这般悠闲又无所事事的日子，是他二人的最爱。这几年他们每到一个新地方就住上几个月，禹司凤做点草药拿出来卖，换取路费，偶尔也帮忙降妖除魔什么的。等住腻了，就拍拍屁股走人，继续到下一个地方玩，玩够了再住下。

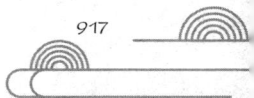

若不是这次发现璇玑有了身孕，他们便要回少阳派看看亲人，四年没联系，老人家肯定担心坏了。

两人说了一会儿废话，禹司凤也忍不住歪在竹席上，睡眼惺忪。

璇玑突然动了一下，把眼睛睁得老大，侧耳去听。禹司凤奇道："怎么了？"

她听了一会儿，突然展颜一笑，飞快跳起来，笑道："有人回来了。"

有人回来？除了他俩，还有谁要"回来"？禹司凤也跟着爬起来，两人一起打开门，门外是一片一望无际的田野，碧绿青翠，风呼啦啦吹过，像翻起无数绿浪似的。

田埂上有个人戴着斗笠在慢慢行走，风吹起绿浪，也拂起他背后银白色的长发。他在高声唱歌："天不可预虑兮，道不可预谋；迟速有命兮，焉识其时。且夫天地为炉兮，造化为工；阴阳为炭兮，万物为铜……"

两人一起趴在门上看，相视一笑。此情此景，何等熟悉。璇玑笑道："终于等到他了，这个坏蛋！"

那人走到近前，摘下斗笠，银色的长发随风舞动，扬高了脑袋，不可一世地说道："老子要吃饭。"

璇玑扯着他的袖子将他抓进来，禹司凤轻轻把门关上，白猿在屋顶吱吱地叫。

今天，又是一场团聚了。

那是一个晴朗的大好日子，不周山罕见地没有被乌云雾气笼罩，神荼、郁垒也没有放出万丈金光震慑周边。这样的好日子实在是非常难得，让平日里潜伏在深处的小妖怪们纷纷跑出来，聚在山脚下汲取山体中泄漏的一丝丝天界灵气，这对他们的修行十分有益。

紫狐蜷缩在草丛里，她吸了一肚子灵气，撑得站都站不起来，只好躺着发呆，看树上的叶子被风吹得颠来倒去。

不远处忽然传来一阵喧嚣，夹杂着妖怪们艳羡与嫉妒的呼声，紫狐懒洋洋地打个滚望过去——原来是有妖怪修行到了一定境界，刚刚修出人形。盘踞在不周山周围的都是他们这种低级小妖怪，好多连人话都还不会说，有妖能修成人身，简直是个惊天动地的大事。

一时间无数妖怪都围在那刚刚修出人身的蛇妖身边，对她颀长纤细的身体啧啧赞叹。这蛇妖纤腰楚楚，唇红齿白，在凡人里绝对是顶尖的美人，显然她自己对这具身体也十分自豪，不停转着圈儿，粉色的裙摆张开好像一朵花。

"切，有什么好看的。"紫狐不爽地咕哝着，低头看了看自己圆滚滚的狐狸身。

做妖怪当然要有野性！强壮！人的身体有什么好？没有锋利的爪子，那几根又白又细的手指能抓裂石头吗？没有丰盈厚实的毛皮，难道就靠那件轻飘飘的衣服来抵抗伤害？哎呀，连锐利的牙都没有！那么小的嘴巴，真是难看死了！

"你这是嫉妒！"有耳朵尖的妖怪听见她的咕哝，立马过来嘲笑，"说起来你这只狐狸在不周山也修行了有两百年吧？还是一身狐狸毛，身上一股臭味！一点修行潜力都没有，还笑话别人难看？你就当一辈子狐狸吧！"

紫狐怒不可遏地蹦起来，毛茸茸的尾巴竖得笔直："当狐狸怎么了？我本来就是狐狸！我修行多久关你屁事？！我就不爱当人怎么了？你不服？不服出来比画比画！看看谁厉害！"

"哼，一言不合就要动手，果然只有兽性！"

"你再说一遍？！"

周围众妖见他们吵起来，立即便有和事佬来打圆场，劝道："大好日子有什么好吵的？都少说两句吧！回头把神荼、郁垒惊动了，还不知什么时候才能再来这边呢！"

说着便有一只老狐妖将紫狐拉到一旁，见她兀自气得狐狸毛倒竖，老狐妖不由得笑道："修行两百年还是那么孩子气，咱们做妖怪的，修出人身方是大成，你不想有人身，何苦在这地方耗着？倒不如四海游荡，还逍遥些。"

紫狐怒道："谁说不想修人身就不能修行了？！我偏要修行！"

老狐妖还是笑："当人可比当野兽好多了，做狐狸茹毛饮血，四脚奔波，只能在山野徘徊，人世间的繁华，你还没见识过吧？"

紫狐甩着尾巴，很有些不屑："有什么繁华？你倒是说来听听。"

"这个一时半会儿可说不完。"老狐妖吹了一口气，草丛立即变成了两只柔软的垫子，他舒舒服服地靠在垫子上，皱巴巴的脸都松弛开，"来，你也靠着。"

紫狐怀疑地盯着那只垫子，它有个很好看的形状，看上去好像很软很舒服的样子，睡在上面肯定比睡草丛里舒适许多……

"来吧。"老狐妖尾巴一卷，不由得分说把她拽上了垫子，"怎么样？是不是比睡草丛里舒服？"

紫狐讶异地看着自己的四只爪子深深陷入柔软的垫子里——好像、好像真的挺舒服的……

"人世间比这个好的东西还多着呢。"老狐妖呵呵一笑，一副"我就知道你什么都不懂"的样子，"人讲究衣食住行，当野兽的时候，再也想不到会有那么多可享受的东西。你有爪子、牙齿、皮毛，觉得自己很厉害，但你没见过更厉害的。当你有了人身，才可以用法术，到时候呼风唤雨，移山倒海，那才是真正的厉害。"

"……真的？"紫狐还是不太相信，两眼瞪得溜圆。

"这还有假的不成。"老狐妖用尾巴在她毛茸茸的脑袋上重重一拍，"连这些东西都不知道，怎么修行的？"

紫狐陷入了沉默，两百年过去，她也忘了是怎么开始修行的，或许只是为了让自己更厉害，不再被虎狼追逐，也或许是因为惧怕死亡，她只想活得久一些，活得自由一些。

老狐妖清了清嗓子，忽然想起什么似的，在身后的大包袱里掏了半日，掏出一串紫莹莹的葡萄来，摘下一颗丢给她："来尝尝，顺便消消气，大家在这边修行，都是缘分。"

"这是什么？"紫狐用爪尖小心翼翼地捧着这粒葡萄，她没见过，不太敢吃。

老狐妖早塞了满嘴葡萄，一面含糊地说道："你真的什么都不知道啊？这是葡萄，这里不长，外面才有，别发愣了，吃吧！"

紫狐见他吃得满脸汁水，犹豫了很久，到底还是慢慢将那粒葡萄丢进嘴里。牙齿轻轻将外皮咬破，酸甜的汁水立即充盈齿间，从未尝过的美味令她浑身的狐狸毛又竖起来了。

"好吃！"她激动得跳了起来，"好好吃！再给我点！"

老狐妖慷慨地将剩下的半串送给她，见她狼吞虎咽，他便笑道："你真不像修行两百年的妖怪，难不成从来没出去过？这里是死地，没事谁会待着？还是要多出去见见世面才好。"

说话间紫狐已经把葡萄全吃了，意犹未尽地舔着胡子，殷切地望向老狐妖："我还想吃！"

老狐妖摇头："没啦！想吃自己出去找吧，你也是有修行的妖，弄点葡萄不是难事。"

紫狐依依不舍地把爪子舔得干干净净，喃喃道："出去？外面……是什么样的？"

"外面的天地比这里广阔千万倍。"老狐妖循循善诱，像看晚辈一样看着她，"也比这里自由千万倍。"

自由！她喜欢！紫狐的眼睛亮了，虽然不晓得"外面"是个什么地方，但是有自由，还有葡萄，那一定是个比这里好的地方，她要去！

"当然，外面也比这里危险千万倍，我们还没修成人身，妖气外泄，要是遇到喜欢斩妖除魔的修行者，小命就没了……咦？你去哪儿？人呢？！"

老狐妖摇头晃脑说了半日，这才发觉刚刚乖乖靠在垫子上舔爪子的小狐狸一溜烟跑了十几丈远，一面跑一面还回头朝他摇爪子："我走啦！我要去外面！谢谢你！"

"你等等啊！我话还没说完……"老狐妖瞠目结舌地看着她眨眼跑得没了影，这小家伙，到底是怎么修行两百年的？外面的凡人要是看到一只狐狸会说话，肯定引起恐慌，他觉得自己都能看到她被修行者砍成肉泥的模样了。

狂奔中的紫狐完全不知道老狐妖的担心，她沉浸在美好的畅想里无法自拔，外面一定是个好地方，有软绵绵的垫子，有美味的葡萄，还有比这里广阔千万倍的自由。她要成为最厉害的大狐妖，将来呼风唤雨，移山倒海，过上天天睡垫子吃葡萄的奢侈生活！


紫狐睁开眼，入目是熟悉的屋梁，她慢慢从青玉床上坐起，松垮的衣衫自肩头滑落，露出白腻的肌肤。像是不认识自己，她盯着胳膊看了许久——方才好像梦到了很久很久以前的往事，那时候她还是一只什么都不知道的蠢狐狸，只想用爪子和牙齿为自己争取些什么。

而如今，她早已有了当年嗤之以鼻的人身，从排斥，到比任何妖都努力地修出人身，这其中的改变，连她自己都惊讶。

"你醒了。"

清冷的人声从角落传来，紫狐将衣衫拉好，慢悠悠地下床穿鞋，面上却露出一丝笑，淡道："你别试了，这里是我的地盘，我不想叫你出去，你怎么都出不去的。"

角落里一个人影缓缓行出，身着红衣，长发蜿蜒，是个容貌清俊的年轻男子，然而他竟坐在一只铁轮椅上，行动间衣衫下摆拂动，露出青纱般的鱼尾，原来是一只鲛人。

他深深望着紫狐，隔了一会儿，低声道："我是被你惊动才过来的，你方才笑得很大声，做了什么美梦？"

紫狐瞥了他一眼："你说我还能做什么美梦？当然是梦到无支祁了！"

他不禁移开视线，默然不语。

紫狐叹了一口气，走过去扶着轮椅蹲下，仰面对着他，方才的骄横之色一扫而空，妖媚的脸上露出一丝哀求之意："亭奴，好亭奴，你知道他被关在哪里，求求你告诉我好不好？"

亭奴停了片刻，淡然道："你想去救他，是吗？"

"当然！"紫狐语气坚决，"我已经不是那个什么都不会的狐狸了！我那么辛苦地修行为了什么？！我现在有能力去救他！"

亭奴缓缓摇头："你去便是送死，此事不要再提，我不会告诉你的。"

紫狐顿时气结，这只老鲛人，又固执，又死板，她把他抓来囚禁了好久，软磨硬泡，什么法子都用尽了，他就是不告诉她无支祁被关在何处，真叫人挫败！

正想大发雷霆说点狠话，忽听他开口道："无支祁曾经跟我说过，他盼着你有天能离开他，做自己喜欢的事。你从不周山出来，不是为了追求更广阔的天地？为何又要在他身边画地为牢？"

紫狐怔了片刻，心中忽地一酸，轻道："他……这样说过？希望我……离开？"

亭奴低声道："不错，你跟了他数百年，连修行都放弃了，他嘴上不说，心里总还是为你担忧的。"

她不想要他这种担忧！紫狐深深吸了一口气，愤懑的话到了嘴边，却又说不出。无支祁总是用对待宠物和伙伴的方式对待她，他是天底下最自由最逍遥的妖，当他的朋友很幸福，可是倘若要再靠近些，才能明白他的洒脱与无心是多么残忍。

这么多年，她不止一次质问自己，为什么会爱上这种人？又为什么不能够放弃？她也是妖，妖都是渴望自由的，她却把自己困在这个人身边，把他的天地当作自己的天地，值得吗？

已经忘了是怎么动心的，那时候，她还什么都不懂，遵循着妖的本能，追求虚无缥缈的逍遥自在，从不周山一路跑出来，第一次见到蓝天白云，第一次被热烈的阳光刺伤眼睛，不得不时常蜷缩在阴暗处躲避那无处不在的亮光。

她曾以为"外面"应该是一块跟不周山差不多大小又完全不同的地方，她躲避着阳光，在深夜中放纵奔跑，想要找到这块地方的边际，直跑得精疲力竭，才骇然发觉，"外面"广阔得让人害怕。

与无支祁相遇是在一个盛夏的黄昏，紫狐连着奔跑了数月，眼睛终于可以适应阳光，她在一座山脚下，遇见了出来后碰到的第一群人，一群凡人。

连续的狂奔令她疲惫不堪，而附近的山林中几乎没有野兽可以令她果腹，老狐妖说的葡萄她连影子都没看见，她又累又饿，蜷缩在树影中喘息，被那群凡人发现了。

那是一群猎户，见着她漂亮的紫色皮毛，立即下手捕捉。紫狐身上被铁箭叮叮当当戳了无数下，怪疼的，忍不住怒道："你们干什么？！"

没有人教她在"外面"生存的铁律，狐狸是不能说话的，而她说完话之后，那群凡人吓得如鸟兽散，不管她怎么在后面叫嚷，也没人搭理。她在山林中盘桓了数日，终于抓到一只野兔，还未来得及吞下肚，便被头顶的电光吓到了。

后来她才知道，那些可怕的电光与雷霆，是一种叫作"法术"的东西。那群猎户遇到狐妖，便请来了修行者除妖。

或许是她运气好，遇到的第一位修行者本领并不高深，没有能够伤到她的性命，尽管如此，她还是被雷霆击成了重伤，仓皇之下胡乱奔逃，连着跑了三日，在快到极限的时候，她望见了一座小菜园。

紫狐以为这是临死前的幻觉，这座小巧的菜园里有许多高高的架子，架子上挂着无数紫莹莹圆嘟嘟的果子，是她梦寐以求的葡萄。

她毫不犹豫扑了上去，一口一串，将一只架子上的葡萄吃得干干净净，连没熟的都吞下肚。

那些葡萄气味香甜，比老狐妖给她吃的那串还要美味许多，紫狐意犹未尽地舔着胡子，贪婪地望着隔壁架子上的葡萄，顾不得伤口疼痛，身体弓起，作势要扑过去，刚飞起来，只觉后背一紧，一只大手抓住了她的皮毛。

"这是哪家的狐狸，竟敢偷吃老子的葡萄？"

一个懒洋洋而又低沉的声音在头顶响起，紫狐心中惊惧，没命地挣扎，四爪在半空奋力划动，试图从此人手中逃脱。谁知他的手跟铁钩似的，不管她怎么扭、钻、拧、挣，那只手都纹丝不动。

紫狐气急之下怒吼："放开我！"

那人"哎哟"了一声，笑起来："还会说话？是个狐妖啊。"

说罢那只手抓着她的皮把她转过来，紫狐龇牙咧嘴摆出最凶悍的模样，恶狠狠地抬眼瞪他，入目是一张人的脸。她看不懂美丑，只觉他又高又壮，看上去好像比她厉害一丝丝。她不甘示弱地龇出大牙，爪子凶狠地挠着，试图抓烂他的脸。

那人将她提着，距离不远不近，刚好让她碰不到他，一面哼哼笑道："偷吃贼还这么凶，没教养的小狐狸。"

紫狐简直气急败坏，可她既抓不到他，也咬不到他，由于挣扎剧烈，伤口又裂开，疼得撕心裂肺，气力也慢慢弱了下去，她还是倔强地不肯认输，喉咙里发出威胁的低吼。

那人看了看她胸前的伤口，奇道："你受伤了？看上去像是被法术伤的，遇到了修行者？"

"不关你的事！放开我！不然我咬死你！"她愤怒地狂吼。

那人笑道："怎么不关我的事？嗯……你是只紫狐，很罕见，皮毛生得真不错，可惜被雷霆术打了个洞，回头剥下来还得修补，麻烦得很。"

紫狐愤怒的吼声乍然停了，她惊恐地瞪着他，结结巴巴地开口："你、你要剥、剥、剥皮……"

那人笑得一口白牙都露出来，很是不怀好意："我正想要顶狐皮帽子，我看你就不错。"

紫狐慌了，在她有限的两百年生命里，遇到的所有厮杀都是单纯的以命相搏，不是为了果腹就是为了争地盘，剥皮这种事完全在理解范围之外。天底下怎么会有这么残忍的事！他竟要剥她的皮！

"能……能不能不剥皮？"她的态度终于软了，声音发抖，"你放我下来，我们干脆利落打一场，我输了你杀掉我也可以，能不能不剥皮？"

那人严肃地摇了摇头："你都已经被我抓住了，干吗还要跟你打？走了！剥皮去！趁着你还有口气，活着把皮剥了，皮毛才好。"

紫狐倒抽一口凉气，眼泪哗一下就涌出来了，颤声道："你、你是要活剥……"

"是啊，所以你撑住，千万别死了，等我剥完再死。"

紫狐的眼泪扑簌簌地滚下来，她这辈子从没这么恐惧无助过，终于开口哀求道："别、别剥皮……葡萄、葡萄我赔给你就是……"

那人眼睛眯起，依旧不怀好意地打量她因为吃了太多葡萄而圆滚滚的肚皮，冷笑道："怎么赔？把你肚子剖开吗？"

说罢他忽然从袖中取出一把匕首，在她身上比了比，淡然道："不废话了，落在我手里算你倒霉，你的狐狸皮归我了。"

紫狐眼见寒光一闪，不由得惨叫一声，紧跟着脑袋一歪，竟吓晕了。

那人提着她晃了晃，这狐狸跟死了似的，软绵绵的，一动不动，他不由得乐得哈哈大笑。

"吓晕了，好蠢的狐狸。"


紫狐离开不周山后，遇到的第一个令她全无还手之力的人，就是无支祁。

起初，她简直对这个人恨得咬牙切齿。他天天说着要剥狐狸皮的话来吓唬她，她逃，他毫不费力就能抓回来；她咬他，他一根手指头就能让她趴在地上无法翻身；她绞尽脑汁想各种狡猾的点子试图逃脱，他都浑不在意，以不变应万变。

这一切都因为无支祁也是个妖怪，是比她厉害一千倍一万倍的大妖怪，她用尽所有的本事，在他身上一点用都没有。

可就是这样天天吵着闹着愤怒着，她的伤还是被他悉心治好了，在她完全没留意的时候，他替她治愈了修行者留下的重伤。

等到愚蠢的她发觉自己康复的事，是在很多天之后了，在这之前，无支祁在她心中如魔神般可怕又可恨。

那天无支祁在她脖子上套了一只黄金的项圈，他完全把她当宠物来养，脖子上套个圈，再拴个绳子，他就喜欢这样带着她在菜园子里溜达，你追我赶，听她破口大骂，最后精疲力竭。

紫狐身为狐妖的尊严被他彻底激发了出来，身体的抗议没有效果，她只能用语言来表达自己的怒火："我是狐妖！是妖怪！"

无支祁大概也是跑累了，靠在葡萄架下面吹风，面上笑得心不在焉："啊，你会说话，我知道你是妖怪，那又如何？"

"你也是妖怪！我们是一样的！你竟敢这样侮辱我！"

无支祁伸手在她毛茸茸的脑袋上轻轻拍着，笑道："我们当然不一样，你看，我早就修出人身了，而你还是只狐狸，什么时候你修成人身，再来跟我谈这些。"

这话戳到她的痛处，她再度暴跳："我偏不修人身！我就要做狐狸！"

"所以狐狸就该被这样对待。"无支祁捏着她的大耳朵，很是宠溺。

紫狐使劲别过脑袋不给他摸耳朵，恨道："要不是我受伤，才不会输给你！"

无支祁又笑了，他摘了一串葡萄，一颗颗丢嘴里，喃喃说道："受伤？你现在还有哪里疼吗？"

"当然，我……"紫狐说到一半，戛然而止，她突然惊愕地发觉，自己身上没一个地方疼，之前致命的重伤也早已痊愈，伤口的皮毛都快长好了。是他！之前每天给她涂味道诡异的药膏，用绷带绑着她不给动，是他帮她治好了伤！

紫狐呆住了，她眼怔怔地看着眼前的男子，他不怀好意却又心不在焉的笑，清亮的双眼，漫不经心的语调——输的人是她，她的伤早就好了，没有任何理由为自己开脱，这个人风轻云淡，心不在焉，这样轻而易举地赢了她。

她一直以为自己很厉害，原来，她一点都不厉害。

一粒葡萄被送到她尖尖的嘴边，无支祁低头宠溺地揉着她的耳朵，道："吃吧，我知道你喜欢葡萄。"

清甜的葡萄香气充斥鼻端，平时她一定忍不住就一口吞了，可不知道为什么，这会儿她竟然不想吃。她还是怔怔盯着他，说不出心里泛起的这股复杂的情绪是什么，挫败、感激、无能为力、不甘心……他是个强者，遥远而不可及的强者，她第一次认清两人的差距。

"我不吃！"她大声道，圆溜溜的眼睛直直瞪着他，过了半天，才又道，"你很厉害！我现在知道了！你还救了我！所以你侮辱我的事一笔勾销！总有一天我也要修成人身，到时候你要跟我比试！"

她郑重其事的话语并没让无支祁有什么反应，他只是撑着下巴，慢悠悠好似闲聊般说道："修成人身？好啊，小狐狸记得要修成绝世美女，我最喜欢美女了。"

她还是要跟他作对："我偏不！我要跟你一样……不！要比你还厉害！"

"哦，那你努力。"他毫无兴趣地为她鼓劲。

从那天起，修出人身成了紫狐的最大目标，她已经把"要当最厉害的没有人身的狐妖"这个最初目标丢到了脑后，心里只有一个想法，她想要变得跟无支祁一样，而且要比他更厉害。

在她自己都没有发觉的时候，无支祁已经成了她追逐的目的，他的强大与漫不经心像烙印一样刻在她心底，到后来她已经分不清究竟是为了超越他，还是为了让自己追赶上他。

无支祁的朋友遍布天下，小小的菜园子几乎每天都有客来访，欢声笑语从来没有停过。他这样的人，不会有人真正讨厌他，在慢慢了解后，甚至会越来越喜欢他，他实在是个很有趣、很洒脱、也很讲义气的妖。

紫狐很快便发觉了自己心境上的变化，每次想起无支祁，心头涌现的第一反应并不是防备厌恶，而是喜悦和依赖，她对这种心境十分警惕，这混蛋潜移默化的本事太大了，她绝不能被影响！

她被无支祁套上黄金项圈在菜园子里养了好几年，到后来他的每个朋友都知道他养了一只紫色小狐狸当宠物，每个人来菜园子的时候都会逗她玩，里面有一只虎妖特别喜欢她，每次来都给她带许多好吃好玩的，她跟这只虎妖混得最熟。

有一天虎妖又来菜园子做客，给紫狐带了切得碎碎的嫩肉，她乐得埋头猛吃，吃到一半，却听虎妖对无支祁笑道："这小狐狸被你养着就是糟蹋了，哪有天天喂狐狸吃葡萄的？你也换点花样喂吧？"

就是就是！紫狐愤愤地点头，她再怎么喜欢吃葡萄，这几年天天吃，顿顿吃，早就吃反胃了！无支祁这混蛋从来不想着这些，太可恨！

虎妖见她摇头摆尾，不禁又笑道："你也觉得伙食不好，不想跟着这家伙了吧？"

是啊是啊！她一直都想逃离菜园子，奈何无支祁手眼通天，这些年她逃过无数次，没有一次成功，到如今她只有放弃了。

"无支祁，小狐狸跟我很投缘，不如你送我养吧？"

虎妖突如其来的一句话，让紫狐将一团肉卡在了喉咙里，噎得直翻白眼。

送给他？这混蛋把她当成什么？！她虽然看上去是狐狸，可其实是狐妖啊！说什么送来送去，一个两个都这样看不起她！

紫狐气得直跳，想要破口大骂，奈何那团肉死活卡着下不去，不由得急得团团转。

不知道为何，在气愤的同时，又另有一种惶恐抓住了她——她竟然在害怕，害怕无支祁的回答，他会怎么说？他这个人对朋友从来都慷慨大方，几乎有求必应，虎妖想要她，他会不会答应？

是的，她居然害怕无支祁会答应。这种害怕她无法理解，却又真实存在，她只有一面翻白眼，一面焦急地望着无支祁。

无支祁愣了一下，低头笑吟吟地看了紫狐一眼，问道："小狐狸，你想不想跟他走？"

喉咙里的肉忽然顺利地滚进了胃里，紫狐终于能喘上气了，可她的心却渐渐凉了下去——他没有拒绝，他只是来问她愿不愿意。

有生以来第一次，无助而惊惶，她竭力掩饰，想要倔强地说一声愿意，可是一个字都说不出来。

没有人发现她的异样，无支祁还在与虎妖说笑："她会说话，是只小狐妖，人家有自己的意识。她要是愿意跟你走就给你，不愿意的话，还是我留着吧。"

她不想被送走！一点也不想。她宁可满腹怨言地留在菜园子里，留在这混蛋男人身边。这样她可以骄傲地对自己说，是他不放她走，她是被迫留下来的。

无支祁的话轻而易举打碎了她这幼稚的骄傲，她狼狈地看着这一切，无言以对。

一双手温柔地把她捧起来，虎妖俊逸的脸庞印在她眼内，他慈爱地看着她，柔声道："小狐狸，跟我回去吗？"

她的鼻子里突然有着剧烈的酸意，眼泪不由自主地凝聚，为了不让他发现，她闭上了眼睛。脑壳上被无支祁重重敲了一下，他在佯怒："没良心的！真要跟别人跑！"

她的眼泪快掉下来了，没有办法掩饰。

紫狐猛地张开嘴，使劲咬住了无支祁的手，这一口咬得特别重，也是她第一次能咬中他。他疼得哇哇乱叫，下一刻，她的嘴松开，却又咬住了他的袖子。

千言万语，她想骂他，想吼他，他老是把她当宠物，一点也不尊重她，她恨死他了。

然而所有的愤懑在胸腔里却化作一股股酸涩。

"我不想走，我想留，哪怕天天吃葡萄，脖子上套着沉重的黄金项圈，天天闹得鸡飞狗跳，我也还是想留下来——"这些近乎哀求的话几欲脱口而出，如果真的说出来，就太丢人了。紫狐用力咬住舌头，憋得快要晕过去。

她到最后也一个字都没能说出来。

无支祁把她从虎妖手上抱回来，一面揉着她的耳朵，一面笑叹："还是有点良心，你看，她不愿意跟你走，果然还是我留着。"

主人如此表态，虎妖只得啧啧可惜着放弃了。他们继续在葡萄架下面喝酒笑谈，索要紫狐未果对他们来说只是一件再小不过的琐事，说完就忘了，却让她消沉了数日。

有生的二百多年里，紫狐一直认为自己是一只又聪明又厉害的狐妖，无支祁将她当作宠物来养，让她备感耻辱。她每天都在绞尽脑汁想着怎么逃离，想着以后厉害了，把无支祁踩在脚底，将所受的耻辱都还回来。

无支祁让她生气恼火恨得牙痒痒，他高高在上，云淡风轻，她要追上他，追上他……

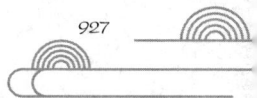

与他并肩而行。让她恼火的原来并不是失去自由，而是他的戏谑，她想要他平等而认真地看着自己，她不是普通的小狐狸，她不想做他的宠物。

不敢相信自己竟真的对他产生了依赖，她不想走，一点也不想走。

她又输给无支祁了，她没有想象中那么强大，懵懂的小狐狸早已被他深深吸引。


无支祁对这只小狐狸连续好几天的消沉感到很好奇，天天端着葡萄去逗她，小狐狸却总是没精打采地蜷缩着身体，用脊背无言地对着他。

这样的情况持续了十天后，无支祁终于有点按捺不住了，他揪着耳朵将这只狐狸强行翻过来，动作十分粗鲁，丝毫不讲怜香惜玉。

紫狐疼得哇哇大叫："好疼好疼！放手！你这混账家伙！我咬死你！"

她奋力用四爪挣扎，却被他按着肚皮，只能无用地扭动。无支祁在她毛茸茸的额头上摸了摸，奇道："没发烧啊，也不像病了，怎么没精神？啊，难不成思春了？！要我帮你找一只英俊的公狐狸么？"

紫狐只觉肚皮都要被气炸了："你才找公狐狸！你全家都找公狐狸！"

无支祁兜着肋下，将她举起来，低头看了半晌，忽然轻笑道："是嫌成日关在菜园子里气闷？不然我们出去玩几天？"

紫狐哼了一声，高傲地别过脑袋，正要恶狠狠地拒绝，却听他又道："听说东海之滨的鲛人有一件宝贝，要不咱们去寻宝？"

要不怎么说狐狸单纯，她立即晃着大耳朵急道："鲛人？就是会长鱼尾巴的人吗？"

无支祁见她耳朵晃来晃去，忍不住又捏了两下："是啊，而且他们还会唱歌，会织布，鲛绡可是千金难买的好东西。最罕见的是鲛人泪，每一颗都价值连城。"

"价值连城是什么意思？"天真的小狐狸继续发问，"鲛绡是什么？对了对了，织布又是什么？还有啊……"

无支祁不由得失笑，好在这只狐狸又打起了精神，他笑道："你可真笨，什么都不知道，以后要多见见世面。"

说她笨！紫狐张嘴去咬他，两人再度闹成一团。

第二天他们就离开了菜园子，从此踏遍五湖四海，逍遥天下。她从什么都不懂，什么都要发问的小狐狸，渐渐变得见多识广。那时她只是觉得好玩新奇，跟着这只猢狲四海为家，看着日升日落，斗转星移，他贪玩，她也贪玩，外面原来这么广阔，没有边际，让人目眩神迷。

她曾以为无支祁带她一起游山玩水，只是因为他自己也想出来逛逛，可是直到后来才明白，那时他大约已经有了放她离开的心思。他高高在上地给予她邂逅的恩惠，教会她在"外面"生存的铁则，只是为了某天可以让她离开。

到达东海之滨，已经是几十年后的事了，这么多年一路吃吃玩玩，依山傍水，过得逍遥自在，紫狐的修行也大有进步，小小的圆滚滚的身体长大了好几圈，看起来终于有了一些厉害狐妖的味道。

她脖子上依旧套着那只黄金项圈，圈子依旧沉甸甸的，她却已经习惯了，习惯到某日无支祁不再给她套上项圈时，她竟感到一阵不适的空虚。

要怎么问他？你为什么不再给我套项圈？这个问题太蠢了，如今的紫狐不再是那懵懂无知的小妖怪，这样的问题打死她也不会问出口，可是无支祁不解释，她不问，这个疑惑只能被死死压在心底。

难道他不想要她了？或者是，不再将她当作单纯的宠物？

在紫狐的疑惑到达最高点的时候，他们终于到达了传说中的东海之滨，在那里，她第一次见到鲛人，也是她与亭奴的第一次相遇。

无支祁交游广阔，看起来似乎与东海的鲛人是熟识，在他们欢声笑语的时候，紫狐只是小心翼翼地躲在他身后，露出一双大眼睛，好奇又警惕地打量着鲛人们轻纱般的鱼尾。

很快便有一只鲛人发现了她，那是个年轻而清秀的男鲛人，浓密的长发像海藻一样，双眼比最深邃的海水还要清澈。见着这只漂亮的小狐狸，他先是一愣，跟着却露出一丝笑，从桌上取了一块糕点，柔声道："来，给你吃。"

这鲛人便是亭奴。

他的温柔态度并没赢来紫狐的好感，她恶巴巴地朝他龇牙咧嘴，一副"不许你靠近"的模样。这样不友善的行为换来了无支祁的一个头槌，他毫不客气地揪着顶瓜皮将她提起，像风铃似的晃来晃去，一面道："哦，差点忘了这小家伙，她是我养的小狐狸。不许龇牙，好好叫人。"

她不要！紫狐羞愤地拼命挣扎，最讨厌他这种自诩为主人的态度，她的狐狸脸都被丢尽了！

亭奴却一点都不在意，他从腰间解下一粒雪白的石头挂坠，细心系在她毛茸茸的脖子上，又在她脑袋上摸了摸，笑道："这个给你玩，对你修行有益处，但却不能送给你，回头可要记得还我。"

无支祁愕然道："这么好的东西给她？你不怕她弄丢了？"

亭奴摇头："整个东海之滨不会有东西在我眼皮下遗漏。"

无支祁盯着他看了一会儿，登时恍然："是了，你如今的修为……这是要得道了吧？"

亭奴但笑不语。

紫狐没在意他俩说什么，她的注意力完全集中在这块石头上了。石头刚一挂在脖子上，一股浩荡纯粹的灵气便扑面而来，她从没体验过这么精纯的灵气，当下整个身体都僵住了。

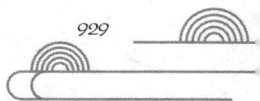

这块石头让紫狐爱不释手，在东海的那些日子，她每时每刻都捧着它，要不是石头不能吃，她简直恨不得一口吞下去。

"亭奴是好人！"她得出这样一个结论。

无支祁听见她这样孩子气的话，失笑道："给你个石头就是好人了，那我呢？"

紫狐噘着嘴不理他，无支祁并不在意，只是拍了拍她的小脑袋，道："亭奴即将得道，想必过些日子便能上天庭，成为神官，这在鲛人中十分难得。你也别成日只知道吃喝玩乐，做妖怪还是修行的事第一，有空向他多请教。"

紫狐哼了一声："我明天就去！哼！我一定会修成厉害的大妖怪！你等着我打回来！"

无支祁哈哈大笑，捏着她的耳朵揉来揉去："快点修行，外面还大着呢，等你能独当一面了，我就不管你了，爱去哪里去哪里，我也算丢掉一个累赘啦。"

累赘？他说，她是累赘？

紫狐脑子里"嗡"的一声，含在嘴里的石头扑通一下掉在了地上。她怔了半日，终于找回自己的声音，听起来却又好遥远："你……你要让我走？"

无支祁耸耸肩膀："你也是个妖，怎可能一辈子跟我绑着，总是要自己混出个名堂来。你不是一直嚷嚷着要走么？那还不快修行！"

是的，他们是妖，天性爱自由，从不为任何人任何事牵绊。邂逅了，相遇了，便饮酒谈笑，酒散后，各自离开，潇洒无碍。

她一定是妖类里面的一个异数，她不想做自由自在的狐妖，她只想……只想和无支祁在一起，永远在一起。

紫狐清了清嗓子，有些犹豫地开口："那、那我要是不想走？"

无支祁有些诧异："为什么不想走？"

因为……因为……

她说不出个所以然，内心只觉得惶恐，不想离开他，如果修行成为厉害的妖怪，最后的结果便是要离开无支祁，她宁愿一辈子也不修行，宁愿被黄金项圈锁住，只要可以看见他。

这样的心思不能说，也不敢说。她在最懵懂无知的时候遇到了他，他让她见到了这世间的最极致，除了他，其他都是过眼云烟。

她见得越多，懂得越多，就越来越不想离开，越陷越深。

光风霁月的小狐狸从那天开始，忽然有了一个阴暗的念头，她再也不会抱着那块充满灵气的石头又舔又啃，也不会专心修行——只要她不修行，就不会变得厉害，那样，他就永远也不会叫她走了。

他们在东海之滨逗留了很久，无支祁是为了鲛人族的宝物"酒神爵"而来，可惜这帮鲛人小气得很，不要说把宝物送给他，连看都不给他看，这里又有亭奴坐镇，无支祁不好意思动手抢，只能耗着，一耗就是好几个月。

僵局结束于第五个月，又有一个人来到了东海之滨。

那个人紫狐也认识，虽然平日里见得少，但若说与无支祁关系最好的人里面，他算是排在第一号。

元朗，金翅鸟妖，紫狐很不喜欢这个高傲的男人，可是无支祁很喜欢他，他们俩好得简直可以穿一条裤子。

元朗一来便是笑道："怎么，酒神爵弄不到手，所以找我帮忙？"

无支祁在他肩上轻轻捶了一拳："废话少说，能弄到那玩意，咱们喝个三天三夜。"

元朗还是笑："要我出手，可就不分轻重了，伤了跟鲛人的情面，你吃得消？"

无支祁又给了他一拳："你素来聪明，速速给我想个既不伤情面又能拿到东西的法子来，我不管！"

元朗边笑边摇头，一转身望见紫狐摇着大耳朵盯着自己，他面上的笑容缓缓淡下去，将她从头到脚打量一番，忽然道："这蠢狐狸跟了你许多年，怎的修行一点进益都没有？"

紫狐听他说自己蠢，登时勃然大怒，一蹦三尺高，恨不得把他那张可恶的脸抓烂："你才蠢！"

元朗高高在上瞥了她一眼，便不再理她，只朝无支祁浅笑道："她怎么说也是只狐妖，成日跟着你吃喝玩乐，倒把修行丢了，难不成叫她做一辈子狐狸么？趁早放了她才对。"

他想叫无支祁赶走她！紫狐的心都沉下去了，不等无支祁回答，她先暴跳起来，毫不犹豫一爪拍向元朗的脸。

这一爪自然没有拍中，无支祁揪着她的顶瓜皮，眉头皱了起来："好好的发什么火？动不动就伤人，你修的什么行？"

紫狐只觉一股气要冲破胸腔，一万分的委屈与憋火，无支祁说了什么，她没有听进去，她只是死死盯着元朗，这可恨的金翅鸟妖，他面上还挂着一丝了然又轻蔑的笑，他知道！他看出来了！他在蔑视她，他要把她从无支祁身边赶走！

她那点阴暗的小心思被暴露在光天化日之下，这种情况令她难堪地沉默着。她自己都说不清为什么不想离开无支祁，可是，只要她不说，这愚蠢的猢狲便不会发觉，她依旧可以骄傲地跟随着他。

元朗想要戳破她的这点小诡计，他让她感到极度的害怕与愤恨。

"给我回去待屋子里，今天罚你不许吃饭。"无支祁揪着小狐狸的大耳朵，把她丢进了房间，门被轻轻合上，阻绝了回廊上的光亮。紫狐有些虚脱地靠在门边，听见元朗与无支祁笑语晏晏，他还在说："这狐狸该不会是对你动了春心吧……"

无支祁的回答她没有听见，他们走远了。

紫狐用尾巴捂住脸，她又想哭了，每次只要想到离开无支祁，她的眼泪就没有办法控制。房间的安静与黑暗都让她感到害怕，很害怕，好像她真的要被抛弃了一样。

元朗究竟用了什么刁钻法子帮无支祁弄到的酒神爵，答案至今她也不知道。只是那天弄到酒神爵之后，他们真的喝了三天三夜的酒，紫狐也在屋子里闷了三天三夜，桌上的油灯都被她滔滔不绝的眼泪淋湿了，有生两百年的眼泪都交代在这个房间里，气得每天给屋子换油灯的鲛人总是瞪她。

紫狐睡得迷迷糊糊的时候，无支祁回来了，她是被刺鼻的酒臭惊醒的，一睁眼便望见无支祁那张大脸，醉醺醺地低头望着她笑，手掌在她脑袋上揉啊揉。

"臭死了，快滚开！"她用爪子捂着鼻子，愤怒地大吼。

无支祁才不滚，他偏要抱紧她毛茸茸的身体，下巴在她耳朵上使劲蹭，一面笑："还是抱着这毛团舒服！"

她又是怒吼又是挣扎，鸡飞狗跳闹了半天，终于还是精疲力竭地任由他抱着。他身上的酒气很重，呛得她一个劲打喷嚏，她便把鼻涕全抹在他衣服上，作为报复。

无支祁把脸埋在她丰盈的皮毛里，过了许久，声音闷闷地传来："小狐狸，外面有趣的事情多着呢，你要好好修行，争取早点独当一面，自己出去闯荡。"

紫狐的挣扎弱了下去，没用的眼泪又要出来了，她死死咬紧牙关，半晌方道："我、我知道你看不起我……"

无支祁摇了摇头，抓起她两只前爪，低声道："没有，但我不想你做一辈子狐狸，你很有天赋，应当修出个结果来。"

修出结果？是说修成人身吗？紫狐想起他喜欢美女，她的大耳朵忽然充满希望地晃了起来，抬头殷切地望着他，急道："那我修成一个绝世美人！"

无支祁哈哈一笑，将她两只爪子搓来搓去："绝世美人么，嗯，我看行。"说罢再低头端详她的狐狸脸，笑得眼睛都眯起来，轻道："你要是修成人身，一定会是大美女。"

紫狐这三天里的郁闷委屈忽然跑得没影了，她眼怔怔地看着他的笑靥，窗外单薄的晨曦透过清澈的海水，倒映在他脸上，她从来也不懂人的美丑，可是这一刻，她觉得他很好看，从未见过比他更好看的脸。

虽然他总是故意撩拨，惹她生气，但她从来没有真的生气过。百看不厌，他舒展开的眉毛，灵活的眼睛，总是说讨厌话的嘴巴，夹杂在刺鼻酒臭里的，是他独有的气味，香甜而充满诱惑，比最初吃到的葡萄还要诱人。

一块肉末烧饼出现在鼻子前，无支祁笑吟吟地将烧饼塞进她嘴里，他的语气很温和："饿了吧？给你吃。"

她总有那么多莫名其妙的恼火和委屈，可是他也总有办法一瞬间就将它们熄灭，只有他。

紫狐下意识地嚼了满嘴肉末烧饼，很好吃。她很喜欢"外面"，喜欢葡萄，喜欢那些诱人的美食，喜欢柔软的垫子，喜欢春夏秋冬季节的变幻莫测。

然而她更喜欢这个男人，比这世上的一切都喜欢，比喜欢自己还要喜欢。

请不要让她离开，可不可以就这样留在他身边，她永远做他的小狐狸，永远在一起。

紫狐从漫长的回忆中渐渐回神，抬眼望向对面——亭奴坐在轮椅上，安静地看着自己。已经过去千年，他的目光始终如初见般温和，从天庭被赶出来似乎对他也没有什么影响。

老实说，她并不喜欢这片目光，他总是带着一丝怜悯地看待她，她不需要怜悯，只想要认同。

"紫狐，"亭奴低声开口，"千年已过，你如今也是修成人身，应当成熟些了。多为自己考虑，无支祁是怎样的人，你比我清楚，纵然你救了他出来，你们也没有办法回到千年前的关系，他早已知晓你的心思，定然要躲你避你，如此更痛苦，你何必？"

紫狐愣了片刻，反而笑了，像是苦笑，又像是挺直了腰杆负隅顽抗。

"他早就在躲我啦。"她轻轻说着，从拿到酒神爵之后，她发觉自己喜欢上了这只大猢狲，他看似鲁莽，实则通透，那之后早已有意无意地有所躲避，再不似以前的亲密。

那时候她为这个还发了好大一场火，又因为他的不回应，她气得自己跑了，再也没想到，这一离开，便近乎永别。

想来一定是那个元朗教唆了他什么，这只没脑子的猢狲竟跑到天庭偷了天界的宝物，闹出好大一场祸事。彼时她还躲在别的地方与他怄气，等他过来找自己，谁知等了许久，最终却等来亭奴被罚下界，无支祁被关押的晴天霹雳。

这千年来，她每天都会问自己，为什么那时候要与他斗气离开？倘若她留在他身边，他造反也好，偷宝物也好，她都会跟着，这样就算被一起抓住，她也不会离开他，他们还是可以永远在一起。

"外面"的自由曾让她无比渴望，然而他不在了，留给她的只有近乎窒息的痛苦。后来她每天都在发疯般地修行，不放过一点点有关无支祁的消息，修成人身的那天，她在镜子里照了很久很久。

无支祁曾说过，她一定会修成绝世美女，他没说错，她如今已经是绝世大美人了，可他却看不见，活该。

"我才不管他躲不躲我。"紫狐抬起头，她早已不是以前那个自以为是的蠢狐狸，因为他，她变得无比勇敢，什么都不怕，"他躲，我就追啊，不想我去救他，我偏要救，我就是要他承我的情，撕脱不开我。"

亭奴心知劝她无用，唯有一声叹息："作茧自缚，画地为牢，随你便是。"

他推着轮椅缓缓离去，到了很远的地方，还在摇头。

作茧自缚，画地为牢，紫狐还是只有笑。不错，她一直在画地为牢，把自己圈在无支祁身边，无论用什么手段，她只想为他留下。她也一直在努力，为了他变得更好，然后追赶上他，在某一天可以并肩而行。为此付出的所有努力，她心甘情愿。

她在最懵懂的时期遇到了有生以来的最极致，从此后，除了他，她所见只有空茫。

每一个妖都渴望自由，她不要很多自由，他就是她的自由。

## 番外二·逆轮

算算日子，得道飞仙来到天庭，已经有三十多日了。

亭奴对自己目前的处境并不是特别满意。

天帝将后花园里唯一的天池赐给了他，天池通体由昆仑玉砌成，占地数顷，高有十几丈，最中心处的喷泉台据说是东方白帝亲手做的，采了天河畔的火莹石，雕琢成巨大的赤色莲花形状。

池水里种着仙品白莲，每一朵都大如缸口，莲叶层层叠叠，随波荡漾，映着飞珠溅玉的喷泉，实在是美妙绝伦，只是……美则美矣，却太寂寞了些。

亭奴在密密麻麻的水草里翻个身，轻轻吁出一口气。他在下界的时候，虽然每天第一要事是修行，但三天两头总有五湖四海的朋友一起谈笑风生，饮酒赏乐，那时觉得略聒噪，如今回想着，倒有些怀念。

这天池，太冷清了，冷清到池里连一条鱼都没有，而天界那些神仙们，没事更不会跑来后花园，这里可是天帝的地盘。

于是飞升得道的鲛人，如今每日能做的，只有躺在池子里看看天空，或者在水里吹几个泡泡。天界清冷，以后几百甚至几千年大概都是这么过，想想觉得怪没意思的。

不知道下界的那些狐朋狗友们如今过得怎样，无支祁大概还是成日没心没肺地快活着，他身边那只漂亮的狐狸应该也还藏着那些隐秘的小心思，只盼她别太执著才好……

亭奴正想得出神，忽闻一阵急促的脚步声狂奔而来，不知是哪个冒失鬼，竟敢在后花园横冲直撞，难道没人告诉他如今天帝正在这里赏花么？

他从水里探出半颗脑袋，只见神兽之一应龙神君满面急色地狂奔而至，这平日里极为注重仪表的神君不知受了什么刺激，头发没束好，甚至外衣的衣带都扣歪了几根，他面上满是骇然欲绝的神色，一路奔到天池边，见亭奴盯着自己，他急道："陛下可在这里？！"

"陛下在怡心园赏梅，吩咐了不想叫人跟着，应龙大人你……"

亭奴一句话还没说完，应龙便拔腿朝怡心园跑去，没跑几步，忽地停了下来，毕恭毕敬地伏跪在地上，开口道："臣应龙拜见陛下。"

香风悠然而起，无数层层叠叠的白纱不知从何处飞至，将应龙前方的花林遮了个严严实实，天帝那神秘不可捉摸的声音在白纱后骤然响起："爱卿何故擅闯后花园？"

应龙神君大口喘息了数下，似是努力平稳心神，过了片刻，他面色却依旧苍白，声音里更有一丝无法抑制的颤抖："启奏陛下！半刻前巡逻星官发现有大批修罗魔神聚集在弱水河畔！"

此言一出，万籁俱寂。

偷听的亭奴在水中惊愕地连泡泡也吐不出来了——他平静而无聊的得道生涯，结束在飞升后的第三十四日，那一天，修罗魔神大肆聚集，开始了对天界无休止的骚扰与侵犯。

冷清了太久的天界，迅速因为燃起的战火而变得喧嚣，修罗个个骁勇善战，一直为天界诸神深深忌惮，谁也不知道他们何时来犯，更不知道这次是小打小闹，还是要惊天动地地大干一场。

一向死气沉沉的后花园从那天起变得热闹非凡，天界亦不缺少好战的神仙，譬如二十八星宿与那些按捺不住的神兽们，个个都想与修罗魔神们斗个痛快，其中以腾蛇神君最为急切，每天就看他盯着白帝不放，叫着跳着要去跟修罗魔神打架，只可惜白帝从来不理他，枉费了他一腔热情。

修罗们在弱水河畔被困了近两个月，其间亦有些厉害的跨越天火包围，闯入了天界深处，好在发现得早，没有掀起什么惨事。

然而这样的安心日子没能撑多久，在天界诸神以为修罗魔神们又像以前很多次那样，被弱水天火困住，最后慢慢散去时，那天的午夜，突然传来紧急战报：西花园沦陷了。

这条消息让天界无数神仙彻底陷入了恐慌，以往困住修罗的弱水河，这次竟没有能够困住他们，不知是谁泄露了渡河的法子，让修罗们轻而易举地渡河而来，将西花园里没来得及逃走的人杀个精光，最后一把火烧得干干净净。

西花园飞腾而起的火光亮了整整三日，诸神的心也一日冷过一日，每天都有同僚战死的消息传来——原来天界的人在面对修罗魔神的时候，如此无力，他们根本没有自己以为的那么强。

昔日人来人往的天池畔变得死气沉沉，再也没有诸神热火朝天地讨论对付修罗的法子，西花园沦陷了，修罗魔神攻到这里，也用不了多久，每个人都在等待最后的绝望之日，就连白帝脸上也时常浮现死灰之色。

这场修罗之肆，看来是躲不过了。


亭奴已经记不太清那段日子自己究竟是怎么煎熬过去的，很多次他都潜在池底，失神地仰望天空，不知什么时候，就会有三头六臂的修罗魔神冲进大花园，将美好的一切都摧毁。

直到有天，诸神忽然带来一条震撼的大消息：白帝请出了天界战神将军，这位战神将军勇猛无匹，单枪匹马独自挑战修罗魔神，竟百战百胜，从未有败绩，一路从西花园杀回去，如今已经快把修罗们赶出弱水了。

这条消息让死寂的后花园再度变得热闹无比，无数不擅战斗的神仙们每日都聚集在池畔，叽叽喳喳地讨论这"战神将军"到底是谁，他们谁都没听过"战神将军"的名号，这位将军简直是个横空出世的救星，把即将覆灭的天界从灭绝边缘拉了回来。

整个天界的所有天神的好奇心都到达了最顶峰，很少有人能见到将军的真容，将军永远穿着白帝亲手打造的紫云盔黄金甲，提着定坤剑，脸庞藏在盔甲的阴影中。

有关战神将军的谣言有无数，白帝却从来没有解释过一个字，他和天帝对将军的身份讳莫如深，只是伴随着将军的一场场胜仗，久违的笑意又一次回到了这位东方帝王的脸上。

亭奴对战神将军也很好奇，但他只是个住在天池的鲛人，平日里不能四处走动，纵然再好奇也没法像天界诸神那样或近或远地偷窥人家。在他的想象里，能和成千上万的修罗魔神战斗，并且百战百胜，战神将军一定是个身材巨大，壮如铁塔的英雄。

他没有想到，那么快就能见到战神将军本人，而这位将军带给他的冲击，大得无与伦比。

那是个晴朗的夜晚，在后花园兴奋聚会了好几天的神仙们终于渐渐散去，一开始的胜仗固然叫人欣喜若狂，但天天都胜，场场都胜，时间长了总会叫人失去关注的兴趣，加上战神将军似乎脾气很是古怪，白帝对将军的保护也极其严密，至今还没人能跟将军说上一句话，慢慢地，昔日里天界诸神的淡雅平和再度回来，再也没人整日待在天池附近讨论战事了。

亭奴躺在一朵巨大的白莲中，月光很亮，他想着战神将军的事，一时有些睡不着。便在此时，一阵轻微而缓慢的脚步声从远处传来，渐渐地越行越近，看样子正是朝天池这里来。

谁会在这种深夜跑到后花园？听脚步又不像是巡逻的星官，亭奴轻轻拨开一瓣莲花，悄无声息地望过去，但见一条长长的影子款款而来，还未见到人，他便被扑面袭来的血腥味熏得朝后缩了缩。

好重的血腥气！亭奴最受不了这种味道，不禁皱起眉头，眼前忽然一花，一个从头到脚都血淋淋的血人出现在不远处。此人身上穿着沉重烦琐的盔甲，上面也不知染了多少血迹，新的旧的，早已看不出原来颜色。

是谁？！亭奴只觉胸膛里一颗心开始狂跳，他有种奇妙的预感。

身着血盔甲之人走到天池畔，竟停了下来，过得片刻，一弯腰坐在了昆仑玉台上。

靠得这么近，此人身上的血腥气简直叫人不能呼吸，亭奴捂住口鼻，全神贯注地打量这身血盔甲，想从厚重的盔甲阴影下看出点什么来。

突然，一个低微的叹息声自盔甲下响起，那声音既不凶残，也不冷酷，甚至十分娇嫩，竟是个女子的声音。亭奴这才骇然发觉，此人身形很是窈窕纤细，露在盔甲外的一双手白得犹如透明一般，十指纤纤，一柄巨大的青色宝剑握在这双美丽的手里，剑身上刻着"定坤"二字。

定坤，定坤？定坤！

亭奴大吃一惊，定坤剑！这不是传说中那位战神将军所用之剑吗？！来者是战神将军？！

他对将军有过无数猜想，或许凶狠，或许强壮，只是无论如何都没想到，战神将军竟然是个女人！

"哗啦"一声，沉重的头盔被摘下，清冷的月光照亮了天池的昆仑玉台，亭奴只觉呼吸都停了。

他怔怔望着端坐在玉台上的战神将军，她看上去年纪不大，脸颊比身下的昆仑玉还要剔透莹润。没有杀气，她面上没有一丝杀气，秋波流慧，容光清艳，竟是比传闻中天界第一美人的白虎神君还要秀丽几分。大概是头盔戴的时间太长，汗湿的青丝粘了几绺在腮边，她便撅起嘴轻轻吹了口口，这动作让她充满了一种惹人怜爱的稚气。

她怎会是战神将军？那战无不胜的战神将军，又怎会是一个稚龄少女？

这荒谬至极的真相让他一时忘了隐藏气息，巨大的白莲微微颤抖了数下，玉台上的少女立即被惊动了，她忽地起身，将定坤护在身前，方才那一丝脆弱的稚气烟消云散，一双眼犹如碾冰碎玉般，杀意滔天。

"出来。"她的剑尖准确地指着那朵白莲，声音冰冷。

亭奴身体有些僵硬，夜风吹拂着他湿润的身体，凉意瘆人，他清楚地听见自己的呼吸声，紧张而局促。

巨大的莲花蠕动了几下，鲛人从花瓣后探出了半个身子，青色琉璃般的眼睛，安静又有些畏惧地看着眼前的少女。

少女在他如梦似幻的鱼尾上打量了半晌，忽然，唇边露出一丝极淡的笑意，跟着伸手入怀，掏出了一包糕点。

"鲛人？"她的声音意外地温和，语调却有些生涩，像是刚学会说话一样，"真漂亮，给你吃。"

她将糕点放在池侧，眼中露出一丝期待，像是盼着他来拿。

亭奴却没有动，他此时实在不知该有什么反应，将军出乎意料的容貌与略带稚气的反应，都让他发懵。

将军期待地等了片刻，见他没反应，眼中便有了一丝明显的失望。她坐回玉台上，一言不发地开始用袖子擦拭定坤剑上干涸的血迹。

她没有说话，亭奴也不知该说什么，他默然看着她擦拭剑身，她柔软的乌发散落在颈边，无论怎么看，都是一个再柔弱不过的小姑娘。

"你不爱吃？"将军一面擦着剑，一面用明显失落的语气开口问他。

亭奴忽然有些两难，拿？还是不拿？这位战神将军很明显没有一点常识，鲛人怎可能吃糕点？可是，不拿的话，她又要失望了吧？他竟有点不忍心看到她失望的眼神——她可是百战百胜的战神将军！他的不忍心用在她身上，好滑稽，好自不量力。

不知过了多久，亭奴动了，青纱般的鱼尾缓缓一拨，美丽的鲛人用生平最慢的速度浮出了水面，犹豫了片刻，最终还是伸出手，将那包糕点提了起来，只是提着，并没有吃。

将军没有发火，她像个最普通的姑娘，微微歪着脑袋，低声问："不喜欢这个？"

又犹豫了一下，鲛人缓缓点头。

将军只是弯了弯唇角，轻道："下次换个。"

将军并没有在天池畔待多久，将定坤剑上的血迹擦干净，她很快便离开了，亭奴捏着那包糕点，痴痴地看着她远去的背影，只觉恍然如梦。

隔日晚上，将军果然早早便来了，这次她的定坤剑上没有血迹，盔甲也被擦得干干净净，她手里大包小包提了许多东西，一一在亭奴面前打开，他粗粗一看，差点要失笑——她带来的东西是各种吃食，从米饭到青菜，从活蚯蚓到小鱼虾，她一定是想把他当宠物来养。

在她期盼的眼神里，亭奴最终还是轻轻抓起一包米饭，小心地捏起一粒米放入口中。

这个动作让将军心情愉悦起来，放松似的吐出一口气，盘腿坐在了池边。

"当个鲛人挺好的。"她的目光流连在亭奴的鱼尾上，里面竟有一丝羡慕，"每天只要在水里游，不用杀人，也不用打仗。"

谁告诉她鲛人每天只需要在水里游？亭奴顿时有了为鲛人辩白的冲动，可是将军接下来的一句话，又让他愣住了。

"我不喜欢杀人。"

她突然蹦出一句石破天惊的话。

亭奴有点无措，他该给什么反应？要怎样回答？

然而，她并没有等他给什么回答，再度生涩开口："总觉得不该杀那些修罗。"

原来她只是在自言自语……亭奴下意识地朝她那边靠过去一些，她身上的血腥气依旧浓厚，但不知为何，他似乎并不反感了。

或许以为他只是个神智未开不会说话的鲛人，将军没有丝毫戒心，又道："昨天见到那个叫白虎的神兽，她的发髻真漂亮，我也想那么漂亮。"

"听说有香料可以让身上变香，我也想试试。"

"盔甲好重，也不好看，我想穿轻一点的裙子。"

月光下，她犹如刚学会说话的孩子，缓慢而艰难地自言自语，细碎散漫的抱怨，没有意义的叹息，她似乎只想找个地方说说话，而她的话语出乎意料的只有一些小女孩的心思。

多么荒谬绝伦，叱咤风云的战神将军对着一个鲛人发牢骚，这些牢骚的内容传出去，只怕整个天界的神都要笑掉大牙。杀伐成性的凶煞之神平日里都想着什么？或许该是怎么杀人，或许是怎样让自己少受伤，但绝不该像个小女孩一样，想着怎样把自己打扮干净漂亮点。

亭奴先时只觉骇然，其后又有点想笑，她的每一个字，每一个生涩的发音，每一句琐碎的抱怨，都惹人发笑，这滑稽的效果就像一个凶猛巨汉穿着女人的裙子涂脂抹粉一样。

凶名在外的战神将军原来是这样的人，这发现让他又好笑，又有点隐隐的怜悯，还有些小小的得意——他是第一个知道战神将军秘密的人，或许，也是唯一一个。她将他当作天池里豢养的一条鱼，一厢情愿的信赖使得这个夜晚神奇而安宁。

接下来，还有很多个这样的夜晚，没有人知道战神将军每天晚上会来到天池畔坐上一小会儿，对池里的鲛人说些乱七八糟的废话。

有无数次，亭奴想过要在她面前开口说话，好叫她知道，他不是普通的鱼，他的话说得可比她流利多了。但是每次话到嘴边，却依旧沉默。

或许他已经有些上瘾，这脆弱又柔软的关系，竟让他欲罢不能。只要一开口，所有的虚幻美丽都会如云烟散，为了让她温和的目光多停留片刻，他愿意做一只不会说话的鲛人。

让这柔软的秘密再持续久一些，不会有人知道，这样她就好像被他独占了似的。

他提心吊胆，还乐此不疲。


终于有人发现天池里这尾鲛人异样的沉默，那是在修罗之肆解决很久之后的事了。

那段时间好不容易安静下来的天界，又掀起莫名的波涛，听说宝库里少了两件神器，是被下界的胆大包天的妖怪们偷走的，这种挑衅诸神尊严的事自然不会被原谅，没过几天便派了二十八星宿下界擒拿犯人。

亭奴对这些事没有上心，为了见到战神将军，他连作息都改了，白天睡觉晚上在天池游荡。这日他在白莲中睡得正香，却被天池畔叽叽喳喳的说话声给吵醒了。

拨开莲瓣，亭奴有些讶异地看着坐在池畔的两位神君，竟是应龙和朱雀。应龙神君一向有些大嘴巴他是知道的，但朱雀神君素日稳重寡言，三棍子打不出个闷屁，应龙拽着他说话，不是对牛弹琴么？

更叫人奇怪的是，朱雀眼眶微微发红，神色黯然，竟像是刚刚哭过。亭奴的好奇心顿时被激发，索性探出半个身子，拉长了耳朵听他们说话。

"玄武死得太冤，你想替他报仇，我也想，但那只猢狲太厉害，策海钩在他手里更是惊天动地，你我这些神君去，莫说报仇，不过是送死罢了。"

应龙的语气听起来像是在劝慰，他话语中提到"猢狲"二字，让亭奴心中不由得一惊——他在下界也有不少好友，身手厉害又被称为猢狲的，只有无支祁。难道他胆大到跑来天界偷东西？还杀了玄武？！怪不得这几天善战的神仙们一个个跑下界，都是为了捉拿无支祁？他、他这等作为，已经不是胆大包天所能概括的了，简直是……找死。

朱雀没有说话，只是用手背抹了抹眼眶，玄武在四神兽中地位最高，也最厉害，算是四神兽的领袖，他的死别人尚可，对四神兽而言打击尤其巨大。

应龙顿了顿，又道："好在如今那猢狲身边的金翅鸟被买通，叫我们知晓了他的弱点，要拿住他也只是时间问题。"

金翅鸟？亭奴瞪大了双眼，是说……元朗？！原来偷取神器的真是无支祁！元朗竟会背叛无支祁？！以他俩的交情，怎可能？

朱雀终于开口了，声音沙哑："有何用？前日白虎还不是一样败退，倒不如大家一起上，拼着死几个，也总能找到破绽将他擒住。"

应龙摇了摇头，忽然放低声音道："方才白帝说了，要叫那位战神下界捉拿无支祁。"

朱雀惊道："战神将军？她不是……不是专门请来对付修罗魔神的吗？下界捉拿一只猢狲未免也太……"

应龙微微一笑："正是她去才好，有些事你不晓得，倒是当日玄武喝多了与我们说的。你可知丢失的策海钩与钧天环是什么东西？说起来正是出在她身上。这个战神哪里是什么天神，是白帝用计擒住的一只厉害的修罗，打散魂魄重新塑造身体而成！策海钩是她修罗身体的一条脊椎，钧天环便是她的肋骨，所以这事叫她去，岂不是正好合适？白帝始终对战神将军顾忌得很，定是会寻个由头将她除去，她去对付无支祁正是一石二鸟，最好叫他们两败俱伤！"

朱雀闻言突地蹦了起来，双手无意识地胡乱挥动数下，最后急道："这种谣言……不要乱说！战神怎会是……"

"不是乱说。"应龙打断他的话，"白帝为战神将军重塑身体时，玄武也参与的。你也见过将军的脸，难道不觉眼熟？与昔日那天河畔的化石织女可是有几分相似？"

朱雀只是摇头叹息，过得半晌，又陷入沉默，许久才低声道："如此说来，确实……十分相似。"

应龙冷笑道："事关白帝的陈年隐私，自然不会让有心人多说什么，修罗之肆解决后，你可有在天界再见过战神？白帝正是怕她被人认出来，所以几乎是软禁着她。当日修罗的身体被炼制成神器，白帝偏偏取了化石织女的琉璃像为她塑造身体，为的什么？以白帝之能，捻一撮黄土都具灵性，何苦选了琉璃这件脆弱物事？还不是因为白帝被化石织女抚养长大，心中却对她产生了不该有的情意，如今还把个修罗捏成织女的模样，真是……"

"应龙。"朱雀沉声打断他，他起身缓缓环顾一周，见附近无人，方又道，"这些流言蜚语以后不要再说，我也不会再听。白帝既然将战神将军派遣下界，那我们只需静候佳音了。我还有事，先走一步。"

应龙一面冷笑一面望着他的背影，哼了一声："装什么清高！"

他绕着天池慢慢走了一圈，正欲离开，忽然发觉了什么似的，双目犹如冷电般瞪向池中一朵巨大白莲。片刻后，莲瓣轻轻颤动，一只鲛人从里面摇曳而出，远远地朝他低头行礼。

应龙脸色有些难看："……你一直在这里偷听？"

亭奴却神色镇定，无辜地摇了摇头。

应龙眉头皱了起来："点头摇头算什么？你不会说话么？"

他确实有许多天没有说过话了，几乎以为自己生来是个哑巴。

"鲛人亭奴，见过应龙神君。"亭奴有些生涩地开口，"我方才在莲中沉睡，大人的灵气波动惊醒了我，我并未听见大人说了什么。"

应龙眯眼看了他半晌，从鼻子里发出个轻微的哼声，转身便走了。

直到他的身影彻底消失在后花园，亭奴才面色青白地倚着白莲坐下去。他方才听到的事情太过震撼，以至于不能相信。那每晚来到天池畔的稚嫩少女，竟是修罗？她那些可笑而琐碎的小姑娘心思，笨拙又通透的性格，真是修罗？

不，让他在乎的不是这些，而是她如今很危险！白帝知道她的来历，所以始终对她心怀忌惮，无论她能不能抓到无支祁，等待她的最终结果是消亡。为了天界，他亲手做出这个杀人利器，如今同样是为了天界，他又要将她亲手销毁。

他无意评价这些帝王心思，他只是……他得告诉她真相，他不能看着她送命。

亭奴在莲花上僵坐了很久很久，直到天彻底黑下来，熟悉的脚步声再度在天池畔响起。他受惊了一般抬起酸涩的眼望过去，入目还是那窈窕稚嫩的少女。

她早已不穿黄金甲紫云盔，长发也不再是全部束在脑后，今天大约又穿了一条新裙子，绾了个新发型，她面上挂着笑，心满意足地坐在了昆仑玉台上。

"我有朋友了。"将军掏出一盒米饭，轻轻放在池边，清澈的眼中流露出一丝往日没有的色彩，"无支祁人不坏，我愿意跟他做朋友，明天我就去叫白帝放了他。"

她天真的话语让亭奴的心都缩起来，告诉她！告诉她残酷的真相！不会有人在意她的想法，他们只想赶尽杀绝，将这个琉璃样的姑娘再次摔成碎片！

他急切地游到她身边，伸出手，第一次握住了她的衣裳。

"你快离开，快逃。"他启唇，吐出了认识她以来的第一句话。

将军在那一瞬间的神情，他一辈子都不会忘掉。在很多次与将军的接触中，他也曾想象过，当他开口说话时，她会有什么反应，吃惊？生气？他亦有过不切实际的幻想，知道他会说话后，她应该就明白，他们是一样的……他、他与她应该是一样的，他们是朋友。

但他更清楚地明白，她与他，怎可能一样？她是高高在上的战神，他不过是天池里一尾鲛人，和她这脆弱又短暂的亲密接触，像云一样虚幻，她让他又骄傲，又难过。

他早已抱着承担最坏结果的决心对她口吐人言，和她的性命相比，她的任何反应都不重要。

亭奴只是没有想到，她既没吃惊，也没生气，将军先是愣了一瞬，紧跟着却张大了嘴，窘迫的红晕眨眼间布满了她的脸和脖子，手足无措，无地自容，她窘得连连搓手，过了好半天，才胆怯似的小声反问："你、你会说话？"

意料之外，却又在情理之中，若非心急如焚，亭奴真的很想大笑几声，这让他又骄傲又难过的人，一切都是值得的。

他更紧地握住她的袖子，仰面将今天从应龙那边听到的话全部说给她听，渐渐地，将军面上那层窘迫尴尬淡去，变成了凝重，最后，连那层凝重也消失了，她的神色令人意外地平静，平静得很是诡异。

"我知道了。"她静了半晌，忽然起身，声音淡然，"谢谢你告诉我。"

亭奴见她说走就要走的模样，不由得急道："你去哪儿？！"

难不成是去找白帝对质？也是，一个莫名其妙的鲛人的话，她怎会轻易相信？

将军回身凝望他片刻，唇角竟露出一丝笑意，低声道："真的谢谢你，我一直想不起的事，现在都想起来了，原来是这么一回事。"

亭奴又道："你不要冲动，白帝的手段你是知道的……你还是快逃吧！离开天界，去哪里都好，不要留在这里。"

将军清澈的目光渐渐露出冷意，她拨了拨长发，淡然道："我不会逃，错的人不是我，有什么惩罚，尽管来。"

亭奴心中焦急，还想劝说，她忽又对他微微一笑，道："不要再为我说话，你也会被牵扯进来的。"

他不惧怕被牵扯，也不惧怕任何责难，他唯一怕的，只是她会死去。他们认识的时间太短，他还想与她在一起更久，每天每天，对着清澈的池水与银色的皓月，她闲话家常，低声牢骚，他在一旁安静地听着。

如果可以，能不能带着他一起逃？从此天涯海角，亡命之旅，可不可以永远在一起？

他没有能够说出口，自己也不知道什么原因，是自卑？还是什么别的？她就在眼前，一步步离开天池，他却没法追上去，他只是个鲛人，连路也不能走的鲛人。他追不上她，也帮不了她。

这被他短暂地独占了一些时光的少女，终于离开了。

亭奴怔怔望着空无一人的后花园，他鼻子里很痛，眼睛也很痛，喉咙更是痛得好像没有办法呼吸了。鲛人之泪，价值连城，所以每一个鲛人都心如止水，如铁石，从不落泪，现在他却有眼泪要夺眶而出的感觉。

他狠狠压住双眼，几欲落下的眼泪到底是被逼了回去。他转过身，猛然沉入水底，在茂密的水草间穿梭，然后再跃出水面，拍起无数水花。

鼻子眼睛喉咙都不疼了，只有心在疼，疼得咬牙切齿，他一遍一遍在天池中穿梭跳跃，再也没想到有一天，他会把自己逼得这么难过，难过得像是要死去。

后来的事情几乎是顺理成章地发展，将军去找白帝对质，斩断了白帝的右臂，这等大逆不道的行径自然让她受到了最严厉的惩罚，她被押解去了冥界，从此销声匿迹，天界再无战神将军。

偷取了神器的无支祁也被关在了无间冥狱，等待他的，是无穷无尽的寂寞与痛苦。

而鲛人亭奴，也被应龙告发曾与战神将军有过密谈，因此被连坐，罚下天界，再度回到东海之滨，成了一个普通鲛人。

再后来，很多很多年过去了，时光流逝，亭奴的心却好像被定格在了将军离去的那一刻，每天都会问自己，为何当时没有能够将心中所愿说出口？假如真的说出来了，他们如今又会变得怎样？或许浪迹天涯，也或许像如今这样天各一方，但都好过心无所依，惶惶终日。

他本以为再也见不到她了，然而，他们的缘分还在，他与她的转世相遇，或许他应该把握这得来不易的机会，将曾经没有说出口的话都倾泻出来，包括他这么多年孤寂的感情。

可缘分是奇妙的，也是残忍的，她身边已经有了情定终生的少年，而且，她什么也不记得了，回不到过去，再也没法回去。

他也曾有过卑劣的念头，想把过往一切都告诉她，最终他选择了放弃。

他也曾想过，要和禹司凤争夺一番，最终，他依旧选择了放弃。

时光的流逝已经让他认清了藏在心底最深处的感情，他不想仅仅独占她一段时光，他想要永远和她在一起。没有人比他更希望她获得幸福，可他想要做的，却是在破坏她的幸福。命运给予他的，只是一次次错过。

每个人都在期盼未来，只有他，他渴望时间倒转，逆轮而行。

逆轮，让他回到过去，回到那座冷清的天池，那些银色的月光，那些泛光的波浪，池边的少女青丝垂肩，笨拙却又滔滔不绝，那是他生命中最美丽的时光，他那时却不懂。

为什么那天没有说出口？"带我一起逃"，这句话刻在灵魂深处太久太久了，久到他失去了再次将它说出口的机会。

她成婚的前一夜，东海之滨少见地下了一夜雨，望着那些连绵不绝的雨丝，亭奴想起那一夜在天池自己翻来覆去的身影，此时此刻，他再一次感到熟悉的剧痛，它们丝毫没有因时光而消退，毫不留情，在他眼睛里刻下伤痕。

鲛人的泪每一颗都价值连城，如果它们可以换回时光倒转，他愿意以泪洗面。到最后，他能给她的，只有一匣子的泪水，她找到了自己的幸福，他又高兴，又难过。

从认识将军到现在，她总是让他骄傲并难过着。

假如那一天……这种假如他想象过无数遍。

假如，那一天他说出了口，面对着将军即将离开的背影，他思绪沸腾，一颗心要从喉咙里蹦出来了，可他还是鼓足了勇气，用颤抖的声音开口："……能不能带我一起逃？"

将军的步伐停下了，她转回身，稚嫩的面上有讶异，有笑意，她会说——

他永远也不知道这个想象的答案，再也不会知道了。

亭奴沉入深深的海底，眼泪像明珠一样，顺着眼角，散落在砂中。

何丹萍步伐急促地穿过积雪的回廊，她此刻满心焦急期待，恨不得御剑眨眼飞到后院。

璇玑和司凤回来了！前些日子收到她的信，何丹萍便激动得寝食难安，一会儿是请裁缝来缝制新衣，一会儿是忙着打扫昔日璇玑所住的庭院，一会儿又叫钟敏言把窖里珍藏的酒拿出来。

只她一人倒也罢了，偏生玲珑也听说璇玑要回来的事，母女俩成日忙得团团转，跟陀螺似的。

其实，她们最想念的，还是璇玑、司凤那今年要满两岁的孩子。

当年璇玑和司凤大婚当日潇洒干脆地离开少阳派，一别就是好几年，直到璇玑有了身孕，为了让她更好地得到照顾，夫妻俩终于回了中土。本以为这趟回来生了孩子，好歹要住个几年，没想到孩子才两个月的时候，这对行踪不定的夫妻便又跑了，虽说时常有书信往来，但只字片语怎及得上日夜相守，褚磊夫妇上了年纪，对孙辈更是思念无比。

好在这次璇玑又有了身孕，再一次回到少阳派待产，何丹萍对一年多未见的小外孙想念得紧，偏生他们回来的时候，派中掌门人与长老正有要事相商，她好不容易熬过半个时辰，此刻飞也似的奔进后院，急急推开房门。

璇玑的卧房内温暖如春，一股细细的幽雅香气充斥鼻端，何丹萍一眼便望见床上的帐子层层叠叠地被放下来，自家两个女儿正坐在桌边喝茶聊天，见着她来了，左手那个白衣绿裙的姑娘立即笑吟吟地起身，甜甜地唤了一声："娘。"

何丹萍飞快合上房门，不让冷风吹进屋，她快步走到璇玑身边，握住她的手腕，双眼含泪，上上下下打量她："倒是没见瘦，反而胖了些，肚里的孩子如何？可有折腾你？"

璇玑虽已为人母，言谈笑语间却依旧带着往日少女般的明澈："没有没有，这孩子比汤圆儿可乖多了，将来一定是个听话的好孩子。"

何丹萍见她还是老样子，不由得又是好气又是好笑。女儿阔别数年，出落得更加神采飞扬，因为有了身孕，昔日纤瘦的身段多了一丝丰盈，眉眼开阔，笑谈利落。这一切都说明禹司凤将她照顾得极好，只有生活在幸福中的女人，才会保留天真，她这个做娘的非常欣慰。

"小汤圆儿呢？你没带他回来？"何丹萍环顾四周，没见着外孙，顿时失落起来。

玲珑笑嘻嘻地指了指床，又将指头放在唇边，低声道："娘你轻点声，汤圆儿一直哭闹，方才刚刚睡着了，把他吵醒那可有得哄了。"

何丹萍蹑手蹑脚走到床边，轻轻将层层叠叠的帐子掀开一个角，日思夜想的小外孙果然睡在床上，身上盖着绸被，白嫩如玉的小脸上还挂着几道泪痕，想是哭累了才睡着。

何丹萍万般不舍地多看了他好几眼，一年多未见到小外孙，他都快两岁了，长大了许多，小脸蛋又白又圆又嫩，容貌完全是挑了父母的长处，可爱得叫人忍不住想轻轻咬一口。璇玑给他取了小名叫汤圆儿，倒也十分合适。

"怎么会一直哭？可是路上受了颠簸？"何丹萍将帐子合拢，手一扬，贴了道符纸在帐上，阻绝了她们的说话声，省得将小外孙吵醒。

璇玑撇了撇嘴，这表情让她意外地露出一丝孩子气来："他就要他的奶爸，我和司凤谁来哄都没用。"

奶爸？何丹萍和玲珑都有些茫然。璇玑却也不解释，只用力伸了个懒腰，笑叹："他可算睡着了，我好久没回来了，娘，玲珑，陪我出去走走吗？"

何丹萍嗔怪地瞪了她一眼："都是做娘的人了，还这样贪玩！把汤圆儿一个人丢屋里，这是什么事？"她也知道她们姐妹重逢，必有许多话想说，索性又道，"玲珑，陪你妹妹出去走走，路上有积雪很滑，注意扶着她。别受凉，快些回来，我在这里看护汤圆儿。"

璇玑笑眯眯地抱住她蹭了蹭，正要走，忽又想起什么似的，从床边轻轻抽出一件黑色的大袍子，轻道："回头汤圆儿醒了要是哭，娘你就用这袍子裹着他抱一会儿，马上就不哭啦。"

何丹萍见那袍子七成旧，从款式来看竟是件男人的衣裳，不由得失笑："这是司凤的衣裳吧？汤圆儿倒是喜欢爹爹多一些。"

璇玑摇头叹了口气，咕哝道："哼，才不是……"

何丹萍没听清，正要问，这对姐妹早已说说笑笑推门出去了，她不禁失笑，轻轻坐在椅子上，听着小外孙香甜轻微的呼吸声，心中只觉喜乐一片。


玲珑挽着璇玑的胳膊，姐妹俩沿着积雪的小道一路说笑一路慢慢走，聊了不到一会儿，天上絮絮扬扬又开始飘起雪花，放眼望去，整座少阳峰都为冰雪包裹，天地间只有黑白二色，这苍茫辽阔的景色，正是璇玑少年时最为熟悉的景象。

"这里还是老样子，什么都没变过。"

璇玑微微一笑，面上露出怀念的神情，她现在站在一座积雪的小池塘边，小时候她每日犯懒不肯修行，十有八九就是躲在这里发呆。

玲珑见她肩上头顶薄薄积了一层雪，虽然修行者并不畏惧寒暑，但如今璇玑有孕在身，她还是不愿她受到一点凉气，当即拽着她朝自己的庭院走，一面低头打量她的肚皮，笑道："都快五个月了还没显怀，依我看呀，这么听话乖巧，一定是个女儿！"

又来了，玲珑以前自己怀孕的时候也老猜孩子的性别，从没一次猜对过，璇玑失笑道："你又要做睿智老头了，上次我都没说你，雯君、熹君你哪一次蒙对过？"

"你才是那长黑痣的老头！"玲珑白了她一眼，"本小姐偶尔算错几次又怎么了？再说雯君那丫头疯得要命，我看十个男孩加起来也不如她调皮胆大。"

钟雯君是玲珑和钟敏言的大女儿，今年有八岁了，生得与玲珑小时候一模一样不说，就连脾气都一模一样，专门爱做大姐头，不服输，少阳派上上下下跟她同辈的小弟子们，差不多个个以她马首是瞻，简直比玲珑小时候还威风几倍，惹得褚磊也时常感慨，果然有其母必有其女。

"我倒是听娘说了，你上个月把断金给雯君了，她年纪还那么小，能用断金？"

就连玲珑自己，也是到了十一岁的时候，何丹萍才敢把断金给她用，雯君才八岁，她这个做娘的胆子真大。

玲珑提到女儿，面上总是有一丝欣慰满意之色，雯君从里到外都跟自己是一个模子印出来的，两个孩子她难免偏爱女儿一些。

"可别小看这丫头，她厉害着呢。"玲珑对女儿一向赞不绝口。

璇玑眨了眨眼睛，忽然问道："那熹君呢？"

玲珑犹豫了一下，轻道："熹君……天赋差了些，他又是个男孩，敏言素日里对他很是严苛，不过天赋这种东西……你知道的，好在他才七岁，好好打磨一番总能成材。"

璇玑沉默了片刻，玲珑谈到雯君那满意的神情，还有提到熹君时犹豫的神情，都让她想起了自己小时候。她低头笑了笑，开口道："每个人性子不同，倒也不是一味严苛就能叫人成材，如有名师教导，我想熹君一定也会有所成就。"

玲珑虽是粗枝大叶之人，却并不愚笨，璇玑的话令她怔忡了一会儿，显然她也想起自己小时候的事。自小她是众人眼中的天才，璇玑却是一块朽木，后来遇到了楚影红，将璇玑带去小阳峰，这块朽木才被洗去泥泞，绽放出明珠般的光彩。那时候她时常为璇玑打抱不平，却想不到有朝一日自己做了母亲，也犯了和爹娘一样的错。

想到这里，玲珑不由得长长叹了一声："你说得对，我……目光短浅了。只是红姑姑那样的名师，天底下又有几个呢？如今小阳峰也是人满为患，红姑姑整日忙得不见人影，我不好意思去劳烦她。"

说话间，两人已来到玲珑的庭院，老远便听见几个小孩儿银铃般的笑声，却是钟雯君带着几个少阳派新晋的小弟子们在打雪仗、堆雪人，她玩得兴起，把外面穿的小棉袄都脱了，露出里面鲜红的衣裙，精致的小脸上满是笑容，因跑得急促，雪白的脸颊上浮现一层红晕，猛地一眼看上去，跟玲珑小时候果然一模一样。

玲珑见她玩得这么疯疯癫癫，连棉袄都脱了，登时沉下脸来轻喝一声："雯君！"

钟雯君一听见娘亲来了，吓得吐了吐舌头，急忙恭恭敬敬跑过来行礼，面上虽摆出害怕的样子，稚嫩的声音里却没有一点惧意："娘亲，我错了，我不该在院里胡闹。"

后面那几个小辈弟子见派中的玲珑长老来了，更是吓得脸色发白，畏畏缩缩地躲在后面，头也不敢抬。

玲珑瞪了她一眼，先过去将孩子们乱扔在雪地里的外衣拿起，一件件披在那些小辈弟子的肩上，最后才将女儿的棉袄朝她脑袋上一丢，淡然道："不是怪你们在院里闹，而是不该脱了外衣，你们还没到学阳厥功的年纪，寒气、暑气对你们都有损伤，生了病怎么办？都把衣服穿好，今日有贵客临门，谁也不许贪玩，先回去吧。"

小弟子们如释重负，行完礼一溜烟全跑了，钟雯君利落地穿好棉袄，朝玲珑讨喜地做个鬼脸，目光又落在一旁的璇玑身上，见她容貌清艳，气质超群，看上去跟娘亲好像还特别亲密的样子，她黑白分明的大眼睛不由得眨了好几下，露出疑惑的神色。

玲珑替她掸去脑袋上的残雪，四处看了看，问："你弟弟呢？"

一提起弟弟，这漂亮神气的小姑娘脸上终于露出委屈的神情，撅嘴道："弟弟不肯跟我玩儿，我就叫了一群人在外面堆雪人，想逗他出来，可他就是不出来！"

玲珑啼笑皆非，叹道："他真是天生怪脾气。"说罢又想起什么，回头朝璇玑不怀好意地笑，"我们家熹君倒是跟你有点儿相似，都是古怪性子。"

她一手牵着雯君，一手牵着璇玑，走到一间房前将门推开，只见这屋里满地满墙的书，有个穿着青色大袄的小男孩盘着腿坐在书海里，手里也捧着一本书，正看得入神。他眉眼清秀，与钟敏言十分相似，想来这一定就是熹君了。

房门被人推开，这孩子竟然十分稳重，丝毫没有惊讶的神色，只放下手里的书，躬身行礼："娘亲。"

璇玑见这孩子年纪极小，却老气横秋我行我素地，顿时有些想笑，玲珑跟钟敏言都是飞扬跳脱的性子，怪不得拿这孩子没办法。她朝玲珑望去，她果然有些无奈，招了招手："熹君过来，还有雯君，这是你们的姨，她是娘的妹妹，叫璇玑，这些年一直在外，以前回来见过你们，不过那时候你们还小，只怕不记得。"

钟雯君一听"璇玑"两个字，登时两眼放光，上前亲密地挽住璇玑的袖子，叫道："啊！就是那个特别厉害的，比神仙还厉害的璇玑长老？！"

比神仙还厉害是怎么回事？长老又是怎么回事？璇玑一面苦笑，一面摸了摸雯君的小脑袋。

"不许无礼，好好叫姨。"玲珑摆出做娘的样子教训一番，朝璇玑耸耸肩膀，"叫你做个挂名的长老，这是爹的意思，你终究是咱们少阳派的人。"

璇玑心中浮现一股暖意，是的，无论她的身份怎样，少阳派始终是她的家，即使远在千里之外，家人也会永远挂念着她。

雯君、熹君乖乖地叫了姨，璇玑蹲下来看着这两个粉雕玉琢般的孩子，一会儿跟雯君说话，一会儿又问熹君看的什么书，她言谈举止本来就大有孩子气，即使当了娘也没有太大变化，没一会儿就引得雯君大笑特笑，猴子似的勾住了她的脖子，亲热地黏在她身上不

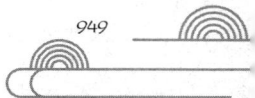

肯下来。

"姨肚里有小宝宝，不许这样，快下来！"玲珑就见不得女儿太过疯癫的模样。

"小宝宝，是熹君这样的吗？"雯君显然对自家弟弟十分喜爱，亲亲热热地抱住了熹君。老气横秋的钟熹君在姐姐面前也成了一个普通的小男孩，低头只是傻笑。

这情形又让璇玑想起自己小时候和玲珑在一起的事情，玲珑一直像个老母鸡似的护着自己，许多年过去，她们都各自成家，不再生活在一处，可姐妹的情分永远都在。

她看了看屋里满地满墙的书，随手拿起一本，好巧不巧，竟是《万妖名册》，她自己也是七八岁开始读这本书，一直背到十一岁都没能背全。

"这本书你看完了？"璇玑见书边老旧，显然是被翻阅过许多遍，不由得望向熹君。

钟熹君点了点头。

"会背了？"

还是点头。

璇玑顿时大受打击地苦笑起来："我到十一岁都还不会背呢！"

熹君似乎并不善言辞，只是低头腼腆地笑，倒像个小姑娘，雯君忙着给璇玑炫耀自家弟弟的聪明："弟弟可厉害了！认字也快，学什么都快，我觉得少阳派最聪明的人就是他！"

"是吗？"璇玑笑着又捏了捏雯君的小脸蛋，偏头思索片刻，从袖中取出一双匕首，一把通体漆黑，寒意瘆人，另一把却通体莹红，犹如水晶玛瑙般漂亮。

冷珑一见匕首，不由得惊道："这是……当日点睛谷谷主送你的大婚贺礼，鸳鸯匕首？"

璇玑点头笑了笑，将这双匕首递给熹君，柔声道："这是一对鸳鸯匕首，你姐姐用了断金，这双匕首就送给你吧。"

熹君虽然老气横秋看似老成，说到底还是个小孩儿，见这双匕首精美绝伦，脸上的喜色便再也掩不住。他将匕首拿在手中细细看了看，忽然轻轻拔出那柄晶莹剔透的雌匕首，凝神端详片刻，用指尖摸了许久，最后举起，放在唇边呵了一口气，只见透明的匕首上浮现一层雾气，上面密密麻麻，竟像是刻了无数的小字。

"这是……"玲珑也惊呆了，匕首上刻字？这是怎么回事？

璇玑也有些惊讶，这双匕首她很喜欢，这些年一直带在身边，却从未发现里面还藏着秘密。雌匕首上的字写得极小，饶是她眼力惊人，也费神看了半日，原来是一篇短刀心法，看着十分古老而玄秘。

她忽然将两只匕首都抽出，再把雌匕首顺着雄匕首的边缘轻轻一推，两柄匕首竟合二为一，成了一把短刀。

"原来是这样。"她终于明白为什么雄匕首上有个不起眼的槽了，这双匕首拼起来，竟是短刀，而雌匕首上所刻心法，正巧也是短刀心法。这双匕首的铸造者是谁，只怕连容谷主也不知道，匕首主人煞费苦心遗留下来的心法与武器，想必威力惊人。

璇玑笑着将短刀再一次递给熹君，道："是你发现的，就是你与它有缘分，好好收着，别弄丢了。"

她见钟熹君年少聪慧，性格沉稳，倒生出一丝惺惺相惜的念头。她小时候若不是遇到楚影红，只怕也是碌碌一生。一个好老师，对一个尚未成型的孩子影响是十分巨大的，昔日是她受人恩惠，如今，该轮到她将这份师恩流传下去了。

趁着两个孩子在一旁说笑玩闹，璇玑将心思告诉了玲珑，玲珑自然欢喜无限，然而转念又想到自己这个妹妹居无定所，四海漂泊，熹君跟着她，怕是许久也见不上一面，她心底又生出不舍来，不禁微微红了眼眶。

"我先这么一说罢了。"璇玑赶紧安慰她，"再说了，熹君自己的意愿也很重要，他要是不愿，千万不可强迫。"

"什么强迫？你们姐妹俩又在说什么悄悄话？说了一下午还不够？"

一个含笑的声音打断了她俩的窃窃私语，两人急忙转身，却见庭院里来了数人，正是褚磊、钟敏言、禹司凤三人。中午璇玑夫妇回到少阳派的时候，正巧遇到诸峰长老有要事商议，一时抽不开身，禹司凤便候在议事厅，璇玑带着汤圆儿先跟玲珑聊上了。如今见他们都回来，想是要事商量完了，璇玑笑眯眯地朝褚磊奔过去，像少女时期一样，挽住了他的胳膊，叫了声爹。

一旁的钟敏言见她有了身孕还在雪地里蹦蹦跳跳，不由得大皱眉头："做娘的人了，还这么不稳重。"

璇玑见爹爹耳畔白发越发多了，心中不由得有些发酸，抬头见钟敏言皱着眉头瞪自己，面上却挂着笑，她又有些好笑。钟敏言大概自己都没发现，他跟爹爹越来越像了，以前一点也不稳重，毛毛躁躁的，这几年反而沉稳了许多，举止大有褚磊当年的风范。

"爹，姐夫，我刚才在和玲珑说，想把熹君带走，我和司凤教导他。"璇玑也不卖关子，直截了当地将想法说了出来。

此言一出，褚磊是又惊又喜，钟敏言也面有喜色，却仍有些犹豫，轻道："如此当然是求之不得，但熹君这孩子生性怠懒，天赋亦寻常……"

话还没说完，褚磊撑不住大笑起来，他想起当年楚影红来找自己要人，今日钟敏言的说辞竟与当年的自己一模一样，所谓近朱者赤近墨者黑，敏言这孩子是自己一手带大，果然很多想法也十分相似。

他一笑，钟敏言便也想起当年的往事，他有些不好意思，摸了摸脑袋，旋即释然："看样子我还是阅历太浅，目光更是短浅。熹君这孩子承蒙有你关爱，我替他谢谢你。"

璇玑笑着摇摇头，禹司凤早已走到她身边轻轻将她扶住，探头朝屋里看了一眼，见钟熹君一面看书一面跟雯君说话，他微微一笑："这孩子不错。"

说罢，他解下脖子上的狐皮围巾，替她环上，璇玑急忙推脱："我不冷！"

禹司凤也不与她争，只是低头含笑盯着她，手里还捏着狐皮围巾，两人看了半日，璇玑终于败退，任由他给自己缠上围巾。

玲珑在一旁刮着脸取笑她，果然只有禹司凤能叫她乖乖听话。

"方才我们去了一趟院子，见你不在，只有你娘一个人留下看着汤圆儿，找了半天才在这里找着你们。你这个做娘的还是这么调皮，汤圆儿眼看着要醒了，还不快回去。"褚磊嗔怪地看了女儿一眼，都快五个月的身孕了，还到处乱跑，风尘仆仆刚回来便坐不住，下雪天路滑，万一崴着脚怎么办？

璇玑笑眯眯地挽住禹司凤，一行人连着两个小孩儿，说说笑笑回到了自己的院落。院里却早已挤满了人，都是少阳派那些看着璇玑长大的各位长老以及熟悉的师兄弟们，连一直行踪成谜的柳意欢都来了，正盘腿坐在巨大的石剑上跟和阳长老说话。

"小凤凰！"柳意欢一见禹司凤便激动了，闪电般扑上来抱着他两眼乱看，两手乱摸，一面叽叽咕咕，"又长高了许多……哎呀，瘦了瘦了！肯定是小璇玑不会照顾你！"

璇玑朝他用力做鬼脸："谁说我不会照顾司凤！"

柳意欢大手一摆："好了，少废话，快快！让我们进去看看小汤圆儿！"

他不由得分说，抢先把房门推开，倒把里面的楚影红跟何丹萍两人吓了一跳，急忙朝外面乌泱泱一群人做出噤声的姿势。

"声音轻点！"楚影红快步走出房门，反手将门极轻地合上，"汤圆儿刚刚才醒了一次，一直在哭，这会儿好不容易才又哄睡着。"

柳意欢大是意外："这么爱哭？以前小凤凰可不是这样。"

楚影红笑道："璇玑以前也不这样，谁曾想生个孩子却是爱哭鬼呢。"

为了不吵醒汤圆儿，众人索性在门外叙旧，只有雯君、熹君两个孩子趴在窗户上，试图透过缝隙看到小弟弟。

大概还是因为门外的人太多，没一会儿，屋里忽然响起一个稚嫩的哭音，何丹萍无奈地打开门，叹道："被吵醒了，怕是再也没法哄，还是都进来吧。"

呼啦啦，一群人怀着对汤圆儿的好奇和喜爱涌进了屋，但见床上的帐子已经被撩开，一个粉嫩好似汤圆般的小娃娃抱着一团衣服坐在枕头上，长长的睫毛上还挂着泪水。见着一群人突然进屋，汤圆儿愣了一下，旋即小嘴一扁，泪水再度凝聚。

这孩子哭也不像别的孩子哇哇大哭，只是含着泪珠儿，嘴嘟着，一副特别委屈特别无助的模样，看得人心都要化了。

璇玑上去将他抱在怀里轻轻颠了两下，柔声道："娘来了，爹爹也来了，不哭不哭，等下有好东西吃。"

有好东西吃？这是什么莫名其妙的哄孩子的方法！众人都是满头黑线。

果然璇玑哄了半天一点效果也没有，汤圆儿脸上挂着两行泪，哭得鼻尖都红了。她无奈地把孩子递给禹司凤："你来。"

禹司凤一手抖开那件黑色的大袍子，轻轻将汤圆儿包裹住，环着他不知低声哄着什么，过了半晌，汤圆儿的泪到底是止住了，可面上还挂着一万分委屈无助的表情，两只肉肉的小手，一只紧紧抓着禹司凤的头发，另一只却死死攥着身上那件黑色大袍子。

"看来还是要爹哄，可见这个当娘的粗枝大叶。"柳意欢连连摇头。

他凑到汤圆儿身边，宠溺地看着这只小粉团儿。这孩子生得真好，眉眼像璇玑一样秀致，轮廓却有司凤的清雅，小小的脸蛋，小小的身子，真像一只汤圆。

柳意欢咧嘴朝汤圆儿一笑，哄道："怎么老是一副委屈样，谁欺负你了？"

话还没说完，汤圆儿忽然"哇"一声大哭起来，把脑袋使劲朝禹司凤怀里埋，分明就是在躲柳意欢。

"这个……"柳意欢登时大为尴尬。

钟敏言哼哼一笑，他跟柳意欢自认识以来就一直不对付，这种情况当然要狠狠嘲笑一下，他将柳意欢推开，自己凑近汤圆儿，笑道："他分明就是怕你。汤圆儿，这大叔看着就讨厌，对不对？"

汤圆儿无声地啜泣着，怯生生地从禹司凤怀中抬起眼盯着钟敏言看，看了一会儿，又红着鼻头把头低下去了。

"看起来你也不怎么讨喜。"柳意欢立即报复地讥笑。

玲珑一个劲朝汤圆儿做鬼脸逗他玩，逗得脸都快抽筋了，这孩子依旧含着泪，苦大仇深的样子，她不由得叹气——太难哄了，要是自家两个孩子跟汤圆儿一样，她只怕不是气死就是急死。

楚影红笑着拍了拍玲珑的肩膀："你们自己都还是孩子，哪里会哄小孩儿，我来吧。"

她摊开掌心，里面莹莹絮絮一团光点，像下雪一般，一会儿转圈，一会儿上下左右舞动，忽地又凝结在一处，犹如一团能恣意改变形状的冰，缓缓生长，缓缓绽开，最后，一朵晶莹剔透的冰花盛开在她掌心。

她把冰花送到汤圆儿面前，轻轻晃了晃，花儿瞬间又化作光点，莹莹絮絮地团聚在掌心。

汤圆儿先是看了一会儿，可很快就不感兴趣了，怯生生地把脸靠在禹司凤怀里，长长的潮湿的睫毛像小扇子一样刮着自家老爹的衣衫。

"哎呀，这样也不行？"楚影红有些意外，她这一手可是哄过无数小孩儿，无论怎么爱哭爱闹的孩子，见到冰花光点，都会乖乖地安静下来被吸引走注意力，怎么在汤圆儿身上没用？

孩子被禹司凤抱着，璇玑乐得闲着，一面喝茶一面笑道："他脾气怪着呢，不爱跟人亲近，偏喜欢跟妖怪野兽混一处，这会儿老哭，怕是想着白猿跟小银花，不理他，过两天就好了。"

　　这趟回少阳派，白猿自然是不好带着上路，然而把它一人丢在家里却也不放心，禹司凤最后把小银花留下来看家，于是汤圆儿从离家开始就哭，直哭到进了少阳派，哭了醒，醒了继续哭，眼睛跟鼻子一直红红的。

　　眼下自家娘亲突然提到"白猿"跟"小银花"，汤圆儿反应很激烈，一面哭一面开始小声说话，众人听了半天，只听到他用稚嫩的声音轻轻叫着："花花……猿猿……腾腾……"一时大家都好笑又怜爱。

　　"腾腾是谁？"楚影红耳朵尖，从汤圆儿哽咽含糊的呼唤里听到个古怪的名字，她想了片刻，忽然醒悟过来，"璇玑，你的灵兽腾蛇呢？这次没跟来？"

　　话音刚落，就见璇玑使劲朝她摇手，意思叫她不要提"腾蛇"二字，不过还是迟了，汤圆儿一听到腾蛇的名字，登时泪如泉涌，比先前哭得还要伤心无助十倍。

　　璇玑叹了一口气："在他心里腾蛇才是第一位。那家伙一回到中土就跑得没影了，大概在什么地方大吃大喝吧，就丢了件衣服，汤圆儿哭的时候就认准衣服，我们谁的都没腾蛇的好使。"

　　想想真是不爽，自家儿子这是什么破眼光，居然跟腾蛇那小子最亲近，她这个当娘的好挫败。

　　楚影红笑道："汤圆儿这样一直哭多叫人心疼，要好吃的东西咱们少阳派还少么？马上便要到晚饭时间，你快将他叫回来吧。"

　　璇玑心里有一万分不愿意，儿子成天跟腾蛇黏在一起，她每天都酸溜溜的，好不容易腾蛇贪嘴跑出去了，还没半天又要把他叫回来。她伸指在汤圆儿脑门子上轻轻弹了一下，怒道："就知道腾蛇！"

　　如今的她对灵兽之法已经了若指掌，当下心神一动，便寻到了腾蛇的身影，他果然在大吃大喝，身处不知哪座酒楼，喝空的酒坛子扔了一地，桌上的菜也换过好几遍，零零落落，手里捏了一只巨大的鸭腿，却还贪心不足地朝一只猪蹄伸出魔掌。

　　她真是不愿相信自家儿子成日黏着的，就是这白痴吃货。

　　"腾蛇！"她清叱一声，眉间赫然闪过一道烈焰之痕，"回来！"

　　话音一落，众人只觉眼前人影一晃，紧跟着一股冲天的酒肉臭气扑面而来，房里突然就多了一个银发男子，满面菜汁，一手抓着猪蹄，一手抓着鸭腿，嘴里塞满了肉丸，无辜地环视四周。

　　终于发现这里好像是少阳派，他登时眉毛倒竖——他还有一桌子的美食佳肴没吃完呢！

　　"嗯？！"腾蛇一扭头，突然见到璇玑冷冰冰的神情，他急忙朝她举起手，示意有事等下说，跟着万般不舍地把肉丸狠狠吞下肚，再一口一口慢慢把手里的鸭腿跟猪蹄啃得干干净净，最后将骨头也全拆解下肚，这才意犹未尽地舔着手指，没好气地开口："干吗突然把老子叫回来？！"

璇玑眉梢微扬，没有说话，倒是禹司凤怀中的小汤圆儿欣喜地朝他伸出一双粉嫩的胳膊，一迭声唤他："腾腾！腾腾！"

"你这小鬼又要做什么！"腾蛇吃饭的兴头被打扰，极为不爽，恶狠狠地朝汤圆儿龇牙咧嘴。

"抱！"小汤圆儿脸上的泪还没干，鼻头也还是红红的，脸上却笑成了一朵花，两只眼睛亮亮地，充满期待地望着他。

"抱你个大头鬼啊！"腾蛇才不屑被一个奶娃娃缠上，厌恶地别过脑袋。

汤圆儿双眼亮晶晶地看着他，想了想，再度伸出双手，充满期望："亲亲！"

"这臭小鬼怎么这么黏人啊！"腾蛇怒了，"再闹把你扔了！"

汤圆儿开心得咯咯大笑起来，方才的委屈无助早就不知道跑哪里去了，看得众人目瞪口呆。

禹司凤含笑上前，将汤圆儿朝他身上轻轻一丢，笑道："那就麻烦你了。"

腾蛇不禁破口大骂："你们这对没良心的父母！总是把臭小鬼朝老子这边丢！信不信老子真把他扔了？！"

一面说，他一面却急忙用手轻轻托住汤圆儿的身体，小心翼翼，又笨手笨脚，生怕他摔下去。

璇玑嘟着嘴见儿子挂在腾蛇身上笑得跟开花馒头似的，简直气不打一处来，肩上忽然被人轻轻一拍，她转身，便见司凤朝自己了然地微笑。

"腾蛇是属火的神兽，汤圆儿爱亲近他很正常。"禹司凤环住爱妻的肩膀，体贴地安慰她那颗吃醋的慈母心。

璇玑还是愤愤不平："他那点腾蛇之火算什么火，要说玩火，我比他厉害一万倍！"

禹司凤柔声道："你这一世毕竟是人身，不比腾蛇属火的身体。儿子的干醋有什么好喝，倒不如多陪陪我，咱们很久没好好说话了。"

璇玑"嗤"的一声笑了，在他手掌上用力掐了一把，随即又摆出正经的模样，干咳一声，朝汤圆儿望去。他如今手脚并用，跟八爪鱼似的黏在腾蛇怀里，一点儿也不介意他身上的酒肉臭气。

最亲爱的奶爸来了，汤圆儿的心情也变得特别好，不管对谁都笑脸相迎，连见着方才把他吓哭的柳意欢，他都能笑得合不拢嘴，嘴里喷出两个口水泡泡。

众人在屋中逗汤圆儿玩，玩得不亦乐乎，这孩子心情好的时候简直讨人喜极了，跟刚才的爱哭别扭鬼完全判若两人。真想不到他这么喜欢凶神恶煞的腾蛇，无论腾蛇怎么冷着脸，怎么恶狠狠地凶他，这孩子始终用亮晶晶的眼睛深情地望着他。

眼看天色暗了下来，宴席也已安排妥当，何丹萍过来叫人吃饭的时候，腾蛇立即跑在了第一个，汤圆儿被他提在手里，跟风铃似的晃来晃去。

"有酒没有酒没？！上次来这里喝的桂花酿！那个很不错！"他馋得口水都要流出来。

柳意欢皱眉道："你抱个小孩喝什么酒？"

"那给你抱。"腾蛇毫不犹豫将汤圆儿丢给他，柳意欢手足无措地看着怀中的小粉团欢天喜地的笑脸渐渐垮下来，两只眼开始凝聚泪水，眼见是又要哭了，他一个箭步追上去，紧紧跟在腾蛇后面，两个人一会儿把汤圆儿扔过来，一会儿又把汤圆儿扔过去，吓得何丹萍脸色苍白。

然而，这被抛来抛去的小粉团愣了半天，反而笑了，而且越笑越开心。

"胆大包天，跟你一样。"

禹司凤捏了捏璇玑的手，她不爽地想要反驳，一时却找不到词，回头想想，自己一番所作所为，也确实只有"胆大包天"四字能形容，她索性干笑两声。


宴席开始，久违的热闹回到了少阳峰顶，汤圆儿还是幸福地回到了腾蛇奶爸的怀抱中，两只黑白分明的大眼睛又好奇又高兴地看着腾蛇大吃大喝，好在他记得自己怀里有个小孩，稍微注意了一下吃相，没让酒肉落在汤圆儿的身上。

雯君拽着熹君一直跟在汤圆儿身边，显然他们俩都很喜欢这粉嘟嘟的孩子，连饭也顾不得吃，就忙着逗他玩。

腾蛇胡吃海喝了小半个时辰，终于心满意足地擦了擦嘴，他来之前就已经吃了五分饱，此刻肚皮圆得跟颗球似的，汤圆儿趴上面，仰头朝他傻笑。

腾蛇扶着下巴盯着他看了半晌，见他雪白的小脸上有一滴不小心滴落的菜汁，他便用手指轻轻拭去，这孩子的脸蛋软绵绵的，手感特别好，他忍不住又轻轻捏一下，随后一本正经指着桌上的剩菜，开口道："这个叫螃蟹，这是肉，这是青菜……哦，那个红豆糕也好吃，桂花酿也不错，看我大发善心给你弄点来……"

眼看他用筷子蘸了酒要往汤圆儿嘴里送，璇玑终于忍不住给了他一个头槌："不会喂就不要喂！"

这边璇玑跟腾蛇闹得不可开交，汤圆儿乐得哈哈大笑，那边钟敏言跟玲珑却把熹君叫到了身边。

"璇玑姨修为高深，见多识广，她觉得你很有天赋，想叫你跟着她一块儿修行，你可愿意？"

钟敏言少见地对儿子露出温和的神情，摸了摸他的脑袋。

熹君反倒愣了片刻，然后低声道："天赋？我？"

他年纪虽小，却早已习惯少阳派上上下下将雯君当作天才，如今突然冒出来一个璇玑姨，说有天赋的人是他，这孩子难免有点怀疑。

玲珑笑道："不错，正是因为你有天赋，她下午才会送了你那双匕首，你能跟着她修行，一定受益匪浅。"

钟熹君终于明白这不是开玩笑，他平日里老气横秋寡言少语，此刻却忽然泪盈于眶，又不敢高声哭泣，只是用袖子压住眼睛，颤声道："爹爹娘亲觉得我、我没用，要将我送走吗？"

玲珑极少见熹君这样伤心的模样，立即心疼得将他抱住，连声道："怎么会！爹爹娘亲怎会将你送走？"

她爱子之心一起，登时又舍不得儿子跟着璇玑走了。

钟敏言叹了一口气，拍拍玲珑的肩膀："我来和他说。"

他将钟熹君抱起来，走到厅外，此时雪已停，一轮明月挂在积雪的枝头，四下里银白透亮，寒意瘆人。

钟敏言运起阳厥功，将熹君抱在怀中，好叫他不受一点凉，片刻后，他忽然开口："你虽然小，但很是懂事，所以我现在不是用父亲的身份来教训你什么，我只想给你说一个真正的故事，你能静下心来听吗？"

钟熹君眼眶还有些红，泪水却已经干了，他哽咽了一会儿，才点点头："爹爹说吧，我一定好好听。"

钟敏言笑了笑："你的璇玑姨，小时候是个比你糟糕一百倍的孩子，那时候啊……"

冬夜之风低啸而过，卷起无数碎雪残沫，钟敏言的低语声在月下静静徘徊，玲珑在门外悄悄听了一会儿，终究还是抹去不舍的泪水，面上露出一丝释怀的笑，转身回到了热闹的大厅。


夜渐渐深了，笑语欢言也渐渐散去，今夜每个人都有些睡不着。

璇玑挂念着睡在腾蛇怀里的汤圆儿；禹司凤想着明日该和褚磊商议给儿子取名了；钟敏言和玲珑在为不久后与熹君的分别而伤感；熹君、雯君也在为了不久后的分别说着悄悄话；褚磊夫妇谈起小外孙眉飞色舞，毫无困意；柳意欢握着脖子上女儿的头发回想往事；楚影红夫妇还在为派中琐事忙碌；腾蛇……腾蛇怀里捧着个小太岁，动也不敢动，生怕压着他或者把他摔了，他气恼得咬牙切齿，却又毫无作用。

只有小汤圆儿睡得最香，他最亲爱的奶爸就在身边，好像一团温暖的大枕头。他在梦里都乐得咧开嘴，糊了腾蛇一身的口水泡泡。